主编 徐中玉　　副主编 陈谦豫

中国古代文艺理论专题资料丛刊 第二册

比兴·神思·文质·文气编

中国社会科学出版社

图书在版编目(CIP)数据

中国古代文艺理论专题资料丛刊(第二册). 比兴·神思·文质·文气编/徐中玉主编;萧华荣,侯毓信,蒋述卓编选. —北京:中国社会科学出版社,2013.8
　ISBN 978-7-5161-2456-7

　Ⅰ.①中… Ⅱ.①徐…②萧…③侯…④蒋… Ⅲ.①文艺理论—中国—古代—丛刊　Ⅳ.①I206.2-55

中国版本图书馆 CIP 数据核字(2013)第 074137 号

出 版 人	赵剑英
责任编辑	季寿荣　史慕鸿
责任校对	徐　楠
责任印制	李　建

出　　版	中国社会科学出版社
社　　址	北京鼓楼西大街甲 158 号(邮编 100720)
网　　址	http://www.csspw.cn
	中文域名:中国社科网　010-64070619
发 行 部	010-84083685
门 市 部	010-84029450
经　　销	新华书店及其他书店
印刷装订	环球印刷(北京)有限公司
版　　次	2013 年 8 月第 1 版
印　　次	2013 年 8 月第 1 次印刷
开　　本	710×1000　1/16
印　　张	50.5
插　　页	4
字　　数	843 千字
定　　价	580.00 元(全四册)

凡购买中国社会科学出版社图书,如有质量问题请与本社联系调换
电话:010-64009791
版权所有　侵权必究

《中国古代文艺理论专题资料丛刊》
编选说明

一、本丛刊广泛搜集中国古代文艺各个领域里的理论资料（包括一般原理、创作经验、批评鉴赏等），其范围包括诗、文、词、曲、小说、戏剧、绘画、音乐、雕塑、书法等，分《本原》、《情志》、《神思》、《文质》、《意境》、《典型》、《艺术辩证法》、《风骨》、《比兴》、《法度》、《教化》、《才性》、《文气》、《通变》、《知音》十五编。将视具体情况，分册连续出版。

二、本丛刊的资料收录的时限自先秦至近代。按问题分类，按论点安排。类与论点均冠以标题，以醒眉目。每一论点的资料均按时代顺序排列。个别无法查考年代而又具有重要理论价值的资料，排列于该论点的资料之后。

三、个别资料一段之中包括两个（或几个）论点，考虑到在两类（或几类）之中都有重要意义，因而两处（或几处）都收入，故偶有重复。

四、本丛刊各编各理论观点之下所收的资料，有的未必确当，仅供研究者参考。

五、本丛刊所引资料，版本力求统一，但由于种种原因，也偶有用不同版本者，故在各条原文下均加以注明。

六、中国古代文艺理论资料散见于大量古籍之中，浩如烟海，加之古代文艺理论的不少范畴，或具有多义，或含义不很确定，我们限于水平，内容的归类，资料的取舍，都可能有不当或错误之处，热忱欢迎专家、读者批评、指正，以便进一步修订、完善。

《中国古代文艺理论专题资料丛刊》
工作人员名单

主　编　徐中玉
副主编　陈谦豫

参加资料搜集并分工负责各编编选者
　　王寿亨（《本原》《教化》）
　　陈谦豫（《意境》《典型》）
　　萧华荣（《比兴》）
　　侯毓信（《神思》《文质》）
　　蒋树勇（《艺术辩证法》《法度》）
　　陆晓光　黄　珅（《才性》《情志》）
　　蒋述卓（《文气》）
　　陆海明　徐文茂（《通变》《风骨》）
　　毛时安　汪　宇（《知音》）
参加资料搜集者
　　邓乔彬　陶型传　朱大刚　周伟民　王汝梅
　　王思焜　周锡山　南　帆　谢伯良　陆　炜

序

  1936年暑后，原在清华大学心理学系任教的叶麐（石荪）教授乘度假之便来到风景佳美的青岛山东大学中文系任教。那时我正在三年级学习。在此之前，朱光潜教授的《文艺心理学》已经出版，北京大学中文系已开设了这个课程，我们知道别的大学都还没有开设，希望山大也能开设。学校则苦于尚缺乏这种条件，主要是缺乏既深研文学又精通心理，并兼擅古今中外类似朱先生这样学养的师资。叶先生的来到，恰好非常及时地给我们解决了这个难题。叶先生在美、法两国专攻心理学，又一直爱好文学，读得既多，自己还能创作中国旧体的诗、词，非常优美动人。原来他从小就受过古典文学的训练，家学渊源，后来才决定专攻心理科学的。他和朱先生又是同辈老友，在清华心理学系虽未教过文艺心理学，在朱先生这部开创了中国文学研究新领域的著作影响下，原已对开设此课具有很大的兴趣。因此当学校向他提出后便欣然同意了。事实证明，我们能听到他的讲课，真是一种很大幸运。正如在这年之前，我们能听到老舍先生讲《小说作法》课一样。那时别的课程内容大都还以传统为主，这两个课程却不同了，内容、观点、讲法对我们来说几乎都是全新的。老舍先生是以有丰富生活经验和西方文学观念的中国著名小说作家的身份来讲他这一课程的，叶先生是以现代心理学专家同时又兼具中国古典文学及西方文学深厚功底这种学者、作者、鉴赏家集于一身的身份来讲他这一课程的。无论在教学内容、学习和研究的方法、形成师生间非常亲切的关系等各个方面，他们都给同学们大大开拓了视野，增添了许多新知，培养了自己钻研的能力，并以实际行动教育我们应当做个怎样的人，应当怎样关心、帮助比自己更年轻的下一代人的成长。他们给学生留下了永不会忘的印象。这两位老师都是在"文革"惨剧中受害死去的。叶先生则早在1957年就已被"扩大化"进去了。

青年时代的爱好与生活选择往往决定了一个人此后不会再改变的人生道路。从开始读小学起七十多年来我没有离开过学校这个生活圈。大学生时代开始爱好文学写作，正是老舍先生给了我指点和鼓励。从习作小说转向文学研究并重在古代文学理论的学习和探讨，正是叶先生给了我指点和鼓励。每当我回想半个多世纪以来的生活行迹时，我就总会想到这两位先生对我的厚爱和教育，纵然实际上在他们逝世以前的近二十年间，由于需要，彼此孤立，不仅未再见过面，甚至连信都没有通过。作为他们当时最亲近的学生之一，竟表现得如此淡漠，难道可以只用"不得已"来宽恕自己？无疑还是由于自己的软弱与胆怯。谁也不要重蹈这种历史的覆辙了。

　　我从叶先生的教学与研究以及课外的很多谈话、接触中，得到的启发与引导对我后来直到今天的研究、写作最有影响的是下面四点：

　　第一，要有个适合于自己认为真有意义、极有兴趣，而且力所能及的研究目标。客观上很有意义自己却认为没有或意义不大；虽也认为有意义自己却缺少兴趣；认为有意义也感兴趣实际却力所不及；这些情况都有，并不奇怪，但就不宜作为自己长远的研究目标。我生活经验不多，特别在听了叶先生《文艺心理学》的讲课后，对文艺理论研究深感兴趣。由于高中时期读的是师范、大学读的是中文系，外语读得很少也未努力读好，宜于重点研究本国古代的文艺理论，比较力所能及，而且这个范围也不能算小了。他赞同我朝着这个目标作长期的努力。

　　第二，要尽可能掌握与研究目标密切相关的丰富的第一手资料。他讲课时可以随意提供对某一问题有关的古今中外包括若干不同意见的资料，并指明其出处，令我惊叹。他有很好的记忆力，但他说主要还得依靠经常博览之后取精用宏地积累资料，方法即是亲做卡片，勤于简写读后笔记。他给我们看了他的大量卡片和笔记，并告诉我们他是怎样做、怎样运用和如何养成这一习惯的。从那时起，我也学习着进行了这种积累。

　　第三，对不同学派、不同意见要在积累的基础上逐渐培养、提高自己的分析、辨识能力。对合理的东西应兼收并蓄，各取其长，不要受任何束缚；应有自己的看法，既不苟异，亦不苟同，发现有误就改正，不完善就再探索。

　　第四，不能为研究而研究，为理论而理论；学习理论不能不读文学作品，自己毫无创作体验；也不可研究文学理论就只读这一方面的书籍，哲学、历史、心理等知识都不可缺。他非常重视人生、重视国家社会的需要。他对当时日本帝国主义造成的华北危局忧心如焚。这一点同样深深地影响了我，使我懂得研究工作者不能只是生活在书房里一味啃书本的人。

正在我已开始按着他的指引做起来的时候，卢沟桥事变发生了。青岛本是日帝侵华的一大据点，此时已成一触即发的前方，叶先生只得携家回故乡的四川大学去了。我辗转随校西迁，最后终于并入重庆沙坪坝中央大学读到毕业。刚开头的计划这段时期内不得已完全停顿。我之所以又进了中央大学研究院文科研究所去探索宋代的诗论，就因想继续原来的研究计划。那时我之所以花部分时间写了不少讨论抗战文艺的文章，即由于想到他的一贯指导：研究工作者不能脱离国家大事，不能忘记社会责任。两者其实并不矛盾，原是应该也能够统一的。这时他已在四川大学担任教务长了，我则已从云南到了粤北。他仍抽空在通讯里给我许多指导。

在研究院的两年中，我积累了成万张卡片。所谓卡片乃是用三层土纸糊在一起，勉强可以两面写字的代用品，至今总算还幸能保存着。在接着留校任教的五年中，开头还有条件继续积累，后来由于湘、桂大部沦陷，学校辗转迁去东江一带，书都散失，就没有条件了。抗战胜利后，我随着山大北回复校，竟因同情学生"反饥饿、反内战"运动，被国民党政府教育部指为"奸匪"而遭密令中途解聘。从此直到五十年代"反右"结束之前，将近十年由于运动频繁，观念骤改，古代文学遗产似已不必深究，虽仍在教书，信念未失，积累却很少有所增加，亦似无所可用了。反倒是在被"反右"扩大化进去以及"文革"中当"牛鬼蛇神"的二十年间，既然一切应有的权利都已无存，在"孤立"、抄家、扫地、背书、受审之余，为使身在"另册"而心灵有所寄托，觉得乘此机会利用一切空暇继续前功，不失为两全的办法。想不到离开当初定下计划也已二十年了的这段艰难时期，却成了我再度沉入的旺盛阶段。我继续从七百多种有关书籍中做了四五万张卡片，估计当写了不下一千多万字。手段原始，办法也笨，只是在这样读着写着想着的时候，什么烦恼牢骚都不复存在了，竟未把这当成一件苦事。被"抄家"多次，这些因都被视为废物而未受损，我独私心窃喜，得了"无用之用"。可是果若有用，用又在何时？我眼前一片茫茫。但我总还想，这种学问是有用的，我做不成，做不好，以后别人还是会做，会做成、做好的。疯狂的民族虚无主义者必不能永存。

又十多年过去了，我转入一个心情稍好却事务繁多的境地，前功远未完成，垂垂已老，积累从自己的高峰上直线下降，几乎极少增益，时间精力都不够。一方面是在积累过程中愈感到了这个工作的重要意义，另一方面又愈着急，应该怎样把这个很有意义的工作设法持续下去？我自己对这一大堆资料还没来得及好好利用，何况还有更多的资料可以搜集、整理、运用！我想到了跟我一些同事和几届古代文论专业的研究生一道来从事这个工程，这是唯一可能也还可行的法子了。这就是这个《中国古代文艺理论专题资料丛刊》得以产生的缘由。人的一生实在太短促了，一天一天过着时似乎很长，到老回头一看便只是一瞬间的事，真像正好开始忽已到了尽头。没有上述同志们的共同努力，凭我一个人的气力，是连自己也知道这还非常粗疏多漏的东西亦拿不出的。

中国古代文艺理论有悠久的历史，提出了许多符合规律的论点，资料十分丰富，而且越多接触便越感到它真像一个浩瀚的海洋，可贵之极。我认为，审美的主体性、观照的整体性、论说的意会性、描述的简要性，便是中国古代文论带有民族特色的思维特点。中国人大都不喜欢烦琐、抽象的思辨，从自己关门建构的一个什么理论框架出发来高谈阔论。中国人绝非缺乏这种能力，不是没有人这样做过，但一般人不愿意、不习惯，甚至还有认为这样做不合适的。即使在讨论问题、抒发己见的时候，文论家们总仍恪守文艺规律：有感而发，不得已而言，精语破的，点到为止，使人自悟并得以举一反三，而且始终仍保持着具体、感性、描绘、比喻、想象、意在言外等文艺色彩，有理有趣，举重若轻，愉人悦己。篇幅短小，形式多样，要言不烦，更是它的特色。当我们把它同西方古今的文艺理论进行了比较之后，就越发觉得它至少可以同西方文化成果并立而媲美，对人类文明发展起了同样巨大的作用。文艺理论和科技知识的不同之处，就是其中稳定的东西要多得多，而且有许多心灵方面的体会和艺术敏感往往前人已有而后来者反而大为迟钝了。文艺领域里某些精微奥妙的感受与洞察，往往并不是后出必愈精，时空限制不住它们的灵光。不能从思维方式表达方式上来强分高下优劣，应是自然之理。若说有系统、有体系的便好，那么有无是怎样来判定的？还要后人来研究、整理干什么？而且，不是已有够多的系统、体系早已被人们成捆成堆地丢到垃圾箱里去了吗？古今中外的很多事物，包括文艺评论，螺旋形发展的历史证明，互相补充、转化、融合的可能性正在增加，必要性亦一样。取精用宏、兼收并蓄，集大成而共求进步，这是历史的必然。

初步搜集、整理古代文艺理论资料正是为了便于进行研究和探索前人已经取得的成果，便于发扬光大他们的贡献，使中国文艺家的智慧和才识在全世界同行中得到理解，交换共识，进行融合。不消说，如果真是符合文艺规律的知识，无论多少年前的发现和经验，对当前的文艺创作和文艺评论肯定仍有积极作用。

当我们的视野随着改革开放的大潮涌起而也变得较前显著开阔了些的此刻，就感到即使编选文艺理论资料也不能只盯住文艺理论资料本身，而应扩大其范围。但这范围太广了，谁能预料到书画家还能从"公主与担夫争路"中悟到某种艺术妙谛呢？当我们连载有文艺理论直接资料的无数书籍尚远未读遍读透选准选全的现在，这就只能留到以后去逐步补充、修订、扩展了。对此，我是惴惴不安而仍抱着有生之年要继续为之的决心的。至于谈到要做得相当完善，恐怕至少要经过几代人的不断努力。好在我们这个伟大的民族是永恒存在的，总会有达到这目标的日子到来。

再一次乘此机会让我向老舍、叶石荪两位老师致敬，向参加这一工程的我的同事和研究生同志们的亲密合作致谢，向中国社会科学出版社和配合我们付出了大量劳动的季寿荣等同志表示衷心的铭感！

徐中玉

1991 年 6 月 17 日

新 版 说 明

《中国古代文艺理论专题资料丛刊》共十五编，原为分册连续出版。第一册《通变编》出版于1992年9月，第二册《艺术辩证法编》为1993年10月，第三册《意境·典型·比兴编》为1994年5月，第四册《神思·文质编》为1995年12月，第五册《本原·教化编》为1997年2月，第六册《文气·风骨编》为1997年12月，第七册《才性编》为1999年7月。尚有《法度》、《情志》、《知音》三编因故未能及时出版。

这次新版，根据编者、每个专题的内容、字数等情况，将已出十二编与未出三编组合为四大册出版，第一册为《本原·教化·意境·典型编》，第二册为《比兴·神思·文质·文气编》，第三册为《艺术辩证法·法度·通变编》，第四册为《风骨·才性·情志·知音编》。

这套资料丛刊，涉及面广，要求精确，校勘工作，特别艰辛。从搜集资料、按专题编选，再到完满出版，前后历时三十余年。可以说，它是编选者、参加资料搜集者（当时的古代文论研究生、青年老师，以及受教育部委托由上海复旦大学和华东师范大学于1980年合办的中国文学批评史师训班的部分成员）与季寿荣、史慕鸿二位责任编辑的心血共同凝聚成的。在此，我们也对中国社会科学出版社和对这套丛刊付出精力的同志深表谢意。

陈谦豫
2013.3.22

总　目

比兴编 …………………………………………………………… (1)
　一　赋比兴总论 ……………………………………………… (3)
　二　比兴在诗学中的地位 …………………………………… (20)
　三　作为诗歌发生论的"感物兴情"说 …………………… (33)
　四　作为诗歌创作论的"比兴寄托"说 …………………… (50)
　五　作为诗歌本体论的"兴寄""兴象""兴趣"说 … (84)
　六　作为诗歌接受论的"可以兴"说 ……………………… (113)
　七　作为诗歌批评论的比兴论诗 …………………………… (138)

神思编 …………………………………………………………… (177)
　一　神思与文艺创作 ………………………………………… (179)
　二　神思与创作过程 ………………………………………… (234)
　三　神思的心理特征 ………………………………………… (318)
　四　修改加工 ………………………………………………… (344)

文质编 …………………………………………………………… (367)
　一　文质 ……………………………………………………… (369)
　二　文意 ……………………………………………………… (455)
　三　文理 ……………………………………………………… (489)
　四　文道 ……………………………………………………… (511)

文气编 …………………………………………………………… (549)
　一　文以气为主 ……………………………………………… (551)
　二　气与志（道理）言法胆识才情之关系 … (601)
　三　为文必在养气 …………………………………………… (620)

目 录

比兴编

一 赋比兴总论 …………………………………………………… (3)
   1. 经学性的赋比兴 ………………………………………… (3)
   2. 文学性的赋比兴 ………………………………………… (10)

二 比兴在诗学中的地位 ………………………………………… (20)
   1. 比兴是诗的特征 ………………………………………… (20)
   2. 诗贵比兴 ………………………………………………… (24)
   3. 骚 赋 词等亦用比兴 …………………………………… (29)

三 作为诗歌发生论的"感物兴情"说 …………………………… (33)
   1. "诗也者 兴之所为也" …………………………………… (33)
   2. "诗人之兴 感物而作" …………………………………… (39)

四 作为诗歌创作论的"比兴寄托"说 …………………………… (50)
   1. "比兴等为譬喻"(比喻法) ……………………………… (50)
   2. "比兴皆托物寓情"(寄托法) …………………………… (59)
   3. "兴者先咏他物以引起所咏之词也"(发端法) ………… (70)
   4. 赋比兴要酌而用之 ……………………………………… (76)

五 作为诗歌本体论的"兴寄""兴象""兴趣"说 ………………… (84)
   1. "兴寄""兴喻"等——作品思想内蕴 …………………… (84)
   2. "情兴""意兴"等——作品情感内蕴 …………………… (96)
   3. "兴象"等——作品形象内蕴 …………………………… (100)
   4. "兴趣""兴致"等——作品风格内蕴 …………………… (106)

六 作为诗歌接受论的"可以兴"说 ……………………………… (113)

1."诗可以兴" ……………………………………………… (113)
　　2."读之令人不能兴者　非佳诗也" …………………… (120)
　　3."诗之可以兴人者　以其情也" ……………………… (124)
　　4."言之工妙能使人感发兴起" ………………………… (130)
　　5."人之为学贵于有所兴起" …………………………… (134)
七　作为诗歌批评论的比兴论诗 …………………………… (138)
　　1. 论诗须识诗中比兴 …………………………………… (138)
　　2. 比兴论诗须忌穿凿 …………………………………… (147)
　　3. 诗中比兴　读者可各以意会 ………………………… (153)
　　4. 比兴说诗 ……………………………………………… (155)
　　5. 比兴评诗 ……………………………………………… (161)
　　6. 比兴解诗举隅 ………………………………………… (166)

神思编

一　神思与文艺创作 ………………………………………… (179)
　　1. 神思的特点 …………………………………………… (179)
　　2. 神思的产生 …………………………………………… (187)
　　3. 兴会 …………………………………………………… (198)
　　4. 创作中的自然天成 …………………………………… (208)
　　5. 不可勉强作文 ………………………………………… (219)
　　6. 反对刻意为文 ………………………………………… (223)
　　7. 妙悟 …………………………………………………… (225)
二　神思与创作过程 ………………………………………… (234)
　　1. 想象 …………………………………………………… (234)
　　2. 亲临其地之想 ………………………………………… (251)
　　3. 立意 …………………………………………………… (253)
　　4. 意在笔先 ……………………………………………… (262)
　　5. 择粗精　别瑕瑜 ……………………………………… (265)
　　6. 取象的材料 …………………………………………… (266)
　　7. 取象与势 ……………………………………………… (269)
　　8. 思致必精 ……………………………………………… (271)

9. 以情为文 …… (274)
10. 若得神授 …… (285)
11. 思与境偕　神与境合 …… (291)
12. 胸有成竹 …… (293)
13. 构思的各种情况 …… (298)
14. 构思的客观环境 …… (311)

三　神思的心理特征 …… (318)
　　1. 虚静 …… (318)
　　2. 用志不分 …… (326)
　　3. "放胆" …… (329)
　　4. "心正气和" …… (331)
　　5. 作文在有意无意之间 …… (333)

四　修改加工 …… (344)
　　1. 表达 …… (344)
　　2. 修改加工 …… (346)

文质编

一　文质 …… (369)
　　1. 文与质 …… (369)
　　2. 文质关系 …… (372)
　　3. 质为主　文从质 …… (380)
　　4. 质美不必文饰 …… (385)
　　5. 质难文易 …… (386)
　　6. 重质 …… (387)
　　7. 反对虚美 …… (395)
　　8. 言之有物 …… (398)
　　9. 重文 …… (402)
　　10. 徒具形式为无用之文 …… (416)
　　11. 反对竞采丽　无兴寄 …… (429)
　　12. 辞达 …… (448)

二　文意 …… (455)

1. 文与意 ·· (455)
2. 意与韵律 ·· (466)
3. 意为主　亦重字、句 ·· (468)
4. 为情造文 ·· (474)
5. 意巧词妍 ·· (481)

三　文理 ·· (489)
1. 文理关系 ·· (489)
2. 务以理胜 ·· (493)
3. 重文不重理 ·· (500)
4. 无理而妙 ·· (501)
5. 反对理过其辞 ·· (502)

四　文道 ·· (511)
1. 文与道 ·· (511)
2. 文道关系 ·· (519)
3. 以道为本 ·· (526)
4. 为文明道 ·· (531)
5. 文以载道　贯道等 ·· (535)
6. 有道文自工 ·· (536)
7. 因文见道 ·· (542)
8. 言与道相称 ·· (545)

文气编

一　文以气为主 ·· (551)
1. 论文当先论气 ·· (551)
2. 气之清浊有体 ·· (568)
3. 气以诚为主 ·· (584)
4. 气不可以不贯 ·· (589)
5. 文要得神气 ·· (593)
6. 文以气为辅 ·· (597)

二　气与志(道　理)　言　法　胆　识　才　情之关系 ········· (601)
1. 气根于志(道　理) ·· (601)

2. 气充言雄 …………………………………… (608)
3. 气盛法有所不得施 …………………………… (613)
4. 气与胆 识 才 情 …………………………… (615)

三 为文必在养气 …………………………………… (620)
1. 为文莫先养气 ………………………………… (620)
2. 清和其心 调畅其气 ………………………… (633)
3. 养气之功 在于集义 ………………………… (637)
4. 气之所充 非本于学不可也 ………………… (647)
5. 身之所历 目之所见 ………………………… (770)

比 兴 编

萧华荣　编选

一

赋比兴总论

1. 经学性的赋比兴

大师……教六诗,曰风,曰赋,曰比,曰兴,曰雅,曰颂。

(汉郑玄注:)风言贤圣治道之遗化也。赋之言铺,直铺陈今之政教善恶。比见今之失,不敢斥言,取比类以言之。兴见今之美,嫌于媚谀,取善事以喻劝之。雅,正也,言今之正者以为后世法。颂之言诵也,容也,诵今之德,广以美之。郑司农云:……比者,比方于物也。兴者,托事于物。

(先秦)《周礼·春官宗伯·大师》,《十三经注疏》本

故诗有六义焉:一曰风,二曰赋,三曰比,四曰兴,五曰雅,六曰颂。

(唐孔颖达疏:)赋云"铺陈今之政教善恶",其言通正变,兼美刺也;比云"见今之失,取比类以言之",谓刺诗之比也;兴云"见今之美,取善事以劝之",谓美诗之兴也。其实美刺俱有比兴者也。郑(玄)必以风言贤圣之遗化,举变风者,以唐有尧之遗风,故于风言贤圣之遗化。赋者,直陈其事,无所避讳,故得失俱言。比者,比托于物,不敢正言,似有所畏惧,故云"见今之失,取比类以言之"。兴者,兴起志意,赞扬之辞,故云"见今之美,以喻劝之"。雅既以齐正为名,故云"以为后世法"。郑之所注,其意如此。诗皆用之于乐,言之者无罪。赋则直陈其事。于比兴云"不敢斥言"、"嫌于媚谀"者,据其辞,不指斥,若有嫌惧之意。其实作文之体,理自当然,非有所嫌

惧也。六义次第如此者，以诗之四始，以风为先，故曰风。风之所用，以赋比兴为之辞，故于风下即次赋比兴，然后次以雅颂。雅颂亦以赋比兴为之。既见赋比兴于风之下，明雅颂亦同之。郑以"赋之言铺也，铺陈善恶"，则诗文直陈其事，不譬喻者，皆赋辞也。郑司农云"比者，比方于物"，诸言"如"者，皆比辞也。司农又云"兴者，托事于物"，则兴者起也，取譬引类，起发己心，诗文举诸草木鸟兽以见意者，皆兴辞也。赋比兴如此次者，言事之道，直陈为正，故《诗经》多赋在比兴之先。比之与兴，虽同是附托外物，比显而兴隐，当先显后隐，故比居兴先也。《毛传》特言"兴也"，为其理隐故也……然则风雅颂者，诗篇之异体；赋比兴者，诗文之异辞耳。大小不同，而得并为六义者，赋比兴是诗之所用，风雅颂是诗之成形，用彼三事，成此三事，是故同称为义，非别有篇卷也。《郑志》：张逸问何诗近于比赋兴？答曰："比赋兴，吴札观诗已不歌也。孔子录诗，已合风雅颂中，难复摘别。篇中义多兴。"逸见风雅颂有分段，以为比赋兴亦有分段，谓有全篇为比，全篇为兴，欲郑指摘言之。郑以比赋兴者，直是文辞之异，非篇卷之别，故远言从本来不别之意。言吴札观诗已不歌，明其先无别体，不可歌也。孔子录诗，已合风雅颂中，明其先无别体，不可分也。元来合而不分，今日难复摘别也。言篇中义多兴者，以《毛传》于诸篇之中每言兴也。以兴在篇中，明比赋亦在篇中，故以兴显比赋也。若然，比赋兴元来不分，则唯有风雅颂三诗而已。

（汉）郑玄笺、（唐）孔颖达疏《毛诗序》，《毛诗正义》卷一，
《十三经注疏》本

《春秋演孔图》曰："诗含五际六情。"
宋均注曰："六情即六义，曰风，曰赋，曰比，曰兴，曰雅，曰颂。"
（唐）《初学记》卷二十一《经典》，中华书局本

风、赋、比、兴、雅、颂，谓之六义。赋、比、兴是诗人制作之情，风、雅、颂是诗人所歌之用。诸侯禀王政，风化一国，谓之为风，王者制法于天下，谓之为雅。颂者，容也。赋者，敷也，指事而陈布之也。然物类相从，善恶殊态，以恶类恶，名之为比；《墙有茨》，比方是子者也。以美拟美，谓之为兴，咏叹尽韵，善之深也。听关雎声和，知后妃能谐和

众妾；在河洲之阔远，喻门壸之幽深；鸳鸯于飞，陈万化得所，此之类也。

（唐）成伯瑜《毛诗指说》，《四库全书》本

诗者人之志，言者心之声，志因言以发，声因律而成。多识于鸟兽，岂止毛与翎；多识于草木，岂止枝与茎。不有《风》、《雅》、《颂》，何由知功名；不有赋比兴，何由知废兴。

（宋）邵雍《诗画吟》，《伊川击壤集》，《四部丛刊》本

以其所类而比之，之谓比。以其感发而况之，之为兴。

（宋）王安石《诗义》卷一，《诗义钩沉》引《李黄集解》，中华书局本

古之为诗者有道：礼义政治，诗之主也；风、雅、颂，诗之体也；赋、比、兴，诗之言也；正之与变，诗之时也；鸟兽草木，诗之文也。夫义礼政治之道得，则君臣之道正，家国之道顺，天下之为父子夫妇之道定，则风者本是以为风，雅者用是以为雅，而颂者收是以为颂。则赋者，赋此者也；比者，直而彰此者也；兴者，曲而明此者也。正之与变，得失于此者也；鸟兽草木，文此者也。是古者为诗者有主，则风赋比兴雅颂以成之，而鸟兽草木以文之而已尔！而后之诗者，不思其本，而徒取鸟兽草木之文以纷更之，恶在其不陋也？

（宋）王令《上孙莘老书》，《王令集》卷十六，上海古籍出版社本

《诗》有六体，须篇篇求之，或有兼备者，或有偏得一二者。今之解《诗》者，风则分付与《国风》矣，雅则分付与大小《雅》矣，颂即分付与《颂》矣。《诗》中且没却这三般体，如何看得《诗》？风之为言，便有风动之意；兴便有一兴喻之意；比则直比之而已，"蛾眉"、"瓠犀"是也；赋则赋陈其事，如"齐侯之子，卫侯之妻"是也；雅则正言其事；颂则称美之言也，如"于嗟乎驺虞"之类是也。

（宋）程颢 程颐《二程集·遗书》卷二上，中华书局本

诗有六义：曰风者，谓风动之也。曰赋者，谓铺陈其事也。曰比者，直比之，"温其如玉"之类是也。曰兴者，因物而兴起，"关关雎鸠"，"瞻彼淇澳"之类是也。曰雅者，雅言正道，"天生蒸民，有物有则"之类是也。曰颂者，称颂德美，"有匪君子，终不可谖兮"之类是也。

《国风》、大小《雅》、三《颂》，诗之名也；六义，诗之义也。篇之中有备六义者，有数义者。

（宋）程颢　程颐《二程集·遗书》卷二十四，中华书局本

为诗之义有六：曰风，曰赋，曰比，曰兴，曰雅，曰颂。风以动之，上之化下，下之风上，凡所刺美皆是也。赋者，咏述其事，"蔽芾甘棠，勿翦勿伐，召伯所茇"是也。比者，以物相比，"狼跋其胡，载疐其尾"、"公孙硕肤，赤舄几几"是也。兴者，兴起其义，"采采卷耳，不盈倾筐，嗟我怀人，置彼周行"是也。雅者，陈其正理，"天生蒸民，有物有则，民之秉彝，好是懿德"是也。颂者称美其事，"假乐君子，显显令德，宜民宜人，受禄于天"是也。学诗而不分六义，岂知诗之体也？

（宋）程颢　程颐《诗解》，《二程集·伊川经说》卷三，中华书局本

兴者，先言他物以引起所咏之词也。
赋者，敷陈其事而直言之者也。
比者，以彼物比此物也。

（宋）朱熹《诗集传》卷一，上海古籍出版社本

按《周礼》：太师掌六诗以教国子，曰风，曰赋，曰比，曰兴，曰雅，曰颂，而《毛诗·大序》谓之六义，盖古今声诗条理，无出此者。《风》则闾巷风土男女情思之词，《雅》则朝会燕享公卿大夫之作，《颂》则鬼神宗庙祭祀歌舞之乐，其所以分者，皆以其篇章节奏之异而别之也。赋则直陈其事，比则取物为比，兴则托物兴词，其所以分者，又以其属辞命意之不同而别之也。诵《诗》者先辨乎此，则三百篇者，若网在纲，有条而不紊矣。不特《诗》也，楚人之词，亦以是而求之，则其寓情草木，托意男女，以极游观之适者，变《风》之流也；其叙事陈情，感今怀古，以不忘乎君臣之义者，变《雅》之类也。至于语冥婚而越礼，摅

怨愤而失中，则又《风》《雅》之再变矣。其语祀神歌舞之盛，则几乎《颂》，而其变也，又有甚焉。其为赋，则如《骚经》首章之云也；比，则香草恶物之类也；兴，则托物兴词，初不取义，如《九歌》沅芷澧兰以兴"思公子而未敢言"之属也。然《诗》之兴多而比、赋少，《骚》则兴少而比、赋多，要必辨此，而后词义可寻，读者不可以不察也。

（宋）朱熹《楚辞集注》卷一《离骚》，上海古籍出版社本

或问《诗》六义注三经、三纬之说。曰：三经是赋、比、兴，是做诗底骨子，无诗不有，才无则不成诗。盖不是赋，便是比；不是比，便是兴。如《风》、《雅》、《颂》却是里面横弗底都有赋、比、兴，故谓之三纬。

（宋）朱熹《朱子语类》卷八十《诗一》，应元书院刊本

盖所谓六义者，《风》、《雅》、《颂》乃是乐章之腔调，如言仲吕调，大石调，越调之类。至比、兴、赋又别。直指其名，直叙其事者，赋也；本要言其事，而虚用两句钓起，因而接续去者，兴也；引物为况者，比也。立此六义，非特使人知其声音之所当，又欲使歌者知作诗之法度也。

（宋）朱熹《朱子语类》卷八十《诗一》，应元书院刊本

赋、比、兴非判然三体也。兴者，诗之情，情动于中，发于言为赋；赋者，事之辞，辞不欲显，托于物为比；比者意之象。故曰：铺叙括综曰赋，意象附合曰比，感动触发曰兴。

（元）郝经《毛诗原解》，《湖北丛书》本

诗者，文之成音者也，所以道情志而施诸上下也。《三百篇》，诗之本也。风雅颂，诗之体也。赋比兴，诗之法也。喜怒哀乐动乎中，而形为褒贬讽刺者，诗之义也。大而明天地之理，辩性命之故，小而具事物之凡，汇纲常之正者，诗之所以为道也。

（明）方孝孺《时习斋诗集序》，《方正学先生集》卷三，《四部丛刊》本

赋只是直述事由，以尽其情状，比则即物为喻，意在言外，然有二

义：有相继言其事者，有全不言其事者。兴则因物发端，引起下句，亦有二义：有取于义而发者，有因所见而发者，各随文求之而已。

（明）季本《诗说解颐·总论》卷一，《四库全书》本

昔吾夫子以兴、观、群、怨论诗。孔安国曰："兴，引譬连类。"凡景物相感，以彼言此，皆谓之兴。后世咏怀、游览、咏物之类是也。郑康成曰："观风俗之盛衰。"凡论世采风，皆谓之观。后世吊古、咏史、行旅、祖德、郊庙之类是也。孔曰："群居相切磋。"群是人之相聚。后世公宴、赠答、送别之类皆是也。孔曰："怨刺上政。"怨亦不必专指上政。后世哀伤、挽歌、遣谪、讽谕皆是也。盖古今事物之变虽纷若，而以此四者为统宗。

自毛公之六义，以风、雅、颂为经，以赋、比、兴为纬，后儒因之。比、兴强分，赋有专属。及其说之不通也，则又相兼。是使性情之所融结，有鸿沟南北之分裂矣。

古之以诗名者，未有能离此四者。然其情各有至处，其意句就境中宣出者，可以兴也；言在耳目，赠寄八荒者，可以观也；善于风人答赠者，可以群也；凄戾为骚之苗裔者，可以怨也。

（清）黄宗羲《汪扶晨诗序》，《南雷文定》四集卷一，《四部备要》本

诗之为教：其义风、赋、比、兴、雅、颂，其旨兴、观、群、怨，其辞嘉美、规诲、戒刺，其事经夫妇、成孝敬、厚人伦、美教化、移风俗，其效至于动天地、感鬼神。唯蕴诸心也正，斯百物荡于外而不迁，发为歌咏，无趋数、敖辟、燕滥之音，故诵诗者必先论其人。

（清）朱彝尊《高舍人诗序》，《曝书亭集》卷三十八，《四部丛刊》本

郑司农曰："比者，比方于物也；兴者，托事于物。"盖立言之体有三者。非直赋其事，则或比方，或托物。赋直而比曲，比迩而兴远。兴，既会其意矣，则何异于比；比，如见其事矣，则何异于赋。此涵斋王先生《诗比义述》之所为有作也……《易》曰："引而信之，触类而长之。"《诗》之比、兴固如是，举比以通赋与兴，则创自是书也。《毛诗》于

《樛木》曰："兴也。宜以葛藟之附樛木，兴福履之随君子已耳。"而篇义曰："后妃逮下也。义取樛木下垂，葛藟得上蔓，为后妃逮下，众妾得亲附之比。"《十月之交》之为直赋其事，无疑也。……亦据此义言之。推而至于隶用一字，在"六书"假借，引喻以明，无非比也。赋者，比之实也；兴者，比之推也。得此义，于兴不待言，即赋之中复有比义。

（清）戴震《诗比义述序》，《戴震集》上编，上海古籍出版社本

　　《诗》有赋、比、兴之说，由来旧矣，此不可去也。盖有关于解《诗》之义，以便学者阅之即得其解也。赋义甚明，不必言。惟是兴、比二者，恒有游移不一之病。然在学者亦实无以细为区别，使其凿然归一也。第今世习读者一本《集传》，《集传》之言曰："兴者，先言他物，以引起所咏之辞也。比者，以彼物比此物也。"语邻鹘突，未为定论。故郝仲舆驳之，谓"先言他物"与"彼物比此物"有何差别，是也。愚意当云：兴者，但借物以起兴，不必与正意相关也。比者，以彼物比此物也。如是，则兴、比之义差足分明。然又有未全为比，而借物起兴与正意相关者，此类甚多，将何以处之？严坦叔得之矣。其言曰，"凡曰'兴也'，皆兼比；其不兼比者，则曰'兴之不兼比者也'"。然辞义之间，未免有痕。今愚用其意，分兴为二，一曰"兴而比也"，一曰"兴也"。其兴而比也者，如《关雎》是也。其云"关关雎鸠"，似比矣；其云"在河之洲"，则又似兴矣。其兴也者，如《殷其雷》是也。但借雷以兴起下义，不必与雷相关也。如是，使比非全比，兴非全兴，兴或类比，比或类兴者，增其一途焉，则兴、比可以无淆乱矣。其比亦有二，有一篇或一章纯比者，有先言比物而下言所比之事者，亦比之，一曰"比也"，一曰"比而赋也"。如是，则兴、比之义了然，而学者可即是以得其解矣。若郝氏直谓兴、比、赋非判然三体，每诗皆有之，混三者而为一，邪说也。

　　兴、比、赋尤不可少者，以其可验其人之说《诗》也。古今说《诗》者多不同，人各一义，则各为其兴、比、赋。就愚著以观，如《卷耳》旧皆以为赋，愚本《左传》解之，则为比。《野有死麕》，旧皆以为兴；无故以死麕为兴，必无此理。则详求三体，正是释《诗》之要。愚以贽礼解之，则为赋。如是之类。《诗》皆失传，既无一定之解，则兴、比、

赋亦为活物，安可不标之以使人详求说《诗》之是非乎！

　　　　　　　（清）姚际恒《诗经论旨》，《诗经通论》卷前，中华书局本

　　《礼记·乐记》云："人生而静，天之性也；感于物而动，性之欲也。"物至知知，然后好恶形焉。盖好恶动于中，而适能于物，假以明志谓之兴，而以言乎物则比矣，而以言乎事则赋矣。要迹其志之所自发，情之不能已者，皆出于兴。故孔子曰："诗可以兴。"凡托鸟兽草木以成言者，皆兴也。赋显而兴隐，比直而兴曲，《传》言兴凡百十有六篇，而赋比不之及，赋比易识耳。吾友长洲吴毓芬说。

　　　　　　（清）陈奂《诗毛氏传疏》卷一《关雎》，《国学基本丛书》本

　　《周官·大师》教六诗，曰风，曰赋，曰比，曰兴，曰雅，曰颂。注："赋之言铺，直铺陈今之政教善恶。比，见今之失，不敢斥言，取比类以言之。兴，见今之美，嫌于媚谀，取善事以喻劝之。"郑司农云："比者，比方于物也。兴者，托事于物。"案先郑解比兴就物言，后郑就事言，互相足也。赋比之义，皆包于兴，故夫子止言兴。《毛诗传》言兴百十有六，而不及赋比，亦此意也。此注言"引譬"者，谓譬喻于物也。《学记》云："不学博依，不能安诗。"注："博依，广譬喻也。"即此引譬之义也。言"连类"者，意中兼有赋、比也。

　　　　　　（清）刘宝楠《论语正义》卷二十《阳货》注"可以兴"句，
　　　　　　《国学基本丛书》本

2. 文学性的赋比兴

　　赋者，敷陈之称也。比者，喻类之言也。兴者，有感之辞也。

　　　　　　（晋）挚虞《文章流别论》，《全晋文》卷七十七，中华书局影印本

　　诗文弘奥，包韫六义，毛公述传，独标兴体，岂不以风通而赋同，比显而兴隐哉？故比者，附也；兴者，起也。附理者切类以指事，起情者依微以拟议。起情故兴体以立，附理故比例以生。比则蓄愤以斥言，兴则环

譬以托讽。盖随时之义不一，故诗人之志有二也。

（南朝·梁）刘勰《文心雕龙·比兴》，《文心雕龙注》，人民文学出版社本

夫四言，文约意广，取效《风》、《骚》，便可多得。每苦文繁而意少，故世罕习焉。五言居文词之要，是众作之有滋味者也，故云会于流俗。岂不以指事造形，穷情写物，最为详切者耶！故诗有三义焉：一曰兴，二曰比，三曰赋。文已尽而意有余，兴也；因物喻志，比也；直书其事，寓言写物，赋也。

（南朝·梁）钟嵘《诗品序》，《诗品注》，人民文学出版社本

《诗序》云："诗有六义焉，一曰风，二曰赋，三曰比，四曰兴，五曰雅，六曰颂。"至于今之作者，异乎古昔，古诗之体，今则全取赋名。荀、宋表之于前，贾、马继之于末。自兹以降，源流实繁。述邑居则有"凭虚"、"亡是"之作，戒畋游则有《长杨》《羽猎》之制。若其纪一事，咏一物，风云草木之兴，鱼虫禽兽之流，推而广之，不可胜载矣。

（南朝·梁）萧统《文选序》，《文选》卷首，中华书局本

诗人皆以征古为用事，不必尽然也。今且于六义之中，略论比兴。取象曰比，取义曰兴，义即象下之意。凡禽鱼、草木、人物、名数，万象之中义类同者，尽入比兴，《关雎》即其义也。如陶公以孤云比贫士，鲍照以直比朱丝，以清比玉壶。时人呼比为用事，呼用事为比。……如康乐公《还旧园作》："偶与张邴合，久欲归东山。"此叙志之中（原作忠，据《诗学指南》本改），是比非用事也。详味可知。

（唐）皎然《诗式》，《历代诗话》本

二曰赋。皎云："赋者，布也。匠（《诗中密旨》作"象"）事布文，以写情也。"王云："赋者，错杂万物，谓之赋也。"

三曰比。皎曰："比者，全取外象以兴之，'西北有浮云'之类是也。"王云："比者，直比其身，谓之比假，如'关关雎鸠'之类是也。"

四曰兴。皎曰："兴者，立象于前，后以人事谕之，《关雎》之类是

也。"王云:"兴者,指物及比其身说之为兴,盖托谕谓之兴也。"

(唐)[日]弘法大师《文镜秘府论·地卷·六义》,《文镜秘府论校注》,中国社会科学出版社本

论六义

歌事曰风,布义曰赋,取类曰比,感物曰兴,正事曰雅,善德曰颂。

　　风论一

风者,讽也。即与体定句,须有感……歌君臣风化之事。

　　赋论二

赋者,敷也,布也。指事而陈,显善恶之殊态。外则敷本题之正体,内则布讽诵之元情。

　　比论三

比者,类也。妍媸相类相显之理,或君臣昏佞则物象比而刺之,或君臣贤明亦取物而象之。

　　兴论四

兴者,情也。谓外感于物,内动于情,情不可遏,故曰兴。感君臣之德政、废兴,而形于言。

　　雅论五

雅者,正也。谓歌讽刺之言,正君臣之道……

　　颂论六

颂者,美也。美君臣之德化。

(唐)贾岛《二南秘旨》,《学海类编》本

诗有六义:……二曰赋诗,曰:"风和日暖方开眼,雨润烟浓不举头。"三曰比诗,曰:"丹顶西施颊,霜毛四皓鬓。"四曰兴诗,曰:"水谙彭泽阔,山忆武陵深。"

(唐)齐己《风骚旨格》,《诗学指南》本

夫初学诗者,先须澄心端思,然后遍览物情,所以昼公云:"放意须险,定句须难,虽取由我意,而得若神授。"

一曰风。与"讽"同义。含皇风,明王业,正人伦,归正谊也。二曰赋。赋其事体,伸冤雪耻,纪功立业,旌著物情,宣王化以合史籍者

也。三曰比。事相干比，不失正道，此道易明而难辨，切忌比之不当。四曰兴。起意有神勇锐气，不失其正也。

（唐）王梦简《诗要格律》，《诗学指南》本

叙物以言情谓之赋，情物尽也。索物以托情谓之比，情附物者也。触物以起情谓之兴，物动情者也。故物有刚柔缓急荣悴得失之不齐，则诗人之情亦各有所寓。非先辨乎物则不足以考情性，情性可考，然后可以明礼义而观乎诗矣。

（宋）胡寅《与李叔易书》引李仲蒙语，《斐然集》卷十八，《四库全书》本

或问：诗有六义，何为？杨子曰：此说诗者失之也。诗之体有三，诗之作有三。一曰风，二曰雅，三曰颂，此诗之体也。一曰兴，二曰赋，三曰比，此诗之作也。何义之有？

（宋）杨万里《庸言十九》，《诚斋集》卷九十四，《四部丛刊》本

风，风也，教也。凡风化之所系，皆风也。赋者铺陈其事，比者引物连类，兴者因事感发，雅者陈其正理，颂者美而祝之。

（宋）魏庆之《诗人玉屑》卷十三引黄彻语，上海古籍出版社本

《三百篇》，诗之祖也。世自盛入衰，风自正入变，雅颂息矣。风、雅、颂，经也；赋、比、兴，纬也。以三纬行三经之中，六义备焉……山阴修竹王公，有诗千余，予端读尽卷。赋，核而该；比，形而切；兴，托而怨。《三百篇》之法度，宛然在焉。盖情性以发之，礼义以止之，博以经传，助以山川，考以事物，而岂一日之积哉？

（宋）林景熙《王修竹诗集序》，《霁山集》卷五，中华书局本

唐诗有三变焉，至宋则变有不可胜言矣。诗以赋比兴为主，理固未尝不具。今一以理言，遗其音节，失之体制，其得谓之诗与？

（元）袁桷《题闵思齐诗卷》，《清容居士集》卷五十，《丛书集成》本

夫诗之为法也，有其说焉。赋、比、兴者，皆诗制作之法也。然有赋起，有比起，有兴起，有主意在上一句，下则贴承一句，而后方发出其意者；有双起两句，而分作两股以发其意者；有一意作出者；有前六句俱若散缓，而收拾在后两句者……

诗之六义，而实则三体。风、雅、颂者，诗之体；赋、比、兴者，诗之法。故赋、比、兴者，又所以制作乎风、雅、颂者也。凡诗中有赋起，有比起，有兴起，然风之中有赋、比、兴，雅、颂之中亦有赋、比、兴，此诗学之正源，法度之准则。凡有所作，而能备尽其义，则古人不难到矣。若直赋其事，而无优游不迫之趣，沉著痛快之功，首尾率直而已，夫何取焉？

（元）杨载《诗法家数》，《历代诗话》本

至于诗传亦然，出于国人者谓之风，出于朝廷公卿大夫者谓之雅，用之宗庙郊社者谓之颂，其别不过此三者而已。其义则有比、兴、赋之分焉。诗人作诗之初，因其事而发于言，固未尝自必曰"我为比，我为兴若赋也"。成章之后，亦无出于三义之外者，故学者不得不以例而求之。此亦例之所由纂，所谓谱者是也。

（元）虞集《杜诗纂例序》，《古今图书集成》本

夫诗权舆于《击壤》、《康衢》之谣，演迤于《卿云》、《南风》、《载赓》之歌，制作于《国风》、《雅》、《颂》三百篇之体，此诗道之大原也。《周官》诗有六义，风、雅、颂为之经，赋、比、兴为之纬。风、雅、颂各有体，作诗者必先定是体于胸中而后作焉。

（元）傅与砺《诗法正论》，《诗学指南》本

《诗》至于三百篇而止尔。然其为体有三经焉，有三纬焉。所谓三经者，风、雅、颂也；声乐部分由是而建。所谓三纬者，赋、比、兴也；制作法载由是而定。故周官大师之教国子，必使之以是六者。三经而三纬之，所以聆其音节之详，玩其义理之纯，养其性情之正。诗之为用，其深且大者盖若此。呜呼！学诗者其可不取之以为法乎！学诗者固不可不取之以为法，若夫出品载之正，合物我之公，高不过激，悲不伤陋，则论诗

者，又可不倚之以为权度乎！

（明）宋濂《樗散杂言序》，《宋学士全集》卷九，《丛书集成》本

洪兴祖曰："《三百篇》比赋少而兴多，《离骚》兴少而比赋多。"予尝考之《三百篇》，赋七百二十，兴三百七十，比一百一十。洪氏之说误矣。

（明）谢榛《四溟诗话》卷二，《历代诗话续编》本

是以抱硕德，秉孤忠，咏闺情兮远赓圣功，铺王化兮近指草虫，词能动物兮色象俱空，美刺无迹兮斯谓之风。正语是非，庄言真假，文而不靡，质而不野，言关世教，斯谓之雅。肃雍布声，清庙展诵，扬休功而信征，赞祖德而情洞，不诡不浮，若劝若讽，形容曲尽，斯谓之颂。情见乎词，志触乎遇，微者达于宏，遯者使之悟，随性情而敷陈，视礼义为法度，衍事类而逼真，然后可以为赋。假幻传真，因人喻己，或以卷石而况泰山，或以浊泾而较清济，或有义而可寻，或无情而难指，意在物先，斯谓之比。感事触情，缘情生境，物类易陈，衷肠莫罄，可以起愚顽，可以发聪听，飘然若羚羊之挂角，悠然若天马之行径，寻之无踪，斯谓之兴。

（明）袁黄《诗赋》，《古今图书集成》本

意在于假物取意，则谓之比；意在于托物兴词，则谓之兴；意在于铺张实事，则谓之赋。但贵圆活透彻，辞语相颉颃，常使意在言表，涵蓄有余不尽，乃为佳耳。是以妙悟者，意之所尚透彻玲珑，如空中之音，虽有所闻，不可仿佛；如象外之色，虽有所见，不可描摹；如水中之珠，虽有所知，不可求索。

（明）黄子肃《诗法》，《诗学指南》本

《三百篇》有六义，曰风、雅、颂、赋、比、兴。风、雅、颂为三经，赋、比、兴为三纬。风者，王畿列国之诗，美刺风化者也；雅、颂者，朝廷宗庙之诗，推原王业，形容盛德者也。故风则比、兴为多，雅颂则赋体为众。风则微婉而自然，雅、颂则齐庄而严密；风则专发乎性情，而雅、颂则兼主乎义理。此诗之源也。

（明）许学夷《诗源辨体》卷一，人民文学出版社本

风、雅、颂、赋、比、兴，六义也。《风》多比兴而赋少，《雅》、《颂》赋多而比兴少。其间参差错落，连类生情，融兴而来，兴尽而止，是赋比兴三者，原散见于《风》、《雅》、《颂》之中，而兴尤灵通于赋、比之外。孔子所谓"诗可以兴"者，此也。兴，去音，而笺注作平音，误矣。

（清）阎尔梅《示二子作诗之法》，《徐州二遗民集》卷十，清刊本

（朱朝瑛）又谓作诗有赋、比、兴，用诗亦有赋、比、兴。射义，天子以驺虞为节，乐官备也；诸侯以狸首为节，乐会时也。其指事也切，其取义也直，如作诗之赋体是也。大夫以采蘋为节，乐循法也；士以采蘩为节，乐不失职也；以妇女之事，喻士大夫，非比乎？以蘋蘩蕰藻之菜，筐筥锜釜之器，感大夫士明信之将，非兴乎？

（清）黄宗羲《朱康流先生墓志铭》，《南雷文定》前集卷七，《四部备要》本

古今谈诗家，共持论大有三弊，而世鲜觉悟，其失往往雷声，余当辩之。其一则以作诗必有合于古之六义；斯言似已，然《风》、《雅》、《颂》固是分体，不必详论。以赋、比、兴言之，此三者是诗人之志，盖即妇人童儿发口矢辞，非直陈事，即婉转附物，或因感抒述，三者之内，必有攸当。是凡诗中，自有此三义，非谓具此三义而后为诗成也……又或以庄辞为备六义，殆又不然。夫古人作诗，取在兴象，男女以寓忠爱，怨诽无妨贞正，故《国风》可录，而《离骚经》辞乃称不淫不乱。《诗》三百篇，大抵言情为多，乃用《尚书》、《礼运》之义相绳，何其固耶！即以丽辞果流佚者，但可指为靡音，目为变声，不可谓外于六义，何则？就其靡变，亦必固自有赋比兴耳。

（清）毛先舒《诗辩坻》卷第一，《清诗话续编》本

俞犀月（玚）曰："少陵五言古诗，《发秦州》、《凤凰台》、《发同谷县》至《成都府》各十二首，争奇竞秀，极沉郁顿挫之致，各首变化，绝无蹊径雷同，极得画家浓淡相间之法。"又曰："少陵咏物多用比、兴、赋。兴者，因物感人也；比者，以物喻人也；赋者，直赋其物也。集中如

《鹦鹉》、《鸂鶒》、《花鸭》、《麂》、《猿》、《蒹葭》、《苦竹》，全是比体；《病马》、《促织》，是兴体；《萤火》、《白小》，则直是赋体矣。"

（清）顾嗣立《寒厅诗话》，《清诗话》本

  作诗先须立意，意者，一身之主也。如送人，则言离别不忍相舍之意；寄赠，则言相思不得见之意；题咏花木之类，则用《离骚》芳草之意。故诗如马，意如善驭者，折旋操纵，先后疾徐，随意所之，无所不可，此意之妙也。又如将之用兵，或攻或战，或屯或守，或出奇以取胜，或不战以收功，虽百万之众，多多益善，而敌人莫能窥其神，此意之妙也。意在于假物取意则谓之兴，罕譬而喻则谓之比，铺张实事则谓之赋。但贵圆合透彻，辞语相颉颃，务使意在言表，涵蓄有余不尽，乃为佳耳。

（清）冒春荣《葚原诗说》卷之二，《清诗话续编》本

  尼父删诗，录《国风》、《二雅》、《三颂》，其体井然别矣。三体各具兴比赋，其旨了然备矣。

（清）李重华《贞一斋诗说》，《清诗话》本

  兴之为义，是诗家大半得力处。无端说一件鸟兽草木，不明指天时而天时恍在其中；不显言地境而地境宛在其中；且不实说人事而人事已隐约流露其中。故有兴而诗之神理全具也。
  比，不但物理，凡引一古人，用一故事，俱是比，故比在律体尤得力。
  赋为敷陈其事而直言之，尚是浅解。须知化工妙处，全在随物赋形。故自屈、宋以来，体物作文，名之曰赋，即随物赋形之义也。相如论作赋之法，是何等能事。

（清）李重华《贞一斋诗说》，《清诗话》本

  《毛诗》三百篇，为万世诗原，然不出比、兴、赋三字。首章云："关关雎鸠，在河之洲。窈窕淑女，君子好逑。"试问后之诗人，有能出其范围乎？

（清）李调元《雨村诗话》卷上，《清诗话续篇》本

《风》以比兴为工，《雅》以直赋为体，枘凿各异方圆，源流同符《三百》，所贵诗史讵取铺陈！谓能以美刺代褒贬，以诵诗佐论世。苟能意在词前，何异兴含象外？知同导乎情，则源流合矣。比兴绝于齐、梁，赋体衰于西晋，澜翻布谷，罪首士衡，岂知士龙、安仁四言，犹规两汉？故欲辨升降之自，当先明潘、陆之分，斯乃百代之源流，非直二家之优劣也。既以见兔忘蹄，发明比兴，复恐分河饮水，间存赋体。诚知二者之所以分，又知二者之所以合，则诗教明矣。

（清）陈沆《诗比兴笺》卷二，上海古籍出版社本

问：昔人云："诗贵六义，讽喻、抑扬、停蓄、渊雅，皆在其中。至直致所得，以格自奇。前人并不专工于此。"是耶非耶？

答：诗有六义：一曰风，二曰赋，三曰雅，四曰颂，五曰比，六曰兴。夫六义之序，以赋次风者，何也？元晏先生所云："赋也者，因物造端，敷弘而体理也。"引而申之，故文必极美；触类而长之，故辞必尽丽。是"赋者，古诗之流也"。雅颂之则，于是乎托；比兴之音，于是乎丽。故讽喻抑扬之音以寓，涵蓄渊停之义以存，是真风雅之正则也。流极其后，缀文之士，不率典言，并务恢张其辞，博诞绝类。大者罩天地之表，细者入纤毫之内。祖构之士，雷同附和，罔知所终。至杜少陵乃大惩厥弊，以雄辞直写时事，以创格而纡鸿文，而新体立焉。较之白太傅《讽谕诗》、《秦中吟》之属，及王建、张籍新乐府，倍觉高浑典厚，苍壮悲凉。此正一主于赋，而兼比兴之旨者也。以贯六义，无遗憾矣。

（清）郎廷槐问、张笃庆答《诗问续》，《诗问四种》，齐鲁书社本

诗有兴比赋。赋者，意之所托，主也。意有触而起曰兴，借喻而明曰比，宾也。主宾分位须明，若贪发题外而忽本意，则犯强客压主之病；若滥引题外事而略本意，则有喧宾夺主之病；若正意既行，忽入古人，忽插古事，则有暴客惊主之病。故余谓诗以赋为主。兴者，兴起其所赋也。比者，比其所赋也。兴比须与赋意相关，方无驳杂凌躐之病，而成章以达也。

（清）庞垲《诗义固说》下，《清诗话续编》本

《诗》三百篇,《颂》,赋体也;《雅》,兴体也;《国风》,比体也。有时兴而兼比,故《小序》最为可贵。弃《小序》而别自为序,则以文害辞,以辞害意矣。

　　　　（清）林昌彝《海天琴思录》卷四,上海古籍出版社本

二

比兴在诗学中的地位

1. 比兴是诗的特征

　　《诗》主言志，训诂同《书》，摛《风》裁"兴"，藻辞谲喻，温柔在诵，故最附深衷矣。

　　　　　　　　（南朝·梁）刘勰《文心雕龙·宗经》，《文心雕龙注》，人民文学出版社本

　　比见京师文体，儒钝殊常，竞学浮疏，争为阐缓。玄冬修夜，思所不得。既殊比兴，正背《风》《骚》。若夫六典三礼，所施则有地；吉凶嘉宾，用之则有所。来闻吟咏情性，反拟《内则》之篇；操笔写志，更摹《酒诰》之作；迟迟春日，翻学《归藏》；湛湛江水，遂同《大传》。

　　　　　　　　（南朝·梁）萧纲《与湘东王书》，《全梁文》卷十一，中华书局影印本

　　愚谓凡为史者，宜于表志之外，更立一书。若人主之制册诰令，群臣之章表移檄，收之纪传，悉入书部，题为制册、章、表、书，以类区别，他皆仿此，亦犹志之有礼乐志、刑法志者也。又诗人之什，自成一家，故风雅比兴，非三传所取。

　　　　　　　　（唐）刘知幾《史通·载言》，《四部备要》本

　　著述者流，盖出于《书》之谟训，《易》之象系，《春秋》之笔削，其要在于高壮广厚，词正而理备，谓宜藏于简册也。比兴者流，盖出于虞

夏之咏歌，殷周之风雅，其要在于丽则清越，言畅而意美，谓宜流于谣诵也。兹二者，考其旨义，乖离不合，故秉笔之士，恒偏胜独得，而罕有兼者焉。厥有能而专美，命之曰艺成，虽古文雅之盛世，不能并肩而生。唐兴以来，称是选而不作者，梓潼陈拾遗，其后燕文贞，以著述之余，攻比兴而莫能极。张曲江以比兴之隙，穷著述而不克备。其余各探一隅，相与背驰于道者，其去弥远。文之难兼，斯亦甚矣。

（唐）柳宗元《杨评事文集后序》，《柳河东集》卷二十一，中华书局本

其一十九字，括文章德体，风味尽矣，如《易》之有象辞焉。今但注于前卷中，后卷不复备举。其比兴等六义，本乎情思，亦蕴乎十九字中，无复别出矣。

（唐）皎然《诗式·辨体有一十九字》，历代诗话本

某营蒯凡姿，邾滕陋族。释耕耘于下邑，观礼乐于中都。然素励颛蒙，常耽比兴。未逢仁祖，谁知风月之情；因梦惠连，或得池塘之句。

（唐）温庭筠《上盐铁侍郎启》，《温飞卿诗集笺注》附录二，上海古籍出版社本

夫日取不欲闻之语，不欲见之事，不欲与之人，而以孤衷峭性勉强应酬，使吾耳目形骸为之用，而欲其性情渊夷，神明恬寂，作比兴风雅之言，其趣之已远乎？

（明）锺惺《简远堂近诗序》，《隐秀轩文集》戾集，陕西教育图书社排印本

泰和曾棠带先生有才子，曰房仲，敏而好学，以应举之隙攻比兴……

（清）钱谦益《曾房仲诗序》，《牧斋初学集》卷三十二，上海古籍出版社本

李西涯作诗三卷，次第咏古，自谓乐府。此文既不谐于金石，则非乐也；又不取古题，则不应附于乐府也；又不咏时事，如汉人歌谣及杜陵新题乐府，直是有韵史论，自可题曰史赞，或曰咏史诗，则可矣，不应曰乐府也。诗之为文，一出一入，有切言者，有微言者，轻重无准，唯在达其

志耳。故孟子曰："不以文害词，不以词害志。以意逆志，是为得之。"西涯之词，引绳切墨，议论太重，文无比兴，非诗之体也。

（清）冯班《钝吟杂录》，《清诗话》本

问曰："诗文之界如何？"答曰："意岂有二？意同而所以用之者不同，是以诗文体制有异耳。文之词达，诗之词婉。书以道政事，故宜词达；诗以道性情，故宜词婉。意喻之米，饭与酒所同出。文喻之炊而为饭，诗喻之酿而为酒。文之措词必副乎意，犹饭之不变米形，啜之则饱也。诗之措词不必副乎意，犹酒之变尽米形，饮之则醉也。文为人事之实用，诏敕、书疏、案牍、记载、辨解，皆实用也。实则安可措词不达，如饭之实用以养生尽年，不可矫揉而为糟也。诗为人事之虚用，永言、播乐，皆虚用也。赋而为《清庙》、《执竞》称先王之功德，奏之于庙则为《颂》；赋而为《文王》、《大明》称先王之功德，奏之于朝则为《雅》。二者必有光美之词，与文之撼拾者不同也。赋而为《桑柔》、《瞻卬》刺时王之秕政，亦必有衷恻隐讳之词，与文之直陈者不同也。以其为歌为奏，自不当与文同故也。赋为直陈，犹不与文同，况比兴乎？诗若直陈，《凯风》、《小弁》大诟父母矣。"

（清）吴乔《围炉诗话》卷之一，《清诗话续编》本

史重褒讥，其言直而核；诗兼比兴，其风婉以长，故诗人连类托物之篇，不及记言记事之备。传曰："温柔敦厚，诗教也。"然作史之难也，以孔子事笔削，其于知我罪我，盖惴惴焉；昌黎为唐文臣，起衰敝，至言史官不有人祸必有天刑，引左丘明、司马迁及崔浩、魏收等为戒；子厚深非之，往复辨难不相下。史之难如此。诗人则不然，散为风谣，采之太师，田夫野妇可称咏其王后卿大夫，微词设讽，或泣或歌，忧愤之言寄之"苌楚"，故宫之感见乎"黍离"；吉甫以"清风"自称，孟子以"寺人"表见，言者无罪，闻之者足以戒，其用有大于史者。

（清）施闰章《江雁草序》，《学余堂文集》卷四，《四库全书》本

《礼注》云："诗者，承也。承著昭晢之能。"《诗纬》云："诗者，持也。持契无邪之义。"昔者穆叔拜《鹿鸣》之三，楚庄陈《大武》之

六；子夏监"素绚"以起予，卫赐悟"琢磨"以告往。《吕览》肇其四音，韩婴厥有《外传》；孙毓著异同之评，王基驳故训之失。兹皆比兴之支流，风人之别子。激扬雅训，张设科条，后有能言，准斯为例。

（清）杭世骏《秋窗随笔序》，《清诗话》本

《尚书》有韵者似《雅》《颂》，即无韵者，凡叠下四字句皆似也。然《诗》兼比兴，《书》直似赋体耳。

（清）乔亿《剑溪说诗》卷上，《清诗话续编》本

古人文章各有体裁，若令诗专主于理，不主于比兴风雅，即何不为有韵之《四书》、《五经》，而须后人之叨叨置喙耶！况善谈理者，不滞于理，美人香草，江汉云霓，何一不可依托，而直须仁义礼智不离口，太极天命不去手，始谓之谈理乎？

（清）张谦宜《絸斋诗谈》卷一，《清诗话续编》本

焦循《毛诗补疏序》曰："夫诗，温柔敦厚者也，不质直言之，而比兴言之，不言理而言情，不务胜人，而务感人。"……锡瑞案：诗婉曲不直言，故能感人，焦氏所言甚得其旨。《三百篇》后得风雅之旨者，惟屈子《楚辞》。太史公云："《国风》好色而不淫，《小雅》怨悱而不乱，若《离骚》者，可谓兼之。"而《楚辞》未尝引经，亦未道及孔子，宋玉始引《诗》"素餐"之语，或据以为当时孔教未行于楚之证。案楚庄王左史倚相观射父、白公、子张诸人，在春秋时已引经，不应六国时犹未闻孔教。《楚辞》盖偶未道及，而实兼有《国风》、《小雅》之遗。其后唐之诗人，犹通比兴，至宋乃渐失其旨，然失之于诗，而得之于词，犹诗教之遗也。

（清）皮锡瑞《经学通论·诗经》，中华书局本

《风》、《骚》有比兴之义，本无比兴之名，后人指实其名，已落次乘，作诗词者，不可不知。

（清）陈廷焯《白雨斋词话》卷八，《白雨斋词话足本校注》，齐鲁书社本

2. 诗贵比兴

吾无用久矣，进不能以义补国，退不能以道隐身……日月云迈，蟋蟀谓何！夫诗可以比兴也，不言曷著？

（唐）陈子昂《嘉马参军相遇醉歌序》，《陈子昂集》卷二，中华书局本

卢疏斋先生《文章宗旨》云：大凡作诗，须用《三百篇》与《离骚》。言不关于世教，义不存于比兴，诗亦徒作。夫诗，发乎情，止乎礼义，《关雎》乐而不淫，哀而不伤，斯得性情之正，古人于此观风焉。

（元）陶宗仪《南村辍耕录》卷九，中华书局本

王子曰：诗有六义，比兴要焉。夫文人学子，比兴寡而直率多，何也？出于情寡而工于词多也。夫途巷蠢蠢之夫，固无文也。乃其呕也，哕也，呻也，吟也，行呫而坐歌，食咄而寝嗟，此唱而彼和，无不有比焉兴焉，无非其情焉，斯足以观义矣。故曰：诗者，天地自然之音也。

（明）李梦阳《诗集自序》，《李空同全集》卷五十，明刻本

陆鲁望江湖自放，诗兴宜饶，而墨彩反复黯钝者，当由多学为累，苦欲以赋料入诗耳。

（明）胡震亨《唐音癸签》卷八，上海古典文学出版社本

诗所以贵比兴者，质言之不足，比兴言之则宛转详尽。

（明）陈祚明《采菽堂古诗选》卷五，曹丕《善哉行》评语，清刊本

"江之永矣"四句，止咏叹江汉，而文王化行南国，许多难言处含蕴略尽。汉、魏、六朝以来，诗人多用景语，是其遗意。纯用赋而无比兴，则索然矣。

（清）施闰章《蠖斋诗话·诗有本》，《清诗话》本

今世之为诗者，或漫无所感于中，唯用之往来酬酢之际，仆尝病之，

以为有赋而无比兴，有颂而无风雅。其长篇排律，声愈高而曲愈下，辞未终而意已尽，四始之义阙焉，而犹谓之诗，此则仆之所不识也。

（清）朱彝尊《与高念祖论诗书》，《曝书亭集》卷三十一，《四部丛刊》本

人心感于境遇，而哀乐情动，诗意以生，达其意而成章，则为六义，《三百篇》之大旨也。其所以失亡者，由乎诗人为之。何也？《雅》、《颂》事关朝廷，非所当责；《风》乃闾阎田野所得与，而自汉以来，无复采风问俗，六义亡半。唐诗最盛，唯兴、比、赋不违乎《骚》而已。五代中原云扰，斯文道尽，吴蜀独存吟咏，而皆专意于词。其立意也，流连光彩，鲜比兴而多赋。宋虽诗词并行，而未有见及于比兴之亡者也。然而言能达意，赋义犹存。弘、嘉之复古者，不知诗当有意，亦不知有六义之孰存孰亡，唯崇声色，高自标置。夫既无意，则词无主宰，纰缪不续，并赋义而亡之。攻击者止咎其措词之失当，以燕伐燕者也。

（清）吴乔《围炉诗话·自序》，《清诗话续编》本

问曰："丈丈生平诗千有余篇，自谓与此中议论离合何如？"谢曰："不佞少时为俗学所惧者十年，将至四十，始见唐诗比兴之义；又二十年，方知汉、魏、晋、宋之高妙，而精气销亡，不能构思矣。人之目见者易远，足践者必近，勿相困也。"

（清）吴乔《围炉诗话》卷之一，《清诗话续编》本

问曰："诗在今日，以何者为急务？"答曰："有有词无意之诗，二百年来，习以成风，全不觉悟。无意则赋尚不成，何况比兴？"叶文敏公论古文，余曰："以意求古人则近，以词求古人则远。"公深然之。诗不容有异也。唐诗有意，而托比兴以杂出之，其词婉而微，如人而衣冠。宋词亦有意，惟赋而少比兴，其词径以直，如人而赤体。明之瞎盛唐诗，字面焕然，无意无法，直是木偶被文绣耳。

（清）吴乔《围炉诗话》卷之一，《清诗话续编》本

诗之失比兴，非细故也。比兴是虚句活句，赋是实句。有比兴则实句变为活句，无比兴则实句变成死句。许浑诗有力量，而当时以为不如不

作,无比兴,说死句也。
(清)吴乔《围炉诗话》卷之一,《清诗话续编》本

比兴非小事也。宋诗偶有得者,即近唐人。韩魏公罢相判北京,作《园中》诗云:"风定绕枝蝴蝶闹,雨余荒圃桔橰闲。"明道《春游》诗云:"未须愁日暮,天际是轻阴。"皆用比义以说朝事。子瞻拟陶云:"前山正可数,后骑且勿驱。"兼用比兴以道己意,即迥然异于宋诗。
(清)吴乔《围炉诗话》卷之五,《清诗话续编》本

《雅》、《颂》多赋,《国风》多比兴。楚词从《国风》而出,纯是比兴,赋义绝少。唐人诗宗《风》、《骚》,多比兴。宋诗比兴已少,明人诗皆赋也,便觉板腐少味。
(清)纳兰性德《渌水亭杂识四》,《通志堂集》卷十八,上海古籍出版社本

古乐府,须知其题意,明其比兴,使气味音节,皆得古人之致可矣。
(清)赵执信《声调谱·论例》,《清诗话》本

唐人有"南宫歌管北宫愁"之句,盖赋体也。不如方子云《晚坐》云:"西下夕阳东上月,一般花影有寒温。"以比兴体出之,更妙。
(清)袁枚《随园诗话》卷一,人民文学出版社本

凡作诗不写景而专叙事与述意,是有赋而无比兴,即乏生动之致,意味亦不渊永,结构虽工,未足贵也。善诗者常欲得生动之致,渊永之味,则中二联多寓事意于景。
(清)冒春荣《葚原诗说》卷之一,《清诗话续编》本

《三百篇》、汉、魏之作,类多率尔造极,故严沧浪曰:"诗有别才,非关书也。诗有别趣,非关理也。"后人传诵其语。然我生古人之后,古人则有格有律矣,敢曰不学而能乎?依法则天机浅,凭臆则否臧凶,离之两伤,此事固履之而后难也。且夫诗尚比兴,必旁通鸟兽草木之名,既不能无所取材,则不可一字无来历矣。"关关"、"呦呦"之情状,"敦然"、

"沃若"之精神，夹漈特著论以名之，其要归于读书而已。《传》曰："不学博依，不能安诗。"读诗且不可不博依也，而顾自比于古妇人小子之为诗也哉？

（清）汪师韩《诗学纂闻》，《清诗话》本

作诗最忌敷陈多于比兴，咏叹少于发挥，是即南北宗所由分也。

（清）方南堂《辍锻录》，《清诗话续编》本

严沧浪论诗，谓如镜中之相，水中之月，此正参禅家语也。诗固有一种高浑变化不可模拟者，然或直抒胸臆，亦未可厚非，但其用意，须得温厚和平之旨，不然，直灌夫使酒而已。大率用赋不若用比兴，比兴意有含蓄也。故《三百篇》"人而无礼，胡不遄死"、"乃如之人兮，怀婚姻也"、"大无信也，不知命也"等语，杨升庵亦尝非之。

（清）郭兆麟《梅岩诗话》，《梅岩文抄》，《山右丛书初编》本

诗重比兴。比但以物相比，兴则因物感触，言在于此而义寄于彼，如《关雎》、《桃夭》、《兔罝》、《樛木》。解此则言外有余味，而不尽于句中。又有兴而兼比者，亦终取兴不取比也。若夫兴在象外，则虽比而亦兴。然则，兴最诗之要用也。

（清）方东树《昭昧詹言》卷十八，人民文学出版社本

正言直述，易于穷尽，而难于感发人意。托物寓情，形容摹写，反覆咏叹，以俟人之自得，所以贵比兴也。

（清）方东树《昭昧詹言》卷二十一，人民文学出版社本

作诗当先辨六义，《风》、《雅》、《颂》，朱子谓之三经；赋、比、兴，朱子谓之三纬。三代以后，《风》、《雅》、《颂》之体，不可摹袭；而赋、比、兴，则作者之性情，触物流露，虽无《风》、《雅》、《颂》之貌，而实《风》、《雅》、《颂》之心也。作诗若有赋而无比兴，则诗心凋丧，而去《风》、《雅》、《颂》益远。唯子美以志士仁人之节，阐诗人比兴之旨，遂足为古今冠。学诗者熟玩《三百篇》之比兴，而子美之真心不难求，大节不难见矣。不然，导源已差，诵览著述，愈多

愈缪。

（清）潘德舆《养一斋李杜诗话》卷二，《清诗话续编》本

士生古人之后，古人之诗，号专门名家者，无虑百数十家，欲弃去古人之糟粕，而不为古人所束缚，诚戛戛乎其难。虽然，仆尝以为诗之外有事，诗之中有人；今之世异于古，今之人亦何必与古人同？尝于胸中设一诗境：一曰复古人比兴之体；一曰以单行之神运排偶之体；一曰取《离骚》乐府之神理，而不袭其貌；一曰用古文家伸缩离合之法以入诗。

（清）黄遵宪《人境庐诗草·自序》，《人境庐诗草笺注》，上海古典文学出版社本

中白先生叙《复堂词》有云："夫义可相附，义即不深；喻可专指，喻即不广。托志帷房，眷怀君国，温、韦以下，有迹可寻。然而自宋及今，几九百载，少游、美成而外，合者鲜矣。又或用意太深，辞为义掩，虽多比兴之旨，未发缥缈之音。近世作者，竹垞撷其华，而未芟其芜；茗柯溯其原，而未竟其委。"又曰："自古词章，皆关比兴，斯义不明，体制遂舛。狂呼叫嚣，以为慷慨；矫其弊者，流为平庸。风诗之义，亦云渺矣。"先生此论，实是冠古之识，并非大言欺人。

（清）陈廷焯《白雨斋词话》卷六，《白雨斋词话足本校注》，齐鲁书社本

夫人心不能无所感，有感不能无所寄，寄托不厚，感人不深；厚而不郁，感其所感，不能感其所不感。伊古词章，不外比兴，《谷风》阴雨，犹自期以同心；攘诟忍尤，卒不改乎此度。为一室之悲歌，下千年之血泪，所感者深且远也。

（清）陈廷焯《白雨斋词话自序》，《白雨斋词话足本校注》卷首，齐鲁书社本

讽刺之诗，意不可不露，亦不可太露，故不宜赋而宜比兴也。咏蝉诗云："莫倚高枝纵繁响，也应回首顾螳螂。"咏瀑布诗云："流到前溪无一语，在山作得许多声。"咏铁马诗云："底事丁冬时作响，在人檐下不平鸣。"咏夏云诗云："无限寒苗枯欲死，悠悠闲处作奇峰。"皆急切言之，

而仍出之以蕴藉者。

（清）梁绍壬《两般秋雨庵随笔》卷一《讽刺诗》，上海古籍出版社本

诗有性情，兴、观、群、怨是也。诗有倚托，事父事君是也。诗有比兴，鸟兽草木是也。言志之格律，尽于此三者矣。后人咏怀寄托，不免偏有所着。《十九首》包涵万有，磕着即是，凡五伦道理，莫不毕该，却又不入理障，不落言诠，此所以独高千古也。

（清）朱筠《古诗十九首总说》，《古诗十九首集释》，中华书局本

3. 骚 赋 词等亦用比兴

声韵之文，诗最先作，至周而体分六义焉。其二曰赋。战国之季，屈原作《离骚》，传称为贤人失志之赋。班孟坚云："赋者，古诗之流也。"然则诗也，骚也，赋也，其名异也，义其同乎？古之为诗也，《风》行于邦国，《雅》、《颂》施于朝廷。情动于中而形于言，其用有赋与比兴之分。总其大要，有陈情与志者焉，有体事与物者焉。屈子之作，称尧、舜之耿介，讥桀、纣之昌披，以寓其规讽；誓九死而不悔，嗟黄昏之改期，以致其忠怨；近于诗之陈情与志者矣。若夫体事与物，风之《驷驖》，雅之《车攻》、《吉日》，畋猎之祖也；《斯干》、《灵台》，宫殿苑囿之始也；《公刘》之"豳居允荒"，《绵》之"至于岐下"，京都之所由来也。至于鸟兽草木之咏，其流浸以广矣。故诗者，骚赋之大原也。

既知诗与骚赋之所以同，又当知骚与赋之所以异。诗之体大而该，其用博而能通，是以兼六义而被管弦。骚则长于幽怨之情，而不可登清庙。赋能体万物之情状，而比兴之义缺焉。盖《风》、《雅》、《颂》之再变而后有《离骚》，骚之体流而成赋。赋也者，体类于骚而义取乎诗者也。

（清）程廷祚《骚赋论上》，《青溪集》卷三，《金陵丛书》本

或曰：赋与骚异，则吾既得闻教矣。然则赋不可以宗骚乎哉？曰：不然也。赋与骚虽异体，而皆原于诗。骚出于变《风》、《雅》而兼有赋比兴之义，故于诗也为最近。其声宜于衰晚之世，宜于寂寞之野，宜于放臣

弃子之愿悟其君父者。至于赋之为用，固有大焉，以其作于骚之后，故体似之，而义则又裁乎诗人之一义也。昔商、周之作者，以圣贤之才，作为篇咏，盛则宜其平和之响，变则发其哀愤之音，下起于闺门之私，而上荐于郊庙，千古以来，有能五"四始"而七"六义"者乎？不能也。骚由乎是，赋亦由乎是，又何疑乎赋之不可以宗骚也？

（清）程廷祚《骚赋论下》，《清溪集》卷三，《金陵丛书》本

《易》之象也，《诗》之兴也，变化而不可方物矣；《礼》之官也，《春秋》之例也，谨严而不可假借矣。夫子曰："天下同归而殊途，一致而百虑。"君子之于六艺，一以贯之，斯可矣。物相杂而谓之文，事得比而有其类。知事物名义之杂出而比处也，非文不足以达之，非类不足以通之。六艺之文，可以一言尽也。夫象歟，兴歟，例歟，官歟，风马牛之不相及也，其辞可谓文矣，其理则不过曰通于类也。故学者之要，贵于知类。

（清）章学诚《易教下》，《文史通义》卷一，中华书局本

《易》象虽包六艺，与《诗》之比兴，尤为表里。夫《诗》之流别，盛于战国人文，所谓长于讽喻，不学诗，则无以言也。然战国之文，深于比兴，即其深于取象者也。《庄》《列》之寓言也，则触蛮可以立国，蕉鹿可以听讼；《离骚》之抒愤也，则帝阙可上九天，鬼情可察九地。他若纵横驰说之士，飞箝捭阖之流，徙蛇引虎之营谋，桃梗土偶之问答，愈出愈奇，不可思议。

（清）章学诚《易教下》，《文史通义》卷一，中华书局本

战国之文既源于六艺，又谓多出于诗教，何谓也？曰：战国者，纵横之世也。纵横之学，本于古者行人之官。观春秋之辞命，列国大夫聘问诸侯，出使专对，盖欲文其言以达旨而已。至战国而抵掌揣摩腾说以取富贵，其辞敷张而扬厉，变其本而加恢奇焉，不可谓非行人辞命之极也。孔子曰："诵诗三百，授之以政，不达；使于四方，不能专对；虽多奚为？"是则比兴之旨，讽谕之义，固行人之所肄也。纵横者流推而衍之，是以能委折而入情，微婉而善讽也。

（清）章学诚《诗教上》，《文史通义》卷一，中华书局本

史之赖于文也，犹衣之需乎采，食之需乎味也。采之不能无华朴，味之不能无浓淡，势也。华朴争而不能无邪色，浓淡争而不能无奇味。邪色害目，奇味爽口，起于华朴浓淡之争也。文辞有工拙，而族史方且以是为竞焉，是舍本而逐末矣。以此为文，未有见其至者；以此为史，岂可与闻古人大体乎？韩氏愈曰："仁义之人，其言蔼如。"仁者情之普，义者气之遂也。程子尝谓有《关雎》、《麟趾》之意而后可以行《周官》之法度，吾则以谓通六义比兴之旨而后可以讲春王正月之书，盖言心术贵于养也。

（清）章学诚《史德》，《文史通义》卷三，中华书局本

古之赋家者流，原本《诗》《骚》，出入于战国诸子……虽其文逐声韵，旨存比兴，而深探本原，实能自成一子之学。

（清）章学诚《校雠通义》卷三《汉志诗赋》，《文史通义》附，中华书局本

大抵古诗皆从《骚》出，比兴多而质言少。及建安渐变为质，至陶公乃一洗为白道，此即所谓去陈言也。后来杜、韩遂宗之以立极。其实《三百篇》本体固如是也。

（清）方东树《昭昧詹言》卷二，人民文学出版社本

《易》取象，《诗》谲谏，犹之寓言也。但取象如《诗》之有比，谲谏则不必于象。第以经解经，有离合矣，固而求之风人，其佹父乎？

（清）宋大樽《茗香诗论》，《清诗话》本

词虽小道，范文正、欧阳文忠尝乐为之；考亭大儒，亦间有作。盖古人之流连光景，托物起兴，有宜诗者，有宜词者。

（清）陆蓥《问话楼词话自序》，《词话丛编》本

杨芸士（文荪）《洺州倡和序》云："体物则课虚叩寂，画冰镂尘，幽思宜搜，微旨独引。红情绿意，莲波写愁；疏影暗香，梅格入画。丽不染俗，巧不近纤，离貌追神，工如之何矣！赋景则衔彼山川，命兹毫素，荒原吊古，蹒跚斜阳。野渡寻秋，苍茫远水；晓风残月，霁色冷光。雅擅

白描,能传清景,妍心妙手,隽如之何矣!"诒案词之言情,乃诗之赋体也。词一作赋体,则直陈其事,有是词乎!比兴二体,不外体物赋景二事。是序论二事,亦可谓无妙不臻,极词人之能事矣!

(清)江顺诒《词学集成》卷七,《词话丛编》本

词虽小道,然极其至何尝不是立言。盖其温厚和平,长于讽喻,一本兴观群怨之旨,虽圣人起,不易其言也。周止庵曰"诗有史,词亦有史",一语道破矣。

(清)蒋兆兰《词说》,《词话丛编》本

初学作词,当从诗入手,盖未有五、七言不能成句,而能作长、短句者也。……大抵诗境宽,家数多,故不易自立,词境窄,家数虽多而可宗者少,故易于成就。至词与诗之不同,虽非一端,而大较诗则有赋、比、兴三义,词则以比兴为高,才入赋体,便非超诣矣。

(清)蒋兆兰《词说》,《词话丛编》本

诗有赋、比、兴,词则比兴多于赋。或借景以引其情,兴也;或借物以寓其意,比也。盖心中幽约怨悱,不能直言,必低徊要眇以出之,而后可感动人。

(清)沈祥龙《论词随笔》,《词话丛编》本

荀况赋论言:"请陈佹诗。"班固言:"赋者,古诗之流。"曰"佹",旁出之辞;曰"流",每下之说。夫既与诗分体,则义兼比兴,用长箴颂矣。

(清)王芑孙《读赋卮言·导源》,《赋话六种》,香港版

幽忧愤悱,寓之比兴,谓之骚,始于灵均,而畅于宋玉、唐、景诸人也。

(清)张笃庆《诗问》,《诗问四种》,齐鲁书社本

《骚》者《诗》之变。《诗》有赋、兴、比,唯《骚》亦然。但《三百篇》边幅短窄,易可窥寻,若《骚》则浑沦变化,其赋、比、兴错杂而出,固未可以一律求也。

(清)蒋骥《山带阁注楚辞·楚辞余论卷上》,中华书局本

三

作为诗歌发生论的"感物兴情"说

1. "诗也者 兴之所为也"

（北魏孝文帝）才藻富赡，好为文章，诗赋铭颂，任兴而作。
　　　　　　（北魏）魏收《魏书》卷七《高祖纪下》，中华书局本

凡作诗之人，皆自抄古人诗语精妙之处，名为随身卷子，以防苦思。作文兴若不来，即须看随身卷子，以发兴也。
　　　　　　（唐）[日]弘法大师《文镜秘府论·南卷·论文意》，《文镜秘府论校注》，中国社会科学出版社本

凡神不安，令人不畅无兴。无兴即任睡，睡大养神。常须夜停灯任自觉，不须强起。强起即昏迷，所览无益。纸笔墨常须随身，兴来即录。若无笔纸，羁旅之间，意多草草。舟行之后，即须安眠。眠足之后，固多清景，江山满怀，合而生兴，须屏绝事务，专任情兴。因此，若有制作，皆奇逸。看兴稍歇，且如诗未成，待后有兴成，却必不得强伤神。
　　　　　　（唐）[日]弘法大师《文镜秘府论·南卷·论文意》，《文镜秘府论校注》，中国社会科学出版社本

诗者人之志，非诗志莫传。人和心尽见，天意与相连。论物生新句，评文起雅言。兴来如宿构，未始用雕镌。
　　　　　　（宋）邵雍《谈诗吟》，《伊川击壤集》卷十八，《四部丛刊》本

文物皇唐盛，诗家老杜豪。雅音还正始，感兴出《离骚》。
　　　　　（宋）张方平《读杜工部诗》，《乐全集》，《四库全书》本

仁宗皇帝，天资颖悟，圣艺神奇，遇兴援毫，超逾庶品。
　　　　　（宋）郭若虚《图画见闻志》卷三，人民美术出版社本

山谷云："闭门觅句陈无己，对客挥毫秦少游。"世传无己每有诗兴，拥被卧床，呻吟累日，乃能成章。少游则杯觞流行，篇咏错出，略不经意。
　　　　　（宋）罗大经《鹤林玉露》甲编卷六，《作文迟速》，中华书局本

《无尽居士集》七十卷……其于诗虽不深，其论诗亦不当如是之陋也。何为陋？其论六义比兴有曰："兴者，乘兴而作，故谓之兴。"
　　　　　（元）方回《桐江集》卷四《张天觉律诗格考》，商务印书馆本

诗有不立意造句，以兴为主，漫然成篇，此诗之入化也。
　　　　　（明）谢榛《四溟诗话》卷一，《历代诗话续编》本

凡作诗，悲欢皆由乎兴，非兴则造语弗工。欢喜之意有限，悲感之意无穷。欢喜诗，兴中得者虽佳，但宜乎短章；悲感诗，兴中得者更佳，至于千言反覆，愈长愈健。熟读李、杜全集，方知无处无时而非兴也。
　　　　　（明）谢榛《四溟诗话》卷三，《历代诗话续编》本

走笔成诗，兴也；琢句入神，力也。
　　　　　（明）谢榛《四溟诗话》卷三，《历代诗话续编》本

阮公《咏怀》，远近之间，遇境即际，兴穷即止，坐不着论宗佳耳。人乃谓陈子昂胜之，何必子昂，宁无感兴乎哉！
　　　　　（明）王世贞《艺苑卮言》卷三，《历代诗话续编》本

夫诗者，兴也，缘人情而为之者也。庸人之情不扬，俗人之情不韵。诗不难言，人自难之耳。……夫有一代之兴，则有一代之诗。故《三百

篇》风各不同，代革世沿，各得其性之所近，《三百》自《三百》，汉魏自汉魏，唐自唐，明自明耳。以优孟而为叔敖，神骨自别，只自见其不陶不杜不李，为俗为俚为野而已矣。

      （明）赵南星《冯继之诗序》，《赵忠毅公文集》卷八，明刊本

  诗也者，兴之所为也。兴生于情，人皆有之，唯愚人无兴，俗人无兴。天下唯俗人多，俗人之兴在乎轩冕财贿，而不可以发之于诗，其所为诗率剿袭模拟，若优孟之于孙叔敖也。

      （明）赵南星《三溪先生诗序》，《赵忠毅公文集》卷八，明刊本

  古人意兴弗极，不强构思，正高出今数倍处。

      （明）胡应麟《跋家藏楊兰亭赵文敏临真迹》，《少室山房类稿》卷一百八，明刻本

  古之比兴，非以能言为妙，以不能不言者之为妙也，此所谓发乎情也。

      （明）胡翰《童中洲和陶诗后跋》，《皇明文衡》卷四十五，《四部丛刊》本

  诗贵情兴，若篇篇恣情，遂成放诞；诗贵景真，若篇篇赋景，便落粗浅。

      （明）费经虞《雅伦》，清刊本

  开手笔机飞舞，墨势淋漓，有自由自得之妙，则把握在手，破竹之势已成，不忧此后不成完璧。如此时、此际，文情艰涩，勉强支吾，则朝气昏昏，到晚终无晴色，不如不作之为愈也。然则开手锐利者，宁有几人，不几阻抑后辈而塞填词之路乎？曰：不然，有养机使动之法在。如入手艰涩，姑置勿填，以避烦苦之势。自寻乐境，养动生机，俟襟怀略展之后，仍复拈毫。有兴即填，否则又置。如是者数四，未有不忽撞天机者。

      （清）李渔《闲情偶寄·词曲部·格局第六》，《中国古典戏曲论著集成》（七），中国戏剧出版社本

含情而能达，会景而生心，体物而得神，则自有灵通之句，参化工之妙。若但于句求巧，则性情先为外荡，生意索然矣。"松陵体"永堕小乘者，以无句不巧也。然皮、陆二子，差有兴会，犹堪讽咏。若韩退之以险韵、奇字、古句、方言矜其饾辏之巧，巧诚巧矣，而于心情兴会一无所涉，适可为酒令而已。

（清）王夫之《薑斋诗话》卷二，人民文学出版社本

一用兴会标举成诗，自然情景俱到。恃情景者，不能得情景也。

（清）王夫之《明诗评选》卷六，袁凯《春日溪上书怀》评语，《船山遗书》，上海太平洋书店重校刊本

考城《杂体诗》拟司空离情、特进侍宴，便胜二公。至于《咏扇》云："画作秦王女，乘鸾向烟雾。"虽不必其本调所宜，而词从兴生，不傍古事，语趣飞举，无惭彩笔。

（清）毛先舒《诗辩坻》卷第二，《清诗话续编》本

作诗固宜搜索枯肠，然着不得勉强。故有意作诗，不若诗来寻我，方觉下笔有神。诗固以兴之所至为妙，唐人云："几处觅不得，有时还自来。"进乎技矣。

（清）吴雷发《说诗菅蒯》，《清诗话》本

香炉峰在东林寺东南，下即白乐天草堂故址。峰不甚高，而江文通《从冠军建平王登香炉峰》诗云："日落长沙渚，层阴万里生。"长沙去庐山二千余里，香炉何缘见之？孟浩然《下赣石》诗："湓帆何处泊？遥指落星湾。"落星在南康府，去赣亦千余里。顺流乘风，即非一日可达。古人诗只取兴会超妙，不似后人章句，但作记里鼓也。

（清）王士禛《渔洋诗话》卷上，《清诗话》本

世谓王右丞画雪中芭蕉，其诗亦然。如"九江枫树几回青，一片扬州五湖白"，下连用兰陵镇、富春郭、石头城诸地名，皆寥远不相属。大抵古人诗画，只取兴会神到，若刻舟缘木求之，失其指矣。

（清）王士禛《带经堂诗话》卷三，人民文学出版社本

祖咏试终南山雪诗云云，主者少之，咏对曰："意尽。"王士源谓孟浩然："每有制作，伫兴而就；宁复罢阁，不为浅易。"山谷亦云："吟诗不须务多，但意尽可也。"古人或四句或两句便成一首，正此意。

（清）王士禛《带经堂诗话》卷三，人民文学出版社本

得句而难成篇时，最是进退之关，不可草草完事，草草便成滑笔矣。兴会不属，宁且已之；而意中常有未完事，偶然感触，大有玄想奇句。

（清）吴乔《围炉诗话》卷之四，《清诗话续编》本

予族兄耐轩先生，早岁成进士，宦游几三十年，手未尝去书。生平不愿以诗自名，然兴至辄濡毫落纸，簌簌如风雨声，数十百言立就，其得意处往往有鹏搴海立，可喜可愕之观，视世人所为俪花斗叶，粉黛纂组，奄奄无生气者，辄唾而笑之。

（清）邵长蘅《耐轩遗稿序》，《青门剩稿》卷四，青门草堂本

诗之妙，在一字两字工夫。然一字两字，不惟在学问见解，而一时之心思兴会，亦有到有不到，推敲之间，殊难把捉矣。

（清）田同之《西圃诗说》，《清诗话续编》本

《二南》，美文王之化也。然不著一修、齐、治、化字，冲淡愉夷，随兴而发。有知如妇人，无知如物类，同际太和之盛，而相忘其所以然，是王风皞皞气象。

（清）沈德潜《说诗晬语》卷上，《清诗话》本

改诗难于作诗，何也？作诗，兴会所至，容易成篇；改诗，则兴会已过，大局已定，有一二字于心不安，千力万气，求易不得，竟有隔一两月，于无意中得之者。

（清）袁枚《随园诗话》卷一，人民文学出版社本

梅花最高格，群仰绝世姿。《离骚》撷众芳，无一语及之。西蜀多海棠，艳色天下奇。堪笑浣花老，亦弗留一诗。乃知卓荦人，胸次故不羁。吟咏出兴会，万物供驱驰。兴气偶不属，目固弗见眉。岂必雕绘家，掇拾

靡有遗？

    （清）赵翼《古诗二十首》之十四，《瓯北集》卷一，清嘉庆十七年刻本

  宋初司马池《行色》诗，或谓范文正《野色》诗足以配之。然二诗皆一时伫兴，故佳。不比后人某声某影，连类成体也。

    （清）翁方纲《石洲诗话》卷三，人民文学出版社本

  不伫兴而就，皆迹也；轨仪可范，思识可该者也。有前此后此不能工，适工于俄顷者，此俄顷亦非敢必觊也，而工者莫知其所以然。太虚无为之风，无终始之期；列子有待之风，登空泛云，一举万里，尚何有迹哉？

    （清）宋大樽《茗香诗论》，《清诗话》本

  悲欢皆由乎兴，非幸则造语不工。欢喜诗，兴中得者，宜短章。悲感诗，兴中得者更佳，千言反覆，愈长愈健。熟读李、杜全集，方知无处无时而非兴也。

    （清）方东树《昭昧詹言》卷二十一，人民文学出版社本

  大抵文字无才情，便无兴会，所以古人论诗比之张弓，须有十分力，方开得到十分，否则勉强钩弦，筋怒面赤，一再发，敬谢不敏矣。吾读迦陵长调，庶几绰有余勇哉。

    （清）谢章铤《赌棋山庄词话》卷四，《词话丛编》本

  诗以道性情，故人之有至性者，往往山川草木、阅历阻修，皆足以发其忠爱悱恻缠绵无已之致，不必定拟其若者为汉、为魏、为三唐、为两宋而一一规合之，而灵气磅礴，固已无乎不及也。……松斋自言："吾兴会所至，聊托诸行吟，初无意乎作者之林也。"吾正喜其无意求工，而可于诸家中另辟一生面。

    （清）顾汧《张松斋诗集序》，《凤池园集》，上海古籍出版社本

  夫所谓诗中有我者，不依傍前人门户，不摹仿前人形似，抒写性情，

绝无成见，称心而言，自鸣其天。勿论大篇短章，皆乘兴而作，意尽则止。我有我之精神结构，我有我之意境寄托，我有我之气体面目，我有我之材力准绳，决不拾人牙慧，落寻常窠臼蹊径之中。

(清)朱庭珍《筱园诗话》卷一，《清诗话续编》本

人能以画寓意，明窗净几，描写景物，名花折枝，想其态度卓约。枝叶宛转，向日舒笑，迎风欹斜，含烟弄雨。初开残落，布置笔端，不觉妙合天趣，自是一乐。然必兴会自至，方见天机活泼；若一涉应酬，则烦苦郁塞，无味极矣，安得有画。

(清)邹一桂《小山画谱》，《历代论画名著汇编》本

绘学有得，然后见山见水，触物生趣，胸中了了，方可下笔。画要墨酣畅，意趣超古。画之董巨，犹诗之陶谢也。渊明篇篇有酒，摩诘句句有画。欲追拟辋川，先饮彭泽酒以发兴。

(清)吴历《墨井画跋》，《历代论画名著汇编》本

作画必明窗净几，笔墨精良，胸无尘滓，然后下笔。胸次默忆古名人山水，一树一石，如在腕下。则兴趣勃然，定是佳构。

(清)钱杜《松壶画忆》，《历代论画名著汇编》本

未作画前，全在养兴，或睹云泉，或观花鸟，或散步清吟，或焚香啜茗，俟胸中有得，技痒兴发，即伸纸舒毫，兴尽斯止，至有兴时续成之，自必天机活泼，迥出尘表。

(清)王昱《东庄论画》，《历代论画名著汇编》本

2. "诗人之兴　感物而作"

予客自南鄙，观艺于鲁，睹斯而眙曰："嗟乎！诗人之兴，感物而作。故奚斯颂僖，歌其路寝，而功绩存乎辞，德明昭乎声。物以赋显，事以颂宣；匪赋匪颂，将何述焉！"

(汉)王延寿《鲁灵光殿赋序》，《全后汉文》卷五十八，中华书局影印本

魏之国中有孔雀，久在池沼，与众鸟同列。其初至也，甚见奇伟，而今行者莫视。临淄侯感世人之待士，亦咸如此，故兴志而作赋。

　　　　（汉）杨修《孔雀赋序》，《全后汉文》卷五十一，中华书局影印本

读诗至《蜉蝣》，感其虽朝生暮死，而能修其翼，可以有兴，遂赋之。

　　　　（晋）傅咸《蜉蝣赋序》，《全晋文》卷五十一，中华书局影印本

余弱年凤孤，与弟士龙衔恤丧庭，续会逼王命，墨经即戎，时并紫发，悼心告别，渐历八载，家邦颠覆，凡厥同生，凋落殆半。收迹之日，感物兴哀。而士龙又生在西，时迫当祖载二昆，不容逍遥，衔痛东徂，遗情西慕，故作是诗，以寄其哀苦焉。

　　　　（晋）陆机《赠弟士龙诗序》，《陆机集》，中华书局本

古人以水喻性，有旨哉斯谈！非以停之则清，混之则浊邪？情因所习而迁移，物触所遇则兴感。故振辔于朝市，则充屈之心生；闲步于林野，则辽落之志兴……以暮春之始，禊于南涧之滨。高岭千寻，长湖万顷。隆屈澄汪之势，可为壮矣。乃席芳草，镜清流，览卉木，观鱼鸟。具物同荣，资生咸畅。于是和以醇醪，齐以达观，决然入矣，焉复觉鹏鷃之二物哉？往复推移，新故相换。今日之迹，明复陈矣。原诗人之致兴，谅歌咏之有由。

　　　　（晋）孙绰《三月三日兰亭诗序》，《全晋文》卷六十一，中华书局影印本

是日也，天朗气清，惠风和畅。仰观宇宙之大，俯察品类之盛，所以游目骋怀，足以极视听之娱，信可乐也。夫人之相与俯仰一世，或取诸怀抱，悟言一室之内；或因寄所托，放浪形骸之外。虽趣舍万殊，静躁不同，当其欣于所遇，暂得于己，快然自足，曾不知老之将至。及其所之既倦，情随事迁，感慨系之矣！向之所欣，俯仰之间，已为陈迹，犹不能不以之兴怀。况修短随化，终期于尽。古人云："死生亦大矣！"岂不痛哉！每览古人兴感之由，若合一契，未尝不临文嗟悼，不能喻之于怀。因知"一死生"为虚诞，"齐彭殇"为妄作。后之视今，亦犹今之视昔，悲夫！

故列叙时人，录其所述。虽世殊事异，所以兴怀，其致一也。后之览者，亦将有感于斯文。

    （晋）王羲之《三月三日兰亭诗序》，《全晋文》卷二十六，中华书局影印本

  释法师以隆安四年仲春之月，因咏山水，遂杖锡而游。于时交徒同趣三十余人，咸拂衣晨征，怅然增兴。……斯日也，众情奔悦，瞩览无厌。游观未久，而天气屡变。霄雾尘集，则万象隐形；流光回照，则众山倒影。开阖之际，状有灵焉，而不可测也。乃其将登，则翔禽拂翮，鸣猿厉响。归云回驾，想羽人之来仪；哀声相和，若玄音之有寄。虽仿佛犹闻，而神以之畅；虽乐不期欢，而欣以永日。当其冲豫自得，信有味焉，而未易言也。退而寻之，夫崖谷之间，会物无主，应不以情而开兴，引人致深若此。岂不以虚明朗其照，闲邃笃其情耶？并三复斯谈，犹昧然未尽。俄而太阳告夕，所存已往，乃悟幽人之玄览，达恒物之大情，其为神趣，岂山水而已哉！于是徘徊崇岭，流目四瞩，九江如带，丘阜成垤。因此而推，形有巨细，智亦宜然，乃喟然叹。宇宙虽遐，古今一契。灵鹫邈矣，荒途日隔，不有哲人，风迹谁存？应深悟远，慨焉长怀。各欣一遇之同欢，感良辰之难再。情发于中，遂共咏之云尔：

  超兴非有本，理感兴自生。忽闻石门游，奇唱发幽情。……

    （晋）庐山诸道人《游石门诗并序》，《先秦汉魏晋南北朝诗·晋诗》卷二十，中华书局本

  余以暮秋之日，述职内禁，夜清务隙，游目艺苑。于时风霜初戒，蛰类尚繁，飞蛾翔羽，翩翾满室。赴轩幌、集明烛者，必以焦灭为度。虽则微物，矜怀者久之。退感庄生异鹊之事，与彼同迷而忘返鉴之道，此先师之所以鄙智及，齐客所以难目论也。怅然有怀，感物兴思，遂赋之云尔。

    （南朝·宋）傅亮《感物赋序》，《全宋文》卷二十六，中华书局影印本

  原夫登高之旨，盖睹物兴情。情以物兴，故义必明雅；物以情观，故词必巧丽。

    （南朝·梁）刘勰《文心雕龙·诠赋》，《文心雕龙注》，人民文学出版社本

赞曰：山沓水匝，树杂云合；目既往还，心亦吐纳。春日迟迟，秋风飒飒，情往似赠，兴来如答。

  （南朝·梁）刘勰《文心雕龙·物色》，《文心雕龙注》，人民文学出版社本

其源出于陈思，杂有景阳之体，故尚巧似，而逸荡过之，颇以繁富为累。嵘谓若人兴多才高，寓目辄书，内无乏思，外无遗物，其繁富，宜哉。

  （南朝·梁）钟嵘《诗品》卷上评谢灵运，《诗品注》，人民文学出版社本

炎凉始冒，触兴自高，睹物兴情，更向篇什。

  （南朝·梁）萧统《答晋安王书》，《全梁文》卷二十，中华书局影印本

云山已发兴，玉佩仍当歌。

  （唐）杜甫《陪李北海宴历下亭》，《杜诗详注》卷一，中华书局本

东阁观梅动诗兴，还如何逊在扬州。

  （唐）杜甫《和裴迪登蜀州东亭送客逢早梅》，《杜诗详注》卷九，中华书局本

第九，感兴势。

感兴势者，人心至感，必有应说，物色万象，爽然有如感会。亦有其例。如常建诗云："泠泠七弦遍，万木澄幽音，能使江月白，又令江水深。"又王维《哭殷四》诗云："泱漭寒郊外，萧条闻哭声，愁云为苍茫，飞鸟不能鸣。"

  （唐）[日] 弘法大师《文镜秘府论·地卷·十七势》，《文镜秘府论校注》，中国社会科学出版社本

春夏秋冬气色，随时生意。取用之意，用之时，必须安神净虑。目睹

其物，即入于心；心通其物，物通即言。言其状，须似其景。语须天海之内，皆入纳于方寸。至清晓，所览远近景物及幽所奇胜，概皆须任意自起。意欲作文，乘兴便作，若似烦即止，无令心倦。常如此运之，即兴无休歇，神终不疲。

  （唐）[日]弘法大师《文镜秘府论·南卷·论文意》，《文镜秘府论校注》，中国社会科学出版社本

  词有所怀，兴生于怨，故或隐显，不常其言，冀知者于异时而已。

  （唐）李绅《追昔游序》，《文苑英华》卷七百一十四，中华书局影印本

  兴者，情也，谓外感于物，内动于情。情不可遏，故曰兴。感君臣之德政废兴，而形于言。

  （唐）贾岛《二南秘旨·兴论》，《学海类编》本

  夫诗之本在声，而声之本在兴，鸟兽草木乃发兴之本。汉儒之言诗者，既不论声，又不知兴，故鸟兽草木之学废矣。若曰"关关雎鸠，在河之洲"，不识雎鸠，则安知河洲之趣与关关之声乎？

  （宋）郑樵《乐略·正声序论》，《通志》卷四十九，商务印书馆本

  自古工诗未尝无兴也，睹物有感焉则有兴。今之作诗者以兴近乎讪也，故不敢作，而诗之一义废矣。老杜《莴苣》诗云："两旬不甲拆，空惜埋泥滓。野芹迷汝来，宗山实于此。"皆兴小人盛而掩抑君子也。至高适《题处士菜园》则云："耕地桑柘间，地肥菜常熟，为问葵藿资，何如庙堂肉？"则近乎讪矣。作诗者苟知兴之与讪异，始可言诗矣。

  （宋）李颀《古今诗话》，《宋诗话辑佚》本

  王介甫只知巧语之为诗，而不知拙语亦诗也。山谷只知奇语之为诗，而不知常语亦诗也。欧阳公诗专以快语为主，苏端明诗专以刻意为工，李义山诗只知有金玉龙凤，杜牧之诗只知有绮罗脂粉，李长吉诗只知有花草蜂蝶，而不知世间一切皆诗也。惟杜子美则不然，在山林则山林，在廊庙则廊庙，遇巧则巧，遇拙则拙，遇奇则奇，遇俗则俗，或放或收，或新或

旧。一切物，一切事，一切意，无非诗者。故曰："吟多意有余"，又曰"诗尽人间兴"，诚哉是言。

（宋）张戒《岁寒堂诗话》卷上，《历代诗话续编》本

（杜甫）《晴》："啼鸦争引子，鸣鹤不归林。下食遭泥去，高飞恨久阴。"子美之志可见矣。"下食遭泥去"，则固穷之节，"高飞恨久阴"，则避乱之急也。子美之志，其素所蓄积如此，而目前之景，适与意会，偶然发于诗声，六义中所谓兴也。兴则触景而得，此乃取物。

（宋）张戒《岁寒堂诗话》卷下，《历代诗话续编》本

诗首《国风》，无非变者，虽周公之《豳》亦变也。盖人之情，悲愤积于中而无言，始发为诗。不然，无诗矣。苏武、李陵、陶潜、谢灵运、杜甫、李白，激于不能自已，故其诗为百代法。国朝林逋、魏野以布衣死，梅尧臣、石延年弃不用，苏舜钦、黄庭坚以废绌死。近时，江西各家者，例以党籍禁锢，乃有才名，盖诗之兴本如是。

（宋）陆游《淡斋居士诗序》，《陆游集·渭南文集》卷十五，中华书局本

大抵诗之作也，兴，上也；赋，次也；赓和，不得已也。然初无意于作是诗，而是物是事，适然触于我，我之意亦适然感乎是物是事，触先焉，感随焉，而是诗出焉，我何与哉？天也。斯之谓兴。或属意于花，或分题一草，指某物，课一咏；主某题，征一篇；是已非天矣，然犹专乎我也，斯之谓赋。至于赓和，则孰触之？孰感之？人而已矣。出乎天，犹惧笺乎天；专于我，犹惧弦乎我。今牵乎人而已矣，尚冀其有一铢之天，一忝之我乎？盖我未尝睹是物，而逆追彼之觌；我不欲用是韵，而抑从彼之用，虽李、杜能之乎？而李、杜不为也。是故李、杜之集，无牵率之句，而元、白有和韵之作。诗至和韵而诗始大坏矣。故韩子苍以和韵为诗之大戒也。

（宋）杨万里《答建康府大军库监门徐达书》，《诚斋集》卷六十七，《四部丛刊》本

本朝太平二百年，乐章名家纷如也。文忠苏公文章妙天下，长短句特

绪余耳，犹有与道德合者，"缺月疏桐"一章，触兴于惊鸿，发乎情性也；收思于冷州，归乎礼义也。

（宋）曾丰《知稼翁词集序》，《知稼翁词》，《汲古阁影抄宋金词七种》本

孙知微，字太古，彭山人，知书，能语论，通老学，善杂画，初师沙门令宗。凡牧伯所至，必与之相款，高谈剧辩，皆出人意。蜀中寺观，多有亲笔。释老事迹，则不茹荤食，花于山墅，经时方成。寓居青城白侯坝赵村，爱其水竹深茂，以助其兴。

（宋）刘道醇《圣朝名画评》，《画品丛书》本

征行之诗，要发出凄怆之意，哀而不伤，怨而不乱。要发兴以感其事，而不失情性之正。或悲时感事，触物寓情方可。若伤亡悼屈，一切哀怨，吾无取焉。

（元）杨载《诗法家数》，《历代诗话》本

诗固有不得不如禅者也。今夫山川草木，风烟云月，皆有耳目所共知识。其入于吾语也，使人爽然而得其味于意外焉，悠然而悟其境于言外焉，矫然而其趣其感有所发者焉。夫岂独如禅而已，禅之捷解，殆不能及也。然禅者借滉漾以使人不可测，诗者则眼前景，望中兴，古今之情性，使觉者咏歌之，嗟叹之，至于手舞足蹈而不能已。登高望远，兴怀触目，百世之上，千载之下，不啻如自其口出。诗之禅至此极矣！而诗果能此地位者，几何人哉？虽然，学者不可以不有此志也。盖积之不厚，则其发之也浅；发之不秾，则其感之也薄。彼禅者或面壁九年，雪立齐腰，后之学诗者，其工夫能而耶？

（元）刘将孙《如禅集序》，《养吾斋集》，《四库全书》本

予闻昔人论文有山林、台阁之异。山林之文，其气瑟缩而枯槁；台阁之文，其体绚丽而丰腴。此无他，所处之地不同，而所托之兴有异也。

（明）宋濂《蒋录事诗集后》，《宋学士全集》卷十三，《丛书集成》本

昔崔延伯每临阵，则令田僧起为《壮士歌》。然后单马入阵，所向无前，至僧起死，则不复能战。宋子京修《唐书》，爇二椽烛，妾媵夹侍，望之如神仙。吴元中居翰苑，每草制诰，则使婢远山磨墨，运笔措词，宛若画。此所谓托物起兴，仗境生法也。

（明）杨慎《升庵诗话》卷三，《历代诗话续编》本

夫诗者，兴也，缘人情而为之者也。庸人之情不扬，俗人之情不韵。诗不难言，人自难之耳……夫有一代之兴，则有一代之诗，故《三百篇》风各不同。代革世沿，各得其性之所近，《三百》自《三百》，汉魏自汉魏，唐自唐，明自明耳。以优孟而为叔敖，神骨终别，只自见其不陶、不杜、不李，为俗、为俚、为野而已矣。

（明）赵南星《冯继之诗序》，《赵忠毅公文集》卷八，明刊本

汉魏人诗，本乎情兴，学者专习凝领，而神与境会，即情兴之所至，否则不失之袭，又未免苦思，以意见为诗耳。如阮籍《咏怀》之作，亦渐以意见为诗矣。予学汉魏二十年，始悟入焉。

（明）许学夷《诗源辩体》卷三，人民文学出版社本

盖诗之所以为诗者，其神在象外，其象在言外，其言在意外。故中唐之视初、盛，远矣；初、盛唐之视晋、宋，有间矣；晋、宋之视魏，祖与孙也；魏之视汉，父与子也。不同言而同妙，以稍得其神也。夫神者何物也？天壤之间，色、声、香、味偶与我触，而吾意适有所会，辄矢口肆笔而泄之，此所谓六义之兴，而经纬于赋、比之间者也。赋实而兴虚，比有凭而兴无据，不离字句而神存乎其间，神之在兴者十九，在赋者半之。此《国风》、《小雅》不传之秘，而灵均之《骚》所独濡染而淋漓者也。

（明）彭辂《诗集自序》，《明文授读》卷三十六，味芹堂刻本

当兴致未来，腕不能运时，径情独往，无所触则已。或枯槎顽石，勺水疏林，如造物所弃置，与人装点绝殊，则深情冷眼，求其幽意之所在而画之，生意出矣。

（明）顾凝远《画引》，《历代论画名著汇编》本

兴之为言兴也。美女当春而思浓，志士对秋而情至。凡山川林峦，风烟云露，草色花香，目之所睇，耳之所闻，何者不与寸心相为蕴结？其勃然触发有自然矣。乃先生以忠挚之怀，当漂零之日，复以流寓之身，经此摇落之时，其为兴也，真兴尽之至，心灰意灭，更无纤毫之兴，而有此八首者也。后人拟作者，或至汗牛充栋，亦尝试于先生制题之妙一寻绎乎？

题是"秋兴"，诗却是无兴。作诗者满肚皮无兴，而又偏要作《秋兴》，故不特诗是的的妙诗，而题亦是的的妙题；不特题是的的妙题，而先生的的妙人也。

  （清）金圣叹《唱经堂杜诗解》卷三《秋兴》别批，《金圣叹全集》（四），江苏古籍出版社本

况花之荣枯不常，月之阴晴未定，旦暮之间，兴感每殊，计生平之可兴可感者，盖已不能纪极矣。

  （清）孔尚任《琼花观看月序》，《湖海集》，上海古典文学出版社本

潘安仁之赋《秋兴》也，惟于归芜吟蝉，游氛槁叶，清露流火，禽虫草木，物色之间，津津不置，其所感者浅也。若杜少陵之八诗，则宫阙山河之感，衣冠人物之悲，百年世变，一生行藏，皆在焉；而感时起兴之意，不过玉露、寒衣数言而已。

  （清）归庄《梁公狄秋怀诗序》，《归庄集》卷三，上海古籍出版社本

余尝论作诗与古文不同：古文必静气凝神，深思精择而出之，是故宜深室独坐，宜静夜，宜焚香啜茗。诗则不然。本以娱性情，将有待于兴会。夫兴会则深室不如登山临水，静夜不如良辰吉日，独坐焚香啜茗不如与高朋胜友飞觥痛饮之为欢畅也。于是分韵刻烛，争奇斗捷，豪气狂才，高怀深致，错出并见，其诗必有可观。南皮之游，兰亭之集，诸名胜之作，一时欣赏，千古美谈，虽邺下、江左之才，非后世之可及，亦由兴会之难再也。

  （清）归庄《吴门唱和诗序》，《归庄集》卷三，上海古籍出版社本

唯此窅窅摇摇之中，有一切真情在内，可兴、可观、可群、可怨，是以有取于诗。然因此而诗，则又往往缘景、缘事、缘已往、缘未来，终年苦吟，而不能自道。以追光蹑景之笔，写通天尽人之怀，是诗家正法眼藏。

（清）王夫之《古诗评选》卷四，阮籍《咏怀·开秋兆凉气》评语，《船山古近体诗评选三种》，船山学社本

原夫作诗者之肇端，而有事乎此也，必先有所触以兴起其意，而后措诸词，属为句，敷之而成章。当其有所触而兴起也，其意、其辞、其句劈空而起，皆自无而有，随在取之于心；出而为情、为景、为事，人未尝言之，而自我始言之。故言者与闻其言者，诚可悦而咏也。

（清）叶燮《原诗·内篇上》，人民文学出版社本

萧子显云："登高极目，临水送归。早雁初莺，花开叶落。有来斯应，每不能已。须其自来，不以力构。"王士源序孟浩然诗云："每有制作，伫兴而就。"余生平服膺此言，故未尝为人强作，亦不耐为和韵诗也。

（清）王士禛《渔洋诗话》卷上，《清诗话》本

帝妫有言曰："诗言志，歌永言。"扬雄有言曰："言，心声也；文，心画也。"故善为诗者，其思濬发于性灵，其意陶溶于学问。凡物色之感于外，与喜怒哀乐之动于中者，两相薄而发为歌咏，如风水相遭，自然成文；如泉石相舂，自然成响。刘勰所谓"情往似赠，兴来如答"，盖即此意。岂步步趋趋，摹拟刻画，寄人篱下者所可拟哉？

（清）纪昀《清艳堂诗序》，《纪文达公遗集》卷九，清刊本

雨翁尝作《衰柳》、《衰草》二词，倚《长亭怨慢》，余与孙月坡和之。其词感物比兴，凄婉欲绝。

（清）蒋敦复《芬陀利室词话》卷二，《词话丛编》本

《吟风》之曲，往年行役公余遣兴为之，其天籁耶？人籁耶？殊不自知。年来与知音商榷次第，被诸管弦，至兹始获刊定。夫哀乐相感，声中

有诗，此亦人事得失之林也。士大夫诗而不歌久矣，风月无边，江山如画，能不以之兴怀？

（清）杨潮观《吟风阁杂剧·自序》，上海古籍出版社本

四

作为诗歌创作论的"比兴寄托"说

1. "比兴等为譬喻"(比喻法)

　　大司乐掌成均之法，以治建国之学政，而合国之子弟焉。……以乐德教国子：中、和、祗、庸、孝、友。以乐语教国子：兴、道、讽、诵、言、语。

　　郑玄注：兴者，以善物喻善事。道读曰导。导者，言古以剀今也。倍文曰讽。以声节之曰诵。发端曰言。答述曰语。

（先秦）《周礼注疏·春官宗伯》，《十三经注疏》本

　　子贡问于孔子曰："敢问君子贵玉而贱碈者，何也为玉之寡而碈之多与？"

　　孔子曰："非为碈之多故贱之也，玉之寡故贵之也。夫昔者君子比德于玉焉。温润而泽，仁也；缜密以栗，知也；廉而不刿，义也；垂之如队，礼也；叩之其声清越以长，其终诎然，乐也；瑕不掩瑜，瑜不掩瑕，忠也；孚尹旁达，信也；气如白虹，天也；精神见于山川，地也；圭璋特达，德也；天下莫不贵者，道也。诗云：'言念君子，温其如玉。'故君子贵之也。"

（先秦）《礼记·聘义》，《十三经注疏》本

　　温惠柔良者，《诗》之风也。……《关雎》兴于鸟，而君子美之，为其雌雄之不乖居也。《鹿鸣》兴于兽，君子大之，取其见食而相呼也。

（汉）刘安《淮南子·泰族训》，《诸子集成》本

显诬潛猛，令自杀于公车。更生伤之，乃著《疾谗》、《摘要》、《救危》及《世颂》，凡八篇，依兴古事，悼己及同类也。
颜师古注："兴，谓比喻也，音许证反。"
（汉）班固《汉书·楚元王传》，中华书局本

夫教训者，所以遂道术而崇德义也。今学问之士，好语虚无之事，争著雕丽之文，以求见异于世，品人鲜识，从而高之，此伤道德之实，而或矇夫之大者也。诗赋者，所以颂善丑之德，泄哀乐之情也，故温雅以广文，兴喻以尽意。今赋颂之徒，苟为饶辩屈寒之辞，竞陈诬罔无然之事，以索见怪于世，愚夫憨士，从而奇之，背悖孩童之思，而长不诚之言也。
（汉）王符《潜夫论·务本》，《丛书集成》本

《离骚》之文，依《诗》取兴，引类譬谕，故善鸟香草，以配忠贞；恶禽臭物，以比谗佞；灵修美人，以媲于君；宓妃佚女，以譬贤臣；虬龙鸾凤，以托君子；飘风云霓，以为小人。其词温而雅，其义皎而朗。
（汉）王逸《楚辞章句》卷一《离骚经序》，中华书局本

凡诗人之兴，取义繁广，或举譬类，或称所见，不必皆可以定候也。又案《桃夭》篇《叙》，美婚姻以时，盖谓盛壮之时，而非日月之时。故"灼灼其华"喻盛壮，壮非为嫁娶当用"桃夭"之月。其次章云："其叶蓁蓁，有蕡其实，之子于归。"此其在仲春之月乎？又《摽有梅》三章注曰："夏之向晚，迨冰未泮。正月以前，草虫喓喓。末秋之时，或言嫁娶，或美男女及时，然咏各异矣。"
（晋）束皙《嫁娶时月》，《全晋文》卷八十七，中华书局影印本

卷施之草，拔心不死。屈平嘉之，讽咏以比；取类虽迩，兴有远旨。
（晋）郭璞《尔雅图赞·卷施》，《全晋文》卷一百二十一，中华书局影印本

观夫兴之托谕，婉而成章，称名也小，取类也大。《关雎》有别，

故后妃方德;"尸鸠"贞一,故夫人象义。义取其贞,无从于夷禽;德贵其别,不嫌于鸷鸟;明而未融,故发注而后见也。且何谓为比?盖写物以附意,扬言以切事者也。故金锡以喻明德,珪璋以譬秀民,螟蛉以类教诲,蜩螗以写号呼,浣衣以拟心忧,席卷以方志固,凡斯切象,皆比义也。至如"麻衣如雪","两骖如舞",若斯之类,皆比类者也。楚襄信谗,而三闾忠烈,依《诗》制《骚》,讽兼比兴。炎汉虽盛,而辞人夸毗,诗刺道丧,故兴义销亡。于是赋颂先鸣,故比体云构,纷纭杂遝,信旧章矣。

夫比之为义,取类不常:或喻于声,或方于貌,或拟于心,或譬于事。宋玉《高唐》云:"纤条悲鸣,声似竽籁",此比声之类也;枚乘《菟园》云:"焱焱纷纷,若尘埃之间白云",此则比貌之类也;贾生《鵩赋》云:"祸之与福,何异纠纆",此以物比理者也;王褒《洞箫》云:"优柔温润,如慈父之蓄子也",此以声比心者也;马融《长笛》云:"繁缛络绎,范、蔡之说也",此以响比辩者也;张衡《南都》云,"起郑舞,茧曳绪",此以容比物者也。若斯之类,辞赋所先,日用乎比,月忘乎兴,习小而弃大,所以文谢于周人也。至于扬、班之伦,曹、刘以下,图状山川,影写云物,莫不纤综比义,以敷其华,惊听回视,资此效绩。又安仁《萤赋》云"流金在沙",季鹰《杂诗》云"青条若总翠",皆其义者也。故比类虽繁,以切至为贵,若刻鹄类鹜,则无所取焉。

赞曰:诗人比兴,触物圆览。物虽胡越,合则肝胆。拟容取心,断辞必敢。攒杂咏歌,如川之涣。

     (南朝·梁)刘勰《文心雕龙·比兴》,《文心雕龙注》,人民文学出版社本

将核其论,必征言焉。故其陈尧舜之耿介,称汤武之祗敬,典诰之体也;讥桀纣之猖披,伤羿浇之颠陨,规讽之旨也;虬龙以喻君子,云霓以譬谗邪,比兴之义也;每一顾而掩涕,叹君门之九重,忠怨之辞也;观兹四事,同于风、雅者也。

     (南朝·梁)刘勰《文心雕龙·辨骚》,《文心雕龙注》,人民文学出版社本

昔文章既作,比兴由生,鸟兽以媲贤愚,草木以方男女。诗人骚客,

言之备矣。

（唐）刘知幾《史通·叙事》，《四部备要》本

第十三，一句直比势。
一句直比势者，"相思河水流"。

（唐）［日］弘法大师，《文镜秘府论·地卷·十七势》，《文镜秘府论校注》，中国社会科学出版社本

引极，兴也，喻也。引之言演，极之言尽，演意尽物，引兴极喻，故曰引极。

（唐）元结《引极诗序》，《元次山集》，中华书局本

日月比君臣，龙比君位，雨露比君恩泽，雷霆比君威刑，山河比君邦国，阴阳比君臣，金石比忠烈，松柏比节义，鸾凤比君子，燕雀比小人，虫鱼草木各以其类之大小轻重比之。

（唐）白居易《金针诗格》，《格致丛书》本

骚者，愁也。始乎屈原，为君昏暗宠谗佞，含忠抱素，进逆耳之谏不纳，放之湘南，遂为《离骚经》。以香草比君子，以美人喻其君，乃变风而入于骚，刺其荒而导之正也。

（唐）贾岛《二南密旨》，《学海类编》本

比者，类也，妍媸相类相显之理，或君臣昏佞，则物象比而刺之；或君臣贤明，亦取物比而象之。

（唐）贾岛《二南密旨》，《学海类编》本

诗有六义，其一曰比。比者，定物之情状也。

（唐）皮日休《松陵集序》，《皮子文薮》附录一，上海古籍出版社本

以其所类而比之，之谓比。以其感发而况之，之为兴。

（宋）王安石《诗义》，《毛诗集解》引，《通志堂经解》本

古之诗人，比兴以类也，是以香草譬君子，恶鸟譬小人。

（宋）程颢　程颐《诗解》，《二程集·伊川经说》卷三，中华书局本

杜子美《病柏》、《病橘》、《枯棕》、《枯楠》四诗，皆兴当时事。《病柏》当为明皇作，与《杜鹃行》同意。《枯棕》比民之残困，则其篇中自言矣。……自汉魏以来，诗人用意深远，不失古风，唯此公为然，不但语言之工也。

（宋）叶梦得《石林诗话》卷上，《历代诗话》本

唐僧多佳句，其琢句法，有比物以意而不言物，谓之象外句。如无可上人诗曰："听雨寒更尽，开门落叶声"，是落叶比雨声也。又曰："微阳下乔木，远烧入秋山"，是微阳比远烧也。用事琢句，妙在言其用，而不言其名耳。此唯荆公、山谷、东坡知之。荆公诗："含风鸭绿鳞鳞起，弄日鹅黄袅袅垂"，此言水柳之用，而不言水柳之名。

（宋）蔡居厚《诗史》，《宋诗话辑佚》本

唐人作赋，多以造语为奇。杜牧《阿房宫赋》云："明星荧荧，开妆镜也；绿云扰扰，梳晓鬟也；渭流涨腻，弃脂水也；烟斜雾横，焚椒兰也；雷霆乍惊，宫车过也；辘辘远听，杳不知其所之也。"其比兴引喻，如是其侈。

（宋）洪迈《容斋随笔五》卷七《唐赋造语相似》，上海古籍出版社本

白乐天《女道士诗》云："姑山半峰雪，瑶水一枝莲。"此以花比美妇人也。东坡《海棠》云："朱唇得酒晕生脸，翠袖卷纱红映肉。"此以美妇人比花也。山谷《酴醾》云："露湿何郎试汤饼，日烘荀令炷炉香。"此以美丈夫比花也。山谷此诗出奇，古人所未有，然亦是用"荷花似六郎"之意。

（宋）杨万里《诚斋诗话》，《历代诗话续编》本

《易》之有象，以尽其意；《诗》之有比，以达其情。文之作也，可

无喻乎？博采经传，约而论之，取喻之法，大概有十，略条于后。

一曰直喻。或言犹，或言若，或言如，或言似，灼然可见。《孟子》曰："犹缘木而求鱼也。"《书》曰："若朽索之驭六马。"《论语》曰："譬如北辰。"《庄子》曰："凄然似秋。"此类是也。

二曰隐喻。其文虽晦，义则可寻。《礼记》曰："诸侯不下渔色。"国君内取国中，象捕鱼然，中网取之，是无所择。《国语》曰："没平公，军无秕政。"秕，谷之不成者，以喻政。又曰："虽蝎譖替，焉避之。"蝎，木虫。譖从中起，如蝎食木，木不能避也。《左氏传》曰："是豢吴也夫。"若人养牺牲。《公羊传》曰："其诸为其双双而俱至者与？"言齐高固及子叔姬来，其双行匹至似兽，《山海经》有兽名双双。此类是也。

三曰类喻。取其一类，以次喻之。《书》曰："王省惟岁，乡士惟月，师尹惟日。"岁、月、日，一类也。贾谊《新书》曰："天子如堂，群臣如陛，众庶如地。"堂、陛、地，一类也。此类是也。

四曰诘喻。虽为喻文，似成诘难。《论语》曰："虎兕出于柙，龟玉毁于椟中，是谁之过欤？"《左氏传》曰："人之有墙，以蔽恶也，墙之隙坏，谁之咎也？"此类是也。

五曰对喻。先比后证，上下相符。《庄子》曰："鱼相忘乎江湖，人相忘乎道术。"《荀子》曰："流丸止于瓯臾，流言止于智者。"此类是也。

六曰博喻。取以为喻，不一而足。《书》曰："若金，用汝作砺；若济巨川，用汝作舟楫；若岁大旱，用汝作霖雨。"《荀子》曰："犹以指测河也，犹以戈舂黍也，犹以锥飡壶也。"此类是也。

七曰简喻。其文虽略，其意甚明。《左氏传》曰："名，德之舆也。"《扬子》曰："仁，宅也。"此类是也。

八曰详喻。须假多辞，然后义显。《荀子》曰："夫耀蝉者，务在乎明其火，振其树而已。火不明，虽振其树无益；今人主有能明其德，则天下归之，若蝉之归明火也。"此类是也。

九曰引喻。援取前言，以证其事。《左氏传》曰："谚所谓庇焉而纵寻斧焉者也。"《礼记》曰："蛾子时求之，其此之谓乎？"此类是也。

十曰虚喻。既不指物，亦不指事。《论语》曰："其言似不足者。"《老子》曰："飂兮似无所止。"此类是也。

(宋)陈骙《文则》，人民文学出版社本

因曾见一大鸡，凝然自重，不与小鸡同，因得《关雎》之意。雎鸠在河之洲，幽闲自重，以比兴君子美人如此之美。

（宋）陆九渊《陆九渊集》卷三十五《语录下》，中华书局本

夏均父尝言诗之比类，直要相停。常与客泛舟，载肥妓而饮浊酒，其诗曰："蚁浮金椀浊，妓压画船低。"

（宋）胡宗汲《诗说隽永》，《宋诗话辑佚》本

比兴之为譬喻等耳。《论语》："诗可以兴。"孔安国曰："可以引譬连类。"引譬连类，非比而何？比兴等为譬喻，中间自有小别，亦不敢直为一等也。但前说（按指前文引《周礼·六诗义疏》说）主以比为刺，兴为美，则乖矣。孔疏概言"其实美刺俱有比兴"，盖有见于此也。然则前说亦胡为专以善恶为言乎？故郑司农以比为比方，以兴为兴起己心意。此诚得子夏之旨也。颖达明悟前说不畅，因复辨云："比显而兴隐，故比居兴先。"寻颖达此语，特解驳郑司农意耳。较之两说，后说为优。但兴字仍有两读，读从去声，则为兴起之情；读从平声，则为兴起意。

（宋）李冶《敬斋古今黈·拾遗》卷二，《畿辅丛书》本

李营丘，多才足学之士也，少有大志，屡举不第，竟无所成，故放意于画，其所作寒林多在岩穴中，栽扎俱露，以兴君子之在野也。自余窠植，尽生于平地，亦以兴小人在位。其意微矣。

（宋）邓椿《画继》卷九《杂说·论远》，人民美术出版社本

予观古人之教，凡接于耳目心思之间者，莫不因观感以比德，托兴喻以示戒，是以能收万物，而涵其理以独灵，如《黄鸟》之章，孰不赋之？而圣人则曰："于止知其所止。"

（元）齐因《鹤庵记》，《元文类》卷二十八，《国学基本丛书》本

植物中惟竹挺高节，抱贞心，故君子比德于竹焉，古今赋咏者不一。半山老人一联云："谁怜老节生来瘦，自许高才老更刚。"自负甚高。李师直一联云："未出土时先有节，便侵云去也无心。"语亦奇的。李叔与

一绝云："一种春风到町畦，物情春亦不能齐。过篱新笋贪成竹，不管同根未脱泥。"殊有言外之意。

（元）韦居安《梅磵诗话》卷下，《历代诗话续编》本

借本题说他事，如咏妇人者，必借花为喻；咏花者，必借妇人为比。

（元）范德机《木天禁语·借喻》，《历代诗话》本

唐诗有三变焉，至宋则变有不可胜言矣。诗以赋比兴为主，理固未尝不具。今一以理言，遗其音节，失其体制，其得谓之诗欤？

（元）袁桷《题闵思斋诗卷》，《清容居士集》卷十五，《四部丛刊》本

梅花格高韵胜，见称于诗人吟咏多矣，自和靖"香影"一联为古今绝唱。近见王涵峰履约诗云："傍水浓开落影斜，依稀遥认雪中花。何如西子春江上，淡扫蛾眉自浣纱。"《许理斋诗话》谓其咏梅当以神仙比之，可以自况，比之妇人，则非也。余阅《木天禁语》有借喻格，如咏妇人，必借花为喻；咏花者，必借妇人为比。如王荆公《咏梅》诗云："额黄映日明飞燕，肌粉含风冷太真。"东坡云："春入西湖到处花，裙腰芳草傍山斜。盈盈解佩临湘浦，脉脉当垆卖酒家。"萧栗之云："湘妃危立冻蛟背，海月冷挂珊瑚枝。"皆借喻也。许子失于考耳。余友江阴曹毅之弘，号方湖，《咏梅》一绝，殊有风致："清香疏影独踟蹰，脉脉黄昏思有余。恰似文君新寡后，不施脂粉嫁相如。"亦借喻格也。

（明）俞弁《逸老堂诗话》卷上，《历代诗话续编》本

诗人之辞不苟矣。按诗人取兴荇菜，以其柔顺芳洁，可羞神明也。还重左右无方不流，以兴寤寐无时不求意。

（明）毛晋《陆氏诗疏广要》卷上三上《释草·参差荇菜》，《四库全书》本

《周易》为大譬喻，尽古今皆譬喻也，尽古今皆比兴也，尽古今皆诗也。存乎其人，乃为妙什。

（明）方密之《通雅诗话》，潘德舆《养一斋诗话》卷十引，《清诗话续编》本

《小雅·鹤鸣》之诗，全用比体，不道破一句，《三百篇》中创调也。要以俯仰物理，而咏叹之，用见理随物显，唯人所感，皆可类通，初非有所指斥一人一事，不敢明言，而姑为隐语也。若他诗有所指斥，则皇父、尹氏、暴公，不惮直斥其名，历数其慝，而且自显其为家父，为寺人孟子，无所规避。诗教虽云温厚，然光昭之志，无畏于天，无恤于人，揭日月而行，岂女子小人半含不吐之态乎？《离骚》虽多引喻，而直言处亦无所讳。

（清）王夫之《薑斋诗话》卷二，人民文学出版社本

芳洁之物自比其体，原于《橘颂》。公之遭遇，众皆见为芝兰之萎折，而公乃自比于西山之梅，托根僻壤，含华结实，得自全其臭味。振古忠良求仁取义之心，皆可以公言见之。

（清）方苞《题舒文节探梅图说》，《方苞集·集外文》卷四，上海古籍出版社本

蜀险至成都而平，少陵《成都》诗亦用平笔，所谓与题称也。"新月"二句是比兴语，以喻天子新立，方镇争雄。

（清）施补华《岘佣说诗》，《清诗话》本

或问比与兴之别。余曰：宋德祐太学生《百字令》、《祝英台近》两篇，字字譬喻，然不得谓之比也。以词太浅露，未合风人之旨。如王碧山咏萤、咏蝉诸篇，低回深婉，托讽于有意无意之间，可谓精于比义。（婉讽之谓比，明喻则非。《随园诗话》中所载诗，如咏《六月菊》云："秋士偶然轻出处，高人原不解炎凉。"咏《落花》云："看他已逐东流去，却又因风倒转来。"咏《茶灶》云："两三杯水作波涛"等类，皆舌尖聪明语，恶薄浅露，何异刘四骂人？即"经纶犹有待，吐属已非凡"之句，无不倾倒，然亦不过考试中兴会佳句耳，于《风》诗比兴，了不相关。宋人"而今未问和羹事，且向百花头上开"，自是富贵福泽人声口，以云风格，视"经纶"句又低一筹矣。）若兴则难言之矣。托喻不深，树义不厚，不足以言兴。深矣厚矣，而喻可专指，义可强附，亦不足以言兴。所谓兴者，意在笔先，神余言外，极虚极活，极沉极

郁，若远若近，可喻不可喻，反复缠绵，都归忠厚。求之两宋，如东坡《水调歌头》、《卜算子》（雁），白石《暗香》、《疏影》，碧山《眉妩》（新月）、《庆清朝》（榴花）、《高阳台》（"残雪庭除"一篇）等篇，亦庶乎近之矣。

（清）陈廷焯《白雨斋词话》卷八，《白雨斋词话足本校注》，齐鲁书社本

太师教诗，其三曰比。东莞有言，侧附者理。子贡方人，老彭窃似。松受茑缠，玉怜葭倚。莫刺如涂，起义在彼。象其物宜，图穷见匕。

（清）魏谦升《赋品·比附》，《赋话六种》，香港本

赋中最多比体，然以人比物如何着笔？王启《回雁峰赋》云："稍类乎王子乘舟，已尽山阴之兴；曾参命驾，因闻胜母之名。"得此三虚字，便觉死处皆活，实处皆虚，并不嫌其拟于不伦。余特为拈出，不惜金针度与也。

（清）浦铣《复小斋赋话》卷上，《赋话六种》，香港本

2."比兴皆托物寓情"（寄托法）

余尝游乎河泽之间，是时鸿雁因节而群至，望川以奔集。夫《鸿渐》著羽翼之叹，《小雅》作于飞之歌，斯乃古人所以假象兴物，有取其美也。

（晋）成公绥《鸿雁赋》，《全晋文》卷五十九，中华书局影印本

"燕燕于飞，差池其羽"，何诗人之是兴，信进止之有序。秋背阴以龙潜，春晞阳以凤举。随时宜以行藏，似君子之出处。

（晋）傅咸《燕赋》，《全晋文》卷五十一，中华书局影印本

及三闾《橘颂》，情采芬芳，比类寓意，又覃及细物矣。

（南朝·梁）刘勰《文心雕龙·颂赞》，《文心雕龙注》，人民文学出版社本

览诗人之比兴，寄草木以命词，惟平章之萱草，欲忘忧而树之。

（南朝·梁）徐勉《萱草花赋》，《全梁文》卷五十，中华书局影印本

案苏秦答燕昭王，称有妇人将杀夫，令妾进其药酒，妾佯僵而覆之。又甘茂谓苏代云："贫人女与富人女会绩曰：'无以买烛，而子之光有余，子可分我余光，无损子明'。"此并战国之时，游说之士，寓言设理，以相比兴。

（唐）刘知幾《史通·别传》，《四部备要》本

且以园公歌咏于紫芝，宏景怡悦于白云，故属词之中，尤工比兴。观其《自古王化诗》与《大雅吟》、《步虚词》、游仙、杂感之作，或遐想理古以哀世道，或磅礴万象用置环枢，稽性命之纪，达人事之变，大率以啬神挫锐为本。至于奇采逸响，琅琅然若戛云璈而凌倒景，昆阆松乔，森然在目。近古游方外而言六义者，先生实主盟焉。

（唐）权德舆《唐故中岳宗元先生吴尊师集序》，《权载之文集》卷三十三，《四部丛刊》本

谢公才廓落，与世不相遇。壮志郁不用，须有所泄处。泄为山水诗，逸韵谐奇趣，大必笼海天，细不遗草树。岂唯玩景物，亦欲摅心素。往往即事中，未能忘兴谕，因知康乐作，不独在章句。

（唐）白居易《读谢灵运诗》，《白居易集》卷七，中华书局本

《庄》、《列》寓言，《风》、《骚》比兴，多假虫鸟以为筌蹄，故《诗》义始乎《关雎》、《鹊巢》，道说先乎鲲鹏、蜩鷃之类是也。予闲居，乘兴偶作一十二章，颇类志怪放言，每章可致一哂，一哂之外，亦有以自警其衰耄封执之惑焉。

（唐）白居易《禽虫十二章序》，《白居易集》卷三十七，中华书局本

余读《汉书》列传，见佞顺媕婀、图身忘国，如张禹辈者；见惑上蛊下、交乱君亲，如江充辈者；见暴很跋扈、壅君树党，如梁骥辈者；见色仁行违、先德后贼，如王莽辈者；又见外状恢宏，中无实用者；又见附

离权势，随之覆亡者。其初皆有动人之才，足以惑众媚主，莫不合于始而败于终也。因引风人、骚人之兴，赋《有木》八章，不独讽前人，欲儆后代尔。

(唐)白居易《有木诗八首序》，《白居易集》卷二，中华书局本

况自风雅至于乐流，莫非讽兴当时之事，以贻后代之人，沿袭古题，唱和重复。于文或有短长，于义咸为赘剩，尚不如寓意古题，刺美见事，犹有诗人引古以讽之义焉。

(唐)元稹《乐府古题序》，《元稹集》卷二十三，中华书局本

二曰比附志。比附志者，谓论体写状，寄物方形，意托斯间，流言彼处。即假作《赠别》诗曰："离情弦上急，别曲雁边嘶。低云百种（千过）郁，垂露几（千）行啼。"

释曰：无方叙意，寄急状于弦中；有意论情，附嘶声于雁侧。上见低云之郁，托愁气以合词；下瞩垂露悬珠，寄啼行而奋笔。意在妆颊，喻说鲜花；欲述眉形，假云低月。传形在去，类体在来，意涉斯言，方称比附。

(唐)[日]弘法大师《文镜秘府论·地卷·六志》，《文镜秘府论校注》，中国社会科学出版社本

"关关雎鸠"……是作诗者一时之兴，所见在是，不谋而感于心也。凡兴者，所见在此，所得在彼，不可以事类推，不可以义理求也。兴在鸳鸯，则"鸳鸯在梁"，可以美后妃也。兴在鸤鸠，则"鸤鸠在桑"，可以美后妃也。兴在黄鸟，在桑扈，则"绵蛮黄鸟"，"交交桑扈"，可以美后妃也。如必曰关雎然后可以美后妃，他无预焉，不可以语诗也。

(宋)郑樵《六经奥论》，《通志堂经解》本

诗本触物寓兴，吟咏情性，但能输写胸中所欲言，无有不佳。而世但役于组织雕镂，故语言虽工，而淡然无味。陶渊明直是倾倒所有，借书于手，初不自知为语言文字也，此其所以不可及。

(宋)叶梦得《玉涧杂书》，《说郛》本

诗人赋咏于彼，兴托在此，阐绎优游而不迫切，其所感寓常微见其端，使人三复玩味之，久而不厌，言不足而思有余，故可贵尚也。若察察然如老杜《新安》、《石壕》、《潼关》、《花门》之什，白公《秦中吟》、《乐游园》、《紫阁村》诗，则几于骂矣。

　　　　　　　　（宋）洪炎《豫章黄先生文集后序》，《山谷全集》卷三十，《四部备要》本

　　杜公（甫）《送韦郎归成都》云："为问南溪竹，抽梢合过墙。"《忆弟》云："故园花自发，春日鸟还飞。"王介甫云："道人北山来，问松我东冈。举手指屋脊，云今如许长？"古今诗人怀想故乡，形之篇咏，必以松竹梅菊为比兴，诸子句皆是也。

　　　　　　　　（宋）洪迈《容斋随笔五》卷一《问故居》，上海古籍出版社本

　　宋玉《高唐》、《神女》二赋，其为寓言托兴甚明。予尝即其词而味其旨，盖所谓发乎情，止乎礼义，真得诗人风化之本。

　　　　　　　　（宋）洪迈《容斋随笔三》卷三，《高唐》、《神女》赋，上海古籍出版社本

　　比虽是较切，然兴却意较深远也。有兴而不甚深远者，比而深远者，又系人之高下，有做得好底，有拙底，常看后世，如魏文帝之徒作诗，皆只是说风景，独曹操爱说周公，其诗中屡说，便是那曹操意思也，是较别，也是乖。

　　　　　　　　（宋）朱熹《朱子语类》卷八十《诗一》，应元书院刊本

　　《离骚》作而文词兴。盖圣贤诗书，皆实有之事，虽比兴亦无不实。自庄周寓言，而屈原始托渔父、卜者等为虚词，司马相如又托为亡是公等为赋，自是以来，多谩语传于世。

　　　　　　　　（宋）魏了翁《师友雅言》，《重校鹤山先生大全集》，《四部丛刊》本

　　诗有六义，兴居其一。凡阴阳寒暑、草木鸟兽、山川风景得于适然之感而为诗者，皆兴也。《风》《雅》多起兴，而楚《骚》多赋与比。汉魏至唐，杰然如老杜《秋兴》八首，深诣诗人阃奥，兴之入律者宗焉。《春

日田园杂兴》，此盖借题于石湖，作者固不可舍田园而泛言，亦不可泥田园而他及。舍之，则非此诗之题；泥之，则失此题之趣。有因春日田园间景物，感动性情，意与景融，辞与意会，一吟讽顷，悠然自见。其为杂兴者，此真杂兴也。不明此义，而为此诗，他未暇悉论，往往叙实者多入于赋，称美者多近于颂，甚者将杂兴二字体贴，而相去益远矣。

（宋）吴渭《诗评》，《月泉吟社》卷首，《粤雅堂丛书》本

盖诗本以微言谏讽，托兴于山川草本，而劝谏于君臣、父子、夫妇、朋友之间，其旨甚幽，其词甚婉，而讥刺甚切。使善人君子闻之，固足以戒；使夫暴虐无道者闻之，不得执以为罪也。

（宋）沈作喆《寓简》卷一，《知不足丛书》本

大抵赋若诗，贵乎兴多而比少。比徒以拟其形状，不若兴而有关于道理。

（元）方回《梅花赋又跋》，《桐江集》卷二，商务印书馆本

由此观之，诗之格力崇卑，固若随世而变迁，然谓其皆不相师可乎？第所谓相师者，或有异焉。其上焉者，师其意，辞固不似而气象无不同；其下焉者，师其辞，辞则似矣，求其精神之所寓，固未尝近也。然唯深于比兴者，乃能察知之尔。

（明）宋濂《答章秀才论诗书》，《宋学士全集》卷三十七，《丛书集成》本

诗有三义，赋止居一，而比兴居其二。所谓比与兴者，皆托物寓情而为之者也。盖正言直述，则易于穷尽，而难于感发。唯有所寓托，形容摹写，反复讽咏，以俟人之自得，言有尽而意无穷，则神爽飞动，手舞足蹈而不自觉，此诗之所以贵情思而轻事实也。

（明）李东阳《麓堂诗话》，《历代诗话续编》本

韩昌黎曰："妇人不下堂，游子在万里。"托兴高远，有风人之旨。

（明）谢榛《四溟诗话》卷二，《历代诗话续编》本

非特字也，世间诸有为事，凡临摹直寄兴耳。铢而较，寸而合，岂直我面目哉？临摹兰亭本者多矣，然时时露己笔意者始称高手。予阅兹本，虽不能必知其为何人，然窥其露己笔意，必高手也。优孟之似孙叔敖，岂并其须眉躯干而似之耶？亦取诸其意气而已矣。

     （明）徐渭《书季子微所藏摹本兰亭》，《徐渭集》卷二十，中华书局本

  君子之修辞也，正言之不足，故反言之；独言之不足，故比物连类而言之。是以六义并存，而莫深于比兴之际。夫（屈）平之为书，上言天人之理，中托鬼神之事，下依寓山川人物，草木鸟兽，以自广其义；盖欲世之明者哀其志，而昧者勿以为罪也。

     （明）陈子龙《文用昭雅似堂诗稿序》，《陈忠裕公全集》卷四，清刊本

  风人之诗，不特性情声气为万古诗人之经，而托物兴寄，体制玲珑，实为汉魏五言之则（其比兴者固为托物，其赋体亦多托物，如《葛覃》之黄鸟、灌木，《汝坟》之条枚、条肄，皆赋体之托物也）。至其分章变法，种种不已，而文采备美，一皆本乎天成，大都随语成韵，随韵成趣，华藻自然，不假雕饰。退之谓"诗正而葩"，盖托物引类，则葩藻自生，非用意为之也。

     （明）许学夷《诗源辩体》卷一，人民文学出版社本

  或谓晚唐人多用山水木石、烟云花鸟为诗，故其格甚卑，舍此而后，可以观诗矣。予曰：不然。诗有赋比兴。山水木石、烟云花鸟，即古诗之比兴也。……晚唐之诗，唯是气象萎苶，情致都绝，而徒藉于山水木石以为藻饰，故其格卑下，要不可尽废山水木石而为诗也。逮于宋末诸子，乃欲尽去铅华，专尚理致，于是山水木石之语废，而议论意见之词繁，故必至于鄙俗村陋耳。尝观《六一诗话》，许洞会诸诗僧，分题约曰："不得犯山水、风云、竹石、花草、雪霜、星月、禽鸟等字。"于是诸僧阁笔。呜呼！此宋人欲以文为诗也，于诸僧何尤？

     （明）许学夷《诗源辩体》卷三十二，人民文学出版社本

寄兴悠扬，因彼见此，是谓造巧……寄兴悠扬之句，意之所至，信手拈来，头头是道，不待思索，得之于自然……寄兴悠扬之句，其字宜涵蓄不露，宜优游不迫。

（明）黄子肃《诗法》，《诗学指南》本

子美之作，有绮丽浓郁者，有平淡蕴藉者，有高壮浑涵者，有感慨沉郁者，有顿挫抑扬者。后世有作，不可及矣。若夫兴寄物外，神解妙悟，绝去笔墨畦径，所谓文不按古，匠心独妙，吾于孟浩然、王摩诘有取焉。

（明）王鏊《文章》，《震泽长语》卷下，《丛书集成》本

文人赋乐府古题，或不与本词相应，吴兢讥之，此不足以为嫌，唐人歌行皆如此。盖诗人寓兴，文无定例，率随所感。吴兢史才，长于考证，昧于文外比兴之旨，其言若此，有似鼓瑟者之记其柱也。必如所云，则乐府之文，所谓床上安床，屋上架屋，古人已具，劳烦赘剩耶？

（清）冯班《钝吟杂录》，《清诗话》本

文，阳也；诗，阴也。文心之所至，诗能言之，能尽言之，能反复言之，能洋溢言之，能怪幻言之，所以代天而有终阴之职也。故兴、观、群、怨，皆一一委之于草木鸟兽，而不敢正言之；臣子之谊，当如是也。《离骚》萧艾、兰芷、龙蛇、虹霓其著矣，不得已也，无可奈何之词也。

（清）周亮工《尺牍新抄》，上海杂志公司本

兴在有意无意之间，比亦不容雕刻；关情者景，自与情相为珀芥也。情景虽有在心在物之分，而景生情，情生景，哀乐之触，荣悴之迎，互藏其宅。

（清）王夫之《薑斋诗话》卷一，人民文学出版社本

问曰："言情叙景若何？"答曰："诗以道性情，无所谓景也。《三百篇》中之兴'关关雎鸠'等，有似乎景，后人因以成烟云月露之词，景遂与情并言，而兴义以微。然唐诗犹自有兴，宋诗鲜焉。明之瞎盛唐，景尚不成，何况于兴？"

（清）吴乔《围炉诗话》卷之一，《清诗话续编》本

始学为诗，期于达意。久而简淡高远，兴寄微妙，乃可贵尚。所谓言见于此而起意在彼，长言之不足而咏歌之者也。

（清）赵执信《谈龙录》，人民文学出版社本

写景是诗家大半工夫，非直即眼生心，诗中有画，实比兴不逾乎此。

（清）李重华《贞一斋诗说》，《清诗话》本

兴之为义，是诗家大半得力处。无端说一件鸟兽草木，不明指天时而天时恍在其中；不显言地境而地境宛在其中；且不实说人事而人事已隐约流露其中。故有兴而诗之神理全具也。

（清）李重华《贞一斋诗说》，《清诗话》本

有就此处说者，有就彼处说者，皆比兴之流也。如裴说《寄边衣》诗曰："悲捻金针信手缝，惆怅无人试宽窄。"就此处说者也。余有《秋夜缝衣》诗曰："料得比来消瘦去，谨依原样不加宽。"是就彼处说者也。

（清）薛雪《一瓢诗话》，《清诗话》本

咏史以不著议论为工，咏物以托物寄兴为上。一经刻画，遂落蹊径。

（清）薛雪《一瓢诗话》，《清诗话》本

又如文人假设，变化不拘，《诗》通比兴，《易》拟象初，庄入巫咸之座，屈造詹尹之庐。楚太子疾，有客来吴。乌有、子虚之徒，争谈于较猎；凭虚、安处之属，讲议于京都。《解嘲》、《客难》、《宾戏》之篇衍其绪，镜机、玄微、冲漠之类潜其途：此则寓言十九，诡说万殊者也。

（清）章学诚《文史通义》卷二《言公下》，中华书局本

景兼比兴，无景非诗。顾涉笔皆景，纵美未善。（归愚先生曰："此死景活景之别。"）

（清）乔亿《剑溪说诗又编》，《清诗话续编》本

《秋兴》者，因秋而发兴也。谓之兴者，言在于此，意寄于彼，随指一处一事为言，又在此而思他处也。而皆以己为纬，以秋为主，以哀伤

为骨。

（清）方东树《昭昧詹言》卷十七，人民文学出版社本

　　夫《风》、《骚》之旨，岂有他哉！五伦正变之际，盖难言之，爱成仇而忠见谤，古人所遭，往往有同世不知、后贤不谅之隐，亦遂不能已于言。然而直言近讦，比兴多风，故往往寄托于美人香草，此正其用心之厚也。试思七子赋诗，亦何取蔓草零露，岂有各诵其国人淫奔之什赠答其邻封者？风人之旨，概可窥矣……且风人托物起兴，不贵远引，亦不须泛作庄语。试思《周南》之首，美开国圣母之德，亦止以小鸟起兴，而竟目之为"窈窕淑女"；至文王求女不得，则又直书其"辗转反侧"。若以字面訾之，虽直坐之以大不敬可也。

（清）梁章钜《退庵随笔》，《清诗话续编》本

　　问：咏物诗起于何代？
　　答：咏史诗起于晋，咏物诗起于梁。
　　问：班婕妤《团扇》，非咏物乎？
　　答：古人之咏物，兴也；后人之咏物，赋也。兴者，借以抒其性情，诗非徒作，故不得谓之咏物也。自拟古诗兴而性情伪，自咏物兴而性情亡。其能于拟古、咏物见真性情者，杜老一人而已。

（清）陈仪《竹林答问》，《诗问四种》，齐鲁书社本

　　词原于诗，即小小咏物，亦贵得风人比兴之旨。唐、五代、北宋人词不甚咏物，南渡诸公有之，皆有寄托。白石、石湖《咏梅》，暗指南北议和事。及碧山、草窗、玉潜、仁近诸遗民乐府补遗中，龙涎香、白莲、莼、蟹、蝉诸咏，皆寓其家国无穷之感，非区区赋物而已。知乎此，则《齐天乐·咏蝉》、《摸鱼儿·咏莼》，皆可不续貂。即间有咏物，未有无所寄托而可成名作者，余于近来诸君子咏物之作，纵极绘声绘影之妙，多所不取。善乎保绪先生之言曰："凡词后段须拓开说去。"此可为咏物指南。

（清）蒋敦复《芬陀利室词话》卷三，《词话丛编》本

　　词深于兴，则觉事异而情同，事浅而情深。故没要紧语正是极要紧语，

乱道语正是极不乱道语。固知"吹皱一池春水,干卿甚事",原是戏言。

(清)刘熙载《艺概·词曲概》,上海古籍出版社本

《蒹葭》思美人,《风雨》思君子,凡登临吊古之词,须有此思致,斯托兴高远,万象皆为我用,咏古即以咏怀矣。

(清)沈祥龙《论词随笔》,《词话丛编》本

诗,承也,持也;承人心而持之,以风上化下,使感于无形,动于自然。故贵以词掩意,托物寄兴,使吾志曲隐而自达,闻者激昂而欲赴。

(清)王闿运《湘绮楼论诗文体法》,《国粹学报》第二十三期

前半首写光景,后半首写感慨,少陵七律,每有此体。然必光景中隐含感慨,即《三百篇》之兴体也。

(清)施补华《岘佣说诗》,《清诗话》本

戴叔伦《三闾庙》:"沅湘流不尽,屈子怨何深?日暮秋风起,萧萧枫树林。"并不用意,而言外自有一种悲凉感慨之气,五绝中此格最高。义山:"向晚意不适,驱车登古原。夕阳无限好,只是近黄昏。"叹老之意极矣,然只说夕阳,并不说自己,所以为妙。五绝七绝,均须知此,此亦比兴也。

(清)施补华《岘佣说诗》,《清诗话》本

(先兄)平生嗜好,以诗为最,尝曰:"诗可言志,其体宜于文……其音通于乐,其感人也深。惟晋、宋以后,词人浅薄狭隘,失比兴之义,无兴观群怨之旨,均不足学。意欲扫去词章家一均陈陈相因之语,用今人所见之理,所用之器,所遭之时势,一寓之于诗。务使诗中有人,诗外有事,不能施之于他日,移之于他人,而其用以感人为主。"

(清)黄遵楷《先兄公度先生事实述略》,《人境庐集外诗辑》
附录三,中华书局本

序《别调集》云:"人情不能无所寄,而又不能使天下同出一途,大雅不多见,而繁声于是乎作矣。猛起奋末,诚苏、辛之罪人;尽态逞妍,

亦周、姜之变调。外此则啸傲风月，歌咏江山，规模物类；情有感而不深，义有托而不理，直抒所事，而比兴之义亡；侈陈其盛，而怨慕之情失；辞极其工，意极其巧，而不可语于大雅，而亦不能尽废也。"

（清）陈廷焯《白雨斋词话》卷七，《白雨词话足本校注》，齐鲁书社本

礼乐之失又原于诗无可以兴。夫兴非流连花鸟、叙述情景止也。虽然，《三百篇》孤臣、独子、羁臣、思妇之所为，而可识鸟兽草木之名，则流连以叙述，奚其病？顾"关关"、"交交"、"依依"、"灼灼"，以为兴比，则有其义，以入咏焉，亦赋矣。无所为兴与比，抑所为赋，止因词摭事，非感事而摭词，故于兴比赋指微而体远，《风》《雅》《颂》又可无置论。

（清）贺修季《载酒园诗话序》，《清诗话续编》本

朱子以《诗》之六义说《楚词》，以托意男女为变风之流，"沅芷澧兰"、"思公子而未敢言"为兴，其于《楚词》之托男女、近于亵狎而不庄者，未尝以男女淫邪解之，何独于风诗之托男女近于亵狎而不庄者，必尽以男女淫邪解之乎？后世诗人得风人之遗者，非止《楚词》，汉、唐诸家近于比兴者，陈沆《诗比兴笺》已发明之。初唐四子托于男女者，何景明《明月篇序》已显白之。古诗如傅毅《孤竹》、张衡《同声》、繁钦《定情》、曹植《美女》，虽未知其于君臣朋友何所寄托，要之必非实言男女。唐诗如张籍"君知妾有夫"一篇，乃在幕中却李师道聘作，托于节妇而非节妇；朱庆馀"洞房昨夜停红烛"一篇，乃登第后谢荐举作，托于新嫁娘而非新嫁娘；皆不待笺释而明者。即如李商隐之"无题"，韩偓之"香奁"，解者亦以为感慨身世，非言闺房。以及唐宋诗余，温飞卿之《菩萨蛮》感士不遇，韦庄之《菩萨蛮》留蜀思唐，冯延巳之《蝶恋花》忠爱缠绵，欧阳修之《蝶恋花》为韩、范作，张惠言《词选》已明释之：此皆词近闺房，实非男女，言在此而意在彼，可谓之接迹风人者，不疑此而反疑风人，岂非不知类乎？孟子曰："故说诗者不以文害辞，不以辞害志，以意逆志，是为得之。"以托意男女而据为实言，正以文害辞，以辞害志，而不知以意逆志者也。

（清）皮锡瑞《经学通论·诗经》，中华书局本

文自六经外，惟庄、屈两家，夙称大宗。庄文灏瀚，屈词奇险。庄可以御空而行，随其意之所至，以自成结构。屈则自抒悲愤，其措语之难，有甚于庄。盖忠既不见亮于君，内有郑袖则王之爱姬，外有子兰则王之爱子，且满朝党人皆王之亲信。中外棋布，稍涉国事，有干诽谤，得咎更甚，不得不托诸比兴，以申其邑郁之怀。故远思落笔，都借寓于奇险之径，使言之无罪，闻之足以戒，洋洋洒洒，滔滔汩汩，无义不搜，无典不举。

（清）陈本礼《屈辞精义·自跋》，清嘉庆本

从来传奇小说，往往托兴才子佳人，缠绵烦絮，刺刺不休，想耳目间久已尘腐。是编独构异样楼阁，别见玲珑，虽叙述凌、李、石、裘等未尝脱尽窠白，然于聚合处自不容不尔。

（清）天花藏主人《快心编凡例》，春风文艺出版社本

诗道之所以日芜而迄无所底者，则以说诗者误之也。夫运会迁流，风雅递变，而正法眼藏要必以大雅为宗，以寄兴为主，委婉深挚，以无失乎温柔敦厚之旨，而后可以谓之诗。

（清）张元《西圃诗说序》，《清诗话续编》本

3. "兴者先咏他物以引起所咏之词也"（发端法）

诗有九格……二曰上句立兴、下句是意格，诗曰"明月照高台，流光正徘徊"是也。三曰上句立兴、下句是比格，诗曰"青青陵上柏，磊磊涧中石。人生天地间，犹如运行客"是也。

（唐）王昌龄《诗格》，《诗学指南》本

一曰感时入兴。古诗："凛凛岁云暮，蝼蛄夕鸣悲。凉风率以厉，游子寒无衣。"文通诗："西北秋风起，楚客心悠哉。日暮碧云合，佳人殊未来。"此皆三句感时，一句叙事。

二曰引古入兴。

三曰犯势入兴。

四曰先衣带后叙事入兴。古诗："清风动帷帘，晨月烛幽房。佳人处遐远，兰室无容光。"此两句衣带，两句叙事。又古诗："蝉鸣空桑林，八月肖关道。"此一句衣带，一句叙事。

五曰先叙事后衣带入兴。陆士衡诗："远游越山川，山川修且广。"此一句叙事，一句衣带。又古诗："行行重行行，与君生别离。相去万余里，各在天一涯。道路阻且长，会面安可期？胡马依北风，越鸟巢南枝。"此六句叙事，两句衣带。

六曰叙事入兴。谢灵运诗："时竟夕澄霁，云归日西驰。密林含余情，远峰隐半规。久昧昏垫苦，旅馆眺郊圻。"此五句叙事，一句入兴。又古诗："遥闻木叶落，疑是洞庭秋。中宵起长望，正见沧海流。"此三句叙事，一句入兴。

七曰直入比兴。左太冲诗："郁郁涧下松，离离山上苗，以彼径寸枝，荫此百尺条。"此诗头两句比入兴也。潘安仁诗："微身轻蝉翼，弱冠忝嘉招。"此诗一句比入兴也。

八曰直入兴。陆士衡诗："颜侯体明德，清风肃以迈。"此入头直叙题中之意。

九曰托兴入兴。古诗："青青河畔草，绵绵思远道。"此起《毛诗·国风》之体。

十曰把情入兴。刘公幹诗："秋日多悲怀，感慨以长叹。"江文通诗："远与君别离，乃在雁门关。"此寄人怀人皆自此起兴。

十一曰把声入兴。至少伯诗："濛濛三峡水，别怨流楚辞。"此耳闻声也。又古诗："白杨多悲风，萧萧愁杀人。"此心闻也。

十二曰景物入兴。曹子建诗："明月照高楼，流光正徘徊。"此诗格高，不极辞于怨旷而意自彰。

十三曰景物兼意入兴。王正长诗："朔风动秋草，边马有归心。"古诗："竹声先知秋。"

十四曰怨调入兴。阮籍诗："独坐空台上，谁可与欢者？"曹植诗："端坐苦愁思，揽衣起西游。"此体哀而不伤也。

凡上十四体皆本意极处。

(唐)王昌龄《诗格》，《诗学指南》本

第六，比兴入作势。

比兴入作势者，遇物如本立文之意，便直树两三句物，然后以本意入作比兴是也。昌龄《赠李侍御》诗云："青冥孤云去，终当暮归山；志士杖苦节，何时见龙颜？"又云："眇默客子魂，倏铄川上晖。还云惨知暮，九月仍未归。"又："迁客又相送，风悲蝉更号。"又，崔曙诗云："夜台一闭无时尽，逝水东流何处还？"又，鲍照诗曰："鹿鸣思深草，蝉鸣隐高枝。心自有所疑，旁人那得知！"

（唐）[日]弘法大师《文境秘府论·地卷·十七势》，《文镜秘府论校注》，中国社会科学出版社本

三，立兴以意成之例。《诗》曰："营营青蝇，止于樊。恺悌君子，无信谗言。"又诗云："明月照高楼，流光正徘徊。上有愁思妇，悲叹有余哀。"

四，双立兴以意成之例。《诗》曰："鼓钟锵锵，淮水汤汤，忧心且伤。"又诗曰："青青陵上柏，磊磊涧中石。人生天地间，忽如远行客。"

（唐）[日]弘法大师《文镜秘府论·地卷·十四例》，《文镜秘府论校注》，中国社会科学出版社本

"桃之夭夭，灼灼其华"，因时物以发兴，且以比其华色也。既咏其华，又咏其实，又咏其叶，非有他义，盖余兴未已而反复歌咏之尔。

（宋）吕本中《吕氏家塾读诗记》卷二《桃夭》，《四部丛刊》本

自齐梁以来，诗人作乐府《子夜四时歌》之类，每以前句比兴引喻，而后句实言以证之。至唐张祜、李商隐、温庭筠、陆龟蒙，亦用此体，或诗句皆然。今略书十数联于策。其四句者，如"高山种芙蓉，复经黄檗坞。未得一莲时，流利婴辛苦。""窗外山魈立，知渠脚不多。三更机底下，摸著是谁梭。"

（宋）洪迈《容斋随笔三》卷十六，上海古籍出版社本

兴者，先言他物以引起所咏之词也。……言彼关关然之雎鸠，则相与和鸣于河洲之上矣。此窈窕之淑女，则岂非君子之善匹乎？言其相与和乐

而恭敬，亦若雎鸠之情挚而有别也。后凡言兴者，其文意皆放此云。

（宋）朱熹《诗集传》卷一《国风·周南·关雎》，上海古籍出版社本

"倬彼云汉"则"为章于天"矣，"周王寿考"则"何不作人"乎。此等语言自有个血脉流通处，但涵泳久之，自然见得条畅浃洽，不必多引外来道理言语，却壅滞却诗人活底意思也。周王既是寿考，岂不作成人材，此事已自分明，更著个"倬彼云汉，为章于天"唤起来，便愈见活泼泼地，此六义所谓"兴"也。兴乃兴起之义。凡言兴者，皆当以此例观之。《易》以言不尽意而立象以尽意，盖亦如此。

（宋）朱熹《答何叔京》，《朱文公集》卷四十，《四部丛刊》本

比是以一物比一物，而所指之事常在言外；兴是借彼一物以引起此事，而其事常在下句。但比意虽切而却浅，兴意虽阔而味长。

（宋）朱熹《朱子语类》卷八十《诗一》，应元书院刊本

《诗》之兴全无巴鼻（振录云：多是假他物举起，全不取其义），后人诗犹有此体，如"青青陵上柏，磊磊涧中石，人生天地间，忽如远行客"，又如"高山有涯，林木有枝，忧来无端，人莫之知"，"青青河畔草，绵绵思远道"，皆是此体。

（宋）朱熹《朱子语类》卷八十《诗一》，应元书院刊本

问：《诗传》说六义，以托物兴辞为兴，与旧说不同。曰：觉旧说费力，失本指，如兴体不一，或借眼前物事说将起，或别自将一物说起，大抵只是将三、四句引起，如唐时尚有此等诗体，如"青青河畔草"、"青青水中蒲"，皆是别借此物，兴起其辞，非必有感有见于此物也。有将物之无兴起自家之所有，有将物之有兴起自家之所无。前辈都理会这个不分明，如何说得《诗》本指？只伊川也自未见得，看所说有甚广大处，仔细看，本指却不如此。若上蔡怕晓得《诗》，如云"读《诗》须先要识得六义体面"，这是他识得要领处。

（宋）朱熹《朱子语类》卷八十《诗一》，应元书院刊本

兴之为言起也，言兴物而起其意，如"青青陵上柏"、"青青河畔草"，皆是兴物诗也，如"藁砧今何在"、"何当大刀头"，皆是比诗体也。

（宋）朱熹《朱子语类》卷八十一《诗二》，应元书院刊本

破题：或对景兴起，或比起，或引事起，或就题起。要突兀高远，如狂风卷浪，势欲滔天。

（元）杨载《诗法家数》，《历代诗话》本

古之善为诗者，常托物以起兴，而后得以推致其性情，而极夫咏歌舞蹈之盛。

（元）虞集《思兰序记》，《道园学古录》卷八，《四部备要》本

前日奉夫子赐书之后，即有长启奉献付尊门，云待钱信去便，故尚未得达函丈。其中有不尽者，则以诗之兴体起句，绝无意味，自古乐府亦已然。乐府盖取民俗之谣，正如古国风一类。今之南北东西虽殊方，而妇女儿童、耕夫舟子、塞曲征吟、市歌巷引、若所谓竹枝词无不皆然。此真天机自动，触物发声，以启其下段欲写之情，默会亦自有妙处，决不可以意义说者，不知夫子以为何如？

（明）徐渭《奉师季先生书》，《徐渭集》卷十六《书》，中华书局本

摩诘七言律，自《应制早朝》诸篇外，往往不拘常调。至"酌酒与君"一篇，四联皆用仄法，此是初盛唐所无，尤不可学。凡为摩诘体者，必以意兴发端，神情傅合，浑融疏秀，不见穿凿之迹，顿挫抑扬，自出宫商之表可耳。

（明）王世贞《艺苑卮言》卷四，《历代诗话续编》本

诗之六义，风雅颂曰三经，赋比兴曰三纬。凡兴者，先托于物而后言所咏之事也。

（明）梁寅《诗演义》卷一，《四库全书》本

五言古诗，或兴起，或比或赋，须寓意深远，托词温厚，反复优游，

含蓄婉转，推人心之至情，写感慨之微意，潜玩汉、魏诸诗自得。有感时入兴者，如"凛凛岁云暮，蝼蛄夕鸣悲。凉风率以厉，游子寒无衣"。有先叙事后入兴者，如陆士衡"远游越山川，山川修且广"。有直入比兴者，如"郁郁涧底松，离离山上苗，以彼径寸茎，荫此百尺条"。有直入兴者，如陆士衡"顾侯体明德，清风肃以迈"。有托兴入兴者，如"青青河畔草，绵绵思远道"。有把情入兴者，如刘公幹诗"秋日多悲怀，感慨以长叹"，江淹诗"远与君别者，乃至雁门关"。此寄人怀人，皆自此起兴。有把声入兴者，如"濛濛三峡水，别怨流楚辞"，此耳闻也。"白杨多悲风，萧萧愁杀人"，此心闻也。有景物入兴者，如曹子建诗"明月照高楼，流光正徘徊"，此诗格高，不极辞于怨旷而意自彰。有景物兼意入兴者，如王正长诗"朔风动秋草，边马有归心"是也。有怨调入兴者，如阮籍诗"独坐空堂上，谁可与欢者"，又曹植诗"端坐苦愁思，揽衣起西游"，此哀而不伤者也。

（清）冒春荣《葚原诗说》卷之四，《清诗话续编》本

近人作诗，率多赋体，比者亦少，至兴体则绝不一见。不知兴体之妙，在于触物成声，冲喉成韵，如花未发而香先动，月欲上而影初来，不可以意义求者，《国风》、古乐府多有之。徐文长谓"今之南北东西虽殊方，而妇女、儿童、耕夫、舟子、塞外征吟，市歌巷引，无不皆然，默会自有妙处"。知言哉！

（清）叶矫然《龙性堂诗话初集》，《清诗话续编》本

《常棣》为燕兄弟之诗，《小宛》为兄弟相戒以免祸之诗，而皆以脊令起兴。盖脊令之性最急，其用情最切，故《常棣》以喻急难之谊，而《小宛》以喻征迈努力之忱。

（清）曾国藩《鸣原堂论文集》，《曾文正公文集》卷一，《四部丛刊》本

《送别王宣城》：起二句，兴也。以言兴体，为兴言地，此真合于朱子论兴所云云也。"青春"二句，始入题时令。"广望"四句，叙送别。"颍阴"四句，陪宣城。

（清）方东树《昭昧詹言》卷六，人民文学出版社本

诗有六义，其四为兴。兴者，因事发端，托物寓意，随时成咏，始于虞廷喜起及《琴操》诸篇，四、五、七言无定，而不分篇章，异于《风》、《雅》，亦以自发性情，与人无干，虽足以风上化下，而非为人作，或亦写情赋景，要取自适，与《风》、《雅》绝异，与骚、赋向名。

（清）王闿运《诗法一首示黄生》，《新古文辞类纂稿本》，中华书局本

4. 赋比兴要酌而用之

故诗有三义焉，一曰兴，二曰比，三曰赋。文已尽而意有余，兴也；因物喻志，比也；直书其事，寓言写物，赋也。宏斯三义，酌而用之，干之以风力，润之以丹彩，使味之者无极，闻之者动心，是诗之至也。但专用比兴，患在意深，意深则词踬；若但用赋体，患在意浮，意浮则文散，嬉成流移，文无止泊，有芜漫之累矣。

（南朝·梁）钟嵘《诗品序》，《诗品注》，人民文学出版社本

以其所感发而况之，之谓兴。兴兼比与赋者也。

（宋）王安石《诗义》，《吕氏家塾读诗记》引，《四部丛刊》本

风之义易见，惟兴与比相近而难辨。兴多兼比，比不兼兴。意有余者，兴也；直比之者，比也。兴之兼比者徒以为比，则失其意味矣；兴之不兼比者误以为比，则失之穿凿矣。

（宋）吕本中《吕氏家塾读诗记》卷二，《四部丛刊》本

问比兴。曰：说出那物事来是兴，不说出那物事是比。如"南有乔木"只是说个"汉有游女"，"奕奕寝庙，君子作之"只说个"他人有心，予忖度之"，《关雎》亦然，皆是兴体。比底只是从头比下来，不说破。兴、比相近却不同。

（宋）朱熹《朱子语类》卷八十《诗一》，应元书院刊本

问：诗中说兴处多近比？曰：然。如《关雎》、《麟趾》相似皆是

兴而兼比，然虽近比，其体却只是兴。且如"关关雎鸠"，本是兴起，到得下面说"窈窕淑女"，此方是入题，说那实事。盖兴是以一个物事贴一个物事说，上文兴而起，下文便接说实事，如"麟之趾"，下文便接"振振公子"，一个对一个说，盖公本是个好底人，子也好，孙也好，族人也好。譬如麟，趾也好，定也好，角也好。及此则却不入题了，如比那一物说，便是说实事，如"螽斯羽，诜诜兮，宜尔子孙，振振兮"，"螽斯羽"一句，便是说那人了，下面"宜尔子孙"，依旧是就"螽斯羽"上说，更不用说实事，此所以谓之比。大率《诗》中比兴皆类此。

（宋）朱熹《朱子语类》卷八十《诗一》，应元书院刊本

诗莫尚乎兴。圣人言语，亦有专是兴者，如："逝者如斯夫，不舍昼夜"，"山梁雌雉，时哉时哉"，无非兴也，特不曾檃括协韵尔。盖兴者因物感触，言在于此而意寄于彼，玩味乃可识，非若赋、比之直言其事也。故兴多兼比、赋，比、赋不兼兴，古诗皆然。今姑以杜陵诗言之。《发潭州》云："岸花飞送客，樯燕语留人。"盖因飞花语燕，伤人情之薄，言送客留人，止有燕与花耳。此赋也，亦兴也。若"感时花溅泪，恨别鸟惊心"，则赋而非兴矣。《堂成》云："暂止飞鸟将数子，频来语燕定新巢。"盖因鸟飞燕语，而喜己之携雏卜居，其乐与之相似，此比也，亦兴也。若"鸿雁影来联塞上，鹡鸰飞急到沙头"，则比而非兴矣。

（宋）罗大经《鹤林玉露》乙编卷四，中华书局本

着题诗，即六义之所谓赋而有比焉，极天下之最难。石曼卿《红梅诗》有曰："认桃无绿叶，辨杏有青枝。"不为东坡所取，故曰："题诗必此诗，定知非诗人。"然不切题，又落汗漫。

（元）方回《瀛奎律髓序·着题类》，明刊本

五言古诗之法：

或兴起，或比起，或赋起。须要寓意深远，托辞温厚，反复优游，雍容不迫。或感古怀今，或怀人伤己，或潇洒闲适。写景要雅淡，推人心之至情，写感慨之微意。悲喜含蓄而不伤，美刺宛曲而不露，要有《三百

篇》之遗意。

（元）揭傒斯《诗宗正法眼藏》，《揭傒斯全集·辑遗》，上海古籍出版社本

又以一诗全首论之，须要有赋、有比、有兴，或兴而兼比尤妙。《三百篇》多以比兴重复置之章首；唐律多以比兴作颈联；古诗则比兴或在起处，或在转处，或在合处……其他有通首皆赋而无比兴者，在《风》、《雅》、《颂》各有其例，更难作耳。或又问曰："周伯弜所编《唐三体诗法》，以虚实二字为例，若四实中《早春游望》诗及《经废宝林寺》诗中，四句皆景物，似与赋比兴承转之说不合，何耶？"先生曰："'云霞出海曙，梅柳渡江春'，于六义属赋；'淑气催黄鸟，晴光转绿蘋'，于六义属兴；'池晴龟出曝，松暝鹤飞回'两句是景物，于六义属兴；'古砌碑横草，阴廊画杂苔'两句是说人事，于六义属赋，伯弜以四实概言之，其说疏矣。"

（元）傅与砺《诗法正论》，《诗学指南》，清乾隆敦本堂刊本

或曰："子谓作古体、近体概同一法，宁不有误后学邪？"四溟子曰："古体起语比少而赋、兴多，贵乎平直，不可立意涵蓄。若一句道尽，余复何言？"

（明）谢榛《四溟诗话》卷四，《历代诗话续编》本

《诗三百》，赋者少而兴者多，兴者少而比者多。盖诗本于《易》，须拟之议之，以成其变化。

（明）王思任《雪香庵诗集序》，《王季重十种》，《中国文学珍本丛书》本

《风》、《雅》包罗广博，非可一端求、一格定也。三代之诗，微言动物谓之风，故比兴多而赋少；直陈时事谓之雅，一意祢祷谓之颂，故赋多而比兴少。《风》之体微而婉，《雅》之体正而庄，《颂》之体简而重。此其大略也。

（明）费经虞《雅论》，清刊本

所谓田园杂兴者，凡是田园间景物皆可用，但不要抛却田园，全然泛言他物耳。

《归去来辞》全是赋体，其中"木欣欣以向荣，泉涓涓而始流，善万物之得时，感吾生之行休"四句，正属兴。

（明）李诩《戒庵老人漫笔》卷六《月泉吟社》，中华书局本

古人比兴都用物，至汉犹然。后人比兴都用事，至唐而盛。

（清）冯班《读古浅说》，《钝吟杂录》卷四，《清诗话》本

古之言诗者，不出赋比兴三者。《诗传》多析言之，其实如庖中五味，烹饪得宜，欲举一味以名之，不可得也。后之为诗者，写情则偏于赋，咏物则偏于比，玩景则偏于兴，而诗之味亦漓矣。下此则有赋而无兴比，顾卤莽于情者之所为也。君诗亦未免偏于赋，则以一室寤歌，师友讲究之功浅，即有佳句，亦无有位貌者以为之名，亦可惜也。然观当世诗家，才能断句分章，即争唐争宋，情性理义之具，哗为讼媒，以视君高吟长啸，笔砚尔汝，以自适其清苦，此真诗之情也，他又何论哉！

（清）黄宗羲《淇仙毛君墓志铭》，《南雷文定后集》卷四，《四部备要》本

双词虽分二股，前后意思必须联属，若判然两截，则是两首单调，非一首双调矣。大约前段布景，后半说情者居多，即毛公之兴、比二体。若首尾皆述情事，则赋体也。

（清）李渔《窥词管见》，《词话丛编》本

《东山》篇，每章着"零雨其濛"四字，便尔悲凉。思家遇雨，别有一番无聊，不必终篇，已觉黯然魂销矣。末后只描写鹳鸣果实，蠨蛸熠燿，户庭寥落，雨景惨淡而已，此外不赘一语，愈觉悲绝。《三百篇》中，有比、兴、赋互用者，有赋事在前，比兴在后者，皆以末后不注破为妙，不独此诗也。

（清）贺贻孙《诗筏》，《清诗话续编》本

诗文俱有主宾。无主之宾，谓之乌合。俗论以比为宾，以赋为主；以

反为宾，以正为主；皆塾师赚童子死法耳。立一主以待宾，宾无非主之宾者，乃俱有情而相浃洽。

（清）王夫之《薑斋诗话》卷二，人民文学出版社本

尝见论人诗者，谓赋体多而兴、比少，此世俗之责人无已也。诗岂以兴、比为高而赋为下乎？如诗果佳，何论兴、比、赋；设令不佳，而谬学兴、比，徒增丑态耳。况诗在触景生情，何必先横兴、比、赋三字于胸！今必以备体为工，无乃陋甚。

（清）吴雷发《说诗菅蒯》，《清诗话》本

唐诗有理，而非宋人诗话所谓理；唐诗有词，而非宋人诗话所谓词。大抵赋须近理，比即不然，兴更不然，"靡有孑遗"、"有北不受"可见。又如张籍辞李司空辟诗，考亭嫌其"感君缠绵意，系在红罗襦"。若无此一折，即浅直无情，是为以理碍诗之妙者也。

（清）吴乔《围炉诗话》卷之一，《清诗话续编》本

魏、晋以降，多工赋体，义山犹存比兴。如《槿花》诗曰："风露凄凉秋景繁，可怜荣落在朝昏。未央宫里三千女，但保红颜莫保恩。"因槿花之易落，而感女色之易衰，此兴而兼比者也。

（清）贺裳《载酒园诗话又编》，《清诗话续编》本

作诗善用赋笔，唯老杜为然。其间微婉顿挫，总非平直，须善学始得。其他名手，未有不比兴兼之。

（清）李重华《贞一斋诗说》，《清诗话》本

《诗三百篇》，其故实或未尽知之。然即元公、吉甫所作，奥博雅驯，或取材《典》、《坟》、《邱》、《索》有之耳。后世骈体兴而律作焉，不隶事无以供骈偶之资，揆诸六义中，归于比焉，斯得矣；而比固不止隶事也。况诗道兴居多而赋兼之，何居其专以隶事比也？倘隶事无当于比，毋乃并其义失之耶？

（清）李重华《贞一斋诗说》，《清诗话》本

元相《望云骓歌》，赋而比也。玉川《月蚀》诗点逗恒州事，则亦赋而比也。而元则更切本事矣。诗至元、白，针线钩贯，无乎不到，所以不及前人者，太露太尽耳。

（清）翁方纲《石洲诗话》卷二，人民文学出版社本

比兴率依《国风》之花木草虫，《楚辞》之美人香草止耳。愚意兼之以《周易》象爻，《太玄》离测，尤足以广人思路。

（清）方世举《兰丛诗话》，《清诗话续编》本

杜子美原本经史，诗体专是赋，故多切实之语。李太白枕藉《庄》、《骚》，长于比兴，故多惝恍之词。

（清）乔亿《剑溪诗说》卷上，《清诗话续编》本

（贺裳）又曰："魏、晋以降，多工赋体，义山犹兼比兴。"愚谓藻饰太甚，则比兴隐而不见也。

（清）方东树《昭昧詹言》卷十九，人民文学出版社本

张曲江以风雅之道，兴寄为上，故一篇一咏，莫非兴寄，此意是矣。然僻者为之，则又入于空泛，捕风捉影，似是而非。夫六义，风、雅、颂、赋、比、兴兼之，奈何独主风与兴二端乎？大约天下义理及古今载籍文字，惟变所适，无所不备，但用各有当耳。不能观其会通，而偏提一端，即为病痛。知味者鲜，所以末流多歧也。

（清）方东树《昭昧詹言》卷一，人民文学出版社本

明人论诗多大言，不独大复讥陶、谢也。王子衡云："《风》、《骚》包韫本体，标显色相。若子美《北征》之篇，昌黎《南山》之作，玉川《月蚀》之词，微之《阳城》之什，漫敷繁叙，填事委实，言多趁帖，情出附辏。"呜呼！何其诞也？《北征》一篇，原本忠爱，发以史笔，根柢槃深，关系宏远，乃杜集之巨制，与《风》、《雅》相出入者，比以昌黎《南山》诗，已觉不伦，况侪诸卢仝、元稹辈哉？彼盖只知意在词表为《三百》，为《离骚》，而不知《风》、《骚》之畅叙己怀，铺陈乱始，直诋匪人者，固指不胜屈也。大抵诗知赋而不知比兴，则切直而乏味；知比

兴而不知赋，则婉曲而无骨，三纬所以不可缺一。子衡崇比兴而废赋，直知一而不知二矣。

（清）潘德舆《养一斋诗话》卷十，《清诗话续编》本

高淡，婉约，艳丽，苍茫，各分门户。欲高淡，学太白、白石；欲婉约，学清真、玉田；欲艳丽，学飞卿、梦窗；欲苍茫，学蘋洲、花外。至于融情入景，因比起兴，千变万化，则由于神悟，非言语所能传也。

（清）孙麟趾《词径》，《词话丛编》本

兴与比有阔狭之分，盖比有正而无反，兴兼反正故也。

（清）刘熙载《艺概·诗概》，上海古籍出版社本

李仲蒙曰："叙物以言情谓之赋，索物以托情谓之比，触物以起情谓之兴。"此明赋比兴之别也。然赋中未尝不兼具比兴之意。

（清）刘熙载《艺概·赋概》，上海古籍出版社本

风诗中赋事，往往兼寓比兴之意。钟嵘《诗品》所由竟以寓言写物为赋也。赋兼比兴，则以言内之实事，写言外之重旨。故古之君子上下交际，不必有言也，以赋相示而已。不然，赋物必此物，其为用也几何！

（清）刘熙载《艺概·赋概》，上海古籍出版社本

诗词皆贵沈郁，而论诗则有沈而不郁，无害其为佳者，杜陵情到至处，每多痛激之辞，盖有万难已于言之隐，不禁明目张胆一呼，以舒其愤懑，所谓不郁而郁也。作词亦不外乎是。唯于不郁处，犹须以比体出之，终以狂呼叫嚣为耻，故较诗为更难。

（清）陈廷焯《白雨斋词话》卷六，《白雨斋词话足本校注》，齐鲁书社本

赋为六义之一。然赋可以兼比兴，而比兴不可兼赋。故《雅》、《颂》诸诗，凡舂容大篇，皆赋也。

（清）朱鹤龄《读文选诸赋》，《愚庵小集》卷十三，上海古籍出版社本

诗有赋比兴，而兴最难，盖太远则离，太近则涉于比。《三百篇》后，兴最少。《十九首》中，惟两"青青"（按指《青青河畔草》、《青青陵上柏》二首）。此章曰"草"，曰"柳"，自是别离物色。然"草"著"河畔"，便伏"荡子不归"意；"柳"著"园中"，便伏"空房难守"意。故唐宜之曰："盖睹艳阳之景，而特为感伤也。"后首起句全类比，"柏"取不凋，"石"取不烂。"柏"著"陵上"取其高，"石"著"涧中"取其深。各得其所，无物害之，以见人生之短脆也。前首是正兴，后首是反兴。

（清）吴淇《古诗十九首定论》，《古诗十九首集释》，中华书局本

"枯桑知天风，海水知天寒"，言其冷暖自知，盖有不必由乎叶与水者，故系以"入门各自媚，谁肯相为言"，此亦兴而比也。

（清）宋徵璧《抱真堂诗话》，《清诗话续编》本

诗道大而体裁各别，古人谓诗有六义，比兴与赋，各自一体。升庵所引《毛诗》，皆深婉含蓄，义近于风，诗中之比兴体也。所引杜诗，则直陈其事之赋体也。

（清）朱庭珍《筱园诗话》卷二，《清诗话续编》本

五

作为诗歌本体论的"兴寄""兴象""兴趣"说

1. "兴寄""兴喻"等——作品思想内蕴

　　文章道弊五百年矣。汉、魏风骨,晋、宋莫传,然而文献有可征者。仆尝暇时观齐、梁间诗,彩丽竞繁,而兴寄都绝,每以咏叹,思古人常恐逶迤颓靡,风雅不作,以耿耿也。

　　　　　　　　(唐)陈子昂《修竹篇序》,《陈子昂集》卷一,中华书局本

　　诗有三宗旨,一曰立意,二曰有以,三曰兴寄。立意一:立六义之意:风、雅、比、兴、赋、颂。有以二:王仲宣《咏史》:"自古无殉死,达人所共知",此一以讥曹公杀戮,一以许曹公。兴寄三:王仲宣"猿猴临岸吟",此一句讥小人用事也。

　　　　　　　　(唐)王昌龄《诗格》,《格致丛书》本

　　览道州元使君结《春陵行》兼《贼退后示官吏作》二首,志之曰:当天子分忧之地,效汉官良吏之目。今盗贼未息,知民疾苦,得结辈十数公,落落然参错天下为邦伯,万物吐气,天下少安,可待矣。不意复见比兴体制,微婉顿挫之词。感而有诗,增诸卷轴,简知我者,不必寄元。

　　　　　　　　(唐)杜甫《同元使君〈春陵行〉序》,《杜诗详注》卷十九,中华书局本

　　足志者言,足言者文,情动于中而形于声,文之微也。粲于歌颂,畅

于事业，文之著也。君子修其词，立其诚，生以比兴宏道，殁以述作垂裕，此之谓不朽。

(唐) 独孤及《唐故殿中侍御史赠考功郎中萧府君文章集录序》，《毗陵集》卷十三，《四部丛刊》本

志非言不形，言非文不彰，是三者相为用，亦犹涉川者假舟楫而后济。自典谟缺，雅颂寝，世道陵夷，文亦下衰，故作者往往先文字，后比兴，其风流荡而不返，乃至有饰其词而遗其意者，则润色愈工，其实愈丧。及其大坏也，俪章偶句，使枝对叶比，以八病四声为桎梏。

(唐) 独孤及《检校尚书吏部员外郎赵郡李公中集序》，《毗陵集》卷十三，《四部丛刊》本

古者陈诗以观人：君子之风，仁义是也；小人之风，邪佞是也。风生于文，文生于质，天地之性也；止于经，圣人之道也；感于心，哀乐之音也。故观乎志而知国风。逮德下衰，风雅不作，形似艳丽之文兴，而雅颂比兴之义废。艳丽而工，君子耻之，此文之病也。

(唐) 柳冕《答杨子丞论文书》，《全唐文》卷五二七，中华书局影印本

文章本于教化，形于治乱，系于国风，故在君子之心为志，形君子之言为文，论君子之道为教。《易》云："观乎人文以化成天下。"此君子之文也。自屈、宋以降，为文者本于哀艳，务于恢诞，亡于比兴，失古义矣。虽扬、马形似，曹、刘骨气，潘、陆藻丽，文多用寡，则是一技，君子不为也。

(唐) 柳冕《与徐给事论文书》，《全唐文》卷五二七，中华书局影印本

今之文章与古之文章立意异矣。何则？古之作者，因治乱而感哀乐，因哀乐而为咏歌，因咏歌而成比兴。故《大雅》作则王道盛矣，《小雅》作则王道缺矣，《雅》变《风》则王道衰矣，诗不作则王泽竭焉。至于屈、宋哀而以思，流而不返，皆亡国之音也。至于西汉扬、马以降，置其盛明之代，而习亡国之音，所失岂不大哉！然而武帝闻《子虚》之赋，叹曰："嗟乎！朕不得与此人同时。"故武帝好神仙，相如为《大人赋》

以讽之，读之飘飘然，反有凌云之志。子云非之曰："讽则讽矣，吾恐不免于劝也。"子云知之，不能行之，于是风雅之文变为形似，比兴之体变为飞动，礼义之情变为物色，诗之六义尽矣。

    （唐）柳冕《谢杜相公论房杜二相书》，《全唐文》卷五二七，中华书局影印本

  唐兴九世，天子以人文化成天下，王泽洽，颂声作，洋洋焉与三代同风。其辅相之臣曰邺侯李公泌字长源，用比兴之文，行易简之道，赞事盛圣，辨章品物，疏通以尽理，宏丽而令雅，舒卷之道，必形于辞。

    （唐）梁肃《丞相邺侯李泌文集序》，《全唐文》卷五一八，中华书局影印本

  张君何为者？业文三十春。尤工乐府诗，举代少其伦。为诗意如何？六义互铺陈，风雅比兴外，未尝著空文。读君《学仙》诗，可讽放佚君；读君《董公诗》，可诲贪暴臣；读君《商女》诗，可感悍妇仁；读君《勤齐》诗，可劝薄夫淳。上可裨教化，舒之济万民；下可理情性，卷之善一身。

    （唐）白居易《读张籍古乐府》，《白居易集》卷一，中华书局本

  夫文尚矣！三才各有文：天之文，三光首之；地之文，五材首之；人之文，六经首之。就六经言，《诗》又首之。何者？圣人感人心而天下和平。感人心者，莫先乎情，莫始乎言，莫切乎声，莫深乎义。诗者，根情，苗言，华声，实义。上自贤圣，下至愚骏，微及豚鱼，幽及鬼神；群分而气同，形异而情一；未有声入而不应，情交而不感者。圣人知其然，因其言，经之以六义；缘其声，纬之以五音。音有韵，义有类。韵协则言顺，言顺则声易入。类举则情见，情见则感易交。于是乎孕大含深，贯微洞密，上下通而一气泰，忧乐合而百志熙。五帝三皇所以直道而行，垂拱而理者，揭此以为大柄，决此以为大窦也。故闻元首明、股肱良之歌，则知虞道昌矣。闻五子洛汭之歌，则知夏政荒矣。言者无罪，闻者足戒。言者闻者，莫不两尽其心焉。

洎周衰秦兴，采诗官废，上不以诗补察时政，下不以歌泄导人情，乃至于谄成之风动，救世之道缺。于时，六义始刓矣。

国风变为骚辞，五言始于苏、李。苏、李、骚人，皆不遇者，各系其志，发而为文。故河梁之句，止于伤别；泽畔之吟，归于怨思：彷徨抑郁，不暇及他耳。然去《诗》未远，梗概尚存：故兴离别，则引双凫一雁为喻；讽君子小人，则引香草恶鸟为比；虽义类不具，犹得风人之什二三焉。于时，六义始缺矣。

晋、宋以还，得者盖寡。以康乐之奥博，多溺于山水；以渊明之高古，偏放于田园。江、鲍之流，又狭于此。如梁鸿《五噫》之例者，百无一二焉。于时，六义寖微矣。

陵夷至于梁、陈间，率不过嘲风雪、弄花草而已。噫！风雪花草之物，《三百篇》中，岂舍之乎？顾所用何如耳。设如"北风其凉"，假风以刺威虐也。"雨雪霏霏"，因雪以愍征役也。"棠棣之华"，感华以讽兄弟也。"采采芣苢"，美草以乐有子也。皆兴发于此，而义归于彼，反是者可乎哉？然则"余霞散成绮，澄江静如练"；"离花先委露，别叶乍辞风"之什，丽则丽矣，吾不知其所讽焉，故仆所谓嘲风雪、弄花草而已。于时，六义尽去矣。

唐兴二百年，其间诗人，不可胜数。所可举者，陈子昂有《感遇》诗二十首，鲍防有《感兴》诗十五首。又诗之豪者，世称李、杜。李之作才矣，奇矣，人不逮矣，索其风雅比兴，十无一焉。杜诗最多，可传者千余首，至于贯穿今古，覼缕格律，尽工尽善，又过于李。然撮其《新安》、《石壕》、《潼关吏》、《芦子》、《花门》之章，"朱门酒肉臭，路有冻死骨"之句，亦不过三四十。杜尚如此，况不逮杜者乎？……

仆数月来，检讨囊帙中，得新旧诗，各以类分，分为卷首。自拾遗来，凡所适、所感，关于美刺兴比者；又自武德讫元和，因事立题，题为新乐府者，共一百五十首，谓之"讽谕诗"。

(唐）白居易《与元九书》，《白居易集》卷四十五，中华书局本

五年春，微之从东台来，不数日，又左转为江陵士曹掾。诏下日，会予下内直归，而微之已即路，邂逅相遇于街衢中，自永寿寺南，抵新昌里北，得马上语别，语不过相勉保方寸、外形骸而已，因不暇及他。是夕，

足下次于山北寺，仆职役不得去，命季弟送行，且奉新诗一轴，致于执事，凡二十章，率有兴比，淫文艳韵，无一字焉。意者：欲足下在途讽读，且以遣日时，销忧懑，又有以张直气而扶壮心也。

（唐）白居易《和答诗十首序》，《白居易集》卷二，中华书局本

嗟乎！仆尝病兴寄之作堙郁于世，辞有枝叶，荡而成风，益用慨然。

（唐）柳宗元《答贡士沈起书》，《柳河东集》卷三十三，上海古籍出版社本

又久之，得杜甫诗数百首，爱其浩荡津涯，处处臻到，始病沈、宋之不存寄兴，而讶子昂之未暇旁备矣。

（唐）元稹《叙诗寄乐天书》，《元稹集》卷三十，中华书局本

自古文体变易多矣。梁简文帝及庾肩吾之属，始为轻浮绮靡之词，名曰"宫体"。自后沿袭，务于妖艳，谓之擒锦布绣焉。其有敦尚风格、颇存规正者，不复为当时所重，讽谏比兴，由是废缺。物极则变，理之常也。盛唐受命，斫雕为朴；开元之际，王纲复举；浅薄之风，兹焉渐革。其时作者凡十数辈，颇能以雅参丽，以古杂今，粲粲然近建安之遗范矣。

（唐）杜确《岑嘉州诗集序》，《岑嘉州诗集》卷首，《四部丛刊》本

（李）白才逸气高，与陈拾遗齐名，先后合德。其论诗云："梁陈以来，艳薄斯极，沈休文又尚以声律，将复古道，非我而谁与！"故陈、李二集，律诗殊少，尝言："兴寄深微，五言不如四言，七言又其靡也，况使束于声调俳优哉！"

（唐）孟棨《本事诗·高逸》，《历代诗话续编》本

五代以还，斯文大剥；悲哀为主，风流不归。皇朝龙兴，颂声来复，大雅君子，当抗心于三代。然九州之广，庠序未振，四始之奥，讲义盖寡。其或不知而作，影响前辈，因人之尚，忘己之实。吟咏性情而不顾其分，风赋比兴而不观其时，故有非穷途而悲，非乱世而怨，华车有寒苦之述，白社为骄奢之语。学步不至，效颦则多。以至靡靡增华，愔愔相滥，

仰不主乎规谏，俯不主乎劝诫。

（宋）范仲淹《唐异诗序》，《范文正文集》卷六，《四部丛刊》本

自观宗元之诗，好贤而乐善，安士而待时，寡怨之言也。可以追次其平生，见其少长不倦，忠信之士也。至于遇变而出奇，因难而见巧，则又似予所论诗人之志也。其兴托高远，则附于《国风》；其忿世疾邪，则附于《楚辞》。

（宋）黄庭坚《胡宗元诗集序》，《豫章黄先生文集》，《四部丛刊》本

（贺）方回言学诗于前辈，得八句云："平淡不流于浅俗；奇古不邻于怪僻；题诗不窘于物象；叙事不病于声律；比兴深者通物理；用事工者如己出；格见于成篇，浑然不可镌；气出于言外，浩然不可存。"尽心于诗，守之勿失。

（宋）王直方《王直方诗话》，《宋诗话辑佚》本

予游宦湖外十余年，竟以拙直忤权势，投印南归，自寓兴化之碧溪，闭门却扫，无复功名意，不与衣冠交往者五年矣。平居无事，得以文章为娱，时阅古今诗集，以自遣适。故凡心声所底，有诚于君亲，厚于兄弟朋友，嗟念于黎元休戚，及近讽谏而辅名教者，与予平日旧游所经历者，辄妄意铺凿，疏之窗壁间。未几，抄录成帙，而以《碧溪诗话》名之。至于嘲风雪、弄草木而无与于比兴者，皆略之。

（宋）黄彻《碧溪诗话·自序》，《历代诗话续编》本

诗以风刺为主，故曰：上以风化下，下以风刺上，主文而谲谏，言之者无罪，闻之者足以戒。三百六篇，变风变雅居其大半，皆有箴规戒诲美刺伤闵哀思之言，而其言则多出于当时仁人不遇，忠臣不得志，贤士大夫欲诱掖其君，与夫伤谗思古，吟咏情性，止乎礼义，有先王之泽。故曰：诗可以群，可以怨。……王者迹熄而诗亡，诗亡而后《离骚》作。《九歌》《九章》之属，引类比义虽近俳，然爱君之诚笃，而嫉恶之志深，君子许其忠焉。汉、唐间以诗鸣者多矣，独杜子美得诗人比兴之旨，虽困踬

流离而不忘君，故其词章慨然有志士仁人之大节，非止模写物象风容色泽而已。

（宋）李纲《湖海集序》，《忠定公集选》卷十六，崇祯崇本堂刊本

韩偓诗在唐末粗有可取者，如"沙头有庙青林合，驿步无人白鸟飞"，"细水浮花归别浦，断云含雨入孤村"，"白髭兄弟中年后，瘴海程途万里长"，五言如"鸟啼深不见，人语静先闻"，虽神气短缓，亦微有深致。其《秋夜忆家》绝句云："垂老何时见弟兄，背灯悲泣到天明。不知短发有多少，一滴秋霖白一茎。"凄楚可悲，亦善于词者。若"挟弹少年多害物，劝君莫近五陵飞"，又"萧艾转肥兰蕙瘦，可能天亦妒馨香"，是直讪耳。诗人比兴扫地矣。

（宋）范晞文《对床夜语》卷四，《历代诗话续编》本

故诗人六义，多识于鸟兽草木之名，而律历四时，亦记其荣枯语默之候。所以绘事之妙，多寓兴于此，与诗人相表里焉。

（宋）佚名《宣和画谱·花鸟叙论》，《津逮秘书》本

近世言诗家颇辈出，凌厉极致，止于清丽，视建安、黄初诸子作，已愦愦不复省。钩英掇妍，刻画眉目，而形干离脱，不可支辅，其凡偶拙近者，率悻悻直致，弃万物之比兴，谓道由是显。六义之旨阙如也。

（元）袁桷《李景山〈鸠巢编〉后序》，《清容居士集》卷二十二，《四部丛刊》本

士君子受民社之寄，岂以弄戏翰墨为能事哉？其必有托兴者矣。吾闻君子之治乎斯民也，作而新之，如震斯惊；时而化之，如泽斯溥；于以致雷雨满盈之功，于以成天地变化之造，是故勇以发至仁之心，诚以通至神之迹，则善体物者矣。欲观龙之所以为龙，陈侯（所翁）之所以为治，以此求之可乎！

（元）虞集《所翁龙跋》，《道园学古录》卷十一，《四部备要》本

愚尝熟玩其（林景熙）诗，大抵皆托物比兴，而所以明出处，系人

伦，感世变而怀旧俗者，至矣。

（元）章祖程《题白石樵唱》，林景熙《霁山集》附录二《旧刻序跋》，中华书局本

大凡作诗，须用《三百五篇》与《离骚》。言不关于世教，义不出于比兴，诗亦徒作。夫诗发乎情，止乎礼义。《关雎》乐而不淫，哀而不伤，斯得情性之正，古人于此观风焉。

（元）傅与砺《诗文正法》，《格致丛书》本

漫塘先生刘宰平国，金坛人。嘉定间，屡召不起，士论高之。尝有《题荆公游半山图》云："归来心自平，蹇驴踏秋风。举鞭问髯奴：何如浣花翁？道旁几高松，风来自相语。桃李今何之？岁寒吾与汝。"起句佳，意有含蓄，末托兴亦深。

（元）韦居安《梅磵诗话》卷中，《历代诗话续编》本

晦翁深于古诗，其效汉魏，至字字句句，平侧高下，亦相依仿。命意托兴，则得之《三百篇》者为多。观所著《诗传》，简当精密，殆无遗憾，是可见已。感兴之作，盖以经史事理，播之吟咏，岂可以后世诗家者流例论哉？

（明）李东阳《麓堂诗话》，《历代诗话续编》本

韩昌黎曰："妇人不下堂，游子在万里。"托兴高远，有风人之旨。

（明）谢榛《四溟诗话》卷二，《历代诗话续编》本

夫子又曰："质胜文则野，文胜质则史，文质彬彬，然后君子。"今之为文者，其质离矣。夫去质而徒事于文，其即太史公所谓务华绝根者耶？善乎皇甫百泉之言曰："寄兴非远而鞶帨其辞，持论不洪而枝叶其说，以此言诗与文，失之千里矣。"其今世学文者之针砭耶？

（明）何良俊《四友斋丛说》卷二十三《文》，中华书局本

《大风》千秋气概之祖，《秋风》百代情致之宗，虽词语寂寥，而意象靡尽。《柏梁》诸篇，句调太质，兴寄无存，不足贵也。

（明）胡应麟《诗薮·内编》卷三，上海古籍出版社本

书契以来，代有歌谣，太史所陈，并称风雅，尚矣。自楚骚唐律，争艳竞畅，而民间性情之响，遂不得列于诗坛，于是别之曰山歌，言田夫野竖矢口寄兴之所为，荐绅学士家不道也。

　　　　（明）冯梦龙《序山歌》，《冯梦龙诗文》，海峡文艺出版社本

　　明其源，审其境，达其情，本也；辨其体，修其辞，次也。夫夏之五子，商之箕子，周之姬公、吉甫，卫之庄姜，楚之屈平，之数子者皆以抒忠爱，寄恻隐也。下至枚、苏、曹、刘，斯义未替。及唐杜氏，比兴微矣，而怨悱独存，其源远，故其流长也。

　　　　（明）陈子龙《青阳何生诗稿序》，《安雅堂稿》卷四，民国排印本

　　大复尝言之矣：诗本性情之发者也，其切而易见者，莫如夫妇之际，故古之作者，义关君臣朋友，必假之以宣郁而达情焉。大复之言，岂不深于风人之义哉！夫中、晚之诗，凡郊庙典则，赠答雍容，每芜弱平衍，不敢望初、盛之藩。若事关幽怨，体涉轻艳，或工于摹境，征实巧切，或荒于措思，设境新诡，要能使人欣然以慕，慨然以悲，唯其意存刻露，与古人温厚之旨或殊，至其比兴之志，岂有间然哉？

　　　　（明）陈子龙《沈友夔诗稿序》，《安雅堂稿》卷四，民国排印本。

　　……而诗之本不在是，盖忧时托志者之所作也。苟比兴道备，而褒刺义合，虽途歌巷语，亦有取焉。……一人有盛名，余读其诗，谓之曰："君之诗甚善，然传之后世，不知君为何代人，奈何！"夫作诗而不足以导扬盛美，刺讥当时，托物联类而见其志，则是《风》不必列十五国，而《雅》不必分大小也，虽工，余不好也。

　　　　（明）陈子龙《六子诗序》，《陈忠裕全集》卷二十五，簳山草堂本

　　风言有古风，有古意者，要是善用比兴耳。

　　　　（明）陈祚明《采菽堂古诗评选》卷九评张华《情诗·游目四野外》，清乾隆本

夫人文聿盛，崇尚之途有常；风雅载兴，咏歌之情不一。然古之君子，玄言微文，寄兴托讽，必归于温柔敦厚，不失诗人之本意者，斯可传而可久也。

（明）王廷干《靖节先生集跋》，明傅印台刻《陶靖节集》本

王元美论词云："宁为大雅罪人。"予以为不然。文人之才，何所不寓，大抵比物流连，寄托居多。《国风》、《离骚》，同扶名教，即宋玉赋美人，亦犹主文谲谏之义。良以端言之不得，故长歌咏叹，随所指以托兴焉。必欲如柳屯田之"兰心蕙性，枕前言下"等语，不几风雅扫地乎？实庵词无一语无寄托者，予之所以服膺也。

（清）曹禾　曹贞吉《珂雪词》卷首《词话》引，《四部备要》本

诗亡词乃盛，比兴此焉托？往往欢娱工，不如忧患作。冬郎一生极憔悴，判与三闾共醒醉。美人香草可怜春，凤蜡红巾无限泪。芒鞋心事杜陵知，只今唯赏杜陵诗。古人且失风人旨，何怪俗眼轻填词！词源远过诗律近，拟古乐府特加润。不见句读参差《三百篇》，已自换头兼转韵。

（清）纳兰性德《填词》，《通志堂集》卷三，上海古籍出版社本

君平以《寒食》诗得名，宋亡而天下不复禁烟，今人不知钻燧，又不深习唐事，因不解此诗立言之妙。如"春城无处不飞花，寒食东风御柳斜"二语，犹只淡写。至"日暮汉宫传蜡烛，轻烟散入五侯家"，上句言新火，下句言赐火也。此诗作于天宝中，其时杨氏擅宠，国忠、铦与秦、虢、韩三姨号为五家，豪贵荣盛，莫之能比，故借汉王氏五侯喻之。即赐火一事，而恩泽先霑于戚畹，非他人可望，其余锡予之滥，又不待言矣。寓意远，托兴微，真得风人之遗。德宗又爱其《调马》诗："鸳鸯赭白齿新齐，晚日花间放碧蹄。玉勒乍回初喷沫，金鞭欲下不成嘶。"余意此诗止于咏物，无斯臧塞渊之旨，固非《寒食》之匹。

（清）贺裳《载酒园诗话又编》，《清诗话续编》本

诗之为道，可以理性情，善伦物，感鬼神，设教邦国，应对诸侯，用如此其重也。秦汉以来，乐府代兴，六代继之，流衍靡曼。至有唐而声律日工，托兴渐失，徒视为嘲风雪，弄花草，游历燕衎之具，而诗教远矣。

（清）沈德潜《说诗晬语》卷上，《清诗话》本

游仙诗本之《离骚》，盖灵均处秽乱之朝，蹈危疑之际，聊为乌有之词以寄兴焉耳。建安以下，竞相祖述，景纯、太白，亦恣意描摹，至义山专求有娥、皇、英之喻而推广之，倡为妖淫靡曼之词，动以美人香草为护身符帖。末学无知，又因之而变为香奁体，世道人心，欲以复古，难矣！……如义山者，谓之为《三百篇》之罪人，可也。

（清）黄子云《野鸿诗的》，《清诗话》本

大，可为也；化，不可为也，其李诗之谓乎？太白之论曰："寄兴深微，五言不如四言，七言又其靡也。"若斯以谈，将类于襄阳孟公以简远为旨乎！而又不然。盖太白在唐人中；别有举头天外之意，至于七言，则更迷离浑化，不可思议，以此为寄兴深微，非大而化者，其乌乎能之！所谓七言之靡，殆专指七律言耳。故其七律不工。

（清）翁方纲《石洲诗话》卷一，人民文学出版社本

乐府古词，陈陈相因，易于取厌。张文昌、王仲初创为新制，文今意古，言浅讽深，颇合《三百篇》兴、观、群、怨之旨。白乐天尤工此体，至欲藉以感悟宸聪，敷陈民瘼，其积愈厚，故其言愈昌。

（清）管世铭《读雪山房唐诗序例·七古凡例》，《清诗话续编》本

《诗》咏庄姜、宣姜，并著其色，而有美有刺，义各不同，使义不切于美刺，其色不必言矣。《离骚》称灵修、美人，及汉、魏乐府言女子盛容饰，皆寓词以托讽，无非比兴者。齐、梁以下，始专咏色，于义何取，直海淫焉耳。

（清）乔亿《剑溪说诗又编》，《清诗话续编》本

大抵游山固以写情为本，然必有叙，有兴寄，否则不知作者为何人，

游为何时、何地、何情，与此地故事，交代不明，则为死诗无人。

  （清）方东树《昭昧詹言》卷六，人民文学出版社本

  诗以寄兴也。有意为诗，复有意为他人之诗，修辞不立其诚，未或闻之前训矣。……子云作赋，常拟相如以为式，寻以为非贤人君子诗赋之正也，于是辍不复为，而大覃思《浑天》，作《玄》文。桓谭以为文义至深，而论不诡于圣人。前之拟相如赋，犹不寄兴之诗也，竞利也；后之作《玄》文，犹寄兴之诗也，非竞利也。孔子曰："古之学者为己；今之学者为人。"

  （清）宋大樽《茗香诗论》，《清诗话》本

  词家之有姜石帚，犹诗家之有杜少陵，继往开来，文中关键。其流落江湖，不忘君国，皆借托比兴于长短句寄之，如《齐天乐》，伤二帝北狩也；《扬州慢》，惜无意恢复也；《暗香》、《疏影》，恨偏安也。盖意愈切，则辞愈微，屈宋之心，谁能见之？乃长短句中复有白石道人也。

  （清）宋翔凤《乐府余论》，《词话丛编》本

  古人词大率无题者多，唐、五代人，多以调为词，自增入"闺情"、"闺思"等题，全失古人托兴之旨，作俑于《花庵》、《草堂》，后世遂相沿袭，最为可厌。至《清绮轩词选》，乃于古人无题者妄增入一题，诬己诬人，匪独无识，直是无耻。

  （清）陈廷焯《白雨斋词话》卷八，《白雨斋词话足本校注》，齐鲁书社本

  颜延年注《咏怀》诗曰："阮公身事乱朝，常恐遇祸，因兹发咏，故每有忧生之嗟。虽事在刺讥，而文多隐避，百世而下，难以情测也。"今案阮公凭临广武，啸傲苏门，远迹曹爽，洁身懿、师，其诗愤怀禅代，凭吊今古，盖仁人志士之发愤焉，岂直忧生之嗟而已哉？特寄托至深，立言有体，比兴多于赋颂，奥诘达其渺思。比兴则声情依永，言之若不伦；奥诘则索解隐微，闻之者无罪。在心之懑既抒，尚口之穷亦免。

  （清）陈沆《诗比兴笺》卷二《阮籍诗笺》，上海古籍出版社本

自古以画名世者，不惟其画亦惟其人，因其人亦重其画，见其画如见其人，虽一时寄兴于丹青，而千载流芳于金石间。

（清）邹一桂《小山画谱》，《历代论画名著汇编》本

昔东坡以党祸被谪岭表，画兰常带荆棘，谓唯君子能容小人。所南为宋遗老，画兰不画荆棘，谓纯是君子绝无小人。板桥则躬际隆平，每兰刺相参，谓"荆棘不当尽以小人目之，如国之爪牙，王之虎臣，自不可废"。并谓宋代幽并十六州之痛，以无荆棘故。画小道耳，而文人寄兴，亦随身之安危、世之隆替为转移。区区荆棘，其不苟作有如此。

（清）马栻《论画兰·荆棘兰》，引自《郑板桥全集》附《板桥研究资料》，上海古籍出版社本

2. "情兴" "意兴"等——作品情感内蕴

若虚诗情幽兴远，思苦语奇，忽有所得，便惊众听。顷东南高唱者数人，然声律宛态，无出其右，唯气骨不逮诸公。

（唐）殷璠《河岳英灵集》卷上评刘若虚，《唐人选唐诗》，上海古籍出版社本

邺中七子，陈王最高。刘桢辞气偏，王得其中，不拘对属，偶或有之，语与兴驱，势逐情起，不由作意，气格自高，与《十九首》其流一也。

（唐）释皎然《诗式·邺中集》，《诗式校注》，齐鲁书社本

夫诗工创心，以情为地，以兴为经，然后清音韵其风律，丽句增其文彩，如杨林积翠下，翘楚幽花，时时开发，乃知斯文，味益深矣。

（唐）释皎然《诗议》，《诗式校注》附录二，齐鲁书社本

凡诗，物色兼意下为好。若有物色，无意兴，虽巧亦无处用之。如"竹声先知秋"，此名兼也。

（唐）[日]弘法大师《文镜秘府论·南卷·论文意》，《文镜秘府论校注》，中国社会科学出版社本

诗有词理意兴。南朝人尚词而病于理；本朝人尚理而病于意兴；唐人尚意兴而理在其中；汉、魏之诗，词理意兴，无迹可求。

（宋）严羽《沧浪诗话·诗评》，《沧浪诗话校释》，人民文学出版社本

文臣宋道字公达，洛阳人，以进士擢第为郎。善画山水，闲淡简远，取重于时。但乘兴即寓意，非求售也，其画故传于世者绝少。

（宋）佚名《宣和画谱》卷十二《山水三》，《津逮秘书》本

李成字咸熙……善属文，气调不凡，而磊落有大志。因才命不偶，遂放意于诗酒之间，又寓兴于画，精妙初非求售，唯以自娱于其间耳。故所画山林薮泽，平远险易，萦带曲折，飞流危栈，断桥绝涧水石，风雨晦明烟云雪雾之状，一皆吐其胸中而写之笔下，如孟郊之鸣于诗，张颠之狂于草，无适而非此也。

（宋）佚名《宣和画谱》卷十一《山水二》，《津逮秘书》本

诗至于老杜而集大成。陈子昂、沈佺期、宋之问律体沿而下之，丽之极莫如玉溪，以至西昆；工之极莫如唐季，以至九僧。《三百五篇》有丽者，有工者，初非有意于丽与工也，风赋比兴，情缘事起云耳。而丽之极工之极，非所以言诗也。

（元）方回《读张功父南湖集序》，《桐江集》，商务印书馆本

予弃经生业，乃托之丹青自娱。因述旧闻，附以己见，名曰"画谱"。有志于图绘者，悉心披阅；而寄兴寓情，更求之笔墨之外。俾赏鉴者，以神品目之，则进乎技矣。

（明）唐寅《画谱自序》，《唐伯虎全集》，中国书店本

至论其体，则一篇之中，抒情写景，或因情以寓景，或因景以见情。大抵以格调为主，意兴经之，词句纬之。以浑厚为上，雅淡次之，秾艳又次之。

（明）徐师曾《文体明辨序说·近体律诗》，人民文学出版社本

夫诗由性情生者也。诗自《三百篇》而降，作者多矣，乃世人往往好称唐人，何也？则其所托兴者深也。非独其所托兴者深也，谓其犹有风人之遗也。非独谓其犹有风人之遗也，则其生乎性情者也。

（明）屠隆《唐诗品汇选释断序》，《由拳集》卷十二，明刊本

秦嘉夫妇往还曲折，具载诗中。真事真情，千秋如在，非他托兴可以比肩。

（明）胡应麟《诗薮·内编》卷二，上海古籍出版社本

高参政子业：负奇气，博雅情，其为诗若磊磊乔松，凌风迥秀，响振虚谷……大抵高诗有情兴，通篇读去，颇沉郁。王元美谓其"高山鼓琴，沉思忽往"者是也。

（明）顾起纶《国雅品·士品四》，《历代诗话续编》本

蔡司空子木：声调渊雅，情兴高朗，其集为杨用修所选者，为艺林珍赏。

（明）顾起纶《国雅品·士品四》，《历代诗话续编》本

李公垂《追昔游》诗，大是宦梦难醒，兼其揽笔写兴，曲尽一生穷泰之感，亦令披卷者代为怃然。

（明）胡震亨《唐音癸签》卷七，上海古籍出版社本

汉魏五言，本乎情兴，故其体委婉而语悠圆，有天成之妙，五言古唯是为正。详而论之，魏人渐见作用，而渐入于变矣。

（明）许学夷《诗源辩体》卷三，人民文学出版社本

严沧浪云："诗有词理意兴。南朝人尚词而病于理（谓语多淫艳，不循义理也），本朝人尚理而病于意兴，唐人尚意兴而理在其中。"数语言言中窍。然前言"兴趣"，而此言"意兴"，正兼诸家与子美论也。宋人尚意，而此言"病于意兴"，盖子美之意深而宋人之意浅也。

（明）许学夷《诗源辩体》卷十七，人民文学出版社本

五言古，七言歌行，太白以兴为主，子美以意为主。然子美能以兴御意，故见兴不见意。元和诸公，则以巧饰意，故意愈切而理愈周，此正变所由分也。

（明）许学夷《诗源辩体》卷十八，人民文学出版社本

字悲正在兴比处。

（清）王夫之《唐诗评选》卷四，韩愈《答张十功曹》评语，《船山遗书》，太平洋书店重校刊本

一曰诗言志，二曰诗以导情性。则情性者，诗之根柢也；景物者，诗之枝叶也。根柢，本也；枝叶，末也。《三百篇》下迄汉、魏、晋，言情之作居多，虽有鸟兽草木，藉以兴比，非仅描摹物象而已。

（清）黄子云《野鸿诗的》，《清诗话》本

问：咏物诗以何道为贵？

答：咏物诗寓兴为上，传神次之。寓兴者，取照在流连感慨之中，《三百篇》之比兴也。传神者，相赏在牝牡骊黄之外，《三百篇》之赋也。若模形范质，藻绘丹青，直死物耳，斯为下矣。予尝评友人诗云："诗中当有我在。即题一画，必移我以入画，方有妙。题一咏物，必因物以见我，方有佳。咏小者且然，况其大乎？"此语试参之。

（清）陈仪《竹林答问》，《诗问四种》，齐鲁书社本

咏物诗有刻划惟肖者，有淡远传神者，总以情寄为主，风格佐之，乃不失比兴之义。

（清）杨际昌《国朝诗话》卷之一，《清诗话续编》本

霁山先生宋末名儒，为诗沈雄凄惋，忠愤之气，无所于托，而即物比兴，以泄其胸中之蕴，固不徒以骚人文士目之也。贺裳《载酒园诗话》云："尝叹诗法坏而宋衰，宋垂亡诗道反振。读林（景熙）诗，真令人心眼一开。"可谓知林诗者也。

（清）吴赡泰《霁山集序》，引自林景熙《霁山集》附录二《旧刻序跋》，中华书局本

3. "兴象"等——作品形象内蕴

　　至于曹、刘，诗多直语，少切对，或五字并侧，或十字俱平，而逸驾终存。然挈瓶肤受之流，责古人不辨宫商徵羽，词句质素，耻相师范。于是攻乎异端，妄为穿凿？理则不足，言常有余，都无兴象，但贵轻艳，虽满箧笥，将何用之！

　　　　　　　（唐）殷璠《河岳英灵集序》，《唐人选唐诗》，上海古籍出版社本

　　历代词人，诗笔双美者鲜矣，今陶生实谓兼之。既多兴象，复备风骨，三百年以前，方可论其体裁也。

　　　　　　　（唐）殷璠《河岳英灵集》卷上评陶翰，《唐人选唐诗》，上海古籍出版社本

　　浩然诗文采丰茸，经纬绵密，半遵雅调，全削凡体，至如"众山遥对酒，孤屿共题诗"，无论兴象，兼复故实。

　　　　　　　（唐）殷璠《河岳英灵集》卷中评孟浩然，《唐人选唐诗》，上海古籍出版社本

　　五年职翰林，四年莅浔阳。一年巴郡守，半年南宫郎。二年直纶阁，三年刺史堂。凡此十五载，有诗千余章。境兴周万象，土风备四方……

　　　　　　　（唐）白居易《洛中偶作》，《白居易集》卷八，中华书局本

　　片言可以明百意，坐驰可以役万景，工于诗者能之。风雅体变而兴同，古今调殊而理冥，达于诗者能之。工生于才，达生于明，二者相为用而后诗道备也。……诗者其文章之蕴邪，义得而言丧，故微而难明；境生于象外，故精而寡和。

　　　　　　　（唐）刘禹锡《董氏武陵集》，《刘梦得文集》卷二十三，《四部丛刊》本

　　蜀海棠有闻，而诗无闻。杜子美于斯，兴象靡出，没而有怀。天之厚余，谨不敢让。风雅尽在蜀矣，吾其庶几。

　　　　　　　（唐）薛能《海棠诗序》，《全唐诗》卷五百六十，中华书局本

其绝句如《消寒图》一首，音节兴象皆造盛唐有余地，非诗门之专主者不能至也。

（元）杨维桢《卫子刚诗录序》，《东维子文集》卷七，《四部丛刊》本

有唐三百年诗，众体备矣。故有往体、近体、长短篇、五七言律句绝句之制，莫不兴于始，成于中，流于变，而陊之于终。至于声律兴象，文词理致，各有品格高下之不同。略而言之，则有初唐、盛唐、中唐、晚唐之不同。

（明）高棅《唐诗品汇总序》，上海古籍出版社本

且无论晚唐，只如中唐人诗，如"月到上方诸品静，身持半偈万缘空"之句，兴象俱佳，可称名作。

（明）何良俊《四友斋丛说》卷二十五《诗二》，中华书局本

世人独推何、李为当代第一，余以为空同关中人，气稍过劲，未免失之怒张；大复之俊节亮语，出于天性，亦自难到，但工于言句而乏意外之趣。独边华泉兴象飘逸，而语亦清圆，故当共推此人。

（明）何良俊《四友斋丛说》卷二十六《诗三》，中华书局本

（七律）五十六字，如魏明帝凌云台材木，铢两悉配乃可耳。篇法之妙，有不见句法者；句法之妙，有不见字法者。此是法极无迹，人能之至，境与天会，未易求也。有俱属象而妙者，有俱属意而妙者，有俱作高调而妙者，有直下不对偶而妙者，皆兴与境谐，神合气完使之然。

（明）王世贞《艺苑卮言》卷一，《历代诗话续编》本

《铙歌曲》句读多讹，意义难绎，而音响格调，隐中自见。至其可解者，往往工绝。如《卮言》所称"驾六飞龙，四时和"等句是也。然以拟《郊祀》，则兴象有余，意致稍浅。

（明）胡应麟《诗薮·内编》卷一，上海古籍出版社本

《郊祀》，炼辞锻字，幽深无际，古雅有余。《铙歌》，陈事述情，句格峥嵘，兴象标拔。惜中多不可解。

(明) 胡应麟《诗薮·内编》卷一，上海古籍出版社本

东、西京兴象浑沦，本无佳句可摘，然天工神力，时有独至。搜其绝到，亦略可陈。……皆言在带衽之间，奇出尘劫之表，用意警绝，谈理玄微，有鬼神不能思、造化不能秘者。

(明) 胡应麟《诗薮·内编》卷二，上海古籍出版社本

西汉诸诗，唯《郊庙》颇尚辞，乐府颇尚气。至《十九首》及诸杂诗，随语成韵，随韵成趣。辞藻气骨，略无可寻，而兴象玲珑，意致深婉，真可以泣鬼神，动天地。……

(明) 胡应麟《诗薮·内编》卷二，上海古籍出版社本

韦苏州："春潮带雨晚来急，野渡无人舟自横。"宋人谓滁州西涧，春潮绝不能至，不知诗人遇兴遣词，大则须弥，小则芥子，宁此拘拘？痴人前正自难说梦也。

又张继"夜半钟声到客船"，谈者纷纷，皆为昔人愚弄。诗流借景立言，惟在声律之调，兴象之合，区区事实，彼岂暇计？无论夜半是非，即钟声闻否，未可知也。

(明) 胡应麟《诗薮·外编》卷四，上海古籍出版社本

作诗大要不过二端：体格声调、兴象风神而已。体格声调有则可循，兴象风神无方可执。故作者但求体正格高，声雄调鬯；积习之久，矜持尽化，形迹俱融，兴象风神，自尔超迈。譬则镜花水月，体格声调，水与镜也；兴象风神，月与花也。必水澄镜朗，然后花月宛然。讵容昏鉴浊流，求睹二者？故法所当先，而悟不容强也。

(明) 胡应麟《诗薮·内编》卷五，上海古籍出版社本

盛唐绝句，兴象玲珑，句意深婉，无工可见，无迹可寻。中唐遽减风神，晚唐大露筋骨，可并论乎！

(明) 胡应麟《诗薮·内编》卷六，上海古籍出版社本

陶翰既多兴象，复备风骨，卢象雅而平素，得国士之风。

（明）胡震亨《唐音癸签》卷五，古典文学出版社本

诗有景象，即风人之兴比也。唐人意在景象之中，故景象可合不可离也。

（明）许学夷《诗源辩体》卷二十七，人民文学出版社本

汉人五言，唯《十九首》触物兴怀，未尝先立题而为之，故兴象玲珑，无端倪可执。此外因题命词，则渐有形迹可求矣。魏曹、王诸子《杂诗》亦然。

（明）许学夷《诗源辩体》卷三，人民文学出版社本

愚按唐人律诗以兴象为主，风神为宗。（孟）浩然五言律，兴象玲珑，风神超迈，即（胡）元瑞所谓"大本先立"，乃盛唐最上乘，不得偏于闲谈悠远求之也。

（明）许学夷《诗源辩体》卷十六，人民文学出版社本

诗有活句，隐秀之词也。直叙事理，或有词无意，死句也。隐者兴在象外，言尽而意不尽者也；秀者章中迫出之词，意象生动者也。

（清）冯班《钝吟杂录》卷五，《清诗话》本

何谓象与意？曰：物有声即有色，象者，摹色以称音也。如舞曲者动容而歌，则意惬悉关飞动，无论兴比与赋，皆有恍然心目者。故诗家写景，是大半功夫。今读古人诗，望而知为谁氏作，象固然也。斯不独征事，又当选色也。意之运神，难以言传，其能者常在有意无意间。何者？诗缘情而生，而不欲直致其情；其蕴含只在言中，其妙会更在言外。《易》曰："鼓之舞之以尽神。"善写意者，意动而其神跃然欲来，意尽而其神渺然无际，此默而成之，存乎其人矣。

（清）李重华《贞一斋诗说》，《清诗话》本

响字之说，古人不废。暨乎唐代，锻炼弥工。然其兴象之深微，寄托之高远，则固别有在也。虚谷置其本原而拈其末节，每篇标举一联，每句标举一字，将率天下之人而致力，于是所谓温柔敦厚之旨蔑如也，所谓文

外曲致，思表纤旨亦茫如也。

　　　　　　（清）纪昀《瀛奎律髓刊误序》，《纪文达公文集》卷九，清嘉
　　　　　　庆刊本

　　李秋崖与金谷村尝秋夜坐济南历下亭，时微雨新霁，片月初生。秋崖曰："韦苏州'流云吐华月'句兴象天然，觉张子野'云破月来花弄影'句便多少着力。"谷村未答，忽暗中人语曰："岂但着力不着力，意境迥殊，一是诗语，一是词语，格调亦迥殊也。即如《花间集》'细雨湿流光'句，在词家为妙语，在诗家则靡靡矣。"愕然惊顾，寂无一人。

　　　　　　（清）纪昀《姑妄听之》之三，《阅微草堂笔记》卷十三，上海
　　　　　　古籍出版社本

　　在心为志，发言为诗，古之风人特自写其悲愉，旁抒其美刺而已。心灵百变，物色万端，逢所感触，遂生寄托；寄托既远，兴象弥深，于是缘情之什，渐化为文章。

　　　　　　（清）纪昀《鹤街诗稿序》，《纪文达公文集》卷九，清嘉庆本

　　盛唐诸公之妙，自在气体醇厚，兴象超远。然但讲格调，则必以临摹字句为主，无惑乎一为李、何，再为王、李矣。愚意拈出龙标、东川，正不在乎格调耳。

　　　　　　（清）翁方纲《石洲诗话》卷一，人民文学出版社本

　　古人唱和，自生感激，若《早朝大明宫》之作，并出壮丽；慈恩寺塔之咏，并见雄宕。率由兴象互相感发。

　　　　　　（清）翁方纲《石洲诗话》卷一，人民文学出版社本

　　客曰："渔洋自言与海内论诗得髓者，唯一吴天章耳。所谓诗髓者，非太白耶？"予应之曰："果如是，是以目论矣。莲洋之诗，正在兴象超诣，此亦三昧之真境也，岂必执以为学李哉？渔洋平生于后起之秀，特取二人：曰莲洋，曰丹壑，皆举其兴象言之，而深处抑更有在也。"

　　　　　　（清）翁方纲《七言诗三昧举隅·附录方纲渔洋诗髓论》，《清
　　　　　　诗话》本

用意高妙；兴象高妙；文法高妙；而非深解古人则不得。

（清）方东树《昭昧詹言》卷一，人民文学出版社本

文字精深在法与意，华妙在兴象与词。

（清）方东树《昭昧詹言》卷一，人民文学出版社本

谢公每一篇，经营章法，措注虚实，高下浅深，其文法至深，颇不易识。其造句天然浑成，兴象不可思议执著，均非他家所及。此所以能成一大宗硕师，百世不祧也。

（清）方东树《昭昧詹言》卷五，人民文学出版社本

辋川于诗，亦称一祖。然比之杜公，真如维摩之于如来，确然别为一派。寻其所至，只是以兴象超远，浑然元气，为后人所莫及，高华精警，极声色之宗，而不落人间声色，所以可贵。

（清）方东树《昭昧詹言》卷十六，人民文学出版社本

言外多少余味不尽，所谓言在此而意寄于彼，兴在象外。

（清）方东树《昭昧詹言》卷十八，人民文学出版社本

《登余干古县城》（刘长卿）：首二句破题。首句破"城"字，而以"上与白云齐"五字为象，则不枯矣；次句上四字"古"字，下三字"余干"。三、四赋古城，而以"秋草"、"夜乌"为象，则不枯矣。五、六"登"字中所望意。收句"古"字、"余干"字，切实沉着而入妙矣。以情有余味不尽，所谓兴在象外也。言外句句有登城人在，句句有作诗人在，所以称为作者，是谓魂魄停匀……昔人论韩公"将军旧压三司贵"二句，以为虽句法雄杰，而意亦尽于此矣；只是有魄无魂，言外无余味，取象而无兴也。

（清）方东树《昭昧詹言》卷十八，人民文学出版社本

《钱塘湖春行》……佳处在象中有兴，有人在，不比死句。

（清）方东树《续昭昧詹言》卷十八，清光绪刻本

司空表圣《诗品》，但以隽词标举兴象，而于诗家之利病，实无所发

明；于作诗者之心思，亦无所触发。

（清）梁章钜《退庵随笔》，《清诗话续编》本

词家之有白石，犹书家之有逸少，诗家之有浣花，盖缘识趣既高，兴象自别。其时临安半壁，相率恬熙。白石来往江淮，缘情触绪，百端交集，托意哀丝，故舞席歌场，时有击碎唾壶之意。

（清）邓廷桢《双砚斋词话》，《词话丛编》本

春有草树，山有烟霞，皆是造化自然，非设色之可拟。故赋之为道，重象尤宜重兴。兴不称象，虽纷披繁密而生意索然，能无为识者厌乎？

（清）刘熙载《艺概·赋概》，上海古籍出版社本

夫律诗千态百变，诚不外情景虚实二端。然在大作手，则一以贯之，无情景虚实之可执也。写景，或情在景中，或情在言外。写情，或情中有景，或景从情生。断未有无情之景，无景之情也。又或不必言情而情更深，不必写景而景毕现，相生相融，化成一片。情即是景，景即是情，如镜花水月，空明掩映，活泼玲珑，其兴象精微之妙，在人神契，何可执形迹分乎？

（清）朱庭珍《筱园诗话》卷一，《清诗话续编》本

诗以超妙为贵，最忌拘滞呆板。故东坡云："赋诗必此诗，定非知诗人。"谓诗之妙谛，在不即不离，若远若近，似乎可解不可解之间，即严沧浪所谓"镜中之花，水中之月，但可神会，难以迹求"。司空表圣所谓"超以象外，得其环中"是也。盖兴象玲珑，意趣活泼，寄托深远，风韵泠然，故能高踞题巅，不落蹊径，超超玄著，耿耿元精，独探真际于个中，遥流清音于弦外，空诸所有，妙合天籁。

（清）朱庭珍《筱园诗话》卷一，《清诗话续编》本

4. "兴趣""兴致"等——作品风格内蕴

希逸诗气候清雅，不逮于范、袁，然兴属间长，良无鄙促也。

（南朝·梁）钟嵘《诗品》卷下评谢庄诗，《诗品注》，人民文学出版社本

诗之法有五：曰体制，曰格力，曰气象，曰兴趣，曰音节。

（宋）严羽《沧浪诗话·诗辨》，《沧浪诗话校释》，人民文学出版社本

诗者，吟咏情性也。盛唐诸人惟在兴趣，羚羊挂角，无迹可求。故其妙处透彻玲珑，不可凑泊，如空中之音，相中之色，水中之月，镜中之象，言有尽而意无穷。

（宋）严羽《沧浪诗话·诗辨》，《沧浪诗话校释》，人民文学出版社本

《陈简斋墓志》，张巨山笔也。称"公诗体物寓兴，清邃超特，纡余宏肆，高举横绝，上下陶、谢、韦、柳之间"。

（宋）刘克庄《后村诗话·后集》卷二，中华书局本

诗家有以山喻愁者，杜少陵云："忧端如山来，澒洞不可辍。"赵嘏曰："夕阳楼上山重叠，未抵春愁一倍多"是也。有以水喻愁者，李颀云"请量东海水，看取浅深愁"，李后主云"问君都有几多愁，恰似一江春水向东流"，秦少游云"落红万点愁如海"是也。贺方回云："试问闲愁知几许？一川烟草，满城风絮，梅子黄时雨。"盖以三者比之愁多也，尤为新奇。兼兴中有比，意味更长。

（宋）罗大经《鹤林玉露》乙编卷一，中华书局本

徐渊子《九日诗》云："衰容不似秋容好，坐上谁怜老孟嘉？牢裹乌纱莫吹却，免教白发见黄花。"时一朝士和云："呼儿为我整乌纱，不是无心学孟嘉，要摘金英满头插，明朝还是过时花。"二诗兴致皆佳，未易优劣。

（宋）罗大经《鹤林玉露》甲编卷二，中华书局本

淞谢伯理氏于其正庐左个为谵轩一所，命曰"春草"，本灵运语也，请予为之记，予疑灵运以诗名宋而犹附丽于人以觅句，何也？在西堂时诗思苦甚，至假梦寐，见惠连而后得"池塘生春草"句，遂以为奇绝。吁！此《三百篇》后词人以兴趣言诗者也，律以六义何有焉？今人以一草木

取了，点缀篇翰，极于雕镂之工，诗道丧矣，谈兴趣者犹以灵运语出于经辞直指，如"高台多悲风"、"明月照积雪"，无俟雕刻而大巧存焉，犹为去古未远也。

（元）杨维桢《春草轩记》，《东维子文集》卷十五，《四部丛刊》本

文章英气也，人声之精者为言，言之精者为文，英者所以精者也。每叹作文之陋，不知所以发其精英者，类以椎鲁者为古，崛强者为奇，遏抑其光大，登进其泥途，遂使神骏索然，一无足以动悟。有能以欧、苏之发越，造伊、洛之精微，篇有兴而语有味，若是者百过不厌也。

（元）刘将孙《赵青山先生墓表》，《养吾斋集》，《四库全书》本

道之不明，学经者皆失古人之意，而诗为尤甚。古之诗，其为用虽不同，然本于伦理之正，发于性情之真，而归乎礼义之极。《三百篇》鲜有违乎此者，故其化能使人改德厉行，其效至于格神祇，和邦国，岂特辞语之工，音节之比而已哉？近世之诗，大异于古，工兴趣者超乎形器之外，其弊至于华而不实；务奇巧者窘乎声律之中，其弊至于拘而无味。或以简淡为高，或以繁艳为美，要之皆非也。

（明）方孝孺《刘氏诗序》，《逊志斋集》卷三，《四部丛刊》本

夫诗比兴错杂，假物以神变者也。难言不测之妙，感触突发，流动情思，故其气柔厚，其声悠扬，其言切而不迫。故歌之心畅，而闻之者动也。

（明）李梦阳《缶音序》，《李空同全集》卷五十一，明思山堂刊本

诗有四格：曰兴，曰趣，曰意，曰理。太白《赠汪伦》曰："桃花潭水深千尺，不及汪伦送我情。"此兴也。陆龟蒙《咏白莲》曰："无情有恨何人见，月晓风清欲堕时。"此趣也。王建《宫词》曰："自是桃花贪结子，错教人恨五更风。"此意也。李涉《上于襄阳》曰："下马独来寻故事，逢人惟说岘山碑。"此理也。悟者得之，庸心以求，或失之矣。

（明）谢榛《四溟诗话》卷二，《历代诗话续编》本

诗苟发情性，更得兴致高远，体势稳顺，措词妥贴，音调和畅，斯可谓诗之最上乘矣。然岂可以易言哉！

      （明）何良俊《四友斋丛说》卷二十四《诗一》，中华书局本

  古诗多在兴趣，微辞隐义，有足感人，而宋人多好以诗议论，夫以诗议论，即奚不为文而为诗哉？《诗》三百篇多出于忠臣孝子之什及间阎匹夫匹妇童子之歌谣，大意主吟咏，抒性情，以风也。固非传综诠次以为篇章者也，是诗之教也。唐人诗虽非《三百篇》之音，其为主吟咏、抒性情则均焉而已。

      （明）屠隆《文论》，《由拳集》卷二十三，明刊本

  杨廉访孟载：才长逸荡，兴多隽永，且格高韵胜，浑然无迹。

      （明）顾起纶《国雅品·士品一》，《历代诗话续编》本

  姚恭靖广孝：性空思玄，心寂语新，其兴弥僻，其趣弥远。

      （明）顾起纶《国雅品·士品二》，《历代诗话续编》本

  严沧浪论诗，有《诗辩》、《诗体》、《诗法》、《诗评》、《考证》等目，唐宋人论诗，至是方是卓识。其拈出"妙悟"、"兴趣"二项，从古未有人道。

      （明）许学夷《诗源辩体》卷三十五，人民文学出版社本

  汉魏五言，深于兴寄，故其体简而委婉。唐人五言古，善于敷陈，故其体长而充畅。

      （明）许学夷《诗源辩体》卷三，人民文学出版社本

  王摩诘、孟浩然才力不逮高、岑，而造诣实深，兴趣实远。……一气浑成者，兴趣所到，忽然而就，不当以形似求之。

      （明）许学夷《诗源辩体》卷十六，人民文学出版社本

  （孟）东野五言古，不事敷叙，而兼用兴比，故觉委婉有致，然皆刻苦琢削，以意见为诗，故快心露骨，而多奇巧耳。此所以为变也。

      （明）许学夷《诗源辩体》卷二十五，人民文学出版社本

僧家不独忌钵盂语，尤忌禅语。近有禅师作诗者，余谓此禅也，非诗也。禅家、诗家，皆忌说理。以禅作诗，即落道理，不独非诗，并非禅矣。诗中情艳语皆可参禅，独禅语必不可入诗也。尝见刘梦得云：释子诗，因定得境，故清；由悟遣言，故慧。余谓不然。僧诗清者，每露清痕；慧者，即有慧迹。诗以兴趣为主，兴到故能豪，趣到故能宕。释子兴趣索然，尺幅易窘，枯木寒岩，全无暖气，求所谓纵横不羁、潇洒自如者，百无一二，宜其不能与才人匹敌也。每爱唐僧怀素草书，兴趣豪宕，有椎碎黄鹤楼、踢翻鹦鹉洲之概。使僧诗皆如怀素草书，斯可游戏三昧，夺李、杜、王、孟之席，惜吾未见其人也。

（清）贺贻孙《诗筏》，《清诗话续编》本

画家所谓平远者，如一幅乱山，几数百里，而烟嶂连绵，看之令人意兴无穷。在诗家惟汉人有之。今之学古诗者，但知学其平，不知学其远。盖平者其势，远者其神，神故不易学也。

（清）贺贻孙《诗筏》，《清诗话续编》本

夫诗之道，有根柢焉，有兴会焉，二者率不可得兼。镜中之象，水中之月，相中之色，羚羊挂角，无迹可求，此兴会也。本之《风》、《雅》以导其源，溯之楚《骚》、汉魏乐府诗以达其流，博之《九经》、《三史》诸子以穷其变，此根柢也。根柢原于学问，兴会发于性情。

（清）王士禛《带经堂诗话》卷三，人民文学出版社本

唐人五言绝句往往入禅，有得意忘言之妙，与净名、默然、达磨得髓同一关捩。观王、裴《辋川集》及祖咏《终南残雪》诗，虽钝根初机，亦能顿悟。程石臞有绝句云："朝过青山头，暮歇青山曲；青山不见人，猿声听相续。"予每叹绝，以为天然不可凑泊。予少时在扬州亦有数作，如："微雨过青山，漠漠寒烟织；不见秣陵城，坐爱秋江色。"（《青山》）"萧条秋雨多，苍茫楚江晦；时见一舟行，濛濛水云外。"（《江上》）"雨后明月来，照见下山路；人语隔溪烟，借问停舟处。"（《惠山下邹流绮过访》）"山堂振法鼓，江月挂寒树；遥送江南人，鸡鸣峭帆去。"（《焦山晓起送昆仑还京口》）又在京师有诗云："凌晨出西郭，招提过微雨；日

出不逢人，满院风铃语。"(《早至天宁寺》)皆一时伫兴之言，知味外味者当自得之。

（清）王士禛《香祖笔记》卷二，上海古籍出版社本

大抵文章实做则有尽，虚做则无穷。《雅》、《颂》多赋，是实做；《风》、《骚》多比兴，是虚做。唐诗多宗《风》、《骚》，所以灵妙。

（清）吴乔《围炉诗话》卷之一，《清诗话续编》本

陈无己云："春风永巷闭娉婷，长使青楼浪得名。不惜卷帘通一顾，怕君著眼未分明。"杭妓胡楚曰："不见当年丁令威，看来处处是相思。若将此恨同芳草，却恐青青有尽时。"一比一兴，却自深婉，不类宋诗。

（清）吴乔《围炉诗话》卷之五，《清诗话续编》本

讥刺语，用比兴体，便不露。英梦堂云："桃花嗜笑非无故，燕子矜飞太自轻。"陈古渔云："无名草长非关雨，得暖虫飞不待春。"皆有所指也。

（清）袁枚《随园诗话》卷十四，人民文学出版社本

所谓性情者，不必义关乎伦常，意深于美刺，但触物起兴，有真趣存焉耳。

（清）乔亿《剑溪说诗》卷下，《清诗话续编》本

《过贾谊宅》（刘长卿）：首二句叙贾谊宅。三、四"过"字。五、六入议。收以自己托意，亦全是言外有作诗人在，过宅人在。

所谓魂者，皆用我为主，则自然有兴有味。否则有诗无人，如应试之作，代圣贤立言，于自己没涉。公家众口，人人皆可承当，不见有我真性情面目。

（清）方东树《昭昧詹言》卷十八，人民文学出版社本

保绪先生……又有《新竹》、《风竹》、《晴竹》、《雨竹》四首，调倚《长亭怨》、《疏影》、《南浦》、《高阳台》，比兴无端，言有尽而意无穷，与时辈咏物相去远矣。

（清）蒋敦复《芬陀利室词话》卷一，《词话丛编》本

绝句于六义多取风、兴，故视他体尤以委曲、含蓄、自然为尚。

（清）刘熙载《艺概·诗概》，上海古籍出版社本

李（白）诗凿空而道，归趣难穷，由风多于雅，兴多于赋也。

（清）刘熙载《艺概·诗概》，上海古籍出版社本

含蓄：含蓄大约用比体。《三百篇》、《庄子》、《离骚》且勿论，子产美锦诸喻，庄辛幸臣一篇，皆不著一字而正意跃然。唐人宫词、宫怨诸篇，本是自己失宠而怨，偏就旁人得幸而欢者说，含蓄之法殆如是乎？亦有不用比体者，如"薛王沉醉寿王醒"，及"不待金舆唯寿王"，直就本事含蓄，亦殊绵邈。

（清）孙联奎《诗品臆说·含蓄》题解，《司空图〈诗品〉解说二种》，山东人民出版社本

诗有六义，赋仅一体，比兴二义，盖为一种难题立法。固有不可直言，不敢显言，不便明言，不忍斥言之情之境。或借譬喻，以比拟出之；或取义于物，以连类引起之。反复回环，以致唱叹，曲折摇曳，愈耐寻求。此诗品所以贵温柔敦厚、深婉和平也，诗情所以重缠绵悱恻、酝酿含蓄也，诗义所以尚文外曲致、思表纤旨也。一味直陈其事，何能感人？后代诗家，多赋而少比兴，宜其造诣不深，去古日远也。

（清）朱庭珍《筱园诗话》卷一，《清诗话续编》本

作画必明窗净几，笔墨精良，胸无尘滓，然后下笔，胸次默忆古名人山水，一树一石，如在腕下，则兴趣勃然，定是佳构。

（清）钱杜《松壶画忆》，《历代论画名著汇编》本

诗有四高：格欲高，兴欲高，地步欲高，手眼亦欲高。
诗有三不尽：景尽情不尽，语尽意不尽，兴尽味不尽。

（清）王寿昌《小清华园诗谈》卷上，《清诗话续编》本

六

作为诗歌接受论的"可以兴"说

1. "诗可以兴"

子曰：兴于诗，立于礼，成于乐。

何晏集解、邢昺疏《论语注疏》：集解：包（咸）曰：兴，起也，言修身当先学诗。疏：兴，起也，言人修身当先起于诗也。立身必须学礼，成性在于学乐。不学诗，无以言；不学礼，无以立。既学诗、礼，然后乐以成之也。

朱熹《论语集注》：兴，起也。诗本性情，有邪有正，其为言既易知，而吟咏之间，抑扬反复，其感人又易入，故学者之初，所以兴起其好善恶恶之心而不能自已者，必于此而得之。

刘宝楠《论语正义》：程氏廷祚引李氏恭曰：诗有六义，本于性情，陈述德义，以美治而刺乱，其用皆切于己。说之，故言之而长；长言之不足，至形于嗟叹舞蹈；则振奋之心，黾勉之行，油然作矣，诗之所以主于兴也。

（先秦）《论语注疏·泰伯》，《十三经注疏》本

子曰：小子何莫学夫诗？诗可以兴，可以观，可以群，可以怨。迩之事父，远之事君，多识于鸟兽草木之名。

何晏集解、邢昺疏《论语注疏》：注：孔（安国）曰：兴，引譬连类。疏：若能学诗，诗可以令人能引譬连类，以为比兴也；可以观者，诗有诸国之风俗盛衰，可以观览知之也；可以群者，诗有"如切如磋"，可以群居相切磋也；可以怨者，诗有君政不美则讽刺之，

言之者无罪,闻之者足以戒,故可以怨刺上政。

　　朱熹《论语集注》:(兴),感发志意……学诗之法,此章尽之。读是经者,所宜尽心也。

(先秦)《论语注疏·阳货》,《十三经注疏》本

　　庄王使士亹傅太子箴……问于申叔时,叔时曰:"教之春秋,而为之耸善而抑恶焉,以戒劝其心;教之世,而为之昭明德而废幽昏焉,以休惧其动;教之诗,而为之导广显德,以耀明其志;教之礼,使知上下之则;教之乐,以疏其秽而镇其浮;教之令,使访物官;教之语,使明其德,而知先王之务用明德于民也;教之故志,使知废兴者而戒惧焉;教之训典,使知族类,行比义焉。……且夫诵诗以辅相之,威仪以先后之,礼貌以左右之,明行以宣翼之,制节义以动行之,恭敬以临监之,勤勉以劝之,孝顺以纳之,忠信以发之,德音以扬之,教备而不从者,非人也。其可兴乎!"

(先秦)《国语·楚语上》,上海古籍出版社本

　　……故聆曲引者,观法于节奏,察变于句投,以知礼制之不可逾越焉;所簪弄者,遥思于古昔,虞志于怛惕,以知长戚之不能闲居焉。故论记其义,协比其象。……上拟法于《韶》、《箾》、《南》、《籥》,中取度于《白雪》、《渌水》,下采制于《延露》、《巴人》。是以尊卑都鄙,贤愚勇惧,鱼鳖禽兽,闻之者莫不张耳鹿骇,熊经鸟申,鸱视狼顾,拊噪踊跃,各得其齐。人盈所欲,皆反中和,以美风俗:屈平适乐国,介推还受禄,澹台载尸归,皋鱼节其哭,长万辍逆谋,渠弥不复恶,蒯聩能退敌,不占成节鄂,王公保其位,隐处安林薄,宦夫乐其业,士子世其宅。鳣鱼喁于水裔,仰驷马而舞玄鹤。于斯时也,绵驹吞声,伯牙毁弦,瓠巴弭柱,磬襄弛悬,留视睒眙,累称屡赞,失容坠席,搏拊雷抃,焦眇睢维,涕洟流漫。是故可以通灵感物,写神喻意,致诚效志,率作兴事,溉盥污秽,澡雪垢滓矣。

(汉)马融《长笛赋》,《全后汉文》卷十八,中华书局影印本

　　读《诗》至《蜉蝣》,感其虽朝生暮死,而能修其羽翼,可以有兴,遂赋之。

(晋)傅玄《蜉蝣赋》,《全晋文》卷五十一,中华书局影印本

兴己之善，观人之志，群而思无邪，怨而止礼义。入可事亲，出可事君。但言君父，举其重者也。

　　　　　　（宋）张载《正蒙·乐器》，《张载集》，中华书局本

窃禄祠官久见容，每持金石荐宸衷。钧天忽忽清都梦，方丈寥寥弱水风。知结胜缘人意外，想寻陈迹马蹄中。新诗起我超然兴，更应钟山蕙帐空。

　　　　　　（宋）王安石《酬和甫祥源观醮罢见寄》，《王文公文集》卷五十九，上海人民出版社本

《诗》上通乎道德，下止乎礼义。考其言之文，君子以兴焉。循其道之序，圣人以成焉。

　　　　　　（宋）王安石《诗义序》，《王文公文集》卷三十六，上海人民出版社本

夫古《诗》之在者三百，皆圣人因人言而存者，谓其道有在乎是者，故不废也。孔、孟尝言曰："作是诗者其知道"，则其他有不及道者矣。故其用于诗者，可以兴，可以观，可以群，可以怨，用是而迩之事父则不悖，远之事君则知义。

　　　　　　（宋）王令《答吕吉甫书》，《王令集》卷十九，上海古籍出版社本

学之兴起，莫先于诗，诗有美刺歌诵之，以知善恶、治乱、废兴。

　　　　　　（宋）程颢　程颐《遗书》卷十一，《二程集》，中华书局本

夫子言"兴于诗"，观其言，是兴起人善意，汪洋浩大，皆是此意。如言"秉心塞渊，騋牝三千"，须是"塞渊"，然后"騋牝三千"。又如《駉》之诗，坰牧是贱事，其中却言"思无邪"，《诗三百》，一言以蔽之者，在此一句。坰牧而必要"思无邪"者，盖为非此则不能坰牧。又如《考槃》之诗，解者谓贤人永誓不复告君，不复见君，又自誓不诈而实如此也。据此安得有贤者气象？孟子之于齐，是甚君臣？然见去，未尝不迟迟顾恋。今此君才不用，便躁忿如此，是不可矶也，乃知此诗解者之误。

此诗是贤者退而穷处,心不忘君,怨慕之深者也。君臣犹父子,安得不怨?故直至于癙寐弗忘,永陈其不得见君与告君,又陈其此诚之不诈也。

(宋)程颢　程颐《遗书》卷二上,《二程集》,中华书局本

或问"兴于诗,立于礼、成于乐"。曰:兴于诗便是个小底,立于礼,成于乐便是个大底。兴于诗初间只是因他感发兴起得来,到成处却是自然。后恁地又曰:古人自小时习乐、诵诗、学舞,不是到后来方始学诗、学礼、学乐。如云"兴于诗,立于礼,成于乐",非是初学有许多次第,乃是到后来方能如此。

(宋)朱熹《朱子语类》卷三十五《论语十七》,应元书院刊本

善可为法,恶可为戒,不特《诗》也,他书皆然。古人独以为"兴于诗"者,诗便有感发人底意思。今读之无所感发者,正是被诸儒解杀了。死着诗义,兴起人善意不得。如《南山有台序》云:"得贤则能为邦家立太平之基。"盖为见诗中有"邦家之基"字,故如此解。此序自是好句,但才如此说定,便局了一诗之意。若果先得其本意,虽如此说亦不妨。正如《易》解,若得圣人《系辞》之意,便横说竖说都得,今断以一义解定,《易》便不活。诗所以能兴起人处,全在兴。

(宋)朱熹《朱子语类》卷八十《诗一》,应元书院刊本

读《诗》便长人一格。如今人读《诗》,何缘会长一格?《诗》之兴最不紧要,然兴起人意处,正在兴。会得诗人之兴,便有一格长。

(宋)朱熹《朱子语类》卷八十《诗一》,应元书院刊本

《诗》有六体,逐篇一一求之,有兼得者,有偏得一二者。兴于诗,兴发乎此也。

(宋)吕祖谦《诗说拾遗》,《东莱集》,《金华丛书》本,

逮夫动乎意而昏,昏而困,困而学,学者取《三百篇》中之诗而歌之咏之,其本有之善心,亦未始不兴起也。善心虽兴,而不自知、不自信者多矣。舍平常而求深远,舍我所自有而求诸彼。学者有(苟)自信其本,省而学《礼》焉,则《礼经》三百,《曲礼》三千,皆我所自有,

而不可辞（乱）也，是谓立。至于缉熙纯一，粹然和乐，不勉而中，无为而成，虽学有三者之序，而心无三者之异。知吾心所自有之六经，则无所不一，无所不通：有所感兴而曲折万变可也；有所观于万物不可胜穷之形色可也；相与群居，相亲相爱，相临相治可也；为哀，为乐，为喜，为怒，为怨可也。

（宋）杨简《诗解序》，《慈湖遗书》，《四库全书》本

鹤林吴氏（全云：名泳）论《诗》曰：兴之体足以感发人之善心，（何义门云：凡诗皆足以感发人之善心，何独兴之一体也？盖必误会"兴于诗"之义而妄云者。）毛氏自《关雎》而下，总百六十篇，首系之兴，《风》七十，《小雅》四十，《大雅》四，《颂》二，注曰"兴也"，而比赋不称焉，盖谓赋直而兴微，比显而兴隐也。朱氏又于其间增补十九篇，而摘其不合于兴者四十八条，且曰：《关雎》，兴诗也，而兼于比。《绿衣》，比诗也，而兼于兴。《頍弁》一诗，而比、兴、赋兼之，则析义愈精矣。

（宋）王应麟《困学纪闻》卷三《诗》，商务印书馆本

子击好《晨风》、《黍离》，而慈父感悟；周磐诵《汝坟》卒章，而为亲从仕；王裒读《蓼莪》，而三复流涕；裴安祖讲《鹿鸣》，而兄弟同食；可谓"兴于诗"矣。李楠和伯亦自言："吾于《古诗·甫田》悟进学，《衡门》识处世。"此可为学诗之法。

（宋）王应麟《困学纪闻》卷三《诗》，商务印书馆本

方虚谷序《唐三体诗》云："子曰：'诗三百，一言以蔽之曰：思无邪。'此诗之体也。又曰：'小子何莫学夫诗？可以兴，可以观，可以群，可以怨。迩之事父，远之事君，多识于鸟兽草木之名。'此诗之用也。圣人之论诗如此，后世之论诗不容易矣。后世之学诗者，舍此而他求，可乎？"

（明）瞿佑《归田诗话》卷上《唐三体诗序》，《历代诗话续编》本

古人往矣，吾取古事，丽今声，华衮其贤者，粉墨其慝者，奏之场上，令观者藉为劝惩兴起，甚或扼腕裂眦，涕泗交下而不能已，此方为有

关世教文字。若徒取漫言，既已造化在手，而又未必其新奇可喜，亦何贵漫言为耶？此非腐谈，要是确论。故不关风化，纵好徒然，此《琵琶》持大头脑处，《拜月》只是宣淫，端士所不与也。

（明）王骥德《曲律》卷四，《中国古典戏曲论著集成》（四），中国戏剧出版社本

是编也，始乎贞，令人慕义；继乎缘，令人知命。私爱以畅其悦，仇憾以申其气，豪侠以大其胸，灵感以神其事，痴幻以开其悟，秽累以窒其淫，通化以达其类，芽非以诬圣贤而疑，亦不敢以诬鬼神。譬诸《诗》云，兴观群怨，多识种种。具足或亦有情者之朗鉴，而无情者之磁石乎？

（明）詹詹外史（冯梦龙）《〈情史〉叙》，《情史类略》，岳麓书社本

写鲁达为人处一片热血直喷出来，令人读之深愧虚生世上不曾为人出力。孔子云："诗可以兴。"吾于稗官亦云矣。

（清）金人瑞《第五才子书施耐庵〈水浒传〉》第二回评语，《金圣叹全集》（一），江苏古籍出版社本

子曰：吾念小子之欲为善，而未能决于为也。不能不与人处，而情不能自尽也，以人伦之大而不能无疚也，学之识之，而物且不能辨也，则何莫学夫诗乎？不愈于高谈性命而无实，拘于象数而感不生于心者乎？吾学焉，而知诗之用广也；小子学焉，当亦知其用之广矣。诗之泳游以体情，可以兴矣；褒刺以立义，可以观矣；出其情以相示，可以群矣；含其情而不尽于言，可以怨矣。其相亲以柔也，"迩之事父"者道在也；其相协以肃也，"远之事君"者道在也。闻鸟兽草木之名而不知其情状，日用鸟兽草木之利而不知其名，诗多有焉。小子学之，其可兴者即其可观，劝善之中而是非著；可群者即其可怨，得之乐则失之哀，失之哀则得之愈乐。事父即可事君，无已之情一也；事君即以事父，不懈之敬均也。鸟兽草木并育不害，万物之情统于合矣。小子学之，可以兴观者即可以群怨，哀乐之外无是非；可以兴观群怨者，即可以事君父。忠孝，善恶之本，而歆于善恶以定其情，子臣之极致也。鸟兽草木亦无非理之所著，而情亦不异矣。可以者，无不可焉，随所以而皆可焉。古之为诗者，原立于博通四达之

途，以一性一情周人情物理之变而得其妙，是故学焉而所益者无涯也。小子，何莫学夫诗也！

（清）王夫之《四书训义》卷二十一，《船山遗书》，太平洋书店重校刊本

予六七岁始入乡塾，受《诗》，诵至《燕燕》、《绿衣》等篇，便觉怅触欲涕，亦不自知其所以然。稍长，遂颇悟"兴观群怨"之旨。

（清）王士禛《带经堂诗话》卷一，人民文学出版社本

予最爱汤义仍先生绝句："清远楼中一觉眠，雨鸠风燕乍晴天；年来爱作团栾语，不得中男在眼前。"昔丁卯、戊辰间，予家居，而第三男启汸官文登广文，尝写此诗寄之，以代家书，真不减子由彭城逍遥堂绝句也。兴观群怨，学诗者当以此等求之。

（清）王士禛《香祖笔记》卷十一，上海古籍出版社本

子曰："可以兴，可以群。"此指含蓄者言之，如《柏舟》、《中谷》是也，曰"可以观，可以怨"，此指说尽者言之，如"艳妻煽方处"、"投畀豺虎"之类是也。曰"迩之事父，远之事君"，此诗之有关系者也。曰"多识于鸟兽草木之名"，此诗之无关系者也。

（清）袁枚《答沈大宗伯论诗书》，《小仓山房诗文集》卷十七，《四部备要》本

圣人称诗"可以兴"，以其最易感人也。王孟端友某在都娶妾，而忘其妻，王寄诗云："新花枝胜旧花枝，从此无心念别离。知否秦淮今夜月，有人相对数归期？"其人泣下，即挟妾而归。

（清）袁枚《随园诗话》卷十二，人民文学出版社本

夫子曰："诗可以兴"，说者以谓兴起好善恶恶之心也。好善恶恶之心，惧其似之而非，故贵平日有所养也。《骚》与《史》，皆深于诗者也，言婉多风，皆不背于名教，而梏于文者不辨也。故曰：必通六义比兴之旨，而后可以讲春王正月之书。

（清）章学诚《史德》，《文史通义》卷三，中华书局本

剧者何？戏也。古今一戏场也；开辟以来，其为戏也，多矣。巢、由以天下戏，逢、比以躯命戏，苏、张以口舌戏，孙、吴以战阵戏，萧、曹以功名戏，班、马以笔墨戏，至若偃师之戏也以鱼龙，陈平之戏也以傀儡，优孟之戏也以衣冠，戏之为用大矣哉。孔子曰："《诗》可以兴，可以观，可以群，可以怨。"今举贤奸忠佞，理乱兴亡，搬演于笙歌鼓吹之场，男男妇妇，善善恶恶，使人触目而惩戒生焉，岂不亦可兴、可观、可群、可怨乎？

（清）李调元《剧话序》，《中国古典戏曲论著集成》（八），中国戏剧出版社本

昔在汉世，若武梁祠、鲁灵光殿，皆图画伟人事迹，而《列女传》亦有画像，感发兴起，由来已旧。

（清）曾国藩《圣哲画像记》，《曾文正公文集》卷二，《四部丛刊》本

儒家不言"悟"而实已言之，如言"觉"、言"兴"皆是。

（清）刘熙载《古桐书屋札记》，《古桐书屋续刻三种》，清光绪十三年刊本

词莫要于有关系。张元幹仲宗因胡邦衡谪新州，作《贺新郎》送之，坐是除名，然身虽黜而义不可没也。张孝祥安国于建康留守席上赋《六州歌头》，致感重臣罢席。然则词之兴观群怨，岂下于诗哉！

（清）刘熙载《艺概·词曲概》，上海古籍出版社本

2. "读之令人不能兴者　非佳诗也"

子曰："兴于诗。""诗可以兴，可以观，可以群，可以怨；迩之事父，远之事君，多识于鸟兽草木之名。"今之为诗者，读之果可使人兴起其为善之心乎？果可使人兴、观、群、怨乎？果可使人知事父、事君，而能识鸟兽草木之名之理乎？为之而不能使人如是，则不如勿作。

（宋）吕本中《夏均父文集序》，《后村先生大全集》卷九十五《江西诗派》引，《四部丛刊》本

孔子删诗，取其思无邪者而已。自建安七子、六朝、有唐及近世诸人，思无邪者，惟陶渊明、杜子美耳，余皆不免落邪思也。六朝颜、鲍、徐、庾，唐李义山，国朝黄鲁直，乃邪思之尤者。鲁直虽不多说妇人，然其韵度矜持，冶容太甚，读之足以荡人心魄，此正所谓邪思也。鲁直专学子美，然子美诗，读之使人凛然兴起，肃然生敬，《诗序》所谓"经夫妇，成孝敬，厚人伦，美教化，移风俗"者也，岂可与鲁直诗同年而语耶？

（宋）张戒《岁寒堂诗话》卷上，《历代诗话续编》本

人言夫子删诗，看来只是采得许多诗，夫子不曾删去，往往只是刊定而已。圣人当来刊定好底诗，便要吟咏兴发人之善心；不好底诗，便要起人羞恶之心，皆要人"思无邪"。

（宋）朱熹《朱子语类》卷二十三《论语五》，应元书院刊本

公之选诗，可谓一归于正，复得其大矣。此事更无他端，即公所谓可兴、可观、可群、可怨，一诀尽之矣。试取所选者读之，果能如冷水浇背，陡然一惊，便是兴观群怨之品；如其不然，便不是矣。然有一种直展横铺，粗而似豪，质而似雅，可动俗眼，如顽块大窗，入嘉筵则斥，在屠手则取者，不可不慎之也。

（明）徐渭《答许口北》，《徐渭集》卷十六《书》，中华书局本

两汉而下，作者继起，独贾生（名谊）以命世之才，俯就骚律，非一时诸人所及。他如相如（姓司马）长于叙事，而或昧于情；扬雄长于说理，而或略于辞。至于班固，辞理俱失。若是者何？凡以不发乎情耳。然《上林》、《甘泉》，极其铺张，而终归于讽谏，而风人之义未泯；《两都》等赋，极其眩曜，终折以法度，而雅颂之义未泯；《长门》、《自悼》等赋，缘情发义，托物兴词，咸有和平从容之意，而比兴之义未泯。故虽词人之赋，而君子犹有取焉，以其为古赋之流也。三国、两晋以及六朝，再变而为俳，唐人又再变而为律，宋人又再变而为文。夫俳赋尚辞，而失于情，故读之者无兴起之妙趣，不可以言则矣。

（明）徐师曾《文体明辨序说·赋》，人民文学出版社本

大较词人之体，多属揣摩不置，思致神遇，然率于人情之所必不免者以敷言，又必有妙才巧思以将之，然后足以尽属词之蕴，故夫词成而读之，使人恍若身遇其事，怵然兴感者，神品也。

（明）周逊《词品序》，《词话丛编》本

孔子曰："兴于《诗》。"又曰："《诗》可以兴。"则《诗》与《春秋》，其用不同矣。《诗》不可以兼史，杨用修既尝辨之（见《杜诗论》中），顾可以兼《春秋》乎？朱子乃云："诗本性情，有邪有正，而吟咏之间，抑扬反复，故学者之初，所以兴起其好善恶恶之心而不得自已者，必于此而得之。"今试举陈隋妖艳之诗，奏之于初学小子之前，吾恐不足以兴，适足以相诱耳。

（明）许学夷《诗源辩体》卷一，人民文学出版社本

兴、观、群、怨，诗尽于是矣。经生家析《鹿鸣》、《嘉鱼》为群，《柏舟》、《小弁》为怨，小人一往之喜怒耳，何足以言诗？"可以"云者，随所以而皆可也。《诗三百篇》而下，唯《十九首》能然。李、杜亦仿佛遇之，然其能俾人随触而皆可，亦不数数也。又下或一可焉，或无一可者。

（清）王夫之，《薑斋诗话》卷二，人民文学出版社本

议论入诗，自成背戾。盖诗立风旨以生议论，故说诗者于兴、观、群、怨而皆可。若先为之论，则言未穷而意已先竭。在我已竭，而欲以生人之心，必不任矣。以鼓击鼓，鼓不鸣；以桴击桴，亦槁木之音而已。……足知议论立而无诗，允矣。

（清）王夫之《古诗评选》卷四，张载《招隐》评语，《船山遗书》，太平洋书店重校刊本

又数年至今壬午，君来金陵，谓余曰："子终不序吾诗，岂吾诗不足以序乎？"余于诗虽未之能也，而其得失则颇能别焉。家君有言："孔子论《诗》曰：'可以兴，可以观，可以群，可以怨。'汉、魏以来，作者非一，情无贞淫，事无大小，体无奇正，辞无难易，其传于后者，必于是微有合者也。"君一为诗，而使余数岁之中，苟发言而怵然，苟废学而惶

然，余于是得兴观焉。其为赐大矣！

（清）方苞《乔紫渊诗序》，《方苞集·集外文》卷四，上海古籍出版社本

万华亭云："孔子'兴于诗'三字，抉诗之精蕴。无论贞淫正变，读之而令人不能兴者，非佳诗也。"华亭进士名应馨。

（清）袁枚《随园诗话》卷十六，人民文学出版社本

义山以孤儿崛起，自见于世，一时巨公，争相延揽，亦可谓奇士矣……然而读其诗，不能使人考其志事以兴敬而起哀，则皆其华藻掩没其性情面目也。如是而曰"能得比兴"，则《三百篇》、屈子、杜公独无比兴乎？

（清）方东树《昭昧詹言》卷十九，人民文学出版社本

陶公胸中别有大业，匪浅儒所知；太白胸中蓄理亦多，皆非康乐所望见。读谢诗，令人无兴、观、群、怨之益。

（清）方东树《昭昧詹言》卷五，人民文学出版社本

《韩诗外传》言昔者子夏"弹琴以咏先王之风，有人亦乐之，无人亦乐之"，至于发愤忘食。然夫子犹造然变容曰："子已见其表，未见其里。窥其门，不入其中，安知其奥藏之所在乎？丘尝悉心尽志以入其中，前有高岸，后有深谷，泠泠然如此既立而已。"此所谓深微者也。深微者何？无声之礼乐志气塞乎天地，此所谓兴、观、群、怨可以起之诗，而非徒章句之诗也。

（清）魏源《诗古微序》，《魏源集》，中华书局本

"文丽用寡"，扬雄以此称相如，然不可以之称屈原。盖屈之辞，能使读者兴起尽忠疾邪之意，便是用不寡也。

（清）刘熙载《艺概·文概》，上海古籍出版社本

窃惟词源于诗，诗源于《三百篇》，《三百篇》无非事者，故孔子以为可以兴，可以观，可以群，可以怨，且推诸事父事君之重。后代诗人，

或仅以工声偶，或绮靡；降而倚声，则直以为弄月嘲风，供浅斟低唱以娱心而已。

（清）陆以谦《词林纪事序》，《词林纪事》，成都古籍书店本

论曲之妙无他，不过三字尽之，曰"能感人"而已。感人者，喜则欲歌、欲舞，悲则欲泣、欲诉，怒则欲杀、欲割，生趣勃勃，生气凛凛之谓也。噫，兴观群怨，尽在于斯，岂独词曲为然耶？

（清）黄星周《制曲枝语》，《中国古典戏曲论著集成》（七），中国戏剧出版社本

3. "诗之可以兴人者 以其情也"

诗者，言之述也。言之不足而长言之，咏歌之，所由兴也。其发于诚，感之深，至于不知手之舞，足之蹈，故其入于人也亦深，至可以动天地，感鬼神……至周而世益文，人之怨乐，必形于言；政之善恶，必见刺美。至夫子之时，所传者多矣。夫子删之，得《三百篇》，皆止于礼义，可以垂世立教，故曰"兴于诗"。

（宋）程颢 程颐《诗解》，《二程集·伊川经说》卷三，中华书局本

子曰："兴于诗，立于礼，成于乐。"诗发于人情，止于礼义，言近而易知，故人之学，兴起于诗。

（宋）程颢 程颐《论语解》，《二程集·伊川经说》卷六，中华书局本

夫诗之兴，出于人之情。喜怒哀乐之际，皆一人之私意，而至大之天地，极幽之鬼神，而诗乃能感动之者，何也？盖天地虽大，鬼神虽幽，而唯至诚能动之。彼诗者，虽一人之私意，而要之必发于诚而后作。故人之于诗，不感于物，不动于情而作者，盖寡矣。

（宋）张耒《上文潞公所著诗序》，《柯山集·拾遗》卷十二，《丛书集成》本

子曰："诗三百，一言以蔽之，曰：思无邪。"学者观此，往往窃疑

《三百篇》当复有深义，恐不止此；不然，则圣言所谓无邪，必非常情所谓无邪。是不然。圣言坦夷，无劳穿凿。无邪者，无邪而已矣，正而已矣，无越乎常情所云。但未明乎本心者，不知此，不信此。知此信此，则易直子谅之心油然而生。生则恶可已，恶可已则不知手之舞之、足之蹈之。有正而无邪，有善而无恶，有诚悫而无诈伪，有纯而无杂，有一而无二。三读《周南》、《召南》，必不面墙。以兴、以观、以群、以怨，无非正用，不劳勉强，不劳操持，怡然自得，所至皆妙。人能知徐行后长之心，即尧舜之心，则知之矣；知乍见孺子将入井，皆有怵惕恻隐之心，即仁者之心，则知之矣。此心人所自有，故《三百篇》或出于贱夫妇人所为，圣人取焉，取其良心之所发也。至于今千载之下，取而诵之，犹足以兴起也，故曰"兴于诗"。

        （宋）杨简《家记》，《慈湖遗书》，《四库全书》本

古之诗，出于性情之真。先王盛时，风教兴行，人人得其性情之正，故其间虽喜怒哀乐之发，微或有过差，终皆合于正理。故《大序》曰："变风发乎情，本乎礼义。发乎情，民之性也；本乎礼义，先王之泽也。"三百篇诗，唯其皆合正理，故闻者莫不兴起，其良心趋于善而去于恶，故曰"兴于诗"。

      （宋）真德秀《问兴、立、成》，《真西山文集》卷三十一，《四部丛刊》本

"寄语林和靖，梅花几度开。黄金台下客，应是不归来。"此宋幼主在京都所作也。始终二十字，含蓄无限凄戚意思，读之而不兴感者几希。

        （元）陶宗仪《南村辍耕录》卷二十，中华书局本

古人为治，先养得人心和平，然后作乐。比如在此歌诗，你的心气和平，听者自然悦怿兴起。只此，便是元声之始。《书》云"诗言志"，志便是乐的本；"歌永言"，歌便是作乐的本；"声依永，律和声"，律只要和声，和声便是制律的本；何尝求之于外！

     （明）王阳明《传习录》卷三，《王文成公全书》，《四部丛刊》本

夫诗之为教，主于诵美刺非，导善禁邪，其义与《春秋》之褒贬不异。唯其发于情性，本于伦常，永言嗟叹，而下因以寓见乎风俗，上因以指陈乎政理，感动兴起，意味有余而劝戒已著。

（明）王慎中《张文僖公咏史诗序》，《王遵岩文录》卷一，上海振寰书局校印本

古者诸侯卿大夫交接邻国，揖让之时，必称诗以喻意，以别贤不肖，而观盛衰。如《春秋传》所载晋公子重耳之秦，秦穆公享之，赋《六月》；鲁文公如晋，晋襄公飨公，赋《菁菁者莪》……皆以吟咏性情，各从义类。故情形于辞，则丽而可观；辞合于理，则则而可法。使读之者有兴起之妙趣，有咏歌之遗音，扬雄所谓"诗人之赋丽以则"者而已。此赋之本义也。

（明）徐师曾《文体明辨序说·赋》，人民文学出版社本

《三百篇》每章无多言，每有一章而三四叠用者，诗人之妙在一叹三咏。其意已传，不必言之繁而绪之纷也。故曰："诗可以兴。"诗之可以兴人者，以其情也，以其言之韵也。夫献笑而悦，献涕而悲者，情也；闻金鼓而壮，闻丝竹而幽者，声之韵也。是故情欲其真，而韵欲其长也，二言足以尽诗道矣。乃韵生于声，声出于格，故标格欲其高也；韵出为风，风感为事，故风味欲其美也；有韵必有色，故色欲其韶也；韵动而气行，故气欲其清也。此四者，诗之至要也。夫优柔悱恻，诗教也，取其足以感人已矣。

（明）陆时雍《诗镜总论》，《历代诗话续编》本

文之善达性情者无如诗，《三百篇》之可以兴人者，唯其发于中情，自然而然故也。自唐人用以取士，而诗入于套；六朝用以见才，而诗入于艰；宋人用以讲学，而诗入于腐。而从来性情之郁，不得不变而为词曲。

（明）冯梦龙《太霞新奏·序》，海峡文艺出版社本

夫深永之致皆在比兴，感慨之衷丽于物色，故言之者无罪，而使人深长思，足以兴善而达情，此托意之微也。

（明）陈子龙《李舒章古诗序》，《安雅堂稿》卷四，民国排印本

诗以道性情，夫人而能言之。然自古以来，诗之美者多矣，而知性情者何其少也。盖有一时之性情，有万古之性情。夫吴歈越唱，怨女逐臣，触景感物，言乎其所不得不言，此一时之性情也。孔子删之以合乎"兴、观、群、怨"、"思无邪"之旨，此万古之性情也。吾人诵法孔子，苟言其诗，亦必当以孔子之性情为性情。如徒逐逐于怨女逐臣，逮其天机之自露，则一偏一曲，其为性情亦末矣。

　　　　　　（清）黄宗羲《马雪航诗序》，《南雷文定》四集卷一，《四部备要》本

兵燹后，得焚余若干首，今取视之，悲愤之中，偶涉柔艳，柔艳乃所以为悲愤也。以须眉而作儿女呢喃，岂无故而然哉？李太白曰："五岳起方寸，隐然讵可平？"今人文章不及古人，只缘方寸太平耳。风雅诸什，自今诵之以为和平，若在作者之旨，其初皆不平也。若使平焉，美刺讽戒何由生，而兴观群怨何由起哉？鸟以怒而飞，树以怒而生，风水交怒而相鼓荡，不平焉乃平也。观余诗余者，知余不平之平，则余之悲愤尚未可已也。

　　　　　　（清）贺贻孙《诗文自序》，《水田居遗书·文集》卷三，道光丙午敕书楼藏版本

立门庭者必饾饤，非饾饤不可以立门庭。盖心灵人所自有而不相贷，无从开方便法门，任陋人支借也。人讥"西昆体"为獭祭鱼，苏子瞻、黄鲁直亦獭耳；彼所祭者，肥油江豚，此所祭者，吹沙跳浪之鳇鲨也，除却书本子，则更无诗。如刘彦昺诗："山围晓气蟠龙虎，台枕东风忆凤皇。"贝廷琚诗："我别语儿溪上宅，月当二十四回新。""如何万国尚戎马，只恐四邻无故人。"用事不用事，总以曲写心灵，动人兴观群怨，却使陋人无从支借。唯其不可支借，故无有推建门庭者；而独起四百年之衰。

　　　　　　（清）王夫之，《薑斋诗话》卷二，人民文学出版社本

人有不可已之情，而不可直陈于笔舌，又不能已于言，感物而动则为兴，托物而陈则为比。是作者固已酝酿而成之者也。所以读其诗者，亦如饮酒之后，忧者以乐，庄者以狂，不知其然而然。

　　　　　　（清）吴乔《围炉诗话》卷之一，《清诗话续编》本

事难显陈，理难言罄，每托物连类以形之；郁情欲舒，天机随触，每借物引怀以抒之；比兴互陈，反复唱叹，而中藏之欢愉惨戚，隐跃欲传，其言浅，其情深也。倘质直敷陈，绝无蕴蓄，以无情之语而欲动人之情，难矣。王子击好《晨风》，而慈父感悟；裴安祖讲《鹿鸣》，而兄弟同食；周磐诵《汝坟》，而为亲从仕。此三诗别有旨也，而触发乃在君臣、父子、兄弟，唯其可以兴也。读前人诗而但求训诂，猎得词章记问之富而已，虽多奚为？

（清）沈德潜《说诗晬语》卷上，《清诗话》本

古今人说诗多端，约举之则唯三有已耳：其始作也有感焉，诗以言志，而理性情也；后人竞竞于五忌八病，或日课一篇，或共叠一韵，有无病而呻吟者矣，有在戚而嘉容者矣，志不存，性情不见也。其方作也有义焉。《周官》大师教六诗，曰风，曰赋，曰比，曰兴，曰雅，曰颂，《大序》谓之六义。有是义，则兴于诗，学夫诗，汉、魏、唐、宋之诗，皆可兴，皆可学也；无其义，则赋之言铺，颂之言诵，两言尽矣，比、兴、风、雅缺如也。六缺其四，未有其两独存者也。（钟嵘《诗品》论赋、比、兴之义曰："文已尽而意有余，兴也；因物喻志，比也；直书其事，赋也。"论兴字别为一解，然似以去声之兴字，解为平声之兴字矣。）其既成章也有我焉，一人有一人之诗，一时有一时之诗，故诵其诗，可以知其人、论其世也，若彼我之无分，后先之如一，阐阓混混，诗奚以进于经史哉？

（清）汪师韩《诗学纂闻》，《清诗话》本

此折大有关系，雷海青琵琶遂可与高渐离击筑并传。尝叹世间真忠义不易多有，唯优孟衣冠妆演古人，凛凛然生气如在。若此折，使人可兴可观，可以廉顽立懦。世有议是剧为劝淫者，正未识旁见侧出之意耳。满朝旧臣，甘心降顺，而一乐人独矢捐躯，烈性足千古矣……览者必于此处着眼，方不失作者苦心。

（清）吴仪一《吴吴山三妇合评〈还魂记·骂贼〉》，坊刻本

咏史诗须别有怀抱。……贾谊吊屈原，以谪长沙也。史迁以屈、贾合传，从其类以见志也。自汉以来，感其事作为文词者，亦何非拓落人耶？

而渔洋先生以郎官主试西川，归途过三闾大夫庙，有何郁抑而赋此诗？宜其歔欷无涕，读者必不为之兴哀也。

（清）乔亿《剑溪说诗》卷下，《清诗话续编》本

汉、魏、阮公、陶公、杜、韩皆全是自道己意，而笔力强，文法妙，言皆有本。寻其意绪，皆一线明白，有归宿，令人了然。其余名家，多不免客气假象，并非从自家胸臆性真流出。如醴陵《杂拟》、陆士衡等《拟古》，吾不知其何为而作也。惟大家学有本源，故说自己本分话，虽一滴一勺，一卷一撮，皆足见其本。孟子所谓"容光水澜"也。如是方合于兴、观、群、怨、六义之旨。

（清）方东树《昭昧詹言》卷一，人民文学出版社本

学诗当从《三百篇》来，以屈子、汉、魏、阮公、渊明嗣之，如此方见吟咏之本。所谓"感而有思，思而积，积而满，满而作"，及其成章，使人讽之，自得于兴、观、群、怨之旨。至于文词句法工拙高下，特其余事耳。

（清）方东树《昭昧詹言》卷四，人民文学出版社本

传曰："诗人感而有思，思而积，积而满，满而作。言之不足，故长言之；长言之不足，故嗟叹咏歌之。"愚按以此意求诗，玩《三百篇》与《离骚》及汉、魏人作自见。夫论诗之教，以兴、观、群、怨为用。言中有物，故闻之足感，味之弥旨，传之愈久而常新。

（清）方东树《昭昧詹言》卷一，人民文学出版社本

诗为六艺之一，动乎性情，发乎声音，畅乎言辞，中乎节奏。其始也必有所感；感于情者深厚，然后托于辞者婉挚，使人读者，不觉其何以油然兴观群怨，此古诗所以可贵也。

（清）姚莹《孔蘅浦诗序》，《东溟文集》卷二，道光辛巳刻本

嵩焘识先生久矣，自海外归，尊酒唱和，得数与焉。读其诗，惓怀朋旧，感伤时事，无苟作者，而一出于性情之正，所言皆有以内得心于，曲折以尽其意，其旁薄郁结，又若极其才力所极而内自愍焉，常任

意余其辞。即嵩焘崎岖海外，言之若甚有不适者，每为旁皇兴起，不能自已。

　　　　　　（清）郭嵩焘《黄海华先生玩灵集遗诗序》，《郭嵩焘诗文集》卷五，岳麓书社本

　　庚辰秋九月，中宵不寐，万感交集，赋《蝶恋花》一阕，天下后世，读我词者，皆当兴起无穷哀怨，且养无限忠厚也。

　　　　　　（清）陈廷焯《白雨斋词话》卷六，《白雨斋词话足本校注》，齐鲁书社本

　　蒿庵《瑞鹤仙》云："玳梁几许，问海燕芳踪可住？看红襟飘瞥，重到画屏，漫把人误。"又云："苦忆年年远道，山驿山程，空怨零雨。莺声暗诉，催春至，共谁语。怕高楼去后，花枝满眼，东风吹向绣户。更青青柳色，陌上费人凝伫。"……此类皆含无限情事，郁之至，厚之至，似又深于碧山。词至是，可以兴，可以怨矣。

　　　　　　（清）陈廷焯《白雨斋词话》卷六，《白雨斋词话足本校注》，齐鲁书社本

4."言之工妙能使人感发兴起"

　　所谓连珠者，兴于汉章帝之世，班固、贾逵、傅毅三子受诏作之，而蔡邕、张华之徒又广焉。其文体辞丽而言约，不指说事情，必假喻以达其旨，而贤者微悟，合于古诗劝兴之义。

　　　　　　（晋）傅玄《连珠序》，《全晋文》卷四十六，中华书局影印本

　　玄元氏之下，元日会予家居，至枉乐天代书诗一百韵，鸿洞卓荦，令人兴起心情。

　　　　　　（唐）元稹《酬翰林学士代书一百韵》，《元氏长庆集》卷十，文学古籍刊行社影印本

　　杜子美、李太白、韩退之三人，才力俱不可及，而就其中退之喜崛奇之态，太白多天仙之词，退之犹可学，太白不可及也。至于杜子美，则又不然，气吞曹、刘，固无与为敌，如放归鄜州而云："维时遭艰虞，朝野

少暇日。顾惭恩私被，诏许归蓬荜。"新婚戍边而云："勿为新婚念，努力事戎行。罗襦不复施，对君洗红妆。"《壮游》云："两宫各警跸，万里遥相望。"《洗兵马》云："鹤驾通宵凤辇备，鸡鸣问寝龙楼晓。"凡此皆微而婉，正面有礼，孔子所谓"可以兴，可以观，可以群，可以怨，迩之事父，远之事君"者。

（宋）张戒《岁寒堂诗话》卷上，《历代诗话续编》本

族叔父元淐，名宸，一字居安，自山阴徙家余姚。性恭谨纯厚，闭门力学，不妄与人交。尤好乐律，每言乐所以成人才，今世所用皆胡部，虽郑卫亦不得闻，况韶濩乎！因考按古《关雎》、《鹿鸣》诸诗，抑扬皆合音律，时时自歌之，中正简古，闻者兴起。

（宋）陆游《族叔父元淐传》，《陆游集·渭南文集》卷二十三，中华书局本

予尝谓郑卫之音，《二南》之罪人也；后世之乐府，又郑卫之罪人也。凡今词家所称脍炙人口者，则皆导淫之罪魁耳，而可一寓之于目乎！然《三百篇》之音调已亡，虽《鹿鸣》，而天下篇腔律具于《仪礼集传》，又非乐工之所能通识。观其章叠句整，气韵和平，而渊永深穆之意，乃在于一唱三叹之表，孰能审其音以转移其气质，涵泳于义理哉？至于习俗之歌谣，辞俚而韵室，又无足取。所以学士大夫，尚从事于后世之词调者，既可倚之于弦索，泛之于唇指，宛转萦纡于喉舌之间，忧愤疏畅，思致流动，犹有可以兴起人心故也。

（宋）王柏《雅歌序》，《鲁斋王文宪公集》，《金华丛书》本

此记关目好、曲好、白好、事好。乐昌破镜重合，红拂智眼无双，虬髯弃家入海，越公并遣双妓，皆可师可法，可敬可羡。孰谓传奇不可以兴，不可以观，不可以群，不可以怨乎？饮食宴乐之间，起义动辄多矣。

（明）李贽《焚书》卷四《红拂》，中华书局本

客问于余："刘先主、曹操、孙权各据汉地为三国，史已去其颠末，传世久矣。复有所谓《三国志通俗演义》者，不几近于赘乎？"余曰："否！史氏所志，事详而文古，义微而旨深，非通儒夙学，展卷间鲜有不

便思困睡。故好事者以俗近语隐括成编，欲天下之人入耳而通其事，因事而悟其义，因义而兴于感。不待研精覃思，知正统必当扶，窃位必当诛，忠孝节义必当师，奸贪谀佞必当去。是是非非，了然于心目之下，裨益风教，广且大焉，何病其赘耶？"

（明）修髯子《三国志通俗演义引》，明嘉靖元年刻本

赵凡夫云："《诗》多曲而通，微而著，复有音节之可娱，听之无不兴感。"予尝谓《国风》妙在语言之外，音节之中，与凡夫之说异而同。

（明）许学夷《诗源辩体》卷一，人民文学出版社本

制曲必有旨趣，一首成一首之文章，一句成一句之文章。列之案头，歌之场上，可感可兴，令人击节叹赏，所谓歌而善也。若勉强敷衍，全无意味，则唱者听者，皆苦事矣。

（清）孔尚任《桃花扇凡例》，《桃花扇》卷首，人民文学出版社本

既得《葛庄诗》，吟不去口，常展案头，拉客共读而指之曰："此诗真，无一皮毛语；此诗清，无一饾饤字；此诗趣，无一板腐气。凡古今诗家，平熟无味之意，含糊不了之辞，一概洗除，令读者动心变志，啼笑无端，真如声之震耳，色之眩目，五味之沁舌，兴、观、群、怨，逐首感发，而可为学诗准的者。"

（清）孔尚任《长留集序》，《孔尚任诗文集》卷六，中华书局本

议论入诗，自成背戾。盖诗立风旨以生议论，故说诗者于兴观群怨而皆可。若先为之论，则言未穷而意已先竭，在我已竭，而欲以生人之心，必不任矣。

（清）王夫之《古诗评选》卷四，张载《招隐》评语，《船山遗书》，太平洋书店重校刊本

无端无委，如全匹成熟锦，首末一色，唯此故令读者可以其所感之端委为端委，而兴观群怨生焉。

（清）王夫之《古诗评选》卷五，袁宏《游仙》评语，《船山遗书》，太平洋书店重校刊本

以言起意，则言在而意无穷；以意求言，斯意长而言乃短。言已短矣，不如无言。故曰："诗言志，歌永言。"非志即为诗，言即为歌也。或可以兴，或不可以兴，其枢机在此。唐人刻画立意，不恤其言之不逮，是以竭意求工，而去古人愈远。……襄阳于盛唐中尤为褊露，此作寓意于言，风味深永，可歌可言，亦晨星之仅见。

（清）王夫之《唐诗评选》卷一，孟浩然《鹦鹉洲送王九之江左》评语，《船山遗书》，太平洋书店重校刊本

全从古诗来，唐人唯李太白能之，直坐断千年来谈艺者舌头。说格、说法、说开阖、说情景，都是得甚恶梦。一片心理就空明中纵横熳烂。除取粗人、酸人、糯饭人，无不于此得兴观群怨以去。

（清）王夫之《明诗评选》卷五，蔡羽《暮春》评语，《船山遗书》，太平洋书店重校刊本

诗者，人之性情也。近取诸身而足矣。其言动心，其色夺目，其味适口，其音悦耳，便是佳诗。孔子曰："不学诗，无以言。"又曰："诗可以兴。"两句相应。唯其言之工妙，所以能使人感发而兴起；倘直率庸腐之言，能兴者其谁耶？

（清）袁枚《随园诗话补遗》卷一，人民文学出版社本

……其怪幻尤甚，而世多喜行者，又莫过于立鼎器，炼炉火。盖二者可以遂庸人贪财好色之心，所以一唱而百和也。推究其故，实原古人因道理深奥，不得不托诸相以取喻。而昧者不察，遂认指为月。故历代得传诸真，莫不各有文集诗歌垂世，以阐精微，以辟邪谬，而从无牛鬼蛇神极其变幻，人心世故曲肖形容，编为传奇，等于稗官者，则《西游》之作也，独何心哉？岂以经传诗文中，人每扞格难入，故恢谐游戏，使人优游于其中，兴观群怨，事父事君，将以仿乎《诗》教耶！

（清）张含章《通易西游正旨自序》，《通易西游正旨分章注释》卷首，道光十九年眉山何氏德馨堂刻本

《燕山外史》一编，陈君蕴斋所作也。其间叙窦生、爱姑事，栩栩欲

活，悉以骈俪之词写之，流连宛转自成文章，殆有得于兴观群怨之微旨欤？

（清）吴展成《燕山外史·序》，清光绪五年己卯刊本

5. "人之为学贵于有所兴起"

　　天下有多少才，只为道不明于天下，故不得有所成就。且古者"兴于诗，立于礼，成于乐"，如今人怎生会得？古人于诗，如今人歌曲一般，虽闾里童稚，皆习闻其说，而晓其义，故能兴起于诗。后世老师宿儒，尚不能晓其义，怎生责得学者？是不得兴于诗也。古礼既废，人伦不明，以至治家皆无法度，是不得立于礼也。古人有歌咏以养其性情，声音以养其耳，舞蹈以养其血脉，今皆无之，是不得成于乐也。古之成材也易，今之成材也难。

（宋）程颢　程颐《遗书》卷十八，《二程集》，中华书局本

　　兴于诗者，吟咏性情，涵畅道德之中而歆动之，有"吾与点"之气象。

（宋）程颢　程颐《二程集·外书》卷三，中华书局本

　　贵一问："兴于诗如何？"曰："古人自小讽诵，如今人讴唱，自然善心生而兴起。今人不同，虽老师宿儒，不知诗也。人而不为《周南》《召南》，此乃为伯鱼而言，盖恐其未能尽治家之道尔。欲治国治天下，须先从修身齐家来，不然，则犹正墙面而立。"

（宋）程颢　程颐《遗书》卷二十二上，《二程集》，中华书局本

　　仲素问诗如何看？曰：诗极难说，大抵须要人体会，不在推导文义。在心为志，发言为诗。情动于中而形于言，言者情之所发也。今观是诗之言，则必先观是诗之情如何。不知其情，则虽精穷文义，谓之不知诗可也。子夏问："巧笑倩兮，美目盼兮，何谓也？"子曰："绘事后素。"曰："礼后乎？"孔子以谓可以言诗，如此全要体会。何谓体会？且如《关雎》之诗，诗人以兴后妃之德，盖如此也。须当想象雎鸠为何物？知雎鸠为挚

而有别之禽，则又想象关关为何声？知关关之声为和而适，则又想象在河之洲是何所在？知河之洲为幽闲远人之地，则知如是之禽，其鸣声如是，而又居幽闲远人之地，则后妃之德，可以意晓矣。是之谓体会。体会得，故看诗有味。至于有味，则诗之用在我矣。

（宋）杨时《龟山语录》，《四部丛刊》本

（杜甫）《乾元中寓居同谷七歌》：杜子美、李太白，才气虽不相上下，而子美独得圣人删诗之本旨，与《三百五篇》无异，此则太白所无也。元微之论李、杜，以为太白"壮浪纵恣，摆去拘束，摹写物象，诚亦差肩于子美。至若铺陈终始，排比声韵，李尚未历其藩翰，况堂奥乎！"鄙哉，微之之论也！铺陈排比，曷足以为李、杜之优劣。子曰："不学诗，无以言"，又曰："《诗》可以兴，可以观，可以群，可以怨，迩之事父，远之事君。"《序》曰："先王以是经夫妇，成孝经，厚人伦，美教化，移风俗。"又曰："上以风化下，下以风刺上，主文而谲谏，言之者无罪，闻之者足以戒。"子美诗是已。若《乾元中寓居同谷七歌》，真所谓主文而谲谏，可以群，可以怨，迩之事父，远之事君者也。"气劘屈贾垒，目短曹刘墙"，诚哉是言。"乾元元年春，万姓始安宅"，故子美有"长安卿相多少年"之羡，且曰："我生胡为在穷谷，中夜起坐万感集。"盖自伤也。读者遗其言而求其所以言，三复玩味，则子美之情见矣。

（宋）张戒《岁寒堂诗话》卷下，《历代诗话续编》本

《诗》如今恁地注解了，自是分晓易理会，但须是沉潜讽诵，玩味义理，咀嚼滋味，方有所益；若是草草看过，一部《诗》只两三日可了，但不得滋味也，记不得全不济事。古人说"诗可以兴"，须是读了有兴起处，方是读诗；若不能兴起，便不是读诗。

（宋）朱熹《朱子语类》卷八十《诗一》，应元书院刊本

子寿言《论语》所谓"兴于诗"，又云"诗可以兴"，盖诗者古人所以咏歌情性，当时人一歌咏其言，便能了其义，故善心可以兴起；今人须加训诂方理会得，又失其歌咏之律，如何一去看着，便能兴起善意？以今观之，不若熟理会《论语》，方能兴起善意也。

（宋）朱熹《朱子语类》卷三十五《论语十七》，应元书院刊本

赋比兴固不可以不辨，然读诗者须当讽味，看他诗人之意是在甚处。如《柏舟》，妇人不得于其夫，宜其怨之深矣，而其言曰："我思古人，实获我心。"又曰："静言思之，不能奋飞。"其词气忠厚恻怛，怨而不过，如此所谓止乎礼义而中喜怒哀乐之节者，所以虽为变风，而继二《南》之后者以此。臣之不得于其君，子之不得于其父，弟之不得于其兄，朋友之不相信，处之皆当以此为法，如屈原不忍其愤，怀沙赴水，此贤者过之也。贾谊云："历九州而相其君兮，何必怀此都也。"则又失之远矣。读《诗》须合如此看，所谓"诗可以兴，可以观，可以群，可以怨"，是诗中一个大义，不可不理会得也。

（宋）朱熹《朱子语类》卷八十一《诗二》，应元书院刊本

问诗如何可以兴？曰：读诗见其不美者，令人羞恶；见其美者，令人兴起。

（宋）朱熹《朱子语类》卷四十七《论语二十九》，应元书院刊本

兴于诗。人之为学，贵于有所兴起。

（宋）陆九渊《语录上》，《陆九渊集》卷三十四，中华书局本

夫诗者，人之性情也。唐之律诗，其音响节族，虽与古异，然其本于性情而有作，则一而已。读者因其词，索其理，而反之身心焉，则可兴可观可群可怨，而有裨于风化者，岂异于《风》、《雅》、《骚》、《选》哉？

（明）何乔新《唐律群玉序》，《文肃公文集》卷九，清康熙刊本

能兴即谓之豪杰。兴者，性之生乎气者也。拖沓委顺，当世之然而然，不然而不然，终日劳而不能度越于禄位田宅妻子之中，数米计薪，日以挫其志气，仰视天而不知其高，俯视地而不知其厚，虽觉如梦，虽视如盲，虽勤动其四体而心不灵，惟不兴故也。圣人以诗教以荡涤其浊心，震其暮气，纳之于豪杰而后期之以圣贤，此救人道于乱世之大权也。

（清）王夫之《俟解》，《船山遗书》，上海太平洋书店重校刊本

"诗可以兴，可以观，可以群，可以怨。"尽矣。辨汉、魏、唐、宋之雅俗得失以此，读《三百篇》者必此也。"可以"云者，随所以而皆可也。于所兴而可观，其兴也深；于所观而可兴，其观也审。以其群者而怨，怨愈不忘；以其怨者而群，群乃益挚。出于四情以外，以生起四情；游于四情之中，情无所窒。作者用一致之思，读者各以其情而自得。故《关雎》，兴也；康王晏朝，而即为冰鉴。"讦谟定命，远猷辰告"，观也；谢安欣赏，而增其遐心。人情之游也无涯，而各以其情遇，斯所贵于有诗。是故延年不如康乐，而宋、唐之所由升降也。谢叠山、虞道园之说诗，井画而根掘之，恶足知此？

（清）王夫之《薑斋诗话》卷一，人民文学出版社本

七

作为诗歌批评论的比兴论诗

1. 论诗须识诗中比兴

不学博依，不能安诗。

  注：博依，广譬喻也。疏："不学博依，不能安诗"者，此教诗法也。诗是乐歌，故次乐也。博，广也；依，谓依倚也，谓依倚譬喻也。若欲学诗，先依倚广博譬喻；若不学广博譬喻，则不能安善其诗，以诗譬喻故也。

    （汉）郑玄注（唐）孔颖达疏《礼记正义》卷三十六，《十三经注疏》本

孔安国有云："序者所以叙作者之意也。"窃以《书》列典谟，《诗》含比兴，若不先叙其意，难以曲得其情，故每篇有序，敷畅厥义。

    （唐）刘知幾《史通·序例》，《史通通释》，上海古籍出版社本

唐棣，乃今郁李也，看此便可以见诗人兴兄弟之意。

    （宋）程颢　程颐《遗书》卷十八，《二程集》，中华书局本

夫圣人之于《诗》，以为其终要入于仁义而不责其一言之无当，是以其意可观，而其言可通也。今《诗》之传曰："殷其雷，在南山之阳"，"出自北门，忧心殷殷"，"扬之水，白石凿凿"，"终朝采绿，不盈一匊"，"瞻彼洛矣，维水泱泱"，若此者，皆兴也。而至于"关关雎鸠，在河之洲"，"南有樛木，葛藟累之"，"南有乔木，不可休息"，"维鹊有

巢，惟鸠居之"，"喓喓草虫，趯趯阜螽"，若此者，又皆兴也。其意以为兴者，有所取象乎天下之物，以自见其事，故凡诗之为此事而作，而其言有及于是物者，则必强为是物之说，以求合其事，盖其为学亦以劳矣。且彼不知夫诗之体固有比也，而皆合之以为兴。夫兴之为体，犹曰其意云尔，意有所触乎当时，时已去而不可知，故其类可以意推，而不可以言解也。《殷其雷》曰："殷其雷，在南山之阳。"此非有所取乎雷也，盖必其当时之所见而有动乎其意，故后之人不可以求得其说，此其所以为兴也。若夫"关关雎鸠，在河之洲"，是诚有取于其挚而有别，是以谓之比而非兴也。嗟夫！天下之人欲观于《诗》，其必先知夫兴之不可以与比同，而无强为之说以求合其作时之事，则夫《诗》之义，庶几乎可以意晓而无劳矣。

（宋）苏辙《栾城应诏集》卷四《诗论》，《四部丛刊》本

艾轩（《与陈体仁书》）云：谈《风》诗不解《芣苢》，谈《雅》诗不解《鹤鸣》，此为无得于诗者。傅至乐读《诗》至《鸳鸯》之二章，悟比兴之义。（见朱熹《傅公行状》至乐名自得。）

（宋）王应麟《困学纪闻》卷三《诗》（翁元圻辑注），商务印书馆本

自曾子固不能作诗之论出，而无识者遂以为口实，乃不知此先生非不能诗者也。盖其平生深于经术，得其理趣，而流连光景，吟风弄月，非其好也。往往宋人诗体多尚赋而比兴寡，先生之诗亦然。故惟当以赋体观之即无憾矣。唐诗之清丽空圆者，比与兴为之也。宋诗之典实闳重者，赋为之也。然先生之诗亦有不皆出于赋者，如古体《麻姑山》一首，送南城罗尉者，甚似太白《蜀道难》，其中未尝无比兴也。

（元）刘埙《隐居通议》卷七，《知不足丛书》本

丹瑕先生张诚子自明，尝有一绝句云："西风飒飒雨萧萧，小小人家短短桥。独倚栏杆数鹅匹，一声孤雁在云霄。"前题曰《观邸报》。见者则不解，曰："观邸报而其诗若此，何也？"有一士独太息曰"此诗兴致高远，真得作诗之法。何也？彼以观邸报为题，而其旨如此，甚不难见。'风雨萧飒'，兴国事风尘也。'小小人家'，兴建都钱塘，仅得一隅也。

'短短桥'，兴朝廷无长策济时也。'独数鹅匹'，兴所属意者卑污之人也。'雁在云霄'，兴贤者高举远引也。当时必有君子去国，故为是语。试以此意吟咏则得矣。不然，则诗与题奚关哉？"此盖善于评诗者。大抵诗以兴意为主，是诚可为作诗法。

（元）刘埙《隐居通义》卷十一，《知不足丛书》本

　　唐人诗主情，去《三百篇》近；宋人诗主理，去《三百篇》却远矣。匪惟作诗也，其解诗亦然。且举唐人闺情诗云："袅袅庭前柳，青青陌上桑。提笼望采叶，昨夜梦渔阳。"即《卷耳》诗首章之意也。又曰："莺啼绿树深，燕语雕梁晚。不省出门行，沙场知近远。"又曰："渔阳千里道，近于中门限。中门逾有时，渔阳常在眼。"又云："梦里分明见关塞，不知何路向金微。"又云："妾梦不离江上水，人传郎在凤凰山。"即《卷耳》诗后章之意也。若如今诗传解为托言，而不以为寄望之词，则《卷耳》之诗，乃不若唐人作闺情诗之正矣。若知其为思望之词，则诗之寄兴深，而唐人浅矣。若使诗人九原可作，必蒙印可此说耳。

（明）杨慎《升庵诗话》卷八，《历代诗话续编》本

　　又问：少陵七律异于诸家处，幸示之。
　　答曰：如"剑外忽闻收蓟北"等诗，全非起承转合之体。论者往往失之。于"吹笛关山"篇，则曰次联应前首"风"字、"月"字，三联叹美。有何关涉？不如此前六句皆兴，末二句方是赋，意只在"故园愁"三字耳。论者谓"蓬莱宫阙"篇，句首刺土木，次句刺祷祠，次联应首句，三联应次句。有何关涉？不知此诗全篇皆赋，前六句追述昔日之繁华，末二句悲叹今日之流落耳。更有异体如"童稚情亲"篇，只须前半首，诗意已完，后四句以兴足之。去后四句，于义不缺，然不可以其无意而竟去之者，如画之有空纸，不可以其无树石人物而竟去之也。

（清）吴乔《答万季野诗问》，《诗问四种》，齐鲁书社本

　　诸君又问：《三百篇》之意渺矣，请更详言之。
　　答曰："《国风》好色而不淫，《小雅》怨诽而不乱。"发乎情，止乎礼义，所谓性情也。兴、赋、比、风、雅、颂，其体格也。优柔敦厚，其

立言之法也。于六义之中，始置风、雅、颂而言兴、赋、比，此三义者，今之村歌俚曲，无不暗合，矫语称诗者自失之耳。如"月子弯弯照九州"，兴也。"逢桥须下马，有路莫登舟"，赋也。"南山顶上一盆油"，比也。行之而不著者也。明人多赋，兴、比则少，故论唐诗亦不中窍。如薛能云："当时诸葛成何事，只合终身作卧龙？"见唐室之不可扶而悔入仕途，兴也。升庵误以为赋，谓其讥薄武侯。义山云："侍臣最有相如渴，不赐金茎露一杯。"言云表露未能治病，何况神仙？托汉事以刺宪、武，比也。于鳞以为宫怨，评曰："望幸之思怅然。"吕望何等人物？胡曾诗云："当时未入非熊梦，几向斜阳叹白头。"非咏古人，乃自况耳，读唐诗须识活句，莫堕死句也。

（清）吴乔《答万季野诗问》，《诗问四种》，齐鲁书社本

唐人诗被宋人说坏，被明人学坏。不知比兴而说诗，开口便错。义山《骄儿》诗，令其莫学父，而于西北立功封侯，托兴以言己之有才而不遇也。葛常之谓"其时兵连祸结，以日为岁，而望三四岁儿，立功于二十年后，为俟河之清。"误以为赋，故作寐语。

（清）吴乔《围炉诗话》卷之五，《清诗话续编》本

诗于唐人无所悟入，终落死句。严沧浪谓"诗贵妙悟"，此言是也。然彼不知兴比，教人何以悟入？实无见于唐人，作玄妙恍惚语，说诗，说禅，说教，俱无本据。

（清）吴乔《围炉诗话》卷之五，《清诗话续编》本

苏子由云："李白诗类其为人，骏发豪放，华而不实，好事喜名而不知义之所在也。言用兵则先登陷阵，不以为难；言游侠则白昼杀人，不以为非。此岂其诚能也哉？唐人李、杜首称，甫有好义之心，白不及也。"予谓宋人不知比兴，不独《三百篇》，即说唐诗也不得实。太白胸怀有高出六合之气，诗则寄兴为之，非促促然诗人之作也。饮酒学仙，用兵游侠，又其诗之寄兴也。子由以为赋而讥之，不知诗，何以知太白之为人乎？宋人惟知有赋，子美"纨袴不饿死"篇是赋义诗，山谷说之尽善矣，其余比兴之诗蒙蒙耳。

（清）吴乔《围炉诗话》卷之四，《清诗话续编》本

朱子尽去旧序，但据经文以为注，使《三百篇》尽出于赋乃可，安得据比兴之词以求远古之事乎？宋人不知比兴，小则为害于唐体，大则为害于《三百》。

（清）吴乔《围炉诗话》卷之一，《清诗话续编》本

明人不知比兴而说唐诗，开口便错。义山之"侍臣最有相如渴，不赐金茎露一杯"，言云表露试之治病，可知真伪，讽宪、武之求仙也。白雪楼大诗伯以为宫怨，评曰："望幸之思怅然。"呵呵！

（清）吴乔《围炉诗话》卷之一，《清诗话续编》本

不知鸟兽、虫鱼、草木之状类名号，则比兴之义乖。

（清）戴震《与史仲明论学书》，《戴震集》上编，上海古籍出版社本

《传》："雎鸠，王雎也，鸟挚而有别。"《笺》云："挚之言至也，谓王雎之鸟，雌雄情意至，然而有别。"

震案：古字"鸷"通用"挚"。《夏小正》"鹰始挚"，《曲礼》"前有挚兽"，是其证。《春秋传》郯子言少皞以鸟名官，雎鸠氏，司马也。说曰"鸷而有别，故为司马，主法制"，义本《毛诗》，不得如笺所云明矣。后儒亦多有疑猛鸷之物不可以兴淑女者。考《诗》中比兴，如螽斯但取于众多，雎鸠取于和鸣及有别，皆不必泥其物类也。

（清）戴震《毛郑诗考证》，《清人诗说四种》，华中师范大学出版社本

六经名物之多，无逾于《诗》者，自天文地理、宫室器用、山川草木、鸟兽鱼虫，靡不具。学者非多识博闻，则无以通诗人之旨意，而得其比兴之所在。

（清）纳兰性德《毛诗名物解序》，《通志堂集》卷十一，上海古籍出版社本

长吉下笔，务为劲拔，不屑作经人道过语，然其源实出自《楚骚》，步趋于汉魏古乐府。朱子论诗，谓长吉较怪得些子，不如太白自在。夫太

白之诗，世以为飘逸；长吉之诗，世以为奇险。是以宋人有仙才、鬼才之目。而朱子顾谓其与太白相去不过些子间，盖会意于比兴风雅之微，而不赏其雕章刻句之迹，所谓得其精而遗其粗者耶！人能体朱子之说，以探求长吉诗中之微意，而以解《楚辞》、汉魏古乐府之解以解之，其于六义之旨庶几有合。

（清）王琦《李长吉歌诗汇解序》，《李贺诗歌集注》卷首，上海古籍出版社本

诗以道性情，自渊明而上溯《三百篇》，何尝有不可解字句，使人眩惑？而其意之所托，或兴或比，往往出人意表，千百载竟无人能道破者。余尝谓古之诗文，句平而意奇，后人句奇而意平，可笑也。

（清）李调元《雨村诗话》卷下，《清诗话续编》本

金羁白马，酒市钗楼，年少之乐也；关山杨柳，行李风烟，离别之情也；草蒨禽肥，马骄弓逸，游猎之快也；陇水呜咽，塞日昏黄，征戍之行也。或以感愤而申征夫之怨，或以悒郁而抒去妾之悲，或以旷怀而恢游宴之兴，或以古意而托艳冶之词，盖传者未达其旨，遂谓《子夜》乃女子之号，《木兰》为自叙之诗。苟不背于六义之比兴，作者岂欲以名姓而自私？

（清）章学诚《言公下》，《文史通义》卷二，中华书局本

学诗当先求六义，唐以前比兴多，宋以来赋多，故韵味迥殊。

（清）潘德舆《养一斋诗话》卷一，《清诗话续编》本

诗必有笺而后明者，嗣宗《咏怀》，子昂《感遇》是也。有必选之而始善者，太白《古风》是也。夫才役乎情者，其色耀而不浮；气帅乎志者，其声肆而不荡。不浮故感得深焉，不荡故趣得永焉。世诵李诗，惟取迈逸，才耀则情竭，气慓则志流，指事浅而易窥，摅臆径以伤尽，致使性情之比兴，尽掩于游仙之陈词，实末学之少别裁，非独武库之有利钝也。《古风》五十九篇，今笺其半，彬彬乎可以兴，可以观焉。《诗》不云乎："参差荇菜，左右芼之。"又曰："他人有心，予忖度之。"

（清）陈沆《诗比兴笺》卷三《李白诗笺·古风》，上海古籍出版社本

世人读古诗，于比兴之错杂无端者，则以不求甚解置之；于比兴之显然条贯者，则以直赋其事当之。然则屈子之赋远游，亦直是游仙耶？少陵律诗云："蓬莱如可到，衰白问群仙。"亦是赋体耶？昔景纯诸篇，昔人尚谓"坎壈咏怀，非列仙之趣"，况此之情见于词者乎？

　　　　（清）陈沆《诗比兴笺》卷三《杜甫诗笺·幽人》，上海古籍出版社本

　　此及杂诗、咏史等篇，皆罢相谪荆州长史后作也。本传称其以直道见黜，不戚戚婴望，唯文史自娱，在郡数载，益修忠悃。又徐浩作碑铭，称其学究精义，文参微旨。或有兴托，或有讽谏，后之作者所钻仰焉。知此者可与读《感遇》诗。

　　　　（清）陈沆《诗比兴笺》卷三评张九龄《感遇》诗，上海古籍出版社本

　　《闲情赋》，渊明之拟《骚》。从来拟《骚》之作，见于《楚辞集注》者，无非灵均之重儓。独渊明此赋，比兴虽同，而无一语之似，真得拟古之神。……乃昭明谓为白璧之瑕，不但与所选宋玉诸赋自相刺谬，目以闲情为好色，则《离骚》美人香草、湘灵二姚、鸩鸟为媒，亦将斥为绮词乎？《国风·关雎》，亦当删汰乎？固哉昭明之为诗，宜东坡一生不喜《文选》也。

　　　　（清）陈沆《诗比兴笺》卷二评陶渊明《闲情赋》，上海古籍出版社本

　　《诗比兴笺》何为而作也？蕲水陈太初修撰，以笺古诗《三百篇》之法，笺汉、魏、唐之诗，使读者知比兴之所起，即知志之所之也。昔夫子去鲁，回望龟山，有"斧柯奈何"之歌，又有"违山十里，蟪蛄之耳"之歌，又作《猗兰》之操，甚至闻孺子"沧浪濯缨"起兴。与赐、商言诗，切磋绘事，告往知来，皆见许可，是则鱼跃鸢飞，天地间形形色色，莫非诗也。由汉以降，变为五言。《古诗十九章》，多枚叔之词；乐府《鼓吹曲》十余章，皆骚、雅之旨；张衡《四愁》，陈思《七哀》，曹公苍莽，"对酒当歌"，有风云之气。嗣后阮籍、傅玄、陶渊明、鲍明远、江文通、陈子昂、李太白、韩昌黎，皆以比兴为乐府、琴操，上规正始，

视中唐以下纯乎赋体者，固古今升降之殊哉。自昭明《文选》专取翰藻，李善《选注》专诂名象，不问诗人所言何志，而诗教一敝。自钟嵘、司空图、严沧浪有诗品、诗话之学，专揣于音节风调，不问诗人所言何志，而诗教再敝。而欲其兴会萧瑟嵯峨，有古诗之意，其可得哉！《离骚》之文，依《诗》取兴，引类譬喻，词不可径也，故有曲而达，情不可激也。故有譬而喻焉：善鸟香草，以配忠贞；恶禽臭物，以比谗佞；灵修美人，以媲君王；宓妃佚女，以譬贤臣；虬龙鸾凤，以托君子；飘风雷电，以喻小人；以珍宝为仁义，以水深雪雰为谗构。荀卿赋蚕，非赋蚕也；赋云，非赋云也。知人阐幽，以意逆志，始知《三百篇》皆仁圣贤人发愤之所作焉，岂第藻绘虚车已哉？蕲水太初修撰，兰蕙其心，泉月其性，即其比兴一端，能使汉、魏、六朝、初唐骚人墨客，勃郁幽芬于情文缭绕之间，古今诗境之奥阼，固有深微于可解不可解之际者乎？时予所治《诗古微》方成，于齐、鲁、韩之比兴，旁推曲邑，复从君长子小舫太史获读此笺，以汉、魏、六朝、三唐之比兴，补予所未及，盖隐隐相怅触焉。"我思古人，实获我心"。质之小舫，以为何如也。

    （清）魏源《诗比兴笺序》，《诗比兴笺》卷首，上海古籍出版社本

  成肇麟《唐五代词选》，删削俚亵之辞，归于雅正，最为善本。唐五代为词之源，而俚俗浅陋之词，杂入其中，亦较后世为更甚，至使后人陋《花间》《草堂》之恶习，而并忘缘情托兴之旨归，岂非操选政者加之厉乎？

    （清）陈廷焯《白雨斋词话》卷七，《白雨斋词话足本校注》，齐鲁书社本

  阮公《咏怀》，哀乐无端，比兴错出，不易索解。钟、谭以粗浅讥之，固非；或者谓发源《离骚》，嗣音《十九首》后，亦恐未必。

    （清）张玉縠《古诗赏析》卷十，姑苏思义堂发兑本

  盖古来忠孝节义之事，大抵发乎情，情本于性，未有无情而能自立于天地间者，此双莲雁邱、鸟兽草木，亦以情而并垂不朽也。昔京山郝氏论诗曰："诗多男女之咏，何也？曰：夫妇人道之始也，故情欲莫甚于男

女，廉耻莫大于中闺，礼义养子闺门者最深，而声音发于男女者易感。故凡托兴男女者，和动之音，性情之始，非尽男女之事也。"得此意以读是书，则闺门琐屑之事，皆可作忠孝节义之事观，又岂特偎红倚翠，滴粉搓酥，供酒边花下之低唱也哉！

（清）陆以谦《词林纪事序》，《词林纪事》卷首，成都古籍书店本

臣观昔之论杜者备矣，其最称知杜者莫如元稹、韩愈。稹之言曰："上薄风骚，下该沈、宋，铺陈终始，排比声韵，词气豪迈而风调清深，属对律切而脱弃凡近。"愈之言曰：屈指诗人，工部全美，笔追清风，必夺造化，"天光晴射洞庭秋，寒玉万顷清光流"。二子之论诗，可谓当矣。然此犹未为深知杜者。论他人诗，可较诸词句之工拙，独至杜诗，不当以词句求之。盖其为诗也，有诗之实焉，有诗之本焉。孟子之论诗曰："颂其诗，读其书，不知其人可乎？是以论其世也。"诗有关于世运，非作诗之实乎？孔子之论诗曰："温柔敦厚，诗之教也。"又曰："可以兴观群怨，迩事父而远事君。"诗有关于性情伦纪，非作诗之本乎？故宋人之论诗者，称杜为诗史，谓得其诗可以论世知人也。明人之论诗者，推杜为诗圣，谓其立言忠厚，可以垂教万世也。使舍是二者而谈杜，如稹、愈所云，究亦无异于词人矣。甫当开元全盛时，南游吴、越，北抵齐、赵，浩然有跨八荒、凌九霄之志。既而遭逢天宝，奔走流离，自华州谢官以后，度陇客秦，结草庐于成都瀼西，扁舟出峡，泛荆渚，过洞庭，涉湘潭。凡登临游历，酬知遣怀之作，有一念不系属朝廷，有一时不痌瘝斯世斯民者乎？读其诗者，一一以此求之，则知悲欢愉戚，纵笔所至，无在非至情激发，可兴可观，可群可怨。岂必辗转附会，而后谓之每饭不忘君哉？若其比物托类，尤非泛然。如宫桃秦树，则凄怆于金粟堆前也。风花松柏，则感伤于邙山路上也。他如杜鹃之恋南内，萤火之刺中官，野莧之讽小人，苦竹之美君子，即一鸟兽草木之微，动皆切于忠孝大义，非他人之争工字句者，所可同日语矣。是故注杜者必反复沉潜，求其归宿所在，又从而句栉字比之，庶几得作者苦心于千百年之上，恍然如身历其世，面接其人，而慨乎有余悲，悄乎有余思也。

（清）仇兆鳌《杜诗详注序》，《杜诗详注》卷首，中华书局本

诗之为言"之"也。心之所之谓之志，志之所之而为言。言者心之声也，其所之为诗。故古人之为诗，皆出于心之所不容已。忠臣孝子，劳人思妇，类皆有所感触勃郁于其中，然后发于其声，或托物而起兴，或直陈其胸臆，或旁引而曲喻。此赋、比、兴之流于《三百》，而又温柔敦厚，寄兴深微，使人讽咏而自得，未可为浅人道也。故说诗者必以意逆志。然古人之志，又各有在。苟不知其人之生平若何，与其所遭之时世若何，而漫欲以茫然之心，逆古人未明之志，是亦卒不可得矣。故欲知古人之志，又必须先论古人之世。

（清）佚名《〈杜诗言志〉序》，《杜诗言志》卷首，江苏人民出版社本

2. 比兴论诗须忌穿凿

子美诗妙处，乃在无意于文。夫无意而意已至，非广之以《国风》、《雅》、《颂》，深之以《离骚》、《九歌》，安能咀嚼其意味，闯然入其门耶？故使后生辈自求之，则得之深矣。使后之登大雅堂者，能以余说而求之，则思过半矣。彼喜穿凿者，弃其大旨，取其发兴于所遇林泉、人物、草木、鱼虫，以为物物皆有所托，如世间商度隐语者，则子美之诗委地矣。

（宋）黄庭坚《大雅堂记》，《山谷题跋》，《津逮秘书》本

苕溪渔隐曰："梅圣俞有《续金针诗格》，张天觉有《律诗格》，洪觉范有《禁脔》，此三书皆论诗也。圣俞《金针诗格》云：'有内外意；内意欲尽其理，外意欲尽其象，内外含蓄，方入诗格。如旌旗日暖龙蛇动，宫殿风微燕雀高。旌旗喻号令，日暖喻明时，龙蛇喻君臣，言号令当明时，君所出，臣奉行也。宫殿喻朝廷，风微喻政教，燕雀喻小人，言朝廷政教才出，而小人向化，各得其所也。如岛屿分诸国，星河共一天。言明君理化一统也。'天觉《律诗格》辨讽刺云：'讽刺不可怒张，怒张则筋骨露矣。若庙堂生莽卓，岩谷死伊周之类也，未如花浓春寺静，竹细野池幽。花浓喻媚臣秉政，春寺比国家，竹细野池幽，喻君子在野未见用也。沙鸟晴飞远，渔人夜唱闲。沙鸟晴飞远，喻小人见用，渔人比君子，夜，

不明之象，言君子处昏乱朝，退而乐道也。芳草有情皆碍马，好云无处不遮楼。芳草比小人，马喻势利之辈，云喻谄佞之臣，楼比钧衡之地。若此之类，可谓言近而意深，不失风骚之体也。'其说数十，悉皆类此。觉范《禁脔》云：'杜子美诗言山间野外事，意在讥刺风俗，如《三绝句》曰：楸树馨香倚钓矶，斩新花蕊未应飞。言后进暴贵，可荣观也。不如醉里风吹尽，可忍醒时雨打稀，言其恩重材薄，眼见其零落，不若未受恩眷时；比天恩以雨多，故致花易坏也。门外鸬鹚久不来，沙头忽见眼相猜。言贪利小人，畏君子之讥其短也。自今已后知人意，一日须来一百回。言君子蒙以养正，瑾瑜匿瑕，山薮藏疾，不发其恶，而小人未革面，谄谀不知愧耻也。无数春笋满林生，柴门密掩断人行。会须上番看成竹，客至从嗔不出迎。言唯守道为岁寒也……'觉范旧游天觉之门，宜其论诗之相似也。余谓论诗若此，皆非知诗者。善乎山谷之言曰：'彼喜穿凿者，弃其大旨，取其发兴，于所遇林泉人物，草木鱼虫，以为物物皆有所托，如世间商度隐语者，则诗委地矣。'"

（宋）胡仔《苕溪渔隐丛话》后集卷三十四，人民文学出版社本

"愁思忽而至，跨马出北门，举头四顾望，但见松柏荆棘郁樽樽。中有一鸟名杜鹃，言是古时蜀帝魂。声声哀苦鸣不息，羽毛憔悴似人髡。飞走树间逐虫蚁，岂意往日天子尊？念此死生变化非常理，中心恻怆不能言。"此鲍明远诗也，与子美《杜鹃行》语意极相类。或云：此诗子美为明皇作，理宜当然。韩退之《三星行》与《古诗》"南箕北有斗，牵牛不负轭，良无磐石固，虚名复何益"之意颇近。大抵古今兴、比所在，适有感发者，不必尽相回避，要各有所主耳。此亦说诗者不以辞害意之义也。

（宋）蔡启《蔡宽夫诗话》，《宋诗话辑佚》本

杜诗注六七十家，发明隐奥，不可谓无功。至于凿空架虚，旁引曲证，鳞杂米盐，反为芜累者亦多矣。……先东严君有言，近世唯山谷最知子美，以为今人谈杜诗，至谓草木虫鱼皆有比兴，如试世间商度隐语然者，此最学者之病。

（元）元好问《杜诗学引》，《遗山先生文集》，《四部丛刊》本

王雪山云："诗人偶见鹊有空巢，而鸠来居，谈诗者，便谓鸠性拙不能为巢，而恒居鹊之巢，此谈诗之病也。"今按诗人兴况之言，鸠居鹊巢，犹时曲云"乌鸦夺凤巢"耳，非实事也。今便谓乌性恶，能夺凤巢，可乎？"食我桑葚，怀我好音"，亦美其地也，而注者便谓桑葚美味，鸮食之而变其音。鸮不食葚，试养一鸮，经年以葚食之，亦岂能变其音哉？今俗谚云"蚂蚁戴笼头"，例此言，亦可言蚁著辔可驾乎！宋人不知比兴，遂谬解若此，儒生白首诵之，而不敢非，可怪也。（王雪山，南宋人）

（明）杨慎《升庵诗话》卷二，《历代诗话续编》本

王允宁生平所推伏者，独杜少陵。其所好谈说，以为独解者，七言律耳。大要贵有照应，有开阖，有关键，有顿挫，其意主兴主比，其法有正插，有倒插。要之杜诗亦一二有之耳，不必尽然。予谓允宁释杜诗法如朱子注《中庸》一经，支离圣贤之言，束缚小乘律，都无禅解。

（明）王世贞《艺苑卮言》卷七，《历代诗话续编》本

唐人赋、兴多而比少，唯杜时时有之。如"寒花隐乱草，宿鸟择深枝"，"独鹤归何晚，昏鸦已满林"之类。然杜所以胜诸家，殊不在此。后人穿凿附会，动辄笑端。余尝谓千家注杜，类五臣注《选》，皆俚儒荒陋者也。

（明）胡应麟《诗薮·内编》卷四，上海古籍出版社本

杜樊川《滁州诗》云："独怜幽草涧边行，尚有黄鹂深树鸣。春潮带雨晚来急，野渡无人舟自横。"刻集者讹"行"作"生"，讹"尚"作"上"，宋人遂附会其说，谓牧之有意托兴，以幽草比君子，而沦落幽隐，以黄鹂比小人而得意高显，致唐祚垂末，而无干济之才。不知"行"与"尚"本是随时直赋所见，无关比兴者。有甲秀堂刻牧之行草真迹可据。

（明）李日华《恬致堂诗话》卷四，《学海类编》本

《吟窗杂录》云："'池塘生春草，园柳变鸣禽'，灵运坐此诗得罪，遂托以阿连梦中授此语。有客以请舒王，舒王曰：'权德舆已尝评之：池塘者，泉川潆溦之地，今田生春草，是王泽竭也。《豳诗》所纪一虫鸣则一候变，今日变鸣禽者，候将变。'"祚明按此语最属牵强，谓谢公以此

得罪，既属矫诬，况本云"寤寐间忽见惠连，即成此句"，都未云惠连所授。宋人论诗，不谙兴比之分，凡留连景物咸谓托讽时事，注杜集者，支离附会，往往大愚，不知语中之旨，昭然可睹。兴有二义：相关与不，故自悬殊；曲解穿凿，读诗之大忌也。

　　　　　　　　（明）陈祚明《采菽堂古诗选》卷十七评谢灵运《登池上楼》
　　　　　　　　诗，清乾隆本

　　宋人解杜诗，一字一句，皆有比托，若伪苏注之解"屋上三重茅"，师古之解"笋根""稚子"，尤为可笑者也。黄鲁直解《春日忆李白》诗曰："庾信止于清新，鲍照止于俊逸，二家不能互兼所长。渭北地寒，故树有花少实；江东水乡疠气，故云色驳杂。文体亦然，欲与白细论此耳。"洪驹父《诗话》："一老书生注杜诗云：儒冠上服，本乎天者亲上，以譬君子，纨袴下服，本乎地者亲下，以譬小人。"鲁直之论，何以异于此乎？而老书生独以见笑，何哉？

　　　　　　　　（清）钱谦益《钱注杜诗·略例》，上海古籍出版社本

　　且子亦知诗有可解有不可解乎？指事陈情，意含风喻，此可解者也；托物假象，兴会适然，此不可解者也。不可解而强解之，日星动成比拟，草木亦涉瑕疵，譬之图罔象而刻空虚也。可解而不善解之，前后贸时，浅深乖分，欢怃之语，反作诽讥；忠悃之词，几邻怼怨；譬诸玉题珉而乌转舄也。二者之失，注家多有兼之，伪撰假托，疑误后人，瞽说支离，袭沿日久，万丈光焰，化作百重云雾矣。

　　　　　　　　（清）朱鹤龄《辑注杜工部集序》，《愚庵小集》卷七，上海古籍出版社本

　　注杜诗者，谓杜语必有出处。然添却故事，减去诗好处。如"五更鼓角声悲壮，三峡星河影动摇"，盖言峡流倾注，上撼星河，语有兴象。竹坡乃引《天官书》：天一铨棓矛盾，动摇角，大兵起。谓语中暗见用兵之意，顿觉索然。

　　　　　　　　（清）施闰章《蠖斋诗话》，《清诗话》本

　　梅圣俞有《金针诗格》，张无尽有《律诗格》，洪觉范有《天厨禁

脔》，皆论诗也。及观三人所论，皆取古人之诗穿凿扭捏，大伤古作者之意。三书流传，魔魅后人，不独可笑，抑复可恨。不知诗人托寄之语，十之二三耳，既云托寄，岂使人知？若字字穿凿，篇篇扭捏，则是诗谜，非诗也。《三百篇》中有比、有兴、有赋，尽如圣俞、无尽、觉范所言，则《三百篇》字字皆比，更无赋、兴，千古而下，只作隐语相猜，安能畅我性情，使人兴观群怨哉！唯子美咏物诸五言，则实有寄托，然亦不必牵强索解，如与痴人说梦也。因书此以为注诗者之戒。

（清）贺贻孙《诗筏》，《清诗话续编》本

诗有必有影射而作者，如供奉《远别离》使无所为，则成呓语。其源自左徒《天问》，平子《四愁》来，亦有无为而作者，如右丞《终南山》作，非有所为，岂可不以此咏终南也？宋人不知比、赋，句句为之牵合，乃章惇一派舞文陷人机智。谢客"池塘生春草"是何等语，亦坐以讥刺，瞎尽古今人眼孔。除真有眼人，迎眸不乱耳。如此作自是野望，绝佳写景诗，只咏得现量分明，则以之怡神，以之寄怨，无所不可，方是摄兴观群怨于一炉，为风雅之合调。俗目不知，见其有叶落日沉、独鹤昏鸦之语，辄妄臆其有国削君危、贤人隐，奸邪盛之意，审尔则何处更有杜陵邪？六义中唯比体不可妄。

（清）王夫之《唐诗评选》卷三，杜甫《野望》评语，《船山遗书》，太平洋书店重校刊本

诗至《十九首》，方是烂然天真，然皆不知其意。以辞求意，其待全出赋义乃得；兼有比兴，意必难知。

（清）吴乔《围炉诗话》卷之二，《清诗话续编》本

阮公《咏怀》，反复零乱，兴寄无端，和愉哀怨，俶诡不羁，读者莫求归趣，遭阮公之时，自应有阮公之诗也。笺释者必求时事以实之，则凿矣。

（清）沈德潜《说诗晬语》卷上，《清诗话》本

《唐诗纪事》云："或说此诗（指王维《终南山》诗——编者）为讥

时之作，谓'太乙近天都，连山接海隅'，言势焰盘据朝野也。'白云回望合，青霭入看无'，言有表而无其内也。'分野中峰变，阴晴众壑殊'，言恩泽偏也。'欲投人处宿，隔水问樵夫'，言畏祸深也。"其说甚凿。

王友琢崖尝辟之曰："诗有二义，或寄怀于景物，或寓情于讽谕，各有指归。乃好事之徒，每以附会为能，无论其诗之为兴为赋为比而必曲为之说，曰'此有为而言也。'无乃矫诬实甚欤？试思此诗，右丞自咏终南，于人何预，而或者云云若是？彼飞燕兴谗于太白，蛰龙腾谤于眉山，又何怪焉？"

（清）赵殿成《王右丞集笺注·终南山》，中华书局本

金应珪曰：近世为词，厥有三蔽：义非宋玉而独赋蓬发，谏谢淳于而唯陈履舃，揣摩床笫，污秽中冓，是谓淫词，其蔽一也，猛起奋末，分言析字，诙嘲则俳优之末流，叫啸则市侩之盛气，此犹巴人接喉以和阳春，黾蜮怒嗌以调疏越，是谓鄙词，其蔽二也。规模物类，依托歌舞，哀乐不衷其性，虑叹无与乎情，连章累篇，义不出乎花鸟；感物指事，理不外乎应酬；虽既雅而不艳，斯有句而无章，是谓游词，其蔽三也。（《词选跋》）按一蔽是学周、柳之末派也，二蔽是学苏、辛之末派也，三蔽是学姜、史之末派也。皋文《词选》诚足救此三蔽，其大旨在于有寄托，能蕴藉，是固倚声家之金针也。虽然，词本于诗，当知比兴，固已究之"尊前"、"花外"，岂无即境之篇？必欲深求，殆将穿凿。夫杜少陵非不忠爱，今抱其全诗，无字不附会以时事，将《漫兴》、《遣兴》诸作，而皆谓其有深文，是温柔敦厚之教而以刻薄讥讽行之，彼乌台诗案，又何怪其锻炼周内哉？即如东坡之《乳燕飞》，稼轩之《祝英台近》，皆有本事见于宋人之记载，今竟一概抹杀之，而谓我能以意逆志，是谓刺时，是谓叹世，是何异读《诗》者尽去小字，独创新说，而自谓能得古人之心，恐古人可起，未必任受也。前人之记载不可信，而我之悬揣遂足信乎？故皋文之说不可弃，亦不可泥也。

（清）谢章铤《赌棋山词话·续编一》，《词话丛编》本

问：然则，说诗之道当何如？
答：说诗当去三弊：曰泥，曰凿，曰碎。执典实训诂而失意象，拘格式比兴而遗性情，谓之泥；厌旧说而求新，强古人以就我，谓之凿；释乎

所不足释，疑乎所不必疑，谓之碎。

（清）陈诗香问，陈仅答《竹林答问》，《诗问四种》，齐鲁书社本

  赋、比、兴三者，作诗之法，断不可少。然非执定某章为兴，某章为比，某章为赋。更可笑者，"赋而兴"、"兴而比"之类，如同小儿学语，句句强为分解也。夫作诗必有兴会，或因物以起兴，或因时而感兴，皆兴也。其中有不能明言者，则不得不借物以喻之，所谓比也。或一二句比，或通章比，皆相题及文势为之。亦行乎其所不得不行已耳，非判然三体，可以分晰言之也。学者不知古诗，但观汉、魏诸作，其法自见。

（清）方玉润《诗经原始·凡例》，中华书局本

  自古诗人托物起兴，皆意有所郁结，不得发摅，而托之诗歌以写其缠绵哀怨之旨。唐杜甫氏出，指事类情，推陈始末，天下利病得失生民之休戚，身世之荣悴悲欣，言之必达其志，虑之必穷其变，然后诗之蕴乃旁推交通，曲尽而无遗。当时论者以为集诗家之大成，无有异议。顾或以其忠爱之谊，寻章摘句，附会而迁就之，读杜诗者转累于笺注之烦，茫然莫得其指归。

（清）郭嵩焘《毛西原〈杜诗心会〉序》，《郭嵩焘诗文集》卷四，岳麓书社本

  风诗三百，用意各有所在，仁者见之谓之仁，智者见之谓之智，故能感发人之性情。后人强事臆测，系以比、兴、赋之名，而诗义转晦。子朱子于《楚辞》，亦分章而系以比、兴、赋，尤属无谓。

（清）陈廷焯《白雨斋词话》卷八，《白雨斋词话足本校注》，齐鲁书社本

3. 诗中比兴　读者可各以意会

  "诗可以兴，可以观，可以群，可以怨。"尽矣。辨汉、魏、唐、宋之雅俗得失以此，读《三百篇》者必此也。"可以"云者，随所"以"而皆"可"也。于所兴而可观，其兴也深；于所观而可兴，其观也审。

以其群者而怨，怨愈不忘；以其怨者而群，群乃益挚。出于四情之外，以生起四情；游于四情之中，情无所窒。作者用一致之思，读者各以其情而自得。故《关雎》，兴也；康王晏朝，而即为冰鉴。"訏谟定命，远犹辰告"，观也；谢安欣赏，而增其遐心。人情之游也无涯，而各以其情遇，斯所贵于有诗。是故延年不如康乐，而宋、唐之所由升降也。谢叠山，虞道园之说诗，井画而根掘之，恶足知此！

（清）王夫之《薑斋诗话》卷一，人民文学出版社本

诗有赋比兴，然三义初无定例。如《关雎》，《毛传》、《朱传》俱以为兴。然取其挚而有别，即可谓比；取因所见感而作诗，即可为赋。必持一义，殊乖通识。唯《小序》但唱大指，义无偏即，词致该简，斯得之矣。

（清）毛先舒《诗辩坻》卷一，《清诗话续编》本

孙云："《振鹭》，《毛传》作兴，若'亦有斯容'，则又是比，益见赋比兴之无定在也。"

（清）毛先舒《诗辩坻》卷一，《清诗话续编》本

愚谓词不必无颂，而大旨近雅，于雅大能大，然亦非小，殆雅之变者欤？其感人也尤捷，无有远近幽深，风之使来：是故比兴之义，升降之故，视诗较著，夫亦在于为之者矣。上之言志，永言次之。志洁行芳，而后洋洋乎会于风雅。……又其为体，固不必与庄语也，而后侧出其言，旁通其情，触类以感，充类以尽；甚且作者之用心未必然，而读者之用心何必不然；言思拟议之穷，而喜怒哀乐之相发，向之未有得于诗者，今遂有得于词。

（清）谭献《复堂词话》，人民文学出版社本

皋文《词选》，以"考槃"为比，其言非河汉也，此亦鄙人所谓作者未必然，读者何必不然。

（清）谭献《复堂词话》，人民文学出版社本

碧山《天香》(龙涎香)一阕,庄希祖云:"此词应为谢太后作,前半所指,多海外事。"此论正合余意。惟后叠云:"荀令如今渐老,总忘却尊前旧风味。"必有所兴,但不知其何所指,读者各以意会可也。

(清)陈廷焯《白雨斋词话》卷二,《白雨斋词话足本校注》,齐鲁书社本

古今之言诗者多矣。而推原其始,则必本于尼山,是尼山固言诗之祖也。其言曰:"诗可以兴。"兴者,感发志意之谓也。端木之"告往知来",西河之"起予",皆曰:"始可与言诗"。是知诗盖难言,而两贤之"可与言"者,以其能通其意于言之外也。夫读诗者,贵能通其意于言之外。而作诗者,何独不然乎?孟子之说诗曰:"以意逆志,是为得之。"故知舍志意以言诗者,皆囿死于古人之言下,而不得夫作诗之旨者也。

(清)佚名《〈杜诗言志〉例言》,《杜诗言志》卷首,江苏人民出版社本

4. 比兴说诗

诗禀六义,《履春冰》诗:"一步一愁新,轻轻恐陷人。薄光全透日,残色半消春。"此兴而起事也。"蝉想行时翼,鱼惊踯处鳞。"此为比体。"底虚难动足,岸阔怯回身。"此风赋二义也。"岂暇踟蹰久,宁容顾盼频?"此雅正也。"愿将矜慎意,从此越通津。"此颂国家一同也。

(宋)梅尧臣《诗评》,《诗学指南》,清乾隆敦本堂刊本

南都王谊伯《书江滨驿垣》,谓子美诗历五季兵火,舛缺离异,虽经其祖父公所理,尚有疑阙者。谊伯谓"西川有杜鹃,东川无杜鹃,涪万无杜鹃,云安有杜鹃",盖是题下注。断自"我昔游锦城"为首句。谊伯误矣。且子美诗,备诸家体,非必牵合程度,侃侃然者也。是篇句落处,凡五杜鹃,岂可以文害辞,辞害意耶?原子美之意,类有所感,托物以发者也。亦六义之比兴、《离骚》之法欤!按《博物志》:"杜鹃生子,寄之他巢,百鸟为饲之。"今江东所谓"杜宇曾为蜀帝王,化禽飞去旧城荒"是也。且禽鸟至微犹知有尊,故子美云:"重是古帝魂。"又云:"礼若奉

至尊。"子美盖讥当时之刺史有不禽鸟若也。

（宋）苏轼《辨杜子美杜鹃诗》，《苏轼文集》卷六十七，中华书局本

范元实云：形似之语，盖若《诗》之赋，"萧萧马鸣，悠悠斾旌"是也。激昂之语，盖若《诗》之兴，"周余黎民，靡有孑遗"是也。古人形似之语，必实录是事，决不可易，故老杜所题诗，往往亲到其处，益知其工。激昂之语，《孟子》所谓"不以文害辞，不以辞害意"，初不可以形迹考，然如此乃见一时之意。如《古柏诗》"柯如青铜根如石"，视之信然，虽圣人复生，不可改，此形似之语。"霜皮溜雨四十围，黛色参天二千尺。云来气接巫峡长，月出寒通雪山白。"此激昂之语，不如此则不见古柏之大也。文章固多端，然警策处往往此两体耳。

（宋）李颀《古今诗话》，《宋诗话辑佚》本

老杜《观打鱼》云："设网万鱼急。"盖指聚敛之臣，苛法侵渔，使民不聊生，乃"万鱼急"也。又云："能者操舟疾若风，撑突波涛挺叉入。"小人舞智趋时，巧宦数迁，所谓"疾若风"也；残民以逞，不顾倾覆，所谓"挺叉入"也。"日暮蛟龙改窟穴，山根鳣鲔随云雷"。鱼不得其所，龙岂能安居？君与民犹是也，此与六义比兴何异？

（宋）黄彻《䂬溪诗话》卷三，《历代诗话续编》本

又如司马池诗："冷于陂水淡于秋，远陌初穷古渡头。赖是丹青不能画，画成应遗一生愁。"有赋有比有兴，冠绝古今。又如"客舍并州已十霜，归心日夜忆咸阳。无端更渡桑乾水，却忆并州是故乡"。此又兴也，极飘逸。又如"五更归梦三千里，一日思亲十二时"；又如"蝴蝶梦中家万里，杜鹃枝上月三更"；又如"桃李春风一杯酒，江湖夜月十年灯"。此三联皆赋中之兴也。

（宋）吴沆《环溪诗话》卷下，《学海类编》本

又如秦少游诗云："此客念家浑不睡，荒山一夜雨吹风。"此直说客中而有思家之情，乃赋中之兴也。又如"林间幽鸟啄枯槎，落尽寒潮一涧沙。独木桥西游子宿，酒旗斜日两三家。"此亦赋中之兴也。至如"天

海相连无尽处,梦魂来往尚应难。谁言南海无霜雪,试向愁人两有鬓斑"。此以愁人头白比霜雪,而发思家之情,比中兴也。又如"梧叶离离欲满阶,乍凉天气客情怀。十年旧事云飞去,一夜雨声都送来"。盖因梧叶飘落,乍凉天气而发兴也。至如一夜雨声,唤起十年感旧之情,此亦兴也。至于说旧事如云飞去,则比也。

(宋)吴沆《环溪诗话》卷下,《学海类编》本

诗之有六义,后世赋别为一大文,而比少兴多,诗之全者,唯杜子美时能兼之。如《新月》诗"光细弦欲上,影斜轮未安",谓位不正,德不充,风之事也。"微升古塞外,已隐暮云端",谓才开即隐,似当日之事。"河汉不改色,关山空自寒",河汉是矣,而关山自凄然,有所感兴也。"庭前有白露",露乃天之恩泽,雅之事也。"暗满菊花团",谓天之泽止及于庭前之菊,其成功之小也如此,颂之事也。说者谓子美作此诗,盖指当时肃宗事也。

(宋)蔡正孙《诗林广记》前集卷之二,《杜子美》引郭思《瑶溪集》,中华书局本

杜陵咏《鸥》云:"江浦寒鸥戏,无它亦自饶。却思翻玉羽,随意点春苗。雪暗还须落,风生一任飘。几群沧海上,清影日萧萧。"言浦鸥闲戏,使无他事,亦自饶美,奈何不免口腹之累,故闲戏未足。已思翻玉羽而点春苗,为谋食之计,虽风雪凌厉,有所不暇顾。末言海鸥之旷逸,清影翛然不为泥滓所点染,非浦鸥所能及。以兴士当高举远引,归洁其身如海鸥,不当逐逐于声利之场,以自取贱辱若浦鸥也。

(宋)罗大经《鹤林玉露》甲编卷五,中华书局本

世有《诗传》一本,其篇有题曰:"孔子传,卫端木赐子贡述。"其《关雎序》曰:"文王之妃姒氏,思得淑女以供内职,赋《关雎》。子曰:'《关雎》哀而不伤,乐而不淫。'能正其心,则无怨嫉邪辟之非,心正而身修,身修而家齐,家齐而国治,国治而天下平。故用之乡人,用之邦国,其奏乐也必以《关雎》乱之,所以风天下也。诗之六义:一曰风,二曰赋,三曰比,四曰兴,五曰雅,六曰颂。《关雎》兼比兴以赋,而为

风之首焉,是王化之本也。"

（明）何良俊《四友斋丛说》卷一《经一》,中华书局本

又有《诗说》一册,题为"汉太中大夫鲁申培撰",其《关雎序》云:"文王之妃太姒,思得淑女以充嫔御之职,而供祭祀宾客之事,故作是诗。首章,于六义中为先比而后赋也。已下二章,皆赋其事而寓比兴之意。"

（明）何良俊《四友斋丛说》卷一《经一》,中华书局本

《三百篇》而降,诗与乐遂判为二,胡然而作之,胡然而用之,皆不知其故,无他,所谓六义者盖亦亡矣。其后朱子之注《离骚》,以其寓情托意者,谓之变风;以其感今怀古者,谓之变雅;其语祀神歌舞之盛者,则谓颂之变;赋则自序,比则香草恶草,兴则泛滥景物;于是《离骚》之指,灿然明备,然于他诗则未遑数数也。元末有刘履者,为《选诗补注》,依朱子之法,以赋、比、兴论诗,亦诸家之杰出矣,然不及乐府,于风、雅、颂无当焉。夫六义而存纬去经,不亦恶乎?海昌朱岷左先生,有慨于此,取汉、魏、六朝、有唐之乐府及诗,分为三集:其相和、清商五调,杂曲、新曲为风,其燕射、鼓吹、横吹、舞曲、散乐为雅,其郊祀、庙祀、明堂、封禅为颂,诗附其后,而以赋、比、兴三者纬之;上下千年,俨然《三百篇》之余,以比文中子续经之作,盖庶几焉。

（清）黄宗羲《乐府广序序》,《南雷文定》卷二,《四部备要》本

（朱嘉徵）归来以著书为事,取汉、魏、六朝、三唐、乐府诗集,审声辨体。乐府以风、雅、颂分之,诗以兴、比、赋通之,仿卜子夏《诗序》例,明其大旨,以示劝惩,题曰《广序》。

（清）黄宗羲《朱止溪先生墓志铭》,《南雷文定》后集卷二,《四部备要》本

少陵七律,有一气直下,如"剑外忽传收蓟北"者;又有前六句皆是兴,末二句方是赋。如《吹笛》诗,通篇正意只在"故园愁"三字耳。说者谓首句"风月"二字立眼目,次联应之,名为二字格,盲矣!"风

月"是笛上之宾,于怀乡主意隔两层也。"蓬莱宫阙"篇,全篇是赋,前六句追叙昔日之繁华,末二句悲叹今日之寥落。王建"先朝行坐"篇,与此二首同格,说者谓此诗首句言土木,次句言天子,次联应首句,三联应次句,谓之二字贯串格。盲矣!肃、代时何曾有土木耶?"童稚情亲"篇,只前二联,诗意已定,后二联无意,以兴完之。义山《蜀中离席》诗,正仿此篇之体。

(清)吴乔《围炉诗话》卷之二,《清诗话续编》本

问曰:"唐诗六义如何?"答曰:"《风》《雅》《颂》各别,比、兴、赋杂出乎其中……《风》与《骚》,则全唐之所自出,不可胜举。'忽见陌头杨柳色,悔教夫婿觅封侯',兴也。'夕阳无限好,只是近黄昏',比也。'海日生残夜,江春入旧年',赋也。"

(清)吴乔《围炉诗话》卷之一,《清诗话续编》本

唐舒元舆《桃源画记》,谓武陵之源,分灵洞三十六之一支,似渔人所遇,实有其处矣。愚以为元亮生于晋、宋之间,遐思治世,不欲作三代以下人物,为此寓言寄兴,犹王绩之《醉乡》,不必实有是乡;白玉蟾之"寂光国",不必实有是国也。且其中皆见道之言,其曰"桃花夹岸",非所谓三十六宫都是春乎?其曰"山口仿佛有光",非所谓性之初,月圆陀陀光烁烁乎?其曰童叟"怡然自乐",非所谓游心于物之初,至美至乐乎?其曰"不知有汉,无论魏晋",非所谓道无始无终无古无今乎?其曰"不足为外人道",非所谓如人饮水,冷暖自知乎?始得之无心,终述于有意,非所谓赤水玄珠,象罔得之,离朱不得乎?

(清)林云铭评注《古文析义》三编卷五《桃花源记并诗》,
清康熙五十五年刊本

承示冯君《诗说》,命质言其当否。想因仆于朱子《诗说》有所补正,恐其异趋,故以试之,此吾兄盛心也。仆说《诗》虽有与朱子异者,而所承用,皆朱子之意义。至冯氏纰谬,本不必为吾兄陈述;然往闻吴中人甚重其学,姑因吾兄所举,少发其诞,俾宗之者有省焉。

冯君之言曰:"朱子说《诗》,只成山歌巷曲,绝不似经。"异哉!《雅》、《颂》、《二南》,就令鄙俗人说之,岂能使成山歌巷曲若变风之鄙

俗者！必曰此经也，皆合于《韶》、《武》，则朱子所云不知以教何人，用之何等鬼神宾客者也！又曰："诗人不以比、兴分章，如朱子则所谓兴者，皆重复无谓。"朱子说《诗》，以意义切附者为比，其全无交涉与少关而不甚切者为兴，未闻以复者为兴也。诗人虽未尝先以比、兴分章，而及其既成，则或出于比，或出于兴，不可比而同。至复而不厌，则本文固然，《楚辞》及汉、魏诗人犹师用之。冯君纵不解，亦不得为朱子罪，其他无稽之谈，尤背诞不足与辨者。

（清）方苞《答刘拙修书》，《方苞集·集外文》卷五，上海古籍出版社本

《秋兴》八首，"秋兴"二字，或在首尾，或藏腰脊，钩连甚密。毛稚黄嫌其若无题者，何也？其一秋起秋结，"丛菊"二句兴也。其二兴起秋结。其三秋起兴结。其四兴起秋结。其五兴起秋结。其六秋起兴结。其七兴起兴结，中四句带入"秋"字，其八兴起兴结，"红豆"二句，暗藏"秋"字。

（清）张谦宜《𬘬斋诗谈》卷四，《清诗话续编》本

尝考雪之咏于《三百篇》者凡六：若《采薇》，遣戍役也，曰："今我来思，雨雪霏霏。"《出车》，劳还卒也，曰："今我来思，雨雪载涂。"俱不过纪时语耳。《信南山》一诗，刺幽王不能修成王之业，而因追思成王之时，曰："上天同云，雨雪雰雰。"言丰年之冬，必有积雪，以明其泽之普遍焉。此犹于比兴之义无当也。其他若《邶》之《北风》，刺虐也，曰："北风其凉，雨雪其雱。"则以喻政教之酷暴矣。《頍弁》，诸公刺幽王也，曰："如彼雨雪，先集维霰。"则以比政教之暴虐，自微而甚矣。《角弓》，父兄刺幽王也。曰："雨雪瀌瀌，见晛曰消。"则又以雪比小人多，而以日能消雪，喻王之诛小人矣。其后张衡《四愁》诗，效屈原以美人为君子，以珍宝为仁义，以水深雪雰为小人；韩公之放才歌谣，正是《诗》、《骚》苦语。

（清）汪师韩《诗学纂闻·韩文公咏雪》，《清诗话》本

《三百篇》比兴为多，唐人犹得此意。同一《咏蝉》，虞世南"居高声自远，端不藉秋风"，是清华人语；骆宾王"露重飞难进，风多响易

沉",是患难人语;李商隐"本以高难饱,徒劳恨费声",是牢骚人语:比兴不同如此。

(清)施补华《岘佣说诗》,《清诗话》本

渊明在当时实罕俦侣,托兴"归鸟",寓意微矣,沃氏谓四章凭空起义,如海市蜃楼,以比体为赋体,无非见当世无可托足,不如鸟之倦飞知还,其计为甚得也,末句心事毕见。

(清)温汝能纂集《陶诗汇评》卷一,清嘉庆丙寅刻本

吴歌体□有赋、比、兴,惟苏州为佳。如:"月亮弯弯照九州,几人欢乐几人愁?几人高楼饮美酒,几人飘荡在外头!"此赋体也。"树头挂网枉求虾,沙里掏金空拨沙。刺蓼树边栽枸橘,几时开得牡丹花?"此比体也。"高山顶上鹁鸪啼,闻得亲爷娶晚妻。爷娶晚妻爷自乐,前娘儿女好孤栖!"此兴体也。

(清)金埴《不下带编》卷五,中华书局本

5. 比兴评诗

韩员外诗,匠意近于史,兴致繁富,一篇一咏,朝士珍之,多士之造也。如"星河秋一雁,砧杵夜千家",又"客衣筒布润,山舍荔枝繁",又"疏帘看雪卷,深户映花关",方之前载,芙蓉出水,未足多也。其比兴深于刘员外,筋节减于皇甫冉也。

(唐)高仲武《中兴间气集》卷上评韩翃,《唐人选唐诗》,上海古籍出版社本

自古以来语文章之妙,广备众体,出奇无穷者,唯东坡一人;极风雅之变,尽比兴之法包括众作,本以新意者,唯豫章一人。此二者当永以为法。

(宋)吕本中《童蒙诗训》,《宋诗话辑佚》本

刘沧《咸阳》云:"渭水故都秦二世,咸阳秋草汉诸陵。"唐彦谦《蒲津河亭》云:"烟横博望乘槎水,日上文王避雨陵。"论句法则刘不及

唐，然序怀感之意，得讽、兴之体，则刘诗胜。

（宋）范晞文《对床夜语》卷第五，《历代诗话续编》本

唐人评韩翃诗，谓"比兴深于刘长卿，筋节减于皇甫冉"。比兴，景也。筋节，情也。

（明）杨慎《升庵诗话》卷十四，《历代诗话续编》本

宋严沧浪取崔颢《黄鹤楼》诗为唐人七言律第一。近日何仲默、薛君采取沈佺期"卢家少妇郁金堂"一首为第一，二诗未易优劣。或以问予，予曰："崔诗赋体多，沈诗比兴多。以画家法论之，沈诗披麻皴，崔诗大斧劈皴也。"

（明）杨慎《升庵诗话》卷十，《历代诗话续编》本

李颀贻张旭诗曰："左手持蟹螯，右手执《丹经》。"此用毕卓语。既持蟹螯，又执《丹经》，岂命人举杯耶？盖偶然写兴以害意尔，贾岛《望山》诗曰："长安百万家，家家张屏新。谁家最好山，我愿为其邻。"然好山非近一家，何必择邻哉？此亦写兴害意，与颀同病也。

（明）谢榛《四溟诗话》卷一，《历代诗话续编》本

颜光禄诗虽佳，然雕刻太过，至如《王君咏》，托兴既高，而风力尤劲，便可与左太冲抗衡。

（明）何良俊《四友斋丛说》卷二十四《诗一》，中华书局本

谢茂秦曳裾赵藩，尝谒崔文敏铣，崔有诗赠之。后以救卢次楩，北游燕，刻意吟咏，遂成一家。句如"风生万马间"，又"马渡黄河春草生"，皆佳境也。其排比声偶，为一时之最，第兴寄少薄，变化差少。

（明）王世贞《艺苑卮言》卷七，《历代诗话续编》本

杨用修驳宋人"诗史"之说而讥少陵云："诗刺淫乱，则曰'雝雝鸣雁，旭日始旦'，不必曰'慎莫近前丞相嗔'也；悯流民，则曰'鸿雁于飞，哀鸣嗷嗷'，不必曰'千家今有百家存'也；伤暴敛，则曰'维南有箕，载翕其舌'，不必曰'哀哀寡妇诛求尽'也；叙饥荒，则曰'牂羊羵

首，三星在罶'，不必曰'但有齿牙存，所堪骨髓干'也。"其言甚辩而覈，然不知向所称皆兴比耳。《诗》固有赋，以述情切事为快，不尽含蓄也。

（明）王世贞《艺苑卮言》卷四，《历代诗话续编》本

崔郎中作《黄鹤楼》诗，青莲短气。后题《凤凰台》，古今目为勍敌，识者谓前六句不能当，结语深悲慷慨，差足胜耳。然余意更有不然，无论中二联不能及，即结语亦大有辨。言诗须道兴比赋，如"日暮乡关"，兴而赋也，"浮云"、"蔽日"，比而赋也，以此思之，"使人愁"三字虽同，孰为当乎？"日暮乡关"、"烟波江上"，本无指著，登临者自生愁耳。故曰"使人愁"，烟波使之愁也。"浮云"、"蔽日"，"长安不见"，逐客自应愁，宁须使之？青莲才情，标映万载，宁以予言重轻？尺有所短，寸有所长，窃以为此诗不逮，非一端也。如有罪我者，则不敢辞。

（明）王世懋《艺圃撷余》，《历代诗话》本

赋之与兴，六义所该，诗人何可不有，而谓杜深于赋，李独长于兴，且以此置雌黄焉何居？杜如《垂老》、《新婚》、《潼关》、《石壕》、《兵车》、《出塞》、《悲陈陶》、《哀江头》，赋也。纪行怀古，赤霄朱凤，秋风佳人，何谓无兴也？李如飞龙、怀仙、天姥、太白，兴也。大雅、蟾蜍、南箕、北斗，兴也，何非赋也？

（明）屠隆《与友人论诗文》，《由拳集》卷二十三，明刊本

高翰籍廷礼：才识博达，尝辑《唐诗品汇》，世称精鉴。及阅其集，文多而意少，且乏新兴。

（明）顾起纶《国雅品·士品一》，《历代诗话续编》本

王贞白《御沟》一律，吟家喜谈其事，亦由微含比兴，故佳。

（明）胡震亨《唐音癸签》卷八，古典文学出版社本

或问汉、魏诗与李、杜孰优劣？曰：汉、魏五言，深于兴寄，盖风人之亚也。若李、杜五言古以所向如意为能，乃词人才子之诗，非汉、魏比也。读汉、魏诗，一倡而三叹，有遗音矣。

（明）许学夷《诗源辩体》卷三，人民文学出版社本

盛唐诸公律诗，得风人之致，故主兴不主意，贵婉不贵深（谓用意深，非情深也），冯元成谓得风人之旨而兼词人之秀是也。子美虽大而有法，要皆主意而尚严密，故于雅为近。此与盛唐诸公各自为胜，未可以优劣论也。

（明）许学夷《诗源辩体》卷十七，人民文学出版社本

《紫桃轩杂缀》又云：王（维）警句"九天阊阖开宫殿，万国衣冠拜冕旒"，岑（参）则"花迎剑佩星初落，柳拂旌旗露未干"，贾（至）则"剑佩声随玉墀步，衣冠身惹御炉香"，气象诚高阔，终是落境语耳。杜子美则云："旌旗日暖龙蛇动，宫殿风微燕雀高。"以所画之"龙蛇"对"燕雀"，已极变化；而"动"字"高"字，俱含生气，"风微"字则以"燕雀"因"风微"得至殿屋，且大厦成而燕雀高，又见朝廷宽大，群情乐附之意；有比有兴，六义具涵，杜真诗圣，三子咸当北面。

（清）施闰章《蠖斋诗话》，《清诗话》本

宋诗率直，失比兴而赋犹存。弘、嘉人诗无文理，并赋亦失之。

（清）吴乔《围炉诗话》卷之一，《清诗话续编》本

（冯班）又云："宋人作着题诗，不如唐人咏物多寓意，有兴比之体。"

（清）吴乔《围炉诗话》卷之一，《清诗话续编》本

昔人问《诗经》何句最佳，或答曰"杨柳依依"，此一时兴到之言，然亦实是名句，倘有人问陶公何句最佳，愚答云："平畴交远风，良苗亦怀新。"亦一时兴到也。

（清）沈德潜《古诗源》卷八，文学古籍刊行社本

"义无比兴，言睽世教；饥鸟夜啼，山鬼昼啸。"普天下人诗文稿序跋，无出此右，可称十六字金。

（清）薛雪《一瓢诗话》，《清诗话》本

汉、魏之诗，辞理意兴，无迹可求。唐人尚意兴而理在其中。宋人纯以理用事，故去本渐远。

（清）薛雪《一瓢诗话》，《清诗话》本

著作以人品为先，文章次之，安可将不以人废言为借口？昔人阮步兵《咏怀》，寄愁天上，埋忧地下，其胸次非复人间机轴，而为诸臣作《劝进表》，又不足多矣。陶征士《饮酒》，前无古人，后无来者，真有"绛云在霄，舒卷自如"之致，虽有《闲情》一赋，何妨托兴？

（清）薛雪《一瓢诗话》，《清诗话》本

唐人有"南宫歌管北宫愁"之句，盖赋体也。不如方子云《晚坐》云："西下夕阳东上月，一般花影有寒温。"以比兴体出之，更妙。

（清）袁枚《随园诗话》卷一，人民文学出版社本

大抵汉之五言，其意委曲详尽，其词抑扬宛转，工于比兴，切近事情，犹有十五《国风》之遗焉。

（清）鲁九皋《诗学源流考》，《清诗话续编》本

咏物题极难，初唐如李巨山多至数百首，但有赋体，绝无比兴，痴肥重浊，止增厌恶。惟子美咏物绝佳，如咏鹰咏马诸作，有写生家所不到。贞元、大历诸名家，咏物绝少。唯李君虞《早燕》云："梁空绕复息，檐寒窥欲遍"，直是追魂摄魄之语，余无所见。元和以后，下逮晚唐，咏物诗极多，纵极巧妙，总不免描眉画角，小家举止，不独求如杜之咏马咏鹰不可得见，即求如李之《早燕》大方而自然者，亦难之难矣。

（清）方南堂《辍锻录》，《清诗话续编》本

《青青河畔草》："草"兴荡子，"柳"自比，二句横作影。案"盈盈"四句，始言自己，夹写夹叙。"昔为"四句，叙情归宿，用笔浑转精融。以诗而论，用法用笔极佳，而义乏兴寄，无可取。

（清）方东树《昭昧詹言》卷二，人民文学出版社本

少陵七古间用比兴，退之则纯是赋。

（清）施补华《岘佣说诗》，《清诗话》本

此为君臣朋友之交中被谗间而见弃绝者之词。情致缠绵，语言温厚；止叙离思，毫无怨怼，即咎谗者亦止"浮云"句，且以比兴出之，真为

诗之正宗。

（清）刘光蕡《古诗十九首注·行行重行行》，《古诗十九首集释》，中华书局本

人皆谓杜陵殁后，义山可为肖子，吁！何弗思之甚耶？彼之浑厚在作气，此之浑厚在填事；彼之风喻必指实，此之风喻动涉虚；彼则意无不正，此则思无不邪。风马之形，大相径庭，奚待一一量较，而后知其伪哉？近今俊彦颇好比兴，余恐惑于美人香草之说，亦为侈淫妖冶之词，而乖夫子思无邪之旨，不得不晰辩而极言耳。

（清）黄子云《野鸿诗的》，《清诗话》本

七绝阮亭最为擅长，时推绝技，集中名作如林，较各体独多佳制。然失手之作，则袭取风调，意味索然。如《吊杨妃墓》诗云："香魂不及黄幡绰，犹占骊山土半丘。"非套袭盛唐王少伯"玉颜不及寒鸦色，犹带昭阳日影来"句调乎？夫王诗所以妙者，在"玉颜"、"寒鸦"，一人一物，初无交涉，乃借鸦之得入昭阳，虽寒犹带日光而飞，以反形人，则色未衰，已禁长信深宫，不复得见昭阳天日之苦。日者君象，"日影"比天颜，宫人不得见君，故自伤不如寒鸦，犹得望君颜色也。用意全在言外，对面寓人不如物之感，而措词微婉，浑然不露，又出以摇曳之笔，神味不随词意俱尽，十四字中兼有赋比兴三义，所以入妙，非但以风调见长也。

（清）朱庭珍《筱园诗话》卷三，《清诗话续编》本

6. 比兴解诗举隅

关关雎鸠，在河之洲。

兴也。关关，和声也。雎鸠，王雎也，鸟挚而有别。水中可居者曰洲。后妃说乐君子之德，无不和谐，又不淫其色，慎固幽深，若关雎之有别焉，然后可以风化天下。夫妇有别则父子亲，父子亲则君臣敬，君臣敬则朝廷正，朝廷正则王化成。笺云：挚之言至也，谓王雎之鸟雌雄情意至，然而有别……案兴是譬谕之名，意有不尽，故题曰兴，他皆放此……

正义曰：毛以为关关然声音和美者，是雎鸠也。此雎鸠之鸟，虽雌雄情至，犹能自别，退在河中之洲，不乘匹而相随也，以兴情至性行和谐者，是后妃也。后妃虽说乐君子，犹能不淫其色，退在深宫之中，不亵渎而相慢也。后妃既有是德，又不妒忌，思得淑女以配君子，故窈窕然处幽闲贞专之善女，宜为君子之好匹也。以后妃不妒忌，可共以事夫，故言宜也。

（汉）郑玄笺、（唐）孔颖达疏《国风·周南·关雎》，《毛诗正义》卷一，《十三经注疏》本

葛之覃兮，施于中谷，维叶萋萋。

兴也。覃，延也。葛所以为絺绤，女功之事，烦辱者。施，移也。中谷，谷中也。萋萋，茂盛貌。笺云：葛者，妇人之所有事也。此因葛之性以兴焉。兴者，葛延蔓于谷中，喻女在父母之家，形体浸浸日长大也……正义曰：《传》既云兴也，复言"葛所以为絺绤"者，以下章说后妃治葛不为兴，欲见此章因事为兴。故《笺》申之云。

（汉）郑玄笺、（唐）孔颖达疏《国风·周南·葛覃》，《毛诗正义》卷一，《十三经注疏》本

泛彼柏舟，亦泛其流。

兴也。泛泛，流貌。柏木所以宜为舟也。亦泛泛其流，不以济度也。笺云：舟，载渡物者，今不用，而与众物泛泛然俱流水中。兴者，喻仁人之不见用，而与群小人并列，亦犹是也。

（汉）郑玄笺、（唐）孔颖达疏《国风·邶·柏舟》，《毛诗正义》卷二，《十三经注疏》本

关关雎鸠，在河之洲。窈窕淑女，君子好逑。

兴也。……兴者，先言他物以引起所咏之词也。周之文王生有圣德，又得圣女姒氏以为之配。宫中之人于其始至，见其有幽闲贞静之德，故作是诗。言彼关关然之雎鸠，则相与和鸣于河洲之上矣；此窈窕之淑女，则岂非君子之善匹乎？言其相与和乐而恭敬，亦若雎鸠之

情挚而有别也。后凡言兴者，其文意皆放此云。

（宋）朱熹《诗集传》卷一《国风·周南·关雎》，上海古籍出版社本

葛之覃兮，施于中谷，维叶萋萋。黄鸟于飞，集于灌木，其鸣喈喈。

赋也。……赋者，敷陈其事而直言之者也。盖后妃既成缔绤而赋其事，追叙初夏之时，葛叶方盛，而有黄鸟鸣于其上也。后凡言赋者放此。

（宋）朱熹《诗集传》卷二《国风·周南·葛覃》，上海古籍出版社本

翘翘错薪，言刈其楚；之子于归，言秣其马。汉之广矣，不可泳思；江之永矣，不可方思。

兴而比也。……以错薪起兴而欲秣其马，则悦之至；以江汉为比而叹其终不可求，则敬之深。

（宋）朱熹《诗集传》卷一《国风·周南·汉广》，上海古籍出版社本

泛彼柏舟，亦泛其流。耿耿不寐，如有隐忧。微我无酒，以敖以游。

比也。……妇人不得于其夫，故以柏舟自比。言以柏为舟，坚致牢实，而不以乘载，无所依薄，但泛然于水中而已，故其隐忧之深如此，非为无酒可以遨游而解之也。

（宋）朱熹《诗集传》卷一《国风·邶·柏舟》，上海古籍出版社本

余既滋兰之九畹兮，又树蕙之百亩。畦留夷与揭车兮，杂杜衡与芳芷。

比也。……言已种莳众香，修行仁义，以自洁饰，朝夕不倦也。

（宋）朱熹《楚辞集注》卷一《离骚》，上海古籍出版社本

石濑兮浅浅，飞龙兮翩翩。交不忠兮怨长，期不信兮告余以不闲。

此章兴而比也。盖以上二句引起下句，以比求神不答之意也。……所谓兴者，盖曰石濑则浅浅矣，飞龙则翩翩矣，凡交不以忠，则其怨必长矣；期不以信，则必将告我以不暇而负其约矣。所谓比者，则求神而不答之意，亦在其中也。

(宋) 朱熹《楚辞集注》卷二《九歌·湘君》，上海古籍出版社本

沅有芷兮澧有兰，思公子兮未敢言。荒忽兮远望，观流水兮潺湲。

此章兴也。……所谓兴者，盖曰沅则有芷矣，澧则有兰矣，何我之思公子，而独未敢言耶？思之之切，至于荒忽而起望，则又但见流水之潺湲而已。其起兴之例，正犹越人之歌，所谓"山有木兮木有枝，心悦君兮君不知"。

(宋) 朱熹《楚辞集注》卷二《九歌·湘夫人》，上海古籍出版社本

杜甫《客至》(兴兼赋格)

舍南舍北皆春水，但见群鸥日日来。(先言无客至而有如此之物，兴也。)花径不曾缘客扫，蓬门今始为君开。(上句兴，下句赋也。二句方见题意。)盘餐市远无兼味，樽酒家贫只旧醅。肯与邻翁相对饮，隔篱呼取尽余杯。(四句一意，终一篇也。)

(元) 杨载《杜律心法》，《诗学指南》，清乾隆敦本堂刊本

杜甫《返照》(比兴格)

楚王宫北正黄昏，白帝城西过雨痕。(邹氏曰：此不特咏物，而前四句托物引兴。)返照入江翻石壁，归云拥树失山村。(此联分应上二句，以见题也。)衰年病肺唯高枕，绝塞愁时早闭门。(病时见返照，则高枕而已；愁时见返照，则闭门而已。)不可久留豺虎乱，南方实有未招魂。(上句结伤时之意，下句结自病之意，后四句虽自为一意，却句句照前后，则末句生开题意，尤为妙也。)

(元) 杨载《杜律心法》，《诗学指南》，清乾隆敦本堂刊本

杜甫《峡中览物》（兴兼比格）

曾为掾吏趋三辅，忆在潼关诗兴多。（此言在华州时，而此诗在夔州作，故有"曾为"、"忆在"四字。）巫峡忽如瞻华岳，蜀江犹似见黄河。（此言在夔州犹在华岳也。）舟中得病移衾枕，洞口经春长薜萝。（此言见夔州景物，如在华州时也。）形胜有余风土恶，几时回首一长歌。（形胜有余结。第二联比也，"风土恶"结第三联，比也。下句结起联，兴也。）

（元）杨载《杜律心法》，《诗学指南》，清乾隆敦本堂刊本

贤者既出仕，久而未见亲用，自伤不得及时行道，以扬名后世，将与碌碌庸人，俱老死而无闻，是以不忍斥言其君，乃托新婚夫妇为喻，而作是诗。泰山众山之尊，有君道焉，故以起兴。言彼孤生之竹，则结根于泰山之阿矣；比与君为新婚者，则如兔丝之附女萝矣。夫兔丝之生有时，则夫妇之会，固有其宜。何千里结婚后，不由此道，乃致远隔，使我思望不置，将恐如芳鲜之花，过时不采，而与众草同腐，是可伤也。然君亮必自执高节，不复转移，则贱妾亦何为哉？此亦怨而无可奈何之词也。

（元）刘履《古诗十九首旨意·冉冉孤生竹》，《古诗十九首集释》，中华书局本

以诗怨朋友之不我与也。睹时物之变异，感节序之流易，有志愿者，能不动于中乎？因思昔者同门之友，高举自奋，乃不念平生久要之好，竟弃我如遗迹然。如《诗》所谓"维南有箕，不可以簸扬；维北有斗，不可以挹酒浆"，"睆彼牵牛，不以服箱"，是皆虚有其名，而不适于用者；以兴为朋友者，毫无贞固之心，而徒事虚名，是无益也。此虽不言其所以怨望，而责其不援引之意，亦可见矣。

（元）刘履《古诗十九首旨意·明月皎月光》，《古诗十九首集释》，中华书局本

曾原谓"此诗刺轻于仕进而不能守节者"，得之。言青青之草，郁郁之柳，其枝叶非不茂也；然无贞坚之操，一至岁寒，则衰落而不自保。以兴世俗轻进之人，自衒以求售，其才质非不美也；然素无学识，不知自修之道，一遭困穷，则放滥无耻，而欲其固守也，难矣！且不斥言之，而婉

其词以倡女为比，其深得诗人托讽之义欤？

（元）刘履《古诗十九首旨意·青青河畔草》，《古诗十九首集释》，中华书局本

抚景寓叹格　《惜春》

惜春连日醉昏昏，醒后衣裳见酒痕。细水浮花归别浦，断云含雨入孤村。人闲易得芳时恨，地迥难招自古魂。惭愧流莺相厚意，清晨犹为到西园。

初联痛惜韶华，以酒自遣。颔联有"归"、"入"二字响，乃句中之眼，详味有无穷之意。颈联上句言芳时往矣，不可再得；下句言古人一去，不可再见。作诗必如此，方为警策，方为妙手。末联上句托物起兴，以鸟之如此，犹且有厚意而复至，何人情炎凉，势去则散，翟公书门之意也。承上句古人不见，乃感古怀今之意。

（元）范德机《诗学禁脔》，《历代诗话》本

此竟似六朝人，然兴意若相关，若不相关，以不甚警切见致。

（明）陈祚明《采菽堂古诗选》卷四《古歌》，清乾隆本

歌取讽切，每以比兴见意，使可感。

（明）陈祚明《采菽堂古诗选》卷三十七《暇豫歌》，清乾隆本

首句赋形生动，中已具有下意，观此茂茂，何语不能书之。次句忽入一兴，章法变宕。此数语中，具有长篇章法。

（明）陈祚明《采菽堂古诗选》卷三十八《笔铭》，清乾隆本

句句叙事，句句用兴用比，比中生兴，兴外得比，宛转相生，逢原皆给。故人患无心耳，苟有血性有真情如子山者，当无忧其不淋漓酣畅也。

（清）王夫之《古诗评选》卷一，庾信《燕歌行》评语，《船山遗书》，上海太平洋书店重校刊本

亦兴，亦赋，亦比，因仍而变化莫测。綮括得之《小雅》，寄托得之

《离骚》，此康乐集中第一篇大文字。彼生平心迹不出乎山人、浪子、经生之域，如竟陵者，固宜其不知而讥为套语也。

（清）王夫之《古诗评选》卷五，谢灵运《石门新营所住，四面高山、回溪、石濑、茂林、修竹》评语，《船山遗书》，上海太平洋书店重校刊本

几欲使人疑为艳诗，必如此，乃可不愧代古，古诗无不令浅人疑故也，统此一情耳。艳与非艳何别哉？然非不大有别，在取此诗吟绎之，自知。兴、赋、比俱不立死法，触着磕着，总关至极，如春气感人，空水莺花，有何必然之序哉？

（清）王夫之《古诗评选》卷五，谢惠连《代古》评语，《船山遗书》，上海太平洋书店重校刊本

一色用兴写成，藏锋不露。歌行虽尽意排宕，然吃紧处亦不可一丝触犯。如禅家普说相似，正使横说竖说，皆绣出鸳鸯耳。金针不度，一度即非金针也。

（清）王夫之《明诗评选》卷二，朱器封《均州乐》评语，《船山遗书》，上海太平洋书店重校刊本

此亦臣不得于君，而托兴于奇树也。其托兴于树，不以衰为感，而感于盛，有二义：夫人自少小以至强壮；强壮不过二十年，则日衰矣。树之由萌蘖以至荣盛；荣盛不过百日，则日衰矣。则其盛也，不诚可惜哉！此诗人所以托兴也。有志之士，断不可闲玩废日，童子所以"不窥园"也。故平时不为时物所触，感亦无自而生；一旦见树之当时芳茂，安得不感己之当时偃蹇？此又诗人之所以托兴也。

（清）张庚《古诗十九首解·庭中有奇树》，《古诗十九首集释》，中华书局本

枫林、兰皋、秀士、朝云，同为楚产，故首以起兴。楚襄王比明帝，蔡灵侯比曹爽。朱华芬芳，谓私取才人为伎乐；高蔡追寻，谓兄弟数出宴游。庄辛谏楚襄王，谓黄雀逍遥自得，而不知公子挟弹随其后，犹爽之不知为懿所图也。

（清）陈沆《诗比兴笺》卷二评阮籍《咏怀·湛湛长江水》，上海古籍出版社本

司马懿尽录魏王公置于邺，嘉树零落，繁华憔悴，皆宗枝剪除之喻也。不然，去何必于西山，身何至于不保？岂非周粟之耻，义形于色者乎？而不蹈叔夜非薄汤武之祸，则比兴殊于指斥也。

（清）陈沆《诗比兴笺》卷二评阮籍《咏怀·嘉树下成蹊》，上海古籍出版社本

刺小人也。左贵嫔诗云："南山有鸟，自名啄木，饥则啄树，暮则巢宿。无干于人，唯志所欲。性清者荣，性浊者辱。"则又以之自况，与此正反。故诗之取兴，无有定义。

（清）陈沆《诗比兴笺》卷二评傅玄《啄木诗》，上海古籍出版社本

此亦安仁悼亡诗也，而有《十九首》之风，远轶《悼亡》三章者。比兴之于铺述，含意之于直情，固不侔耳。

（清）陈沆《诗比兴笺》卷二评潘岳《哀诗》，上海古籍出版社本

此欲以其所言达之君也。"缝为绝国衣，远寄日南客"，谓己之乐府古诗诸作，皆主文谲谏，以达下情而通讽喻，冀幸君之一悟，俗之一改焉。"此物虽过时，是妾手中迹"，虽处放逐，不忘匡君之谓也。漆室之女忧鲁，恤纬之嫠念周，足证是诗比兴非远。

（清）陈沆《诗比兴笺》卷三评李白《黄葛篇》，上海古籍出版社本

此篇或以为肃宗时李辅国矫制迁上皇于西内而作，或以为明皇内任林甫、外宠禄山而作，皆未详绎篇首英、皇二女之兴、篇末帝子湘竹之泪托兴何指也。本此以绎全诗，其西京初陷、马嵬赐死时作乎？"海水直，万里深，谁人不言此离苦"，言天上人间永诀也。"我纵"以下，乃追痛祸乱之原，方其伏而未发，忠臣智士，结舌吞声，人人知之而不敢言，一旦祸起不测，天地易位，"六军不发无奈何，宛转蛾眉马前死"，"君失臣兮龙为鱼，权归臣兮鼠变虎"之谓也。"或云"以下，乃苍黄西幸、传闻不一之词，故有"幽囚"、"野死"之议。"帝子"以下，乃又反复流连以

哀痛之。始以一女子而擅天下之权，其卒以万乘不能庇其所爱，霓裳鼙鼓之惊，斜谷淋铃之曲，徒为万世炯戒焉，痛何如哉！"苍梧山崩湘水绝，竹上之泪乃可灭"，"天长地久终有尽，此恨绵绵无绝期"也。故《长恨歌》千言，不如《远别离》一曲。

    （清）陈沆《诗比兴笺》卷三评李白《远别离》，上海古籍出版社本

  赋而比兴也。昔人之论以为全章皆赋、全章皆比者，并非。盖此时同登塔者非公一人，高、岑、储、薛各有妙什，亦非独此一篇，何以见其夐出诸子哉？首云"自非旷士怀，登兹翻百忧"，则已情出物表，神游象外矣。然而篇首六韵，正叙登览，可以谓之赋，而不可谓之比。"秦山"四语，一望苍茫，以兴起"长安不见使人愁"之意，可以谓之兴，而不可徒谓之赋，亦不可遽谓之比。苍梧虞舜，则昭陵先圣之思；瑶池王母，则骊山汤泉之讽。鸿雁稻粱，则时人之但营口食；黄鹄远逝，则周蓥之独怀深忧。此则安得不谓比兴，而概曰赋乎？

    （清）陈沆《诗比兴笺》卷三评杜甫《同诸公登慈恩寺塔》，上海古籍出版社本

  说此诗者，皆知为每饭不忘之意，然以为赋体而不知其比兴，则非也。此臣子怀忠告之言，欲达之于君，而人贱言微，恐不见察也。"芣菲下体"之诗，丝麻菅蒯之喻，皆欲其不拒涓细，藉裨高深，岂可以玉食之丰，而弃献芹之味哉？故知君王纳晚凉，此味亦时须者。陈善纳诲之义，非徒恋阙昵主之私。

    （清）陈沆《诗比兴笺》卷三评杜甫《槐叶冷淘》，上海古籍出版社本

  首章以蘋藻比，慰清修之必见用也。首二先述产地，三、四点出蘋藻，略表其形；五、六说其见重于人；七、八以园葵衬托作结。

  次章以松柏比，勉劲节之当特立也。首四表松之不畏风也，却叠用对举句法；五、六于风外添出冰霜，点醒常能端正；七、八以有本性推原作结，添出"柏"字，愈见错综。

  末章以凤皇比，戒盛德之宜养晦也。首二表其属处本极清高，中四接

叙不肯诡随于世，七、八以期望圣明作收。

三章纯乎用比，其体本于《国风》。

（清）张玉縠《古诗赏析》卷九《刘桢〈赠从弟〉（三首）》，姑苏思义堂发兑本

此忠言不用而思远引之诗。通首用比。首四句以"高楼"比君门，君门在西北，故曰"西北"。"结窗"、"重阶"，有谗谄蔽明意。中八以悲曲比忠言，孤臣寡妇，正是一类，故以杞妻为喻，叙次委曲。末四以"歌苦"、"知希"，点醒忠言不用，随以"愿为黄鹄高飞"，收出不得已而引退之意，总无一实笔。

（清）张玉縠《古诗十九首赏析·西北有高楼》，《古诗十九首集释》，中华书局本

此通首用比诗也。前六，总言纨扇之盛；首二，质之美；三、四，制之工；五、六则当时用事也。点逗"君"字，写得旖旎有情。后四，转到恐扇之衰，从秋飚夺热，引入弃捐情绝，隐指赵氏，而仍意婉音和，不流噍杀。

（清）张玉縠《古诗赏析》卷三《班婕妤〈怨诗行〉》，姑苏思义堂发兑本

此客游有感之诗。一解直叙客游之苦，以下兴比诸意，皆在山溪伏根。二解就所见雄、雌，猴追之各有其偶，其兴故乡难归。三解就所见山崖木枝之无不共见，反兴忧来莫知。四解顶忧字作转，点出行乐贵乎及时。五解指客游之似行舟也，却反说行舟有似客游，笔逆局展。六解结出忘忧作用，却即仍就游上说，便甚。

（清）张玉縠《古诗赏析》卷八《曹丕〈善哉行〉》，姑苏思义堂发兑本

此伤壮志之不得展也。前八皆写秋景，然先以风霜引起条劲叶黄，已为"壮齿不恒"作兴；接以明月引起翔雁晨鸣，又为志局慨慷作兴；后四正述本怀，点清作意，突如其来，阒然而止，笔力老横。

（清）张玉縠《古诗赏析》卷十一《左思〈杂诗〉》，姑苏思义堂发兑本

《萤火》，刺阉人也。首言种之贱，次言性之阴。三、四近看，见其多暗而少明。五、六远看，见其潜形而匿迹。末言时过将销，此辈直置身无地矣。（黄）鹤注谓指李辅国辈，以宦者近君而挠政也。今按腐草喻腐刑之人，太阳乃人君之象，比意显然。

（清）仇兆鳌《杜诗详注》卷七《萤火》，中华书局本

神 思 编

侯毓信 编选

一

神思与文艺创作

1. 神思的特点

轮扁曰:"臣也,以臣之事观之:斫轮,徐则甘而不固,疾则苦而不入;不徐不疾,得之于手,而应于心,口不能言,有数存焉于其间;臣不能以喻臣之子,臣之子亦不能受之于臣,是以行年七十而老斫轮。"

(先秦)《庄子·外篇·天道》,《诸子集成》本

其始也,皆收视反听,耽思傍讯,精骛八极,心游万仞。其致也,情瞳昽而弥鲜,物昭晰而互进,倾群言之沥液,漱六艺之芳润,浮天渊以安流,濯下泉而潜浸。于是沉辞怫悦,若流鱼衔钩,而出重渊之深,浮藻联翩,若翰鸟缨缴,而坠曾云之峻。收百世之缺文,采千载之遗韵,谢朝华于已披,启夕秀于未振,观古今于须臾,抚四海于一瞬。

(晋)陆机《文赋》,《陆机集》卷一,中华书局本

若夫应感之会,通塞之纪,来不可遏,去不可止。藏若景灭,行犹响起。方天机之骏利,夫何纷而不理。思风发于胸臆,言泉流于唇齿。纷葳蕤以馺遝,唯毫素之所拟。文徽徽以溢目,音泠泠而盈耳。及其六情底滞,志往神留,兀若枯木,豁若涸流,览营魂以探赜,顿精爽而自求。理翳翳而愈伏,思乙乙其若抽。是故或竭情而多悔,或率意而寡尤。虽兹物之在我,非余力之所戮。故时抚空怀而自惋,吾未识夫开塞之所由也。

(晋)陆机《文赋》,《陆机集》卷一,中华书局本

古人云：形在江海之上，心存魏阙之下，神思之谓也。文之思也，其神远矣。故寂然凝虑，思接千载，悄焉动容，视通万里。吟咏之间，吐纳珠玉之声；眉睫之前，卷舒风云之色，其思理之致乎。

（南朝·梁）刘勰《文心雕龙·神思》，人民文学出版社本

夫神思方运，万涂竞萌，规矩虚位，刻镂无形，登山则情满于山，观海则意溢于海，我才之多少，将与风云而并驱矣。

（南朝·梁）刘勰《文心雕龙·神思》，人民文学出版社本

气之动物，物之感人，故摇荡性情，形诸舞咏。照烛三才，辉丽万有；灵祇待之以致飨，幽微藉之以昭告；动天地，感鬼神，莫近于诗。

（南朝·梁）钟嵘《诗品·总论》，《诗品注》，人民文学出版社本

世有非文章者曰：辞不出于风雅，思不越于《离骚》，模写古人，何足贵也？余曰：譬诸日月，虽终古常见，而光景常新，此所以为灵物也。余尝为《文箴》，今载于此。曰：文之为物，自然灵气。惚恍而来，不思而至。杼轴得之，淡而无味。琢刻藻绘，弥不足贵。如彼璞玉，磨砻成器。奢者为之，错以金翠。美质既雕，良宝所弃。此为文之大旨也。

（唐）李德裕《文章论》，《李文饶文集》外集卷三，《四部丛刊》本

安乐窝中诗一编，自歌自咏自怡然。陶熔水石闲勋业，铨择风花静事权。意去乍乘千里马，兴来初上九重天。饮时更改三两字，醉后吟哦五七篇。

（宋）邵雍《安乐窝中诗一编》，《伊川击壤集》卷九，《四部丛刊》本

诗者人之志，非诗志莫传。人和心尽见，天与意相连。论物生新句，评文起雅言。兴来如宿构，未始用雕镌。

（宋）邵雍《谈吟诗》，《伊川击壤集》卷十八，《四部丛刊》本

兹游淡泊欢有余，到家恍如梦蘧蘧。作诗火急迫亡逋，清景一失后难摹。

      （宋）苏轼《腊日游孤山访惠勤惠恩二僧》，《苏东坡全集》前集卷三，中国书店影印本

  东坡云，余在广陵与晁无咎昙秀道人同舟，送客山光寺。客去，余醉卧舟中。昙秀作诗云："扁舟乘兴到山光，古寺临流胜气藏。惭愧南风知我意，吹将草木作天香。"予和云："闹里清游似隙光，醉时真境发天藏。梦回拾得吹来句，十里南风草木香。"余昔对文忠公诵文与可诗云："美人却扇坐，羞落庭下花。"公曰："此非与可诗，世间元有此句，与可拾得耳。"后五年，秀来惠州见予，偶道其事。

      （宋）王直方《王直方诗话》，《宋诗话辑佚》本

  诗之有思，卒然遇之而莫遇，有物败之则失之矣。故昔人言覃思、垂思、抒思之类，皆欲其思之来，而所谓乱思、荡思者，言败之者易也。郑綮诗思在灞桥风雪中驴子上，唐求诗所游历不出二百里，则所谓思者，岂寻常咫尺之间所能发哉！前辈论诗思多生于杳冥寂寞之境，而志意所如，往往出乎埃壒之外。苟能如是，于诗亦庶几矣。小说载谢无逸问潘大临云："近日曾作诗否？"潘云："秋来日日是诗思。昨日捉笔得'满城风雨近重阳'之句，忽催租人至，令人意败，辄以此一句奉寄。"亦可见思难而败易也。

      （宋）葛立方《韵语阳秋》卷二，《历代诗话》本

  《冷斋夜话》云："黄州潘大临工诗，有佳句，然贫甚。东坡、山谷尤喜之。临州谢无逸以书问近新作诗否。潘答书曰：'秋来景物，件件是诗思，恨为俗气所蔽翳。昨日清卧，闻搅林风雨声，遂起题壁曰：满城风雨近重阳。忽催税人至，遂败意。止此一句，奉寄。'闻者莫不笑其迂阔。"

      （宋）胡仔《苕溪渔隐丛话》前集卷五十二，人民文学出版社本

  《言诗》云："经天纬地物，动必是仙才。竟日觅不得，有时还自来。其风含素发，秋色入灵台。吟向霜蟾下，终须神鬼哀。"

      （宋）尤袤《全唐诗话》卷六"僧贯休"条，《历代诗话》本

文章本天成，妙手偶得之。粹然无疵瑕，岂复须人为。君看古彝器，巧拙两无施。汉最近先秦，固已殊淳漓。胡部何为者，豪竹杂哀丝。后夔不复作，千载谁与期？

（宋）陆游《文章》，《剑南诗稿》卷八十三，《陆游集》，中华书局本

诗本无形在窈冥，网罗天地运吟情。有时忽得惊人句，费尽心机做不成。

（宋）戴复古《邵武太守王子文，日与李贾、严羽共观前辈一两家诗及晚唐诗，因有论诗十绝。子文见之，谓无甚高论，亦可作诗家小学须知》其七，《石屏诗集》卷七，《四部丛刊》本

"凡作文，静室隐几，冥搜邈然，不期诗思遽生，妙句萌心，且含毫咀味，两事兼举，以就兴之缓急也。"予一夕欹枕面灯而卧，因咏蜉蝣之句，忽机转文思，而势不可遏，置彼诗草，率书叹世之语云："天地之视人，如蜉蝣然；蜉蝣之观人，如天地然。蜉蝣莫知人之有终也，人莫知天地之有终也。"

（明）谢榛《四溟诗话》卷三，《历代诗话续编》本

予谓文章之妙，不在步趋形似之间。自然灵气，恍惚而来，不思而至。怪怪奇奇，莫可名状，非物寻常得以合之。苏子瞻画枯株竹石，绝异古今画格，乃愈奇妙。若以画格程之，几不入格。米家山水人物，不多用意。略施数笔，形象宛然。正使有意为之，亦复不佳。故夫笔墨小技，可以入神而证圣。自非通人，谁与解此。

（明）汤显祖《合奇序》，《汤显祖诗文集》卷三十二，上海古籍出版社本

诗有偶然到处，虽名手极力搜索，亦不能加。杨汝士不知于此道，何如能令白公托言冷淡生活阁笔？元笑白善全其名，夫岂古人之能全其名哉，亦其能服善，不若今人强颜争胜，甘出丑无忌耳。元稹镇武昌，尝命从事周復唱酬，復辞积：某偶以大人往还获一第，实不能诗赋。积叹曰：质实如是，贤于能诗远矣。今天下安得有此等人。

（明）胡震亨《唐音癸签》卷二十六，上海古籍出版社本

胸中既有真山水，壁上何知非绢纸。约略山云肤寸间，汩汩俄焉润图史。意所才见笔辄追，不然过眼将失之。有时伸纸乞君笔，未必风神能若斯。

　　　　　（明）钟惺《题林茂之画壁》，《钟伯敬合集·隐秀轩集·玄集》，《中国古典文学珍本丛书》本

寒月照欢怨，清川流盛衰。众形各自取，真宰亦何知。钟应山摧后，渠成水到时。此中机縠幻，未易使人思。

　　　　　（明）钟惺《见月得句因而成篇》，《钟伯敬合集·隐秀轩集·黄集》，《中国古典文学珍本丛书》本

有宗中郎而诋予者曰：诗在境会之偶谐，即作者亦不自知，先一刻迎之不来，后一刻追之已逝。予谓此论妙绝，在唐正是孟襄阳、崔司勋境界。然苟不先乎规矩，则野狐外道矣。规矩者，体制声调之谓也。

　　　　　（明）许学夷《诗源辩体》卷三十四，人民文学出版社本

圣叹之评《西厢》，其长在密，其短在拘。拘即密之已甚者也。无一句一字不逆溯其源而求命意之所在，是则密矣，然亦知作者于此，有出于心，有不必尽出于有心者乎？心之所至，笔亦至焉，是人之所能为也。若夫笔之所至，心亦至焉，则人不能尽主之矣。且有心不欲然，而笔使人然，若有鬼物主其间者，此等文字，尚可谓之有意乎哉。文章一道，实实通神，非欺人语。千古奇文，非人为之，神为之，鬼为之也。人则鬼神所附者耳。

　　　　　（清）李渔《闲情偶寄·词曲部·格局第六》，《中国古典戏曲论著集成》（七），中国戏剧出版社本

忽然得者，正自入微。此所谓吟魂也。恰与小诗相当。

　　　　　（清）王夫之《明诗评选》卷八，王雅登《湖上梅花歌》评语，《船山遗书》，上海太平洋书店重校刊本

风神思理，一空万古。求其伯仲，殆唯"携手上河梁"，"青青河畔草"足以当之。

诗中透脱语，自景阳开先，前无倚，后无待，不资思致，不入刻画，居然为天地间说出，而景中宾主，意中融合，无不尽者。"蝴蝶飞南园"，真不似人间得矣，谢客"池塘生春草"盖继起者，差足旗鼓相当，笔授心传之际，殆天巧之偶发，岂数觏哉。"由来有固然"，一收如子晋吹笙，月明缑岭。

  （清）王夫之《古诗评选》卷四，张协《杂诗》评语，《船山遗书》，上海太平洋书店重校刊本

全不刻画，所以随顺随逆，一平一突无所不可。一有刻画痕，则凡今之人皆能为之矣。"维山有阿"一转是何端来去吟魂吟理正在空微中。

  （清）王夫之《明诗评选》卷一，赵南星《短歌行》评语，《船山遗书》，上海太平洋书店重校刊本

肖亭答：古之名篇，如山水芙蓉，天然艳丽，不假雕饰，皆偶然得之，犹书家所谓偶然欲书者也。当其触物兴怀，情来神会，机括跃如，如兔起鹘落，稍纵则逝矣。有先一刻后一刻不能之妙，况他人乎？故《十九首》拟者千百家，终不能追踪者，由于著力也。一著力便失自然，此诗之不可强作也。《易》曰："书不尽言，言不尽意。"若能因言求意，亦庶乎其有得欤？

  （清）王士禛等《师友诗传录》，《清诗话》，中华书局本

南城陈伯玑允衡善论诗，昔在广陵评予诗，譬之昔人云"偶然欲书"，此语最得诗文三昧。今人连篇累牍，牵率应酬，皆非偶然欲书者也。坡翁称钱唐程奕笔云："使人作字不知有笔。"此语亦有妙理。（《香祖笔记》）

  （清）王士禛《带经堂诗话》卷三，人民文学出版社本

诗思与文思不同，文思如春气之生万物，有必然之道；诗思如醴泉朱草，在作者亦不知所自来，限以一韵，即束诗思。唐时试士限韵，主司因得易见高下耳。今日何可为之耶？若又步韵，同于桎梏，命意布局，俱难如意。后人不及前人，而又困之以步韵，大失计矣！施惠山曰："今人只是做韵，谁人做诗？"狮子一吼，百兽脑裂。做韵定五字，于《韵府群

玉》、《五车韵瑞》上觅得现成韵脚了，以字凑韵，以句凑篇，扭捏一上，全无意义章法，非做韵而何？步至数人，并韵字亦觉可厌。古诗不对偶，无平仄，韵得叶用，唐诗悉反之，已是难事，若又步韵，李、杜无以见长。

（清）吴乔《围炉诗话》卷之一，《清诗话续编》本

近人作诗，率多赋体，比者亦少，至兴体则绝不一见。不知兴体之妙，在于触物成声，冲喉成韵，如花未发而香先动，月欲上而影初来，不可以意义求者，《国风》、古乐府多有之。徐文长谓"今之南北东西虽殊方，而妇女、儿童、耕夫、舟子，塞曲征吟，市歌巷引，无不皆然，默会自有妙处。"知言哉！

（清）叶矫然《龙性堂诗话初集》，《清诗话续编》本

十日不能下一笔，闭门静坐秋萧瑟。忽然兴至风雨来，笔飞墨走精灵出。小草小虫意微妙，古石古云气奔逸。字作神禹钟鼎文，杂以蝌蚪点浓漆。怪迂荒幻性所钟，妥帖细腻学之谧。

（清）郑燮《又赠牧山》，《郑板桥集·诗钞》，上海古籍出版社本

混元运物，流而不注。迎之未来，揽之已去。诗如化工，即景成趣。逝者如斯，有新无故。因物赋形，随影换步。彼胶柱者，将朝认暮。

（清）袁枚《续诗品·即景》，《续诗品注》，人民文学出版社本

唐子西云："诗初成时未见可訾处，姑置之，明日取读，则瑕疵百出，乃反复改正之；隔数日取阅，疵累又出，又改正之。如此数四，方敢示人。"此数言，可谓知其难而深造之者也。然有天机一到，断不可改者。余《续诗品》有云："知一重非，进一重境。亦有生金，一铸而定。"

（清）袁枚《随园诗话》卷三，人民文学出版社本

东坡《观张师正所蓄辰砂》诗云："将军结发战蛮溪，箧有殊珍胜象犀。漫说玉床收箭簇，何曾金鼎识刀圭？近闻猛士收丹穴，欲助君王铸襄蹄。多少空岩人不见，自随初日吐虹蜺。"此种诗是心中先有感触，适有

此题到手，遂如万斛珠泉，一齐涌出，与寻常小题大做不同。即如工部《樱桃》诗，非身膺部郎，流落西蜀，亦断难凭空结构也。大抵作事不可无所谓而为之，况临文安可苟哉！又如陆放翁《大雪》一首云："大雪江南见未曾，今年方始是严凝，巧穿帘罅如相觅，重压林杪似不胜。毡屋掷庐忘夜睡，金羁立马怯晨兴。此生自笑功名晚，空想黄河彻底冰。"放翁当南渡后，忠愤之气，时时溢于毫楮间，此诗其一见者也。若使他人为之，则没味矣。

（清）延君寿《老生常谈》，《清诗话续编》本

　　传人之作，未有不经营惨淡而出者。太白之天才，似不关读书，试想太白真未曾读书，先能作诗耶？功夫到了纯熟田地，亦有天机偶触，率然而成者，非可数数见也。太白诗如"陶令辞彭泽"一首，是何等锤炼而成。世人震于工部称为"敏捷千首"、"斗酒百篇"，便谓才气好使能为诗，岂不诬哉！

（清）延君寿《老生常谈》，《清诗话续编》本

　　或谓王之涣"黄河远上"一篇之外，何不多见？余应之曰："神来之作，即作者亦不能有再。"

（清）管世铭《读雪山房唐诗序例》，《清诗话续编》本

　　凭空何处造情文，还仗灵光助几分。奇句忽来魂魄动，真如天上落将军。

（清）张问陶《论诗十二绝句》其四，《船山诗草》卷十一，清嘉庆乙亥刊本

　　昨夜醉肠花怒开，墨池起蛰惊春雷，枯者游戏为根荄，乱者屈曲为蓓蕾，横披乱放无端涯。有时画兰兼画梅，暗香斜影窗前阶，便疑草书乱僧怀。酒气兰香拂拂来，张颠濡发青莲杯。神乎鬼乎仙乎哉！请匹灵均呵壁才。

（清）魏源《新罗山人醉笔墨兰歌》，《魏源集》，中华书局本

　　昔越女之论剑曰："臣非有所受于人也，而忽然得之。"夫忽然得之者，地不能囿，天不能嬗，父兄师女不能佑。其道常主于逆，小者逆谣

俗，逆风土；大者逆运会，所逆愈甚，则所复愈大。大则复于古，古则复于本。

（清）魏源《定庵文录叙》，《魏源集》，中华书局本

吾苍茫独立于寂寞无人之区，忽有匪夷所思之一念，自沈冥杳霭中来。吾于是乎有词。洎吾词成，则于顷者之一念若相属若不相属也。而此一念，方绵邈引演于吾词之外，而吾词不能殚陈，斯为不尽之妙。非有意为是不尽，如书家所云无垂不缩，无往不复也。

（清）况周颐《惠风词话》卷一，人民文学出版社本

琴，器也，具天地之元音，养中和之德性，道之精微寓焉。故鼓琴者心超物外，则音合自然，而微妙有难言者，此际正别有会心耳。

（清）苏璟《春草堂琴谱·鼓琴八则》，引自《中国古代乐论选辑》，人民音乐出版社本

齐诸暨令袁嘏，自诧"诗有生气，须捉著，不尔便飞去。"此语隽甚！坡仙云："作诗火急追亡逋。"似从此脱化。

（清）何文焕《历代诗话考索》，《历代诗话》本

好诗须在一刹那上揽取，迟则失之。

（清）徐增《而庵诗话》，《清诗话》本

黄知微尝欲于大慈寺寿宁院壁，作湖滩水石，四堵，营度经岁，终不肯下一笔。一日，仓皇入寺，索笔墨甚急，奋袂若风，须臾而成，作输泻跳戚之势。汹汹欲崩屋也。操觚当作如是观。

（清）张培红《妙香室丛话》，引自《笔记小说大观》，江苏广陵古籍刻印社本

2. 神思的产生

一体之盈虚消息，皆通于天地，应于物类。故阴气壮，则梦涉大水而恐惧；阳气壮，则梦涉大火而燔焫；阴阳俱壮，则梦生杀。甚饱则梦与，甚饥则梦取。是以以浮虚为疾者，则梦扬；以沉实为疾者，则梦溺。藉带

而寝，则梦蛇，飞鸟衔发，则梦飞。将阴梦火，将疾梦食。饮酒者忧，歌舞者哭。子列子曰："神遇为梦，形接为事。故昼想夜梦，神形所遇。故神凝者想梦自消。信觉不语，信梦不达；物化之往来者也。古之真人，其觉自忘，其寝不梦；几虚语哉？"

（先秦）《列子·周穆王》，《诸子集成》本

伫中区以玄览，颐情志于典坟。遵四时以叹逝，瞻万物而思纷。悲落叶于劲秋，喜柔条于芳春。心懔懔以怀霜，志眇眇而临云。咏世德之骏烈，诵先人之清芬。游文章之林府，嘉丽藻之彬彬。慨投篇而援笔，聊宣之乎斯文。

（晋）陆机《文赋》，《陆机集》卷一，中华书局本

是以执术驭篇，似善弈之穷数；弃术任心，如博塞之邀遇。故博塞之文，借巧傥来，虽前驱有功，而后援难继，少既无以相接，多亦不知所删，乃多少之并惑，何妍蚩之能制乎？若夫善弈之文，则术有恒数，按部整伍，以待情会，因时顺机，动不失正。数逢其极，机入其巧，则义味腾跃而生，辞气丛杂而至。视之则锦绘，听之则丝簧，味之则甘腴，佩之则芬芳；断章之功，于斯盛矣。

（南朝·梁）刘勰《文心雕龙·总术》，人民文学出版社本

思有利钝，时有通塞，沐则心覆，且或反常，神之方昏，再三愈黩。是以吐纳文艺，务在节宣，清和其心，调畅其气，烦而即舍，勿使壅滞，意得则舒怀以命笔，理伏则投笔以卷怀，逍遥以针劳，谈笑以药倦，常弄闲于才锋，贾余于文勇，使刃发如新，凑理勿滞，虽非胎息之迈术，斯亦卫气之一方也。

（南朝·梁）刘勰《文心雕龙·养气》，人民文学出版社本

若乃春风春鸟，秋月秋蝉，夏云暑雨，冬月祁寒，斯四候之感诸诗者也。嘉会寄诗以亲，离群托诗以怨。至于楚臣去境，汉妾辞宫；或骨横朔野，魂逐飞蓬；或负戈外戍，杀气雄边，塞客衣单，孀闺泪尽；或士有解佩出朝，一去忘返，女有扬娥入宠，再盼倾国；凡斯种种，感荡心灵，非陈诗何以展其义？非长歌何以骋其情？故曰："诗可以群，以可怨。"使

穷贱易安，幽居靡闷，莫高于诗矣。

（南朝·梁）钟嵘《诗品·序》，《诗品注》，人民文学出版社本

宋法曹参军谢惠连

小谢才思富捷。恨其兰玉夙凋，故长辔未骋。《秋怀》、《捣衣》之作，虽复灵运锐思，亦何以加焉。又工为绮丽歌谣，风人第一。《谢氏家录》云："康乐每对惠连，辄得佳语。后在永嘉西堂，思诗竟日不就，寤寐间，忽见惠连，即成'池塘生春草'。故尝云：'此语有神助，非我语也。'"

（南朝·梁）钟嵘《诗品》卷中，《诗品注》，人民文学出版社本

每有制作，特寡思功，须其自来，不以力构。

（南朝·梁）萧子显《自序》，《全梁文》卷二十三，中华书局影印本

学问有利钝，文章有巧拙。钝学累功，不妨精熟；拙文研思，终归蚩鄙。但成学士，自足为人。必乏天才，勿强操笔。吾见世人，至无才思，自谓清华，流布丑拙，亦以众矣，江南号为诇痴符。近在并州，有一士族，好为可笑诗赋，诋擎邢、魏诸公，众共嘲弄，虚相赞说，便击牛酾酒，招延声誉。其妻，明鉴妇人也，泣而谏之。此人叹曰："才华不为妻子所容，何况行路！"至死不觉。自见之谓明，此诚难也。

（北齐）颜之推《颜氏家训·文章》，《四部丛刊》本

李翰文虽宏畅，而思甚苦涩。晚居阳翟，常从邑令皇甫曾求音乐，思涸则奏乐，神全则缀文。

（唐）李肇《唐国史补》卷上，古典文学出版社本

夫作文章，但多立意。令左穿右穴，苦心竭智，必须忘身，不可拘束。思若不来，即须放情却宽之，令境生。然后以境照之，思则便来，来即作文。如其境思不来，不可作也。

（唐）[日]弘法大师《文镜秘府论·南卷·论文意》，《文镜秘府论校注》，中国社会科学出版社本

凡作诗之人，皆自抄古人诗语精妙之处，名为随身卷子，以防苦思。作文兴若不来，即须看随身卷子，以发兴也。

（唐）[日]弘法大师《文镜秘府论·南卷·论文意》，《文镜秘府论校注》，中国社会科学出版社本

（范宽）居山林间，常危坐终日，纵目四顾，以求其趣。虽雪月之际，必徘徊凝览，以发思虑。

评曰：范宽以山水知名，为天下所重。真石老树，挺生笔下，求其气韵，出于物表，而又不资华饰。在古无法，创意自我，功期造化。

（五代）刘道醇《圣朝名画评》第二卷《山木林木门》，《画品丛书》本

"池塘生春草，园柳变鸣禽。"世多不解此语为工，盖欲以奇求之耳。此语之工，正在无所用意，猝然与景相遇，借以成章，不假绳削，故非常情所能到。诗家妙处，当须以此为根本，而思苦言难者，往往不悟。钟嵘《诗品》论之最详，其略云："'思君如流水'，既是即目，'高台多悲风'，亦惟所见，'清晨登陇首'，羌无故实，'明月照积雪'，非出经史。古今胜语，多非补假，皆由直寻。颜延之谢庄尤为繁密，于时化之，故大明泰始中，文章殆同书抄。近任昉王元长等，辞不贵奇，竞须新事，迩来作者，寖以成俗，遂乃句无虚语，语无虚字，牵挛补衲，蠹文已甚，自然英旨，罕遇其人。"余每爱此言简切，明白易晓，但观者未尝留意耳。自唐以后，既变以律体，固不能无拘窘，然苟大手笔，亦自不妨削镣于神志之间，斲轮于甘苦之外也。

（宋）叶梦得《石林诗话》卷中，《历代诗话》本

学诗浑似学参禅，竹榻蒲团不计年。直待自家都了得，等闲拈出便超然。

（宋）魏庆之《诗人玉屑》卷一"吴思道学诗"条，上海古籍出版社本

悟入之理，正在工夫勤惰间耳。如张长史见公孙大娘舞剑，顿悟笔法。如张者，专意此事，未尝少忘胸中，故能遇事有得，遂造神妙；使他

人观舞剑,有何干涉。非独作文学书而然也。

(宋)吕本中《与曾吉甫论诗第一帖》,《苕溪渔隐丛话》前集,卷四十九,人民文学出版社本

[徐师川云:]为诗文常患意不属,或只得一句,语意便尽,欲足成一章,又恶其不相称。[师川云:但能如意不属,则学可进矣。凡注意作诗文,或得一两句而止。]若未有其次句,即不若且休养锐,以待新意。若尽力,须要相属。譬如力不敌而苦战,一败之后,意气沮矣。

荆公好集句,尝于东坡处见古砚,东坡令荆公集句,荆公云:"巧匠斫山骨",只得一句,遂逡巡而去。山谷尝有句云:"麒麟卧葬功名骨",终身不得好对。

(宋)吕本中《童蒙诗训》,《宋诗话辑佚》本

故山千里几时回,又见初阳动琯灰。酒不逢人还易醉,诗如得句偶然来。

(宋)杨万里《冬至前三日》,《诚斋集》卷十一,《四部丛刊》本

"朝来庭树有鸣禽,红绿扶春上远林。忽有好诗生眼底,安排句法已难寻。"此简斋之诗也。观末后两句,则诗之为诗,岂可以作意为之耶!

(宋)魏庆之《诗人玉屑》卷五,上海古籍出版社本

《石林诗话》云:"谢灵运诗:'池塘生春草,园柳变鸣禽'。此语之工,正在于无心猝然与景相遇,备以成章,不假绳削,故非常情之所能到。"仆谓灵运制《登池楼》诗,而于西堂致思,竟日不就,忽梦惠连得此句,遂足其诗,是非登楼时仓卒对景而就者。谓猝然与景相遇,备以成章,殆恐未然。盖古人之诗非如今人牵强辏合,要得之自然,如思不到,则不肯成章,故此语因梦得之自然,所以为贵。

(宋)王楙《野客丛书》卷十九,《丛书集成》本

宋柳恽尝赋诗未就,以笔捶琴。客有以箸和之,恽惊其哀韵,乃制为雅音。后传击琴,盖自恽始。近世不复传此,正恐失古人博拊之意,流入

筝筑耳。

（宋）何蘧《杂书琴事》，《春渚纪闻》，《丛书集成》本

忽忽闲拈笔，时时乐性灵。何尝无对景，未始变忘情。句会飘然得，诗因偶尔成。天机难状处，一点自分明。

（宋）邵雍《闲吟》，《伊川击壤集》卷四，《四部丛刊》本

孙君孚升云：昔与杜挺之梅圣俞同舟溯汴，见圣俞吟诗，日成一篇，众莫能和，因密伺圣俞如何作诗。盖寝食游观，未尝不吟讽思索也。时时于座上忽引去，奋笔书一小纸，内算袋中，同舟窃取而观，皆诗句也。或半联，或一字，他日作诗，有可用者入之。或云"作诗无古今，惟造平淡难"，乃算袋中所书也。

（宋）赵与虤《娱书堂诗话》卷上，《历代诗话续编》本

伯时于画，天得也。常以笔墨为游戏，不立寸度，放情荡意，遇物则画，初不计其妍蚩得失。至其成功，则无毫发遗恨。此殆进技于道，而天机自张者耶？

（宋）董逌《广川画跋》卷五《书李伯时县雷山图》，《画品丛书》，上海人民美术出版社本

夫作文之初，濡墨引纸，无一字可人意。至其成也，无痕迹之可窥。竟日思诗，思之又思，或无所得；而佳句惊人，不以思得之也。极天下之用力而后自然无所容其力。眼中纵横短长所见，无非是物。梦寐食息不忘，则其所出有不约而合者矣。

（元）方回《跋昭武潜文卷》，《桐江集》卷三，宛委别藏影抄本

诗有天机，待时而发，触物而成，虽幽寻苦索，不易得也。如戴石屏"春水渡傍渡，夕阳山外山"，属对精确，工非一朝，所谓"尽日觅不得，有时还自来"。

（明）谢榛《四溟诗话》卷二，《历代诗话续编》本

诗中用虚活字，时有难易：易若剖蚌得珠，难如破石求玉。且工且易，

愈苦愈难。此通塞不同故也。纵尔冥搜，徒劳心思。当主乎可否之间，信口道出，必有奇字，偶然浑成，而无龃龉之患。譬人急买帽子入市，出其若干，一一试之，必有个恰好者。能用戴帽之法，则诗眼靡不工矣。

（明）谢榛《四溟诗话》卷四，《历代诗话续编》本

子美曰："细雨荷锄立，江猿吟翠屏。"此语宛然入画，情景适会，与造物同其妙，非沉思苦索而得之也。

（明）谢榛《四溟诗话》卷二，《历代诗话续编》本

今人作诗，忽立许大意思，束之以句则窘，辞不能达，意不能悉。譬如凿池贮青天，则所得不多；举杯收甘露，则被泽不广。此乃内出者有限，所谓"辞前意"也。或造句弗就，勿令疲其神思，且阅书醒心，忽然有得，意随笔生，而兴不可遏，入乎神化，殊非思虑所及。或因字得句，句由韵成，出乎天然，句意双美。若接竹引泉而潺湲之声在耳，登城望海而浩荡之色盈目。此乃外来者无穷，所谓"辞后意"也。

（明）谢榛《四溟诗话》卷四，《历代诗话续编》本

诗有偶然到处，虽名手极力搜索，亦不能加。杨汝士不知于此道何如，能令白公托言冷淡生活阁笔？元笑白善全其名，夫岂惟古人之能全其名哉？亦其能服善，不若今人强颜争胜，甘出丑恶忌耳。元稹镇武昌，尝命从事周复唱酬，复辞稹：某偶以大人往还获一第，实不能诗赋。稹叹曰：质实如是，贤于能诗远矣。今天下安能有此等人！

（明）胡震亨《唐音癸签》卷二十六，上海古籍出版社本

明兴以举业取士，风檐寸晷之中，各伸一幅，或貌其合体，或出其一支，或工密于白描，或聊略于点缀，或敷饰于青黄，但无失其神者，都在所取。故今之为举业家者，皆学传神者也。圣贤之神，一落于言语，已去其二三，再落于文字，又去其七八，所剩者无几矣。使非平时面壁，落月照梁，积思虔祷，恍惚遇之，而欲于风檐寸晷之中，仓卒呼得，如造车之人半面，此非鬼神通之，安能常诡获哉！

（明）王思任《雪照堂四子抚序》，《王季重十种·杂序》，《中国古代文学珍本丛书》本

一日不书，便觉思涩，想见古人未尝片时废书也。
　　　　　（明）毛子晋（辑）《海岳志林》，引自《笔记小说大观》，江苏广陵古籍刻印社本

　　行文亦犹是矣。不阁笔，不卷纸，不停墨，未见其有穷奇尽变，出妙入神之文也。笔欲下而仍阁，纸欲舒而仍卷，墨欲磨而仍停，而吾之才尽，而吾之髯断，而吾之目瞠，而吾之腹痛，而鬼神来助，而风云忽通，而后奇则真奇，变则真变，妙则真妙，神则真神也。
　　　　　（清）金圣叹《第五才子书施耐庵水浒传》第四十一回总批，中华书局本

　　开手笔机飞舞，墨势淋漓，有由由自得之妙，则把握在手，破竹之势已成，不忧此后不成完璧。如此时、此际，文情艰涩，勉强支吾，则朝气昏昏，到晚终无晴色，不如不作之为愈也。然则开手锐利者，宁有几人，不几阻抑后辈而塞填词之路乎？曰：不然，有养机使动之法在。如入手艰涩，姑置勿填，以避烦苦之势。自寻乐境，养动生机，俟襟怀略展之后，仍复拈毫。有兴即填，否则又置。如是者数回，未有不忽撞天机者。若因好句不来，遂以俚词塞责，则走入荒芜一路，求辟草昧而致文明，不可得矣。
　　　　　（清）李渔《闲情偶寄·词曲部·格局第六》，《中国古典戏曲论著集成》（七），中国戏剧出版社本

　　以神理相取，在远近之间，才著手便煞，一放手又飘忽去，如"物在人亡无见期"，捉煞了也。如宋人《咏河鲀》云："春洲生荻芽，春岸飞杨花。"饶他有理，终是于河鲀没交涉。"青青河畔草"与"绵绵思远道"，何以相因依，相含吐？神理凑合时，自然恰得。
　　　　　（清）王夫之《薑斋诗话》卷下，《清诗话》本

　　神动天流。此小诗正宗也。夕堂于此每宽一格，以待才情至。仲衍则心为之尽，王江宁后一人而已。
　　　　　（清）王夫之《明诗评选》卷八，孙蕡《寄高彬》评语，《船山遗书》，上海太平洋书店重校刊本

"更喜年芳入睿才"与"诗成珠玉在挥毫",可称双绝。不知者以"入"字"在"字为用字之巧,不知渠自顺手凑著。

（清）王夫之《薑斋诗话》卷下,《清诗话》本

越处女与勾践论剑术,曰:"妾非受于人也,而忽自有之。"司马相如答盛览曰:"赋家之心,得之于内,不可得而传。"云门禅师曰:"汝等不记己语,反记吾语,异日稗贩我耶?"数语皆诗家三昧。

（清）王士禛《渔洋诗话》,《清诗话》本

诗也者,非夫人而能为之者也。或失则愚矣,或失则辟矣,虽为之不工也。有溺志者矣,有奸声感人者矣,有狄成涤滥之音作者矣,虽工不传也。语其难则有终身为之不合者,语其易或偶为之而辄工焉。

（清）朱彝尊《高户部诗序》,《曝书亭集》卷三十八,《四部丛刊》本

人若时刻系念于诗,而不肯轻易造句,得句亦不轻易成篇,其诗纵不如唐,必有精彩能自立。若平时心不在诗,遇题即作,纵有美才,诗必浅陋。

（清）吴乔《围炉诗话》卷之四,《清诗话续编》本

读诗与作诗,用心各别。读诗心须细,密察作者用意如何,布局如何,措词如何,如织者机梭,一丝不紊,而后有得。于古人只取好句,无益也。作诗须将古今人诗,一帚扫却,空旷其心,于茫然中忽得一意,而后成篇,定有可观。若读时心不能细入,作时随手即成,必为宋、明人所困。

（清）吴乔《围炉诗话》卷之四,《清诗话续编》本

今夫越女之论剑术曰:"妾非受于人也,而忽自有之。"夫自有之者,非人与之,天与之也。天之所与,岂独越女哉?以射与羿,弈与秋,聪与师旷,巧与公输,勇于贲育,美于西施,宋朝之数人者,俱不能自言其所以异于众也。而众人之方旦弯弓,斗棋,审音,习斤,学手博,施朱粉,穷日夜追之,终不克肖此数人于万一者,何也?云松之于诗,目之所寓即

书矣，心之所之即录矣，笔舌之所到即奋矣，稗史方言龟经鼠序之所载即阑入矣，李卫尉之营阵，随处可置也，熊宜僚之丸，信手可弄也，而忽正，忽奇，忽庄，忽俳，忽沉鸷，忽纵逸，忽叩虚而逗臆，忽数典而斗靡，读者游心骇目，碌碌然不可町畦，或且规唐摹宋，千力万气以与之角，卒之骐骥追日，未暮而日已在其前，所以然者又何也？呜呼！此皆羿与秋、师旷、公输、贲育、西施、宋朝之所不能言而惟越女能言之者也。余之为云松言者，亦止此而已矣！或谓云松从征西滇，官海南黔中，得江山助，故能以诗豪。余谓不然。世之行万里历险艰者或十倍焉，而无加于诗如故也。

　　　　　　　（清）袁枚《赵云松瓯北集序》，《小仓山房续文集》卷二十八，《四部备要》本

　　萧子显自称："凡有著作，特寡思功，须其自来。不以力构。"此即陆放翁所谓"文章本天然，妙手偶得之"也。薛道衡登吟榻构思，闻人声则怒；陈后山作诗，家人为之逐去猫犬，婴儿都寄别家：此即少陵所谓"语不惊人死不休"也。二者不可偏废。盖诗有从天籁来者，有从人巧得者，不可执一以求。

　　　　　　　（清）袁枚《随园诗话》卷四，人民文学出版社本

　　混元运物，流而不注。迎之求来，揽之已去。诗如化工，即景成趣。逝者如斯，有新无故。因物赋形，随影换步。彼胶柱者，将朝认暮。

　　　　　　　（清）袁枚《续诗品·即景》，《续诗品注》，人民文学出版社本

　　作古体诗，极迟不过两日，可得佳搆；作近体诗，或竟十日不成一首，何也？盖古体地位宽余，可使才气卷轴；而近体之妙，须不着一字，自得风流；天籁不来，人力亦无如何。今人动轻近体，而重古风，盖于此道，未得甘苦者也。叶庶子书山曰："子言固然。然人功未极，则天籁亦无因而至。虽云天籁，亦须从人功求之。"知言哉！

　　　　　　　（清）袁枚《随园诗话》卷五，人民文学出版社本

　　（法明帆学士）《读雅存诗奉柬》云："盗贼掠人财，尚且有刑辟。何况为通儒，觍颜攘载籍。两大景常新，四时境屡易。胶柱与刻舟，一生勤

无益。"此笑人知人籁而不知天籁者。先生于诗教，功真大矣。

（清）袁枚《随园诗话·补遗》卷六，人民文学出版社本

《八月九日晚赋》第四句云："月入门扉影正方。"奇思只在眼前，人却拾不起。如何是拾得，只要细心体物。

（清）张谦宜《絸斋诗谈》卷五，《清诗话续编》本

壬辰春，予《寄贺车双亭生子》第二首之颈联云："青莲别有种，明月自成胎。"令弟须上来请改此十字，久乃觉似抱来儿。今更之曰"书香原有种，浩气自成胎"，从双亭身上说出，才是亲生。诗之贵换字如此，然机到方能惬意。记以见此道之难。

（清）张谦宜《絸斋诗谈》卷八，《清诗话续编》本

总之，未作诗之先，意中必有所不可已之处，始而性情所鼓，盈天地间，皆吾意之所充，若千万言写之而不足者。迟之又久，神渐敛，气渐翕，即而取之无有也。至于鬼神不能通其虑，风雷不能动其奋，而后郁而徐之，积而出之，引而伸之，辞不必至，性已先之，虽简亦深，虽平亦曲，虽率亦神，其文也不缛，其质也不俚，斯庶乎味之而不穷，寻之而愈有也。至于酿之以经术，广之以闻见，本之于德行，则又在平时矣。

（清）焦循《与欧阳制美论诗书》，《雕菰集》卷十四，《丛书集成》本

赋情独深，逐境必寤，酝酿日久，冥发妄中，虽铺叙平淡，摹绩浅近，而万感横集，五中无主，读其篇者，临渊窥鱼，意为鲂鲤，中宵惊电，罔识东西，赤子随母笑啼，乡人缘剧喜怒，抑可谓能出矣。

（清）周济《宋四家词选目录序论》，《介存斋论词杂著》附录，人民文学出版社本

人静帘垂。灯昏香直。窗外芙蓉残叶飒飒作秋声，与砌虫相和答。据梧冥坐，湛怀息机。每一念起，辄设理想排遣之。乃至万缘俱寂，吾心忽莹然开朗如满月，肌骨清凉，不知斯世何世也。斯时若有无端哀怨枨触于万不得已；即而察之，一切境象全失，唯有小窗虚幌、笔床砚匣，一一在

吾目前。此词境也。三十年前或月一至焉。今不可复得矣。

（清）况周颐《蕙风词话》卷一，人民文学出版社本

怀素观夏云随风，顿悟笔意。翟院深见浮云在空，宛若奇峰绝壁，可为画范。夫云在天边，人接于目，则一悟笔意，一为画范。眼前景致，人都不解。领取会心，岂在远耶！

（清）金埴《不下带编》卷七，中华书局本

连钩带染，机到笔随。似石如山，形忘意会。

（清）笪重光《画筌》，《历代论画名著汇编》本

眼中景现，要用急迫。笔底意穷，须从别引。偶尔天成，加以人工而或损；此中佳致，移之彼处而多违。

（清）笪重光《画筌》，《历代论画名著汇编》本

齐诸暨令袁嘏，自诧"诗有生气，须捉著，不尔便飞去"。此语隽甚！坡仙云："作诗火急追亡逋。"似从此脱化。

（清）何文焕《历代诗话考索》，《历代诗话》本

3. 兴会

艺者，心之使也，仁之声也，义之象也。故礼以考敬，乐以敦爱，射以平志，御以和心，书以缀事，数以理烦。敬考则民不慢，爱敦则群生悦，志平则怨尤亡，心和则离德睦，事缀则法戒明，烦理则物不悖。六者虽殊，其致一也。其道则君子专之，其事则有司共之，此艺之大体也。

（汉）徐幹《中论·艺纪》卷上，《丛书集成》本

幽情发而成绪，滞思叩而兴端。惨此世之无乐，咏在昔而为言……步寒林以悽恻，玩春翘而有思。触万类以生悲，叹同节而异时。

（晋）陆机《叹逝赋》，《陆机集》卷三，中华书局本

若夫应感之会，通塞之纪，来不可遏，去不可止。藏若景灭，行犹响

起。方天机之骏利，夫何纷而不理。思风发于胸臆，言泉流于唇齿。纷葳蕤以馺遝，唯毫素之所拟。文徽徽以溢目，音泠泠而盈耳。及其六情底滞，志往神留，兀若枯木，豁若涸流，览营魂以探赜，顿精爽于自求。理翳翳而愈伏，思乙乙其若抽。是以或竭情而多悔，或率意而寡尤。虽兹物之在我，非余力之所勠。故时抚空怀而自惋，吾未识夫开塞之所由也。

（晋）陆机《文赋》，《陆机集》卷一，中华书局本

每尝思之，原其所积，文章之体，标举兴会，发引性灵，使人矜伐，故忽于持操，果于进取。

（北齐）颜之推《颜氏家训·文章篇》，《颜氏家训集解》，上海古籍出版社本

若夫天文以烂然为美，人文以焕乎为贵，是以隆儒雅之大成，游雕虫之小道。握牍持笔，思若有神，曾不斯须，风飞雷起。

（南朝·梁）刘孝绰《昭明太子集序》，《全梁文》卷六十，中华书局影印本

月出鸟栖尽，寂然坐空林。是时心境闲，可以弹素琴。清泠由本性，恬淡随人心。心积和平气，木应正始音。响余群动息，曲罢秋夜深。正声感元化，天地清沈沈。

（唐）白居易《清夜琴兴》，《白居易集》卷五，中华书局本

知非诗诗，未为奇奇。研昏炼爽，夏魄凄肌。神而不知，知而难伏。挥之八垠，卷之万象。河浑沆清，放姿纵横。涛怒霆蹴，掀鳌倒鲸。镵空擢壁，峥冰掷戟。鼓煦呵春，霞溶露滴。邻女自嬉，补袖而舞。色丝屡空，续以麻绚。鼠革丁丁，煣之则穴。蚁聚汲汲，积而成垤。上有日星，下有风雅。历诋自是，非吾心也。

（唐）司空图《司空表圣文集》卷八，《四部丛刊》本

诗有平意兴来作者，"愿子励风规，归来振羽仪。嗟余今老病，此别恐长辞。"盖无比兴，一时之能也。

（唐）[日] 弘法大师《文镜秘府论·南卷·论文意》，《文镜秘府论校注》，中国社会科学出版社本

窃禄祠官久见容，每持金后荐宸衷。钧天忽忽清都梦，方丈寥寥弱水风。知结胜缘人意外，想寻陈迹马蹄中。新诗起我超然兴，更感钟山蕙帐空。

　　（宋）王安石《酬和甫祥源观醮罢见寄》，《临川先生文集》卷十八，中华书局本

　　老杜《樱桃诗》云："西蜀樱桃也自红，野人相赠满筠笼。数回细写愁仍破，万颗匀圆讶许同。"此诗如禅家所谓信手拈来，头头是道者。直书目前所见，平易委曲，得人心所同然，但他人艰难，不能发耳。至于"忆昨赐霑门下省，退朝擎出大明宫。金盘玉筋无消息，此日尝新任转蓬。"其感兴皆出于自然，故终篇遒丽。韩退之有《赐樱桃诗》云："汉家旧种明光殿，炎帝还书《本草经》。岂似满朝承雨露，共看转赐出青冥。香随翠笼擎偏重，色照银盘写未停。食罢自知无补报，空然惭汗仰皇扃。"盖学老杜前诗，然搜求事迹，排比对偶，其言出于勉强，所以相去甚远。若非老杜在前，人亦安敢轻议？

　　（宋）范温《潜溪诗眼》，《宋诗话辑佚》本

　　连书求作抱膝吟，非求秘书粧撰而排连也，只欲写眼前景物，道今昔之变，一为和平之音，一为慷慨悲歌，以娱其索居野处耳。信手直写，便自抑扬顿挫，何必过于思虑以相玩哉！

　　（宋）陈亮《又丙午秋复朱元晦书》，《陈亮集》卷二十，中华书局本

　　唐人画马如相马，□□不在骊与黄。天机入神即挥洒，气脱毫素先腾骧……

　　（宋）陆游《韩幹马图》，《陆游集》附录，中华书局本

　　炼句炉槌岂可无，句成未必尽缘渠。老夫不是寻诗句，诗句自来寻老夫。

　　（宋）杨万里《晚寒题水仙花并湖山》其三，《诚斋集》卷二十九，《四部丛刊》本

思有窒碍，涵养未至也，当益以学。

（宋）姜夔《白石道人诗说》，《历代诗话》本

诗有词理意兴。南朝人尚词而病于理，本朝人尚理病于意兴，唐人尚意兴而理在其中。汉魏之诗，词理意兴，无迹可求。

（宋）严羽《沧浪诗话》，《历代诗话》本

诗人发兴造语，往往不约而合。如"雨中山果落，灯下草虫鸣"，王维也。"树初黄叶日，人欲白头时"，乐天也。司空曙有云："雨中黄叶树，灯下白头人。"句法王而意参白，然诗家不以为袭也。

（宋）范晞文《对床夜语》卷四，《历代诗话续编》本

郭祥正有句云："明月随人渡流水。"王介甫爱之曰："此言如有神助。"余记范文正公诗云："多情是明月，相逐过江来。"乃知郭本此。

（宋）佚名《诗事》，《宋诗话辑佚》本

……古之言倡酬者曰元白，其次莫若皮陆，彼皆因其事物之偶然，有合于风云泉石之清适，故丽者流于情，羁者邻于怨。而今也因房山之贤，有以兴其思，复因其思以发其所养，异夫逐物而忘己者多矣。房山笔精墨润，淡然丘壑，日见于游艺，此诗之作，其所以倦倦不忘者，难与俗子语。姑以见夫思贤之心，在于宽闲自得之后，不在于爵禄有列之时也。

（元）袁桷《仰高倡酬诗卷序》，《清容居士集》卷二十四，《丛书集成》本

今夫江河之行，湖海之浸，或为惊涛巨浪之壮，或为平波漫流之闲，一洼之盈，一曲之胜，其所寓不相似，而各有可观者矣，以水之同出一源故也。善赋之君子，又以其非常之才，有余之兴，随所遇而有作焉，何患乎众体之皆妙也。

（元）虞集《易南甫诗序》，《道园学古录》卷三十二，《四部丛刊》本

盖闻有感斯应，无閟弗章。或声音之相召，或物我之两忘。是以瓠巴

援琴而鼓，则游鱼出听；曾子倚山而啸，则飞鸟下翔。

  （明）宋濂《演连珠》，《宋学士全集》卷二十七，《丛书集成》本

  情者，心之精也。情无定位，触感而兴，既动于中，必形于声。故喜则为笑哑，忧则为吁戏，怒则为叱咤。然引而成音，气实为佐；引音成词，文实与功。盖因情以发气，因气以成声，因声而绘词，因词而定韵，此诗之源也。然情实眇眇，必因思以穷其奥；气有粗弱，必因力以夺其偏；词难妥帖，必因材以致其极；才易飘扬，必因质以御其侈。此诗之流也。由是而观，则知诗者乃精神之浮英，造化之秘思也。若夫妙骋心机，随方合节，或约旨以植义，或宏文以叙心，或缓发如朱弦，或急张如跃栝，或始迅以中留，或既优而后促，或慷慨以任壮，或悲凄以引泣，或因拙以得工，或发奇而似易。此轮匠之超悟，不可得而详也。《易》曰："书不尽言，言不尽意。"若乃因言求意，其亦庶乎有得欤！

  （明）徐祯卿《谈艺录》，《历代诗话》本

  诗有不立意造句，以兴为主，漫然成篇，此诗之入化也。

  （明）谢榛《四溟诗话》卷一，《历代诗话续编》本

  凡作诗，悲欢皆由乎兴，非兴则造语弗工。欢喜之意有限，悲感之意无穷。欢喜诗，兴中得者虽佳，但宜乎短章；悲感诗，兴中得者更佳，至于千言反复，愈长愈健。熟读李杜全集，方知无处无时而非兴也。

  （明）谢榛《四溟诗话》卷三，《历代诗话续编》本

  生平善书而楷尤善，多才而诗更精，文宗六朝，亦非今之学六朝者可比。诗则有难言者，每情会景来，思奇兴发，一篇成则一篇便可名世。

  （明）李开先《后冈陈提学传》，《李开先集》，中华书局本

  东吴邹公彦吉，著《调象庵集》数十卷。以余所好，急取其诗而讽之。已异焉。当其兴属而起，颂洞合沓，勃聿琤璨，可使霆发电睒，鱼跳鸟澜，猝不可得而当也。逮其法至而行，则复倚俪澹淡，切迭稽诣，若晴云穆雨，坚车良驷，逝不可得而厌也。文则皆名岳广川之环其前，而通

人选宾之骈其后。彪炳涣汗，要于是传。

（明）汤显祖《调象庵集序》，《汤显祖诗文集》卷三十，上海古籍出版社本

当兴致未来，腕不能运时。径情独往，无所触则已。或枯槎顽石，勺水疏林，如造物所弃置，与人装点绝殊，则深情冷眼，求其幽意之所在而画之。生意出矣。

（明）顾凝远《画引》，《历代论画名著汇编》本

夫所谓不学而能者，三侯、垓下、沧浪、山木，如天鼓谷音，称心而冲口者是也。所谓学而不能者，赋名六合，句取切偶，如鸟空鼠唧，循声而屈乐者是也。此非所以论梅村之诗，其殆可学而不可能者乎！

（清）钱谦益《梅村先生诗集序》，《牧斋有学集》卷十七，《四部丛刊》本

余尝论作诗与古文不同，古文必静气凝神，深思精择而出之，是故宜深室独坐，宜静夜，宜焚香、啜茗。诗则不然。本以娱性情，将有侍于兴会。夫兴会则深室不如登山临水，静夜不如良辰吉日，独坐焚香啜茗不如与高朋胜友飞觥痛饮之为欢畅也。于是分韵刻烛，争奇斗捷，豪气狂才，高怀深致，错出并见，其诗必有可观。南皮之游，兰亭之集，诸名胜之作，一时欣赏，千古美谈，虽邺下、江左之才，非后世之可及，亦由兴会之难再也。

（清）归庄《吴门唱和诗序》，《归庄集》卷三，上海古籍出版社本

诗文有神，方可行远。神者，吾身之生气也。老杜云"读书破万卷，下笔如有神。"吾身之神，与神相通，吾神既来，如有神助，岂必湘灵鼓瑟，乃为神助乎？老杜之诗，可以传者，其神传也。田横谓汉使者云："斩吾头，驰四十里，吾神尚未变也。"后人摹杜，如印板水纸，全无生气，老杜之神已变，安能久存。

（清）贺贻孙《诗筏》，《清诗话续编》本

以神理相取，在远近之间，才著手便煞，一放手又飘忽去，如"物

在人亡无见期"，捉煞了也。如宋人《咏河鲀》云："春洲生荻芽，春岸飞杨花。"饶他有理，终是与河鲀没交涉。"青青河畔草"与"绵绵思远道"，何以相因依，相含吐？神理凑合时，自然恰得。

（清）王夫之《薑斋诗话》卷下，《清诗话》本

古人诗自有有序次者，不唯唐人为然。顾唐人作两三截：诗有缘起，有转入，有回缴，不尔则自疑其不清。古人但因事序入，或直或纡，前后不劳映带而自融合，首末结成一片，随手意致自到矣。

（清）王夫之《古诗评选》卷五，王僧达《依古》评语，《船山遗书》，太平洋书店重校刊本

急用情语唤起，方入景事，得一时因兴现成之妙。

（清）王夫之《古诗评选》卷六，江总《侍宴临芳殿》评语，《船山遗书》，太平洋书店重校刊本

取景近，脱口轻，世眼所不取，吾特赏其兴会。

（清）王夫之《唐诗评选》卷四，来鹏《清明日与友人游玉粒矿庄》评语，《船山遗书》，太平洋书店重校刊本

迎头入景，宛折尽情，兴起意生，意尽言止。四十字打成一片，信阳印板套子，半锭钞不买也。

（清）王夫之《明诗评选》卷五，贝琼《寓翠岩庵》评语，《船山遗书》，太平洋书店重校刊本

兴会成章，即以佳好。向后竟陵、山阴刻划眩目，视此如银河之不可即矣。

（清）王夫之《明诗评选》卷五，臧懋循《人日送范东生还吴澹然之燕》评语，《船山遗书》，太平洋书店重校刊本

研邻之文曰："偶存"，是无心于传者也。然而风之行于空也，草木为之传其声；水行于地，而山石曲折写其形，故曰：风水相遭，而文生焉。夫以是为偶然之事尔，而数者之于天地，则固已长存而不灭。

（清）魏禧《研邻偶存叙》，《魏叔子文集》卷八，清刊本

不仁兴而就,皆迹也;轨仪可范,思识可该者也。有前此后此不能工,适工于俄顷者,此俄顷亦非敢必觊也,而工者莫知其所以然。太虚无为之风,无终始之期;列子有待之风,登空泛云,一举万里,尚何有迹哉?

(清)宋大樽《茗香诗论》,《清诗话》本

越处女与勾践论剑术,曰:"妾非受于人也,而忽自有之。"司马相如答盛览曰:"赋家之心,得之于内,不可得而传。"云门禅师曰:"汝等不记己语,反记吾语,异日稗贩我耶?"数语皆诗家三昧。

(清)王士禛《渔洋诗话》卷上,《清诗话》本

夫诗之道,有根柢焉,有兴会焉,二者率不可得兼。镜中之像,水中之月,相中之色;羚羊挂角,无迹可求,此兴会也。本之《风》、《雅》以道其源;泝之楚《骚》、汉、魏乐府诗以达其流;博之《九经》、《三史》、诸子以穷其变;此根柢也。根柢原于学问,兴会发于性情,于斯二者兼之,又斡以风骨,润以丹青,谐以金石,故能衔华佩实,大放厥词,自名一家。

(清)王士禛《带经堂诗话》卷三,人民文学出版社本

世谓王右丞画雪中芭蕉,其诗亦然。如"九江枫树几回青,一片扬州五湖白。"下连用兰陵镇、富春郭、石头城诸地名,皆寥远不相属。大抵古人诗画、只取兴会神到,若刻舟缘木求之,失其指矣。

(清)王士禛《带经堂诗话》卷三,人民文学出版社本

得句而难成篇时,最是进退之关,不可草草完事,草草便成滑笔矣。兴会不属,宁且已之;而意中常有未完事,偶然感触,大有玄想奇句。

(清)吴乔《围炉诗话》卷之四,《清诗话续编》本

予族兄耐轩先生,蚤岁成进士,宦游几三十年,手未尝去书。生平不欲以诗自名,然兴至辄濡毫落纸,簌簌如风雨声,数十百言立就,其得意处往往有鹏骞海立、可愕可喜之观,视世人可为俪花斗叶,粉黛纂组,奄

奄无生气者，辄唾而笑之。

（清）邵长蘅《耐轩遗稿序》，《邵子湘全集·青门剩稿》卷四，
愚斋丛书刻青门草堂藏本

诗之妙，在一字两字工夫。然一字两字，不惟在学问见解，而一时之心思兴会，亦有到有不到，推敲之间，殊难把捉矣。

（清）田同之《西圃诗说》，《清诗话续编》本

韦苏州气太幽，较渊明作尽少自在。渊明信笔挥洒，都入化境。苏州诗极用力，毕竟不免文士气。

（清）牟愿相《小澥草堂杂论诗》，《清诗话续编》本

《元和圣德诗》叙刘闢被擒，举家就戮，情景最惨。曰："解脱挛索，夹以砧斧。婉婉弱子，赤立伛偻。牵头曳足，先斯腰膂。次及其徒，体骸撑拄。末乃取闢，骇汗如写。挥刀纷纭，争刌脍脯"。苏辙谓其"少醖藉，殊失《雅》、《颂》之体"。张栻则谓"正欲使各藩镇闻之畏惧，不敢为逆"。二说皆非也。才人难得此等题以发抒笔力，既已遇之，肯不尽力摹写，以畅其才思耶！此诗正为此数语而作也。

（清）赵翼《瓯北诗话》卷三，人民文学出版社本

坡诗有云："清诗要锻炼，方得铅中银。"然坡诗实不以锻炼为工；其妙处在乎心地空明，自然流出，一似全不著力，而自然沁人心脾。此其独绝也。今第就七言律论之：如"天外黑风吹海立，浙东飞雨过江来。"（《有美堂暴雨》）"人未放归江北路，天教看尽浙西山。"（《游杭州诗》）"令严钟鼓三更月，野宿貔貅万灶烟。"（《郊坛侍祠》）"弄风骄马跑空立，趁兔苍鹰掠地飞。"（《常山小猎》）"龙卷鱼虾并雨落，人随鸡犬上墙眠。"（《江涨》）"露布朝驰玉关塞，捷书夜报甘泉宫。"（《洮西捷报》）此数联固坡集中最雄伟之作，然非其至也。"人似秋鸿来有信，事如春梦了无痕。"（《与潘郭二生同游忆去岁旧迹》）"官事无穷何日了，菊花有信不吾欺。"（《次张十七赠子由诗》）"倦客再游今老矣，高僧一笑故依然。"（《书普庵长老壁》）"门外想无千斛米，墓中知有百年人。"（《送李邦直赴史馆》）"属纩家无十金产，过车巷哭六州民。"（《陆诜挽诗》）

"请看行路无从涕，尽是当年不忍欺。"（《徐君猷挽诗》）"江上秋风无限浪，枕中春梦不多时。"（《次蒋颖叔韵》）"旧游似梦徒能说，迁客如僧岂有家。"（《酬黄师是送酒》）"醉眼有花书字大，老人无睡漏声长。"（《夜直玉堂》）"佐卿岂是归来鹤，次律宁非过去僧。"（《惠州白鹤观新居将成》）"相与鼗鼙持汉节，何妨振履出商音。"（《海外归答郑介夫》）"当日无人送临贺，至今有庙祀潮州。"（《业归过岭》）此数十联，乃是称心而出，不假雕饰，自然意味悠长；既使事处，亦随其意之所欲出，而无牵合之迹。此不可以声调格律求之也。又如《和荆公绝句》云："春到江南花自开。"在儋耳，《夜过诸黎之家》云："中原北望无归日，邻火村春自往还。"觉千载下犹有深情，何必以奇警雄鸷见长哉！

（清）赵翼《瓯北诗话》卷五，人民文学出版社本

……至如《董文敏天马赋酬山介老》及《五更鹰窠顶观日出》等作，则兴会所到，酣嬉淋漓，力大于身，虽长而不觉其冗矣。

（清）赵翼《瓯北诗话》卷十，人民文学出版社本

古人唱和，自生感激，若《早期大明宫》之作，并出壮丽；《慈恩寺塔》之咏，并见雄宕，率由兴象互相感发。至于裴蜀州之才诣，未遽齐武右丞；而辋川唱和之作，超诣不减于王。此亦可见。

（清）翁方纲《石洲诗话》卷一，《清诗话续编》本

太白云："山随平野尽，江入大荒流。"少陵云："星垂平野阔，月涌大江流。"此等句皆适于手会，无意相合，固不必谓相为倚傍，亦不容区分优劣也。

（清）翁方纲《石洲诗话》卷一，《清诗话续编》本

文所不能言之意，诗或能言之。大抵文善醒，诗善醉，醉中语亦有醒时道不到者。盖其天机之发，不可早议也。故余论文旨曰："惟此圣人，瞻言百里。"论诗旨曰："百尔所思，不如我所之。"

（清）刘熙载《艺概·诗概》，上海古籍出版社本

春有草树，山有烟霞，皆是造化自然，非设色之可拟。故赋之为道，

重象尤宜重兴。兴不称象，虽纷披繁密而生意索然，能无为识者厌乎？

（清）刘熙载《艺概·赋概》，上海古籍出版社本

人能以画寓意。明窗净几，描写景物。名花折枝，想其态度绰约，枝叶宛转，向日舒笑，迎风欹斜，含烟弄雨，初开残落，布置笔端，不觉妙合天趣，自是一乐。然必兴会自至，方见天机活泼。若一涉应酬，则烦苦郁塞，无味极矣，安得有画。

（清）邹一桂《小山画谱》，《历代论画名著汇编》本

"池塘春草谢家春，万古千秋五字新。传语闭门陈正字，可怜无补费精神。"此遗山《论诗绝句》也。梦窗、玉田辈，当不乐闻此语，

（清）王国维《人间词话》，人民文学出版社本

4. 创作中的自然天成

若夫敷衽论心，商榷前藻，工拙之数，如有可言。夫五色相宣，八音协畅，由乎玄黄律品，各适物宜。欲使宫羽相变，低昂互节，若前有浮声，则后须切响。一简之内，音韵尽殊；两句之中，轻重悉异。妙达此旨，始可言文。至于先士茂制，讽高历赏，子建函京之作，仲宣灞岸之篇，子荆零雨之章，正长朔风之句，并直举胸情，非傍诗史，正以音律调韵，取高前式。自骚人以来，多历年代，虽文体稍精，而此秘未睹。至于高言妙句，音韵天成，皆暗与理合，匪由思至。张、蔡、曹、王，曾无先觉。潘、陆、颜、谢，去之弥远，世之知音者，有以得之，知此言非谬。如曰不然，请待来哲。

（南朝·梁）沈约《宋书·谢灵运传论》，中华书局本

夫学业在勤，功庸弗怠，故有锥股自厉，和熊以苦之人。志于文也，则申写郁滞，故宜从容率情，优柔适会。若销铄精胆，蹙迫和气，秉牍以驱龄，洒翰以伐性，岂圣贤之素心，会文之直理哉！

（南朝·梁）刘勰《文心雕龙·养气》，人民文学出版社本

昔王充著述，制养气之篇，验己而作，岂虚造哉！夫耳目鼻口，生之

役也；心虑言辞，神之用也。率志委和，则理融而情畅；钻砺过分，则神疲而气衰：此性情之数也。夫三皇辞质，心绝于道华；帝世始文，言贵于敷奏；三代春秋，虽沿世弥缛，并适分胸臆，非牵课才外也。战代枝诈，攻奇饰说；汉世迄今，辞务日新，争光鬻采，虑亦竭矣。故淳言以比浇辞，文质悬乎千载；率志以方竭情，劳逸差于万里；古人所以余裕，后进所以莫遑也。

（南朝·梁）刘勰《文心雕龙·养气》，人民文学出版社本

盖绝句之作，本于诣极，此外千变万状，不知所以神而自神也，岂容易哉？今足下之诗，时辈固有难色，倘复以全美为工，即知味外之旨矣。

（唐）司空图《与李生论诗书》，《司空表圣文集》卷二，《四部丛刊》本

或曰，诗不要苦思，苦思则丧于天真。此甚不然。固须绛虑于险中，采奇于象外，状飞动之句，写冥奥之思。夫希世之珠，必出骊龙之颔，况通幽含变之文哉？但贵成章以后，有其易貌，若不思而得也。"行行重行行，与君生别离"，此似易而难到之例也。

（唐）[日]弘法大师《文镜秘府论·南卷·论文意》，《文镜秘府论校注》，中国社会科学出版社本

诗之旨远矣，诗之用大矣。先王所以通政教，察风俗。故有采诗之官，陈诗之职。物情上达，王泽下流。及斯道之不行也，犹足以吟咏性情，黼藻其身，非苟而已矣。若夫嘉言丽句，音韵天成，非徒积学所能，盖有神助者也。罗君章、谢康乐、江文通、邱希范皆有影响发于梦寐。今上谷成君亦有之。不然者，何其朝舍鹰犬，夕味风雅，虽世儒积年之勤，曾不能及其门者邪？

（五代）徐铉《成氏诗集序》，《全唐文》卷八八二，中华书局影印本

且兄尝见夫水之与风乎？油然而行，渊然而留，渟洄汪洋，满而上浮者，是水也。而风实起之。蓬蓬然而发乎太空，不终日而行乎四方，荡乎其无形，飘乎其远来，既往而不知其迹之所存者，是风也。而水实

形之……

　　然而此二物者，岂有求乎文哉？无意乎相求，不期而相遭，而文生焉。是其为文也，非水之文也，非风之文也。二物者非能为文，而不能不为文也，物之相使而文出于其间也，故此天下之至文也。

　　　　　　（宋）苏洵《仲兄字文甫说》，《嘉祐集》卷十四，《四部丛刊》本

　　夫昔之为文者，非能为之为工，乃不能不为之为工也。山川之有云，草木之有华，实充满勃郁而见于外，夫虽欲无有，其可得耶？自少闻家君之论文，以为古之圣人有所不能自己而作者，故轼与弟辙为文至多，而未尝敢有作文之意。己亥之岁，侍行适楚，舟中无事，博弈饮酒，非所以为闺门之欢。山川之秀美，风俗之朴陋，贤人君子之遗迹，与凡耳目之所接者，杂然有触于中而发于咏叹。

　　　　　　（宋）苏轼《南行前集叙》，《苏东坡全集》前集卷二十四，中国书店影印本

　　吾文如万斛泉源不择地皆可出，在平地滔滔汩汩，虽一日千里无难，及其与山石曲折，随物赋形而不可知也。所可知者，常行于所当行，常止于不可不止，如是而已矣。其他虽吾亦不能知也。

　　　　　　（宋）苏轼《东坡题跋》卷一，《丛书集成》本

　　有明上人者，作诗甚难，求捷法于东坡，东坡作两颂以与之，其一云：字字觅奇险，节节累枝叶，咬嚼三十年，转更无交涉。其二云：冲口出常言，法度法前规，人言非妙处，妙处在于是。乃知作诗到平淡处，要似非力所能。东坡尝有书与其侄云：大凡为文，当使气象峥嵘，五色绚烂，渐老渐熟，乃造平淡。余以为不但为文，作诗者尤当取法于此。

　　　　　　（宋）苏轼《东坡诗话录》，《丛书集成》本

　　文章之于人，有满心而发，肆好而成，不待思虑而工，不待雕琢而丽者，皆天理之自然，而情性之道也。世之言雄暴虓武者，莫如刘季、项籍，此两人者岂有儿女之情哉，至其过故乡而感慨，别美人而涕泣，情发于言，流为歌词，含思凄婉，闻者动心焉。此两人者，岂其费心而得之

哉？直寄其意耳。

予友贺方回，博学业文，而乐府之词，高绝一世，携一编示予，大抵倚声而为之词，皆可歌也。或者讥方回好学能文，而惟是为工，何哉？予应之曰：是所谓满心而发，肆口而成，虽欲已焉而不得者，若其粉泽之工，则其才之所至，亦不自知也。夫其盛丽如游金、张之堂，而妖冶如揽嫱、施之袪；幽洁如屈、宋，悲壮如苏、李，览者自知之，盖有不可胜言者矣。

（宋）张耒《贺方回乐府序》卷四十，《张右史文集》卷五十一，《四部丛刊》本

山谷云："宁律不谐，不可使句弱，宁用字不工，不可使语涩，此庾开府所长也。然有意于为诗也。至于渊明则所谓不烦绳削而自合者。[虽然，巧于斧斤者多疑其拙，窘于检括者辄病其放。孔子曰：'宁武子其知可及也，其愚不可及也。'渊明之拙与放，岂可与不知者道哉？道人曰：'如我按指，海印发光，汝暂举心，尘劳先起。'说者曰：'若以法眼观，无俗不真；若以世眼观，无真不俗。'渊明之诗，要当一丘一壑者共之耳。]"

（宋）王直方《王直方诗话》，《宋诗话辑佚》本

然公之诗文非能工也，不能不工耳。公风神英迈，意气倾倒，拔新领异之谈，登峰造极之理，萧然如晋、宋间人物，他人戛戛吃吃而不能出诸口者，公瞋呻嚔欠之间，猝然谈笑而道之，则其诗文之工，岂十日一水，五日一石之谓也哉！

（宋）杨万里《石湖先生大资参政范公文集序》，《诚斋集》卷八十二，《四部丛刊》本

山谷云：予评李白诗，如黄帝张乐于洞庭之野，无首无尾，不主故常，非墨工楑人所可拟议。吾友黄介谈李杜优劣论曰："论文正不当如此。"予以为知言。及观其稿书，大类其诗，弥使人远想慨然，白在开元至德间，不以能书传，今其行草殊不减古人，盖所谓不烦绳削而自合者欤？谢康乐庾义成之于诗，炉锤之功不遗力也，然陶彭泽之墙数仞，谢、庾未能窥其仿佛者，何哉？盖二子有意于俗人赞毁其工拙，渊明直寄焉

耳。又云：欧阳文忠公极赏林和靖"疏影横斜水清浅，暗香浮动月黄昏"之句，而不知和靖别有咏梅一联云："雪后园林才半发，水边篱落忽横枝"，似胜前句，不知文忠公何缘去此而赏彼。文章大概亦如女色，好恶［止］系于人。

（宋）张镃《诗学规范》，《宋诗话辑佚》本

余评燕仲穆之画，盖天然第一。其得胜解者，非积学所致也。想其解衣磅礴，心游神放，群山万水，冷然有感而应者。故雷霆风雨，忽乎其前而不可却。

（宋）董逌《书王氏所藏燕仲穆画》，《广州画跋》卷六，《画品丛书》本

东坡《南行唱和诗序》云："昔人之文，非能为之为工，乃不能不为之工也。山川之有云，草木之有华，充满勃郁而见于外，虽欲无有，其可得耶？故予为文至多，而未尝敢有作文之意。"时公年始冠耳，而所有如此，其肯与江西诸子终身争句律哉！

（金）王若虚《滹南诗话》，人民文学出版社本

人有言乐府本不难作，从东坡放笔后便难作，此殆以工拙论，非知彼者。所以然者，诗三百所载小夫贱妇幽忧无聊赖之语，时猝为外物感触，满心而发肆口而成者尔，其初果欲被管弦，谐金石，经圣人手以与六经并传乎？小夫贱妇且然，而谓东坡翰墨游戏，乃求与前人角胜负，误矣！自今观之，东坡圣处，非有意于文字之为工，不得不然之为工也。

（金）元好问《新轩乐府引》，《遗山先生文集》卷三十六，《四部丛刊》本

《大序》曰："在心为志，发言为诗。"彼尘汙俗染者，荤膻满肠胃，嗜欲浸骨髓，虽竭力文饰乎外，自以为近，而相去愈远。古之人，虽闾巷子女风谣之作，亦出于天真之自然。而今之人反是，惟恐夫诗之不深于学向也，则以道德性命仁义礼智之说排比而成诗；惟恐夫诗之不工于言语也，则以风云月露草木禽鱼之状补凑而成诗。以诈世取宠，以矜己耀能，愈欲深而愈浅，愈欲工而愈拙。此其何故也？青霄之鸢，非不高也，而志

在腐鼠,虽欲为凤鸣,得乎?是故诗也者,不可以勇力取,不可以智巧致,学问浅深,言语工拙,皆非所以论诗。

(元)方回《赵宾旸诗集序》,《桐江集》卷一,宛委别藏影抄本

有客问曰:"夫作诗者,立意易,措辞难,然辞意相属而不离。若专乎意,或涉议论而失于宋体;工乎辞,或伤气格而流于晚唐。窃尝病之,盍以教我?"四溟子曰:"今人作诗,忽立许大意思,束之以句则窘,辞不能达,意不能悉。譬如凿池贮青天,则所得不多;举杯收甘露,则被泽不广。此乃内出者有限,所谓'辞前意'也。或造句弗就,勿令疲其神思,且阅书醒心,忽然有得,意随笔生,而兴不可遏,入乎神化,殊非思虑所及。或因字得句,句由韵成,出乎天然,句意双美。若接竹引泉而潺湲之声在耳,登城望海而浩荡之色盈目。此乃外来者无穷,所谓'辞后意'也。"

(明)谢榛《四溟诗话》卷四,《历代诗话续编》本

自然妙者为上,精工者次之,此着力不着力之分,学之者不必专一而逼真也。专于陶者失之浅易,专于谢者失之饾饤。孰能处于陶、谢之间,易其貌,换其骨,而神存千古。子美云:"安得思如陶谢手?"此老犹以为难,况其他者乎?

(明)谢榛《四溟诗话》卷四,《历代诗话续编》本

宋人谓诗作贵先立意。李白斗酒百篇,岂先立许多意思而后措词哉?盖意随笔生,不假布置。

(明)谢榛《四溟诗话》卷一,《历代诗话续编》本

古来画竹多少人,叶叶枝枝辏成幅。独有中书似老文,解道胸中有成竹。辛苦欲得此君意,屡岁清斋断荤肉。偶然兴到始一洒,万壑寒声忽满屋。秋杀春生併一时,几株抽叶几株秃。披纷蛇蠖争屈伸,数寸已觉千寻足。中书醉墨满人间,此幅风神更不俗。劝君风雨好收拾,葛陂恐与蛟龙逐。

(明)唐顺之《题夏中书画竹》,《荆川先生文集》卷二,《四部丛刊》本

喉中以转气，管中以转声。气有湮而复畅，声有歇而复宣。阖之以助开，尾之以引首；此皆发于天机之自然，而凡为乐者，莫不能然也。

(明) 唐顺之《董中峰侍郎文集序》，《荆川先生文集》卷十，《四部丛刊》本

西京建安，似非琢磨可到，要在专习凝领之久，神与境会，忽然而来，浑然而就，无岐级可寻，无色声可指。三谢固自琢磨而得，然琢磨之极，妙亦自然。

(明) 王世贞《艺苑卮言》卷一，《历代诗话续编》本

李于麟言唐人绝句当以"秦时明月汉时关"压卷，余始不信，以少伯集中有极工妙者。既然思之，若落意解，当别有所取。若以有意无意可解不可解间求之，不免此诗第一耳。

(明) 王世贞《艺苑卮言》卷四，《历代诗话续编》本

吾又以是观之，同一琴也，以之弹于袁孝民之前，声何夸也？以之弹于临绝之际，声何惨也？琴自一耳，心固殊也。心殊则手殊，手殊则声殊，何莫非自然者，而谓手不能二声可乎？而谓彼声自然，此声不出于自然可乎？故蔡邕闻弦而知杀心，钟子听弦而知流水，师旷听弦而识南风之不竞，盖自然之道，得手应心，其妙固若此也。

(明) 李贽《琴赋》，《焚书》卷五，中华书局本

《拜月》曲、白都近自然，委凝天造，岂曰人工！

(明) 李贽《李卓君批评幽闺记》第四十出《落珠双合》总批，《古本戏曲丛刊》（初集）本

唐人于良史诗"风兼残雪起，河带断冰流"，古今绝唱也。今人酷尚标格，步趋盛唐，此等句绝不复睹。然此句虽极精工，而风神道朗，气骨雄厚，不失开元。晚唐间有此精工，而神气委弱，往往坠纤靡窟中。初唐风骨崚嶒，而饾飣华靡，模写生肖殊寡。即盛唐一二见耳。因忆于生家故事，适有此句此景，敷合天然，不觉为之击节。

(明) 胡应麟《题于凤鸣画册》，《少室山房类稿》卷一百九

"池塘生春草"，不必苦谓佳，亦不必谓不佳。灵运诸佳句，多出深思苦索，如"清晖能娱人"之类，虽非锻炼而成，要皆真识所致。此却率然信口，故自谓奇。至"明月照积雪"，风神颇乏，音调未谐。钟氏云云，本以破除事障，世便喧传以为警绝，吾不敢知。

（明）胡应麟《诗薮·外编》卷二，中华书局本

大都士之有韵者。理必入微，而理又不可以得韵，故叫跳反掷者，稚子之韵也；嬉笑怒骂者，醉人之韵也。醉者无心，稚子亦无心，无心故理无所托，而自然之韵出焉。由斯以观，理者是非之窟宅，而韵者大解脱之场也。

（明）袁宏道《寿存斋张公七十序》，《袁宏道集笺校》卷五十四，上海古籍出版社本

惟明者信，惟清者贵。此相因之理也。月之易欢也，秋之易感也，皆其心之清明而无以饰之为也。饰欢者不愉，饰感者不惨，无论疑信；即笑哭之中，贵贱远矣。渊明一葛巾，其所为诗，冲口而出，不须修斧裁幅，而坡老以为极腴极绮，自曹刘鲍谢李杜诸人，尽出其下。坡老作诗一生，未尝有所专拟，独至渊明诗，一字一句，皆可以手扪得，而拟之和之，不啻如云璈帝鼓然，即卯君亦谓乃兄咏陶之后，诗学大进，是不惟好其诗也，询好其人也哉！

（明）王思任《菌花馆诗序》，《王季重十种·杂序》，《中国古典文学珍本丛书》本

杨子云之文，好奇而卒不能奇也，故思苦而词艰。善为文者，因事以出奇，江河之行，顺下而已。至其触山赴谷，风搏物激，然后尽天下之变。子云惟好奇，故不能奇也。

（明）魏泰《临汉隐居诗话》，《历代诗话》本

诗家化境，如风雨驰骤，鬼神出没，满眼空幻，满耳飘忽，突然而来，倏然而去，不得以字句诠，不可以迹相求。如岑参《归白阁草堂》起句云："雷声傍太白，雨在八九峰。东望白阁云，半入紫阁松。"又《登慈恩寺》诗中间云："秋色从西来，苍然满关中。五陵北原上，万古

青濛濛。"不惟作者至此，奇气一往，即讽者亦把捉不住，安得刻舟求剑，认影作真乎？近见注诗者，将"雨在八九"、"云入紫阁"、"秋从西来"、"五陵"、"万古"语，强为分解，何异痴人说梦。

（清）贺贻孙《诗筏》，《清诗话续编》本

看他起处于己心物理上承授，翻翩而入，何等天然。言气格必欲劈顶门著棒，只令人口噤心疼。

（清）王夫之《明诗评选》卷五，文徵明《四月》评语，《船山遗书》，太平洋书店重校刊本

唐人五言绝句，往往入禅，有得意忘言之妙，与净名默然，达磨得髓，同一关捩。观王、裴《辋川集》及祖咏《终南残雪》诗，虽钝根初机，亦能顿悟。程石臞有绝句云："朝过青山头，暮歇青山曲，青山不见人，猿声听相续。"予每叹绝，以为天然不可凑泊。予少时在扬州，亦有数作，如"微雨过青山，漠漠寒烟织，不见秣陵城，坐爱秋江色。""萧条秋雨夕，苍茫楚江晦，时见一舟行，濛濛水云外。""雨后明月来，照见下山路；人语隔溪烟，借问停舟处。""山堂振法鼓，江月挂寒树，遥送江南人，鸡鸣峭帆去。"又在京师有诗云："凌晨出西郭，招提过微雨，日出不逢人，满院风铃语。"皆一时伫兴之言，知味外味者当自得之。（《香祖笔记》）

（清）王士禛《带经堂诗话》卷三，人民文学出版社本

太白想落天外，局自变生，大江无风，浪涛自涌，白云卷舒，从风变灭。此殆天授，非人力也。集中《笑矣乎》、《悲来乎》、《怀素草书歌》等作，开出浅率一派。王元美称为"百首以后易厌"，此种是也。或云：此五代庸妄子所拟。

（清）沈德潜《说诗晬语》卷上，人民文学出版社本

刘禹锡《西塞山怀古》："王濬楼船下益州，金陵王气黯然收"，兴衰之感宛然。"千寻铁锁沉江底"，虽有天险可据，"一片降幡出石头"，其如人事不修。"人世几回伤往事"，局外议论如此，"山形依旧枕寒流"，那管人间争斗。"今逢四海为家日，故垒萧萧芦荻秋"，太平既久，向之

霸业雄心消磨已净。此方是怀古胜场。七律如此做自好,且看他不费气力处。

(清)张谦宜《絸斋诗谈》卷八,《清诗话续编》本

胡稚威云:"诗有来得、去得、存得之分。来得者,下笔便有也;去得者,平正稳妥也;存得者,新鲜出色也。"

(清)袁枚《随园诗话》卷九,人民文学出版社本

口头话,说得出便是天籁。

(清)袁枚《随园诗话·补遗》卷二,人民文学出版社本

北宋诗推苏、黄两家,盖才力雄厚,书卷繁富,实旗鼓相当;然其间亦自有优劣。东坡随物赋形,信笔挥洒,不拘一格,故虽澜翻不穷,而不见有矜心作意之处。山谷则专以拗峭避俗,不肯作一寻常语,而无从容游泳之趣。且坡使事处,随其意之所之,自有书卷供其驱驾,故无掊摭痕迹。山谷则书卷比坡更多数倍,几于无一字无来历;然专以选材庀料为主,宁不工而不肯不典,宁不切而不肯不奥,故往往意为词累,而性情反为所掩。此两家诗境之不同也。

(清)赵翼《瓯北诗话》卷十一《黄山谷诗》,人民文学出版社本

谢客诗芜累寡情处甚多,"池塘生春草"句,自谓有神功,非吾语,良然。盖其一生,作得此等自在之句,殊甚稀耳。汤惠休云"谢诗如芙蓉出水",彼安能尽然!"池塘生春草"句,则庶几矣。

"池塘生春草"句,叶石林以为"世多不解此语为工,盖欲以奇求之。此语之工,正在无所用意,猝然与景相遇,借以成章,故非常情所能到"。释冷斋以为"古人意有所至,则见于情,诗句盖寓也。谢公平生喜见惠连,而梦中得之,此当论意,不当泥句"。张九成以为"灵运平日好雕镌,此句得之自然,故以为奇"。田承君以为"病起忽然见此为可喜,而能道之,所以为贵"。金源王若虚则谓"天生好语,不待主张,苟为不然,虽百说何益!李元膺以为'反复求之,终不见此句之佳',与鄙意暗同"。然则谢公此句,论之者凡六家,只王、李之见相似。愚旧论适与张

尚书暗合，王、李终不免以奇求之耳。若权文公谓"'池塘'二句，托讽深重，以池塘潴溉之地而生春草，是王泽竭也。豳诗所配，一虫鸣则一候，今日'变鸣禽'者，时候变也"。穿凿太甚，亦不足辩矣。

（清）潘德舆《养一斋诗话》卷三，《清诗话续编》本

苏老泉云："风行水上，涣，此天下之至文也。"余谓大苏文一泻千里，小苏文一波三折，亦本此意。

（清）刘熙载《艺概·文概》，上海古籍出版社本

杨子云说道理，可谓能将许大见识寻求。然从来足于道者，文必自然流出；《太玄》、《法言》，抑何气尽力竭耶？

（清）刘熙载《艺概·文概》，上海古籍出版社本

说理论事，涉于迁就，便是本领不济。看昌黎文老实说出紧要处，自使用巧骋奇者望之辟易。

（清）刘熙载《艺概·文概》，上海古籍出版社本

乐之所起，雷出地，风过箫，发于天籁，无容心焉。而乐府之所尚可知。

（清）刘熙载《艺概·诗概》，上海古籍出版社本

西江名家好处在锻炼而归于自然。放翁本学西江者，其云："文章本天成，妙手偶得之。"平昔锻炼之功，可于言外想见。

（清）刘熙载《艺概·诗概》，上海古籍出版社本

古乐府中至语，本只是常语，一经道出，便成独得。词得此意，则极炼如不炼，出色而本色，人籁悉归天籁矣。

（清）刘熙载《艺概·词曲概》，上海古籍出版社本

绝句于六义多取风、兴，故视他体尤以委曲、含蓄、自然为尚。

（清）刘熙载《艺概·诗概》，上海古籍出版社本

谢客诗刻画微眇，其造语似子处，不用力而功益奇，在诗家为独辟

之境。

(清)刘熙载《艺概·诗概》,上海古籍出版社本

若夫用笔之道,贵操从自然,不可恃才驰骋。当笔阵纵横,一扫千军之际,而力为驾驭,莫令一往不返。使纵中有擒,伸中有缩,以开阖顿挫为收放抑扬。此七古用笔之妙诀,先生其先得我心乎?

(清)朱庭珍《筱园诗话》卷四,《清诗话续编》本

陈后山每游览得句,急归卧一榻,以被蒙首,谓之吟榻。家人知之,为之逐猫犬,屏婴孩,俟其诗就乃复常。此盖因"语不惊人死不休"句,故为是极苦事耳。愚以诗贵天趣,终当视流水行云。

(清)龚炜《巢林笔谈》卷二,中华书局本

古人诗意在言外,故从容不迫,蕴蓄有味,所谓温厚和平也。若剑拔弩张,无所不至,只自形其横俗之态耳,何诗之有?

(清)田同之《西圃诗说》,《清诗话续编》本

5. 不可勉强作文

噫,文之无穷,而人之才有限。苟力不足者,强而为文则蹶,强而为言则竭;强而成智则拙。故言之弥多,而去之弥远。远之便已,道则中废。又君子所耻也,则不足见君子之道与君子之心。心有所感,文不可已;理有至精,词不可逮,则不足当君子之褒。

(唐)柳冕《答衢州郑使君论文书》,《全唐文》卷五百二十七,中华书局影印本

唐人作诗,用思甚苦,而所得无多,至有终身习之,而但一章数句,便名世者,何足下取之容易而用之不既也,叹仰叹仰,虽未得熟接话言,然观书与诗,亦足以略测足下之好恶矣。胸有所有,无乃欲玩而藏之以待价欤。将持此以求售欤,斯可以似非求售之道。

(宋)张耒《答李援惠诗书》,《张右史文集》卷五十八,《四部丛刊》本

黄鲁直爱与郭功父戏谑嘲调，虽不当尽信，至如曰："公做诗费许多气力做甚？"此语切当有益于写诗者，不可不知也。

（宋）许顗《彦周诗话》，《历代诗话》本

贾岛云："独行潭底影，数息树边身。"其自注云："二句三年得，一吟双泪流。知音如不赏，归卧故山秋。"不知此二句有何难道，至于"三年始成"而一吟泪下也？杨衡自爱其句云："一一鹤声飞上天"，此尤可笑也。

（宋）魏泰《临汉隐居诗话》，《历代诗话》本

吕居仁曰：或励精潜思不便下笔，或遇事因感，时时举扬，工夫一也。古之作者正如是耳。惟不可凿空强作出于牵强，如小儿就学，俯就课程耳。

（宋）吕本中《童蒙诗训》，《宋诗话辑佚》本

山谷……又云："诗文不可凿空强作，待境而生，便自工耳。每作一篇，先立大意；长篇须曲折三致意，乃可成章。"

（宋）胡仔《苕溪渔隐丛话》前集卷四十七，人民文学出版社本

今岁清诗欠百篇，强寻笔砚意茫然。秋风有句君知否，合在严光钓濑边。

（宋）陆游《建安遣兴》其三，《剑南诗稿》卷十一，《陆游集》，中华书局本

欧阳永叔云："我尝爱建'竹径通幽处，禅房草木深'，欲效其语作一联，竟不可得，始知造意者难为工也。"

（宋）尤袤《全唐诗话》卷二，《历代诗话》本

危稹逢古曰：诗不可强作，不可徒作，不可苟作。强作则无意，徒作则无益，苟作则无功。

（宋）魏庆之《诗人玉屑》卷五"三不可"条，上海古籍出版社本

学诗浑似学参禅，几许搜肠觅句联。欲识少陵奇绝处，初无言句与

人传。

　　　　　　（宋）魏庆之《诗人玉屑》卷一"龚圣任学诗"条，上海古籍出版社本

　　……秋屋萧君自序其诗乃有不克尽力之恨，昔人谓杜子美读书破万卷，止用资下笔如有神耳。读书固有为，而诗不必甚神。予谓秋屋稿亦云可矣，顾何足恨者哉……

　　　　　　（宋）文天祥《跋萧敬夫诗稿》卷十，《文山先生全集》，《四部丛刊》本

　　李顾贻张旭诗曰："左手持蟹螯，右手执丹经。"此用毕卓语既持蟹螯，又执丹经，岂命人举杯耶？盖偶然写兴以害意尔。贾岛《望山》诗曰："长安百万家，家家张屏新。谁家最好山，我愿为其邻。"然好山非近一家，何必择邻哉？此亦写兴害意，与顾同病也。

　　　　　　（明）谢榛《四溟诗话》卷一，《历代诗话续编》本

　　汝善诗岂敢遽谓夺开元、大历之座，然其发思必渺，寄韵以冲，胜句佳联，每以不思不勉得之。吾家右丞有云："夙世命词客"，凡为诗者，必藉今生撚须，探讨回肠，可得无几也。太白一生服谢语，"大江流日夜，客心悲未央"，此两言者亦有甚浓致，而气象混茫，非江非客，诗胎读之，便如隔世事。汝善澹斋，近日所获，岂什百倍于此？吾展读其箧，酒酣耳热，而江上数峰青也。

　　　　　　（明）王思任《方澹斋诗序》，《王季重十种·杂序》，《中国古典文学珍本丛书》本

　　于一好读书为诗，尤工古文辞，偶有所得，激郁缠绵，浏漓浑脱，取抒己意而止。未尝轻为人属笔，人有所求，间应之，不可迫以时日，俟其意与兴会，胥属而后兔起鹘落，一决而就。故意之所至，滔滔汩汩，虽挥洒累日夕，不见其竭，意所不至，不复强为，甚有经岁不成一字者。间友人宴集，即席赋诗，于一颓然甘金谷罚，退亦终无所应，其不能为无意之诗文也如此。

　　　　　　（清）周亮工《王于一遗稿序》，《赖古堂集》卷十三，上海古籍出版社本

谢诗:"池塘生春草。"李诗:"蝴蝶忽然满芳草。"萧子显所谓"有来斯应,最不能已,须其自来,不以力搆。"

(清)马位《秋窗随笔》,《清诗话》本

萧子显云:"登高极目,临水送归。早雁初莺,花开叶落。有来斯应,每不能已。须其自来,不以力搆。"王士源序孟浩然诗云:"每有制作,伫兴而就。"余生平服膺此言,故未尝为人强作,亦不耐为和韵诗也。

(清)王士禛《渔洋诗话》,《清诗话》本

太白数登黄鹤,心折崔颢,至不能成句。康乐南行载笔,帝问制作,只《吊庐陵》一篇。今人出不百里,赋咏连篇,不问绝唱上头,瓦后尾续,大足供人笑资。如有能劝其勿浪作诗者,太上当记百功。

(清)叶矫然《龙性堂诗话续集》,《清诗话续编》本

凡正发议正用事而又冗衍,无不堕陈腐学究无味钝根者。然解用吾说,而诚不立,功不深,亦徒粗犷伧气。言者心声,未可强而能也。

(清)方东树《昭昧詹言》卷一,人民文学出版社本

诗不可为人强作,必勃勃不可以已也而后为之。沧浪云:"和韵最害人诗。"此虽元、白、皮、陆诸公为之,然皆为人强作之一端也。而意兴既到,惟所乐为者,却又宜全力与俱。初定意格,终研词句,如良医诊脉,精神入微;如法吏断狱,反复勘问。凡易悦而自足,皆文章之大病也。

(清)潘德舆《养一斋诗话》卷二,《清诗话续编》本

作诗固宜搜索枯肠,然着不得勉强。故有意作诗,不若诗来寻我,方觉下笔有神。诗固以兴之所至为妙,唐人云:"几处觅不得,有时还自来。"进乎技矣。

(清)吴雷发《说诗菅蒯》,《清诗话》本

古人作诗，因题得意，因意得象，本是虚悬无着，偶有与时事相隐合者，遂牵强附会，徒失真旨。不知古人之诗，如仁寿殿之镜，向著者自然了了写出，于镜无与也。孙幼连云："吾侪作诗，非有心去凑合人事，是人事偶然来撞著我，即以我为人事而发亦可。"亦即此意也。

（清）厉志《白华山人诗说》卷二，《清诗话续编》本

6. 反对刻意为文

海上之人有好沤鸟者，每旦之海上，从沤鸟游，沤鸟之至者百住而不止。其父曰："吾闻沤鸟皆从汝游，汝取来，吾玩之。"明日之海上，沤鸟舞而不下也。故曰，至言去言，至为无为。齐智之所知，则浅矣。

（先秦）《列子·黄帝篇》，《诸子集成》本

延让吟诗，多著寻常容易语，如《送周太保赴浙西》云："臂鹰健卒悬氎帽，骑马佳人卷画衫。"又《寄友人》云："每过私第邀看鹤，长著公裳送上驴。"……《苦吟》云："莫话诗中事，诗中难更无。吟安一个字，捻断数茎须。险觅天应闷，狂搜海亦枯。不同文赋易，为著者之乎。"

（唐）尤袤《全唐诗话》卷五，《历代诗话》本

《诗》曰："觏闵既多，受侮不少。"初无意于对也，《十九首》云："胡马依北风，越鸟巢南枝。"属对虽切，亦自古老。六朝惟渊明得之，若"芳草何茫茫，白杨亦萧萧"是也。

（明）谢榛《四溟诗话》卷一，《历代诗话续编》本

今之为文者，竭智巧以学之，而不得其意，故其人非拘则腐，非诞则野，非有余则不足。求其工且不可致，况于神乎？公之文非今之文也，得苏子之意者也。李白之诗，庄周之书，皆是理也，而不可以言传也。孔子曰："知变化之道者，其知神之所为也！"知神之所为，则道自我出矣。文奚可胜用耶？

（明）方孝孺《苏太史文集序》，《明文在》卷四十四，《国学基本丛书》本

古诗人之作，凡以写其志之所之者耳。或有所感遇，或有所触发，或有所怀思，或有所忧喜，或有所美刺；真此始作之，故诗大序曰：诗者志之所之，在心为志，发言为诗。后世固有拟古作者，然往往以应人之求而已。嗟夫，诗可以求而作哉，吾志未尝有所之也，何有于言，吾言未尝有所发也，何有于诗，于是其诗之出一如医家所谓狂感谵语，莫知其所之、所发者也。

（明）吴宽《中园四兴诗集序》，《匏翁家藏集》卷四十，《四部丛刊》本

偶然所见，亦不似从人间来。言诗者辄云冥搜，何从搜此？

（清）王夫之《明诗评选》卷七，李东阳《西湖曲》评语，《船山遗书》，太平洋书店重校刊本

寓目吟成，不知悲凉之何以生。诗歌之妙，原在取景遣韵，不在刻意也。

（清）王夫之《古诗评选》卷一，《敕勒歌》评语，《船山遗书》，太平洋书店重校刊本

诗思太苦则为方干，太易则为子瞻，消息其间甚难。

（清）吴乔《围炉诗话》卷之三，《清诗话续编》本

诗中无所为奇，即有奇可矜，亦遇物而是。犹夫三江、五湖，平漫千里，因风石而奇耳，岂强造哉！

（清）田同之《西圃诗说》，《清诗话续编》本

点染风花，何妨少为失实。若小小送别，而动欲沾巾；聊作旅人，而便云万里；登陟培塿，比拟华、嵩；偶遇庸人，颂言良哲；以至本属泉石，更怀遁世之思，业处欢娱，忽作穷途之哭，准之立言，皆为失体。记曰："志其所至，诗亦至焉。"本乎志以成诗，恶有数者之患？

（清）冒春荣《葚原诗说》卷二，《清诗话续编》本

许彦周云："诗有力量，如弓之斗力，其未挽时，不知其难也，及其挽诗，力不及处，分寸不可强。"诚哉是言！谚曰："棋力酒量"，诗

何不然?

（清）叶矫然《龙性堂诗话初集》，《清诗话续编》本

都官思笔皆从刻苦中逼极而出，所以得味反浅，不如欧公之敷愉矣。读此方识荆公之高，不可及也。刻苦正须从敷愉中出，然梅公之笔，殊于鱼鸟洲渚有情，此则孟东野所不能也。

（清）翁方纲《石洲诗话》，《清诗话续编》本

白石云："句意欲深、欲远，句调欲清、欲古、欲和，是为作者。"予观储太祝古诗，"深"、"远"、"清"、"古"则有之矣，独于"和"字有缺。彼虽自有一种沈奥音节，然终不似陶、韦、王、孟之谐适入人心者，殆由强探力索而为之，非其本心所欲出欤？其诗云："为己存实际，忘形同化初"，又曰"松柏生深山，无心自贞直"，可谓极有见地者，而何以失节于禄山也？其非本心安之，亦可知矣。白石云："思有窒碍，涵养未至也，当益以学。"又曰："吟咏情性，如印印泥；止乎礼义，贵涵养也。"此可为强作高古语者良药，虽以之当论学之书也可。

（清）潘德舆《养一斋诗话》卷八，《清诗话续编》本

浪仙诗句镂肝肾，积岁预恐心神戕。我诗直欲写胸臆，元气未剧何由伤。

（清）洪亮吉《小除日寓斋卷施阁祭诗作》，《卷施阁诗集》卷十一，《四部备要》本

7. 妙悟

凡作诗如参禅，须有悟门。少从荣天和学，尝不解其诗云："多谢喧喧雀，时来破寂寥。"一日于竹亭坐，忽有群雀飞鸣而下，顿悟前语。自尔看诗，无不通者。

（宋）吴可《藏海诗话》，《历代诗话续编》本

不可凿空强作，出于牵强，如小儿就学，俯就课程耳。《楚辞》、杜、黄，固法度所在，然不若遍考精取，悉为吾用，则姿态横出，不窘一律

矣。如东坡、太白诗，虽规摹广大，学者难依，然读之使人敢道，澡雪滞思，无穷苦艰难之状，亦一助也。要之，此事须令有所悟入，则自然越度诸子。悟入之理，正在工夫勤惰间耳。如张长史见公孙大娘舞剑，顿悟笔法。如张者，专意此事，未尝少忘胸中，故能遇事有得，遂造神妙；使他人观舞剑，有何干涉。非独作文学书而然也。

（宋）吕本中《与曾吉甫论诗第一帖》，载胡仔《苕溪渔隐丛话》前集卷四十九，人民文学出版社本

作文［必］要悟入处，悟入必自工夫中来，非侥幸可得［也］。如老苏之于文，鲁直之于诗，盖尽此理也。

（宋）吕本中《童蒙诗训》，《宋诗话辑佚》本

昔君叩门如啄木，深衣青纯帽方屋。谓是诸生延入门，坐定徐言出公族。尔曹气味那有此，要是胸中期不俗。荆州早识高与黄，诵二子句声琅琅。后生好学果可畏，仆常倦误殊未详。学诗当如初学禅，未悟且遍参诸书。一朝悟罢正法眼，信手拈出皆成章。

（宋）韩驹《赠赵伯鱼》，《陵阳先生诗》卷一，清刊本

学诗浑似学参禅，自古圆成有几联。春草池塘一句子，惊天动地至今传。

（宋）魏庆之《诗人玉屑》卷一"吴师道学诗"条，中华书局本

学诗浑似学参禅，竹榻蒲团不计年。直待自家都了得，等闲拈出便超然。

（宋）魏庆之《诗人玉屑》卷一"吴师道学诗"条，中华书局本

学诗浑似学参禅，悟了方知岁是年。点铁成金犹是妄，高山流水自依然。

学诗浑似学参禅，语可安排意莫传。会意即超声律界，不须炼石补青天。

学诗浑似学参禅，几许搜肠觅句联。欲识少陵奇绝处，初无言句与

人传。

（宋）魏庆之《诗人玉屑》卷一"龚圣任学诗"条，中华书局本

欲参诗律似参惮，妙趣不由文字传。个里稍关心有悟，发为言句自超然。

（宋）戴复古《邵武太守王子文，日与李贾、严羽共观前辈一两家诗、及晚唐诗，因有论诗十绝。子文见之，谓无甚高论，亦可作诗家小学须知》其七，《石屏诗集》卷七，《四部丛刊》本

禅家者流，乘有小大，宗有南北，道有邪正；学者须从最上乘，具正法眼，悟第一义。若小乘禅，声闻辟支果，皆非正也。论诗如论禅：汉、魏、晋与盛唐之诗，则第一义也。大历以还之诗，则小乘禅也，已落第二义矣。晚唐之诗，则声闻辟支果也。学汉、魏、晋与盛唐诗者，临济下也。学大历以还之诗者，曹洞下也。大抵禅道惟在妙悟，诗道亦在妙悟。且孟襄阳学力下韩退之远甚，而其诗独出退之上者，一味妙悟而已。惟悟乃为当行，乃为本色。然悟有浅深，有分限，有透彻之悟，有但得一知半解之悟。汉、魏尚矣，不假悟也。谢灵运至盛唐诸公，透彻之悟也；他虽有悟者，皆非第一义也。

（宋）严羽《沧浪诗话·诗辨》，《沧浪诗话校释》，人民文学出版社本

先须熟读《楚辞》，朝夕讽咏以为之本；及读《古诗十九首》，乐府四篇，李陵苏武汉魏五言皆须熟读，即以李杜二集枕藉观之，如今人之治经，然后博取盛唐名家，酝酿胸中，久之自然悟入。

（宋）严羽《沧浪诗话·诗辨》，《沧浪诗话校释》，人民文学出版社本

"学诗如学仙，时至骨自换。"此语非无为言之也。予固身体而心验之矣。往尝写字，恨不能如意。长者教予曰："久当自熟。"当时尝以俗语反之云："佣书者不已久耶？"既而写愈久愈多，笔下忽觉转换如移神，方悟其趣。诗亦若此，非可以颦蠋效而得之也。

（元）刘将孙《牛蓼集序》，《养吾斋集》卷十，《四库全书》珍本初集本

诗如参禅，有彼岸，有苦海，有外道，有上乘。迷者不能登彼岸，沉者不能出苦海，魔者不能离外道，凡者不能超上乘。虽不离乎声律而实有出于声律之外。严沧浪所谓一味妙悟者，盖为是也。

（明）安磐《颐山诗话》，《四库全书》珍本初集本

卢曰："格贵雄浑，句宜自然。吾子何其太苦？恐刻削有伤元气尔。"曰："凡静卧易想头流转，思未周处，病之根也。数改求稳，一悟得纯，子美所谓'新诗改罢自长吟'是也。吾子所作太速，若宿构然。再假思索，则无瑕之玉，倍其价矣。"

（明）谢榛《四溟诗话》卷三，《历代诗话续编》本

作诗有专用学问而堆垛者，或不用学问而匀净者，二者悟不悟之间耳。惟神会以定取舍，自趋乎大道，不涉于歧路矣。

（明）谢榛《四溟诗话》卷三，《历代诗话续编》本

《余师录》曰"文不可无者有四：曰体，曰志，曰气，曰韵。"作诗亦然。体贵正大，志贵高远，气贵雄浑，韵贵隽永。四者之本，非养无以发其真，非悟无以入其妙。

（明）谢榛《四溟诗话》卷一，《历代诗话续编》本

学诗者当如临字之法，若子美"日出东篱水"，则曰"月堕竹西峰"；若"云生舍北泥"，则曰"云起屋西山"。久而入悟，不假临矣。

（明）谢榛《四溟诗话》卷二，《历代诗话续编》本

或问作诗中正之法。四溟子曰："贵乎同不同之间，同则太熟，不同则太生。二者似易实难。握之在手，主之在心。使其坚不可脱，则能近而不熟，远而不生。此惟超悟者得之。"

（明）谢榛《四溟诗话》卷三，《历代诗话续编》本

严氏以禅喻诗，旨哉！禅则一悟之后，万法皆空，棒喝怒呵，无非至理。诗则一悟之后，万象冥会，呻吟咳唾，动触天真。然禅必深造而后能悟，诗

虽悟后，仍须深造。自昔瑰奇之士，往往有识窥上乘、业阻半途者。

（明）胡应麟《诗薮·内编》卷二，上海古籍出版社本

严氏云："汉、魏尚矣，不假悟也。康乐以至盛唐，透彻之悟也。"此言似而未核。汉人直写胸臆，斫削无施，严氏所云，庶几实录。建安以降，稍属思维，便应悬解，非缘妙悟，曷极精深？观魏文《典论》，极赞文章之无穷；陈思书牍，欲以翰墨为勋绩。点鼠相属，笔削不遑，锻炼推敲，殆同后世，岂直曰悟而已。吾为易曰：两汉尚矣，不假悟也。曹、刘以至李、杜，透彻之悟也。

（明）胡应麟《诗薮·外编》卷二，上海古籍出版社本

严沧浪云：诗道惟在妙悟，然有透彻之悟，有一知半解之悟。盛唐诸公，透彻之悟也。愚按：汉、魏无成，本不假悟；六朝刻雕绮靡，又不可以言悟。初唐沈、宋律诗，造诣虽纯，而化机尚浅，亦非透彻之悟。惟盛唐诸公领会神情，不仿形迹，故忽然而来，浑然而就，如僚之于丸，秋之于奕，公孙之于剑舞，此方是透彻之悟也。

（明）许学夷《诗源辩体》卷十七，人民文学出版社本

盛唐诸公律诗，皆从悟入，而悟入乃自功夫中来。

盛唐诸公律诗，不难于才力，而难于悟入，悟则造诣斯易耳。

（明）许学夷《诗源辩体》卷十七，人民文学出版社本

予以夏五薄游双峰，偶憩藕云兰若，古木干天，凉风时引，顾而乐之。楚山上座参学，初归禅，悦之味若达于面，及操其扁轮，微言奥义，动而愈出，洵少年之龙象也。予虽钝根，邈然心醉矣。至其诗草，不过骈枝，然时发天籁，如晨钟之答空谷。昔严沧浪以禅论诗，谓盛唐为第一义，大历以后为小乘，晚唐为声闻辟支果，益禅道惟在妙悟，诗道亦在妙悟。空山雨雪，诗有禅机；庭前柏树，禅有诗意。苟于二者有水乳之合，则黄花翠竹总是真，如芍药葡萄，无非般若，安得以文字訾之哉。云门雪窦，禅而不诗；惠休无本，诗而不禅，且让楚山两头担著。

（清）尤侗《题随命草》，《西堂杂俎二集》卷四，扫叶山房本

严沧浪《诗话》，大旨不出"悟"字；钟、谭《诗归》，大旨不出"厚"字，二书皆足长人慧根。然诵沧浪诗，亦有未尽悟者，阅钟、谭集，亦有未至厚者，以此推之，谈何容易。

（清）贺贻孙《诗筏》，《清诗话续编》本

古来流传俊句获赏知音者，如"大江流日夜"，如"澄江净如练"，如"池塘生春草"，如"空梁落燕泥"，如"鸟鸣山更幽"，如"风定花犹落"，如"庭草无人随意绿"，如"红药当阶翻"，如"日霁沙屿明"，如"明月照积雪"，如"思君如流水"，如"南登灞陵岸"，如"采菊东篱下"，如"陇首秋云飞"，如"夜雨滴空阶"，如"露湿寒塘草"，如"高台多悲风"，如"清晨登陇首"，如"清晖能娱人"，如"春草秋更绿"，如"霜深高殿寒"，如"海日生残夜"，如"芙蓉露下落"，如"气蒸云梦泽"，如"唯有年年秋雁飞"，如"昔日太宗拳毛骊"，如"泪下如绠縻"，如"枫落吴江冷"，如"夜阑更秉烛"，皆复惊挺清新，金玉其音，味其片言，可以入悟。至于"明月"、"红药"二语，景句兼美，弇州互有讥贬，殆是谈机所到，乃有是言，非可据者矣。

（清）毛先舒《诗辩坻》卷二，《清诗话续编》本

诗于唐人无所悟入，终落死句。严沧浪谓"诗贵妙悟"，此言是也。然彼不知兴比，教人何从悟入？实无见于唐人，作玄妙恍惚语，说诗、说禅、说教，俱无本据。

（清）吴乔《围炉诗话》卷之五，《清诗话续编》本

思苦而晦，丝不成绳。书多而雍，膏乃灭灯。焚香再拜，拜笔一枝。星月驱使，华岳奔驰。能刚能柔，忽敛忽纵。笔岂能然，惟吾所用。

（清）袁枚《续诗品·用笔》，《续诗品注》，人民文学出版社本

鸟啼花落，皆与神通，人不能悟，付之飘风。惟我诗人，众妙扶智，但见性情，不着文字。宣尼偶过，童歌沧浪，闻之欣然，示我周行。

（清）袁枚《续诗品·神悟》，《续诗品注》，人民文学出版社本

〔友林乙稿〕宋史弥宁撰……其《诗禅》一首云："诗家活法类禅机，

悟处工夫谁得知？寻著这些关棙子，国风雅颂不难追。"观其诗论，似亦以妙悟为宗，与严羽之说相近。然命意遣词，务取鲜新，乃往往伤于纤仄，无所谓镜花水月之意，则所谓妙悟者，特一韵之奇，一字之巧而已。

（清）纪昀《四库全书总目提要》卷一六三，集部·别集类，中华书局本

凡诗文事与禅家相似，须由悟入，非语言所能传。然既悟后，则返观昔人所论文章之事，极是明了也。欲悟亦无他法，熟读精思而已。

（清）姚鼐《与石甫侄孙》，《姚惜抱先生尺牍》卷八，清刊本

元相作《杜公墓系》有"铺陈"、"排比"，"藩翰"、"堂奥"之说，盖以"铺陈终始，排比声韵"之中，有"藩篱"焉，有"堂奥"焉。语本极明。至元遗山作《论诗绝句》，乃曰："排比铺张特一途，藩篱如此亦区区。少陵自有连城璧，争奈微之识碔砆！"则以为非特"堂奥"，即"藩翰"亦不止此。所谓"连城璧"者，盖即《杜诗学》所谓参苓、桂术、君臣、佐使之说，是固然矣。然而微之之论，有未可厚非者。诗家之难，转不难于妙悟，而实难于"铺陈终始，排比声律"，此非有兼人之力，万夫之勇者，弗能当也。但元、白以下，何尝非"铺陈"、"排比"！而杜公所以为高曾规矩者，又别有在耳。此仍是妙悟之说也。遗山之妙悟，不减杜、苏，而所作或转未能肩视元、白，则"铺陈"、"排比"之论，未易轻视矣。即如白之《和梦游春》五言长篇以及《游悟真寺》等作，皆尺土寸木，经营缔构而为之，初不学开、宝诸公之妙悟也。看之似平易，而为之实艰难。元、白之"铺陈"、"排比"尚不可跻攀若此，而况杜之"铺陈"、"排比"乎？微之之语，乃真阅历之言也。自司空表圣造《二十四品》，抉尽秘妙，直以元、白为屠沽之辈。渔洋先生韪之，每戒后贤勿轻看《长庆集》。盖渔洋之教人，以妙悟为主者，故其言如此。当时宣城施氏已有顿、渐二义之论，韩文公所谓"及之而后知，履之而后难"耳。

（清）翁方纲《石洲诗话》卷一，《清诗话续编》本

以禅喻诗，昔人所诋。然诗境究贵在悟，五言尤然。王维、孟浩然逸才妙悟，笙磬同音。并时刘眘虚、常建、李颀、王昌龄、丘为、綦毋潜、

储光羲之徒，遥相应和，共一宗风，正始之音，于兹为盛。

（清）管世铭《读雪山房唐诗序例》，《清诗话续编》本

严羽《沧浪诗话》，能于苏、黄大名之余，破除宋诗局面，亦一时杰出之士，思挽回风气者。第溯入门工夫，不自《三百篇》始，而始于《离骚》，恐尚非顶颅上作来也。然訾沧浪者，谓其专以妙悟言诗，非温柔敦厚之本。是又不知宋人率以议论为诗，故沧浪拈此救之，非得已也。且沧浪谓汉、魏不假妙悟，夫不假妙悟，性情之中声也。汉、魏尚不假妙悟，况《三百篇》乎？知诗之本者，非沧浪其谁？虽然，以妙悟言诗，犹之可也，以禅言诗则不可。诗乃人生日用中事，禅何为者？此则文士好佛之结习，非言诗之弊也。晚宋诗人遂以"学诗浑似学参禅"为七绝首句，互相赓和，累累不休，明人亦复效颦。噫！异矣！

（清）潘德舆《养一斋诗话》卷一，《清诗话续编》本

严沧浪云："孟襄阳学力下韩退之远甚，而其诗独出退之之上者，一味妙悟故也。"然则盛唐惟孟襄阳，乃可以一味妙悟目之。然襄阳诗如"东旭早光芒，浦禽已惊聒。卧闻渔浦口，桡声暗相拨。日出气象分，始知江湖阔。""太虚生月晕，舟子知天风。挂席候明发，渺漫平湖中。中流见匡阜，势压九江雄。香炉初上日，瀑布喷成虹。"精力浑健，俯视一切，正不可徒以清言目之。则谓襄阳诗都属悟到，不关学力，亦微误耳。

（清）潘德舆《养一斋诗话》卷八，《清诗话续编》本

体物之功，铸局之法，断不可少。此须沈心入理，于经史诸子，推求研究；又于古大家集，尽力用一番设身处地反复体认工夫；又于物理人情，细心静验，始能消除客气，不执成见，以造精深微妙之诣，得渐近于自然。从古大才人，未有不由细入悟，而能深造自得者。近代名流，多自用聪明，客气主事，不能深究古人隐微，少细心会悟工夫，宜其造诣浅近，去古日远，正坡公所谓"狂花客慧"者也。譬之无根之水虽暴，其涸可立而待，何足恃乎？

（清）朱庭珍《筱园诗话》卷四，《清诗话续编》本

古诗音节，须从神骨片段间，体会其抑扬轻重，伸缩缓急，开合顿挫

之妙，得其自然合拍。五音相间，无定而有定之音调节奏，乃能铿锵协律，可被管弦。虽穿云裂石，声高壮而清扬，然往而复回，余音绕梁，言尽而声不尽，篇终犹有远韵。以人声合天籁，故曰诗为天地元音也。此中妙旨，自非讲求平仄所可尽，第不从平仄讲求，初学何由致力，渐悟古人不传之秘哉！王阮亭《平仄定体》、赵秋谷《声调谱》，初学宜遵之。始从平仄，讲求音节，及工夫纯熟之候，自能悟诗中天然之音之节，纵笔为之，无不协调矣。

（清）朱庭珍《筱园诗话》卷二，《清诗话续编》本

作诗须有师承，若无师承，必须妙悟。虽然，即有师承，亦须妙悟。二者不可偏废也。是故由师承得者，堂构宛然；由妙悟得者，性灵独至。

（清）邹弢《三借庐笔谈》卷九，引自《笔记小说大观》，江苏广陵古籍刻印社本

声由心生，为德之符，积中发外，品学并见，琴学无难易，要在于精积，一旦而豁悟。昔孔子学琴于师襄，十日不进。伯牙学琴于成连，三年未成。无论上知，亦必力久乃致。如见文王，情移海上，声入心通，自然有得者也。

（清）祝凤喈《与古斋琴谱补义·授受琴约》，引自《中国古代乐论选辑》，人民音乐出版社本

夫作诗必须师承；若无师承，必须妙悟。虽然，即有师承，亦须妙悟；盖妙悟、师承，不可偏举者也。是故由师承得者，堂构宛然；由妙悟得者，性灵独至……窃见今之诗家，俎豆杜陵者比比，而皈依摩诘者甚鲜。盖杜陵严于师承，尚有尺寸可循；摩诘纯乎妙悟，绝无迹象可即。作诗者能于师承妙悟上究心，则诣唐人之域不难矣。

（清）徐增《而庵诗话》，《清诗话》本

后山论诗说换骨，东湖论诗说中的，东莱论诗说活法，子苍论诗说饱参，入处虽不同，然其实皆一关捩，要知非悟入不可。

（清）曾季狸《艇斋诗话》，《历代诗话续编》本

二

神思与创作过程

1. 想象

芴漠无形，变化无常，死与生与，天地并与，神明往与！芒乎何之，忽乎何适，万物毕罗，莫足以归，古之道术有在于是者。庄周闻其风而悦之，以谬悠之说，荒唐之言，无端崖之辞，时恣纵而不傥，不以觭见之也。以天下为沈浊，不可与庄语，以卮言为曼衍，以重言可真，以寓言为广。

（先秦）《庄子·杂篇·天下》，《诸子集成》本

中山公子牟谓詹子曰："身在江海之上，心居乎魏阙之下，奈何！"詹子曰："重生。重生则轻利。"中山公子牟曰："虽知之，犹不能自胜也。"詹子曰："不能自胜则纵之，神无恶乎？不能自胜而强不纵者，此之谓重伤。重伤之人无寿类矣。"

（先秦）《吕氏春秋·审为》，《诸子集成》本

王执化人之祛，腾而上者，中天乃止。暨及化人之宫。化人之宫构以金银，络以珠玉；出云雨之上，而不知下之据，望之若屯云焉。耳目所观听，鼻口所纳尝，皆非人间之有。王实以为清都、紫微、钧天、广乐，帝之所居。王俯而视之，其宫榭若累块积苏焉。王自以居数十年不思其国也。化人复谒王同游，所及之处，仰不见日月，俯不见河海。光影所照，王目眩不能得视；音响所来，王耳乱不能得听。百骸六藏，悸而不凝。意迷精丧，请化人求还。化人移之，王若殒虚焉。既寤，所坐犹向者之处，侍御犹向者之人。视其前，则酒未清，肴未晞。王问所从来。左右曰："王默存耳。"由此穆王自失者三月而复。更问化人。化人曰："吾与王神

游也，形奚动哉？且朕之所居，奚异王之宫，朕之所游，奚异王之圃？王闲恒，疑暂亡。变化之极，徐疾之间，可尽模哉？"

（先秦）《列子·周穆王》，《诸子集成》本

华胥氏之国在弇州之西，台州之北，不知斯齐国几千万里；盖非舟车足力之所及，神游而已。其国无师长，自然而已。其民无嗜欲，自然而已。不知乐生，不知恶死，故无夭殇；不知亲己，不知疏物，故无爱憎；不知背逆，不知向顺，故无利害；都无所爱惜，都无所畏忌。入水不溺，入火不热。斫挞无伤痛，指擿无痟痒。乘空如履实，寝虚若处床。云雾不硋其视，雷霆不乱其听，美恶不滑其心，山谷不踬其步，神行而已。

（先秦）《列子·黄帝篇》，《诸子集成》本

其始也，皆收视反听，耽思旁讯，精骛八极，心游万仞。其致也，情曈昽而弥鲜，物昭晰而互进，倾群言之沥液，漱六艺之芳润，浮天渊以安流，濯下泉而潜浸。于是沈辞怫悦，若游鱼衔钩而出重渊之深；浮藻联翩，若翰鸟缨激而坠层云之峻。收百世之阙文，采千载之遗韵，谢朝华于已披，启夕秀于未振，观古今于须臾，抚四海于一瞬。

然后选义按部，考辞就班，抱景者咸叩，怀响者毕弹。或因枝以振叶，或沿波而讨源。或本隐以之显，或求易而得难。或虎变而兽扰，或龙见而鸟澜。或妥帖而易施，或岨峿而不安。罄澄心以凝思，眇众虑而为言，笼天地于形内，挫万物于笔端。始踯躅于燥吻，终流离于濡翰，理扶质以立干，文垂条而结繁，信情貌之不差，故每变而在颜；思涉乐其必笑，方言哀而已叹。或操觚以牵尔，或含毫而邈然。

伊兹事之可乐，固圣贤之所钦。课虚无以责有，叩寂寞而求音，含绵邈于尺素，吐滂沛乎寸心。言恢之而弥广，思按之而愈深，播芳蕤之馥馥，发青条之森森，粲风飞而焱竖，郁云起乎翰林。

（晋）陆机《文赋》，《陆机集》，中华书局本

凡画：人最难，次山水，次狗马，台榭一定器耳，难成而易好，不待迁想妙得也。此以巧历不能差其品也。

（晋）顾恺之《魏晋胜流画赞》，引自《顾恺之研究资料》，人民美术出版社本

夫理绝于中古之上者，可意求于千载之下。旨微于言象之外者，可心取于书策之内。

（南朝·宋）宗炳《画山水序》，《历代论画名著汇编》本

若情数诡杂，体变迁贸。拙辞或孕于巧义，庸事或萌于新意，视布于麻，虽云未费，杼轴献功，焕然乃珍。至于思表纤旨，文外曲致，言所不追，笔固知止。至精而后阐其妙，至变而后通其数，伊挚不能言鼎，轮扁不能语斤，其微矣乎！

赞曰：神用象通，情变所孕，物以貌求，心以理应。刻镂声律，萌芽比兴。结虑司契，垂帷制胜。

（南朝·梁）刘勰《文心雕龙·神思》，人民文学出版社本

故铺观列代，而情变之数可监，撮举同异，而纲领之要可明矣。若夫四言正体，则雅润为本；五言流调，则清丽居宗；华实异用，惟才所安。故平子得其雅，叔夜含其润，茂先凝其清，景阳振其丽。兼善则子建仲宣，偏美则太冲公干。然诗有恒裁，思无定位，随性适分，鲜能圆通。若妙识所难，其易也将至；忽之为易，其难也方来。

（南朝·梁）刘勰《文心雕龙·明诗》，人民文学出版社本

文章者，盖性情之风标，神明之律吕也。蕴思含毫，游心内运，放言落纸，气韵天成。莫不禀以生灵，迁乎爱嗜，机见殊门，赏悟纷杂。若子恒之品藻人才，仲治之区判文体，陆机辨于《文赋》，李充论于《翰林》，张视摘句褒贬，颜延图写情兴，各任怀抱，共为权衡。属文之道，事出神思，感召无象，变化不穷。俱五声之音响，而出言异句；等万物之情状，而下笔殊形。

（南朝·梁）萧子显《南齐书·文学传论》，中华书局本

为诗在神之于心。处心于境，视境于心，莹然掌上，然后用思，了然境象，故得形似。

（唐）王昌龄语，引自《唐音癸签》卷二，古典文学出版社本

谏官非不达，诗义早知名。破的由来事，先锋孰敢争。思飘云物外，

律中鬼神惊。毫发无遗憾，波澜独老成。……

（唐）杜甫《敬赠郑谏议十韵》，《杜诗详注》卷二，中华书局本

……操纸终夕酣，时物集遐想。……

（唐）杜甫《八哀诗·故著作郎贬台州司户荥阳郑公虔》，《杜诗详注》卷十六，中华书局本

属词之中尤工比兴，观其自古王化诗与大雅吟、步虚词、游仙、杂感之作，或遐想理古以哀世道，或磅礴万象，用置环枢，稽性命之纪，达人事之变，大率以啬神挫锐为本。至于奇采逸响，琅琅然若夏云璈而凌倒景，昆阆松乔，森然在目，近古游方外而言六义者，先生实主盟焉。

（唐）权德舆《唐古文中岳宗无先生吴尊师集序》，《权载之文集》卷三十三，《四部丛刊》本

作诗无知音，作不如不作。未逢赓载人，此道终寂寞。有虞今已殁，宋者谁为托。朗咏豁心胸，笔与泪俱落。

（唐）刘叉《作诗》，《全唐诗》三百九十五卷，中华书局本

高奇一百篇，造化见工全。积思游沧海，冥搜入洞天。神珠迷罔象，端玉匪雕镌。休叹不得力，《离骚》千古传。

（唐）廖融《谢翁宏以诗百篇见示》，《全唐诗》七百六十二卷，中华书局本

《风雪诗》云：句向夜深得，心从天外归。

（唐）刘昭禹话，引自《唐诗纪事》卷四十六，《四部丛刊》本

且其学者，察彼规模，采其玄妙，技由心付，暗以目成，或笔下始思，困于钝滞，或不思而制，败于脱略，心不能授之于手，手不能授之于心，虽自己而可求，终杳茫而无获，又可怪矣。及乎意与灵通，笔与冥运，神将化合，变出无方，虽龙伯系鳌之勇，不能量其力，雄图应箓之帝，不能抑其高，幽思入于毫间，逸气弥于宇内，鬼出神入，追虚补微，则非言象筌蹄所能存亡也。

（唐）张怀瓘《书断序》，引自《历代书法论文选》，上海书画出版社本

夫欲书先当想，看所书一纸之中是何词句，言语多少，及纸色目，相称以何等书令与书体相合，或真或行或草，与纸相当。然意在笔前，笔居心后，皆须存用笔法，想有难书之字，预于心中布置，然后下笔，自然容与徘徊，意态雄逸。不得临时无法，任笔所成，则非谓能解也。

　　（唐）韩方明《授笔要说》，引自《历代书法论文选》，上海书画出版社本

　　六年，至寿之骈邑曰霍山。山，故岳也。邑赘于趾。至之二日，离邑一舍，望乎岳，将颂之文也。及见之，则目乎懑，手乎弹，心乎耸，神乎瞀，始欲狂其文，写其状，如丹青之不差也。颂其风，文其谣，如金石之永播也。既而其精怯然搏敌，躁然械囚，纷然棼丝，怳然堕空，浩然涉溟，幽然久瘵。则知才智之劣，如耄而加疾，将杖而奔者。于戏！霍山之灵哉，霍山之灵哉！将阏其神而愚之邪？抑有所达而托之邪？其辰既浃，其精忽渝，怯然而胜，躁然而适，纷然而静，怳然而安，浩然而济，幽然而愈，如壮而能决，将阵而敌者。于是狂其文，写其状。

　　（唐）皮日休《霍山赋序》，《皮子文薮》卷一，《四部丛刊》本

　　观中立画，如齐王嗜及鸡跖，必千百而后足，虽不足者，犹如有跖。其嗜者专也，故物无得移之。当中立有山水之嗜者，神凝智鲜，得于心者，必发于外。则解衣磅礴，正与山林泉石相遇。虽贲育逢之，亦失其勇矣。故能揽须弥尽于一芥，气振而有余，无复山之相矣。彼含墨咀毫，受揖入趋者，可执工而随其后耶？世人不识真山而求画者，垒石累土，以自诧也。岂知心放于造化炉锤者，遇物得之，此其为真画者也。潞国文公尝谓宽于山水为写生手，余以是取之。

　　（宋）董逌《书范宽山水图》，《广州画跋》卷六，《画品丛书》本

　　陈去非尝为余言："唐人皆苦思作诗，所谓'吟安一个字，捻断数茎须'，'句向夜深得，心从天外归'，'吟成五字句，用破一生心'，'蟾蜍影里清吟苦，舴艋舟中白发生'之类是也。故造语皆工，得句皆奇，但韵格不高，故不能参少陵逸步。后之学诗者，倘或能取唐人语而掇入少陵

绳墨步骤中，此连胸之术也。"余尝以此语似叶少蕴，少蕴云："李益诗云'开门风动竹，疑是故人来'。沈亚之诗云：'徘徊花上月，虚度可怜宵'，皆佳句也。郑谷掇取而用之，乃云：'睡轻可忍风敲竹，饮散那堪月在花'，真可与李、沈作仆奴。"由是论之，作诗者兴致先自高远，则去非之言可用；倘不然，便与郑都官无异。

（宋）葛立方《韵语阳秋》卷二，《历代诗话》本

于湖张公，下笔言语妙天下，当其得意，诗酒淋浪，醉墨纵横，思飘月外，与逸天半，东坡云："李太白死，世无此乐，三百年矣。"

（宋）杨万里《跋张伯子所藏兄安国五帖》，《诚斋集》卷一百，《四部丛刊》本

石季伦《王昭君诗序》云："匈奴请婚于汉，元帝以后宫良家子昭君配焉。昔公主嫁乌孙，令琵琶马上作乐，以慰其道路之思，其送昭君，亦必尔也。"熟参此叙，乃知昭君出嫁之时，未必以琵琶寄情，特后人想像而赋之耳。

（宋）范晞文《对床夜语》卷一，《历代诗话续编》本

鸣弦转轸，要先有钩深致远之怀，不规规于弦手之间，期较工拙，便为造微入妙。如孙登弹琴，颓然自得，风神超迈，若游六合之外者。恒大司马谢祖仁于北牖下弹琵琶，自有天际意，此为得之。

（宋）何薳《杂书琴事》，《春渚记闻》卷八，《丛书集成》本

凡为文有遥想而言之者，有追忆而言之者，各有定所，不可乱也。《归去来辞》，将归而赋耳，既归之事，当想像而言之。今自问途而下，皆追录之语，其于畦径无乃窒乎？"已矣乎"云者，所以总结而为断也，不宜更及耘籽啸咏之事。退之《感二鸟赋》亦然。

（金）王若虚《文辨》，《滹南遗老集》卷三十四，《四部丛刊》本

世之程才艺苑，献最吟坛者，非不精骛八极，心游元始，日摘前藻，心企往躅，然而咏高历赏，离众绝致者，盖不多见，讵非难欤？

（明）安磐《颐山诗话》，《四库全书》珍本初集本

何匠氏之殊绝，超丹青之矩度。写仙禽以逼真，陋凡鸟而不顾。想意像而经营，运精思以驰骛。假弧致于墨华，得高标于毫素。丽藻质以明烟，挥风翎而刷雾。倚粉壁而骈颈，行青林之双步。岂偶尔而仿佛，真天然之神趣。伟兹羽羽独灵，考仙经之遗篇。浮旷以化胎，善导引而延年。志清迫而内真，仪皎洁而外宣。

（明）何景明《画鹤赋》，《大复集》卷一，清刊本

挥纤毫之笔，则万类由心。展方寸之能，而千里在掌。有象由之以立，无形因之以生。妙将入神，灵能通圣。岂止开厨则失，挂壁则飞而已哉。

（明）杨慎《画品》，《历代论画名著汇编》本

说者又以文之为用也，纵发横决，游矫腾踔，方其骋思而极巧也，固驰驭无方而神运莫测，何以体为哉？虽然，《易》不云乎："拟议以成其变化"。无变化者用也。所以为之拟议者体也，体植则用神，体之时义大矣哉，而胡可以弗辩也！故世之荐绅学士，启函而识体，因体而会心，加以咉英咀华，漱芳簸秕，游乎骨理之内，超乎形骸之外，内足于意，外足于象，意象衡当，发以天倪，当必如蜩若掇、镞有神、斤成风、庖合舞者矣，恶得遽以糟粕少之哉？

（明）赵梦麟《文体明辨序》，《文体明辨序说》卷首，人民文学出版社本

胜国之季，业诗者，道圆以典丽为贵，廉夫以奇崛见推，迨于明兴，虞氏多助，大约立赤帜者二家而已。才情之美，无过季迪；声气之雄，次及伯温。当是时，孟载景文子高辈实为之羽翼。而谈者尚以元习短之，谓辞微于宋，所乏老苍，格不及唐，仅窥季晚。然是二三君子，工力深重，风调谐美，不得中行，犹称殆庶，翩翩乎一时之选也。乐代熙朝，风不在下，斥沉思于宇外，摅流景于目前，志逞则滔滔大篇，尚裁则寂寂数语，武陵人之不知有晋，夜郎王之汉孰与大，非虚语也。

（明）王世贞《艺苑卮言》卷五，《历代诗话续编》本

才生思，思生调，调生格。思即才之用，调即思之境，格即调之界。

（明）王世贞《艺苑卮言》卷一，《历代诗话续编》本

梅圣俞曰："思之工者，写难状之景，如在目前，含不尽之意，见于言外。"

（明）王世贞《艺苑卮言》卷一，《历代诗话续编》本

弟传奇多梦语，那堪与兄醒眼人着目。

（明）汤显祖《与丁长孺》，《汤显祖诗文集》卷四十六，上海古籍出版社本

贵女安得独处，花诰岂可偷填，招贤榜非一人可袖，千片叶非一人可刺。记中种种俱碍理，然不如此，不肖梦境。

（明）冯梦龙《墨憨斋重定〈邯郸梦〉传奇》卷首，引自《中国古典编剧理论资料汇辑》，中国戏剧出版社本

司空曙"蒹葭有新雁，云雨不离猿"，"云雨"句，似不落思虑所得。意何襞积？语何浑成？语云："已雕已琢，复归于朴。""穷水云同穴，过僧虎共林"，昔庾子山曾有"人禽或对巢"之句，其奇趣同而庾较险也。凡异想异境，其托胎处固已远矣。老杜云："勋业频看镜，行藏独倚楼。"语意徘徊。司空曙"相悲各问年"，更自应手犀快。风尘阅历，有此苦语。

（明）陆时雍《诗镜总论》，《历代诗话续编》本

某尝道《水浒》胜似《史记》，人都不肯信，殊不知某却不是乱说。其实《史记》是以文运事，《水浒》是因文生事。以文运事，是先有事生成如此如此，却要算计出一篇文字来，虽是史公高才，也毕竟是吃苦事；因文生事则不然，只是顺着笔性去，削高补低都由我。

（清）金圣叹《读第五才子书法》，《第五才子书施耐庵水浒传》卷三，中华书局本

今观耐庵二打祝家庄一篇，亦犹是矣。以墨为兵，以笔为马，以纸为疆场，以心为将令。我试读其文，真乃墨无停兵，笔无住马，纸几穿于蹂躏，心已绝于磨旗者也。

（清）金圣叹《第五才子书施耐庵水浒传》第四十七回总批，中华书局本

吾尝读《华严》一部而惊焉。一天下也，分而为四；一世界也，界而为小千、中千、大千。天一而已，有忉利、夜摩诸名；地一而已，有欢喜、离垢诸名。且有轮围山，香水海，风轮宝焰，日月云雨，宫殿园林，香花鬘盖，金银琉璃，摩尼之类，无数无量无边，至于不可说。不可说总以一言蔽之曰：一切惟心造而已。

    （清）尤侗《西游真诠序》，引自《西游记资料汇编》，中州书画社本

  由是观之，填词非末技，乃与史传诗文同源而异派者也。近日雅慕此道，刻欲追踪元人、配飨若士者尽多，而究竟作者寥寥，未闻绝唱。其故维何？止因词曲一道，但有前书堪读，并无成法可宗，暗室无灯，有眼皆同瞽目，无怪乎觅途不得、问津无人、半途而废者居多，差毫厘而谬千里者亦复不少也。尝怪天地之间，有一种文字，即有一种文字之法脉准绳，载之于书者，不异耳提面命，独于填词制曲之事，非但略而未详，亦且置之不通。揣摩其故，殆有三焉。一则为此理甚难，非可言传，止堪意会。想入云霄之际，作者神魂飞越，如在梦中，不至终篇，不能返魂、收魂。谈真则易，说梦为难，非不欲传，不能传也。若是则诚异诚难，诚为不可道矣。吾谓：此等至理，皆言最上一乘，非填词之学节节皆如是也，岂可为精者难言，而粗者亦置弗道乎！

    （清）李渔《闲情偶寄·词曲部·结构第一》，《中国古典戏曲论著集成》（七），中国戏剧出版社本

  唐人《少年行》云："白马金鞍从武皇，旌旗十万猎长杨。楼头少妇鸣筝坐，遥见飞尘入建章。"想知少妇遥望之情，以自矜得意，此善于取影者也。"春日迟迟，卉木萋萋；仓庚喈喈，采蘩祁祁。执讯获丑，薄言还归；赫赫南仲，狎狁于夷。"其妙正在此。训诂家不能领悟，谓妇方采蘩而见归师，旨趣索然矣。建旌旗，举矛戟，车马喧阗，凯乐竞奏之下，仓庚何能不惊飞，而尚闻其喈喈？六师在道，虽曰勿扰，采蘩之妇，亦何事暴面于三军之侧耶？征人归矣，度其妇方采蘩，而闻归师之凯旋。故迟迟之日，萋萋之草，鸟鸣之和，皆为助喜。而南仲之功，震于闺阁，室家之欣幸，遥想其然，而征人之意得可知矣。乃以此而称南仲，又影中取影，曲尽人情之极至者也。

    （清）王夫之《薑斋诗话》卷上，《清诗话》本

空中置想，曲折如真。"青青河畔草"之所以独绝千古也。此犹未坠。

> （清）王夫之《古诗评选》卷一，谢朓《江上曲》评语，《船山遗书》，太平洋书店重校刊本

质犹不陋，悄犹不迫。"精爽交中路"，想象空灵，固有实际。不似杜陵"魂来"、"魂去"之语，设为浑沌，空有虚声而已。

> （清）王夫之《古诗评选》卷四，潘岳《内顾诗》评语，《船山遗书》，太平洋书店重校刊本

情乍近而终远，词在苦而如甘，入室之誉以此当之，庶几无愧……"明月照高楼，流光正徘徊。"可谓物外传心，空中造色。结语居然在人意中，而如从天隙。匪可识寻，当由智得。

> （清）王夫之《古诗评选》卷四，曹植《七哀诗》评语，《船山遗书》，太平洋书店重校刊本

空中楼阁如虚有者，而础皆贴地，户尽通天。

> （清）王夫之《古诗评选》卷五，江淹《效阮公诗》评语，《船山遗书》，太平洋书店重校刊本

涵英爽于文弱，出奇谲以清穆，得魏晋之髓，无问肤也。万历以来借古题写时事，搜奇自赏者盛行，乃以帖括气重，不知脱形写影。大宰独于此道得鱼筌外，倪鸿宝、王季重俱未望其津涘，况余子乎。

> （清）王夫之《明诗评选》卷一，赵南星《独漉篇》评语，《船山遗书》，太平洋书店重校刊本

不可竟作比说，即此是述情事，即此似可作比。空微想象中，忽然妙合，必此乃办作诗。嘉靖中天下自有如此人才，不向弇州挂籍，弇州亦收渠不得。

> （清）王夫之《明诗评选》卷八，宋阳仲《长门怨》评语，《船山遗书》，太平洋书店重校刊本

不离此等诗自得圣证，其妙固不可以言传也。临川绝句有似江宁者，有似播州者，有出播州、江宁上者，其妙全在空中楼阁，尺寸不差，定是千古一人。

（清）王夫之《明诗评选》卷八，汤显祖《胡姬抄骑过通渭》评语，《船山遗书》，太平洋书店重校刊本

或曰："先生发挥理、事、情三言，可谓详且至矣。然此三言，固文家之切要关键，而语于诗，则情之一言，义固不易，而理与事，似于诗之义，未为切要也。先儒云：'天下之物，莫不有理。'若夫诗，似未可以物物也。诗之至处，妙在含蓄无垠，思致微渺，其寄托在可言不可言之间，其指归在可解不可解之会；言在此而意在彼，泯端倪而离形象，绝议论而穷思维，引人于冥漠恍惚之境，所以为至也。若一切以理概之，理者，一定之衡，则能实而不能虚，为执而不为化，非极则腐。如学究之说书，闾师之读律，又如禅家之参死句，不参活句，窃恐有乖于风人之旨。以言乎事，天下固有有其理，而不可见诸事者；若夫诗，则理尚不可执，又焉能一一征之实事者乎！而先生断断焉必以理事二者与情同律乎诗，不使有毫发之或离，愚窃惑矣！此何也？"

予曰：子之言诚是也。子所以称诗者，深有得乎诗之旨者也。然子但知可言、可执之理之为理，而抑知名言所绝之理之为至理乎？子但知有是事之为事，而抑知无是事之为凡事之所出乎？可言之理，人人能言之，又安在诗人之言之！可征之事，人人能述之，又安在诗人之述之！必有不可言之理，不可述之事，遇之于默会意象之表，而理与事无不灿然于前者也。今试举杜甫集中一二名句，为子晰而剖之，以见其概，可乎？

如《玄元皇帝庙》作"碧瓦初寒外"句，逐字论之：言乎"外"，与内为界也。"初寒"何物，可以内外界乎？将"碧瓦"之外，无"初寒"乎？"寒"者，天地之气也。是气也，尽宇宙之内，无处不充塞，而"碧瓦"独居其外，"寒"气独盘踞于"碧瓦"之内乎？"寒"而曰"初"，将严寒或不如是乎？"初寒"无象无形，"碧瓦"有物有质，合虚实而分内外，吾不知其写"碧瓦"乎？写"初寒"乎？写近乎？写远乎？使必以理而实诸事以解之，虽稷下谈天之辨，恐至此亦穷矣。然设身而处当时之境会，觉此五字之情景，恍如天造地设，呈于象，感于目，会于心。意中之言，而口不能言；口能言之，而意又不可解。划然示我以默会

想象之表，竟若有内有外，有寒有初寒，特借"碧瓦"一实相发之，有中间，有边际，虚实相成，有无互立，取之当前而自得，其理昭然，其事的然也。昔人云："王维诗中有画。"凡诗可入画者，为诗家能事，如风云雨雪，景象之至虚者，画家无不可绘之于笔。若初寒内外之景色，即董、巨复生，恐亦束手搁笔矣。天下惟理，事之入神境者，固非庸凡人可摹拟而得也。

又《宿左省》作"月傍九霄多"句，从来言月者，只有言圆缺，言明暗，言升沉，言高下，未有言多少者。若俗儒，不曰"月傍九霄明"；则曰"月傍九霄高"，以为景象真而使字切矣。今曰"多"，不知月本来多乎？抑傍九霄而始多乎？不知月多乎？月所照之境多乎？有不可名言者。试想当时之情景，非言明、言高、言升可得，而惟此"多"字可以尽括此夜宫殿当前之景象。他人共见之，而不能知，不能言；惟甫见而知之，而能言之。其事如是，其理不能不如是也。

又《夔州雨湿不得不上岸》作"晨钟云外湿"句：以晨钟为物而湿乎？云外之物，何啻以万万计！且钟必于寺观，即寺观中，钟之外，物亦无算，何独湿钟乎？然为此语者，因闻钟声有触而云然也。声无形，安能湿？钟声入耳而有闻，闻在耳，止能辨其声，安能辨其湿？曰云外，是又以目始见云，不见钟，故云云外。然此诗为雨湿而作，有云然后有雨，钟为雨湿，则钟在云内，不应云外也。斯语也，吾不知其为耳闻耶？为目见耶？为意揣耶？俗儒于此，必曰"晨钟云外渡"，又必曰"晨钟云外发"，决无下"湿"字者。不知其于隔云见钟，声中闻湿，妙语天开，从至理实事中领悟，乃得此境界也。

又《摩诃池泛舟》作："高城秋自落"句：夫秋何物，若何而落乎？时序有代谢，未闻云"落"也。即秋能"落"，何系之以"高城"乎？而曰"高城落"，则秋实自"高城"而"落"，理与事俱不可易也。

以上偶举杜集四语，若以俗儒之眼观之，以言乎理，理于何通？以言乎事，事于何有？所谓言语道断，思维路绝。然其中之理，至虚而实，至渺而近，灼然心目之间，殆如鸢飞鱼跃之昭著也。理既昭矣，尚得无其事乎？

古人妙于事理之句，如此极多，始举此四语以例其余耳。其更有事所必无者。偶举唐人一二语：如"蜀道之难，难于上青天"、"似将海水添宫漏"、"春风不度玉门关"、"天若有情天亦老"、"玉颜不及寒鸦色"等句，如此者，何止盈千累万？决不能有其事，实为情至之语。夫情必依乎理，情得然后理真，情理交至，事尚不得耶？要之作诗者，实写理、事、情，可以言言，可以解解，即为俗儒之作。惟不可名言之理，不可施见之事，不可径达之情，则幽渺以为理，想象以为事，惝恍以为情，方为理至、事至、情至之语。此岂俗儒耳目心思界分中所有哉？则余之为此三语者，非腐也，非僻也，非锢也。得此意而通之，宁独学诗？无适而不可矣。

（清）叶燮《原诗·内篇下》，人民文学出版社本

一首贵一气贯注。凡诗之精炼者，或少排宕流利。若能兼之，斯为上乘。落想时必与众人有云泥之隔，及写出却仍是眼前道理。文辞能千古常新者，恃有此耳。

（清）吴雷发《说诗菅蒯》，《清诗话》本

大抵文章实做则有尽，虚做则无穷。《雅》、《颂》多赋，是实做；《风》、《骚》多比兴，是虚做。唐诗多宗《风》、《骚》，所以灵妙。

（清）吴乔《围炉诗话》卷一，《清诗话续编》本

《鹤叹》曰："园中有鹤驯可呼，我欲呼之立坐隅。鹤有难色侧睨予，岂欲臆对如鹓乎？我生如寄良畸孤，三尺长胫阁瘦躯。饮啄少许便有余，何至以身为子娱！驱之上堂立斯须，投以饼饵视若无。嘎然长鸣乃下趋，难进易退我不如。"《惠州残腊独出》曰："幽寻本无事，独往意自长。钓鱼丰乐桥，采杞逍遥堂。罗浮春欲动，云日有清光。处处野梅开，家家腊酒香。路逢眇道士，疑是左元放。我欲从之语，恐复化为羊。"着想俱不从人间，真化人出无入有之笔。然政如吞刀吐火，可暂不可常。

（清）贺裳《载酒园诗话》，《清诗话续编》本

作文勉强为，荆棘塞喉齿。乃兴勃发处，烟云拂满纸。检点岂不施，涛澜浩无涘。昨读《秋霖赋》，触手生妙理。涂抹古是非，排挞世欢喜。抽思云影外，造语石骨里。李广飞将军，自然成壁垒。列子御风行，庸夫寻辙轨。钱塘江雨青，山阴石发紫。何必采灵芝，千崖看秀起。山灵爱狂

逸，魑魅识才技。杂沓吾扬州，烟花欲羞死。

（清）郑燮《赠胡天游弟》，《郑板桥集·诗钞》，上海古籍出版社本

吾弟为文，须想春江之妙境，挹先辈之美词，令人悦心娱目，自尔利科名，厚福泽。或曰：吾子论文，常曰生辣、曰古奥、曰离奇、曰淡远，何忽作此秀媚语？余曰：论文，公道也，训子弟，私情也。岂有子弟而不愿其富贵寿考者乎！故韩非、商鞅、晁错之文，非不刻削，吾不愿子弟学之也；褚河南、欧阳率更之书，非不孤峭，吾不愿子孙学之也；郊寒岛瘦，长吉鬼语，诗非不妙，吾不愿子孙学之也。私也，非公也。

（清）郑燮《仪真县江村茶社寄舍弟》，《郑板桥集·家书》，上海古籍出版社本

刘昭禹有言："觅句者若掘得玉盒子，底必有盖，但精心求之，必获其宝。"皆唐人论诗之高者。焉得谓作诗而不谈诗！

（清）张谦宜《𫄸斋诗话》卷一，《清诗话续编》本

"馨澄心以凝思，眇众虑而为言"，"课虚无以责有，叩寂寞而求音"，陆士衡之言也。欲求工到，必藉冥搜。

（清）薛雪《一瓢诗话》，《清诗话》本

曾受韬钤之法于蹇翁，揣摩久之，虽变化无穷，不出奇正二字。后受诗古文辞之学于横山，讨论之下，亦不越正变二字。譬夫两军相当，鼓之则进，麾之则却，壮者不得独前，怯者不得独后，兵之正也；出其不意，攻其无备，水以木罂而渡，沙可唱筹而量，兵之奇也。温柔敦厚，缠绵悱恻，诗之正也；慷慨激昂，裁云镂月，诗之变也。用兵而无奇正，何异驱羊？作诗而昧正变，真同梦呓。然兵须训练于平时，诗要冥搜于象外。

（清）薛雪《一瓢诗话》，《清诗话》本

友竹先生脱尘网以游，抱白云而逸，一亩之宅，山花环而欲笑，五湖之田，鱼蛤颊而可拾，杖策所至，崖倾谷悬，则能赋矣，纵棹既远，潮灵帆峭则能言矣，积轴万卷，心超语逸则能化矣。若夫极一世之工而犹穷于

自然之致，涉千祀之想而不能忘在身之累，此今之作者所以传而不远也，观先生之诗，可以自悟于山水间乎。

（清）洪亮吉《邓尉山人徐友竹诗序》，《卷施阁文集·己集》
卷六，《四部备要》本

其论画云：晋唐画不多得，因不常见。若五代宋人之画，则不出纵横两字。如用笔则有长短大小、断续顿挫，用墨则有干湿浓淡、魂魄骨肉，立局则有宾主反侧、聚散交插，至于著色渲染，仍然补笔墨之不足，非特涂抹朱绿，为染工伎俩。故古人笔墨，具见山苍树秀，水活石润，于天地之外别具灵奇，即或率意挥洒，亦皆炼金成液，弃滓存精，曲尽蹈虚楖影之妙。又云作画之士，步步脚踏实地，多临多看，又且熟味唐宋以来诸家画论，便不读万卷书，行万里路，神化一境，亦不难历久而至。又云画之化者，干前辈之丰神，融作家之形制，信手结格，随笔生情，内无宿心，自外无常态，要必读书养气，以培其元，然后心醇而笔和，貌古而神逸。呜乎，此岂独工画之士宜然哉？

（清）焦循《天慵庵笔记序》，《雕菰集》卷十五，清刊本

大约太白诗与庄子文同妙：意接词不接，发想无端，如天上白云，卷舒灭现，无有定形。

（清）方东树《昭昧詹言》卷十二，人民文学出版社本

诗之妙全以先天神运，不在后天迹象。如王龙标"烽火城西百尺楼，黄昏独坐海风秋。更吹羌笛关山月，无那金闺万里愁。"此诗前二句，便全是笛声之神，不至"更吹羌笛"句矣。王摩诘"隔牖风惊竹，开门雪满山"，咏雪之妙，全在上句"隔牖"五字，不言雪而全是雪声之神，不至"开门"句矣。太白"风吹柳花满店香"，起句便全是劝酒之神，不至"吴姬劝酒"句矣。卢纶"林暗草惊风"，起句便全是黑夜射虎之神，不至"将军夜引弓"句矣。大抵能诗者，无不知此妙。低手偶题，乃写实迹，故极求清脱，而终欠浑成。

（清）潘德舆《养一斋诗话》卷二，《清诗话续编》本

顾发语言，简文字，省中年之心力，外境迭至，如风吹水，万态皆

有，皆成文章，水何容拒之哉！万一竟可还，还且不出，是亦时节因缘至尔。至于与人共为道，夙所愿也。寝负至今，虽遇聪明贵人，只宜用一切世法而随顺之。陈饿夫之晨呻于九宾鼎食之席则吡矣，愬寡女之夜哭于房中琴好之家则谇矣，况陈且愬者之本有难言也乎？

（清）龚自珍《与江居士笺》，《龚自珍全集》第五辑，上海人民出版社本

钟嵘《诗品》谓阮籍《咏怀》之作，"言在耳目之内，情寄八荒之表"。余谓渊明《读山海经》言在八荒之表，而情甚亲切，尤诗之深致也。

（清）刘熙载《艺概·诗概》，上海古籍出版社本

赋之妙用，莫过于"设"字诀，看古作家无中生有处可见。如设言值何时、处何地、遇何人之类，未易悉举。

（清）刘熙载《艺概·赋概》，上海古籍出版社本

赋以象物，按实肖象易，凭虚构象难。能构象，象乃生生不穷矣。唐释皎然以"作用"论诗，可移之赋。

（清）刘熙载《艺概·赋概》，上海古籍出版社本

意出尘外，怪生笔端，庄子之文，可以是评之。其根极则《天下篇》已自道矣，曰："充实不可以已。"

（清）刘熙载《艺概·文概》，上海古籍出版社本

屈原以前的文学，我们看得着的只有《诗经三百篇》，《三百篇》好的作品，都是写实感。实感自然是文学主要的生命；但文学还有第二个生命曰想象力。从想象力中活跳出实感来，才算极文学之能事。就这一点论，屈原在文学史的地位，不特前无古人，截到今日止，仍是后无来者。因为屈原以后的作品，在散文小说里头，想象力比屈原优胜的或者还有，在韵文里头，我敢说还没有人比得上他。

（清）梁启超《屈原研究》，《饮冰室合集》卷三十九，中华书局本

浪漫派文学，总是想象力愈丰富，愈奇诡，便愈见精彩。这一点盛唐

大家李太白，确有他的特长。

（清）梁启超《中国散文里头所表现的情感·九》，《饮冰室合集》卷三十七，中华书局本

他作品中最表现想象力者，莫如《天问》、《招魂》、《远游》三篇。《远游》的文句，前头多已征引，今不再说。《天问》纯是神话文学，把宇宙万有都赋予他一种神秘性，活像希腊人思想。《招魂》前半篇说了无数半神半人的奇情异俗，令人目摇魄荡。后半篇说人世间的快乐，也是一件一件的从他脑子里幻构出来。至如《离骚》，什么灵氛，什么巫咸，什么丰隆、望舒、蹇修、飞廉、雷师，这些鬼神都拉来对面谈话，或指派差事。什么宓妃，什么有娀佚女，什么有虞二姚，都和他商量爱情。凤凰、鸩鸠、鹥鸠，都听他使唤，或者和他答话。虬龙、虹霓、鸾或是替他拉车，或是替他打伞，或是替他搭桥。兰、苣、桂、椒、芰荷、芙蓉……无数芳草，都做了他的服饰。昆仑、悬圃、咸池、扶桑、苍梧、崦嵫、阊阖、阆风、穷石、洧盘、天津、赤水、不周……种种地名或建筑物，都是他脑海里头的国土。又如《九歌》十篇，每篇写一神，便把这神的身分和意识都写出来。想象力丰富瑰伟到这样，何止中国，在世界文学作品中，除了但丁《神曲》外，恐怕还没有几家够得上比较哩！

（清）梁启超《屈原研究》，《饮冰室合集》卷三十九，中华书局本

稼轩《中秋饮酒达旦，用天问体作木兰花慢以送月》，曰："可怜今夕月，向何处、去悠悠？是别有人间，那边才见，光景东头。"词人想象，直悟月轮绕地之理，与科学家密合，可谓神悟。

（清）王国维《人间词话》，人民文学出版社本

古今传奇用故事之最胜者，莫如《桃花扇》；用臆说之最胜者，莫如《牡丹亭》。《牡丹亭》之杜丽娘，以一梦感情，生死不渝，亦已动人情致。而又写道院幽媾之悽艳，野店合昏之潦草，无一不出乎人情之外，欲无一不合乎人情之中。

（清）吴梅《顾曲麈谈》第二章《论作剧法》，《汤显祖诗文集·附录》，上海古籍出版社本

古人不作，手迹犹存。当想其未画时，如何胸次寥廓。欲画时，如何解衣磅礴。既画时，如何经营惨淡，如何纵横挥洒，如何泼墨设色，必神会心谋。提笔时，张、吴、董、巨如在上下左右。

  （清）方薰《山静居论画》，《历代论画名著汇编》本

  挈小以成巨，心欲其静。完少以布多，眼欲其明。目中有山，始可作树；意中有水，方许作山。

  （清）笪重光《画筌》，《历代论画名著汇编》本

  古人论诗曰：诗罢有余地，谓言简而意无穷也。如上官昭容称沈诗"不愁明月尽，还有夜珠来"是也。画之简者类是。东坡云，此竹数寸耳，而有寻丈之势。画之简者，不独有势而实有其理。

  （清）恽正叔《南田论画》，《历代论画名著汇编》本

  桃源，仙灵之窟宅也。飘缈变幻而不可知。图桃源者，必精思入神，独契灵异。凿鸿濛，破荒忽，游于无何有之乡，然后溪洞桃花通于象外，可从尺幅间一问津矣。

  （清）恽正叔《南田论画》，《历代论画名著汇编》本

2. 亲临其地之想

  宋谢枋得曰："凡议论，好事须要一段歹说，不好事须要一段好说。如此，则文势亦圆活，义理亦精微，意味亦悠长。"

  又曰："凡作史评，须设以吾身生其人之时，居其人之位，遇其人之事，当如何处置，必有一段万世不可磨灭之理。"

  （明）徐师曾《文体明辨序说·文章纲领·论文》，人民文学出版社本

  文字之最豪宕，最风雅，作之最健人脾胃者，莫过填词一种。若无此种，几于闷杀才人，困死豪杰。予生忧患之中，处落魄之境，自幼至长，自长至老，总无一刻舒眉。惟于制曲填词之顷，非但郁藉以舒，愠为之解，且尝僭作两间最乐之人，觉富贵荣华，其受用不过如此，未有真境之

为所欲为，能出幻境纵横之上者，——我欲做官，则顷刻之间便臻荣贵；我欲致仕，则转盼之际又入山林；我欲作人间才子，即为杜甫、李白之后身；我欲娶绝代佳人，即作王嫱、西施之元配；我欲成仙作佛，则西天、蓬岛，即在砚池笔架之前；我欲尽孝输忠，则君治亲年，可跻尧、舜、彭篯之上。非若他种文字，欲作寓言，必须远引曲譬，蕴藉包含。十分牢骚，还须留住六七分；八斗才学，止可使出二三升。

（清）李渔《闲情偶寄·词曲部·宾白第四》，《中国古典戏曲论著集成》（七），中国戏剧出版社本

言者，心之声也，欲代此一人立言，先宜代此一人立心。若非梦往神游，何谓设身处地。无论立心端正者，我当设身处地，代生端正之想；即遇立心邪僻者，我亦当舍经从权，暂为邪僻之思。务使心曲隐微，随口唾出，说一人肖一人，勿使雷同，弗使浮泛，若《水浒传》之叙事，吴道子之写生，斯称此道中之绝技。果能若此，即欲不传，其可得乎？

（清）李渔《闲情偶奇·词曲部·宾白第四》，《中国古典戏曲论著集成》（七），中国戏剧出版社本

作书不过弄墨之事也，乃写来便若真有其事，而亲临其地者。真正才子，谁其匹之？

（清）金圣叹《第五才子书施耐庵水浒传》第四十七回夹批，中华书局本

看他写一片等人性急，度刻如年，真乃手搦妙笔，心存妙境，身代妙人，天赐妙想。

（清）金圣叹《贯华堂第六才子书西厢记》卷四《酬韵》批语，甘肃人民出版社本

村中若无大船，若用小船，又不发火势。设身处地，算出此五字来。此书处处设身处地而后成文，真怪事也！

（清）金圣叹《第五才子书施耐庵水浒传》第十八回夹批，中华书局本

人是神人，虎是活虎，读者须逐段定睛细看。我尝思画虎有处看，真

虎无处看。真虎死有虎看，真虎活无处看。活虎正走，或犹偶得一看。活虎正搏人，是断断必无处得看者也。乃今耐庵忽然以笔墨游戏，画出全副活虎搏人图来。今而后，要看虎者，其尽到《水浒传》中，景阳冈上，定睛饱看，又不吃惊，真乃此恩不小也。传闻赵松雪好画马，晚更入妙。每欲构思，便于密室解衣踞地，先学为马，然后命笔。一日管夫人来，见赵宛然马也。今耐庵为此文，想亦复解衣踞地，作一扑、一掀、一剪势耶！东坡画雁诗云："野雁见人时，未起意先改。君从何处看，得此无人态。"我真不知耐庵何处有此一副虎食人方法在胸中也？圣叹于三千年中，独以才子许此一人，岂虚誉哉？

　　　　　　　（清）金圣叹《第五才子书施耐庵水浒传》第二十二回夹批，中华书局本

　　文有设身处地法。昔赵松雪好画马，晚更入妙，每欲构思，便于密室解衣踞地，先学为马，然后命笔。一日管夫人来，见赵宛然马也。又苏诗题画雁云："野雁见人时，未起意先改。君从何处看，得此无人态？"此文家运思入微之妙，即所谓设身处地法也，《聊斋》处处以此会之。

　　　　　　　（清）冯镇峦《读聊斋杂说》，引自《中国历代小说论著选》，江西人民出版社本

3. 立意

　　若情数诡杂，体变迁贸。拙辞或孕于巧义，庸事或萌于新意，视布于麻，虽云未费，杼轴献功，焕然乃珍。

　　　　　　　（南朝·梁）刘勰《文心雕龙·神思》，人民文学出版社本

　　凡诗，物色兼意下为好，若有物色，无意兴，虽巧亦无处用之。如"竹声先知秋"，此名兼也。

　　　　　　　（唐）[日]弘法大师《文镜秘府论·南卷·论文意》，《文镜秘府论校注》，中国社会科学出版社本

　　老坡作文，工于命意，必超然独立于众人之上。如《赵清献碑》，世间称治郡者曰宽，立朝者曰直，盖已大矣，则进于二者，又有说焉。故

曰:"其于治郡,不专于宽,时出猛政,严而不残。"其在朝廷,不专于直,为国爱人,掩其疵病。如吾家蜀公坚卧不起,人知其高,而不称其用。则为碑铭曰:"世皆谓公贵身贱名,孰知其功侔圣人之清。"然后知其有功于世也。又曰:"君实之用,出而时施,如彼水火,宁除渴饥。公虽不用,亦极其行。如彼山川,出云相望。"然后知其(相为)表里,废一不可也。此皆非世人所能到者。

(宋)范温《潜溪诗眼》,《宋诗话辑佚》本

凡看诗,须是一篇立意,乃有归宿处。如童敏德《木笔花》诗,主意在笔之类是也。

(宋)吴可《藏海诗话》,《历代诗话续编》本

山谷云:"诗文唯不造恐强作,待境而生,便自工耳。"山谷谓秦少章云:"凡始学诗须要每作一篇,先立大意;长篇须曲折三致意,乃能成章。"

(宋)吕本中《童蒙诗训》,《宋诗话辑佚》本

江阴葛延之,元符间,自乡县不远万里,省苏公于儋耳。公留之一月,葛请作文之法,诲之曰:"儋州虽数百家之聚,而州人之所须,取之市而足,然不可徒得也,必有一物以摄之,然后为己用,所谓一物者,钱是也。作文亦然,天下之事,散在经子史中,不可徒使,必得一物以摄之,然后为己用,所谓一物者,意是也。不得钱,不可以取物;不得意,不可以用事。此作文之要也。"葛拜其言而书诸绅。

(宋)洪迈《容斋诗话》卷四,《丛书集成》本

作诗必先命意,意正则思生,然后择韵而用,如驱奴隶;此乃以韵承意,故首尾有序。今人非次韵诗,则迁意就韵,因韵求事,至于搜求小说佛书殆尽,使读之者惘然不知其所以,良有自也。(《室中语》)

(宋)魏庆之《诗人玉屑》卷六,中华书局本

凡作诗须命终篇之意,切勿以先得一句一联,因而成章,如此则意不多属。然古人亦不免如此。如述怀、即事之类,皆先成诗,而后命题者

也。(《室中语》)

(宋)魏庆之《诗人玉屑》卷六，中华书局本

何故谓之诗？诗者言其志。既用言成章，遂道心中事。不止炼其辞，抑亦炼其意。炼辞得奇句，炼意得余味。

(宋)邵雍《论诗吟》，《伊川击壤集》卷十一，《四部丛刊》本

凡作古诗，体格、句法俱要苍古，且先立大意，铺叙既定，然后下笔，则文脉贯通，意无断续，整然可观。

(元)杨载《诗法家数》，《历代诗话》本

(立意)要高古浑厚，有气概，要沉著。忌卑弱浅陋。

(元)杨载《诗法家数》，《历代诗话》本

未造其语，先立其意；语、意俱高为上。短章辞既简，意欲尽；长篇要腰腹饱满，首尾相救。造语必后，用字必熟，太文则迂，不文则俗；文而不文，俗而不俗，要耸观，又耸听，格调高，音律好，衬字无，平仄稳。

(元)周德清《中原音韵·正语作词起例·作词十法》，《中国古典戏曲论著集成》(一)，中国戏剧出版社本

诗有三义，赋止居一，而比兴居其二。所谓比与兴者，皆托物寓情而为之者也。盖正言直达，则易于穷尽，而难于感发。惟有所寓托，形容摹写，反复讽咏，以俟人之自得，言有尽而意无穷，则神爽飞动，手舞足蹈而不自觉，此诗之所以贵情思而轻事实也。

(明)李东阳《麓堂诗话》，《历代诗话续编》本

作诗不必执于一个意思，或此或彼，无适不可，待语意两工乃定。《文心雕龙》曰："诗有恒裁，思无定位。"此可见作诗不专于一意也。

(明)谢榛《四溟诗话》卷三，《历代诗话续编》本

题外命意，善作者得之。不然，流于迂远矣。

(明)谢榛《四溟诗话》卷一，《历代诗话续编》本

诗有辞前意，辞后意，唐人兼之，婉而有味，浑而无迹。宋人必先命意，涉于理路，殊无思致。及读《世说》："文生于情，情生于文。"王武之先得之矣。

宋人谓作诗贵先立意。李白斗酒百篇，岂先立许多意思而后措词哉？盖意随笔生，不假布置。

唐人或漫然成诗，自成含蓄托讽。此为辞前意，读者谓之有激而作，殊非作者意也。

（明）谢榛《四溟诗话》卷一，《历代诗话续编》本

才生思，思生调，调生格。思即才之用，调即思之境，格即调之界。

（明）王世贞《艺苑卮言》卷一，《历代诗话续编》本

杜子美云："擒贼先擒王。"凡文章必有真种子，擒得真种子，则所谓口口咬着。又所谓点点滴滴雨，都落在学士眼里。

（明）董其昌《画禅室随笔·评文》，引自《笔记小说大观》，江苏广陵古籍刻印社本

套数之曲，元人谓之"乐府"，与古之辞赋，今之时文，同一机轴。有起有止，有开有合。须先定下间架，立下主意，排下曲调，然后遣句，然后成章。切忌凑插，切忌将就。务如常山之蛇，首尾相应，又如鲛人之锦，不著一丝纰颣。意新语俊，字响调圆，增减一调不得，颠倒一调不得，有规有矩，有色有声，众美具矣！而其妙处，正不在声调之中，而在句字之外。又须烟波渺漫，姿态横逸，揽之不得，挹之不尽。摹欢则令人神荡，写怨则令人断肠，不在快人，而在动人。此所谓"风神"，所谓"标韵"，所谓"动吾天机"。不知所以然而然，方是神品，方是绝技。

（明）王骥德《曲律·论套数》，《中国古典戏曲论著集成》（四），中国戏剧出版社本

五言古非神韵绵绵，定当捉衿露肘。刘驾曹邺以意撑持，虽不迫古，亦所谓"铁中铮铮，庸中姣姣"矣。善用意者，使有意如无，隐然不见。造无为有，化有为无，自非神力不能。以少陵之才，能使其有而不能使其

无耳。

（明）陆时雍《诗镜总论》，《历代诗话续编》本

"纤巧"二字，行文之大忌也，处处皆然，而独不戒于传奇一种。传奇之为道也，愈纤愈密，愈巧愈精。词人忌在"老实"，"老实"二字，即"纤巧"之仇家、敌国也。然"纤巧"二字，为文人鄙贱，已久言之，似不中听。易以"尖新"二字，则似变瑕成瑜。其实"尖新"即是"纤巧"，犹之暮四朝三，未尝稍异，同一话也。以"尖新"出之，则令人眉扬目展，有如闻所未闻；以"老实"出之，则令人意懒心灰，有如听所不必听。白有"尖新"之文，文有"尖新"之句，句有"尖新"之字，则列之案头，不观则已，观则欲罢不能；奏之场上，不听则已，听则求归不得，尤物足以移人。"尖新"二字，即文中之尤物也。

（清）李渔《闲情偶寄·词曲部·宾白第四》，《中国古典戏曲论著集成》（七），中国戏剧出版社本

无论诗歌与长行文字，俱以意为主。意犹帅也。无帅之兵，谓之乌合。李、杜所以称大家者，无意之诗，十不得一二也。烟云泉石，花鸟苔林，金铺锦帐，寓意则灵。若齐梁绮语，宋人搏合成句之出处（宋人论诗，字字求出处），役心向彼掇索，而不恤己情之所自发，此之谓小家数，总在圈缋中求活计也。

（清）王夫之《薑斋诗话》卷二，人民文学出版社本

意至则事自恰合，与求事切题者，雅俗冰炭。右丞工于用意，尤工于达意，景亦意，事亦意，前无古人，后无嗣者，文外独绝，不许有两。

（清）王夫之《唐诗评选》卷三，王维《送梓州李使君》评语，《船山遗书》，太平洋书店重校刊本

"立意易，措词难。专乎意，则涉议论而入于宋；工乎词，或伤气格而流为晚唐。"此亦妙论。

（清）吴乔《围炉诗话》卷之六，《清诗话续编》本

诗苦于无意，有意矣又苦于无辞。如聂夷中"锄禾日当午，汗滴禾

下土。谁知盘中餐，粒粒皆辛苦。"诗之所以难得也。

（清）吴乔《围炉诗话》卷之一，《清诗话续编》本

　　诗不可以言求，当观其意。讥刺是人，不言其所为之恶，而言其爵位之尊，车服之美，而民疾之，以见其不堪，"君子偕老，副笄六珈"，"赫赫师尹，民具尔瞻"是也。颂美是人，不言其所为之善，而言其容貌之盛，冠服之华，而民安之，以见其无愧，"缁衣之宜兮"，"服其命服"是也。乔谓汉、唐为黄河，《三百篇》为星宿海。

（清）吴乔《围炉诗话》卷之一，《清诗话续编》本

　　古人作诗，先有题而后有诗，未有诗成后以题强肖者。故说来虽极平淡，无不入妙，盖与题有关，是即声情并至也。今人但触物造句，虽极警拔，而前后强凑，漫无指归，即强置一题，究属不合耳。

（清）田同之《西圃诗说》，《清诗话续编》本

　　用意过深，使气过厉，抒藻过浓，亦是诗家一病。故曰："穆如清风。"

（清）沈德潜《说诗晬语》卷下，人民文学出版社本

　　意主浑融，惟恐其露；意主蹈厉，惟恐其藏。究之恐露者味而弥旨；恐藏者尽而无余。

（清）沈德潜《说诗晬语》卷下，人民文学出版社本

　　作诗非难，命题为难。题高则诗高，题矮则诗矮，不可不慎也。少陵诗高绝千古，自不必言，即其命题，已早据百尺楼上矣。通体不能悉举，且就一二言之：《哀江头》、《哀王孙》，伤亡国也；《新婚别》、《无家别》、《垂老别》、《前、后出塞》诸篇，悲戍役也；《兵车行》、《丽人行》，乱之始也；《达行在所》三首，庆中兴也；《北征》、《洗兵马》喜复国望太平也。只一开卷，阅其题次，一种忧国忧民忽悲忽喜之情，以及宗庙丘墟，关山劳戍之苦，宛然在目。其题如此，其诗有不痛心入骨者乎！至于往来赠答，杯酒淋漓，皆一时豪杰，有本有用之人，故其诗信当时，传后世，而必不可废……近世诗家题目，非赏花即宴集，非喜晤即赠

行，满纸人名，某轩某园，某亭某斋，某楼某岩，某村某墅，皆市井流俗不堪之子，今日才立别号，明日便上诗笺。其题如此，其诗可知，其诗如此，其人品又可知。吾弟欲从事于此，可以终岁不作，不可以一字苟吟。慎题目，所以端人品，厉风教也。

　　　　　　（清）郑燮《范县署中寄舍弟墨第五书》，《郑板桥集》，上海古籍出版社本

　　造意是诗骨，故居第一。然意有雅俗、直婉、浅深、顺逆、续断之不同，何可不审？且如游山看花，本是雅事，故作清态向人，便是俗；赠答衣冠，本是俗事，其中若有道义交情，真挚不可没处，亦何伤雅。又如刺则宜直，讽则易婉，然终不如婉之妙。譬如清溪垂钓，虽浅亦足得鱼；大海采珠，非深不能获宝。续断之妙，如晴丝袅树；落花点水，正于零零碎碎中有全体一气之妙。凡此数者，机到便应，若是先下安排，便不活不神。

　　　　　　（清）张谦宜《𦈡斋诗谈》卷三，《清诗话续编》本

　　文长五绝，脆甜爽口，但不如唐人味长。皆题画诗也，须求其意于笔墨外。

　　　　　　（清）张谦宜《𦈡斋诗谈》卷六，《清诗话续编》本

　　承见示《海峰楼文集》，二十年前在京师一中舍处见之。今细检量，论事论人未得其平，论理未得其正。大抵笔锐于本师方望溪先生，而疏朴不及，才则有余于弟子姚姬传先生矣。前阁下以洁目之，鄙见太史公之洁，全在用意捭落千端万绪，至字句不妨有可汉者。今海峰字句极洁，而意不免芜近，非真洁也。姬传以才短，不敢放言高论，海峰则无所不敢矣。惧其破道也，又好语科名得失，酒食征逐，胸中得无滓秽太清耶？

　　　　　　（清）恽敬《与章沣南》，《大云山房文稿·言事》卷一，《四部丛刊》本

　　笔以行意也，不行须换笔；换笔不行，便须换意。玉田惟换笔，不换意。

　　　　　　（清）周济《宋四家词选目录序论》，《介存斋论词杂著·附录》，人民文学出版社本

真西山《文章正宗纲目》云："'三百五篇'之诗，其正言义理者盖无几，而讽咏之间，悠然得其性情之正，即所谓义理也。"余谓诗或寓义于情而义愈至，或寓情于景而情愈深，此亦"三百五篇"之遗意也。

（清）刘熙载《艺概·诗概》，上海古籍出版社本

绝句取径贵深曲，盖意不可尽，以不尽尽之。正面不写写反面，本面不写写对面、旁面，须如睹影知竿乃妙。

（清）刘熙载《艺概·诗概》，上海古籍出版社本

乐府是代字诀，故须先得古人本意。然使不能自寓怀抱，又未免为无病而呻吟。

（清）刘熙载《艺概·诗概》，上海古籍出版社本

赋家主意定则群意生。试观屈子辞中，忌己者如党人，悯己者如女媭、灵氛、巫咸，以及渔父别有崇尚，詹尹不置是非，皆由屈子先有主意，是以相形相对者，皆若沓然偕来，拱向注射之耳。

（清）刘熙载《艺概·赋概》，上海古籍出版社本

经义戒平直，亦戒艰深。《作义要诀》云："长而转换新意，不害其为长；短而曲折意尽，不害其为短。"戒平直之谓也。又云："务高则多涉乎僻，欲新则类入乎怪。下字恶乎俗，而造作太过则语涩；立意恶乎同，而搜索太甚则理背。"戒艰深之谓也。

（清）刘熙载《艺概·经义概》，上海古籍出版社本

凡作一篇文，其用意俱要可以一言蔽之。扩大则为千万言，约之则为一言，所谓主脑者是也。破题、起讲，扼定主脑；承题、八比，则所以分摅乎此也。主脑皆须广大精微，尤必审乎章旨。节旨、句旨之所当重者而重之，不可硬出意见。主脑既得，则制动以静，治烦以简，一线到底，百变而不离其宗，如兵非将不御，射非鹄不志也。

（清）刘熙载《艺概·经义概》，上海古籍出版社本

诗外有诗，方是好诗，词外有词，方是好词。古人意有所寓，发之于

诗词，非徒吟赏风月以自蔽惑也。少陵诗云："甫也南北人，早为诗酒污。"具此胸次，所以卓绝千古。求之于词，旨有所归，语无泛设者，吾惟服膺碧山。

（清）陈廷焯《白雨斋词话》卷八，人民文学出版社本

意造境生，不容不巧为屈折。气贯体局，须当出于自然。故笔到而墨不必胶，意在而法不必胜。逸品画，从能妙神三品脱屣而出，故意简神清。空诸工力。不知六法者，焉能造此。正如真仙古佛，慈容道貌，多自千修百劫得来，方是真实相。

（清）方薰《山静居论画》，《历代论画名著汇编》本

笔墨一道，用意为尚。而意之所至，一点精神在微茫些子间。隐跃欲出。大痴一生得力处，全在于此。画家不解其故，必曰某处是其用意，某处是其着力。而于濡毫吮墨，随机应变，行乎所不得行，止乎所不得止，火候到而呼吸灵。全幅片段，自然活现，有不知其然而然者，则茫然未之讲也。

（清）王原祁《麓台画跋》，《历代论画名著汇编》本

销暑为破格写意。意者人人能见之，人人不能见也。

（清）恽正叔《南田论画》，《历代论画名著汇编》本

意贵乎远，不静不远也。境贵乎深，不曲不深也。一勺水亦有曲处，一片石亦有深处。绝俗故远，天游故静。古人云：咫尺之内，便觉万里为遥。其意安在？无公天机幽妙。倘能于所谓静者深者得意焉，便是驾黄王而上矣。

（清）恽正叔《南田论画》，《历代论画名著汇编》本

吾尝语作诗者，须要向题意上透出一层，见识到那里，字句亦随到那里，方有第一等诗作出来。

（清）徐增《而庵诗话》，《清诗话》本

4. 意在笔先

若乃高轩飞观，广厦闲房，冬夜肃清，朗月垂光，新衣翠粲，缨徽流芳，于是器洽弦调，心闲手敏。触搊如志，唯意所拟。

（晋）嵇康《琴赋》，《文选》卷十八，上海古籍出版社本

夫欲书者，先干研墨，凝神静思，预想字形大小、偃仰、平直、振动，令筋脉相连，意在笔前，然后作字。若平直相似，状如算子，上下方整、前后齐平，便不是书，但得其点画耳。

（晋）王羲之《题卫夫人〈笔阵图〉后》，引自《历代书法论文选》，上海书画出版社本

凡书贵乎沉静，令意在笔前，字居心后，未作之始，结思成矣。仍下笔不用急，故须迟，何也？笔是将军，故须迟重。心欲急不宜迟，何也？心是前锋，箭不欲迟，迟则中物不入。

（晋）王羲之《书论》，引自《历代书法论文选》，上海书画出版社本

敏思藏于胸中，巧意发于毫铦。

（南朝·梁）庾肩吾《书品论》，《全梁文》卷六十六，中华书局本

守其神，专其一，合造化之功，假吴生之笔，向所谓意存笔先，画尽意在也。凡事之臻妙者，皆如是乎，岂止画也！与乎庖丁发硎，郢匠运斤，效颦者徒劳捧心，代斫者必伤其手，意旨乱矣，外物役焉，岂能左手划圆，右手划方乎？

（唐）张彦远《论顾陆张吴用笔》，《历代名画记》卷二，《丛书集成》本

顾恺之之迹紧劲联绵，循环超忽，调格逸易，风趋电疾，意存笔先，画尽意在，所以全神气也。

（唐）张彦远《论顾陆张吴用笔》，《历代名画记》卷二，《丛书集成》本

夫六艺中，此为难事，人罕晓其奥；予非能也，亦尝闻其旨。盖用笔在乎虚掌而实指，缓衄而急送，意在笔前，字居笔后，其势如舞凤翔鸾，则其妙也。大抵字不可拙，不可巧，不可今，不可古，华质相半可也。钟、王之法悉而备矣。近世虞世南深得其体，别有婉媚之态，凡云八法，学者悉善。予有二字之诀，至神之方，所谓"截拽"也，苟善斯字，逸少、伯英，彼何人哉！噫，谅哉！书功之深，人之难能知也。是欤曷可已乎！

（唐）李华《二字诀》，引自《历代书法论文选》，上海书画出版社本

澄思静虑，端己整容，秉笔思生，临池志逸。虚拳直腕，指齐掌空，意在笔先，文向思后。

（唐）欧阳询《八诀》，引自《历代书法论文选》，上海书画出版社本

使笔不可反为笔使，用墨不可反为墨用。

（五代）荆浩《山水诀》，《历代论画名著汇编》本

凡画气韵本乎游心，神采生于用笔。用笔之难，断可识矣。故爱宾称唯王献之能为一笔书，陆探微能为一笔画。无适一篇之文、一物之像，而能一笔可就也。乃是自始及终，笔有朝揖，连绵相属，气脉不断。所以意存笔先，笔周意内，画尽意在，像应神全。夫内自足，然后神闲意定。神闲意定则思不竭而笔不困也。

（宋）郭思《画论》，《历代论画名著汇编》本

江参去世二百年，翰墨零落多无传。人间几人写山水，谁能意在挥毫前？昨见石林旧家物，春雷叠嶂初破墨。我和叶诗颇豪放，三者相望都突兀。险危易好平远难，如此千里数尺间。高云舒卷非散地，丽日照耀皆名山。我持美脯酒一斗，墨汁盈盈可濡首。江生精神作此山，向山呼生当至否。高秋银汉天无云，帷中冷然来夜分。黄茅岭头华盖顶，画我独访浮丘君。

（元）虞集《江贯道江山平远图》，《道园学古录》卷二十八，《四部备要》本

吾于诗文不作专家，亦不杂调。夫意在笔先，笔随意到，法不累气，才不累法，有境必穷，有证必切，敢于数子云有微长，庶几未之逮也，而窃有志耳。

（明）王世贞《艺苑卮言》卷七，《历代诗话续编》本

当其始唱，不谋其中，言之已中，不知所毕，已毕之余，波澜合一，然后知始以此始，中以此中，此古人天文斐蔚，夭矫引申之妙。盖意伏象外，随所至而与俱流，虽令寻行墨者不测其绪，要非如苏子瞻所云行云流水，初无定质也。维有定质，故可无定文；质既无定，则不得不以钩锁映带，起伏间架为画地之牢矣。

（清）王夫之《古诗评选》卷一，曹操《秋胡行》评语，《船山遗书》，太平洋书店重校刊本

吹气不同，油然浩然，要其盘旋，总在笔先。汤汤来潮，缕缕腾烟，有余于物，物自浮焉。如其客气，冉猛必颠，无万里风，莫乘海船。

（清）袁枚《续诗品·理气》，《续诗品注》，人民文学出版社本

予谓字法固当著功，要之先争命意，意之上者，无问字法；意之下者，虽炼字施百分力，终无入处。惟意之次者，须字法转斡，使道健耳……意到矣，机自流，神自远，何曾校算字法，而后出群哉？

（清）潘德舆《养一斋诗话》卷四，《清诗话续编》本

律诗主意拿得定，则开合变化，惟我所为。少陵得力在此。

（清）刘熙载《艺概·诗概》，上海古籍出版社本

古人意在笔先，故得举止闲暇；后人意在笔后，故至手脚忙乱。杜元凯称左氏"其文缓"，曹子桓称屈原"优游缓节"，"缓"岂易及者乎！

（清）刘熙载《艺概·文概》，上海古籍出版社本

所谓沉郁者，意在笔先，神余言外。写怨夫思妇之怀，寓孽子孤臣之感。凡交情之冷淡，身世之飘零，皆可于一草一木发之。而发之又必若隐

若见，欲露不露，反复缠绵，终不许一语道破。匪独体格之高，亦见性情之厚。飞卿词如"懒起画蛾眉，弄妆梳洗迟。"无限伤心，溢于言表。又"春梦正关情，镜中蝉鬓轻。"凄凉哀怨，真有欲言难言之苦。又"花落子规啼，绿窗残梦迷"，又"鸾镜与花枝，此情谁得知"，皆含深意。此种词，弟自写性情，不必求胜人，已成绝响。后人刻意争奇，愈趋愈下。安得一二豪杰之士，与之挽回风气哉！

（清）陈廷焯《白雨斋词话》卷一，人民文学出版社本

意在笔先，为画中要决。作画于搦管时须要安闲恬适，扫尽俗肠，默对素幅，凝神静气。看高下，审左右，幅内幅外，来路去路，胸有成竹，然后濡毫吮墨。先定气势，次分间架，布次疏密；次别浓淡，转换敲击，东呼西应，自然水到渠成，天然凑拍，其为淋漓尽致无疑矣。若毫无定见，利名心急，惟取悦人，布立树石，逐块堆砌，扭捏满幅，意味索然，便为俗笔。今人不知画理，但取形似。笔肥墨浓者谓之浑厚，笔瘦墨淡者谓之高逸，色艳笔嫩者谓之明秀，而抑知皆非也。总之，古人位置紧而笔墨松，今人位置懈而笔墨结。于此留心，则甜邪俗赖不去而自去矣。

（清）王原祁《雨窗漫笔》，《历代论画名著汇编》本

5. 择粗精　别瑕瑜

何谓所经之不众多？近世画手，生吴越者，写东南之耸瘦，居咸秦者，貌关陇之壮阔。学范宽者，乏营丘之秀媚，师王维者，缺关同之风骨。凡此之类，咎在于所经之不众多也。何谓所取之不精粹？千里之山，不能尽奇。万里之水，岂能尽秀。太行枕华夏，而面目者林虑。泰山占齐鲁，而胜绝者龙岩。一概画之，版图何异！凡此之类，咎在于所取之不精粹也。

（宋）郭熙《林泉高致》，《历代论画名著汇编》本

作诗要割爱。若俱为佳句，间有相妨者，必较重轻而去之。此《文赋》所谓"离之则双美，合之则两伤"，士衡先得之矣。

予游天坛山，赋七言一律"天畔飞霞照万山"，寻易"山"字为"峰"，遂成绝句曰："度岭攀崖自一节，黄冠竹下偶相逢。振衣直上升仙

石,天畔飞霞照万峰。"此亦割爱之法。

(明)谢榛《四溟诗话》卷二,《历代诗话续编》本

唐人方干有句云:"物外搜罗归大雅,毫端剪削有余功。"此则谈诗妙诀也。司空图亦记其两句云:"近而不浮,远而不尽。"此八字金针。

(清)张谦宜《𦤎斋诗谈》卷一,《清诗话续编》本

6. 取象的材料

夫置意作诗,即须凝心,目击其物,便以心击之,深穿其境。如登高山绝顶,下临万象,如在掌中。以此见象,心中了见,当此即用。如无有不似,仍以律调之定,然后书之于纸。会其题目,山林、日月、风景为真,以歌咏之。犹如水中见日月,文章是景,物色是本,照之须了见其象也。

(唐)[日]弘法大师《文镜秘府论·南卷·论文意》,《文镜秘府论校注》,中国社会科学出版社本

嵩山多好溪,华山多好峰,衡山多好别岫,常山多好列岫,泰山特好主峰。天台、武夷、庐霍、雁荡、岷峨、巫峡、天坛、王屋、林虑、武当,皆天下名山巨镇,天地宝藏所出,先圣窟宅所隐。奇崛神秀,莫可穷其要妙。欲夺其造化,则莫神于好,莫精于勤,莫大于饱游饫看。历历罗列于胸中,而目不见绢素,手不知笔墨。磊磊落落,杳杳漠漠,莫非吾画。此怀素夜闻嘉陵江水声,而草圣益佳。张颠见公孙大娘舞剑器,而笔势益俊者也。今执笔者,所养之不扩充,所览之不淳熟,所经之不众多,所取之不精粹,而得纸拂壁,水墨遽下。不知何以摄景于烟霞之表,发兴于溪山之颠哉?

(宋)郭熙《林泉高致》,《历代论画名著汇编》本

夫天下之物,莫文于水,突然而趋,忽然而折,天回云昏,顷刻不知其几千里。细则为罗縠,旋则为虎眼,注则为天绅,立则为岳玉。矫而为龙,喷而为雾,吸而为风,怒而为霆。疾徐舒蹙,奔跃万状,故天下之至奇至变者,水也。夫余,水国人也。少焉习于水,犹水之也。已而涉洞

庭、渡淮海，绝震泽，放舟严滩，探奇五泄，极江海之奇观，尽大小之变态，而后见天下之水，无非文者。既官京师，闭门构思，胸中浩浩，若有所触。前日所见澎湃之势，渊洄沦涟之象，忽然现前。然后取迁、固、甫、白、愈、修、洵、轼诸公之编而读之，而水之变怪，无不毕陈于前者。或束而为峡，或回而为澜，或鸣而为泉，或放而为海，或狂而为瀑，或汇而为泽。蜿蜒曲折，无之非水，故余所见之文，皆水也。今夫山高低秀冶，非不文也，而高者不能为卑，顽者不能为媚，是为死物。水则不然。故文心与水机，一种而异形者也。

（明）袁宏道《文漪堂记》，《袁宏道集笺校》卷十七，上海古籍出版社本

传奇所用之事，或古、或今，有虚、有实，随人拈取。古者，书籍所载，古人现成之事也；今者，耳目传闻，当时仅见之事也；实者，就事敷陈，不假造作，有根有据之谓也；虚者，空中楼阁，随意构成，无影无形之谓也。人谓：古事多实，近事多虚。予曰：不然。传奇无实，大半皆寓言耳。欲劝人为孝，则举一孝子出名，但有一行可纪，则不必尽有其事，凡属孝亲所应有者，悉取而加之。亦犹纣之不善不如是之甚也，一居下流，天下之恶皆归焉。其余表忠表节、与种种劝人为善之剧，率同于此。若谓古事皆实，则《西厢》、《琵琶》，推为曲中之祖，莺莺果嫁君瑞乎？蔡邕之饿莩其亲，五娘之干蛊其夫，见于何书？果有实据乎？孟子云："尽信书不如无书"，盖指武成而言也，经史且然，矧杂剧乎？凡阅传奇而必考其事从何来、人居何地者，皆说梦之痴，人可以不答者也。然作者秉笔，又不宜尽作是观。若纪目前之事，无所考究，则非特事迹可以幻生，并其人之姓名，亦可以凭空捏造，是谓虚则虚到底也。若用往事为题，以一古人出名，则满场脚色，皆用古人，捏一姓名不得；其人所行之事，又必本于载籍，班班可考，创一事实不得。非用古人姓字为难，使与满场脚色同时共事之为难也；非查古人事实为难，使与本等情由贯串合一之为难也。予既谓"传奇无实，大半寓言"，何以又云"姓名事实，必须有本"？要知古人填古事易，今人填古事难。古人填古事，犹之今人填今事，非其不虑人，考无可考也；传至于今，则其人其事，观者烂熟于胸中，欺之不得，罔之不能，所以必求可据，是谓实则实到底也。若用一二古人作主，因无陪客，幻设姓名以代之，则虚不似虚，实不成实，词家家

丑态也，切忌犯之。

(清) 李渔《闲情偶寄·词曲部·结构第一》，《中国古典戏曲论著集成》(七)，中国戏剧出版社本

"月皎林疏"一联较"海色晴看雨"尤为动人。"山翠下添流"，绝顶佳句，与"水光"句一合看来，益得空中实境。

(清) 王夫之《古诗评选》卷六，庾肩吾《奉和春夜应令》评语，《船山遗书》，太平洋书店重校刊本

细入亮出，得意在空微而言之有微，所贵有诗者非此哉？

(清) 王夫之《明诗评选》卷五，王韦《澄江台》评语，《船山遗书》，太平洋书店重校刊本

谢诗有极易入目者，而引之益无尽。有极不易寻取者，而径遂正自显。然顾非其人，弗与察尔。言情则于往来动止，缥缈有无之中，得灵钵而执之有象；取景则于击目径心，丝分缕合之际貌固有而言之不欺。而且情不虚情，情皆可景；景非滞景，景总含情。神理流于两间，天地共其一目。大无外而细无垠，落笔之先，匠意之始，有不可知者存焉。岂徒兴会标举，如沈约之所云者哉？自有五言，未有康乐；既有康乐，更无五言。或曰不然，将无知量之难乎？

(清) 王夫之《古诗评选》卷五，谢灵运《登上戍石鼓山诗》评语，《船山遗书》，太平洋书店重校刊本

后四语奇笔写生，毫端有风雨声……工部之工在即物深致，无细不章。右丞之妙，在广摄四旁，圜中自显。如终南之阔大则以"欲投人处宿，隔水问樵夫"显之，猎骑之轻速，则以"忽过"、"还归"、"回看"、"暮云"显之，皆所谓离钩三寸，鲅鲅金鳞，少陵未尝问津及此也。然五言之变至此已极，右丞妙手能使在远者近，抟虚作实，则心自旁灵，形自当位。苟非其人荒远幻诞，将有如"一一鹤声飞上天"而自诧为灵通者，风雅扫地矣。是取径盛唐者节宣之度，不可知也。

(清) 王夫之《唐诗评选》卷三，王维《观猎》评语，《船山遗书》，太平洋书店重校刊本

无兴致不必做诗，没意思不必做诗，无实意实事不必强拉入诗。如未老而言老，不愁而言愁，无病而言病，皆是大忌。

（清）张谦宜《絸斋诗谈》卷一，《清诗话续编》本

伯生诗"诗似仙成随世换，学如春到只心知"，似南宋人体矣。然胸无实得者，万难下此语也。

（清）潘德舆《养一斋诗话》卷三，《清诗话续编》本

《诗》"喓喓草虫"，闻而知也；"趯趯阜螽"，见而知也；"有车邻邻"，知而闻也；"有马白颠"，知而见也。诗有外于知与闻见者耶？

（清）刘熙载《艺概·诗概》，上海古籍出版社本

观石谷写空烟，真能脱去町畦，妙夺化权，变态要眇，不可知已。此从真相中盘郁而出，非由于毫端，不关于心手。正杜诗所谓真宰欲出者。

（清）恽正叔《南田论画》，《历代论画名著汇编》本

7. 取象与势

北风诗，亦卫手，密于精思，名作，然未离南中，南中像兴，即形布施之像，转不可同年而语矣。美丽之形，尺寸之制，阴阳之数，纤妙之迹，世所范贵。神仪在心，而手称其目者，立赏则不待喻，不然真绝夫人心之达，不可惑以众论。执偏见以拟通者，亦必贵观于明识。夫学详此，思过半矣。

（晋）顾恺之《魏晋胜流画赞》，引自《六朝画论研究》，江苏美术出版社本

天下之至信者，唯水而已。江河之大与海之深，而可以意揣。唯其不自以为形，而因物以赋形，是故千变万化，而有必然之理。

（宋）苏轼《滟滪堆赋》，《苏东坡全集》前集卷十九，中国书店影印本

每事过求，则当前妙境，忽而不领。古人谓眼前景致，口头言语，便是诗家体料。所贵于能诗者，只善言之耳。总一事也，而巧者绘情，

拙者索相。总一言也，而能者动听，不能者忤闻，初非别求一道以当之也。

（明）陆时雍《诗镜总论》，《历代诗话续编》本

论画者曰："咫尺有万里之势"。一"势"字宜着眼。若不论势，则缩万里于咫尺，直是《广舆记》前一天下图耳。五言绝句，以此为落想时第一义，唯盛唐人能得其妙。如"君家住何处？妾住在横塘。停船暂借问，或恐是同乡"，墨气所射，四表无穷，无字处皆其意也。李献吉诗："浩浩长江水，黄州若个边？岸回山一转，船到堞楼前。"固自不失此风味。

（清）王夫之《薑斋诗话》卷下，《清诗话》本

把定一题、一人、一事、一物，于其上求形模，求比似，求词采，求故实，如钝斧子劈栎柞，皮屑纷霏，何尝动得一丝纹理？以意为主，势次之。势者，意中之神理也。唯谢康乐为能取势，宛转屈伸，以求尽其意，意已尽则止，殆无剩语；夭矫连蜷，烟云缭绕，乃真龙，非画龙也。

（清）王夫之《薑斋诗话》卷下，《清诗话》本

墨能栽培山川之形，笔能倾覆山川之势，未可以一丘一壑而限量之也。古今人物，无不细悉，必使墨海抱负，笔山驾驭，然后广其用。所以八极之表，九土之变，五岳之尊，四海之广，放之无外，收之无内。世不执法，天不执能，不但其显于画而又显于字。字与画者，其具两端，其功一体。一画者，字画先有之根本也。字画者，一画后天之经权也。能知经权而忘一画之本者，是由子孙而失其宗支也。能知古今不泯而忘其功之不在人者，亦由百物而失其天之授也。天能授人以法，不能授人以功；天能授人以画，不能授人以变。人或弃法以伐功，人或离画以务变。是天之不在于人，虽有字画，亦不传焉。天之授人也，因其可授而授之，亦有大知而大授，小知而小授也。所以古今字画，本之天而全之人也。自天之有所授而人之大知小知者，皆莫不有字画之法存焉，而又得偏广者也。我故有兼字之论也。

（清）石涛《石涛画语录·兼字章》，人民美术出版社本

8. 思致必精

曾子居卫，缊袍无表，颜色肿哙，手足胼胝。三日不举火，十年不制衣，正冠而缨绝，捉衿而肘见，纳屦而踵决。曳繼而歌商颂，声满天地，若出金石。天子不得臣，诸侯不得友。故养志者忘形，养形者忘利，致道者忘心矣。

（先秦）《庄子·让王》，《诸子集成》本

二子精思极搜抉，天地鬼神无遁情；及其放笔骋豪俊，笔下万物生光荣。
（宋）欧阳修《感二子》，《欧阳文忠集》卷九，《四部备要》本

刘昭禹云：五言如四十个贤人，著一个屠沽不得。觅句者若掘得玉匣子，有底有盖，但精心，必获其宝。然昔人"园柳变鸣禽"竟不及"池塘生青草"；"余霞散成绮"不及"澄江静如练"；"春水船如天上坐"不若"老年花似雾中看"；"闲几砚中窥水浅"不如"落花径里得泥香"；"停杯嗟别久"不及"对月喜家贫"；"枫林社日鼓"不若"茅屋午时鸡"，此数公未始不精心，似此知全其宝者，未易多得。

（宋）黄彻《䂬溪诗话》卷五，《历代诗话续编》本

管子曰："事无终始，无务多业。"此言学者贵能成就也。唐人为诗，量力致功，精思数十年，然后名家。杜工部云："更觉良工用心苦。"然岂独画手心苦耶！

（宋）刘攽《中山诗话》，《历代诗话》本

少陵云："语不惊人死不休"；山谷云："自铸伟词。"以君之才，更加精思，前无古人矣。

（宋）刘克庄《跋汪荐文卷》，《古今图书集成》文学典第二百卷，中华书局影印本

诗之不工，只是不精思耳。不思而作，虽多亦奚为？

（宋）姜夔《白石道人诗说》，《历代诗话》本

词之作必须合律,然律非易学,得之指授方可;若词人方始作词,必欲合律,恐无是理,所谓"千里之程,起于足下",当渐而进可也;正如方得离俗为僧,便要坐禅守律,未曾见道,而病已至,岂能进于道哉?音律所当参究,词章先宜精思。俟语句妥溜,然后正之音谱,二者得兼,则可造极玄之域。今词人才说音律,便以为难,正合前说,所以望望然而去之;苟以此论制曲,音亦易谐,将于于然而来矣。

(宋)张炎《词源·杂论》,《词源注》,人民文学出版社本

倾欹而见正大,出奇亦变于规矩准绳之中。太严则伤意,太放则伤法,工而不巧,拙而不恶,重而不滞,轻而不浮。笔死则痴,笔缓则弱,笔疾则浅,笔侧则偏。心正则气定,气定则腕活,腕活则笔端,笔端则墨注,墨注则神凝,神凝则象滋,无意而皆意,不法而皆法,凡行草之理,皆在其中。而其锋不可犯,又在夫熟之而已。功夫到则自造微入妙、穷神知化矣。

(元)郝经《叙书》,《郝文忠公陵川集》卷二十,清刊本

夫哲匠鸿才,固由内颖;中人承学,必自迹求。大抵诗之妙轨:情若重渊,奥不可测;词如繁露,贯而不杂;气如良驷,驰而不轶。由是而求,可以冥会矣。

(明)徐祯卿《谈艺录》,《历代诗话》本

诗以佳句为主。精炼成章,自无败句。所谓"善人在坐,君子俱来"。

(明)谢榛《四溟诗话》卷二,《历代诗话续编》本

"峨眉山月半轮秋,影入平羌江水流,夜发清溪向三峡,思君不见下渝州。"此是太白佳境。然二十八字中,有峨眉山、平羌江、清溪、三峡、渝州,使后人为之,不胜痕迹矣,益见此老炉锤之妙。

(明)王世贞《艺苑卮言》卷四,《历代诗话续编》本

天下之善诗者非一,而诗之工者甚寡。务速者不暇工,惰而不进者不能工。心思之精,如弓人之弓;发之不苟,如羿之射,然后可言其工。余独得之郑君奉初焉。本初之诗,有曹、刘之气而不肆也,有阴、何之趣而

不迫也。写物之妙，浓秀千态，可谓工已。非其功倍于人，巧逾于人，而能之乎？

（明）贝琼《郑本初诗集序》，《清江贝先生文集》卷七，《四部丛刊》本

尝观古学剑之家，其师必取弟子，先置之断崖绝壁之上，迫之疾驰，经月而后，授以竹枝，追刺猿猱，无不中者；夫而后归之室中，教以剑术，三月技成，称天下妙也。圣叹叹曰：嗟乎！行文亦犹是矣。夫天下险能生妙，非天下妙能生险也；险故妙，险绝故妙绝；不险不能妙，不险绝不能妙绝也。游山亦犹是矣。不梯而上，不缒而下，未见其能穷山川之窈窕、洞壑之秘隐也。梯而上，缒而下，而吾之所至，乃在飞鸟徘徊、蛇虎踯躅之处，而吾之力绝，而吾之气尽，而吾之神色索然犹如死人，而吾之耳目乃一变换，而吾之胸襟乃一荡涤，而吾之识略乃得高者愈高，深者愈深，奋而为文笔，亦得愈极高深之变也。行文亦犹是矣。不搁笔不卷纸，不停墨，未见其有穷奇尽变出妙入神之文也；笔欲下而仍搁，纸欲舒而仍卷，墨欲磨而仍停，而吾之才尽，而吾之髯断，而吾之目矅，而吾之腹痛，而鬼神来助，而风云忽通，而后奇则真奇，变则真变，妙则真妙，神则真神也。吾以此法遍阅世间之文，未见其有合者。今读还道村一篇，而独赏其险妙绝伦。嗟乎！支公畜马，爱其神骏，其言似谓自马以外，都更无有神骏也者，今吾亦虽谓自《水浒》以外，都更无有文章，亦其诬哉。

（清）金圣叹《第五才子书水浒传》第四十一回首评，中华书局本

刘昭宇字休明，论诗云："五言如四十个贤人，著一字如屠沽不得；觅句者若掘得玉合子底，必有盖。但精心求之，必获其宝。"可尽作诗用字之道。

（清）马位《秋窗随笔》，《清诗话》本

苏子瞻胸有洪炉，金银铅锡，皆归熔铸。其笔之超旷，等于天马脱羁，飞仙游戏，穷极变幻，而适如意中所欲出，韩文公后，又开辟一境界也。元遗山云："只知诗到苏黄尽，沧海横流却是谁？"嫌其有破坏唐体之意，然正不必以唐人律之。苏门诸君子，清才林立，并入彀中，犹之

郏、莒已。苏诗长于七言，短于五言；工于比喻，拙于壮语。

（清）沈德潜《说诗晬语》卷下，《清诗话》本

疾行善步，两不能全。暴长之物，其亡忽焉。文不加点，兴到语耳。孔明天才，思十反矣。惟思之精，屈曲超迈，人居屋中，我来天外。

（清）袁枚《续诗品·精思》，《续诗品注》，人民文学出版社本

五律，学唐人不抉其髓，则失于熟；学宋人但袭其皮，则失于生。惟浓不染唐之蹊径，淡不落宋之窠臼，经营于意象之间，咀嚼于神味之外，午亭五律，刚到好处。《登普照寺》云："树杪水溅溅，群峰矗碧天。松门留晓月，板屋过流泉。谷口山城远，窗中鸟道悬。前林人迹少，寒磬下溪烟。"此首似是从太白"犬吠水声中"化出，却无迹象可求，尤佳是后半不弱。

（清）延君寿《老生常谈》，《清诗话续编》本

无一意一事不可入诗者，唐则子美，宋则苏、黄。要其胸中具有炉锤，不是金银铜铁强令混合也。

（清）刘熙载《艺概·诗概》，上海古籍出版社本

9. 以情为文

匏巴鼓瑟而鸟舞鱼跃，郑师文闻之，弃家从师襄游。柱指钩弦，三年不成章。师襄曰："子可以归矣。"师文舍其琴，叹曰："文非弦子不能钩，非章之不能成。文所存者不在弦，所志者不在声。内不得于心，外不应于器，故不敢发手而动弦。且小假之，以观其后。"无几何，复见师襄。师襄曰："子之琴何如？"师文曰："得之矣。请尝试之。"于是当春而叩商弦，以召南吕，凉风忽至，草木成实。及秋而叩角弦，以激夹钟，温风综回，草木发荣。当夏而叩羽弦，以召黄钟，霜雪交下，川池暴沍。及冬叩徵弦，以激蕤宾，阳光炽烈，坚冰立散。将终，命宫而总四弦，则景风翔，庆云浮，甘露降，澧泉涌。师襄乃抚心高蹈曰："微矣子之弹也！虽师旷之清角，邹衍之吹律，亡以加之。彼将挟琴执管而从子之后耳。"

（先秦）《列子·汤问篇》，《诸子集成》本

若夫丰约之裁，俯仰之形，因宜适变，曲有微情。或言拙而喻巧，或理朴而辞轻。或袭故而弥新，或沿浊而更清。或览之而必察，或研之而后精。譬犹舞者节之投袂，歌者应弦而遣声。是盖轮扁所不得言，故亦非华说之所能精。

（晋）陆机《文赋》，《陆机集》卷一，中华书局本

予每观才士之所作，窃有以得其用心。夫其放言遣辞，良多变矣，妍蚩好恶，可得而言。每自属文，尤见其情。恒患意不称物，文不逮意，盖非知之难，能之难也。故作《文赋》以述先士之盛藻，因论作文之利害所由，他日殆可谓曲尽其妙。至于操斧伐柯，虽取则不远，若夫随手之变，良难以辞逮。盖所能言者，具于此云尔。

（晋）陆机《文赋》，《陆机集》卷一，中华书局本

何谓附会？谓总文理，统首尾，定与夺，合涯际，弥纶一篇，使杂而不越者也。若筑室之须基构，裁衣之待缝缉矣。

（南朝·梁）刘勰《文心雕龙·附会》，人民文学出版社本

情理设位，文采行乎其中。刚柔以立本，变通以趋时……

凡思绪初发，辞采苦杂，心非权衡，势必轻重。是以草创鸿笔，先标三准：履端于始，则设情以位体；举正于中，则酌事以取类；归余于终，则撮辞以举要。然后舒华布实，献替节文，绳墨以外，美材既斫，故能首尾圆合，条贯统序。

（南朝·梁）刘勰《文心雕龙·熔裁》，人民文学出版社本

古人云："形在江海之上，心存魏阙之下。"神思之谓也。文之思也，其神远矣。故寂然凝虑，思接千载；悄焉动容，视通万里；吟咏之间，吐纳珠玉之声；眉睫之前，卷舒风云之色；其思理之致乎。

（南朝·梁）刘勰《文心雕龙·神思》，人民文学出版社本

故思理为妙，神与物游。神居胸臆，而志气统其关键；物沿耳目，而辞令管其枢机。枢机方通，则物无隐貌；关键将塞，则神有遁心。是以陶钧文思，贵在虚静，疏瀹五藏，澡雪精神，积学以储宝，酌理以富才，研

阅以穷照，驯致以怿辞，然后使玄解之宰，寻声律而定墨；独照之匠，窥意象而运斤；此盖驭文之首术，谋篇之大端。夫神思方运，万涂竞萌，规矩虚位，刻镂无形，登山则情满于山，观海则意溢于海，我才之多少，将与风云而并驱矣。方其搦翰，气倍辞前，暨乎篇成，半折心始。何则？意翻空而易奇，言征实而难巧也。是以意授于思，言授于意；密则无际，疏则千里；或理在方寸而求之域表，或义在咫尺而思隔山河。是以秉心养术，无务苦虑；含章司契，不必劳情也。

（南朝·梁）刘勰《文心雕龙·神思》，人民文学出版社本

多为裁诗步竹轩，有时凝思过朝昏。篇成敢道怀金璞，吟苦唯应似岭猿。迷兴每惭花月夕，寄愁长在别离魂。凭君把卷侵寒烛，丽句时传画戟门。

（唐）杜牧《酬许十三秀才兼依来韵》，《全唐诗》第五百二十五卷，中华书局本

凡作文之道，构思为先，亟将用心，不可偏执。何者？篇章之内，事义甚弘，虽一言或通，而众理须会。若得于此而失于彼，合于初而离于末，虽言之丽，固无所用之。故将发思之时，先须惟诸事物，合于此者。既得所求，然后定其体分。必须一篇之内，文义得成；（篇，谓从始至末，使有文义，可得连接而成也——原注）一章之间，事理可结。（章者，若文章皆有科别，叙义可得连接而成事，以为一章，使有事理，可结成义——原注）通人用思方得为之。大略而论：逮其首，则思下辞而可承；陈其末，则寻上义不相犯；举其中，则先后须相附依。此其大指也。若文系于韵者，则量其韵之少多。若事不周圆，功必疏缺，与其终将致患，不若易之于初。然参会事情，推梭声律，动成病累，难悉安稳。如其理无配偶，音相犯忤，三思不得，足以改张。或有文人，昧于机变，以一言可取，殷勤恋之，劳于用心，终是弃日。若斯之辈，亦胶柱之义也。又文思之来，苦多纷杂，应机立断，须定一途。若空倦品量，不能取舍，心非其决，功必难成。然文无定方，思容通变，下可易之于上，前得回之于后。（若语在句末，得易之于句首；或在前言，可移于后句也。——原注）。研寻吟咏，足以安之，守而不移，则多不合矣。然心或蔽通，思时钝利，来不可遏，去不可留。若又情性烦劳，事由寂寞，强自催逼，徒成

辛苦。不若韬翰屏笔，以须后图，待心虑更澄，方事连缉。非止作文之至术，抑亦养生之大方耳。

（唐）[日]弘法大师《文镜秘府论·南卷·论体》，《文镜秘府论校注》，中国社会科学出版社本

凡属文之人，常须作意。凝心天海之外，用思元气之前。巧运言词，精练意魄，所作词句，莫用古语及今烂字旧意。改他旧语，移头换尾，如此之人，终不长进。为无自性，不能专心苦思，致见不成。

（唐）[日]弘法大师《文镜秘府论·南卷·论文意》，《文镜秘府论校注》，中国社会科学出版社本

竭云涛，刳巨鳌，搜括造化空牢牢。冥心入海海神怖，骊龙不敢为珠主。人间物象不供取，饱饮游神向玄圃。锵金铿玉千余篇，脍吞炙嚼人口传。须知一二丈夫气，不是绮罗儿女言。

（唐）释齐己《读李白集》，引自《李太白全集·附录》卷三十三，中华书局本

夫年少者心锐，气盛者好刚。苟有志焉，无不至也。然君子之于临政也，欲果其行，必审其思；审而后果，则不可易而后悔。而学者亦在一朝，其所趋而后博其闻，其致思必精，其发辞必易，待其足于中而后见于外。

（宋）欧阳修《送陈子履赴绛州翼城序》，《欧阳文忠集》卷六十四，《四部备要》本

有客无知，为性太质。不忮不求，无固无必。足蹑天根，手探月窟。所得之怀，尽赋于笔。意远情融，气和神速。酒放微醺，绡铺半匹。如风之卒，如云之勃，如电之效，如雨之密。或往或还，或没或出。涤荡氛埃，廓开天日。鸾凤翱翔，龙蛇盘屈。春葩暄妍，秋山崒屼。三千簪裾，俯循儒术。百万貔貅，仰听军律。松桂成林，芝兰满室。蜀锦初番，胡霞乍拂。白璧一双，黄金百镒。羲之来求，牧之来乞。物外神交，人间事毕。观者析酲，收之愈疾。

（宋）邵雍《大笔吟》，《伊川击壤集》卷十四，《四部丛刊》本

徐凝《瀑布》诗云："千古犹疑白练飞，一条界破青山色。"或谓乐天有赛不得之语，独未见李白诗耳。李白《望庐山瀑布》诗云："飞流直下三千尺，疑是银河落九天。"故东坡云："帝遣银河一派垂，古来惟有谪仙词。"以余观之，银河一派，犹涉比类，未若白前篇云："海风吹不断，江月照还空。"凿空道出，为可喜也。

（宋）葛立方《韵语阳秋》卷第十三，《历代诗话》本

钱起《投南山佛寺》云："洗足解尘缨，忽觉天形宽。庶将镜中像，尽作无生观。"盖知百骸九窍，本非天形。至《悟其寺》诗云："更闻东林磬，可听不可说。兴中寻觉花，寂尔诸象灭。"盖知妙明真心，不关诸象，起于是理，亦可谓超然者矣。

（宋）葛立方《韵语阳秋》卷第十二，《历代诗话》本

一种使笔，不可反为笔使。一种用墨，不可反为墨用。笔与墨，人之浅近事。二物且不知所以操纵，又焉得成绝妙也哉？此亦非难，近取诸书法，正与此类也。

（宋）郭熙《林泉高致》，《历代论画名著汇编》本

画之处所，须冬燠夏凉，宏堂邃宇。画之志思，须百虑不干，神盘意豁。老杜诗所谓：五日画一水，十日画一石。能事不受相促逼，王宰始肯留真迹。斯言得之矣。

（宋）郭熙《林泉高致》，《历代论画名著汇编》本

诗家名号，区别种种。原其大义，固自同归。歌声杂而无方，行体疏而不滞。吟以呻其郁，曲以导其微，引以抽其臆，诗以言其情，故名因象昭。合是而观，则情之体备矣。夫情既异其形，故辞当因其势。譬如写物绘色，倩盼各以其状；随规逐矩，圆方巧获其则。此乃因情立格，持守圆环之大略也。若夫神工哲匠，颠倒经枢，思若连丝，应之杼轴，文如铸冶，逐乎而迁，从衡参互，恒度自若。此心之伏机，不可强能也。

（明）徐祯卿《谈艺录》，《历代诗话》本

诗贵乎远而近。然思不可偏，偏则不能无弊。陆士衡《文赋》曰：

"其始也收视反听,耽思傍讯,精骛八极,心游万仞。"此但写冥搜之状尔。唐刘昭禹诗云:"句向夜深得,心从天外归。"此作祖于士衡,尤知远近相应之法。凡静室索诗,心神渺然,西游天竺国,仍归上党昭觉寺,此所谓"远而近"之法也。若经天竺,又向扶桑,此远而又远,终何归宿?或造语艰深奇涩,殊不可解,抑樊宗师之类欤?

(明)谢榛《四溟诗话》卷四,《历代诗话续编》本

有客问曰:"夫作诗者,立意易,措词难,然辞意相属而不离。若专乎意,或涉议论而失于宋体;工乎辞,或伤气格而流于晚唐。窃尝病之,盍以教我?"四溟子曰:"今人作诗,忽立许大意思,束之以句则窘,辞不能达,意不能悉。譬如凿池贮青天,则所得不多;举杯收甘露,则被泽不广。此乃内出者有限,所谓'辞前意'也。或造句弗就,勿令疲其神思,且阅书醒心,忽然有得,意随笔生,而兴不可遏,入乎神化,殊非思虑所及。或因字得句,句由韵成,出乎天然,句意双美。若接竹引泉而潺湲之声在耳,登城望海而浩荡之色盈目。此乃外来者无穷,所谓'辞后意'也。"

(明)谢榛《四溟诗话》卷四,《历代诗话续编》本

每一题到,茫然思水相属,几谓无措。沉思久之,如瓴水去室,乱丛抽绪,种种纵横坌集,却于此时要下剪裁手段,宁割爱勿贪多。又如数万健儿,人各自为一营,非得大将军方略,不能整顿摄服,使一军无哗。若尔朱荣处贴葛荣百万众。求之诗家,谁当为此?

(明)王世懋《艺圃撷余》,《历代诗话》本

王昌龄云:为诗在神之于心。处心于境,视境于心,莹然掌上,然后用思,了然境象,故得形似。

又云:诗思有三。搜求于象,心入于境,神会于物,因心而得,曰取思。久用精思,未契意象,力疲智竭,放安神思,心偶照境,率然而生,曰生思。寻味前言,吟讽古制,感而生思,曰感思。

(明)胡震亨《唐音癸签》卷二,古典文学出版社本

又怪画用成稿,离稿不能自裁,故画全无生气。惟素已理明,某宜树石,宜高山,宜平坡,宜亭台,宜舟楫。胸有定见,自然位置妥当。任意

挥写，有何滞碍，奚必拘用成稿！

       （明）孔衍栻《画诀》，《历代论画名著汇编》本

  又才之为言裁也，有全锦在手，无全锦在目；无全衣在目，有全衣在心；见其领知其袖，见其襟知其帔也。夫领则非袖，而襟则非帔，然左右相就，前后相合，离然各异，而宛然共成者，此所谓裁之说也。

    （清）金圣叹《水浒传序一》，《第五才子书施耐庵水浒传》卷一，中华书局本

  是《水浒传》七十一卷，则吾友散后，灯下戏墨为多，风雨甚，无人来之时半之，然而经营于心，久而成习，不必伸纸执笔，然后发挥。盖薄莫篱落之下，五更卧被之中，垂首撚带，睇目观物之际，皆有所遇矣。

    （清）金圣叹《水浒自序》，《第五才子书施耐庵水浒传》卷四，中华书局本

  每编一折，必须前顾数折，后顾数折。顾前者，欲其照映；顾后者，便于埋伏。照映、埋伏，不止照映一人，埋伏一事，凡是此剧中有名之人，关涉之事，与前此、后此所说之话，节节俱要想到。宁使想到而不用，勿使有用而忽之。

    （清）李渔《闲情偶寄·词曲部·结构第一》，《中国古典戏曲论著集成》（七），中国戏剧出版社本

  止有结构可想，结构既佳，不忧其不璀璨，如问道帝里，自见九衢风物。

    （清）王夫之《古诗评选》卷五，江淹《清思诗》评语，《船山遗书》，太平洋书店重校刊本

  以奇丽之笔，而能韬襟敛度，寻理绪于空有之外，言不喧坐，动不碾尘，几扣苏、李宫庭矣。

    （清）王夫之《古诗评选》卷五，柳恽《赠吴均》评语，《船山遗书》，太平洋书店重校刊本

  不仅恃思理，亦不仅恃兴致；规之极大，入之极沉，出之极曲，乃是真诗人。足知九逵于此道已透过一切，绍卿其嫡传矩子，自不堕恶道中，

当时所称七才子者知否？

　　　　　　（清）王夫之《明诗评选》卷五，徐鳞《山家》评语，《船山遗书》，太平洋书店重校刊本

　　构想广远，遂成大雅。足知谭友夏只解向针鼻孔中求巧也。

　　　　　　（清）王夫之《明诗评选》卷八，朱阳仲《长干曲》评语，《船山遗书》，太平洋书店重校刊本。

　　笔与墨会，是为絪缊。絪缊不分，是为混沌，辟混沌者，舍一画而谁耶？画于山则灵之，画于水则动之，画于林则生之，画于人则逸之。得笔墨之会，解絪缊之分，作辟混沌手，传诸古今，自成一家，是皆智得之也。不可雕凿，不可板腐，不可沉泥，不可牵连，不可脱节，不可无理。在于墨海中立定精神，笔锋下决出生活，尺幅上换去毛骨，混沌里放出光明。纵使笔不笔，墨不墨，画不画，自有我在。盖以运夫墨，非墨运也；操夫笔，非笔操也；脱夫胎，非胎脱也。自一以分万，自万以治一。化一而成絪缊，天下之能事毕矣。

　　　　　　（清）石涛《石涛画语录》，人民美术出版社本

　　弇州云："朦胧萌拆，情之来也。明隽清圆，词之藻也。"四语亦妙。
　　　　　　（清）王士禛《带经堂诗话》卷三，人民文学出版社本

　　吾于赵璧弹五弦而悟诗道焉。其言曰："吾之于吾弦也，始则心驱之，中则神遇之，终则天随之。吾方浩然，眼如耳，耳如鼻，不知五弦之为璧，璧之为五弦也。"
　　　　　　（清）田同之《西圃诗说》，《清诗话续编》本

　　《东郊十首》气力光焰，锤炼构造，无不入妙，七律中飞将也。以《两都》、《长杨》之手为近体，绰有余工。字字珠光，字字金声。十首雄秀之极，当世无敌。不知此诗是一时挥笔而成，抑积久汰炼而成，无论迟速，总推独步。予曾以此诗请教杨先生："如何做出此等诗来？"答曰："须天大学问方可。"予加一转云："又须极细工夫始得。"有作料而无锤炼，如金未成泥，砂未成液，一块一块都不粘著。及融化顺手，还要花样

新奇，方能助色。其四"积雪霏霏青嶂月，晴天莽莽黑山云"，联字生稳可法。其六"放马尽来沙苑白，弯弓直落海东青"，以眼前字对古雅字，妙无痕迹。

（清）张谦宜《絸斋诗谈》卷六，《清诗话续编》本

看古人诗，要这等去讲究，自家作了诗，要这等去推敲，渐渐打将去便到好处。然于构思拈笔时，则不必如此。若预先安排，我某处照应某处，胸中先有死法，笔下便无灵机。惟平日能领悟得功夫深了，则闭门造车，出门自然合辙。惟长律五十韵百韵，却宜先分段落层次，又不在此例。

（清）延君寿《老生常谈》，《清诗话续编》本

自南宋以后束缚修饰，有死文无生文，有卑文无高文，有碎文无整文，有小文无大文。韩子诗曰："想当施手时，巨刃摩天扬。"南宋以后止于水航之尺寸粗细用心，而不想施手时，故陵夷至此也。

（清）恽敬《上举主陈笠帆先生书（二）》，《大云山房文稿》二集卷二，《四部丛刊》本

学词先以用心为主，遇一事，见一物，即能沉思独往，冥然终日，出手自然不平。次则讲片断，次则讲离合；成片断而无离合，一览索然矣。次则讲色泽、音节。

（清）周济《介存斋论词杂著》，人民文学出版社本

夫词，非寄托不入，专寄托不出，一物一事，引而申之，触类多通，驱心若游丝之冒飞英，含毫如郢斤之斫蝇翼，以无厚入有间，既习已意感偶生，假类毕达，阅载千百，謦欬弗违，斯入矣。赋情独深，逐境必寤，酝酿日久，冥发妄中；虽铺叙平淡，摹缋浅近，而万感横集，五中无主；读其篇者，临渊窥鱼，意为鲂鲤，中宵惊电，罔识东西，赤子随母笑啼，乡人缘剧喜怒，抑可谓能出矣。问涂碧山，历梦窗、稼轩，以还清真之浑化。余所望于世之为词人者，盖如此。

（清）周济《宋四家词选目录序论》，《介存斋论词杂著·附录》，人民文学出版社本

问：有谓作诗不须苦吟者，唐人"吟安一个字，捻断数茎须"，杨升庵极贬之。然陈去非尝引"蟾蜍影里清吟苦，舴艋舟中白发生"，为诗须苦吟之证。二说不同何邪？

此说王渔洋尝论之。要之即一人之身，亦有此两种诗境：有时伫兴而成，不假思索；有时千辟万灌，力追无朕；迨其成也，同归自然。摩诘走入醋瓮，襄阳眉毛尽落，今其诗具在，绝不识何篇为苦吟而得者，可以悟矣。

（清）陈仅《竹林答问》，《清诗话续编》本

问：最苦是一题到手，门面肤套，似是而非之语，纷至沓来；及至打扫尽净，则又无一字；竟不知从何处落想，有把笔终日不得一句者，将何以救之？

大凡作诗，无执笔寻诗之理。一题入手，先扫心地，一片光明，必使万邪悉屏，然后从容定意，意定而后谋局，局定则思过半矣。于是从首至尾，一路结构，惨淡经营，迨全诗在胸，下笔迅写。脱稿后字句未惬，乃有推敲涂改一番功夫。譬之大将领十万师，先观其令严夜寂，有闻无声，便知是将才。次则定谋，次则遣将。至营阵既列，变化在手，不待接仗而决其必胜矣。苟胸无全诗而字字苦吟，律诗且不可，况古体乎？

（清）陈仅《竹林答问》，《清诗话续编》本

曰：君尝读《四梦》乎？《紫钗记》通本皆用此法也。第一折之"淑花媚早春，屠苏偏让少年人，和东风吹绽了袍花衬。"又云"眉黄喜入春多分，酒令香销少个人。"字字烹炼，字字自然也。盖烹炼者笔意，自然者笔机。意机交美，斯为妙句。若只顾烹炼，乃至语意晦塞，是违填词贵浅显之道矣。又安足取哉！

（清）吴梅《顾曲麈谈》第二章第一节《论作剧法》，《汤显祖诗文集·附录》，上海古籍出版社本

作诗先贵相题，题有大小难易，内中自有一定之分寸境界。作者务相题之所宜，以为构思命意之标准。标准既立，子细酙酌于措词、著名、使典、布局之间，以期分寸适合，境界宛肖，自然切当不移。个中消息，极密极微，差之毫厘，谬以千里。七子之浮声空调，正坐不知相题行事，一

味击鼓鸣钟，高唱"大江东去"，所以分寸不合，情景不切，是为伪诗，非真诗也。若真诗，则宜刚宜柔，或大或小，清奇浓淡，因题而施，自无不合乎分际，恰到好处者。通首并无一语空谈，一字浪下，铢两丝毫，皆经秤量而出，权衡至当，安得有肤浮之患哉！魏叔子曰："小题大作，是俗士最得意之笔。"纪文达公曰："狮子搏兔，必用全力，终是狮子之愚。"味此两言，益知诗家分寸境界，不可稍逾题限。今之粗才，动作长篇，卖弄笔锋，尤好征引涂泽，自炫博雅，费尽气力，转使人厌，亦何益哉！甚至小小赋物，一题作数十首，与夫一题而和韵叠韵，屡步不已者，曷不知分量乃尔！

（清）朱庭珍《筱园诗话》卷一，《清诗话续编》本

宋政和中，建设画学，用太学考试法试四方画士，以古人诗句命题。尝试竹锁桥边卖酒家，人皆向酒家著笔，一史但于桥头竹外挂一酒帘而已。又试踏花归去马蹄香，人皆作马上看花景，一史于落红径上，扫数蝴蝶飞逐马后。又试嫩绿枝头红一点，人皆于花木上粧点，一史独于危亭缥缈，绿杨隐映之处，画一美人凭栏而立。果皆得中魁选。想其结构时，意象惨淡。图成后，落落大方。推陈出新，真切而不落纤巧，乃为结构。

（清）邹一桂《小山画谱》，《历代论画名著汇编》本

明谢肇淛云：古人言画，一曰气韵生动，二曰骨法用笔，三曰应物写形，四曰随类傅彩，五曰经营位置，六曰传模移写。此数者，何尝道得画中三昧。以古人之法而施之于今。何啻枘凿？愚谓即以六法言亦当以经营为第一，用笔次之，傅彩又次之，传模应不在画内，而气韵则画成后得之。一举笔即谋气韵从何着手？以气韵为第一者，乃赏鉴家言，非作家法也。

（清）邹一桂《小山画谱》，《历代论画名著汇编》本

《西游》一书，不惟理学渊源，正见其文法井井。看他章有章法，字有字法，句有句法，且更部有部法，处处埋伏，回回照应，不独深于理，实更精于文也。后之批者，非惟不解其理，亦并没注其文，则有负此书也多矣。

（清）张书绅《新说西游记总批》，引自《西游记资料汇编》，中州书画社本

《西游记》，却从东胜写起，唐僧又在中华，其相隔不知几万千也，如何会合得来？看他一层一层，有经有纬，有理有法，贯串极其神妙，方知第一回落笔之际，全部的大局，早已在胸中。非是作了一段，又去想出一段也。

(清) 张书绅《新说西游记总批》，引自《西游记资料汇编》，中州书画社本

10. 若得神授

听于无声，视于无形。

(先秦)《礼记·曲礼》，《十三经注疏》本

庖丁为文惠君解牛，手之所触，肩之所倚，足之所履，膝之所踦，砉然响然，奏刀騞然，莫不中音：合于《桑林》之舞，乃中《经首》之会。

文惠君曰："嘻，善哉！技盖至此乎？"

庖丁释刀对曰："臣之所好者道也，进乎技矣。始臣之解牛之时，所见无非牛者；三年之后，未尝见全牛也。方今之时，臣以神遇而不以目视，官知止而神欲行。依乎天理，批大郤，导大窾，因其固然；技经肯綮之未尝，而况大軱乎！良庖岁更刀，割也；族庖月更刀，折也。今臣之刀十九年矣，所解数千牛矣，而刀刃若新发于硎。彼节者有间，而刀刃者无厚；以无厚入有间，恢恢乎其于游刃必有余地矣！是以十九年而刀刃若新发于硎。虽然，每至于族，吾见其难为，怵然为戒，视为止，行为迟。动刀甚微，謋然已解，如土委地。提刀而立，为之四顾，为之踌躇满志，善刀而藏之。"

文惠君曰："善哉！吾闻庖丁之言，得养生焉。"

(先秦)《庄子·内篇·养生主》，《诸子集成本》

故思理为妙，神与物游。神居胸臆，而志气统其关键；物沿耳目，而辞令管其枢机。枢机方通，则物无隐貌；关键将塞，则神有遁心。

(南朝·梁) 刘勰《文心雕龙·神思》，人民文学出版社本

文章者，盖情性之风标，神明之律吕也。蕴思含毫，游心内运，放言

落纸,气韵天成。

(南朝·梁)萧子显《南齐书·文学传论》,中华书局本

野寺江天豁,山扉花竹幽。诗应有神助,吾得及春游……

(唐)杜甫《游修觉寺》,《杜诗详注》卷九,中华书局本

……好学尚贞烈,义形必霑巾。挥翰绮绣扬,篇什若有神。……

(唐)杜甫《八哀诗·赠太子太师汝阳郡王琎》,《杜诗详注》卷十六,中华书局本

……醉里从为客,诗成觉有神……

(唐)杜甫《独酌成诗》,《杜诗详注》卷五,中华书局本

十日画一水,五日画一石。能事不受相促迫,王宰始肯留真迹……

(唐)杜甫《戏题王宰画山水图歌》,《杜诗详注》卷九,中华书局本

哲匠运思,天姿是具。假之笔精,实以神遇。居然成象,豁若披雾。瞻仰神锋,如窥武库。婉婉高识,昂昂独步。绝顶孤松,空彼白鹭。不犯之色,匪躬之故。熟知其化,亦在毫素。

(唐)独孤及《尚书右丞徐公写真图赞》,《全唐文》卷三百八十九,中华书局本

彭城刘梦得,诗豪者也。其锋森然,少敢当者。予不量力,往往犯之。夫合应者声同,交争者力敌;一往一复,欲罢不能。由是每制一篇,先相视草;视竟则兴作,兴作则文成……文之神妙,莫先于诗。若妙与神,则吾岂敢?如梦得"雪里高山头白早,海中仙果子生迟";"沉舟侧畔千帆过,病树前头万木春"之句之类,真谓神妙,在在处处,应当有灵物护之,岂唯两家子侄秘藏而已?

(唐)白居易《刘白唱和集解》,《白居易集》卷六十九,中华书局本

赵璧弹五弦,人问其术,答曰:"吾之于五弦也,始则心驱之,中则

神遇之，终则天随之，吾方浩然，眼如耳，目如鼻，不知五弦之为璧，璧之为五弦也。"

（唐）李肇《唐国史补》卷下，古典文学出版社本

极乎神而尽乎微，资于假而迫于真，象生意端，形造笔下。

（五代）刘道醇《圣朝名画评》卷三，《画品丛书》本

逸句得时如虎变，大篇成处若神交。

（宋）邵雍《逸书吟》，《伊川击壤集》卷十一，《四部丛刊》本

……以正为奇，以奇为正，出入二王之间，复汉隶秦篆皇颉之初，书法始备矣。然犹学之于人，非自得之于己也。必观夫天地法象之端，人物器皿之状，鸟兽草木之文，日月星辰之章，烟云雨露之态，求制作之所以然，则知书法之自然，犹之于外，非自得之于内也。必精穷天下之理，锻炼天下之事，纷拂天下之变，客气妄虑，扑灭消弛，澹然无欲，翛然无为，心手相忘，纵意所如，不知书之为我，我之为书，悠然而化，然从技入于道，凡有所书，神妙不测，尽为自然造化，不复有笔墨，神在意存而已。

（元）郝经《移诸生论书法》，《郝文忠公陵川集》卷二十三，清刊本

庄周之著书，李白之歌诗，放荡纵恣，惟其所欲而无不如意，彼岂学而为之哉！其心默会乎神，故无所用其智巧，而举天下之智巧莫能加焉。使二子者有意而为之，则不能皆如其意，而于智巧也狭矣。庄周、李白神于文者也，非工于文者所及也。文非至工则不可以为神，然神非工之所至也。当二子之为文也，不自知其出于心，而应于手，况自知其神乎？二子且不自知，况可得而效之乎？效古人之文者，非能文者也，惟心会于神者能之。然亦难矣。

（明）方孝孺《苏太史文集序》，《逊志斋集》卷十二，《四部备要》本

走笔成诗，兴也；琢句入神，力也。句无定工，疵无定处，思得一字妥帖，则两疵复出；及中联惬意，或首或尾又相妨。万转心机，乃成篇

什。譬如唐太祖用兵，甫平一僭窃，而复干戈迭起。两献捷，方欲论功，余寇又延国讨。百战始定，归于一统，信不易为也。夫一律犹一统也，两联如中原，前后如四边。四边不宁，中原亦不宁矣。思有无形之战，成有不赏之功，子建以词赋为勋绩是也。

（明）谢榛《四溟诗话》卷三，《历代诗话续编》本

妙在书停使去，转出子夫力挽仲孺逞赴塞。晤此变中又变、错中更错，生出几许峦峰，弄出几许波澜，提放之巧若此。

机来神熟，作者亦不知其思之如流、气之如云、致之如环矣。

（明）汤显祖《玉茗堂批评〈种玉记〉》卷上第十五出《促晤》
总评，《古本戏曲丛刊》本

《郊祀》之精深，《房中》之典则，《秋风》之藻艳，诸如此类，蹊径具存，不尽无意，然皆匪五言。《郊祀》则《颂》，《房中》则《雅》，《秋风》则《骚》，极盛在前，固难继也。惟五言肇自《河梁》，盛于宛洛，叙致由衷，而足以感鬼神，动天地；讴吟信口，而以被金石，叶管弦。如《孔雀东南飞》一首，骤读之，下里委谈耳；细绎之，则章法、句法、字法、才情、格律、音响、节奏，靡不具备，而实未尝有纤毫造作，非神化所至而何？

（明）胡应麟《诗薮·外编》卷一，上海古籍出版社本

宏大，则"昔闻洞庭水"；富丽，则"花隐掖垣暮"；感慨，则"东郡趋庭日"；幽野，则"风林纤月落"；饯送，则"冠冕通南极"；投赠，则"斧钺下青冥"；追忆，则"洞房环珮冷"；吊哭，则"他乡复行役"等，皆神化所至，不似人间来者。

（明）胡应麟《诗薮·内编》卷四，上海古籍出版社本

当其一室燕坐，图书左右离列，拂拭尘埃，几案间冥默觐思，神与趣融，景与心会，鱼龙出没巨海中，殆难以测度。或花间月下，引觞独酌，酒酣气豪，放奇作楚调，已而吟思俊发，涌若源泉，捷如风雨，顷刻数百言，落笔弗能休。故季迪之诗，缘情随事，因物赋形，横纵百出，开合变

化而不拘拘乎一体之长。

  （明）谢徽《缶鸣集序》，《高太史大全集》卷首，《四部丛刊》本

  神者，灵变惝恍，妙万物而为言。读破万卷，而胸无一字，则神来矣。一落滓秽，神已索然。

  （清）贺贻孙《诗筏》，《清诗话续编》本

  唐人五言律之妙，或有近于五言古者，然欲增二字作七言律则不可。七言律之奇，或有近于七言古者，然欲减二字作五言律则不能。其近古者，神与气也。作诗文者，以气以神，一涉增减，神与气索然矣。

  （清）贺贻孙《诗筏》，《清诗话续编》本

  神入理出，想其用意时淳泓萧瑟。结无结态，妙。

  （清）王夫之《明诗评选》卷四，张宇初《仲春喜晴》评语，《船山遗书》，太平洋书店重校刊本

  流动者，生机不息，自然运动。大而天地，小如文章，未有不流动而能久者。流动之根，却在心神秘妙中转掉，非人力所及也。

  （清）张谦宜《𫖯斋诗谈》卷一，《清诗话续编》本

  陈思诗全以神行，笔未尝着纸。杨德祖谓："有所造作，若成诵在心，借书于手，曾不斯须少留思虑。"又曰："含王超陈，度越诸子。"呜呼！真八斗才也，后来惟李太白近之。

  （清）乔亿《剑溪说诗》卷上，《清诗话续编》本

  高氏棅曰："七言绝句，太白高于诸人，王少伯次之。"按《艺苑卮言》谓"七言绝句王少伯与太白争胜毫厘，俱是神品"。《诗薮》谓"太白、江宁，各有至处"。《弱侯诗评》谓"龙标、陇西，七绝当家，足称联璧"。《漫堂说诗》谓"三唐绝句，并堪不朽，太白、龙标，绝伦逸群"。然吾独取高氏"少伯次之"之说。夫少伯七绝，古雅深微，意在言表，低眼观场，随声赞美，其实堕云雾中，并不知其意脉所在，此其境地，岂可易求？顾余谓少伯诗，咀含有余，而飞舞不足也。屈绍隆云：

"诗以神行，若远若近，若无若有，若云之于天，月之于水，诗之神者也。而五七绝尤贵以此道行之。昔之擅其妙者，在唐有太白一人，盖非摩诘、龙標之所及，所谓鼓之舞之以尽神，由神入化者也。"细玩屈氏之论，则知高氏所谓"少伯次之"者，非臆见矣。王氏谓"争胜豪厘"，太白胜龙标处，诚在豪厘之间，非老于诗律，不能下斯一语。惜王氏以"俱是神品"一语混之，说成李能胜王，王亦胜李。于是胡氏《诗薮》谓"李写景入神，王言情造极。王宫辞乐府，李不能为；李览胜纪行，王不能为"。意议浅滞，妄分畛域，更不足驳也已。

（清）潘德舆《养一斋李杜诗话》卷一，《清诗话续编》本

仆平日论诗，窃取杜公"意匠惨淡经营中"，"下笔如有神"二语。分观今古，不拘一格，而以"下笔有神"者为极致，又恐"意匠经营"与惊人奇句，相似而不同之处，学者不能深辨，往往迷误终身，识流于怪僻，志失于务外，所害不细。

（清）潘德舆《养一斋李杜诗话》卷二，《清诗话续编》本

士之负绝艺者，中有神解而外与物化，非至精者不能几也。然而为之难，知之亦难。何以言之？夫善琴者，不必于其音也。善弈者，不必于其博也。善射者，不必于其鹄也。善御者，不必于其马也。善书画者，不必于其毫素也。孔子曰："用志不分，乃疑于神。"神者，芒忽无形，变化无端，长于造物者游而仿佛其所由始，吾乃目将营之，足将从之，若是乎其专且壹也。虽有好恶、利害、非誉、巧拙不得而入焉。久之如有得也。窅然若丧其故吾，而忻然与其道相接，如此谓之艺成。艺既成，居有以得于己，出可以无待于人。苟或嗜我技贪我名而不窥我用志之所存，虽投之以千金之璧，却行拥篲而前者，弗顾也。以其不足乎知我也。故曰：为之难，知之亦难。

（清）吴梅村《王石谷赠行诗序》，《梅村家藏稿》卷三十五，《四部丛刊》本

冥冥濛濛，忽忽梦梦。沉沉脉脉，洞洞空空。莫窥朕兆，伊谁与通。神游无端，思抽有绪。蹑电追风，知在何许。倏忽得之，目光如炬。

（清）马荣祖《文颂·神思》，《昭代丛书》巳集，世楷堂本

11. 思与境偕　神与境合

凡所赋诗皆意与境会，疏导情性，含写飞动。得之于静，故所趣皆远。其道退，其徒寡，不交当世，故知之者希。

(唐)权德舆《左武卫冑曹许君集序》，《权载之文集》补刻，《四部丛刊》本

然河汾蟠郁之气，宜继有人。王生寓居其间，浸渍益久，五言所得，长于思与境偕，乃诗家之所尚者。

(唐)司空图《与王驾评诗书》，《诗品集解》附录一，人民文学出版社本

山谷云："诗文唯不造恐强作，待境而生，便自工耳。"山谷谓秦少章云："凡始学诗须要每作一篇，先立大意；长篇须曲折三致意，乃能成章。"

(宋)吕本中《童蒙诗训》，《宋诗话辑佚》本

《晴》"啼鸦争引子，鸣鹤不归林。下食遭泥去，高飞恨久阴。"子美之志可见矣。"下食遭泥去"，则固穷之节，"高飞恨久阴"，则避乱之急也。子美之志，其素所蓄积如此，而目前之景，适与意会，偶然发于诗声，六义中所谓兴也。兴则触景而得，此乃取物。

(宋)张戒《岁寒堂诗话》卷下，《历代诗话续编》本

《扪蝨新话》："陶渊明诗：'采菊东篱下，悠然见南山。'采菊之际，无意于山，而景与意会，此渊明得意处也。而老杜亦曰：'夜阑接软语，落月如金盆，'余爱其意度闲雅，不减渊明，而语句雄健过之。每咏此二诗，便觉当时情景尽在目前，而二公写之笔端，殆若天成，兹为可贵。"

(宋)蔡梦弼《杜工部草堂诗话》卷一，《历代诗话续编》本

诗不可凿空强作，待境而生自工。或感古怀今，或伤今思古，或因事说景，或因物寄意，一篇之中，先立大意，起承转结，三致意焉，则工缜

矣。结体、命意、炼句、用字，此作者之四事也。体者，如作一题，须自斟酌，或骚或选，或唐，或江西。骚不可杂以选，选不可杂以唐，唐不可杂以江西，须要首尾浑全，不可一句似骚，一句似选。

（元）杨载《诗法家数》，《历代诗话》本

夫万景七情，合于登眺；若面前列群镜，无应不真，忧喜无两色，偏正惟一心；偏则得其半，正则得其全。镜犹心，光犹神也。思入杳冥，则无我无物。诗之造玄矣哉！

（明）谢榛《四溟诗话》卷三，《历代诗话续编》本

遇有操觚，一师心匠。气从意畅，神与境合，分途策驭，默受指挥，台阁山林，绝迹大漠，岂不快哉！

（明）王世贞《艺苑卮言》卷一，《历代诗话续编》本

舒写胸襟，发挥景物，境皆独得，意自天成，能令人永言三叹，寻味不穷，忘其为熟，转益见新，无适而不可也。若五内空如，毫无寄托，以剿袭浮辞为熟，搜寻险怪为生，均为风雅所摈。论文亦有顺逆二义，并可与此参观发明矣。

（清）叶燮《原诗·外篇上》，人民文学出版社本

问曰："唐人命意如何？"答曰："心不孤起，仗境方生。熟读《新旧唐书》、《通鉴》、稗史、杂记，乃能于作者知其时事，知其境遇，而后知其诗命意之所在。如子美《丽人行》岂可不知五杨事乎？试看《本事诗》，则知篇篇有意，非漫然为之者也。"

（清）吴乔《围炉诗话》卷一，《清诗话续编》本

杨徽之"新霜染枫叶，皓月借芦花"，自云语有神助。余往来江上，月夜泊舟青芦乱苇间，江声月色，芦花飒飒如雨，煮茗兀坐，心魄俱莹，因知天地间，江山风月，相借而成，坎止流行，无非妙趣。

（清）陆蓥《问花楼诗话》卷一，《清诗话续编》本

到一名胜之所，似乎不可无诗因而作诗，此便非真性情，断不能得好

诗。必要胸中本有诗，偶然感触，遂一涌而出，如此方有好诗。

（清）厉志《白华山人诗说》卷二，《清诗话续编》本

词中句与字，有似触著者，所谓极炼如不炼也。晏元献"无可奈何花落去"二句，触著之句也；宋景文"红杏枝头春意闹"，"闹"字，触著之字也。

（清）刘熙载《艺概·词曲概》，上海古籍出版社本

12. 胸有成竹

竹之始生，一寸之萌耳，而节叶具焉。自蜩腹蛇蚹以至于剑拔十寻者，生而有之也。今画者乃节节而为之，叶叶而累之，岂复有竹乎？故画竹必先得成竹于胸中，执笔熟视，乃见其所欲画者，急起从之。振笔直遂，以追其所见，如兔起鹘落，少纵则逝矣。

（宋）苏轼《文与可画筼筜谷偃竹记》，《东坡七集·东坡集卷三十二》，《四部备要》本

龙眠胸中有千驷，不独画肉兼画骨。但当与作少陵诗，或自与君拈秃笔。东南山水相招呼，万象入我摩尼珠。尽将书画散朋友，独与长铗归来乎。

（宋）苏轼《次韵吴传正枯木歌》，《东坡七集·东坡后集》卷三，《四部备要》本

与可画竹时，见竹不见人。岂独不见人，嗒然遗其身。其身与竹化，无穷出清新。庄周世无有，谁知此疑神。

若人今已无，此竹宁复有。那将春蚓笔，画作风中柳。君看断崖上，瘦节蛟蛇走。何时此霜竿，复入江湖手。

晁子拙生事，举家闻食粥。朝来又绝倒，谀墓得霜竹。可怜先生槃，朝日照苜蓿。吾诗固云尔，可使食无肉。（自注：吾旧诗云，可使食无肉，不可居无竹。）

（宋）苏轼《书晁补之所藏与可画竹三首》，《东坡七集·东坡集》卷十六，《四部备要》本

峨峨扇中山，绝壁信天剖。谁施大圆镜，衡霍入户牖。得之老月师，画者一醉叟。常疑若人胸，自有云梦薮。千岩在掌握，用舍弹指久。低昂不自知，恨寄儿女手。短屏虽曲折，高枕谢奔走。出家非今日，法水洗无垢。浮游云释峤，燕坐柳生肘。忘怀紫翠间，相与到白首。

  （宋）苏轼《吴子野将出家赠以扇山枕屏》，《东坡七集·东坡后集》卷三，《四部备要》本

  与可画竹时，胸中有成竹。经营似春雨，滋长地中绿。兴来雷出土，万箨起崖谷。君今似与可，神会久已熟。吾观古管葛，王霸在心曲。遭时见毫发，便可惊世俗。文章亦犹尔，讵可枝叶续。穿杨有先中，未发猿拥木。词林君张舅，此理妙观烛。君从问轮扁，何用知圣读。

  （宋）晁补之《赠文潜甥杨克一学文与可画竹求诗》，《鸡肋集》卷八，《四部丛刊》本

  绘雪者不能绘其清，绘月者不能绘其明，绘花者不能绘其馨，绘泉者不能绘其声，绘人者不能绘其情，此亦未知道妙云尔。唐皇令韩干观所藏画马。干曰：厩马皆师。李伯时过太仆卿廨舍，终日纵观御马，至不暇与客谈。积精储神，赏其神骏。久久则胸中有全马矣。信意落笔，自尔超妙。山谷诗云：李侯画骨亦画肉，下笔生马如破竹。生字下得最妙。胸有全马，故自笔端而生。初非想象描摹也。曾云巢无疑，工画草虫，年迈愈精。余问有所传乎？无疑曰：是岂有法可传哉？某自少时取草虫，笼而观之，穷昼夜不厌。又恐其神之不完也，复就草地观之，于是始得其天。方其落笔之际，不知我之为草虫耶？草虫之为我也。此与造化生物之机缄，盖无以异。岂有可传之法哉！

  （宋）罗大经《画说》，《历代论画名著汇编》本

  画竹先得成竹于胸中，执笔熟视，见其所欲画者，急起从之，振笔直遂，以追其所见。如兔起鹘落，少纵则逝矣。坡云：与可之教予如此，予不能然也。夫既心识所以然，而不能然者，内外不一，心手不相应，不学之过也。坡公尚然，况后生乎？人徒知画竹者不在节节而为，叶叶而累，抑不思胸中成竹从何而来。慕远贪高，逾级躐等，放弛情性，东抹西涂，便为脱去翰墨蹊径，得乎？故当一节一叶措意于法度之中，时习不倦，真

绩力久，自信胸中真有成竹而后可以振笔直遂，以追其所见。不然徒执笔熟视将何所见而追之邪！苟能就规矩绳墨，则自无瑕颣，何患乎不至哉？纵失于拘，久之犹可达于规矩绳墨之外。若遽放逸，则恐不复可入于规矩绳墨而无所成矣。故学者必自法度中来，始得画竹之法。

（元）李衎《息斋竹谱》，《历代论画名著汇编》本

国朝画手何大夫，亲临伯时阅马图。伯时绝忆铁面语，放笔骅骝怀此都。此都大夫八九十，千马万马在胸臆。偶然数鬣落江南，卷束上箱谢槽枥。

（元）虞集《题何大夫画马》，《道园学古录》卷二十八，《四部备要》本

一部书，共计七十回，前后凡叙一百八人，而晁盖则其提纲挈领之人也。晁盖提纲挈领之人，则应下笔第一回便与先叙。先叙晁盖已得停当，然后从而因事造景，次第叙出一百八个人来，此必然之事也。乃今上文已放去一十二回，到得晁盖出名，书已在第十三回。我因是而想，有有全书在胸而始下笔著书者，有无全书在胸而姑涉笔成书者。如以晁盖为一部提纲挈领之人，而欲第一回便先叙起，此所谓无全书在胸而姑涉笔成书者也。若既已以晁盖为一部提纲挈领之人，而又不得先放去一十二回，直至第十三回，方与出名，此所谓有全书在胸而后下笔著书者也。夫欲有全书在胸，而后下笔著书，此其以一部七十回、一百有八人，轮回捆叠于眉间、心上，夫岂一朝一夕而已哉？观鸳鸯而知金针，读古今之书而能识其经营，予日欲得见斯人矣。

（清）金圣叹《第五才子书施耐庵水浒传》第十三回总批，中华书局本

《水浒传》不是轻易下笔，只看宋江出名，直在第十七回，便知他胸中已算过百十来遍。若使轻易下笔，必要第一回就写宋江，文字便一直帐，无擒放。

（清）金圣叹《读第五才子书法》，《第五才子书施耐庵水浒传》卷三，中华书局本

此书笔力大过于人处，每每在两篇相接连时偏要写一样事，而又断断不使其间一笔相犯。如上文方写过何涛一番，入此回又接写黄安一番是也。看他前一番，翻江搅海，后一番，搅海翻江，真是一样才情，一样笔势。然而读者细细寻之，乃至曾无一句一字偶尔相似者，此无他，盖因其经营图度，先有成竹藏之胸中，夫而后随笔迅扫，极妍尽致，只觉干同是干、节同是节、叶同是叶、枝同是枝，而其间偃仰斜正，各自入妙，风痕露迹，变化无穷也。

（清）金圣叹《第五才子书施耐庵水浒传》第十九回总批，中华书局本

画竹之法，不贵拘泥成局，要在会心人深神，所以梅道人能超最上乘也。盖竹之体，瘦劲孤高，枝枝傲雪，节节干霄，有似乎士君子豪气凌云，不为俗屈。故板桥画竹，不特为竹写神，亦为竹写生。瘦劲孤高，是其神也；豪迈凌云，是（其）生也；依于石而不囿于石，是其节也；落于色相而不滞于梗概，是其品也。竹其有知，必能谓余为解人；石也有灵，亦当为余首肯。

（清）郑燮《题兰竹石二十七则》，《郑板桥集·补遗》，上海古籍出版社本

信手拈来都是竹，乱叶交枝戞寒玉。却笑洋洲文太守，早向从前构成局。我有胸中十万竿，一时飞作淋漓墨。为凤为龙上九天，染遍云霞看新绿。

（清）郑燮《题画竹六十九则》，《郑板桥集·补遗》，上海古籍出版社本

文与可画竹，胸有成竹；郑板桥画竹，胸无成竹。浓淡疏密，短长肥瘦，随手写去，自尔成局，其神理具足也。藐兹后学，何敢妄拟前贤。然有成竹无成竹，其实只是一个道理。

（清）郑燮《题画·竹》，《郑板桥集》，上海古籍出版社本

画于绢素上观之，观画也。于未到绢素上观之，作画也。观画易，作画难。试看余写此一幅墨兰，汲水涤砚洗笔磨墨时，何事非兰？及至伸纸

拂拭，未经落手，兰在何许？一经下笔，兰在纸上，间不容发。其风晴雨露之态，向背远近之情，无不一一具在，乃至添荆棘，缀白石，苍苔紫芝，绿竹芳草，随意点染，无不相宜。若汲水涤砚时无此兰，及至伸纸下笔时有此兰，必不得之数也。假饶用尽苦工，极力描写，不过如今之攒根倒插接叶小花之派，岂能有宋、元之郑所南、赵吴兴，有明之文待诏、陈古白之流风余韵耶？作诗之诀，于此推求，思过半矣。

（清）薛雪《一瓢诗话》，《清诗话》本

意在笔先，实非易事。穷微测奥，通乎神解，方到此高妙境地。夫逐字临摹，先定位置，次玩承接，循其伸缩攒捉，细心体认，笔不妄下，胸有成竹，所谓意在笔先也。安能如笔在意先者之超超玄箸哉？

（清）朱和羹《临池心解》，引自《历代书法论文选》，上海书画出版社本

余学画二三十年来，如溯急流。用尽气力，不离旧处。不知二三十年后，为何如？笔墨如此，况学道乎？绘学有得，然后见山见水，触物生趣，胸中了了，方可下笔。画要笔墨酣畅，意趣超古。画之董、巨，犹诗之陶、谢也。渊明篇篇有酒，摩诘句句有画。欲追拟辋川，先饮彭泽酒以发兴。

（清）吴历《墨井画跋》，《历代论画名著汇编》本

且庵画竹枝，见竹不见画。淇园千亩藏胸中，挥扫但觉腕底快。沈生展画图，见画如见竹。虚中强项故依然，对此可以疗吾俗。满堂萧飒枝从横，叶叶尽带风雨声。知君久通篆籀法，不向尺寸摹其形。时无巨眼精赏识，十年浪走名难成。写将几幅鹅溪绢，付与时人论重轻。

（清）沈德潜《题顾且庵画竹》，《沈归愚诗文全集》，《竹啸轩诗钞》卷四，清刊本

写竹者必有成竹在胸，谓意在笔先，然后著墨也。惨淡经营，诗道所贵。倘意旨间架，茫然无措，临文敷衍，支支节节而成之，岂所语于得心应手之技乎？

（清）沈德潜《说诗晬语》卷下，《清诗话》本

13. 构思的各种情况

或托言于短韵，对穷迹而孤兴。俯寂寞而无友，仰寥廓而莫承。譬偏弦之独张，含清唱而靡应。
    （晋）陆机《文赋》，《陆机集》卷一，中华书局本

韦仲将能书，魏明帝起殿，欲安榜，使仲将登梯题之。既下，头鬓皓然，因敕儿孙，勿复学书。
    （南朝·宋）刘义庆《世说新语·巧艺》卷五，《诸子集成》本

凡童少鉴浅而志盛，长艾识坚而气衰，志盛者思锐以胜劳，气衰者虑密以伤神，斯实中人之常资，岁时之大较也。若夫器分有限，智用无涯，或渐凫企鹤，沥辞镌思，于是精气内销，有似尾闾之波，神志外伤，同乎中山之木；怛惕之盛疾，亦可推矣。至如仲任置砚以综述，叔通怀笔以专业，既暄之以岁序，又煎之以日时，是以曹公惧为文之伤命，陆云叹用思之困神，非虚谈也。
    （南朝·梁）刘勰《文心雕龙·养气》，人民文学出版社本

饭颗山头逢杜甫，头戴笠子日卓午。借问别来太瘦生，总为从前作诗苦。
    （唐）李白《戏赠杜甫》，《李太白全集》卷三十，中华书局本

……知君苦思缘诗瘦，太向交游万事慵。
    （唐）杜甫《暮登四安寺钟楼寄裴十迪》，《杜诗详注》卷九，中华书局本

……诏谓将军拂绢素，意匠惨淡经营中。须臾九重真龙出，一洗万古凡马空。玉花却在御榻上，榻上庭前屹相向。至尊含笑催赐金，圉人太仆皆惆怅。弟子韩干早入室，亦能画马穷殊相。干惟画肉不画骨，忍使骅骝气凋丧。将军画善盖有神，偶逢佳士亦写生……
    （唐）杜甫《丹青引赠曹将军霸》，《杜诗详注》卷十三，中华书局本

……老夫生平好奇古，对此兴与精灵聚。已知仙客意相亲，更觉良工心独苦……

（唐）杜甫《题李尊师松树障子歌》，《杜诗详注》卷六，中华书局本

建诗似初发通庄，却寻野径百里之外，方归大道。所以其旨远，其兴僻，佳句辄来，唯论意表。至如"松际露微月，清光犹为君"，又"山光悦鸟性，潭影空人心"，此例一数句，并可称警策。

（唐）殷璠《河岳英灵集》卷上《常建》，《四部丛刊》本

诗不假修饰，任其丑朴。但风韵正，天真全，即名上等。予曰：不然，无盐缺容而有德，曷若文王太姒有容而有德乎？又云：不要苦思，苦思则丧自然之质。此亦不然。夫不入虎穴，焉得虎子？取境之时，须至难、至险，始见奇句。成篇之后，观其气貌，有似等闲，不思而得，此高手也。有时，意静神王，佳句纵横，若不可遏，宛若神助。不然，盖由先积精思，因神王而得乎？

（唐）皎然《诗式》，《历代诗话》本

莫话诗中事，诗中难更无。吟安一个字，捻断数茎须。险觅天应闷，狂搜海亦枯。不同文赋易，为著者之乎。

（唐）卢延让《苦吟》，《全唐诗》七百十五卷，中华书局本

新篇日日成，不是爱声名。旧句时时改，无妨悦性情。但令长守郡，不觅却归城。只拟江湖上，吟哦过一生。

（唐）白居易《诗解》，《白居易集》卷二十三，中华书局本

昨夜江楼上，吟君数十篇。词飘朱槛底，韵堕绿江前。清楚音谐律，精微思入玄……顾我文章劣，知他气力全。功夫虽共到，巧拙尚相悬。……每叹陈夫子，常嗟李谪仙。名高折人爵，思苦减天年。

（唐）白居易《江楼夜吟元九律诗成三十韵》，《白居易集》卷十七，中华书局本

白才逸气高，与陈拾遗齐名，先后合德。其论诗云："梁陈以来，艳

薄斯极。沈休文又尚以声律，将复古道，非我而谁与？"故陈李二集律诗殊少。尝言"兴寄深微，五言不如四言，七言又其靡也，况使束于声调俳优哉。"故戏杜曰："饭颗山头逢杜甫，头戴笠子日卓午。借问何来太瘦生，总为从前作诗苦。"盖讥其拘束也。

（唐）孟棨《本事诗》，《历代诗话续编》本

梅圣俞尝于范希文席上赋《河豚鱼诗》云："春洲生荻芽，春岸飞杨花。河豚当是时，贵不数鱼虾。"河豚常出于春暮，群游水上，食絮而肥，南人多与荻芽为羹，云最美。故知诗者谓只破题两句，已道尽河豚好处。圣俞平生苦于吟咏，以闲远古淡为意，故其构思极艰。此诗作于樽俎之间，笔力雄赡，顷刻而成，遂为绝唱。

（宋）欧阳修《六一诗话》，《历代诗话》本

吾观佛之徒，凡有所兴作，其人皆用力也勤，刻意也专，不肯苟成，不求速效。故善以小致大，以难致易，而其所为无（一不）如其志者，岂独其说足以动人哉！其中亦有智，然也！

（宋）曾巩《菜园院佛殿记》，《元丰类稿》卷十七，《四部丛刊》本

荆公尝作一绝题《张文昌诗后》云："苏州司业诗名老，乐府皆言妙入神。不似寻常最奇崛，成如容易却艰辛。"文昌平生所得，荆公两句言尽。

（宋）王直方《王直方诗话》，《宋诗话辑佚》本

人心思究经术，往往不能致精，唯诗冥搜造极，所谓"应须入海求"。唐人有云："句自夜中得，心从天外归。"

（宋）陈辅《陈辅之诗话》，《宋诗话辑佚》本

孟郊诗蹇涩穷僻，琢削不假，真苦吟而成。观其句法、格力可见矣。其自谓"夜吟晓不休，苦吟神鬼愁。如何不自闲，心与身为仇。"而退之荐其诗云："荣华肖天秀，捷疾愈响报。"何也？

（宋）魏泰《临汉隐居诗话》，《历代诗话》本

潘阆自号逍遥子，作《苦吟诗》曰："发任茎茎白，诗须字字清。"（江南野家）

（宋）阮阅《增修诗话总龟·苦吟门》，《四部丛刊》本

吴迈远好自夸而蚩鄙他人，每作诗得称意语，辄掷地呼曰："曹子建何足数哉！"袁嘏谓人曰："我诗有生气，亦以用心深苦，俄尔有得，宜不胜其喜。"子美云"语不惊人死不休"，贯休谓"得句先呈佛"，皆为此也。

（宋）黄彻《䂬溪诗话》卷二，《历代诗话续编》本

旧说贾岛诗如"鸟从井口出，人自岳阳来"，贯休"此夜一轮满，清光何处无"，皆经年方得偶句，以见其辞涩思苦，非若好事者夸辞，亦谬用其心矣。

（宋）黄彻《䂬溪诗话》卷三，《历代诗话续编》本

杜甫李白以诗齐名，韩退之云："李杜文章在，光焰万丈长。"似未易以优劣也。然杜诗思苦而语奇，李诗思疾而语豪。杜集中言李白诗处甚多，如"李白一斗诗百篇"，如"清新庾开府，俊逸鲍参军"，"何时一尊酒，重与细论文"之句，似讥其太俊快。李白论杜甫，则曰："饭颗山头逢杜甫，头戴笠子日卓午。为问因何太瘦生，只为从来作诗苦。"似讥其太愁肝肾也。杜牧云："杜诗韩笔愁来读，似倩麻姑痒处搔。天外凤凰谁得髓，何人解合续弦胶。"则杜甫诗，唐朝以来一人而已，岂白所能望耶！

（宋）葛立方《韵语阳秋》卷一，《历代诗话》本

贾岛携新文诣韩愈云："青竹未生翼，一步万里道。安得西北风，身愿变蓬草。"可见急于求师。愈赠诗云："家住幽都远，未识气先感。来寻吾何能，无味嗜昌歜。"可见谦于授业。此皆岛未儒服之时也。洎愈教岛为文，遂弃诗图，学举进士。《摭言》载岛初赴名场，于驴上吟"鸟宿池边树，僧敲月下门"。遇权京尹韩吏部呼唱而不觉，洎拥至马前，则曰："欲作敲字，又欲作推字，神游诗府，致冲大官。"愈曰："作敲字佳矣。"是时岛识韩已久矣，使未相识，愈岂肯教其作敲字邪！

（宋）葛立方《韵语阳秋》卷三，《历代诗话》本

陈去非尝为余言："唐人皆苦思作诗，所谓'吟安一个字，捻断数茎须'，'句向夜深得，心从天外归'，'吟成五字句，用破一生心'，'蟾蜍影里清吟苦，舴艋舟中白发生'之类是也。故造语皆工，得句皆奇，但韵格不高，故不能参少陵逸步。后之学诗者，倘或能取唐人语而掇入少陵绳墨步骤中，此连胸之术也。"

（宋）葛立方《韵语阳秋》卷二，《历代诗话》本

颜延之谢灵运各被旨拟《北士篇》，延之受诏即成，灵运久而方就。梁元帝云："诗多而能者沈约，少而能者谢朓，虽有迟速多寡之不同，不害其俱工也。"

（宋）葛立方《韵语阳秋》卷二，《历代诗话》本

小轩愁入了香结，幽径春生豆蔻梢。若论此时吟思苦，纵磨铁砚也成凹。

（宋）陆游《小园春思》其一，《剑南诗稿》卷七十，《陆游集》，中华书局本

文章要法，在得古作者之意。意既深远，非用力精到，则不能造也。前辈于《左氏传》、《太史公书》、韩文、杜诗，皆熟读暗诵，虽支枕据鞍间，与对卷无异。久之，乃能超然自得。今后生用力有限，掩卷而起，已十亡三四，而望有得于古人，亦难矣。

（宋）陆游《杨梦锡集句杜诗序》，《渭南文集》卷十五，《陆游集》，中华书局本

（周朴）性喜吟诗，尤尚苦涩，每遇景物，搜奇抉思，日旰忘返，苟得一联一句，则欣然自快。尝野逢一负薪者，忽持之，且厉声曰："我得之矣。"樵夫矍然惊骇，掣臂弃薪而走。遇巡徼卒，疑樵者为偷儿，执而讯之。朴徐往告卒曰："适见负薪，因得句耳。"卒乃释之。

（宋）尤袤《全唐诗话》卷六"周朴"条，《历代诗话》本

（裴说）其诗以苦吟难得为工，且拘格律，尝有诗曰："苦吟僧入定，得句将成功。"又《赠僧贯休》云："总无方是法，难得始为诗。"又云：

"是事精皆易，唯诗会却难。"

（宋）尤袤《全唐诗话》卷五"裴说"条，《历代诗话》本

孙君孚升云："昔与杜挺之、梅圣俞同舟溯汴，见圣俞吟诗，日成一篇，众莫能和。因密伺圣俞如何作诗。盖寝食游观，未尝不吟讽思索也。时时于座上忽引去，奋笔书一小纸，内算袋中，同舟窃取而观，皆诗句也。或半联，或一字，他日作诗，有可用者入之。或云'作诗无古今，惟造平淡难。'乃算袋中所书也。"

（宋）赵与虤《娱书堂诗话》卷下，《历代诗话续编》本

未惜诗脾苦，端令鬼胆寒。吾才三鼓竭，君思九江宽。作者今犹古，灯前卷又看。不辞须捻断，只苦句难安。

（宋）杨万里《仲良见和再和谢焉》，《诚斋集》卷一，《四部丛刊》本

南唐僧谦明中秋得句云："此夜一轮满，清光何处无？"先得上句，次年秋方得下句。尝见《使燕录》云："惟中秋天色阴晴，与夷狄同。"

（宋）佚名《漫叟诗话》，《宋诗话辑佚》本

欲识为诗苦，秋霜苦在心。（杜牧之）
搜天斡地觅诗情。（元稹白集序）

（宋）魏庆之《诗人玉屑》卷十二，中华书局本

初赋词，且先将熟腔易唱者填了，却逐一点勘，替去生硬及平侧不顺之字。久久自熟，便觉拗者少，全在推敲吟嚼之功也。

（宋）沈义父《乐府指迷·赋词初填熟腔》，《乐府指迷笺注》，人民文学出版社本

夫因事以陈辞，辞不迫切，而意独至，初不为难。后世以不得不难为难耳！古律歌行，篇章操引，吟咏呕谣，词调怨叹，诗之目既广，而诗评诗品诗说诗式，亦不可胜读。大概以脱弃凡近、澡雪尘翳、驱驾声势、破碎阵敌、囚锁怪变、轩豁幽秘、笼络今古、移夺造化为工，钝滞僻涩、浅露浮躁、狂纵淫靡、诡诞琐碎、陈腐为病。"毫发无遗恨"，"老去渐于诗

律细","佳句法如何","新诗改罢自长吟","语不惊人死不休",杜少陵语也。"好句似仙堪换骨,陈言如贼莫经心",薛许昌语也。"乾坤有佳气,散入诗人脾。千人万人中,一人两人知",贯休师语也。"看似寻常最奇崛,成如容易却艰难",半山翁语也。"诗律伤严近寡恩",唐子西语也。子西又言:"吾于它文,不至蹇涩,惟作诗极难苦,悲吟累日,仅自成篇,初读时未见可羞处,姑置之;后数日取读,便觉瑕颣百出,辄复悲吟累日,反复改定,比之前作稍有加焉;后数日复取读,疵病复出,凡如此数四,乃敢示人,然终不能工。"李贺母谓贺必欲呕出心乃已,非过论也。今就子美而下论之,后世果以诗为专门之学,求追配古人,欲不死生于诗,其可已乎?

(金)元好问《陶然集诗序》,《遗山先生文集》卷三十七,《四部丛刊》本

诗要苦思,诗之不工,只是不精思耳。不思而作,虽多亦奚以为?古人苦心终身,日炼月锻,不曰"语不惊人死不休",则曰:"一生精力尽于诗"。今人未尝学诗,往往便称能诗,诗岂不学而能哉?

(元)杨载《诗法家数》,《历代诗话》本

余生十余年,则好为诗。以俪偶为工,富艳为能。又五六年,益肆不羁,一操觚,顷千余言可立就。取而诵之,张绮绣而协埙篪,粲然可喜也。人往往以此多余。虽余亦自负以为材。今反视之,则惕息而大惭,抑塞而不宁。兴之所触,欲有所云,辄仰观霄汉,竟日不能作一语,何者?怪曩之所云,不近道,又恐今之复然也,故愈不敢易。盖知道者,若是之难也。然亦安敢以为知也?默而求之,终夜不寝以察之,平心而迎之,徐徐焉而导之,知其似矣,然后敢发。发而与作者不谬也,然后书之。久而复觉其不可也,则又毁焉。故余之于诗,学之非不专,而独无盈简之稿,屡书而屡毁,愧而不止。盖将求合乎斯道也,而后置焉,然亦难矣。

(明)方孝孺《时习斋诗集序》,《逊志斋集》卷十二,《四部备要》本

"巧迟不如拙速",此但为副急者道。若为后世计,则惟工拙好恶是论,卷帙中岂复有迟速之迹可指摘哉?对客挥毫之作,固闭门觅句者之不

若也。尝有人言："作诗不必忙，忙得一首后，剩有工夫，不过亦是作诗耳，更有何事？"此语最切。

（明）李东阳《麓堂诗话》，《历代诗话续编》本

　　刘会孟名能评诗，自杜子美下至王摩诘李长吉诸家，皆有评。语简意切，别是一机轴，诸人评诗者皆不及。及观其所自作，则堆叠饾饤，殊乏兴调。亦信乎创作之难也。

（明）李东阳《麓堂诗话》，《历代诗话续编》本

　　世人作诗以敏捷为奇，以连篇累册为富，非知诗者也。老杜云："语不惊人死不休。"盖诗须苦吟，则语方妙，不特杜为然也。贾阆仙云："两句三年得，一吟双泪流。"孟东野云："夜吟晓不休，苦吟鬼神愁。"卢延逊云："险觅天应闷，狂搜海亦枯。"杜荀鹤云："生应无辍日，死是不吟时。"予由是知诗之不工，以不用心之故，盖未有苦吟而无好诗者。唐山人题诗瓢云："作者方知吾苦心。"亦此意也。

（明）都穆《南濠诗话》，《历代诗话续编》本

　　"相如含笔而腐毫，枚皋应诏而奏赋。"言文思迟速之异也。唐人云："潘纬十年吟古镜，何涓一夕赋潇湘。"书家亦云："思训经年之力，道玄一日之功。"

（明）杨慎《升庵诗话》卷一，《历代诗话续编》本

　　潜人卢浮邱名枏者，过邺，访予草堂，樽酒款洽，因谈："作诗有难易迟速，方见做手不同。"卢曰："格贵雄浑，句宜自然。吾子何其太苦？恐刻削有伤元气尔。"曰："凡静卧宜想头流转，思未周处，病之根也。数改求稳，一悟得纯，子美所谓'新诗改罢自长吟'是也。吾子所作大速，若宿构然。再假思索，则无瑕之玉，倍其价矣。"卢曰："凡走笔率成一篇，虽欲求疵而活，竟不可得，做手定矣。奈何？"曰："观子直写胸中所蕴，由乎气胜，专效背水阵之法，久而虽熟，未必皆完篇也。子所作，惟以仙丹而疗人间百病。予诗如扁鹊诊脉，用药不失病源。"卢曰："平生口吃，不能剧谈，但与子操笔对赋，各见所长。"予曰，这是卢生倔强不服善处。然其佳句甚多，予每称赏，但不能悉记。其《读书秋草

园》，情景俱到，宛然入画，比康乐"春草"之句，更觉古老，妙哉句也！固哉人也！

（明）谢榛《四溟诗话》卷三，《历代诗话续编》本

或曰："诗，适情之具，染翰成章，自然高妙，何必苦思以凿其真？"予曰："'新诗改罢自长吟'，此少陵苦思处。使不深入溟渤，焉得骊颔之珠哉？"

（明）谢榛《四溟诗话》卷二，《历代诗话续编》本

"若妙识所难，其易也将至；忽之为易，其难也方来。"此刘勰《明诗》至要，非老于作者不能发。凡构思当于难处用工，艰涩一通，新奇迭出，此所以难而易也；若求之容易中，虽十脱稿而无一警策，此所以易而难也。独谪仙思无难易，而语自超绝，此朱改亭所谓"圣于诗者"是也。

（明）谢榛《四溟诗话》卷四，《历代诗话续编》本

作诗譬如有人日持箕帚，遍于市廛扫沙，簸而拣之，或破钱折簪，碎铜片铁，皆投之于袋，饥则归饭，固不如意，往复不废其业。久而大有所获，非金则银，足赡卒岁之需，此得意在偶然尔。夫好物得之固难，警句尤不易得。扫沙不倦，则好物出；苦心不休，则警句成。

（明）谢榛《四溟诗话》卷三，《历代诗话续编》本

诗有至易之句，或从极难中来，虽非紧关处，亦不可忽。若使一句龃龉，则损一篇元气矣。

（明）谢榛《四溟诗话》卷四，《历代诗话续编》本

皎然《诗式·取境篇》曰："或云诗不假修饰，任其丑朴。但风韵正，无真全，即名上等。予曰：不然，无盐缺容而有德，曷若文王太姒有容而有德乎？又云：不要苦思，苦思则丧自然之质。此亦不然，夫不入虎穴，焉得虎子？取境之时，须至难至险，始见奇句；成篇之后，观其气貌，有似等闲，不思而得，此高手也。有时意静神王，佳句纵横，若不可遏，宛如神助。不然，盖由先积精思，因神王而得乎？"此是诗家第一义

谛，学者必熟玩之，当自有得。

（明）何良俊《四友斋丛说》卷二十四，中华书局本

皇甫汸曰："或谓诗不应苦思，苦思则丧其天真，殆不然。方其收视反听，研精殚思，寸心几呕，修髯尽枯，深湛守默，鬼神将通之。"又曰："语欲妥贴，故字必推敲。一字之瑕，足以为玷；片语之颣，并弃其余。"

（明）王世贞《艺苑卮言》卷一，《历代诗话续编》本

唐庚曰："律伤严，近寡恩。大凡立意之初，必有难易二涂，学者不能强所劣，往往舍难而取易。文章罕工，每坐此也。"

（明）王世贞《艺苑卮言》卷一，《历代诗话续编》本

巧迟拙速，摛辞与用兵，故绝不同。语曰："枚皋拙速，相如工迟。"又曰："工而速者，唯士简一人。"士简，张率也，第一时赏誉之称耳。皇甫氏以入谈，何也？时又有兰陵萧文琰、吴兴丘令楷，一击铜钵响灭而诗成。唐温飞卿八叉手而成八韵小赋。俱不足言。盖有工而速者，如淮南王、祢正平、陈思王、王子安、李太白之流，差足伦耳。然《鹦鹉》一挥，《子虚》百日，《煮豆》七步，《三都》十年，不妨兼美。

（明）王世贞《艺苑卮言》卷八，《历代诗话续编》本

唐皮日休曰："百炼成字，千炼成句。"

（明）徐师曾《文体明辨序说·文章纲领·论诗》，人民文学出版社本

如白、苏二公，岂非大菩萨？然诗文之工，决非以草率得者，望兄勿以信手为近道也。

（明）袁宏道《黄平倩》，《潇碧堂集·卷十九·尺牍》，《袁宏道集笺校》，上海古籍出版社本

刘贡父云：管子曰："事无终始，无务多业。"此言学者贵能成就也。唐人为诗，量力致功，精思数十年，然后名家。杜工部云："更觉良工用心苦。"不独画手为然。

（明）胡震亨《唐音癸签》卷二，古典文学出版社本

诗非苦吟不工,信乎?古人如孟浩然眉毛尽落,裴祜袖手衣袖至穿,王维走入醋瓮,皆苦吟之验也。

(明)朱承爵《存馀堂诗话》,《历代诗话》本

自古耽诗之人,未有不瘦者。崔浩病起,友人戏之曰:"非子病,乃苦吟诗瘦耳。"李太白嘲杜子美云,"借问因何太瘦生,总为从前作诗苦。"子美嘲裴迪云:"知君苦早缘诗瘦,太向交游万事慵。"王摩诘闻迪吟诗,亦戏赠云:"猿吟一何苦,愁朝复悲夕。"宋天圣中王安简,神情冲淡,黄唐卿刻意篇什,谢阳夏李邯郸戏之曰:"王白闻如鹤,黄吟苦似猿。"吴明仲常与余论今作诗者,名曰长肉诗。言未尝苦心,不至瘦损也。因成句曰:"莫饮断肠酒,须吟长肉诗。"相对绝倒。

(明)惠康野叟《识馀》卷二《范碑诗跋》,引自《笔记小说大观》,江苏广陵古籍刻印社本

幼将酒酣弄笔,纵横任意,旁若无人,墨汁淋漓之致,予得而见之;凄心入微,惨淡经营,吮笔含毫,惜墨如金,不轻著一笔之苦心,予亦得而见之。三十五年间,大而数丈,小而盈尺,缩而数寸,密而丛丛烟雨,旷而罗罗清疏,多而文湖州之湄滨千亩,少而梅花道人之一叶,予皆得而藏之。

(清)周亮工《书冯幼将画竹卷后》,《赖古堂集》卷二十三,上海古籍出版社本

问:"又云炼句不如炼字,炼字不如炼意,意何以炼?"
答:"炼意或谓安顿章法,惨淡经营处耳。"

(清)王士禛《师友诗传续录》,《清诗话》本

阆仙五字诗实为清绝,如"空巢霜叶落,疏牖水萤穿",即孟襄阳"鸟过烟树宿,萤傍水轩飞",不能远过。又如"雁惊起衰草,猿渴下寒条","夕阳飘白露,树影扫青苔","柴门掩寒雨,虫响出秋蔬","地侵山影扫,叶带露痕书","移居见山烧,买树带巢乌",皆于深思静会中得之。

贾有精思而无快笔，往往意工于词。又生平好用倒句，如"细响吟干苇"，"枝重集猿枫"，虽纡曲而犹能达其意。至"舟系岸边芦"，芦岂堪系舟，必是系舟芦岸。

（清）贺裳《载酒园诗话又编》，《清诗话续编》本

古之世，其视诗也难，故其诗盛而不可加；后世视诗也易，故其诗为之有至有不至。

（清）邵长蘅《吴退谷诗序》，《邵子湘全集·青门滕稿》卷七，愚斋丛书刻青门草堂藏本

诗中篇无累句，句无累字，即古人亦不多觏。唯阮亭先生刻苦于此，每为诗，辄闭门障窗，备极修饰，无一隙可指，然后出以示人，宣称诗家，谓其语妙天下也。

（清）田同之《西圃诗说》，《清诗话续编》本

枚皋文章敏疾，长卿著作淹迟，皆擅一时之誉。而长卿首尾温丽，枚皋时有累句，故知疾行者无善迹也。今人无七步、八叉之神，触事感赋，咄嗟而就，反诮呕血捻须之痴，则吾不知之矣。

（清）叶矫然《龙性堂诗话初集》，《清诗话续编》本

撰句有极佳者，但骨节时有不合，首尾或不相称。此下笔太快，精力有渗漏也。

（清）张谦宜《絸斋诗谈》卷六，《清诗话续编》本

余爱司空表圣《诗品》，而惜其只标妙境，未写苦心，为若干首续之。陆士龙云：虽随手之妙，良难以词谕。要所能言者，尽于是耳。

（清）袁枚《续诗品·序》，《续诗品注》，人民文学出版社本

枕上得诗愁健忘，披衣起写残灯光。山妻窃笑老何苦，儿辈读书无此忙。

（清）赵翼《枕上》，《瓯北诗钞》，人民文学出版社本

东坡作诗，非只不能同孟东野之吃苦，并不能如黄山谷之刻至，赖有

天才，抱万卷书，以真气行之耳。渔洋作诗，不能同吴野人之吃苦，并不能如初白、秋谷之刻至，天才真气，又不能上追东坡，所以不免后人雌黄。可见此事不想吃苦，不求刻至，断断无益。我辈作诗，其才气书卷又下渔洋，再不一层一层打进去，吃苦刻至，聊以自娱则可，如何能不朽？

（清）延君寿《老生常谈》，《清诗话续编》本

古人文章，似不经意；而未落笔之先，必经营惨淡。如永叔《与尹师鲁书》直似道家常，若不先有一番琢炼，何以能如此古雅？

（清）吴德旋《初月楼古文绪论》，人民文学出版社本

畏守律之难，辄自放于律外，或托前人不专家、未尽善之作以自解，此词家大病也。守律诚至苦，然亦有至乐之一境。常有一词作成，自己亦既惬心，似乎不必再改。唯据律细勘，仅有某某数字，于四声未合，即姑置而过存之，亦孰为责备求全者。乃精益求精，不肯放松一字，循声以求，忽然得至隽之字。或因一字改一句，因此句改彼句，忽然得绝警之句。此时曼声微吟，拍案而起，其乐何如！虽剥珉出璞，选蕙得珠，不逮也。彼穷于一字者，皆苟完苟美之一念误之耳。

（清）况周颐《蕙风词话》卷一，人民文学出版社本

司马长卿作赋，意思萧散，不复与外事相接。沈约有攒心之僻。曹植有呕反之论。任末削荆为笔，剋树汁为墨，夜依林木，望月映星。左太冲门庭溷厕，皆置笔砚。周大朴作诗，属思不续，堕入坑堑，不觉。朱詹吞纸实腹，抱犬而卧。孙敬折柳写经，睡则悬头于梁。郑灼患热，以瓜镇心，便起诵读。崔浩留心经术，至梦与鬼争议。崔融为文，下直马过其门而不觉。孟浩然终日苦吟，眉毫尽去。贾岛马上推敲，误冲京兆节而不知。王摩诘苦吟，至走入醋瓮。是皆文士苦心，犹云夫子发愤忘食之意。至杨子云赋甘泉，研精殚思，梦肠出而殡。郭路定旧说，绝于灯下，李广勤学，使心过度，心神辞去而没。郑俶依阳道州读书月余，与论国风，俶不能往复一辞，遂缢。陶冶性灵，何至以身殉之，风云月露，幻出一座北邙山。诸公直是痴汉，宜乎梅圣俞羡老兵醉卧为快活，老兵不识字为更快活也。

（清）褚人获《坚瓠集·续集》卷三，引自《笔记小说大观》，江苏广陵古籍刻印社本

有个老子的后裔,略略有点文名……心有余闲,涉笔成趣,每于长夏余冬,灯前月夕,以文为戏,年复一年,编出这《镜花缘》一百回,而仅得其事之半。其友方抱幽忧之疾,读之而解颐,而喷饭,宿疾顿愈。因说道:"子之性既懒而笔又迟,欲脱全稿,不卜何时;何不以此一百回先付梨枣,再撰续编,使四海知音以先睹其半为快耶?"

嗟呼!小说家言,何关轻重!消磨了三十多年层层心血,算不得大千世界小小文章。自家做来做去,原觉得口吻生花;他人看了又看,也必定拈花微笑:是亦缘也。正是:

镜花能照真才子,花样全翻旧稗官。若要晓得这镜中全影,且待后缘。

(清)李汝珍《镜花缘》第一百回,人民文学出版社本

古人有一二语独臻绝胜,不惟后之作者不能仿佛,即其全集中亦不复再见,是盖一时兴会所致,不能强得也。然是皆写景则然,若言情述事,非苦思不得,果能到思路断绝处,自有奇语。

(清)方南堂《方南堂先生辍锻录》,《清诗话续编》本

临汉诗话曰:贾岛诗:"独行潭底影,数息树边身。"其自注云:"二句三年得,一吟双泪流。知音如不赏,归卧故山秋。"不知此二句有何难道,至于三年始成而一吟下泪也?

吴旦生曰:诗人得句,取其精力所结。独地至到,自味自甜,未许旁人染鼎。若向此处推勘工拙,便减却兴会矣。江邻几杂志云:一僧赋中秋诗:"此夜一轮满",至来秋方得下句云:"清光何处无?"喜跃,半夜起撞寺钟,城人尽惊。李先主擒而讯之,具道其事得释。盖幸在南唐,嘉斯标举。若遇高头巾,且道何必一年方对?(《中州集》:黄子端中秋诗:"明月几时有?清光何处无?"全用此僧下句。)

(清)吴景旭《历代诗话·得句》庚集六,中华书局本

14. 构思的客观环境

子曰:"精义入神,以致用也。"

(先秦)《周易·系辞下》卷八,《十三经注疏》本

颜渊问仲尼曰："吾尝济乎觞深之渊，津人操舟若神。吾问焉，曰：'操舟可学邪？'曰：'可。善游者数能。若乃夫没人，则未尝见舟而便操之也。'吾问焉而不吾告，敢问何谓也？"

仲尼曰："善游者数能，忘水也。若乃夫没人之未尝见舟而便操之也，彼视渊若陵，视舟之覆犹其车却也。覆却万方陈乎前而不得入其舍，恶往而不暇！以瓦注者巧，以钩注者惮，以黄金注者殙。其巧一也，而有所矜，则重外也。凡外重者内拙。"

（先秦）《庄子·外篇·达生》，《诸子集成》本

列御寇为伯昏无人射，引之盈贯，措杯水其肘上，发之，适矢复沓，方矢复寓。当是时，犹象人也。

伯昏无人曰："是射之射，非不射之射也。尝与汝登高山，履危石，临百仞之渊，若能射乎？"

于是无人遂登高山，履危石，临百仞之渊，背逡巡，足二分垂在外，揖御寇而进之。御寇伏地，汗流至踵。伯昏无人曰："夫至人者，上窥青天，下潜黄泉，挥斥八极，神气不变。今汝怵然有恂目之志，尔于中也殆矣夫！"

（先秦）《庄子·外篇·田子方》，《诸子集成》本

范氏有子曰子华，善养私名，举国服之；有宠于晋君，不仕而居三卿之右。目所偏视，晋国爵之，口所偏肥，晋国黜之。游其庭者侔于朝。子华使其侠客以智鄙相攻，强弱相凌。虽伤破于前，不用介意。终日夜以此为戏乐，国殆成俗。禾生、子伯，范氏之上客，出行，经坰外，宿于田更商丘开之舍。中夜，禾生、子伯二人相与言子华之名势，能使存者亡，亡者存；富者贫，贫者富。商丘开先窭于饥寒，潜于牖北听之。因假粮荷畚之子华之门。子华之门徒皆世族也，缟衣乘轩，缓步阔视。顾见商丘开年老力弱，面目黎黑，衣冠不检，莫不眲之。既而狎侮欺诒，挡拶挨抌，亡所不为。商丘开常无愠容，而诸客之技单，惫于戏笑。遂与商丘开俱乘高台，于众中漫言曰："有能自投下者赏百金。"众皆竞应。商丘开以为信然，遂先投下，形若飞鸟扬于地，肌骨无砾。范氏之党以为偶然，未讵怪也。因复指河曲之淫隈曰："彼中有宝珠，泳可得也。"商丘开复从而

泳之。既出，果得珠焉。众昉同疑。子华昉令豫肉食衣帛之次。俄而范氏之藏大火。子华曰："若能入火取锦者，从所得多少赏若。"商丘开往，无难色，入火往返，埃不漫，身不焦。范氏之党以为有道，乃共谢之曰："吾不知子之有道而诞子，吾不知子之神人而辱子。子其愚我也，子其聋我也，子其盲我也。敢问其道。"商丘开曰："吾亡道。虽吾之心，亦不知所以。虽然，有一于此，试与子言之。曩子二客之宿吾舍也，闻誉范氏之势，能使存者亡，亡者存；富者贫，贫者富。吾诚之无二心，故不远而来。及来，以子党之言皆实也，唯恐诚之不至，行之不及，不知形体之所措，利害之所存也。心一而已。物亡迕者，如斯而已。今昉知子党之诞我，我内藏猜虑，外矜观听，追幸昔日之不焦溺也，怛然内热，惕然震悸矣。水火岂复可近哉？"自此之后，范氏门徒路遇乞儿马医，弗敢辱也，必下车而揖之。宰我闻之，以告仲尼。仲尼曰："汝弗知乎？夫至信之人，可以感物也。动天地，感鬼神，横六合，而无逆者，岂但履危险，入水火而已哉？商丘开信伪物犹不逆，况彼我皆诚哉？小子识之！"

（先秦）《列子·黄帝篇》，《诸子集成》本

造父之师曰泰豆氏。造父之始从习御也，执礼甚卑，泰豆三年不告，造父执礼愈谨，乃告之曰："古诗言：'良弓之子，必先为箕；良冶之子，必先为裘'，汝先观吾趣。趣如吾，然后六辔可持，六马可御。"造父曰："唯命所从。"泰豆乃立木为涂，仅可容足；计步而置，履之而行。趣走往还，无跌失也。造父学之，三日尽其巧。泰豆叹曰："子何其敏也？得之捷乎！凡所御者，亦如此也。曩汝之行，得之于足，应之于心。推于御也，齐辑乎辔衔之际，而急缓于唇吻之和，正度乎胸臆之中，而执节乎掌握之间。内得于中心，而外合于马志，是故能进退履绳而旋曲中规矩，取道致远而气力有余，诚得其术也。得之于衔，应之于辔；得之于辔，应之于手；得之于手，应之于心。则不以目视，不以策驱；心闲体正，六辔不乱，而二十四蹄所投无差；回旋进退，莫不中节。然后舆轮之外，可使无余辙；马蹄之外，可使无余地；未尝觉山谷之险，原隰之夷，视之一也。吾术穷矣。汝其识之！"

（先秦）《列子·汤问篇》，《诸子集成》本

少年上人号怀素，草书天下称独步。墨池飞出北溟鱼，笔锋杀尽中山

兔。八月九月天气凉，酒德词客满高堂。笺麻素绢排数箱，宣州石砚墨色光。吾师醉后倚绳床，须臾扫尽数千张。飘风骤雨惊飒飒，落花飞雪何茫茫。起来向壁不停手，一行数字大如斗。恍恍如闻神鬼惊，时时只见龙蛇走。左盘右蹙如惊电，状同楚汉相攻战。湖南七郡凡几家，家家屏障书题遍。王逸少、张伯英，古来几许浪得名。张颠老死不足数，我师此义不师古。古来万事贵天生，何必要公孙大娘浑脱舞。

（唐）李白《草书歌行》，《李太白集》卷八，中华书局本

余退居渭上，杜门不出，时属多雨，无以自娱。会家醖新熟，雨中独饮，往往酣醉，终日不醒。懒放之心，弥觉自得，故得于此而有以忘于彼者。因咏陶渊明诗，适与意会，遂效其体，成十六篇。醉中狂言，醒辄自哂；然知我者，亦无隐焉。

（唐）白居易《效陶潜体诗十六首序》，《白居易集》卷五，中华书局本

……

五亭间开，万象迭入，向背俯仰，胜无遁形。每至汀风春，溪月秋，花繁鸟啼之旦，莲开水香之夕，宾友集，歌吹作，舟棹徐动，觞咏半酣，飘然恍然，游者相顾，咸曰：此不知方外也？人间也？又不知蓬瀛昆阆，复何如哉？时予守官在洛，杨君缄书赍图，请予为记。予按图握笔，心存目想，覙缕梗概，十不得其二三。大凡地有胜境，得人而后发；人有心匠，得物而后开；境心相遇，固有时耶？

（唐）白居易《白蘋洲五亭记》，《白居易集》卷七十一，中华书局本

张旭草书得笔法，后传崔邈、颜正卿。旭言："始吾见公主担夫争路，而得笔法之意。后见公孙氏舞剑器，而得其神。"旭饮酒辄草书，挥笔而大叫，以头揾水墨中而书之，天下呼为张颠。醒后自视，以为神异，不可复得。后辈言笔札者，欧、虞、褚、薛，或有异论，至张长史，无间言矣。

（唐）李肇《唐国史补》卷上，上海古籍出版社本

安乐窝中诗一编，自歌自咏自怡然。陶熔水石闲勋业，铨择风花静事权。意去乍乘千里马，兴来初上九重天。饮时更改三两字，醉后吟哦五七篇。直恐心通云外月，又疑身是洞中仙。银河汹涌翻晴浪，玉树查牙生紫烟。万物有情皆可状，百骸无病不能蠲。命题滥被神相助，得句谬为人所传。肯让贵家常奏乐，宁惭富室剩收钱。若条此过知何限，因甚台官独未言。

（宋）邵雍《安乐窝中诗编》，《伊川击壤集》卷九，《四部丛刊》本

郑棨相国善诗。或曰："相国近为诗否？"对曰："诗思在灞桥风雪中驴子背上，此处何以得之？"盖言平生苦心。

（宋）张镃《诗学规范》，《宋诗话辑佚》本

东坡云，遇天色明暖，笔砚和畅，便宜作草书数纸，非独以适吾意，亦使百年之后，与我同病者，有以发之也。张长史怀素得草书三昧，圣宋文物之盛，未有以嗣之，惟蔡君谟颇有法度，然而未放，止与东坡相上下耳。

（宋）朱弁《曲洧旧闻》，《丛书集成》本

刘须溪云：作诗如作字，横眉竖鼻，所差几何，而清俗相去远甚。

又云：诗在灞桥风雪中驴子上，非也。寻常景色，时时处处，妙意皆可拾得。然此犹涉假借，若平生父子兄弟家人邻里间，意愈近而愈不近，著意政难，有能率意自道，出于孤臣怨女之所不能者，随事纪实，足称名家，即名家犹不可得，或一二语而止。如孟东野"慈母手中线"，"归书但云安"，极羁旅难言之情。李太白"昨夜梁园雪，弟寒兄不知"，小夫贱隶，谁不能道，而学士大夫，或愧之矣。如杜子美"问事竞挽须，谁能即嗔喝"，"欲起屡见肘"，"仍嗔问升斗"并与声音笑貌仿佛尽之。又如古人于奴婢猥下，写至"孤客亲僮仆"，凄然甚矣。又云"僮仆生新敬"，则出处世态，隐约可见。又云"犬因无主善"，则俯仰犹有不忍言者。古今甚深密义，往往于浅易得之。

（明）胡震亨《唐音癸签》卷二，古典文学出版社本

吾友徐水部，文心本塞渊。比来于画理，自言心力专。文事子处后，孰能为之先？乃知文章道，世多草草焉。精神久寂寞，盘藻见其天。以此为悟文，赡之已在前。能使今文士，内省思其愆。许我作数笔，郑重至经年。知子不宿诺，以待神之全。古之耽画人，宿生山水缘。胸中有高深，子笔我则弦。卧游在爪指，意各不能传。有时四壁响，峨峨泱泱然。

（明）钟惺《赠徐冢一年文并素其画》，《钟伯敬合集·隐秀轩集·地集》，《中国古典文学珍本丛书》本

芳谷使君袖无台归铃阁纪游诗，并出几十语耳，遂觉赤城之霞，蒸为五色，石梁之瀑，泻于长江，琼台双阙之锦，天钟鼓鸣，而群仙往来笑咳在云气。一时字丹纸贵，愿倾使君之储，使君不能秘也。于是雪香庵之诗集出。庵寄千柳中，而颜则以唐人三月飘絮语，不负此庵矣……自谢家女形絮为雪，使君谱一香字，逐攘之为己有。柳本地缀也，忽作天想，雪偶目喻也，又作鼻观。文章家割神取气，亦何所不至。

（明）王思任《雪香庵诗集序》，《王季重十种》，《中国文学珍本丛书》本

一用兴会标举成诗，自然情景俱到。恃情景者，不能得情景也。

（清）王夫之《明诗评选》卷六，袁凯《春日溪上书怀》评语，《船山遗书》，太平洋书店重校刊本

含情而能达，会景而生心，体物而得神，则自有灵通之句，参化工之妙。若但于句求巧，则性情先为外荡，生意索然矣。"松陵体"永堕小乘者，以无句不巧也。然皮、陆二子，差有兴会，犹堪讽咏。若韩退之以险韵、奇字、古句、方言矜其饾饤之巧，巧诚巧矣，而于心情兴会，一无所涉，适可为酒令而已。黄鲁直、米元章益堕此障中。近则王谑庵承其下游，不恤才情，别寻蹊径，良可惜也。

（清）王夫之《薑斋诗话》卷二，人民文学出版社本

或问唐相国郑棨近为新诗否？曰："诗思在灞桥风雪中驴子上，此处何以得之？"旨哉斯语，足见诗境之清，诗思之苦。元遗山诗"情知春草

池塘句,不到柴烟粪火边",即此意也。

(清)田同之《西圃诗说》,《清诗话续编》本

谷城刻苦嗜学,好深沉之思,工诗歌,每有作,辄引被蒙头竟日卧,起则振笔疾书,出语多惊人。

(清)邵长蘅《周谷城遗稿序》,《邵子湘全集·青门剩稿》卷四,愚斋丛书刻青门草堂藏本

三

神思的心理特征

1. 虚静

《易》无思也，无为也，寂然不动，感而遂通天下之故。非天下之至神，其孰能与于此。

（先秦）《周易》卷七，《十三经注疏》本

彻志之勃，解心之谬，去德之累，达道之塞。贵富显严名利六者，勃志也；容动色理气意六者，谬心也。恶欲喜怒哀乐六者，累德也。去就取与知能六者，塞道也。此四六者，不荡胸中则正，正则静，静则明，明则虚，虚则无为而无不为也。

（先秦）《庄子·杂篇·庚桑》，《诸子集成》本

大马之捶钩者，年八十矣，而不失豪芒。大马曰："子巧与？有道与？"曰："臣有守也。臣之年二十而好捶钩，于物无视也，非钩无察也。是用之者，假不用者也。以长得其用，而况乎无不用者乎！物孰不资焉！"

（先秦）《庄子·外篇·知北游》，《诸子集成》本

梓庆削木为鐻，鐻成，见者惊犹鬼神。鲁侯见而问焉，曰："子何术以为焉？"对曰："臣工人，何术之有！虽然，有一焉。臣将为鐻，未尝敢以耗气也，必齐以静心。齐三日，而不敢怀庆赏爵禄；齐五日，不敢怀非誉巧拙；齐七日，辄然忘吾有四枝形体也。当是时也，无公朝，其巧专

而外滑消；然后入山林，观天性；形躯至矣，然后成见镰，然后加手焉；不然则已。则以天合天，器之所以疑神者，其是与！"

（先秦）《庄子·外篇·达生》，《诸子集成》本

仲尼曰："若一志，无听之以耳而听之以心，无听之以心而听之以气！听止于耳，心止于符，气也者，虚而待物者也。唯道集虚。虚者，心斋也。"

（先秦）《庄子·内篇·人间世》，《诸子集成》本

白公胜虑乱，罢朝而立，倒杖策，锩上贯颐，血流至地而弗知也。郑人闻之曰："颐之忘，将何不忘哉？"意之所属箸，其行足踬株坎，头抵植木，而不自知也。

（先秦）《列子·说符篇》，《诸子集成》本

列御寇为伯昏瞀人射，引之盈贯，措杯水其肘上，发之，镝矢复沓，方矢复寓。当是时也，犹象人也。伯昏瞀人曰："是射之射，非不射之射也。当与汝登高山，履危石，临百仞之渊，若能射乎？"于是瞀人遂登高山，履危石，临百仞之渊，背逡巡，足二分垂在外，揖御寇而进之。御寇伏地，汗流至踵。伯昏瞀人曰："夫至人者，上窥青天，下潜黄泉，挥斥八极，神气不变。今汝怵然有恂目之志，尔于中也殆矣夫！"

（先秦）《列子·黄帝篇》，《诸子集成》本

颜回问乎仲尼曰："吾尝济乎觞深之渊矣，津人操舟若神。吾问焉，曰：'操舟可学邪？'曰：'可。能游者可教也，善游者数能。乃若夫没人，则未尝见舟而谡操之者也。'吾问焉而不告。敢问何谓也？"仲尼曰："譆！吾与若玩其文也久矣，而未达其实，而固且道与。能游者可教也，轻水也；善游者之数能也，忘水也。乃若夫没人之未尝见舟也而谡操之也，彼视渊若陵，视舟之覆犹其车却也。覆却万物方陈乎前而不得入其舍。恶往而不暇？以瓦抠者巧，以钩抠者惮，以黄金抠者惛。巧一也，而有所矜，则重外也。凡重外者拙内。"

（先秦）《列子·黄帝篇》，《诸子集成》本

詹何以独茧丝为纶，芒针为钩，荆条为竿，剖粒为饵，引盈车之鱼于百仞之渊、汩流之中，纶不绝，钩不伸，竿不挠。楚王闻而异之，召问其故。詹何曰："臣闻先大夫之言，蒲且子之弋也，弱弓纤缴，乘风振之，连双鹒于青云之际。用心专，动手均也。臣因其事，放而学钓。五年始尽其道。当臣之临河持竿，心无杂虑，唯鱼之念；投纶沉钩，手无轻重，物莫能乱。鱼见臣之钩饵，犹沈埃聚沫，吞之不疑。所以能以弱制强，以轻致重也。"

（先秦）《列子·汤问篇》，《诸子集成》本

孔子自卫反鲁，息驾乎河梁而观焉。有悬水三十仞，圆流九十里，鼋鳖弗能游，鼍鼍弗能居，有一丈夫方将厉之。孔子使人并涯止之，曰："此悬水三十仞，圆流九十里，鱼鳖弗能游，鼋鼍弗能居也。意者难可以济乎？"丈夫不以错意，遂度而出。孔子问之曰："巧乎？有道术乎？所以能入而出者，何也？"丈夫对曰："始吾之入也，先以忠信；及吾之出也，又从以忠信。忠信错吾躯于波流，而吾不敢用私。所以能入而复出者，以此也。"孔子谓弟子曰："二三子识之！水且犹可以忠信诚身亲之，而况人乎？"

（先秦）《列子·说符篇》，《诸子集成》本

昔齐人有欲金者，清旦衣冠而之市，适鬻金者之所，因攫其金而去。吏捕得之，问曰："人皆在焉，子攫人之金何？"对曰："取金之时，不见人，徒见金。"

（先秦）《列子·说符篇》，《诸子集成》本

盖闻孔丘墨翟，昼日讽诵习业，夜来见文王周公旦而问焉。用志如此其精也，何事而不达，何为而不成，故曰：精而熟之，鬼将告之。非鬼告之也，精而熟之也。

（先秦）《吕氏春秋·情志》，《诸子集成》本

臣闻弦有常音，故曲终则改；镜无畜影，故触形则照。是以虚己应物，必究千变之容；挟情适事，不观万殊之妙。

（晋）陆机《演连珠》三十五，《陆机集》卷八，中华书局本

是以意授于思，言授于意，密则无际，疏则千里，或理在方寸而求之

域表，或义在咫尺而思隔山河。是以秉心养术，无务苦虑，含章司契，不必劳情也。

（南朝·梁）刘勰《文心雕龙·神思》，人民文学出版社本

赞曰："纷哉万象，劳矣千想。玄神宜室，素气资养。水停以鉴，火静而朗。无扰文虑，郁此精爽。"

（南朝·梁）刘勰《文心雕龙·养气》，人民文学出版社本

爰自志学，暨乎暮齿，笃好经史，遗落世事。用思既专，性颇恍忽，每至对食，闭目凝思，盘中之肉，辄为仆从所瞰。劭弗之觅，唯责肉少，数罚厨人。

（唐）魏徵《隋书》卷六十九《王劭传》，中华书局本

（在"忘己之象"下疏）遗忘己象者，乃能制众物之形象也。

（唐）孔颖达《周易正义》卷七，《十三经注疏》本

梵言沙门，犹华言去欲也。能离欲则方寸地虚，虚而万景入，入必有所泄，乃形乎词。词妙而深者，必依于声律。故自近古而降，释子以诗名闻于世者相踵焉。因定而得境，故翛然以清。由慧而遣词，故粹然以丽。信禅林之花萼，而诚河之珠玑耳。

（唐）刘禹锡《秋日过鸿举法师寺院，便送归江陵》，《刘禹锡集》卷二十九，上海人民出版社本

凡神不安，令人不畅无兴。无兴即任睡，睡大养神。常须夜停灯任自觉，不须强起。强起即惛迷，所览无益。纸笔墨常须随身，兴来即录。若无笔纸，羁旅之间，意多草草。舟行之后，即须安眠。眠足之后，固多清景，江山满怀，合而生兴，须屏绝事务，专任情兴。因此，若有制作，皆奇逸。看兴稍歇，且如诗未成，待后有兴成，却必不得强伤神。敩古文章，不得随他旧意，终不长进；皆须百般纵横，变转数击，其头段段皆须令意上道，却后还收初意。"相逢楚水寒"诗是也。

（唐）[日]弘法大师《文镜秘府论·南卷·论文意》，《文镜秘府论校注》，中国社会科学出版社本

圣俞、子美齐名于一时，而二家诗体特异。子美笔力豪隽，以超迈横绝为奇；圣俞覃思精微，以深远闲淡为意。各极其长，虽善论者不能优劣也。余尝于《水谷夜行诗》略道其一二云："子美气尤雄，万窍号一噫，有时肆颠狂，醉墨洒滂霈。譬如千里马，已发不可杀。盈前尽珠玑，一一难拣汰……"

（宋）欧阳修《六一诗话》，《历代诗话》本

虚其心者，极乎精微，所以入神也，斋其心者，由乎中庸，所以致用也。

（宋）曾巩《清心亭记》，《元丰类稿》卷十八，《四部丛刊》本

张长史以醉故，草书入神，老杜所谓"杨公拂箧笥，舒卷忘寝食。念昔挥毫端，不独观酒德"是也。许道宁以醉故，画入神，山谷所谓"往逢醉许在长安，蛮溪大砚摩松烟"。"醉拈枯笔墨淋浪，势若山崩不停手"是也。大抵书画贵胸中无滞，小有所拘，则所谓神气者逝矣。钟、王、顾、陆不假之酒而能神者，上机之士也。如张、许辈非酒安能神哉！

（宋）葛立方《韵语阳秋》卷十四，《历代诗话》本

世人止知吾落笔作画，却不知画非易事。庄子说：画史解衣盘礴，此真得画家之法。人须养得胸中宽快，意思悦适。如所谓易直子谅，油然之心生，则人之笑啼情状，物之尖斜偃侧，自然布列于心中，不觉见之于笔下。晋人顾恺之必构层楼以为画所，此真古之达士。不然，则志意已抑郁沉滞，局在一曲，如何得写貌物情，摅发人思哉？假如工人斫琴，得峄阳孤桐，巧手妙意，洞然于中，则朴材在地，枝叶未披，而雷氏成琴，晓然已在于目。其意烦体悖，拙鲁闷嘿之人，见铦凿利刀，不知下手之处，焉得焦尾五声，扬音于清风流水哉？

（宋）郭熙《林泉高致》，《历代论画名著汇编》本

故圣人之心主乎静，静而非静，而动亦静也。凡夫之情役于动，动而不静，而静亦动也。吾达摩大师特来东土，以迦叶所传心学，化被有情，欲澄浊为清，止浪为平，直入于觉地而后止。故其体常寂，而寂无寂也。其智常照，而照无照也。其应常用，而用无用也。至此则其妙难

名矣。

（明）宋濂《瑞岩和尚语录序》，《宋学士全集》补遗卷二，《丛书集成》本

天下之事，出于智巧之所及者，皆其浅者也。寂然无为，沛然无穷，发于智之所不及知，成于巧之所不能为，非几乎神者，其孰能与于斯乎？故工，可学而致也；神，非学所能致也。惟心通乎神者能之，神诚会于心，犹龙之于雨，所取者涓滴之微，而可以被八荒、泽万物。无所得者，辟之抱瓮而灌，机械而注，为之不胜其劳，而所及仅至乎寻丈之间。

（明）方孝孺《苏太史文集序》，《逊志斋集》卷十二，《四部备要》本

大梁李生好记人恶诗，每每传之一笑。予谓之曰："观子胸中所蕴如此，则秽浊其心，安能吐芳润发清雅乎？子从我游二十余年，试诵我诗一篇或一联，以见黄钟瓦缶，声调同异，则工拙两存乎心，所论公平，靡不服矣。"生茫然无以对。

（明）谢榛《四溟诗话》卷三，《历代诗话续编》本

夫古今迁客逐客，气少和平。长沙吊古者，贻诮于术疏耳热，呜呜者招尤于怨望。公神游天际，胸括物外，星斗昭回，天空不滓，雷破柱而不惊，水虚舟而任触，一觞一咏，脱略跌宕，洋洋盛世之言，岂升沉枯菀之足樱其襟邪。

（明）王思任《马讷斋诗稿序》，《王季重十种》，《中国文学珍本丛书》本

玉泉初如溅珠，注为修渠，至此忽有大石横峙，去地丈余，叩泉而下，忽落地作大声闻数里。予来山中，常爱听之。泉畔有石，可敷蒲，至则跌坐终日。其初至也，气浮意嚣，耳与泉不深入，风柯谷鸟，犹得而乱之。及瞑而息焉，收吾视，返吾听，万缘俱却，嗒焉丧偶，而后泉之变态百出。初如哀松碎玉，已如鹍弦铁拨，已如疾雷震霆，摇荡川岳。故予神愈静，则泉愈喧也。泉之喧者入吾耳，而注吾心，萧然泠然，浣濯肺腑，

疏沦尘垢，洒洒乎忘身世而一死生。故泉愈喧，则吾神愈静也。

（明）袁中道《爽籁亭记》，《珂雪斋近集》卷一，上海书店本

世之操觚者，往往谓文章与时相高下，而唐以后且薄不足为。噫，抑不知文特以道相盛衰，时非所论也。其间工不工则又系乎斯人者之禀与其专一之致否何如耳。如所云，则必太羹元酒之尚，茅茨土簋之陈，而三代而下，明堂玉带，云罍牺樽之设，皆骈枝也。孔子之所谓其旨远，即不诡于道也；其辞文，即道之粲然若象纬者之曲而布也。斯固庖牺以来人文不易之统也，而岂世之云乎哉？

（明）茅坤《八大家文钞总序》，《茅鹿门集》卷一，清康熙刊本

夫古之得趣山水者，多以笔墨自寄。盖幽清孤旷之迹，非世缘之所能胜，故昔人作画，有登百尺楼犹缀其梯级者，期于绝远嚣繁，始能经营尽意。而东皋精活人之术，求者在门，迎者在道，炎蒸冻雷中，济人无宁辙，而其用笔之妙，有子久、云林所不能絜胜者，始信胸中有静力，正不以离事自全耳。

（清）周亮工《题王东皋画卷》，《赖古堂集》卷二十三，上海古籍出版社本

胸中无事则识自清，眼中无人则手自辣。

（清）贺贻孙《诗筏》，《清诗话续编》本

子善画，吾请与子言画。吾卧翠微山中，常犁旦起望，天宇初开，万物东作，殷殷隆隆，山色郁然，而虚静无一物，每恨不得如子者，追而画之。夫尺幅之画，山水草树石楼台人物之形，风云之变，纷然杂出其上，素之所余，几不足以容指，而善画者之画，则未尝有一笔一墨之著于其间，此何以哉？静故也。

（清）魏禧《许士重诗叙》，《魏叔子文集》卷九，清刊本

忽焉而淡，忽焉而浓。究其胸次，万象皆空。

（清）郑燮《题画竹六十九则》，《郑板桥集·补遗》，上海古籍出版社本

诗须静处吟，境静则心静。静便不好，也有可取；不静便好，也有可议。

(清) 张谦宜《绹斋诗谈》卷一，《清诗话续编》本

作诗如鼓琴，然心虚则声和，心室则声滞。未有斳拳胶目，仡仡自贤，而能学诗者也。

(清) 袁枚《龚旭开诗序》，《小仓山房文集》卷十一，《四部备要》本

竹萌能破坚土，不旬日而等身；荷藁生水中，一昼夜可长数寸：皆以中虚也。故虚空之力，能持天载地。土让水，水让火，火让风，愈虚则力愈大。人之学虚空者如之何？曰：去其中之窒塞而已矣。中无可欲则自虚，无可恃则自虚，虚则自灵矣。《诗》曰："瞻彼淇奥，绿竹猗猗。""蟾彼淇奥，绿竹如簧。"《大学》格竹之法如是，彼格之不悟而生疾者何为哉？

(清) 魏源《默觚上·学篇三》，《魏源集》上册，中华书局本

人静帘垂，灯昏香直。窗外芙蓉残叶飒飒作秋声，与砌虫相和答。据梧冥坐，湛怀息机。每一念起，辄设理想排遣之。乃至万缘俱寂，吾心忽莹然开朗如满月，肌骨清凉，不知斯世何世也。斯时若有无端哀怨怅触于万不得已；即而察之，一切境象全失，唯有小窗虚幌、笔床砚匣，一一在吾目前。此词境也。

(清) 况周颐《蕙风词话》卷一，人民文学出版社本

诗乃清华之府，众妙之门，非鄙秽人可学，洗去名利两字，天机活泼，无在不舒，而后学诗得其半矣。

(清) 邹弢《三借庐笔谈》卷九，引自《笔记小说大观》，江苏广陵古籍刻印社本

作诗第一要心细气静。

(清) 徐增《而庵诗话》，《清诗话》本

看今人作诗，方寸间把此心尚未摆定，拈一题执笔便写，滔滔数百言，顷刻了事，问其方寸间摆定否，仍茫然也。此种诗如何得佳？

（清）厉志《白华山人诗说》卷二，《清诗话续编》本

川濑氤氲之气，林风苍翠之色，正须澄怀观道，静以求之。若徒索于毫末间者，离矣。

（清）恽正叔《南田论画》，《历代论画名著汇编》本

2. 用志不分

仲尼适楚，出于林中，见痀偻者承蜩，犹掇之也。仲尼曰："子巧乎！有道邪？"曰："我有道也。五六月，累丸二而不坠，则失者锱铢；累三而不坠，则失者十一，累五而不坠，犹掇之也。吾处身也，若厥株拘；吾执臂也，若槁木之枝；虽天地之大，万物之多，而唯蜩翼之知。吾不反不侧，不以万物易蜩之翼，何为而不得！"孔子顾谓弟子曰："用志不分，乃凝于神，其痀偻丈人之谓乎！"

（先秦）《庄子·外篇·达生》，《诸子集成》本

工倕旋而盖规矩，指与物化而不以心稽，故其灵台一而不桎。忘足，屦之适也；忘要，带之适也；知忘是非，心之适也；不内变，不外从，事会之适也。始乎适而未尝不适者，忘适之适也。

（先秦）《庄子·外篇·达生》，《诸子集成》本

若夫规矩钩绳者，此巧之具也，而非所以巧也。故瑟无弦，虽师文不能以成曲；徒弦则不能悲。故弦，悲之具也，而非所以为悲也。若夫工匠之为连钅几运开、阴闭眩错，入于冥冥之眇，神调之极，游乎心手众虚之间，而莫与物为际者，父不能以教子；瞽师之放意相物，写神愈舞，而形乎弦者，兄不能以喻弟。今夫为平者准也，为直者绳也，若夫不在于绳准之中，可以平直者，此不共之术也。故叩宫而宫应，弹角而角动，此同音之相应也。其于五音无所比，而二十五弦皆应，此不传之道也。故萧条者，形之君；而寂寞者，音之主也。

（汉）刘安《淮南鸿烈解·齐俗训》，《丛书集成》本

道衡每至构文，必隐坐空斋，蹋壁而卧，闻户外有人便怒，其沉思如此。

（唐）魏徵《隋书》卷五十七《薛道衡传》，中华书局本

褚遂良为太宗哀册文，自朝还，马误入人家而不觉也。

（唐）刘㻬《隋唐嘉话》中，中华书局本

未闻古之致精竭思以事一艺，而其如（志）不分者，其心之所思，意之所感，必能自达于其技，使人观其动作变态，而逆得其悲欢好恶之微情。故工乐者能使喜愠见于其声；工舞者能使欣戚见于其容；当其情见于物而意泄于外也，盖虽欲自掩而不可得。昔伯牙之所好者琴耳，钟子期坐而听之，而伯牙不能藏其微情，夫伯牙之情，岂与琴谋哉？惟其专意一心，以事其技，故意之所动，默然相授，而不自知也。

（宋）张耒《投知己书》，《张右史文集》卷五十八，《四部丛刊》本

柳子厚善论为文，余以为不止于文。万事有诀，尽当如是，况于画乎。何以言之？凡一景之画，不以大小多少，必须注精以一之。不精，则神不专。必神与俱成之。神不与俱成，则精不明。必严重以肃之。不严，则思不深。必恪勤以周之。不恪，则景不完。故积惰气而强之者，其迹软懦而不决。此不注精之病也。积昏气而汩之者，其状黯猥而不爽。此神不与俱成之弊也。以轻心挑之者，其形脱略而不圆。此不严重之弊也。以慢心忽之者，其体疏率而不齐。此不恪勤之弊也。故不决，则失分解法。不爽，则失潇洒法。不圆，则失体裁法。不齐，则失紧慢法。此最作者之大病也。然可与明者道。

（宋）郭熙《林泉高致》，《历代论画名著汇编》本

夫万景七情，合于登眺。若面前列群镜，无应不真，忧喜无两色，偏正唯一心；偏则得其半，正则得其全。镜犹心，光犹神也。思入杳冥，则无我无物，诗之造玄矣哉！

（明）谢榛《四溟诗话》卷三，《历代诗话续编》本

尝谓作诗者，初命一题，神情不属，便有一种供给应付之语；畏难怯思，即以充役，故每不得佳。余戏谓河下舆隶须驱遣，另换正身，能破此一关，沉思忽至，种种真相见矣。

（明）王世懋《艺圃撷余》，《历代诗话》本

学书须得趣，他好俱忘，乃入妙。别为一好萦之，便不工也。

（明）毛子晋（辑）《海岳志林》，引自《笔记小说大观》，江苏广陵古籍刻印社本

当其兴发欲赋诗，寒暑昏旦皆忘之。山行麋鹿憎，水行蛟龙嗤。有时沿林觅句不知远，前飞鸥鹢后猎犬。

（清）洪亮吉《偪侧行同金秀才学莲作题亡友黄二悔存诗集后》，《卷施阁诗集》卷十八，《四部备要》本

王敬美曰："作诗者初命一题，神情不属，便有一种供给应付之语，畏难怯思，即以充役，故每不得佳。能破此一关，沈思忽至，种种真相见矣。"此一段真文章不二法门，不独论诗宜尔。予每欲书之席端，以为行文准的。又曰："今世五尺之童，才拈声律，便能薄弃晚唐。然取法固当上宗，论诗亦勿轻道。诗必自运，而后可以辨体；诗必成家，而后可以言格。"又曰："不惟情性之求，而但以新声取异，安知今日不经人道语，不为异日陈陈之粟乎？"此皆能为末学肤受辈进苦口之药石，针害身之膏肓也。徐昌谷《谈艺录》极求简奥，其实肤庸，无此切中痼疾之言；作诗工于敬美，论诗逊之甚远。渔洋极尊《谈艺》，于《艺圃撷余》则忽之，偏矣。

（清）潘德舆《养一斋诗话》卷九，《清诗话续编》本

火日外景则内暗，金水内景则外暗，外暗斯内照愈专。君惯于外事，而文字奕奥洞阔，自成宇宙，其金水内景者欤？虽锢之深渊，缄以铁石，土花绣蚀，千百载后，发硎出之，相对犹如坐三代上。

（清）魏源《定盦文录叙》，《魏源集》，中华书局本

诗有于一人一物一事，用全神全力而成家者，亦可传，如唐之《游

仙诗》、《比红儿诗》，宋之《梅花百咏》是也。若用油滑腐语编凑成集以图名，后之人岂能欺乎？余家宋人小集百家抄本，俱经手批一过，虽间有佳句，所得不偿其劳也。

（清）李调元《雨村诗话》卷下，《清诗话续编》本

3. "放胆"

书者，散也。欲书先散怀抱，任情恣性，然后书之；若迫于事，虽中山兔豪不能佳也。夫书，先默坐静思，随意所适，言不出口，气不盈息，沉密神采，如对至尊，则无不善矣。为书之体，须入其形，若坐若行，若飞若动，若往若来，若卧若起，若愁若喜，若虫食木叶，若利剑长戈，若强弓硬矢，若水火，若云雾，若日月，纵横有可象者，方得谓之书矣。

（汉）蔡邕《笔论》，引自《历代书法论文选》，上海书画出版社本

勃为文先磨墨数升，引被覆面而卧，忽起书之，初不加点，时谓腹稿。

（宋）计有功《唐诗纪事》卷七"王勃"，《四部丛刊》本

唐人或漫然成诗，自有含蓄托讽，此为辞前意，读者谓之有激而作，殊非作者意也。

（明）谢榛《四溟诗话》卷一，《历代诗话续编》本

然仆闻之画家之说，亦不以舐笔墨者之为工，而必解衣盘薄之为上。乃知画家不贵能画，正在能不画耳！若此者所以疑神而不分其志也。兄之画品能通乎此，则仆之所不敢知。

（明）唐顺之《与田巨山提学》，《荆川先生文集》卷五，《四部丛刊》本

材大者声色不动，指顾自如，不则意气立见。李太白所以妙于神行，韩昌黎不免有蹶张之病也。气安而静，材敛而开。张子房破楚椎秦，貌如处子；诸葛孔明陈师对垒，气若书生。以此观其际矣。陶谢诗以性运，不

以才使。凡好大好高，好雄好辩，皆才为之累也。善用才者，常留其不尽。

（明）陆时雍《诗镜总论》，《历代诗话续编》本

陆俨山云：登山涉水之间，专事赋诗，则反碍其乐。叶石林记陈后山，每登览得句，即急归卧一榻，于被蒙首，家人知之，即猫犬皆逐去，婴儿稚（稚）子亦皆抱持寄邻家，徐待其起，就笔砚即诗已成，乃敢复常，大是为诗所苦。大抵江山既胜，风日又佳，从以良朋韵士，便当极跻攀眺望之兴，罢从灯下或月夕，追忆所遇，历历在目，然后发之诗文，庶几各极其惬，而无累矣。

（明）陈继儒《山水》，《书蕉》卷下，《丛书集成》本

思入于渺忽，神恍乎有无，情极乎真到，才尽乎形声，工夺乎造化者，诗之妙也。试以杜诗言之："子规夜啼山竹裂，王母昼下云旗翻。"非入于渺忽乎？"织女机丝虚夜月，石鲸鳞甲动秋风。"非恍乎有无乎？"艰难苦恨繁霜鬓，潦倒新停浊酒杯。"非极其真到乎？"五更鼓角声悲壮，三峡星河影动摇。"非尽其形声乎？"白摧朽骨龙虎死，黑入太阴雷雨垂。"非工夺造化乎？

（明）安磐《颐山诗话》，《四库全书》珍本初集本

昔有禅人为老衲所姗笑，羞涩不能出一语。次日请益，老衲曰："汝见登场傀儡乎？"曰："见"。曰："汝不及也。"禅者悚然问故。曰："渠爱人笑，汝畏人笑耳。"此语与退之互相发，退如欲见性命于文章乎？抑即文章见性命也？俱当于笑中求之。

（明）袁宏道《叙曾太史集》，《袁宏道集笺校》卷三十五，上海古籍出版社本

梁王筠好弄葫芦，每吟咏则注水于葫芦，倾已复注，若掷之于地，则诗成矣。如此风致，较王勃临文构思，卧榻以被蒙头，薛道衡闭窗独坐，怒窗外人行，不特苦乐不同，而雅伧亦迥别矣。

（清）叶矫然《龙性堂诗话》初集，《清诗话续编》本

钟厚必哑,耳塞必聋。万古不坏,其惟虚空。诗人之笔,列子之风。离之愈远,即之弥工。仪神黜貌,借西摇东。不阶尺水,斯名应龙。

(清)袁枚《续诗品·空行》,人民文学出版社本

文章不可不放胆做。

(清)吴德旋《初月楼古文绪论》,人民文学出版社本

4. "心正气和"

臣闻巧尽于器,习数则贯;道系于神,人亡则灭。是以轮匠肆目,不乏奚仲之妙;瞽叟清耳,而无伶伦之察。

(晋)陆机《演连珠》五十首之二十二,《陆机集》卷八,中华书局本

学为文章,先谋亲友,得其评裁,知可施行,然后出手;慎勿师心自任,取笑旁人也。自古执笔为文者,何可胜言。然至于宏丽精华,不过数十篇耳。但使不失体裁,辞意可观,便称才士;要须动俗盖世,亦俟河之清乎!

(北齐)颜之推《颜氏家训·文章第九》,《颜氏家训集解》卷第四,上海古籍出版社本

欲书之时,当收视反听,绝虑凝神,心正气和,则契于妙。心神不正,书则欹斜;志气不和,字则颠仆。其道同鲁庙之器,虚则欹,满则覆,中则正,正者冲和之谓也。然则字虽有质,迹本无为,禀阴阳而动静,体万物以成形,达性通变,其常不主。故知书道玄妙,必资神遇,不可以力求也。机巧必须心悟,不可以目取也。

(唐)虞世南《笔髓论·契妙》,引自《历代书法论文选》,上海书画出版社本

张长史以醉故,草书入神,老杜所谓"杨公拂箧笥,舒卷忘寝食。念昔挥毫端,不独观酒德"是也。许道宁以醉故,画入神,山谷所谓"往逢醉许在长安,蛮溪大砚摩松烟"。"醉拈枯笔墨淋浪,势若山崩不停手"是也。大抵书画贵胸中无滞,小有所拘,则所谓神气者逝矣。钟、王、顾、陆不假之酒而能神者,上机之士也,如张、许辈非酒安能

神哉？

（宋）葛立方《韵语阳秋》卷十四，《历代诗话》本

惟"丹青不知老将至，富贵于我如浮云"则为知言。盖中心无蔽于外物，然后有见于理，此不易之论，而庄生所谓槃礴裸者是已。此可以为学者之法。

（宋）曾季狸《艇斋诗话》，《历代诗话续编》本

夫心者道也，琴者器也。本乎道则可以周于器，通乎心故可以应于琴。若师文之技，其天下之至精乎！故君子之学于琴者，宜正心以审法，审法以察音。及其妙也，则音法可忘，而道器冥感，其殆庶几矣。

（宋）朱长文《师文》，《琴史》卷第二，引自《中国古代乐论选辑》，人民音乐出版社本

发乎口，为臧、为否；加乎人，为喜、为嗔。用乎世，为成、为败；传乎书，为贤、为愚。呜呼！其发也，可不慎乎！

（明）方孝孺《言》，《动仪杂箴二十首》之九，《逊志斋集》卷一，《四部丛刊》本

作诗譬诸用兵，慎敌则胜。命题虽易，不可率然下笔。至于浑化，无施不可。

（明）谢榛《四溟诗话》卷一，《历代诗话续编》本

夫禹功以燕、许庙堂之笔，掎摭于穷村绝浦，不以为枉天，而沾沾卷石之菁华，一花之开落，与桑经郦注，争长黄池，则是狮象搏兔，皆用全力尔。

（清）黄宗羲《称志赤志序》，《黄梨洲文集》，中华书局本

《僧宝传》：石门聪禅师谓达观昙颖禅师曰：此事如人学书，点画可效者工，否者拙。何以故？未充法耳。如有法执，故自为断续。当笔忘手，手忘心，乃可。此道人语，亦吾辈作诗文其诀。

（清）王士禛《居易录》，《带经堂诗话》卷三，人民文学出版社本

山以树石为眉目，树石以苔藓为眉目。盖用笔作画，不应草草。昔僧繇画龙，不轻点睛，以为神明在阿堵中耳。泼墨惜笔，画手用墨之微妙。泼者，气磅礴；惜者，骨疏秀。

（清）吴历《墨井画跋》，《历代论画名著汇编》本

作诗用苦心不待言；造句时尚须以全力以助其气，庶字字立得起敲得响。纵极平常浅淡语，以力运之而出，便勃然生动。

（清）黄子云《野鸿诗的》，《清诗话》本

王叔明作修竹远山，尝称文湖州暮霭横卷，笔力不在郭熙之下。于树石间写丛竹，乃自其肺腑中流出，不可以笔墨畦径观也。

（清）王翚《清晖画跋》，《历代论画名著汇编》本

5. 作文在有意无意之间

庾子嵩作意赋成，从子文康见问曰："若有意邪，非赋之所尽；若无意邪，复何所赋？"答曰："正在有意无意之间。"

（南朝·宋）刘义庆《世说新语·文学》，《诸子集成》本

凡文章皆不难，又不辛苦。如《文选》诗云："朝入谯郡界"，"左右望我军"，皆如此例，不难不辛苦也。

（唐）[日] 弘法大师《文镜秘府论·南卷·论文意》，《文镜秘府论校注》，中国社会科学出版社本

书初无意于佳乃佳尔。草书虽是积学乃成，然要是出于欲速。古人云，匆匆不及草书，此语非是。若匆匆不及，乃是平时亦有意于学，此弊之极，遂至于周越仲翼，无足怪者。吾书虽不甚佳，然自出新意，不践古人，是一快也。

（宋）苏轼《论书》，引自《历代书法论文选》，上海书画出版社本

余尝爱梁武帝评书善取物象，而此公尤能自誉，观者不以为过，信乎

其书之工也。然其为人倜荡，本不求工，所以能工，此如没人操舟，无意于济否，是以覆却万变而举止自若，其近于有道者耶。

     （宋）苏轼《跋王巩所收藏真书》，《东坡题跋》卷四，《四部丛刊》本

  诗欲其好，则不能好矣。王介甫以工，苏子瞻以新，黄鲁直以奇，而子美之诗，奇常、工易、新陈莫不好也。

     （宋）陈师道《后山诗话》，《历代诗话》本

  古之作者无意于文也，理至而文则随之，如印之泥，如风行水上，纵横错综，灿然而成者，夫岂待绳削而后合哉！六经之书，皆是物也。逮左氏传《春秋》，屈原作《离骚》，始以文自成为一家，而稍与经分。

     （宋）汪藻《鲍吏部集序》，《浮溪集》卷十七，《四部丛刊》本

  天下事有意为之，辄不能尽妙，而文章尤然。文章之间，诗尤然。世乃有日锻月炼之说，此所以用功者虽多，而名家者终少也。晚唐诸人议论虽浅俚，然亦有暗合者，但不能守之耳。所谓"尽日觅不得，有时还自来"者，使所见果到此，则"采菊东篱下，悠然见南山"之句，有何不可为？惟徒能言之，此禅家所谓语到而实无见处也。往往有好句当面蹉过，若"吟成一个字，捻断几茎须"，不知何处合费许（多）辛苦？正恐虽捻尽须，不过能作"药杵声中捣残梦，茶铛影里煮孤灯"句耳。人之相去，固不远哉！

     （宋）蔡启《蔡宽夫诗话》，《宋诗话辑佚》本

  黄鲁直爱与郭功父戏谑嘲调，虽不当尽信，至如曰："公做诗费许多气力做甚？"此语切当，有益于学诗者，不可不知也。

     （宋）许𫖯《彦周诗话》，《历代诗话》本

  《洗兵马》。山谷云："诗句不凿空强作，对景而生便自佳。"山谷之言诚是也。然此乃众人所同耳。惟杜子美则不然。对景亦可，不对景亦可。喜怒哀乐，不择所遇，一发于诗，盖出口成诗，非作诗也。观此诗闻捷书之作，其喜气乃可掬，真所谓"情动于中而形于言，言之不足，不

知手之舞之,足之蹈之"也。其曰:"东走无复忆鲈鱼,南飞觉有安巢鸟"。言人思安居,不复避乱也。曰"寸地尺天",曰"奇祥异端",曰"皆入贡",曰"争来送",曰"不知何国",曰"复道诸山",皆喜跃之词也……子美于克捷之初,而训勒将士,俾知帝力,不得夸身疆,其忧国不亦至乎?子美吐词措意每如此,古今诗人所不及也,山谷晚作《大雅堂记》谓子美诗好处,正在无意而意已至,若此诗是已。

(宋)张戒《岁寒堂诗话》卷下,《历代诗话续编》本

近世蜀人多妙于四六,如程子山、赵庄叔、刘韶美、黄仲秉,其选也,然未免作意为之者。张钦夫深于经学,初不作意于文字间,而每下笔必造极。绍兴辛巳年,其父魏公久谪居永州,得旨自便,钦夫代作谢表,自叙有云:"家国异谋,固难调于众口,天日下照,夫何歉于一心。兹盖皇帝陛下体尧之仁,行禹之智,微彰以道,必因天地之时;动化若神,孰测风雷之用。"其辞平,其味永,其韵孤,岂作意为之者。时年二十九。

(宋)杨万里《诗话》,《诚斋集》卷一百十四,《四部丛刊》本

学诗须透脱,信手自孤高。衣钵无千古,丘山只一毛。句中池有草,子(字)外目俱蒿。可口端何似,霜螯略带糟。

句法天难秘,工夫子但加。参时且柏树,悟罢岂桃花?要共东西玉,其如南北涯!肯来谈个事?分坐白鸥沙。

(宋)杨万里《和李天麟二首》,《诚斋集》卷四,《四部丛刊》本

古之作者,初无意于造语,所谓因事以陈词,如杜子美《北征》一篇,直纪行役尔,忽云"或红如丹砂,或黑如点漆,雨露之所濡,甘苦齐结实。"此类是也。文章只如人作家书乃是。

(宋)强幼安《唐子西文录》,《历代诗话》本

东坡《南行唱和诗序》云:"昔人之文,非能为之为工,乃不能不为之为工也。山川之有云,草木之有华实,充满勃郁而见于外,虽欲无有,其可得耶。故予为文至多,而未尝敢有作文之意。"时公年始冠耳,而所

有如此，其肯与江西诸子终身争句律哉？

（金）王若虚《滹南诗话》卷二，《历代诗话续编》本

庄周之著书，李白之歌诗，放荡纵恣，惟其所欲，而无不如意。彼岂学而为之哉？其心默会乎神，故无所用其智巧，而举天下之智巧莫能加焉。使二子者有意而为之，则不能皆如其意，而于智巧也狭矣。庄周、李白，神于文者也，非工于文者所及也。文非至工，则不可以为神，然神非工之所至也。

（明）方孝孺《苏太史文集序》，《逊志斋集》卷十二，《四部备要》本

宋人谓作诗贵先立意。李白斗酒百篇，岂先立许多意思而后措词哉？盖意随笔生，不假布置。

（明）谢榛《四溟诗话》卷一，《历代诗话续编》本

诗有不立意造句，以兴为主，漫然成篇，此诗之入化也。

（明）谢榛《四溟诗话》卷一，《历代诗话续编》本

唐无五言古诗，而有其古诗，陈子昂以其古诗为古诗，弗取也。七言古诗唯杜子美不失初唐气格，而纵横有之。太白纵横，往往强弩之末，间杂长语，英雄欺人耳。至如五七言绝句，实唐三百年一人，盖以不用意得之，即太白亦不自知其所至而工者顾失焉。五言律排律诸家概多佳句。七言律诸家所难，王维、李颀颇臻其妙，即子美篇什虽众，愦焉自放矣，作者自苦亦惟天实生才不尽，后之君子乃兹集以尽唐诗，而唐诗尽于此。

（明）李攀龙《选唐诗序》，《沧溟集》卷十五，清刊本

王武子读孙子荆诗而云："未知文生于情情生于文？"。此语极有致。文生于情，世所恒晓。情生于文，则未易论。盖有出之者偶然，而览之者实际也。若平生时遇此境，亦见同调中有此。又庾子嵩作《意赋》成，为文康所难，而云："正在有意无意之间"，此是遁辞，料子嵩文必不能佳。然有意无意之间，却是文章妙用。

（明）王世贞《艺苑卮言》卷三，《历代诗话续编》本

严谓古诗不当较量重复，而引属国数章见例，是则然矣。古人佳处，岂在是乎？观少卿三章及两汉诸作，足知冗非所贵，第信笔天成，间遇一二，不拘拘窜定耳。"青青河畔草，"一章，六用叠字而不觉，正古诗妙绝处，不可概论，然亦偶尔，未必古人用意为之。谢惠连以相如对长卿，幸司马有二名，不尔，何以属比耶？一笑。

（明）胡应麟《诗薮·外编》卷三，上海古籍出版社本

两汉之诗，所以冠古绝今，率以得之无意。不惟里巷歌谣，匠心信口，即枚、李、张、蔡未尝锻炼求合，而神圣工巧，备出天造。今欲为其体，非苦思力索所办，当尽取汉人一代之诗，玩习凝会，风气性情，纤悉具领。若楚大夫子身处庄岳，庶几齐语。建安、黄初，才涉作意，便有阶级可寻，门户可入。匪其才不逮，时不同也。

（明）胡应麟《诗薮·内编》卷二，上海古籍出版社本

齐、梁后，七言无复古意。独斛律金《敕勒歌》云："敕勒川，阴山下，天似穹庐盖四野。天苍苍，野茫茫，风吹草底见牛羊。"大有汉、魏风骨。金武人，目不知书，此歌成于信口，咸谓宿根。不知此歌之妙，正在不能文者，以无意发之，所以浑朴莽苍，暗合前古，推之两汉，乐府歌谣，采自闾巷，大率皆然。使当时文士为之，便欲雕缋满眼，况后世操觚者！

（明）胡应麟《诗薮·内编》卷三，上海古籍出版社本

所谓自然者，非有意为自然而遂以为自然也。若有意为自然，则与矫强何异。故自然之道，未易言也。

（明）李贽《读律肤说》，《焚书》卷三，中华书局本

世间惟拘儒老生不可与言文。耳多未闻，目多未见，而出其鄙委牵拘之识，相天下文章，宁复有文章乎。予谓文章之妙不在步趋形似之间。自然灵气，恍惚而来，不思而至。怪怪奇奇，莫可名状，非物寻常得以合之。苏子瞻画枯株竹石，绝异古今画格，乃愈奇妙。若以画格程之，几不入格。米家山水人物，不多用意，略施数笔，形象宛然。正使有意为之，亦复不佳。故夫笔墨小技，可以入神而证圣。自非通人，谁与解此。吾乡

丘毛伯选海内合奇文止百余篇，奇无所不合。或片纸短幅，寸人豆马；或长河巨浪，汹汹崩屋；或流水孤村，寒鸦古木；或岚烟草树，苍狗白云；或彝鼎商周，丘索坟典。凡天地间奇伟灵异高朗古宕之气，犹及见于斯编。神矣化矣。夫使笔墨不灵，圣贤减色，皆浮沉习气为之魔。士有志于千秋，宁为狂狷，毋为乡愿。试取毛伯是编读之。

（明）汤显祖《合奇序》，《汤显祖诗文集》卷三十二，上海古籍出版社本

天下之有意为好者，未必好，而古来之妙书妙画，皆以无心落笔，骤然得之。如王右军之兰亭记，颜鲁公之争坐帖，皆是其草稿，后虽摹仿再三，不能得其初本。

（明）张岱《跋谑庵五帖》，《琅嬛文集》卷五，《中国古典文学珍本丛书》本

太史公其得意诸传，皆以无意得之。不苟袭一字，不轻下一笔，银钩铁勒，简炼之手，出于生涩。至其论赞，则淡淡数语，非颊上三毫，则睛中一画，墨汁斗许，亦将安所用之也。后世得此意者，惟东坡一人。

（明）张岱《石匮书自序》，《琅嬛文集》卷一，《中国古典文学珍本丛书》本

六经者，圣人道德之所著，非有意于为文，天下之至文也。犹天地四方草木翟雀之为色也。左邱明之徒，道德不至，而其意皆存于为文，非天下之至文也，犹布帛之为色也。学者知词气非《六经》，不足以言文。玄非天，黄非地，青非东方，赤非南方，白非西方，黑非北方，夏非翟，缁非雀，红绿非草木，不足以言色，可不汲汲于道德，而惟文辞之孜孜乎？

（明）苏伯衡《染说》，《明文在》卷三十七，《国学基本丛书》本

袁小修尝云：文人之文高文典则，庄重矜严，不若琐言长语，取次点墨，无意为文而神情兴会多所标举。若欧公之《归田录》，东坡之《志林》，放翁之《入蜀记》，皆天下之其文也。老懒废学，畏读冗长文字。近游白门，见寒铁道人《南溪杂记》，益思小修之言为有味也。

（清）钱谦益《题南溪杂记》，《牧斋有学集》卷四十九，《四部丛刊》本

"更喜年芳入睿才"与"诗成珠玉在挥毫",可称双绝。不知者以"入"字"在"字为用字之巧,不知渠自顺手凑著。

（清）王夫之《薑斋诗话》卷下,《清诗话》本

书家以偶然欲书为合,心遽体留为乖。作诗亦尔。

（清）贺贻孙《诗筏》,《清诗话续编》本

张谓侍郎七言律,多奇警之句,及死后见形,独爱人诵其"樱桃解结垂簷子,杨柳能低入户枝"二语。晋谢康乐诗尤多警语,而独喜"池塘生春草"五字,自谓神助。可见诗以偶然语写偶然景为得意,凡他人所谓得意者,非作者所谓得意也。

（清）贺贻孙《诗筏》,《清诗话续编》本

极用意人诗文得意处,每从不经意处得之。极不经意人诗文得意处,每从用意处得之。

（清）贺贻孙《诗筏》,《清诗话续编》本

天惟无心成文,辞必己出,革剿说雷同之弊,宣以天地自然之音,间斯文之英绝者矣。

（清）朱彝尊《禹峰文集序》,《曝书亭集》,《四部丛刊》本

凡偶然得句,自必佳绝。若有意作诗,则初得者必浅近,第二层犹未甚佳,弃之而冥冥构思,方有出人意外之语。更进不已,将至"焚却坐禅身"矣。

晚唐多苦吟,其诗多是第三层心思所成。盛唐诗平易,似第一层心思所成。而晚唐句远不及盛,不能测其故也。

（清）吴乔《围炉诗话》卷之四,《清诗话续编》本

画背所揭纸,案头已败笔;僧房坐无聊,偶然作松骨。松毛无几许,松干颇郁兀;虬龙挺僵瘦,修蛇欻出没。轻云淡欲无,奔雷怒将击。想当无意中,情神乍飘忽。傍无指授人,令作何体格。胸无成见拘,摹似反自

失。鲁公《坐位帖》，要以草稿得。

……

（清）郑燮《僧壁题张太史画松》，《郑板桥集·诗钞》，上海古籍出版社本

唐时五言以试士，七言以应制。限以声律，而又得失谀美之念先存于中，揣摩主司之好尚，迎合君上之意旨，宜其言之难工也。钱起《湘灵鼓瑟》，王维《奉和圣制雨中春望》外，杰作寥寥，略观可矣。

（清）沈德潜《说诗晬语》卷下，人民文学出版社本

《清明二首》："绣羽衔花他自得，红颜骑竹我无缘。"此离对法，以己对鸟，离其类也。若以蜂蝶相配，便是平常法，不能出奇。

又如"寂寂系舟双下泪，悠悠伏枕左书空。"以感忿对悲怆，亦是各意对。诗家得此，出奇无穷，然须无意得之，强造反有痕，又必字之相当，分两样。

（清）张谦宜《𬘡斋诗谈》卷四，《清诗话续编》本

某画《折兰小照》，求题七古。余晓之曰："兰为幽静之花，七古乃沉雄之作：考钟鼓以享幽人，与题不称。若必以多为贵，则须知米豆千甒，不若明珠一粒也；刀枪杂弄，不如老僧之寸铁杀人也；世充万言，何如阮咸三语？成王冠，周公使祝雍作祝词，曰：'达而勿多也。'此贵少之证也。若夫谢艾虽繁不可删，王济虽少不能益：则各极其妙，亦在相题行事耳。唐人句云：'药灵丸不大，棋妙子无多。'"或问："如先生言，简固佳乎？"余曰："是又不可以有意为也。宋子京修《唐书》，有意为简，遂硬割字句，几于文理不通。顾宁人摘出数条。余摘百十余条，载《随笔》中。"

（清）袁枚《随园诗话》卷十四，人民文学出版社本

法时帆学士造诗龛，题云："情有不容已，语有不自知；天籁与人籁，感召而成诗。"又曰："见佛佛在心，说诗诗在口；何如两相忘，不置可与否。"余读之，以为深得诗家上乘之旨。

（清）袁枚《随园诗话·补遗》卷六，人民文学出版社本

白公之妙，亦在无意，此其似陶处也。即如宋人诗："有时俗物不称意，无数好山俱上心。"称为佳句。而白公则云："有山当枕上，无事到心中。"更为自然。

（清）翁方纲《石洲诗话》卷二，《清诗话续编》本

河西猛士无人识，日暮津亭阅过船。路人但觉骢马瘦，不知铁槊大如椽。因言西方久不战，截发愿做万骑先。我当凭轼与寓目，看君飞矢集蛮氐。

此在渔洋先生以为"羚羊挂角"之妙，而东坡少年时特以无意偶然得之。

陈思王云："素眼开金縢，感悟求其端。公旦事既显，成王乃哀叹。"东坡亦云："慷慨桓野王，哀歌和清弹。揽衣起流涕，始知使君贤。"然东坡却是无意中偶得之也。

（清）翁方纲《七言诗三昧举偶》，《清诗话》本

太白云："山随平野尽，江入大荒流。"少陵云："星垂平野阔，月涌大江流。"此等句皆适与手会，无意相合，固不必谓相为倚傍，亦不容区分优劣也。

（清）翁方纲《石洲诗话》卷一，《清诗话续编》本

太白五言有极经意，有极不经意。乐府咏古诸题，合节应弦，极经意之作也。寻常酬应，乱头粗服，不经意之作也。于经意处得其深奇，于不经意处得其洒脱。

（清）管世铭《谈雪山房唐诗序例》，《清诗话续编》本

思积而满，乃有异观，溢出为奇。若第强索为之，终不得满量。所谓满者，非意满、情满即景满。否则有得于古作家，文法变化满。

（清）方东树《昭昧詹言》卷一，人民文学出版社本

"池塘生春草"句，叶石林以为"世多不解此语为工，盖欲以奇求之。此语之工，正在无所用意，猝然与景相遇，借以成章，故非常情所能到。"释冷斋以为"古人意有所至，则见于情，诗句盖寓也。谢公生平喜

见惠连,而梦中得之,此当论意,不当泥句。"张九成以为"灵运平日好雕镂,此句得之自然,故以为奇。"田承君以为"病起忽然见此为可喜,而能道之,所以为贵。"金源王若虚则谓"天生好语,不待主张,苟为不然,虽百说何益!李元膺以为'反复求之,终不见此句之佳,'与鄙意暗同。"然则谢公此句,论之者凡六家,只王、李之见相似。愚旧论适与张尚书暗合,王、李终不免以奇求之耳。若权文公"所谓'池塘'二句,托讽深重,以池塘潴溉之地,而生春草,是王泽竭也。幽诗所配,一虫鸣则一候,今日'变鸣禽'者,时候变也。"穿凿太甚,亦不足辩矣。

(清)潘德舆《养一斋诗话》卷二,《清诗话续编》本

  渔洋以陶诗"倾耳无希声"二语为咏雪绝境,不知陶诗于风雷日月,雨露云烟,吟兴偶到,无非绝境也。"平畴交远风","冷风送余善","凉风起将夕,夜景湛虚明","幽兰生前庭,含薰待清风","微雨从东来,好风与之俱","灵渊写时雨,晨色奏景风","微雨洗高林,清飚矫云翮","蔼蔼停云,濛濛时雨","重云蔽白日,闲雨纷微微","仲春遭时雨,始雷发东隅","飘飘西来风,悠悠东去云","日暮天无云,春风扇微和","山气日夕佳,飞鸟相与还","春秋多佳日,登高赋新诗","白日沦西阿,素月出东岭。遥遥万里辉,荡荡空中景","晨兴理荒秽,带月荷锄归。道狭草木长,夕露沾我衣","露凝无游氛,天高风景澈","山中饶霜露,风气亦先寒","暧暧远人村,依依墟里烟",体物之妙,畴非以化工兼画工者!六代以后,积案盈箱,不出风云月露,徒争胜于一字一句之间,自诧奇特,而不知其陋之甚。胸有实得者,无意于诗,而触物肖形,都成绝境,其根柢使然也。愚尝谓陶公之诗,三达德具备:冲淡虚明,智也;温良和厚,仁也;坚贞刚介,勇也。盖夷、惠之间,曾晳、原思之流,右丞、左司尚不能尽其阃奥所在,况余子哉?

(清)潘德舆《养一斋诗话》卷十,《清诗话续编》本

  东坡最善于没要紧底题说没要紧底话,未曾有底题说未曾有底话,抑所谓"君从何处看,得此无人态"耶!

(清)刘熙载《艺概·文概》,上海古籍出版社本

  东坡、放翁两家诗,皆有豪有旷。但放翁是有意要做诗人,东坡虽为

诗，而仍有夷然不屑之意，所以尤高。

（清）刘熙载《艺概·诗概》，上海古籍出版社本

作词不拘说何物事，但能句中有意即佳。意必己出，出之太易或太难，皆非妙造。难易之中，消息存焉矣。唯易之一境，由于情景真，书卷足。所谓满心而发、肆口而成者，不在此例。

（清）况周颐《蕙风词话》，人民文学出版社本

书画至神妙，使笔有运斤成风之趣。无他，熟而已矣。或曰：有书须熟外生，画须熟外熟，又有作熟还生之论。如何？仆曰：此恐熟入俗耳。然入于俗而不自知者，其人见本庸下。何足与言书画！仆所谓"熟"字，乃张伯英草书精熟，池水尽墨。杜少陵熟精文选理之"熟"字。

（清）方薰《山静居论画》，《历代论画名著汇编》本

有意于画，笔墨每去寻画。无意于画，画自来寻笔墨。盖有意不如无意之妙耳。

（清）戴熙《赐砚斋题画偶录》，《历代论画名著汇编》本

（魏承班）词逊于薛昭蕴、牛峤，而高于毛文锡，然皆不如王衍。五代词以帝王为最工，岂不以无意于求工欤。

（清）王国维《人间词话·附录》，人民文学出版社本

四

修改加工

1. 表达

　　伊兹事之可乐，固圣贤之所钦。课虚无以责有，叩寂寞而求音，函緜邈于尺素，吐滂沛乎寸心。言恢之而弥广，思按心而愈深，播芳蕤之馥馥，发青条之森森，粲风飞而猋竖，郁云起乎翰林。

（晋）陆机《文赋》，《陆机集》卷一，中华书局本

　　方其搦翰，气倍辞前，暨乎篇成，半折心始。何则？意翻空而易奇，言征实而难巧也。

（南朝·梁）刘勰《文心雕龙·神思》，人民文学出版社本

　　若夫义训古今，兴废殊用，字形单复，妍媸异体，心既托声于言，言亦寄形于字，讽诵则绩在宫商，临文则能归字形矣。

（南朝·梁）刘勰《文心雕龙·练字》，人民文学出版社本

　　赞曰：文场笔苑，有术有门。务先大体，鉴必穷源。乘一总万，举要治繁。思无定契，理有恒存。

（南朝·梁）刘勰《文心雕龙·总术》，人民文学出版社本

　　若夫绝笔断章，譬乘舟之振楫；会词切理，如引辔以挥鞭。克终底绩，寄深写远。若首唱荣华，而媵句憔悴，则遗势郁湮，余风不畅。此周易所谓臀无肤，其行次且也。惟首尾相援，则附会之体，固亦无以加于此矣。

（南朝·梁）刘勰《文心雕龙·附会》，人民文学出版社本

故三准既定，次讨字句。句有可削，只见其疏；字不得减，乃知其密。精论要语，极略之体；游心窜句，极繁之体；谓繁与略，随分所好。引而申之，则两句敷为一章；约以贯之，则一章删成两句。思赡者善敷，才核者善删。善删者字去而意留，善敷者辞殊而意显，字删而意缺，则短乏而非核；辞敷而言重，则芜秽而非赡。

（南朝·梁）刘勰《文心雕龙·熔裁》，人民文学出版社本

夫文章兴作，先动气，气生乎心，心发乎言，闻于耳，见于目，录于纸。意须出万人之境，望古人于格下，攒天海于方寸。诗人用心，当于此也。

（唐）［日］弘法大师《文镜秘府论·南卷·论文意》，《文镜秘府论校注》，中国社会科学出版社本

学诗有三节：其初不识好恶，连篇累牍，肆笔而成；既识羞愧，始生畏缩，成之极难；及其透彻，则七纵八横，信手拈来，头头是道矣。

（宋）严羽《沧浪诗话》，《历代诗话》本

严沧浪谓："作诗譬诸刽子手杀人，直取心肝。"此说虽不雅，喻得极妙。凡作诗，须知道紧要下手处，便了当得快也。其法有三：曰事，曰情，曰景。若得紧要一句，则全篇立成。熟味唐诗，其枢机自见矣。

（明）谢榛《四溟诗话》卷四，《历代诗话续编》本

大明徐祯卿曰："因情以发气，因气以成声，因声而绘词，因词而定韵。——此诗之源也。然情实眇渺，心因思以穷其奥；气有粗弱，必因力以夺其偏；词难妥贴，必因才致其极；才易飘扬，必因质以御其侈。——此诗之流也。若夫妙骋心机，随方合节；或约旨以植义，或宏文以叙心；或缓发如朱弦，或急张如跃括；或始迅以中留，或既优而后促；或慷慨以任壮，或悲悽而引泣；或因拙以得工，或发奇而似易。——此轮扁之超悟，不可得而详也。"

（明）徐师曾《文体明辨序说·文章纲领·论诗》，人民文学出版社本

善言情者，吞吐深浅，欲露还藏，便觉此衷无限。善道景者，绝去形容，略加点缀，即真相显然，生韵亦流动矣。此事经不得着做，做则外相胜而天真隐矣，直是不落思议法门。

（明）陆时雍《诗镜总论》，《历代诗话续编》本

今天下之人，徒知有才者始能构思，而不知古人用才乃绕乎构思以后；徒知有才者始能立局，而不知古人用才乃绕乎立局以后；徒知有才者始能琢句，而不知古人用才乃绕乎琢句以后；徒知有才者始能安字，而不知古人用才乃绕乎安字以后。此苟且与慎重之辩也。言有才始能构思、立局、琢句而安字者，此其人，外未尝矜式于珠玉，内未尝经营于惨淡，陨然放笔，自以为是，而不知彼之所为才，实非古人之所为才，正是无法于手而又无耻于心之事也。言其才绕乎构思以前，构思以后，乃至绕乎布局、琢句，安字以前以后者，此其人，笔有左右，墨有正反，用左笔不安换右笔，用右笔不安换左笔，用正墨不现换反墨，用反墨不现换正墨。

（清）金圣叹《水浒传序》，《第五才子书施耐庵水浒传》卷一，中华书局本

葛常之谓"兴近于讪，今人不敢作。"诗不优柔，乃堕于讪，何关兴事？吾不知宋人以何者为兴？"打起黄莺儿"，"忽见陌头杨柳色"，未见其讪也。

（清）吴乔《围炉诗话》卷之五，《清诗话续编》本

2. 修改加工

世人之著述不能无病，仆尝好人讥弹其文，有不善者应时改定。昔丁敬礼尝作小文，使仆润饰之。仆自以才不过若人，辞不为也。敬礼谓仆："卿何所疑难？文之佳恶，吾自得之，后世谁相知定吾文者邪？"吾常叹此达言，以为美谈。昔尼父之文辞，与人通流，至于制《春秋》，游、夏之徒乃不能措一辞。过此而言不病者，吾未之见也。

（魏）曹植《与杨德祖书》，《曹植集校注》卷一，人民文学出版社本

情理设位，文采行乎其中。刚柔以立本，变通以趋时。立本有体，意或偏长；趋时无方，辞或繁杂，蹊要所司，职在熔裁，櫽括情理，矫揉文采也。规范本体谓之熔，剪截浮词谓之裁。裁则芜秽不生，熔则纲领昭畅，譬绳墨之审分，斧斤之斲削矣。骈拇枝指，由侈于性，附赘悬疣，实侈于形。二意两出，义之骈枝也；同辞重句，文之疣赘也。

（南朝·梁）刘勰《文心雕龙·熔裁》，人民文学出版社本

昔谢艾王济，西河文士，张骏（当作骏）以为艾繁而不可删，济略而不可益，若二子者，可谓练熔裁而晓繁略矣。至如士衡才优，而缀辞尤繁；士龙思劣，而雅好清省。及云之论机，亟恨其多，而称清新相接，不以为病，盖崇友于耳。夫美锦制衣，修短有度，虽玩其采，不倍领袖；巧犹难繁，况在乎拙？而《文赋》以为榛楛勿剪，庸音足曲，其识非不鉴，乃情苦芟繁也。夫百节成体，共资荣卫，万趣会文，不离辞情。若情周而不繁，辞运而不滥，非夫熔裁，何以行之乎？

（南朝·梁）刘勰《文心雕龙·熔裁》，人民文学出版社本

赞曰：篇章户牖，左右相瞰。辞如川流，溢则泛滥。权衡损益，斟酌浓淡。芟繁剪秽，弛于负担。

（南朝·梁）刘勰《文心雕龙·熔裁》，人民文学出版社本

江南文制，欲人弹射，知有病累，随即改之，陈王之得之于丁廙也。

（北齐）颜之推《颜氏家训·文章篇》，《颜氏家训集解》，上海古籍出版社本

学为文章，先谋亲友；得其评裁，知可施行，然后出手。慎勿师心自任，取笑旁人也。

（北齐）颜之推《颜氏家训·文章篇》，《颜氏家训集解》，上海古籍出版社本

陶冶性情存底物，新诗改罢自长吟。孰知二谢将能事，颇学阴何苦用心。

（唐）杜甫《解闷十二首》其七，《杜诗详注》卷十七，中华书局本

夜学晓不休，苦吟神鬼愁。如何不自闲，心与身为仇。
　　　　　　（唐）孟郊《夜感自遣》，《孟东野诗集》卷三，《四部丛刊》本

莫怪苦吟迟，诗成鬓亦丝。鬓丝犹可染，诗病却难医。
　　　　　　（唐）裴说《寄曹松》，《全唐诗》卷七二〇，中华书局本

新篇日日成，不是爱声名。旧句时时改，无妨悦性情。
　　　　　　（唐）白居易《诗解》，《白居易集》卷二十三，中华书局本

仆……五六岁，便学为诗。九岁，谙识声韵。十五六，始知有进士，苦节读书。二十已来，昼课赋，夜课书，间又课诗，不遑寝息矣。以至于口舌成疮，手肘成胝，既壮而肤革不丰盈，未老而齿发早衰白，瞥瞥然如飞蝇垂珠在眸子中也，动以万数。盖以苦学力文所致，又自悲矣。
　　　　　　（唐）白居易《与元九书》，《白居易集》卷四十五，中华书局本

又仆尝语足下：凡人为文，私于自是，不忍于割截，或失于繁多，其间妍蚩，益又自惑，必待交友有公鉴无姑息者，讨论而削夺之，然后繁简当否，得其中矣。况仆与足下为文，尤患其多。己尚病之，况他人乎？
　　　　　　（唐）白居易《与元九书》，《白居易集》卷四十五，中华书局本

（李贺）恒从小奚奴，骑距驴，背一古破锦囊，遇有所得，即书投囊中。及暮归，太夫人使婢受囊出之，见所书多，辄曰："是儿要当呕出心乃已尔！"
　　　　　　（唐）李商隐《李长吉小传》，《李贺诗歌集注》卷首，上海人民出版社本

何故谓之诗？诗者言其志。既用言成章，遂道心中事。不止炼其辞，抑亦炼其意。炼辞得奇句，炼意得余味。
　　　　　　（宋）邵雍《论诗吟》，《伊川击壤集》卷十一，《四部丛刊》本

近世人轻以意改书，鄙浅之人好恶多同，故从而和之者众，遂使古书日就讹舛，深可忿疾。孔子曰：吾忧及史之阙文也。自余少时及前辈，皆不敢改书，故蜀本大字书皆善本。庄子云："用志不分，乃疑于神"。此与《易》"阴疑于阳"、《礼》"使人疑汝于夫子"同。今四方本皆作疑。陶潜诗："采菊东篱下，悠然见南山"，采菊之次，偶然见山，初不用意，而境与意会，故可喜也。今皆作"望南山"。杜子美云："白鹤没浩荡，万里谁能驯"。盖灭没于烟波间耳，而宋敏求谓余云："鸥不解没，改作波"。二诗改此两字，觉一篇神气索然也。

（宋）苏轼《书诸集改字》，《东坡题跋》卷二，《丛书集成》本

苏州司业诗名老，乐府皆言妙入神。看似寻常最奇崛，成如容易却艰辛。

（宋）王安石《题张司业诗》，《临川先生文集》卷三十一，中华书局本

永叔谓为文有三多：看多、做多、商量多也。

（宋）陈师道《后山诗话》，《历代诗话》本

萧楚才知溧阳县时，张乖崖作牧，一日召食，见公几案有一绝云："独恨太平无一事，江南闲杀老尚书。"萧改"恨"字作"幸"字，公出视稿曰："谁改吾诗？"左右以实对。萧曰："与公全身。公功高位重，奸人侧目之秋，且天下一统，公独恨太平，何也？"公曰："萧弟一字之师也"。

（宋）陈辅之《陈辅之诗话》，《宋诗话辑佚》本

山谷至庐山一寺，与郡僧围炉，因举《生公讲堂诗》末云："一方明月可中庭，"一僧率尔云："何不曰'一方明月满中庭。'"山谷笑去。

（宋）洪驹父《洪驹父诗话》，《宋诗话辑佚》本

李光弼代郭子仪入其军，号令不更而旌旗改色。及其亡也，杜甫哀之曰："三军晦光彩，烈士痛稠叠。"前人谓杜甫句为"诗史"。盖谓是也，非但叙尘迹摭故实而已。

（宋）魏泰《临汉隐居诗话》，《历代诗话》本

白乐天每作诗，令一老妪解之，问曰：解否？妪曰解，则录之。不解，则易之。故唐末之诗近于鄙俚。

（宋）惠洪《冷斋夜话》卷一，《说郛》，《丛书集成》本

唐子西《语录》云："诗最难事也，吾于他文不至蹇涩，惟作诗甚苦，悲吟累日，仅能成篇，初读时未见可羞处，姑置之，明日取读，瑕疵百出，辄复悲吟累日，反复改正，比之前时，稍稍有加焉。复数日，取出读之，疵病复出。凡如此数四，方敢示人，然终不能奇。李贺母责贺曰：'是儿必欲呕出心乃已。'非过论也。今之君子，动辄千百言，略不经意，真可愧哉。"

（宋）胡仔《苕溪渔隐丛话》前集卷八，人民文学出版社本

《漫叟诗话》云："桃花细逐杨花落，黄鸟时兼白鸟飞。"李商老云："尝见徐师川说一士大夫家，有老杜墨迹，其初云：'桃花欲共杨花语'，自以淡墨改三字。"乃知古人字不厌改也，不然何以有日锻月炼之语。

（宋）胡仔《苕溪渔隐丛话》前集卷八，人民文学出版社本

《吕氏童蒙训》云："老杜云：'新诗改罢自长吟。'文字频改，工夫自出。近世欧公作文，先贴于壁，时加窜定，有终篇不留一字者。鲁直长年，多改定前作，此可见大略，如《宗室挽诗》云：'天网恢中夏，宾筵禁列侯。'后乃改云：'属举左官律，不通宗室侯。'此工夫自不同矣。"

（宋）胡仔《苕溪渔隐丛话》前集卷八，人民文学出版社本

唐子西《语录》云："诗在与人商论，深求其疵而去之，等闲一字放过则不可，殆近法家，难以言恕矣。故谓之诗律。东坡云：'敢将诗律斗深严。'予亦云：'诗律伤严近寡恩。'大凡立意之初，必有难易二途。学者不能强所劣，往往舍难而趋易，文章罕工，每坐此也。作诗自有稳当字，第思之不到耳。皎然以诗名于唐，有僧袖诗谒之，然指其《御沟诗》云：'此波涵圣泽，波字未稳，当改。'僧怫然作色而去。僧亦能诗者也，皎然度其去必复来，乃取笔作中字掌中，握之以待。僧果复来云：'欲更为中字如何？'然展手示之，遂定交。要当如此乃是。"

（宋）胡仔《苕溪渔隐丛话》前集卷八，人民文学出版社本

范文正公守桐庐，始于钓台建严先生祠堂，自为记，用《屯》之初九，《蛊》之上九，极论汉光武之大，先生之高，才二百字。其歌词云："云山苍苍，江水泱泱。先生之德，山高水长。"既成，以示南丰李泰伯。泰伯读之，三叹味不已，起而言曰："公之文一出，必将名世，某妄意辄易一字，以成盛美。"公瞿然握手扣之，答曰："云山江水之语，于义甚大，于词甚溥；而德字承之，乃似趑趄，拟换作'风'字，如何？"公凝坐颔首，殆欲下拜。

      （宋）洪迈《容斋五笔》卷五，《容斋随笔》，上海古籍出版社本

  王荆公绝句云："京口瓜州一水间，钟山只隔数重山。春风又绿江南岸，明月何时照我还？"吴中士人家藏其草，初云："又到江南岸"，圈去"到"字，注曰"不好"，改为"过"，复圈去而改为"入"，旋改为"满"，凡如是十许字，始定为"绿"。黄鲁直诗："归燕略无三月事，高蝉正用一枝鸣。""用"字初曰"抱"，又改曰"占"，曰"在"，曰"带"，曰"要"，至"用"字始定。予闻于钱伸仲大夫如此。今豫章所刻本，乃作"残蝉犹占一枝鸣"。

      （宋）洪迈《容斋续笔》卷八，《容斋随笔》，上海古籍出版社本

  鼓瑟不难，难于调弦；作文不难，难于炼句。《檀弓》之文，炼句益工，参之《家语》，其妙睹矣。

      （宋）陈骙《文则》，人民文学出版社本

  草就篇章只等闲，作诗容易改诗难。玉经雕琢方成器，句要丰腴字要安。

      （宋）戴复古《邵武太守王子文日与李贾、严羽共观前辈一两家诗及晚唐诗，因有论诗十绝。子文见之，谓无甚高论，亦可作诗家小学须知》其十，《石屏诗集》卷七，《四部丛刊》本

  僧岛云过盱江麻姑山，题绝句云："万叠峰峦入太清，麻姑曾此会方平。一从燕罢归何处，宝殿瑶台空月明。"先作"自从"，后于同辈举似，同辈云："诗固清矣，'自'字未稳，当作'一'字。"云服其言。暨再

入山，已为人改作"一从"矣，亦可谓一字师。

（宋）赵与虤《娱书堂诗话》卷下，《历代诗话续编》本

韩子苍

子苍蜀人，学出苏氏，与豫章不相接。吕公强之入派，子苍殊不乐，其诗有磨淬剪截之功，终身改窜有已，有已写寄人数年，而追取更易一两字者，故所作少而善。

（宋）刘克庄《江西诗派小序》，《历代诗话续编》本

张文潜云："世以乐天诗为得于容易，而未尝于洛中一士人家，见白公诗草数纸，点窜涂抹，及其成篇，殆与初作不侔。"

（宋）魏庆之《诗人玉屑》卷八，中华书局本

郑谷在袁州，齐已携诗诣之。有早梅诗云："前村深雪里，昨夜数枝开。"谷曰："'数枝'非早也，未若'一枝'。"齐已不觉下拜。自是士林以谷为一字师。

（宋）魏庆之《诗人玉屑》卷六，中华书局本

自昔词人琢磨之苦，至有一字穷岁月，十年成一赋者。白乐天诗词，疑皆冲口而成，及见今人所藏遗稿，涂窜甚多。欧阳文忠公作文既毕，贴之墙壁，坐卧观之，改正尽善，方出以示人。薳尝于文忠公诸孙望之处，得东坡先生数诗稿。其《和欧叔弼》诗云："渊明为小邑。"继圈去"为"字，改作"求"字，又连涂"小邑"二字，作"县令"字，凡三改乃成今句。至"胡椒铢两多，安用八百斛"，初云："胡椒亦安用，乃贮八百斛。"若如初语，未免后人疵议。又知虽大手笔，不以一时笔快为定，而惮于屡改也。

（宋）何薳《春渚见闻》卷七，中华书局本

《唐子西文录》云："古之作者，初无意于造语，所谓因事陈辞，老杜《北征》一篇，直纪行役耳，忽云'或红如丹砂，或黑如点漆。雨露之所濡，甘苦齐结实'，此类是也。文章即如人作家书乃是。"慵夫曰"子西谈何容易，工部之诗，工巧精深者，何可胜数，而摘其一二，遂以

为训哉？正如冷斋言乐天诗必使老妪尽解也。夫《三百篇》中亦有如家书及老妪能解者，而可谓其尽然乎？且子西又尝有所论矣。曰'诗在与人商论，深求其疵而去之，等闲一字放过则不可，殆近法家难以言恕，故谓之诗律。立意之初，必有难易二涂，学者不能强所劣，往往舍难而趋易，文章不工，每坐此也。'"又曰："吾作诗甚苦，悲吟累日，仅能成篇，初未见可羞处，明日取读，疵病百出，辄复悲吟累日，反复改正，稍稍有加。数日再读，疵病复出。如此数四，方敢示人，然终不能奇也。"观此二说，又何其立法之严，而用心之劳邪，盖喜为高论而不本于中者，未有不自相矛盾也。退之曰："文无难易，唯其是耳。"岂复有病哉？

（金）王若虚《滹南诗话》卷二，《历代诗话续编》本

老杜有"新诗改罢自长吟"之句，盖其句有未足于意，字有未安于心，他人所不知者，改而得意，喜而长吟，此乐未易为他人言，而作者苦心深浅自知，正可感也。

（元）刘将孙《蹍肋集序》卷十，《四库全书》珍本初集本

（贾岛）后复乘闲策蹇访李余幽居，得句云："鸟宿池边树，僧推月下门。"又欲作"僧敲"，炼之未定，吟哦引手作推敲之，傍观亦讶。时韩退之尹京兆，车骑方出，不觉冲至第三节，左右拥至马前。岛具实对，未定"推敲"，神游象外，不知回避。韩驻久之曰："敲字佳"。遂并辔归，共论诗道，结为布衣交。遂授以文法，去浮屠，举进士。

（元）辛文房《唐才子传》，古典文学出版社本

（贾岛）每至除夕，必取一岁所作置几上，焚香再拜，酹酒祝曰："此我终年苦心也。"痛饮长歌而罢。

（元）辛文房《唐才子传》，古典文学出版社本

诗道之倡，其有师友渊源乎！非师不足尽传授之秘，非友不足成相观之善。无是二者，不可以言诗也。

（明）宋濂《孙伯融诗集序》，《宋文宪公全集》卷二十二，《四部备要》本

《唐音遗响》所载，任翻《题台州寺壁》诗曰："前峰月照一江水，僧在翠微开竹房。"既去，有观者取笔改"一"字为"半"字。翻行数十里，乃得"半"字，亟回欲易之，则见所改字，固叹曰："台州有人。"予闻之王古直云。

（明）李东阳《麓堂诗话》，《历代诗话续编》本

世人作诗以敏捷为奇，以连篇累册为富，非知诗者也。老杜云"语不惊人死不休。"盖诗须苦吟，则语方妙，不特杜为然也。贾阆仙云："两句三年得，一吟双泪流。"孟东野云："夜吟晓不休，苦吟鬼神愁。"卢延逊云："险觅天应闷，狂搜海亦枯。"杜荀鹤云："生应无辍日，死是不吟时。"予由是知诗之不工，以不用心之故，盖未有苦吟而无好诗者。

（明）都穆《南濠诗话》，《历代诗话续编》本

凡造句已就，而复改削求工，及示诸朋好，各有去取，或兼爱不能自定，可两弃之，再加沉思，必有警句，譬泅者入海，舍蚌珠而获骊珠，自不失重轻也。予《元日有感》诗后联："神会徐陈侣，心从屈宋师。"复改"神会应徐在，心通屈宋知"。因众论不同，难为优劣，遂别造一联，所谓割爱之法也。附诗云："七十尚耽诗，闲来命酒卮。隔宵增一岁，耐老慰群儿。糟粕求新味，云霄入苦思。嗟哉世无补，花鸟日相期。"

（明）谢榛《四溟诗话》卷四，《历代诗话续编》本

裨谌草创，世叔讨论，子羽修饰，子产润色。郑国凡作辞命，必经四贤之手，故见重于列国。予因之以为诗法。每有疑字，示诸社友定正，工而后已，能受万益而不受一损，其立心何如也。或者过于服善，不思可否，欲求完美，反致气格不纯。昔陈王称丁敬礼服善，恐异地则不然。惟贱士人得而指摘，其虚心请教，惟言是从，或有一二不合调者，当自详审而无偏听之弊，求其纯，亦不难矣。或曰："夫少陵之作，气格浑雄，虽有微疵，不伤大体。譬之沧海，无所不容。适闻斯论，何其不广也？"四溟子曰："予诗如幽溟寒泉，湛然一鉴，自不少容渣滓，务浑净则易纯，使百代之下，知予苦心若是，安敢望于少陵也？"

（明）谢榛《四溟诗话》卷四，《历代诗话续编》本

诗不厌改，贵乎精也。唐人改之，自是唐语，宋人改之，自是宋语，格词不同故尔。省悟可以超脱，岂徒斯削而已！

（明）谢榛《四溟诗话》卷二，《历代诗话续编》本

作诗勿自满。若识者诋诃，则易之。虽盛唐名家，亦有罅隙可议，所谓瑜不掩瑕是也。已成家数，有疵易露；家数未成，有疵难评。

（明）谢榛《四溟诗话》卷二，《历代诗话续编》本

欧阳公晚年，窜定平生所为文，用思甚苦。夫人止之曰："何自苦如此，当畏先生嗔耶？"公笑曰："不畏先生嗔，却畏后生笑。"此亦名言。

（明）何良俊《四友斋丛说》卷二十三，中华书局本

大明皇甫汸曰："昔人叹今之艺者，即医而靳其病，惟恐彼之善察、药之我攻。子建好人讥弹，应时改定，此其所以难及也。"

（明）徐师曾《文体明辨序说·文章纲领·总论》，人民文学出版社本

大明皇甫汸曰："语欲妥贴，故字必推敲。盖一字之瑕，足以为玷；片言之颣，并弃其余。此刘生（名勰）所谓'改章难于造篇，易字艰于代句'者也。"

（明）徐师曾《文体明辨序说·文章纲领·论诗》，人民文学出版社本

某窃以文词受知于公，公颂谓可与言诗者。尝侍公于苑直，公示之近稿，曰："吾少于诗，务锻炼组织，求合古调。今则率吾意而为之耳。"某对曰："公南都以前之诗，犹烦绳削也。至此，则不烦绳削而合矣。"公颔之。

（明）唐顺之《钤山堂诗集序》，《荆川先生文集》卷十，《四部丛刊》本

陈后山携所作谒南丰。一见爱之，因留款语。适欲作一文字，因托后山为之。后山穷日力方成，仅数百言。明日以呈南丰，南丰云："大略也好，只是冗序多，不知可略删动否？"后山因请改窜，南丰就坐，取笔抹

处，连一两行，便以授后山，凡削去一二百字。后山读之，则其意尤完，因叹服，遂以为法，所以后山文字简洁如此。

（明）陈继儒《佘山诗话》卷上，《丛书集成》本

诗不改不工，老杜所谓："语不惊人死不休"是也。今人第哂白香山诗率易，不知其诗亦非草草就者。宋张文潜尝得公诗草真迹，点窜多与初作不侔云。

（明）胡震亨《唐诗谈丛》卷二，《丛书集成》本

古人为诗不惮改削，故多可传。杜子美有"新诗改罢自长吟"，韦端己有"卧对南山改旧诗"之句是也。尝观唐人诸选，字有不同，句有增损，正由前后窜削不一故耳。

（明）许学夷《诗源辩体》卷十三，人民文学出版社本

南濠都先生穆，少尝学诗沈石田先生之门。石田问："近有何得意作？"南濠以《节妇》诗首联为对。诗云："白发贞心在，青灯泪眼枯。"石田曰："诗则佳矣，有一字未稳。"南濠茫然，避席请教。石田曰："尔不读《礼经》？《经》云：'寡妇不夜哭'，何不以'灯'字为'春'字？"南濠不觉悦服。

（明）顾元庆《夷白斋诗话》，《丛书集成》本

古人著书，每每若干年布想，若干年储材，又复若干年经营点窜，而后得脱于稿，衮然成为一书也。

（清）金圣叹《第五才子书施耐庵水浒传》楔子批语，中华书局本

唐人作诗，有月锻季炼者，有刳钛心目、掐擢肾胃者，此诚太过，然所谓雕润，殆不可少也。

（清）归庄《江位初诗序》，《归庄集》卷三，上海古籍出版社本

文章者，天下之公器，非我之所能私；是非者，千古之定评，岂人之所能倒！不若出我所有，公之于人，收天下后世之名贤，悉为同调。胜我

者，我师之，仍不失为起予之高足；类我者，我友之，亦不愧为攻玉之他山。持此为心，遂不觉以生平底里，和盘托出。并前人已传之书，亦为取长弃短，别出瑕瑜，使人知所从违，而不为诵读所误。知我罪我，怜我杀我，悉听世人，不复能顾其后矣。但恐我所言者，自以为是，而未必果是；人所趋者，我以为非，而未必尽非。但失一字之公，可谢千秋之罚。

（清）李渔《闲情偶寄·词曲部·结构第一》，《中国古典戏曲论著集成》（七），中国戏剧出版社本

文章出自己手，无一非佳；诗赋论其初成，无语不妙。迨易日经时之后，取而观之，则妍媸、好丑之间，非特人能辨别，我亦自解雌黄矣。此论虽说填词，实各种诗文之通病，古今才士之恒情也。凡作传奇，当于开笔之初，以至脱稿之后，隔日一删，逾月一改，始能淘沙得金，无瑕瑜互见之失矣。

（清）李渔《闲情偶寄·词曲部·宾白第四》，《中国古典戏曲论著集成》（七），中国戏剧出版社本

诗有长言之味短，短言之味长，作者任意所至，不复自止，一经明眼人删削，遂大开生面者。然明眼人往往不能补短，但能截长。如柳子厚"渔翁夜傍西岩宿，晓汲清湘然楚竹。烟消日出不见人，欸乃一声山水绿。回看天际下中流，岩上无心云相逐。"东坡删其后二句。严仪卿云："使子厚复生，亦必心服。"谢朓诗云："洞庭张乐地，潇湘帝子游。云去苍梧野，水还江汉流。停骖我怅望，辍棹子夷犹。广平听方藉，茂陵将见求。心事将已矣，江山徒离忧。"仪卿欲删去"广平听方藉，茂陵将见求"十字，只用八句。余谓即玄晖复生，亦当拍掌叫快。

（清）贺贻孙《诗筏》，《清诗话续编》本

茂秦谓"澄江净如练"，"澄"、"净"二字意重，欲改为"秋江净如练"。元美驳之，以为江澄乃净。余谓二君论俱不然。"澄"、"净"实复，然古诗名手多不忌此处。徐干"兰华凋复零"，阮籍"思见客与宾"，《娇女诗》"渌水清且澄"，谢庄"夕天霁晚气"，颜延年"识密鉴亦洞"，谢灵运"洲萦渚连绵"，简文帝"飞栋杏为梁"，吴筠"白酒甜盐甘如乳"，即朓作仍有"地回闻遥蝉"，又"曾厓寂且寥"。此类殊多，不妨浑朴。

要之"澄江净如练",眺瞩之间,景候适辏,语俊调圆,自属佳句耳。茂秦欲易"澄"为"秋",亡论与通章春景牴牾,已顿成流薄。此茂秦欲以唐法绳古诗,固去之远甚。而元美曲解,亦落言荃,失作者之妙矣。

(清)毛先舒《诗辩坻》卷第二,《清诗话续编》本

问:"又云炼句不如炼字,炼字不如炼意,意何以炼?"
答:"炼意或谓安顿章法,惨淡经营处耳。"

(清)王士禛《师友诗传续录》,《清诗话》本

诗人一字若冥搜,论古应从象罔求。不是临川王介甫,谁知瞑色赴春愁。

(清)王士禛《戏仿元遗山论诗绝句》三十二首之十三,《渔洋山人精华录》卷五,《四部丛刊》本

于鳞"万里银河接御沟",旧稿"何处还逢玉树留"。茂秦"庭草惊秋白露垂",旧稿"玉露初惊沾草重"。二首起句改得工拙迥异,诗不厌改,拙速巧迟,讵不然耶?

(清)叶矫然《龙性堂诗话续集》,《清诗话续编》本

改诗难于作诗,何也?作诗,兴会所至,容易成篇;改诗,则兴会已过,大局已定,有一二字于心不安,千力万气,求易不得,竟有隔一两月,于无意中得之者。刘彦和所谓:"富于万篇,窘于一字",真甘苦之言。《荀子》曰:"人有失针者,寻之不得,忽而得之,非目加明也,眸而得之也。"所谓"眸"者,偶睨及之也。唐人句云:"尽日觅不得,有时还自来。"即"眸而得之"之谓也。

(清)袁枚《随园诗话》卷二,人民文学出版社本

予凡改定新诗,期于气味融洽,首尾通畅,又在雕镂烹炼之外。

(清)张谦宜《𥳑斋诗谈》卷八,《清诗话续编》本

诗要刻入,久乃养至浑成处,诗要锤锻,久乃溽入空清处。盖刻入者欲其透,锤锻者欲其稳耳。

(清)张谦宜《𥳑斋诗谈》卷一,《清诗话续编》本

《晨起偶得五字》:"有得忌轻出,微瑕须细评。"此十字谈诗之妙矩也。不轻出,再加锤煅;要细评,时与改削,工夫只照此用。

(清)张谦宜《𫄨斋诗谈》卷五,《清诗话续编》本

朱文公学诗煞用工夫,看其颜古色苍,自非晁无咎诸人所及。因他胸中先有许多道理,然后寻诗家言语衬托出来,此却别是一路。诗家有象外圆机,而谈理有一定绳尺,发挥既少蕴藉,布置自露蹊径。初意怕人不晓,又不欲使人见其针线,三回五次修饰,已落后天。读者但知为经书注脚,不知为风雅之宗。

(清)张谦宜《𫄨斋诗谈》卷五,《清诗话续编》本

著作脱手,请教友朋,倘有思维不及,失于检点处,即当为其窜改涂抹,使成完璧,切不可故为谀美,任其渗漏,贻讥于世。

(清)薛雪《一瓢诗话》第八十条,人民文学出版社本

杜浣花云:"晚岁渐于诗律细。"又云:"语不惊人死不休。"有云"两句三年得,一吟双泪流。"有云:"吟成五个字,捻断数茎须。"有云:"一句坐中得,寸心天外来。"有云:"夜吟晓不休,苦吟鬼神愁。"有云:"险觅天应闷,狂搜海欲枯。"有云:"生应无辍日,死是不吟时。"如此者不一而足。可见古人作诗不易,何以今人摇笔便成?其一、其二、其三,连篇累牍,不几年间,刻稿问世矣。

(清)薛雪《一瓢诗话》,人民文学出版社本

篇中炼句,句中炼字,炼得篇中之意工到,则气韵清高深渺,格律雅健雄豪,无所不有,诗文之能事毕矣。

(清)薛雪《一瓢诗话》,人民文学出版社本

字字看来皆是血,十年辛苦不寻常。

(清)曹雪芹《红楼梦》凡例,《脂砚斋甲戌抄阅再评石头记》卷首,上海人民出版社本

满纸荒唐言，一把辛酸泪。都云作者痴，谁解其中味！

(清)曹雪芹《红楼梦》第一回，《脂砚斋甲戌抄阅再评石头记》卷一，上海人民出版社本

少陵云："多师是我师。"非止可师之人而师之也；村童牧竖，一言一笑，皆吾之师，善取之皆成佳句。随园担粪者，十月中，在梅树下喜报云："有一身花矣。"余因有句云："月映竹成千个字，霜高梅孕一身花。"余二月出门，有野僧送行，曰："可惜园中梅花盛开，公带不去！"余因有句云："只怜香雪梅千树，不得随身带上船。"

(清)袁枚《随园诗话》卷二，人民文学出版社本

常州顾文炜有《苦吟》一联云："不知功到处，但觉诵来安。"又云："为求一字稳，耐得半宵寒。"深得作诗甘苦。

(清)袁枚《随园诗话》卷五，人民文学出版社本

周元公云："白香山诗似平易，间观所存遗稿，涂改甚多，意有终篇不留一字者。"余读公诗云："旧句时时改，无妨悦性情。"然则元公之言信矣。

(清)袁枚《随园诗话》卷六，人民文学出版社本

诗改一字，界判人天，非个中人不解。齐己《早梅》云："前村深雪里，昨夜几枝开。"郑谷曰："改'几'字为'一'字，方是早梅。"齐乃下拜。某作《御沟》诗曰："此波涵帝泽，无处濯尘缨。"以示皎然。皎然曰："'波'字不佳。"某怒而去。皎然暗书一"中"字在手心待之。须臾，其人狂奔而来，曰："已改'波'字为'中'字矣。"皎然出手心示之，相与大笑。

(清)袁枚《随园诗话》卷十二，人民文学出版社本

诗得一字之师，如红炉点雪，乐不可言。余祝尹文端公寿云："休夸与佛同生日，转恐恩荣佛尚差。"公嫌"恩"字与佛不切，应改"光"字。《咏落花》云："无言独自下空山。"邱浩亭云："空山是落叶，非落花也，应改'春'字。"《送黄宫保巡边》云："秋色玉门凉。"蒋心余

云：" '门'字不响，应改'关'字。"《赠乐清张令》云："我惭灵运称山贼。"刘霞裳云："'称'字不亮，应改'呼'字。"凡此类，余从谏如流，不待其词之毕也。

  （清）袁枚《随园诗话》卷四，人民文学出版社本

  织锦有迹，岂曰蕙娘？修月无痕，乃号吴刚。白傅改诗，不留一字。今读其诗，平平无异。意深词浅，思苦言甘。寥寥千年，此妙谁探？

  （清）袁枚《续诗品·灭迹》，《续诗品注》，人民文学出版社本

  千招不来，仓猝忽至。十年矜宠，一朝捐弃。人贵知足，惟学不然。人工不竭，无巧不传。知一重非，进一重境。亦有生金，一铸而定。

  （清）袁枚《续诗品·勇改》，《续诗品注》，人民文学出版社本

  叶多花蔽，词多语费。割之为佳，非忍不济。骊龙选珠，颗颗明丽。深夜九渊，一取万弃。知熟必避，知生必避。入人意中，出人头地。

  （清）袁枚《续诗品·割忍》，《续诗品注》，人民文学出版社本

  游山先问，参禅贵印。闭门自高，吾斯未信。圣求童蒙，而况于我？低棋偶然，一着颇可。监池正领，依镜装花。笑倩傍人，是耶非耶？

  （清）袁枚《续诗品·求友》，《续诗品注》，人民文学出版社本

  爱好由来落笔难，一诗千改始心安。阿婆还是初笄女，头未梳成不许看。

  （清）袁枚《遣兴》之五，《小仓山房诗集》卷三十三，《四部备要》本

  坡诗放笔快意，一泻千里，不甚锻炼。如少陵《登慈恩寺塔》云："俯视但一气，焉能辨皇州？"以十字写塔之高，而气象万千。东坡《真兴寺阁》云："山川与城郭，漠漠同一形。市人与鸦鹊，浩浩同一声。"以二十字写阁之高，尚不如少陵之包举，此炼不炼之异也。又少陵《出塞》诗："落日照大旗，马鸣风萧萧。"觉字句外别有幽、燕沉雄之气。坡公《五丈原怀诸葛公》诗："吏士寂如水，萧萧闻马挝。"虽形容军容

整肃,而魄力不及远矣。

(清)赵翼《瓯北诗话》卷五,《清诗话续编》本

　　放翁以律诗见长,名章俊句,层见叠出,令人应接不暇。使事必切,属对必工;无意不搜,而不落纤巧;无语不新,而不事涂泽,实古来诗家所未见也。然律诗之工,人皆见之,而古体则莫有言及者。抑知其古体诗,才气豪健,议论开辟,引用书卷,皆驱使出之,而非徒以数典为能事。意在笔先,力透纸背,有丽语而无险语,有艳词而无淫词,看似华藻,实则雅洁,看似奔放,实则谨严,此古体之工力更深于近体也。或者以其平易近人,疑其少炼;抑知所谓炼者,不在乎奇险诘曲、惊人耳目,而在乎言简意深,一语胜人千百。此真炼也。放翁工夫精到,出语自然老洁,他人数言不能了者,只用一二语了之。此其炼在句前,不在句下,观者并不见其炼之迹,乃真炼之至矣。试观唐以来古体诗,多有至千余言四五百言者;放翁古诗,从未有至三百言以外,而浑灏流转,更觉沛然有余,非其炼之极功哉!至近体之刮垢磨光,字字稳惬,更无论矣。又放翁古今诗体,每结处必有兴会、有意味,绝无鼓衰力竭之态;此固老寿享福之征,亦其才力雄厚,不如是则不快也。今就近体中摘句于后,使人见其功力之精。古诗难于摘句,读者可观其有气有意,有书有笔,则得之矣。

(清)赵翼《瓯北诗话》卷六,《清诗话续编》本

　　黄子久尝终日在荒山乱石丛木深筱中坐,意态忽忽;每往泖中通海处,看激流轰浪,虽风雨骤至,水怪悲咤,不顾也。作诗亦须如此用功,乃有得耳。

(清)翁方纲《石洲诗话》卷,《清诗话续编》本

　　山阳邱先生曰:"凡为文辞,初脱稿未有不称意者,当俟十余日或三数月,复取观之,则能自定其优劣。"因忆欧阳文忠有言:"疵病不必待人指摘,多作自能见之。"先生所见有略同者。

(清)乔亿《剑溪说诗》卷下,《清诗话续编》本

　　一唱三叹,由于千锤百炼。今人都以平淡为易易,知其未吃甘苦来也。右丞"雨中山果落,灯下草虫鸣",其难有十倍于"草枯鹰眼疾,雪

尽马蹄轻"者。到此境界，乃自领之，略早一步，则成口头语，而非诗矣。

（清）潘德舆《养一斋诗话》卷三，《清诗话续编》本

炼篇、炼章、炼句、炼字，总之所贵乎炼者，是往活处炼，非往死处炼也。夫活，亦在乎认取诗眼而已。

（清）刘熙载《艺概·诗概》，上海古籍出版社本

词以炼章法为隐，炼字句为秀，秀而不隐，是犹百琲明珠而无一线穿也。

炼字，数字为炼，一字亦为炼。句则合句首、句中、句尾以见意，多者三四层，少亦不下两层。词家或遂谓字易而句难，不知炼句固取相足相形，炼字亦须遥管遥应也。

（清）刘熙载《艺概·词曲概》，上海古籍出版社本

五律须讲炼字法，荆公所谓诗眼也。"泉声咽危石，日色冷青松"，"远水兼天净，孤城隐雾深"，此炼实字。"古墙犹竹色，虚阁自松声"，"蚁浮仍蜡味，鸥泛已春声"，"江山有巴蜀，栋宇自齐梁"，"入天犹石色，穿水忽云根"，此炼虚字。炼实字有力易，炼虚字有力难。

（清）施补华《岘佣说诗》，《清诗话》本

臃肿琐细，纷拏纠结。新刃发硎，不避错节。狭苍短兵，回风舞雪。拉朽摧枯，切玉削铁。视彼龙象，渺如蠛蠓。应手离披，百试不折。

（清）马荣祖《文颂·剪截》，《昭代丛书》己集，世楷堂本

古人有一字之师，昔人谓如光弼临军，旗帜不易，一号令之，而百倍精采。张桔轩诗："半篙流水夜来雨，一树早梅何处春？"元遗山曰："佳则佳矣，而有未安。既曰'一树'乌得为'何处'？不如改'一树'为'几点'，便觉飞动。"又虞道园尝以诗诣赵松雪，有"山连阁道晨留辇，野散周庐夜属橐"之句。赵曰："美则美矣，若改'山'为'天'，'野'为'星'则尤美。"又萨天锡诗："地湿厌闻天竺雨，月明来听景阳钟。"道园见之曰："诗信佳矣，但有一字不稳。'闻'与'听'字义同，盍改

'闻'作'看',唐人'林下老僧来看雨',又有所出矣。"古人论诗,一字不苟如此。

(清)顾嗣立《寒厅诗话》,《清诗话》本

以昌黎之神力,而七言律未能擅场,弓强而手不柔也。

白乐天失之流易,自序所谓"率然成章",非平生所尚也。披沙拣金,往往见宝,惟善择者能之。元微之大近甜俗,一篇而外,不可强登矣。

(清)管世铭《读雪山房唐诗序例》,《清诗话续编》本

顾水莲喜为有韵之言而存笥者绝少,其意以为多作不如多改,善改又不如善删也。

(清)厉鹗《汪积山先生遗集序》,《樊榭山房文集》卷三,《四部丛刊》本

元萨天锡诗:"地湿厌闻天竺雨,月明来听景阳钟。"脍炙于时。山东一叟鄙之,萨往问故。曰:"此联固善,'闻'、'听'二字一合耳。"萨问:"当易以何字!"叟徐曰:"看天竺雨"。萨疑"看"字所出,叟曰:"唐人有'林下老僧来看雨'。"萨俯首,拜为一字师。

(清)施闰章《蠖斋诗话》,《清诗话》本

诗能自改,尚矣。但恐不能自知其病,必资师友之助。粧必待明镜者,妍媸不能自见也。特患自满,不屑就正于人;病不求医,必成锢疾矣……夫以曹子建之才,犹欲就正于人,以自知其所不足。今人专自满假,吾不知今人之才与子建何如也?夫心不虚,由不好学耳,未有好学而心不虚者。先兄平庵,识高学博,时人罕当其意。席间作诗,或为之更一二字,即喜动颜色;江右魏叔子,当今文章巨公,人或指其未安处,援笔立改,皆予所目击者。盖虚受益,满招损,心虚而后学进,学愈进,心愈虚;虚心者为学之门,亦为学之验也。

(清)李沂《秋星阁诗话》,《清诗话》本

学诗有八字诀,曰:多读多讲多作多改而已……若作而不改,尤为不可。作诗安能落笔便好?能改则瑕可为瑜,瓦砾可为珠玉。子美云:"新

诗改罢自长吟。"子美诗圣，犹以改而后工，下此可知矣。昔人谓："作诗如食胡桃、宣栗，剥三层皮方有佳味。"作而不改，是食有刺栗与青皮胡桃也。又云："一首五言律如四十位贤人，不可著一屠沽儿。"言一字之疵，足为通篇之累，而可不审乎？苟依此诀，不患诗不进矣。

（清）李沂《秋星阁诗话》，《清诗话》本

表圣论诗，味在酸咸之外，因举右丞、苏州，以示准的，此是诗家高格，不善学之，易落空套。唐人中，王、孟、韦、柳四家，诗格相近，其诗皆从苦吟而得。人但见其澄淡精致，而不知其几经淘洗而后得澄淡，几经熔炼而后得精致。学者于一切陈腐之言，浮浅之思，芟除净尽，而后可入门径。若从澄淡精致外貌求之，必至摹其腔调，袭其字句，未有不落空套者，所谓优孟衣冠也。

然欲淘洗熔炼，而不知审端致力之方，或竟探之茫茫，索之渺渺，虽极雕肝镂肾，亦终惝恍而无凭。盖诗文所以足贵者，贵其善写情状。天地人物，各有情状。以天时言，一时有一时之情状；以地方言，一方有一方之情状；以人事言，一事有一事之情状；以物类言，一类有一类之情状。诗文题目所在，四者凑合；情状不同，移步换形，中有真意。文人笔端有口，能就现前真景，抒写成篇，即是绝妙好词，所患词不达意耳。

（清）许印芳《与李生论诗书》，《诗品集解》附录，人民文学出版社本

大抵诗贵人说；曹子建何等才调，当时无有出其右者，人或有商榷，应时改定，故称"绣虎"。

（清）徐增《而庵诗话》，《清诗话》本

余尝得佳句喜极，及至诗成时，却改到不见好处方歇手。乃知古人为了章法，涂抹佳句至多也。

（清）徐增《而庵诗话》，《清诗话》本

有佳句者，气多不全。炼句却是一病，然又不得不炼。有意无意，斯得之矣。

（清）徐增《而庵诗话》，《清诗话》本

文 质 编

侯毓信 编选

一
文　质

1. 文与质

《易》之为书也，原始要终，以为质也。

（先秦）《周易》卷八，《十三经注疏》本

子曰："虞夏之质，殷周之文，至矣。虞夏之文不胜其质，殷周之质不胜其文。"

（先秦）《礼记》卷五十四，《十三经注疏》本

棘子成曰："君子质而已矣，何以文为？"子贡曰："惜乎！夫子之说君子也。驷不及舌。文犹质也，质犹文也，虎豹之鞟，犹犬羊之鞟。"

（先秦）《论语·颜渊》，《四部丛刊》本

孔子卦得《贲》，喟然仰而叹息，意不平，子张进，举手而问曰："师闻《贲》者吉卦而叹之乎？"孔子曰："《贲》，非正色也，是以叹之。吾思也质素，白当正白，黑当正黑。夫质又何也？吾亦闻之，丹漆不文，白玉不雕，宝珠不饰，何也？质有余者不受饰也。"

（汉）刘向《说苑·反质》，《丛书集成》本

或曰：有人焉，自姓孔而字仲尼，入其门，升其堂，伏其几，袭其裳，则可谓仲尼乎？曰：其文是也，其质非也。敢问质？曰：羊质而虎皮，见草而说，见豹而战，忘其皮之虎矣。圣人虎别，其文炳也；君子豹

别，其文蔚也。辨人狸别，其文萃也。

（汉）扬雄《法言·吾子》，《丛书集成》本

文者，所以明言也。古者登高能赋，山川能祭，师旅能誓，丧纪能诔，作器能铭，则可以为大夫。言其因物骋辞，情灵无拥者也。

（唐）魏徵《隋书·经籍志》，中华书局本

昔左丘明载单襄公之言曰："忠，文之实也；智，文之舆也；仁，文之爱也；义，文之制也。"则司徒向时之文，徇忠明智，戴仁抱义，皆推本乎斯文，然后足言足志，践履章灼。故其辩古人心源，定是非于群疑之下，则韩君别录；痛诋时病，以发舒愤懑，则投元、杜诸宰相书；其余赞勋、代表、丘陇、铭器、叙事、放言诣理，皆与作者方驾。而歌诗特优，有仲宣之气质，越石之清拔，如云涛溟涨，浩瀁无际，而天深夜光，往往在焉。

（唐）权德舆《唐故徐泗濠节度观察处置等使通议大夫检校尚书左仆射使持节徐州诸军事兼徐州刺史御史大夫赐紫金鱼袋上柱国南阳郡开国公赠司徒张公集序》，《权载之文集》卷三十四，《四部丛刊》本

天地之间，万物有条理而弗紊者莫不文，而三纲九法，尤为文之著者。何也？君臣父子之伦，礼乐刑政之施，大而开物成务，小而褆身缮性，本末之相涵，终始之交贯，皆文之章章者也。所以唐、虞之时，其文寓于钦天、勤民、明物、察伦之具；三代之际，其文见于子、丑、寅之异建，贡、助、彻之殊赋；载之于籍，行之于当世，其大本既备，而节文森然可观。

传有之：三代无文人，六经无文法。无文人者，动作威仪，人皆成文；无文法者，物理即文，而非法之可拘也。秦、汉以下，则大异于斯，求文于竹帛之间，而文之功用隐矣。

虽然，此以文之至者言之尔，文之为用，其亦溥博矣乎！何以见之？施于朝廷，则有诏、诰、册、祝之文；行之师旅，则有露、布、符、檄之文；托之国史，则有记、表、志、传之文，他如序、记、铭、箴、赞、颂、歌、吟之属，发之于性情，接之于事物，随其洪纤，称其美恶，察其

伦品之详，尽其弥纶之变。如此者，要不可一日无也。然亦岂易致哉！必也本之于至静之中，参之于欲动之际。有弗养焉，养之无弗充也，有弗审焉，审之无不精也。然后严体裁之正，调律吕之和，合阴阳之化，摄古今之事，类人己之情，著之篇翰，辞旨皆无所畔背，虽未造于至文之域，而不愧于适用之文矣。呜呼！文乎其可易言矣乎？

    （明）宋濂《曾助教文集序》，《宋文宪公全集》卷七，《丛书集成》本

  余讳人以文生相命。丈夫七尺之躯，其所学者，独文乎哉！虽然，余之所谓文者，乃尧、舜、文王、孔子之文，非流俗之文也，学之固宜。浦江郑楷、义乌刘刚、楷之弟柏，尝从予学，已知以道为文，因作《文原》二篇以贻之。

    （明）宋濂《文原》，《宋学士全集》卷二十五，《丛书集成》本

  天下之理，莫善于可继，莫不善于使人无以加。文者，周之所尚，圣人非处其薄也，然质之甚，犹可继之以文。文而至于盛，则无以复加矣，故必反之于质而后可。由质而之文，犹绘于素，雕于朴，顺乎其不难也。反而复之质，非尽浣濯划除之，何由复其始乎？

    （明）方孝孺《书李质夫亭后》，《逊志斋集》卷十八，《四部丛刊》本

  良玉不琢，素以为绚，质斯贵矣。玉有圭璋，素有藻缋，文可遗乎？

    （明）杨慎《论文》，《升庵全集》卷五十二，新都周参元重刊本

  国初诗，大江以南多尚文，大江以北多尚质，各有不可磨灭处，则视乎性情得正。高阳李坦园相公（霨）《投河叹》一篇，逼近古调："彼嗷嗷者鸿兮，我生不辰，弗尔获同兮。鸿有羽，东西南北翔兮。我饥无力，匍匐难行兮。"（一解）。"哀我凶年，我庐已捐，我田已圈，我突无烟，我妇子斯迁！"（二解）。"汹乎其流，溥沱之水兮。子乎其游，流离之子兮。招招舟子，舣船近岸兮。我囊无资，不济以看兮。仰天长号，泪不可以断兮。"（三解）。"溥沱之水，流渐渐兮。安得鳞鬣，飞渡无淹兮。嗟我骨肉，

于斯歼兮。踢如凫浴，浮且浅兮。瘦腹枯肠，蛟鼍所嫌兮。"（四解）。"咄舟子兮胡不仁，竟刀锥兮怒人神。舟子笑曰：彼峨冠而高坐者，夫宁匪人？咄舟子兮何足嗔！"（五解）。"维圣朝兮恩如天，发棠移粟民命延。厄无当兮，膏则迆遭。死者已矣兮，不可复起。嗟嗟官吏兮，念尔孙子。"（六解）。自序云："甲午春大饥，民多南徙，夫妇襁子女至滹沱，欲济无资，舟子难之，遂举室赴河死。"诗中摹写惨悽，一结尤仁人之言。

（清）杨际昌《国朝诗话》卷二，《清诗话续编》本

文，辞也；质，亦辞也。博，辞也；约，亦辞也。质，其如《易》所谓"正言断辞"乎？约，其如《书》所谓"辞尚体要"乎？

（清）刘熙载《艺概·文概》，上海古籍出版社本

2. 文质关系

子曰："周监于二代，郁郁乎文哉！吾从周。"

（先秦）《论语·八佾》，《十三经注疏》本

子曰："质胜文则野，文胜质则史。文质彬彬，然后君子。"

（先秦）《论语·雍也》，《十三经注疏》本

子曰："君子博学于文，约之以礼，亦可以弗畔矣夫！"

（先秦）《论语·雍也》，《十三经注疏》本

子贡问曰："孔文子何以谓之'文'也？"子曰："敏而好学，不耻下问，是以谓之'文'也。"

（先秦）《论语·公冶长》，《十三经注疏》本

子曰："弟子入则孝，出则弟，谨而信，泛爱众，而亲仁。行有余力，则以学文。"

（先秦）《论语·学而》，《十三经注疏》本

子路问成人。子曰："若臧武仲之知，公绰之不欲，卞庄子之勇，冉

求之艺，文之以礼乐，亦可以为成人矣。"

（先秦）《论语·宪问》，《十三经注疏》本

子曰："有德者必有言，有言者不必有德。"

（先秦）《论语·宪问》，《十三经注疏》本

礼者，以财物为用，以贵贱为文，以多少为异，以隆杀为要。文理繁，情用省，是礼之隆也。文理省，情用繁，是礼之杀也。文理情用，相为内外表里，并行而杂，是礼之中流也。

（先秦）《荀子·礼论篇》，《诸子集成》本

礼之所重者在其志，志敬而节具，则君子予之知礼；志和而音雅，则君子予之知乐；志哀而居约，则君子予之知丧。故曰：非虚加之，重志之谓也。志为质，物为文，文著于质。质不居文，文安施质？质文两备，然后其礼成。文质偏行，不得有我尔之名。俱不能备而偏行之，宁有质而无文，虽弗予能礼，尚少善之，介葛卢来是也。有文无质，非直不予，乃少恶之谓，州公实来是也。然则《春秋》之序道也，先质而后文，右志而左物。

（汉）董仲舒《春秋繁露·玉杯》，见《二十二子》，上海古籍出版社本

鼓不灭于声，故能有声；镜不没于形，故能有形。金石有声，弗叩弗鸣；管箫有音，弗吹无声。圣人内藏，不为物先倡，事来而制，物至而应。饰其外者伤其内，扶其情者害其神，见其文者蔽其质。无须臾忘为质者，必困于性；百步之中，不忘其客者，必累其形。故羽翼美者伤骨骸，枝叶美者害根茎，能两美者，天下无之也。

（汉）刘安《淮南子·诠言训》，见《二十二子》，上海古籍出版社本

申喜闻乞人之歌而悲，出而视之，其母也。艾陵之战也，夫差曰："夷声阳，句吴其庶乎？"同是声而取信焉异，有诸情也。故心哀而歌不乐，心乐而哭不哀。夫子曰："弦则是也，其声非也。"文者所以接物也，情系于中，而欲发外者也。以文灭情，则失情；以情灭文，则失文；文情

理通，则凤麟极矣。

     （汉）刘安《淮南子·缪称训》，见《二十二子》，上海古籍出版社本

  孔子曰："可也简？简者，易野也；易野者，无礼文也。"
  孔子见子桑伯子，子桑伯子不衣冠而处。弟子曰："夫子何为见此人乎？"曰："其质美而无文，吾欲说而文之。"孔子去，子桑伯子门人不说，曰："何为见孔子乎？"曰："其质美而文繁，吾欲说而去其文。"
  故曰：文质修者，谓之君子，有质而无文，谓之易野。子桑伯子易野，欲同人道于牛马。
  冠者所以别成人也，修德束躬，以自申饬，所以检其邪心，守其正意也。君子始冠，必祝成礼，加冠以厉其心。故君子成人，必冠带以行事，弃幼少嬉戏惰慢之心，而衎衎于进德修业之志。是故服不成象而内心不变，内心修德，外被礼文，所以成显令之名也。是故皮弁素积，百王不易，既以修德，又以正容。孔子曰："正其衣冠，尊其瞻视，俨然人望而畏之，不亦威而不猛乎！"

     （汉）刘向《说苑·修文》，《丛书集成》本

  或曰："良玉不雕，美言不文，何谓也？"曰："玉不雕，玙璠不作器；言不文，典谟不作经。"

     （汉）扬雄《法言·寡见》，《丛书集成》本

  宾主百拜而酒三行，不已华乎？曰：实无华则野，华无实则贾，华实副则礼。

     （汉）扬雄《法言·修身》，《丛书集成》本

  圣贤书辞，总称"文章"，非采而何？夫水性虚而沦漪结，木体实而花萼振：文附质也。虎豹无文，则鞟同犬羊；犀兕有皮，而色资丹漆：质待文也。若乃综述性灵，敷写器象，镂心鸟迹之中，织辞鱼网之上，其为彪炳，缛采名矣。故立文之道，其理有三：一曰形文，五色是也；二曰声文，五音是也；三曰情文，五性是也。五色杂而成黼黻，五音比而成韶夏，五情（性）发而为辞章，神理之数也。《孝经》垂典，丧言不文；故

知君子常言未尝质也。老子疾伪，故称"美言不信"；而五千精妙，则非弃美矣。庄周云辩雕万物，谓藻饰也。韩非云艳采辩说，谓绮丽也。绮丽以艳说，藻饰以辩雕，文辞之变，于斯极矣。研味李老，则知文质附乎性情；详览庄韩，则见华实过乎淫侈。若择源于泾渭之流，按辔于邪正之路，亦可以驭文采矣。夫铅黛所以饰容，而盼倩生于淑姿；文采所以饰言，而辩丽本于情性。故情者，文之经，辞者，理之纬；经正而后纬成，理定而后辞畅，此立文之本源也……

是以联辞结采，将欲明经，采滥辞诡，则心理愈翳。因知翠纶桂饵，反所以失鱼。"言隐荣华"，殆谓此也。是以"衣锦褧衣"，恶文太章，贲象穷白，贵乎反本。夫能设谟以位理，拟地以置心，心定而后结音，理正而后摛藻，使文不灭质，博不溺心，正采耀乎朱蓝，间色屏于红紫，乃可谓雕琢其章，彬彬君子矣。

（南朝·梁）刘勰《文心雕龙·情采》，人民文学出版社本

是以子政论文，必徵于圣；稚圭劝学，必宗于《经》。《易》称辨物正言，断辞则备；《书》云辞尚体要，弗惟好异。故知正言所以立辩，体要所以成辞，辞成无好异之尤，辩立有断辞之义。虽精义曲隐，无伤其正言；微辞婉晦，不害其体要。体要与微辞偕通，正言共精义并用；圣人之文章，亦可见也。颜阖以为仲尼饰羽而画，徒事华辞。虽欲訾圣，弗可得已。然则圣文之雅丽，固衔华而佩实者也。天道难闻，犹或钻仰；文章可见，胡宁勿思。若徵圣立言，则文其庶矣。

赞曰：妙极生知，睿哲惟宰。精理为文，秀气成采。鉴悬日月，辞富山海。百龄影徂，千载心在。

（南朝·梁）刘勰《文心雕龙·徵圣》，人民文学出版社本

荀况学宗而象物名赋，文质相称，固巨儒之情也。

（南朝·梁）刘勰《文心雕龙·才略》，人民文学出版社本

然恳恻者辞为心使，浮侈者情为文使。繁约得正，华实相胜，唇吻不滞，则中律矣。

（南朝·梁）刘勰《文心雕龙·章表》，人民文学出版社本

文以辨洁为能，不以繁缛为巧；事以明核为美，不以深隐为奇，此纲领之大要也。

（南朝·梁）刘勰《文心雕龙·议对》，人民文学出版社本

夫文典则累野，丽亦伤浮。能丽而不浮，典而不野，文质彬彬，有君子之致，吾尝欲为之，但恨未逮耳。

（南朝·梁）萧统《答湘东王求文集及诗苑英华书》，《全梁文》卷二十，中华书局本

窃以属文之体，鲜能周备。长卿徒善，既累为迟；少孺虽疾，俳优而已；子渊淫靡，若女工之蠹；子云侈靡，异诗人之则；孔璋词赋，曹祖劝其修今；伯喈笑赠，挚虞知其颇古；孟坚之颂，尚有似赞之讥；士衡之碑，犹闻类赋之贬。深乎文者，兼而善之，能使典而不野，远而不放，丽而不淫，约而不俭，独擅众美，斯文在斯。

（南朝·梁）刘孝绰《昭明太子集序》，《全梁文》卷六十，中华书局本

文胜质则绣其鞶帨，而血流漂杵；质胜文则野于礼乐，而木讷不华，历代相因，莫能适中。故诗人之赋丽以则，词人之赋丽以淫，此其效也。

（唐）颜真卿《尚书刑部侍郎赠尚书右仆射孙逖文公集序》，《文忠集》卷十二，《丛书集成》本

天地之道易简。易则易知，简则易从。先王质文相变以济天下。易知易从，莫尚乎质。质弊则佐之以文，文弊则复之以质，不待其极而变之，故上无暴，下无从乱。

（唐）李华《质文论》，《全唐文》卷三百十七，中华书局本

及公始大，襁褓克岐，十五而立，神静气和，才与道并，孝悌忠信，以为己任。行有余力，故幼而学文，尝谓扬马言大而迂，屈宋词侈而怨，沿其流者，或文质交丧，雅郑相夺，盖为之中道乎？故夫子之文章深其致，婉其旨，直而不野，丽而不艳。

（唐）独孤及《唐故殿中侍御史赠考功郎中萧府君文章集录序》，《全唐文》卷三百八十八，中华书局本

某闻《传》曰："言之无文，行而不远。"君子之所学也，言以载事，而文以饰言。事信言文，乃能表见于后世。《诗》、《书》、《易》、《春秋》，皆善载事而尤文者，故其传尤远。荀卿、孟轲之徒，亦善为言，然其道有至有不至，故其书或传或不传，犹系于时之好恶而兴废之。其次楚有大夫者善文，其讴歌以传。汉之盛时有贾谊、董仲舒、司马相如、扬雄能文，其文辞以传。由此以来，去圣益远，世益薄或衰。下迄周隋，其间亦时时有善文其言以传者，然皆纷杂灭裂不纯信，故百不传一。幸而一传，传亦不显，不能若前数家之焯然暴见而大行也。甚矣言之难行也！事信矣须文，文至矣而系其所恃之大小，以见其行远不远也。

（宋）欧阳修《代人上王枢密求先集序书》，《欧阳文忠全集》卷六十七，《四部备要》本

元、白、张籍以意为主，而失于少文；贺以词为主，而失于少理，各得一偏。故曰：文质彬彬，然后君子。

（宋）张戒《岁寒堂诗话》卷上，《历代诗话续编》本

前贤作家问，语质而情周，非如今人从事笔墨长语。今观此帖，亦足以少励薄俗矣。

（元）袁桷《跋王岐公帖》，《清容居士集》卷四十六，《四部备要》本

刘勰云："铅黛所以饰貌，而盼倩生于淑姿；文采所以饰言，而辩丽本于情性。"予尝戏云："美人未尝不粉黛，粉黛未必皆美人。奇才未尝不读书，读书未必皆奇才。"

（明）杨慎《升庵诗话》卷十二，《历代诗话续编》本

盛唐七言律，老杜外，王维、李颀、岑参耳。李有风调而不甚丽，岑才甚丽而情不足，王差备美。

（明）王世贞《艺苑卮言》卷四，《历代诗话续编》本

文质彬彬，周也。两汉以质胜，六朝以文胜。魏稍文，所以逊两汉

也；唐稍质，所以过六朝也。

（明）胡应麟《诗薮·内编》卷一，中华书局本

汉人诗，质中有文，文中有质，浑然天成，绝无痕迹，所以冠绝古今。魏人赡而不俳，华而不弱，然文与质离矣。晋与宋，文盛而质衰；齐与梁，文胜而质灭；陈隋无论其质，即文无足论者。

（明）胡应麟《诗薮·内编》卷二，中华书局本

草木之类，各有所长。有以花胜者，有以叶胜者。花胜则叶无足取，且若赘疣，如葵花蕙草之属是也。叶胜则可以无花，非无花也，叶即花也，天以花之丰神色泽，归并于叶而生之者也。不然，绿者，叶之本色，如其叶之，则亦绿之而已矣，胡以为红、为紫、为黄、为碧，如老少年、美人蕉、天竹、翠云草诸种，备五色之陆离，以娱观者之目乎？即其青之绿之，亦不同于有花之叶，另具一种芳姿。是知树木之美，不定在花，犹之丈夫之美者，不专主于有才，而妇人之丑者，亦不尽在无色也。观群花令人修容，观诸卉则所饰者不仅在貌。

（清）李渔《闲情偶寄·种植部·众卉第四》，《笠翁一家言全集》，清刊本

古雅含光辉，彝鼎陈庙堂。摩挲发遐想，玉质而金相。文质其彬彬，越人斯有章。

（清）蒋士铨《论诗杂咏三十首·商宝意》，《忠雅堂诗集》卷二十六，嘉庆刊本

古之善为诗者，不自命为诗人者也。其胸中所蓄高矣，广矣，远矣，而偶发之于诗，则诗与之为高为广且远焉。故曰善为诗也。曹子建、陶渊明、李太白、杜子美、韩退之、苏子瞻、黄鲁直之伦，忠义之气、高亮之节、道德之美，经济天下之才，舍而仅谓之一诗人耳。此数君子岂所甘哉？志在于为诗人而已，为之虽工其诗则卑且小矣。余执此以衡古人之诗之高下，亦以论今天下之为诗者，使天下终无曹子建、陶渊明、李、杜、韩、苏、黄之徒则已，苟有之，告以吾说，其必不吾非也……夫诗之至善者，文与质备，道与义合，心手之运，贯彻万物而尽得乎人心之所欲出，

若是者千载之中数人而已。其余不能无偏，或偏于文焉，或偏于质焉。就二者而择之，愚诚短于识，以为所尚者盖在此而不在彼，惟能知为人之重于为诗者，其诗重矣。张君殆其偏欤。

（清）姚鼐《荷塘诗集序》，《惜抱轩文集》卷四，《四部备要》本

柳子厚论文之言曰："近古而尤壮丽莫若汉之西京，惟书亦然。"夫东汉之文音情华缛过于西汉，而柳子独以壮丽推西汉，何哉？有虞氏之泰尊，夏后氏之山罍，殷之著，周之牺象灌尊，夏后氏以鸡彝，殷以斝，周以黄目，由质而文，固其势也，故曰："公侯之有冠礼也，夏之末造也。"黄山谷亦云："以古人为师，以质厚为本。"

（清）翁方纲《两汉金石年月表序》，《复初斋文集》卷二，清刊本

诗之为道，仁弟既好习之，其意不患不精，其才不患不博。然仁弟喜禅，敬请进以禅言之：即心即佛者，格与调之说也；非心非佛者不必格与调之说也；这老汉惑乱人，凭他非心非佛，我这里是即心即佛者，格与调皆至，不旁睨，不格与调之说也。近时袁子才有格调增一分，则性情减一分之说，鄙意以为无性情之格调必成诗囚，无格调之性情则东坡所谓饮私酒、吃瘴死牛肉发声矣。莲水出于子才之门，而其诗浑雅，前书所谓无琵琶声也，可知非废格调，专任性情矣。试以鄙意商之，然乎？否乎？以禅言诗自严沧浪而虞山大之，已成枣白，敬复云云者以为仁弟所喜耳。

（清）恽敬《与黎楷屏》，《大云山房文稿》卷一"言事"，《四部丛刊》本

精义入神，以致用也；比物连类，贵错综也。

（清）龚自珍《春秋决事比答问第五》，《龚自珍全集》第一辑，上海人民出版社本

质而文，直而婉，雅之善也。汉诗风与颂多，而雅少。雅之义，非韦傅《讽谏》，其孰存之！

（清）刘熙载《艺概·诗概》，上海古籍出版社本

西昆体所以未入杜陵之室者，由文灭其质也。质文不可偏胜。西江之矫西昆，浸而愈甚，宜乎复诒口实与！

（清）刘熙载《艺概·诗概》，上海古籍出版社本

古今之诗有两大种：一曰诗人之诗，一曰非诗人之诗。之二种者，其境界有反比例，其人或相非或不相非，而要之未有能相兼者也。人境庐主人者，其诗人耶？彼其劬心营目憔形，以斟酌损益于古今中外之治法，以忧天下，其言用不用，而国之存亡，种之主奴，教之绝续，视此焉。吾未见古之诗人能如是也。其非诗人耶？彼其胎冥冥而息渊渊，而神味沈酕，而音节入微，友视骚、汉而奴畜唐、宋。吾未见古之非诗人能如是也。主人语余，庚辛之交，愤天下之不可救，誓将自逃于诗忘天下。然而天卒不许主人之为诗人也。余语主人，即自逃于诗忘天下，然而子固不得为诗人。并世忧天下之士，必将有用子之诗，以存吾国，主吾种，续吾教者，矧乃无可逃哉？虽然，主人固朝夕为诗不少衰，故吾卒无以名其为诗人之诗与非诗人之诗欤？丁酉腊不尽八日，启超跋。

（清）梁启超《人境庐诗草跋》，杨徽五藏《人境庐诗草》稿本卷末

3. 质为主　文从质

物不可苟合而已，故受之以《贲》。《贲》者，饰也。致饰然后亨则尽矣，故受之以《剥》。

（先秦）《周易》卷九，《十三经注疏》本

禽滑厘问于墨子曰："锦绣䌽纶，将安用之？"墨子曰："恶，是非吾用务也，古有无文者得之矣，夏禹是也。卑小宫室，损薄饮食，土阶三等，衣裳细布。当此之时，黼黻无所用，而务在于完坚。殷之盘庚，大其先王之室，而改迁于殷。茅茨不剪，采椽不斲，以变天下之视。当此之时，文采之帛，将安所施？夫品庶非有心也，以人主为心。苟上不为，下恶用之？二王者以身先于天下，故化隆于其时，成名于今世也。且夫锦绣绮纶，乱君之所造也。其本皆兴于齐景公，喜奢而忘俭，幸有晏子，以俭镌之，然犹几不能胜。夫奢安可穷哉？纣为鹿台糟丘，酒池肉林，宫墙文

画，雕琢刻镂，锦绣被堂，金玉珍玮，妇女优倡，钟鼓管弦，流漫不禁，而天下愈竭。故卒身死国亡，为天下戮。非惟锦绣绨纻之用邪？今当凶年，有欲予子随侯之珠者，不得卖也，珍宝而以为饰。又欲予子一钟粟者，得珠者不得粟，得粟者不得珠，子将何择？"禽滑厘曰："吾取粟耳，可以救穷！"墨子曰："诚然，则恶在事夫奢也。长无用，好末淫，非圣人之所急也！故食必常饱，然后求美；衣必常暖，然后求丽；居必常安，然后求乐。为可长，行可久，先质而后文。此圣人之务。"禽滑厘曰："善！"

（先秦）墨子佚文，《墨子·附录》，《诸子集成》本

臣闻赴曲之音，洪细入韵；蹈节之客，俯仰依咏。是以言苟适事，精粗可施；士苟适道，修短可命。

（晋）陆机《演连珠》，《陆机集》卷八，中华书局本

周室既衰，风流弥著。屈平、宋玉，导清源于前，贾谊相如，振芳尘于后，英辞润金石，高义薄云天。自兹以降，情志愈广，王褒、刘向、杨、班、崔、蔡之徒，异轨同奔，递相师祖，虽清辞丽曲，时发乎篇，而芜音累气，固亦多矣。若夫平子艳发，文以情变，绝唱高踪，久无嗣响。至于建安，曹氏基命，二祖陈王，咸蓄盛藻，甫乃以情纬文，以文被质。

（南朝·宋）沈约《宋书·谢灵运传论》，中华书局本

夫才量学文，宜正体制：必以情志为神明，事义为骨髓，辞采为肌肤，宫商为声气，然后品藻玄黄，摛振金玉，献可替否，以裁厥中，斯缀思之恒数也。

（南朝·梁）刘勰《文心雕龙·附会》，人民文学出版社本

夫子文章，可得而闻，则圣人之情，见乎文辞矣……褒美子产，则云言以足志，文以足言；泛论君子，则云情欲信，辞欲巧。此修身贵文之徵也。然则志足而言文，情信而辞巧，乃含章之玉牒，秉文之金科矣。

（南朝·梁）刘勰《文心雕龙·徵圣》，人民文学出版社本

夫披文相质，博约温润，吾闻斯语，未见其人。班固硕学，尚云赞颂

相似；陆机钩深，犹闻碑赋如一。唯佰喈作铭，林宗无愧。德祖能诵，元常善书，一时之盛，莫得系钟。

况般若玄渊，真如妙密；触言成累，系境非真。金石何书，铭颂谁阐。然建塔纪功，招提立寺，或兴造有由，或誓愿所记，故镌之立石，传诸不朽。

    （南朝·梁）萧绎《内典碑铭集林序》，《全梁文》卷十七，中华书局本

夫世代亟改，论文之理非一；时事推移，属词之体或异。但繁则伤弱，率则恨省，存华则失体，从实则无味，或引事虽博，其意犹同；或新意虽奇，无所倚约；或首尾伦帖，事似牵课，或复博涉，体制不工。能使艳而不华，质而不野，博而不繁，省而不率，文而有质，约而能润，事随意转，理逐言深，所谓菁华，无以间也。

    （南朝·梁）萧绎《内典碑铭集林序》，《全梁文》卷十七，中华书局本

今廖生刚健重厚，孝悌信让，以质乎中，而文乎外。为唐诗有大雅之道，夫固钟于阳德者邪，是世之所罕也。今之世，恒人其于纷葩环丽，则凡知贵之矣，其亦有贵廖生者耶？果能是，则吾不谓之恒人也。实亦世之所罕也。

    （唐）柳宗元《送诗人廖有方序》，《柳河东集》卷二十五，中华书局本

生以松柏不艳比文章，此不知类也。凡比必于其伦。松柏可比节操，不可比文章。"大人虎变，君子豹变"，此文章比也。有以质为贵者，有以文为贵者，引茅屋、越席易黼藻元黄之用，可乎？

生云："奇与易，作者何别？在所为耳。"

请考之于实。生为易矣，试为仆作难者，视何如相如、扬雄也，恐生乃不能，非不为也。《楚辞》、《史记》、《太元》之不朽也，岂为资笑谑乎哉！如鸟鹊啁啾，声断便已。人如不闻尔，何足贵也。

    （唐）皇甫湜《答李生第三书》，《全唐文》卷六百八十五，中华书局本

夫文者非他，言之华者也，其用在通理而已，固不务奇，然亦无伤于奇也。使文奇而理正，是尤难也。生意便其易者乎？夫言亦可以通理矣，而以文为贵者非他，文则远，无文即不远也。以非常之文，通至正之理，是所以不朽也。生何嫉之深耶？夫绘事后素，既谓之文，岂苟简而已哉！

  （唐）皇甫湜《答李生第二书》，《全唐文》卷六百八十五，中华书局本

侄孙近来为学如何？想不免趋时，然亦须多读史，务令文字华实相副，期于适用乃佳。勿令得一第后所学便为弃物也，海外亦粗有书籍，六郎亦不废学，虽不解对义，然作文极峻壮，有家法，二郎五郎见说长进，曾见它文字否？侄孙宜熟看前后汉史及韩柳文，有便寄近文一两首来，慰海外老人意也。

  （宋）苏轼《与孙元老》，《东坡先生翰墨尺牍》卷七，《纷欣阁丛书》本

庄子云："文灭质，博溺心。"此谈文之最也。唯文不灭质，博不溺心，斯可以言作家矣。然世岂有是人哉？

  （明）何良俊《四友斋丛说》卷二十三，中华书局本

夫作诗者一情独往，万象俱开，口忽然吟，手忽然书，即手口原听我胸中之所流。手口不能测，即胸中原听我手口之所止。胸中不可强，而因以候于造化之毫厘，而或相遇于风水之来去。诗安在哉？汪子抚予臂大呼曰：然则子试观予近诗何如也？

  （明）谭元春《汪子戊巳诗序》，《谭友夏合集》卷九，《中国古典文学珍本丛书》本

夫诗，纯淡则无味，纯朴则近俚，势不能如画家之有不设色。古称非文辞不为功；文辞者，斐然之章采也。必本之前人，择其丽而则、典而古者，而从事焉，则华实并茂，无夸缛斗炫之态，乃可贵也。

  （清）叶燮《原诗·内篇下》，人民文学出版社本

先生论史笔，不难于简，难于有余，最为高识名论。敬更有复之先生者。王右写乐毅则情多怫郁，书画赞则意涉环奇，黄庭经则怡怿虚无，太

史篆又纵横争折。此如太史公传儒林循吏皆笔笔内敛，与游侠酷吏不同，是以敬于尊甫大人志文不敢纵宕行之，遂致神太迫，气太劲。若儒林循吏神与气何尝不有余，此古人之不可及也，先生以为何如？

（清）恽敬《答邓鹿耕书》，《大云山房文稿》二集卷二，《四部丛刊》本

布衣之士，穷经好古，嗣续先儒，阐彰圣道，竭一生之精力，以所独得者聚而成书，使诗书六艺有其传，后学之思有所启发，则百世之文也。乃总其大要，惟有二端：曰意曰事。意之所不能明，赖文以明之，或直断，或婉述，或详引证，或设譬喻，或假藻缋，明其意而止。事之所在，或天象算数，或山川郡县，或人之功业道德，国之兴衰隆替，以及一物之情状，一事之本末，亦明其事而止。明其事患于不实，明其意患于不精。学者知明事之难于明意矣，以事不可虚，意可以纵也。然说经之文主于意，而意必依于经，犹叙事之不可假也。孔子之《十翼》，即训故之文，反复以明象变，辞气与《论语》遂别。后世注疏之学，实起于此，依经文而用己之意以体会其细微，则精而兼实，故文莫重于注经。叙事则就事以运其事，必令千载而下，览其文而事之毫末毕著，《禹贡》《仪礼》《左氏春秋传》是也……愿足下穷文之所以然，主于明意明事，且主于意与事之所宜明，不必昌黎、梅庵，不必不昌黎、梅庵，不必琐细佶聱，不必不琐细佶聱也。天寒远客，幸珍重之。不宣。

（清）焦循《与王钦莱论文书》，《雕菰集》卷十四，清刊本

志书以诗文为艺文，最是陋习，一开此门，而山魅木客皆可以七言恶诗，寅缘收入。此志之所以烦冗而不贵也。窃谓文与诗必有关于事实者，随类取入，如沟洫志载贾让三策，礼乐志载房中诸歌也。其有关古迹者，必如文文山之贾家庄、鲇鱼埧诸作，迹见于诗，诗即是证。若偶然游眺行吟，无关情事，虽杜少陵、苏东坡，宜在禁例，所以防烦冗也。

（清）焦循《复姚秋农先生书》，《雕菰集》卷十三，清刊本

扬子《法言》曰："事辞称则经。"余谓不但事当称乎辞而已，义尤欲称也。观孟子"其事则齐桓、晋文"数语可见。

（清）刘熙载《艺概·文概》，上海古籍出版社本

4. 质美不必文饰

礼为情貌者也，文为质饰者也。夫君子取情而去貌，好质而恶饰。夫恃貌而论情者，其情恶也；须饰而论质者，其质衰也。何以论之？和氏之璧，不饰以五彩，隋侯之珠，不饰以银黄，其质至美，物不足以饰之。夫物之待饰而后行者，其质不美也。

（先秦）《韩非子·解老》，《诸子集成》本

送往者，非所以迎来也；施死者，非专为生也；诚出于己，则所动者远矣。锦绣登庙，贵文也；圭璋在前，尚质也。文不胜质之谓君子。

（汉）刘安《淮南鸿烈·缪称训》，《丛书集成》本

巧冶不能铸木，工匠不能斲金者，形性然也。白玉不雕，美珠不文，质有余也。

（汉）刘安《淮南鸿烈·说林训》，《丛书集成》本

孔子卦得《贲》，喟然仰而叹息，意不平。子张进，举手而问曰："师闻《贲》者吉卦，而叹之乎？"孔子曰："《贲》非正色也，是以叹之。吾思也，质素，白当正白，黑当正黑，夫贲又何也？吾亦闻之，丹漆不文，白玉不雕，宝珠不饰，何也？质有余者不受饰也。"

（汉）刘向《说苑·反质》，《丛书集成》本

大裘无文，良玉不琢，质至美而无可拣择也。言为心声，而诗章之衍溢，则又若必事于模范，论至于理尽。所谓模范者，特余事耳。

（元）袁桷《题刘明叟诗卷》，《清容居士集》卷五十，《丛书集成》本

物之传者必以质，文之不传，非曰不工，质不至也。树之不实，非无花叶也，人之不泽，非无肤发也，文章亦尔。行世者必真，悦俗者必媚；真久必见，媚久必厌，自然之理也。故今之人所刻画而求肖者，古人皆厌离而思去之。古之为文者，刊华而求质，敝精神而学之，唯恐真之不极

也。博学而详说，吾已大其蓄矣，然犹未能会诸心也。久而胸中涣然，若有所释焉，如醉之忽醒，而涨水之思决也。虽然，试诸手犹若掣也，一变而去辞，再变而去理，三变而吾为文之意忽尽，如水之极于淡，而芭蕉之极于空，机境偶能，文忽生焉，风高响作，月动影随，天下翕然而文之，而古之人不自以为文也，曰是质之至焉者矣。大都人之愈深，则其言愈质，言之愈质，则其传愈远。夫质犹面也，以为不华而饰之朱粉，妍者必减，媸者必增也。噫！今之文不传矣。嘉、隆以来，所为名公哲匠者，余皆诵其诗读其书，而未有深好也。古者如赝，才者如莽，奇者如吃，模拟之所至，亦各自以为极，而求之质无有也。

（明）袁宏道《行素园存稿引》，《袁宏道集笺校》，卷五十四，上海古籍出版社本

5. 质难文易

质而不俚，是诗家难事。乐府歌辞所载《木兰辞》，前首最近古。唐诗，张文昌善用俚语，刘梦得《竹枝》亦入妙。至白乐天令老妪解之，遂失之浅俗。其意岂不以李义山辈为涩僻而反之？而弊一至是，岂古人之作端使然哉？

（明）李东阳《麓堂诗话》，《历代诗话续编》本

足下以才自雄，洁而弥本，计且欲立埃壒之表，坐览千里不遇之势有裕如焉，其于不朽，乃称盛事，然体裁各率所自至而风尚不可一谕，盖曰汉魏以逮六朝皆不可废，惟唐中叶不堪复入耳。见诚是也，于不佞奚疑哉？佳集取材班马，气骨卓然，古乐府等书兴寄不浅，固谊一洒凡近，动盈尺牍，乃旁及章录，灵异自赏，不能辄止，岂由质之华易，由华之质难邪？未闻馨控九折之坂，而失驰康庄者也。安之才患不自雄耳。以余观于佳集官知神欲亦在乎熟之而已。

（明）李攀龙《报刘子威》，《沧溟集》卷二十六，清刊本

史若水曰：自吾得元子而文思益古。夫太上有质而无文，其次有质而有文，其次文浮其质。文浮其质，道之敝也，故林放问礼之本，孔子大之。物之生也先质而后文，故质也者生乎天者也，文也者生乎人者也；质

也者先天而作者也，文也者后天而述者也。故人之于斯文也，不难于文而难于质，不难于华而难于朴，不难于巧而难于拙。余自北游观艺于燕冀之都，得元子而异焉，欲质不欲野，欲朴不欲陋，欲拙不欲固，卓然自成其家者也。

（明）湛若水《元次山集序》，《元次山文集》卷首，《四部丛刊》本

退之论文屡称扬子而不及董子，盖文以奇为贵，而董子病于儒，余闻之刘先生说如此。然窃以为退之所好扬子文亦谓其赋及他杂文耳，若《法言》《太元（玄）》，理浅而词艰，节短而气促，非文之工者也。退之所好不在此。夫玄言者皆欲其不弃矣，而不能为不可弃者，理不当而辞不文也。文其辞而无当于理者有之矣，未有当于理而其辞不文者也。扬子徒知为不可弃，而不务培其本，毕生用力造字句已耳。或曰：扬子成《太元》，桓谭以为后世复有子云者，必能好之。及宋司马温公宋笃嗜其书意者，其奥而世鲜知耶。余曰不然。夫孟、荀、扬、韩虽并称，然孟氏之道班于圣人，今读其书，充然沛然高下曲折，涵天地而无极，指事而无不尽焉，曷尝待于入黄泉出青天，若扬子之所为耶！夫以扬氏书与孟氏相比，差等殊绝，若河潦之不可同观，如彼而司马氏犹非孟子而尊扬子，是尚得为知言乎哉。

（清）方东树《书〈法言〉后》，《仪卫轩文集》，清刊本

6. 重质

君子服其服，则文以君子之容；有其容，则文以君子之辞；遂其辞，则实以君子之德。是故君子耻服其服而无其容；耻有其容而无其辞；耻有其辞而无其德；耻有其德而无其行。

（先秦）《礼记·表记》，《十三经注疏》本

大羹不和，贵其质也；大圭不琢，美其质也。

（先秦）《礼记·郊特牲》，《十三经注疏》本

定王使王孙满劳楚子。楚子问鼎之大小轻重焉。对曰："在德不在

鼎。昔夏之方有德也，远方图物，贡金九牧，铸鼎象物，百物而为之备，使民知神奸。故民入川泽山林，不逢不若。螭魅罔两，莫能逢之，用能协于上下以承天休……"

（先秦）《左传·宣公三年》，《十三经注疏》本

夫礼者，忠信之薄，而乱之首。前识者，道之华，而愚之始。是以大丈夫处其厚不居其薄，处其实不居其华。故去彼取此。

（先秦）《老子·三十八章》，《诸子集成》本

子夏问曰："'巧笑倩兮，美目盼兮，素以为绚兮。'何谓也？"子曰："绘事后素。"曰："礼后乎？"子曰："起予者商也！始可与言《诗》已矣。"

（先秦）《论语·八佾》，《十三经注疏》本

孟子曰：言无实不详。不详之实，蔽贤者当之。

（先秦）《孟子·离娄下》，《十三经注疏》本

徐子曰："仲尼亟称于水，曰'水哉，水哉！'何取于水也？"

孟子曰："源泉混混，不舍昼夜，盈科而后进，放乎四海。有本者如是，是之取尔。苟为无本，七八月之间雨集，沟浍皆盈；其涸也，可立而待也。故声闻过情，君子耻之。"

（先秦）《孟子·离娄下》，《十三经注疏》本

孟子曰："孔子登东山而小鲁，登泰山而小天下，故观于海者难为水，游于圣人之门者难为言。观水有术，必观其澜。日月有明，容光必照焉。流水之为物也，不盈科不行；君子之志于道也，不成章不达。"

（先秦）《孟子·尽心上》，《十三经注疏》本

孟子曰："西子蒙不洁，则人皆掩鼻而过之；虽有恶人，斋戒沐浴，则可以祀上帝。"

（先秦）《孟子·离娄下》，《十三经注疏》本

君子之言，涉然而精，俛然而类，差差然而齐。彼正其名，当其辞，以务白其志义者也。彼名辞也者，志义之使也，足以相通，则舍之矣；苟之，奸也。故名足以指实，辞足以见极，则舍之矣；外是者谓之讱，是君子之所弃，而愚者拾以为己宝。故愚者之言，芴然而粗，啧然而不类，诶诶然而沸。彼诱其名，眩其辞，而无深于其志义者也。故穷藉而无极，甚劳而无功，贪而无名。故知者之言也，虑之易知也，行之易安也，持之易立也；成则必得其所好而不遇其所恶焉。而愚者反是。《诗》曰："为鬼为蜮，则不可得；有靦面目，视人罔极。作此好歌，以极反侧。"此之谓也。

（先秦）《荀子·正名》，《诸子集成》本

夫声色五味，远国珍怪，环异奇物，足以变心易志，摇荡精神，感动血气者，不可胜计也。夫天地之生财也，本不过五，圣人节五行，则治不荒。凡人之性，心和欲得则乐，乐斯动，动斯蹈，蹈斯荡，荡斯歌，歌斯舞，歌舞节则禽兽跳矣。人之性，心有忧丧则悲，悲则哀，哀斯愤，愤斯怒，怒斯动，动则手足不静。人之性，有侵犯则怒，怒则血充，血充则气激，气激则发怒，发怒则有所释憾矣。故钟鼓管箫，干戚羽旄，所以饰喜也；衰绖苴杖，哭踊有节，所以饰哀也；兵革羽旌，金鼓斧钺，所以饰怒也。必有其质，乃为之文。

（汉）刘安《淮南鸿烈·本经训》，《丛书集成》本

或曰：圣人之经不可使易知与？曰：不可。天俄而可度，则其覆物也浅矣；地俄而可测，则其载物也薄矣。大哉！天地之为万物廓，五经之为众说郛。

（汉）扬雄《法言·问神篇》，《丛书集成》本

近者陆子优繇，《新语》以兴；董生下帷，发藻儒林；刘向司籍，辩章旧闻；扬雄覃思，《法言》、《太玄》：皆及时君之门闱，究先圣之壸奥，婆娑虖术艺之场，休息虖篇籍之囿，以全其质而发其文，用纳虖圣听，列炳于后人，斯非其亚与！

（汉）班固《汉书·叙传》卷一百，中华书局本

俗士之所谓辩者，非辩也。非辩而谓之辩者，盖闻辩之名，而不知辩之实，故目之妄也。俗之所谓辩者，利口者也。彼利口者，苟美其声气，繁其辞令，如激风之至，如暴雨之集，不论是非之性，不识曲直之理，期于不穷，务于必胜，以故浅识而好奇者，见其如此也，固以为辩。不知木讷而达道者，虽口屈而心不服也。夫辩者，求服人心也，非屈人之口也。故辩之为言别也，为其善分别事类而明处之也，非谓言辞切给而以陵盖人也。故传称《春秋》，微而显，婉而辩者，然则辩之言必约以至，不烦而谕，疾徐应节，不犯礼教，足以相称。乐尽人之辞，善致人之志，使论者各尽得其愿，而与之得解。其称也无其名，其理也不独显，若此则可谓辩。

（汉）徐幹《中论·核辩》，《丛书集成》本

有根株于下，有荣叶于上，有实核于内，有皮壳于外。文墨辞说，士之荣叶皮壳也。实诚在胸臆，文墨著竹帛，外内表里，自相副称，意奋而笔纵，故文见而实露也。人之有文也，犹禽之有毛也。毛有五色，皆生于体，苟有文无实，是则五色之禽，毛妄生也。选士以射，心平体正，执弓矢审固，然后射中。论说之出，犹弓矢之发也。论之应理，犹矢之中的。夫射，以矢中效巧；论，以文墨验奇。奇巧俱发于心，其实一也。

（汉）王充《论衡·超奇》，中华书局本

周氏创业，运属凌夷，纂遗文于既丧，聘奇士如弗及。是以苏亮、苏绰、卢柔、唐瑾、元伟、李昶之徒，咸奋鳞翼，自致青紫。然绰建言务存质朴，遂糠秕魏、晋，宪章虞、夏。虽属词有师古之美，矫枉非适时之用，故莫能常行焉。

（唐）令狐德棻《周书·王褒庾信传论》，中华书局本

寻夫战国已前，其言皆可讽咏，非但笔削所致，良由体质素美。何以核诸？至如"鹑贲""鹳鹆"，童竖之谣也。"山木""辅车"，时俗之谚也。"蟠腹弃甲"，城者之讴也。"原田是谋"，舆人之诵也。斯皆刍词鄙句，犹能温润若此，况乎束带立朝之士，加以多闻博古之识者哉！则知时人出言，史官入记，虽有讨论润色，终不失其梗概者也。

（唐）刘知幾《史通·言语》卷六，《史通通释》，上海古籍出版社本

寻宇文初习华风，事由苏绰。至于军国词令，皆准《尚书》。太祖敕朝廷，他文悉准于此。盖史臣所记，皆禀其规。柳虬之徒，从风而靡。案绰文虽去彼淫丽，存兹典实。而陷于矫枉过正之失，乖夫适俗随时之义。苟记言若是，则其谬逾多。

（唐）刘知幾《史通·杂说中》卷十七，《史通通释》，上海古籍出版社本

曰："孔子者，子尽得之乎？"曰："不可尽得也，得其余者也。饮河之水盈腹而已耳，负冬之阳，面身而已耳。"曰："得之于言乎，于行乎？"曰："行不言则质，言不行则诈。与其诈也宁质。"

（宋）柳开《答陈昭华书》，《河东先生集》卷六，《四部丛刊》本

文章为道之筌也，筌可妄作乎？筌之不良获斯失矣。女恶容之厚于德，不恶德之厚于容也。文恶辞之华于理，不恶理之华于辞也。

（宋）柳开《上大名府王祐学士第三书》，《河东先生集》卷五，《四部丛刊》本

诗以意为主，文词次之，或意深义高，虽文词平易，自是奇作。世效古人平易句，而不得其意义，翻成鄙野可笑。卢仝云："不即溜钝汉"，非其意义，自可掩口，宁可效之邪？韩吏部古诗高卓，至律诗虽称善，要有不工者，而好韩之人，句句称述，未可谓然也。韩云："老公真个似童儿，汲水埋盆作小池。"直谐戏语耳。欧阳永叔江邻几论韩《雪诗》，以"随车翻缟带，逐马散银杯"为不工，谓"坳中初盖底，凸处遂成堆"为胜，未知真得韩意否也？永叔云："知圣俞诗者莫如某，然圣俞平生所自负者，皆某所不好；圣俞所卑下者，皆某所称赏。"知心赏音之难如是，其评古人之诗，得毋似之乎！

（宋）刘攽《中山诗话》，《历代诗话》本

古今诗人，多喜效渊明体者，如《和陶诗》非不多，但使渊明愧其雄丽耳。韦苏州云："霜露悴百草，而菊独妍华。物性有如此，寒暑其奈何。掇英泛浊醪，日入会田家。尽醉茅檐下，一生岂在多。"非唯语似，

而意亦太似。盖意到而语随之也。

（宋）周紫芝《竹坡诗话》，《历代诗话》本

某闻之程子曰："圣贤之言，不得已也。有是言，则是理明；无是言，则天下之理有缺焉！"又曰："后之人始执卷，则以文为先。平生所为，多于圣人，然有之无补，无之无缺。"窃尝以是读圣贤之书，如《易》、《书》、《诗》、《春秋》，篇具一体，不相袭沿，至于曾子、子思、孟子，亦皆孔氏不言之意，非为是以求闻于世也。

（宋）魏了翁《彭忠肃公止部堂文集序》，《鹤山先生大全文集》卷五十四，《四部丛刊》本

呜呼！凡物有其实，而后得其名，实无有焉，名乌从生？

（金）王若虚《祖唐臣愚庵序》，《滹南遗老集》卷四十五，《丛书集成》本

三代之先，圣君贤臣，唯实是务。至于诰誓，敕戒之辞，赓和之歌，皆核于实而眸于华，和顺积中而英华发外，故史臣赞曰：聪明文思。孔子称之曰：焕乎其有文章。自其发见者而言，不以文为本也。天人之道，以实为用。有实则有文，未有文而无其实者也。《易》之文，实理也；《书》之文，实辞也；《诗》之文，实情也；《春秋》之文，实政也；《礼》文，实法也；而《乐》文，实音也。故六经无虚文，三代无文人。夫惟无文人，故所以为三代；无虚文，所以为六经。后世莫能及也。

（元）郝经《文弊解》，《郝文忠公陵川文集》卷二十，清乾隆刊本

文者，所以明理也。自六经以来，何莫不然。其正者自正，奇者自奇，皆随其所发而合于理，非故为是平易险怪之别也。后世作文者不是之思，始夸诩以为富，剽疾以为快，诙诡以为戏，刻画以为工，而于理始远矣。故尝谓学为文者，皆当以六经为师，舍六经无师矣。江右刘君某，年甚盛，气甚充，作为诗文数百篇，其锋殆不可当。然窃患刘君之才过多，若有不必作而作者。夫六经之为文也，一经之中一章不可少，一句一字不可缺，盖其谨严如此，故立千万年，为世之经也。余老病废学，刘君不以

余为不肖，一再下问，不敢不以诚告。刘君以余言为然耶，则一以经为法，一以理为本，必不可不作者勿使无，可不作者勿使剩，如此他日当追配古人，岂止劘屈、贾之垒，短曹、刘之墙而已哉！

(元) 赵子昂《刘孟质文集序》，《赵孟頫集》卷六，浙江古籍出版社本

六经皆故迹，新入之机不同。其机确确，其履濯濯，其机采采，其履昧昧；甚哉，其机也！人以文视经，斯缪已！善察机者，其以质视经乎？

(明) 宋濂《萝山杂言二十首》，《宋学士全集》卷二十七，《丛书集成》本

魏诗，门户也；汉诗，堂奥也。入户升堂，固其机也，而晋氏之风，本之魏焉。然而判迹于魏者，何也？故知门户非定程也。陆生之论文曰："非知之难，行之难也。"夫既知行之难，又安得云知之非难哉？又曰："诗缘情而绮靡。"则陆生之所知，固魏诗之渣秽耳。嗟夫，文胜质衰，本同末异，此圣哲所以感叹，翟朱所以兴哀者也。夫欲拯质，必务削文，欲反本，必资去末，是固曰然。然非通论也。玉韫于石，岂曰无文？渊珠露采，亦匪无质。由质开文，古诗所以擅巧。由文求质，晋格所以为衰。若乃文质杂兴，本末并用，此魏之失也，故绳汉之武，其流也犹至于魏；宗晋之体，其敝也不可以悉矣。

(明) 徐祯卿《谈艺录》，《历代诗话》本

寄吴中曲论良是。"唱曲当知，作曲不尽当知也。"此语大可轩渠。凡文以意、趣、神、色为主。四者到时，或有丽词俊音可用。尔时能一一顾九宫四声否？如必按字模声，即有窒滞迸拽之苦，恐不能成句矣。

(明) 汤显祖《答吕姜山》，《汤显祖诗文集》卷四十七，上海古籍出版社本

物之传者必以质，文之不传，非曰不工，质不至也。树之不实，非无花叶也；人之不泽，非无肤发也，文章亦尔。行世者必真，悦俗者必媚，真久必见，媚久必厌，自然之理也。故今之人所刻画而求肖者，古人皆厌离而思去之。古之为文者，刊华而求质，敝精神而学之，惟恐真之不极

也……大都人之愈深，则其言愈直，言之愈质，则其传愈远。

（明）袁宏道《行素园存稿引》，《袁宏道集笺校》卷五十四，上海古籍出版社本

嘉、隆以来，所为名公哲匠者，余皆诵其诗读其书，而未有深好也。古者如赝，才者如莽，奇者如吃，模拟之所至，亦各自以为极，而求之质无有也。最后乃得定之方先生集读之，三复而叹曰：质在是矣。有长庆之实，无其俗；有濂、洛之理，无其腐。百世而后，归然独传者，非先生也耶……夫质者，道之干也，载于言则为文，表于世则为功，葆于身则为寿，三者皆先生所余，似未足以尽先生也。岂古所称得道者，而余何足以知之！

（明）袁宏道《行素园存稿引》，《袁宏道集笺校》卷五十四，上海古籍出版社本

古文上下接武而日用不可离者莫如韩，诗则莫如杜。然韩文杜诗各有其所以然之极至，不在于貌似也。能知韩之所以然，则可以上窥马班，又上而六经矣；知杜之所以然，则可以上通汉魏，又进而骚，又进而三百篇矣。其貌袭者，则由于中无物，中无物则由于识趣不真而已矣……山谷有言曰："以质厚为本。"姜白石曰："离而能合。"此二语是诗文书法之总诀也，然其道要在于平心易气，静虚以涵泳之，是又养气郤疾之一法矣。

（清）翁方纲《送张肖苏之汝阳序》，《复初斋文集》卷十二，清刊本

又如波澜之义，风与水相遭成文而见者也。大之则江湖，小之则池沼，微风鼓动而为波为澜，此天地间自然之文也。然必水之质，空虚明净，坎止流行，而后波澜生焉，方美观耳。若汙莱之潴，溷厕之沟渎，遇风而动，其波澜亦犹是也；但扬其秽，曾是云美乎？然则，波澜非能自为美也；有江湖池沼之水以为之地，而后波澜为美也。

（清）叶燮《原诗·外篇上》，人民文学出版社本

凡不可喟，非乐府也。如唐人绝句，今已无能唱者，况汉词乎！无其实，何必拟作。后人摹仿他声调，如照《内则》做八珍，作料火候俱不

是，未必可食。

（清）张谦宜《絸斋诗谈》卷二，《清诗话续编》本

凡悦人者，未有不欺人者也。末世诗人，求悦人而不耻，每欺人而不顾。若事事以质实为的，则人事治矣；若人人之诗以质实为的，则人心治而人事亦渐可治矣。诗所以厚风俗者此也。隋李谔曰："连篇累牍，不出月露之形，积案盈箱，唯是风云之状。文笔日烦，其政日乱。"此皆不质实之过。质则不悦人，实则不欺人，以此二字衡之，而天下诗集之可焚者亦众矣。

（清）潘德舆《养一斋诗话》卷三，《清诗话续编》本

道园诗乍观无可喜，细读之，气苍格迥，真不可及。其妙总由一"质"字生出。"质"字之妙，胚胎于汉人，涵泳于老杜，师法最的。故其长篇铺放处，虽时仿东坡，而不似东坡之疏快无余地；老劲斩绝，又似山谷，而黄安排用人力，虞质直近天机，等级亦易明耳。

（清）潘德舆《养一斋诗话》卷三，《清诗话续编》本

西昆体所以未入杜陵之室者，由文灭其质也。质文不可偏胜。西江之矫西昆，浸而愈甚，宜乎复诒口实与！

（清）刘熙载《艺概·诗概》，上海古籍出版社本

7. 反对虚美

信言不美，美言不信，善者不辩，辩者不善。

（先秦）《老子》八十一章，《诸子集成》本

是故先王制轩冕，所以著贵贱，不求其美；设爵禄，所以守其服，不求其观也……明君制宗庙，足以设宾祀，不求其美；为宫室台榭，足以避燥湿寒暑，不求其大；为雕文刻镂，足以辨贵贱，不求其观。

（先秦）《管子·法法》卷六，见《二十二子》，上海古籍出版社本

君子所务者五……五曰工事竞于刻镂，女事繁于文章……工事无刻

镂，女事无文章，国之富也。

（先秦）《管子·立政》卷一，见《二十二子》，上海古籍出版社本

堂谿公谓昭侯曰："今有千金之玉卮而无当，可以盛水乎？"昭侯曰："不可。""有瓦器而不漏，可以盛酒乎？"昭侯曰："可。"对曰："夫瓦器至贱也，不漏，可以盛酒。虽有千金之玉卮，至贵而无当，漏，不可盛水，则人孰注浆哉？"

（先秦）《韩非子·外储说右上》，《诸子集成》本

学道立方，离法之民也，而世尊之曰文学之士……语曲牟知，伪诈之民也，而世尊之曰辩智之士……言不用而自文以为辩，身不任而自饰以为高，世主眩其辩，滥其高而尊贵之，是不须视而定明也，不待对而定辩也，喑盲者不得矣。明主听其言，必责其用，观其行，必求其功，然则虚旧之学不谈，矜诬之行不饰矣。

（先秦）《韩非子·六反》，《诸子集成》本

锦绣登庙，贵文也；圭璋在前，尚质也。文不胜质，之谓君子。

（汉）刘安《淮南鸿烈·缪称训》，《丛书集成》本

或曰：君子尚辞乎？曰：君子事之为尚。事胜辞则伉，辞胜事则赋，事辞称则经，足言足容，德之藻矣。

（汉）扬雄《法言·吾子》卷二，《丛书集成》本

立万象于胸怀，传千祀于毫翰。

（南朝·陈）姚最《续古画品·序》，引自《六朝画论研究》，江苏美术出版社本

初，公视肃以友，肃仰公犹师。每申之话言，必先道德而后文学。且曰：后世虽有作者，六籍其不可及已。荀孟朴而少文，屈宋华而无根，有以取正，其贾生、史迁、班孟坚云尔。唯子可与共学，当视斯文，庶乎成名。肃承其言，大发蒙惑。

（唐）梁肃《常州刺史独孤及集后序》，《全唐文》卷五百十八，中华书局本

碑谏有虚美愧辞者，虽华虽丽，禁而绝之。若然，则为文者，必当尚质抑淫，若诚去伪，小疵小弊，荡然无遗矣。

（唐）白居易《策林·六十八·议文章》，《白居易集》卷六十五，中华书局本

某苦心为诗，本求高绝，不务奇丽，不涉习俗，不今不古，处于中间。既无其才，徒有其奇，篇成在纸，多自焚之。

（唐）杜牧《献诗启》，《樊川文集》卷十六，上海古籍出版社本

"谢朝华之已披，启夕秀于未振"，学诗者尤当领此。陈腐之语，固不必涉笔，然求去其陈腐不可得，而翻为怪怪奇奇不可致诘之语以欺人，不独欺人，而且自欺，诚学者之大病也。诗人首二谢，灵运在永嘉，因梦惠连，遂有"池塘生春草"之句。玄晖在宣城，因登三山，遂有"澄江静如练"之句。二公妙处，盖在于鼻无垩、目无膜尔。鼻无垩，斤将曷运？目无膜，篦将曷施？所谓混然天成，天球不琢者与？灵运诗，如"矜名道不足，适己物可忽。""清晖能娱人，游子澹忘归。"玄晖诗，如"春草秋更绿，公子未西归。""大江流日夜，客心悲未央"等语，皆得三百五篇之余韵，是以古今以为奇作，又曷尝以难解为工哉。东坡《跋李端叔诗卷》云："暂借好诗消永夜，每逢佳处辄参禅。"盖端叔作诗，用意太过，参禅之语，所以警之云。

（宋）葛立方《韵语阳秋》卷一，《历代诗话》本

凡为文章，须是典实过于浮华，平易多于奇险，始为知本。求世之作者，往往致力于其末，而终身不返，其颠倒亦甚矣。

（金）王若虚《文辨》，《滹南遗老集》卷三十七，《四部丛刊》本

古之君子以美其德行为先务，而不务美其文词。穷天地万物之理，察是非善恶之端，以正其心，谨其言动，使凡本诸身者，无毫发之可悔，此君子之所汲汲也。若夫言语之华，文词之工，期后世之所尚，岂君子之所

汲汲哉！然君子之德果修矣，人必慕其人。慕其人，则其文亦为世所贵重。故文有以人而传者，以其德之可尊故也。苟不务此，而惟其末，虽丽如相如，敏如枚皋，精奇雄健如柳子厚，亦艺而已矣。君子宁以是为贵乎！

（明）方孝孺《白鹿子文集序》，《逊志斋集》卷十二，《四部备要》本

张彦远《名画记》曰：失于自然而后神，失于神而后妙，失于妙而后精，精之为病也而成谨细。自然者上品之上，神者上品之中，妙者上品之下，精者中品之上，谨细者中品之中。不佞之文其精与谨细之间乎？《名画记》不列中下品以下者，即所谓近今之画焕烂而求备，错乱而无旨者是也。画如是，文可知矣。

（清）恽敬《与来卿》，《大云山房文稿·言事》卷二，《四部丛刊》本

先曾祖侍御公家训曰："无庄周之达，而知鱼乐；无茂叔之静，而爱莲香。无陶元亮之高，妄意羲皇一枕；无邹尧夫之学，漫吟雪月风花；无吴康斋之收敛身心，而羡绿阴清画；无高云从之沉酣义理，而慕水居优游。内不足，外有余，君子所耻也。吾辈莫把'丘壑'二字等闲看过，不以此自娱，日以此自警，庶几得之。"玩此则子孙溺于词章，亦公所不取，更为冥冥堕行，致公叹息痛恨于九泉耶！

（清）乔亿《剑溪说诗》卷下，《清诗话续编》本

8. 言之有物

子曰：言有物而行有格也。是以生则不可夺志，死则不可夺名。故君子多闻，质而守之；多志，质而亲之；精知，略而行之。

（先秦）《礼记·缁衣》，《十三经注疏》本

浩生不害问曰："乐正子何人也？"孟子曰："善人也，信人也。""何谓善？何谓信？"曰："可欲之谓善，有诸己之谓信，充实之谓美，充实而有光辉之谓大，大而化之之谓圣，圣而不可知之之谓神。乐正子，二之

中，四之下也。"

（先秦）《孟子·尽心下》，《十三经注疏》本

世俗所患，患言事增其实，著文垂辞，辞出溢其真，称美过其善，进恶没其罪。何则？俗人好奇，不奇，言不用也。故誉人不增其美，则闻者不快其意；毁人不益其恶，则听者不惬于心。闻一增以为十，见百益以为千，使夫纯朴之事，十剖百判；审然之语，千反万畔。墨子哭于练丝，扬子哭于歧道，盖伤失本，悲离其实也。蜚流之言，百传之语，出小人之口，驰闾巷之间，其犹是也。诸子之文，笔墨之疏，人贤所著，妙思所集，宜如其实，犹或增之。俶经艺之言如其实乎？言审莫过圣人，经艺万世不易，犹或出溢，增过其实。增过其实，皆有事为，不妄乱误以少为多也。然而必论之者，方言经艺之增与传语异也。经增非一，略举较著，令恍惑之人观览采择，得以开心通意，晓解觉悟。

（汉）王充《论衡·艺增》，中华书局本

光武皇帝之时，郎中汝南贲光上书，言孝文皇帝时居明光宫，天下断狱三人。颂美文帝，陈其效实。光武皇帝曰："孝文时不居明光宫，断狱不三人。"积善修德，美名流之，是以君子恶居下流。夫贲光上书于汉，汉为今世，增益功美，犹过其实，况上古帝王久远，贤人从后褒述，失实离本，独已多矣。不遭光武论，千世之后，孝文之事载在经艺之上，人不知其增。居明光宫，断狱三人，而遂为实事也。

（汉）王充《论衡·艺增》，中华书局本

皇唐绍周继汉，颂声大作，神龙中兴，朝称多士，济济儒术，焕乎文章，则我李公，杰立当代。于戏，斯文将丧久矣。习郑卫者，难与言咸韺之节，被毡裘者，难与议周公之服。而公当颓靡之中，振洋洋之声，可谓深见尧舜之道，宣尼之旨。鲜哉，希矣！观作者之意，得《易》之变，知《书》之达，究《诗》之微，极《春秋》之褒贬，可谓孔门之弟，洙泗遗徒。至其逸韵，扬波扇飚，餔糟啜醨，时有婉丽之什，浮艳之句，皆牵于诏旨，迫于时事。然亦言近而兴深，语细而讽大，罔有不含《六经》之奥义，览者其知夫子之墙乎？

（唐）贾至《工部侍郎李公集序》，《全唐文》卷三百六十八，中华书局本

夫史之称美者，以叙事为先。至若书功过，记善恶，文而不丽，质而非野，使人味其滋旨，怀其德音，三复忘疲，百遍无厌，自非作者曰圣，其孰能与于此乎？

（唐）刘知幾《史通·叙事》卷六，《史通通释》，上海古籍出版社本

夫史之叙事也，当辩而不华，质而不俚，其文直，其事核，若斯而已可也。必令同文举之含异，等公干之有逸，如子云之含章，类长卿之飞藻，此乃绮扬绣合，雕章缛彩，欲称实录，其可得乎？

（唐）刘知幾《史通·鉴识》卷七，《史通通释》，上海古籍出版社本

砖瓦贱微物，得厕笔墨间。于物用有宜，不计丑与妍。金非不为宝，玉岂不为坚，用之以发墨，不及瓦砾顽。乃知物虽贱，当用价难攀。岂惟瓦砾尔，用人从古难。

（宋）欧阳修《古瓦砚》，《欧阳文忠公文集》卷五十二，《四部备要》本

事信矣，须文。文至矣，又系其所恃文大小，以见其行远不远也。

（宋）欧阳修《代人上王枢密求先集序书》，《欧阳文忠集》卷六十七，《四部备要》本

某尝悉近世之文，辞弗顾于理，理弗顾于事，以斁积故实为有学，以雕绘语句为精新，譬之撷奇花之英，积而玩之，虽光华馨香，鲜缛可爱，求其根柢济用，则蔑如也。某幸观乐安、足下所著，譬犹笙磬之音，圭璋之器，有节奏焉，有法度焉，虽庸耳必知雅正之可贵、温润之可宝也。仲尼曰："有德必有言。""德不孤，必有邻。"其斯之谓乎？昔昌黎为唐儒宗，得子婿李汉，然后其文益振，其道益大。今乐安公懿文茂行，超越朝右，复得足下以宏识清议，相须光润。苟力而不已，使后之议者必曰："乐安公，圣宋之儒宗也，犹唐之昌黎而勋业过之。"又曰："邵公，乐安公之婿也，犹昌黎之李汉而器略过之。"是则韩、李、蒋、邵之名，各齐驱并骤，与此金石之刻不朽矣。所以且欣且庆

者，在于兹焉。

(宋)王安石《上邵学士书》，《王文公文集》卷三，上海人民出版社本

尝谓文者，礼教治政云尔。其书诸策而传之人，大体归然而已。而曰"言之不文，行之不远"云者，徒谓"辞之不可以已也"，非圣人作文之本意也。

自孔子之死久，韩子作，望圣人于百千年中，卓然也。独子厚名与韩并，子厚非韩比也，然其文卒配韩以传，亦豪杰可畏者也。韩子尝语人以文矣，曰云云；子厚亦曰云云；疑二子者，徒语人以其辞耳，作文之本意，不如是其已也。孟子曰："君子欲其自得之也，自得之，则居之安；居之安，则资之深；资之深，则取诸左右逢其原。"独谓孟子之云尔，非直施于文而已，然亦可托以为作文之本意。

且自谓文者，务为有补于世而已矣。所谓辞者，犹器之有刻镂绘画也。诚使巧且华，不必适用；诚使适用，亦不必巧且华。要之以适用为本，以刻镂绘画为之容而已。不适用，非所以为器也，不为之容，其亦若是乎？否也。然容亦未可已也，勿先之，其可也。

(宋)王安石《上人书》，《王文公文集》卷三，上海人民出版社本

某闻人才以智术为后，而以识度为先；文章以华采为末，而以体用为本。国之将兴也，贵其本而贱其末；道之将废也，取其后而弃其先。用舍之间，安危攸寄。

(宋)苏轼《答乔舍人启》，《苏东坡全集》续集卷十，中国书店影印本

古人文章，一句是一句，句句皆可作题目，如《尚书》可见。后人文章累千百言，不能就一句事理，只如选诗亦有高古意味，自唐以下无复此意，此不可不知也。

(元)王构《修辞鉴衡》卷一，《丛书集成》本

沈隐侯曰，古今为文，当从三易，易见事，一也；易见字，二也；易

读诵，三也。邢子才尝曰，沈侯文章，用事不使人觉，若胸臆语，深以此服之。杜工部作诗，类多故实，不似用事者，是皆得作者之奥。樊宗师为文，涩不可读，亦自名家，才不逮宗师者，固不可效其体。刘勰《文心雕龙》论之至矣。

（元）王构《修辞鉴衡》卷二，《丛书集成》本

夫迫而呼者不择声，非不择也，郁与口相触，卒然而声，有加于择者也。古之为风者，多出于劳人思妇，夫非劳人思妇为藻于学士大夫，郁不至而文胜焉，故吐之者不诚，听之者不跃也。

（明）袁宏道《陶孝若枕中呓引》，《袁宏道集笺校》卷三十五，上海古籍出版社本

9. 重文

《象》曰："君子豹变"，其文蔚也。"小人革面"，顺以从君也。

（先秦）《周易》卷五，《十三经注疏》本

《象》曰："大人虎变"，其文炳也。

（先秦）《周易》卷五，《十三经注疏》本

修宪命，审诗商，禁淫声，以时顺修，使夷俗邪音不敢乱雅，大师之事也。

（先秦）《荀子·王制》，《诸子集成》本

仲尼曰："《志》有之：'言以足志，文以足言。'不言，谁知其志？言之无文，行而不远。晋为伯，郑入陈，非文辞不为功。慎辞哉！"

（先秦）《左传·襄公二十五年》，《十三经注疏》本

或曰：良玉不雕，美言不文，何谓也？曰：玉不雕，玙璠不作器；言不文，典谟不作经。

（汉）扬雄《法言·寡见》，《丛书集成》本

衣服以品贤，贤以文为差，愚杰不别，须文以立折。非唯于人，物亦咸然。龙鳞有文，于蛇为神；凤羽五色，于鸟为君；虎猛，毛蚡蜦；龟知，

背负文。四者体不质，于物为圣贤。且夫山无林，则为土山；地无毛，则为泻土；人无文，则为仆人。土山无麋鹿，泻土无五谷，人无文德不为圣贤。上天多文而后土多理，二气协和，圣贤禀受，法象本类，故多文采。

（汉）王充《论衡·书解》，中华书局本

《诗》云："我有嘉宾，德音孔昭，视民不恌，君子是则是效。我有旨酒，嘉宾式宴以敖。"此礼乐之所贵也。故恭恪廉让，艺之情也；中和平直，艺之实也；齐敏不匮，艺之华也；威仪孔时，艺之饰也。

（汉）徐幹《中论·艺纪》卷上，《丛书集成》本

圣人以文，其隩也有五：曰玄，曰妙，曰包，曰要，曰文。幽深谓之玄；理微谓之妙；数博谓之包；辞约谓之要；章成谓之文。圣人之文，成此五者，故曰不得已。

（汉）荀悦《申鉴·杂言下》，《丛书集成》本

或苕发颖竖，离众绝致。形不可逐，响难为系。块孤立而特峙，非常音之所纬。心牢落而无偶，意徘徊而不能揥。石韫玉而山辉，水怀珠而川媚。彼榛楛之勿翦，亦蒙荣于集翠。缀《下里》于《白雪》，吾亦济夫所伟。

（晋）陆机《文赋》，《陆机集》卷一，中华书局本

秦皇铭岱，文自李斯，法家辞气，体乏弘润。

（南朝·梁）刘勰《文心雕龙·封禅》，人民文学出版社本

《孝经》垂典，丧言不文，故知君子常言未尝质也。老子疾伪，故称"美言不信"，而五千精妙，则非弃美矣。庄周云辩雕万物，谓藻饰也。韩非云艳采辩说，谓绮丽也。绮丽以艳说，藻饰以辩雕，文辞之变，于斯极矣。

研味李老，则知文质附乎性情；详览《庄》、《韩》，则见华实过乎淫侈。若择源于泾渭之流，按辔于邪正之路，亦可以驭文采矣。

（南朝·梁）刘勰《文心雕龙·情采》，人民文学出版社本

赞曰：夸饰在用，文岂循检。言必鹏运，气靡鸿渐。倒海探珠，倾昆

取琰。旷而不溢，奢而无玷。

（南朝·梁）刘勰《文心雕龙·夸饰》，人民文学出版社本

古人之文，宏材逸气，体度风格，去今实远；但缉缀疏朴，未为密致耳。今世音律谐靡，章句偶对，讳避精详，贤于往昔多矣。宜以古之制裁为本，今之辞调为末，并须两存，不可偏弃也。

（北齐）颜之推《文章第九》，《颜氏家训集解》卷四，上海古籍出版社本

齐世有席毗者，清干之士，官至行台尚书，嗤鄙文学，嘲刘逖云："君辈辞藻，譬若荣华，须臾之玩，非宏才也；岂比吾徒千丈松树，常有风霜，不可凋悴矣！"刘应之曰："既有寒木，又发春华，何如也？"席笑曰："可哉！"

（北齐）颜之推《文章第九》，《颜氏家训集解》卷四，上海古籍出版社本

博通群籍，而让齿乎一卷之师；剑气凌云，而屈迹于万夫之下。辩析天口，而似不能言；文擅雕龙，而成辄削稿。

（南朝·梁）任彦昇《宣德皇后令一首》，《文选》卷三十六，《四部备要》本

若夫椎轮为大辂之始，大辂宁有椎轮之质；增冰为积水所成，积水曾微增冰之凛。何哉？盖踵其事而增华，变其本而加厉。物既有之，文亦宜然。随时变改，难可详悉。

（南朝·梁）萧统《文选序》，《文选》，《四部备要》本

太宗谓侍臣曰："朕戏作艳诗。"虞世南便谏曰："圣作虽工，体制非雅。上之所好，下必随之。此文一行，恐致风靡。而今而后，请不奉诏。"太宗曰："卿恳诚若此，朕用嘉之。群臣皆若世南，天下何忧不理。"乃赐绢五十疋。先是梁简文帝为太子，好作艳诗，境内化之，浸以成俗，谓之"宫体"。晚年改作，追之不及，乃令徐陵撰《玉台集》，以大其体。永兴之谏，颇因故事。

（唐）刘肃《大唐新语》卷三，《丛书集成》本

且每有叙一实，推一怪，董、京之说，前后相反；向、歆之解，父子不同。遂乃双载其文，两存厥理。言无准的，事益烦费，岂所谓撮其机要，收彼菁华者哉！

    （唐）刘知幾《史通·书志》卷三，《史通通释》，上海古籍出版社本

  羊舌大夫谓叔明曰："子不言，吾几失子矣。"仲尼又云："言而无文，行之不远。"则知士不得不言，言不得不文。

    （唐）李观《与右司赵员外书》，《全唐文》卷五三三，中华书局本

  诗不假修饰，任其丑朴，但风韵正，天真全，即名上等。予曰：不然，无盐缺容而有德，曷若文王太姒有容而有德乎？

    （唐）皎然《诗式》，《历代诗话》本

  夫所谓文者，必有诸其中。是故君子慎其实。实之美恶，其发也不掩。本深而末茂，形大而声宏，行峻而言厉，心醇而气和，昭晰者无疑，优游者有余，体不备不可以为成人，辞不足不可以为成文。愈之所闻者如是，有问于愈者，亦以是对。

    （唐）韩愈《答尉迟生书》，《韩昌黎文集》第二卷，中华书局本

  古之所以导下情而通比兴者，必文其言以表之。虽屯谣俚音，可俪风什。

    （唐）刘禹锡《上淮南李相公启》，《刘禹锡集》卷十八，上海人民出版社本

  今世因贵辞而矜书，粉泽以为工，遒密以为能，不亦外乎。

    （唐）柳宗元《报崔黯秀才论为文书》，《柳河东集》卷三十四，中华书局本

  故义虽深，理虽当，词不工者不成文，宜不能传也。文、理、义三者

兼并，乃能独立于一时，而不泯灭于后代，能必传也。

　　　　　　（唐）李翱《答朱载言书》，《李文公集》卷六，汲古阁本

　　古今所谓文者，辞必高然后为奇。意必深然后为工。焕然如日月之经天也，炳然如虎豹之异犬羊也。是故以之明道则显而微，以之扬名则久而传。

　　今天下以文进取者，岁丛试于有司不下八百辈，人人矜执，自大所得。故其习于易者，则斥涩艰之辞；攻于难者则鄙平淡之言。至有破句读以为工，摘俚句以为奇。

　　　　　　（唐）沈樵《与友人论文书》，《全唐文》卷七百九十四，中华书局本

　　论人，则康乐公秉独善之资，振颓靡之俗。沈建昌评："自灵均已来，一人而已。"此后，江宁侯温而朗；鲍参军丽而气多，杂体《从军》，殆凌前古，恨其纵舍盘薄，体貌犹少；宣城公情致萧散，词泽义精，至于雅句殊章，往往惊绝；何水部虽谓格柔，而多清劲，或常态未剪，有逸对可嘉，风范波澜，去谢远矣。柳恽、王融、江总三子，江则理而情，王则情而丽，柳则雅而高。予知柳吴兴名屈于何，格居何上。中间诸子，时有片言只句，纵敌于古人，而体不足齿。或者随流，风雅泯绝，八病双枯，载发文蠹，遂有古律之别，（古诗三等：正、偏、俗；律诗三等：古、正、俗。）顷作古诗者，不达其旨，效得庸音，竞壮其词，俾令虚大。或有所至，已在古人之后，意熟语旧，但见诗皮，淡而无味。予实不诬，唯知音者知耳。

　　　　　　（唐）[日]弘法大师《文镜秘府论·南卷·论文意》，《文镜秘府论校注》，中国社会科学出版社本

　　炒沙作糜终不饱，镂冰文章费工巧。要须心地收汗马，孔孟行世日杲杲。

　　　　　　（宋）黄庭坚《送王郎》，《山谷诗集注》卷一，《四部备要》本

　　所送新诗，皆兴寄高远，但语生硬不谐律吕，或词气不逮初造意时。此病亦只是读书未精博耳。长袖善舞，多钱善贾，不虚语也。南阳刘勰尝

论文章之难云:"意翻空而易奇,文征实而难工。"此语亦是。沈、谢辈为儒林宗主时,好作奇语,故后生立论如此。好作奇语,自是文章病,但当以理为主,理得而辞顺,文章自然出群拔萃。

  (宋)黄庭坚《与王观复书三首之一》,《豫章黄先生文集》卷十九,《四部丛刊》本

  余与凌云先生论立功立言,先生称有道者必能立功,而立功者不必皆有道。余独论立言,以为士必不得已于言,则文不可以不工。盖意有余而文不足,如吃人之辩讼,心未尝不虚,理未始不直,然而或屈者,无助于辞而已矣。噫!古今之人苟有所见,则必加思,加思必有得,有得矣而不欲著之于言以示世,殆非人情。然而伟谈剧论,不闻人人各有者,此非文不足故欤?

  (宋)吕南公《读李文饶集》,《灌园集》卷十七,《四库全书》珍本初集本

  玉堂着句转春风,诸老从前亦寓忠。谁为君王供帖子,丁宁绮语不须工。

  (宋)杨万里《立春日有怀二首》,《诚斋集》卷一,《四部丛刊》本

  文于道未为尊,固也。然譬之琢璞为器,琢固璞之毁也,若器成而不中度,琢就而不成章,则又毁之毁也。

  (宋)杨万里《答刘子和书》,《诚斋集》卷六十五,《四部丛刊》本

  文以文而工,不以文而妙,然舍文无妙,胜处要自悟。

  (宋)姜夔《白石道人诗说》,《历代诗话》本

  (吕紫微)所引谢宣城"好诗流转圆美如弹丸"之语,余以宣城诗巧之如锦工机锦,玉人琢玉,极天下之巧妙,穷极巧妙,然后能流转圆美。近时学者往往误认弹丸之论,而趋于易,故放翁诗云:"弹丸之论方误人。"又朱文公云:"紫微论诗,欲字字响,其晚年诗多哑了。"然则欲知紫微诗者,以均父集序观之,则知弹丸之语,非主于易。又以文公之语验

之，则所谓字字响者，果不可以退道矣。

    （宋）刘克庄《江西诗派小序·吕紫微》，引自《黄庭坚和江西诗派卷》（古典文学研究资料汇编），中华书局本

  沈宋横驰翰墨场，风流初不废齐梁。论功若准平吴倒，合著黄金铸子昂。

    （金）元好问《论诗三十首》其八，《元好问论诗三十首小笺》，人民文学出版社本

  物之丽乎文者，皆曰章。倬彼云汉为章于天；其在水，清浊错而成文曰漳水；在玉器，合而有文曰璋玉；在木，理合而有文曰樟木；其在人，为士而有文曰文章。

    （元）戴表元《陆原章字序》，《剡源集》卷第十二，《四部备要》本

  故宋之将亡，士习卑陋，以时文相尚，病其陈腐，则以奇险相高，江西尤甚，识者病之。初内附时公之在朝，此平易正大振文风、作士气，变险怪为青天白日之舒徐，易腐烂为名山大川之浩荡，今代古文之盛，实自公倡之。

    （元）虞集《跋程文宪公遗墨诗集》，《道园学古录》卷四十，《四部丛刊》本

  其事（指《燕丹子》三卷，编者注）本不足议，独其书序事有法，而文采烂然。亦学文者之所不废哉！

    （明）宋濂《诸子辩并序》，《宋学士全集》卷二十七，《丛书集成》本

  子尝取而读之（指《公孙龙子》三卷，编者注），白马非马之喻，坚白同异之言，终不可解。后屡阅之，见其如捕龙蛇，奋迅腾骞，益不可措手。甚哉，其辩也！然而名实愈不可正，何邪？言弗醇也！天下未有言弗醇而能正，苟欲名实之正！亟火之！

    （明）宋濂《诸子辩并序》，《宋学士全集》卷二十七，《丛书集成》本

皇甫湜曰："陶诗切以事情，但不文尔。"湜非知渊明者。渊明最有性情，使加藻饰，无异鲍、谢，何以发真趣于偶尔，寄至味于淡然？陈后山亦有是评，盖本于湜。

（明）谢榛《四溟诗话》卷二，《历代诗话续编》本

"问君何为尔？心远地自偏。""此还有真意，欲辨已忘言"。清悠淡永，有自然之味。然坐此不得入汉魏果中，是未妆严佛阶级语。

（明）王世贞《艺苑卮言》卷三，《历代诗话续编》本

陈师道曰："善为文者，因事以出奇。江河之行，顺下而已。至其触山赴谷，风博物激，然后尽天下之变。子云好奇，故不能奇也。"

（明）王世贞《艺苑卮言》卷一，《历代诗话续编》本

《诗》三百五篇，有一字不文者乎？有一字无法者乎？《离骚》，风之衍也；《安世》，雅之缵也。《郊祀》，颂之阐也；皆文义蔚然，为万世法。惟汉乐府歌谣，来摭闾阎，非由润色。然质而不俚，浅而能深，近而能远，天下至文，靡以过之。后世言诗，断自两汉，宜也。

（明）胡应麟《诗薮·内编》卷一，上海古籍出版社本

山有色，岚是也；水有文，波是也；学道有致，韵是也。山无岚则枯，水无波则腐，学道无韵，则老学究而已。

（明）袁宏道《寿存斋张公七十序》，《袁宏道集笺校》卷五十四，上海古籍出版社本

士之有文，犹女之有色。文之有先辈时辈，如色之有故人新人。善论者曰："颜色虽相似，手爪不相如。"又曰："将缣来比素，新人不如故。"知手爪之所以妙，又知素之所以胜，此一人也，岂目挑而心招，倚门而刺绣，可以徼幸于欢侬之交者哉！夫时文中有多数句者，而先辈常少数句；有重后半者，而先辈常重前半；有用过文者，而先辈常用本也；此论色者之及于手爪也。时文中有读之欲笑者，而先辈不苟嬉；有读之欲泣者，而先辈不苟悲；有读之动人心目，快人口齿者，而先辈不苟艳；此论色者之

明于縑素也。前辈沦亡,莫究此义,有志之士,多伤心焉。友人官子以其文投予,予惊而相向,退而告人,此于元曲宋词中,而有人焉,独宗《离骚》者也,此于繁丝急管中,而有人焉,独弹素琴者也。已而掩袂叹息于官子之前曰:"予不得与倚门者争旦夕之效,正坐此耳,子胡为然哉?孔子曰:'吾未见好德如好色者也。'当此之时,吾亦未见好色者也。悔不盛年时嫁与青楼家,子盛年,勿贻此悔。"官子曰:"非也。穷达天为,智者不愁,泻水置地,任其所流。"予乃跃然而起。官子之见达矣,所以有官子之交,岂诬哉!

(明)谭元春《官子时文稿序》,《谭友夏合集》卷九,《中国古典文学珍本丛书》本

惟生来有志于述作,不敢不尽心。初年求之于神骨,逾数年乃求之于气格,又数年乃求之于词章。前后缓急,难易加减之候,惟已得用之,故常以此为快。

(明)谭元春《答刘同人书》,《谭友夏合集》卷七,《中国古典文学珍本丛书》本

出于心而宣于口,其最精者为文辞。征于辞则有险有易,得于气则有醇有醨。若其赋物而写景,悼屈而伤离,动乎性情之正而要之礼义之归,开阖变化,莫神于诗。

(明)程敏政《祭方先生文》,引自《笔记小说大观》,江苏广陵古籍刻印社本

诗固出于人之情性,然非发之以句法之清英,谐之以音节之和畅,融之以趣味之悠远,则亦枯淡浅促而不能以入妙,宁保其不使人玩之易厌,索之而易竭也哉!

(明)程敏政《注白石樵唱》,引自《笔记小说大观》,江苏广陵古籍出版社本

古之为诗者,必有深情畜积于内,奇遇薄射于外,轮囷结轖,朦胧萌折,如所谓惊澜奔湍,郁闭而不得流;长鲸苍虬,偃蹇而不得伸;浑金璞玉,泥沙掩匿而不得用;明星皓月,云阴蔽蒙而不得出,于是乎不能不发之为诗。而其诗亦不得不工。其不然者,不乐而笑,不哀而哭,文饰雕

绩,词虽工而行之不远,美先尽也。唐之诗,藻丽莫如王、杨,而子美以为近于风、骚;奇诡莫如长吉,而牧之以为《骚》之苗裔。绎二杜之论,知其所以近与其所以为苗裔者,以是而语于古人之指要,其几矣乎?

（清）钱谦益《虞山诗约序》,《牧斋初学集》卷三十二,上海古籍出版社本

昔同万履安山行,履安疲曳莫前,余谐之曰:当罚读游唤一过。游唤者,近时文人所谓记也。与徐凝一例,即文人喜游山川,山川岂喜此等文人游乎?请回俗士驾,松声鸟声水声无不作是语矣。新安靳熊封使君,寄我游黄山诗一卷,记一卷,词情俱美,注目抽心,晶照岩壑,不特为士林之矜奖,山川亦与之酬答矣。夫黄山之云海天马,白猿神鸦,固山林之体状也,游者非其人莫见。瞥遇一端,亦足为豪。使君之来,集于仓卒,岂非山灵之意,所以待昌黎、东坡、志完诸公者待使君乎?神且弗违,其无作寻常游记观可也。

（清）黄宗羲《靳熊封游黄山诗文序》,《黄梨洲文集》,中华书局本

自六经孔、孟之文不可复作,天下聪明好古之士,其言或醇或杂,莫不求工于文,成一家之言以传于后世,于是文日盛而真意消亡,实学中绝。至于宋、明儒者,则又以文章为玩物丧志而不屑,自二三大儒外,类取足道其意而止,卑弱肤庸漫衍拘牵之病,随在而有。读者不数行辄掷去,或相与揶揄厌薄之以为戒。然吾尝为之求其理,初无悖于六经,考其生平,不可谓非圣贤之徒,而顾令天下后世厌绝其文,至如饘餲之食,鱼肉之馁败之陈于其前。呜呼,则亦不文之过也矣!

（清）魏禧《甘健斋轴园稿序》,《魏叔子文集》卷八,清刊本

问:"古之作者,'禽轻清以为性,结冷汰以为质,响鲜荣以为词',偏得乎逸歌长句,若'穿天心,出月胁',恒得意外惊人之语。果何道而造诣臻此?"

阮亭答:"诗之为道,无体不备,无美不臻。前贤于此竞其长,后辈于此遵其辙。故夫'精骛八极,心游万仞'者,禽轻清以为性者也;'倾群言之沥液,漱六艺之芳润'者,结冷汰以为质者也;'情瞳眬而弥鲜,

物昭晰而互进'者,呴鲜荣以为词者也。扬子云云:'诗人之赋丽以则,词人之赋丽以淫。'吾于言诗亦云。凡诗之丽而失其则者,皆不能以轻清为体,而驰骛于鲜荣者耳。至于卢仝、马异、李贺之流,说者谓其'穿天心,出月胁',吾直以为牛鬼蛇神耳。其病于雅道诚甚矣。何惊人之与有?"

(清)王士祯等《师友诗传录》,《清诗话》本

宗梅岑(元鼎)曰:词以艳丽为工,但艳丽中须近自然本色,若流为浅薄一路,则鄙俚不堪入调矣。近日词家极盛,其卓然命世者,真如百宝流苏,千丝铁网。世人不解,谓其使事太多,相率交诋,此何足怪。盖寻常菽粟者,不知石蚨海月为何物耳。

(清)徐釚《词苑丛谈》卷四,上海古籍出版社本

文贵华,华正与朴相表里,以其华美,故可贵重。所恶于华者,恐其近俗耳;所取于朴者,谓其不著脂粉耳。昔人谓:"不著脂粉而清真刻峭者,梅圣俞之诗也;不著脂粉而精彩浓丽,自《左传》《庄子》《史记》而外,其妙不传。"此知文之言。天下之势,日趋于文,而不能自已。上古文字简质。周尚文,而周公、孔子之文最盛。其后传为左氏,为屈原、宋玉,为司马相如,盛极矣。盛极则孽衰,流弊遂为六朝;六朝之靡弱,屈宋之盛肇之也。昌黎氏矫之以质,本六经为文。后人因之,为清疏爽直,而古人华美之风亦略尽矣。平奇华朴,流激使然,末流比比,不可与处。

(清)刘大櫆《论文偶记》,人民文学出版社本

人莫不有五官百体,而何以男夸宋朝,女称西施?昌黎《答刘正夫》云:"足下家中百物,皆赖而用也;然其所珍爱者,必非常物。"皇甫持正亦云:"虎豹之文必炳,珠玉之光必耀。"故知色彩贵华也,圣如尧舜,有山龙藻火之章;淡如仙佛,有琼楼玉宇之号。彼击瓦缶、披短褐者,终非名家。

(清)袁枚《随园诗话》卷七,人民文学出版社本

某太史自夸其诗,不巧而拙,不华而朴,不脆而涩。余笑谓曰:"先生闻乐,喜金丝乎?喜瓦缶乎?入市,买锦绣乎?买麻枲乎?"太

史不能答。

（清）袁枚《随园诗话》卷五，人民文学出版社本

　　《学记》曰："不学博依，不能安诗。"博依注作譬喻解。此诗之所以重比兴也。韦正己曰："歌不曼其声则少情，舞不长其袖则少态。"此诗之所以贵情韵也。古人东坡、山谷，俱少情韵。今藏园、瓯北两才子诗，斗险争新，余望而却步，惟于"情韵"二字，尚少弦外之音。能之者，其钱竹初乎？惜近日学仙，不肯费心矣。

（清）袁枚《随园诗话补遗》卷七，人民文学出版社本

　　杨、刘诗号西昆体，词多绮丽。《宋史》：杨文公之正直，人皆知之。刘筠知制诰时，不肯草丁谓复相之诏。真宗不得已，命晏元献草之。后晏见刘自惭，至掩扇而过。其刚正不在杨下。可见"桑间""濮上"之音，未必非贤人所作。

（清）袁枚《随园诗话》卷七，人民文学出版社本

　　"出辞气，斯远鄙悖矣。"悖者，修辞之罪人，鄙则何以必远也？不文则不辞，辞不足以存，而将并所以辞者亦亡也。诸子百家悖于理而传者有之矣，未有鄙于辞而传者也。理不悖而鄙于辞，力不能胜；辞不鄙而悖于理，所谓"五谷不熟，不如荑稗也。"理重而辞轻，天下古今之通义也；然而鄙辞不能夺悖理，则妍媸好恶之公心，亦未尝不出于理故也。

（清）章学诚《文史通义·说林》，《四部备要》本

　　即为高论者，以谓文贵明道，何取声情色彩以为愉悦！亦非知道之言也。夫无为之治而奏《熏风》，灵台之功而乐钟鼓，以及弹琴遇文，风雩言志，则帝王致治，坚圣功修，未尝无悦目娱心之适，而谓文章之用，必无咏叹抑扬之致哉！

（清）章学诚《文史通义·原道下》，《四部备要》本

　　作文岂可废雕琢？但须是清雕琢耳。功夫成就之后，信笔写出，无一字一句吃力，却无一字一句率易；清气澄澈中，自然古雅有风神，乃是一

家数也。

（清）吴德旋《初月楼古文绪论》，人民文学出版社本

臣又言曰：三皇之世，未有文字，但有人声，五帝三王之世，以人声为文字。故传曰："声之精者为言，言之精者为文。"声与言，文字之祖也。文字有形有义，声为其魂，形与义为体魄。魄魂具，而文字始具矣。夫乃外史达之，太史登之，学僮讽之，皆后兴者也。是故造作礼乐，经略宇宙，天地以是灵，日月以是明，江河以是清，百王以是兴，百圣以是有名，审声音之教也。

（清）龚自珍《拟上今方言表》，《龚自珍全集》第五辑，上海人民出版社本

历山川但壮游览而不考其形势，阅井疆但观市肆而不察其风俗，揽人材但取文采而不审其才德，一旦身预天下之事，利不知孰兴，害不知孰革，荐黜委任不知孰贤不肖，自非持方枘纳圆凿而何以哉？夫士而欲任天下之重，必自其勤访问始，勤访问，必自其无事之日始，《皇华》之诗知之矣。

（清）魏源《默觚下·治篇一》，《魏源集》，中华书局本

诗能于易处见工，便觉亲切有味。白香山、陆放翁擅场在此。

（清）刘熙载《艺概·诗概》，上海古籍出版社本

八代之衰，其文内竭而外侈；昌黎易之以万怪惶惑，抑遏蔽掩，在当时真为补虚消肿良剂。

（清）刘熙载《艺概·文概》，上海古籍出版社本

扬子云："诗人之赋丽以则，词人之赋丽以淫。"是知古所谓诗人、词人者，虽有则与淫之别，而丽则一也。孔子曰："言之无文，行而不远。"岂有不丽而可谓之文者乎？吾人立言以古为法。如邵康节之《击壤集》以理学语入诗，沿至有明为陈白沙、庄定山一派，则而不丽，不足与言诗也。若夫唐人温、李之诗，寄托遥深，实古风骚之遗韵，而沿其体者徒拾浮华，不存古意。至宋初杨、刘诸公衍为西昆体，则又丽而不则

矣。其弊也以韩致光《香奁》为滥觞，极而至于国朝王次回之《疑雨集》，丽而不则又入于淫，斯风雅之罪人矣。吾尝持此论以观当代诗人之诗，求其丽且则者，今乃得之秦君肤雨。君年少而工于诗，且所为词曲，持律深细，异夫不知音而苟作者。承以所刻诗词乞序于余。余读之圆美流转如弹丸，而无觚皴之辞，无靡靡之音，斯非杨子云所谓丽以则者乎？

（清）俞樾《秦肤雨诗序》，《春在堂全书·春在堂杂文三编》卷三，清刊本

或谓后世之文，棣事失真，事因文晦，以斥文章为小道。不知文言质言，自古分轨，文言之用在于表象，表象之词愈众，则文病亦愈多；然尽删表象之词，则去文存质，而其文必不工。故有以寓言为文者，如《庄》《列》《楚辞》是也，而其文最美。有寓言与事实相参者，如《战国策》之文是，而其文亦工。后世史书，事资虚饰，而观者因以忘倦；汉、魏词赋，曲意形容，而诵者称为绝作。又如庾信《枯树赋》以桓温与仲文同时，此立词之爽实者也，而后世不闻废其词。又唐人之诗有所谓"白发三千丈"者，有所谓"白头搔更短"，者，此出语之无稽者也，而后世不闻议其短。则以词章之文，不以凭虚为戒，此美术背于征实之学者二也。

二端而外，若画绘一端，有白描山水者，又有图列鬼魅者；小说一端，有虚构事实者，亦有踵事增华者；皆美术与实学不同之证。盖美术以性灵为主，而实学则以考核为凭。若于美术之微，而必欲责其征实，则于美术之学，反去之远矣。

（清）刘师培《论美术与征实之学不同》，《刘申叔先生遗书·左盦外集》卷十三，民国二十五年宁武南民校印本

文采可也，浮艳不可也；朴实可也，鄙陋不可也：差以毫厘，谬以千里矣。

（清）陈廷焯《白雨斋词话》，人民文学出版社本

诗家之用笔，须如庖丁之用刀，官止神行，以无厚入有间，循其天然之节，于骨肉理凑肯綮处，锐入横出，则批郤导窾，游刃恢恢有余，无不迎锋而解矣。人所难言，累百言而不能了者，我须一刀见血，直刺题心，以数精湛语了之，则人难我易，倍觉生色。人所易言，娓娓而道之处，彼

不经意，而平铺直叙，我转难言之，惨淡经营，加以凝炼，平者侧行逆出使之奇，直者波折回环使之曲，单者夹写进层使之厚，浅者剥进翻入使之深，则人易我难，无一败笔，自臻精妙完美之诣。如正言不能警动，则反言之，或譬喻言之，或借宾以陪，而主自定。正写不见透彻，则左右侧写，或对面著笔以返照之。实写不觉玲珑，则虚处传神，或傍敲侧击以射注挑剔之。本位无可著力，则前后高下，两边衬托，或四面烘染以逼取之。与夫断而遥连，补出妙意，连而中断，插入奇峰，种种用笔之微，不能尽形容语言。慧心人宜于李、杜、韩、苏四大家，密参细求，自当知吾说矣。

(清) 朱庭珍《筱园诗话》卷一，《清诗话续编》本

10. 徒具形式为无用之文

夫孔窍者，精神之户牖也。而气志者，五藏之使候也。耳目淫于声色之乐，则五藏摇动而不定矣。五藏摇动而不定，则血气滔荡而不休矣。血气滔荡而不休，则精神驰骋于外而不守矣。精神驰骋于外而不守，则祸福之至，虽如丘山，无由识之矣……是故五色乱目，使目不明，五声哗耳，使耳不聪，五味乱口，使口爽伤，趣舍滑心，使行飞扬。此四者，天下之所养性也，然皆人累也。故曰嗜欲者，使人之气越，而好憎者，使人之心劳，弗疾去，则志气日耗。

(汉) 刘安《淮南鸿烈·精神训》，《丛书集成》本

或问：景差、唐勒、宋玉、枚乘之赋也益乎？曰：必也淫。淫则奈何？曰：诗人之赋丽以则，辞人之赋丽以淫。如孔氏之门用赋也，则贾谊升堂，相如入室矣。如其不用何？

(汉) 扬雄《法言·吾子》卷二，《丛书集成》本

夫世间传书诸子之语，多欲立奇造异，作惊目之论，以骇世俗之人，为谲诡之书，以著殊异之名。

(汉) 王充《论衡·书虚篇》，中华书局本

臣闻览影偶质，不能解独；指迹慕远，无救于迟。是以循虚器者，非

应物之具；玩空言者，非致治之机。

（晋）陆机《演连珠·十八》，《陆机集》卷八，中华书局本

或寄辞于瘁音，言徒靡而弗华。混妍蚩而成体，累良质而为瑕。象下管之偏疾，故虽应而不和。

（晋）陆机《文赋》，《陆机集》卷一，中华书局本

或奔放以谐合，务嘈囋而妖冶。徒悦目而偶俗，故声高而曲下。寤《防露》与《桑间》，又虽悲而不雅。

（晋）陆机《文赋》，《陆机集》卷一，中华书局本

或清虚以婉约，每除烦而去滥，缺大羹之遗味，同朱弦之清汜。虽一唱而三叹，固既雅而不艳。

（晋）陆机《文赋》，《陆机集》卷一，中华书局本

是以诗人感物，联类不穷，流连万象之际，沉吟视听之区；写气图貌，既随物以宛转；属采附声，亦与心而徘徊。故灼灼状桃花之鲜，依依尽杨柳之貌，杲杲为出日之容，瀌瀌拟雨雪之状，喈喈逐黄鸟之声，喓喓学草虫之韵。皎日嘒星，一言穷理；参差沃若，两字穷形：并以少总多，情貌无遗矣。虽复思经千载，将何易夺？及《离骚》代兴，触类而长，物貌难尽，故重沓舒状，于是嵯峨之类聚，葳蕤之群积矣。及长卿之徒，诡势环声，模山范水，字必鱼贯，所谓诗人丽则而约言，辞人丽淫而繁句也。

（南朝·梁）刘勰《文心雕龙·物色》，人民文学出版社本

若不达政体，而舞笔弄文，支离构辞，穿凿会巧，空骋其华，固为事实所摈，设得其理，亦为游辞所埋矣。昔秦女嫁晋，从文衣之媵，晋人贵媵而贱女。楚珠鬻郑，为薰桂之椟，郑人买椟而还珠。若文浮于理，末胜其本，则秦女楚珠，复在于兹矣。

（南朝·梁）刘勰《文心雕龙·议对》，人民文学出版社本

今之士俗，斯风炽矣。童能胜衣，甫就小学，必甘心而驰骛焉。于是

庸音杂体，人各为容。至使膏腴子弟，耻文不逮。终朝点缀，分夜呻吟，独观谓为警策，众睹终沦平钝。

     （南朝·梁）钟嵘《诗品序》，《诗品注》卷首，人民文学出版社本

  及大隋受命，圣道聿兴，屏黜轻浮，遏止华伪。自非怀经抱质，志道依仁，不得引预搢绅，参厕缨冕。开皇四年，普诏天下，公私文翰，并宜实录。其年九月，泗州刺史司马幼之文表华艳，付所司治罪。自是公卿大臣，咸知正路，莫不钻仰坟集，弃绝华绮。择先王之令典，行大道于兹世。如闻外州远县，仍踵敝风，选吏举人，未遵典则。至有宗党称孝，乡曲归仁，学必典谟，交不苟合，则摈落私门，不加收齿；其学不稽古，逐俗随时，作轻薄之篇章，结朋党而求誉，则选充吏职，举送天朝。盖由县令、刺史未行风教，犹挟私情，不存公道。臣既忝宪司，职当纠察。若闻风即劾，恐挂网者多，请勒诸司，普加搜访，有如此者，具状送台。

     （隋）李谔《上隋高祖革文华书》，《隋书·李谔传》卷六十六，中华书局本

  既而革车电迈，渚宫云撤。尔其荆、衡杞梓，东南竹箭，备器用于庙堂者众矣。唯王褒、庾信奇才秀出，牢笼于一代。是时，世宗雅词云委，滕、赵二王雕章间发。咸筑宫虚馆，有如布衣之交。由是朝廷之人，闾阎之士，莫不忘味于遗韵，眩精于末光。犹丘陵之仰嵩、岱，川流之宗溟渤也。然则子山之文，发源于宋末，盛行于梁季。其体以淫放为本，其词以轻险为宗。故能夸目侈于红紫，荡心逾于郑、卫。昔扬子云有言："诗人之赋丽以则，词人之赋丽以淫。"若以庾氏方之，斯又词赋之罪人也。

     （唐）令狐德棻《周书》卷四十一《王褒庾信传论》，中华书局本

  自是著述滋繁，体制匪一。孝武之后，雅尚斯文，扬葩振藻者如林，而二马、王、扬为之杰；东京之朝，兹道愈扇，咀徵含商者成市，而班、傅、张、蔡为之雄。当涂受命，尤好虫篆；金行勃兴，无替前烈。曹、王、陈、阮，负宏衍之思，挺栋干于邓林；潘、陆、张左，擅侈丽之才，饰羽仪于凤穴。斯并高视当世，连衡孔门。虽时运推移，质文屡变，譬犹

六代并凑，易俗之用无爽；九流竞逐，一致之理同归。历选前英，于兹为盛。

（唐）令狐德棻《周书》卷四十一《王褒庾信传论》，中华书局本

若袁彦伯之务饰玄言，谢灵运之虚张高论，玉卮无当，曾何足云！

（唐）刘知幾《史通·论赞》卷四，《史通通释》，上海古籍出版社本

昔夫子修《春秋》，别是非，申黜陟，而贼臣逆子惧。凡今之为史而载文也，苟能拨浮华，采贞实，亦可使夫雕虫小技者，闻义而知徙矣。此乃禁淫之堤防，持雅之管辖，凡为载削者，可不务乎？

（唐）刘知幾《史通·载文》卷五，《史通通释》，上海古籍出版社本

夫文以害意，自古而然，拟非其伦，由来尚矣。

（唐）刘知幾《史通·浮词》卷六，《史通通释》，上海古籍出版社本

洎乎中代，其体稍殊，或拟人必以其伦，或述事多比于古。当汉氏之临天下也，君实称帝，理异殷、周，子乃封王，名非鲁、卫。而作者犹谓帝家为王室，公辅为王臣；盘石加建侯之言，带河申俾侯之誓。而史臣撰录，亦同彼文章，假托古词，翻易今语，润色之滥，萌于此矣！

（唐）刘知幾《史通·叙事》卷六，《史通通释》，上海古籍出版社本

其后作者，理胜则文薄，文胜则理消。理消则言愈繁，繁则乱矣；文薄则意愈巧，巧则弱矣。

（唐）梁肃《补阙李君前集序》，《全唐文》卷五一八，中华书局本

彼巧在文：摘奇搴新，辖字束句，稽程合度，磨韵调声，决浊流清，雕枝镂英，花斗橐明。至有破经碎史，稽古倒置，大类于俳。观者启齿，

下齲沈、谢，上残骚、雅，取媚于时，古风不归。

（唐）沈嶧《乞巧对》，《全唐文》卷七百九十五，中华书局本

左氏《国语》，其文深闳杰异，固世之所耽嗜而不已也。而其说多诬淫，不概于圣。余惧世之学者溺其文采而沦于是非，是不得由中庸以入尧舜之道，本诸理作《非国语》。

（唐）柳宗元《非国语序》，《柳河东集》卷四十四，中华书局本

尝读《国语》，病其文胜而言尨，好诡以反伦。其道舛逆，而学者以其文也，咸嗜悦焉。伏膺呻吟者，至比六经，则溺其文必信其实，是圣人之道翳也。余勇不自制，以当后世之讪怒，辄乃黜其不臧，救世之谬。凡为六十七篇，命之曰《非国语》。既就，累日怏怏然不喜，以道之难明而习俗之不可变也，如其知我者果谁欤。

（唐）柳宗元《与吕道州论非国语书》，《柳河东集》卷三十一，中华书局本

夫为一书，务富文采，不顾事实，而益之以诬怪，张之以雕诞，以炳然诱后生，而终之以僻，是犹用文锦覆隐穽也。不明而出之，则颠者众矣。仆故为之标表，以告夫游乎中道者焉。仆无闻而甚陋，又在黜辱，居泥涂若蝝蛭然。虽鸣其音声，谁为听之，独赖世之知言者为准。其不知言而罪我者，吾不有也。仆又安敢期如汉时列官以立学，故为天下笑耶。是足下之爱我厚，始言之也。前一通如来言以污篋牍。此在明圣人之道。

（唐）柳宗元《答吴武陵论非国语书》，《柳河东集》卷三十一，中华书局本

争名岂在更搜奇，不朽才消一句诗。穷辱未甘英气阻，乖疏还有正人知。荷香浥露侵衣润，松影和风傍枕移。只此共栖尘外境，无妨亦恋好文时。

（唐）司空图《争名》，《全唐诗》卷六百三十二，中华书局本

上雒郡西百步，有邮亭。亭植海棠一株，花甚繁丽。又有木瓜数十本。清明前，二花竞开，如较胜负。言其艳，则木瓜差劣矣；言其花而

实，则海棠宜有惭色。木不能言，爱戏为赠答，岂惟自适，亦取讽于有名无实者矣！

我向商山占断春，风流还似锦江滨。群花自合知羞耻，莫对西施更敦鞶。莫夸颜色斗扶疏，秾艳繁香总是虚。看取卫风诗什里，只因投我得琼琚。

（宋）王禹偁《海棠木瓜二绝句开序》，《小畜外集》卷七，《四部丛刊》本

子之所谓扬雄以文比天地之不当使人而易度易测者，仆以为扬雄自大之辞也，而非格言也，不可取而为法矣。夫天地易简者也，测天者知刚健不息，而行四时；而测地者知含弘光大，而生万物；天地毕矣，何难测度哉？若较其寻尺广袤，而后谓之尽，则天地乃一器也，安得言其广大乎？且扬雄之《太玄》，准《易》也。《易》之道，圣人演之，贤人注之，列于六经，县为学科，其义甚明而可晓也。扬雄之《太玄》，既不用于当时，又不行于后代，谓雄死已来，世无文王、周、孔，则信然矣，谓雄之文过于伏羲，吾不信也。仆谓扬雄之《太玄》，乃空文尔，今子欲举进士，而以文比《太玄》，仆未之闻也。

（宋）王禹偁《再答张扶书》，《小畜集》卷十八，《四部丛刊》本

予读班固《艺文志》、唐四库书目，见其所列，自三代、秦、汉以来，著书之士，多者至百余篇，少者犹三四十篇，其人不可胜数，而散亡磨灭，百不一二存焉。予窃悲其人，文章丽矣，言语工矣，无异草木荣华之飘风，鸟兽好音之过耳也。方其用心与力之劳，亦何异众人之汲汲营营，而忽焉以死者，虽有迟有速，而卒与三者同归于泯灭。夫言之不可恃也盖如此。

今之学者，莫不慕古圣贤之不朽，而勤一世以尽心于文字间者，皆可悲也。东阳徐生，少从予学，为文章，稍稍见称于人。既去而与群士试于礼部，得高第，由是知名。其文辞日进，如水涌而山出，予欲摧其盛气，而勉其思也，故于其归，告以是言。然予固亦喜为文辞者，亦因以自警焉。

（宋）欧阳修《送徐无党南归序》，《欧阳文忠集》卷四十三，《四部备要》本

晚唐人诗多少巧，无风骚气味。如崔鲁《山鹊诗》云："一林寒雨吹巢冷，半朵山花咽觜香。"张林《池上》云："菱叶乍翻人采后，荇花初没舸行时。"《莲花》云："何人解把无尘袖，盛取清香尽日怜。"皆浮艳无足尚，而昔人爱重〔称为〕佳作。

（宋）蔡居厚《诗史》，《宋诗话辑佚》本

徐仲稚李九皋俱善诗。徐诗富艳，李多用事。李谓徐公曰："〔公〕诗如美女，善调脂粉。"徐曰："公乃鬻冥器者，但垛叠死人耳。"

（宋）李颀《古今诗话》，《宋诗话辑佚》本

初学作诗，宁失之野，不可失之靡丽；失之野不害气质，失之靡丽不可复整顿。

（宋）吕本中《童蒙诗训》，《宋诗话辑佚》本

《钟山语录》云："或歌王琪诗者，荆公曰：'琪诗虽时有奇句，然雕镌不自在。'"

（宋）胡仔《苕溪渔隐丛话·前集》卷二十六，人民文学出版社本

大抵博杂极害事，如阆范之作，指意极佳，然读书只如此，亦有何意味耶？先达所以深惩玩物丧志之弊者，正为是耳。

（宋）朱熹《与张敬夫》，《朱子大全》文二十一，《四部备要》本

博杂之病，亦是把做小事忽略了，以为不足以丧人之志，又不自知是自家病痛，却以应副人情为解。此亦是大病，非小病，须痛斩截也。

（宋）朱熹《与刘子澄》，《朱子大全》文三十五，《四部备要》本

《文海》条例甚当，今想已有次第，但一种文胜而义理乖僻者，恐不可取，其只为虚文而不说义理者，却不妨耳。佛、老文字，恐须如欧阳公《登真观记》、曾子固《仙都观菜园记》之属，乃可入。其他赞邪害正者，

文词虽工，恐皆不可取也。

（宋）朱熹《答吕伯恭》，《朱子大全》文三十四，《四部备要》本

渠（按：指范醇夫）又为留意科举文字之久，出入苏氏父子，波澜新巧之外，更求新巧，坏了心路，遂一向不以苏学为非。左遮右提，阳挤阴助，此尤使人不满意。

（宋）朱熹《与张敬夫》，《朱子大全》文三十一，《四部备要》本

学诗浑似学参禅，要保心传与耳传。秋菊春兰宁易地，清风明月本同天。

（宋）魏庆之《诗人玉屑》卷一"赵章泉学诗"条，上海古籍出版社本

学诗浑似学参禅，识取初年与暮年。巧匠曷能雕朽木，燎原宁复死灰然。

（宋）魏庆之《诗人玉屑》卷一"赵章泉学诗"条，上海古籍出版社本

作诗贵雕琢，又畏有斧凿痕；贵破的，又畏粘皮骨。此所以为难。李商隐柳诗云："动春何限叶，撼晓几多枝。"恨其有斧凿痕也。石曼卿红梅诗云："认桃无绿叶，辨杏有青枝"。恨其粘皮骨也。能晓此等病，始可以工诗矣。

（宋）王构《修辞鉴衡》卷一，《丛书集成》本

新唐记姚崇汰僧事云："发而农者余万二千人。"此本"万二千余人"耳，如子京所云则是多余许数也，可谓求文而害理，然此病人多犯之者，不独子京也。

（金）王若虚《滹南遗老集》卷三十七"文辨四"，《丛书集成》本

《冷斋夜话》云："前辈作花诗，多用美女比其状，如曰'若教解语

应倾国,任是无情也动人',尘俗哉。山谷作《酴醾》诗曰:'露湿何郎试汤饼,日烘荀令炷炉香。'乃用美丈夫比之,特写出类。而吾叔渊材《咏海棠》则又曰:'雨过湿泉浴妃子,露浓汤饼试何郎。'意尤佳也。"慵夫曰:"花比妇人,尚矣。盖其于类为宜,不独在颜色之间。山谷易以男子,有以见其好异之僻,渊材又杂而用之,益不伦可笑。"此固甚纰缪者,而惠洪乃节节叹赏,以为愈奇,不求当而求新,吾恐他日复有以白皙武夫比之者矣,此花无乃太粗鄙乎?魏帝疑何郎傅粉,止谓其白耳,施于酴醾尚可,比海棠则不类矣。且夫雨过露浓,同于言湿而已,果何所异而别之为对耶?

(金)王若虚《滹南诗话》卷三,《历代诗话续编》本

汉谣魏什久纷纭,正体无人与细论。谁是诗中疏凿手?暂教泾渭各清浑。

(金)元好问《论诗三十首》其一,人民文学出版社本

骚雅玄已久,宫体争哇淫。洛阳风一变,枳性随人心。乡关思萧瑟,作赋哀江南。调入金钗臂,亡国有余音。

(元)杨维桢《览古四十二首》之三十一,《铁崖先生古乐府》卷八,《四部丛刊》本

言工而弗当于理,义室而弗达于辞,若是者后世有传焉,无也!又况言庞而弗律,义淫而弗轨者乎?自《三百篇》后,人传之者凡几何人?屈贾苏李司马扬雄尚矣,其次为曹刘阮谢陶韦李杜之迭自各家。大抵言出而精,无庞而弗律也;义据而定,无淫而弗轨也。

(元)杨维桢《金信诗集序》,《东维子文集》卷七,《四部丛刊》本

士之患常在乎内虚而外衒,学未闻道而慕乎爵禄之华。内已足焉而外未能以动人,犹以绤蒙锦也,久则著而不可掩矣。饰乎外而不务充其中,譬之土木之质,而文绣加焉,其始非不眩目。凝而视之,则可丑矣。

(明)宋濂《送吴仲实还金溪序》,《宋学士全集》卷八,《丛书集成》本

文史之儒，司马迁、班固是也。浮文胜质，纤巧斲朴，不可以入道也。

(明)宋濂《七儒解》，《宋学士全集》卷二十八，《丛书集成》本

余自十七八时辄以古文辞为事，自以为有得也，至三十时顿觉用心之殊，微悔之。及逾四十辄大悔之。然如猩猩之嗜屐，虽深自惩戒，时复一践之。五十以后非惟悔之，辄大愧之；非惟愧之，辄大恨。自以为七尺之躯参于三才，而与周公仲尼同一恒性，乃溺于文辞，流荡忘返，不知老之将至。其可乎哉？自此焚毁笔砚，而游心于沂泗之滨矣！

(明)宋濂《赠梁建中序》，《宋学士全集》卷九，《丛书集成》本

盖闻青霞白凤之文，奚关治化？黄马碧鸡之辨，颇类俳优。哀弥文之丧质，致末俗之效尤。是以六艺之科，法莫严于炎汉。三缄其口，铭式播于成周。

(明)宋濂《演连珠》，《宋学士全集》卷二十七，《丛书集成》本

真儒在用世，宁能滞弥文。文繁必丧质，适中乃彬彬。

(明)宋濂《送门生方孝孺还乡诗并序》，《宋学士全集》卷三十一，《丛书集成》本

盖闻民情本质，文过则伪。人道本直，虑佚则倾。是故圣人制礼，因自然之序；哲士用智，利不息之贞。

(明)刘基《拟连珠六十八首》，《诚意伯文集》卷八，《四部丛刊》本

若徒务雕切之华而不责其实，则恐为扬雄之玄，徒取病于后世耳。梗楠豫章之材所用于世者，贵其实也。仆虽驽德，窃尝志于是，其必本道德之衷，遵作者之度，以缫茧继衣生物而已，岂蝉口之所鼓噪乎？居之而不疑，想足下与吾共之也。

(明)徐祯卿《与李献吉论文书》，《徐迪功集》卷六，清刊本

晚唐之诗分为二派。一派学张籍，则朱庆余、陈标、任蕃、章孝标、司空图、项斯其人也。一派学贾岛，则李洞、姚合、方干、喻凫、周贺、九僧其人也。其间虽多不越此二派，学乎其中，日趋于下，其诗不过五言律，更无古体。五言律起结皆平平，前联俗语十字一串带过，后联谓之颈联，极其用功，又忌用事，谓之点鬼簿，惟搜眼前景而深刻思之，所谓"吟成五个字，捻断数茎须"也。余尝笑之，彼之视诗道也，狭矣。《三百篇》皆民间士女所作，何尝捻须？今不读书而徒事苦吟，捻断肋骨，亦何益哉！晚唐惟韩柳为大家，韩柳之外，元白皆自成家。馀如李贺、孟郊，祖骚宗谢；李义山、杜牧之学杜甫；温庭筠、权德舆学六朝；马戴、李益不坠盛唐风格，不可以晚唐目之，数君子真豪杰之士哉！彼学张籍、贾岛者，真处裩中之虱也。

（明）杨慎《晚唐两诗派》，《升庵文集》，明刻本

长篇之法，如波涛初作，一层紧似一层。拙句不失大体，巧句最害正气。

（明）谢榛《四溟诗话》卷一，《历代诗话续编》本

意巧则浅，若刘禹锡"遥望洞庭湖水面，白银盘里一青螺"是也。句巧则卑，若许用晦"鱼下碧潭当镜跃，鸟还青嶂拂屏飞"是也。

（明）谢榛《四溟诗话》卷二，《历代诗话续编》本

夫子又曰："质胜文则野，文胜质则史，文质彬彬，然后君子。"今之为文者，其质离矣。夫去质而徒事于文，其即太史公所谓务华绝根者耶。善乎皇甫百泉之言曰："寄兴非远而馨悦其辞，持论不洪而枝叶其说。"以此言诗与文，失之千里矣。其今世学文者之针砭耶。

（明）何良俊《四友斋丛说》卷二十三，中华书局本

曹公莽莽，古直悲凉。子桓小藻，自是乐府本色。子建天才流丽，虽誉冠千古，而实逊父兄。何以故？材太高，辞太华。

（明）王世贞《艺苑卮言》卷三，《历代诗话续编》本

韩吏部言"文从事顺"，浅者以为口实。便云："古文不尚艰深。"不知此语正谓樊宗师也。樊宗师之文，殆不可句矣。樊公著述之富，宋时已不全。至今日则仅有如《越王楼诗》，今《唐诗纪事》有此文。以后本较之，讹字且数十，宜其难通也。然讲而读之，文未尝不从，事未尝不顺，所以为工。今之自附于欧、苏者，浅薄通率，号为古文。讲之，其文不从，事不顺。文既不文，古亦不古。更诋韩文，以为尚有古语，不如欧、苏。吾未如之何也已矣。

（清）冯班《读古浅说》，《钝吟杂录》卷四，《丛书集成》本

予以世方相率为王、李调，尚气色，而薄气澹，间用其体为之，用质舟次，然意雅不欲以此自见，见世之为此体，固无佳者，因更为之，见余非不能为此，而终不肯为夫世之为此者也。而舟次寓书于予曰："楫意不欲先生与近人较也。人苦为气质所限。涂朱泽粉，都不得当。屈先生为王、李家言，宁不迥异，然楫终不欲先生与近人较也。《赖古》诸集，何尝无气色，若于天然气色外，更欲小试神通，怖诸作者，未必不传，第方寸中不大自在耳。添出一分气色，定挫过一分性情。"舟次之语予若此。

（清）周亮工《汪舟次诗序》，《赖古堂集》卷十四，上海古籍出版社本

任子曰："愿闻诗之变。"侯子曰："余不知诗知歌。日者，寓澄江，主人有召毗陵之伶，而侑余酒者，全部踏歌，宫商迭奏，其一扬袂而前，喉所欲吐，若或抑焉；其一声若穿云，按拍吹竹，循节而和之不及。主人曰：'美哉，穿云者乎？'余曰：'彼格格于喉者，病瘖也，瘖者声在。若穿云者，浮也，其发也，不出于丹田，按之无着，声久之矣。'夫诗亦有然，惧其标以浮也。"

（清）侯方域《任王谷诗序》，《壮悔堂文集》，清刊本

钱考功诗"长信月留宁避晓，宜春花满不飞香"，于晴雪妙极形容，脍炙人口。其源得之初唐，然从初唐竟落中唐，了不与盛唐相关。何者？愈巧则愈远。

（清）田同之《西圃诗说》，《清诗话续编》本

局方切理，蒐事配景，最是诗家之弊。然革斯弊者，什不得一焉，诗道其难乎！

（清）田同之《西圃诗说》，《清诗话续编》本

唐人不言诗法，诗法多出宋，而宋人所谓法者，不过一字一句，对偶雕琢之工，而天真兴致，则未可与道。其高者失之捕风捉影，而卑者坐于粘皮带骨，至于江西诗派极矣！唯严沧浪所论，超离尘俗，真若有所自得，反复譬说，未尝有失。

（清）田同之《西圃诗说》，《清诗话续编》本

自周以前，学者未尝以文为事，而文极盛；自汉以后，学者以文为事，而文益衰，其故何也？文者，生于心而称其质之大小厚薄以出者也，戋戋焉以文为事，则质衰而文必敝矣。

古之圣贤，德修于身，功被于万物；故史臣记其事，学者传其言，而奉以为经，与天地同流。其下如左丘明、司马迁、班固，志欲通古今之变，存一王之法，故记事之文传。荀卿、董傅，守孤学以待来者，故道古之文传。管夷吾、贾谊达于世务，故论世之文传。凡此皆言有物者也。其大小厚薄，则存乎其质耳矣。

魏晋以降，若陶潜、李白、杜甫，皆不欲以诗人自处者也，故诗莫盛焉；韩愈、欧阳修，不欲以文士自处者也，故文莫盛焉。南宋以后，为诗若文者，皆勉焉以效古人之所为，而虑其不似，则欲不自局于塞浅也，能乎哉？

时文之于文，尤术之浅者也，而其盛行于世者，如唐顺之、归有光、金声，窥其志，亦不欲以时文自名。

（清）方苞《杨干木文稿序》，《方苞集·集外文》卷四，上海古籍出版社本

神奇化臭腐，臭腐复化为神奇，解庄书者，以谓天地自有变化，人则从而奇腐云耳。事屡变而复初，文饰穷而反质，天下自然之理也。

（清）章学诚《文史通义·内篇一》，《四部备要》本

曾亮少好为骈体文。异之曰："人有哀乐者，面也。今以玉冠之，虽美，失其面矣。此骈体之失也。"余曰："诚有是。然《哀江南赋》、《报

杨遵彦书》，其意固不快耶？而贱之也！"异之曰："彼其意固有限，使有孟、荀、庄周、司马迁之意，来如云兴，聚如车屯，则虽百徐、庾之词，不足以尽其一意。"余遂稍学为古文词，异之不尽谓善也。曰："子之文病杂，一篇之中，数体互见。武其冠，儒其衣，非全人也。"余自信不如信异之，深得一言为数日忧喜。呜呼！今异之亡矣！吾得失不自知，人知之不能为吾言之。异之亡，余虽于学日从事焉，茫乎不自知其可忧而可喜也。故益念异之，不能忘也。

（清）梅曾亮《管异之文集书后》，《柏枧山房文集》卷五，清刊本

文尚华者日落，尚实者日茂。其类在色老而衰，智老而多矣。

（清）刘熙载《艺概·文概》，上海古籍出版社本

萧颖士《与韦述书》云："于《穀梁》师其简，于《公羊》得其核。"二语意皆明白。惟言"于《左氏》取其文"，"文"字要善认，当知孤质非文，浮艳亦非文也。

（清）刘熙载《艺概·文概》，上海古籍出版社本

词之为物，色香味宜无所不具。以色论之，有借色，有真色。借色每为俗情所艳，不知必先将借色洗尽，而后真色见也。

（清）刘熙载《艺概·词曲概》，上海古籍出版社本

11. 反对竞采丽　无兴寄

今人主之于言也，说其辩而不求其当焉；其用于行也，美其声而不责其功焉。是以天下之众，其谈言者务为辩而不周于用，故举先王言仁义者盈廷，而政不免于乱；行身者竞于为高而不合于功，故智士退处岩穴，归禄不受，而兵不免于弱。

（先秦）《韩非子·五蠹》，《诸子集成》本

楚人有卖其珠于郑者，为木兰之柜，熏以桂椒，缀以珠玉，饰以玫瑰，辑以翡翠，郑人买其椟而还其珠，此可谓善卖椟矣，未可谓善鬻珠

也。今世之谈也，皆道辩说文辞之言，人主览其文而忘有用。墨子之说，传先王之道，论圣人之言以宣告人，若辩其辞，则恐人怀其文忘其直，以文害用也。此与楚人鬻珠，秦伯嫁女同类。故其言多不辩。

　　　　　　　　　　　（先秦）《韩非子·外储说左上》，《诸子集成》本

　　美男破老，美女破舌，淫图破口，淫巧破时，淫乐破正，淫言破义，武之毁也。

　　　　　　　　　　　（先秦）《逸周书·武称解第六》，《丛书集成》本

　　或曰：女有色，书亦有色乎？曰：有。女恶华丹之乱窈窕也，书恶淫乱之淈法度也。

　　　　　　　　　　　（汉）扬雄《法言·吾子》，《丛书集成》本

　　大儒孙卿及楚臣屈原，离谗忧国，皆作赋以风，咸有恻隐古诗之意。其后宋玉、唐勒，汉兴枚乘、司马相如，下及扬子云，竞为侈丽宏衍之词，没其风谕之义。

　　　　　　　　　　　（汉）班固《汉书·艺文志》，中华书局本

　　雄以为赋者，将以风也，必推类而言，极丽靡之辞，宏侈巨衍，竞于使人不能加也，既乃归之于正，然览者已过矣。往时武帝好神仙，相如上《大人赋》，欲以风，帝反飘飘有陵云之志。由是言之，赋劝而不止，明矣。又颇似俳优淳于髡、优孟之徒，非法度所存，贤人君子诗赋之正也，于是辍不复为。

　　　　　　　　　　　（汉）班固《汉书·扬雄传》，中华书局本

　　教训者，以道义为本，以巧辩为末。辞语者以信顺为本，以诡丽为末……今学问之士，好语虚无之事，争著雕丽之文，以求见异于世，品人鲜识，从而高之，此伤道德之实，而或蒙夫之大者也。诗赋者，所以颂善丑之德，泄哀乐之情也。故温雅以广文，兴谕以尽意。今赋颂之徒，苟为饶辩屈塞之词，竞陈诬罔无然之事，以索见怪于世，愚夫戆士，从而奇之，此悖孩童之思，而长不诚之言者也。

　　　　　　　　　　　（汉）王符《潜夫论·务本》，《丛书集成》本

夫制器者珍于周急，而不以采饰外形为善；立言者贵于助教，而不以偶俗集誉为高。若徒阿顺谄谀，虚美隐恶，岂所匡失弼违，醒迷补过者乎？虑寡和而废白雪之音，嫌难售而贱连城之价，余无取焉。非不能属华艳以取悦，非不知抗直言之多忤，然不忍违情曲笔，错滥真伪，欲令心口相契，顾不愧景，冀知音之在后也。否泰有命，通塞听天，何必书行言用，荣及当年乎？夫君子之开口动笔，必戒悟蔽，式整雷同之倾邪，磋砻流遁之暗秽，而著书者徒饰弄华藻，张磔迂阔，属难验无益之辞，治靡丽虚言之美……适足示巧表奇以诳俗，何异乎画敖仓以救饥，仰天汉以解渴？

（晋）葛洪《抱朴子外篇·应嘲》，《诸子集成》本

文贵丰赡，何必称善如一口乎？不能拯风俗之流遁，世涂之凌夷，通疑者之路，赈贫者之乏，何异春华不为肴粮之用，茝蕙不救冰寒之急。古诗刺过失，故有益而贵；今诗纯虚誉，故有损而贱也。

（晋）葛洪《抱朴子外篇·辞义》，《诸子集成》本

自宋玉、景差，夸饰始盛。相如凭风，诡滥愈甚：故上林之馆，奔星与宛虹入轩；从禽之盛，飞廉与鹪鹩俱获。及扬雄《甘泉》，酌其余波，语瑰奇，则假珍于玉树，言峻极，则颠坠于鬼神。至《东都》之比目，《西京》之海若，验理则理无不验，穷饰则饰犹未穷矣。又子云《羽猎》，鞭宓妃以饷屈原；张衡《羽猎》，困玄冥于朔野。娈彼洛神，既非罔两；惟此水师，亦非魑魅；而虚用滥形，不其疏乎！此欲夸其威而饰其事义暌刺也。

（南朝·梁）刘勰《文心雕龙·夸饰》，人民文学出版社本

宋初文咏，体有因革，庄老告退，而山水方滋；俪采百字之偶，争价一句之奇，情必极貌以写物，辞必穷力而追新，此近世之所竞也。

（南朝·梁）刘勰《文心雕龙·明诗》，人民文学出版社本

去圣久远，文体解散，辞人爱奇，言贵浮诡，饰羽尚画，文绣鞶帨，离本弥甚，将遂讹滥。盖周书论辞，贵乎体要；尼父陈训，恶乎异端：辞训之异，宜体于要。于是搦笔和墨，乃始论文。

（南朝·梁）刘勰《文心雕龙·序志》，人民文学出版社本

自七发以下，作者继踵……自桓麟七说以下，左思七讽以上，枝附影从，十有余家。或文丽而义睽，或理粹而辞驳。

（南朝·梁）刘勰《文心雕龙·杂文》，人民文学出版社本

古者四始六艺，总而为诗，既形四方之气，且彰君子之志，劝美惩恶，王化本焉。后之作者，思存枝叶，繁华蕴藻，用以自通……爰及江左，称彼颜、谢，箴绣鞶帨，无取庙堂……自是闾阎年少，贵游总角，罔不摈落六艺，吟咏情性。学者以博依为急务，谓章句为专鲁。淫文破典，斐尔为功，无被于管弦，非止乎礼义。深心主卉木，远致极风云，其兴浮，其志弱。巧而不要，隐而不深，讨其宗途，亦有宋之风也。

（南朝·梁）裴子野《雕虫论》，《全梁文》卷五十三，中华书局本

江左齐梁，其弊弥甚，贵贱贤愚，唯务吟咏。遂复遗理存异，寻虚逐微，竞一韵之奇，争一字之巧。连篇累牍，不出月露之形，积案盈箱，唯是风云之状。世俗以此相高，朝廷据兹擢士。禄利之路既开，爱尚之情愈笃……故文笔日繁，其政日乱。良由弃大圣之轨模，构无用以为用也。

（隋）李谔《上隋高祖革文华书》，《隋书》卷六十六，中华书局本

太宗聪睿过人，神采秀发，多闻博达，实赡词藻。然文艳用寡，华而不实，体穷淫丽，义罕疏通，哀思之音，逐移风俗，以此而贞万国，异乎周诵、汉庄矣。

（唐）魏徵《梁四帝论》，引自《梁书》卷六《敬帝本纪》，中华书局本

近古皇王，时有撰述，并皆包括天地，牢笼群有。竞采浮艳之词，争驰迂诞之说，骋末学之传闻，饰雕虫之小技，流荡忘反，殊途同致。虽辩周万物，愈失司契之源；术总百端，弥乖得一之旨。

（唐）魏徵《群书治要序》，《全唐文》卷一四一，中华书局本

华多于实，理少于文，鼓其雄辞，夸其俪事。

（唐）刘知幾《史通·论赞》，《史通通释》，上海古籍出版社本

自梁室云季，雕虫道长。平头上尾，尤忌于时，对语俪辞，盛行于俗。始自江外，被于洛中。而史之载言，亦同于此。假有辨如郦叟，吃若周昌，子羽修饰而言，仲由率尔面对，莫不拘以文禁，一概而书。必求实录，多见其妄矣。

（唐）刘知幾《史通·杂说下》，《史通通释》，上海古籍出版社本

昔夫子有云："文胜质则史。"故知史之为务，必藉于文。自五经已降，三史而往，以文叙事，可得言焉。而今之所作，有异于是。其立言也，或虚加练饰，轻事雕彩；或体兼赋颂，词类俳优；文非文，史非史，譬夫乌孙造室，杂以汉仪，而刻鹄不成，反类于鹜者也。

（唐）刘知幾《史通·叙事》，《史通通释》，上海古籍出版社本

尝以龙朔初载，文场变体，争构纤微，竞为雕刻。糅之金玉龙凤，乱之朱紫青黄，影带以狥其功，假对以称其美，骨气都尽，刚健不闻。思革其弊，用光志业。薛令公朝右文宗，托末契而推一变；卢照邻人间才杰，览清规而辍九攻。知音与之矣，知己从之矣……长风一振，众萌自偃。遂使繁综浅术，无藩篱之固；纷绘小才，失金汤之险。积年绮碎，一朝清廓，翰苑豁如，词林增峻，反诸宏博，君之力焉；矫枉过正，文之权也。

（唐）杨炯《王勃集序》，《杨炯集》，中华书局本

潘、陆、颜、谢，蹈迷津而不归；任、沈、江、刘，来乱辙而弥远。

（唐）卢照邻《乐府杂诗序》，《卢照邻集》，中华书局本

东方公足下：文章道弊五百年矣。汉、魏风骨，晋、宋莫传，然而文献有可征者。仆尝暇时观齐、梁间诗，采丽竞繁，而兴寄都绝，每以永叹。思古人常恐逶迤颓靡，风雅不作，以耿耿也。一昨于解三处见明公《咏孤桐篇》，骨气端翔，音情顿挫，光英朗练，有金石声。遂用洗心饰视，发挥幽郁。不图正始之音，复睹于兹，可使建安作者相视而笑。解君云："张茂先、何敬祖，东方生与其比肩。"仆以为知言也。故感叹雅制，

作《修竹诗》一首，当有知音以传示之。

    （唐）陈子昂《与东方左史虬修竹篇序》，《陈伯玉文集》卷一，
    《四部丛刊》本

  《大雅》久不作，吾衰竟谁陈。《王风》委蔓草，战国多荆榛。龙虎相啖食，兵戈逮狂秦。正声何微茫，哀怨起骚人。扬、马激颓波，开流荡无垠。废兴虽万变，宪章亦已沦。自从建安来，绮丽不足珍。圣代复元古，垂衣贵清真。群才属休明，乘运共跃鳞。文质相炳焕，众星罗秋旻。我志在删述，垂辉映千春。希圣如有立，绝笔于获麟。

    （唐）李白《古风五十九首》其一，《李太白全集》卷二，中华
    书局本

  丑女来效颦，还家惊四邻。寿陵失本步，笑杀邯郸人。一曲斐然子，雕虫丧天真。棘刺造沐猴，三年费精神。功成无所用，楚楚且华身。《大雅》思文王，颂声久崩沦。安得郢中质，一挥成风斤。

    （唐）李白《古风五十九首》其三十五，《李太白全集》卷二，
    中华书局本

  志非言不形，言非文不彰，是三者相为用，亦犹涉川者假舟楫而后济。自典谟缺，雅颂寝，世道凌夷，文亦下衰，故作者往往先文字，后比兴，其风流荡而不返。乃至有饰其词而遗其意者，则润色愈工，其实愈丧。及其大坏也，俪偶章句，使枝对叶比，以八病四声为梏拲，拳拳守之，如奉法令。闻皋繇史克之作，则呷然笑之。天下雷同，风驱云趋。文不足言，言不足志，亦犹木兰为舟，翠羽为楫，玩之于陆，而无涉川之用。

    （唐）独孤及《检校尚书吏部员外郎赵郡李公中集序》，《毗陵
    集》卷十三，《四部丛刊》本

  于戏！文章道丧盖久矣。时之作者，烦杂过多，歌儿舞女，且相喜爱，系之风雅，谁道是邪？诸公尝欲变时俗之淫靡，为后生之规范，今夕岂不能道达情性，成一时之美乎？

    （唐）元结《刘侍御月夜宴会序》，《元次山集》卷三，《四部丛
    刊》本

风雅不兴，几及千岁，溺于时者，世无人哉……近世作者，更相沿袭，拘限声病，喜尚形似；且以流易为辞，不知丧于雅正。

  （唐）元结《箧中集序》，《元次山文集》卷七，《四部丛刊》本

夫为一书，务富文采，不顾事实，而益之以诬怪，张之以阔诞，以炳然诱后生，而终之以僻，是犹用文锦复陷阱也。不明而出之，则颠者众矣。仆故为之标表，以告夫游乎中道者焉。

  （唐）柳宗元《答吴武陵论非国语书》，《柳河东集》卷三十一，中华书局本

嗟乎！仆尝病兴寄之作，堙郁于世，辞有枝叶，荡而成风，益用慨然。

  （唐）柳宗元《答贡士沈起书》，《柳河东集》卷三十三，中华书局本

顷者，在科试间，常与足下同笔砚；每下笔时，辄相顾，共患其意太切而理太周。故理太周则辞繁，意太切则言激。然与足下为文，所长在于此，所病亦在于此。足下来序，果有词犯文繁之说。今仆所和者，犹前病也。待与足下相见日，各引所作，稍删其烦而晦其义焉。

  （唐）白居易《和答诗十首序》，《白居易集》卷二，中华书局本

代言文章者，华而不实，取其刻削为工，声律为能。刻削伤于朴，声律薄于德，无朴于德、于仁义礼智信也何……苟悦其耳目之玩，君子不由矣。

  （宋）柳开《上王学士第三书》，《河东先生集》卷五，《四部丛刊》本

文自咸通后，流散不复雅。因仍历五代，乘笔多艳冶。

  （宋）王禹偁《五哀诗》，《小畜集》卷四，《四部丛刊》本

盖古道息绝，不行于时已久，今世士子习尚浅近，非章句声偶之辞，

不置耳目，浮轨滥辙，相迹而奔，靡有异途焉。其间独敢以古文语者，则与语怪者同也。众又排诉之，罪毁之，不目以为迂，则指以为惑，谓之背时远名，阔于富贵，先进则莫有誉之者，同侪则莫有附之者。

（宋）穆修《答乔适书》，《河南穆公集》卷二，《四部丛刊》本

圣人于诗言，曾不专其中，因事有所激，因物兴以通。自下而磨上，是之谓国风，雅章及颂篇，刺美亦道同。不独识鸟兽，而为文字工。屈原作《离骚》，自哀其志穷。愤世嫉邪意，寄在草木虫。尔来道颇丧，有作皆言空：烟云写形象，花葩咏青红；人事极谀谄，引古称辩雄；经营唯切偶，荣利因被蒙。遂使世上人，只曰一艺充，以巧比戏奕，以声喻鸣桐。磋嗟一何陋，甘用无言终！

（宋）梅尧臣《答韩三子华韩五持国韩六玉汝见赠述诗》，《宛陵先生集》卷二十七，《四部丛刊》本

今天子继明守成，道德高厚，功业巍然，直与唐并。今卿士大夫，垂绅曳组，森森布列，行义超然，直与唐比。独斯文邈乎不可视于唐，居上者点画语言，组织章句，如彼画工不知绘事后素以为质，但夸其藻火之明，丹漆之多。如彼追师不知良玉不琢以为美，但夸其雕刻之工，文理之缛。载毫辇笔，穷山刊木，模刻其文字，布于天下，以为后进式。后进耳所习闻声名赫奕，位望显盛者惟是，不知前人有孟轲、扬雄、董仲舒、司马相如、贾谊、韩吏部、柳宗元之才之雄也。目所常见制作淫丽，文辞侈靡者惟是，不知前世有三代、两汉、巨唐之文之懿也。父训其子，兄教其弟，童而朱研其口，长而组绣于手，天下靡然向风，寝以成俗。

（宋）石介《上赵先生书》，《徂徕石先生文集》卷十二，中华书局本

夫《书》则有《尧舜典》、《皋陶》、《益稷谟》、《禹贡》、箕子之《洪范》，《诗》则有《大小雅》、《周颂》、《商颂》、《鲁颂》，《春秋》则有圣人之经，《易》则有文王之《繇》、周公之《爻》、夫子之《十翼》。今杨亿穷妍极态，缀风月，弄花草，淫巧侈丽，浮华纂组，刓镂圣人之经，破碎圣人之言，离折圣人之意，蠹伤圣人之道。使天下不为《书》

之《典》、《谟》、《禹贡》、《洪范》,《诗》之《雅》、《颂》,《春秋》之经,《易》之《繇》、《爻》、《十翼》;而为杨亿之穷妍极态,缀风月,弄花草,淫巧侈丽,浮华纂组。其为怪大矣!

(宋)石介《怪说中》,《徂徕石先生文集》卷五,中华书局本

今夫文者,以风云为之体,花木为之象,辞华为之质,韵句为之数,声律为之本,雕锼为之饰,组绣为之美,浮浅为之容,华丹为之明,对偶为之纲,郑卫为之声,浮薄相扇,风流忘返,遗两仪、三纲、五常、九畴而为之文也,弃礼乐、孝悌、功业、教化、刑政、号令而为之文也。圣人职之,君子章之,庶人由之。君臣何由明?父子何由亲?夫妇何由顺?尊卑何由纪?贵贱何由叙?内外何由别?而化日以薄,风日以淫,俗日以僻。此其为今之时弊也。

(宋)石介《上蔡副枢密书》,《徂徕石先生文集》卷十三,中华书局本

妙论精言,不以多为贵。而人非聪明,不能达其义。余尝听人读佛书,其数十万言,谓可数谈而尽。而溺其说者,以谓欲晓愚下人,故如此尔。然则《六经》简要,愚下独不得晓耶!

(宋)欧阳修《六经简要说》,《欧阳文忠集》一百三十卷,《四部备要》本

宋兴且百年,而文章体裁,犹仍五季余习,锼刻骈偶,澖涩弗振。

(宋)《四朝国史·欧阳修传》,《欧阳文忠集》卷首附录,《四部备要》本

国朝接唐五代末流,文章专以声病对偶为工,剽剥故事,雕刻破碎,甚者若俳优之辞。如杨亿、刘筠辈,其学博矣,然其文亦不能自拔于流俗,反吹波扬澜,助其气势,一时摹效,谓其文为昆体。

(宋)《神宗旧史·欧阳修传》,《欧阳文忠公文集》附录卷四,《四部丛刊》本

泊杨大年以应用之才,独步当世,学者刻辞镂意有希仿佛,未暇及古也。其间甚者专事藻饰,破碎大雅,反谓古道不适于用,废而弗学者

久之。

（宋）范仲淹《尹师鲁河南集序》，《范文正公集》卷六，《四部丛刊》本

当涂之后，文失其官。家攘往迹，户掠陈言。陵夷怠堕，至于江左。轻浅淫丽，迭相唱和。圣心经体，尽坠于地。千词一语，万指一意。缝烟缀云，图山画水。骈枝俪叶，颠首倒尾。治乱莫分，兴亡不纪。齐顿梁绝，陈倾隋圮。

（宋）孙何《文箴》，《皇朝文鉴》卷七十二，《四部丛刊》本

窃以天下之事，难于改为。自昔五代之余，文教衰落，风俗靡靡，日以涂地。圣上慨然太息，思有以澄其源，疏其流，明昭天下，晓谕厥旨。于是招来雄俊魁伟，敦厚朴直之士，罢去浮巧轻媚，丛错采绣之文，将以追两汉之余，而渐复三代之故。士大夫不深明天子之心，用意过当，求深者或至于迂，务奇者怪僻而不可读，余风未殄，新弊复作。大者镂之金石，以传久远；小者转相摹写，号称古文。纷纷肆行，莫之或禁。盖唐之古文，自韩愈始，其后学韩而不至者，为皇甫湜；学皇甫湜而不至者，为孙樵，自樵而降，无足观矣。

（宋）苏轼《谢南省主文启五首·欧阳内翰》，《苏东坡全集》前集卷二十六，中国书店影印本

当今文与经家分党之际，未知秘校所取何等之文耳？若尧、舜以来，扬、马以前与夫韩、柳之作，此某之所谓文者。若乃场屋诡伪，劫剽穿凿猥冗之文，则某之所耻者。往时尝为之矣，然未尝以之比数于文也。

（宋）吕南公《与汪秘校论文书》，《灌园集》卷十一，《四库全书》珍本初集本

近年以来，新进之士重为其所扇动，不求经术而撮小说以为新，不思理道而专雕镂以为丽。句千言万，莫辨首尾。览之若游于都市，但见其晨而合、夜而散，纷纷藉藉，不知其何氏也。远近传习，四方一体。

（宋）李觏《上宋舍人书》，《直讲李先生文集》卷二十七，《四部丛刊》本

《花间集》皆唐末五代时人作。方斯时，天下岌岌，生民救死不暇，士大夫乃流宕如此，可叹也哉！或者亦出于无聊故耶？
　　　　（宋）陆游《跋花间集》，《陆游集·谓南文集》卷三十，中华书局本

　　古诗三千篇，删取才十一。每读先再拜，若听清庙瑟。《诗》降为《楚骚》，犹足中六律。天未丧斯文，杜老乃独出。陵迟至元白，固已可愤疾。及观晚唐作，令人欲焚笔。此风近复炽，隙穴始难窒。淫哇解移人，往往丧妙质。苦言告学者，切勿为所怵。杭川必至海，为道当择术。
　　　　（宋）陆游《宋都曹屡寄诗且督和答作此示之》，《剑南诗稿校注》卷七十九，上海古籍出版社本

　　唐虞三代，君臣之间，告戒答问之言，雍容温润，自然成文。降及春秋，名卿才大夫，尤重辞命，婉丽华藻，咸有古义。秦汉以来，上之诏命，皆出亲制。自后不然，凡有王言，悉责成臣下，而臣下又有章表。是以束带立朝之士，相尚博洽，肆其笔端，徒盈篇牍，甚至于骈俪其文，俳谐其语，所谓代言，与夫奏上之体，俱失之矣。
　　　　（宋）陈骙《文则》，人民文学出版社本

　　所谓对偶骈俪谀佞无实以求悦乎世俗之文，又文字之末流，非徒有志于高远者鄙之而不为，若乃文士之有识者，亦未有肯深留意于其间者也。
　　　　（宋）朱熹《与陈丞相》，《朱子大全》文三十七，《四部备要》本

　　自文字以来，《诗》最先立教，而文武周公用之尤详。以其治考之，人和之感，至于与天同德者，盖已教之《诗》，性情益明，而既明之性，诗歌不异故也。乃教衰性蔽，而《雅》《颂》已先息，又甚则《风谣》亦尽矣。
　　　　（宋）叶适《黄文叔诗说序》，《叶适集》卷十二，中华书局本

　　陶写性情为我事，留连光景等儿嬉。锦囊言语虽奇绝，不是人间有用诗。

飘零忧国杜陵老,感寓伤时陈子昂。近日不闻秋鹤唳,乱蝉无数噪斜阳。

> （宋）戴复古《邵武太守王子文,日与李贾、严羽共观前辈一两家诗,及晚唐诗,因有论诗十绝。子文见之,谓无甚高论,亦可作诗家小学须知》其五、其六,《石屏诗集》卷七,《四部丛刊》本

某常恨古今词人往往词胜理、华过实。

> （宋）刘克庄《序·退庵集》,《后村先生大全集》卷九十四,《四部丛刊》本

或问放翁曰:"李贺乐府极今古之工,巨眼或未许之,何也?"翁云:"贺词如百家锦衲,五色炫耀,光夺眼目,使人不敢熟视,求其补于用,无有也。杜牧之谓稍加以理,奴仆命骚可也。岂亦惜其词胜!若《金铜仙人辞汉》一歌,亦杰作也。然以贺视温庭筠辈,则不侔矣。"

> （宋）范晞文《对床夜语》卷二,《历代诗话续编》本

盖诗词只是一理,不容异观。自世之末作,习为纤艳柔脆,以投流俗之好,高人胜士亦或以是相胜,而日趋于委靡,遂谓其体当然,而不知流弊之至此也。

> （金）王若虚《滹南诗话》,《滹南遗老集》卷三十九,《四部丛刊》本

邺下风流在晋多,壮怀犹见缺壶歌。风云若恨张华少,温李新声奈尔何!

> （金）元好问《论诗三十首》其三,《元好问论诗三十首小笺》,人民文学出版社本

事虚文而弃实用,弊亦久矣。自为已之学不明,天下之人狃于习而陷于利,是以背而驰之。力衒而为之噪,援笔为辞,缀辞为书,籍籍纷纷,不过夫记诵辞章之末,卒无用于世,而谓之文人,果何文耶?

> （元）郝经《文弊解》,《郝文忠公陵川文集》卷二十,清乾隆刊本

方今道丧时弊，正气湮塞，生民坠溺，志士振起之秋也。可拘于虚文，溺于浅浅哉？宜嚪六经之实，尽躬行之道，精百代之典，革虚文之弊，断作为之工，存心养性，磨砺以须天下之清。其行也，其达也，必不与草木并朽而无闻矣。

  （元）郝经《文弊解》，《郝文忠公陵川文集》卷二十，清乾隆刊本

王言贵深浑，此道何久荒？断从西汉下，偶俪为辞章。剪截斗纤巧，何异于优倡？代言袭一律，设科号词场。个字夸歊后，庚词竟遗忘。缀拾蚁注字，套类蜂分房。谓此台阁体，哀哉虞夏商。我欲揭古书，使识谟洋洋，又恐仿大诰，句字摹偏旁。

  （元）刘将孙《感遇》，《养吾斋集》卷一，《四库全书》珍本初集本

慎所当言而不鼓夸浮以为精神也，言当于是不为诡异以骇观听也，事达其情不托塞滞以为奇古也，情归乎正不肆流荡以失本原也，若是者其可少乎？

  （元）虞集《贞一稿序》，《道园学古录》卷四十六，《四部丛刊》本

濂颇观今人之所谓诗矣。其上焉者，傲睨八极，呼吸风雷，专以意气奔放自豪；其次也，造为艰深之辞，如病心者乱言，使人三四读，终不能通其意；又其次也，傅粉施朱颜，燕姬越女，巧自衒鬻于春风之前，冀长安少年为之一顾。诗而至斯，亦可哀矣。

  （明）宋濂《杏庭摘稿序》，《宋学士全集》卷七，《丛书集成》本

古人之所谓文者如此，岂辞翰可拟哉！奈何后世区区以辞翰而谓之文耶？自夫以辞翰为文也，文之用末矣。彼殚一生之精力，从事于其间者，音韵之铿锵，彩色之炳焕，点画之妩媚，则自以为至文矣。而乌在为文也。嗟夫，文而止于辞翰而已，则世何贵焉，而于世抑何补焉？

  （明）苏伯衡《王生子文字序》，《苏平仲文集》卷五，《四部丛刊》本

衡山之文，法度森严，言词典则，乃近代名作也。观诸公之以文名家者，其制作非不华美，譬之以文木为棁，雕刻精工，施以彩翠，非不可爱，然中实无珠，世但喜其棁耳。

（明）何良俊《四友斋丛说》卷二十三，中华书局本

挚虞《文章流别论》曰："假象过大，则与类相远；逸词过壮，则与事相违；辩言过理，则与义相失；丽靡过美，则与情相悖。"可谓切中今时作文之弊矣。

（明）何良俊《四友斋丛说》卷二十三，中华书局本

子尝观谢朓、王勃《七夕赋》，皆组词绘句，务极妍蒨，其意不过侈二星灵光之会合，述一时游燕之盛靡，于比讽之义或缺也。予病，值七夕之夜感织女之事，托意命辞作为兹赋，以附风人之旨，而事之荒怪，固不必有征也。

（明）何景明《织女赋序》，《大复集》卷一，清刊本

陆机《文赋》曰："诗缘情而绮靡，赋体物而浏亮。"夫"绮靡"重六朝之弊，"浏亮"非两汉之体。徐昌谷曰："诗缘情而绮靡。"则陆生之所知，固魏诗之查秽耳。

（明）谢榛《四溟诗话》卷一，《历代诗话续编》本

梁沈约曰："文章当从三易：易见事，一也；易识字，二也；易读诵，三也。"

（明）徐师曾《文体明辨序说·文章纲领·论文》，人民文学出版社本

子曰："修辞立其诚。"未闻以浮华为诚也。又曰："词达而已矣。"未闻以臃肿骈丽为达也。《书》之言曰："辞尚体要。"有体有要，则今日章旨结撰之谓，而非以饾饤剽窃句字为体要也。盖古人之所谓辞命辞章者，指其通篇首尾开合而言，非以一黄一白、一朱一黑，俪字骈音而谓之辞。如此，则古今文章何必司马迁、刘向？何必昌黎、永叔？只一六朝人

可谓辞华之极矣。

(明) 艾南英《答夏彝仲论文书》,《天佣子集》卷五,清刊本

人为吉士,言为德音,是故人不可以不学诗也。若夫撷浮华、采膏泽以矜其骄心淫态,虽驾曹、刘而抗颜、谢,我方悲其面墙,何暇与之较工拙哉!

(明) 陈子龙《彭古晋诗稿序》,《陈忠裕公全集》卷二十六,清刊本

夫作诗而不足以导扬盛美,刺讥当时,托物联类而见其志,则是《风》不必列十五国,而《雅》不必分大小也。虽工而余不好也。

(明) 陈子龙《六子诗序》,《陈忠裕公全集》卷二十五,清刊本

《三百篇》之诗,其作者非一人,亦非一时之作。而其为言,大抵指事立义,明而易知,引物连类,近而易见,未尝有艰深矫饰之语。而天道之显晦,人事之治否,世变之隆污,物理之盛衰,无不著焉。此诗之体所以为有系也。后世之言诗者不知出此,往往惟炫其才藻,而浸衍华缛奇诡浮靡之是尚,较妍蚩工拙于辞语间,而不顾其大体之所系。江左以来,迄于唐宋,其习皆然。是其为弊,固亦非一日矣。

(明) 王袆《黄子邕诗集序》,《王忠文公集》卷七,清刊本

《易》曰:"言有物。"又曰:"修词立其诚。"《记》曰:"不诚无物。"皆谓此物也。今之人,耳佣目僦,降而剽贼,如弇州四部之书,充栋宇而汗牛马,即而视之,枵然无所有也。则谓之无物而已矣。

(清) 钱谦益《汤义仍先生文集序》,《牧斋初学集》卷三十一,上海古籍出版社本

今有人焉,其言人也,其服人也,其性与其行事,则禽兽也,魑魅也,此则所谓厉也;丑莫丑于此,而又能为祟者也。而世皆安之,以天下之不厉者少也,遂忘乎其为厉。岂惟人有厉哉,文亦有厉!文有义理,有脉络,有体裁,有辞章,如人之有五官六腑,百骸九窍,不可缺也,不可易也,缺且易之,则非人也。今之时文,义理悖谬,脉络紊乱,体裁乖

舛,词章秽杂,譬之于人,则腑脏结辖,耳目易位,百骸不具,九窍不通,此文中之籧篨戚施,而为亡国之妖孽者也,非厉而何?世顾习见而安,初不以为异也。间有磊落奇伟之士,不为习俗所移,独立不惧,遁世无闷,发为文章,则通经学古,卓然大雅之作。世人颠倒之见,遇其人,必且以为人之厉;见其文,必且以为文之厉。越犬之吠雪,蜀犬之吠日,吠所怪而已矣!夫世之人,忘其己之厉,而更指不厉者为厉;生处众厉之中,安得不汲汲自白其不厉乎。虽然,蝍蛆甘带,鸱鸮嗜鼠,不知天下之正味者也,何足与论大官之馔、易牙之烹哉!

(清)归庄《郭生不厉草序》,《归庄集》卷三,上海古籍出版社本

凡感遇咏怀,须直说胸臆,巧思夸语,无所用之。正字篇中,屡用"仲尼"、"老聃"、"西方"、"金仙"、"日月"、"昆仑"等语,非本色也。若张曲江《感遇》,则语语本色,绝无门面矣,而一种孤劲秀淡之致,对之令人意消。盖诗品也,而人品系之。"草木有本心,何求美人折"。三复此语,为之浮白。

(清)贺贻孙《诗筏》,《清诗话续编》本

诗有魔鬼:宫体淫哇,齐、梁至初唐之魔鬼也。打油钉铰,晚唐、两宋之魔鬼也。木偶被文绣,弘、嘉之魔鬼也。

(清)吴乔《围炉诗话》卷之一,《清诗话续编》本

万历以来,公安袁氏兄弟欲矫嘉靖七子之弊,意主白、苏,降而杨、郑,其词其志,未大有害也。竟陵钟氏、谭氏从而甚之,专以僻涩诡谲是尚,斯害有不可言者。于时秦有文天瑞,越有王季重,闽有蔡敬夫,争相效尤,变而益下,可谓风雅之劫运矣!

(清)田同之《西圃诗说》,《清诗话续编》本

吾辈作诗,即不能力追大雅,决不可袭噍声以堕恶道。

(清)田同之《西圃诗说》,《清诗话续编》本

退之"多情怀酒伴,馀事作诗人",亦一时寄傲语耳。永叔便谓"退

之笔力，无施不可，而尝以诗为文章末事"。又谓其"资谈笑，助谐谑，叙人情，状物态，一寓于诗，曲尽其妙"。仆谓永叔此语，不知退之，并不知诗。诗云诗云，"谈笑"、"谐谑"云乎哉？

（清）叶矫然《龙性堂诗话初集》，《清诗话续编》本

经世文章要，陋诸家裁云镂月，标花宠草。纵使风流夸一世，不过闲中自了，那识得周情孔调？《七月》《东山》千古在，恁描摹琐细民情妙，画不出，《豳风》稿。　　文关国运犹其小，剖鸿濛清宁厚薄，直通奥窔。寒暑阴阳多殄戮，笔底回旋不少，莫认作书生谈笑。回首少年游冶习，采碧云红豆相思料，深愧杀，杜陵老。

（清）郑燮《贺新郎》，《述诗二首》之二，《郑板桥集·词钞》，上海古籍出版社本

古人称言之有物。物者，忠孝大节，深心浩气也。若流连花酒，驰骛宦途，而猥以六朝粉泽，自托风骚，此亦金弓玉矢耳。

（清）张谦宜《䌷斋诗谈》卷六，《清诗话续编》本

孔子论诗，但云："兴观群怨。"又云："温柔敦厚。"足矣。孟子论诗，但云："以意逆志。"又云："言近而指远。"足矣。不料今之诗流，有三病焉；其一、填书塞典，满纸死气，自矜淹博。其一、全无蕴藉，矢口而道，自夸真率。近又有讲声调而圈平点仄以为谱者，戒蜂腰、鹤膝、叠韵、双声以为严者，栩栩然矜独得之秘。不知少陵所谓："老去渐于诗律细。"其何以谓之律？何以谓之细？少陵不言。元微之云："欲得人人服，须教面面全。"其作何全法，微之亦不言。盖诗境甚宽，诗情甚活，总在乎好学深思，心知其意，以不失孔、孟论诗之旨而已。必欲繁其例，狭其径，苛其条规，桎梏其性灵，使无生人之乐，不已慎乎！唐齐己有《风骚旨格》，宋吴潜溪有《诗眼》：皆非大家真知诗者。

（清）袁枚《随园诗话补遗》卷三，人民文学出版社本

自中唐以后，律诗盛行，竞讲声病，故多音节和谐，风调圆美。杜牧之恐流于弱，特创豪宕波峭一派，以力矫其弊。山谷因之，亦务为峭拔，不肯随俗为波靡，此其一生命意所在也。究而论之，诗果意思沉着，气力

健举，则虽和谐圆美，何尝不沛然有馀？若徒以生僻争奇，究非大方家耳。山谷诗，如"世上岂无千里马，人中难得九方皋。"《潜夫诗话》谓可为律诗之法。又如："与世浮沉惟酒可，随人忧乐以诗鸣。"此真独辟蹊径。至如洪龟父所赏："蜂房各自开户牖，蚁穴或梦封侯王。""黄流不解浣明月，碧树为我生凉秋。"此不过昔人未经道过，其实无甚意味。

（清）赵翼《瓯北诗话》卷十一，人民文学出版社本

自南宋以后，束缚修饰，有死文，无生文；有卑文，无高文；有碎文，无整文；有小文，无大文。韩子诗曰："想当施手时，巨刃摩天扬。"南宋以后，止于水航之尺寸粗细用心而不想施手时，故陵夷至此也。

（清）恽敬《上举主陈笠帆先生书》，《大云山房文稿二集》卷二，《四部丛刊》本

诗句欲雄壮不难，雄壮而有绵至之思为难。故外强中干，诗家切忌。

（清）乔亿《剑溪说诗》卷下，《清诗话续编》本

雕文镂彩太纷然，开卷沉沉我欲眠。人口数联诗好在，不灾梨枣亦流传。

（清）张问陶《论诗十二绝句》其十一，《船山诗草》卷十一，清刊本

作文遇好题目，自易动人；然此乃偶然凑手，非己所能主张。惟有相题行文，还他质而不俚，是能自主者。亦不必刻意求奇。往往通篇只可单点，却是好文章，便可入集。若无可寄慨而必要感慨，无可援引而必要援引，反支离矣。

（清）吴德旋《初月楼古文绪论》，人民文学出版社本

或言诗贵质实，近于腐木湿鼓之音，不知此乃南宋之质实，而非汉、魏之质实也。南宋以语录议论为诗，故质实而多俚词；汉、魏以性情时事为诗，故质实而有馀味。分辨不精，概以质实为病，则浅者尚词采，高者讲风神，皆诗道之外心，有识者之所笑也。

凡悦人者未有不欺人者也。末世诗人，求悦人而不耻，每欺人而不

顾。若事事以质实为的，则人事治矣；若人人之诗以质实为的，则人心治而人事亦渐可治矣。诗所以厚风俗者此也。隋李谔曰："连篇累牍，不出月露之形；积案盈箱，唯是风云之状。文笔日烦，其政日乱。"此皆不质实之过。质则不悦人，实则不欺人，以此二字衡之，而天下诗集之可焚者亦众矣。

（清）潘德舆《养一斋诗话》卷三，《清诗话续编》本

某少喜骈体之文，近始觉班、马、韩、柳之文为可贵。盖骈体之文如俳优登场，非丝竹金鼓佐之，则手足无措，其周旋揖让非无可观，然以之酬接，则非人情也。

（清）梅曾亮《复陈伯游书》，《柏枧山房文集》卷二，清刊本

柳耆卿词，昔人比之杜诗，为其实说无表德也。余谓此论其体则然，若论其旨，少陵恐不许之。

（清）刘熙载《艺概·词曲概》，上海古籍出版社本

绮语有显有微。依花附草之态，略讲词品者亦知避之，然或不著相而染神，病尤甚矣。

（清）刘熙载《艺概·词曲概》，上海古籍出版社本

高竹屋词，争驱白石，然嫌多绮语。如《御街行》之咏轿，其设想之细腻曲折，何为也哉！咏帘亦然。刘改之《沁园春》咏美人指甲、美人足二阕，以亵体为世所共讥，然病在标者犹易治也。

（清）刘熙载《艺概·词曲概》，上海古籍出版社本

后世学子书者，不求诸本领，专尚难字棘句，此乃大误。欲为此体，须是神明过人，穷极精奥，斯能托寓万物，因浅见深，非光不足而强照者所可与也。唐、宋以前，盖难备论。《郁离子》最为晚出，虽体不尽纯，意理颇有实用。

（清）刘熙载《艺概·文概》，上海古籍出版社本

词尚风流儒雅。以尘言为儒雅，以绮语为风流，此风流儒雅之所以

亡也。

（清）刘熙载《艺概·词曲概》，上海古籍出版社本

复生自意其新学之诗。然吾谓复生三十以后之学，固远胜于三十以前之学；其三十以后之诗，未必能胜三十以前之诗也。盖当时所谓新诗者，颇喜挦撦新名词以自表异。丙申、丁酉间，吾党数子皆好作此体。提倡之者为夏穗卿，而复生亦綦嗜之。此八篇中尚少见，然"寰海惟倾毕士马"，已其类矣。其《金陵听说法》云："纲伦惨以喀私德，法会盛于巴力门。"喀私德即 Caste 之译音，盖指印度分人为等级之制也。巴力门即 Parliament 之译音，英国议院之名也。又赠余诗四章中，有"三言不识乃鸡鸣，莫共龙蛙争寸土"等语，苟非当时同学者，断无从索解；盖所用者乃《新约全书》中故实也。其时夏穗卿尤好为此。穗卿赠余诗云："滔滔孟夏逝如斯，亹亹文王鉴在兹。帝杀黑龙才士隐，书飞赤鸟太平迟。"又云："有人雄起琉璃海，兽魄蛙魂龙所徙。"此皆无从臆解之语。当时吾辈方沉醉于宗教，视数教主非与我辈同类者，崇拜迷信之极，乃互相约以作诗非经典语不用。所谓经典者，普指佛、孔、耶三教之经。故《新约》字面，络绎笔端焉。谭、夏皆用"龙蛙"语，盖时共读约翰《默示录》，录中语荒诞曼衍，吾辈附会之，谓其言龙者指孔子，言蛙者指孔子教徒云，故以此徽号互相期许。至今思之，诚可发笑。然亦彼时一段因缘也。

（清）梁启超《饮冰室诗话》，人民文学出版社本

12. 辞达

善歌者，使人继其声；善教者，使人继其志。其言也约而达，微而臧，罕譬而喻，可谓继志矣。

（先秦）《礼记·学记》，《十三经注疏》本

辞达而已矣。

（先秦）《论语·卫灵公》，《十三经注疏》本

要辞达而理举，故无取乎冗长。

（晋）陆机《文赋》，《陆机集》卷一，中华书局本

文中子是曰：吾师也，词达而已矣。

(隋)王通《文中子中说》卷二《天地篇》，《四部丛刊》本

所示书教及诗赋杂文，观之熟矣。大略如行云流水，初无定质，但常行于所当行，常止于不可不止，文理自然，姿态横生。孔子曰："言之不文，行之不远。"又曰："词达而已矣。"夫言止于达意，则疑若不文，是大不然。求物之妙，如系风捕景，能使是物了然于心者，盖千万人而不一遇也，而况能使了然于口与手乎？是之谓词达。词至于能达，则文不可胜用矣。

(宋)苏轼《答谢民师书》，《苏东坡全集》后集卷十四，中国书店影印本

前后所示著述文字，皆有古作者风力，大略能道意所欲言者。孔子曰："辞达而已矣。"辞至于达，止矣，不可以有加矣。《经说》一篇，诚哉是言也。西汉以来，以文设科而文始衰，自贾谊、司马迁已不逮先秦古书，况其下者。文章犹尔，况所谓道德者乎？若所论周勃，则恐不然，平、勃未尝一日忘汉，陆贾之为谋至矣。彼视禄、产犹几上肉，但将相和调，则大计自定。若如君言，先事经营，则吕后觉悟，诛两人，而汉亡矣。某少时好议论古人，既老涉世更变，往往悔其言之过，故乐以此告君也。

儒者之病，多空文而少实用，贾谊、陆贽之学殆不传于世。老病且死，独欲以此教子弟，岂意亲姻中乃有王郎乎？三复来贶，喜忭不已，应举者志于得而已。今程试文字，千人一律，考官益厌之，未必得也。

(宋)苏轼《答王庠书》，《苏东坡全集》后集卷十四，中国书店影印本

文以意为主，辞以达意而已。古之人，不尚虚饰，目(因)事遣辞，形吾心之所欲言者耳。间有心之所不能言者，而能之形于文，斯亦文之至乎！譬之水不动则平，及其石激渊洄，纷然而龙翔，宛然而凤蹙。千变万化，不可殚穷，此天下之至文也！

(金)赵秉文《竹溪先生文集引》，《闲闲老人滏水文集》卷十五，《四部丛刊》本

世之为学，非止于辞章而已也。不明乎理，曷能以穷夫道德性命之蕴。理至而辞不达，兹其为害也大矣。是故先儒有忧之，且夫子之言有曰：兴于诗，立于礼，成于乐。其品节备具，见于礼之经解。夫事不烛，不足以尽天下之智；扬不穷，不足以推天下之用。考于史册，求其精粗得失之要，非卓然有识者不能也。若是其殆得之矣，在易之居业则曰：修辞立其诚。而畜德懿德，必在夫闻见之广，旁曲通譬。是则经史之外，立凡举例，屈指不能以遽尽也。扬雄作《法言》，其意亦有取夫是。后千余年，礼部尚书王先生出，知濂洛之学，淑于吾德之功至溥，然简便日趋，偷薄固陋，瞪目拱手，面墙背芒，滔滔相承，恬不以为耻。于是为《困学纪闻》二十卷，具训以警，原其旨要，扬雄氏之志也。

    （元）袁桷《王先生〈困学纪闻〉序》，《清容居士集》卷二十一，《四部备要》本

吾求之《三百篇》之流丽，卜子夏之条畅，无是也，诗与文岂当有异道哉？子曰："辞达而已矣。"辞而不达，谁当知者？故缩之而五七言，畅之而长篇，发之而大制作，孰非文也？要于达而止。

    （元）刘将孙《黄公诲诗序》，《养吾斋集》卷十一，《四库全书》珍本初集本

自汉而来，二千年中，作者虽有之，求其辞达盖已少见，况知道乎？夫所谓达者，如决江河而注之海，不劳余力，顺流直趋，终焉万里。势之所触，裂山转石，襄陵溢壑，鼓之如雷霆，蒸之如烟云，登之如太空，攒之如绮縠，回旋曲折，抑扬喷伏，而不见艰难辛苦之态。必至于极而后止，此其所以为达也，而岂易哉！汉之司马迁、贾谊，其辞似可谓之达矣。若扬雄，则未也。唐之韩愈、柳子厚，宋之欧阳修、苏轼、曾巩，其辞似可谓之达矣。若李观、樊宗师、黄庭坚之徒，则未也。于道则又难言也。嗟乎！此岂可与昧者语哉！

    （明）方孝孺《与舒君》，《逊志斋集》卷十一，《四部备要》本

作诗不可以意徇辞，而须以辞达意。辞能达意，可歌可咏，则可以传。王摩诘"阳关无故人"之句，盛唐以前所未道。此辞一出，一时传诵不足，至为三叠歌之。后之咏别者，千言万语，殆不能出其意之外，必

如是方可谓之达耳。

（明）李东阳《麓堂诗话》，《历代诗话续编》本

孔子曰："辞达而已矣。"又曰："修辞立其诚，盖辞无所不修，而意则主于达。"今《易系》、《礼经》、《家语》、《鲁论》、《春秋》之篇存者，抑何尝不工也。扬雄氏避其达而故晦之，作《法言》，太史避其晦，故译而达之，作帝王本纪，俱非圣人意也。

（明）王世贞《艺苑卮言》卷一，《历代诗话续编》本

唐、虞、三代之文，无不达者。今人读古书，不即通晓，辄谓古文奇奥，今人下笔不宜平易。夫时有古今，语言亦有古今，今人所诧谓奇字奥句，安知非古之街谈巷语耶？《方言》谓"楚人称知曰觉"，"称慧曰嬛"，"称跳曰跴"，"称取曰挺"，余生长楚国，未闻此言，今语异古，此亦一证。故《史记》五帝三王纪，改古语从今字者甚多，"畴"改为"谁"，"俾"为"使"，"格姦"为"至姦"，"厥田"、"厥赋"为"其田"、"其赋"，不可胜记。

（明）袁宗道《论文上》，《白苏斋类集》卷二十，《中国古典文学珍本丛书》本

或曰：信如子言，古不必学耶？余曰：古文贵达，学达即所谓学古也。学其意，不必泥其字句也。今之圆领方袍，所以学古人之缀叶蔽皮也；今之五味煎熬，所以学古人之茹毛饮血也。何也？古人之意，期于饱口腹蔽形体，今人之意亦期于饱口腹蔽形体，未尝异也。彼摘古字句入己著作者，是无异缀皮叶于衣袂之中，投毛血于殽核之内也。大抵古人之文，专期于达，而今人之文，专期于不达。以不达学达，是可谓学古者乎？

（明）袁宗道《论文上》，《白苏斋类集》卷二十，《中国古典文学珍本丛书》本

口舌代心者也，文章又代口舌者也。展转隔碍，虽写得畅显，已恐不如口舌矣，况能如心之所存乎？故孔子论文曰："辞达而已"，达不达，文不文之辨也。

（明）袁宗道《论文上》，《白苏斋类集》卷二十，《中国古典文学珍本丛书》本

吾夫子为万世斯文宗主，又以一达字阐千古修辞之诀。达岂易言哉。自秦汉迄唐宋，以文名家，率由斯道。吾乡农丈人先生于近时文人独推服刘子威先生，盖近世名家如历下琅琊辈，不过模秦范汉。子威所模又进而上之，似为稍胜耳。然孙月峰先生与农丈人论文称契又不满于子威，置之闰位，何也？其论云：文须开口便是，方是作家。渠却开口便欲不是。又称述史鹤亭论于麟拈笔时，先有使人不易解之意而并以纠子威，然则于麟子威所病，总在于远于达耳。弇州太函于达为近，而又以为不脱经生习气，知达之一字，信乎难之矣。

（明）王嗣奭《管天笔记外编》卷下，《四明丛书》本

　　孔子曰："言之不文，行之不远。"于《易》曰："修辞立其诚。"立诚以为质，修之而后言可文也。圣人之于文，盖惓惓矣。昔者先王之别礼也，敬而已矣，必且辨为度数品物仪饰之节，有所谓以多贵者，有所谓以少贵者，有所谓以大以小以高以下以文以素贵者，圣人之于文亦然。文以明道，而繁简华质洪纤夷险约肆之故，则必有其所以然，盖礼不如是不足将其敬，文不如是不可以明道。孔子曰："辞达而已矣。"辞之不文，则不足以达意也。而或者以为不然，则请观于六经、孔子、孟子之文，其文不文，盖可睹矣。

（清）魏禧《甘健斋轴园稿序》，《魏叔子文集》卷八，清刊本

　　论议也，言之不足则议之，博辨肆志而得其说，是故孔子曰："辞达而已。"辞达使明也，仅以使明，则不可明，故曰："论精微而朗畅。"虽疵此，犹夫一端之论。

（清）魏禧《论引》，《魏叔子文集》卷一，清刊本

　　文章之敝，患在亟见其才。亟见其才者，其学有未克也。善文者，足以达其辞而已。《易》曰："修辞立其诚"，故惟克实而后光辉乃见；义之至，则辞无不工。彼意在求工而后为之，诚之不立，虽屡变其体以眩于人，吾见其伪焉耳矣。

（清）朱彝尊《王筑夫白田集序》，《曝书亭集》卷三十六，《四部丛刊》本

孔子曰："修辞立其诚。"又曰,"辞达而已矣"。以诚为本,以达为用,盖圣人之论文尽于是矣。因文以见道,非诚也。有意而为之,非达也。不反其本而惟文之求,于是体制繁兴,篇章盈溢,徒敝览者之精神而无补于实用,亦奚以为。此由后学见退之轻蔑往古,自为尊大,咸欲效尤致使然耳。

（清）程廷祚《复家鱼门论古文书》,《青溪文集》卷十,清刊本

王建、张籍乐府,何曾一字险怪,而读之入情入理,与汉、魏乐府并传。古人不朽者以此,所以诗最忌艰涩也。

（清）李调元《雨村诗话》卷下,《清诗话续编》本

孔子曰："辞达而已矣。"孟子曰："诐辞知其所蔽,淫辞知其所陷,邪辞知其所离,遁辞知其所穷。"古之辞具在也,其无所蔽、所陷、所离、所穷四者,皆达者也；有所蔽、所陷、所离、所穷四者,皆不达者也。然而是四者有有之而于达无害者焉,列御寇、庄周之言是也,非圣人之所谓达也。有时有之,时无之,而于达亦无害者焉,管仲、荀卿之书是也,亦非圣人之所谓达也。圣人之所谓达者何哉？其心严而慎者其辞端,其神暇而愉者其辞和,其气灏然而行者其辞大,其知通于微者其辞无不至。言理之辞,如火之明,上下无不灼然,而迹不可求也；言情之辞,如水之曲行旁至,灌渠入穴,远来而不知所往也；言事之辞,如土之坟壤咸泻而无不可用也。此其本也,盖犹有末焉。其机如弓弩之张在乎手,而志则的也,其行如挈壶之递下而微至也,其体如宗庙圭琮之不可杂置也,如毛发肌肤骨肉之皆备而运于脉也,如观于崇冈深岩,进退俯仰,而横侧乔堕无定也。如是,其可谓能于文者乎？

（清）恽敬《与纫之论文书》,《大云山房文稿》卷三,《四部丛刊》本

"辞达而已矣",千古文章之大法也。东坡尝拈此示人,然以东坡诗文观之,其所谓达,第取气之滔滔流行,能畅其意而已。孔子之所谓达,不止如是也。盖达者,理义心术,人事物状,深微难见,而辞能阐之,斯谓之达,达则天地万物之性情可见矣。此岂易易事,而徒以滔滔流行之气

当之乎？以其细者论之，"杨柳依依"，能达杨柳之性情者也；"蒹葭苍苍"，能达蒹葭之性情者也。任举一境一物，皆能曲肖神理，托出豪素，百世之下，如在目前，此达之妙也。《三百篇》以后之诗，到此境者，陶乎？杜乎？坡未尽逮也。

(清）潘德舆《养一斋诗话》卷二，《清诗话续编》本

二

文　意

1. 文与意

子曰：书不尽言，言不尽意。然则，圣人之意，其不可见乎？子曰：圣人立象以尽意，设卦以尽情伪，系辞焉以尽其言，变而通之以尽利，鼓之舞之以尽神。

（先秦）《周易·系辞上》，《十三经注疏》本

筌者所以在鱼，得鱼而忘筌；蹄者所以在兔，得兔而忘蹄；言者所以在意，得意而忘言。

（先秦）《庄子·外物》，《诸子集成》本

世之所贵道者，书也。书不过语，语有贵也。语之所贵者，意也。意有所随，意之所随者，不可以言传也，而世因贵言传书。

（先秦）《庄子·天道》，《诸子集成》本

夫辞者，意之表也。鉴其表而弃其意悖。故古之人，得其意则舍其言矣。听言者以言观意也。听言而意不可知，其与桥言无择。齐人有淳于髡者，以从说魏王，魏王辩之。约车十乘，将使之荆，辞而行，有以横说魏王，魏王乃止其行。失从之意，又失横之事。夫其多能不若寡能，其有辩不若无辩。周鼎著倕而龁其指，先王有以见大巧之不可为也。

（先秦）《吕氏春秋·离谓》卷十八，《诸子集成》本

言者以谕意也。言意相离,凶也。

（先秦）《吕氏春秋·离谓》卷十八,《诸子集成》本

或文繁理富,而意不指适。极无两全,尽不可益。立片言而居要,乃一篇之警策。虽众辞之有条,必待兹而效绩。亮功多而累寡,故取足而不易。

（晋）陆机《文赋》,《陆机集》卷一,中华中局本

旧云：王丞相过江左,止道声无哀乐、养生、言尽意三理而已,然宛转关生,无所不入。

（南朝·宋）刘义庆《世说新语·文学》,《诸子集成》本

文患其事尽于形,情急于藻,义牵其旨,韵移其意。虽时有能者,大较多不免此累,政可类工巧图缋,竟无得也。常谓情志所托,故当以意为主,以文传意。以意为主,则其旨必见；以文传意,则其词不流。然后抽其芬芳,振其金石耳。

（南朝·宋）范晔《狱中与诸甥侄书》,《宋书·范晔传》,中华书局本

谐之言皆也。辞浅会俗,皆悦笑也。昔齐威酣乐,而淳于说甘酒；楚襄宴集,而宋玉赋好色；意在微讽,有足观者。及优旃之讽漆城,优孟之谏葬马,并谲辞饰说,抑止昏暴。是以子长编史,列传《滑稽》,以其辞虽倾回,意归义正也。但本体不雅,其流易弊。于是东方枚皋,铺糟啜醨,无所匡正,而诋嫚媟弄,故其自称为赋,乃亦俳也。见视如倡,亦有悔矣。至魏文因俳说以著《笑书》,薛综凭宴会而发嘲调,虽抃推席,而无益时用矣。然而懿文之士,未免枉辔；潘岳《丑妇》之属,束皙《卖饼》之类,尤而效之,盖以百数。魏晋滑稽,盛相驱扇。遂乃应玚之鼻,方于盗削卵；张华之形,比乎握舂杵。曾是莠言,有亏德音,岂非溺者之妄笑,胥靡之狂歌欤？

（南朝·梁）刘勰《文心雕龙·谐隐》,人民文学出版社本

赞曰：言以文远,诚哉斯验。心术既形,英华乃赡。吴锦好渝,舜英

徒艳。繁采寡情,味之必厌。

(南朝·梁)刘勰《文心雕龙·情采》,人民文学出版社本

当言事时,非务难知,使指闭隐也。后人不晓,世相离远,此名曰语异,不名曰材鸿。浅文读之难晓,名曰不巧,不名曰知明。秦始皇读韩非之书,叹曰:"独不得此人同时。"其文可晓,故其事可思。如深鸿优雅,须师乃学,投之于地,何叹之有?夫笔著者,欲其易晓而难为,不贵难知而易造;口论务解分而可听,不务深迂而难睹。孟子相贤,以眸子朋瞭者。察文,以义可晓。

(汉)王充《论衡·自纪篇》,中华书局本

浩然凡所属缀,就辄毁弃,无复编录,常自叹为文不逮意也。

(唐)王士源《孟浩然集序》,《孟浩然集》卷首,《四部丛刊》本

常恨言语浅,不如人意深。今朝两相视,脉脉万重心。

(唐)刘禹锡《视刀环歌》,《刘禹锡集》卷二十六,上海人民出版社本

诗有"明月下山头,天河横戍楼。白云千万里,沧江朝夕流。浦沙望如雪,松风听似秋。不觉烟霞曙,花鸟乱芳洲。"并是物色,无安身处,不知何事如此也。

(唐)[日]弘法大师《文镜秘府论·南卷·论文意》,《文镜秘府论校注》,中国社会科学出版社本

夫诗,入头即论其意,意尽则肚宽,肚宽则诗得,容颜物色乱下,至尾则却收前意,节节仍须有分付。

(唐)[日]弘法大师《文镜秘府论·南卷·论文意》,《文镜秘府论校注》,中国社会科学出版社本

诗头皆须造意,意须紧,然后纵横变转。如"相逢楚水寒",送人必言其所矣。

(唐)[日]弘法大师《文镜秘府论·南卷·论文意》,《文镜秘府论校注》,中国社会科学出版社本

诗有意好言真，光今绝古，即须书之于纸，不论对与不对，但用意方便，言语安稳，即用之。若语势有对，言复安稳，益当为善。

（唐）[日] 弘法大师《文镜秘府论·南卷·论文意》，《文镜秘府论校注》，中国社会科学出版社本

或云：今人所以不及古者，病于俪词。予云：不然。《六经》时有俪词，杨、马、张、蔡之徒始盛。"云从龙，风从虎"，非俪耶？但古人后于语，先于意，因意成语，语不使意，偶对则对，偶散则散。若力为之，则见斤斧之迹。故有对不失浑成，纵散不关造作，此古手也。

（唐）[日] 弘法大师《文镜秘府论·南卷·论文意》，《文镜秘府论校注》，中国社会科学出版社本

诗以意为主，文词次之。或意深义高，虽文词平易，自是奇作。

（宋）刘攽《中山诗话》，《历代诗话》本

洪龟父言山谷于退之诗少所许可，最爱《南溪始泛》，以为有诗人句律之深意。

（宋）王直方《王直方诗话》，《宋诗话辑佚》本

凡装点者好在外，初读之似好，再三读之则无味。要当以意为主，辅之以华丽，则中边皆甜也。装点者外腴而中枯故也，或曰"秀而不实"。晚唐诗失之太巧，只务外华，而气弱格卑，流为词体耳。又子由叙陶诗"外枯中膏，质而实绮，癯而实腴"，乃是叙意在内者也。

（宋）吴可《藏海诗话》，《历代诗话续编》本

具深相割咯，不如无勇人，以诗而酬诗，徒用多少均。我言虽至简，意切谁见亲，汲井欲到深，磨鉴欲尽尘。寒泉与青铜，光洁靡故新，临觞报嘉贶，醉语是天真。

（宋）梅尧臣《答孙直言都官卷》，《梅尧臣集编年校注》卷二十六，中华书局本

迂夫曰：言不可不重也，子不见钟鼓乎？夫钟鼓叩之然后鸣，铿訇镗

羚，人不以为异也。若不叩自鸣，人孰不谓之祅耶？可以言而不言，犹叩之而不鸣也，亦为废钟鼓矣。
　　　　　　　　（宋）司马光《言戒》，《温国文正司马公文集》卷七十四，《四部丛刊》本

　　诗有一篇命意，有句中命意。如老杜上韦见素诗，布置如此，是一篇命意也。至其道迟迟不忍去之意，则曰："尚怜终南山，回首清渭滨"；其道欲与见素别，则曰："常拟报一饭，况怀辞大臣"，此句中命意也。盖如此然后顿挫高雅。又有意用事，有语用事。李义山"海外徒闻更九州"，其意则用杨妃在蓬莱山，其语则用邹子云："九州之外，更有九州"，如此然后深稳健丽。
　　　　　　　　　　　　（宋）范温《潜溪诗眼》，《宋诗话辑佚》本

　　凡诗以意义为主，文词次之。〔或意深义高，虽文词平易，自是奇作。世人见古人语句平易，仿效之而不得其意义，便入鄙野可笑。卢仝有云："不唧溜钝汉"，非其篇前后意义可取，自可掩口矣，宁可效之耶？〕退之古诗高卓，至律诗虽可称善，要之未有工者。〔而好韩之人，句句称述，未可尽谓然也。〕有云："老翁真个似童儿，汲井埋盆作小池"，此直谐语耳。永叔江邻几评退之"随车翻缟带，逐马散银杯"为工，而谓"凹中初盖底，凸处遂成堆"为胜，未知真得〔韩〕意否？〔永叔云："知圣俞者无如修。尝问圣俞平生最好句，圣俞所自负者，皆修所不好；圣俞所卑下者，皆修所称赏。盖知音之难如是！"其评古人诗得无似之乎？〕
　　　　　　　　　　　　（宋）李颀《古今诗话》，《宋诗话辑佚》本

　　《剑阁》云："吾将罪真宰，意欲铲叠障。"与太白"搥碎黄鹤楼，划却君山好"，语亦何异。然《剑阁》诗意在削平僭窃，尊崇王室，凛凛有忠义气，搥碎、划却之语，但觉一味粗豪耳。故昔人论文字，以意为上。
　　　　　　　　　　　（宋）黄彻《䂬溪诗话》卷一，《历代诗话续编》本

　　前辈谓："有意而言，意尽而言止。"为天下之至言。
　　　　　　　　（宋）刘克庄《跋王元邃书》，《后村题跋》卷三，《丛书集成》本

我虽不知文，尝闻于达者。文以意为车，意以文为马。理强意乃胜，气盛文如驾。理维当即止，妄说即虚假。气如决江河，势盛乃倾泻。文莫如六经，此道亦不舍。但于文最高，窥不见隙罅。故令后世儒，其能及者寡。文章古亦众，其道则一也。譬如张众乐，要以归之雅。区区为对偶，此格最污下。求之古无有，欲学固未暇。君为时俊髦，我老安苟且。聊献师所传，无以吾言野。

（宋）张耒《与友人论文因以诗投之》，《张右史文集》卷十四，《四部丛刊》本

公曰：文贵有谓。予少年闻人唱三台，今尚记得，其词至鄙俚而传者，有谓也。

（宋）苏籀《栾城先生遗言》，《丛书集成》本

凡为文须有主客，先识主客，然后成文字。如今作文须是先立己意，然后以说佐之。此是不知主客也。须是先立己意，然后以故事佐吾说方可。

（元）王构《修辞鉴衡》卷二，《丛书集成》本

东坡在儋耳时，葛延之自江陵，担簦万里，绝海往见，留一月，坡尝诲以作文之法，曰：儋州虽百家聚，州人所须，取之市而足。然不可徒得也。必有一物以摄之，然后为己用，所谓一物者，钱是也。作文亦然。天下之事，散在经子史中，不可徒使，必得一物以摄之，然后为己用。所谓一物者，意是也。不得钱不可以取物，不得意不可以用事，此文字之要也。

（元）王构《修辞鉴衡》卷二，《丛书集成》本

文以意为主，辞以达意而已。古之文不尚虚饰，目事遣辞，形吾心之所欲言者，间有心之所不能言者，而能形之于文，斯亦文之至乎！譬之水不动则平，及其不激渊洄，纷然而龙翔，宛然而凤蹙，千变万化，不可殚穷，此天下之至文也。亡宋百余年间，唯欧阳公之文，不为尖新艰险之语，而有从容闲雅之态，丰而不余一言，约而不失一词，使人读之者，亹亹不厌。盖非务奇之为尚，而其势不得不然之为尚也。

（金）赵秉文《竹溪先生文集引》，《闲闲老人滏水文集》卷十五，《丛书集成》本

吾舅尝论诗云："文章以意为之主，字语为之役。主强而役弱，则无使不从。世人往往骄其所役，至跋扈难制，甚者反役其主。"可谓深中其病矣。又曰："以巧为巧，其巧不足。巧拙相济，则使人不厌。唯甚巧者，乃能就拙为巧。所谓游戏者，一文一质，道之中也。雕琢太甚，则伤其全。经营过深，则失其本。"又曰："颈联颔联，初无此说，特后人私立名字而已。大抵首二句论事，次二句犹须论事，首二句状景，次二句犹须状景，不能遽止，自然之势。诗之大略，不外此也。"其笃实之论哉。

（金）王若虚《滹南遗老集·诗话》卷三十八，《丛书集成》本

大裘无文，良玉不琢，质至美而不可拣择也。言为心声，而诗章之衍溢，则又若必事于模范。论至于理尽，所谓模范者特余事耳。黄太史尝言宁律不谐，不使句俗。以建安黄初之法较之，似若有病。然太史所为诗，锻炼之工，过于前人，其所谓不谐者，盖其变体耳。

吉安刘明叟示余诗一编，不事雕饰，意气凌厉，理胜而语完，嶰谷之竹，合于自然，不假按抑。而宫商敷宣，各当其职。手之不能以释，因此夙者之所闻者，书于后而归之。

（元）袁桷《题刘明叟诗卷》，《清容居士集》卷五十，《丛书集成》本

文之作，其来不一。有意先而辞后者，有辞先而就意者。意先而就辞者易，辞先而就意者难。意先辞后，辞顺而理足；辞先意后，语离而理乖。此必然理也，学者最当知之。

（元）王恽《文辞先后》，《秋涧先生大全文集》卷四十四，《四部丛刊》本

凡立意措辞，欲其两工，殊不易得。辞有短长，意有小大，须构而坚、束而劲，勿令辞拙意妨。意来如山，巍然置之河上，则断其源流而不能就辞；辞来如松，挺然植之盘中，窘其造物而不能发意。夫辞短意多，或失之深晦；意少辞长，或失之敷演。名家无此二病。

（明）谢榛《四溟诗话》卷三，《历代诗话续编》本

范晔曰：情志所托，故当以意为主，以文傅意。以意为主，则其旨必见；以情傅意，则其辞不流，然后抽其芬芳，振其金石。

（明）王世贞《艺苑卮言》卷一，《历代诗话续编》本

无论诗歌与长行文字，俱以意为主。意犹帅也。无帅之兵，谓之乌合……

把定一题一人一事一物，于其上求形模，求比似，求词采，求故实，如钝斧子劈栎柞，皮屑纷霏，何尝动得一丝纹理？以意为主，势次之。势者，意中之神理也。唯谢康乐为能取势，宛转屈伸以求尽其意；意已尽则止，殆无剩语；夭矫连蜷，嫚云缭绕，乃真龙，非画龙也。

（清）王夫之《姜斋诗话》卷二，人民文学出版社本

余读《金史·文艺传》真定周昂德卿之言曰："文章工于外而拙于内者，可以警四筵而不可以适独坐，可以取口称而不可以得首肯。"又云："文以意为主，以言语为役，主强而役弱，则无令不从。今人往往骄其所役，至跋扈难制，甚者反役其主，虽极词语之工，而岂文之正哉？"余不觉俛首至地。盖自明代迄今，无限巨公，都不曾有此论到胸次。嗟乎，又何尤焉！

（清）赵执信《谈龙集》，《清诗话》本

周元公曰：文所以载道也。今人无道可载，徒欲激昂于篇章字句之间，组织纫缀以求胜，是空无一物而饰其舟车也。故虽大辂繁，终为虚器而已矣，况其无真实之功，求卤莽之效，不异结柳作车，缚草为船耳。吾友陈葵献，汲古穷经、聚同志为经会，葵献党为都讲。每讲一经，必尽搜郡中藏书之家，先儒注说数十种，参伍而观，此自然的当，不可移易者为主，而又积思自悟，发先儒之所未发者，尝十之二三焉……是时葵献固未尝以古文自命，然其笔授之章，论学之书，春容典雅，辞气和平，无训诂斗饤之习。余曰：此真古文也，应酬之中，岂有古文载？

（清）黄宗羲《陈葵献偶刻诗文序》，《黄梨洲文集》，中华书局本

久欲作诗酬木大师，泛言之则不尽，切则难为言，将托古依类，杂见风

指，又当于十六字中得古人要害，使意笃而义博，语奥而体直，此难工也。
　　　　　　　　　（清）魏禧《与彭躬庵》二，《魏叔子文集》卷七，清刊本

　　然吾以为格调者，文之绘事后素者也。文以意为先，而一篇必有一意，则能文者夫人而知之。盖君子之立言与立身、立事，皆必有其大意，大意既定，则无往不得其意，辟如治军，汾阳之宽，临淮之严，自决机两阵至一令一号，皆终身行其意所独得，故皆足成功。否则因题命意，缘事以起论，其前后每自相牴牾，而观者回感捍格，无可得其根本。
　　　　　　　　（清）魏禧《学文堂文集序》，《魏叔子文集序》卷八，清刊本

　　虞舜教夔，曰诗言志。胡今之人，多辞寡意！意似主人，辞如奴婢。主弱奴强，呼之不至。穿贯无绳，散钱委地。开千枝花，一本所系。
　　　　　　　　（清）袁枚《续诗品·崇意》，《续诗品注》，人民文学出版社本

　　浦柳愚山长云："诗生于心，而成于手；然以心运手则可，以手代心则不可。今之描诗者，东拉西扯，左支右梧，都从故纸堆来，不从性情流出：是以手代心也。"吴西林处士云："诗以意为主人，以词为奴婢。若章少词多，便是主弱奴强，呼唤不动矣。"二说皆妙。
　　　　　　　　　（清）袁枚《随园诗话补遗》卷四，人民文学出版社本

　　惟古诗往往和不及唱。盖唱先有意而后有词；和者，或不能别有新意，则不免稍形支绌也。
　　　　　　　　　（清）赵翼《瓯北诗话》卷四，人民文学出版社本

　　中唐以后，诗人皆求工于七律，而古体不甚精诣；故阅者多喜律体，不喜古体。惟香山诗，则七律不甚动人，古体则令人心赏意惬，得一篇辄爱一篇，几于不忍释手。盖香山主于用意。用意，则属对排偶，转不能纵横如意；而出之以古诗，则惟意所之，辨才无碍。且其笔快如并剪，锐如昆刀，无不达之隐、无稍晦之词；工夫又锻炼至洁，看是平易，其实精纯。刘梦得所谓"郢人斤斲无痕迹，仙人衣裳弃刀尺"者，此古体所以独绝也。然近体中五言排律，或百韵、或数十韵，皆研炼精切，语工而词赡，气劲而神完，虽千百言亦沛然有余，无一懈笔。当时元、白唱和，雄

视百代正在此。

（清）赵翼《瓯北诗话》卷四，人民文学出版社本

遗山修饰词句，本非所长；而专以用意为主。意之所在，上者可以惊心动魄，次亦沁人心脾。

（清）赵翼《瓯北诗话》卷八，人民文学出版社本

夫古未有言为文者，汉以下乃言某善属文，某工于文，某言语妙天下。自时厥后，文乃不逮于古。有志者其何适之从乎？间尝考诸经传，大《易》曰："言有序。"曰："言有物。"曰："修词立其诚。"逸诗曰："昔吾有先正，其言明且清。"《曲礼》曰："安定辞。"孔子曰："辞达而已矣。"曰："言之不文，行而不远。"曾子曰："出辞气，斯远鄙倍矣。"此皆古先圣贤之论文者也。大要以立诚为本，有物即诚也。言之中节，则曰："有序。"如是则容体必安定，气象必清明，远乎鄙倍而文之至矣。古之立言者期至于是而止，故曰："辞达而已矣。"故为文之道，本之以诚，施之以序，终之以达。以此发挥道德，则董仲舒、扬雄不足道也；以此敷陈政事，则贾谊、晁错不能过也。前可以考诸先王，后可以俟诸百世，尚何规摹他人之有？是故贵求其本。

（清）程廷祚《与家鱼门论古文书》，《清溪文集》卷十，清刊本

我役材料，材料不得役我。押韵亦然。

（清）乔亿《剑溪说诗又编》，《清诗话续编》本

欲句稳先求意稳，毋句弱先防意弱。

（清）乔亿《剑溪说诗又编》，《清诗话续编》本

君不见，华时少，实时多，花实时少叶时多，由来草木重干柯。秋花不及春花艳，春花不及秋花健。何况再实之木花不繁，唐开之花春必倦。人言松柏黛参天，谁知铁根霜干蟠九泉。

（清）魏源《读书吟示儿耆五首》之五，《魏源集》，中华书局本

古人诗虽长篇累牍，极险恶之韵，苟欲追步，但以吾意运之，自觉一气啣接，有草蛇灰线之妙。今人诗则不然，亦自不可解。

（清）陈仅《竹林答问》，《清诗话续编》本

《周南·卷耳》四章，只"嗟我怀人"一句是点明主意，余者无非做足此句。赋之体约用博，自是开之。

（清）刘熙载《艺概·赋概》，上海古籍出版社本

凡作一篇文，其用意俱要可以一言蔽之。扩之则为千万言，约之则为一言，所谓主脑者是也。破题、起讲，扼定主脑；承题、八比，则所以分摅乎此也。主脑皆须广大精微，尤必审乎章旨、节旨、句旨之所当重者而重之，不可硬出意见。主脑既得，则制动以静，治烦以简，一线到底，百变而不离其宗，如兵非将不御，射非鹄不志也。

（清）刘熙载《艺概·经义概》，上海古籍出版社本

赋欲不朽，全在意胜。《楚辞·招魂》言赋，先之以"结撰至思"，真乃千古笃论。

（清）刘熙载《艺概·赋概》，上海古籍出版社本

孟子之文，百变而不离其宗，然此亦诸子所同。其度越诸子处，乃在析义至精，不惟用法至密也。

（清）刘熙载《艺概·文概》，上海古籍出版社本

左氏叙战之将胜者，必先有戒惧之意，如韩原秦穆之言，城濮晋文之言，邲楚庄之言皆是也。不胜者反此。观指觇归，故文贵于所以然处著笔。

（清）刘熙载《艺概·文概》，上海古籍出版社本

庄子曰："语之所贵者，意也。意有所随。意之所随者不可以言传也。而世因贵言传书。"是知意之所以贵者，非徒然也。为文者苟不知贵意，何论意之所随者乎？

（清）刘熙载《艺概·文概》，上海古籍出版社本

《文赋》："意司契而为匠。"文之宜尚意明矣。推而上之，圣人"书不尽言，言不尽意"，正以意之无穷也。

（清）刘熙载《艺概·文概》，上海古籍出版社本

叙事有主意，如传之有经也。主意定，则先此者为先经，后此者为后经，依此者为依经，错此者为错经。

（清）刘熙载《艺概·文概》，上海古籍出版社本

律诗主意拿得定，则开阖变化，惟我所为。少陵得力在此。

（清）刘熙载《艺概·诗概》，上海古籍出版社本

唐太宗论书曰："吾之所为，皆先作意，是以果能成。"虞世南作《笔髓》，其一为《辨意》。盖书虽重法，然意乃法之所受命也。

（清）刘熙载《艺概·书概》，上海古籍出版社本

2. 意与韵律

凡作诗之体，意是格，声是律，意高则格高，声辨则律清，格律全，然后始有调。用意于古人之上，则天地之境，洞焉可观。古文格高，一句见意，则"股肱良哉"是也。其次两句见意，则"关关雎鸠，在河之洲"是也。其次古诗，四句见意，则"青青陵上柏，磊磊涧中石。人生天地间，忽如远行客"是也。又刘公干诗云："青青陵上松，飋飋谷中风。风弦一何盛，松枝一何劲。"此诗从首至尾，唯论一事，以此不如古人也。

（唐）[日]弘法大师《文镜秘府论·南卷·论文意》，《文镜秘府论校注》，中国社会科学出版社本

余既力不足，而于琴，窃有志焉久矣，然患其莫余授也。治平三年夏，得洪君于京师，始合同舍之士，听其琴于相国寺之维摩院。洪君之于琴，非特能其音，又能其意者也。予将就学焉，故道予之所慕于古者，庶乎其有以自发也。

（宋）曾巩《相国寺维摩院听琴序》，《曾巩集》卷十三，中华书局本

或曰：古人因事作歌，输写一时之意，意尽则止，故歌无定句；因其喜怒哀乐，声则不同，故句无定声。今音节皆有辖束，而一字一拍，不敢辄增损，何与古相戾欤？予曰：皆是也。今人固不及古，而本之性情，稽之度数，古今所尚，各因其所重。昔尧民亦击壤歌，先儒为搏拊之说，亦曰所以节乐。乐之有拍，非唐、虞创始，实自然之度数也……嘉祐间，汴都三岁小儿在母怀饮乳，闻曲皆捻手指作拍，应之不差。虽然，古今所尚治体风俗，各因其所重，不独歌乐也。古人岂无度数？今人岂无性情？用之各有轻重，但今不及古耳；今所行曲拍，使古人复生，恐未能易。

（宋）王灼《碧鸡漫志》卷一，《中国古典戏曲论著集成》（一），中国戏剧出版社本

东坡评文勋篆云："世人篆字，隶体不除，如浙人语，终老带吴音。安国用笔，意在隶前，汲冢鲁壁，周鼓泰山。"东坡此语，不特篆字法，亦古诗法也。世人作篆字，不除隶体，作古诗不免律句。要须意在律前，乃可名古诗耳。

（宋）张戒《岁寒堂诗话》卷上，《历代诗话续编》本

作诗必先命意，意正则思生，然后择韵而用，如驱奴隶；此乃以韵承意，故首尾有序。今人非次韵诗，则迁意就韵，因韵求事；至于搜求小说佛书殆尽，使读之者惘然不知其所以，良有自也。

（宋）魏庆之《诗人玉屑》卷六"陵阳谓须先命意"条，中华书局本

作诗必先命意，意正则思生，然后择韵而用，如驱奴隶。此乃以韵承意，故首尾有序。今人迁意就韵，因韵求事，所以失之。

（明）胡震亨《唐音癸签》卷四，古典文学出版社本

诗以义为主，音从之。必尽一韵无可用之字，然后旁通他韵；又不得于他韵，则宁无韵。苟其义之至当，而不可以他字易，则无韵不害，汉以上往往有之。

（清）顾炎武《日知录·诗有无韵之句》，《日知录集释》卷二十一，上海古籍出版社本

次韵诗，以意赴韵，虽有精思，往往不能自由。或长篇中一二险字，势虽强押，不得不于数句前预为之地，纡回迁就，以致文义乖违？虽老手有时不免。阮翁绝意不为，可法也。

（清）赵执信《谈龙录》，《清诗话》本

3. 意为主　亦重字、句

或难曰："文贵夫顺合众心，不违人意，百人读之莫谴，千人闻之莫怪。故《管子》曰：'言室满室，言堂满堂。'今殆说不与世同，故文刺于俗，不合于众。"答曰："论贵是而不务华，事尚然而不高合。论说辩然否，安得不谲常心、逆俗耳？众心非而不从，故丧黜其伪而存定其真。如当从众顺人心者，循旧守雅，讽习而已，何辩之有。"

（汉）王充《论衡·自纪篇》，中华书局本

口则务在明言，笔则务在露文。

（汉）王充《论衡·自纪篇》中华书局本

充书不能纯美。或曰："口无择言，笔无择文。文必丽以好，言必辩以巧。言瞭于耳，则事味于心；文察于目，则篇留于手。故辩言无不听，丽文无不写。今新书既在论譬，说俗为戾，又不美好，于观不快。盖师旷调音，曲无不悲；狄牙和膳，肴无淡味。然则通人造书，文无瑕秽。《吕氏》、《淮南》悬于市门，观读之者无訾一言。今无二书之美，文虽众盛，犹多谴毁。"

答曰：夫养实者不育华，调行者不饰辞。丰草多落英，茂林多枯枝。为文欲显白其为，安能令文而无谴毁？救火拯溺，义不得好；辩论是非，言不得巧。入泽随龟，不暇调足；深渊捕蛟，不暇定手。言奸辞简，指趋妙远；语甘文峭，务意浅小。稻谷千钟，糠皮太半；阅钱满亿，穿决出万。大羹必有淡味，至宝必有瑕秽，大简必有大好，良工必有不巧。然则辩言必有所屈，通文犹有所黜。

（汉）王充《论衡·自纪篇》，中华书局本

以敏于赋颂，为弘丽之文为贤乎？则夫司马长卿、扬子云是也。文丽而务巨，言眇而趋深，然而不能处定是非，辩然否之实。虽文如锦绣，深如河汉，民不觉知是非之分，无益于弥为崇实之化。

（汉）王充《论衡·定贤篇》，中华书局本

或问余以顾、陆、张、吴用笔如何？对曰："顾恺之之迹，紧劲联绵，循环超忽，调格逸易，风趋电疾。意存笔先，画尽意在，所以全神气也。昔张芝学崔瑗杜度草书之法，因而变之以成今草书之体势，一笔而成，气脉通连，隔行不断。"

（唐）张彦远《论画》，《历代论画名著汇编》本

凡装点者好在外，初读之似好，再三读之则无味。要当以意为主，辅之以华丽，则中边皆甜也。装点者外腴而中枯故也，或曰："秀而不实"。晚唐诗失之太巧，只务外华，而气弱格卑，流为词体耳。又子由《叙陶》诗，"外枯中膏，质而实绮，癯而实腴"，乃是叙意在内者也。

（宋）吴可《藏海诗话》，《历代诗话续编》本

诗以意为主，又须篇中练句，句中炼字，乃得工耳。以气韵清高深眇者绝，以格力雅健雄豪者胜。元轻白俗，郊寒岛瘦，皆其病也。

（宋）张表臣《珊瑚钩诗话》卷一，《历代诗话》本

意格欲高，句法欲响，只求工于句、字，亦末矣。故始于意格，成于句、字。句意欲深、欲远，句调欲清、欲古、欲和，是为作者。

（宋）姜夔《白石道人诗说》，《历代诗话》本

欧阳永叔云："我尝爱建'曲径通幽处，禅房花木深。'欲效其语作一联，竟不可得，始知造意者难为工也。"

（宋）尤袤《全唐诗话》卷三，《历代诗话》本

意贵透彻，不可隔靴搔痒；语贵脱洒，不可拖泥带水。

（宋）严羽《沧浪诗话·诗法》，人民文学出版社本

诗在意远，固不以词语丰约为拘。然开元以后，五言未始不自古诗中

流出，虽无穷之意，严有限之字，而视大篇长什，其实一也。如"旧里多青草，新知尽白头"，又"两行灯下泪，一纸岭南书"，则久别乍归之感，思远怀旧之悲，隐然无穷。他如咏闲适，则曰"坐歇青松晚，行吟白日长"。状景物，则曰"云霞出海曙，梅柳渡江春"。似此之类，词贵多乎哉？刘后村有云："言意深浅，存人胸怀，不系体格。若气象广大，虽唐律不害为黄钟大吕。否则手操云和，而惊飚骇电，犹隐隐弦拨间也。"

（宋）范晞文《对床夜语》卷二，《历代诗话续编》本

诗以意义为主，文词次之。或意深义高，虽文词平易，自是奇作。世人见古人语句平易，仿效之而不得其意义，便入鄙野可笑。卢仝有云"不唧𠺕钝汉"，非其篇前后意义可取，自可掩口矣，宁可效之耶？韩吏部古诗高卓，至于律诗虽可称善，要自有不工者，而好韩之人，句句称述，未可谓然也。韩诗云："老翁真个似童儿，汲井埋盆作小池。"此真谐语以为戏耳。欧阳永叔、江邻几论韩雪诗，以"随车翻缟带，逐马散银杯"为不工，而以"坳中初盖底，凸处遂成堆"为胜，不知正得韩意否？永叔云，知圣俞者无如修，尝问圣俞平生最好句，圣俞所自负者，皆修所不好；圣俞所卑下者，皆修所称赏。盖知音之难如是。其评古人诗，得无似之乎？（《古今诗话》）

（元）王构《修辞鉴衡》卷一，《丛书集成》本

元遗山《论诗三十首》，内一首云："有情芍药含春泪，无力蔷薇卧晚枝。拈出退之山石句，始知渠是女郎诗。"初不晓所谓，后见《诗文自警》一编，亦遗山所著，谓"有情芍药含春泪，无力蔷薇卧晚枝"，此秦少游《春雨》诗也。非不工巧，然以退之山石句观之，渠乃女郎诗也。破却工夫，何至作女郎诗？按昌黎诗云："山石荦确行径微，黄昏到寺蝙蝠飞。升堂坐阶新雨足，芭蕉叶大栀子肥。"遗山固为此论，然诗亦相题而作，又不可拘以一律。如老杜云："香雾云鬟湿，清辉玉臂寒。""俱飞蛱蝶元相逐，并蒂芙蓉本自双。"亦可谓女郎诗耶？

（明）瞿佑《归田诗话》卷上，《历代诗话续编》本

"日暮春台望，徙倚爱余光。都尉新移枣，司空始种杨。一枝犹桂

馥，十步有兰香。望望无萱草，沉忧竟不忘。"此诗用事奇崛工致。汉人尹都尉著书，名《种杨法》，中有云："枣鼠耳，槐兔目"之语。《淮南子》："二月之官司空，其树杨。"用事颇僻，故须略释。枣杨桂兰，所见也，兴也。萱草，所怀也，比也。八句之中，草木居其五焉，在后人不胜其堆垛矣。用之不觉者，以意胜也。与顾野王《芳树》诗相似。

（明）杨慎《升庵诗话》卷六，《历代诗话续编》本

傅咸《萤火赋》："虽无补于日月兮，期自照于陋形。当朝阳而戢景兮，必宵昧而是征。进不竞于天光兮，退在晦而能明。"骆宾王赋："光不周物，明足自资。处幽不昧，居照斯晦。"二子皆有托寓，繁简不同。子美"暗飞萤自照"之句，意愈简而辞愈工也。

（明）谢榛《四溟诗话》卷二，《历代诗话续编》本

诗以一句为主，落于某韵，意随字生，岂必先立意哉？杨仲弘所谓"得句意在其中"是也。

（明）谢榛《四溟诗话》卷二，《历代诗话续编》本

作诗不必执于一个意思，或此或彼，无适不可，待语意两工乃定。《文心雕龙》曰："诗有恒裁，思无定位。"此可见作诗不专于一意也。

（明）谢榛《四溟诗话》卷三，《历代诗话续编》本

诗有辞前意、辞后意，唐人兼之，婉而有味，浑而无迹。宋人必先命意，涉于理路，殊无思致。及读《世说》："文生于情，情生于文。"王武子先得之矣。

（明）谢榛《四溟诗话》卷一，《历代诗话续编》本

杨用修极称刘集之佳，摘句表章之。余观内外集，觉杨所遗尚多。如《送李侍郎自河南尹再除本官》曰："宫女犹传《洞箫赋》，国人先咏《衮衣诗》。"《赠令狐相公钲太原》曰："戎羯归心如内地，天狼无角比凡星。"《酬杨司业巨源》曰："渤海归人将集去，梨园子弟请词来。"《寄朗州温右史》曰："城边流水桃花过，帘外春风杜若香。"《送蕲州李郎中赴任》曰："蘺叶照人呈夏簟，松花满碗试新茶。"《过逢举法师寺院

便送归江陵》曰："猿狖窥斋林叶动，蛟龙闻咒浪花低。"《送曹璩归越中旧隐》曰："数间茅屋闲临水，一盏秋灯夜读书。"《酬浙东元相公》曰："平湖晚泛窥清镜，高阁晨开扫翠微。"《自江陵沿流道中》曰："沙村好处多逢寺，山叶红时觉胜春。"《守和州秋日即事寄张郎中籍》曰："云衔日脚成山雨，风驾潮头入渚田。"《洛中初冬拜表有怀上京故人》曰："清洛晓光铺碧簟，上阳霜叶剪红绡。"措辞命意，不切其地，即切其人，或切其事与景，真八面皆锋，较仅工一家之言者，真寒嗖矣！

（清）贺裳《酒园诗话又编》，《清诗话续编》本

茂秦尝自设问答，曰："夫作诗者立意易，措辞难，然辞意相属而不离。若专乎意，或涉议论而失于宋体；工乎辞，或伤气格而流于晚唐。"此真妙论。

（清）贺裳《载酒园诗话》卷一，《清诗话续编》本

学诗者每作一题，必先立意。不能命意者，沾沾于字句，方以避熟趋生为工。若知命意，迥不犹人，则神骨自超，风度自异。仅在字句求新者，犹村汉著新衣，徒增丑态而已。

（清）冒春荣《葚原诗说》卷一，《清诗话续编》本

诗以意为主，意所不到处，时复颟唐汗漫。予拣其通体严核血脉灌注者，列之上乘。

（清）张谦宜《絸斋诗谈》卷六，《清诗话续编》本

李雪庵溥尝题息斋李衍墨竹云："息斋画竹，虽云规模与可，盖其胸中自有悟处，故能振迅天真，落笔臻妙。简斋赋《墨梅》有云：'意足不求颜色似，前身相马九方皋。'余于此公墨竹亦云。"右一段不独论画，可以参作诗之法也。

（清）翁方纲《石洲诗话》卷五，《清诗话续编》本

勿写无意之景，勿措无味之辞。

（清）乔亿《剑溪说诗》卷下，《清诗话续编》本

诗与题称乃佳。如《石鼓歌》三篇，韩、苏为合作，韦左司殊未尽致。《桃源行》四篇，摩诘为合作，昌黎、半山大费气力，梦得亦澄汰未精。

（清）乔亿《剑溪说诗》卷上，《清诗话续编》本

诗最争意格。词气富健矣，格不清高，可作而不可示人。格调清高矣，意不精深，可示人而不可传远。有以论意格为腐谈者，中其所短故耶？

（清）潘德舆《养一斋诗话》卷三，《清诗话续编》本

问：虞待制论诗有"抛掷"二字，渔洋解以为"撒脱"，不知"撒脱"何义？

撒谓抛撒，脱谓脱离。余尝谓董香光以"透脱"二字论书，作诗亦然。意贵透，辞贵脱。意必能脱，而后弥透；辞必能透，而后弥脱。脱即"抛掷"之谓也。

（清）陈仅《竹林答问》，《清诗话续编》本

夫作者之亡也久矣，而吾欲求至乎其域，则务通乎其微，以其无意为之而莫不至也。故必讽诵之深且久，使吾之与古人诉合于无间，然后能深契自然之妙而究极其能事，若夫专以沉思力索为事者，固时亦可以得其意，然与夫心凝形释冥合于言议之表者，则或有间矣。故姚氏暨诸家因声求气之说为不可易也。

吾所求于古人者，由气而通其意以及其辞与法而喻乎其深。及吾所自为文，则一以意为主，而辞气与法胥从之矣。

（清）张裕钊《答吴至甫书》，《濂亭文集》卷四，清刊本

古之论文者曰，文以意为主，而辞欲能副其意，气欲能举其辞，譬之车然，意为之御，辞为之载，而气则所以行也，欲学古人之文，其始在因声以求气，得其气则意与辞往往因之而并显，而法不外是矣。是故契其一而其余可以绪引也。

盖曰意曰辞曰气曰法之数者，非判然自为一事，常乘乎其机而绳同以凝于一，惟其妙之一出于自然而已。自然者，无意于是而莫不备至，动皆

中乎其节而莫或知其然，日星之布列，山川之流峙是也，宁惟日星山川，凡天地之间之物之生而成文者，皆未尝有见其营度而位置之者也，而莫不蔚然以炳而秩然以从，夫文之至者，亦若是焉而已。观者因其既成而求之，而后有某者某者之可言耳。

（清）张裕钊《答吴至甫书》，《濂亭文集》卷四，清刊本

襞积钉饾，宁有文心！《芣苢》之乐，惟"采"、"有"、"掇"、"捋"、"袺"、"襭"之辞以致其遥情。《汉广》之思，惟"泳"、"方"之言以寄乎永叹。言之不縠，意岂无穷。

（清）佚名《静居绪言》，《清诗话续编》本

或曰诗惟含意，不在尽言。然《国风》辞多蕴藉，变雅则语类尽情。盖所遇不同，虑关近远，或冀闻声之可悟，或慨枉志难伸，义有固然，诗非漫与。

（清）佚名《静居绪言》，《清诗话续编》本

4. 为情造文

阳处父如卫，反，过宁。舍于逆旅宁嬴氏。嬴谓其妻曰："吾求君子久矣，今乃得之。"举而从之，阳子道与之语，及山而还。其妻曰："子得所求而不从之，何其怀也！"曰："吾见其貌而欲之，闻其言而恶之。夫貌，情之华也；言，貌之机也。身为情，成于中。言，身之文也。言文而发之，合而后行，离则有衅。今阳子之貌济，其言匮，非其实也。"

（先秦）《国语·晋语五》，上海古籍出版社本

不务以文胜情。

（先秦）《管子·侈靡》，《诸子集成》本

凡礼，始乎梲，成乎文，终乎悦校。故至备，情文俱尽。其次，情文代胜；其下，复情以归大一也。

（先秦）《荀子·礼论》，《诸子集成》本

鼓不灭于声，故能有声；镜不没于形，故能有形。金石有声，弗叩弗鸣；管箫有声，弗吹无声……故不得已而歌者，不事为悲；不得已而舞者，不矜为丽。歌舞而不事为悲丽者，皆无有根心者。

（汉）刘安《淮南子·诠言训》，《诸子集成》本

文者所以接物也，情系于中而欲发外者也。以文灭情，则失情；以情灭文，则失文；文情理通，则凤麟极矣。

（汉）刘安《淮南子·缪称训》，《诸子集成》本

或问："君子，言则成文，动则成德，何以也？"曰："以其弸中而彪外也。般之挥斤，羿之激矢，君子不言，言必有中也，不行，行必有称也。"

（汉）扬雄《法言·君子》，《丛书集成》本

贤圣定意于笔，笔集成文，文具情显，后人观之，见以正邪，安宜妄记！足蹈于地，迹有好丑；文集于札，志有善恶。故夫占迹以睹足，观文以知情。《诗》三百，一言以蔽之，曰："思无邪。"《论衡》篇以十数，亦一言也，曰："疾虚妄。"

（汉）王充《论衡·佚文篇》，中华书局本

是故《论衡》之造也，起众书并失实，虚妄之言胜真美也。故虚妄之语不黜，则华文不见息；华文放流，则实事不见用。故《论衡》者，所以诠轻重之言，立真伪之平，非苟调文饰辞，为奇伟之观也。其本皆起人间有非，故尽思极心，以讥世俗。世俗之性，好奇怪之语，说虚妄之文。何则？实事不能快意，而华虚惊耳动心也。是故才能之士，好谈论者，增益实事，为美盛之语。用笔墨者，造生空文，为虚妄之传，听者以为真然，说而不舍；览者以为实事，传而不绝。不绝则文载竹帛之上，不舍则误入贤者之耳。至或南面称师，赋奸伪之说；典城佩紫，读虚妄之书。明辨然否，疾心伤之，安能不论。

（汉）王充《论衡·对作篇》，中华书局本

昔诗人什篇，为情而造文，辞人赋颂，为文而造情。何以明其然？盖

风雅之兴,志思蓄愤,而吟咏情性,以讽其上,此为情而造文也;诸子之徒,心非郁陶,苟驰夸饰,鬻声钓世,此为文而造情也。故为情者要约而写真,为文者淫丽而烦滥。而后之作者,采滥忽真,远弃风雅,近师辞赋;故体情之制日疏,逐文之篇愈盛。故有志深轩冕,而泛咏皋壤;心缠几务,而虚述人外,真宰弗存,翩其反矣。夫桃李不言而成蹊,有实存也;男子树兰而不芳,无其情也。夫以草木之微,依情待实,况乎文章,述志为本,言与志反,文岂足徵?

(南朝·梁)刘勰《文心雕龙·情采》,人民文学出版社本

夫所谓著书者,义止于辞耳。宣之于口,书之于简,何择焉。孟轲之书,非轲自著;轲既殁,其徒万章、公孙丑相与记轲所言焉耳。

(唐)韩愈《答张籍书》,《昌黎先生集》卷十四,《四部丛刊》本

贞观末,标格渐高;景云中,颇通远调;开元十五年后,声律风骨始备矣。实由主上恶华好朴,去伪存真,使海内词场,翕然尊古,南风周雅,称阐今日。

(唐)殷璠《河岳英灵集序》,《唐人选唐诗(十种)》,上海古籍出版社本

夫诗,一句即须见其地居处。如"孟夏草木长,绕屋树扶疏,众鸟欣有托,吾亦爱吾庐。"若空言物色,则虽好而无味,必须安立其身。

(唐)[日]弘法大师《文镜秘府论·南卷·论文意》,《文镜秘府论校注》,中国社会科学出版社本

咏怀者,有咏其怀抱之事为兴是也。

(唐)[日]弘法大师《文镜秘府论·南卷·论文意》,《文镜秘府论校注》,中国社会科学出版社本

夫诗工创心,以情为地,以兴为经,然后清音韵其风律,丽句增其文采。如杨林积翠之下,翘楚幽花,时时间发。乃知斯文,味益深矣。

(唐)[日]弘法大师《文镜秘府论·南卷·论文意》,《文镜秘府论校注》,中国社会科学出版社本

乐始于人声而被于物，有情则有变，不得其正，故假无情以传之而五音生焉。及其末也，迁无情以就有情而声乱矣。

（宋）陈师道《理究》，《后山先生集》卷二十二，《四部备要》本

或问歌曲所起，曰：天地始分而人生焉，人莫不有心，此歌曲所以起也。《舜典》曰："诗言志，歌永言，声依永，律和声。"《诗序》曰："在心为志，发言为诗，情动于中而形于言。言之不足，故嗟叹之；嗟叹之不足，故永歌之；永歌之不足，不知手之舞之，足之蹈之。"《乐记》曰："诗言其志，歌咏其声，舞动其容：三者本于心，然后乐器从之。"故有心则有诗，有诗则有歌，有歌则有声律，有声律则有乐歌。永言，即诗也，非于诗外求歌也。今先定音节，乃制词从之，倒置甚矣。而士大夫又分诗与乐府作两科。古诗或名曰乐府，谓诗之可歌也，故乐府中有歌，有谣，有吟，有引，有行，有曲；今人于古乐府，特指为诗之流，而以词就音，始名乐府，非古也。舜命夔教胄子，诗歌声律，率有次第。又语禹曰："予欲闻六律、五声、八音在治，忽以出纳五言。"其君臣赓歌，九功、南风、卿云之歌，必声律随具。古者采诗，命太师为乐章，祭祀、宴射、乡饮皆用之，故曰：正得失，动天地，感鬼神，莫近于诗。先王以是经夫妇，成孝敬，厚人伦，美教化，易风俗。诗至于动天地，感鬼神，移风俗，何也？正谓播诸乐歌，有此效耳。然中世亦有因筦弦金石造歌以被之，若汉文帝使慎夫人鼓瑟，自倚瑟而歌，汉、魏作三调歌辞，终非古法。

（宋）王灼《碧鸡漫志》卷一，《中国古典戏曲论著集成》（一），中国戏剧出版社本

古人初不定声律，因所感发为歌，而声律从之，唐、虞禅代以来是也，余波至西汉末始绝。西汉时，今之所谓古乐府者渐兴，晋、魏为盛，隋氏取汉以来乐器、歌章、古调并入清乐，余波至李唐始绝。唐中叶虽有古乐府，而播在声律则鲜矣；士大夫作者，不过以诗一体自名耳。盖隋以来，今之所谓曲子者渐兴，至唐稍盛，今则繁声淫奏，殆不可数。古歌变为古乐府，古乐府变为今曲子，其本一也；后世风俗益不及古，故相悬

耳。而世之士大夫，亦多不知歌词之变。
　　　　　　（宋）王灼《碧鸡漫志》卷一，《中国古典戏曲论著集成》
　　　　　　（一），中国戏剧出版社本

　　荆轲入秦，燕太子丹及宾客送至易水之上。高渐离击筑，轲和而歌，为变徵之声，士皆涕泪。又前为歌曰："风箫箫兮易水寒，壮士一去兮不复还。"复为羽声慷慨，士皆瞋目，发上指冠。轲本非声律得名，乃能变徵换羽于立谈间，而当时左右听者亦不愤愤也。今人苦心造成一新声，便作几许大知音矣。
　　　　　　（宋）王灼《碧鸡漫志》卷一，《中国古典戏曲论著集成》
　　　　　　（一），中国戏剧出版社本

　　"萧萧马鸣，悠悠旆旌"，以"萧萧""悠悠"字，而出师整暇之情状，宛在目前。此语非惟创始之为难，乃中的之为工也。荆轲云："风萧萧兮易水寒，壮士一去兮不复还。"自常人观之，语既不多，又无新巧，然而此二语遂能写出天地愁惨之状，极壮士赴死如归之情，此亦所谓中的也。古诗"白杨多悲风，萧萧愁杀人"，"萧萧"两字，处处可用，然惟坟墓之间，白杨悲风，尤为至切，所以为奇。乐天云："说喜不得言喜，说怨不得言怨。"乐天特得其粗尔。此句用"悲""愁"字，乃愈见其亲切处，何可少耶？诗人之工，特在一时情味，固不可预设法式也。
　　　　　　（宋）张戒《岁寒堂诗话》卷上，《历代诗话续编》本

　　亡宋百余年间，唯欧阳公之文，不为兴新艰险之语，而有从容闲雅之态。丰而不余一言，约而不失一辞，使人读之者，亹亹不厌。盖非务奇之为尚，而其势不得不然之为尚也。
　　　　　　（金）赵秉文《竹溪先生文集引》，《闲闲老人滏水文集》卷十五，《四部丛刊》本

　　何以为是篇言哉？第每见举长吉诗教学者，谓其思深情浓，故语适称，而非刻画无情无思之辞，徒苦心出之者。
　　　　　　（元）刘将孙《刻长吉诗序》，《养吾斋集》卷九，《四库全书》珍本初集本

言有高而弗当，义有奥而弗通，若是者后世有传焉，无有也，又况言庞而弗律，义淫而无轨者乎。自孔氏后立言传世者不知几人焉，其灭没不传卒于齐民共腐者亦不知几人焉。姑以唐人言之，卢殷之文凡千余篇，李础之诗凡八百篇，樊绍述著樊子书六十卷，集诗文凡九百余篇，今皆安在哉？非其文不传也，言庞义淫非传世之器也。自今观之孔孟而下人乐传其文者屈原、荀况、董仲舒、司马迁，又其次王通、韩愈、欧阳修、周敦颐、苏洵父子，逮乎我朝姚公燧、虞公集、吴公澄、李公孝光，凡此十数君子，其言皆高而当，其义皆奥而通也。
　　　　　　（元）杨维桢《鹿皮子文集序》，《东维子文集》卷六，《四部丛刊》本

　　汉古《八变歌》，文繁于质，景富于情，恐是曹氏弟兄作。汉人语亦有甚丽者，然文蕴质中，情溢景外，非后世所及也。
　　　　　　（明）胡应麟《诗薮·内编》卷一，上海古籍出版社本

　　尝谓作诗者，初命一题，神情不属，便有一种供给应付之语；畏难怯思，即以充役，故每不得佳。余戏谓河下舆棣须驱遣，另换正身。能破此一关，沉思忽至，种种真相见矣。
　　　　　　（明）王世懋《艺圃撷余》，《历代诗话》本

　　文章家若有高世之识，写自得之语，便不必求工于字句之间。
　　　　　　（明）王嗣奭《管天笔记外编·文学》卷下，《四明丛书》本

　　古今之称诗者，多于麻竹，然而传至于今者寡矣，传至于今，而为人所嗟叹而不能已者，益又寡矣。此无他，则为人为己之分也。盖三百篇大抵出于放臣怨女怀沙恤纬之口，直达其悲壮怨诽之气，初未尝有古人之家数存于胸中，以为如是可以悦人，如是可以传远也，夫亦如飘虚之风，鸣秋之蛩，百物之相轧相应而成声耳。顾今之为诗者，才入雅道，便涉艺门，浮云白日，摘为古选，青枝黄鸟，拈为六朝，纷纭胶膝，自锢其灵明，无非欲示人以可悦耳，不知昔人之所以上下于千古者，用以自治其性情，非用以取法于章句也。
　　　　　　（清）黄宗羲《姜友棠诗序》，《黄梨洲文集》，中华书局本

　　论诗当论题。魏、晋以前，先有诗，后有题，为情造文也；宋、齐以

后，先有题，后有诗，为文造情也。诗之真伪，并见于此。

（清）乔亿《剑溪说诗》卷下，《清诗话续编》本

一人之身，情致蕴于内，姿媚见乎外，不可无也。作书亦然。古人之书原无所谓姿媚者，自右军一开风气，遂至姿媚横生，为后世行祖法，今人有谓姿媚为大病者，非也。

（清）钱泳《履园丛话·书学》，引自《历代书法论文选》，上海书画出版社本

载籍，情之府也，宫庙，文之府也，学士大夫，情与文之所钟也。入人国，其士大夫多，则朝廷之文必备矣，其士大夫之家久，则朝廷之情必深矣。豪杰入山泽，责人主之文也，劳人怨士之颠顿，觥人主之情也。故士气申则朝廷益尊，士业世则祖宗益高，士诗书则民听益美。其言如是，是善觇国哉！

（清）龚自珍《乙丙之际塾议第二十五》，《龚自珍全集》第一辑，上海人民出版社本

红友之论曰："曲有音，有情，有理。不通乎音，弗能歌；不通乎情，弗能作；理则贯乎音与情之间，可以意领不可以言宣。悟此，则如破竹、建瓴，否则终隔一膜也。"今观所著，庄而不腐，奇而不诡，艳而不淫，戏而不虐，而且宫律谐协，字义明晰，尤为惯家能事。情、理、音三字，亦惟红友庶乎尽之。

（清）梁廷枏《曲话》卷三，《中国古典戏曲论著集成》（八），中国戏剧出版社本

元曲多有以本人名姓直入句中，读之愈觉情文真切者。然亦止可一部中偶尔一用，多则易伤俚俗。

（清）梁廷枏《曲话》卷二，《中国古典戏曲论著集成》（八），中国戏剧出版社本

落笔务在得情，择词必须合意。如宴饮、陈诉、道路、军马、酸凄、调笑，自有专曲。用之不得其宜，虽才情生色，亦不足取也。

（清）黄图珌《看山阁集闲笔·文学部·曲有合情》，《中国古典戏曲论著集成》（七），中国戏剧出版社本

唱曲之法，不但声之宜讲，而得曲之情为尤重。盖声者众曲之所尽同，而情者一曲之所独异。不但生旦丑净，口气各殊，凡忠义奸邪，风流鄙俗，悲欢思慕，事各不同，使词虽工妙，而唱者不得其情，则邪正不分，悲喜无别，即声音绝妙，而与曲词相背，不但不能动人，反令听者索然无味矣。

（清）徐大椿《乐府传声·曲情》，《中国古典戏曲论著集成》（七），中国戏剧出版社本

问：咏物诗以何道为贵？

咏物诗寓兴为上，传神次之。寓兴者，取照在流连感慨之中，《三百篇》之比兴也。传神者，相赏在牝牡骊黄之外，《三百篇》之赋也。若模形范质，藻绘丹青，直死物耳，斯为下矣。予尝评友人诗云："诗中当有我在，即一题画，必移我以入画，方有妙题；一咏物，必因物以见我，方有佳咏。小者且然，况其大乎？"此语试参之。

（清）陈仪《竹林答问》，《清诗话续编》本

子规声与鹧鸪声，好鸟鸣春尚有情。何苦颟顸书数语，不加笺注不分明。

（清）张问陶《论诗十二绝句》其八，《船山诗草》卷十一，清刊本

有诗以来，郑渔仲主声，马贵与主义，持论各有所见。盖《三百》之义，尽于兴观群怨，其声则瞽史之徒皆能歌也。自后历代作者，精求其义，而节音不皆可歌，或五字并侧，或十字俱平。唐兴，昉《尚书》和声之旨，始制为律体。一律之内，旨邕音叶，格高句谐，平侧对待，自有一定。天然之妙，似于主声之说居胜。然兴会不高，神致索然，虽极宫商之美，弗善也。故知二家之说，合则并美，离则两伤，尽善尽美，斯为难矣。

（清）叶矫然《龙性堂诗话初集》，《清诗话续编》本

5. 意巧词妍

情欲信，辞欲巧。

（先秦）《礼记·表记》，《十三经注疏》本

君子之言，涉然而精，俛然而类，差差然而齐。彼正其名，当其辞，以务白其志义者也。彼名辞也者，志义之使也，足以相通，则舍之矣。苟之，奸也。故名足以指实，辞足以见极，则舍之矣。

（先秦）《荀子·正名》，《诸子集成》本

凡礼，始乎梲，成乎文，终乎悦校。故至备，情文俱尽；其次，情文代胜；其下复情以归大一也。

（先秦）《荀子·礼论》，《诸子集成》本

往日论文，先辞而后情，尚絜而不取悦泽。尝忆兄道张公文子论文，实自欲得。今日便欲宗其言。兄文章之高远绝异，不可复称言，然犹皆欲微多。但清新相接，不以此为病耳。若复令小省，恐其妙欲不见，可复称极，不审兄由以为尔不。茂曹碑皆自是蔡氏碑之上者，比视蔡氏数十碑，殊多不及，言亦自清美。愚以无疑不存。三祖赞不可闻。武帝赞如欲管管流泽。有以常相称美，如不史，愿更视之。小跛几而悦奕为尽理。

（晋）陆云《与兄平原书》，《全晋文》卷一百二十，中华书局本

其会意也尚巧，其遣言也贵妍……

或辞害而理比，或言顺而义妨。离之则双美，合之则两伤……或遗理以存异，徒寻虚以逐微。言寡情而鲜爱，辞浮漂而不归。犹弦幺而徽急，故虽和而不悲。

（晋）陆机《文赋》，《陆机集》卷一，中华书局本

其为物也多姿，其为体也屡迁。其会意也尚巧，其遣言也贵妍。暨音声之迭代，若五色之相宣。虽逝止之无常，固崎锜而难便。苟达变而识次，犹开流以纳泉。如失机而后会，恒操末以续颠，谬玄黄之秩序，故洟涩而不鲜。

（晋）陆机《文赋》，《陆机集》卷一，中华书局本

孙子荆除妇服，作诗以示王武子，王曰：未知文生于情，情生于文，览之悽然，增伉俪之重。

（南朝·宋）刘义庆《世说新语·文学》，《诸子集成》本

赞曰：文藻条流，托在笔札。既驰金相，亦运木讷。万古声荐，千里应拔。庶务纷纶，因书乃察。

（南朝·梁）刘勰《文心雕龙·书记》，人民文学出版社本

今才颖之士，刻意学文，多略汉篇，师范宋集，虽古今备阅，然近附而远疏矣。夫青生于蓝，绛生于蒨，虽逾本色，不能复化。桓君山云："予见新进丽文，美而无采；及见刘、扬言辞，常辄有得"；此其验也。故练青濯绛，必归蓝蒨；矫讹翻浅，还宗经诰。斯斟酌乎质文之间，而櫽括乎雅俗之际，可与言通变矣。

（南朝·梁）刘勰《文心雕龙·通变》，人民文学出版社本

故立文之道，其理有三：一曰形文，五色是也；二曰声文，五音是也；三曰情文，五性是也。五色杂而成黼黻，五音比而成韶夏，五情发而为辞章，神理之数也。

（南朝·梁）刘勰《文心雕龙·情采》，人民文学出版社本

是以联辞结采，将欲明经；采滥辞诡，则心理愈翳。固知翠纶桂饵，反所以失鱼。言隐荣华，殆谓此也。是以衣锦褧衣，恶文太章；贲象穷白，贵乎反本。夫能设谟以位理，拟地以置心。心定而后结音，理正而后摛藻，使文不灭质，博不溺心，正采耀乎朱蓝，间色屏于红紫，乃可谓雕琢其章，彬彬君子矣。

（南朝·梁）刘勰《文心雕龙·情采》，人民文学出版社本

原夫章表之为用也，所以对扬王庭，昭明心曲。既其身文，且亦国华。章以造阙，风矩应明；表以致禁，骨采宜耀。循名课实，以章为本者也。是以章式炳贲，志在典谟；使要而非略，明而不浅。表体多包，情伪屡迁，必雅义以扇其风，清文以驰其丽。然恳恻者辞为心使，浮侈者情为文使。繁约得正，华实相胜，唇吻不滞，则中律矣。子贡云："心以制之，言以结之"，盖一辞意也。荀卿以为"观人美辞，丽于黼黻文章"，亦可以喻于斯乎！

赞曰："敷表绛阙，献替黼扆。言必贞明，义则弘伟。肃恭节文，条理首尾。君子秉文，辞令有斐。"

（南朝·梁）刘勰《文心雕龙·章表》，人民文学出版社本

兹文为用，盖一代之典章也。构位之始，宜明大体，树骨于训典之区，选言于宏富之路，使意古而不晦于深，文今而不坠于浅，义吐光芒，辞成廉锷，则为伟矣。虽复道极数殚，终然相袭，而日新其采者，必超前辙焉。

    （南朝·梁）刘勰《文心雕龙·封禅》，人民文学出版社本

昔东平求诸子《史记》，而汉朝不与。盖以《史记》多兵谋，而诸子杂诡术也。然洽闻之士，宜撮纲要，览华而食实，弃邪而采正，极睇参差，亦学家之壮观也。

    （南朝·梁）刘勰《文心雕龙·诸子》，人民文学出版社本

《周书》论士，方之梓材，盖贵器用而兼文采也。是以朴斲成而丹雘施，垣墉立而雕杇附。而近代词人，务华弃实，故魏文以为古今文人之类不护细行，韦诞所评，又历诋群才，后人雷同，混之一贯，吁可悲矣！

    （南朝·梁）刘勰《文心雕龙·程器》，人民文学出版社本

齐世有辛毗者，清干之士，官至行台尚书，嗤鄙文学，嘲刘逖云："君辈辞藻，譬若荣华，须臾之玩，非宏才也；岂比吾徒千丈松树，常有风霜，不可凋悴矣！"刘应之曰："既有寒木，又发春华，何如也？"辛笑曰："可矣。"……

古人之文，宏材逸气，体度风格，去今实远，但缉缀疏朴，未为密致耳。今世音律谐靡，章句偶对，讳避精详，贤于往昔多矣。宜以古之制裁为本，今之辞调为末，并须两存，不可偏弃也。

    （北齐）颜之推《颜氏家训·文章》，《颜氏家训集解》，上海古籍出版社本

若夫椎轮为大辂之始，大辂宁有椎轮之质；增冰为积水所成，积水曾微增冰之凛。何哉？盖踵其事而增华，变其本而加厉；物既有之，文亦宜然。随时变改，难可详悉。

    （南朝·梁）萧统《文选序》，《文选》卷首，上海古籍出版社本

今春，生果来，益以新文二编，为书以投我。其间有律诗，今体赋，又非向所号进士者能及也。其诗效杜子美，深入其间；其文数章，皆意不常而语不俗，若杂于韩、柳集中，使能文之士读之，不之辨也。

  （宋）王禹偁《送丁谓序》，《小畜集》卷十九，《四部丛刊》本

  某去岁自西掖左官来商于仲咸方佐是郡。居一日，携家集相示，且具道其始末焉。某再拜而受之，三复而阅之，见其词丽而不冶，气直而不讦，意远而不泥；有讽谕，有感伤，有闲适；落落焉，铿铿焉，真一家之作也。惜乎公之文不可得而见矣，公之诗幸可得而传矣，公之志从可得而知矣。匪独藏于家，亦将行于世。后之人有如吴季札者，国风可辨也。有如韩宣子者，周礼可见也。岂徒录遗文，彰余庆而已哉！

  （宋）王禹偁《冯氏家集前序》，《小畜集》卷二十，《四部丛刊》本

  君建阳人，少以文章，干禄江表。神德平吴之六年，皇上嗣统之三载，始随计偕求试于大宗伯。君尤善辞赋，得贞元、长庆时风格。如《土鼓》、《蜃楼》数篇，皆辞理精妙，出人意表，故秉笔者许之。仆时在场屋，与之游者凡三年，同登乙科，交分益至，是以君之文行可得而熟矣。宜乎丹墀，奋鸿笔，作邦家之秀，为搢绅之光，而适海隅、厘冗务者何哉？

  （宋）王禹偁《选李巽序》，《小畜集》卷十九，《四部丛刊》本

  文章如涂金，光彩发美器，所宜玉石间，横写传千祀。

  （宋）梅尧臣《读永叔所撰薛云卫碣》，《宛陵先生集》卷十五，《四部丛刊》本

  前辱示书及文三篇，发而读之，浩乎若千万言之多。及少定而视焉，才数百言尔。非夫辞丰意雄，霈然有不可御之势，何以至此！

  （宋）欧阳修《答吴充秀才书》，《欧阳文忠集》卷四十七，《四部备要》本

  辞严意正质非俚，古味虽淡醇不薄。

  （宋）欧阳修《读张李二生文赠石先生》，《欧阳文忠集》卷二，《四部备要》本

谢希深尝诵哭僧诗云："烧痕碑入集，海角寺留真"，谓此人作诗不必好句，只求好意。

余以谓意好句必好矣。

（宋）张邦基《墨庄漫录》卷八，《丛书集成》本

《遁斋闲览》云："凡咏梅多咏白，而荆公诗独云：'须捻黄金危欲堕，蒂团红蜡巧能粧。'不惟造语巧丽，可谓能道人不到处矣。又东坡《咏梅》一句云：'竹外一枝斜更好。'语虽平易，然颇得梅之幽独闲静之趣。凡诗之咏物，虽平淡巧丽不同，要能以随意造语为工。公后复有诗云：'遥知不是雪，为有暗香来。'盖取苏子卿诗'只言花似雪，不悟有香来'之意。公在金陵，又有《和徐仲文颦字韵咏梅诗》二首，东坡在岭南，有《皷字韵梅诗》三首，皆韵险而语工，非大手笔不能到也。"

（宋）胡仔《苕溪渔隐丛话》前集卷二十七，人民文学出版社本

同甫集有《春秋属辞》三卷，于今世经义破题，乃昔人连珠急就之比，而寄意尤深远。又有长短句四卷，每一章就，辄自叹曰："平生经济之怀，略已陈矣。"余所谓微言，多此类也。若其他文，海涵泽聚，天霁风止，无狂浪暴流，而回漩起洑，萦映妙巧，极天下之奇险，固人之所共知，不待余言也。

（宋）叶适《书龙川集后》，《水心先生文集》卷二十九，《四部丛刊》本

情苟发于情性，更得兴致高远，体势稳顺，措词妥贴，音调和畅，斯可谓诗之最上乘矣。然岂可以易言哉？

（明）何良俊《四友斋丛说》卷二十四，中华书局本

读门下制义，气质为体，既写理以入微；音采为华，复援情而极变。虽未尽发渊海之藏，亦已少窥风霞之色矣。企佩弥怀，觏止何日？

（明）汤显祖《与张异度》，《汤显祖诗文集》卷四十六，上海古籍出版社本

今世之为诗者，大抵习乎其词，而不本于其情，故词虽工而情则非有。若吾修龄之诗……可谓情辞俱至，足以自名其家者也。

（明）王祎《盛修龄诗集序》，《王忠文公集》卷七，清刊本

然古人之传后世者，必其文之超逸独绝，不独以意识也。

（清）魏禧《与温伯芳》，《魏叔子文集》卷七，清刊本

诗家好作奇句警语，必千锤百炼而后能成。如李长吉"石破天惊逗秋雨"，虽险而无意义，只觉无理取闹。至少陵之"白摧朽骨龙虎死，黑入太阴雷雨垂"，昌黎之"巨刃磨天扬"、"乾坤摆礌硠"等句，实足惊心动魄；然全力搏兔之状，人皆见之。青莲则不然。如"抚顶弄盘古，推车转天轮。女娲戏黄土，团作愚下人，散在六合间，濛濛如沙尘"（《上云乐》），"举手弄清浅，误攀织女机"（《游泰山》），"一风三日吹倒山，白浪高于瓦官阁"（《横江词》），皆奇警极矣，而以挥洒出之，全不见其锤炼之迹。其他刻露处，如"长风入短袂，两手如怀冰"（《新平少年》），"客土植危根，逢春犹不死"（《树中草》），"蟪蛄啼青松，安见此树老"（《拟古》），"罗帏舒卷，似有人开；明月直入，无心可猜"（《独漉篇》），"莫卷龙须席，从他生网丝；且留琥珀枕，或有梦来时"（《白头吟》），皆人所百思不到；而入青莲手，一若未经构思者。后人从此等处悟入，可得其真矣。

（清）赵翼《瓯北诗话》卷一，人民文学出版社本

《孔丛子》曰："平原君谓公孙龙曰：'公无复与孔子高辩事也。其人理胜于辞，公辞胜于理。'"扬子曰："事辞称则经。"韩昌黎则曰："辞不足不可以为成文。"此"辞"字大抵已包理事于其中。不然，得无如荀子所谓"惠子蔽于辞而不知实"者乎？

（清）刘熙载《艺概·文概》，上海古籍出版社本

诗以意法胜者宜诵，以声情胜者宜歌。古人之诗，疑若千支万派，然曾有出于歌诵外者乎？

（清）刘熙载《艺概·诗概》，上海古籍出版社本

字须婉丽，句欲幽芳，不宜直绝痛快，纯在吞吐包含，且婉且丽，又幽又芳，情清调绝，骨韵声光，一洗浮滞之气，其谓妙旨得矣。

（清）黄图珌《看山阁集闲笔·文学部·词旨》，《中国古典戏曲论著集成》（七），中国戏剧出版社本

三

文　理

1. 文理关系

谈家所习，理胜其辞，就此求文，终然翳夺。

　　（南朝·梁）萧子显《南齐书·文学传论》，中华书局本

故义虽深、理虽当，词不工者不成文，宜不能传也。文、理、义三者兼并乃能独立于一时，而不泯灭于后代，能必传也。

　　（唐）李翱《答朱载言书》，《全唐文》卷六百三十五，中华书局本

文以理为本，而辞质在所尚。元宾尚于辞，故辞胜其理；退之尚于质，故理胜其辞。退之虽穷老不休，终不能为元宾之辞；假使元宾后退之之死，亦不能及退之之质。

　　（唐）陆希声《唐太子校书李观文集序》，《全唐文》卷八百一十三，中华书局本

·大凡论不必作好语言，意与理胜，则文字自然超众。故大手之文，不为诡异之体而自然宏富，不为险怪之辞而自然典丽，奇寓于纯粹之中，巧藏于和易之内。不善学文者，不求高于理与意，而务求于文采辞句之间，则亦陋矣。故杜牧之云："意全胜者，辞愈朴而文愈高；意不胜者，辞愈华而文愈鄙。"昔黄山谷云："好作奇语，自是文章一病，但当以理为

主。"理得而辞顺，文章自然出类拔萃。

（宋）陈亮《书作论法后·意与理胜》，《陈亮集》卷十六，上海人民出版社本

文以理为主，荀子于理有蔽，所以文不雅驯。

（宋）陆九渊《语录》，《象山先生全集》卷三十五，《四部丛刊》本

嘲弄风月，污人行止，此论之行已久。近世贵理学而贱诗，间有篇咏，率是语录讲义之押韵者耳。然康节、明道于风月花柳未尝不赏好，不害其为大儒。恕斋吴公，深于理学者，其诗皆关系伦纪教化，而高风远韵；尤于佳风月、好山水，大放厥辞，清拔骏壮。

（宋）刘克庄《跋恕斋诗存稿》，《后村先生大全集》卷一百十一，《四部丛刊》本

理无形而藏密，言有文而行远。由圣贤之训以至诸家之撰，皆言也。

（明）何景明《学约古文序》，《大复集》卷三十四，清刊本

晚唐绝"东风不与周郎便，铜雀春深锁二乔"，"可怜夜半虚前席，不问苍生问鬼神"，皆宋人议论之祖。间有极工者，亦气韵衰飒，天壤开、宝。然书情，则怆恻而易动人；用事，则巧切而工悦俗。世希大雅，或以为过盛唐，具眼观之，不待其辞毕矣。

（明）胡应麟《诗薮·内编》卷上，上海古籍出版社本

山谷《题严溪钓滩》诗云："能令汉家九鼎重，桐江波上一丝风。"说者谓东汉多名节之士，赖以久存，迹其本原，正在子陵钓竿上来。予谓论则高矣，而风何与焉？尝质之吾舅周君，君笑曰："想渠下此字时，其心亦必不能安也。"或曰诗人语不当如是论，曰：固也，然亦须不害于理乃可。如东坡《眉石砚》诗，指胡马于眉间，与此是一个规模也，而岂有意病哉？

（金）王若虚《滹南诗话》卷二，《历代诗话续编》本

唐诗有三变焉，至宋则变有不可胜言矣。诗以赋比兴为主，理固未尝

不具。今一以理言，遗其音节，失其体制，其得谓之诗欤？

　　　　　（元）袁桷《题闵思斋诗卷》，《清容居士集》卷五十，《四部丛刊》本

　　至理学兴而诗始废，大率皆以模写宛曲为非道。夫明于理者犹足以发先王之底蕴，其不明理则错冗猥俚散焉不能以成章，而诿曰：吾唯理是言。诗实病焉。今夫途歌巷语，风见之矣。至于二《雅》，公卿大夫之言，缜而有度，曲而不倨，将尽夫万物之藻丽，以极其形容赞美之盛。若是者，非夸且诬也。

　　　　　（元）袁桷《乐侍郎诗集序》，《清容居士集》卷二十一，《四部丛刊》本

　　文以理为主，而气以抒之。理不明，为虚文。气不足，则理无所驾。文之盛衰，实关时之否泰。是故先王以诗观民风，而知国之兴废，岂苟然哉！文与诗同生于人心，体制虽殊，而其造意出辞，规矩绳墨，固无异也。

　　　　　（明）刘基《苏平仲文稿序》，《苏平仲文稿》卷首，《四部丛刊》本

　　以予观之，荆公之雄不如韩，逸不如欧，飘宕疏爽，不如苏氏父子兄弟，而匠心所注，意在言外，神在象先，如入幽林邃谷而杳然洞天，恐亦古来所罕者。予每读其碑志墓铭，及他书所指次世之名臣硕卿、贤人志士，一言之予，一字之夺，并从神解中，点缀风刺，翩翩乎凌风之翮矣。于《史》、《汉》外别为三昧也。

　　　　　（明）茅坤《王文公文钞引》，《茅鹿门集》卷七，清刊本

　　吊岳诗必如尔，乃相当。陆贽云：感人以言，其感已微。数往事，发议论，以莛扣钟耳。

　　　　　（清）王夫之《明诗评选》卷六，徐渭《岳公祠》评语，《船山遗书》，太平洋书店重校刊本

　　从来论诗者，大约伸唐而绌宋。有谓唐人以诗为诗，主性情，于《三百篇》为近；宋人以文为诗，主议论，于《三百篇》为远。何言之谬

也。唐人诗有议论者，杜甫是也。杜五言古议论尤多，长篇如《赴奉先县咏怀》、《北征》及《八哀》等作，何首无议论？而独以议论归宋人，何欤？彼先不知何者是议论，何者为非议论，而妄分时代耶？且《三百篇》中，二《雅》为议论者正自不少，彼先不知《三百篇》，安能知后人之诗也？如言宋人以文为诗，则李白乐府长短句，何尝非文？杜甫《前、后出塞》及《潼关吏》等篇，其中岂无似文之句？为此言者，不但未见宋诗，并未见唐诗。村学究道听耳食，窃一言以诧新奇，此等之论是也。

（清）叶燮《原诗》，《清诗话》本

人谓诗主性情，不主议论，似也，而亦不尽然。试思二《雅》中，何处无议论？杜老古诗中，《奉先》、《咏怀》、《北征》、《八哀》诸作，近体中，《蜀相》、《咏怀》、《诸葛》诸作，纯乎议论。但议论须带情韵以行，勿近伧父面目耳。戎昱《和蕃》云："社稷依明主，安危托妇人。"亦议论之佳者。

（清）沈德潜《说诗晬语》，人民文学出版社本

文而不根于理，虽鲸铿春丽，终为浮词；理而不宣以文，虽词严义正，亦终病其不雅驯。譬诸礼乐，礼主于敬，理也，然袒裼而拜君父，则不足以为敬。乐主于和，理也，然喧呶歌舞，快然肆意，则不足以为和。唐以前文，论事者多，论理者少，固已。宋以后讲学之家发明圣道，其理不为不精，而置诸词苑，究如王氏《中说》、太公家训，为李习之所不满，其故不可深长思乎？

（清）纪昀《明皋文集序》，《纪文达公遗集》卷九，清刊本

欧阳以古文名家，其诗遂不大著。东坡举其"万马不嘶听号令，诸番无事乐耕耘"，以为集中杰作。然非其至也。惟《崇徽公主和番诗》云："玉颜自昔为身累，肉食何人与国谋。"此何等议论，乃熔铸于十四字中，自然英光四射。又如《送杜岐公致仕》云："貌先年老缘忧国，事与心违始乞身。"意更深郁深挚，即少陵集中，亦无可比拟也。

（清）赵翼《瓯北诗话》卷十一，人民文学出版社本

《孔丛子》："宰我问：'君子尚辞乎？'孔子曰：'君子以理为尚。'"

文中子曰:"言文而不及理,是天下无文也。"昌黎虽尝谓"辞不足不可以为成文",而必曰:"学所以为道,文所以为理。"陆士衡《文赋》曰:"理扶质以立干。"刘彦和《文心雕龙》曰:"精理为文。"然则舍理而论文辞者,奚取焉?

(清)刘熙载《艺概·文概》,上海古籍出版社本

2. 务以理胜

凡君子之说也,非苟辨也;士之议也,非苟语也,必中理然后说,必当义然后议。故说议而王公大人益好理矣,士民黔首益行义矣。义理之道彰,则暴虐奸诈侵夺之术息也。暴虐奸诈之与义理,反也。

(先秦)《吕氏春秋》卷七《怀宠》,《诸子集成》本

然八音之器,歌舞之象,历世之士,并为之赋、颂,其体制风流,莫不相袭:称其材干,则以危苦为上;赋其声音,则以悲哀为主;美其感化,则以垂涕为贵。丽则丽矣,然未尽其理也。推其所由,似元不解音声;览其旨趣,亦未达礼乐之情也。

(晋)嵇康《琴赋·序》,《全三国文》卷四十七,中华书局本

故其大体所资,必枢纽经典;采故实于前代,观通变于当今;理不谬摇其枝,字不妄舒其藻。又郊祀必洞于礼,戎事必练于兵,田谷先晓于农,断讼务精于律。然后标以显义,约以正辞,文以辨洁为能,不以繁缛为巧;事以明核为美,不以深隐为奇;此纲领之大要也。若不达政体,而舞笔弄文,支离构辞,穿凿会巧,空骋其华,固为事实所摈;设得其理,亦为游辞所埋矣。昔秦女嫁晋,从文衣之媵,晋人贵媵而贱女;楚珠鬻郑,为薰桂之椟,郑人买椟而还珠;若文浮于理,末胜其本,则秦女楚珠,复在于兹矣。

(南朝·梁)刘勰《文心雕龙·议对》,人民文学出版社本

名之扬抑,既其然矣;位之通塞,亦有以焉。盖士之登庸,以成务为用。鲁之敬姜,妇人之聪明耳,然推其机综,以方治国;安有丈夫学文,而不达于政事哉?彼扬马之徒,有文无质,所以终乎下位也。昔庾元规才

华清英，勋庸有声，故文艺不称，若非台岳，则正以文才也。文武之术，左右惟宜，郤縠敦《书》，故举为元帅，岂以好文而不练武哉？孙武《兵经》，辞如珠玉，岂以习武而不晓文也？

（南朝·梁）刘勰《文心雕龙·程器》，人民文学出版社本

夫驳议偏辨，各执异见；对策揄扬，大明治道。使事深于政术，理密于时务，酌三五以熔世，而非迂缓之高谈；驭权变以拯俗，而非刻薄之伪论；风恢恢而能远，流洋洋而不溢，王庭之美对也。难矣哉，士之为才也！或练治而寡文，或工文而疏治；对策所选，实属通才，志足文远，不其鲜欤！

赞曰：议惟畴政，名实相课。断理必纲，擒辞无懦。对策王庭，同时酌和。治体高秉，雅谟远播。

（南朝·梁）刘勰《文心雕龙·议对》，人民文学出版社本

文章当以理致为心肾，气调为筋骨，事义为皮肤，华丽为冠冕。今世相承，趋本弃末，率多浮艳。辞与理竞，辞胜而理伏；事与才争，事繁而才损。放逸者流宕而忘归，穿凿者补缀而不足。时俗如此，安能独违？但务去泰去甚耳。必有盛才重誉，改革体裁者，实吾所希。

（北齐）颜之推《颜氏家训·文章》，《颜氏家训集解》，上海古籍出版社本

子在长安，杨素、薛孽、李德林皆请见，子与之言，归而有忧色。门人问子，子曰："素与吾言终日，言政而不及化；孽与吾言终日，言声而不及雅；德林与吾言终日，言文而不及理。"门人曰："然则何忧？"子曰："非尔所知也。二三子皆朝之预议者也，今言政而不及化，是天下无礼也；言声而不及雅，是天下无乐也；言文而不及理，是天下无文也。王道从何而兴乎？吾所以忧也。"

（隋）王通《文中子·中说·王道篇》，《四部丛刊》本

是以善取士者，必能使师表一人，富寿百姓。其为言也，垂于后，其为政也，利于时；其为文也，归于理。不离坚合异，以侈其言，不乱常变古，以施其政；不寻章摘句，或骋其文。赫乎功名，与天地共尽，则德行

之效，不亦章章乎！

　　　　　（宋）王禹偁《省试四科取士何先论》，《小畜外集》卷九，《四部丛刊》本

　　又谓"汉朝人莫不能文，独司马相如、刘向、扬雄为之最"，是谓功用深具文名远者，数子之（文）班固取之，列于《汉书》。若相如《上林赋》、《喻蜀》、《封禅文》，刘向谏山陵，扬雄议边事，皆子之所见也，曷尝语艰而义奥乎？谓功用深者，取其理之当尔，非语适义暗而谓之功用也，生其志也。

　　　　　（宋）王禹偁《再答张扶书》，《小畜集》卷十八，《四部丛刊》本

　　之子来相问，吾言岂不诚。文章难得理，声律易求名。

　　　　　（宋）李觏《送君俞》，《直讲李先生文集》卷三十六，《四部丛刊》本

　　古之文章，虽制作之体不一端，大抵不过记事辨理而已。记事而可以垂世，辨理而足以开物，皆词达者也。虽然有道，词生于理，理根于心，苟邪气不入于心，僻学不接于耳目，中和正大之气溢于中，发于文字言语，未有不明白条畅，盍观于语者乎！直者，文简事核而明，虽使妇女童子听之而谕；曲者，枝词游说，文繁而事晦，读之三反而不见其情，此无待而然也。

　　　　　（宋）张耒《答汪信民书》，《张右史文集》卷五十八，《四部丛刊》本

　　夫文何为而设也？知理者不能言，世之能言者多矣，而能文者独传。岂独传哉？因其能文也，而言益工；因其言工，而理益明，是以圣人贵之。自六经以下，至于诸子百氏、骚人辩士论述，大抵皆将以为寓理之具也。是故理胜者，文不期工而工；理诎者，巧为粉泽而隙间百出……故学文之端，急于明理，夫不知为文者，无所复道；如知文而不务理，求文之工，世未尝有是也。

　　　　　（宋）张耒《答李推官书》，《张右史文集》卷五十八，《四部丛刊》本

李白诗类其为人，骏发豪放，华而不实，好事喜名，不知义理之所在也。语用兵则先登陷阵不以为难；语游侠则白昼杀人不以为非，此岂其诚能也哉！白始以诗经奉事明皇，遇谗而去，所至不改其旧。永王将窃据江淮，白起而从之不疑，遂以放死，今观其诗固然。唐诗人李杜称首，今其诗皆在。杜甫有好义之心，白所不及也。汉高帝归丰沛作歌曰："大风起兮云飞扬，威加海内兮归故乡，安得猛士兮守四方。"高帝岂以文字高世者哉，帝王之度固然发于其中而不自知也。白诗反之曰："但歌大风云飞扬，安用猛士守四方"，其不识理如此。老杜赠白诗有细论文之句，谓此类也哉。

（宋）苏辙《诗病五事》之一，《栾城集》卷八，《四部丛刊》本

山谷云："好作奇语，自是文章一病。但当以理为主，理得而辞顺，文章自然出群拔萃。观子美到夔州后诗，退之自潮州还朝后文，皆不烦绳削而自合矣。"

（宋）胡仔《苕溪渔隐丛话》前集卷十三，人民文学出版社本

大凡论不必作好语言，意与理胜，则文字自然超众。故大手之文，不为诡异之体而自然宏富，不为险怪之辞而自然典丽，奇寓于纯粹之中，巧藏于和易之内。不善学文者，不求高于理与意，而务求于文采辞句之间，则亦陋矣。故杜牧之云："意全胜者，辞愈朴而文愈高；意不胜者，辞愈华而文愈鄙。"昔黄山谷云："好作奇语，自是文章一病，但当以理为主。"理得而辞顺，文章自然出类拔萃。

（宋）陈亮《书作论法后·意与理胜》，《陈亮集》卷十六，上海人民出版社本

其为文词，务以理胜，不暇如他文士驰骋葩藻以为工，而当时求者纷如也。

（明）宋濂《莆田四如先生黄公后集序》，《宋文宪全集》卷十二，《四部备要》本

理无形而藏密，言有文而行远，由圣贤之训以至诸家之撰，皆言也，殊途异门，积案充栋，有不可穷揽者，然言宣乎理，理存诸心，体用显微，同源无间，故反求而为己，则一而有获，外驰而为人，则多而益蔽，此公私之辨，义利之分，君子小人之向也。夫予既程其书矣，诸生其自兹口诵其言，心会其理，身体其事，择善而用中，知至以求止，庶弗畔于孔门博文约礼之教，而亦征于孟氏详说反约之传矣。苟以资乎口耳而弃乎身心，繁其枝叶而剥其根本，岂莫达，终亦必亡已。

（明）何景明《〈学约古文〉序》，《大复集》卷三十四，清刊本

山有色，岚是也。水有文，波是也。学道有致，韵是也。山无岚则枯，水无波则腐，学道无韵则老学究而已。昔夫子之贤回也以乐，而其与曾点也以童冠咏歌，夫乐与咏歌，固学道人之波澜色泽也。江左之士，喜为任达，而至今谈名理者必宗之。俗儒不知，叱为放诞，而一一绳之以理，于是高明玄旷清虚淡远者，一切皆归之二氏。而所谓腐滥纤啬卑滞局局者，尽取为吾儒之受用，吾不知诸儒何所师承，而冒焉以为孔氏之学脉也。且夫任达不足以持世，是安石之谈笑，不足以静江表也；旷逸不足以出世，是白、苏之风流，不足以谈物外也。大都士之有韵者，理必入微，而理又不可以得韵。故叫跳反掷者，稚子之韵也；嬉笑怒骂者，醉人之韵也。醉者无心，稚子亦无心，无心故理无所托，而自然之韵出焉。由斯以观，理者是非之窟宅，而韵者大解脱之场也。

（明）袁宏道《寿存斋张公七十序》，《袁宏道集笺校》卷五十四，上海古籍出版社本

沧溟《赠王序》谓"视古修词，宁失诸理。"夫孔子所云"辞达"者，正达此理耳，无理则所达为何物乎？无论典谟《语》、《孟》，即诸子百氏，谁非谈理者？道家则明清净之理，法家则明赏罚之理……汉、唐、宋诸名家，如董、贾、韩、柳、欧、苏、曾、王诸公，及国朝阳明、荆川，皆理充于腹，而文随之。彼何所见，乃强赖古人失理耶？

（明）袁宗道《论文》下，《白苏斋类集》卷二十，《中国古典文学珍本丛书》本

贾子《过秦》，班孟坚正其失。昭明选文，遂去一篇。古人文字好恶俱要论理。如宋人则任意乱说，只炼文字。谢叠山《文章规范》尤非，他专以诬毁古人为有英气，此极害事。

（清）冯班《家戒下》，《钝吟杂录》卷二，《丛书集成》本

学草书须逐字写过，令使转虚实，一一尽理。至兴到之时，笔势自生，大小相参，上下左右，起止映带，虽狂如旭、素，咸臻神妙矣。古人醉时作狂草，细看无一失笔。平日工夫细也，此是要诀。

（清）冯班《日记》，《钝吟杂录》卷六，《丛书集成》本

文以理为主，然而情不至，则亦理之郭廓耳。庐陵之志交友，无不鸣咽，子厚之言身世，莫不悽怆，郝陵川之处真州，戴剡源之入故都，其言皆能恻恻动人。古今自有一种文章，不可磨灭，真是天若有情天亦老者，而世不乏堂堂之阵，正正之旗，皆以大文目之，顾其中无可以移人之情者，所谓剀然无物者也。

（清）黄宗羲《论文管见》，《黄梨洲文集》，中华书局本

谢灵运一意回旋往复，以尽思理，吟之使人卞躁之意消。《小宛》抑不仅此，情相若，理尤居胜也。王敬美谓："诗有妙悟，非关理也。"非理抑将何悟？

（清）王夫之《薑斋诗话》卷一，人民文学出版社本

汉后皆风人之诗，魏后皆词人之赋，虽四始道微，而菁华犹未遽竭。何也？以不堕理窟，不缚言筌耳。世曰杜陵义兼《雅》、《颂》，然末叶弊法，颇见权舆。逮宋人踵之，并今诗之法俱丧，慎言哉！

（清）毛先舒《诗辩坻》卷一，《清诗话续编》本

夫文之衰，至今极矣，有志者起而振之。若曰舍唐、宋人则无所问津，愚虽陋劣，未敢以为然也。古之有至德卓行者，多不以文自见，不得已而欲自见于文，其取精用宏，固自有术，而要之以进德修业为本原，以崇实黜浮为标准，以有关系发明为体要。理充者华彩不为累，气盛者偶丽不为病，陈言不足去，新语不足撰，非格式所能拘，非世运所能限，在山

满山，在谷满谷，则庶几乎由秦而前，圣贤人之文矣。若退之之张皇号叫，永叔之缠绵悲慨，皆内不足而求工好于文，岂古人所有哉？

（清）程廷祚《复家鱼门论古文书》，《青溪文集》卷十，清刊本

诗要有理，不是"万物静观皆自得，四时佳兴与人同"才为理。一事一物皆有理，只看《左传》臧孙达之言"先王昭德塞违者，如昭其文也"之类，皆是说理，可以省悟于诗。杜牧之叙李贺集，种种言其奇妙，而要终之言曰："稍加以理，奴仆命《骚》可也。"可见词虽有余而理或不足是大病。

（清）方世举《兰丛诗话》，《清诗话续编》本

理，譬则水也；事物，譬则器也；器有大小浅深，水如量以注之，无盈缺也。今欲以水注器者，姑置其器而论水之挹注盈虚，与夫量空测实之理，争辨穿年未有已也，而器固已无用矣。

（清）章学诚《朱陆》，《文史通义·内篇三》，《四部备要》本

夫言所以明理，而文辞则所以载之之器也；虚车徒饰，而主者无闻，故溺于文辞者，不足与言文也。《易》曰："物相杂，故曰文。"又曰："其指远，其辞文。"《书》曰："政贵有恒，辞尚体要。"《诗》曰："辞之辑矣，民之洽矣。"《记》曰："毋剿说，毋雷同。则古昔，称先王。"《传》曰："辞达而已矣。"曾子曰："出辞气，斯远鄙悖矣。"经传圣贤之言，未尝不以文为贵也。盖文固所以载理，文不备，则理不明也。且文亦自有其理；妍媸好丑，人见之者，不约而有同然之情，又不关于所载之理者，即文之理也。故文之至者，文辞非其所重尔，非无文辞也。而陋儒不学，狠曰"工文则害道"；故君子恶夫似之而非者也。

（清）章学诚《辨似》，《文史通义·内篇三》，《四部备要》本

"出辞气，斯远鄙悖矣。"悖者修辞之罪人，鄙则何以必远也？不文则不辞，辞不足以存，而将并所以辞者亦亡也。诸子百家悖于理而传者有之矣，未有鄙于辞而传者也。理不悖而鄙于辞，力不能胜；辞不鄙而悖于

理，所谓"五谷不熟，不如荑稗"也。理重而辞轻，天下古今之通义也；然而鄙辞不能夺悖理，则妍媸好恶之公心，亦未尝不出于理故也。

（清）章学诚《说林》，《文史通义·内篇四》，《四部备要》本

文无论奇正，皆取明理。试观文孰奇于庄子，而陈君举谓其"凭虚而有理致"，况正于庄子者乎！

（清）刘熙载《艺概·文概》，上海古籍出版社本

遇他人以为极艰极苦之境，而能外形骸以理自胜，此韩、苏两家诗意所同。

（清）刘熙载《艺概·诗概》，上海古籍出版社本

3. 重文不重理

昔虞廷之谟曰："诗言志，歌永言。"孔庭之训曰："不学诗，无以言。"言者，心之声也。文辞之于言，又其精者。诗之于文辞，又其谐之声律者。然则"在心为志，发言为诗"，一衷诸理而已。理者，民之秉也，物之则也，事境之归也，声音律度之矩也。是故渊泉时出，察诸文理焉；金玉声振，集诸条理焉；畅于四支，发于事业，美诸通理焉。义理之理，即文理之理，即肌理之理也……

士生今日，经籍之光，盈溢于世宙，为学必以考证为准，为诗必以肌理为准。《记》曰："声相应，故生变；变成方，谓之音。"又曰："声成文，谓之音。声音之道，与政通矣。"此数言者，千万世之诗视此矣。学古有获者，日览千百家之诗可也。惟是检之于密理，约之于肌理，则窃欲隅举焉。于唐得六家，于宋、金、元得五家。抄为一编，题目《志言》，时以自勉，亦时以勉各同志，庶几有专师而无泛骛也欤！

（清）翁方纲《志言集序》，《复初斋文集》卷四，清刊本

诗必研诸肌理，而文必求其实际。夫非仅为空谈格韵者言也，持此足以定人品学问矣。乃今于曹子俪笙诗文集发之。圣门善言德行，则文章即行事也。《乐记》："声音之道与政通"，则文章即政事也。泥于言法者，或为绳墨所窘；矜言才藻者，或外绳墨而驰；是皆不知文词与事境合而一

之者也。俪笙于诗文，自其家学，已探粹密，比入词垣，日校勘中秘书，益进而窥古作者之原委，积今盖四十余年矣。其力学之诚，敬业之勤，由翰林以至端揆，恂恂如寒素，几案间无代笔之门客，以暇录其诗文成帙，曰《延晖阁集》，敬识蒙恩赐"纶阁延晖"之额以名之。读斯集者，第知其纪荣遇，而其实即文章政事合一之义也。凡临事视若具文者，用心必不诚，故其毅力不克勤以副之，是即为诗文徒袭格调而不得其真际者也。学者涵养深醇之候，与岁俱进，与日偕长，然后仰见延晖之义，无微弗彻。诚以贯之，勤以永之，备诸体以综百家，是有准乎绳墨之上，而立乎格韵之先者。将由经训以衷道，要岂独诗文已哉！

（清）翁方纲《延晖阁集序》，《复初斋文集》卷四，清刊本

即足下论文，如射之有志，可谓识所取舍者矣。而何以每见足下于庄、屈之荒唐，则爱之而诵之，于程、朱之语录，则尊之而远之？岂足下之行与言违哉？盖以理论则语录为精，以文论则庄、屈为妙。足下所爱在文而不在理，则持论虽正，有时而嗒然自忘。

（清）袁枚《答友人论文第二书》，《小仓山房诗文集·文集》卷十九，《四部备要》本

古云："诗有别材，非关书也；诗有别趣，非关理也。"此说诗之妙谛也，而未足以尽诗之境。如杜子美"雨露之所濡，甘苦齐结实"，白乐天"野火烧不尽，春风吹又生"，韩退之《拘幽操》，孟东野《游子吟》，是非有得于天地万物之理，古圣贤人之心，乌能至此？可知学问理解，非徒无碍于诗，作诗者无学问理解，终是俗人之谈，不足供士大夫之一笑。然正有无理而妙者，如李君虞"嫁得瞿塘贾，朝朝误妾期。早知潮有信，嫁与弄潮儿"。刘梦得"东边日出西边雨，道是无晴却有晴"。李义山"八骏日行三万里，穆王何事不重来"。语圆意足，信手拈来，无非妙趣。可知诗之天地，广大含宏，包罗万有，持一论以说诗，皆井蛙之见也。

（清）方南堂《辍锻录》，《清诗话续编》本

4. 无理而妙

乐府诗妙在可解不可解之间。一涉议论，便是鬼道。

（明）胡震亨《唐音癸签》卷三，古典文学出版社本

《北西厢记》:"请字儿不曾出声,去字儿连忙答应。"形容君瑞急色,政以不入理见佳。或谓请未出声,如何答去,改作"请字儿方才出声",索然无味。识乖名通,屈杀古人几许。此读《云汉》之诗,而谓周果无遗民也。晓此,凡百俱不瞀,岂文章一端耶!

(清)毛先舒《诗辩坻》卷四,《清诗话续编》本

诗一往作遗世自乐语,以为仙意,不知却是仙障。仙意须如阴长生古诗"游戏仙都,顾愍群愚"二语,庶为得之。抑《度人经》所谓"悲歌朗太空"也。

(清)刘熙载《艺概·诗概》,上海古籍出版社本

词要放得开,最忌步步相连;又要收得回,最忌行行愈远。必如天上人间,去来无迹,斯为入妙。

(清)刘熙载《艺概·词曲概》,上海古籍出版社本

5. 反对理过其辞

永嘉时,贵黄、老,稍尚虚谈,于时篇什,理过其辞,淡乎寡味。

(南朝·梁)钟嵘《诗品·序》,《诗品注》,人民文学出版社本

黄鲁直云,杜之诗法出审言,句法出庾信,但过之尔。杜之诗法,韩之文法也。诗文各有体。韩以文为诗,杜以诗为文,故不工尔。

(宋)陈师道《诗话》,《后山集》卷二十三,《四部备要》本

沈括存中、吕惠卿吉父、王存正仲、李常公择,治平中,同在馆下谈诗。存中曰:"韩退之诗乃押韵之文耳,虽健美富赡,而格不近诗。"吉父曰:"诗正当如是,我谓诗人以来未有如退之者。"正仲是存中,公择是吉父,四人交相诘难,久而不决。公择忽正色谓正仲曰:"君子群而不党,公何党存中也?"正仲勃然曰:"我所见如是,顾岂党邪?以我偶同存中,遂谓之党,然则君非吉甫之党乎?"一座大笑。

(宋)魏泰《临汉隐居诗话》,《历代诗话》本

《国风》、《离骚》固不论，自汉、魏以来，诗妙于子建，成于李、杜，而坏于苏、黄。余之此论，固未易为俗人言也。子瞻以议论作诗，鲁直又专以补缀奇字，学者未得其所长，而先得其所短，诗人之意扫地矣。

（宋）张戒《岁寒堂诗话》卷上，《历代诗话续编》本

迨本朝则文人多诗人少，三百年间虽人各有集，集各有诗，诗各自为体，或尚理致，或负材力，或呈辨博，少者千篇，多至万首，要皆经义策论之有韵者尔，非诗也。自二三巨儒及十数大作家俱未免此病。

（宋）刘克庄《序竹溪诗》，《后村先生大全集》卷九十四，《四部丛刊》本

夫诗有别材，非关书也；诗有别趣，非关理也。然非多读书，多穷理，则不能极其至。所谓不涉理路，不落言筌者，上也。诗者，吟咏情性也。盛唐诸人惟在兴趣，羚羊挂角，无迹可求。故其妙处透彻玲珑，不可凑泊，如空中之音，相中之色，水中之月，镜中之象，言有尽而意无穷。近代诸公乃作奇特解会，遂以文字为诗，以才学为诗，以议论为诗。夫岂不工，终非古人之诗也。盖于一唱三叹之音，有所歉焉。且其作多务使事，不问兴致；用字必有来历，押韵必有出处，读之反复终篇，不知着到何在。其末流甚者，叫噪怒张，殊乖忠厚之风，殆以骂詈为诗。诗而至此，可谓一厄也。

（宋）严羽《沧浪诗话·诗辨》，《沧浪诗话校释》，人民文学出版社本

（贾岛）当冥搜之际，前有王公贵人皆不觉。游心万仞，虑入无穷……逗留长安，虽行坐寝食，苦吟不辍。尝跨蹇驴，张盖横截天衢，时秋风正厉，黄叶可扫，遂吟曰："落叶满长安"，方思属联，杳不可得，忽以"秋风吹渭水"为对，喜不自胜，因唐突大京兆刘乃楚，被系一夕，旦释之。

（元）辛文房《唐才子传》，古典文学出版社本

禅家戒事理二障，余戏谓宋人诗，病政坐此。苏、黄好用事，而为事

使事障也；程、邵好谈理，而为理缚理障也。

（明）胡应麟《诗薮·内编》卷二，中华书局本

叙事议论，绝非诗家所需，以叙事则伤体，议论则费词也。然总贵不烦而至，如《棠棣》不废议论，《公刘》不无叙事。如后人以文体行之，则非也。戎昱"社稷依明主，安危托妇人。""过因谗后重，恩合死前酬。"此亦议论之佳者矣。

（明）陆时雍《诗镜总论》，《历代诗话续编》本

东坡以黄茅白苇比王氏之文。余以为不独王氏也，濂、洛崛起之后，诸儒寄身储胥虎落之内者，余读其文集，不出道德性命，然所言皆土梗耳。高张凡近，争匹游夏，如此者十之八九，可不谓之黄茅白苇乎？其时永嘉之经制，永康之事功，龙泉之文章，落落峥嵘于天壤之间，宁为雷同者所排，必不肯自处于浅末，盖自有宇宙以来，凡是无不可假，唯文为学力才禀所成，笔才点牍，则底里上露，不能以口舌贵贱，不可以时代束缚。故六朝脂粉之世而有徐、庾，西昆驱染之世而有杨、刘，即在黄茅白苇之中，未尝掩其本色也。

（清）黄宗羲《郑禹梅刻稿序》，《黄梨洲文集》，中华书局本

唐人作唐人诗序，亦多夸词，不尽与作者痛痒相中。惟杜牧之作李长吉序，可以无愧，然亦有足商者……又谓："理虽不及，辞或过之，使加以理，奴仆命《骚》可也"数语，吾有疑焉。夫唐诗所以夐绝千古者，以其绝不言理耳。宋之程、朱，及故明陈白沙诸公，惟其谈理，是以无诗。彼《六经》皆明理之书，独《毛诗三百篇》不言理；惟其不言理，所以无非理也。圣贤读"素绚"而得"礼后"，读"尚絅"而得"阇然"，读"唐棣"而得"思远"，盖圣贤事境圆明，风谣工歌，无不可以入理。若但作理解，则固陋已甚，且不能如匡鼎之解颐，又安能若西河之起予哉。《楚骚》虽忠爱恻怛，然其妙在荒唐无理，而长吉诗歌所以得为《骚》苗裔者，政当于无理中求之，奈何反欲加以理耶？理袭辞鄙，而理亦付之陈言矣，岂复有长吉诗歌？又岂复有《骚》哉？

（清）贺贻孙《诗筏》，《清诗话续编》本

唐释子以诗传者数十家，然自皎然外，应推无可、清塞（即周贺）、齐己、贯休数人为最。以此数人诗无钵盂气也。僧家不独忌钵盂语，尤忌禅语。近有禅师作诗者，余谓此禅也，非诗也。禅家、诗家，皆忌说理。以禅作诗，即落道理，不独非诗，并非禅矣。诗中情艳语皆可参禅，独禅语必不可入诗也。尝见刘梦得云："释子诗因定得境，故清；由悟遣言，故慧。"余谓不然。僧诗清者，每露清痕，慧者即有慧迹。诗以兴趣为主，兴到故能豪，趣到故能宕。释子兴趣索然，尺幅易窘，枯木寒岩，全无暖气，求所谓纵横不羁、潇洒自如者，百无一二，宜其不能与才子匹敌也。每爱唐僧怀素草书，兴趣豪宕，有"椎碎黄鹤楼，踢翻鹦鹉洲"之概。使僧诗皆如怀素草书，斯可游戏三昧，夺李、杜、王、孟之席，惜吾未见其人也。

（清）贺贻孙《诗筏》，《清诗话续编》本

　　《小雅·鹤鸣》之诗，全用比体，不道破一句，《三百篇》中创调也。要以俯仰物理，而咏叹之，用见理随物显，唯人所感，皆可类通；初非有所指斥一人一事，不敢明言，而姑为隐语也。

（清）王夫之《薑斋诗话》卷二，人民文学出版社本

　　刻画已极，若反更施论赞或推譬言之，则有学究而无诗人。

（清）王夫之《古诗评选》卷四，应璩《百一诗》评语，《船山遗书》，太平洋书店重校刊本

　　率尔处犹是两晋颓风，而拣意不烦，遣章不猥，还觉古风未坠。自《三百篇》以来，但有咏歌，其为风裁一而已矣。故情虽充斥于古今上下之间而修意絜篇，必当有畔，盖当其天籁之发，因于俄顷，则攀援之径绝，而独至之用弘矣。若复参伍他端，则当事必怠。分疆情景，则真感无存，情懈感亡，无言诗矣。故夫苟可而言，率尔以放，今昔不殊，中外不合，则辩士驰骋之谈，经生章句之疏，彼已踞于胜场，不劳六义之垂设也。古今文笔之厄，凡有二，会世替风凋，祸亦相等。一为西晋，一为汴梁。虽趣尚不均，而凌杂纷乱以为理，瓜分绳系以为节，促声婪貌以为文，其致一也。二潘、孙傅成公之风，大历以后染之而得荒怪；二苏、黄、秦之风，成、弘以后染之而得鄙僿。彼二代的覆轨在前，曾莫之恤，

不已悲乎！尼楚咸绥之陋，既皆黄茅白苇，棘目烦心，安仁其为领袖，差有津欣之致，顾如河阳怀县悼亡诸作，世所推奖，乃其一情一景，一今一昔，自以为经纬，而举止烦扰，既措大买驴之券；音容嚅嗫，亦翁妪拥絮之谈。搜括潘集，可存者此二篇尔，非谓徒工，盖亦章程之未裂也。

（清）王夫之《古诗评选》卷四，潘岳《哀诗》评语，《船山遗书》，太平洋书店重校刊本

平善有裁，终不似孙子荆一流堆砌玄语，令风雅化朽木腐草也。

（清）王夫之《古诗评选》卷四，刘信《北芒客舍》评语，《船山遗书》，太平洋书店重校刊本

通人于诗，不言理而理自至，无所枉而已矣。

（清）王夫之《古诗评选》卷四，陶潜《癸卯岁始春怀古田舍》评语，《船山遗书》，太平洋书店重校刊本

一丝密运，不立经纬，而自成文章，唯晋宋人能之，此及远公诗，说理而无理臼，所以足入风雅。唐宋人一说理，眉间早有三斗醋气。

（清）王夫之《古诗评选》卷四，庐山道人《游石门诗》评语，《船山遗书》，太平洋书店重校刊本

诗固不以奇理为高，唐宋人于理求奇，有议论而无歌咏，则胡不废诗而著论辨也。雅士感人初不恃此，犹禅家之贱评唱。

（清）王夫之《古诗评选》卷五，江淹《清思诗》评语，《船山遗书》，太平洋书店重校刊本

"矫矫"下六句皆代鸿言，"美服"二句，反赋作比，层折虽多，终不赘下论断，语惟能净，斯以入化。

（清）王夫之《唐诗评选》卷二，张九龄《感遇》评语，《船山遗书》，太平洋书店重校刊本

平收不作论赞，方成诗体。

（清）王夫之《唐诗评选》卷四，杜甫《咏怀古迹五首》评语，《船山遗书》，太平洋书店重校刊本

诗之深远广大与夫舍旧趋新也，俱不在意。唐人以意为古诗，宋人以意为律诗、绝句，而诗遂亡。如以意则直须赞易陈书，无待诗也。"关关雎鸠，在河之洲。窈窕淑女，君子好逑。"岂有入微翻新，人所不到之意哉？此《淳州词》总无一字独创，乃经古今人尽力道不出，镂心振胆，自有所用，不可以经生思路求也如此。

（清）王夫之《明诗评选》卷八，高启《淳州词》评语，《船山遗书》，太平洋书店重校刊本

至理不评，评即不成诗矣。

（清）王夫之《明诗评选》卷八，郑善夫《武夷曲次梅庵棹歌》评语，《船山遗书》，太平洋书店重校刊本

作诗文有意逞博，便非佳处。犹主人勉强遍处请生客，客虽满坐，主人无自在受用处。多读古人书，多见古人，犹主人启户，客自到门，自然宾主水乳，究不知谁主谁宾。此是真读书人，真作手。若有意逞博，搠管时翻书抽帙，搜求新事、新字句，以此炫长，此贫儿称贷营生，终非己物，徒见蹴躇耳。

（清）叶燮《原诗·外篇下》，人民文学出版社本

问："宋诗多言理，唐人不然，岂不言理而理自在其中与？"
答："昔人论诗曰：'不涉理路，不落言诠。'宋人惟程、邵、朱诸子为诗好说理。在诗家谓之旁门。朱较胜。"

（清）王士禛《师友诗传续录》，《清诗话》本

人谓诗主性情，不主议论。似也，而亦不尽然。试思二《雅》中何处无议论？杜老古诗中，《奉先》、《咏怀》、《北征》、《八哀》诸作，近体中，《蜀相》、《咏怀》、《诸葛》诸作，纯乎议论。但议论须带情韵以行，勿近伧父面目耳。戎昱《和蕃》云："社稷依明主，安危托妇人。"亦议论之佳音。

（清）沈德潜《说诗晬语》卷下，《清诗话》本

诗家不许于诗中谈理，亦有所见。盖理由我运，则操纵如意，或虚或实，或大或小，随其识力所到，变没隐见于语言外者，皆诗之根也。若以我听理，非十成死语不敢下，非陈陈相因者不敢言，由是板木臃肿，酸腐油腻之病，交萃一时，虽澡洗频加，旧性难改，顺口而成，依然尘土，其于诗也，愈远愈支，不可救药矣。且古人文章各有体裁，若令诗专主于理，不主于比兴风雅，即何不为有韵之《四书》、《五经》，而须后人之叨叨置喙耶！况善谈理者，不滞于理，美人香草，江汉云霓，何一不可依托，而直须仁义礼智不离口，太极天命不去手，始谓之谈理乎？愿与主持斯道者共商之。

（清）张谦宜《𫄨斋诗谈》卷一，《清诗话续编》本

文章名理，世鲜兼长。诗非不要理，只是人不能于诗中见理耳。理无不包，语无不韵者，《三百篇》之《雅》、《颂》是也。不必以理为名，诗妙而理无不通者，《离骚》以讫汉、魏是也。但求词佳不堕理窠者，两晋、六朝以讫三唐是也。只求理胜不暇修词者，程、朱、邵子辈是也。风气日下，得一层必失一层，若天限之，生古人以后者，何处下手？

（清）张谦宜《𫄨斋诗谈》卷一，《清诗话续编》本

咏史以不著议论为工，咏物以托物寄兴为上；一经刻画，遂落蹊径。

（清）薛雪《一瓢诗话》，《清诗话》本

汉、魏之诗，辞理意兴，无迹可求。唐人尚意兴而理在其中。宋人纯以理用事，故去本渐远。

（清）薛雪《一瓢诗话》，《清诗话》本

从熊公子处接手书，云有索仆古文者，命为驰寄。仆于此事，因孤生懒，觉古人不作，知音甚稀。其弊一误于南宋之理学，再误于前明之时文，再误于本朝之考据。三者之中，吾以考据为长，然以之混古文，则大不可。何也？古文之道形而上，纯以神行，虽多读书，不得妄有摭拾，韩、柳所言功苦尽之矣。考据之学形而下，专引载籍，非博不详，非杂不备，辞达而已，无所为文，更无所为古也。

（清）袁枚《与程蕺园书》，《小仓山房文集》卷三十，《四部备要》本

自宋人严仪卿以禅喻诗，近日新城王氏宗之，于是有不涉理路之说；而独无以处夫少陵"熟精《文选》理"之理字，且有以宋诗近于道学者为宋诗病，因而上下古今之诗，以其凡涉于理路者皆为诗之病，仅仅不敢以此为少陵病耳。然则孰是而孰非耶？曰：皆是也。客曰：然则白沙、定山之宗《击壤》也，诗之正则耶？曰：非也。少陵所谓理者，非夫《击壤》之流为白沙、定山者也。客曰：理有二欤？曰：理安得有二哉！顾所见何如耳。杜之言理也，盖根极于六经矣，曰："斯文忧患余，圣哲垂象系"，《易》之理也。曰"舜举十六相，身尊道何高"，《书》之理也。曰"春官验讨论"，《礼》之理也。曰"天王狩太白"，《春秋》之理也。其他推阐事变，究极物则者，盖不可以指屈。则夫大辂椎轮之旨，沿波而讨原者，非杜莫能证明也。然则何以别夫《击壤》之开陈庄者欤？曰：理之中通也，而理不外露，故俟读者而后知之云尔。若白沙、定山之为《击壤》派也，则直言理耳，非诗之言理也。故曰："如玉如莹，爰变丹青。"此善言文理者也。理者，治玉也，字从玉，从理声。其在于人，则肌理也；其在于乐，则条理也。《易》曰："君子以言有物。"理之本也。又曰："言有序。"理之经也。天下未有舍理而言文者。且萧氏之为《选》也，首原夫孝敬之准式，人伦之师友，所谓事出于沉思者，惟杜诗之真实，足以当之。而或仅以藻缋目之，不亦诬乎？自王新城究论唐贤三昧之所以然，学者渐由是得诗之正脉，而未免歧视理与词为二途者，则不善学者之过也。而矫之者，又或直以理路为诗，遂蹈白沙、定山一派，致启诗人之訾謷，则又不足以发明六义之奥，而徒事于纷争疑惑，皆所谓泥者也。必知此义，然后见少陵之贯彻上下，无所不该，学者稍偏于一隅，则皆不得其正。岂可以矜心躁气求之哉，但憾不能熟精而已矣。

（清）翁方纲《杜诗熟精文选理理字说》，《复初斋文集》卷十，清刊本

诗不可堕理趣，固也。然使非义丰理富，随事得理，灼然见作诗之意，何以合于兴、观、群、怨，足以感人，而使千载下诵者流连讽咏而不置也。此如容光观澜，随处触发，而测之益深，自可窥其蕴蓄。惟多读书有本者如是，非即此诗语句而作讲义也。若乃无所欲语而强为之词，盗袭

剿窃，雷同百家，客意易杂，支离泛演，意既无真，词复陈熟，何取也。

      （清）方东树《昭昧詹言》卷十四，人民文学出版社本

  作诗切忌议论，此最易近腐，近絮，近学究。

      （清）方东树《昭昧詹言》卷一，人民文学出版社本

  古人之妙，有著议论者，则石破天惊；有不著议论，尽得风流者。然此二派皆有流病，非真有得者，不知其故。

      （清）方东树《昭昧詹言》卷一，人民文学出版社本

  事障驰利名，理障泥文字。要惟障扫障，先以理祛事。移其枝叶营，并归本根地。树倒藤自枯，锯勤木终坠。休问效速迟，但课功懈鸷。室虚白所生，天光发宵寐。陋哉口耳禅，虚悟矜神智。石火电光闪，谁继羲和辔？

      （清）魏源《家塾再示儿耆六首》之六，《魏源集》下册，中华书局本

  论不可使辞胜于理，辞胜理则以反人为实，以胜人为名，弊且不可胜言也。《文心雕龙·论说》篇解"论"字，有"伦理有无"及"弥纶群言，研精一理"之说，得之矣。

      （清）刘熙载《艺概·文概》，上海古籍出版社本

四

文　道

1. 文与道

　　于是泰清问乎无穷曰："子知道乎？"无穷曰："吾不知。"又问乎无为。无为曰："吾知道。"曰："子知道，亦有数乎？"曰："有。"曰："其数若何？"无为曰："吾知道之可以贵，可以贱，可以约，可以散，此吾所以知道之数也。"泰清以之言也问乎无始曰："若是，则无穷之弗知与无为之知，孰是而孰非乎？"无始曰："不知深矣，知之浅矣；弗知内矣，知之外矣。"于是泰清中而叹曰："弗知乃知乎！知乎不知乎！孰知不知之知？"无始曰："道不可闻，闻而非也；道不可见，见而非也；道不可言，言而非也。知形形之不形乎！道不当名！"

（先秦）《庄子·知北游》，《诸子集成》本

　　农精于田而不可以为田师；贾精于市而不可以为市师；工精于器而不可以为器师。有人也，不能此三技而可使治三官，曰：精于道者也，（非）精于物者也。精于物者以物物，精于道者兼物物，故君子壹于道而以赞稽物。壹于道则正，以赞稽物则察，以正志行察论，则万物官矣。

（先秦）《荀子·解蔽》，《诸子集成》本

　　辨说也者，心之象道也；心也者，道之工宰也；道也者，治之经理也。心合于道，说合于心，辞合于说，正名而期，质请而喻，辨异而不过，推类而不悖，听则合文，辨则尽故，以正道而辨奸，犹引绳以持曲

直。是故邪说不能乱，百家无所窜。

(先秦)《荀子·正名》，《诸子集成》本

圣人也者，道之管也。天下之道管是矣，百王之道一是矣，故《诗》、《书》、《礼》、《乐》之归是矣。《诗》言是，其志也；《书》言是，其事也；《礼》言是，其行也；《乐》言是，其和也；《春秋》言是，其微也。故《风》之所以为不逐者，取是以节之也；《小雅》之所以为《小雅》者，取是而文之也；《大雅》之所以为《大雅》者，取是而光之也；《颂》之所以为至者，取是而通之也。

(先秦)《荀子·儒效》，《诸子集成》本

道者，万物之所然也，万理之所稽也。理者，成物之文也；道者，万物之所以成也……天得之以高，地得之以藏，维斗得之以成其威，日月得之以恒其光，五常得之以常其位，列星得之以端其行，四时得之以御其变气，轩辕得之以擅四方，赤松得之与天地统，圣人得之以成文章。

(先秦)《韩非子·解老》，《诸子集成》本

道在豪末，神凝意注。阒然雷生，千岁古树。龙蠖屈盘，精魅固护。霜封雪埋，翠崿如故。宜构大厦，胡为中路。岂犹有待，公输之顾。落落贞姿，传之绘素。

(唐)独孤及《杨起居画古松树赞》，《全唐文》卷三百八十九，中华书局本

今吾子所为皆善矣。谦谦然若不足而以征于愈，愈又敢有爱于言乎？抑所能言者，皆古之道。古之道不足以取于今，吾子何其爱之异也。

(唐)韩愈《答尉迟生书》，《昌黎先生集》卷十五，《四部丛刊》本

然观古人，得其时行其道，则无所为书。书者，皆所为不行乎今而行乎后世者也……前书谓吾与人商论，不能下气，若好胜者然。虽诚有之，抑非好己胜也，好己之道胜也；非好己之道胜也，己之道乃夫子、孟轲、

扬雄所传之道也。若不胜，则无以为道，吾岂敢避是名者！

（唐）韩愈《重答张籍书》，《昌黎先生集》卷十四，《四部丛刊》本

吾子文甚畅远，恢恢乎其辟大路将疾驰也。攻其车，肥其马，长其策，调其六辔，中道之行大都舍是又奚师欤。亟谋于知道者而考诸古，师不乏矣。幸而亟来，终日与吾子言，不敢倦，不敢爱，不敢肆。苟去其名全其实，以其余易其不足，亦可交以为师矣。如此无世俗累而有益乎己，古今未有好道而避是者。

（唐）柳宗元《答严厚与秀才论为师道书》，《柳河东集》卷三十四，中华书局本

然而圣人之道，不穷异以为神，不引天以为高，利于人，备于事，如斯而已矣。

（唐）柳宗元《时令论》，《柳河东集》卷三，中华书局本

崔生足下，辱书及文章，辞意良高，所响慕不凡近，诚有意乎圣人之言。然圣人之言，期以明道。学者务求诸道而遗其辞。辞之传于世者，必由于书。道假辞而明，辞假书而传，要之之道而已耳。道之及，及乎物而已耳。斯取道之内者也。

（唐）柳宗元《报崔黯秀才论为文书》，《柳河东集》卷三十四，中华书局本

食乎粟，衣乎帛，何不能安于众哉？苟不从于吾，非吾不幸也，是众人之不幸也；吾岂以众人之不幸，易我之幸乎？纵吾穷饿而死，死即死矣，吾之道岂能穷饿而死之哉？吾之道，孔子、孟轲、扬雄、韩愈之道，吾之文，孔子、孟轲、扬雄、韩愈之文也。子不思其言，而妄责于我。责于我也即可矣；责于吾之文，吾之道也，即子为我罪人乎？

（宋）柳开《应责》，《河东先生集》卷一，《四部丛刊》本

今天下有杨亿之道四十年矣。今人欲反盲天下人目，聋天下人耳，使天下人目盲，不见有杨亿之道；使天下人耳聋，不闻有杨亿之道。俟杨亿道灭，乃发其盲，开其聋，使目惟见周公、孔子、孟轲、扬雄、文中子、

韩吏部之道，耳惟闻周公、孔子、孟轲、扬雄、文中子、韩吏部之道。周公、孔子、孟轲、扬雄、文中子、韩吏部之道，尧、舜、禹、汤、文、武之道也，三才、九畴、五常之道也。反厥常，则为怪矣。

  （宋）石介《怪说·中》，《徂徕石先生文集》卷五，中华书局本

  儒者好称说孔子之道，非大言也，非私于其师之道也。孔子之道，治人之道也。一日无之，天下必乱。如粟米不可一日少，少则人饥；如布帛不可一日乏，乏则人冻死。孔子之道，君臣也，父子也，夫妇也，朋友也，长幼也。天下不可一日无君臣，不可一日无父子，不可一日无夫妇，不可一日无朋友，不可一日无长幼。万世可以常行，一日不可废者，孔子之道也。离孔子之道而言之，其行虽美，不致于远；其言虽切，无补于用，犹锦绣不可以御寒，珠玉不可以疗饥，故儒者称说不及焉，非遗之也。

  （宋）石介《辨私》，《徂徕石先生文集》卷八，中华书局本

  圣言简且直，慎勿迂其求。经通道自明，下笔如戈矛。一败不足衂，后功掩前羞。

  （宋）欧阳修《送黎生下第还蜀》，《欧阳文忠集》卷一，《四部备要》本

  夫学者未始不为道，而至者鲜焉。非道之于人远也，学者有所溺焉尔！盖文之为言，难工而可喜，易悦而自足，世之学者往往溺之。一有工焉，则曰："吾学足矣！"甚者，至弃百事、不关于心，曰："吾文士也，职于文而已。"此其所以至之鲜也。

  （宋）欧阳修《答吴充秀才书》，《欧阳文忠集》卷四十七，《四部备要》本

  无仙子者，不知为何人也。无姓名，无爵里，世莫得而名之，其自号为"无仙子"者，以警世人之学仙者也。其为言曰："自古有道无僊，而后世之人，知有道而不得其道，不知无仙而妄学仙，此我之所哀也。"道者，自然之道也。生而必死，亦自然之理也。以自然之道，养自然之生，

不自戕贼夭阏而尽其天年，此自古圣智之所同也。
> （宋）欧阳修《删正黄庭经序》，《欧阳文忠集》卷六十五，《四部备要》本

及夫二《典》，述之炳然，使后世遵崇仰望不可及，其严若天。然则《书》出言，岂不高邪？然其事，不过于亲九族、平百姓、忧水患、问臣下谁可任以女妻舜，及祀山川、见诸侯、齐律度、谨权衡、使臣下诛放四罪而已。孔子之后，惟孟轲最知道。然其言，不过于教人树桑麻、畜鸡豚、以谓养生送死为王道之本。夫二《典》之文，岂不为文？孟轲之言道，岂不为道？而其事乃世人之甚易知而近者，盖切于事实而已！
> （宋）欧阳修《与张秀才第二书》，《欧阳文忠集》卷六十七，《四部备要》本

君子之于学也，务为道。为道必求知古。知古明道而后履之以身，施之于事，而又见于文章，而发之以信后世。其道，周公、孔子、孟轲之徒常履而行之者是也；其文章，则《六经》所载，至今而取信者是也。其道易知而可法，其言易明而可行。及诞者言之，乃以混蒙虚无为道，洪荒广略为古，其道难法，其言难行。
> （宋）欧阳修《与张秀才第二书》，《欧阳文忠集》卷六十六，《四部备要》本

夫学者之于道，非知其大略之难也，知其精微之际固难矣！孔子之徒三千，其显者七十二人，皆高世之材也。然独称颜氏之子，其殆庶几乎！及回死又以谓无好学者，而回亦称夫子曰："仰之弥高，钻之弥坚。"子贡又以谓夫子之言性与天道不可得而闻也，则其精微之际固难知久矣。是以取舍不能无失于其间也，故曰："学然后知不足。"岂虚言哉！
> （宋）曾巩《说苑目录序》，《元丰类稿》卷十一，《四部丛刊》本

夫道之难全也，周公之政不可见，而仲尼生于干戈之间，无时无位，存帝王之法于天下，俾学者有所依归。仲尼既没，析辨诡词，骈驾塞路，观圣人之道者宜莫如于孟、荀、扬、韩四君子之书也，舍是醨矣。退之既

没，骤登其域，广开其辞，使圣人之道复明于世，亦难矣哉！

（宋）曾巩《上欧阳学士第一书》，《元丰类稿》卷十五，《四部丛刊》本

辙读书至于诸子百家纷纭同异之辩，后世工巧组绣，钻研离析之学，盖尝喟然太息，以为圣人之道，譬如山海薮泽之奥，人之入于其中者，莫不皆得其所欲充足饱满，各自以为有余而无慕乎其外……昔者夫子及其生而从之游者盖三千余人，是三千人者，莫不皆有得于其师，是以从之周旋奔走，逐于宋鲁，饥饿于陈蔡，困厄而莫有去之者，是诚有得乎尔也。盖颜渊见于夫子，出而告人曰，吾能知之；子路、子贡、冉有出而告人亦曰，吾知之；下而至于邽巽、孔忠、公西舆、公西箴此数子者，门人之下第者也，窃窥于道德之光华而有闻于议论之末，皆以自得于一世，其后田子方、段干木之徒，讲之不详，乃窃以为虚无淡泊之说，而吴起、禽滑厘之类，又以猖狂于战国，盖夫子之道分散四布，后之人得其遗波余泽者至于如此，而杨朱、墨翟、庄周、邹衍、田骈、慎到、韩非、申不害之徒，又不见夫子之大道，皇皇惑乱，譬如陷于大泽之陂，荆榛棘茨，蹊隧灭绝，求以自致于通衢而不可得，乃妄冒蒺藜蹈崖谷，崎岖缭绕而不能自止。何者？彼亦自以为己之得之也。辙尝怪古之圣人既已知之矣，而不遂以明告天下，而著之六经。六经之说皆微见其端，而非所以破天下之疑惑，使之一见而寤者。是以世之君子纷纷至此，而不可执也。

（宋）苏辙《上两制诸公书》，《栾城集》卷二十二，《四部备要》本

道本不俟多言然后显也。自孟子之后，有荀有扬，有王有韩，四五子皆空言而已。论天下之治平，则汉文帝、唐太宗两朝已耳，时皆无孟、荀、扬、王、韩之贤，而道化亦盛。

（宋）吕南公《与王梦锡书》，《灌园集》卷十四，《四库全书》珍本

《诗·大雅》多是言道，《小雅》多是言事。《大雅》虽是言小事，亦主于道；《小雅》虽是言大事，亦主于事。此所以为《大雅》《小雅》

之辨。

（宋）陆九渊《语录上》，《象山先生全集》卷三十四，《四部丛刊》本

梭山一日对学者言，曰："文所以明道，辞达足矣。"意有所属也。先生正色而言曰："道有变动，故曰爻；爻有等，故曰物；物相杂，故曰文；文不当，故吉凶生焉。昔者圣人之作《易》也，幽赞于神明而生蓍，参天两地而倚数，观变于阴阳而立卦，发挥于刚柔而生爻，和顺于道德而理于义，穷理尽性以至于命，这方是文。文不到这里，说甚文？"

（宋）陆九渊《语录上》，《象山先生全集》卷三十四，《四部丛刊》本

棋所以长吾之精神，瑟所以养吾之德性。艺即是道，道即是艺，岂惟二物，于此可见矣。

（宋）陆九渊《语录下》，《象山先生全集》卷三十五，《四部丛刊》本

且夫圣人之所学者，大可参乎天地，而小不遗乎事物，妙可以赞化机，而近不离乎云为。其本仁义，其具礼乐政教，其说存乎经，而学之存乎人。人皆知学之，而不能行之者，惑于后世之学故也。后世之学，譬犹稊稗然，艺之易成，而获之不可以食，食必有霍乱泄呕之疾，人悦其易而不顾疾之在后，不亦惑乎！圣人之道，犹粟菽也。用之于身，则气充而体安；用之于家，则家裕；国用之则治；天下用之，则遏荒格而庶物育。

（明）宋濂《傅幼学字说》，《宋学士全集》卷二十六，《丛书集成》本

是故天地未判，道在天地。天地既分，道在圣贤。圣贤之殁，道在《六经》。凡存心养性之理，穷神知化之方，天人应感之机，治忽存亡之候，莫不毕书之。皇极赖之以建，彝伦赖之以叙，人心赖之以正，此岂细故也哉！

（明）宋濂《徐教授文集序》，《宋学士全集》卷七，《丛书集成》本

仆有志于古人之道久矣。今之叛道者莫过于二氏，而释氏尤甚。仆私窃愤之，以为儒者未能如孟、韩，放言驱斥，使不敢横，亦当如古之善守国者，严于疆域斥候，使敌不能攻劫可也。稍有所论述，愚僧见之辄大恨，若詈其父母，毁讪万端，要之不足恤也。昔见皇甫湜言韩子论佛骨者，群僧切齿骂之矣。韩子名隆位显犹且如此，况仆何能免哉！士之行事，当上鉴千载之得失，下视来世之是非！苟可以利天下，裨教化，坚持而不挠，必达而后止，安可顾一时之毁誉耶！

（明）方孝孺《答刘子传》，《逊志斋集》卷十一，《四部备要》本

文不本之六籍以求圣人之道，而顾沾沾焉浅心浮气，竞为拮据其间，譬之剪彩而花，其所炫耀熠爚者，若或目眩而心掉，而要之于古作者之旨，或背而驰矣。

（明）茅坤《谢陈五岳序文刻书》，《茅鹿门集》卷四，清刊本

夫自朱氏之学行世，学者动以根本之论劫持士习，谓六经之外非复有益，一涉词章，便为道病。言之者自以为是，而听之不敢以为非，虽当时名世之士，亦自疑其所学非出于正，而有悔却从前业小诗之语，沿伪踵敝至于今，渐不可革，呜呼！其亦甚矣。

（明）文徵明《晦庵诗话序》，《甫田集》卷十七，清刊本

太史公曰，诸子之文，皆以明夫道，固也。然而各引一端，各据一偏，未尝窥夫道之大全。人奋其私智，家尚其私谈，支离颇僻，驰骋凿穿，道之大义益以乖，大体盖以残矣。此固学术之弊，而道之所以不传也。

（明）王祎《文训》，《明文在》卷十九，清刊本

审取。书各有旨归，道存乎实用。志在措正施行，何取行途广径？既经世以表全编，则学术乃其纲领。凡高之过深微，卑之溺糟粕者，皆所勿取矣。

（清）魏源《皇朝经世文编五例》，《魏源集》，中华书局本

名理孕异梦，秀句镌春心。《庄》《骚》两灵鬼，盘踞肝肠深。古来不可兼，方寸我何任？所以志为道，淡宕生微吟。一箫与一笛，化作太古琴。

　　（清）龚自珍《自春徂秋，偶有所触，拉杂书之，漫不诠次，得十五首》，《龚自珍全集》第九辑，上海人民出版社本

2. 文道关系

爰自风姓，暨于孔氏，玄圣创典，素王述训，莫不原道心以敷章，研神理而设教，取象乎河洛，问数乎蓍龟，观天文以极变，察人文以成化；然后能经纬区宇，弥纶彝宪，发挥事业，彪炳辞义。故知道沿圣以垂文，圣因文以明道，旁通而无滞，日用而不匮。《易》曰："鼓天下之动者存乎辞。"辞之所以能鼓天下者，乃道之文也。

赞曰：道心惟微，神理设教。光采玄圣，炳耀仁孝。龙图献体，龟书呈貌。天文斯观，民胥以效。

　　（南朝·梁）刘勰《文心雕龙·原道》，人民文学出版社本

盖言教化发乎性情、系乎国风者谓之道。故君子之文，必有其道。道有深浅，故文有崇替；时有好尚，故俗有雅郑。雅之与郑，出乎心而成风。昔游、夏之文，日月之丽也；然而列于四科之末，艺成而下也。苟文不足，则人无取焉。故言而不能文，非君子之儒也；文而不知道，亦非君子之儒也。

　　（唐）柳冕《答衢州郑使君论文书》，《全唐文》卷五百二十七，中华书局本

夫日月之丽，仰之愈明；金石之音，听之弥清。故圣人感之而文章生焉，教化成焉，哀乐形焉。逮德下衰，文章教化扫地尽矣。噫，圣人之道，犹圣人之文也。学其道不知其文，君子耻之；学其文，不知其教，君子亦耻之。

　　（唐）柳冕《答徐州张尚书论文书》，《全唐文》卷五百二十七，中华书局本

道之于物，无不由也，无不贯也，而况本于元览，发为至言。言而蕴

道,犹三辰之丽天,百嘉之丽地,平夷章大,恬淡温粹,飘飘然轶八纮而溯三古,与造物者为徒。其不至者,遣言则华,涉理则泥,虽辩丽可嘉,采真之士不与也。

（唐）权德舆《唐故中狱宗元先生吴尊师文集序》,《权载之文集》卷三十三,《四部丛刊》本

读书以为学,缵言以为文,非以夸多而斗靡也。盖学所以为道,文所以为理耳。苟行事得其宜,出言适其要,虽不吾面,吾将信其富于文学也。

（唐）韩愈《送陈秀才彤序》,《昌黎先生文集》卷二十,《四部丛刊》本

近世之言理道者众矣,率由大中而出者咸无焉。其言本儒术,则迂回茫洋,而不知其适。其或切于事,则苛峭刻核,不能从容,卒泥乎大道。甚者好怪而妄言,推天引神,以为灵奇,恍惚若化,而终不可逐。故道不明于天下,而学者之至少也。

（唐）柳宗元《与吕道州温论非国语书》,《柳河东集》卷三十一,中华书局本

凡为学,略章句之烦乱,采摭奥旨,以知道为宗。凡为文,去藻饰之华靡,汪洋自肆,以适己为用。自始学至于大成,耽嗜文籍,注意钻砺,倦不知游息,威不待榎楚,儒言雅旨,夙有闻知。

（唐）柳宗元《柳常侍行状》,《柳河东集》卷八,中华书局本

夫道胜则遇物而适,文胜则缘情而美。裴侯温粹在中,英华发外,既乘兴而至,亦虚舟而还,与夫泣穷途、咏式微者不同日矣。若悲秋送远之际,宋玉之所以流叹也,况吾侪乎!

（唐）梁肃《送前长水裴少府归海陵序》,《全唐文》卷五一八,中华书局本

子曰:学者博诵云乎哉,必也贯乎道;文者苟作云乎哉,必也济乎义。

（唐）王通《中说·天地》,《丛书集成》本

杨明叔惠诗，格律词意皆熏沐去其旧习。予为之喜而不寐。文章者道之器也，言者行之枝叶也。故次韵作四诗报之。耕礼义之田而深其耒。明叔言行有法，当官又敏于事而恤民，故余期之以远者大者。

……

道常无一物，学要反三隅，喜与嗔同本，嗔时喜自俱。心随物作宰，人谓我非夫。利用兼精义，还成到岸桴。（其二）

全德备万物，大方无四隅。身随腐草化，名与大山俱。道学归吾子，言诗起老夫。无为蹈东海，留作济川桴。（其三）

（宋）黄庭坚《次韵杨明叔四首》，《豫章黄先生文集》卷六，《四部丛刊》本

穷冬短景苦匆忙，老学庵中日自长。名誉不如心自肯，文辞终与道相妨。吾心本自同天地，俗学何知溺秕糠，已与儿曹相约定，勿为无益费年光。

（宋）陆游《老学庵·剑南诗稿》卷三十三，《陆游集》中华书局本

（韩愈）师生之间，传授之际，盖未免裂道与文，以为两物，而于其轻重缓急本末宾主之分，又未免于倒悬而逆置之也。

（宋）朱熹《读唐志》，《朱子大全》卷七十，《四部备要》本

欧阳子出……尝以其徒之说考之，则诵其言者，既曰："吾老将休，付子斯文矣"，而又必曰："我所谓文，必与道俱"。其推尊之也，既曰："今之韩愈矣"，而又必引夫"文不在兹"者，以张其说。由前之说，则道之与文，吾不知其果为一耶，为二耶？由后之说，则文王孔子之文，吾又不知其与韩、欧之文，果若是其班乎否也。

（宋）朱熹《读唐志》，《朱子大全》卷七十，《四部备要》本

道非文不著，文非道不生。自有天地，即有斯文，所以为道之用，而经因之以立也。故文之大端，本于太极；而经之法制，成于圣人。

（元）郝经《原古录序》，《郝文忠公陵川文集》卷二十九，清刊本

来书又云:"前乎千古圣贤相传之道,由诗若文而知;后乎千古,亦将由诗若文而知今之道。"予读其言而悲之。自汉以来,继述之文多,可读之文少。夫道有本,文有体,尊卑小大,长短疏戚,华实正伪,截乎若天地山川之不可相陵,昭乎若日月星辰之不可相逾,离乎若飞潜动植之不可相移,惟适当而已耳。

　　(元)揭傒斯《答胡汲仲书》,《揭文安公全集》卷七,《四部丛刊》本

虽然,不同者辞也,不可不同者道也。譬之金石丝竹不同也,有声则同;江河淮海不同也,蓄水则同;日月星火不同也,能明则同。人之文不同者犹其形也,不可不同,天下之道,根于心者一也。故立言而众者文之隶也,明其道不求异者,道之域也。人之为文,岂故为尔不同哉!其形人人殊,声音笑貌人人殊,其言固不得而强同也,而亦不必一拘乎同也,道明则止耳。

　　(明)方孝孺《张彦辉文集序》,《逊志斋集》卷十二,《四部备要》本

凡文之为用,明道、立政二端而已。道以淑斯民,政以养斯民。民非养不能群居以生,非教不能别于众物。故圣人者出,作为礼、乐、教化、刑罚以治之,修其五伦、六纪、天衷、人极以正之,而一寓之于文。尧、舜、禹、汤、周公、孔子之心,见于《诗》、《书》、《易》、《礼》、《春秋》之文者,皆以文乎此而已。舍此以为文者,圣贤无之。后世务焉,其弊始于晋、宋、齐、梁之间,盛于唐,甚于宋,流至于今,未知其所止也。

　　(明)方孝孺《答王秀才》,《逊志斋集》卷十一,《四部备要》本

仆自十五六,从先君学经。读古人文字,颇思究其端绪,然窃病今人与古不类。自宋中世以下,文未尝敢观。时有所得,私述而阴藏之,耻以示人,及游京师,始出谒太史公。公一见辄曰:"子,吾徒人也。"遂送至弟子籍中。由是日获闻所未闻,然后知斯道如此,而今人之得者果非也。盖文与道相表里,不可勉而为。道者,气之君;气者,文之师也。道

明则气昌，气昌则辞达，文者辞达而已矣。

（明）方孝孺《与舒君》，《逊志斋集》卷十一，《四部备要》本

大凡著述，中烦而外疲，弗为也，惟静而虚，虚而意生焉，滔滔乎来也，然后操觚而挥之，虽众咻不闻，未及乎匮也止焉，盖养其锋而善用之耳。

（明）李开先《对山康修撰传》，《李开先集》，中华书局本

文与道非二也。更愿兄完养神明，以探其本原；浸涵六经之言，以博其旨趣。而后发之，则兄之文益加胜矣。

（明）唐顺之《答廖东雩提学》，《荆川先生文集》卷五，《四部丛刊》本

隋唐之文，其患在靡而弱，而退之之出而振之，固已难矣，乃若近代之文，其患在剽而赝，有志者苟欲出而振之，而其为力也，不尤戛戛乎其难乎哉？要之，必本乎道而按古六艺者之遗，斯之谓古作者之旨云尔。

（明）茅坤《韩文公文钞引》，《茅鹿门集》卷七，清刊本

黄虞以后，周孔以前，文与道合为一。秦汉而下，文与道分为二，六经理道既深，文辞亦伟；秦汉六朝工于文，而道则舛戾；宋儒合乎道，而文则浅庸。

（明）屠隆《文章》，《鸿苞节录》卷六，清刊本

发端未识，得其里人与之患难而迫之起；功力未竟，得朝贵者与以贱贫而恣之成。彼人者，无乃过为福德与。是睡庵可以恢然逌然，以山川为气质，以烟霞为想似，以玄释为饮食，以笑叹为事业。纵横俛仰，概不由人。道与文新，文随道真。情智所发，旁薄独绝，肆入微妙，有永废而常存者。然则所有"千秋某在斯"者，彼人何与耶。然彼人者必曰："子何以知其必千秋也。"又曰："即其饶为千秋，吾且困以今日之事。"嗟夫，以此相难者往往而然，又非予所得而言也。姑言之以为睡庵文字序。

（明）汤显祖《睡庵文集序》，《汤显祖诗文集》卷二十九，上海古籍出版社本

传曰："道成而上，艺成而下。"道艺之分，若是其迳庭乎？然孔子曰："游于艺。"书者六艺之一，盖圣贤之所不废，顾亦有辨：溺于艺，则艺而已；深于道，则艺亦道也。曾子固作《墨池记》，而更思深造道德之士，痛逸少之溺于艺也。阳明先生，一代儒宗，而亦工于书法如此，岂非以艺即道耶！余学道无成，而缪以能书名，既耻为一艺之士，其敢不勉！

    （清）归庄《跋阳明先生书》，《归庄集》卷四，上海古籍出版社本

  文，虚器也；道，实指也。文欲其工，犹弓矢欲其良也。弓矢可以御寇，亦可以为寇，非关弓矢之良与不良也；文可以明道，亦可以叛道，非关文之工与不工也。陈琳为袁绍草檄，声曹操之罪状，辞采未尝不壮烈也；他日见操，自比矢之不得不应弦焉，使为曹操檄袁绍，其工亦必犹是尔。然则徒善文辞而无当于道，譬彼舟车之良，洵便于乘者矣；适燕适粤，未可知也。

    （清）章学诚《言公中》，《文史通义·内篇四》，《四部备要》本

  道不可以空诠，文不可以空著。三代以前，未尝以道名教，而道无不存者，无空理也；三代以前，未尝以文为著作，而文为后世不可及者，无空言也。盖自官师治教分，而文字始有私门之著述，于是文章学问，乃与官司掌故为分途，而立教者可得离法而言道体矣。

    （清）章学诚《史释》，《文史通义·内篇五》，《四部备要》本

  孟子曰："持其志，无暴其气。"学问为文言之主，犹之志也；文章为明道之具，犹之气也。求自得于学问，固为文之根本；求无病于文章，亦为学之发挥。故宋儒尊道德而薄文辞，伊川先生谓工文则害道，明道先生谓记诵为玩物丧志，虽为忘本而逐末者言之，然推二先生之立意，则持其志者不必无暴其气，而出辞气之远于鄙倍，辞之欲求其达，孔曾皆为不闻道矣。但文字之佳胜，正贵读者之自得，如饮食甘旨，衣服轻暖，衣且食者之领受，各自知之，而难以告人。如欲告人衣食之道，当指脍炙而令其自尝，可得旨甘，指狐貉而令其自被，可得轻暖，则有是道矣；必吐己

之所尝而哺人以授之甘，搂人之身而置怀以授之暖，则无是理也。

（清）章学诚《文理》，《文史通义·内篇二》，《四部备要》本

盖仆早不自立，自庚子以来，稍事学问，涉猎于前明本朝诸大儒之书，而不克辨其得失。闻此间有工为古文诗者，就而审之，乃桐城姚郎中鼐之绪论，其言诚有可取。于是取司马迁、班固、杜甫、韩愈、欧阳修、曾巩、王安石及方苞之作，悉心而读之，其他六代之能诗者及李白、苏轼、黄庭坚之徒，亦皆泛其流而究其归。然后知古之知道者，未有不明于文字者也。能文而不能知道者或有矣，乌有知道而不明文者乎？古圣观天地之文兽远鸟迹而作书契，于是乎有文，文与文相生而为字，字与字相续而成句，句与句相续而成篇，口所不能达者，文字能曲传之。故文字者，所以代口而传之千百世者也。伏羲既深知经纬之才之道，而画卦以著之，文王周公恐人之不能明也，于是立文字以彰之，孔子又作《十翼》定诸经以阐显之，而道之散列于百事万物者，亦略尽于文字中矣。所贵乎圣人者，谓其立行与万事万物相交错而曲当乎道，其文字可以教后世也。吾儒所赖以学圣贤者，亦借此文字以考古圣之行，以究其用心之所在。然则此句与句续，字与字续者，古圣之精神语笑胥寓于此，差若毫厘，谬以千里，词气之缓急，韵味之厚薄，属文者一不慎则规模立变；读书者一不慎则卤莽无知。故国藩窃谓今日欲明先王之道，不得不以精研文字为要务。

（清）曾国藩《致刘孟客》，《曾文正公尺牍》卷一，商务印书馆本

盖上者抑企于通书正蒙，其次则笃耆司马迁、韩愈之书，谓二子诚亦深博而颇窥古人属文之法，今论者不究二子之识解，辄谓迁之书愤懑不平，愈之书傲兀自喜，而足下或不深察，亦偶同于世人之说，是犹睹盘诰之聱牙，而谓尚书不可读，观郑卫之淫乱而谓全诗可删，其毋乃漫于一概，而未之细推也乎！孟子曰：君子所性，虽大行不加焉；虽穷居不损焉；仆则谓君子所性，虽破万卷不加焉，虽一字不识无损焉。离书籍而言道，则仁义忠信，反躬皆备。尧舜孔孟，非有余；愚夫愚妇非不足，初不关乎文字也，即书籍而言道，则道犹人心所载之理也。文字犹人身之血气也，血气诚不可以名理矣，然舍血气则性情亦胡以附丽乎？今世雕虫小夫，既溺于声律缋藻之末，而稍知道者，又谓读圣贤书当明其道，不当究

其文字，是犹论观人者，当观其心所载之理，不当观其耳目言动血气之末也，不亦诬乎？知舍血气无以见心理，则知舍文字无以窥圣人之道矣。周濂溪氏称文以载道，而以虚车讥俗儒，夫虚车诚不可，无车又可以行远乎？孔孟及而道至今存者，赖有此行远之车也；吾辈今日苟有所见，而欲为行远之计，又可不早具坚车乎哉！故凡仆之鄙愿，苟于道有所见，不特见之，必实体行之；不特身行之，必求以文字传之后世。虽曰不逮，志则如斯。其于百家之著述，皆就其文字以校其见道之多寡；剖其铢两而殿最焉。于汉末二家构讼之端，皆不能左袒以附一斗，于诸儒崇道贬文之说，尤不敢雷同而苟随。极知狂谬，为有道君子所深屏，然默而不宣，其文过弥甚。聊因足下之引诱而一陈涯略，伏惟悯其愚而绳其愆，幸甚！幸甚！

（清）曾国藩《致刘孟容》，《曾文正公尺牍》卷一，商务印书馆本

韩公云："为古文岂独取其句读不类于今者耶？思古人而不得见，学古道则欲兼通其辞，通其辞者，本志乎古道者也。"公之意以辞为筌蹄。世论公为"因文见道"，观此则公实"因道求文"，而并得其文焉。顾求句读不类于今，非学文之本，而已为三昧秘密。田饶曰："鸡有王德，而君犹论而食之，以其所从来近也。"今欲学诗文，当审斯二义。

（清）方东树《昭昧詹言》卷一，人民文学出版社本

昌黎曰："学所以为道，文所以为理耳。"又曰："愈之所志于古者，不惟其辞之好，好其道焉耳。"东坡称公"文起八代之衰，道济天下之溺"。文与道岂判然两事乎哉！

（清）刘熙载《艺概·文概》，上海古籍出版社本

3. 以道为本

夫明白于天地之德者，此之谓大本大宗，与天和者也；所以均调天下，与人和者也。与人和者，谓之人乐；与天和者，谓之天乐。庄子曰："吾师乎！吾师乎！䪠万物而不为戾，泽及万世而不为仁，长于上古而不为寿，覆载天地，刻雕众形而不为巧，此之谓天乐。故曰：'知天乐者，其生也天行，其死也物化，静而与阴同德，动而与阳同波。'故知天乐

者，无天怨，无人非，无物累，无鬼责。故曰：'其动也天，其静也地。一心定而王天下，其鬼不祟，其魂不疲；一心定而万物服。'言以虚静，推于天地，通于万物，此之谓天乐。天乐者，圣人之心，以畜天下也。"……本在于上。末在于下。要在于主。详在于臣。三军五兵之运，德之末也；赏罚利害，五刑之辟，教之末也；礼法度数，刑名比详，治之末也；钟鼓之音，羽旄之容，乐之末也；哭泣哀绖，隆杀之服，哀之末也。此五末者，须精神之运，心术之动，然后从之者也。

（先秦）《庄子·外篇·天道》，《诸子集成》本

　　文之作，上所以发扬道德，正性命之纪；次所以财成典礼，厚人论之义；又其次，所以昭显义类，立天下之中。三代之后，其流派别，炎汉制度以霸，王道杂之。故其文亦二：贾生、马迁、刘向、班固，其文博厚，出于王风者也；枚叔、相如、扬雄、张衡，其文雄富，出于霸途者也。其后作者，理胜则文薄，文胜则理消，理消则言愈繁，繁则乱矣。文薄则意愈巧，巧则弱矣。故文本于道，失道则博之以气；气不足则饰之以辞。盖道能兼气，气能兼辞，辞不当则文斯败矣。

（唐）梁肃《补阙李君前集序》，《全唐文》卷五百十八，中华书局本

　　吾闻贤者志其大者。文为道之饰，道为文之本，专其饰则道丧，返其本而文存，且使不存又何伤矣。

（唐）吕温《送薛大信归临晋序》，《吕和叔文集》卷三，《四部丛刊》本

　　圣人之貌各相殊，圣人之辞不相同。惟其德与理类焉，在乎道而已矣。

（宋）柳开《汉史扬雄传论》，《河东先生集》卷三，《四部丛刊》本

　　韩氏之文，没而不见者二百年，而后大施于今。此又非特好恶之所上下，盖其久而愈明，不可磨灭。虽蔽于暂而终耀于无穷者，其道当然也。

（宋）欧阳修《记旧本韩文后》，《欧阳文忠集》卷七十三，《四部备要》本

述三皇太古之道，舍近取远，务高言而鲜事实，此少过也。君子之于学也务为道。为道必求知古。知古明道而后履之以身，施之于事，而又见于文章，而发之以信后世。

（宋）欧阳修《与张秀才第二书》，《欧阳文忠集》卷六十六，《四部备要》本

足下自称有悯时病俗之心。信如是，是足下之有志乎道，而予之所爱且畏者也。末曰其发愤而为词章，则自谓浅俗而不明，不若其始思之锐也，乃欲以是质于予。夫足下之书，始所云者，欲至乎道也，而所质者则辞也，无乃务其浅，忘其深，当急者反徐之欤？夫道之大归非他，欲其得诸心，充诸身，扩而被之国家天下而已，非汲汲乎辞也。其所以不已乎辞者，非得已也。

（宋）曾巩《答李沿书》，《元丰类稿》卷十六，《四部丛刊》本

孔门惟颜、曾传道，他未有闻。盖颜、曾从里面出来，他人外面入去。今所传者，乃子夏、子张之徒外入之学。曾了所传，至孟子不复传矣。吾友却不理会根本，只理会文字。实大声宏。若根本壮，怕不会做文字？今吾友文字自文字，学问自学问，若此不已，岂止两段，将百碎。

（宋）陆九渊《语录》，《象山先生全集》卷三十五，《四部丛刊》本

主于道则欲消而艺亦可进，主于艺则欲炽而道亡，艺亦不进。以道制欲则乐而不厌，以欲忘道则惑而不乐。

（宋）陆九渊《语录》，《象山先生全集》卷三十五，《四部丛刊》本

圣人之言曰经。其言虽不皆出于圣贤，而为圣人所取者亦曰经。经者，天下之常道也。大之统天地之理，通阴阳之故，辨性命之原，序君臣上下内外之等。微之鬼神之情状，气运之始终，显之政教之先后，民物之盛衰，饮食、衣服、器用之节，冠昏、朝享、奉先、送死之仪。外之鸟兽草木纤微之名，无不毕载。而其指归皆不违戾于道，而可行于后世，是以谓之经。《易》、《书》、《春秋》用其全，《诗》与《礼》择其纯而去其伪，未有不合

乎道而可行于世者也。故《易》、《书》、《诗》、《春秋》、《礼》皆曰经。五经之外，《论语》为圣人之言，《孟子》以大贤明圣人之道，谓之经亦宜。其他诸子所著，正不胜谲，醇不掩疵，乌足以为经哉！

（明）宋濂《经畲堂记》，《宋学士全集》卷二，《丛书集成》本

子窃怪世之为文者，不为不多，骋新奇者，钩摘隐伏，变更庸常，甚至不可句读，且曰，不诘曲聱牙，非古文也。乐陈腐者，一假场屋委靡之文，纷揉庞杂，不见端绪，且曰不浅易轻顺，非古文也。予皆不知其何说。大抵为文者，欲其辞达而道明耳，吾道既明，何问其余哉？虽然，道未易明也，必能知言养气，始为得之。予复悲世之为文者，不知其故，颇能操觚遣辞，毅然以文章家自居，所以益摧落而不自振也。今以二三子所学，日进于道，聊一言也。

（明）宋濂《文原》，《宋学士全集》卷二十五，《丛书集成》本

然仆有一说能言与否，固为人之好恶，又在审乎所言者何事。韩非、商鞅书，正无与比，然所言者刑罚、督责之术，君子羞听之。扬雄、文中子书，虽拟古人，不甚畅，而所言多近道，世犹有取焉。岂非能言为难，而合乎道者尤难也耶？

（明）方孝孺《与楼希仁》，《逊志斋集》卷十一，《四部备要》本

文，道也；诗，言也。语录出而文与道判矣。诗话出而诗与言离矣。

（明）杨慎《琐语》，《升庵文集》卷六十五，明刊本

窃谓君子之学，凡以致道也。道致矣，而性命之深窅与事功之曲折，无不瞭然于中者，此岂待索之外哉。吾取其瞭然者而抒写之，文从生焉。故性命事功，其实也，文特所以文之而已。惟文以文之，则意不能无首尾，语不能无呼应，格不能无结构者，词与法也，而不能离实以为词与法也。

（明）焦竑《与友人论文》，《澹园集》卷十二，《金陵丛书》本

夫道之菁英为文，文之有韵为诗。

（明）屠隆《刘子威先生淡思集序》，《白榆集》卷二，明刊本

三古盛时，圣君贤相，承继熙洽，道德之精，沦于骨髓，而学问之意达于闾巷，是以其时虽罝兔之野人，汉阳之游女，皆含性贞娴吟咏，若伊莱、周召、凡伯、仲山甫之伦。其道足文工又不待言。降及春秋，王泽衰竭，道固将废，文亦殆殊已，故孔子睹获麟曰：吾道穷矣。畏匡曰：斯文将丧。于是慨然发愤，修订六籍，昭百王之法戒，垂千世而不刊，心至苦，事至盛也。仲尼既没，徒人分布，转相流衍，厥后聪明魁桀之士，或有识解撰著，大抵孔氏之苗裔，其文之醇驳，一视乎见道之多寡以为差。见道尤多者，文尤醇焉，孟轲是也；次多者，醇次焉；见少者，文驳焉；尤少者，尤驳焉。自荀、扬、庄、列、屈、贾而下，次第等差，略可指数。夫所谓见道多寡之分数何也？曰：深也、博也。昔者孔子赞《易》以明道，作《春秋》以衷人事之至当，可谓深矣；孔子之门有四科，子路知兵，冉求富国，问礼于柱史，论乐于鲁伶，九流之说皆悉其原，可谓博矣；深则能研万事微芒之几，博则能究万物之情状而不穷于用。后之见道不及孔氏者，其深有差焉，其博有差焉。能深且博而属文复不失古圣之谊者，孟氏而下，惟周子之通书，张子之正蒙，醇厚正大，邈焉寡俦。许、郑亦能深博，而训诂之文或失则碎。程、朱亦且深博，而指示之语或失则隘。其他若杜佑、郑樵、马贵与王应麟之徒，能博而不能深，则文流于蔓矣。游杨金许薛胡之俦，能深而不能博，则文伤于易矣。由是有汉学宋学之分，断断相角，非一朝矣。仆窃不自揆谬，欲兼取二者之长，见道既深且博，而为文复臻于无累。区区之心，不胜奢愿，譬若以蚊而负山，盲人而行万里也，亦可哂已。

（清）曾国藩《致刘孟容》，《曾文正公尺牍》卷一，商务印书馆本

文章莫大于六经，风雅典谟既昭昭矣，说者谓善学者得其道，不善学者猎其文，吾以为不得其道，即文亦乌可得哉。文者，将以明天地之心，阐事物之理，君臣待之以定，父子赖之以亲，夫妇朋友赖之以叙其情而正其义，此文之昭如日月者，六经所以不废为文，苟求其不废，舍其道无由也。

（清）姚莹《复杨君论诗文书》，《中复堂全集·东溟文集外集》卷二，清刊本

4. 为文明道

　　始吾幼且少，为文章以辞为工。及长，乃知文者以明道，是固不苟为炳炳烺烺，务彩色、夸声音而以为能也。凡吾所陈，皆自谓近道，而不知道之果近乎，远乎？吾子好道而可吾文，或者其于道不远矣。故吾每为文章，未尝敢以轻心掉之，惧其剽而不留也；未尝敢以怠心易之，惧其驰而不严也；未尝敢以昏气出之，惧其昧没而杂也；未尝敢以矜气作之，惧其偃蹇而骄也。抑之欲其奥，扬之欲其明，疏之欲其通，廉之欲其节，激而发之欲其清，固而存之欲其重。此吾所以羽翼夫道也。本之《书》以求其质，本之《诗》以求其恒，本之《礼》以求其宜，本之《春秋》以求其断，本之《易》以求其动。此吾所以取道之原也。参之穀梁氏以厉其气，参之《孟》、《荀》以畅其支，参之《庄》、《老》以肆其端，参之《国语》以博其趣，参之《离骚》以致其幽，参之太史公以著其洁。此吾所以旁推交通而以为之文也。

　　　　　　　　（唐）柳宗元《答韦中立论师道书》，《柳河东集》卷三十四，中华书局本

　　然圣人之言，期以明道，学者务求诸道而遗其辞。辞之传于世者，必由于书。道假辞而明，辞假书而传，要之之道而已耳。道之及，及乎物而已耳，斯取道之内者也。今世因贵辞而矜书，粉泽以为工，遒密以为能，不亦外乎？吾子之所言道，匪辞而书，其所望于仆，亦匪辞而书，是不亦去及物之道愈以远乎？

　　　　　　　　（唐）柳宗元《报崔黯秀才论为文书》，《柳河东集》卷三十四，中华书局本

　　或曰：庄子之文，人不能为也。迂夫曰：君子之学，为道乎，为文乎？夫唯文胜而道不至者，君子恶诸是，犹朽屋而涂丹雘，不可处也；眢井而幕绮縠，不可履也；鸟喙而渍饴糖，不可尝也，而子独嗜之乎？

　　或曰：庄子之辨，虽当世宿学不能自解。迂夫曰：然则佞人也，尧之所畏，舜之所难，孔子之所恶，是青蝇之变白黑者也，而子独悦之乎？

　　　　　　　　（宋）司马光《斥庄》，《温国文正司马公集》卷七十四，《四部丛刊》本

至于诗文之意，当以明王道、辅教化之主。《六经》吾师也，可以一艺名之哉！贾谊、董仲舒、司马迁、扬子云、韩愈、欧阳修、司马温公，大儒之文也。仆未之能焉。梁肃、裴休、晁迥、张无尽，各理之文也；吾师之。太白、杜陵、东坡，词人之文也；吾师其辞，不师其意。渊明、乐天，高士之诗也；吾师其意，不师其词。

　　　　（金）赵秉文《答李天英书》，《闲闲老人滏水文集》卷十九，《四部丛刊》本

　　道虽无形，揆文可知。典谟浑淳，卦画闳奇，雅颂恢张，礼乐威仪，春秋谨严，衮褒钺诛。不由于此，去道远而。舍其根荄，玩其葩叶，而何以史迁诸子为！且非文不行，非文不章。天子非文，曷风四方？诸侯非文，莫守其邦！卿大夫非文，身郁不扬。士庶人非文，卒遏于乡？故云：文者，乾坤之粹精也，阴阳之灵龢也，四时之衡石也，百物之馆镡也，中国之彩章也，外邦之仪法也，可不务乎！

　　　　（明）宋濂《太乙元征记》，《宋学士全集》卷二十八，《丛书集成》本

　　曹丕有言：文章者，不朽之盛事。其故何哉？夫山之巍然，有时而崩也；川之泓然，有时而竭也；金与石至固且坚，亦有时而销泐也。文辞所寄，不越乎竹素之间，而谓其能不朽者，盖天地之间有形则弊，文者道之所寓也，道无形也，其能致不朽也宜哉！

　　　　（明）宋濂《徐教授文集序》，《宋学士全集》卷七，《丛书集成》本

　　大抵为文者，欲其辞达而道明耳，吾道既明，何问其余哉？

　　　　（明）宋濂《文原》，《宋文宪公全集》卷二十五，《丛书集成》本

　　韩子曰："业精于勤。"生既能之矣，尚何待予言之以相之哉！抑予之所以勉生者，又有出于此之外也。圣人作经以明道，非逞其文辞之美也，非所以夸耀于后世也。学者诵其言，求其义，必有以见于行。问之无知也，言之无不通也；验之于事，则偭焉而背驰，揭揭焉不周于宜。则虽

有班、马、扬、韩之文,其于世之轻重何如耶?

(明)刘基《送高生序》,《诚意伯文集》卷五,《四部丛刊》本

夫道者,根也;文者,枝也。道者,膏也;文者,焰也。膏不加而焰纡,根不大而枝茂者,未之见也。故有道者之文,不加斧凿而自成,其意正以淳,其气平以直,其陈理明而不繁,决其辞肆而不流,简而不遗,岂窃古句,探陈言者所可及哉?文而效是,谓之载道可也;若不至于是,特小艺耳,何足以为文!仆之意盖病此而愿务其本耳。

(明)方孝孺《与郑叔度八首》其三,《逊志斋集》卷十,《四部备要》本

古人之为学,明其道而已。不得已而后有言,言之恐其不能传也,不得已而后有文。道充诸身,行被乎言,言而无迹故假文以发之,伏羲之《八卦》,唐虞三代之《书》,商周十二国之《诗》,孔子之《春秋》,皆是已。然非为文也,斯道之不明也。

(明)方孝孺《与郑叔度八首》其三,《逊志斋集》卷十,《四部备要》本

及孔子殁,诸子乃各著书,多者百余篇,少者数十篇,虽未必一出于圣人之道,然亦各明其所谓道,而岂为文哉!故孔子曰:"辞达而已矣。"孟子亦曰:"我不得已也。"则非摹效言语为世俗之文可知矣。

(明)方孝孺《与郑叔度八首》其三,《逊志斋集》卷十,《四部备要》本

世之言诗者而不知道,犹车而无轮,舟而无舵也。虽工且美,奚以哉?

(明)方孝孺《时习斋诗集序》,《逊志斋集》卷十二,《四部备要》本

君子之为学,以明道也,以救世也。徒以诗文而已,所谓"雕虫篆刻",亦何益哉!某自五十以后,笃志经史,其于音学深有所得。今为《五书》以续三百篇以来久绝之传,而别著《日知录》上篇经术,中篇治道,下篇博闻共三十余卷。有王者起,将以见诸行事,以跻斯世于治古之

隆，而未敢为今人道也。向时所传刻本，乃其绪余耳。

    （清）顾炎武《与人书二十五》，《顾亭林诗文集》，中华书局本

  徐子之文，寓于道者也……其人清刚方正，性有所不可，必形于色发于言，凡其知所守而不变者，非独区区应世之技能已也。今日天下以文求徐子，徐子以其文易天下，苟其大而能以道求徐子，徐子又必以其道易天下。

    （清）侯方域《赠徐子序》，《壮悔堂文集》卷一，清刊本

  古之以别集自见者多矣，而多不传，传矣而不能久。传且久矣，而或不著；其传而久，久而著者，数十家而已。其故何哉？盖学有纯驳浅深，而文又有工拙之不等也。古之神圣贤人，作为六经之文，垂万世之教，非有意于为文也，而文之工侔于造化。诸子百家皆窃取一端以有言，而言之有用者固多，言之偏致为流弊者亦多矣。自辞章之学盛，士乃有志于文章，顾不知文所以明道，而徒求工于文，工之甚，适所以为拙也。虽然有见于道矣，有见于经矣，谓不必求工于文而率意言之，则又孔子所谓："言之无文，行之不远"者，盖圣门言语文学必分二科，以是衡量古今，其能兼擅者鲜矣。

    （清）段玉裁《潜研堂文集序》，《潜研堂文集》卷首，《四部丛刊》本

  若夫比事之科条，薪米之杂记，其有用更百倍于古文矣，而足下不一肄业及之者，何也？三代后圣人不生，文之与道离也久矣。然文人学士必有所挟持以占地步，故一则曰明道，再则曰明道，直是文章家习气如此。

    （清）袁枚《答友人论文第二书》，《小仓山房文集》卷十九，《四部备要》本

  君子之为学，期于明道而已，不以得失为毁誉也。其以得失为毁誉者，莫甚于世之时文。得而誉之则已加信，失而毁之则已加疑，毁誉变于外，而疑信更乎中。故下无不易之见，而上无一成之格，特以其才之所至，适然相遭于数焉尔。且名成之后，又尽举而弃之，此积轻之势也。

    （清）吴梅村《两郡名文序》，《梅村家藏稿》卷三十四，《四部丛刊》本

5. 文以载道　贯道等

子曰：学者博诵云乎哉！必也贯乎道；文者苟作云乎哉！必也济乎义。

（隋）王通《中说·天地篇》，《丛书集成》本

夫文，传道而明心也。古圣人不得已而为之也。且人能一乎心至乎道，修身则无咎，事君则有立。及其无位也，惧乎心之所有，不得明乎外，道之所畜，不得传乎后，于是乎有言焉；又惧乎言之易泯也，于是乎有文焉。信哉不得已而为之也！既不得而为之，又欲乎句之难道邪？又欲乎义之难晓邪？今为文而舍六经，又何法焉？若第取其《书》之所谓"吊由灵"，《易》之所谓"朋盍簪"者，模其语而谓之古，亦文之弊也。

（宋）王禹偁《答张扶书》，《小畜集》卷十八，《四部丛刊》本

夫道者，根也；文者，枝也。道者，膏也；文者，焰也。膏不加而焰纡，根不大而枝茂者，未之见也。故有道者之文，不加斧凿而自成，其意正以醇，其气平以直，其陈理明而不繁，决其辞肆而不流，简而不遗，岂窃古句，探陈言者所可及哉？文而效是，谓之载道可也。若不至于是，特小艺耳，何足以为文！

（明）方孝孺《与郑叔度八首》其三，《逊志斋集》卷十，《四部丛刊》本

嗟乎！世之学者，无志乎文则已，苟有志焉，舍是无以议为矣。是故本之《诗》以求其恒，本之《易》以求其变，本之《书》以求其质，本之《春秋》以求其断，本之《乐》以求其通，本之《礼》以求其辨。夫如是则六经之文，为我之文，而吾之文一本于道矣。故曰：经者，载道之文，文之至者也。后圣复作，其蔑以加之矣。

（明）王祎《文训》，《明文在》卷十九，清刊本

文显于目也，气为主。诗咏于口也，声为主。文必体势之壮严，诗必音调之流转。是故文以载道，诗以陶性情，道在中矣。

（明）王文禄《文脉》卷一，《丛书集成》本

文之来尚矣，而后世词华之习蠹之，故近有为道学之谈者曰：必去而文然后可以入道。夫文，载道之器也，惟作者有精粗，故论道有纯驳。使于其精纯者取之，粗驳者去之，则文固不害于道矣。而必以焚楮绝笔为道，岂非恶稗而并剪其末，恶莠而并握其苗者哉？

　　　　（明）程敏政《皇明文衡序》，《皇明文衡》卷首，《四部丛刊》本

　　余闻之先儒曰："文者载道之器，故文非道不立，道非文不行。"《易》曰："观乎人文以化成天下。"孔子曰："文不在兹乎？"是文之极轨，惟唐虞三代六经之文足以当之。自圣人没，庄、列、申、韩者流蜂出并作，乃各倡其曲说，为一家言。盖文与道离矣。汉承秦煨烬之余，掇拾补缀，六艺蔚然复兴，董仲舒、贾谊、司马迁、刘向、扬雄、班固之徒，最为尔雅。自是文靡于六朝，韩愈振之，文亡于五代，欧阳修、苏氏父子振之。之数公者，其慨然自号于一世，莫不欲原本道术，追《诗》、《书》六艺之遗，顾与道犹或离而或合也。

　　　　（清）邵长蘅《钞古文载序》，《邵子湘全集·青门簏稿》卷七，愚斋丛书刻青门草堂藏本

　　夫文者，非仅辞章之谓也。圣贤之文以载道，学者之文蕲弗畔道。故学文者必先浚文之源，而后究文之法。

　　　　（清）邵长蘅《与魏叔子论文书》，《邵子湘全集·青门簏稿》卷十一，愚斋丛书刻青门草堂藏本

　　文以载道，非濂溪之创论也。"理扶质以立干，文垂条以结繁。"陆平原实先发之。要皆孔子所谓言有物也。

　　　　（清）纪昀《明皋文集序》，《纪文达公遗集》卷九，清刊本

6. 有道文自工

　　是以君子之儒，学而为道，言而为经，行而为教，声而为律，和而为音。如日月丽乎天，无不照也；如草木丽乎地，无不章也；如圣人丽乎天，无不明也。故在心为志，发言为诗，谓之文。兼三才而名之曰儒。儒

子用，文之谓也。言而不能文，君子耻之。

及王泽竭而诗不作，骚人起而淫丽兴，文与教分而为二。以扬、马之才，则不知教化；以荀、陈之道，则不知文章，以孔门之教评之，非君子之儒也。夫君子之儒必有其道，有其道必有其文。道不及文则德胜；文不知道则气衰，文多道寡，斯为艺矣。

语曰：文质彬彬，然后君子，兼之者斯为美矣……苟言无文，斯不足征。小学志虽复古，力不足也。言虽近道，辞则不文，虽欲拯其将坠，未由也已。

（唐）柳冕《答荆南裴尚书论文书》，《全唐文》卷五百二十七，中华书局本

凡愈之为此文，盖哀欧阳生之不显荣于前，又惧其泯灭于后也。今刘君之请，未必知欧阳生，其志在古文耳。虽然，愈之为古文，岂独取其句读不类于今者耶！思古人而不得见，学古道，则欲兼通其辞。通其辞者，本志乎古道者也。古之道不苟誉毁于人，刘君好其辞，则其知欧阳生也无惑焉。

（唐）韩愈《题哀辞后》，《昌黎先生文集》卷二十二，《四部丛刊》本

子之言以愈所为不违孔子，不以琢雕为工，将相从于此，愈敢自爱其道而以辞让为事乎？然愈之所志于古者，不惟其辞之好，好其道焉。

（唐）韩愈《答李秀才书》，《昌黎先生文集》卷十六，《四部丛刊》本

乙亥岁，某自南徐来，执文贶予，词有远致，又著论非班超不能读父兄之书，而乃缴狂疾之功以为名。吾知其奉儒素之道专矣。间以兄弟嗣来京师，会于旧里。若琚瑒在魏，机云入洛，由是正声迭奏，雅引更和，播埙篪之音韵，调律吕之气候，穆然清风，发在简素，文章之胄，曷能及兹。

（唐）柳宗元《王氏伯仲唱和诗序》，《柳河东集》卷二十二，中华书局本

往时致用作孟子评，有韦词者，告余曰："吾以致用书示路子。"路

子曰:"善则善矣。然昔人为书者,岂若是摭前人耶,韦子贤斯言也。"余曰:"致用之志以明道也,非以摭孟子。盖求诸中而表乎世焉尔,今余为是书,非左氏万甚,若二子者,固世之好言者也,而犹出乎是,况不及是者滋众,则余之望乎世也愈狭矣,卒如之何? 苟不悖于圣道,而有以启明者之虑,则用是罪余者,虽累百世滋不憾而恶焉。于化光何如哉,激乎中必厉乎外,想不思而得也。"宗元白。

　　　　　(唐)柳宗元《与吕道州论非国语书》,《柳河东集》卷三十一,中华书局本

　　天以正气付伟人,必饰之使光耀于世。粹和絪缊积于中,铿锵发越形乎文。文之细大视道之行止。故得其位者,文非空言,咸系于讦谟宥密,庸可不纪! 惟唐以神武定天下,群慝既詟,骤示以文。韶英之音与钲鼓相袭。故起文章为大臣者,魏文贞以谏诤显,马高唐以智略奋,岑江陵以润色闻,无草昧汗马之劳,而任遇在功臣上。唐之贵文至矣哉!

　　　　　(唐)刘禹锡《唐故相国李公集纪》,《刘禹锡集》,上海人民出版社本

　　唐之文章,初未去周、隋、五代之气,中间称得李、杜,其才始用为胜,而号雄歌诗,道未极浑备。至韩、柳氏起,然后能大吐古人之文,其言与仁义相华实而不杂。如韩《元和圣德》、《平淮西》,柳《雅章》之类,皆辞严义密,制述如经,能崒然耸唐得于盛汉之表蔑愧让者,非先生之文则谁与?

　　　　　(宋)穆修《唐柳先生集后序》,《河南穆公集》卷二,《四部丛刊》本

　　昔孔子老而归鲁,六经之作,数年之顷尔。然读《易》者如无《春秋》,读《书》者如无《诗》,何其用功少而至于至也。圣人之文,虽不可及,然大抵道胜者文不难而自至也。故孟子皇皇不暇著书,荀卿盖亦晚而有作。若子云,仲淹方勉焉以模言语,此道未足而强言者也。后之惑者,徒见前世之文传,以为学者文而已,故愈力愈勤而愈不至。此足下所谓终日不出轩序,不能纵横高下皆如意者,道未足也。若道之充焉,虽行

乎天地入于渊泉，无不之也。

（宋）欧阳修《答吴充秀才书》，《欧阳文忠集》卷四十七，《四部备要》本

章君儒其衣冠，气刚色仁，好学而有志。其絜然修乎其外，而辉然充乎其内，以发乎文辞，则又辨博放肆而无涯。是数者，皆可以自择而勉焉者也。

（宋）欧阳修《章望之字序》，《欧阳文忠集》卷四十一，《四部备要》本

夫道之大归非他，欲其得诸心，充诸身，扩而被之国家天下而已，非汲汲乎辞也。其所以不已乎辞者，非得已也。孟子曰："予岂好辩哉？予不得已也！"此其所以为孟子也。

（宋）曾巩《答李沿书》，《曾巩集》卷十六，中华书局本

传有之：言以足志，文以足言；言之无文，行之不远。此则文之至者也。文之至者，文外无道，道外无文。粲然载于道德仁义之言者，即道也。秩然见诸礼、乐、刑、政之具者，即文也。道积于厥躬，文不期工而自工。不务明道，纵若蠹鱼出入于方册间，虽至老死无片言可以近道也。夫自孟氏既没，世不复有文，贾长沙、董江都、太史迁得其皮肤，韩吏部、欧阳少师得其骨骼，舂陵河南横渠考亭五夫子得其心髓。观五夫子之所著，妙斡造化而弗违，百世以俟圣人而不惑。斯文也，非宋之文也，唐虞三代之文也；非唐虞三代之文也，六经之文也。文至于六经至矣，尽矣！其始无愧于文矣乎！世之立言者，奈何背而去之。

（明）宋濂《徐教授文集序》，《宋学士全集》卷七，《丛书集成》本

文非学者之所急。昔之圣贤初不暇于学文，体之于身心，见之于事业，秩然而不紊，粲然而可观者，即所谓文也。其文之明由其德之立。其德之立，宏深而正大，则其见于言自然光明而俊伟。此上焉者之事也。优柔于艺文之场，餍饫于今古之家，搴英而咀华，溯本而探源；其近道者则而效之，其害教者辟而绝之，俟心与理涵，行与心一。然后笔之于书，无

非以明道为务。此中焉者之事也。其阅书也，搜文而摘句；其执笔也，厌常而务新。昼夜孜孜，日以学文为事，且曰："古之文淡乎其无味，我不可不加秾艳焉；古之文纯乎其敛藏也，我不可不加驰骋焉。"由是好胜之心生，夸多之习炽，务以悦人，惟日不足。纵如张锦绣于庭，列珠贝于道，佳则诚佳，其去道亦远矣。此下焉者之事也。呜呼！上焉者吾不得而见之，得见中焉者斯可矣。奈何中焉者，亦十百之中不三四见焉。而沦于下焉者，又奚其纷纷而藉藉也，此无他，为人之念弘，为己之功不切也。

（明）宋濂《赠梁建中序》，《宋学士全集》卷九，《丛书集成》本

夫天之生此人也，则有是道也。有是道也，则有此文也。苟能明道而发乎文，则将孰御乎？而能者寡矣，斯后世之文，所以不逮古也。后世之文，加之以百言而不知其有余，损其十言而不见其不足，以不本于道故尔。此非发于不能不言，而强言之弊也。圣贤之经，其所不言也，益以片辞则多矣；其所言也，删其一言则略矣。以其不志于文，此文所以卒莫能过也。故志于文者，非能文者也。惟志于道者能之。

（明）宋濂《朱葵山文集序》，《宋学士全集》，《丛书集成》本

圣贤非不学也，学其大，不学其细也。穷乎天地之际，察乎阴阳之妙，远求乎千载之上，广索乎四海之内，无不知矣，无不尽矣。而不止乎此也，及之于身以观其诚，养之于心而欲其明，参之于气而致其平，推之为道而验其恒，蓄之为德而俟其成。德果成矣，视于其身，俨乎其有威，烨乎其有仪，左礼而右乐，圆规而方矩，皆文也，听乎其言，温恭而不卑，皎厉而不亢。大纲而纤目，中律而成章，亦皆文也。察乎其政，其政莫非文也；征乎其家，其家莫非文也。夫如是，又从而文之，虽不求其文，文其可掩乎？此圣贤之文，所以法则乎天下，而教行乎后世也。

今之为文者则不然，伪焉以弛其身，昧焉以汩其心，扰焉以乖其气；其道德蔑如也，其言行棼如也；家焉而伦理谬，官焉而政教泯，而欲攻乎虚辞，以自附乎古，多见其不察诸本而不思也。

（明）宋濂《文说赠王生黼》，《宋学士全集》卷二十六，《丛书集成》本

盖古人之道，虽不专主乎为诗，而其发之于言，未尝不当乎道。是以雅、颂之辞，烜赫若日月，雄厉若雷霆，变化若鬼神，涵蓄同覆载。诵其诗也，不见其辞而惟见其理，不知其言之可喜而惟觉其味之无穷，此其为奇也，不亦大乎！而作之者初非求为如是之奇也，本之乎礼义之充，养之乎情性之正，风足以昌其言，言足以致其志，如斯而已耳！后世之作者，较奇丽之辞于毫末，自谓超乎形器之表矣，而浅陋浮薄，非果能为奇也！稚子刻雪以为娱目之具，当其前陈，非不可喜，徐而察之，荡而无遗，尚焉取其为奇也！

（明）方孝孺《答张廷璧》，《逊志斋集》卷十一，《四部备要》本

书之所陈，谓近世文辞，不能比隆于唐宋，而有取于仆。仆无能之词，岂能过于近世哉！使真有以过乎人，则亦艺焉而已，而足下安取乎是！且近世所以不古若者，足下知其故乎？非其辞之不工也，非其说之不详也，以文辞为业而不知道术，虽欲庶乎古不能也。知道若行路然，至愈远则见愈多，而言自异。今欲至乎穷谷者，言其所见不过泉、石、树、木、禽、鸟、虫、鱼之状而已。比之游乎雄都、巨邑者，见宫室之壮丽，车马之蕃庶，人民物产之瑰异变怪，其言岂不有间哉！故圣贤文辞非有大过于今人，其所以不可及者，造道深而自得者远。

（明）方孝孺《与赵伯钦三首》之一，《逊志斋集》卷十一，《四部备要》本

姚海屋携所刻录《檀弓》、《孟子》批点者示予，予读一过，题之曰：《檀弓》之言隽以约，譬则引洌泉而出飞岩洞壑也。然特掎其句与字以为工者也。言之工，文之衰也。乃若孟氏深于道，其为言也闳以辩，譬则进之而江淮而河海矣。眉山公不得于其道，顾以为或不离乎战国诸子者之习，而第以文赏之。嗟呼！孟子者，文云乎哉！然则海屋子之刻而传之也何以？曰：学书者，第授之古盘盂诸法如是云尔，苟得其解，则庖牺氏画而奇、画而耦并天地之所以成变化而行鬼神者，又何有于李斯篆隶以下之点缀沐漓乎哉！

（明）茅坤《刻檀孟批点引》，《茅鹿门集》卷之七，清刊本

古者立言之君子，皆卓然有所自见，其学术不苟同于众人，而惟道之自合。故其言足以自成一家，有托以不朽。是故圣人没，道术为天下裂，诸子者出，言人人殊，然要其指归，未始不合乎道。夫苟合乎道矣，而其言有不传者，未之有也。

（明）王祎《鸣道集说序》，《王忠文公集》卷七，清刊本

徐作肃曰："孟君之诗，豪宕感激，顿挫沉浑，殆真能学杜甫者，开宗之言是也。"于是侯方域论曰："作肃其知诗乎？夫孟君生平，数遭兴废，皆身与之，固宜其痛切以愤，怨悱以怒。而其为诗，顾能遵于道，不以自累，望之也厚，而测之也深，是岂犹夫世俗之苟作者耶？余即以诗观孟君，亦可谓奇伟非常之士也。"

（清）侯方域《孟仲练诗序》，《壮悔堂文集》，清刊本

7. 因文见道

去春赐教，语及苏学，以为世人读之，止取文章之妙，初不于此求道，则其失自可置之。夫学者之求道，固不于苏氏之文矣，然既取其文，则文之所述，有邪有正，有是有非，是亦皆有道焉，固求道者之所不可不讲也。讲去其非以存其是，则道固于此乎在矣，而何不可之有？若曰惟其文之取而不复议其理之是非，则是道自道，文自文也。道外有物，固不足以为道，且文而无理，又安足以为文乎？盖道无适而不存者也，故即文以讲道，则文与道两得而一以贯之，否则亦将两失之矣。

（宋）朱熹《与汪尚书（己丑）》，《朱子大全》卷三十，《四部备要》本

诗固有不得不如禅者也，今夫山川草木、风烟云月皆有耳目所共知识，其入于吾语也，使人爽然而得其味于意外焉，悠然而悟其境于言外焉，矫然而其趣其感他有所发者焉，夫岂独如禅而已，禅之捷解殆不能及也。禅者借滉瀁以使人不可测，诗者则眼前景望中兴古今之情性，使觉者咏歌之，嗟叹之，至于手舞足蹈而不能已，登高望远兴怀，触目百世之上，千载之下，不啻如自其口出，诗之禅自此极矣，而诗果能此地位者几何人哉？学者不可以不有此志也，盖积之不厚，则其发之也浅；发之不

浓，则其感之也薄。彼禅者或面壁九年，雪立齐腰，后之学诗者，其工夫能尔耶？

（元）刘将孙《如禅集序》，《养吾斋集》卷十，《四库全书》珍本初集本

无文则道曷见也，是以因文见道，道成而文自忘。今未见道而先舍文，文非文，道非道。

（明）王文禄《文脉》卷三，《丛书集成》本

三百篇后无诗矣。非无诗也，有之而不得诗之道，虽谓之无亦可也。夫《诗》所以列于《五经》者，岂章句之云哉！盖有增乎纲常之重，关乎治乱之教者存也。非知道者，孰能识之？非知道者，孰能为之？人孰不为诗也，而不知道，岂吾所谓诗哉！呜呼！若朱子《感兴》二十篇之作，斯可谓诗也已！其于性命之理昭矣，其于天地之道著矣，其于世教民彝有功者大矣。系之于三百篇，吾知其功无愧。虽谓三百篇之后未尝无诗，亦可也。斯道也，亘万古而不忘，心会而得之，岂不在乎人哉！

（明）方孝孺《读朱子感兴诗》，《逊志斋集》卷四，《四部备要》本

然而道不易明也。文至者道未必至也，此文之所以为难也。呜呼，道与文俱至者，其惟圣贤乎！圣人之文，著于诸经，道之所由传也。贤者之文，盛于伊洛，所以明斯道也，而其文未尝相同，其道未尝不同。师其道而求于文者，善学文者也；袭其辞而忘道者，不足与论也。

（明）方孝孺《张彦辉文集序》，《逊志斋集》卷十二，《四部备要》本

孔子曰："言之不文，行之不远。"于《易》曰："修辞立其诚。"立诚以为质，修之而后言可文也。圣人之于文，盖惓惓矣。昔者先王之制礼也，敬而已矣，必且辨为度数品物仪饰之节，有所谓以多贵者，有所谓以少贵者，有所谓以大以小以高以下以文以素贵者，圣人之于文亦然。文以明道，而繁简华质洪纤夷险约肆之故，则必有其所以然，盖礼不如是不足将其敬，文不如是不可以明道。孔子曰："辞达而已矣。"辞之不文，则

不足以达意也。而或者以为不然，则请观于六经、孔子、孟子之文，其文不文，盖可睹矣。

（清）魏禧《甘健斋轴园稿序》，《魏叔子文集》卷八，清刊本

文章始于六经，而范史以说经者入儒林，不入文苑，似强为区分。然后世史家俱仍之而不变，则亦有所不得已也。大抵文人恃其逸气，不喜说经，而其说经者又曰：吾以明道云尔，文则吾何屑焉？自是而文与道离矣！不知六经以道传，实以文传。《易》称修词，《诗》称词辑，《论语》称为命，至于讨论修饰而犹未已，是岂圣人之溺于词章哉？盖以为无形者，道也，形于言，谓之文，既已谓之文矣，必使天下人矜尚悦绎而道始大明。若言之不工，使人听而思卧，则文不足以明道而适足以蔽道。故文人而不说经，可也；说经而不能为文，不可也。

（清）袁枚《虞东先生文集序》，《小仓山房文集》卷十，《四部备要》本

古圣人以文明道，而不讳修词。骈体者，修词之尤工者也。六经滥觞，汉、魏延其绪，六朝畅其流，论者先散行后骈体，似亦尊乾卑坤之义。然散行可蹈空，而骈文必征典。骈文废则悦学者少，为文者多，文乃日敝。

（清）袁枚《胡稚威骈体文序》，《小仓山房文集》卷十一，《四部备要》本

《易》曰："修辞立其诚。"辞不能不出于修，近日学者，正坐偏学而不知文耳。孟子曰："博学而详说之，将以反说约也。"夫博约自是学问，乃必云"详说"，又云"说约"，所谓说者，非文而何？宋人讥韩子为因文见道，然为宋人语条，又岂可为文乎？因文见道，又复何害？孔孟言道，亦未尝离于文也。

（清）章学诚《文史通义·与林秀才》，《四部备要》本

经传圣贤之言，未尝不以文为贵也。盖文固所以载理，文不备则理不明也。且文亦自有其理；妍媸好丑，人见之者，不约而有同然之情，又不关于所载之理者，即文之理也。故文之至者，文辞非其所重尔，非无文辞

也，而陋儒不学，猥曰："工文则害道"，故君子恶夫似之而非者也。

(清)章学诚《文史通义》卷三《辨似》，《四部备要》本

8. 言与道相称

夫文章者，本于教化，发于情性。本于教化，尧舜之道也；发于情性，圣人之言也。自成康殁，颂声寝，骚人作，淫丽兴，文与教分为二。不足者，强而为文，则不知君子之道；知君子之道者，则耻为文。文而知道，二者兼难。兼之者，大君子之事。上之尧、舜、周、孔也；次之游、夏、荀、孟也；下之贾生、董仲舒也。

(唐)柳冕《答徐州张尚书论文武书》，《全唐文》卷五百二十七，中华书局本

然愈之所志于古者，不惟其辞之好，好其道焉尔。

(唐)韩愈《答李秀才书》，《昌黎先生集》卷十六，《四部丛刊》本

呜呼，独孤君之道和而纯，其用端而明。内之为孝，外之为仁，默而智，言而信，其穷也不忧，其乐也不淫。读书推孔子之道，必求诸其中。其为文，深而厚，尤慕古雅。善赋颂，其要咸归于道。昔孔子之世有颜回者，能得于孔子。后之仰其贤者，譬之如日月而莫有议者焉。呜呼，独孤君之明且仁，如遭孔子，是有两颜氏也。

(唐)柳宗元《独孤君墓碣》，《柳河东集》卷第十一，中华书局本

夫学者之求道，固不于苏氏之文矣。然既取其文，则文之所述，有邪有正，有是有非，是亦皆有道焉，固求道者之所不可不讲也。讲去其非以存其是，则道固于此乎在矣，而何不可之有？若曰惟其文之取而不复议其理之是非，则是道自道，文自文也。道外有物，固不足以为道，且文而无理，又安足以为文乎？盖道无适而不存者也，故即文以讲道，则文与道两得而一以贯之，否则亦将两失之矣。

(宋)朱熹《与汪尚书书(己丑)》，《朱子大全》卷三十，《四部备要》本

夫文与道果同耶异耶？若道外有物，则为文者可以肆意妄言而无害于道。惟夫道外无物，则言而一有不合于道者，则于道为有害，但其害有缓急深浅耳。

（宋）朱熹《答吕伯恭》，《朱子大全》卷三十三，《四部备要》本

然文章以道轻重，道以文章轻重。世复有班孟坚者出，表古今人物九品之中，必以一等置欧阳子，则为去圣贤也有级而不远，其文虽无谢、尹之知，不害于行。

（元）姚燧《送畅纯甫序》，《牧庵集》卷四，《四部丛刊》本

以仆言之，秦汉以下大率多记载讲论之文耳，求如古之立言者未之多有也。圣人之言，不可及。上足以发天地之心，次足以道性命之源，陈治乱之理。而可法于天下后世，垂之愈久而无弊，是故谓之经。立言者必如经，而后可。而秦汉以下无有焉。然而犹足以名世者，其道虽未至，而其言文。人好其文，故传其言。虽不文，而于道有明焉，人以其明道，故亦传。二者俱至者，其传无疑也。二者俱不至者，其不传亦无疑也。以仆观于今之人，求其成文而可诵者，且不易得，况望其明道乎？

（明）方孝孺《与郭士渊论文》，《逊志斋集》卷十一，《四部备要》本

予于是手掇韩公愈、柳公宗元、欧阳公修、苏公洵、轼、辙、曾公巩、王公安石之文，而稍批评之，以为操觚者之券，题之曰《八大家文抄》。家各有引，条疏如左。嗟乎！之八君子者，不敢遽谓尽得古六艺之旨，而予所批评，亦不敢自以得八君子者之深，要之大义所揭，指次点缀，或于道不相盭已。谨书之以质世之知我者。

（明）茅坤《唐宋八大家文抄总序》，《茅鹿门集》卷一，清刊本

予前在长安，尝谓词林袁、董二君曰：君等苦道心不善坚固，文趣不过奇拔。黄阁有何重慕哉。世之疑霍林者，吝其黄阁耳。亦太早计。予以

霍林文字推之，其福德常在乎彼人者。何以明之？见其初第时数作，攸如也。至为其里人作难，脱刺客于枯庐破衲之中，幽思显词，迸然而通。濒沓捷疾，历砾晻忽。可啼可笑，若出若没。大非前馆阁中常设者矣。予犹意其翩连而贵，世乐所诱，或忘其智骨焉。已乃读其文咏，种种异之。笃于功名世法之外，有以秀郁而仓发，或千余言斾如其舒，或数十语椵如其诎。如雾流烟，如云漏月，如洗峰岳，如抉块扎。虽其稽积衍按，尚未极其晓世之情。其必不为世人，而为道人文人也决矣。至于韵语短长，率意受律，气力沉厚，斑驳萧瑟，成其家言。方前过江时，复已度越矣。大致羞富贵而尊贱贫，悦皋壤而愁观阙。此其人胸怀喉吻中，殊有巨物。岂区区待一黄阁而后能与世吐咽者与。至其沉冥病中诗，犹有可举似者。"平生事仓卒，黑白不成校。一死终无辞，安得朝闻道。"夫以欲闻道而伤其平生，此予所谓有深情，又非世人所能得者也。嗟夫，霍林之于道于文何如也。

（明）汤显祖《睡庵文集序》，《汤显祖诗文集》卷二十九，上海古籍出版社本

文者，道之所形也。道形而为文，其言适与道称，谓之曰：其旨远，其辞文。曲而中，肆而隐，是虽累千万言，皆非所谓出乎形，而多方骈枝于五脏之情者也。故文非圣人之所能废也。虽然，孔子曰：天下有道则行有枝叶，天下无道则言有枝叶。夫道胜则文不期少而自少，道不胜则文不期多而自多。

（明）归有光《雍里先生文集序》，《震川先生集》卷二，《四部丛刊》本

夫三代以前，文之盛衰在上，两汉以后，文之盛衰在下。文之用在上，则文与道合而其文极盛而不可加；文之用在下，则文与道佹离佹合，而其文亦多驳而少醇；非独人事，盖有运会焉。是故其道则君臣、父子、礼乐、政刑，其文则如日星，如河岳者，六经四子之文是也。其于道或醇驳参，而其文足自名其家者，迁、固、韩愈以下数十家之文是也。其文嶵峍魁伟骇世之耳目，而于道往往支离而叛去者，庄、列、诸子之文是也。若夫知乎道而啬乎文者，宋儒语录之文是也。修词者病飘，谈理者病伪，

而文与道两失之者，末世之文是也，谓之无文可也。

  （清）邵长蘅《抄古文载序》，《邵子湘全集·青门剩稿》卷七，愚斋丛书刻青门草堂藏本

  古人文章所重于天下者，一以明道，一以言事。义理是非不精则道敝，利害得失不核则事乖。然理义可以空持，利害必以实验，故言事之文为尤难也。

  （清）姚莹《重刻山木居士集序》，《中复堂全集·东溟文集后集》卷九，清刊本

文 气 编

蒋述卓 编选

一
文以气为主

1. 论文当先论气

夫民有血气心知之性，而无哀乐喜怒之常，应感起物而动，然后心术形焉。是故：志微噍杀之音作，而民思忧；啴谐慢易繁文简节之音作，而民康乐；粗厉猛起奋末广贲之音作，而民刚毅；廉直劲正庄诚之音作，而民肃敬；宽裕肉好顺成和动之音作，而民慈爱；流辟邪散狄成涤滥之音作，而民淫乱。

（先秦）《礼记·乐记》，《十三经注疏》本

凡奸声感人，而逆气应之；逆气成象，而淫乐兴焉。正声感人，而顺气应之；顺气成象，而和乐兴焉。倡和有应，回邪曲直，各归其分，而万物之理，各以类相动也。

（先秦）《礼记·乐记》，《十三经注疏》本

悲夫！寓形百年，而瞬息已尽；立行之难，而一城莫赏。此古人所以染翰慷慨，屡伸而不能已者也。夫导达意气，其唯文乎？抚卷踌躇，遂感而赋之。

（晋）陶潜《感士不遇赋》，《全晋文》卷一百一十，《全上古三代秦汉三国六朝文》，中华书局影印本

卫协　古画之略，至协始精。六法之中，迨为兼善。虽不该备形妙，颇得壮气。凌跨群雄，旷代绝笔。

……

晋明帝　虽略于形色，颇得神气。笔迹超越，亦有奇观。

(南朝·齐) 谢赫《古画品录》,《画品丛书》本

孔融气盛于为笔，祢衡思锐于为文，有偏美焉。

(南朝·梁) 刘勰《文心雕龙·才略》，人民文学出版社本

宋玉含才，颇亦负俗，始造《对问》，以申其志，放怀寥廓，气实使文。

(南朝·梁) 刘勰《文心雕龙·杂文》，人民文学出版社本

列御寇之书，气伟而采奇。

(南朝·梁) 刘勰《文心雕龙·诸子》，人民文学出版社本

秦之御史，职主文法；汉置中丞，总司按劾；故位在鸷击，砥砺其气，必使笔端振风，简上凝霜者也。

(南朝·梁) 刘勰《文心雕龙·奏启》，人民文学出版社本

智术之子，博雅之人，藻溢于辞，辨盈乎气，苑囿人情，故日新殊致。

(南朝·梁) 刘勰《文心雕龙·杂文》，人民文学出版社本

至于魏之三祖，气爽才丽，宰割辞调，音靡节乎。观其《北上》众引，《秋风》列篇，或述酣宴，或伤羁戍，志不出于淫荡，辞不离于哀思，虽三调之正声，实《韶夏》之郑曲也。

(南朝·梁) 刘勰《文心雕龙·乐府》，人民文学出版社本

文举之荐祢衡，气扬采飞；孔明之辞后主，志尽文畅。

(南朝·梁) 刘勰《文心雕龙·章表》，人民文学出版社本

故《骚经》、《九章》，朗丽以哀志；《九歌》、《九辨》，绮妙以伤情；《远游》、《天问》，瑰诡而慧巧；《招魂》、《大招》，耀艳而采华；《卜居》标放言之致，《渔父》寄独往之才。故能气往轹古，辞来切今，惊采绝

艳，难与并能矣。

（南朝·梁）刘勰《文心雕龙·辨骚》，人民文学出版社本

其源出于陈思。才高词赡，举体华美。气少于公干，文劣于仲宣。

（南朝·梁）钟嵘《诗品·晋平原相陆机》，《诗品注》卷上，
人民文学出版社本

其源出于《古诗》。仗气爱奇，动多振绝。真骨凌霜，高风跨俗。但气过其文，雕润恨少。

（南朝·梁）钟嵘《诗品·魏文学刘桢》，《诗品注》卷上，人民文学出版社本

原夫文章之作，本乎情性，覃思则变化无方，形言则条流遂广。虽诗赋与奏议异轸，铭诔与书论殊涂，而撮其指要，举其大柢，莫若以气为主，以文传意。考其殿最，定其区域，摭六经百氏之英华，探屈、宋、卿、云之秘奥，其调也尚远，其旨也在深，其理也贵当，其辞也欲巧。然后莹金璧，播芝兰，文质因其宜，繁约适其变。权衡轻重，斟酌古今，和而能壮，丽而能典，焕乎若五色之成章，纷乎犹八音之繁会。夫然，则魏文所谓通才足以备体矣，士衡所谓难能足以逮意矣。

（唐）令狐德棻《周书·王褒庾信传论》，中华书局本

张僧繇

至于张公骨气奇伟，师模宏远，岂唯六法精备，实亦万类皆妙。千变万化，诡状殊形。经诸目，运诸掌，得之心，应之手。意者天降圣人，为后生则。

（唐）李嗣真《续画品录》，《中国画论类编》本

郑法士

伏道张门，谓之高足。邻几睹奥，具体而微。气韵标举，风格道俊，丽组长缨，得威仪之樽节；柔恣绰约，尽幽闲之雅容。

（唐）李嗣真《续画品录》，《中国画论类编》本

孙尚子

孙、郑共师于张。郑则人物楼台，当霸雄伯，孙则魑魅魍魉，参灵酌妙，善为战笔之体，甚有气力。衣服手足，木叶川流，莫不战动，唯须发独尔调利。他人效之，终莫能得，此其异态也。

         （唐）李嗣真《续画品录》，《中国画论类编》本

观夫张公之艺，非画也，真道也。当其有事，已知遗去机巧，意冥玄化，而物在灵府，不在耳目。故得于心，应于手，孤姿绝状，触毫而出，气交冲漠，与神为徒。若忖短长于隘度，算妍蚩于陋目，凝觚舐墨，依违良久，乃绘物之赘疣也，宁置于齿牙间哉！

      （唐）符载《观张员外画松石序》，《中国画论类编》本

气，水也；言，浮物也。水大而物之浮者大小毕浮，气之与言犹是也。气盛则言之短长与声之高下者皆宜。

    （唐）韩愈《答李翊书》，《昌黎先生集》卷十六，《四部备要》本

气为干，文为支，跨跞古今，鼓行乘空。

    （唐）刘禹锡《答柳子厚书》，《刘禹锡集》卷十四，上海人民出版社本

时东山人李白，亦以奇文取称，时人谓之李杜……至若铺陈终始，排比声韵，大或千言，次犹数百，词气豪迈而风调清深，属对律切而脱弃凡近，则李尚不能历其藩翰，况堂奥乎？

    （唐）元稹《唐故工部员外郎杜君墓志铭并序》，《元稹集》卷五十六，中华书局本

魏文《典论》称"文以气为主，气之清浊有体"，斯言尽之矣。然气不可以不贯，不贯则虽有英辞丽藻如编珠缀玉，不得为全璞之宝矣。鼓气以势壮为美，势不可以不息，不息则流宕而忘返。亦犹丝竹繁奏，必有希声窈眇，听之者悦闻。如川流迅激，必有洄洑逶迤，观之者不厌。从兄翰常言"文章如千兵万马，风恬雨霁，寂无人声"，盖谓是矣。近世诰命，唯苏廷硕叙事之外，自为文章，才实有余，用之不竭。

    （唐）李德裕《文章论》，《李文饶外集》卷三，《四部丛刊》本

右丞、苏州趣味澄夐,若清风之出岫。大历十数公,抑又其次。元、白力勍而气孱,乃都市豪估耳。

(唐)司空图《与王驾评诗书》,《诗品集解》附录《表圣杂文》,人民文学出版社本

予既醉,客有问文者,渍笔以应之云:尝闻于师曰,尚气、尚理、有简、有通。能者得之以四,不能者失之亦以是。四者皆得之于全,然则得之矣。

(唐)权德舆《醉说》,《权载之文集》卷三十,《四部丛刊》本

似者得其形遗其气,真者气质俱盛。凡气传于华,遗于象,象之死也。

(五代)荆浩《笔法记》,《中国画论类编》本

气者,心随笔运,取象不惑。

(五代)荆浩《笔法记》,《中国画论类编》本

凡笔有四势:谓筋、肉、骨、气。笔绝而不断谓之筋,起伏成实谓之肉,生死刚正谓之骨,迹画不败谓之气。故知墨大质者失其体,色微者败正气,筋死者无肉,迹断者无筋,苟媚者无骨。

(五代)荆浩《笔法记》,《中国画论类编》本

夫随类赋彩,自古有能,如水晕墨章,兴我唐代。故张璪员外,树石气韵俱盛,笔墨积微,真思卓然,不贵五彩,旷古绝今,未之有也。麹庭与白云尊师气象幽妙,俱得其元,动用逸常,深不可测。王右丞笔墨宛丽,气韵高清,巧写象成,亦动真思。李将军理深思远,笔迹甚精,虽巧而华,大亏墨彩。项容山人树石顽涩,棱角无踵,用墨独得玄门,用笔全无其骨。然于放逸不失真元气象,元大创巧媚。吴道子笔胜于象,骨气自高,树不言图,亦恨无墨。陈员外及僧道芬以下粗升凡格,作用无奇,笔墨之行,甚有形迹。

(五代)荆浩《笔法记》,《中国画论类编》本

六法之内，惟形似、气韵二者为先。有气韵而无形似，则质胜于文；有形似而无气韵，则华而不实。

（五代）欧阳炯《蜀八卦殿壁画奇异记》，《益州名画录》，上海人民美术出版社《画史丛刊》第六册

余友曼卿……益以宫题而成《九咏》。观其立意，皆凿幽索秘，破坚发奇，高凌虹霓，清出金石，有以见诗力之雄哉。文以气为主，此其辨乎？

（宋）范仲淹《太清宫九咏序》，《范文正公集》卷六，《四部丛刊》本

书必有神、气、骨、肉、血，五者缺一，不成为书也。

（宋）苏轼《论书》，《东坡题跋》卷上，《丛书集成》本

士以气为主。方高力士用事，公卿大夫争事之，而太白使脱靴殿上，固已气盖天下矣！使之得志，必不肯附权幸以取容，其肯从君于昏乎？

（宋）苏轼《李太白碑阴记》，《东坡七集》前集卷三十三，《四部备要》本

孟子曰："我善养吾浩然之气。"是气也，寓于寻常之中，而塞乎天地之间。卒然遇之，则王公失其贵，晋楚失其富，良平失其智，贲育失其勇，仪秦失其辩。是孰使之然哉？其必有不依形而立，不恃力而行，不待生而存，不随生而亡者矣。故在天为星辰，在地为河岳；幽则为鬼神，而明则复为人，此理之常，无足怪者。自东汉以来，道丧文弊，异端并起，历唐正观、开元之盛，辅以房、杜、姚、宋而不能救。独韩文公起布衣，谈笑而麾之，天下靡然从公，复归于正，盖三百年于此矣。文起八代之衰，而道济天下之溺，忠犯人主之怒，而勇夺三军之帅，岂非参天地、关盛衰、浩然而独存者乎？

（宋）苏轼《韩文公庙碑》，《东坡七集》后集卷十五，《四部备要》本

由扬雄至元和千百年，而后韩、柳作。韩、柳之文，未尝相似也，而前此中间寂寞，无足称。岂其固无人？其患起于不知由道以充气，而置我

心以视效他人，故虽劳犹不能杰然自立。去元和至吾宋又数百年，而有欧、王之盛。宗其学者，文辞往往奇特，然至今者又已少贬。盖文之为道，由东京以下，始与经家分两歧，其弊起于气不足。

（宋）吕南公《与汪秘校论文书》，《灌园集》卷十一，四库全书珍本初集本

大凡诗自有气象、体面、血脉、韵度。气象欲其浑厚，其失也俗。体面欲其宏大，其失也狂。血脉欲其贯穿，其失也露。韵度欲其飘逸，其失也轻。

（宋）姜夔《白石诗说》，人民文学出版社本

老杜作《曹将军丹青引》云"一洗万古凡马空"。东坡《观吴道子画壁》诗云"笔所未到气已吞"。吾不得见其画矣，此两句，二公之诗，各可以当之。

（宋）许顗《彦周诗话》，《历代诗话》本

张籍、王建，乐府宫词皆杰出，所不能追逐李、杜者，气不胜耳。

（宋）许顗《彦周诗话》，《历代诗话》本

言志乃诗人之本意，咏物特诗人之余事。《古诗》、苏、李、曹、刘、陶、阮，本不期于咏物，而咏物之工，卓然天成，不可复及；其情真，其味长，其气胜，视《三百篇》几于无愧，凡以得诗人之本意也。

（宋）张戒《岁寒堂诗话》卷上，《历代诗话续编》本

大抵句中若无意味，譬之山无烟云，春无草树，岂复可观？阮嗣宗诗，专以意胜；陶渊明诗，专以味胜；曹子建诗，专以韵胜；杜子美诗，专以气胜。然意可学也，味亦可学也，若夫韵有高下，气有强弱，则不可强矣。

（宋）张戒《岁寒堂诗话》卷上，《历代诗话续编》本

凡诗切对求工，必气弱。宁对不工，不可使气弱。评：气自弱耳，何关切对求工耶？

（宋）吴可《藏海诗话》，《历代诗话续编》本

文以气为主，非天下之刚者莫能之。古今能文之士非不多，而能杰然自名于世者无几，非文不足也，无刚气以主之也。孟子以浩然充塞天地之气，而发为七篇仁义之书；韩子以忠犯逆鳞，勇叱三军之气，而发为日光玉洁表里六经之文。故孟子阐杨墨之功，不在禹下；而韩子抵排异端，攘斥佛老之功，又不在孟子下，皆气使之然也。若二子者，非天下之至刚者欤？

（宋）王十朋《蔡端明文集序》，《梅溪王先生文集》后集卷二十七，《四部丛刊》本

大抵诗欲工，而工亦非诗之极也。锻炼之久，乃失本旨，斲削之甚，反伤正气。

（宋）陆游《何君墓表》，《陆游集·渭南文集》卷三十九，中华书局本

髯龙夭矫欲飞去，百尺苍藤罗络之。应笑此翁才不进，故将老气起吾诗。

（宋）陆游《松下纵笔》其四，《剑南诗稿校注》卷二十六，上海古籍出版社本

虽然，公一世之豪，以气节自负，以功业自许，方将敛藏其用以事清旷，果何意于歌词哉，直陶写之具耳。故其词之为体，如张乐洞庭之野，无首无尾，不主故常；又如春云浮空，卷舒起灭，随所变态，无非可观，无他，意不在于作词，而其气之所充，蓄之所发，词自不能不尔也。其间固有清而丽，婉而妩媚，此又坡词之所无，而公词之所独也。

（宋）范开《稼轩词序》，《稼轩词编年笺注》卷八，古典文学出版社本

视来书豪壮顿挫之气，亦甚异矣。人之少而壮，壮而老，如朝气之锐，昼堕而暮则归，钥方堕而将归，欲以当足下之锐，宜其说之不相似；然时时读足下之书以作其堕，足下亦味钥之言以趋于平，亦朋友相资之义也。岂惟文哉？喜怒哀乐之未发，与夫平旦之气，顾岂有一毫之不平？

（宋）楼钥《答綦君更生论文书》，《攻愧集》卷六十六，《丛书集成》本

如"晓月出天山，苍茫云海间。长风一万里，吹度玉门关"及"沙墩至梁苑，二十五长亭。大舶夹双橹，中流鹅鹳鸣"之类，皆气盖一世。学者能熟味之，自然不浅矣。

  （宋）魏庆之《诗人玉屑》卷十四，上海古籍出版社本

  韩退之尝云："气，水也；言，浮物也。水大则物之浮者小大毕浮，气之与言犹是也。气盛则言之短长与声之高下者皆宜。"此论最亲切。李、杜是甚气魄，岂但工于有韵者及古体乎？

  （宋）刘克庄《诗话后集》，《后村先生大全集》卷一百七十六，《四部丛刊》本

  昔之评文者曰：文以气为主。又曰：气盛则言之短长与声之高下皆宜。本朝评坡文者众矣，往往称其天才超轶、笔力浩大而已。至我阜陵独曰：气高天下，乃克为之。呜呼！阜陵之言可谓尽坡公之平生矣！

  （宋）刘克庄《序诗境集》，《后村先生大全集》卷九十七，《四部丛刊》本

  潼川文同氏，自馆职乞外调，屡历郡守，有治状，官至司封员外，充秘阁校理。其高情旷度类神仙人，文章有《丹渊集》，不在一时畴辈下，顾以画竹知名，伎掩其人，君子所惜。在洋洲时构亭篔筜谷为游息地，故于画竹益工，时作古槎老折淡墨出神，谓之墨林，盖非丹青家所能匹也。评其妙者，谓其胸有奇气压十万丈夫者，非谬。

  （元）杨维桢《文竹轩记》，《东维子文集》卷十五，《四部丛刊》本

  文以气为主，非主于气也，乃其中有所主，则其气浩然，流动充满而无不达，遂若气为之主耳。故文之盛也，如风雨骤至，山川草木皆为之变；如江河浩渺，波涛平骇，各一其势。大之而金石制作，歌《明堂》而颂《清庙》；小之而才情婉娈，清《白雪》而艳《阳春》；古之而鼎彝幼眇，陈淳风而追泰古；时之而花柳明媚，过前川而学少年。故昌黎之古文，其小律小绝，无不精妙。东坡之大才，其回文丽句，各极体裁。或有

谓能文不能诗，能诗不能文者，皆其主弱而气易衰也。

  （元）刘将孙《谭村西诗文序》，《养吾斋集》卷十，《四库全书珍本初集》本

  三王之祭，先河而后海，说者谓天汉之源，长水一位，是故其貌武而心毅，而吾独谓其气不可迫犯。想蒲昌初注，金蛇倒潢，一泻于徒骇马颊之后，谁敢得而泅泳之？岂惟论河，凡系神物，俱先气至，松柏有松柏之气，钟鼎有钟鼎之气，游人赏士，一见而魄为所夺，不自知也。吾欲以此观香山何龙友先生诗。

  （明）王思任《何龙友先生诗集序》，《王季重十种》，《中国文学珍本丛书》本

  徐伯传问诗法于康对山，曰："熟读太白长篇，则胸次含宏，神思超越，下笔殊有气也。"

  （明）谢榛《四溟诗话》卷二，人民文学出版社本

  《余师录》曰："文不可无者有四：曰体，曰志，曰气，曰韵。"作诗亦然。体贵正大，志贵高远，气贵雄浑，韵贵隽永。四者之本，非养无以发其真，非悟无以入其妙。

  （明）谢榛《四溟诗话》卷一，人民文学出版社本

  造物有元气，亦有元声，钟为性情，畅为言吐，苟不本之性情，而欲强作假设，如楚学齐语、燕操南音、梵作华言、鸦为鹊鸣，其何能肖乎？故君子不务饰其声，而务养其气；不务工其文字，而务陶其性情。古之人所以藏之京师，副在名山，金函玉箧，日月齐光者，匪其文传，其性情传也。

  （明）屠隆《诗文》，《鸿苞节录》卷六上，愚斋丛书刻保砚斋藏版

  人物以形模为先，气韵超乎其表；山水以气韵为主，形模寓乎其中，乃为合作。若形似无生气，神彩至脱格，皆病也。

  （明）王世贞《艺苑卮言》附录四，《弇州山人四部稿》卷一五五，明刻本

大抵五代以前画山水者少。二李辈虽极精工，微伤板细。右丞始能发景外之趣，而犹未尽。至关仝、董源、巨然辈，方以真趣书之，气概雄远，墨晕神奇。至李营、卫成而绝矣。

(明) 王世贞《艺苑卮言》附录四，《弇州山人四部稿》卷一百五十五，明刻本

篇法之妙，有不见句法者；句法之妙，有不见字法者，此是法极无迹，人能之至，境与天会，未易求也。有俱属象而妙者，有俱属意而妙者，有俱作高调而妙者，有直下不对偶而妙者，皆兴与境诣，神合气完使之然。五言可耳，七言恐未易能也。

(明) 王世贞《艺苑卮言》卷一，《历代诗话续编》本

七言绝句，盛唐主气，气完而意不尽工；中晚唐主意，意工而气不甚完；然各有主者，未可以时代优劣也。

(明) 王世贞《艺苑卮言》卷四，《历代诗话续编》本

柳冕曰："善为文者，发而为声，鼓而为气。直与气雄，精则气生，使五彩并用，而气行于其中。"

(明) 王世贞《艺苑卮言》卷一，《历代诗话续编》本

宋人学杜得其骨，不得其肉；得其气，不得其韵；得其意，不得其象；至声与色并亡之矣。

(明) 胡应麟《诗薮·内编》卷四，中华书局本

南北二调，天若限之。北之沉雄，南之柔婉，可画地而知也。北人工篇章，南人工句字。工篇章，故以气骨胜；工句字，故以色泽胜。

(明) 王骥德《曲律·杂论》，《中国古典戏曲论著集成》(四)，中国戏剧出版社本

子见夫土衣而木雕者乎，衣冠佩剑，非不焕然也，生气亡矣。又不见夫中痼而风痹者乎，肢骸犹人也，呼吸运动则非人矣，无他，其气伤也。自乙丑以后，海内推尚文章，其词雕琢，其象美熠，数行之中，经子百

籍，青煮齏齻，间杂其间，然吾观之土木偶而已耳。中瘈而病夫者耳，风痹不知痛痒而已耳，无他，其气亡也。故今日论文当先论气，吾读元开文，其句非不饰也，然气不以雕琢伤，其象非不伟熠也，然气不以肥痴伤，其经子百籍非不组织也，然气不以剽袭伤，何也？理足焉故也。理足故气莫之御，莫之御则文至矣。虽然，是理也，非以过于取之为足，以过于弃之为足也，伪者去，真者立，元开之于理，博观而约收之，元开之以弃为取也多矣。以弃为取，故气之坚悍莫能加焉。

（明）艾南英《饮石斋近艺书后》，《天佣子集》卷十，清道光十六年艾氏家塾重刻本

或曰：后世无《孟子》七篇，何也？曰：孰养浩然之气也。故曰："文以气为主"。有塞天地之气而后有垂世之文。

（明）王文禄《文脉》卷一，《丛书集成》本

盖仆近诗略尚气色，故以此自疑。然仆虽略尚气色，而本色自以为尚存，不似他人一味壮声吓人。仆私意以为近人诗皆尚气色，却作得不好，尚气色诗亦有好者，故略为数首好气色诗以敌之，见仆非不能为此等诗，向特不为耳。

（清）周亮工《与汪舟次书》，《赖古堂集》卷十九，上海古籍出版社影印本

僧诗如猩猩女郎诗，如鹦鹉曲学人语，大都不离其气类。作此英英须眉，未坠与李季兰寄韩校书诗双存之。

（清）王夫之《唐诗评选》卷四，释灵彻《送鉴供奉归蜀宁亲》评语，《船山古近体诗评选三种》，船山学社本

譬之一木一草，其能发生者，理也。其既发生，则事也。既发生之后，夭乔滋植，情状万千，咸有自得之趣，则情也。苟无气以行之，能若是乎？

（清）叶燮《原诗·内篇上》，人民文学出版社本

李白天才自然，出类拔萃，然千古与杜甫齐名，则犹有间。盖白之得此者，非以才得之，乃以气得之也。从来节义、勋业、文章皆得于天而足

于己，然其间亦岂能无分剂，虽所得或未至十分，苟有气以鼓之，如弓之括力至引满，自可无坚不摧，此在彀率之外者也。如白《清平调》三首，亦平平宫艳体耳；然贵妃捧砚，力士脱靴，无论懦夫于此，战栗趑趄万状，秦舞阳壮士，不能不色变于秦皇殿上，则气未有不先馁者，宁暇见其才乎？观白挥洒万乘之前，无异长安市上醉眠时，此如何气也！大之即舜、禹之巍巍不与，立勋业可以鹰扬牧野，尽节义能为逄、比碎首。立言而为文章，韩愈所言"光焰万丈"，此正言文章之气也。气之所用不同，用于一事，则一事立报，推之万事，无不可以立报。故白得与甫齐名者，非才为之而气为之也。历观千古诗人，有大名者，舍白之外，孰能有是气者乎？

（清）叶燮《原诗·外篇下》，人民文学出版社本

文章者，所以表天地万物之情状也；然具是三者，又有总而持之、条而贯之者，曰气。事、理、情之所为用，气为之用也。

（清）叶燮《原诗·内篇上》，人民文学出版社本

古之善画者，大都以造物为师。天之所生，即吾之所画，总需一块元气团结而成。此幅虽属小景，要是山脚下洞穴旁之兰，不是盆中磊石凑栽之兰，谓其气整故尔。聊作二十八字以系于后：敢云我画竟无师，亦有开蒙上学时。画到天机流露处，无今无古寸心知。

（清）郑燮《郑板桥集》补遗，《郑板桥集》，上海古籍出版社本

气最重要，予向谓文须笔轻气重嘉矣，而未至也。要得气重，须便是字句下得重，此最上乘，非初学拙笨之谓也。

（清）刘大櫆《论文偶记》，人民文学出版社本

吹气不同，油然浩然。要其盘旋，总在笔先。汤汤来潮，缕缕腾烟。有余于物，物自浮焉。如其客气，冉猛必颠。无万里风，莫乘海船。

（清）袁枚《续诗品·理气》，人民文学出版社本

若李义山多使故事，装贴藻饰，掩其性情面目，则但见魄气而无魂

气。魂气多则成生活相,魄气多则为死滞。千古一人,推杜子美,只是纯以魂气为用。

(清)方东树《昭昧詹言》卷十八,人民文学出版社本

观于人身及万物动植,皆全是气所鼓荡。气才绝,即腐败臭恶不可近。诗文亦然。

(清)方东树《昭昧詹言》卷一,人民文学出版社本

大约古文及书、画、诗,四者之理一也。用法取境亦一。气骨间架体势之外,别有不可思议之妙……凡诗、文、书、画,以精神为主。精神者,气之华也。

(清)方东树《昭昧詹言》卷一,人民文学出版社本

音乐以气为主,然气有放开者,有收合者。放开者,曲中《混江龙》是也;收合者,曲中《桂枝香》是也。气之放开收合,相题而然。

(清)李调元《雨村诗话》卷上,《清诗话续编》本

夫是尧、舜而非桀、纣,人皆能言矣;崇王道而斥霸功,又儒者之习故矣。至于善善而恶恶,褒正而嫉邪,凡欲托文辞以不朽者,莫不有是心也。然而心术不可不虑者,则以天与人参,其端甚微,非是区区之明所可恃也。夫史所载者,事也。事必藉文而传,故良史莫不工文;而不知文又患于为事役也。盖事不能无得失是非,一有得失是非,则出入予夺,相奋靡矣,奋靡不已,而气积焉;事不能无盛衰消息,一有盛衰消息,则往复凭吊,生流连矣,流连不已,而情深焉。凡文不足以动人,所以动人者,气也;凡文不足以入人,所以入人者,情也。气积而文昌,情深而文挚;气昌而情挚,天下之至文也。然而其中有天有人,不可不辨也。气得阳刚,而情合阴柔,人丽阴阳之间,不能离焉者也。气合于理,天也,气能违理以自用,人也;情本于性,天也,情能汩性以自恣,人也。史之义出于天,而史之文不能不藉人力以成之。人有阴阳之患,而史文即忤于大道之公,其所感召者微也。夫文非气不立,而气贵于平,人之气,燕居莫不平也,因事生感,而气失则宕,气失则激,气失则骄,毘于阳矣。文非情不得,而情贵于正,人之情,虚置无不正也,因事生感,而情失则流,情

失则溺，情失则偏，昆于阴矣。阴阳伏沴之患，乘于血气而入于心，知其中默运潜移，似公而实逞于私，似天而实蔽于人。发为文辞，至于害义而为道，其人犹不自知也。故曰心术不可不慎也。夫气胜而情偏，犹曰动于天而参于人也，才艺之士，则又溺于文辞，以为观美之具焉，而不知其不可也。

（清）章学诚《文史通义·史德》，中华书局本

地悬于天中，万物毕载，然上下无所附，终古而不坠，所以举之者，气也。人之能载万物者，莫如文章，天之文，地之理，圣人之道，非文章不传。然而无以举之，则文之散灭也已久。故圣人不作，六经之文绝，然其气未尝绝也。圣人之气，如天之四时，分之而为十有二月，又分之为二十有四气，得其一气，则莫不可以生物。六经以下，为周诸子、为秦、为汉、为唐、宋大家之文，苟非甚背于道，则其气莫不载之以传。《书》《诗》《易》《礼》《春秋》之气，得其一皆足自名。而世之言气，则惟以浩瀚蓬勃，出而不穷，动而不止者当之，于是而苏轼氏乃以气特闻，子瞻之自言曰："吾文如万斛泉源，不择地皆可出。在平地一日千里无难，乃其与山石曲折，随物赋形，而不自知也。行乎其所当行，止乎其所不得止。"而乃以气特闻。

（清）魏禧《论世堂文集序》，《魏叔子文集》卷八，清刊本

夫记览之博，如食者之餐稻粱，啖旨馐也，方丈之珍，一食辄饱，而无气以运之，则必积滞而生疾，故博览之文其不足传者，气不足故也。夫见识之高，必不屑于人为类，然古今传文有必异乎众人之见者，有不必异乎众人之见者，不必异而必欲求异，是犹济深渊者，人安舟楫，而吾必泅水以渡，逾崇岭者，人履径术，吾必缘峭堑以行也，其不溺且颠者几希矣，故高明之文。其不足传者，好奇而不轨于正故也。夫历年之久何病哉？久于学问，则其后将不学不问，而嚣然自以为足，故古今以诗文名家者，遄遄至晚岁则萎尔荒悖，尽失其故，不好学故也。

（清）魏禧《赖古堂集序》，《魏叔子文集》卷八，清刊本

气韵

六法之难，气韵为最，意居笔先，妙在画外。如音栖弦，如烟成霭。

天风泠泠,水波沨沨,体物周流,无小无大。读万卷书,庶几心会。

(清)黄钺《二十四画品》,《历代论画名著汇编》本

书之要,统于"骨气"二字。骨气而曰洞达者,中透为洞,边透为达。洞达则字之疏密肥瘦皆善,否则皆病。

……

书要兼备阴阳二气。大凡沈著屈郁,阴也;奇拔豪达,阳也。高韵深情,坚质浩气,缺一不可以为书。

……

书要力实而气空,然求空必于其实,未有不透纸而能离纸者也。

(清)刘熙载《艺概·书概》,上海古籍出版社本

《坐位帖》,学者苟得其意,则自运而辄与之合,故评家谓之方便法门。然必胸中具旁礴之气,腕间赡真实之力,乃可语庶乎之诣。不然,虽字摹画拟,终不免如庄生所谓似人者矣。

(清)刘熙载《艺概·书概》,上海古籍出版社本

诗不难乎起而难乎气,不难乎结而难乎神。

(清)黄子云《野鸿诗的》,《清诗话》本

尝论东坡七律,固是学问大,然终是天才迥不犹人,所以变化开合,神出鬼没,若行乎其所无事。如《和晁同年九日见寄》后半首云:"古来重九皆如此,别后西湖付与谁?遣子穷愁天有意,吴中山水要清诗。"又有一意翻为一联,用笔用气直贯至尾,魄力雄健者。《送傅倅》云:"两见黄花扫落英,南山山寺遍题名。宗成不独依岑范,鲁卫终当似弟兄。去岁云涛浮汴泗,与君泥土满衣缨。如今别酒休辞醉,试听双洪落后声。"又《雪夜独宿柏山庵》云:"晚雨纤纤变玉霙,小庵高卧有余清。梦惊忽有穿窗片,夜静帷闻泻竹声。稍厌冬温聊得健,未濡秋旱若为耕?天公用意真难会,又作春风烂漫晴。"纯以质劲之气,作闪烁之笔,遂能于寻常蹊径中,得此出没变化之妙。王荆公《咏雪》一首云:"奔走风云四面来,坐着山垄玉崔嵬。平治险秽非无德,润泽枯焦是有才。势合便疑包地尽,功成终欲放春回。寒乡不念丰年瑞,只忆青天万里开。"则又是一种

笔墨，从艰险者入去，却从明显处出来，学者知此可参其变。

（清）延君寿《老生常谈》，《清诗话续编》本

词之有气，如花之有香，勿厌其浓艳，最喜其清幽，既难其纤长，犹贵其纯细。风吹不断，雨润还凝。是气也，得之于造物，流之于文运，缭绕笔端，盘旋纸上，芳菲而无脂粉之俗，蕴藉而有麝兰之芳，出之于鲜花活卉，入之于绝响奇音也。

（清）黄图珌《看山阁集闲笔·文学部·词气》，《中国古典戏曲论著集成》（七），中国戏剧出版社本

诗以气为主，此定论也。少陵元气也，太白逸气也，昌黎浩气也。中唐诸君，皆清气之分，而各有所杂，为长篇则不振，气竭故也。香山气不盛，而能养气，沦澜渟蓄，引而不竭，亦善用其短者。晚唐则厌无气矣。譬之于水，杜为东瀛，李为天汉，韩为江河，白则平湖万顷，一碧涟漪。晚唐之佳者，不过涧溪之泛滥而已。

（清）陈仅《竹林答问》，《清诗话续编》本

人以李、杜为才大，未也。李、杜之高凌八代，俯视一切者，气之大也。气大则宏中肆外，致广尽微而有余。然莫作矜才使气看，亦如孟子所谓浩然之气，养而充者也。使气之气也浮躁，气盛之气也从容。使气之气鼓激而有之，气盛之气得之自在者也。

（清）佚名《静居绪言》，《清诗话续编》本

无论作诗作词，不可有腐儒气，不可有俗人气，不可有才子气。人第知腐儒气、俗人气之不可有，而不知才子气亦不可有也。尖巧新颖，病在轻薄，发扬暴露，病在浅尽。腐儒气，俗人气，人犹望而厌之；若才子气，则无不望而悦之矣，故得病最深。

（清）陈廷焯《白雨斋词话》卷五，人民文学出版社本

余近年颇识古人文章门径，而在军鲜暇，未尝偶作，一吐胸中之奇。尔若能解《汉书》之训诂，参以《庄子》之诙诡，则余愿偿矣。至行气为文章第一义，卿、云之跌宕，昌黎之倔强，尤为行气不易之法。尔宜先

于韩公倔强处揣摩一番。

（清）曾国藩《同治元年八月初四日谕纪泽》，《曾国藩全集·家书》，岳麓书社本

大抵文章开阖之法，全讲骨力气势。

（清）林纾《块肉余生述序》，商务印书馆本

故志深厚而气雄直者，莽天地而独步，妙万物而为言，悱恻其情，明白其灵，正则其形，玲珑其声，芬芬烈馨，秾华远清，中和永平，澹泊而不厌，亭立而不矜，迤灏而渊渟，月明而山行，石破而天惊。时或风雨怒号，金铁飞鸣，山水妙丽，天日晶晴；或万马战酣，旌旗飞紫；或广殿排仗，冕旒严凝；或岩藤落叶，面壁老僧；或万花放晓，士女春盈；或深山大河，巨海积沙；崇峰攒天，洪波叠岭；飞雪蔽地，潮海极目；烟岫郁攸，蜿蜒漫空；乾端坤倪，神怪暴发，人经物理，龙象蹴踏；斯其为情深而文明，气盛而化神者耶！

（清）康有为《诗集自序》，《南海先生诗集》卷首，广智书局影印本

2. 气之清浊有体

子产曰："夫礼，天之经也，地之义也，民之行也。天地之经，而民实则之。则天之明，因地之性，生于六气，用其五行。气为五味，发为五色，章为五声。淫则昏乱，民失其性。是故为礼以奉之。为六畜、五牲、三牺，以奉五味；为九文、六彩、五章，以奉五色；为九歌、八风、七音、六律，以奉五声……"

（先秦）《左传·昭公二十五年》，《十三经注疏》本

天有六气，降生五味，发为五色：徵为五声，淫生六疾。六气曰阴、阳、风、雨、晦、明也。

（先秦）《左传·昭公元年》，《十三经注疏》本

夫民有血气心知之性，而无哀乐喜怒之常，应感起物而动，然后心术

形焉。是故：志微噍杀之音作，而民思忧；啴谐慢易繁文简节之音作，而民康乐；粗厉猛起奋末广贲之音作，而民刚毅；廉直劲正庄诚之音作，而民肃敬；宽裕肉好顺成和动之音作，而民慈爱；流辟邪散狄成涤滥之音作，而民淫乱。

（先秦）《礼记·乐记》，《十三经注疏》本

诚在其中，此见于外。以其见占其隐，以其细占其大，以其声处其气。初气主物，物生有声，声有刚有柔有浊有清，有好有恶，咸发于声也。心气华诞者，其声流散；心气顺信者，其声顺节；心气鄙戾者，其声嘶丑；心气宽柔者，其声温和。信气中易，义气时舒，智气简备，勇气壮直。听其声，处其气，考其所为，观其所由，察其所安；以其前占其位，以其见占其隐，以其小占其大，此之谓视中也。

（先秦）《大戴礼记·文王官人》，《四部丛刊》本

夫声色五味，远国珍怪，瑰异奇物，足以变心易志，摇荡精神，感动血气者，不可胜计也……凡人之性，心和欲得则乐，乐斯动，动斯蹈，蹈斯荡，荡斯歌，歌斯舞，歌舞节则禽兽跳矣。人之性，心有忧丧则悲，悲则哀，哀斯愤，愤斯怒，怒斯动，动则手足不静。人之性，有侵犯则怒，怒则血充，血充则气激，气激则发怒，发怒则有所释憾矣。故钟鼓管箫，干戚羽旄，所以饰喜也；衰绖苴杖，哭踊有节，所以饰哀也；兵革羽旄，金鼓斧钺，所以饰怒也。必有其质，乃为之文。

（汉）刘安《淮南鸿烈·本经训》，《丛书集成》本

文以气为主，气之清浊有体，不可力强而致。譬诸音乐，曲度虽均，节奏同检，至于引气不齐，巧拙有素，虽在父兄，不能以移子弟。

（魏）曹丕《典论·论文》，《丛书集成》本

王粲长于辞赋，徐干时有齐气，然粲之匹也。

（魏）曹丕《典论·论文》，《丛书集成》本

孔融体气高妙，有过人者，然不能持论，理不胜辞，以至于杂以嘲戏。及其所善，扬、班俦也。

（魏）曹丕《典论·论文》，《丛书集成》本

公干有逸气，但未遒耳。其五言诗之善者，妙绝时人。

（魏）曹丕《与吴质书》，《文选》卷四十二，中华书局本

孔氏卓卓，信含异气，笔墨之性，殆不可胜。

（魏）刘桢语，引自《文心雕龙·风骨》，人民文学出版社本

自汉至魏，四百余年，辞人才子，文体三变。相如巧为形似之言，班固长于情理之说，子建、仲宣以气质为体，并标能擅美，独映当时，是以一世之士，各相慕习。源其飚流所始，莫不同祖风骚；徒以赏好异情，故意制相诡。

（南朝·梁）沈约《宋书·谢灵运传论》，中华书局本

王褒、刘向、扬、班、崔、蔡之徒，异轨同奔，递相师祖。虽清辞丽曲，时发乎篇；而芜音累气，固亦多矣。

（南朝·梁）沈约《宋书·谢灵运传论》，中华书局本

观史迁之《报任安》，东方之《难公孙》，杨恽之《酬会宗》，子云之《答刘歆》，志气槃桓，各含殊采；并杼轴乎尺素，抑扬乎寸心。

（南朝·梁）刘勰《文心雕龙·书记》，人民文学出版社本

刘桢云："文之体势，实殊强弱，使其辞已尽而势有余，天下一人耳，不可得也。"公干所谈，颇亦兼气。然文之任势，势有刚柔，不必壮言慷慨，乃称势也。

（南朝·梁）刘勰《文心雕龙·定势》，人民文学出版社本

秦皇铭岱，文自李斯，法家辞气，体乏弘润，然疏而能壮，亦彼时之绝采也。

（南朝·梁）刘勰《文心雕龙·封禅》，人民文学出版社本

至于文举之荐祢衡，气扬采飞；孔明之辞后主，志尽文畅；虽华实异旨，并表之英也。

（南朝·梁）刘勰《文心雕龙·章表》，人民文学出版社本

其源出于王粲。其体华艳，兴托不奇。巧用文字，务为妍冶。虽名高曩代，而疏亮之士，犹恨其儿女情多，风云气少。

（南朝·梁）钟嵘《诗品·晋司空张华》，《诗品注》卷中，人民文学出版社本

嘏诗平平耳，多自谓能。尝语徐太尉云："我诗有生气，须人捉着；不尔，便飞去。"

（南朝·梁）钟嵘《诗品·齐诸暨令袁嘏》，《诗品注》卷下，人民文学出版社本

其源出于王粲。善为凄戾之词，自有清拔之气。琨既体良才，又罹厄运，故善叙丧乱，多感恨之词。

（南朝·梁）钟嵘《诗品·晋太尉刘琨》，《诗品注》卷中，人民文学出版社本

凡为文章，犹人乘骐骥，虽有逸气，当以衔勒制之。勿使流乱轨躅，放意填坑岸也。

文章当以理致为心胸，气调为筋骨，事义为皮肤，华丽为冠冕。

（北齐）颜之推《颜氏家训·文章篇》，《诸子集成》本

古人之文，宏材逸气，体度风格，去今实远，但缉缀疏朴，未为密致耳。

（北齐）颜之推《颜氏家训·文章篇》，《诸子集成》本

江左宫商发越，贵于清绮；河朔词义贞刚，重乎气质。气质则理胜其词，清绮则文过其意。理深者便于时用，文华者宜于咏歌，此其南北词人得失之大较也。

（唐）魏徵《隋书·文学传序》，中华书局本

文之异，在气格之高下，思致之浅深，不在其磔裂章句，隳废声韵也。人之异，在风神之清浊，心志之通塞，不在于倒置眉目，反易冠带也。

（唐）裴度《寄李翱书》，《全唐文》卷五百三十八，中华书局本

相如、子云之文，谲谏之文也，别为一家，不是正气。

（唐）裴度《寄李翱书》，《全唐文》卷五百三十八，中华书局本

呜呼吏部公，其道诚巍昂。生为大贤姿，天使光我唐。德义动鬼神，鉴用不可详。独得雄直气，发为古文章。学无不该贯，吏治得其方，三次论诤退，其志亦刚强……

（唐）张籍《祭退之》，《张司业诗集》卷七，《四部丛刊》本

刚健之气，钟于人也为志。得之者，运行而可大，悠久而不息。拳拳于得善，孜孜于嗜学，则志者其一端耳。纯粹之气，注于人也为明。得之者爽达而先觉，鉴照而无隐。盹盹于独见，渊渊于默识，则明者又其一端耳。

（唐）柳宗元《天爵论》，《柳河东集》卷三，中华书局本

天地间有粹灵气焉，万类皆得之，而人居多；就人中，文人得之又属多。盖是气，凝为性，发为志，散为文。粹胜灵者，其文冲以恬；灵胜粹者，其文宣以秀；粹灵均者，其文蔚温雅渊，疏朗丽则，检不扼，达不放，古淡而不鄙，新奇而不怪。

（唐）白居易《故京兆元少尹文集序》，《白居易集》卷六十八，中华书局本

气象氤氲，由深于体势；意度盘礴，由深于作用；用律不滞，由深于声对；用事不直，由深于义类。

（唐）皎然《诗式》，《历代诗话》本

邺中七子，陈王最高。刘桢辞气，偏正得其中，不拘对属，偶或有之，语与兴驱，势逐情起，不由作意，气格自高，与《十九首》其流一也。

（唐）皎然《诗式》，《历代诗话》本

王、曹以气胜，潘、陆以文尚……康乐侯谢灵运独步江南，俯视潘、

陆，其文炳而丽，其气逸而畅，驱风雷于江山，变晴昏于洲渚，烟云以之惨淡，景气为其澄霁，信江表之文英，五言之丽则者也。

    （唐）于頔《吴兴昼公集序》，《古今图书集成》文学典一九六卷，中华书局影印本

  汉之苏、李，魏之曹、刘，得其正始。宋、齐而下，得其浮淫流佚。唐之时，子昂、李、杜、沈、宋、王维之徒，或得其淳古淡泊之声，或得其舒和高畅之节；而孟郊、贾岛之徒，又得其悲愁郁堙之气。由是而下，得者时有而不纯焉。

    （宋）欧阳修《书梅圣俞稿后》，《欧阳文忠集》外集卷二十三，《四部备要》本

  诗之作与人生偕者也。人函愉乐悲郁之气，必舒于言，能者财（载）之传于律，故其流行无穷，可以播而交鬼神也。

    （宋）苏舜钦《石曼卿诗集序》，《苏学士文集》卷十三，《四部丛刊》本

  石曼卿诗云："乐意相关禽对语，生香不断树交花。"明道曰："此语形容得浩然之气。"

    （宋）程颐　程颢《二程语录》卷十六，《丛书集成》本

  问：横渠之书有迫切处否？曰：子厚谨严，才谨严便有迫切气象，无宽舒之气。孟子却宽舒，只是中间有些英气。才有英气，便有圭角。英气甚害事。如颜子便浑厚不同，颜子去圣人只毫发之间。孟子大贤，亚圣之次也。或问：气象于甚处见？曰：但以孔子之言比之便见。如冰与水精，非不光，比之玉，自是温润含蓄气象，无许多光耀也。

    （宋）程颢　程颐《遗书》卷十八，《二程集》，中华书局本

  韩退之之文自经中来；柳子厚之文自史中来。欧阳公之文和气多，英气少；苏公之文英气多，和气少。

    （宋）邵博《邵氏闻见后录》卷十四，津逮秘书本

  东坡道人在黄州时作，语意高妙，似非吃烟火食人语。非胸中有万卷

书，笔下无一点尘俗气，孰能至此。

     （宋）黄庭坚《跋东坡乐府》，《豫章黄先生文集》卷二十六，
    《四部丛刊》本

  去骚甚远文气卑，画虎不成书势俗。

     （宋）黄庭坚《次韵王炳之惠玉版纸》，《山谷诗集注》卷八，
    《四部备要》本

  黄庭坚喜作诗得名，好用南朝人语，专求古人未使之事，又一二奇字，缀葺而成诗，自以为工，其实所见之僻也。故句虽新奇，而气乏浑厚。吾尝作诗题其编后，略云："端求古人遗，琢抉手不停。方其拾玑羽，往往失鹏鲸。"盖谓是也。

     （宋）魏泰《临汉隐居诗话》，《历代诗话》本

  高祖大风之歌，志气慷慨，规模宏远，凛凛乎已有四百年基业之气。《史记·乐书》谓之三侯章，令沛得以四时歌舞宗庙，盖欲使后之子孙知其祖创业之勤，不可怠于守成尔！

     （宋）阮阅《增修诗话总龟》后集卷十六，《四部丛刊》本

  东坡《与子由论书》云："吾虽不善书，晓书莫如我。苟能通其意，常谓不学可。"故其子叔党跋公书云："吾先君子岂以书自名哉？特以其至大至刚之气，发于胸中而应之以手，故不见其有刻画妩媚之态，而端乎章甫，若有不可犯之色。少年喜二王书，晚乃喜颜平原，故时有二家风气，俗手不知，妄谓学徐浩，陋矣。"观此则知初未尝规规然出于翰墨积习也。

     （宋）葛立方《韵语阳秋》卷五，《历代诗话》本

  文虽奇，不可损正气；文虽工，不可掩素质。

     （宋）吴可《文有正气素质》，《荆溪林下偶谈》卷二，宝颜堂
    秘笈本

  《论语》气平，《孟子》气激，《庄子》气乐，《楚辞》气悲，《史记》气勇，《汉书》气怯。文字顺易而逆难，《六经》都顺，惟《庄子》《战国

策》逆,韩、柳、欧都顺,惟苏明允逆,子瞻或顺或逆,然不及明允处多。
(宋)李涂《文章精义》,人民文学出版社本

上自齐梁诸公,下至刘梦得、温飞卿辈,往往以绮丽风花,累其正气,其过在于理不胜而词有余也。(碧溪)
(宋)魏庆之《诗人玉屑》卷十,上海古籍出版社本

盖圣人之文,元气也,聚为日星之光,耀发为凡尘之奇变,皆自然而然,非用力可至也。自是以降,则眡其资之薄厚,与所蓄之浅深,不得而遁焉。故祥顺之人其言婉,峭直之人其言劲,嫚肆者无庄语,轻躁者无确词,此气之所发者然也。
(宋)真德秀《日湖文集序》,《真文忠公文集》卷二十八,《四部丛刊》本

邺下曹、刘气尽豪,江南诸谢韵尤高。若从华实评诗品,未便吴侬得锦袍。
(金)元好问《自题中州集后五首》之一,《遗山先生文集》卷十三,《四部丛刊》本

万古骚人呕肺肝,乾坤清气得来难。诗家亦有长沙帖,莫作宣和阁本看。
(金)元好问《自题中州集后五首》之三,《遗山先生文集》卷十三,《四部丛刊》本

诗,心之声也。声因于气,皆随其人而著形焉。是故凝重之人,其诗典以则;俊逸之人,其诗藻而丽;躁易之人,其诗浮以靡;苛刻之人,其诗峭厉而不平;严庄温雅之人,其诗自然从容而超乎事物之表。如斯者,盖不能尽数之也。呜呼!风霆流形,而神化运行于上;河岳融峙,而物变滋植于下。千态万状,沉冥发舒,皆一气贯通使然,必有颖悟绝特之资,而济以该博宏伟之学,察乎古今天人之变,而通其洪纤动植之情,然后足以凭借是气之灵。彼局乎一才,滞乎一艺,虽欲捷骋横骛,以追于古人,前之而愈却,培之而愈低,几何不堕于鄙陋之归。
(明)宋濂《林伯恭诗集序》,《宋学士全集》卷六,《丛书集成》本

秀才作诗不脱俗，谓之"头巾气"；和尚作诗不脱俗，谓之"馂馅气"；咏闺阁过于华艳，谓之"脂粉气"。能脱此三气，则不俗矣。至于朝廷典则之诗，谓之"台阁气"；隐逸恬淡之诗，谓之"山林气"。此二气者，必有其一，却不可少。

（明）李东阳《麓堂诗话》，《历代诗话续编》本

学选诗不免乎套子，去套子则语新而句奇。务新奇则太工，辞不流动，气乏浑厚。如辞胜气、气胜辞，套子用否之间，善作者不坠于一隅也。

（明）谢榛《四溟诗话》卷二，人民文学出版社本

凡曲：北字多而调促，促处见筋；南字少而调缓，缓处见眼。北则辞情多而声情少，南则辞情少而声情多。北力在弦，南力在板。北宜和歌，南宜独奏。北气易粗，南气易弱。此吾论曲三昧语。

（明）王世贞《艺苑卮言》附录一，《弇州山人四部稿》卷一〇五，明刻本

顾万物之形容声响，皆有销歇时，而惟精神不可磨灭。汉高帝、西楚霸王《大风》《垓下》之歌，不过三言耳，而万石跌宕，千秋悲凉，则其雄豪之气不灭也。

（明）屠隆《范太仆集序》，《白榆集》卷二，明万历刊本

国初大儒彝鼎之文，无所敢论。迨夫李献吉、何仲默二公，轩然世所谓传者也。大致李气刚而色不能无晦，何色明而气不能无柔。神明之际，未有能兼者。要其于文也，瑰如曲如，亦可谓有其貌矣。世宜有传者焉。间者文士好以神明自擅，忽其貌而不修，驰趣险仄，驱使稗杂。以是为可传。视其中，所谓反置而臆属者，尚多有之。乱而靡幅，尽而寡蕴。则之以李、何，其于所谓传者何如也。然而世有悦之者焉。

（明）汤显祖《孙鹏初遂初堂集序》，《汤显祖诗文集》卷三十一，上海古籍出版社本

战国之言非纵横则名法，于先王之仁义道德礼乐刑政无当焉，而其文终古不可废者，以其雄博高逸之气，纡回峭拔之情，常存于天地之间也。

  （明）钟惺《东坡文选序》，《钟伯敬合集》，《中国文学珍本丛书》本

近日操管家谭诗，摹钬于法裁，削棘于品格，梦诡于澹玄，刀圭于韵字，闪倏逃寄，无可奈何，而诗道大苦。至龙友为之截断众流，独行浩气，无畏无疑，观其浑茫吐欹，大口洪言。夔州晚节，虽自予以雄直，欲掣翻碧海，恐探气评源，未易先龙友而祭也。

  （明）王思任《何龙友先生诗集序》，《王季重十种》，《中国文学珍本丛书》本

文必洁而后浮气敛，昏气除，情理以之生焉。其驰骤迭宕鸣咽悲慨倏忽变化，皆洁而后至者也。或疑吾信柳子之过而以一洁尽史迁，及观苏明允之论以为迁之辞淳健简直，益亦如柳子之所谓洁者，而独病其裂取六经传记杂于其间，以破碎汩乱其体，明允盖曰：《尚书》《左传》《国语》《论语》之文，非不善也，杂之则不善也。由明允之论推之，则洁之为言，史迁尚未之尽也。剽他人之言以足吾之书，虽史迁犹见讥于后世，而况其他乎，又况其所剽非《尚书》《左》《国》者乎？予常以是绝今之为古文者……虽然，是道也，岂独史迁哉？韩、欧、苏、曾数君子，其卓然能立言于后世，未有不由于洁者也。嘉隆以来，一二崛强，剽猎浮华以为古，此明允所谓绨绣之美，寸割而纫之，曾绨缯之不若，是同归于庸腐者耳，而何能为古文乎？

  （明）艾南英《金正希稿序》，《天佣子集》卷三，清道光十六年艾氏家塾重刊本

词华充赡，亏透露得俊爽之气，否则一腐草堆矣。传红线之侠，不让梁伯龙，但彼之摆脱稍胜之。

  （明）祁彪佳《远山堂剧品·暗掌销兵》，《中国古典戏曲论著集成》（六），中国戏剧出版社本

袁中郎评徐文长之诗，谓其胸中有一段不可磨灭之气，英雄失路，托足无门之悲，故其诗如嗔如笑，如水鸣峡，如钟出土，如寡妇之夜哭，如

羁人之寒起。当其放意，平畴千里；偶而幽峭，鬼语幽坟。移以评伯紫之诗，庶几似之。

（清）钱谦益《题纪伯紫诗》，《牧斋有学集》卷四十七，《四部丛刊》本

吾友程孟阳之言曰："诗之学，自何、李而变，务于模拟声调，所谓以矜气作之者也；自钟、谭而晦，竞于僻涩蒙昧，所谓以昏气出之者也。"孟阳老于诗学，其言最为平允，论近代之诗者，衷之于孟阳斯可矣。

（清）钱谦益《谭解元元春》，《列朝诗集小传》丁集中，上海古籍出版社本

虽然，泽望之文，可以弃之使其不显于天下，终不可灭之使其不留于天地。其文盖天地之阳气也。阳气在上，重阴锢之，则击而为雷；阴气在下，重阳包之，而抟而为风。商之亡也，《采薇》之歌，非阳气乎？然武王之世，阳明之世也。以阳遇阳，则不能为雷。宋之亡也，谢皋羽、方韶卿、龚圣予之文，阳气也，其时遁于黄钟之管，微不能吹纩转鸡羽，未百年而发为迅雷。元之亡也，有席帽、九灵之文，阴气也，包以开国之重阳，蓬蓬然起于大隧，风落山为蛊，未几而散矣。今泽望之文，亦阳气也，然视葭灰，不膺千钧之压也。锢而不出，岂若刘蜕之文冢，腐为墟壤，蒸为芝菌，文人之文而已乎。

（清）黄宗羲《缩斋文集序》，《南雷文定》卷一，《四部备要》本

五七古律诸体，皆如黄钟、如轩姚之琴，用以根本万事，宣幽鸣滞，不可轻叩。惟七言绝句，初无盛晚，唐人已分两种，太白、龙标自为一种，大历而后，刘梦得最为擅场（长），又自一种。当时皆翻入乐部，韵调出入，无嫌轻婉，然亦须浩气写其远情可也。

（清）侯方域《与陈定生论诗书》，《壮悔堂集》文集卷三，《四部备要》本

魏文帝评孔文举"体气高妙"，此语甚肖。以"体气"论诗文，又在"气格"二字之上。当时与曹氏父子兄弟并驱者，惟文举与蔡伯喈二公之

诗，绰有风骨耳，王粲诸人，皆所不及。文帝谓孔融、王粲诸人"于学无所遗，于辞无所假"。又云"文以气为主"。然则王粲诸人，才与学皆孔北海匹也，所不及北海者，气耳。北海诗云："幸托不肖躯，且当猛虎步。"三复此语，浩然之气，至今尚在。

（清）贺贻孙《诗筏》，《清诗话续编》本

诗最忌卑苶。扬子云以雄词为赋，然其自言，犹曰"雕虫小技，壮夫不为"。盖文有士气、有丈夫气，旧人论诗极忌庸俗，以其无士气也。且又恶纤弱，以其无丈夫气也。故凡言格言律言气言调，当以气为主。李白无律，然气足张之，使无气，则格律与调俱不可问矣。

（清）毛奇龄《西河诗话》卷七，上海文瑞楼石印本

向学宋诗者，椎陋恶劣，下者类田更，上者类市侩，丑象已极，然尚有气也。近一变而为无诗，为初明诗，力务修饰，争采诸琐细隐秘语字，装缀行间。如吴下清客，门巷竹扉萧萧；又如货郎儿摊，多盛盘骨董，小有把弄；又如勾栏子弟，用胶清刷髻踏研光袜，以自为美好，士气尽矣。此岂丈夫可为者。嗟乎！初不意累变至此。

（清）毛奇龄《西河诗话》卷七，上海文瑞楼石印本

躬庵先生为文章，务以理气自胜，不屑之古人之法。而予少时喜议论，后乃更好讲求法度。独每见躬庵文，则颜色消沮，心怵惕而不宁。尝譬之战斗，弓人聚六材以为深弓，矢人相苟胝羽以为兵矢，而使贯虱承挺者射，然拔山之夫，瞋目直视，则失弓矢落，反马而入壁，夫然后知气之盛者，法有可不得施。而躬庵之文，则又非未始有法者。故尝譬之：江河秋高水落，随山石为曲折，盈科次第之迹，可指而数也，大雨时行，百川灌汇，沟浍原潦之水，注而益下，江河溢溢漫衍，亡其故道，而所为随山石曲折者，未尝不在。顾人心目惊溃，而不之见。

（清）魏禧《彭躬庵文集序》，《魏叔子文集》卷八，清易堂刻本

文贵奇，所谓"珍爱者必非常物"。然有奇在字句者，有奇在意思者，有奇在笔者，有奇在丘壑者，有奇在气者，有奇在神者。字句之奇，

不足为奇；气奇则真奇矣；神奇则古来亦不多见。次第虽如此，然字句亦不可不奇，自是文家能事。扬子《太玄》、《法言》，昌黎甚好之，故昌黎文奇。

（清）刘大櫆《论文偶记》，人民文学出版社本

奇气最难识；大约忽起忽落，其来无端，其去无迹。

读古人文，于起灭转接之间，觉有不可测识，便是奇气。

奇，正与平相对。气虽盛大，一片行去，不可谓奇。奇者，于一气行走之中，时时提起。

（清）刘大櫆《论文偶记》，人民文学出版社本

鼐闻天地之道，阴阳刚柔而已。文者，天地之精英，而阴阳刚柔之发也。惟圣人之言统二气之会而弗偏，然而《易》、《诗》、《书》、《论语》所载，亦间有可以刚柔分矣。值其时其人，告语之体各有宜也。自诸子而降，其为文无弗有偏者。其得于阳与刚之美者，则其文如霆，如电，如长风之出谷，如崇山峻崖，如决大川，如奔骐骥；其光也，如杲日，如火，如金镠铁；其于人也，如凭高视远，如君而朝万众，如鼓万勇士而战之。其得于阴与柔之美者，则其文如升初日，如清风，如云，如霞，如烟，如幽林曲涧，如沦，如漾，如珠玉之辉，如鸿鹄之鸣而入寥廓；其于人也，濯乎其如叹，邈乎其如有思，暖乎其如喜，愀乎其如悲。观其文，讽其音，则为文者之性情形状举以殊焉。且夫阴阳刚柔，其本二端，造物者糅而气有多寡进绌，则品次亿万，以至于不可穷，万物生焉。故曰：一阴一阳之为道。夫文之多变，亦若是已。糅而偏胜可也，偏胜之极，一有一绝无，与夫刚不足为刚，柔不足为柔者，皆不可以言文。

（清）姚鼐《复鲁絜非书》，《惜抱轩全集》文集卷六，《四部备要》本

遗山以五言为雅正，盖其体气较放翁淳静。然其郁勃之气，终不可掩，所以急发不及入细，仍是平放处多耳。但较放翁，则已多淳蓄矣。

（清）翁方纲《石洲诗话》卷五，人民文学出版社本

欧阳元功谓："宋显夫诗，务去陈言，虽《大堤》之谣，《出塞》之

曲，时或驰骋乎江文通、刘越石之间。而燕人凌云不羁之气，慷慨赴节之音，一转而为清新秀伟之作。齐、鲁老生，不能及也。"此可参证吾北平人诗脉。

（清）翁方纲《石洲诗话》卷五，人民文学出版社本

欧公谓："苏子美笔力豪隽，以超迈横绝为奇。"刘后村亦谓："苏子美歌行雄放。"今观其诗殊不称，似尚不免于屖气伧气，未可与梅诗例视。

（清）翁方纲《石洲诗话》卷三，人民文学出版社本

简斋以《墨梅》诗擢置馆阁，然唯"意足不求颜色似，前身相马九方皋"句有生韵，余亦不尽佳也。"京洛缁尘"，尚有神致，"陈玄"则伧气矣。

（清）翁方纲《石洲诗话》卷四，人民文学出版社本

恽子居文多纵横气，又多径直说下处，不善学之，便易矜心作意，而气不和。其续集气息较好，笔力又不逮前集矣。

（清）吴德旋《初月楼古文绪论》，人民文学出版社本

诗文须神气浑涵，不露圭角。汉、魏以下，唯陶公能尔。大谢以人巧肖天工，已自逊之，是根本不逮，然犹自浑厚。

（清）方东树《昭昧詹言》卷一，人民文学出版社本

谢、鲍元气浑沦，流注于篇内，但不怒张驰骤，呈露于外耳。非无气也，乃故凝之、固之、抑遏之，如匣剑光，押虎兕。

（清）方东树《昭昧詹言》卷五，人民文学出版社本

理气

吹气不同，油然浩然，要其盘旋，总在笔先。汤汤来潮，缕缕腾烟，有余于物，物自浮焉。如其客气，冉猛必颠，无万里风，莫乘海船。

（清）袁枚《续诗品·理气》，人民文学出版社本

文要与元气相合，戒与尽气相寻。翕聚、侈张，其大较矣。

（清）刘熙载《艺概·文概》，上海古籍出版社本

凡论书气，以士气为上，若妇气、兵气、村气、市气、腐气、伧气、俳气、江湖气、门客气、酒肉气、蔬笋气，皆士之弃也。

（清）刘熙载《艺概·书概》，上海古籍出版社本

垂示古文三篇，此前稍进，然终孱弱无劲气，未得为佳。既承虚怀相问，则固当明言其途，而足下择焉。

仆闻文之大原出于天，得其备者，浑然如太和之元气；偏焉而入于阳，与偏焉而入于阴，皆不可以为文章之至境。然而自周以来，虽善文者，亦不能无偏。仆谓与其偏于阴也，则无宁偏于阳。何也？贵阳而贱阴，信刚而绌柔者，天地之道，而人之所以为德者也。孔子曰："吾未见刚者。"曾子曰："士不可以不宏毅，任重而道远。"圣贤论人，重刚而不重柔，取宏毅而不取巽顺。夫为文之道，岂异于此乎？

古来文人，陈义吐辞，徐婉不失态度，历代多有；至若骏桀廉悍，称雄才而足号为刚者，千百年而后一遇焉耳。甚矣，阳之足贵也！

然仆以为，是有天焉，有人焉。得天之刚，世亦无几，其余必进之以学。进之以学者，孟子所云以"直养而无害"是也。日蓄吾浩然之气，绝其卑靡，遏其鄙吝，使夫为体也常宏，而其为用也常毅，则一旦随其所发，而至大至刚之概，可以塞乎天地之间矣。如此则学问成，而其文亦随之以至矣。

取道之原，《六经》其至极也。而论其从人之途，则《公羊》、《国策》、贾谊、太史公皆深得乎阳刚之美者。诚熟复之，当必更有所进耳。虽然，是姑就足下所问诵法者言之。若论其至，则必如前之所陈者。舍刚大而言养气，不可以为养气也；舍养气而专言为文，不可以言为文也。惟所养有浅深，则所就有高下，要之必归于此，而后为得焉。足下其不谓然乎？敬覆不具。

（清）管同《与友人论文书》，《因寄轩文初集》卷六，清刊本

文之要，本领气象而已。本领欲其大而深，气象欲其纯而懿。

（清）刘熙载《艺概·文概》，上海古籍出版社本

文得元气便厚。左氏虽说衰世事，却尚有许多元气在。

（清）刘熙载《艺概·文概》，上海古籍出版社本

诗质要如铜墙铁壁，气要如天风海涛。

（清）刘熙载《艺概·诗概》，上海古籍出版社本

气有清浊厚薄，格有高低雅俗。诗家泛言气俗，未是。

（清）刘熙载《艺概·诗概》，上海古籍出版社本

李习之文气似不及昌黎，然传称其"辞致浑厚，见推当时"。由一"致"字求之，便可隐见其妙。

（清）刘熙载《艺概·文概》，上海古籍出版社本

自《典论·论文》以及韩、柳俱重一"气"字。余谓文气当如《乐记》二语，曰："刚气不怒，柔气不慑。"

（清）刘熙载《艺概·文概》，上海古籍出版社本

文贵备四时之气，然气之纯驳厚薄，尤须审辨。

（清）刘熙载《艺概·文概》，上海古籍出版社本

或问诗何为富贵气象？曰：大抵富如昔人所谓"函盖乾坤"，贵如所谓"截断众流"便是。

（清）刘熙载《艺概·诗概》，上海古籍出版社本

柳州自言为文章"未尝敢以昏气出之，未尝敢以矜气作之"。余曾以一语断之曰："柳文无耗气。凡昏气矜气皆耗气也；惟昏之为耗也易知，矜之为耗也难知耳。"

（清）刘熙载《艺概·文概》，上海古籍出版社本

导引之术，曰精气神，诗之理亦然。能鼓汉、魏之气，撷六朝之精，含咀乎《三百篇》之神者，唯少陵一人。

（清）黄子云《野鸿诗的》，《清诗话》本

规规摹仿古人而神气不舒者，文通之《杂拟》也。格调遒逸而俗气未除者，少陵之古诗也。此论为今人说法，非敢妄议古人也。然今人可与言此者鲜矣！

（清）叶矫然《龙性堂诗话初集》，《清诗话续编》本

七言歌行欲气胜易，欲气古难，气古而兼气胜更难。

王、杨、卢、骆气古，非气胜也。子瞻气胜，非气古也。退之短章气古，长篇气胜。王、李、高、岑并气古气胜而未至者。惟李、杜兼之，各造其极，又加以变化神奇，错综断乱也。

（清）乔亿《剑溪说诗》卷上，《清诗话续编》本

浑然不露者，元气也。而有句可摘，则元气渐泄矣。诗运之升降，正在于此。

（清）田同之《西圃诗说》，《清诗话续编》本

《癸卯十二月中作》云："凄凄岁暮风，翳翳经日雪。倾耳无希声，在目皓已洁。"自是咏雪名句。下接云："劲气侵襟袖，箪瓢谢屡设"，接得沈著有力量。又云："高操非所攀，深得固穷节。平津苟不由，栖迟讵为拙！"想见作者之磊落光明，傲物自高。每闻人称陶公恬淡，固也。然试想此等人物，如松柏之耐岁寒，其劲直之气，与有生俱来，安能不偶然流露于楮墨之间！余有《冬日杂诗》数首，颇能得力于此种。

（清）延君寿《老生常谈》，《清诗话续编》本

一曰俗气，如村女涂脂。二曰匠气，工而无韵。三曰火气，有笔杖而锋芒太露。四曰草气，粗率过甚，绝少文雅。五曰闺阁气，苗条软弱，全无骨力。六曰蹴黑气，无知妄作，恶不可耐。

（清）邹一桂《小山画谱》，《历代论画名著汇编》本

3. 气以诚为主

德者，性之端也；乐者，德之华也。金石丝竹，乐之器也。诗，言其

志也；歌，咏其声也；舞，动其容也：三者本于心，然后乐气从之。

是故情深而文明，气盛而化神，和顺积中，而英华发外；唯乐不可以为伪。

（先秦）《礼记·乐记》，《十三经注疏》本

精诚由中，故其文语感动人深。是故鲁连飞书，燕将自杀，邹阳上疏，梁孝开牢。书疏文义，夺于肝心，非徒博览者所能造，习熟者所能为也。

（汉）王充《论衡·超奇》，中华书局本

韩非之书，传在秦庭，始皇叹曰："独不得与此人同时。"陆贾《新语》，每奏一篇，高祖左右，称曰万岁。夫叹息其人，与喜称万岁，岂可空为哉！诚见其美，欢气发于内也。

（汉）王充《论衡·佚文》，中华书局本

养心欲诚，择术欲精。自知欲明，责人欲轻。

（宋）黄庭坚《王子钧深衣带铭》，《豫章黄先生文集》卷十三，《四部丛刊》本

李格非善论文章，尝曰，诸葛孔明《出师表》，刘伶《酒德颂》，陶渊明《归去来辞》，李令伯《乞养亲表》，皆沛然如肺肝中流出，殊不见斧凿痕，是数君子在后汉之末，两晋之间，初未尝欲以文章名世，而其词意超迈如此，是知文章以气为主，气以诚为主。（《冷斋夜话》）

（宋）王构《修辞鉴衡》卷二，《丛书集成》本

贤者之所养，动天地，开金石，其胸中之妙，充实洋溢，而后发见于外，气全力余，中正闳博，是岂可容一毫之伪于其间哉？

（宋）陆游《上辛给事书》，《陆游集·渭南文集》卷十三，中华书局本

诗与文，特言语之别称耳，有所记述之谓文，吟咏情性之谓诗，其为言语则一也。唐诗所以绝出于《三百篇》之后者，知本焉尔矣。何谓本？诚是也。古圣贤道德言语布在方册者多矣，且以"弗虑胡获，弗为胡

成"、"无有作好"、"无有作恶"、"朴虽小，天下莫敢臣"较之，与"祈年孔夙，方社不莫"，"敬共明神，宜无悔怒"何异，但篇题句读不同而已。故由心而诚，由诚而言，由言而诗也。三者相为一。情动于中而形于言，言发乎迩而见乎远，同声相应，同气相求，虽小夫贱妇孤臣孽子之感讽皆可以厚人伦、美教化，无它道也。故曰不诚无物。夫惟不诚，故言无所主，心口别为二物；物我邈其千里，漠然而往，悠然而来，人之听之，若春风之过马耳，其欲动天地、感神鬼，难矣。其是之谓本。唐人之诗，其知本乎，何温柔敦厚，蔼然仁义之言之多也！幽忧憔悴，寒饥困惫，一寓于诗，而其阨穷而不悯，遗佚而不怨者，故在也。至于伤谗疾恶，不平之气不能自掩，责之愈深，其旨愈婉，怨之愈深，其辞愈缓。优柔餍饫，使人涵泳于先生之泽，情性之外，不知有文字，幸矣，学者之得唐人为指归也。

    （金）元好问《杨叔解小亨集引》，《遗山先生文集》卷三十六，
    《四部丛刊》本

  龙洞山农叙《西厢》，末语云："知者勿谓我尚有童心可也。"夫童心者，真心也，若以童心为不可，是以真心为不可也。夫童心者，绝假纯真，最初一念之本心也。若失却童心，便失却真心；失却真心，便失却真人。人而非真，全不复有初矣。

    （明）李贽《童心说》，《焚书》卷三，中华书局本

  我朝文字，宋学士而止。方逊志已弱，李梦阳而下，至琅玡，气力强弱巨细不同，等赝文尔。弟何人，能为其真？不真不足行，二也。

    （明）汤显祖《玉茗堂尺牍之四·答张梦泽》，《汤显祖诗文集》，上海古籍出版社本

  末世人情弥巧，文而不惭，固有朝赋《采薇》之篇，而夕有捧檄之喜者。苟以其言取之，则车载鲁连，斗量王蠋矣。曰：是不然，世有知言者出焉，则其人之真伪，即以其言辨之，而卒莫能逃也。《黍离》之大夫，始而"摇摇"，中而"如噎"，既而"如醉"，无可奈何，而付之苍天者，真也。汨罗之宗臣，言之重，辞之复，心烦意乱，而其词不能以次者，真也。栗里之征士，淡然若忘于世，而感愤之怀，有时不能自

止，而微见其情者，真也。其汲汲于自表暴而为言者，伪也。《易》曰："将叛者其辞惭，中心疑者其辞枝，失其守者其辞屈。"诗曰："盗言孔甘，乱是用餤。"夫镜情伪，屏盗言，君子之道，兴王之事，其先乎此。

    （清）顾炎武《文辞欺人》，《日知录集释》卷十九，《四部备要》本

  点染风花，何妨少为失实？若小小送别，而动欲沾巾；聊作旅人，而便云万里。登陟培塿，比拟华、嵩；偶遇庸人，颂言良哲。以至本居泉石，更怀遁世之思；业处欢娱，忽作穷途之哭。准之立言，皆为失体。《记》曰："志之所至，诗亦至焉。"本乎志以成诗，恶有数者之患？

    （清）沈德潜《说诗晬语》，人民文学出版社本

  熊掌、豹胎，食之至珍贵者也，生吞活剥，不如一蔬一笋矣；牡丹、芍药，花之至富丽者也，剪彩为之，不如野蓼山葵矣。味欲其鲜，趣欲其真，人必知此，而后可与论诗。

    （清）袁枚《随园诗话》卷一，人民文学出版社本

  吾尝以谓文章之原，本乎天地。天地之道，阴阳刚柔而已。苟有得乎阴阳刚柔之精，皆可以为文章之美。阴阳刚柔，并行而不容易偏废，有其一端而绝亡其一，刚者至于偾强而拂戾，柔者至于颓废而暗幽，则必无与于文者矣。

    （清）姚鼐《海愚诗钞序》，《惜抱轩文集》卷四，《惜抱轩全集》，《四部备要》本

  无论时文、古文、诗歌、词赋，皆谓之文章。今人鄙薄时文，几欲摒诸笔墨之外，何太甚也？将毋丑其貌而不鉴其深乎！愚谓本朝文章，当以方百川制艺为第一，侯朝宗古文次之；其他歌诗辞赋，扯东补西，拖张拽李，皆拾古人之唾余，不能贯串，以无真气故也。百川时文精粹湛深，抽心苗，发奥旨，绘物态，状人情，千回百折而卒造浅近。朝宗古文标新领异，指画目前，绝不受古人羁绁；然语不遒，气不深，终让百川一席。忆予幼时，行匣中惟徐天池《四声猿》、方百川制艺二种，读之数十年，

未能得力，亦不撒手，相与终焉而已。世人读《牡丹亭》而不读《四声猿》，何故？

（清）郑燮《潍县署中与舍弟第五书》，《郑板桥集》，上海古籍出版社本

诗以言志。如无志可言，强学他人说话，开口即脱节。此谓言之无物，不立诚。若又不解文法变化精神措注之妙，非不达意，即成语录腐谈。是谓言之无文无序。若夫有物有序矣，而德非其人，又不免鹦鹉、猩猩之诮。庄子曰："真者精诚之至也"。不精不诚，不能动人。

（清）东方树《昭昧詹言》卷一，人民文学出版社本

诗可数年不作，不可一作不真。陶渊明自庚子距丙辰十七年间，作诗九首，其诗之真，更须问耶？彼无岁无时，乃至无日无诗者，意欲何明？

（清）刘熙载《艺概·诗概》，上海古籍出版社本

或谓文家必有滥觞，但须自己别具面目，方佳。予谓"面目"二字，犹未确实，须别有一种浑浑穆穆的真气，使其融化众有，然后可以独和一俎。是气也，又各比其性而出，不必人人同也。体会前人诗便知。

（清）厉志《白华山人诗说》卷一，《清诗话续编》本

衡论千古作者，何从见其高下，所争在真气灵气耳。

（清）厉志《白华山人诗说》卷一，《清诗话续编》本

人生太穷，至于饮食不继，虽说该去忍饥读书，然枵腹高吟，肚里如何支架得住。偶忆东坡绝句云："北船不到米如珠，醉饱萧条半月无。明日东家当祭灶，只鸡斗酒定膰吾。"夫以东坡之贤豪，饿到十来天，也想人家馈东西吃，而真率之气，妙能纵笔写出。乃知陶公叩门乞食，浣花借妻乞丝，都不足为古人深病。

（清）延君寿《老生常谈》，《清诗话续编》本

诗以有真气为主。曾记得张文潜《杂诗》句云："兴哀东坡公，将掩郏山墓。不能往一恸，名议真有负。可能金玉骨，亦逐黄壤腐。但恐已神

仙，裂石终飞去。"又云："我不知暑退，但觉衣汗干。颇怪庭中天，湛然青以宽。"不袭唐人声调，不落宋人习气，居然好手，不可多得。

(清) 延君寿《老生常谈》，《清诗话续编》本

从来诗词并称，余谓诗人之词真多而假少，词人之词假多而真少。如邶风《燕燕》、《日月》、《终风》等篇，实有其别离，实有其摈弃，所谓文生于情也。若词，则男子而作闺音，其写景也，忽发离别之悲，咏物也，全寓弃捐之恨，无其事，有其情，令读者魂绝色飞，所谓情生于文也。此诗词之辨也。

(清) 田同之《西圃词说》，《词话丛编》本

月岩曰：能透彻世情才是真文人，亦惟真文人方能透彻世情。如此回叙何生夫妇絮聒一段，叙黄氏改嫁一段，叙何成吞并一段，简切中又带细致，腐儒如何写得出。叙将卖小梅，先将何氏家业逐样消脱，一节节想算到小梅身上。叙事之妙逼真龙门。

(清) 月岩《孝义雪月梅传回评》，引自《中国历代小说论著选》，江西人民出版社本

4. 气不可以不贯

夫善为文者，发而为声，鼓而为气。直则气雄，精则气生，使五彩并用，而气行于其中。故虎豹之文，蔚为腾光，气也；日月之文，丽而成章，精也。精与气，天地感而变化生焉，圣人感而仁义行焉。不善为文者，反此，故变风、变雅作矣，六气之不兴，教化之不明，此文之弊也。

(唐) 柳冕《答衢州郑使君论文书》，《全唐文》卷五百二十七，中华书局本

气高而不怒，怒则失于风流；力劲而不露，露则伤于斧斤；情多而不暗，暗则陟于拙钝；才赡而不疏，疏则损伤筋脉。

(唐) 皎然《诗式》，《历代诗话》本

要力全而不苦涩,要气足而不怒张。

(唐)皎然《诗式》,《历代诗话》本

吾每为文章,未尝敢以轻心掉之,惧其剽而不留也;未尝敢以怠心易之,惧其弛而不严也;未尝敢以昏气出之,惧其昧没而杂也;未尝敢以矜气作之,惧其偃蹇而骄也。抑之欲其奥,扬之欲其明,疏之欲其通,廉之欲其节,激之发之欲其清,固而存之欲其重。

(唐)柳宗元《答韦中立论师道书》,《柳河东集》卷三十四,中华书局本

昔张芝学崔瑗、杜度草书之法,因而变之,以成今草书之体势,一笔而成,气脉通连,隔行不断。

(唐)张彦远《历代名画记》,《历代论画名著汇编》本

魏文《典论》称:"文以气为主,气以清浊有体。"斯言尽之矣。然气不可以不贯;不贯则虽有英词丽藻,为编珠缀玉,不得为全璞之宝矣。鼓气以势壮为美,势不可以不息;不息则流宕而忘返。

(唐)李德裕《文章论》,《李文饶文集》外集卷三,《四部丛刊》本

劳将诗什比兵权,兵数虽多气不全。乌合师徒空百万,虎贲精锐只三千。扬镳正突渔阳骑,避箭甘回赤壁船。若许英雄君与操,更当劘励整橐鞬。

(宋)王禹偁《仲咸见予一百六十韵诗相赠因此四韵答之,来诗云算来真是风骚□李杜坛边好策勋,故以用□之意答之》,《小畜外集》卷七,《四部丛刊》本

喉中以转气,管中以转声。气有湮而复畅,声有歇而复宣。阖之以助开,尾之以引首;此皆发于天机之自然,而凡为乐者,莫不能然也。最善为乐者,则不然。其妙常在于喉管之交,而其用常潜乎声气之表。气转于气之未湮,是以湮畅百变而常若一气;声转于声之未歇,是以歇宣万殊而常若一声。使喉管声气融而为一,而莫可以窥,盖其机微矣。然而其声与气之必有所转,而所谓开阖首尾之节,凡为乐者,莫不皆然者,则不容异

也。使不转气为声，则何以为乐？使其转气与声而可以窥也，则乐何以为神？有贱工者，见夫善为乐者之若无所转，而以为果无所转也，于是直其气与声而出之，戛戛然一往而不复，是击腐木湿鼓之音也；言文者，何以异此？

（明）唐顺之《董中峰侍郎文集序》，《荆川先生文集》卷十，《四部丛刊》本

只是淡淡说去，自然情与景合，意与法合。盖情至之语，气贯其中，神行其际。肤浅者不能，镂刻者亦不能。

（明）祁彪佳《远山堂剧品·团圆梦》，《中国古典戏曲论著集成》（六），中国戏剧出版社本

古之至文，未有不以气为主者，气有断续而章法亡矣。气之断续，非不能文者犯之，能文而巧俊者犯之也。文之巧俊，至于晋魏而极矣。盖自东汉以来，尽去先秦西京之浑朴，而琢句饰字以为新诡，则其气之断续而不能自行其意无足怪也。自西汉至唐宋千有余年，韩欧两君子出而后秦汉之文章烂然于天下，方其中衰之际，非无辅嗣之易，子元之庄也，而君子终以为纤诡靡丽，不足登作者之堂，何也？文至于句而求之，而后以为工，则其用力不已迂而其自待不亦浅乎……吾观二君子虽以辅嗣子元矜饰其句字而未尝无浑朴之气以行乎其间，而今之效二君子者，意必幽渺，语必诡俊，于是文之气日就于纤细而日见其消索，岂真能为二君子者哉。乃今而得吾年友陈兴公，兴公为文，离篇而论其句，离句而论其字，其奇诡相激，视辅嗣子元无以异也。及弃其字而求其句，弃其句而求其篇，则浑朴之气行乎其中者，犹之二君子……金玉之质贵于人间，固以其为珪璋，为钟鼎矣，而苟至于金玉，则虽为珥、为玦，世未有弃焉者，彼得其大而综其细焉故也。嗟夫，文之变极矣，结绳不能不为三代而其后至于不能胜，彼以为未足以尽天下之变也。今吾将以浑朴之气救天下之为文者，世必以为老腐而不足听，得吾兴公，而天下之不欲为浑朴者，其不能不艳其新俊奇巧，而渐习吾兴公之浑朴乎。

（明）艾南英《陈兴公湖上草序》，《天佣子集》卷二，清道光十六年艾氏家塾重刊本

尝读李文饶文论，举曹子建以气为主之言而以两言疏通之曰：气不可以不贯，势不可以不息。此两言者，文章之指归也。

（清）钱谦益《答徐祯起书》，《牧斋有学集》卷三十九，《四部丛刊》本

余尝论诗，气、格、声、华，四者缺一不可。譬之于人，气犹人之气，人所赖以生者也，一肢不贯，则成死肌，全体不贯，形神离矣；格如人五官四体，有定位，不可易，易位则非人矣；声如人之音吐及珩璜琚瑀之节；华如人之威仪及衣裳冠履之饰。近世作诗者日多，诗之为途益杂。声或鸟言鬼啸；华或雕题文身；按其格，有颐隐于脐，肩高于顶，首下足上如倒悬者；视其气，有尫羸欲绝，有结辖臃肿，不仁如行尸者。使人而如此，尚得谓之人乎哉！

（清）归庄《玉山诗集序》，《归庄集》卷三，上海古籍出版社本

文因质立，质资文宣，衰王之由，何关于此？齐梁之病，正苦体蹋束而气不昌尔。文者气之用，气不昌则更无文。顾昌气者，非引之荒大，出之驵戾也。行于荣卫之中，不见其条理，而自不相失。苟顺以动，何患乎窒。故有文采焜煌而经纬适，文情惊踔而纲维调。若气有或至或不至，小顿求工，而失其初度，则削肉留筋，筋之绝理者，早已为戾矣。齐梁之失，唯此为甚。庸人不知，徒以缘饰诮之。不知唐宋之自诩以起衰者，其病正等，亦安能以豺之骨立夸豵之肥脂哉。竟陵此作，生气绵连，正不在肤血间也。

（清）王夫之《古诗评选》卷五，萧子良《登山望雷居士精舍同沈右卫过刘先生墓下作》评语，《船山古近体诗评选三种》，船山学社本

一气磅礴，定不下王江宁矣。

（清）王夫之《明诗评选》卷八，高启《少年行》评语，《船山古近体诗评选三种》，船山学社本

琅霞龚子之言文，主乎气者也。其文浩瀚蓬勃，出而不穷，动而不止，依乎六经而不背于道。虽欲不以气许之，夫焉得不以气许之也！

（清）魏禧《论世堂文集序》，《魏叔子文集》卷八，清刻本

世之言气，则惟以浩瀚蓬勃，出而不穷，动而不止者当之，于是而苏轼氏乃以气特闻。子瞻之自言曰："吾文如万斛泉源，不择地皆可出。在平地，一日千里无难，及其与山石曲折，随物赋形，而不自知也。行乎其所当行，止乎其所不得不止。"而乃以气特闻。

（清）魏禧《论世堂文集序》，《魏叔子文集》卷八，清刻本

昔人云文以气为主，气不可以不贯，鼓气以势壮为美，而气不可不息，此语甚好。

（清）刘大櫆《论文偶记》，人民文学出版社本

沈、宋应制诸作，精丽不待言，而尤在运以流宕之气。此元自六朝风度变来，所以非后来试帖所能几及也。

（清）翁方纲《石洲诗话》卷一，人民文学出版社本

有章法无气，则成死形木偶。有气无章法，则成粗俗莽夫。大约诗文以气脉为上，气所以行也，脉绾章法而隐焉者也。章法形骸也，脉所以细束形骸者也。章法在外可见，脉不可见，气脉之精妙，是为神至矣。俗人先无句，进次无章法，进次无气。数百年不得一作者，其在兹乎！

（清）方东树《昭昧詹言》卷一，人民文学出版社本

用笔如铸元精，耿耿贯当中，直起直落可也，旁起旁落可也，千回万折可也，一戛即止亦可也，气贯其中则圆。如写字用中锋然，一笔到底，四面都有，安得不厚，安得不韵，安得不雄浑，安得不淡远？这事切要掌握笔时提起丹田，高著眼光，盘曲纵送，自运神明，方得此气。当真圆，大难大难。

（清）何绍基《与汪菊士论诗》，《东州草堂文钞》卷五，清刻本

5. 文要得神气

德者，性之端也；乐者，德之华也。金石丝竹，乐之器也。诗，言其

志也；歌，咏其声也；舞，动其容也：三者本于心，然后乐气从之。

是故情深而文明，气盛而化神，和顺积中，而英华发外：唯乐不可以为伪。

（先秦）《礼记·乐记》，《十三经注疏》本

今人之所以眭然能视，䁱然能听，形体能抗，而百节可屈伸，察能分白黑，视丑美，而知能别同异，明是非者，何也？气为之充，而神为之使也。

（汉）刘安《淮南鸿烈·原道训》，《丛书集成》本

夫运笔邪则无芒角，执笔宽则书缓弱，点掣短则法臃肿，点掣长则法离澌，画促则字势横，画疏则字形慢，拘则乏势，放又少则，纯骨无媚，纯肉无力，少墨浮涩，多墨笨钝，此并默然任之自然之理也。若抑扬得所，趣舍无违，值笔廉断，触势峰郁，扬披折中，中规合矩，分间下注，浓纤有方，肥瘦相和，旨力相称，婉婉暧暧，视之不足，棱棱凛凛，常有生气，适眼合心，便为甲科。

（梁）萧衍《法书要录》卷二《梁武帝答陶隐居论书》，引自明朱衣等校刻本《王氏书画苑》

嘏诗平平耳，多自谓能。尝语徐太尉云："我诗有生气，须人捉着；不尔，便飞去。"

（南朝·梁）钟嵘《诗品·齐诸令袁嘏》，《诗品注》卷下，人民文学出版社本

顾恺之之迹，紧劲联绵，循环超忽，调格逸易，风趋电疾，意存笔先，画尽意在，所以全神气也。

（唐）张彦远《历代名画记·论顾陆张吴用笔》，《历代论画名著汇编》本

夫文有神来、气来、情来，有雅体、野体、鄙体、俗体。编纪者能审鉴诸体，安详所来，方可定其优劣，论其取舍。

（唐）殷璠《河岳英灵集序》，《全唐文》卷四百三十六，中华书局本

行神如空，行气如虹。

（唐）司空图《诗品·劲健》，《诗品集解》，人民文学出版社本

抑又有甚者。西子之与恶人，耳目容貌均也，而西子与恶人异者，夫固有以异也。顾恺之曰："传神写照，正在阿堵中。"又曰："颊上加三毛，殊胜得。"恺之论画之意者，可与论文矣。今则不然，远而望之，巍然九尺之干，迫而视之，神气索如也，恶人而已乎！

（宋）杨万里《答徐赓书》，《诚斋集》卷六十六，《四部丛刊》本

然诗之情性神气，古今无间也。得古之情性神气，则古之诗在也。然而面目未识，而得其骨髓，妄矣。骨髓未得，而谓得其情性，妄矣。情性未得，而谓得其神气，益妄矣。

（元）杨维桢《赵氏诗录序》，《东维子文集》卷七，《四部丛刊》本

杨用修如缋彩作花，无种种生气。

（明）王世贞《艺苑卮言》，《历代诗话续编》本

人物以形模为先，气韵超乎其表；山水以气韵为主，形模寓乎其中。乃为合作。若形似无生气，神采至脱格，则病也。

（明）王世贞《艺苑卮言》附录四，《弇州山人四部稿》卷一百五十五，明刻本

天下文章所以有生气者，全在奇士。士奇则心灵，心灵则能飞动，能飞动则下上天地，来去古今，可以屈伸长短生灭如意，如意则可以无可不如。彼言天地古今之义而不能皆如者，不能自如其意者也。不能如意者，意有所滞，常人也。蛾，伏也。伏而飞焉，可以无所不至。当其蠕蠕时，不知其能至此极也。是故善画者观猛士剑舞，善书者观担夫争道，善琴者听淋雨崩山。彼其意诚欲愤积决裂，拏庾关接，尽其意势之所必报，以开发于一时。耳目不可及而怪也。

吾乡丘毛伯文颇类乎是。其人心灵能出入于微眇，故其变动有象，常鼓舞而尽其词。词以立意为宗。其所立者常，若非经生之常。意愕然而可

喜，徐理之，固应如是也。迫伯劫牾，案衍固获，咸其自取。力足以遂之，机足以转之。如毛伯者，世之奇异人也。

（明）汤显祖《玉茗堂文之五·序丘毛伯稿》，《汤显祖诗文集》，上海古籍出版社本

李献吉云："黄、陈师法杜甫，号大家。今其诗传者，不香色流动，如入神庙坐，土木骸即冠服人等，谓之人，可乎？"

（明）胡应麟《诗薮·外编》卷五，中华书局本

文要得神气。且试看死人活人、生花剪花、活鸡木鸡，若何形状，若何神气？识得真，勘得破，可与论文。如阅时文，阅时令吾毛竦色动，便是他神气逼人处。阅时似然似不然，欲丢欲不丢，欲读又不喜读，便是他神索处。故窗稿不如考卷之神，考卷之神薄，不如墨卷之神厚；魁之神露，不如元之神藏。试之，自有解人处。脱套去陈，乃文家之要诀。是以剖洗磨练，至精光透露，岂率尔而为之哉！必非初学可到。且定一取舍，取人所未用之辞，舍人所已用之辞；取人所未谈之理，舍人所已谈之理；取人所未布之格，舍人所已布之格；取其新，舍其旧；不废辞，却不用陈辞；不越理，却不用皮肤理；不异格，却不用卑琐格；得此思过半矣。

（明）董其昌《画禅室随笔》卷三《评文》，清康熙裕文堂版

六法中第一气韵生动，有气韵则有生动矣。气韵或在境中，亦或在境外，取之于四时寒暑晴雨晦明，非徒积墨也。

（明）顾凝远《画引》，《历代论画名著汇编》本

定齐梁诗以生气为主，生气正在敛约之际。此作固不泛澜。

（清）王夫之《古诗评选》卷五，萧子范《夜听雁》评语，《船山古近体诗评选三种》，船山学社本

谢茂秦古体，局于规格，绝少生气，五言律句烹字炼，气逸调高。集中"云出三边外，风生万马间。""人吹五更笛，月照万家霜。""绝漠兼天尽，交河荡日寒。""夜火分千树，春星落万家。"高、岑遇之，行当把

臂。七言《送谢武选》一章，随题转折，无迹有神，与高青丘《送沈左司》诗，并推神来之作。

（清）沈德潜《说诗晬语》卷下，人民文学出版社本

诗家径路都开尽，只有求工稍动人。又恐丹青少生气，谝斓徒作楦麒麟。

（清）赵翼《诗家》，《瓯北集》卷四十六，《瓯北全集》，愚斋丛书刻寿考堂藏版

观于人身及万物动植，皆全是气所鼓荡。气才绝，即腐败臭恶不可近。诗文亦然。

（清）方东树《昭昧詹言》卷一，人民文学出版社本

又有一种器物，有形无气，虽亦供世用，而不可以例诗文。诗文者，生气也。若满纸如翦彩雕刻无生气，乃应试馆阁体耳，于作家无分。

（清）方东树《昭昧詹言》卷一，人民文学出版社本

张文潜爱诵坡公"梨花淡白柳深青"一绝，而放翁讥之曰："杜牧之有句云：'砌下梨花一堆雪，明年谁此凭栏干？'东坡固非窃人诗者，然竟是前人已道之句，何文潜爱之深也？岂别有所谓乎？"愚按：坡公此诗之妙，自在气韵，不谓句意无人道及也。且玩其句意，正是从小杜诗脱化而出，又拓开境地，各有妙处，不能相掩，放翁所见亦拘矣。

（清）潘德舆《养一斋诗话》，《清诗话续编》本

太史公文，精神气血，无所不具。学者不得其真际而袭其形似，此庄子所谓"非生人之行而至死人之理，适得怪焉"者也。

（清）刘熙载《艺概·文概》，上海古籍出版社本

6. 文以气为辅

故义深则意远，意远则理辨，理辨则气直，气直则辞盛，辞盛则

文工。

（唐）李翱《答朱载言书》，《李文公集》卷六，《四部丛刊》本

凡为文以意为主，以气为辅，以辞采章句为之兵卫，未有主强盛而辅不飘逸者，兵卫不华赫而庄整者。四者高下圆折步骤随主所指。如鸟随凤，鱼随龙，师众随汤武，腾天潜泉，横裂天下，无不如意。

（唐）杜牧《答庄充书》，《樊川文集》卷十三，上海古籍出版社本

魏文帝曰：文以意为主，以气为辅，以词为卫。魏文不足以及此，其有所传乎？

（宋）陈师道《后山诗话》，《历代诗话》本

为文大概有三：主之以理，张之以气，束之以法。

（宋）吴可《为文大概有三》，《荆溪林下偶谈》卷二，宝颜堂秘笈本

"文以气为主"，古有是言也。"文以理为主"，近世儒者尝言之……夫道者，形而上者也；气者，形而下者也。形而上者不可见，必有形而下者为之体焉，故气亦道也。如是之文，始有正气。气虽正也，体名不同，体虽多端，而不害其为正气，足矣。盖气不正，不足以传远，学者要当以知道为先，养气为助。道苟明矣，而气不充，不过失之弱耳；道苟不明，气虽壮，亦邪气而已，虚气而已，否则客气而已；不可谓载道之文也……

（宋）王柏《题碧霞山人王公文集后》，《鲁斋集》卷五，金华丛书本

予亦于气为主之言，而窃顾有所益也，主者同而所以为主者异，辄欲更之曰："文以理为主，以气为辅。"

（元）刘将孙《谭西村诗文序》，《养吾斋集》卷十，《四库全书珍本初集》本

文以理为主，而气以摅之。理不明为虚，文气不足则理无所驾。文之

盛衰，实关时之泰否。是故先王以诗观民风，而知其国之兴废，岂苟然哉！

（明）刘基《苏平仲文集序》，《诚意伯文集》卷五，《四部丛刊》本

七言绝句，盛唐主气，气完而意不尽工；中晚唐主意，意工而气不甚完：然各有至者，未可以时代优劣也。

（明）王世贞《艺苑卮言》，《历代诗话续编》本

文以理为主，而气以发之。理明矣，而气或不充，则意虽精，辞虽达，而萎苶不振之病有所不免。

（明）周忱《高太史凫藻集序》，《高太史凫藻集》卷首，《四部丛刊》本

夫文以理为主，必气以充之，然后振励而不苶；字以规矩为主，必气以驭之，然后豪迈而不萎。

（明）陈敬宗《题米芾遗墨》，《皇明文衡》卷四十九，《四部丛刊》本

文以理为主，然而情不至则亦理之郛廓耳。庐陵之志交友，无不鸣咽；子厚之言身世，莫不凄怆；郝陵川之处真州，戴剡源之入故都，其言皆能恻恻动人。古今自有一种文章不可磨灭，真是"天若有情天亦老"者。而世不乏堂堂之阵，正正之旗，皆以大文目之。顾其中无可以移人之情者，所谓刿然无物者也。

（清）黄宗羲《论文管见》，《南雷文定》三集卷三，《四部备要》本

古人文字最不可攀处，只是文法高妙。

神者，文家之宝。文章最要气盛，然无神以主之，则气无所附，荡乎不知其所归也。神者气之主，气者神之用。神只是气之精处。

古人文章可告人者惟法耳。然不得其神而徒守其法，则死法而已。要在自家于读时微会之。李翰云："文章如千军万马；风恬雨霁，寂无人声。"此话最形容得气好。论气不论势，文法总不备。

文章最要节奏，譬之管弦繁奏中，必有希声窈眇处。

神气者，文之最精处也；音节者，文之稍粗处也；字句者，文之最粗处也。然论文而至于字句，则文之能事尽矣。盖音节者，神气之迹也；字句者，音节之矩也。神气不可见，于音节见之；音节无可准，以字句准之。

音节高则神气必高，音节下则神气必下，故音节为神气之迹。一句之中，或多一字或少一字；一字之中，或用平声，或用仄声；同一平字仄字，或用阴平、阳平、上声、去声、入声，则音节迥异，故字句为音节之矩。积字成句，积句成章，积章成篇，合而读之，音节见矣；歌而咏之，神气出矣。

……

奇气最难识，大约忽起忽落，其来无端，其去无踪。读古人文，于起灭转接之间，觉得不可识测，便是奇气。奇，正与平相对。气虽盛大，一片行去，不可谓奇。奇者，于一气行走之中，时时提起。

……

凡行文多寡长短，抑扬高下，无一定之律，而有一定之妙，可以意会，而不可以言传。学者求神气而得之于音节，求音节而得之于字句，则思过半矣。

（清）刘大櫆《论文偶记》，人民文学出版社本

二

气与志(道 理) 言 法 胆 识
才 情之关系

1. 气根于志(道　理)

　　孔子曰:"无声之乐,气志不违;无体之礼,威仪迟迟;无服之丧,内恕孔悲。无声之乐,气志既得;无体之礼,威仪翼翼;无服之丧,施及四国。无声之乐,气志既从。"

(先秦)《礼记·仲尼闲居》,《十三经注疏》本

　　曰:"敢问夫子之不动心与告子之不动心,可得闻与?"
　　(孟子曰):"告子曰:'不得于言,勿求于心;不得于心,勿求于气。'不得于心,勿求于气,可;不得于言,勿求于心,不可。夫志,气之帅也。气,体之充也。夫志至焉,气次焉。故曰:'持其志,无暴其气。'"
　　"既曰'志至焉,气次焉',又曰:'持其志,无暴其气',何也?"
　　曰:"志壹则动气,气壹则动志也。今夫蹶者趋者,是气也,而反动其心。"

(先秦)《孟子·公孙丑》,《十三经注疏》本

　　神居胸臆,而志气统其关键;物沿耳目,而辞令管其枢机。

(南朝·梁)刘勰《文心雕龙·神思》,人民文学出版社本

　　君子志正而气一,诚纯而分定,未尝标出处为二道,判屈伸于异门

也。固其本，养其正，如斯而已矣。
　　　　（唐）柳宗元《送萧炼登第后南归序》，《柳河东集》卷二十二，中华书局本

　　故文本于道。失道则博（一作传）之以气，气不足则饰之以辞。盖道能兼气，气能兼辞，辞不当则文斯败矣……若乃其气全，其辞辨（一作其辞源辨博），驰骛古今之际，高步天地之间，则有左补阙李君。
　　　　（唐）梁肃《补阙李君前集序》，《全唐文》卷五一八，中华书局本

　　今世无师，则学者不尊严，故自轻其道。轻之则不能至，不至则不能笃信。信不笃，则不知所守。守不固，则有所畏而物可移。是故学者惟俯仰徇时，以希禄利为急。至于忘本趋末，流而不返……夫世无师矣，学者当师经。师经必先求其意，意得则心定，心定则道纯，道纯则充于中者实，中充实则发为文者辉光，施于世者果毅。三代两汉之学，不过此也。
　　　　（宋）欧阳修《答祖择之书》，《欧阳文忠集》卷六十八，《四部备要》本

　　盖所谓文者，所以序乎言者也。民之生，非病哑吃，皆有言，而贤者独能成，存于序，此文之所以称。古之人以为道在己而言及人，言而非其序，则不足以致道治人。是故不敢废文。尧、舜以来，其文可得而见，然其辞致抑扬上下，与时而变，不袭一体。
　　盖言以道为主，而文以言为主。当其所值时事不同，则其心气所到，亦各成其言，以见于所序，要皆不违乎道而已。商之书，其文未曾似虞、夏，而周之书，其文亦不似商书，此其大概。若条件而观之，则谟不类典，《五子之歌》不类《禹贡》，《盘庚》不类《说命》，《微子》又不类《伊训》，至于《泰誓》《洪范》《大诰》《周官》《吕刑》之文，皆不相类也。
　　盖古人之于文，知由道以充其气，充气然后资之言，以了其心，则其序文之体，自然尽善，而不在准仿。自周之晚，六经始集，七十子之作，虽不以诵经为功，然其尊仰孔子，盛于前世。及孟子、荀卿相望而出，益复尊孔子而小众家，故秦火既冷，而汉代诸生为辞，不敢自信其心，而

曰："我歌颂帝王盛德，与夫论述世故，皆出入六经，峻有师法，不可疵颣。"此西汉文所以见高于世，而东京以下学士，不易其说也。

虽然，亦其说如此。刘向之文，未尝似仲舒，而相如之文，未曾似马迁，扬雄之文，亦不效孟子也。张衡、左思等辈，于道如从管间窥豹，故其所作文赋，紧持扬、马襟袖，而不敢纵其握。自是文章世衰一世，几于童子之临模矣！

由扬雄至元和千百年，而后韩、柳作。韩、柳之文，未曾相似也，而前此中间寂寞，无足称。岂其固无人？其患起于不知由道以充气，而置我心以视效他人，故虽劳犹不能杰然自立。去元和至吾宋又数百年，而有欧、王之盛。宗其学者，文辞往往奇特，然至今者又已少贬。

  （宋）吕南公《与汪秘校论文书》，《灌园集》卷十一，《四库全书珍本初集》本

盖辞根于气，气命于志，志立于学。气之薄厚，志之小大，学之粹驳，则辞之险易正邪从之，如声音之通政，如蓍蔡之受命，积中而形外，断断乎不可掩也……

  （宋）魏了翁《攻媿楼宣献公文集序》，《鹤山先生大全文集》卷五十六，《四部丛刊》本

夫道者，形而上者也；气者，形而下者也。形而上者不可见，必有形而下者为之体焉，故气亦道也。如是之文，始有正气。气虽正也，体各不同，体虽多端，而不害其为正气，足矣。盖气不正，不足以传远。学者要当以知道为先，养气为助。道苟明矣，而气不充，不过失之弱耳；道苟不明，气虽壮，亦邪气而已，虚气而已，否则客气而已；不可谓载道之文也……

  （宋）王柏《题碧霞山人王公文集后》，《鲁斋集》卷五，《金华丛书》本

潘窃闻昔人之论文，率谓文主于气，气命于志，志立于学者也。盖三代而下，骚人墨客以才驱气驾而为文，骄气盈则其言必肆而失于诞，吝气歉则其言必苟而流于诐。譬如一元之运，百物生焉，观其荣耀销落而气之屈伸可知也。惟夫学足以辅其志，志足以御其气者，气和而声和，故其形

于言也粹然一出于正,兹其所以信于今而贻于后欤。

（元）黄溍《吴正传文集序》,《金华黄先生文集》卷十八,《四部丛刊》本

明道之谓文,立教之谓文,可以辅俗化民之谓文。斯文也,果谁之文也？圣贤之文也。非圣贤之文也。圣贤之道充乎中,著乎外,形乎言,不求其成文而文生焉者也。不求其成文而文生焉者,文之至也。故文犹水与木然,导川者不忧流之不延,而恐其源之不深；植木者不忧枝之不蕃,而虑其本之不培。培其本,深其源,其延且蕃也孰御？圣贤未尝学为文也,沛然而发之,卒然而书之,而天下之学为文者,莫能过焉。以其为本昌,为源博也。

……圣贤之心,浸灌乎道德,涵泳乎仁义。道德仁义积而气因以充,气充,欲其文之不昌,不可遏也。今之人不能然,而欲其文之类乎圣贤,亦不可得也。

（明）宋濂《文说赠王生黼》,《宋学士全集》卷二十六,《丛书集成》本

道明则气昌,气昌,文自至矣。文自至者,所谓类其人而不悖乎道者也。其人高下不同,而文亦随之,不可强也。

（明）方孝孺《张彦辉文集序》,《逊志斋集》卷十二,《四部丛刊》本

盖文与道相表里,不可勉而为。道者,气之君；气者,文之师也。道明则气昌,气昌则辞达。文者,辞达而已矣。然辞岂易达哉……汉之司马迁、贾谊,其辞似可谓之达矣；若扬雄,则未也。唐之韩愈、柳子厚,宋之欧阳修、苏轼、曾巩,其辞似可谓之达矣；若李观、樊宗师、黄庭坚之徒,则未也。于道则又难言也。嗟乎！此岂可与昧者语哉！

（明）方孝孺《与舒君》,《逊志斋集》卷十一,《四部丛刊》本

夫诗发之情乎？声气其区乎？正变者,时乎？夫诗言志,志有通塞则悲欢以之,二者小大之其由也。至其为声也,则刚柔异而抑扬殊,何也？气使之也。

（明）李梦阳《张生诗序》,《空同集》卷五十,明嘉靖刊本

曹子桓云：文章以气为主。李文饶举以为论文之要，而余取韩、李之言参之。退之曰："气，水也；言，浮物也。水大而物之浮者大小毕浮，气盛则言之短长与声之高下者皆宜。"此气之溢于言者也。习之曰："义深则意远，意远则理辨，理辨则气直，气直则词盛，词盛则文工。"此气之根于志者也。根于志，溢于言，经之以经史，纬之以规矩，而文章之能事备矣。不养气，不尚志，剪刻花叶，俪斗虫鱼，徒足以佣耳借目，鼠言空鸟言，即循而求之，皆无所有，是岂可以言文哉？

（清）钱谦益《周孝逸文稿序》，《牧斋有学集》卷十九，《四部丛刊》本

曰理、曰事、曰情三语，大而乾坤以之定位，日月以之运行，以至一草一木一飞一走，三者缺一，则不成物。文章者，所以表天地万物之情状也。然具是三者，又有总而持之，条而贯之者，曰气。事、理、情之所为用，气为之用也。譬之一木一草，其能发生者，理也；其既发生，则事也；既发生之后，夭矫滋植，情状万千，咸有自得之趣，则情也。苟无气以行之，能若是乎？又如合抱之木，百尺干霄，纤叶微柯以万计，同时而发，无有丝毫异同，有气为之也。苟断其根，则气尽而立萎，此时理、事、情俱无从施矣。吾故曰：三者藉气而行者也。得是三者，而气鼓行于其间，细缊磅礴，随其自然，所至即为法，此天地万象之至文也。

（清）叶燮《原诗·内篇下》，人民文学出版社本

萧闻今天下之善射者，其法曰：平肩臂正，胫腰以上，直腰以下，反勾磬折，支左诎右。其释矢也，身如槁木，苟非是，不可以射。师弟子相授受，皆若此而已。及至索伦蒙古人之射，倾首、欹肩、偻背，发则口目皆动，见者莫不笑之。然而索伦蒙古之射，远贯深而命中，世之射者，常不逮也。然则射非有定法亦明矣。夫道有是非而技有美恶，诗文，皆技也，技之精者必近道。故诗文美者，命意必善。文字者，犹人之言语也。有气以充之，则观其文也，虽百世而后，如立其人而与言于此，无气则积字焉而已。意与气相御而为辞，然后有声音节奏高下抗坠之度，反复进退之态，彩色之华，故声色之美，因乎意与气而时变者也。是安得有定法哉？

自汉、魏、晋、宋、齐、梁、陈、隋、唐、赵宋、元、明及今日，能为诗者殆数千人，而最工者数十人。此数十人，其体制固不同，所同者意与气足主乎辞而已。人情执其学，所从入者是，而以人之学皆非也。及易人而观之，则亦然。譬之知击棹者欲废车，知操篙者欲废舟，不知其不可也。鼐诚不工于诗，然为之数十年矣……虽然，使鼐舍其平生而惟一人之法，则鼐尚未知所适从也。

（清）姚鼐《答翁学士书》，《惜抱轩全集》文集卷六，《四部备要》本

诗文家俱有三足：言理足、意足、气足也。盖理足则精神，意足则蕴藉，气足则生动。理与意皆辅气而行，故尤必以气为主，有气则生，无气则死。但气有大小，不能一致，有若看春空之云，舒卷无迹者；有若听幽涧之泉，曲折便利者……倏忽万变，难以形容，总在作者自得之。

（清）钱泳《履园谭诗》，《清诗话》本

诗有五长，曰：以神运者一，以气运者二，以巧运者三，以词运者四，以事运者五。曰：神与气互相为用，曷以离而二之也？曰：诗品云："行神如空，行气如虹。"夫神妙物于不知，气入于物无间，固各有当也。诗之宗莫若李、杜。杜生气远出，而总以神行其间；李神采飞动，而皆以浩气举之。是两人得之于天，各擅其长矣。惟夫杜之妙，神行而气亦行；李之妙，气到而神亦到，此其所以未易优劣尔。若历代名家，或凝神以发英，或振气以舒秀，尤了然可指者。诗之犹贵神也，惟其意在言外也；若气，则凡为文无不贵之，岂独诗然乎哉？我之微分其等者此也。曰：孔子谓诗可以言，是能言莫若诗，巧何列于三也？曰：孔子所谓能言，尽乎诗之道矣。凡诗无拙言之者也，吾所谓巧，为好奇立异言之，非古人所谓巧也。好奇而不诡于正，立异而不入于邪，是亦用意以自树者，若东野、长吉、义山是也。今或尚巧而流于诞，则失之矣；此六义所不入也。曰：绝妙好词，古人尚焉，词何以居四？曰：词之妙，神气备而词从之也。若神气索而孰词求工，特貌似而实非其真。故古人命意以遣词，非因词以造意也。吾不谓词工者，颐失之，恐人徒取乎词焉耳。曰：沈博绝丽，扬雄所善，况律体非隶事无以措词，事果居末与？曰：《诗三百篇》，其故实或未尽知之。然即元公、吉甫所作，奥博雅驯，或取材《典》《坟》《丘》

《索》有之耳。后世骈体兴而律作焉，不隶事无以供骈偶之资，揆诸六义中，归于此焉，斯得矣；而比固不止隶事也。况诗道兴居多而赋兼之，何居其专以隶事比也？倘隶事无当于此，毋乃并其义失之耶？凡多读书为诗家最要事，而胸有万卷，徒欲助我神与气耳，其隶事不隶事，诗人不自知，读诗者亦不知，夫乃谓之真诗，若有心自眩其多，安得不居末乘哉？

(清) 李重华《贞一斋诗说》，《清诗话》本

今人作诗，气在前，以意尾之。古人作诗，意在前，以气运之。气在前，必为气使，意在前，则气附意而生，自然无猛戾之病。

(清) 厉志《白华山人诗说》卷二，《清诗话续编》本

古今诗人，推思王及《古诗》第一，陶、阮、鲍、左次之，建安、六朝又次之。唯少陵能兼综其意与气，太白能兼综其情与韵。但情韵中亦有意气在，意气中亦有情韵在，不过两有偏胜耳。李唐以下之诗，安有逾此二公者？

(清) 厉志《白华山人诗说》卷一，《清诗话续编》本

魏人诗文，以气为主。晋则左太冲诗有逸气，刘越石亦不弱。宋惟鲍明远气足以起其文。他若二陆、二张、二傅、二潘等，则身大而气小。至陶渊明、谢康乐，又以韵不以气，盖五言之极则。

(清) 牟愿相《小澥草堂杂论诗》，《清诗话续编》本

后生学诗，急宜讲者，气骨耳。譬之人，气禀自先天，骨成于壮岁，勿容强也。而学者有移气移体之说，则涵养宜豫也。今进农夫于前，脱其蓑笠，摄以衣冠，则卑弱不能称；进书生于前，加之衮冕绅珮，必忸怩汗出，而不免失措，其气骨不足以充之也。古之人，如杜子美之雄浑博大，其在山林与朝廷无以异，其在乐土与兵戈险厄无以异，所不同者山川风土之变，而不改者忠厚直谅之志。志定，则气浩然，则骨挺然，孟子所谓"至大至刚塞乎天地"者，实有其物。而光怪熊熊，自然溢发。少陵独步千古，岂骚人香草，高士清操而已哉！其时，元次山高古浑穆，有三代之遗风；韦苏州冲融朴茂，得陈子昂之精神。此二子者，并驾互参，非太白、浩然拘于清态逸韵者所能颉颃也。读书不奋臂大呼，单刀直入，见血

吸髓，徒狗诗家一定之评，未有能得力者也。故吾之论诗，与他人不同。吾尝与高大将军语，嘱曰："君辈慎勿谈兵，非身历行伍，九死一生，岂知此中消息。"噫！吾十三学诗，今五十五稔矣。刀痕箭瘢，遍体鳞皴，然后敢为后生言。若夫小巧细步，沾沾自喜，以笑傲烟霞为仙都，放浪跌宕为蝉蜕，此虎丘歌酒之场，乌睹夫泰、华之峻，江海之深哉！有志者其勉乎哉。

（清）张谦宜《絸斋诗谈》卷三，《清诗话续编》本

2. 气充言雄

事昭而理辨，气盛而辞断。
（南朝·梁）刘勰《文心雕龙·檄移》，人民文学出版社本

枚乘之七发，邹阳之上书，膏润于笔，气形于言矣。
（南朝·梁）刘勰《文心雕龙·才略》，人民文学出版社本

夫善为文者，发而为声，鼓而为气。直则气雄，精则气生，使五彩并用，而气行于其中。故虎豹之文，蔚而腾光，气也；日月之文，丽而成章，精也。精与气，天地感而变化生焉，圣人感而仁义行焉。不善为文者，反此，故变风、变雅作矣，六艺之不兴，教化之不明，此文之弊也。
（唐）柳冕《答衢州郑使君论文书》，《全唐文》卷五二七，中华书局本

气，水也；言，浮物也；水大而物之浮者大小浮虚，气之与言犹是也。气盛则言之短长与声之高下者皆宜。
（唐）韩愈《答李翊书》，《昌黎先生集》卷十六，《四部备要》本

君尝读书，为文辞有气。
（唐）韩愈《唐河中府法曹张君墓碣铭》，《韩昌黎先生集》卷二十五，《四部备要》本

义深则意远，意远则理辨，理辨则气直，气直则辞盛，辞盛则文工。

（唐）李翱《答朱载言书》，《李文公集》卷六，《四部丛刊》本

至于子美，盖所谓上薄风、骚，下该沈、宋，古傍苏、李，气夺曹、刘，掩颜、谢之孤高，杂徐、庾之流丽，尽得古人之体势，而兼今人之所独专矣。

（唐）元稹《唐故工部员外郎杜君墓系铭并序》，《元稹集》卷五十六，中华书局本

气因律而生，节假律而明，才得律而清焉。

（唐）殷璠《河岳英灵集集论》，《河岳英灵集》，《四部丛刊》本

余友曼卿，将命斯来实董宫事。嗜道之外，乐乎声诗。览灵仙之区，异其入物，益以宫题而成《九咏》。观其立意，皆凿幽索秘，破坚发奇，高凌虹蜺，清出金石。有以见诗力之雄哉！文以气为主，此其辨乎？

（宋）范仲淹《太清宫九咏序》，《范文正公集》卷六，《四部丛刊》本

世之学诗者众矣，不知气充言雄之旨，往往局于虫鱼草木之微，求工于一联只字间，真若苍蝇之声，出于蚯蚓之窍而已，诗云乎哉！永嘉旧传四灵诗，识趣凡近，而音调卑促。近代或以为清新者，竞摹效之，濂每谓人曰："误江南学子者，此诗也。"闻者且疑而且信焉。今吾伯恭之诗出，一洗习俗之陋，信知豪杰之士，自有其人也。

（明）宋濂《林伯恭诗集序》，《宋学士全集》卷六，《丛书集成》本

文以明理，而气以行之。气不昌，则辞不达。理不明，则言乖离而道昧。六经以下，唯孟子为最伟。孟子曰："我知言，我善养吾浩然之气。"夫以是而发为文，又焉得而不伟也！汉、唐、宋之盛，则有贾、马、扬、班、李、杜、韩、柳、苏、曾、王诸公，是皆生于四海一统之时，挹光岳之全气，宜其精粹卓拔，不可及也。

（明）刘基《宋潜溪先生文集序》，《宋学士全集》附录卷一，《丛书集成》本

唐治既极，气郁弗舒。乃生人豪，泄天之奇。矫矫李公，雄盖一世。麟游龙骧，不可控制。粃糠万物，瓮盎乾坤。狂呼怒叱，日月为奔。或入金门，或登玉堂。东游沧海，西历夜郎。心触化机，喷珠涌玑。翰墨所在，百录护持。此气之充，无上无下。安能瞑目，闷于黄土。手搏长鲸，鞭之如羊。至于扶桑，飞腾帝乡。惟昔战国，其豪庄周。公生虽后，斯文可俦。彼何小儒，气馁如鬼。仰瞻英风，犹虎与鼠。斯文之雄，实以气充。后有作者，尚视于公。

（明）方孝孺《李太白赞》，《逊志斋集》卷十九，《四部丛刊》本

圣贤之道，以养气为本。今之人不如古者，气不充也。气不充，则言不章。言不章，则道不明。予窃有意于道，而患委靡不振，思起古豪杰而与之游，求于往昔得三人焉：曰司马子长，曰韩退之，曰欧阳永叔。三人皆气豪辞雄，有振衰立懦之功，因各为赞辞，时观之以自励，将由此进于圣人之道，非敢以是为足也。作三贤赞。

（明）方孝孺《三贤赞》，《逊志斋集》卷十九，《四部丛刊》本

高古者格，宛亮者调，沉著雄丽，清峻闲雅者才之类也，而发于辞。辞之畅者，其气也。中和者，气之最也。

（明）李梦阳《驳何氏论文书》，《李空同全集》卷六十一，明万历浙江思山堂本

唐昌黎韩氏以文章妙天下，历千百年鲜有及之者，岂其下笔刊落陈言，卓然成家，足以耸动乎人哉？其气充，其理直，其言达而畅也，固宜……韩氏之文之妙，由其所养者充，所守者直，而其名至于今称之者，非徒以其文，而以其人也。

（明）吴宽《义乌王氏新建忠文公庙记》，《匏翁家藏集》卷三十二，《四部丛刊》本

神气者，文之最精处也；音节者，文之稍粗处也；字句者，文之最粗处也。然论文而至于字句，则文之能事尽矣。盖音节者，神气之迹也；字

句者,音节之矩也。神气不可见,于音节见之;音节无可准,以字句准之。

(清)刘大櫆《论文偶记》,人民文学出版社本

《羯鼓录》载:有善音者客长安邸,月下闻羯鼓声,寻声访至,则其先生供奉太常者也。询以技,甚精能。何无尾声?则曰:"检旧谱而亡之,故月下演声以求之耳。"问以调成亦意尽乎?曰:"尽矣。"曰,"意尽则止,又何求焉?"曰:"声未尽也。"因拊掌曰:"可与言矣。"遂教之借调以毕余声,其人鼓之而合,至于搏颡感泣,斯固艺事之神矣。文章之道,亦有然者。文固用以明理,或以记事,然有时理明事备而文势阙然,乃若有所未尽,此非辞意未至,辞气有可受病而不至也。求义理与征考订者皆属文辞,以为文取事理明白而已矣;他又何求焉!而不知辞气受病,观者郁而不畅,将并以载之事与理而亦病矣。周子虚车之说,试探本之言也;而抑知敝车挠轴之不可以行,则亦一偏之说尔。故曰:"持其志毋暴其气",曾子曰"辞气远鄙倍",夫子曰"辞达",《春秋传》曰"辞之不可已也"。

(清)章学诚《文史通义·杂说》,《章氏遗书》本

杜元凯序《左传》曰:"其文缓。"吕东莱谓"文章从容委曲而意独至,惟左氏所载当时君臣之言为然。盖由圣人余泽未远,涵养自别,故其辞气不迫如此"。此可为元凯下一注脚。盖"缓"乃无矜无躁,不是弛而不严也。

(清)刘熙载《艺概·文概》,上海古籍出版社本

韩昌黎《送陈秀才彤序》云:"文所以为理耳。"《答李翊书》云:"气,水也;言,浮物也。水大而物之浮者大小毕浮,气盛则言之短长与声之高下者皆宜。"周益公序宋文鉴曰:"臣闻文之盛衰主乎气,辞之工拙存乎理。昔者帝王之世,人有所养而教无异习。故其气之盛也,如水载物,小大无不浮;其理之明也,如烛照物,幽隐无不通。"意盖悉本昌黎。

(清)刘熙载《艺概·文概》,上海古籍出版社本

登高，通体用紧调，雄健严肃，七律第一格。

通体紧调最不易学，其声色气象齐到处，正是养得足。

（清）张谦宜《絸斋诗谈》卷四，《清诗话续编》本

律诗谋篇，贵一气相生，词意浑成，精光熊熊，声调响亮。用笔则贵有抑扬顿挫，开阖纵擒之奇。造句炼语，则贵生辣警拔，力厚思沉，又须无斧凿痕迹，虽炼而不伤气格，乃为上乘。司空所谓"返虚入浑，积健为雄"是也。盖运实还虚，纯以神行，破空而来，参以活相，则笔欲离纸飞舞，有不同浑者乎？炼字必使字健而能举，炼句必使句健而能举，炼气又使气健而能举，炼笔又使笔健而能举。积字成句，积句成章，而气与笔，则先积之于无字句之中，继积之于有字句之外，以成通章。格调意味，音节法度，风神之用者也。积健则厚，有不雄壮者乎？

（清）朱庭珍《筱园诗话》，《清诗话续编》本

古之论文者，曰：文以意为主，而辞欲能副其意，气欲能举其辞。譬之车然，意为之御，辞为之载，而气则所以行也。欲学古人之文，其始在因声而求气，得其气，则意与辞往往因之而并显，而法不外是矣。

（清）张裕钊《答吴至甫书》，《濂亭文集》卷四，清光绪查氏木渐斋本

尔问文中雄奇之道。雄奇以行气为上，造句次之，选字又次之。然未有字不古雅而句能古雅，句不古雅而气能古雅者；亦未有字不雄奇而句能雄奇，句不雄奇而气能雄奇者。是文章之雄奇其精处在行气，其粗处全在造句选字也。余好古人雄奇之文，以昌黎为第一，扬子云次之，二公之行气，本之天授。至于人事之精能，昌黎则造句之工夫居多，子云则选字之工夫居多。

尔问叙事志传之文难于行气，是殊不然。如昌黎《曹成王碑》《韩许公碑》。固属千奇万变，不可方物，即卢夫人之铭、女挐之志，寥寥短篇，亦复雄奇崛强。尔试将此四篇熟看，则知二大二小，各极其妙矣。

尔所作《雪赋》，词意颇古雅，气势不鬯，对仗不工。两汉不尚对仗，潘、陆则对矣，江、鲍、庾、徐则工对矣。尔宜从对仗上用工夫。

此嘱。

  （清）曾国藩《咸丰十一年正月初四日谕纪泽》，《曾国藩全集·家书》，岳麓书社本

3. 气盛法有所不得施

  足下所为书，言文章极正，其辞奥雅，后来之驰于是道者。吾子目为蒲梢駃騠，何可当也。其说韩愈处甚好，其他但用《庄子》《国语》文字太多，反累正气。果能遗是，则大善矣。

  （唐）柳宗元《与杨诲之第二书》，《柳河东集》卷三十三，中华书局本

  尝观韩吏部歌诗累百首，其驱驾气势，若掀雷揭电，奔腾于天地之间，物状奇变，不得不鼓舞而徇其呼吸也。

  （唐）司空图《题柳柳州集后序》，《诗品集解》附录《表圣杂文》，人民文学出版社本

  凡诗切对求工，必气弱。宁对不工，不可使气弱。

  （宋）吴可《藏海诗话》，《历代诗话续编》本

  唐末人诗，虽格不高而有衰陋之气，然造语成就，今人诗多造语不成。画山水者，有无形病，有有形病。有形病者易医，无形病者则不能医。诗家亦然。凡可以指瑕镌改者，有形病也；混然不可指摘，不受镌改者，无形病不可医也。

  （宋）吴可《藏海诗话》，《历代诗话续编》本

  余窃叹其神于法合，调以气举，盖自永叔、子美而后，而此种诗文之不传也，百千年矣。

  （清）侯方域《辟疆园某序》，《壮悔堂集》，《四部备要》本

  矜气中自有朴气，故知齐梁虽靡于汉晋，而生理自固，开元以降雕琢苛细，靡乃已甚，降及气和剥削一无生气，况生理邪？俗论不以为然，总

牵臂入鬼录。

(清)王夫之《唐诗评选》卷一，蔡孚《打毬篇》评语，《船山古近体诗评选三种》，船山学社本

躬庵先生为文章，务以理气自胜，不屑屑古人之法。而予少时喜议论，后乃更好讲求法度，独每见躬庵文，则颜色消沮，心怵惕而不宁。尝譬之战斗，弓人聚六材以为深弓，矢人相笴眂羽以为兵矢，而使贯虱承挺者射，然拔山之夫，瞋目直视，则失弓矢落，反马而入壁。夫然后知气之盛者，法有所不得施。而躬庵之文，则又非未始有法者。故尝譬之江河，秋高水落，随山石为曲折，盈科次第之迹，可指而数也。大雨时衍，百川灌汇，沟浍原潦之水，注而益下，江河溢溢漫衍，亡其故道，而所为随山石曲折者，未尝不在。顾人心惊溃，而不之见。

(清)魏禧《彭躬庵文集序》，《魏叔子文集》卷八，清易堂刻本

草木气断则立萎，理、事、情俱随之而尽，固也。虽然，气断则气无矣，而理、事、情依然在也。何也？草木气断则立萎，是理也。萎则成枯木，其事也。枯木岂无形状、向背、高低、上下？则其情也。由是言之：气有时而或离，理、事、情无之而不在。向枯木而言法，法于何施？必将曰，法将析之以为薪，法将斲之而为器。若果将以为薪为器，吾恐仍属之事、理、情矣。而法又将遁而之他矣。

(清)叶燮《原诗·内篇上》，人民文学出版社本

理充者华采不为累，气盛者偶俪不为病，陈言不足去，新语不足撰，非格式所能拘，非世运所能限，在山满山，在谷满谷，则庶几乎由秦而前，圣贤人之文矣。

(清)程廷祚《复家鱼门论古文书》，《青溪集》卷十，《金陵丛书》本

有佳句者，气多不全。炼句却是一病，然又不得不炼。有意无意，斯得之矣。

(清)徐增《而庵诗话》，《清诗话》本

太白妙处全在逸气横出，其五言古从曹、阮二家变出，并不规模小谢，亦非踵武伯玉。

（清）李重华《贞一斋诗说》，《清诗话》本

沈隐侯最讲声病，昭明选录至多。余意沈诗生气索然，并不逮何、范二家。

（清）李重华《贞一斋诗说》，《清诗话》本

任著一口气，逞著一管笔，滔滔写来，自为大才，亦殊非不佳，只是去古远了。

（清）厉志《白华山人诗说》卷一，《清诗话续编》本

又问有一专长，是否须兼三者乃为合作。此则断断不能。韩无阴柔之美，欧无阳刚之美，况于他人而能兼之，凡言兼众长者，皆其一无所长者也。鸿儿言此表范围曲成，横竖相合，足见善于领会。至于纯熟文字，极力揣摩固属切实工夫，然少年文字，总贵气象峥嵘，东坡所谓蓬蓬勃勃如釜上气。古文如贾谊《治安策》，贾山《至言》，太史公《报任安书》，韩退之《原道》，柳子厚《封建论》，苏东坡《上神宗书》，时文如黄陶庵、吕晚村、袁简斋、曹寅谷，墨卷如《墨选观止》、《乡墨精锐》中所选两排三迭之文，皆有最盛之气势。尔当兼在气势上用功，无徒在揣摩上用功。大约偶句多，单句少，段落多，分股少，莫拘场屋之格式。短或三五百字，长或八九百字千余字，皆无不可；虽系《四书》题，或用后世之史事，或论目今之时务，亦无不可，总须将气势展得开，笔仗使得强，乃不至于束缚拘滞愈紧愈呆。

嗣后尔每月作五课揣摩之文，作一课气势之文。讲揣摩者送师阅改，讲气势者寄余阅改。四象表中，惟气势之属太阳者，最难能而可贵。古来文人虽偏于彼三者，而无不在气势上痛下工夫。两儿均宜勉之，此嘱。

（清）曾国藩《同治四年七月初三日谕纪泽纪鸿》，《曾国藩全集·家书》，岳麓书社本

4. 气 与 胆 识 才 情

……辞之待骨，如体之树骸；情之含风，犹形之包气……

情与气偕，辞共体并。

（南朝·梁）刘勰《文心雕龙·风骨》，人民文学出版社本

噫！文之无穷，而人之才有限。苟力不足者，强而为文则蹶，强而为气则竭，强而为智则拙。

（唐）柳冕《答衢州郑使君论文书》，《全唐文》卷五百二十七，中华书局本

夫君子学文，所以行道。足下兄弟，今之才子。官则不薄，道则未行，亦有才者之病。君子患不知之，既知之，则病不能无病。故无病则气生，气生则才勇，才勇则文壮，文壮然后可以鼓天下之动。此英才之道也。在足下他日行之。

（唐）柳冕《答杨中丞论文书》，《全唐文》卷五百二十七，中华书局本

韩退之诗，爱憎相半。爱者以为虽杜子美亦不及，不爱者以为退之于诗本无所得，自陈无己辈皆有此论。然二家之论俱过矣。以为子美亦不及者固非，以为退之于诗本无所得者，谈何容易耶？退之诗，大抵才气有余，故能擒能纵，颠倒崛奇，无施不可。放之则如长江大河，澜翻汹涌，滚滚不穷；收之则藏形匿影，乍出乍没，姿态横生，变怪百出，可喜可愕，可畏可服也。苏黄门子由有云："唐人诗当推韩、杜，韩诗豪，杜诗雄，然杜之雄亦可以兼韩之豪也。"此论得之。诗文字画，大抵从胸臆中出，子美笃于忠义，深于经术，故其诗雄而正。李太白喜任侠，喜神仙，故其诗豪而逸。退之文章侍从，故其诗文有廊庙气。退之诗正可与太白为敌，然二豪不并立，当屈退之第三。

（宋）张戒《岁寒堂诗话》卷上，《历代诗话续编》本

圣人之心，如天之运，纯亦不已，如川之逝，不舍昼夜，虽血气盛衰所不能免，而才壮志坚，纯终弗贰，曷尝以老少为锐惰，穷达为荣悴者哉？灵均以来，文词之士兴，已有虚骄恃气之习；魏晋而后，则直以纤文丽藻为学问之极致。方其年盛气强位亨志得，往往时以能哗世眩俗，岁慆月迈，血气随之，则不惟形诸文词衰飒不振，虽建功立事，蓄缩顾畏，亦

非复盛年之比。此无他，非有志以基之，有学以成之，徒以天资之美，口耳之知，才驱气驾而为之耳。

  （宋）魏了翁《浦城梦笔山房记》，《鹤山先生大全文集》卷四十九，《四部丛刊》本

  予尝熟玩其文之一二，大抵体根于气，气根于识，识正而气正，气正而体正。故劲特而伟健，明白而洞达，激烈而恳到，望而知其为威仲之文，盖君子之文也。抑余有闻，年有少壮老之不侔，气有明昏惫之殊致，故为善于少壮之日则易，而自立于衰暮之节则难，惟学则一而已矣。孟子曰："我善养吾浩然之气"，又曰"以直养而无害"，又曰"是集义所生者"，夫如是谓之学。此威仲所素讲者，余复诵而勉之。

  （元）姚燧《卢威仲文集序》，《牧庵集》卷三，《丛书集成》本

  万物当气厚材猛之时，奇迫怪窘，不获急与时会，则必溃而有所出，遁而有所之。常冬以快其愊结。过当而后止，久而徐以平，其势然也。是故冲孔动楗而有厉风，破隘蹈决而有潼河。已而其音泠泠，其流纤纤。气往而旋，才距而安。亦人情之大致也。情致所极，可以事道，可以忘言。而终有所不可忘者，存乎诗歌序记词辩之间。固圣贤之所不能遗，而英雄之所不能晦也。

  （明）汤显祖《调象庵集序》，《汤显祖诗文集》，上海古籍出版社本

  其离离然有光者，气之舒也。隐隐然不可得而磨者，质之坚也。所以能扶质而御气者，才也。而气之达于理而无杂揉之病质之，任乎自然而无缘饰之迹者，法也。

  （清）侯方域《倪涵谷文序》，《壮悔堂集》文集卷一，《四部备要》本

  古今侠烈之士，所以大过人者，则存乎胆与气矣。虽然，胆恃气而后克，义气所鼓，胆即赴之。孟、庄两贤之书，其言养气者皆谆谆矣，而独无一语及胆者。胆周一身而有相，气塞两间而无形。孟、庄惟能养其无形以及其有相，故能藐大人，卑万乘，而无挠。藉令气不足以克其胆，则虽

以十三岁杀人之秦舞阳，及其气夺于秦王，即震恐色变，并其平日市井麤龄之胆，一旦失之，又况选愫悝怯喔呷嚅呪之徒哉！

吾友刘安世，成仁取义，生平以胆自负。人亦以胆许之。吾独谓安世之胆，安世侠烈之气所克也。盖尝读《皆园》全集，而益征其为人矣。安世以英绝之才，俯视一世，杯酒成诗，刻烛作赋，据案走笔作弹文，莫不排岳倒峡，挟风霜而走雷电，操觚之家，人人震慑其胆。然吾谓安世诗文之胆，亦皆侠烈之气所克也。克而不止，是在善养。昔吾先君子尝以养气养胆之学训贻孙矣。其言曰：养气者养之使老，养胆者养之使壮；气老欲其常翕，胆壮欲其常张；以气驭胆，以老用壮，以翕主张，天下无难事矣。间尝窃取其言，以衡人衡文，鲜不合者。今安世诗文具在，虽其旨激，其魄昌，然其行文之势，则如春水弥漫，盈科后进，渐放乎大壑，此其子养固不习而自得，不符而自合者。

（清）贺贻孙《皆园集序》，《水田居文集》卷三，清道光丙午敕书楼藏版

气之静也，必资于理，理不实则气馁。其动也，挟才以行，才不大则气狭隘。然而才与理者，气之所凭，而不可以言气。才于气为尤近，能知乎才与气者之为异者，则知文矣。吹毛而驻于空，吹不息，则毛不下。土石至实，气绝而朽壤，则山崩。夫得其气则泯小大，易强弱，禽兽木石可以相为制，而况载道之文乎！视之以形而不见，诵之以声而不闻，求之规矩而不得其法，然后可以举天下之物，而无所挠败。

（清）魏禧《论世堂文集序》，《魏叔子文集》卷八，清易堂刻本

夫情本于性也，才率于气也，累于阴阳之间者，不能无盈虚消息之机；才情不离乎血气，无学以持之，不能不受阴阳之移也。

（清）章学诚《文史通义·质性》，中华书局本

凡文不足以动人，所以动人者，气也；凡文不足以入人者，所以入人者，情也。气积而文昌，情深而文挚，气昌而情挚，天下之至文也。然而其中有天有人，不可不辨也。气得阳刚，而情含阴柔，人丽阴阳之间，不能离焉者也。气合于理，天也，气能违理以自用，人也；情本于性，天

也，情能汨性之自恣，人也……夫文非气不立，而气贵于平，人之气，燕居莫不平也，因事生感，而气失则宕，气失则激，气失则骄，毗于阳矣。文非情不得，而情贵于正；人之情，虚置无不正也，因事生感，而情失则流，情失则溺，情失则偏，毗于阴矣。阴阳伏沴之患，乘于血气而入于心，知其中默运潜移，似公而实逞于私，似天而实蔽于人。发为文辞，至于害义而违道，其人犹不自知也。故曰心术不可不慎也。夫气胜而情偏，犹曰动于天而参于人也；才艺之士，则又溺于文辞，以为观美之具焉，而不知其不可也。

（清）章学诚《文史通义·史德》，中华书局本

韩氏论文，迎而拒之，平心察之。喻气于水，言为浮物。柳氏之论文也，不敢轻心掉之，怠心易之，矜气作之，昏气出之。夫诸贤论心论气，未即孔、孟之旨，及乎天人性命之微也。然文繁而不可杀，语变而各有当。要其大旨，则临文主敬，一言以蔽之矣。主敬则心平而气有所摄，自能变化从容以合度也。夫史有三长，才、学、识也。古文辞而不由史出，是饮食不本于稼穑也。夫识生于心也，才出于气也。学也者，凝心以养气，练识而成其才也。心虚难恃，气浮易驰，主敬者，随时检摄于心气之间，而谨防其一往不收之流弊也。

（清）章学诚《文史通义·文德》，中华书局本

三

为文必在养气

1. 为文莫先养气

我善养吾浩然之气。敢问何谓浩然之气？曰："难言也。其为气也，至大至刚，以直养而无害，则塞于天地之间。其为气也，配义与道，无是，馁也。是集义所生者，非义袭而取之也。行有不慊于心，则馁也。"

（先秦）《孟子·公孙丑上》，《十三经注疏》本

是故情深而文明，气盛而化神。

（先秦）《礼记·乐记》，《十三经注疏》本

大用外腓，真体内充。返虚入深，积健为雄。具备万物，横绝太空。荒荒油云，寥寥长风。超以象外，得其环中。持之非强，来之无穷。

（唐）司空图《诗品·雄浑》，《诗品集解》，人民文学出版社本

作字要熟。熟则神气完实而有余。于静坐中自是一乐事。然患少暇，岂其于乐处常不足耶？

（宋）欧阳修《作字要熟》，《欧阳文忠集》文集卷一百三十，《四部备要》本

成章者，笃实而有光辉也。今以瓦砾积之，虽如山岳，亦无由有光辉；若使积珠玉，小积则有小光辉，大积则有大光辉。

（宋）程颢　程颐《遗书·伊川语一》卷十五，《二程集》，中华书局本

鲁直于治心养气能为人所不为，故用于读书、为文字，致思高远，亦似其为人。
>（宋）晁补之《书鲁直题高求父扬清亭诗后》，《鸡肋集》卷三十三，《四部丛刊》本

前辈诗材，亦或预为储蓄，然非所当用，未曾强出。余曾从赵德麟假陶渊明集本，盖子瞻所阅者，时有改定字，末手题两联云："人言卢杞有奸邪，我觉魏公真妩媚。"又"槐花黄，举子忙；促织鸣，懒妇惊"。不知偶书之邪，或将以为用也？然子瞻诗后不见此语，则固无意于必用矣。王荆公作韩魏公挽词云："木稼曾闻达官怕，山颓今见哲人萎。"或言亦是平时所得。魏公之薨，是岁适雨水冰，前一岁华山崩，偶有二事，故不觉耳。
>（宋）叶梦得《石林诗话》，《历代诗话》本

诗卷熟读，深慰寂寞。蒙问加勤，尤见乐善之切，不独为诗贺也。其间大概皆好，然以本中观之，治择工夫已胜，而波澜尚未阔，欲波澜之阔去，须于规摹令大，涵养吾气而后可。
>（宋）吕本中《与曾吉甫论诗第二帖》，胡仔《苕溪渔隐丛话》前集卷四十九，人民文学出版社本

韩退之答李翱书，老泉上欧阳公书，最见为文养气之妙。
>（宋）吕本中《童蒙诗训》，《宋诗话辑佚》本

文章须要说尽事情，如《韩非》诸书大略可见，至一唱三叹有遗音者，则非有所养不能也。

读三苏进策涵养吾气。他日下笔，自然文字滂沛，无吝啬处。
>（宋）吕本中《童蒙诗训》，《宋诗话辑佚》本

文以气为主，而公之诗文实出于气之刚，入则为謇谔之臣，出则为神明之政，无非是气之所寓。学之者宜先涵养吾胸中之浩然，则发而为文章

事业，庶几无愧于公云。

  （宋）王十朋《蔡端明文集序》，《梅溪王先生文集》后集卷二十七，《四部丛刊》本

文章最忌百家衣，火龙黼黻世不知。谁能养气塞天地，吐出自足成虹霓。

  （宋）陆游《次韵和杨伯子主簿见赠》，《陆游集·剑南诗稿》卷二十一，中华书局本

梦里明明周孔，胸中历历唐虞。欲尽致君事业，先求养气工夫。

  （宋）陆游《六言杂兴》，《陆游集·剑南诗稿》卷五十六，中华书局本

平生养气颇自许，虽老尚可吞司并。何时拥马横戈去，聊为君王护北平。

  （宋）陆游《秋怀》，《陆游集·剑南诗稿》卷十八，中华书局本

某束发好文，才短识近，不足以望作者之藩篱，然知文之不容伪也，故务重其身而养其气。贫贱流落，何所不有，而自信愈笃，自守愈坚，每以其全自养，以其余见之于文，文愈自喜，愈不合于世。夫欲以此求合于世，某则愚矣。而世遂谓某终无所合，某亦不敢谓其言为智也。

  （宋）陆游《上辛给事书》，《陆游集·渭南文集》卷十三，中华书局本

亮尝以为得不传之绝学者，皆耳目不洪，见闻不惯之辞也。人只是这个人，气只是这个气，才只是这个才。譬之金银铜铁只是金银铜铁，炼有多少则器有精粗，岂其于本质之外，换出一般，以为绝世之美器哉！故浩然之气，百炼之血气也。使世人争骛高远以求之，东扶西倒而卒不着实而适用，则诸儒之所以引之者亦过矣。

  （宋）陈亮《又乙巳春书之一》，《陈亮集》卷二十，中华书局本

意出于格，先得格也；格出于意，先得意也。吟咏情性，如印印泥，止乎礼义，贵涵养也。

（宋）姜夔《白石诗说》，人民文学出版社本

盖公自一命至三命，自弱冠至开九帙，夷险一致，庄老一节，故发之于文，塞下者士稚越石之壮，拓前者刘向周堪之忠，家庭者郎陵太邱之训，郡国者召伯国侨之受，里社者二疏两龚之趣，他人占一足，公何以能包众有而备技不全美也，岂非积之厚，其胸中无毫发之可愧，故笔下不绳削而自合欤？

（宋）刘克庄《序游受斋集》，《后村先生大全集》卷九八，《四部丛刊》本

赣川曾文清公题吴郡所刊东莱吕居仁公诗后语云："诗卷熟读，治择工夫已胜，而波澜尚未阔；欲波澜之阔，须令规模宏放，以涵养吾气而后可，规模既大，波澜自阔；少加治择，功已倍于古矣。"蕃尝苦人来问诗，答之费辞，一日阅东莱诗，以此语为四十字，异日有来问者，当誊以示之云："若欲波澜阔，规模须放弘，端由吾气养，匪自历阶升。勿漫工夫觅，况于治择能！斯言谁语汝，吕昔告于曾。"

（宋）魏庆之《诗人玉屑》卷一，上海古籍出版社本

气得其养，无所不周，无所不极也；揽而为文，无所不参，无所不包也。九天之属，其高不可窥，八柱之列，其厚不可测，吾文之量得之；烟煴魄渊，运行不息，基地万荥，躔次弗紊，吾文之焰得之；昆仑县圃之崇清，层城九重之严邃，吾文之峻得之；南桂北瀚，东瀛西溟，杳眇而无际，涵负而不竭，鱼龙生焉，波涛兴焉，吾文之深得之；雷霆鼓舞之，风云翕张之，雨露润泽之，鬼神恍惚，曾莫穷其端倪，吾文之变化得之；上千之间，自色自形，羽而飞，足而奔，潜而泳，植而茂，若洪若纤若高若卑，不可以数计，吾文之随物赋形得之。

（明）宋濂《文原》，《宋学士全集》卷二十五，《丛书集成》本

呜呼！斯文也，圣人得之，则传之万世为经，贤者得之，则放诸四海而准，辅相天地而不过，昭明日月而不忒，调燮四时而不愆，此岂非文之

至者乎！

　　大道湮微，文气日削，骛乎外而不攻其内，局乎小而不图其大。此无他，四瑕八冥九蠹有以累之也！何谓四瑕？雅郑不分之谓荒，本末不比之谓断，筋骸不束之谓缓，旨趣不超之谓凡，是四者贼文之形也。何谓八冥？訐者将以疾夫诚；椭者将以蚀夫圜，庸者将以混夫奇，瘠者将以胜夫腴，觕者将以乱夫精，碎者将以害夫完，陋者将以革夫博，眯者将以损夫明，是八者伤文之膏髓也。何谓九蠹？滑其真，散其神，揉其氛，徇其私，灭其知，丽其蔽，违其天，昧其几，爽其贞，是九者死文之心也。有一于此，则心受死而文丧矣。春葩秋卉之争丽也，狷号林而蛩吟砌也，水涌蹄涔而火炫萤尾也，衣被土偶而不能视听也，蠛蠓死生于瓮盎，不知四海之大、六合之广也，斯皆不知养气之故也。

　　呜呼！人能养气，则情深而文明，气盛而化神，当与天地同功也。与天地同功，而其智卒归之一介小夫，不亦可悲也哉！

　　　　　　　（明）宋濂《文原》，《宋学士全集》卷二十五，《丛书集成》本

　　大抵为文者，欲其辞达而道明耳，吾道既明，何问其余哉？虽然，道未易明也，必能知养气，始为得之。

　　　　　　　（明）宋濂《文原》，《宋学士全集》卷二十五，《丛书集成》本

　　为文必在养气，气与天地同，苟能充之，则可配序三灵，管摄万汇。不然，则一介之小夫尔，君子所以攻内不攻外，图大不图小也。力可以举鼎，人之所难也，而乌获能之，君子不贵之者，以其局乎小也；智可以搏虎，人之所难也，而冯妇能之，君子不贵之者，以其骛乎外也！

　　　　　　　（明）宋濂《文原》，《宋学士全集》卷二十五，《丛书集成》本

　　天地天至神之气，日月得之以明，星辰得之以昭……惟人者，莫不得是气，而鲜得其纯。得其至纯者，圣人。养而至于纯者，贤者也……是气伸而在上，故政教修而礼乐作。及周之衰，是气屈而在下，无所于用，则为孔子之《春秋》《易》《礼》，以诛暴乱，范伦纪。其后孟子得是气，说东方诸侯辅以致治而不能用，则著为七篇之书。故孟子曰："我善养吾浩然之气"，其谓是乎？秦汉以降，是气分而不全，赋于人，或得之而不善养，或善养而不遭乎时。汉文帝、唐太宗尝用之以致治；诸葛亮尝用之

以诛篡贼；韩愈尝用之以辟佛老。他若董仲舒、贾谊、司马迁、扬雄，皆用之成一家言，虽不及于古，其屈而在下则也。

（明）方孝孺《赠郭士渊序》，《逊志斋集》卷十四，《四部丛刊》本

自古诗人养气，各有主焉。蕴乎内，著乎外，其隐见异同，人莫之辨也。熟读初唐、盛唐诸家所作，有雄浑如大海奔涛，秀拔如孤峰峭壁，壮丽如层楼叠阁，古雅如瑶瑟朱弦，老健如朔漠横雕，清逸如九皋鸣鹤，明静如乱山积雪，高远如长空片云，芳润如露蕙春兰，奇绝如鲸波蜃气：此见诸家所养之不同也。学者能集众长，合而为一，若易牙以五味调和，则为全味矣。

（明）谢榛《四溟诗话》卷三，人民文学出版社本

赵章泉谓"作诗贵乎似"，此传神写照之法。当充其学识，养其气魄，或李或杜，顺其自然而已。

（明）谢榛《四溟诗话》卷二，人民文学出版社本

《余师录》曰："文不可无者有四：曰体，曰志，曰气，曰韵。"作诗亦然。体贵正大，志贵高远，气贵雄浑，韵贵隽永。四者之本，非养无以发其真，非悟无以入其妙。

（明）谢榛《四溟诗话》卷一，人民文学出版社本

陶潜不仕宋，所著诗文，但书甲子。韩偓不仕梁，所著诗文，亦书甲子。偓节行似潜而诗绮靡，盖所养不及尔。薛西原曰："立节行易，养性情难。"

（明）谢榛《四溟诗话》卷一，人民文学出版社本

昨听松江何鸣台、王本吾二人弹琴。何鸣台不能化板为活，其蔽也实；王本吾不能练熟为生，其蔽也油。二者皆是大病，而本吾为甚。何者？弹琴者，初学入手，患不能熟，及至一熟，患不能生。夫生，非涩勒离歧遗忘断续之谓也。古人弹琴，唅揉捭注，得手应心，其间勾留之巧，穿度之奇，呼应之灵，顿挫之妙，真有非指非弦，非勾非剔，一种生鲜之

气,人不及知,己不及觉者,非十分纯熟,十分陶冼,十分脱化,必不能到此地步。盖此练熟还生之法,自弹琴拨阮,蹴鞠吹箫,唱曲演戏,描画写字,作文做诗,凡诸百项,皆借此一口生气。得此生气者,自致清虚;失此生气者,终成渣秽。吾辈弹琴,亦惟取此一段生气已矣。今苏下之人弹琴者,一字音绝,方出一声,停搁既久,脉络既断,生气全无。此是死法,吾辈不学之可也。吾兄素以钟期自任,其以弟言为然否?

(明)张岱《琅嬛文集·与何紫翔》,上海杂志公司本

天地以精英之气赋于人,而人钟是气也,养之全,充之盛,至于彪炳闳肆而不可遏,往往因感而发,以宣造化之机,述人情物理之宜,达礼乐刑政之具,而文章兴焉。

(明)彭时《文章辨体序》,《文章辨体序说 文体明辨序说》卷首,人民文学出版社本

设教无非引人之道,故圣人神道设教,随时变易。从道也,贵引申触类而长。时尚游说以尊王引,时尚战以仁勇引,时尚仙以存神引,时尚佛以见性引,时尚文以养气引,时尚诗独无引乎?文之精为诗,洗心清明,发之诗必无尘俗烟火之气,而有空朗飘逸之音。晋唐作者皆然,非可袭取也。

(明)王文禄《诗的》,《丛书集成》本

诗文之妙,非命世之才不能也。惟养浩然之气,塞乎天地之间,始能驱一世而命之也。若执化工之柄阴符,曰天地在乎手,宇宙生于心。悟此者,可与论诗文也。

(明)王文禄《诗的》,《丛书集成》本

圣贤未尝有意为文也,理极天下之精,文极天下之妙,后人殚一生之力以为文,无一字到古人处,胸中所养未至耳。故为文莫先养气,莫要穷理。

(明)王鏊《文章》,《震泽长语》卷下,《丛书集成》本

古今侠烈之士,所以大过人者,则存乎胆与气矣。虽然,胆恃气而后

克，义气所鼓，胆即赴之。孟、庄两贤之书，其言养气者皆谆谆矣，而独无一语及胆者。胆周一身而有相，气塞两间而无形。孟、庄惟能养其无形以及其有相，故能藐大人，卑万乘，而无挠。藉令气不足以克其胆，则虽以十三岁杀人之秦舞阳，及其气夺于秦王，即震恐色变，并其平日市井龂龂之胆，一旦失之，又况选懊悾怯喔咿嚅呢之徒哉！

（清）贺贻孙《皆园集序》，《水田居诗文集》卷三，清道光丙午敕书楼藏版

昔吾先君子尝以养气养胆之学训贻孙矣。其言曰：养气者养之使老，养胆者养之使壮；气老欲其常翕，胆壮欲其常张；以气驭胆，以老用壮，以翕主张，天下无难事矣。间尝窃取其言，以衡人衡文，鲜不合者。

（清）贺贻孙《皆园集序》，《水田居诗文集》卷三，清道光丙午敕书楼藏版

清空一气，搅之不碎，挥之不开，此化境也。然须厚养气始得，非浅薄者所能侥幸。

（清）贺贻孙《诗筏》，《清诗话续编》本

文以养气为归，诗亦如之。七言古或杂以两言、三言、四言、五六言，皆七言之短句也。或杂以八九言、十余言，皆伸以长句，而故欲振荡其势，回旋其姿也。其间忽疾忽徐，忽翕忽张，忽渟潆，忽转掣，乍阴乍阳，屡迁光景，莫不有浩气鼓荡其机，如吹万之不穷，如江河之滔莽而奔放，斯长篇之能事极矣。四语一转，蝉联而下，特初唐人一法，所谓"王、杨、卢、骆当时体"也。

（清）沈德潜《说诗晬语》，人民文学出版社本

《记》曰："宽而静，柔而正者，宜歌《颂》。广大而静，疏达而信者，宜歌《大雅》。恭俭而好礼者，宜歌《小雅》。正直而静，廉而谦者，宜歌《风》。"凡习于声歌之道者，鲜有不和平其心者也。今人忌才扬己，揎拳露臂，观其意气，可觇所养矣。

（清）沈德潜《说诗晬语》，人民文学出版社本

……既观乎道以探文之源，复准乎体与法以究文之流，而且运之以才，辅之以情，深之以养，达之以气，夫然而发而为文，若吾未尝标新矜异于古人，而古人自不足拘挛绳缚乎吾，则其言自吾而立，而秦汉八家之见俱可不存，又何至沾沾焉逐人后尘，以日汩没于澜倒波颓之中耶？虽然，知乎此实难，知乎此而能造乎此则尤难。不多读书则绝其原，不得师友之辅翼则迷其途，不完其灼然不变之识，则是非毁誉得以淆，其中而又杂以科举干禄之学，而又应酬世务，标榜声气，以入于苟且求名之所，为其气，鲜有不昏抑，鲜有不挠者。唯摒挡一切，与二三同志遁迹于荒江寂寞之滨，相与切劘日月，经困顿寒饿而不之少悔，则于斯艺也，盖庶几矣。

> （清）沈德潜《答滑苑梓书》，《归愚文钞》卷九，《沈归愚诗文全集》，愚斋丛书本

……《易》曰："吉人之词寡。"夫内充而后发者，其言理得而情当，理得而情当，千万言不可厌，犹之其寡矣。气充而静者其声闳而不荡；志章以检者其色耀而不浮；邃以通者，义理也；杂以辨者，典章名物，凡天地之所有也。闵闵乎聚之于镏铢，夷怿以善，虚志若婴儿之柔，若鸡伏卵，其专以一内候其节而时发焉。夫天地之间莫非文也，故文之至者通于造化之自然，然而骤以几乎合之则愈离。今足下为学之要在于涵养而已，声华荣利之事曾不得以奸乎其中，而宽以期乎岁月之久，其必有以异乎今而达乎古也。以海内之大而学古文最少，独足下里中独盛，异日必有造其极者，然后以某言证所得或非妄也……

> （清）姚鼐《答鲁宾之书》，《惜抱轩全集》文集卷六，《四部备要》本

史之赖于文也，犹衣之需乎彩，食之需乎味也。彩之不能无华朴，味之不能无浓淡，势也。华朴争而不能无邪色，浓淡争而不能无奇味，邪色害目，奇味爽口，起于华朴浓淡之争也。文辞有工拙，而族史方且以是为竞焉，是舍本而逐末矣。以此为文，未有见其至者，以此为史，岂可与闻古人大体乎？韩氏愈曰："仁义之人，其言蔼如。"仁者情之普，义者气之遂也。程子尝谓有《关雎》《麟趾》之意，而后可以行周官之法度，吾则以谓通六义比兴之旨，而后可以讲"春王正月"之书，盖言心术贵于

养也。

（清）章学诚《文史通义·史德》，中华书局本

得子书，知抱疾一月乃愈，念甚念甚，寄示诗文其佳处在简洁无肤语而文为胜。顾其中有所不足者，念勤亦颇能自知乎。夫论诗与古文，前人之说已备矣，要而言之，体不直不可以为杰，势不曲不可以为妍，如长江大山，千里万仞而峰峦岛屿层见叠起，望之茫然而即之竦就，是故养气必盛而储思必深，思深矣而气不盛，弱焉而已尔。气盛矣，而思不深，平焉而已尔，今夫为文一篇其始终必贯以一意，此不待能者而后知也，然而按文之首而可测其尾，读文之上而便知其下，其陈义遣辞纵使明当而欲执以论文章之奇妙远矣。世之为文者亦皆知文章贵乎奇妙，而所为卒至于弱且平，何哉？读之不精而临文时不知迎而距之之说也，仆幼为文章，私特谓文贵宏毅，其所答友人论文书，近乃知文人之心，控引天地，囊括万物，神机辟阖，不知其故，乃为能尽文章之极致，而宏毅特其一端耳。年长矣，人事扰之，惧其无所成就。念勤之才数倍，仆而年始，逮仆三之二焉，尽心力为之，亦足以不朽也……

（清）管同《又答念勤书》，《因寄轩文集·初集》卷六，清刊本

……夫文犹兵也，善用之达于精微，不善用之即泥于往迹，是故孙武之书所以教天下之战也，然韩信以之破敌，而马谡则以之亡师。军阵之制所以成士卒之列也，然诸葛以之运奇而武穆不以之制胜，何则？兵无常形，文无定语，故圣人云：神而明之，存乎其人。韩退之曰：气盛则言之短长与声之高下皆宜。苟不能潜心德艺，以养其气，而徒规规于文字之末，是犹掘地求水而不溯源于大河江汉也。

（清）刘开《复陈编修书》，《刘孟涂文集》卷三，《刘孟涂全集》，扫叶山房本

诗文书画，皆生物也，然不生亦视乎为之之人，故人以养生气为要。

（清）刘熙载《游艺约言》，《古桐书屋续刻三种》，清光绪刻本

张景阳诗开鲍明远。明远遒警绝人，然练不伤气，必推景阳独步。

"苦雨"诸诗,尤为高作。故钟嵘《诗品》独称之。《文心雕龙·明诗》云:"景阳振其丽。""丽"何足以尽景阳哉!

(清)刘熙载《艺概·诗概》,上海古籍出版社本

言诗格者必及气。或疑太炼伤气,非也。伤气者,盖炼辞不炼气耳。气有清浊厚薄,格有高低雅俗。诗家泛言气格,未是。

(清)刘熙载《艺概·诗概》,上海古籍出版社本

"出辞气,斯远鄙倍矣",此以气论辞之始。至昌黎《与李翊书》,柳州《与韦中立书》,皆论及于气,而韩以气归之于养,立言较有本原。

(清)刘熙载《艺概·文概》,上海古籍出版社本

文以炼神炼气为上半截事,以炼字炼句为下半截事,此如《易》道有先天后天也。柳州天资绝高,故虽自下半截得力,而上半截未尝偏绌焉。

(清)刘熙载《艺概·文概》,上海古籍出版社本

曾子固《徐干中论目录序》谓干"能考六艺,推仲尼、孟子之旨。"余谓干之文非但其理不驳,其气亦雍容静穆,非有养不能至焉。

(清)刘熙载《艺概·文概》,上海古籍出版社本

文得元气便厚。《左氏》虽说衰世事,却尚有许多元气在。

(清)刘熙载《艺概·文概》,上海古籍出版社本

集义养气,是孟子本领,不从事于此,而学孟子之文,得无象之然乎?

(清)刘熙载《艺概·文概》,上海古籍出版社本

老年之人,胸次以潇洒闲淡为上,此本戒之在得之义,非为作文而然也。然能如是,则所养可知,而文亦可知矣。

(清)刘熙载《游艺约言》,《古桐书屋续刻三种》,清光绪刻本

学书通于学仙,炼神最上,炼气次之,炼形又次之。

(清)刘熙载《艺概·书概》,上海古籍出版社本

问：填词如何乃有风度？答：由养出，非由学出。问：如何乃为有养？答：自善葆吾本有之清气始。问：清气如何善葆？答：花中疏梅、文杏，亦复托根尘世，甚且断井、颓垣，乃至摧残为红雨，犹香。

（清）况周颐《蕙风词话》卷一，人民文学出版社本

　　宋时或有言今人作诗多要有出处。朱子曰："关关雎鸠"，出在何处？程子亦云：古之学者，惟务养情性；若今之为文者，专务章句，悦人耳目；既务悦人，非徘优而何？知此可以言性灵。

（清）查为仁《莲坡诗话》，《清诗话》本

　　问：沈归愚谓"文以养气为归，诗亦如之"，然否？
　　诗以气为主，此定论也。少陵，元气也。太白，逸气也。昌黎，浩气也。中唐诸君，皆清气之分，而各有所杂，为长篇则不振，气竭故也。香山气不盛而能养气，沧澜渟蓄，引而不竭，亦善用其短者。晚唐则厌厌无气矣。譬之于水，杜为东瀛，李为天汉，韩为江河，白则平湖万顷，一碧涟漪。晚唐之佳者，不过涧溪之泛滥而已。

（清）陈仅《竹林答问》，《清诗话续编》本

　　心神快爽时，则气易粗浮。当此时，要平素有实积工夫，抒写之间，自然如春云出岫，望之蓬蓬勃勃，而其嘘吐又极自在也。

（清）厉志《白华山人诗说》卷一，《清诗话续编》本

　　晚唐后专尚镂镌字句，语虽工，适足彰其小智小慧，终非浩然盛德之君子也。韩、柳之文，陶、杜之诗，无句不琢，却无纤毫斧凿痕者，能炼气也；气炼则句自炼矣。雕句者有迹；炼气者无形。

（清）黄子云《野鸿诗的》，《清诗话》本

　　律细格老，与年俱进，皮毛脱落，乃见真实。作诗而多芜音累气，皆由浮膘未尽耳。

（清）田同之《西圃诗说》，《清诗话续编》本

积理而外，养气为最要。盖诗以气为主，有气则生，无气则死，亦与人同。昌黎曰："气，水也；言，浮物也。水大而物之大小浮者毕浮，气盛则声之高下与言之长短皆宜。"东坡曰："气之盛也，蓬蓬勃勃，油然浩然，若水之流于平地，无难一泻千里，及其与山石曲折，随物赋形，一日数变，而不自知也。盖行所当行，止所当止耳。"是皆善于言气者。夫气以雄放为贵，若长江、大河，涛翻云涌，滔滔莽莽，是天下之至动者也。然非有至静者宰乎其中，以为之根，则或放而易尽，或刚而不调，气虽盛，而是客气，非真气矣。故气须以至动涵至静，非养不可。养之云者，斋吾心，息吾虑，游之以道德之途，润之以诗书之泽，植之在性情之天，培之以理趣之府，优游而休息焉，蕴酿而含蓄焉，使方寸中怡然涣然，常有郁勃欲吐畅不可遏之势，此之谓养气。及其用之之际，则又镇之以理，主之以意，行之以才，达之以笔，辅之以理趣，范之以法度，使畅流于神骨之间，潜贯于筋节之内，随诗之抑扬断续，曲折纵横，奔放充满于中，而首尾蓬勃如一。敛之欲其深且醇，纵之欲其雄而肆，扬之则高浑，抑之则厚重，变化神明，存乎一心，此之谓炼气。似乎气之为气，诚中形外，不可方物矣。然外虽浩然茫然，如天风海涛，有摇五岳，腾万里之势，内实渊渟岳峙，骨重神寒，有沉静致远之志。帅气于中，为暗枢宰，若北辰之系众星，以静主动。此之谓醇而后肆，此之谓动而实静，故能层出不穷，不致一发莫收，一览易尽。在识者谓之道气，诗家谓之真气。所云炼气者，即炼此真气也；养气者，即养此真气也。彼剽而不留，或未终篇而索然先竭者，正坐不知养气与炼耳。盖养于心者，功在平日；炼于诗者，功在临时。养气为诗之体，炼气则诗之用也。予幼作《论诗绝句》云："正声自古由中出，真气从来不外驰。"略见大意，可参看矣。

（清）朱庭珍《筱园诗话》卷一，《清诗话续编》本

古人诗多炼，今人诗每不解炼。炼之为诀，炼字、炼句、炼局、炼意，尽之矣。而最上者，莫善于炼气，气炼则四者皆得。所谓炼气之文，《三百篇》后竟不多见。

（清）厉志《白华山人诗说》卷一，《清诗话续编》本

词家讲琢句而不讲养气。养气至南宋善矣。白石和永，稼轩豪雅。然稼轩易见而白石难知。史之于姜有其和而无其永，刘之于辛有其豪而无其

雅，至后来之不善学姜、辛者，非懈则粗。

（清）谢章铤《赌棋山庄词话》，《词话丛编》本

词莫难于气息，气息有雅俗、有厚薄，全视其人平日所养，至下笔时则殊不自知也。

（清）陈洵《海绡说词》，《词话丛编》本

诗文不外情、事、景，而三者情为本，然置顿不得法，则情为章句所瞠。尤贵善养其气，故无窒懈累之病。古人为文，虽有伟词俊语亦删而舍之者，正恐累气而节其不胜也。

（清）魏际瑞《伯子论文》，世楷堂本

古大家文虽极奇崛，必有气静意平处。故忙处能闲，乱处能整，细碎处有片段，险兀处有安顿，顺处不流，逆处不费筋力，穿插处不小家，示正处不板硬。如置重器于平阔之案，观者神气自闲定。总由养气炼格已到，故不为波澜所挠也。

（清）魏际瑞《伯子论文》，世楷堂本

凡人胸中无物，必不能立说著书；目中有物，又必至拘文牵义；此作家之所以难也。从古说部，无虑数千百种，其用意选辞，非失之虚无入幻，即失之奥折难明，非失之孤陋寡闻，即失之肤庸迂阔，令人不耐寻味，一览无余。

（清）洪棣元《镜花缘序》，引自《中国历代小说论著选》，江西人民出版社本

2. 清和其心　调畅其气

是故，清明象天，广大象地，终始象四时，周还象风雨。五色成文而不乱，八风从律而不奸，百度得数而有常，小大相成，终始相生，倡和清浊，迭相为经。故乐行而伦清，耳目聪明，血气和平，天下皆宁。

（先秦）《礼记·乐记》，《十三经注疏》本

夫孔窍者,精神之户牖也。而气志者,五藏之使侯也。耳目淫于声色之乐,则五藏摇动而不定矣。五藏摇动而不定,则血气滔荡而不休矣。血气滔荡而不休,则精神驰骋于外而不守矣。精神驰骋于外而不守,则祸福之至,虽如丘山,无由识之矣……是故五色乱目,使目不明,五声哗耳,使耳不聪,五味乱口,使口爽伤,趣舍滑心,使行飞越。此四者,天下之所养性也,然皆人累也。故曰嗜欲者,使人之气越,而好憎者,使人之心劳,弗疾去,则志气日耗。

(汉)刘安《淮南鸿烈·精神训》,《丛书集成》本

书者,散也。欲书先散怀抱,任情恣性,然后书之。若迫于事,虽中山兔毫,不能佳也。

夫书先默坐静思,随意所适,言不出口,气不盈息,沉密神采,如对至尊,则无不善矣。

(汉)蔡邕《笔论》,《佩文斋书画谱》卷五,清康熙静永堂刻本

夫以应目会心为理者。类之成巧,则目亦同应,心亦俱会。应会感神,神超理得,虽复虚求幽岩,何以加焉?又神本亡端,栖形感类,理入影迹,诚能妙写,亦诚尽矣。于是闲居理气,拂觞鸣琴,披图幽对,坐究四荒,不违天励之丛,独应无人之野。峰岫峣嶷,云林森眇,圣贤暎于绝代,万趣融其神思,余复何为哉?畅神而已。神之所畅,孰有先焉!

(南朝·宋)宗炳《画山水序》,《中国画论类编》本

是以陶钧文思,贵在虚静,疏瀹五藏,澡雪精神,积学以储宝,酌理以富才,研阅以穷照,驯致以怿辞,然后使玄解之宰,寻声律而定墨;独照之匠,窥意象而运斤;此盖驭文之首术,谋篇之大端。

(南朝·梁)刘勰《文心雕龙·神思》,人民文学出版社本

是以缀虑裁篇,务盈守气。

(南朝·梁)刘勰《文心雕龙·风骨》,人民文学出版社本

凭情以会通，负气以适变。

（南朝·梁）刘勰《文心雕龙·通变》，人民文学出版社本

昔王充著述，制《养气》之篇，验己而作，岂虚造哉！夫耳目鼻口，生之役也；心虑言辞，神之用也。率志委和，则理融而情畅，钻砺过分，则神疲而气衰：此性情之数也……

凡童少鉴浅而志盛，长艾识坚而气衰，志盛者思锐以胜劳，气衰者虑密以伤神，斯实中人之常资，岁时之大较也。若夫器分有限，智用无涯，或惭凫企鹤，沥辞镌思，于是精气内销，有似尾闾之波；神志外伤，同乎牛山之木；怛惕之盛疾，亦可推矣。至如仲任置砚以综述，叔通怀笔以专业，既暄之以岁序，又煎之以日时，是以曹公惧为文之伤命，陆云叹用思之困神，非虚谈也。

……且夫思有利钝，时有通塞，沐则心覆，且或反常，神之方昏，再三愈黩。是以吐纳文艺，务在节宣，清和其心，调畅其气，烦而即舍，勿使壅滞，意得则舒怀以命笔，理伏则投笔以卷怀，逍遥以针劳，谈笑以药倦，常弄闲于才锋，贾余于文勇，使刃发如新，凑理无滞，虽非胎息之迈术，斯亦卫气之一方也。

赞曰：纷哉万象，劳矣千想。玄神宜宝，素气资养。水停以鉴，火静而朗。无扰文虑，郁此精爽。

（南朝·梁）刘勰《文心雕龙·养气》，人民文学出版社本

夫音律所始，本于人声者也。声含宫商，肇自血气，先王因之，以制乐歌。

（南朝·梁）刘勰《文心雕龙·声律》，人民文学出版社本

欲书之时，当收视反听，绝虑凝神。心正气和，则契于妙；心神不正，字则欹斜；志气不和，书必颠扑。其道同鲁庙之器，虚则欹，满则覆，中则正。正者，和之谓也。

（唐）李世民《唐太宗论笔法》，《书法钩玄》卷一，《佩文斋书画谱》，清康熙静永堂刻本

夫字以神为精魄，神若不和，则字无态度也；以心为筋骨，心若不

坚，则字无劲健也；以副毛为皮肤，副若不圆，则字无温润也。所资心副相参用，神气冲和为妙。今比重明轻，用指腕不如锋铓，用锋铓不如冲和之气，自然手腕轻虚，则锋含沉静。夫心合于气，气和于心。神，心之用也，心必静而已矣。

    （唐）李世民《唐太宗指意》，《佩文斋书画谱》卷五，清康熙静永堂刻本

  故吾每为文章，未尝敢以轻心掉之，惧其剽而不留也；未尝敢以怠心易之，惧其弛而不严也；未尝敢以昏气出之，惧其昧没而杂也；未尝敢以矜气作之，惧其偃蹇而骄也。

    （唐）柳宗元《答韦中立论师道书》，《柳河东集》卷三十四，中华书局本

  开元中，将军裴旻善舞剑。道子观旻舞剑，见出没神怪。既毕，挥豪益进。时又有公孙大娘，亦善舞剑器，张旭见之，因为草书。杜甫歌行述其事。是知书画之艺，皆须意气而成，亦非懦夫所能作也。

    （唐）张彦远《论画》，《历代论画名著汇编》本

  万虑洗然，深入空寂，荡元气于笔端，寄妙理于言外。

    （金）元好问《陶然集诗序》，《遗山先生文集》卷三十七，《四部丛刊》本

  养气之法，宜澄心静虑，以此景此事此人此物默存于胸中，使之融化，与吾心为一，则此气油然自生，当有乐处，文思自然流动充满而不可遏矣。切不可作气；气不能养而作之，则昏而不可用。所出之言，皆浮辞客气，非文也。气之变化无方，当以此类推之。

    （元）陈绎曾《文说》，文学津梁本

  士不务养神而务工诗，刻画斧藻，肌理粗具，气骨索然，终不诣化境。

    （明）屠隆《王茂大修竹亭稿序》，《白榆集》卷三，明万历刊本

造物有元气，亦有元声，钟为性情，畅为音吐，苟不本之性情，而欲强作假设，如楚学齐语，燕操南音，梵作华言，鸦为鹊鸣，其何能肖乎？故君子不务饰其声而务弄其气，不务工其文字而务陶其性情，古之人所以藏之京师，副在名山，金函玉箧，日脐光者，匪其文传，其性情传也。

（明）屠隆《诗文》，《鸿苞节录》卷六上，愚斋丛书刻保砚斋藏版

作诗先要能下死工夫，如甘茂谓城不下当以宜阳之郭为墓，示必死也。工部之"语不惊人死不休"可证。当以气为主，雷掣电轰，不及掩耳。人称石曼卿诗如饥鹰乍归，迅速不可言。东坡之"笔所未到气已吞"可证。临时还须审视巧拙，然后落笔，一发则中其要害。昌黎之"盘马弯弓惜不发"可证。脱稿后又当细细推敲，隔日再视，隔数日、隔年余再视，事过情迁，阅之尚如冷水浇背，陡然一惊，是一团精诚之气，结于纸上，便永远不可磨灭。订全集时，当虚心与朋友商其去取，妙能割爱。工部之"晚节渐于诗律细"可证。历观古人所云，此是何等郑重事，可轻心掉弄？如只是掠影浮光，天下何者不可为，必要作诗。

（清）延君寿《老生常谈》《清诗话续编》本

3. 养气之功　在于集义

《象》曰：天在山中，《大畜》。君子以多识前言往行，以畜其德。

（先秦）《周易》卷三，《十三经注疏》本

（孟子曰）："……夫志，气之帅也；气，体之充也。夫志至焉，气次焉。故曰：'持其志，无暴其气。'"既曰："'志至焉，气次焉'，又曰'持其志，无暴其气'者，何也？"曰："志壹则动气，气壹则动志也。今夫蹶者趋者，是气也，而反动其心。""敢问夫子恶乎长？"曰："我知言，我善养吾浩然之气。""敢问何谓浩然之气？"曰："难言也！其为气也，至大至刚，以直养而无害，则塞于天地之间。其为气也，配义与道；无是，馁也。是集义所生者，非义袭而取之也。行有不慊于心，则馁

矣……"

（先秦）《孟子·公孙丑上》，《十三经注疏》本

将蕲至于古之立言者，则无望其速成，无诱于势利，养其根而俟其实，加其膏而希其光。根之茂者其实遂，膏之沃者其光烨，仁义之人，其言蔼如也……行之乎仁义之途，游之乎诗书之源，无迷其途，无绝其源，终吾身而已矣。

……君子则不然，处心有道，行己有方，用则施诸人，舍则传诸其徒，垂诸文而为后世法。

（唐）韩愈《答李翊书》，《昌黎先生集》卷十六，《四部备要》本

由道返气，处得以狂。

（唐）司空图《诗品·豪放》，《诗品集解》，人民文出版社本

闻古人之于学也，讲之深而信之笃，其充于中者足，而后发乎外者大以光。譬夫金玉之有英华，非由磨饰染濯之所为，而由其质性坚实，而光辉之发自然也。《易》之《大畜》曰："刚健笃实，辉光日新。"谓夫畜于其内者实，而后发为光辉者，日益新而不竭也。故其文曰："君子多识前言，往行以畜其德"，此之谓也。古人之学者非一家，其为道虽同，言语文章未尝相似。孔子之系《易》，周公之作《书》，奚斯之作《颂》，其辞皆不同，而各自以为经。子游、子夏、子张与颜回同一师，其为人皆不同，各由其性而就于道耳。今之学者或不然，不务深讲，而笃信之，徒巧其词以为华，张其言以为大。夫强为则用力艰，用力艰则有限，有限则易竭。又其为辞，不规模于前人，则必屈曲变态，以随时俗之所好，鲜克自立。此其充于中者不足，而莫自知其所守也。

（宋）欧阳修《与乐秀才第一书》，《欧阳文忠集》卷六十九，《四部备要》本

退之晚来为文所得处甚多。学本是修德，有德然后有言，退之却倒学了。因学文日求所未至，遂有所得，如曰：轲之死不得其传，似此言语，非是蹈袭前人，又非凿空撰得出，必有所见。若无所见，不知言所

传者何事。

     （宋）程颐《遗书十八》，《二程全书》，《四部备要》本

  所寄文字，更觉超迈，当是读书益有味也……然孝友忠信是此物之根本，极当加意，养以敦厚醇粹，使根深蒂固，然后枝叶茂尔。

     （宋）黄庭坚《与洪甥驹父》，《山谷老人刀笔》卷一，明嘉庆刊本

  诗岂易言哉，才得之天，而气者我之可自养。有才矣，气不足以御之，淫于富贵，移于贫贱，得不偿失，荣不盖愧，诗由此出，而欲追古人之逸驾，讵可得哉？予自少闻莆阳有士曰方德亨，名丰之，才甚高，而养气不挠。吕舍人居仁、何著作摺之皆屈行辈与之游。德亨晚愈不遭，而气愈全，观其诗，可知其所养也。

     （宋）陆游《方德亨诗集序》、《陆游集·渭南文集》卷十四，中华书局本

  相古先民，学以为己，今也不然，为人而已。为己之学，先诚其身，君臣之义，父子之仁，聚辨居行，无怠无忽，至足之余，泽及万物。为人之学，烨然春华，涌数是力，纂组是夸，结驷怀金，煌煌炜炜……

     （宋）朱熹《学古斋铭》，《朱子大全》卷八十五，《四部备要》本

  ……孔子所谓"君子不重则不威，学则不固"，孟子所谓"学问之道无他，求其放心而已矣"者，正谓此也。诚能严恭寅畏常存此心，使其终日俨然不为物欲之所侵乱，则以之读书，以之观理，将无所往而不通，以之应事，以之接物，将无所处而不当矣。此居敬持志所以为读书之本也。此数语者，皆愚臣平生为学艰难辛苦已试之效。窃意圣贤复生，所以教人，不过如此……

     （宋）朱熹《行宫便殿奏劄》，《朱子大全》卷十四，《四部备要》本

  观其所谓学，成人而不必于儒，搅金银铜铁为一器，而主于适用，则亦可见其立心之本在于功利，有非辨说所能文者矣。夫成人之道，以儒者

之学求之，则夫子所谓成人也，不以儒者之学求之，则吾恐其畔弃绳墨，脱略规矩，进不得为君子，退不得为小人，正如搅金银铜铁为一器，不唯坏却金银，而铜铁亦不得尽其铜铁之用也。

  （宋）朱熹《答陈同甫》，《朱子大全》卷三十六，《四部备要》本

  盖致知格物者，尧舜所谓精一也。正心诚意者，尧舜所谓执中也。
  （宋）朱熹《壬午应诏封事》，《朱子大全》卷十一，《四部备要》本

  夫为文者，固其志，守其道，无随俗之好恶而变其学也。李唐韩文公《与冯宿书》曰："仆为文久，每自测意中以为好，则人（以）为恶矣。小称意，人亦小怪；大称意，即人必大怪之也。时时应事作俗下者，下笔令人惭，及示人，人以为好矣。小惭者，亦蒙谓之小好；大惭者，必以为大好矣。"观文公之言，则古文非时所尚久矣。非禀粹和之气，乐淳正之道，胡能好之哉？
  （宋）智圆《送庶几序》，《闲居编》卷第二十九，《续藏经》本

  身不离于衽席之上，而游于六合之外，生乎千古之下，而游于千古之上，岂区区于足迹之余，观览之末者所能也？持心御气，明正精一，游于内而不滞于内，应于外而不逐于外。常止而行，常动而静，常诚而不妄，常和而不悖。如止水，众止不能易；如明镜，众形不能逃；如平衡之权，轻重在我，无偏无倚，无污无滞，无挠无荡，每寓于物而游焉。
  （元）郝经《内游》，《陵川集·陵川文集》卷二十，清刊本

  圣贤与我无异也，圣贤之文若彼，而我之文若是，岂我心之不若乎？气之不若乎？否也，特心与气失其养耳。圣贤之心，浸灌乎道德，涵泳乎仁义，道德仁义积而气因以充，气充，欲其文之不昌，不可遏也。
  （明）宋濂《文说赠王生黼》，《宋学士全集》卷二十六，《丛书集成》本

  善观璞者，不观其形而观其色；善观人者，不于其材而于其气。形可伪也，色不可伪也。材可强也，气不可强也。摩其外烨然而温，栗然而

润，人虽贱之，吾必以为良玉矣。叩其气肆然而直，浩然而正，虽未措于用，吾必以为美才矣。古之育才者，不求其多才，而惟养其气。培之以道德而使之纯，厉之以行义而使之高，节之以礼而使之不乱，薰之以乐而使之成化。

（明）宋濂《送李生序》，《宋学士全集》卷八，《丛书集成》本

吾前之所谓文，则异于是矣。充于一身，和顺内积，英华外发，达于四国，民物阜康，政教邕洽。笔之于书，则可为天下后世法。《传》曰：有德者必有言。若之志勤矣！其亦慎所学哉！

（明）宋濂《太乙元征记》，《宋学士全集》卷二十八，《丛书集成》本

夫学也者，学为圣人之道也。学成而以措诸用，故师行而弟子法之，是故搜罗天人，究极古今，旁通物情，达其智也。齐明盛服，非礼勿动，笃其敬也。见恶则违，见善则随，敦其仁也。存心养性，乐道尊德，致其大也。礼仪三百，威仪三千，尽其细也。忠信谨悫，固其内也。貌言容止，闲其外也。诗书六艺，昭其文也。刚毅木讷，培其质也。亲贤友仁，以辅德也。幼幼长长，顺天则也。夫学，智以周之，敬以一之，仁以行之。立乎大，不遗乎细。严乎内，不弛乎外。文以藻之，质以干之，于是乎德成而不失其则。今之学，主以文墨为教弟子，上者华而鲜实，下者习字画以资刀笔，官司应酬，廪粟之外，无他用心，其亦异乎予之所欲为者乎！

（明）刘基《沙班子中兴义塾诗序》，《诚意伯文集》卷五，《四部丛刊》本

故君子者，口不言文艺，而先植其本。凝神而敛志，回光而内鉴，锷敛而藏声。其器若万斛之舟，无所不载也；若乔岳之屹立，莫撼莫震也；若大海之吐纳百川，弗涸弗盈也。其识若登泰巅而瞭远，尺寸千里也；若镜明水上，纤芥眉须无留形也；若龟卜蓍筮，今古得失，凶吉修短，无遗策也。故方其韬光养晦，退然不胜，如田畯野夫之胸无一能，而比其不得已而鸣，则矢口皆经济，吐咳成谟谋，振球琅之音，炳龙虎之文，星日比光，天壤不朽，岂比夫操觚属辞。矜骈丽而夸月露，拟之涂糈土羹，无裨

缓急之用者哉！

（明）袁宗道《士先器识而后文艺》，《白苏斋类集》卷七，《中国文学珍本丛书》本

古人之学，先以义理养其心，志于道，据于德，依于仁是也。复以礼乐养其体，声音养耳，彩色养目，舞蹈养血脉，威仪养动作是也。内外交养，德性乃成。由是动合天则，而与道为一矣。今人外无所养，而气之粗鄙者多；内无所养，而心之和顺者寡。无怪乎圣贤之不多见矣。

（明）王廷相《慎言·君子篇》，引自《王廷相哲学选集》，中华书局本

门下恳恳问古文之学，意良善。其言曰：文章之道，必先立本，本丰则末茂。仆览此，慨然有大哉之叹。今日留意古学不数人，立本以学古未一二得，向门下开说详至，然此皆本中之末，非本中之本。文章之本，必先正性情，饬行谊，使吾之身不背于忠孝信义，则发之言者，必笃实而可传。昌黎所谓"仁义之人，其言蔼如也"，黄鲁直《与洪甥驹父书》根本之说，最为真切，其与徐师川论孙思邈胆大心小语，仆读之数年，玩绎不能已。其次则考古论今，毅然自见识力，窥人之所不及窥，言人之所不敢言，轨于义理，而无隐怪之失。如此则本立矣。于是博观史传以极古今人情事物之变，读古人书卓然成一家言者，以辨文章之体，或综其要会，自立机轴，不必求合古人，或资学所近，诵而法者一人，冥心以求其合，则固惟人之所自处也。

（清）魏禧《答蔡生书》，《魏叔子文集》卷六，清易堂刻本

……执事论人必先器识，文必先根柢，此古人所以可传者，举世好文之士不察也。执事书中论议，往往先得我心，而立身为文本末，具见于此……

愚尝以谓为文之道，欲卓然自立于天下，在于积理而练识。积理之说，见禧叙宗子发文。所谓练识者，博学于文，而知理之要；练于物务，识时之所宜。理得其要，则言不烦而躬行可践；识时宜，则不为高论，见诸行事而有功。是故好奇异以为文，非真奇也。至平至实之中，狂生小儒，皆有所不能道，是则天下之至奇已。故练识如练金，金百练则杂气尽而精光发。善为文者，有所不必命之题，有不屑言之理，譬犹治水者沮洳

去则波流大，蒸火者秽杂除而光明盛也。是故至醇而不流于弱，至清而不流于薄也……

（清）魏禧《答施愚山侍读书》，《魏叔子文集》卷六，清易堂刻本

吾则以为养气之功，在于集义；文章之能事，在于积理。今夫文章，六经四书而下，周、秦诸子两汉百家之书，于体无所不备。后之作者，不之此则之彼。而唐、宋大家，则又取其书之精者，参和杂糅，熔铸古人以自成，其势必不可以更加。故自诸大家后，数百年间，未有一人独创格调，出古人之外者。然文章格调有尽，天下事理日出而不穷，识不高于庸众，事理不足关系天下国家之故，则虽有奇文与《左》、《史》、韩、欧阳并立无二，亦可无作。古人具在，而吾徒似之，不过古人之再见，顾必多其篇牍，以劳苦后世耳口，何为也？且夫理固非取辩临文之顷，穷思力索，以求其必得。钟太傅学书法曰：每见万汇，皆画象之。韩退之称张旭书，变动犹鬼神不可端倪，天地事物之变，可喜可愕，一寓于书。人生平耳目所见闻，身所经历，莫不有其所以然之理，虽市侩优倡大猾逆贼之情状，灶婢丐夫米盐凌杂鄙亵之故，必皆深思而谨识之，酝酿蓄积，沉浸而不轻发。及其有故临文，则大小浅深，各以类触，沛乎若决陂池之不可御。辟之富人积财，金玉布帛竹头木屑粪土之属，无不豫贮，初不必有所用之。而当其必需，则粪土之用，有时与金玉同功。

（清）魏禧《宗子发文集序》，《魏叔子文集》卷八，清易堂刻本

韩愈氏有言："气，水也。言，浮物也。水大而物之浮者大小毕浮。"是故其气盛者，其文畅以醇；其气舒者，其文疏以达；其气矜者，其文砺以纰；其气恶者，其文诐以刓；其气挠者，其文剽以瑕。是故涵泳道德之涂，葘畲六艺之圃，以充吾气也；泊乎寡营，浩乎自得，以舒吾气也；植声气，急标榜，矜吾气者也；投贽干谒，蝇附蚁营，恶吾气者也。应酬轇轕，诶墓攫金，挠吾气者也。此养气之说也。

（清）邵长蘅《与魏叔子论文书》，《青门簏稿》卷十一，《邵子湘全集》，愚斋丛书刻青门草堂藏本

诗分唐宋，至今人犹恪守。不知诗者，人之性情，唐、宋者，帝王之国号，人之性情，岂因国号而转移哉？亦犹道者人人共由之路，而宋儒必以道统自居，谓宋以前直至孟子，此外无一人知道者，吾谁欺？欺天乎？七子以盛唐自命，谓唐以后无诗，即宋儒习气语。倘有好事者，学其附会，则宋、元、明三朝，亦何尝无初、盛、中、晚之可分乎？节外生枝，顷刻一波又起。《庄子》曰："辩生于末学"，此之谓也。

（清）袁枚《随园诗话》卷六，人民文学出版社本

孟子曰："持其志无暴其气。"学问为立言之主，犹之志也；文章为明道之具，犹之气也……

（清）章学诚《文史通义·文理》，中华书局本

至于学文之要，在乎养气，养气之功，不外集义。中有所主而不能畅然于手与心，则博稽广览，多识前言往行，使义理充积于中，然后发而为文，浩乎其沛然矣。

（清）章学诚《文史通义补遗·答陈鉴亭》，中华书局本

仆闻文之大原出于天，得其备者，浑然如太和之元气，偏焉而入于阳，与偏焉而入于阴，皆不可以为文章之至境。然而自周以来，虽善文者，亦不能无偏。仆谓与其偏于阴也，则无宁偏于阳。何也？贵阳而贱阴，信刚而绌柔者，天地之道，而人之所以为德者也。孔子曰："吾未见刚者"。曾子曰："士不可以宏毅，任重而道远"。圣贤论人，重刚而不重柔，取宏毅而不取巽顺。夫为文之道，岂异于此乎？

古来文人，陈义吐辞，徐婉而不失态度，历代多有；至若骏桀廉悍，称雄才而足号为刚者，千百年而一遇焉耳。甚矣，阳之足贵也！

然仆以为，是有天焉，有人焉。得天之刚，世亦无已，其余必进之以学。进之以学者，孟子所云以"直养而无害"是也，日畜吾浩然之气，绝其卑靡，遏其鄙吝，使夫为体也常宏，而其为用也常毅。则一旦随其所发，而至大至刚之概，可以塞乎天地之间矣。如此则学问成，而其文亦随之以至矣。

取道之原，《六经》其至极也，而论其从入之途，则《公羊》、《国策》、贾谊、太史公皆深得乎阳刚之美者。诚熟复之，当必更有所进耳。

虽然，是故就足下所问诵法者言之，若论其至，则必如前之所陈者。舍刚大而言养气，不可以为养气也；舍养气而专言为文，不可以言为文也。惟所养有浅深，则所就有高下，要之必归于此，而后为得焉。

  （清）管同《与友人论文书》，《因寄轩文初集》卷六，清光绪己卯重刊本

  诗之正品有胅，胅其仁者有浩，浩其天，其中皆须有个渊，渊其渊在。

  （清）刘熙载《游艺约言》，《古桐书屋续刻三种》，清光绪刻本

  《孟子》之文，可即评以孟子之言曰："是集义所生者。"曰："其为气也，至大至刚。"

  （清）刘熙载《游艺约言》，《古桐书屋续刻三种》，清光绪刻本

  集义养气，是孟子本领。不从事于此，而学孟子之文，得无象之然乎？

  （清）刘熙载《艺概·文概》，上海古籍出版社本

  余弱冠时，每夜陪伯兄秋斋先生鼓琴，初殊索然；及月，渐而喜听，心为之静，遂请授曲，勤于习练，日弹千遍，几忘寝食；又十年，虽极明熟诸法，但能鼓得其迥异于他乐之声音节奏，终未得其神化之至妙，伯兄谓余曰："此岂徒求于指下声音之末可得哉？须由养心修身所致，而声自然默合以应之，汝宜揣本，毋逐末也。"余唯唯有悟。窃思古之圣贤，学贵修德，务其大者，游艺自乐，抒其情尔。追年逾无闻，境遇日蹙，自省益励，恐负伯兄之教，与琴疏昔，未敢弃忘，偶寄所感觉，五年一变，今凡三变矣。初变知其妙趣；次变得其趣妙；三变忘其为琴之声。每一鼓至兴致神会，左右两指，不自期其轻重疾徐之所以然而然。妙非意逆，元（玄）生意外，浑然相忘其为琴声也耶！

  （清）祝凤喈《与古斋琴谱补义·修养鼓琴》，引自《中国古代乐论选辑》，人民音乐出版社本

  鼓琴曲而至神化者，要在于养心。盖心为一身之主，语言举动，悉由

所发而应之。心正，则言行亦正；邪，则亦邪，此人学之大端也。余力游艺，何若不然？如颜鲁公之书法入神，由其忠诚正直之气所致，溢于楮间。从古名人，所作诗文，修养有素，情见乎词。琴为庙廊之乐，声之感人者深，观乐可以知其政治之盛衰，闻声而知其高山流水之情志。是皆由于心而发于声者然也。凡鼓琴者，必养此心。先除其浮暴粗厉之气，得其和平淡静之性，渐化其恶陋，开其愚蒙，发其智睿，始得领会其声之所发为喜乐悲愤等情，而得其趣味耳。舍养此心，虚务鼓琴，虽穷年皓首，终身由之，不可得矣。

（清）祝凤喈《与古斋琴谱补义·修养鼓琴》，引自《中国古代乐论选辑》，人民音乐出版社本

《仕学规范》曰："有道之士，胸中过人，落笔便造妙处。彼浅陋之人，雕琢肝肺，不过仅能嘲风弄月而已。"故诗学首务知道。

（清）乔亿《剑溪说诗》卷上，《清诗话续编》本

古人诗文，当择其有补于性情风化者，别录一帙，于正课外雒诵数过，亦可为进德之一助也。

（清）乔亿《剑溪说诗》卷下，《清诗话续编》本

欲学诗，先学道。学道则性情正，性情正则原本得。而后加之以《三百篇》、汉、魏、六朝、三唐之学问，则与古人并世矣。

（清）徐增《而庵诗话》，《清诗话》本

文要养气，诗要洗心。子由推司马子长之文有奇气，而归功于游览，是亦气之一助也。至于诗，则必洗涤俗肠而后可以作……盖其俗在心，未有不俗于诗；故欲治其诗，先治其心。心最难于不俗，无已，则于山水间求之。

（清）吴雷发《说诗菅蒯》，《清诗话》本

诗人以培根柢为第一义。根柢之学，首重积理养气。积理云者，非如宋人以理语入诗也，谓读书涉世，每遇事物，无不求洞析所以然之理，以增长识力耳。勿论《九经》、《廿一史》，诸子百家之集，与夫稗

官杂志,莫不有理存乎其中。诗人上下古今,读破万卷,非但以博览广见闻也。读经则明其义理,辨其典章名物,折衷而归于一是。读史则核历朝之贤奸盛衰,制度建置,及兵形地势,无不深考,使历代数千年之成败因革,悉了然于心目之间。读诸子百家之集,一切稗官杂记,则务澈所以作书之旨,别白其醇疵得失真伪,使无遁于镜照,而又参观互勘,以悟其通而达其变。设身处地,以会其隐微言外之情,则心心与古人印证,有不得其精意者乎?而又随时随地,无不留心,身处阅历之世故人情,物理事变,莫不洞鉴所当然之故,与所读之书义,冰释乳合,交契会悟,约万殊而豁然贯通,则耳目所及,一游一玩,皆理境也。积蓄融化,洋溢胸中,作诗之际,触类引申,滔滔涌赴,本湛深之名理,结奇异之精思,发为高论,铸成伟词,自然迥不犹人矣。此可以用力渐至,而不可猝获也。

(清)朱庭珍《筱园诗话》卷一,《清诗话续编》本

4. 气之所充　非本于学不可也

(1) 气根于学

大学之教也,时教必有正业,退息必有居学。不学操缦,不能安弦;不学博依,不能安诗;不学杂服,不能安礼;不兴其艺,不能乐学。故君子之于学也,藏焉、修焉、息焉、游焉。

(先秦)《礼记·学记》,《十三经注疏》本

昔之君子成德立行,身没而名不朽,其故何哉?学也。学也者,所以疏神达思,怡情理性,圣人之上务也。民之初载,其矇未知,譬如宝在于玄室,有所求而不见,白日照焉,则群物斯辨矣。学者心之白日也,故先王立教官,掌教国子,教以六德,曰智仁圣义中和;教以六行,曰孝友睦姻任恤;教以六艺,曰礼乐射御书数,三教备而人道毕矣……

(汉)徐幹《治学第一》,《中论》卷上,《丛书集成》本

夫纯钩、鱼肠之始下型,击则不能断,刺则不能入,及加之砥砺,摩其锋锷,则水断龙舟,陆刜犀甲。明镜之始下型,矇然未见形容,及其粉以玄锡,摩以白旃,鬓眉微豪,可得而察。夫学亦人之砥锡也,而谓学

无益者,所以论之过。

(汉)刘安《淮南鸿烈·脩务训》,《丛书集成》本

是故工欲善其事,必先利其器;士欲宣其义,必先读其书。《易》曰:"君子以多志前言往行以蓄其德。"是以人之有学也,犹物之有治也。故夏后之璜,楚和之璧,虽有玉璞卞和之资,不琢不错,不离砾石。夫瑚簋之器,朝祭之服,其始也,乃山野之木、蚕茧之丝耳。使巧倕加绳墨而制之以斤斧,女工加五色而制之以机杼,则皆成宗庙之器,黼黻之章,可羞于鬼神,可御于王公。而况君子敦贞之质,察敏之才,摄之以良朋,教之以明师,文之以《礼》、《乐》,导之以《诗》、《书》,赞之以《周易》,明之以《春秋》,其不有济乎?

(汉)王符《潜夫论·赞学第一》,中华书局本

伫中区以玄览,颐情志于典坟。遵四时以叹逝,瞻万物而思纷;悲落叶于劲秋,喜柔条于芳春。心懔懔以怀霜,志眇眇而临云;咏世德之骏烈,诵先人之清芬;游文章之林府,嘉丽藻之彬彬。慨投篇而援笔,聊宣之乎斯文。

(晋)陆机《文赋》,《陆机集》,中华书局本

夫才有天资,学慎始习,斫梓染丝,功在初化,器成彩定,难可翻移。故童子雕琢,必先稚制,沿根讨叶,思转自圆,八体虽殊,会通合数,得其环中,则辐辏相成。故宜摹体以定习,因性以练才,文之司南,用此道也。

(南朝·梁)刘勰《文心雕龙·体性》,人民文学出版社本

史臣曰:古语云:"容体不足观,勇力不足恃,族姓不足道,先祖不足称。然而显闻四方,流声后胤者,其唯学乎?"信哉斯言也。晖远、荣伯之徒,笃志不倦,自求诸己,遂能闻道下风,称珍席上。或聚徒千百,或服冕乘轩,见重明时,实惟稽古之力也。

(唐)魏徵《隋书·儒林传论》,中华书局本

沉浸酰郁,含英咀华,作为文章,其书满家。上规姚姒,浑浑无涯,

《周诰》、《殷盘》，佶屈聱牙，《春秋》谨严，《左氏》浮夸，《易》奇而法，《诗》正而葩，下逮《庄》、《骚》，太史所录，子云相如，同工异曲。先生之于文，可谓闳其中而肆其外矣。

    （唐）韩愈《进学解》，《昌黎先生集》卷十二，《四部备要》本

  参之《穀梁氏》以厉其气。

    （唐）柳宗元《答韦中立论师道书》，《柳河东集》卷三十四，中华书局本

  今子年少志专，雅识古道，又其文不背经旨，甚可嘉也。如能远师六经，近师吏部，使句之易道，义之易晓，又辅之以学，助之以气，吾将见子以文显于时也。

    （宋）王禹偁《答张扶书》，《小畜集》卷十八，《四部丛刊》本

  闻古人之于学也，讲之深而信之笃，其充中者足，而后发乎外者大以光。譬夫金玉之有英华，非由磨饰染濯之所为，而由其质性坚实，而光辉之发自然也。

  ……

  今之学者或不然，不务深讲，而笃信之徒，巧其词以为华，张其言以为大。夫强为则用力艰，用力艰则有限，有限则易竭；又其为辞，不规模于前人，则必屈曲变态，以随时俗之所好，鲜克自立，此其充于中者不足而莫自知其所守也……夫欲充其中，由讲之深，至其深，然后知自守，能如是矣，言出其口而皆文。

    （宋）欧阳修《与乐秀才第一书》，《欧阳文忠集·居士外集》卷十九，《四部备要》本

  士之不能自成，其患在于俗学，俗学之患，枉人之材，窒人之耳目，诵其师传造字之语，从俗之文，才数万言，其为士之业尽此矣。夫学以明理，文以述志，思以通其学，气以达其文。古之人，道其聪明，广其闻见，所以学也；正志完气，所以言也。

    （宋）苏轼《送人序》，《东坡七集》续集卷八，《四部备要》本

我公才不世，晚岁道尤高；与物都无著，看书未觉劳。微言精《老》《易》，奇韵喜《庄》《骚》。杜叟诗篇在，唐人喜力豪。近时无沈、宋，前辈蔑刘、曹。天骥精神稳，层台结构牢。龙腾非有迹，鲸转自生涛。浩荡来何极，雍容去若遨。坛高真命将，甍乱始知氂。白也空无敌，微之岂少褒。论文开锦绣，赋命委蓬蒿。初试中书日，旋闻廊庙逃。妻拿隔豺虎，关辅暗旌旄，入蜀营三径，浮江寄一艘。投人惭下舍，爱酒类东皋，漂泊终浮梗，迂疏独钓鳌。误身空有赋，掩胫惜无袍，卷轴今何益，零丁昔未遭。相如元并世，惠子谩临濠，得失将谁怨，凭公付浊醪。
　　　　（宋）苏辙《和张安道读杜集》，《栾城集》卷三，《四部丛刊》本

　　所送新诗，皆兴寄高远，但语生硬，不谐律吕，或词气不逮初造意时，此病亦只是读书未精博耳。长袖善舞，多钱善贾，不虚语也。南阳刘勰曾论文章之难云："意翻空而易奇，文征实而难工。"此语亦是。沈、谢辈为儒林宗主时，好作奇语，故后生立论如此。好作奇语，自是文章病。但当以理为主，理得而辞顺，文章自然出群拔萃。观杜子美到夔州后诗，韩退之自潮州还朝后文章，皆不烦绳削而自合矣。
　　　　（宋）黄庭坚《与王观复书》，《豫章黄先生文集》卷十九，《四部丛刊》本

　　驹父外甥教授：别来三岁，未尝不思念。闲居绝不与人事相接，故不能作书，虽晋城亦未曾作书也。专人来，得手书，审在官不废讲学，眠食安胜，诸稚子长茂，慰喜无量。
　　寄诗语意老重，数过读，不能去手，继以叹息，少加意读书，古人不难到也。诸文亦皆好，但少古人绳墨耳，可更熟读司马子长、韩退之文章。
　　　　（宋）黄庭坚《答洪驹父书》，《豫章黄先生文集》卷十九，《四部丛刊》本

　　东坡道人在黄州时作，语意高妙，似非吃烟火食人语。非胸中有万卷书，笔下无一点尘俗气，孰能至此。
　　　　（宋）黄庭坚《跋东坡乐府》，《豫章黄先生文集》卷二十六，《四部丛刊》本

词意高胜，要从学问中来尔。后来学诗者，时有妙句，比如合眼摸象，随所触体，得一处非不即似要且不是，若开眼则全体见之。合古人处不待取证也。作文不必多，每作一篇要商榷精尽，检阅不厌勤耳。举场中下笔迟涩，盖是平时读书不贯穿也。宜勉强于学问。岁月如流，须及年少精力，读书不贵杂博而贵精深。作文字须摹古人，百工之技亦无有不法而成者也。但始学诗要须每作一篇，辄须立一大意，长篇须曲折三致焉，乃为成章耳。

（宋）黄庭坚《论作诗文》，《山谷集·别集》卷六，《文渊阁四库全书》本

诗政（正）欲如此作。其未至者，探经术未深，读老杜、李白、韩退之诗不熟耳。

（宋）黄庭坚《与徐师川书》，《豫章黄先生文集》卷十九，《四部丛刊》本

往尝观明允《木假山记》，以为文章气旨似庄周、韩非，恨不得趋拜其履。为间，请问作文关纽。及元祐中，乃拜子瞻于都下，实闻所未闻，今令其人万里在海外。对此诗，为废卷竟日。

（宋）黄庭坚《跋子瞻木山诗》，《山谷集·内集》卷二十六，《文渊阁四库全书》本

永叔谓文有三多。看多做多商量多也。

（宋）陈师道《后山诗话》，《历代诗话》本

若唐之韩愈，盖尝谓世无仲尼，不当在弟子之列，则亦不可谓无其志也。及观其所学，则不过乎欲雕章镂句，取名誉而止耳。然则士固不患不知有志乎圣人，而特患乎不知圣人之所以学也。

且古之圣人，固宜莫如舜也。舜之在侧微，与木石居，鹿豕游，固无异于深山之野人也，是岂有文采过人耶？伏羲画八卦，《书》断自《尧典》，当是时，六经盖未有也。而舜之所以圣者，果何自哉？夫舜，圣人也，生而知之，无事乎学可也。自圣人而下，则未有可以不学者也。舜之臣二十有二人，相与共成帝业者，是果皆生知耶？不然，其何以学也？

由是观之，六经虽圣人微言，而道之所存，盖有言不能传者，则经虽具，犹不能谕人之弗达也。然则圣之所以为圣，贤之所以为贤，其必有在矣。虽然，士之去圣远矣，舍六经亦何以求圣人哉？要当精思之，力行之，超然默会于言意之表，则庶乎有得矣。若夫过其藩篱，望其门墙，足未逾阈，而辄妄意其室中之藏，则幸其中也，难哉！

　　呜呼！今之士未尝以此学也。类皆分文析字，屑屑于章句之末；甚者广记问，工言辞，欲夸多斗靡而已；是乌用学为哉！彭城陈君传道，志学之士也。其将之官也，求予言，故因为发之。然未知陈君果以吾言为然耶，其未以为然耶？幸明告我，庶几其有警也。

　　　　　　　　（宋）杨时《与陈传道序》，《杨龟山集》卷四，《丛书集成》本

　　诗卷熟读，深慰寂寞。蒙问加勤，尤见乐善之切，不独为诗贺也。其间大概皆好，然以本中观之，治择工夫已胜，而波澜尚未阔，欲波澜之阔去，须于规摹令大，涵养吾气而后可。规摹既大，波澜自阔，少加治择，功已倍于古矣。试取东坡黄州以后诗，如《种松》、《医眼》之类，及杜子美歌行及长韵近体诗看，便可见。若未如此，而事治择，恐易就而难远也。退之云："气，水也。言，浮物也。水大则物之浮者大小毕浮。气之与言，犹是也。气盛则言之长短与声之高下皆宜。"如此，则知所以为文矣。曹子建《七哀诗》之类，宏大深远，非复作诗者所能及，此盖未始有意于言语之间也。近世江西之学者，虽左规右矩，不遗余力，而往往不知出此，故百尺竿头，不能更进一步，亦失山谷之旨也。

　　　　　　　　（宋）吕本中《与曾吉甫论诗第二帖》，见胡仔《苕溪渔隐丛话》前集卷四十九，人民文学出版社本

　　作文不可强为，要须遇事乃作，须是发于既溢之余，流于已足之后，方是极头，所谓既溢已足者，必从学问该博中来也。

　　　　　　　　　　　　（宋）吕本中《童蒙诗训》，《宋诗话辑佚》本

　　张文潜尝云："但把秦汉以前文字熟读，自然滔滔地流也。"又云："近世所当学者惟东坡。"

　　　　　　　　　　　　（宋）吕本中《童蒙诗训》，《宋诗话辑佚》本

［老杜歌行，最见次第，出入本末。而］东坡长句，波澜浩大，变化不测；如作杂剧，打猛诨入，却打猛诨出也。《三马赞》"振鬣长鸣，万马皆喑"，此记不传之妙。学文者能涵泳此等语，自然有入处。

（宋）吕本中《童蒙诗训》，《宋诗话辑佚》本

读三苏进策涵养吾气。他日下笔自然文字滂沛，无吝啬处。

（宋）吕本中《童蒙诗训》，《宋诗话辑佚》本

遮莫蟠胸书似山，更饶落笔语如泉。阴何绝倒无人怨，却怨渠侬秘不传。

（宋）杨万里《和段季康左藏惠四绝句》其二，《诚斋集》卷二十四，《四部丛刊》本

若乃世之贤人君子，学经以探至人之心，考史以验时事之变，以至见闻感触，有接于外而动乎中，则又或颇论著其说，以成一家之言。

（宋）朱熹《建宁府建阳县学藏书记》，《朱子大全》卷七十八，《四部备要》本

凡人谓以多事废读书，或曰气质不如人者，皆是不责志而已。若有志时，那问他事多，那问他气质不美。又曰：事多质不美者，此言虽若未是太过，然即此可见其无志，甘于自暴自弃，过孰大焉。真个做功夫人，便自不说此话。

（宋）朱熹《朱子语类辑略》卷六，《丛书集成》本

思有窒碍，涵养未至也，当益以学。

（宋）姜夔《白石诗说》，人民文学出版社本

夫学，以积勤而成；文，以精思而工。有五十而学《易》，九十而传《书》者；有十年成一赋者，有悬千金募人增损一字者。犹贸然，居之多者货良犹染然，渍之久者色深。彼束书阁上，弃檠墙角尚忘故读，安有新意？

（宋）刘克庄《序山名别集》，《后村先生大全集》卷九六，《四部丛刊》本

许浑《呈裴明府诗》云:"江村夜涨浮天水,泽国秋生动地风。"《汉水伤稼》,亦全用此一联。《郊居春日诗》云:"花前更谢依刘客,雪后空怀访戴人。"《和杜侍御》云:"因过石城先访戴,欲朝金阙暂依刘。"又《送林处士》云:"镜中非访戴,剑外欲依刘。"《寄三州守》云:"花深稚榻迎何客,月在膺舟醉几人?"《陪崔公宴》又云:"宾馆尽闲徐稚榻,客帆空恋李膺舟。"《题王隐居》云:"随蜂收野蜜,寻麝采生香。"《呈李明府》云:"洞花蜂聚蜜,岩柏麝留香。"《松江》诗云:"晚色千帆落,林声一雁飞。"《深春》诗云:"故里千帆外,深春一雁飞。"又《寄卢郎中并赠闲师》皆以庾楼对萧寺。见于其它篇咏,以杨柳对蒹葭,以杨子渡对越王台者甚多。盖其源不长,其流不远,则波澜不至于汪洋浩渺,宜哉。杜甫云:"读书破万卷,下笔如有神。"欲下笔,当自读书始。

(宋)葛立方《韵语阳秋》卷一,《历代诗话》本

陈后山《送邢居实序》云:"……夫学以明理,文以述志,思以通其学,气以达其文。古之人导其聪明,广其见闻,所以学也;正志完气,所以言也。王氏之学,如脱鏊耳,案其形模而出之,不待修饰而成器矣。求其为元璧彝鼎,其可得乎?"

(宋)王正德《余师录》卷一,《丛书集成》本

(陈后山)《答江端礼书》云:"学始于身而成于性,欲善其身而不明于善,所谓徒善者也。徒善者非善之正也,是故学者所以明善也。学外也,思内也,学以佐行,思以佐学,古之制也。若其自得,则在子矣。言以述志,文以成言,约之义,行之以信,近则致其用,远则致其传,文之质也。大以为小,小以为大,简而不约,盈而不余,文之用也。正心完气,广之以学,斯至矣。"

(宋)王正德《余师录》卷一,《丛书集成》本

族兄在廷,问公学文如何,曰:前辈但看多做多而已。

(宋)苏籀《栾城先生遗言》,《丛书集成》本

凡作诗,平居须收拾诗材以备用。退之作《范阳卢殷墓志》云:"于

书无所不读，然止用以资为诗"是也。

（宋）强幼安《唐子西文录》，《历代诗话》本

天之所赋于我者，性也。性之所资于人者，学也。性有颛蒙明敏之异，学有日益无穷之功。故能因其性之所悟，求其学之所资，未有业不精于己者也。且古人以务学而开其性，今之人以天性耻于学。此所以去古逾远，而业愈不精也。

（宋）韩纯全《山水纯全集》，《历代论画名著汇编》本

孟轲荀况扬雄氏，当时未必皆生知，因其钻仰久不已，遂入圣域争先驰。既学便当穷远大，勿事声病淫哇辞。斯文下衰吁已久，勉思驾说扶颠危。击暗殴聋明大道，身与姬孔为藩篱。

（宋）孙复《谕学》，《孙明复小集》卷三，问经堂精舍本

诗有三多，读多，记多，作多。

（元）杨载《诗法家数》，《历代诗话》本

凡作诗，气象欲其浑厚，体面欲其宏阔，血脉欲其贯串，风度欲其飘逸，音韵欲其铿锵，若雕刻伤气，敷演露骨，此涵养之未至也，当益以学。

（元）杨载《诗法家数》，《历代诗话》本

篇法　句法　字法　气象　家数　音节
右一篇诗成，必须精研，合此六关方为佳。

（元）范梈《木天禁语》，《历代诗话》本

古者读书，学之一事。力行是务，记诵其次。苟非读书，孰稽古典？读而弗学，去圣逾远。古之读书，于以明道。今之读书，资以为暴。生皆厚也，迁乃去之。人不知学，若之何其。其书伊何，《易》、《书》、《诗》《礼》，《春秋》笔削，日星垂纪……

（元）揭傒斯《诗书处铭》，《揭文安公文粹》卷二，《丛书集成》本

文主于气，而气之所充，非本于学不可也。六经而下，以文雄世者，称孟轲氏、韩愈氏。孟轲氏曰："我善养吾浩然之气。"韩愈氏曰："气盛则言之短长声之高下皆宜。"然孟轲氏之养气，则既始之以知言；而韩愈氏之气盛，亦惟三代两汉之书是观，圣人之志是存耳。文以气为主，气由学以充，见之二氏可考而知也。后之学者，乃或不是之求，方贵华尚采，粉泽以为工，遒密以为能。呼，亦末矣！是故有见于此，而思务去之者，岂不谓之有志之士乎？若吾友谢君原功，斯为有志之士矣。

（元）戴良《密庵文集序》，《九灵山房集》卷二十九，《丛书集成》本

濂受而读之，诗则森严踔厉，有苍渊之色，文多简古峭奥，而其有余不尽之意，恒见于言表……颇求翁之致是者，亦由其养气之充，积学之宏乎？

（明）宋濂《莆阳王德晖先生文集序》，《宋学士全集》卷七，《丛书集成》本

圣贤非不学也，学其大，不学其细也。穷乎天地之际，察乎阴阳之妙，远求乎千载之上，广索乎四海之内，无不知矣，无不尽矣。而不止乎此也，及之于身以观其诚，养之于心而欲其明，参之于气而致其平，推之为道而验其恒，蓄之为德而俟其成。

（明）宋濂《文说赠王生黼》，《宋学士全集》卷二十六，《丛书集成》本

古语云：大匠不示人以朴，盖恐人见斧凿痕迹也。黄鲁直于相国寺，得宋子京唐史稿一册，归而熟读之，自是文章日健。此无他，见其窜易句字，与初造意时不同，而识其用意处。（曲洧旧闻）

（元）王构《修辞鉴衡》卷二，《丛书集成》本

东坡云，顷岁孙莘老识文忠公，乘间以文字问之，云无他术，惟读书多而为之自工。世人患作文字少，又懒读书，每一篇出，即求过人，如此少有至者，疵病不必待人指摘，多作自能见之。此公以其尝试者告人，故尤有味。（《三苏文》）

（元）王构《修辞鉴衡》卷二，《丛书集成》本

朦胧菡坼，情之来也；汪洋漫衍，情之沛也；连翩络属，情之一也；驰轶步骤，气之达也；简练揣摩，思之约也；颉顽累贯，韵之齐也；混沌贞粹，质之检也；明隽清圆，词之藻也。高才闲拟，濡笔求工，发旨立意，虽旁出多门，未有不由斯户者也。至于《垓下》之歌，出自流离；《煮豆》之诗，成于草率。命词慷慨，并自奇工。此则深情素气，激而成言，诗之权例也。传曰："疾行无善迹。"乃艺家之恒论也。昔桓谭学赋于杨雄。雄令读千首赋。盖所以广其资，亦得以参其变也。诗赋粗精，譬之绨纷，而不深探研之力，宏识诵之功，何能益也？故古诗三百，可以博其源；遗篇十九，可以约其趣；乐府雄高，可以厉其气；《离骚》深永，可以神其思。然后法经而植旨，绳古以崇辞，虽或未尽臻其奥，我亦罕见其失也。呜呼！雕缋满目，并已称工，芙蓉始发，尤能擅丽。后世之惑，宜益滋焉。夫未睹钧天之美，则《北里》为工；不咏《关雎》之乱，则《桑中》为隽。故匪师旷，难为语也。

（明）徐祯卿《谈艺录》，《历代诗话》本

富生远来，愧无以教之。此生曩时读书为文，皆未尝入苦心，但随其资性之所近为之，故其语意多浅弱而乏精炼之思。今稍稍示以关键所在，然渠性亦敏，终当有悟也；至于为人，少年谨愿，吾甚爱之。亦时示以立志必为古人之说，不知竟能相信否耶？

（明）唐顺之《与莫子良主事》，《荆川先生文集》卷七，《四部丛刊》本

杜子美云："读书破万卷，下笔如有神。"此子美自言其所得也。读书虽不为作诗设，然胸中有万卷书，则笔下自无一点尘埃。近日士夫争学杜诗，不知读书果曾破万卷乎？如其未也，不过拾《离骚》之香草，丐杜陵之残膏而已。又曾记宋宣政间，文人称翟汝文、叶梦得、汪藻、孙觌四人。孙曾自评曰："吾之视浮溪，浮溪之视石林，各少十年书。石林视翟忠惠亦然。"识者以为确论。今之学文者，果有十年书乎？不过抄《玉篇》之难字，效红勒之轧辞而已，乃反峻其门墙，高自标榜，必欲晚古人而薄前辈，何异蜉蝣撼大树乎！

（明）杨慎《升庵诗话》卷十四，《历代诗话续编》本

  自古诗人养气，各有主焉。蕴乎内，著乎外，其隐见异同，人莫之辨也。熟读初唐、盛唐诸家所作，有雄浑如大海奔涛，秀拔如孤峰峭壁，壮丽如层楼叠阁，古雅如瑶瑟朱弦，老健如朔漠横雕，清逸如九皋鸣鹤，明净如乱山积雪，高远如长空片云，芳润如露蕙春兰，奇绝如鲸波蜃气：此见诸家所养之气不同也。学者能集众长，合而为一，若易牙以五味调和，则为全味矣。

（明）谢榛《四溟诗话》卷三，人民文学出版社本

  赵章泉谓"作诗贵乎似"，此传神写照之法。当充其学识，养其气魄，或李或杜，顺其自然而已。

（明）谢榛《四溟诗话》，人民文学出版社本

  为文须有出落，从有出落至无出落，方妙。敬甫病自在无出落，便似陶者苦窳，非器之美，所以古书不可不看。

（明）归有光《与沈敬甫四首》，《震川先生集》别集卷八，上海古籍出版社本

  盖天生贤哲，各有独禀，譬则泉之温，水之寒，石之结缘，金之指南，人于其间，以独禀之气，而又必为之专一，以致其至。伶伦之于音，裨灶之于占，养由基之于射，造父之于御，扁鹊之于医，僚之于丸，秋之于弈，彼皆以天纵之智，加之以专一之学，而独得其解，斯固以之擅当时而名后世，而非他所得而相雄者。

（明）茅坤《唐宋八大家文钞总序》，《八大家文钞》，明崇祯刻本

  张茂先曰："读之者尽而有余，久而更新。"

（明）王世贞《艺苑卮言》卷一，《历代诗话续编》本

  三代下，儒术之显，有出荀况、仲舒、王通、韩愈乎？然荀述礼乐，董究天人，王拟六经，韩起八代，其学皆极博也。文章之显，有出左氏、屈原、司马、杜甫乎？然左穷九丘，屈罗万江，马探千古，杜总百家，其

学皆极博也。至于宋，文盛于辞，儒壹于道矣。

（明）胡应麟《华阳博义》下，《少室山房笔丛》卷三十八，中华书局本

胡应麟曰：夫书好而弗力，犹亡好也，故录庐陵《集古序》；夫书聚而弗读，犹亡聚也，故录眉山《藏书记》。夫书好而聚，聚而必散，势也，曲士讳之，达人齐之，益愈见聚者之弗可亡读也，故录易安《金石志》终焉。

（明）胡应麟《经籍会通》四，《少室山房笔丛》卷四，中华书局本

博洽必资记诵，记诵必藉诗书。然率有富于青缃，而贫于问学，勤于访辑，而怠于钻研者。好事家如宋秦、田等氏弗论。唐李邺侯何如人，天才绝世，插架三万，而史无称，不若贾耽辈之多识也。扬雄、杜甫，诗赋咸征博极，而不闻蓄书。雄犹校雠天禄，甫僻居草堂拾橡栗，何书可读？当是幼时父祖遗编，长笥胸腹耳。至家无尺楮，借他人书史成名者甚众，挟累世之藏而弗读，散为乌有者，又比比皆然，可叹也。若刘氏父子，张、陆诸人，庶几兼之矣。

（明）胡应麟《经籍会通》四，《少室山房笔丛》卷四，中华书局本

余谓文之不正，在于士不知学。圣贤之学，惟心与性。今试问诸业举者，何谓心？何谓性？如中国人语海外事，茫然莫知所署对矣，焉知学？既不知学，于是圣贤立言本旨，晦而不章，影猜响觅，有如射覆，深者胜之以险，丽者夸之以表，诡者张之以贷。义本浅也，而艰深其词，如金夫小人之匿其心以欺人者也，故曰险也。词本芜也，而雕绘其字，如纨袴子弟，目不识丁，徒以衣饰相矜，故曰表也。理本荒也，而剽窃二氏之皮肤，如贫无担石之人，指富家之困以夸示乡里也，故曰贷也。三者皆由于不知学，智穷能索，又不得不出于此。为主司者，既不能详别其真伪，故此辈亦往往有幸中者，后生学子，相与尤而效之，而文体不可复整矣！故士当教之知圣学耳，知学则知则文矣，禁何益哉！门人某等留心学问，其为文根理而发，无浮词险语，是可嘉也，故识其

前以告都人士之为文者。

（明）袁宏道《叙四子稿》，《袁宏道集笺校》卷十八，上海古籍出版社本

余回忆王太史之评唐寅、周臣画，谓二人稍落一笔，其妍丑立见。或问臣画何以不如伯虎？太史曰：但少伯虎胸中数千卷书耳。

（明）张岱《印汇书品序》，《琅嬛文集》卷一，上海杂志公司本

宛陵诗："为文无古今，欲造平淡难。"山谷云："文字难攻，惟读书多贯穿，自当造平淡。"

（明）何孟春《余冬诗话》卷上，《学海类编》本

不读《三百篇》，不足以浚诗之渊源；不读五千四十八卷，不足以入诗之幻化；不尽穷十三经，不足以闳诗之作用。此千古谈诗者所未及也。

（明）叶秉敬《敬君诗话》，《说郛》续集卷三十三，宛委山堂本

《易》象幽微，法邻比兴。《书》辞敷畅，式用赋物。《春秋》借儆，义本风刺。三《礼》庄鸿，体类雅颂。匪谓六籍同归于诗，只缘六义触处皆是。不先穷经，而以别才别趣之说自盖者，究竟与此道何涉。

（明）张蔚然《西圆诗麈》，《说郛》续集卷三十四，宛委山堂本

仲瞻之行决矣。以其学之长而少徇乎流俗，其所科第也必矣。然或使其确守所学，不从风而随波焉，世亦未必无欧阳子者取之。盖文之体有不定也，而学之志有定。所以有不定者，时之尚，所以有定者，吾之守，时之尚自尚而吾之守自守，此真所谓特立之士，非流俗之所知而唯仲瞻为可以语此也。

（明）吴宽《送周仲瞻应举诗序》，《匏翁家藏集》卷三十九，《四部丛刊》本

古人之作，大抵出于学问性情，舍是无诗矣；后世之诗，亦往往自托

焉。顾有二病：《玉台》、《香奁》之体，好色而淫；感事述怀之作，怨诽而乱，此不学问而逞其性情者也，谓之荡。不忠不孝而工为爱君严父之辞，贼仁害义而饰为有道贤人之语，此借学问以诬其性情者也，谓之伪。性情而至于荡，学问而至于伪，世道人心，不亦可悼惧乎……更愿伊人益深其学问，养其性情，而勿求工于诗……夫士君子所急者，不过反之于身，实求所以深其学问，所以养其性情，如是而已。

（清）归庄《顾伊人诗序》，《归庄集》卷三，上海古籍出版社本

人之为学，不日进则日退。独学无友，则孤陋而难成，久处一方，则习染而不自觉。不幸而在穷僻之域，无车马之资，犹当博学审问，古人与稽，以求其是非之所在，庶几可得十之五六。若既不出户，又不读书，则是面墙之士，虽子羔、原宪之贤，终无济于天下。子曰："十室之邑，必有忠信，如丘者焉，不如丘之好学也。"夫以孔子之圣，犹须好学，今人可不勉乎？

（清）顾炎武《与人书一》，《顾亭林诗文集》卷四，中华书局本

作诗亦须识字。如思、应、教、令、吹、烧之类，有平仄二声，音别则义亦异。若粘与押韵，于此鹘突，则荒谬止堪嗤笑。唐人不寻出处，不夸字学，而犯此者百无一二。宋人以博核见长，偏于此多误。杜陵以鄚侯"鄚"字作"才何切"，平声粘，缘《史》《汉》注自有两说，非不识字也。至廉颇音"婆"，相如音"湘"。则考据精切矣。苏子瞻不知《轩辕弥明诗序》"长颈高结"，"结"字作"洁"音，稚子之所耻为，而孟浪若此！近见有和人韵者，以"蓣菲"作"芳菲"字音押，虽不足道，亦可为不学人永鉴。

（清）王夫之《薑斋诗话》卷二，人民文学出版社本

吾少工时文，遂术增熟，稍一放手，时弱之调便凑笔下；又天姿短，不能多读古书，读辄就遗忘，以故疏薄不能博洽出入不穷；又不晓星纬九州形势声律飞走植潜之性，不能情状物审，若不尔，则吾文当更磅礴也。

（清）魏禧《与诸子世杰论文书》，《魏叔子文集》卷六，清易堂刻本

文虽小技，然而其原不深者其流不长，古人所以取喻于江海也。诚欲进求作者之指要，则上之六经三史具在，次之诸子百氏，下迄唐宋大家诸集亦具在。足下习之既久，而玩之既熟矣，其详择而审取焉可也。顾舍此不论，而区区惟嘉靖、隆庆诸君子是询，溯流而忘原，非所仰望于足下也。

　　　　　　（清）汪琬《答陈霭公论文书》之一，《尧峰文钞》卷三十二，《四部丛刊》本

　　诗乃心声，心日进于三教百家之言，则诗思月异而岁不同，此子美之"读书破万卷"也。惟留心于风云月露，则为李谔之所讥者而已。人于顺逆境遇间，所动情思，皆是诗材。子美之诗，多得于此。人不能然，失却好诗，及至作诗，了无意思，惟学古人句样而已。

　　　　　　（清）吴乔《围炉诗话》卷之一，《清诗话续编》本

　　冯定远又云："多读书，则胸次自高，出语皆与古人相应，一也；博识多知，文章有根据，二也；所见既多，自知得失，下笔知取舍，三也。"

　　　　　　（清）吴乔《围炉诗话》卷之二，《清诗话续编》本

　　尔来海内作者不乏，诗派总杂，轻隽之徒，宗西昆而近纤，魁杰之才，学苏、陆而好尽，下者趋流易于长庆，蹈浅俗于诚斋，通患在学少根柢，随习成病，非古人过，学古人者过也。

　　　　　　（清）邵长蘅《吹剑集序》，《青门剩稿》卷四，《邵子湘全集》，愚斋丛书刻青门草堂藏本

　　闻之先辈曰：夫文者，非仅辞章之谓也，圣贤之文以载道，学者之文蕲弗畔道。故学文者必先浚文之源，而后究文之法。浚文之源者何？在读书，在养气。夫六经道之渊薮也，故读书先于治经……韩愈氏有言："气，水也，言，浮物也，水大而物之浮者大小毕浮。"是故其气盛者，其文畅以醇；其气舒者，其文疏以达；其气矜者，其文硔以纰；其气恶者，其文诐以刓；其气挠者，其文剽以瑕。是故涵泳道德之涂，葘畬六艺之圃，以充吾气也；泊乎寡营，浩乎自得，以舒吾气也；植

声气，急标榜，矜吾气者也；投赘干谒，蝇附蚁营，恧吾气者也；应酬缪轕輵，谀墓攫金，挠吾气者也。此养气之说也。二者所以浚文之源也。

（清）邵长蘅《与魏叔子论文书》，《青门簏稿》卷十一，《邵子湘全集》，愚斋丛书刻青门草堂藏版

潜溪文有根柢，故能不模史、汉、欧、曾，自成杼轴，虽其牵率于应酬，病见病俗，往往而有，要不失为大家。余尝谓明代名能文章，亡虑数十家，文之工者不乏，正苦根柢浅薄，求其贯穿四库之书，而粹然一本于六经，不得不推潜溪。王弇州文，评谓如酒池肉林，直是丰饶，正寡芍药之和，犹未免皮相也。

（清）邵长蘅《书宋学士集后》，《青门簏稿》卷十一，《邵子湘全集》，愚斋丛书刻青门草堂藏本

古文辞一道，曩学秦、汉，流而为伪秦、汉；近日学八家，又流而为伪八家。变症虽殊，病源则一，总是文无根柢，从古人面目上寻讨耳。究之秦、汉、八家，何所不可。某近作《李忠文传》颇有关系，《八大山人传》描写近真，直未知视古人谁如，故亟欲令足下见耳。《八大山人传》恐贵乡诸君未免有所雌黄，所谓亲见杨子云禄位容貌，不能动人也，要可为知者道耳。

（清）邵长蘅《与彭子》，《青门簏稿》卷十一，《邵子湘全集》，愚斋丛书刻青门草堂藏本

司空表圣云："不著一字，尽得风流。"此性情之说也；扬子云云："读千赋则能赋。"此学问之说也。二者相辅而行，不可偏废。若无性情而侈言学问，则昔人有讥点鬼簿、獭祭鱼者矣。"学力深，始能见性情。"此一语是造微破的之论。

（清）王士祯《诗问四种·诗问》卷一，齐鲁书社本

欧阳子曰："善医者不攻其疾而务养其气，气实则病去。"不易之论也。诗道之实，其气在根柢于学。以唐人言之，少陵之诗，穿穴经史；太白之诗，浸淫庄骚；昌黎之诗，原本汉赋。推此而上，若颜、谢、阮、

陶、曹、刘诸人，蔑弗尽然，盖根柢于学，则本原醇厚，而因出之以性情之和平，将卓尔树立成一家言。吾不受风气之转移而可转移乎风气，此实其气之说也。假使王、李以后有人焉，溯古人之真而不袭古人之迹，以自受其隙，公安竟陵之徒何自而置其喙者。今也不然，谓古体宜汉魏，某章不似汉魏，非诗也；近体宜盛唐，某句不似盛唐，非诗也。诗之宗法在神理，而不在形似，乃弃神理而取形，似执己见以齐人人。东坡之超旷，放翁之渊博，不可尽没也。或至取为诮让之词，与前时之贬汉魏盛唐者异途一辙，究其流极，仍必画西施之貌，规孟贲之目而入于剽割，仿佛之一途。设使其时复有有力之人，如公安、竟陵，受之者大声疾呼以力矫之，势必靡然相从，而风会又趋于坏，曾见有元气削弱，徒攻其疾而不受伤者哉！论诗道于今日，固方盛之势，亦易衰之势也。弟懒慢废学，浅见寡闻，非曰能之，特存其说云尔。

　　（清）沈德潜《与陈耻庵书》，《归愚文钞》卷九，《沈归愚诗文全集》，《愚斋丛书》本

　　严仪卿有"诗有别才，非关学也"之说。谓神明妙悟，不专学问，非教人废学也。误用其说者，固有原伯鲁之讥；而当今谈艺家，又专主渔猎，若家有类书，便成作者，究其流极，厥弊维钧。吾恐楚则失矣，齐亦未为得也。

　　（清）沈德潜《说诗晬语》，人民文学出版社本

　　读书深，养气足，恢恢游刃有余地矣。
　　（清）郑燮《与江宾谷江禹九书》，《郑板桥集》，上海古籍出版社本

　　潘西凤，字桐冈，人呼为老桐，新昌人。精刻竹，濮阳仲谦以后一人。
　　年年为恨诗书累，处处逢人劝读书。试看潘郎精刻竹，胸无万卷待何如！
　　（清）郑燮《绝句二十三首》，《郑板桥集》，上海古籍出版社本

　　好浮名不如好实学。岂有实学而名不远者乎？师今人不如师古人。岂有古人而今人能胜之者乎？古人学问深，品量高，心术正，其著作能振一

时，垂万世。今人万万不及古人者，即据一端可见矣。古人爱才如命，其人稍有一长，即推崇赞叹，不避寒暑。今人则惟恐一人出我之上，娼嫉挤排，不遗余力。

（清）薛雪《一瓢诗话》，人民文学出版社本

诗少作则思涩，多作则手滑；医涩须多看古人之诗，医滑须用剥进几层之法。

（清）袁枚《随园诗话》卷四，人民文学出版社本

万卷山积，一篇吟成，诗之与书，有情无情。钟鼓非乐，舍之何鸣，易牙善烹，先羞百牲。不从糟粕，安得精英？曰不关学，终非正声。

（清）袁枚《续诗品·博习》，人民文学出版社本

余续司空表圣《诗品》，第三首便曰"博习"，言诗之必根于学，所谓不从糟粕安得精英是也。近见作诗者，全仗糟粕，琐碎零星，如剃僧发，如拆袜线，句句加注，是将诗当考据作矣。虑吾说之害之也，故续元遗山《论诗》末一首云："天涯有客号冷痴，误把抄书当作诗。抄到钟嵘《诗品》日，该他知道性灵时。"

（清）袁枚《随园诗话》卷五，人民文学出版社本

窃闻师友之绪论曰：为试律者先辨体，题有题意，诗以发之，不但如应制诸诗惟求华美，则襞积之病可免矣。次贵审题，批窾导会，务中理解，则涂饰之病可免矣。次命意，次布格，次琢句，而终之以炼气炼神。气不炼，则雕镂工丽，仅为土偶之衣冠。神不炼则意言并尽，兴象不远，虽不失尺寸，犹凡笔也。大抵始于有法，而终于以无法为法；始于用巧，而终于以不巧为巧。此当寝食古人，培养其根柢，陶熔其意境，而后得其神明变化自在流行之妙，不但求之试律间也。

（清）纪昀《唐人试律说序》，《纪文达公遗集》卷九，清嘉庆刻本

予尝谓：为文必根柢经籍，博综考订，非以空言机法为也。

（清）翁方纲《复初斋文集》卷四，清刊本

石屏有《论诗十绝》，其论宋诗曰："本朝诗出于经。"此人所未识，而复古独心知之。又谓"胸中无千百卷书，如商贾之赀，本不能致奇货。"此皆务本之言。而其诗纯任自然，则阮亭所谓"直率"者也。

（清）翁方纲《石洲诗话》，人民文学出版社本

学问为立言之主，犹之志也；文章为明道之具，犹之气也；求自得于学问，固为文之根本；求无病于文章，亦为学之发挥。

（清）章学诚《文史通义·文理》，中华书局本

仆持文律，不外清真二字。清则气不杂也，真则理无支也，此二语知之甚易，能之甚难。君家念鲁先生尝言"文贵谨严雄健"，夫谨严存乎法度，雄健存乎气势。气势必由书卷充积，不可貌袭而强为之。

（清）章学诚《文史通义·与邵二云》，《章氏遗书》本

要之文易翻空，学须摭实。今之学者，虽趋风气，竞尚考订，多非心得，然知求实而不蹈于虚，犹愈于掉虚文而不复知实学也。夫医之疗疾，攻寒以热，治积宜消，然而寒热相搏，几于无止，是以良医当积实，而预为反虚之防，今日之论文而不敢忽学是也。愿足下思之度之，忖其所能而次第求之，如有所疑，则就高明而斟酌之。至于从事之余，功程疏数，条目鸿纤不妨……

（清）章学诚《文史通义·答沈枫墀论学》，《章氏遗书》本

夫近人之患，好名为甚；风气所趋，竞为考订，学识未充亦强为之。读书之功少而著作之事多，耻其言之不自己出也，而不知其说之不可恃也。

（清）章学诚《文史通义·与族孙守一论史表》，《章氏遗书》本

修辞立诚，未有无本而能立言者。且学无止境，道无终极。凡居身居学，才有一毫伪意，即不实。才有一毫盈满意，便止而不长进。勤勤不息，自然不同，故曰：其用功深者，其收名也远。

（清）方东树《昭昧詹言》卷一，人民文学出版社本

夫古文与他体异者，以首尾气不可断耳。有二首尾焉，则断矣，退之谓六朝文杂乱无章，人以为过论。夫上衣下裳，相成而不复也。故成章若衣上加衣，裳下有裳，此所谓无章矣。其能成章者，一气者也。欲得其气，必求之于古人。周秦汉及唐宋人文其佳者皆成诵乃可。夫观书者用目之一官而已。诵之而入于耳，盖一官矣。且出于口成于声而畅于气。夫气者吾身之至精者也，以吾身之至精，御古人之至精，是故浑合而无有间也。国朝人文其佳者固有得于是矣。诵之而成声，言之而成文，而空疏寡情实者盖亦有焉，则闻见少而蓄理不富也。故诗之道，性近者皆能工之。

古文而成体，非博学心知其意者不能，此皆阁下之所能自得者也。自出都来胜友日远，旧学益荒废，无以称见问之意，然有知焉不敢不以告也。

（清）梅曾亮《与孙芝房书》，《柏枧山房文集》卷二，清咸丰六年刻本

士大夫多瞻仰前辈一日，则胸中长一分邱壑；长一分邱壑，则去一分鄙陋；潜移默化，将来或出或处，所以益人家邦与移人风俗不少矣。

（清）龚自珍《与秦敦夫书》，《龚自珍全集》第五辑，上海人民出版社本

作诗文必须胸有积轴，气味始能深厚，然亦须读书。看书时从性情上体会，从古今事理上打量。于书理有贯通处，则气味在胸，握笔时方能流露。盖看书能贯通，则散者聚，板者活，实者虚，自然能到掔下；如短钉零星，以强记为工，而不思贯串，则胜灵滞塞，事理迂隔，虽填砌满纸，更何从有气味来。

（清）何绍基《题冯鲁川小像册论诗》，《东州草堂文钞》卷五，清同治六年长沙刻本

昔人论作诗，必有江山、书卷、友朋之助，即词何独不然？不读万卷书，不行万里路，不交万人杰，无胸襟，无眼界，嗫嚅龌龊，絮絮效儿女子语，词安得佳？澹园自谓：填词三十年。余语之曰：恨君少读十年书。澹园谢曰：诚然，然犹幸闻君一夕话耳。余每以狂直为时辈所嫉，此老虚怀，正不可及。

（清）蒋敦复《芬陀利室词话》卷一，《词话丛编》本

诗涉修饰，便可憎鄙。而修饰多起于貌为有学而不养本体。晋东海王越与阮瞻书曰："学之所入浅，体之所安深。"善夫！

（清）刘熙载《艺概·诗概》，上海古籍出版社本

昌黎接孟子知言养气之传，观《答李翊书》学养并言可见。

（清）刘熙载《艺概·文概》，上海古籍出版社本

以赋视诗，较若纷至沓来，气猛势恶。故才弱者往往能为诗，不能为赋。积学以广才，可不豫乎？

（清）刘熙载《艺概·赋概》，上海古籍出版社本

古人所知者多，所言者少，是以其人纯而厚。后人所知者少，所言者多，是以其文杂而薄。

（清）刘熙载《游艺约言》，《古桐书屋续刻三种》，清光绪刻本

为学者增长见闻易，变化气质难。其难也，虽移山不足以喻之，然果能诚心求实，亦无难也。

或问病奈何？曰学而已，问忧奈何，曰学而已矣，问学何以能已忧病？曰：忧病从不学生也。

不学则近于禽兽，学非所学其异于不学者几何？

学问可以变化气质，然非主学宾，我安能之。

学要能死方能生，变气质胜旧习者有焉。

学可兼愈心病身病，盖惩忿窒欲，慎言语，节饮食，莫非学也。

敏莫过于好学而愚莫过于恃才。

（清）刘熙载《古桐书屋札记》，《古桐书屋续刻三种》，清光绪刻本

古无所谓文集也。集者，其身后子若孙与夫门生故吏衷集其所为诗文以行于世，于是乎有集之名。今所传汉人文集，若《蔡中郎集》、《孔北海集》皆卷帙不多，非如后人文集，动辄数十卷也。然其根柢深厚，故其光油然而幽，其味黯然而长，虽或寥寥数篇，而使人寻绎不能竟。乌乎！此所谓古人文欤……然后叹先生之学博而有要，宜其发为诗文者之与世俗殊也。时文、试帖且然，况进于此者乎。然则此文之必传而无疑，正不必如《王弇州山人四部稿》，以多为贵也……

(清) 俞樾《莲溪文集序》，《春在堂杂文续编三》，《春在堂全书》，清光绪十一年重定本

往汝纶始入内阁，则闻曲阜孔叙仲先生，于诸舍人中为最贤；会先生已东归，愿见而不可得。又后二十余年，与先生之子厚甫同官直隶，乃得读先生之书。盖先生少师事李方伯宗传，为桐城古文学。桐城之言古文，自方侍郎、刘教谕、姚郎中，世所称"天下文章在桐城"者也。而郎中君最后出，其学亦最盛。由郎中君已上，师师相诏，更嬗递引，乡里之传不绝。独郎中君自少至老，常客游，不家于乡，其流风被天下；而桐城受业者乃四五人而已，李方伯其一人也。

郎中君既没，弟子晚出者，为上元梅伯言，当道光之季，最名能古文，居京师，京师士大夫日造门问为文法。而是时湘乡曾文正公尤以闳文系众望，其持论亦推本姚氏。故梅、曾二家宾客相通流。先生既传业于李方伯，及入京师，则数与梅伯言、曾文正往来。其于姚氏之学，既沈渐而癖好之。曾寄诗伯言，自诡出桐城门下，用相矜宠。暇则从诸公为文酒之燕，见于诗集者，往往一会至数十人。今读其诗，若承謦欬于诸君子之侧，而身从其游，与之驰骤而先后之也。方梅、曾在京师时，文章之士之趋归之，相与讲论姚氏之术，可谓盛哉！

往年汝纶侍文正公时，公数数为余称述姚氏之说，且曰："今天下动称姚氏，顾真知姚氏法者不多，背而驰者皆是也。"汝纶窃自维念，幸生桐城，自少读姚氏书。姚氏支与流裔在天下，有振起而益侈大之者，而乡里后生，卒鲜得其近似。闻公言，则矍然而惧。今老矣，业不加进，无以逾侍文正公时。读先生书，考其渊源所自，茫然不自知针刺之在体也。

(清) 吴汝纶《孔叙仲文集序》，《桐城吴先生全书》文集卷一，清光绪三十年家刻本

诗至淳古境地，必自读破万卷后含蕴出来，若袭取之，终成浅薄家数。多读书非为搬弄家私，震川谓善读书者，养气即在其内。故胸多卷轴，蕴成真气，偶有所作，自然臭味不同。

（清）李重华《贞一斋诗说》，《清诗话》本

《选》体凝而不流，全在精神收敛，意思深沉，不然亦是死胚。
《选》体诗全要典重深厚，须以学力胜，枵腹掉笔者，遇此必不支。

（清）张谦宜《𥳑斋诗谈》卷二，《清诗话续编》本

造句下字，全要多看。抄其佳者于后："一山在水次，经日有泉声"，自然风韵。"骤惊函半损，幸露语平安"，曲得人情。"明月自佳色，秋钟多远声"，天然旷渺。"湘妃危立冻蛟背，海月冷挂珊瑚枝"，奇警峭拔。"百千年薛著枯树，三两点春供老枝"，萧散飘逸。"稚子推窗窥过雁，数峰乘隙入西窗"，意平语新。"未缘狗监知才思，端向牛衣积泪痕"，沉郁感慨。"忧虞心似知更雀，安稳身如挂角羊"，属对巧合。"鱼龙壑冷魂难寐，鸟鼠山秋语易哀"，造句瑰玮。"乱山背水孤城晚，独树临关一叶秋"，地形如画。"独树"、"一叶"，此是本句呼应法。"岚气满林晴亦雨，溪声近驿夜如秋"，淹润轻清。"潮生远浦孤帆小，雨过苍厓古木寒"，森秀壮阔。"小桥跨涧村春急，老树吹花野店香"，幽秀如画。"暮云松径僧归寺，夜雨篷窗客在船"，景物移情。"青山尽处海门阔，红日上来天宇低"，气色苍茫。"潮来估客船归市，月上人家水浸空"，肖物曲尽。"万里寒山横积雪，半汀衰草隐斜阳"，冷而不衰。"墙压花枝妨客过，泥深苔径唤人扶"，自然高妙。"壁间写遍篱花影，云里崩来水碓声"，绘空传响。"笑我无鱼歌幸舍，怜君有蟹领监州"，取材恰当。"风寒梦醒巢松鹤，日暖藤牵挂树猿"，高逸洒脱。"寒灯一盏半间屋，夕磬三声几个山"，寒不伤骨。"耳边水响停杯看，前面滩高月乱流"，自然深细。右皆得自《闽小纪》。

（清）张谦宜《𥳑斋诗谈》卷三，《清诗话续编》本

唐人如昌谷乐府，真是当家。若李于鳞之乐府，则是造赝鼎手，不足多珍。

《骚》学不深者,莫惹昌谷派,恐学他一片墨晕耳。

(清)张谦宜《𫄧斋诗谈》卷二,《清诗话续编》本

王新城教人少作长篇,恐其伤气,是也。然杜、韩二家独好长篇,学者诚熟诵上口,如悬河泄水,久之理足乎中而气昌于外,亦莫能自禁。余与望溪兄五古所谓"大儿李杜韩,小儿王孟柳",言气势也。

(清)方世举《兰丛诗话》,《清诗话续编》本

兴、观、群、怨,诗人之性情然耳。多识鸟兽草木之名,乃言学问。陆玑之《疏》,嵇含之《状》,陶弘景、段成式、陆佃、罗愿、邢昺诸人所撰著,皆从多识句来。今之学诗者,何读《尔雅》未熟也!

(清)田雯《古欢堂集杂著》卷一,《清诗话续编》本

《日知录》曰:"今之经义论策,其名虽正,而便于空疏不学之人。唐、宋用诗赋,虽曰'雕虫小技',而非通知古今之人不能作。"故号称诗人,纵匪淹博,未有不洞晓古今大意者。

(清)乔亿《剑溪说诗》卷三,《清诗话续编》本

问:《北梦琐言》讥唐求诗思不出二百里间,然则山林隐逸之士,岂竟无好诗乎?

亦视其胸次学问何如耳,诗之优劣,固不尽系于此。必欲极诗境之变,增长其气识,自非游万里路,读十年书不可。

(清)陈仅《竹林答问》,《清诗话续编》本

或曰:"《三百篇》直抒性情,无一不佳,请问当日诗人,所读何书?"余谓不然,不读书必不能有此。古今人性情皆同,惟其薰染不同,故文字亦不同。少时闻田歌云:"谢豹香花满山红,癞头娘子嫁老公。"原其情之所发,即是《周南·桃夭》之诗。一文一俚,难可里计,由其有无书味薰蒸故耳。

(清)厉志《白华山人诗说》卷一,《清诗话续编》本

《韵语阳秋》评僧祖可诗多佳句,清新可喜。然读书不多,故变态

少。观其体格，不过烟云草树，山川鸥鸟而已。焦弱侯谓："此数语深中学者之病。世乃有谓诗不关学者，遂欲不持寸铁，鼓行词坛，岂不怖死！"埴观今之作者，此病更甚。以空疏之腹，为寒俭之词，佪然自足。见博雅之制，辄以食生铁、点鬼簿诮之，不自愧其疏陋，良可叹也。"读书破万卷"，始成其为少陵。世之君子，足以语此耶！

（清）金埴《不下带编》卷五，中华书局本

词虽小道，然非多读书，则不能工，观方虚谷之讥戴石屏，杨用修之论曹元宠，古人且然，何况今日。

（清）彭逊遹《金粟词话》，《词话丛编》本

画学高深广大，变化幽微。天时、人事、地理、物态，无不备焉。古人天资颖悟，识见宏远，于书无所不读，于理无所不通，斯得画中三昧。故所著之书，字字肯綮，皆成诀要，为后人之阶梯。故学画者，宜先读之。如唐王右丞《山水诀》、荆浩《山水赋》、宋李成《山水诀》、郭熙《山水训》、郭思《山水论》、《宣和画谱》、《名画记》、《名画录》、《图绘宗彝画苑》、《画史会要》、《画法大成》，不下数十种，一一皆句诂字训，朝览夕诵。浩浩焉，洋洋焉，聪明日生，笔墨日灵矣。然而未穷其至也。欲识天地鬼神之情状，则《易》不可不读。欲识山川开辟之峙流，则《书》不可不读。欲识鸟兽草木之名象，则《诗》不可不读。欲识进退周旋之节文，则《礼》不可不读。欲识列国之风土关隘之险要，则《春秋》不可不读。大而一代有一代之制度，小而一物有一物之精微。则二十一史诸子百家不可不读也。胸中其上下千古之思，腕下其纵横万里之势。立身画外，存心画中，泼墨挥毫，皆成天趣。读书之功，焉可少哉。庄子云：知而不学，谓之视肉。未有不学而能得其微妙者，未有不遵古法而自能超越名贤者。彼懒于读书，而以空疏从事者，吾知其不能画也。

（清）唐岱《绘事发微》，《历代论画名著汇编》本

画虽一艺，而气合书卷，道通心性。非深于契合者，不轻以此酬酢也。

（清）王原祁《麓台画跋》，《历代论画名著汇编》本

诗笔固不宜直率，尤切忌刻意为曲折。以曲折药直率，即已落下乘。昔贤朴厚醇至之作，由性情学养中出，何至蹈直率之失。若错认真率为直率，则尤大不可耳。

（清）况周颐《蕙风词话》，人民文学出版社本

（2）天分高　故心虚也

善学者，若齐王之食鸡也，必食其跖数千而后足。虽不足，犹若有跖。物固莫不有长，莫不有短。人亦然，故善学者，假人之长以补其短。

（先秦）《吕氏春秋·用众》，《诸子集成》本

薛谭学讴于秦青，未穷青之技，自谓尽之，遂辞归。秦青弗止，饯于郊衢，抚节悲歌，声振林木，响遏行云。薛谭乃谢，求反，终身不敢言归。

（汉）张湛《列子·汤问》，《诸子集成》本

抑尝病今之学者，不知古人为己之意，不以读书治己为先，而急于闻道，是以文胜其质，言浮于行，而终不知所底止。

（宋）朱熹《答欧阳庆似（光祖）》，《朱子大全》卷四十五，《四部备要》本

人患不自知耳，既自知得如此，便合痛下功夫，勇猛舍弃，不要思前算后，庶能矫革，所谓药不瞑眩，厥疾不瘳者也。

（宋）朱熹《答孙季和（应时）》，《朱子大全》卷五十四，《四部备要》本

熹闻之：君子之于学，非特与今之学者，并而争一旦之功也，固将求至乎古人之所至者而后已，然后可与语学矣。夫将求至于古人之所至者而后已，则非规橅缀缉之所能就，其必有以度越世俗庸常之见，而直以古人之事自期，然后可得而至也。夫古人之学何为哉？致知以明之，立志以守之，造之以精深，充之以光大，虽至乎圣人可也。不出乎此，而营营驰骋于末流，竭尽意思，惟惧夫蓄藏之不富，诵说之不工，虽曰能之，非吾之所谓学也……故足下之患，患知之不明，志之不果，造之未至乎刚大而

已。蓄藏之不富，诵说之不工，则君子不患矣。

（宋）朱熹《答刘朝弼》，《朱子大全》卷六十四，《四部备要》本

学问，是自家合做底，不知学问，便是欠阙了自家底，知学问，则方无所欠阙。今人把学问来做外面添底事看了。

（宋）朱熹《朱子语类辑略》卷二，《丛书集成》本

为学，须是切实为己，则安静笃实，承载得许多道理。若轻扬浅露，如何探讨得道理。纵使探讨得，说得去，也承载不住。

（宋）朱熹《朱子语类辑略》卷二，《丛书集成》本

自家犹不能快自家意，如何他人却能尽快我意。要在虚心以从善。

（宋）朱熹《朱子语类辑略》卷二，《丛书集成》本

须是在己见得，只是欠阙，他人见之，却有长进方可。

（宋）朱熹《朱子语类辑略》卷二，《丛书集成》本

学者肯做工夫，想是自有时，然所谓时者，不可等候，只自肯做时，便是也。今学者自不以为饥，如何强他使食，自不以为渴，如何强他使饮。

（宋）朱熹《朱子语类辑略》卷六，《丛书集成》本

涵养须用敬，进学则在致知。

（宋）程颐　程颢《二程语录》卷十一，《四部丛刊》本

余每见旧所作文章，憎之必欲烧弃。梅尧臣喜曰：公之文进矣，仆之诗亦然。

（宋）魏庆之《诗人玉屑》卷五，上海古籍出版社本

……（五百罗汉图）世传关僧法能之所作也，笔画虽不甚精绝，而情韵风趣各有所得，其绵密委曲可谓至矣。昔戴逵常画佛像而自隐于帐中，人有所臧否，辄窃听而随改之，积数年而就，余意法能亦当研思若

此，然后可成，非率然而为之决也。

（宋）秦观《五百罗汉图记》，《淮海集》卷三十八，《四部丛刊》本

王摩诘云："九天宫殿开阊阖，万国衣冠拜冕旒。"子美取作五字云："阊阖开黄道，衣冠拜紫宸"，而语益工。

（宋）陈师道《后山诗话》，《历代诗话》本

永叔谓为文有三多：看多、做多、商量多也。

（宋）陈师道《后山诗话》，《历代诗话》本

欧公一世文宗，其集中美梅圣俞诗者十几四五，称之甚者，如："诗成希深拥鼻讴，师鲁卷舌藏戈矛。"又云："作诗三十年，视我犹后辈。"又云："少低笔力容我和，无使难追韵高绝。"又云："嗟哉吾岂能知子，论诗赖子能指迷。"圣俞诗佳处固多，然非欧公标榜之重，诗名亦安能至如此之重哉？欧公后有诗云："梅穷独我知，古货今难卖。"而圣俞《赠滁州谢判官》诗亦云："我诗固少爱，独尔太守知。"皆言识之者鲜矣。张芸叟评其诗云："如深山道人草衣捆屦，王公大人见之屈膝。"

（宋）葛立方《韵语阳秋》卷一，《历代诗话》本

词气或不逮初造意时，此病只是读书未精博耳。长袖善舞，多钱善贾，不虚语也。

（元）王构《修辞鉴衡》卷二，《丛书集成》本

作诗能不自满，此大雅之胚也。虽跻上乘，得正法眼评之尤妙。勤以进之，苦以精之，谦以全之。能入乎天下之目，则百世之目可知。

（明）谢榛《四溟诗话》卷三，人民文学出版社本

范希文作《严子陵祠堂记》云："先生之德，山高水长。"李泰伯易"德"为"风"，至今彰希文之服善。此泰伯偶然尔。近有词流，与人一字之益，每对众言之，其不自广也如此。及出所作，称之则快意，议之则变色，虽杜少陵更正，亦不免忌心萌焉。夫偶定人之未安，何其自矜；竟

沮人之有益，甘于自误吁！彼何人哉？吁！彼何人哉！

（明）谢榛《四溟诗话》卷三，人民文学出版社本

余作文颇敏，顷刻数纸，特搜剔删削，每旬日不休，大较用工作之十三，琢之磨之十七也。为文有骄心怠气，疏慢苟足之情，皆不可以入室。及其至处，工候所到，自然臻之。尝看大文微巧之妙，若须一一想头布置，虽十年不能成，似只信手凑泊，天机相触，然非工苦积久，不可妄希。

（清）魏禧《与门人王愈融》，《魏叔子文集》卷七，清易堂刻本

刘霞裳与余论诗曰："天分高之人，其心必虚，肯受人讥弹。"余谓非独诗也；钟鼓虚故受考，笙竽虚故成音。试看诸葛武侯之集思广益，勤求启诲；此老是何等天分？孔子入太庙，每事问。颜子以能问于不能，以多问于寡。非谦也，天分高，故心虚也。

（清）袁枚《随园诗话》卷九，人民文学出版社本

顾世俗方以进士为荣，与是选者，门以内荣之，门以外宗戚士友荣之，下至闾巷，愚夫妇臧获荣之，夫夫也，未必不栩栩然自荣之，曰："吾毕吾读书愿矣。"嗟乎！上所愿于士，与士所以自愿望者，仅止此乎？抑不止此乎？夫举世以进士为读书之终，而徐子独以进士为读书之始，其于流俗也卓矣。余闻先儒言：读书非记诵之谓，蓄诸躬，必有根柢，见诸文，足资世用，盖德与言兼焉。

（清）邵长蘅《贺徐学人成进士序》，《青门剩稿》卷四，《邵子湘全集》，愚斋丛书刻青门草堂藏本

学画最要虚心探讨。不可稍有得意处，便诩诩自负。见人之作，吹毛求疵。惟见胜己者勤加咨询，见不如己者内自省察。知有名迹，遍访借观，嘘吸其神韵，长我之识见。而游览名山，更觉天然图画。足以开拓心胸，自然邱壑内融。众美集腕，便成名笔矣。

（清）王昱《东庄论画》，《历代论画名著汇编》本

（3）博而不杂　专而不急

其在于诗书礼乐者，邹鲁之士，搢绅先生，多能明之。《诗》以道志，《书》以道事，《礼》以道行，《乐》以道和，《易》以道阴阳，《春秋》以道名分。其数散于天下，而设于中国者。百家之学，时或称而道之。天下大乱，贤圣不明，道德不一，天下多得一，察焉以自好。譬如耳目鼻口，皆有所明，不能相通。犹百家众技也，皆有所长，时有所用。虽然，不该不偏，一曲之士也。

（先秦）《庄子·天下》，《诸子集成》本

是以规略文统，宜宏大体。先博览以精阅，总纲纪而摄契；然后拓衢路，置关键，长辔远驭，从容按节，凭情以会通，负气以适变，采如宛虹之奋鬐，光若长离之振翼，乃颖脱之文矣。若乃龌龊于偏解，矜激乎一致，此庭间之回骤，岂万里之逸步哉？

（南朝·梁）刘勰《文心雕龙·通变》，人民文学出版社本

王颎……少好游侠，年二十，尚不知书。为其兄颙所责怒，于是感激，始读《孝经》、《论语》，昼夜不倦。遂读《左传》、《礼》、《易》、《诗》、《书》，乃叹曰："书无不可读者！"

（唐）魏徵《隋书·王颎传》，中华书局本

……阅书百氏尽，落笔四座惊。……

（唐）杜甫《八哀诗·赠左仆射郑国公严公武》，《杜诗详注》卷十六，中华书局本

仆愚陋无所知晓，然圣人之书，无所不读，其精粗巨细，出入明晦，虽不尽识，抑不可谓不涉其流者也。以此而推之，以此而度之，诚知足下出群拔萃，无谓仆何从而得之也！

（唐）韩愈《与崔群书》，《昌黎先生集》卷十七，《四部备要》本

先生口不绝吟于六艺之文，手不停披于百家之编，记事者必提其要，纂言者必钩其玄；贪多务得，细大不捐，焚膏油以继晷，恒兀兀以穷年；

先生之业，可谓勤矣。

（唐）韩愈《进学解》，《昌黎先生集》卷十二，《四部备要》本

或问宗元曰："悉矣子之得于巽上人也，其道果何如哉？"对曰："吾自幼好佛，求其道，积三十年，世之言者罕能通其说。于零陵，吾独有得焉。且佛之言，吾不可得而闻之矣。其存于世者，独遗其书，不于其书而求之，则无以得其言。言且不可得，况其意乎。"

（唐）柳宗元《送巽上人赴中丞叔公召序》，《柳河东集》卷二十五，中华书局本

吾年十七，求进士，四年乃得举。二十四求博学宏词科，二年乃得仕，其间与常人为群辈数十百人。当时志气类足下，时遭讪骂诟辱，不为之面，则为之背。积八九年，日思摧其形，锄其气，虽甚自折挫，然已得号为狂疏人矣。及为蓝田尉，留府庭，日暮走谒于大官堂下，与卒伍无别。居曹则俗吏满前，更说买卖，商算赢缩。又二年为此，度不能去，益学老子。和其光，同其尘。虽自以为得，然已得号为轻薄人矣，及为御史郎官，自以登朝廷，利害益大。愈恐惧，思欲不失色于人。虽戒励加切，然卒不免为连累废逐。犹以前时遭狂疏轻薄之号，既闻于人。为恭让未洽，故罪至而无所明之。至永州七年矣，早夜惶惶，追思咎过，往来甚熟，讲尧舜孔子之道亦熟。益知出于世者之难自任也。今足下未为仆乡所陈者，宜乎欲任己之志，此与仆少时何异。

（唐）柳宗元《与杨诲之第二书》，《柳河东集》卷三十三，中华书局本

书富如入海，百货皆有。人之精力，不能兼收尽取，但得其所欲求者尔。故愿学者每次作一意求之，如欲求古今兴亡治乱、圣贤作用，但作此意求之，勿生余念。又别作一次，求事迹故实典章文物之类，亦如之。他皆仿此。此虽迂钝，而他日学成，八面受敌，与涉猎者不可同日而语言也。

（宋）苏轼《又答王庠书》，《经进东坡文集事略》卷四十六，《四部丛刊》本

其平居所以自养而不敢轻用以待其成者，闵闵焉如婴儿之望长也。弱者

养之以至于刚，虚者养之以至于充，三十而后仕，五十而后爵，信于久屈之中，而用于至足之后，流于既溢之余，而发于持满之末，此古人之所以大过人，而今之君子所以不及也。吾少也有志于学，不幸而早得，与吾子同年，吾子之得亦不可谓不早也。吾今虽欲自以为不足，而众且妄推之矣。呜呼，吾子其去此而务学也哉。博观而约取，厚积而薄发，吾告子止于此矣。

（宋）苏轼《杂说·送张琥》，《东坡七集·东坡集》卷二十三，《四部备要》本

学如富贾在博收，仰取俯拾无遗筹。道大如天不可求，修其可见致其幽。愿子笃实慎勿浮，发愤忘食乐忘忧。

（宋）苏轼《代书答梁先》，《集注分类东坡先生诗》卷十六，《四部丛刊》本

余于庄周书读之有年矣，爱其善骋高辨，一尽乎天下事物，有名相者性分之理，辄尝谓曰，是虽有好为横议之士于此，固亦无地可以容其言矣。后得僧肇法师《四绝论》，因悟不迁不真之旨与无知无名之义，渐简邪惑，直领妙慧，回视向之所嗜逍遥齐物之说，何其诪诪者哉。其有高不可躐而深不可汲者，窃常患之。讲师无演自成都来，为余设灭缘之梯，引除妄之绠，使余旁羊恣肆，造诣无极，俯仰一息，空色皆尽，斯无演之力于余大矣，顾余所获者何等物耶。

（宋）文与可《送敏行无演序》，《丹渊集》卷二十六，《四部丛刊》本

所示温公读书，真是读书法。涉猎百篇，不如深考一卷耳。韵对，平生不喜此书，故未曾有。

（宋）黄庭坚《与元勋不伐书之三》，《山谷集·别集》卷十八，《文渊阁四库全书》本

读书欲精不欲博，用心欲纯不欲杂。读书务博常不尽意，用心不纯讫无全功。治经之法，不独玩其文章谈说义理而已。一言一句，皆以养心、治性、事亲，处兄弟之间，接物在朋友之际，得失忧乐，一考之于书，然后尝古人之糟粕而知味矣。

（宋）黄庭坚《书赠韩琼秀才》，《山谷集·内集》卷二十五，《文渊阁四库全书》本

每相聚辄读数叶《前汉书》，甚佳。人胸中久不用古今浇灌之，则俗尘生其间，照镜则觉面目可憎，对人亦语言无味也。

    （宋）黄庭坚《与宋子茂》，《山谷集·别集》卷十五，《文渊阁四库全书》本

欧阳文忠公书不极工，然喜论古今书，故晚年亦少进。其文章议论一世所宗，书又不恶，自足传百世也。

    （宋）黄庭坚《跋永叔与挺之郎中及忆滁州幽谷诗》，《山谷集·别集》卷十二，《文渊阁四库全书》本

一、其坚也，可以当谤者之铄金。其重也，可以压险者之累卵。其温也，可以消非意之横逆。其圆也，可以行立心之直方。如是，则研为予师亦为予友。善友在前，良规在后，精则入神，勤则见功。坚如是，重如是，乃能时中。固穷在道，涉世在逢。

二、制作淳古，可使巧者拙，夸者节。性质温润，可使躁者静，戾者听。观棐几而见研，忘其一室之悬磬。

    （宋）黄庭坚《研铭三首之一、二》，《山谷集·内集》卷十三，《文渊阁四库全书》本

弃书策而游息，书味犹在胸中，久之乃见古人用心处。如此则尽心于一两书，其余如破竹节，节迎刃而解也。古人尝喻植物。盖杨，天下易生之木也。竖植之而生，横植之而生。一人植之一人拔之，虽千日之功皆弃。此最善喻。

    （宋）黄庭坚《与王子予书》，《山谷集·内集》卷十九，《文渊阁四库全书》本

济川侄夜来，细观所作文字，甚有笔力。他日可为诸父雪耻。但须勤读书，令精博。极养心，使纯静。根本若深，不患枝叶不茂也。

    （宋）黄庭坚《与济川侄》，《山谷集·别集》卷十七，《文渊阁四库全书》本

予友生王观复作诗，有古人态度。虽气格已超俗，但未能从容中玉佩

之音，左准绳、右规矩尔。意者读书未破万卷，观古人之文章未能尽得其规摹。及所总览笼络，但知玩其山龙黼黻成章耶？故手书柳子厚诗数篇遗之，欲知子厚如此学陶渊明，乃为能近之耳。如白乐天自云效陶渊明数十篇，终不近也。

(宋) 黄庭坚《跋书柳子厚诗》，《豫章黄先生文集》卷二十六，《四部丛刊》本

读书惟在记牢，则日见进益。陈晋之一日只读一百二十字，后遂无书不读，所谓日计不足，岁计有余者。今人虽不读书，日将诵数千言，初若可喜，然旋读旋忘，是虽一岁未尝得百二十字也，况一日乎？予少时实有贪多之癖，至今每念腹中空虚，方知陈贤良为得法。

(宋) 陈善《扪虱新话》卷四，《丛书集成》本

公语韩子苍云：学者观儒书。至于佛书亦可多读，知其器能也。

(宋) 苏籀《栾城先生遗言》，《丛书集成》本

鲁直与方蒙书："顷洪甥送令嗣二诗，风致洒落，才思高秀，展读赏爱，恨未识面也。然近世少年，多不肯治经术及精读史书，乃纵酒以助诗，故诗人致远则泥。想达源自能追琢之，必皆离此诸病，漫及之尔。"与洪朋书云："龟父所寄诗，语益老健，甚慰相期之意。方君诗，如凤雏出壳，虽未能翔于千仞，竟是真凤凰尔。"与潘邠老书曰："大受今安在？其诗甚有理致，语又工也。"又曰："但咏五言，觉翰墨之气如虹，犹足贯日尔。"

(宋) 魏泰《临汉隐居诗话》，《历代诗话》本

凡作诗，平居须收拾诗材以备用。退之作《范阳卢殷墓志》云"于书无所不读，然止用以资为诗"是也。

(宋) 强幼安《唐子西文录》，《历代诗话》本

杜子美教其子曰："熟精《文选》理。"夫惟《文选》是尚，不爱奇乎？今人不为诗则已，苟为诗则《文选》不可不熟也。《文选》是文章祖宗，自两汉而下，至魏晋宋齐，精者斯采，萃而成编，则为文章者，焉得

不尚《文选》也！唐时文弊，尚《文选》太甚。李卫公德裕云"家不蓄《文选》"，此盖有激而说也。老杜于诗学，世以为前无古人，后无来者，然观其诗，大率宗法《文选》，撷其华髓，旁罗曲采，咀嚼为我语。至老杜体格无所不备，斯周诗以来老杜所以为独步也。
　　　　　　　　　　　　　（宋）郭思《瑶溪集》，《宋诗话辑佚》本

　　近日看朋友间病痛，尤更亲切，都是贪多务广，匆遽涉猎，所以凡事草率粗浅。本欲多知多能，下稍一事不知，一事不能；本欲速成，反成虚度岁月。
　　　　（宋）朱熹《答黄子耕》，《朱子大全》卷五十一，《四部备要》本

　　……所读者亦太多，如人大病在床，而众医杂进，百药交干，决无见效之理，不若尽力一书，令其反复通透，而复易一书之为愈。盖不独专力易见功夫，且是心定不杂，于涵养之功，亦有助也。
　　　　（宋）宋熹《答吕子约》，《朱子大全》卷四十七，《四部备要》本

　　务反求者，以博观为外驰；务博观者，以内省为狭隘。堕于一偏，此皆学者之大病也。
　　　　　　　（宋）朱熹《朱子语类辑略》卷二，《丛书集成》本

　　夫欲折衷天下之义理，必尽考详天下之事物，而后不谬。
　　　　　（宋）叶适《题姚令威西溪集》，《叶适集》卷二十九，中华书局本

　　（黄鲁直）《答王云书》云："陈履常正字，天下士也。读书如禹之治水，知天下之络脉，有开有塞，而至于九川，涤源四海，会同者也。其作诗渊源，得老杜句法，今之诗人不能当也。至于作文，深知古人之关键。其论事，救首救尾，如常山之蛇，时辈未见其比。公有意于学，不可不往扫斯人之门。古人云，'读书十年，不如一诣习主簿'，端有此理。"
　　　　　　　　（宋）王正德《余师录》卷二，《丛书集成》本

古今无异道，惟造于诣绝者得之。但后人于学不能致一，故听得类皆卤莽灭裂，不到古人地也。

（宋）董逌《古画水图》，《广川画跋》卷六，《画品丛书》本

盖公生于盛时，不习训诂文，而抱道太山长谷之间，其精神坚完，足以立事；其志虑纯一，足以穷物，其考览博大，足以通乎典故，而其超然所得者，又足以达乎鬼神天地之宜，其文之所就可必行于人，为传世之器，无疑也。

（元）杨维桢《鹿皮子文集序》，《东维子文集》卷六，《四部丛刊》本

濂自幼至壮，饱阅三藏诸文，粗识世雄氏所以见性明心之旨。及游仕中外，颇以文辞为佛事。由是南北大浮屠，其顺世而去者，多以塔上之铭为属。衰迟之余，诸习皆空。凡他有所请，辄峻拒而不为，独于铺叙悟缘，评骘梵行，每若不敢后者，盖欲表般若之胜因，启众生之正信也。

（明）宋濂《佛性园辩禅师净慈顺公逆川瘗塔碑铭》，《宋学士全集》补遗卷七，《丛书集成》本

广陵孙生貌予真，人皆失笑，谓无不似者，因题其右，辞曰：似柔而强，如愚而明。辨驳百氏，寤寐群经。千载之长，一世之短。前武俨然，吾敢不践。

（明）宋濂《自题画像赞》，《宋学士全集》卷三十，《丛书集成》本

昔者先师黄文献公尝有言："作文之法，以群经为本根，迁、固二史为波澜。本根不蕃，则无以造道之原；波澜不广，则无以尽事之变。舍此二者而为文，则槁木死灰而已！"予窃识之不敢忘。于是取一经而次第穷之，有不得者终夜以思。思之不通，或至达旦。如此者有年，始粗晓大旨，然犹不敢以为是也。复聚群经于左右，循环而温绎之，如此者亦有年，始知圣人之不死。其所以代天出治，范世扶俗者，数千载犹一日也。然犹不敢以为足也。朝夕讽咏之，沈潜之，益见片言之间，可以包罗数万

言者，文愈简而其义愈无穷也。由是去读迁、固之书，则势若破竹，无留碍矣。权衡既悬，而百物重轻无遁情矣。然犹不敢以为易也，稽本末以核其凡，严褒贬以求其断，探幽隐以究其微，析章句以辨其体，事固粲然明白，而其制作之意，亦皦然不诬也。由是以定诸子百家之异同，若别白黑而绝无难矣。及夫物有所触，心有所向，则沛然发之于文。翩翩乎其萃也，衮衮乎其不馁也，汹汹乎大无不包，小无所遗也。呜呼！予以五十年之功仅仅若此。

（明）宋濂《叶彝仲文集序》，《宋学士全集》卷七，《丛书集成》本

文章于士子最为末事，然非有得于古圣贤之意者不能。世之学者众矣，其用志不专，探索不精，闻见不博，攻习不久，而能得圣贤之意者，无有也。是以吾少而好观人文，非止以其文，盖将因其文而察其所存，与之共进于斯道也。

（明）方孝孺《答胡怀秀才》，《逊志斋集》卷十一，《四部丛刊》本

汉人作赋，必读万卷书，以养胸次。《离骚》为主，《山海经》、《舆地志》、《尔雅》诸书为辅。又必精于六书，识所从来，自能作用。若扬袘、戌削、飞襳、垂髾之类，命意宏博，措辞富丽，千汇万状，出有入无，气贯一篇，意归数语，此长卿所以大过人者也。

（明）谢榛《四溟诗话》卷二，人民文学出版社本

昔桓谭学赋于扬雄，雄令读千首赋。盖所以广其资，亦得以参其变也。诗赋粗精，譬之绨绤，而不深探研之力，宏识诵之功，何能益也？故古诗三百，可以博其源；遗篇十九，可以约其趣；乐府雄高，可以厉其气；《离骚》深永，可以裨其思。然后法经而植旨，绳古以崇辞，虽或未尽臻其奥，我亦罕见其失也。

（明）徐祯卿《谈艺录》，《历代诗话》本

仆少喜为文，每谓当跌宕激射似司马子长，字而比之，句而亿之，苟一字一句，不中其累黍之度，即惨恻悲悽也。唐以后，若薄不足为者，独

怪荆川疾呼曰：唐之韩，犹汉之马迁，宋之欧、曾、二苏，犹唐之韩子，不得致其至，而何轻议为也。仆闻而疑之，疑而不得，又蓄之于心而徐求之。今且三年矣，近乃取百家之文之深者按覆之，卧且唫而餐且噎焉，然后徐得其所谓万物之情，自各有其至，而因悟曩之所谓司马子长者，眉也，发也。而唐司谏及仆所自持，始两相印而无复同异。

（明）茅坤《与蔡白石太守论文书》，《茅鹿门集》卷三，清康熙刊本

吾人学书，当兼收并蓄，聚古人于一堂，接丰采于几案，手执心谈，求其字体形势，转侧结构，若龙跳虎卧，风云转移，若四时代谢，二仪起伏，利若刀戈，强若弓矢，点滴如山颓雨骤，而纤轻如烟雾游丝。使胸中宏博，纵横有象，庶学不窘于小成，而书可名于当代矣。

（明）屠隆《书笺·学书》，《考槃余事》卷一，《丛书集成》本

诗非博学而不工，而所以工非学。诗非高才不妙，而所以妙非才。杜撰则离，离非超脱之谓。格虽自创，神契古人，则体离而意未尝不合。程古则合，合非摹拟之谓，字句虽因，神情不传，则体合而意未尝不离。

（明）屠隆《论诗文》，《鸿苞》卷六上，愚斋丛书刻保砚斋藏本

予闻：人生感于物而后有言，言之成文而有音节者为诗。诗足以宣人情之欣戚，体物理之隐微，极古今事变之得失，而格有高下，词有清新、古雅、富丽、平淡之殊，皆系乎其人之所养与所学何如也。学博而养正，诗有不工者哉？

（明）彭时《蒲山牧唱集序》，《皇明文衡》卷四十四，《四部丛刊》本

黄以方问："'博学于文'为随事学存此天理，然则谓'行有余力，则以学文'，其说似不相合。"先生曰："《诗》、《书》、六艺，皆是天理之发见，文字都包在其中。考之《诗》、《书》、六艺，皆所以学存此天理也，不特发见于事为者方为文耳。余力学文，亦只博学于文中事。"

（明）王守仁《语录·传习录下》，《王文成公全书》卷三，《四部丛刊》本

底豫

止熟一部《四书》，便欲作曲，何言之易也！古帝王圣贤，原有厉禁，不入氍毹场中，此记宜亟毁之。

（明）祁彪佳《远山堂曲品》，《中国古典戏曲论著集成》（六），中国戏剧出版社本

姑苏杨循专自叙云：少好蓄书，一卷未竟，又读一卷，故至今不能记忆，人问之，茫然无可答也。余亦同病，故涉猎多，记忆少。《货殖传》云，贪贾三之，廉贾五之，可为读书者喻。余因铭座右云：多览不如少录，多录不如少读，多读不如少熟。绅绎则味酞，温故则新续，有恒毋怠，有序毋速，座右书之，自箴自勖。

（明）王嗣奭《管天笔记外编》卷下，《四明丛书》本

弟自笑胸中学问，如杂卖货郎，色色都有，然富人出一金，便两耳小鼓，俱被买却。观兄博奥，乃是盗入龙宫，珠贝狼藉，直无着手处耳。

（清）魏禧《与涂宜振》，《魏叔子文集》卷七，清易堂刻本

夫世之不能为《三百篇》也有故，非特才不逮古人也。物之取精多而用之少者，其发必醇；取精少而用之多，其发必薄。《三百篇》人不尽作，作不过一二，皆自言其胸中之所有，胸中所无有者，弗强道也，故虽以君吉甫之材美，其见于声诗者，两篇而止。岂惟《三百》，即汉、魏诸诗人，少者数篇，多则十倍之，元气充溢喷薄，一篇一句，皆载生平学问之大力以出，其独工于后世，无足怪者。至于三唐，家工户习，自言怀应制之篇，以至酬赠登览宴游，莫不有作，莫能者人各以诗名集，比于今日，时为相似，故自三唐以迄今，诗又别有所以为工者，而顾欲跻之于汉、魏、《三百》，则几何其不诬也。

（清）魏禧《初蓉阁诗叙》，《魏叔子文集》卷九，清易堂刻本

道欲通方而业须专一，其说并行而不悖……后儒途径所由寄，则或于义理，或于制数，或于文辞，三者其大较矣；三者致其一，不能不缓其二，理势然也。知其所致为道之一端，而不以所缓之二为可忽，则于斯道

不远矣。狥于一偏而谓天下莫能尚，则出奴入主，交相胜负，所谓物而不化者也。是以学必求其心得，业必贵于专精，类必要于扩充，道必至于全量，性情喻于忧喜愤乐，理势达于穷变通久，博而不杂，约而不漏，庶几学术醇固，而于守先待后之道，如或将见之矣！

（清）章学诚《文史通义·博约》，中华书局本

夫学者读书缵言，非务博而好劳，其中必有所以确乎自信者，吾苟有以自信，讵以外之惬得俺失者为重轻哉？

（清）邵长蘅《青翰草序》，《青门旅稿》卷三，《邵子湘全集》，愚斋丛书刻青门草堂藏本

朱子曰："学文学诗，须看得一家文字熟，向后看他人亦易知。"姬传先生云："凡学诗文，且当就此一家用功，良久尽其能，真有所得，然后舍而之他。不然，未有不失于孟浪者。"

（清）方东树《昭昧詹言》卷一，人民文学出版社本

君名自珍，更名鞏祚，字瑟人，浙之仁和人。于经通《公羊春秋》，于史长西北舆地。其书以六书小学为入门，以周秦诸子、吉金乐石为匡郭，以朝掌（"掌"龚孝拱校本作"章"）国故、世情民隐为质干。晚尤好西方之书，自谓造深微云。自其先世祖父至君，三世皆以进士官礼曹，君二子，长子橙，方以文学世其家。

（清）魏源《定盦文录叙》，《龚自珍全集》附录，上海人民出版社本

子史百家皆以博其识而长其气，但论古人宜宽厚，不宜刻责，非故为仁慈也，养此胸中春气，方能含孕太和。

（清）何绍基《与汪菊士论诗》，《东州草堂文钞》卷五，清同治六年长沙刻本

冯正中词，极沈郁之致。穷顿挫之妙，缠绵忠厚，与温、韦相伯仲也。《蝶恋花》四章，古今绝构，《词选》本李易安《词序》，指"庭院深深"一章为欧阳公作，他本亦多作永叔词，惟《词综》独云冯延巳作。竹垞博极群书，必有所据。且细味此阕，与上三章笔墨，的是一色，欧公

无此手笔。

（清）陈廷焯《白雨斋词话》卷一，人民文学出版社本

余尝念身名颓落，惟读书一事未敢少懈。思得乞身还山偕孺木锭户读史，俟稍有所得，则又携六益入天台、访禹穴，极山川之高深、烟霞之变幻，以助吾诗之所未备而惜乎尚有所待也。夫学精于专，荒于杂。夔旷之于音，工倕之于巧，殚其终身之力推极突奥，故足以成名。彼一艺如此，况乎读书立言者之旨哉！今二子之才，毕其苦心，咸诣有专。而余顾欲兼之。余懒且病，见闻散佚，不克有所论著。即兴会所属，形诸篇咏，才退力拙，亦辍而并为。六益刻其近诗一千六百余首，余读之能无愧乎于其行也。序以归之，所以见六益之专而识余之愧也。

（清）吴梅村《吴六益诗序》，《梅村家藏稿》卷三十，清宣统三年武进董氏诵芬室刊本

（王渔洋云）："为诗须博极群书。如十三经、廿一史，次及唐、宋小说，皆不可不看。所谓取材于《选》，取法于唐者，未尽善也。"

（清）何世璂《然镫记闻》，《清诗话》本

望溪老人《赠淳安方文辀序》，略曰："唐、宋之学者，虽逐于诗赋论策之末，然所取尚博，故一旦去为古文，而力犹可借也。明之世，一于《五经》、四子之书，其号则正矣。而人占一经，自少而壮，英华果锐之气，皆敝于时文，而后用其余以涉于古，则其不能自树立也宜矣。"用此言之，欲从事古文，自诗赋入者，视帖括为径。而世或不然，未上溯风雅之源，又所涉业杂，不可为博耳。

（清）乔亿《剑溪说诗》卷上，《清诗话续编》本

诗学要博，却不许杂。诗学要专，却不许急。记之，记之。

（清）张谦宜《絸斋诗谈》卷一，《清诗话续编》本

文章之事，遇一语之长，一偏之论，亦属有益，善读书者必博收而兼采之。巴之鼓瑟，旷之奏琴，子晋之吹笙，渐离之击筑，正平之挝鼓，桓伊之弄笛，秦青之曼声，孙登之长啸，合而奏之，非《云门》、《韶》、

《濩》耶？

（清）田雯《古欢堂集杂著》卷四，《清诗话续编》本

盖自西汉以至于今，识字之儒约有三途：曰义理之学，曰考据之学，曰词章之学。各执一途，互相诋毁。兄之私意，以为义理之学最大，义理明则躬行有要而经济有本。词章之学，亦所以发挥义理者也。考据之学，吾无取焉矣。此三途者，皆从事经史，各有门径。吾以为欲读经史，但当研究义理，则心一而不纷。是故经则专守一经，史则专熟一代，读经史则专主义理，此皆守约之道，确乎不可易者也。

若夫经史而外，诸子百家，汗牛充栋，或欲阅之，但当读一人之专集，不当东翻西阅。如读昌黎集，则目之所见，耳之所闻，无非昌黎。以为天地间除昌黎集而外，更别无史书。此一集未读完，断断不换他集，亦专字诀也。六弟谨记之。

读经、读史、读专集、讲义理之学，此有志者万不可易者也。圣人复起，必从吾言矣。

（清）曾国藩《曾国藩全集·家书》第一册（道光二十三年正月十七日），岳麓书社本

昔人谓老杜诗无一字无来历，而注杜者累月经年亦搜括靡遗。及读老杜诗诗有云："读书破万卷，下笔如有神。"此殆自道其诗。夫使胸中无万卷书，安得能无一字无来历？使读万卷书而未尝破，又安能融会贯通如自己出下笔若有神哉？

（清）何彤文《注聊斋志异序》，引自《中国历代小说论著选》江西人民出版社本

（4）善学者须变一格

善行，无辙迹；善言，无瑕谪；善计，不用筹策；善闭，无关楗而不可开；善结，无绳约而不可解。是以圣人常善救人，故人无弃人；常善救物，故物无弃物，是谓袭明。故善人，不善人之师，不善人，善人之资。不贵其师，不爱其资，虽知大迷，是谓要妙。

（先秦）《老子》二十三章，《诸子集成》本

今论者但知诵虞夏之书，咏殷周之诗，讲羲文之易，论孔氏之春秋，罕能精古今之清浊，究汉德之所由。唯子颇识旧典，又徒驰骋乎末流，温故知新已难，而知德者鲜矣。

    （汉）班固《东都赋》，《全后汉文》卷二十四，《全上古三代秦汉三国六朝文》本

  又时有效谢康乐裴鸿胪文者，亦颇有焉。何者？谢客吐言无拔，出于自然，时有不拘，是其糟粕。裴氏乃是良史之才，了无篇什之美。是为学谢则不届其精华，但得其冗长；师裴则蔑绝其所长，惟得其所短。谢故巧不可阶，裴亦质不宜慕。

    （梁）萧纲《与湘东王书》，《全梁文》卷十一，《全上古三代秦汉三国六朝文》本

  择善而行，巧于师古。

    （唐）刘知幾《题目》，《史通》卷四，《四部备要》本

  然则荛茇之言，明王必择；葑菲之体，诗人不弃。故学者有（当作欲）闻旧事，多识别物，若不窥别录，不讨异物，专治周、孔之章句，直守迁、固之纪传，亦何能自致于此乎？且夫子有云："多闻，择其善者而从之"，"知之次也"。苟如是，则书有非圣，言多不经，学者博闻，善在择之而已。

    （唐）刘知幾《杂述》，《史通》卷十，《四部备要》本

  文章岂不贵，经训乃菑畬。潢潦无根源，朝满夕已除。人不通古今，马牛而襟裾。行身陷不义，况望多名誉。

    （唐）韩愈《符读书城南》，《韩昌黎诗系年集释》卷九，上海古籍出版社本

  读书患不多，思义患不明。患足己不学，既学患不行。子今四美具，实大华亦荣。

    （唐）韩愈《赠别元十八协律六首之五》，《韩昌黎诗系年集释》卷十一，上海古籍出版社本

吾所以不协于时而学古文者，悦古人之行也；悦古人之行者，爱古人之道也。故学其言，不可以不行其行；行其行，不可以不重其道；重其道，不可以不循其礼。

（唐）李翱《答朱载言书》，《李文公集》卷六，《四部丛刊》本

故人有好学不倦而迷其道，挠其志者，明之不至耳。有照物无遗而荡其性，脱其守者，志之不至耳。明以鉴之，志以取之。役用其道德之本，舒布其五常之质，充之而弥六合，播之而奋百代，圣贤之事也。

（唐）柳宗元《天爵论》，《柳河东集》卷三，中华书局本

至于扣诸子，猎群史，所以观异同，质成败，非求道于斯也。

（宋）范仲淹《上时相议制举书》，《范文正公集》卷九，《丛书集成》本

学以正治心，心以明养神，神以妙应物，是三者常相为用，然后始能就乎可致之事。盖发乎其内而不失其成于外者，由素具此尔。古之君子于射事尤所重，择侯选士莫不先之，岂非谓其善知夫此理者欤。提形度支张公文章政事之外，弓矢之学号为精绝，求之缙绅实鲜其类近，尝以金钱置之画帖之上，以压其的用，明其中之审，与僚友竞胜，约先取以为乐，公徐立谛视，一发而遂获之，正投其虚，镞若手贯，坐客敛色相拱而顾，左右惊耸，都人叹诧，皆曰，昔人以杨叶衔已戟支伏众者，既大且近，何足夸侈，彼有余拙，公因作诗以志其事，大尹而下咸属和焉，驰寄于同，使序其略，同曰：世常谓夫射而能居所中之多者，岂天性之本然，在乎习之之久而后能也，如志不自懈，日事于其中，无贤不肖者一皆底乎其善矣，岂他术耶。噫，非也，是不知乎所谓三者常相为用之理也。彼知之者则不然，取于精微付之于手指之间，省度而释，惟意所在，未有不如其所欲者矣。齐工之于削轮，郑匠之于斲垩，与公之于今日之事，其道一也，彼习之之久而能之者末矣。

（宋）文与可《射中金钱序》，《丹渊集》卷二十五，《四部丛刊》本

足下气宇甚裕，窃揣量之，但从师取友之功少，读书未及根本耳。深

根固蒂，然后枝叶茂；道源去塞，然后川流长。浮图书云："无有一善从懒惰怠中得，无有一法，从骄慢自恣中得。"此佳语也。愿少垂意。不加功而谈命，犹不凿井而俟泉也。此乃齐智之所知。既承倾倒见与，故聊助聪明之万一。

  （宋）黄庭坚《答王秀才书》，《山谷集·别集》卷十四，《文渊阁四库全书》本

  陈履常正字，天下士也。读书如禹之治水，知天下之络脉，有开有塞，而至于九川，涤源四海，会同者也。其作诗渊源，得老杜句法，今之诗人不能当也。至于作文，深知古人之关键。其论事，救首救尾。如常山之蛇，时辈未见其比。公有意于学者，不可不往扫斯人之门。古人云："读书十年，不如一诣。"

  （宋）黄庭坚《答王子飞书》，《山谷集·内集》卷十九，《文渊阁四库全书》本

  夫学也，陷而入于蔽，患自知不明也。自知明而不能改，病必有所在。故并著之，使后学者得监观焉。

  （宋）黄庭坚《刘道原墓志铭》，《山谷集·内集》卷二十三，《文渊阁四库全书》本

  古人云：读书百遍，其义自见。惟要不杂学，悉心一缘义理之性开发，但以韩文为法。学作文字，且不用作时文经义之类如此等物。若修学成，看大学经义三五日，便可成就有余也……《左传》、《前汉》，读得彻否？书不用求多，但要涓涓不废。江出岷山，源若瓮口，及其至于楚国，横绝千里，非方舟不可济。惟其有源而不息，受下流多故也。

  （宋）黄庭坚《与斌老书》，《山谷集·别集》卷十八，《文渊阁四库全书》本

  然须深探其义味，使不为诵古人之空文乃有益也。班固《汉书》最好读，然须依卷帙先后字字读过，久之使一代事参错在胸中，便为不负班固耳。

  （宋）黄庭坚《与敦礼秘校帖之二》，《山谷集·别集》卷十九，《文渊阁四库全书》本

所寄诗文久乃得熟观之，极见琢磨之功。奉想丹墨之暇，左右经史，时以古人用心处，一浣刀笔之尘也。

（宋）黄庭坚《与徐彦和书》，《山谷集·外集》卷十，《文渊阁四库全书》本

作文字不必多，每作一篇要商榷精尽，检阅不厌勤耳。举场中下笔迟涩，盖是平时读书不贯穿也。

（宋）黄庭坚《答秦少章帖之二》，《山谷集·别集》卷十六，《文渊阁四库全书》本

予友生王观复作诗，有古人态度，虽气格已超俗，但未能从容中玉佩之音，左准绳、右规矩尔。意者读书未破万卷，观古人之文章未能尽得其规摹。及所总览笼络，但知玩其山龙黼黻成章耶？故手书柳子厚诗数篇遗之，欲知子厚如此学陶渊明，乃为能近之耳。如白乐天自云效陶渊明数十篇，终不近也。

（宋）黄庭坚《跋书柳子厚诗》，《豫章黄先生文集》卷二十六，《四部丛刊》本

由是观之，六经虽圣人微言，而道之所存，盖有言不能传者，则经虽具，犹不能谕人之弗达也。然则圣之所以为圣，贤之所以为贤，其必有在矣。虽然，士之去圣远矣，舍六经亦何以求圣人哉？要当精思之，力行之，超然默会于言意之表，则庶乎有得矣。若夫过其藩篱，望其门墙，足未逾阈，而辄妄意其室中之藏，则幸其中也，难哉！

（宋）杨时《与陈传道序》，《杨龟山集》卷四，《丛书集成》本

然古之善学者，必先知所止，知所止，然后可以渐进，怅怅然莫知所之，而欲望圣贤之域，多见其难矣。

（宋）杨时《与杨仲远》其二，《杨龟山集》卷三，《丛书集成》本

渊明、退之诗，句法分明，卓然异众，惟鲁直为能深识之。学者若能识此等语，自然过人。阮嗣宗诗亦然。

（宋）吕本中《童蒙诗训》，《宋诗话辑佚》本

欧阳公作省试知举，得东坡之文惊喜，欲取为第一人，又疑其是门人曾子固之文，恐招物议，抑为第二。坡来谢，欧阳问坡所作《刑赏忠厚之至论》，有"皋陶曰杀之三，尧曰宥之三"，此见何书，坡曰："事在《三国志·孔融传注》。"欧退而阅之，无有。他日再问坡，坡云："曹操灭袁绍，以袁熙妻赐其子丕。孔融曰：'昔武王伐纣，以妲己赐周公。'操惊问何经见，融曰：'以今日之事观之，意其如此。'尧、皋陶之事，某亦意其如此。"欧退而大惊曰："此人可谓善读书，善用书，他日文章，必独步天下。"然予尝思之，《礼记》云："狱成，有司告于王。王曰宥之，有司曰在辟。王又曰宥之，有司又曰在辟。三宥不对，走出，致刑于甸人。"坡虽用孔融意，然亦用《礼记》故事，其称王谓王三皆然，安知此典故不出尧。

（宋）杨万里《诚斋诗话》，《历代诗话续编》本

然所谓学则又有邪正之别焉，味圣贤之言，以求义理之当，察古今之变，以验得失之几，而必反之身以践其实者，学之正也。涉猎记诵，而以杂博相高，割裂装缀，而以华靡相胜，反之身则无实，措之事则无当者，学之邪也。学之正而心有不正者鲜矣，学之邪而心有不邪者亦鲜矣。

（宋）朱熹《己酉拟上封事》，《朱子大全》卷十二，《四部备要》本

若细分之，则以切琢为道学，磋磨为自修，如《论语》之以切琢比无谄、无骄，磋磨比乐与好礼，乃为稳帖。

（宋）朱熹《答敬夫论中庸说》，《朱子大全》卷三十二，《四部备要》本

读书要自家道理浃洽透彻。杜元凯云：优而柔之，使自得之，厌而饫之，使自趋之，若江海之浸，膏泽之润，涣然冰释，怡然理顺，然后为得也。

（宋）朱熹《朱子语类辑略》卷二，《丛书集成》本

尝见老苏说他读书，《孟子》、《论语》、《韩子》及其他圣人之文，

兀然端坐，终日以读者十八年。方其始也，入其中而惶然，博观于其外，而骇然以惊；及其久也，读之益精，而其胸中豁然以明；若人之言，固当然者，犹未敢自出其言也；时既久，胸中之言日益多，不能自制，诚出而书之；已而再三读之，浑浑乎觉其来之易矣。又韩退之答李翊、柳子厚答韦中立书，言读书用功之法亦可见。某尝叹息，以为此数人者，但求文字言语声响之工，用了许多工夫，费了许多精力，甚可惜也……入道之门，是将自家身已入那道理中，去渐渐相亲，久之，与己为一。而今人道理在这里，自家身在外面，全不曾相干涉。

（宋）朱熹《朱子语类辑略》卷七，《丛书集成》本

凡看文字，诸家说有异同处，最可观。谓如甲说如此，且挦扯住甲，穷尽其词。乙说如此，且挦扯住乙，穷尽其词。两家之说既尽，又参考而穷究之，必有一真是者出矣。

（宋）朱熹《朱子语类辑略》卷二，《丛书集成》本

温公答一学者书，说为学之法，举荀子四句云：诵数以贯之，思索以通之，为其人以处之，除其害以持养之。

（宋）朱熹《朱子语类辑略》卷二，《丛书集成》本

读书须是看着他那缝罅处，方寻得道理透彻。若不见得缝罅，无由入得，看见缝罅时，脉络自开。

（宋）朱熹《朱子语类辑略》卷二，《丛书集成》本

识得道理源头，便是地盘，如人要起屋，须是先筑教基址坚牢，上面方可架屋。若自无好基址，空自今日买得多少木去起屋，少闲，只起在别人地上，自家身已自没顿放处。

（宋）朱熹《朱子语类辑略》卷二，《丛书集成》本

便是看义理难，又要宽著心，又要紧著心，这心不宽则不足以见其规模之大，不紧即不足以察其文理之细密。若拘滞于文义，少闲，又不见他大规模处。

（宋）朱熹《朱子语类辑略》卷二，《丛书集成》本

为学，勿责无人为自家剖析出来。须是自家去里面讲究做功夫，要自见得。

（宋）朱熹《朱子语类辑略》卷二，《丛书集成》本

汉儒初不要穷究义理，但是会读，记得多便是学。

（宋）朱熹《朱子语类辑略》卷八，《丛书集成》本

思索，譬如穿井不解，便得清水。先亦须是浊，渐渐刮将去，却自会清。

（宋）朱熹《朱子语类辑略》卷二，《丛书集成》本

凡道各有入处，凡学各有悟处。程氏以敬，张氏以礼，示人以从入也，而游于程张之门者，或得于静坐，或得于主一，或得于去一"矜"字，悟之不必同也。凡人皆以悟，凡悟皆可入，鹿岩贾君得"不忘"二字于水心先生之诗，以名其室。先生之诗，崇好修而黜徇外，贱决科而尊天爵，一则因言而有悟，一则因悟而示之以所入，师友渊源之懿，去之几年，犹将见之。今其子孙纯宝其祖训二字，勿替引之，知悟几矣。读水心诗，尚求所以入门也哉。

（宋）文天祥《题贾端老不忘室》，《文文山文集》卷三下，《丛书集成》本

美成负一代词名，所作之词，浑厚和雅，善于融化诗句，而于音谱且间有未谐，可见其难矣。作词者多效其体制，失之软媚而无所取。此惟美成为然，不能学也。所可仿效之词，岂一美成而已。旧有刊本《六十家词》，可歌可诵者，指不多屈。中间如秦少游、高竹屋、姜白石、史邦卿、吴梦窗，此数家格调不侔，句法挺异，俱能特立清新之意，删削靡曼之词，自成一家，各名于世。作词者能取诸人之所长，去诸人之所短，精加玩味，象而为之，岂不能与美成辈争雄长哉！余疏陋谫才，昔在先人侍侧，闻杨守齐、毛敏仲、徐南溪诸公商榷音律，尝知绪余，故生平好为词章，用功逾四十年，未见其进。今老矣，嗟古音之寥寥，虑雅词之落落，僭述管见，类列于后，与同志者商略之。

（宋）张炎《词源》，人民文学出版社本

古人文章，不可轻易，反复熟读，加意思索，庶几其见之。东坡《送安惇落第诗》云："故书不厌百回读，熟读深思子自知。"仆尝以此语铭座右而书诸绅也。东坡在海外，方盛称柳柳州诗。后尝有人得罪过海，见黎子云秀才，说海外绝无书，适渠家有柳文，东坡日夕玩味。嗟乎，虽东坡观书，亦须著意研究，方见用心处耶！

（宋）许顗《彦周诗话》，《历代诗话》本

然此惟天才生知，不假作为，可以与此，其余皆须以学而入。学则须习，恐未易迳造也。所以前辈尝有"学诗浑似学参禅"之语，彼参禅固有顿悟，亦须有渐修始得顿悟。如初生孩子，一日而肢体已成，渐修如长养成人，岁久而志气方立。此虽是异端语，亦有理可施之于诗也。

（宋）包恢《答傅当可论诗》，《敝帚集》，宜秋馆校刊本

初予学诗，以十数条自警云：无怨怼，无谑浪，无鸷很，无崖异，无狡讦，无婵阿，无傅会，无笼络，无衔鬻，无矫饰，无为坚白辨，无为贤圣癫，无为妾妇妒，无为仇敌谤伤，无为聋俗哄傅，无为瞽师皮相，无为黩卒醉横，无为黠儿白捻，无为田舍翁木强，无为法家丑诋，无为牙郎转贩，无为市倡怨恩，无为琵琶娘人魂韵词，无为村夫子兔园策，无为算沙僧困义学，无为稊梗治禁词，无为天地一我今古一我，无为薄恶所移，无为正人端士所不道。信斯言也，予诗其庶几乎？惟其守之不固，竟为有志者之所先。今日读所谓《小亨集》者，只以增愧汗耳。予既以如上语为集引，又申之以种松之诗，因为复言归而语乃翁。吾老矣，自为瓠壶之日久矣，非夫子亦何以发予之狂言。己酉秋八月初吉河东元某序。

（金）元好问《杨叔能小亨集引》，《遗山先生文集》卷三十六，《四部丛刊》本

宇宙之间，一事一物莫不有理存焉。君子不可以不知也。然何由而能尽知之？于是必有方册纪载之钻研，师友问学之讲论，是之谓文。于方册而得之，则理在方册；于师友而得之，则理在师友；是犹资于外也。于是必有以会之于心，体之于身，而复验之于事物，是之谓行。文矣，行矣，君子之学，可以本末兼该，而内外交养矣。然不主于忠、信，文何以实其

文？行何以成其行？孔门之教人，所以切实用功之本。

    （元）戴表元《子以四教：文、行、忠、信》，《剡源集》卷二十五，《丛书集成》本

  诗得于言，言得于志，人各有志有言以为诗，非迹人以得之者也。东坡和渊明诗，非故假诗于渊明也，具解有合于渊明者，故和其诗不知诗之渊明为东坡也。涪翁曰："渊明千载人，东坡百世士，出处固不同，气味乃相似。"盖知东坡之诗可比渊明矣。天台张北山著和陶集若干卷藏于家，其孙师圣出其亲手泽求余言以传世。盖北山宋人也，宋革，当天朝收用南士，趋者渊倒，征书至北山，北山独阒关弗起，自称东海大布衣终其身。嘻，正士之郑，其有似义熙处士者欤？故其见诸和陶，盖必有合者，观其胸中不合乎陶者寡矣。

    （元）杨维桢《张北山和陶集序》，《东维子文集》卷七，《四部丛刊》本

  文者果何由而发乎？发乎心也。心乌在？主乎身也。身之不修，而欲修其辞，心之不和，而欲和其声，是犹击破缶而求合乎宫商，吹折苇而冀同乎有虞氏之箾韶也，决不可致矣。曷为不思乎？圣贤与我无异也，圣贤之文若彼，而我之文若是，岂我心之不若乎？气之不若乎？否也，特心与气失其养耳。圣贤之心，浸灌乎道德，涵泳乎仁义，道德仁义积而气因以充，气充，欲其文之不昌，不可遏也。今之人之能然，而欲其文之类乎圣贤，亦不可得也。呜呼！甚矣今之人之惑也！圣贤之为学，自心而身，自身而家，其为事亦多矣，而未尝敢先乎文；今之人未暇及乎他，自幼以至壮，一惟文焉是学，宜乎今之文胜于古之圣贤，而终不及者，岂无其故邪？不浚其源而扬其澜，不培其本而抽其枝，弗至于槁且涸，不止也。

    （明）宋濂《文说赠王生黼》，《宋学士全集》卷二十六，《丛书集成》本

  明道之谓文，立教之谓文，可以辅俗化民之谓文。斯文也，果谁之文也？圣贤之文也。非圣贤之文也，圣贤之道充乎中，著乎外，形乎言，不求其成文而文生焉者也。不求其成文而文生焉者，文之至也。故文犹水与木然，导川者不忧流之不延，而恐其源之不深；植木者不忧枝之不蕃，而

虑其本之弗培。培其本，深其源，其延且蕃也孰御？圣贤未尝学为文也，沛然而发之，卒然而书之，而天下之学为文者，莫能过焉，以其为本昌，为源博也。

彼人曰：我学为文也，吾必知其不能也。夫文，乌可以学为哉？彼之以句读顺适为正，训诂难（疑作艰）深为奇，穷其力而为之，至于死而后已者，使其能至焉，亦技而已矣，况未必至乎？

（明）宋濂《文说赠王生黼》，《宋学士全集》卷二十六，《丛书集成》本

或问苏子瞻读书之法，苏曰：读书如钱谷兵农，及诸事物之类，每一事作一次理会，可以终身不忘。子瞻非强记者，即此可见。以余论之，长公所言，实读书要法，第颇费工力耳。子瞻尝问一后进，近读何书，其人答读某书，子瞻辄问曰："其中有某好亭子。"其人愕然罔措。不知子瞻所问，即前意也。

（明）胡应麟《华阳博议下》，《少室山房笔丛》卷三十九，中华书局本

陆平泉先生云：读书须寻出书中眼目，始得佛家所谓"入天法眼"是也。

（明）陈继儒《太平清话》卷二，《丛书集成》本

杜甫所以为杜者矣。所谓"上薄风雅"、"下该沈宋"者是也。学杜有所以学者矣。所谓"别裁伪体"、"转益多师"者是也。舍近世之学杜者，又舍近世之訾謷学杜者，进而求之，无不学，无不舍焉，于斯道也，其有不造其极矣乎！在房仲勉之而已矣。吾又闻宋人作《江西诗派图》，推尊黄鲁直为佛氏传灯之祖，而严羽卿诃之，以为"外道"。周益公问诗法于陆务观，则曰："学子由西江之论诗，其渊源流别，今犹可得而考乎？"

（清）钱谦益《曾房仲诗序》，《牧斋初学集》卷三十二，上海古籍出版社本

作书须自家主张，然不是不学古人；须看真迹，然不是不学碑刻。

（清）冯班《日记》，《钝吟杂录》卷六，《丛书集成》本

千古会看齐、梁诗，莫如杜老。晓得他好处，又晓得他短处。他人都是望影架子话。

　　　　　　（清）冯班《读古浅说》，《钝吟杂录》卷四，《丛书集成》本

　　读书当读全集，节抄者不可读。

　　　　　　（清）冯班《家戒下》，《钝吟杂录》卷二，《丛书集成》本

　　吾最恨人家子弟，凡遇读书，都不理会文字。只记得若干事迹，便算读过一部书了。虽《国策》、《史记》，都作事迹搬过去，何况《水浒传》。

　　　　　　（清）金圣叹《读第五才子书法》，《金圣叹全集》（二），江苏古籍出版社本

　　尝观古学剑之家，其师必取弟子，先置之断崖绝壁之上，迫之疾驰；经月而后，授以竹枝，追刺猿猱，无不中者；夫而后归之室中，教以剑术，三月技成，称天下妙也。圣叹叹曰：嗟乎！行文亦犹是矣。夫天下险能生妙，非天下妙能生险也。险故妙，险绝故妙绝，不险不能妙，不险绝不能妙绝也。游山亦犹是矣。不梯而上，不缒而下，未见其能穷山川之窈窕，洞壑之隐秘也。梯而上，缒而下，而吾之所至，乃在飞鸟徘徊、蛇虎蹯躅之处，而吾之力绝，而吾之气尽，而吾之神色索然犹如死人，而吾之耳目乃一变换，而吾之胸襟乃一荡涤，而吾之识略乃得高者愈高，深者愈深，奋而为文笔，亦得愈极高深之变也。行文亦犹是矣。不阁笔，不卷纸，不停墨，未见其有穷尽变出妙入神之文也。笔欲下而仍阁，纸欲舒而仍卷，墨欲磨而仍停，而吾之才尽，而吾之髯断，而吾之目矔，而吾之腹痛，而鬼神来助，而风云忽通，而后奇则真奇，变则真变，妙则真妙，神则真神也。吾以此法遍阅世间之文，未见其有合者。今读还道村一篇，而独赏其险妙绝伦。嗟乎！支公蓄马爱其神骏，其言似谓自马以外都更无有神骏也者。今吾亦虽谓自《水浒》以外都更无有文章，亦岂诬哉！

　　　　　　（清）金圣叹《读第五才子书法》第四十一回评语，《金圣叹全集》（二），江苏古籍出版社本

　　不贵能学，贵于学而能舍，舍之乃所以为学也。无所不舍，斯无所不

学矣。

（清）贺贻孙《诗筏》，《清诗话续编》本

　　李翱有云："读《春秋》如未尝有《诗》，读《诗》如未尝有《易》，读《易》如未尝有《书》，读屈原、庄周如未尝有《六经》。"此数语真善读古人书者。余亦谓终日看太白诗、子瞻文，每至极佳处，辄不信世间复有子美、退之；及读子美诗、退之文，每至极佳处，又不信世间复有太白、子瞻，即此便见四人身分。譬如人食西施乳时，不复知肉味中有熊蹯；饱熊蹯时，亦不复知鱼味中有西施乳。若食他鱼肉，便不尔尔也。

（清）贺贻孙《诗筏》，《清诗话续编》本

　　钟嵘云："陶彭泽出自应璩。"陋哉斯言！使陶彭泽果出自应璩，岂复有好彭泽哉？余谓彭泽序《桃源诗》曰："不知有汉，何论魏晋。"此即陶诗自评也。后人必拟何者为汉诗，何者为魏、晋诗，字句摹仿，仅得古人皮毛耳。此无他，名心为之累也。大率世俗作诗有二病：一患不知好名，率意应酬，饾饤苟且而已；一患好古而名心大急，沿饰浮华，脍炙一时而已。必前不见古人，后不见来者，具千古之识，乃能取千古之名。然总非所语于陶公。何也？彼不见有古今，不过孤行一意，以取名耳；陶公不知有古今，自适己意而已，此所以不朽也。

（清）贺贻孙《诗筏》，《清诗话续编》本

　　长篇难矣，短篇尤难。长篇易冗，短篇易尽，此其所以尤难也。数句之中，已具数十句不了了之势；数十句之后，尚留数十句不了之味。他人以数十句难了者，我能以数句便了；他人以数句易了者，我能以数十句不了。固由才情，亦关学力。

（清）贺贻孙《诗筏》，《清诗话续编》本

　　然人安能尽生而具绝人之姿，何得易言有识？其道宜如《大学》之始于格物；诵读古人诗书，一一以理、事、情格之，则前后中边，左右向背，形形色色，殊类万态，无不可得，不使有毫发之罅，而物得以乘我焉，如以文为战，而进无坚城，退无横阵矣。若舍在我者，而徒日劳于章句诵读，不过剿袭依傍，摹拟窥伺之术，以自跻于作者之林，则吾不得而知之矣。

（清）叶燮《原诗·内篇下》，人民文学出版社本

学时文甚难，学成只是俗体，七律亦然。问曰："八比乃经义，何得目为俗体？"答曰："自《六经》以至诗余，皆是自说己意，未有代他人说话者也。元人就故事以作杂剧，始代他人说话。八比虽阐发圣经，而非注非疏，代他人说话。八比若是雅体，则西厢、琵琶不得摈之为俗，同是代他人说话故也。若谓八比代圣贤之言，与《西厢》、《琵琶》异，则契丹扮夹谷之会，与关壮缪之'大江东去'，代圣贤之言者也，命为雅体，何词拒之？"

（清）吴乔《围炉诗话》卷之二，《清诗话续编》本

誉乎己则以为喜，毁乎己则以为怒者，心术之公患也；同乎己则以为是，异乎己则以为非者，学术之公患也。君子则不然：誉乎己则惧焉，惧无其实而掠美也。毁乎己则幸焉，幸吾得知而改之也；同乎己则疑焉，疑有所蔽，而因是以自坚也，异乎己则思焉，去其所私以观异术，然后与道大适也。

（清）方苞《通蔽》，《方苞集》卷十八，上海古籍出版社本

谚云："死棋腹中有仙着。"此言最有理。余平生得此益，不一而足。要之，能从人而不徇人，方妙。乐取于人以为善，圣人也。无稽之言勿听，亦圣人也。作吏三长，才、学、识缺一不可。余谓诗亦如之，而识最为先。非识，则才与学俱误用矣。北朝徐遵明指其心曰："吾今而知真师之所在"，其识之谓欤？

（清）袁枚《随园诗话》卷三，人民文学出版社本

善学诗者当学江海，勿学黄河。然其要总在识。作史者，才、学、识缺一不可，而识为尤。其道如射然：弓矢，学也；运弓矢者，才也；有以领之，使至乎当中之鹄，而不病于旁穿侧出者，识也。作诗有识，则不徇人，不矜己，不受古欺，不为习囿。杜称多师为师，称主善为师，自唐虞以来，百千名家皆同源异流，一以贯之者也。何暇取唐宋国号而扰扰焉分

界于胸中哉？吾子亦先澄其识而已矣，毋轻论诗。

(清) 袁枚《答兰垞第二书》，《小仓山房文集》卷十七，《四部备要》本

作诗如作史也，才、学、识三者宜兼，而才为尤先。造化无才不能造万物，古圣无才不能制器尚象，诗人无才不能役典籍，运心灵，才之不可已也如是夫！然而自古清才多，奇才少。

(清) 袁枚《蒋心余藏园诗序》，《小仓山房文集》卷二十八，《四部备要》本

昔人笑王朗好学华子鱼，惟其即之过近，是以离之愈远。董文敏跋张即之帖，称其佳处不在能与古人合，而在能与古人离。诗文之道，何独不然。足下前年学杜，今年又复学韩。鄙意以洪子之心思学力，何不为洪子之诗，而必为韩子、杜子之诗哉？

(清) 袁枚《与稚存论诗书》，《小仓山房文集》卷三十一，《四部备要》本

古之学杜者，无虑数千百家，其传者皆其不似杜者也。唐之昌黎、义山、牧之、微之，宋之半山、山谷、后村、放翁，谁非学杜者？今观其诗，皆不类杜。稚存学杜，其类杜处，乃远出唐、宋诸公之上，此仆之所深忧也。

(清) 袁枚《与稚存论诗书》，《小仓山房文集》卷三十一，《四部备要》本

前辈论文，欲矫时弊，动言法古，则诚然矣，然必须有"俭则从众，泰则违众"之意，乃可言法古；否则有心矫异，即非学者所宜。

(清) 章学诚《文史通义补遗·评沈梅村古文》，《章氏遗书》本

札记之功，必不可少；如不札记，则无穷妙绪，皆如雨珠落大海矣。

(清) 章学诚《文史通义·家书》，《章氏遗书》本

人必有损也而后可以受益，有疑也而后可以征信，有危也而后可以求安；博学能文而不知宗本，自必不知损，不知疑，不知危，而加以世好者

众，(才锋足以夺人故也）天益其疾矣。

（清）章学诚《文史通义·立言有本》，《章氏遗书》本

学博者长于考索，侈其富于山海，岂非道中之实积！而骛于博者，终身敝精劳神以徇之，不思博之何以取也。才雄者健于属文，矜其艳于云霞，岂非道体之发挥！而擅于文者，终身苦心焦思以拘之，不思文之何所用也。言义理者似能思矣，而不知义理虚悬无崖，则义理亦无当于道矣。此皆知其然而不知所以然。程子曰："凡事思所以然，天下第一学问人。"亦盍求所以然者思之乎！

（清）章学诚《文史通义·原学下》，中华书局本

宋臣苏轼不云乎：药虽呈于医手，方多传于古人。若已经效于世间，不必皆从于己出。至夫展布有次第，取舍有异同，则不必泥乎经、史。要之不离乎经、史，斯又《大易》所称神而明之，存乎其人者欤？

（清）龚自珍《对策》，《龚自珍全集》第一辑，上海人民出版社本

学文之事，求之也必劬，获之也必创，证之也必广，说之也必涩。不敢病迂也，不敢病琐也。求之不劬则粗，获之不创则剿，证之不广则不信，说之不涩则不忠，病其迂与琐也则不成。其为人也，淳古之至，故朴拙之至；朴拙之至，故退让之至；退让之至，故思虑之至；思虑之至，故完密之至；完密之至，故无所苟之至；无所苟之至，故精微之至。

（清）龚自珍《抱小》，《龚自珍全集》第一辑，上海人民出版社本

人有恒言曰"学问"，未有学而不资于问者也。土非土不高，水非水不流，人非人不济，马非马不走。绝世之资，必不如专门之夙习也；独得之见，必不如众议之参同也。巧者不过习者之门，合四十九人之智，智于尧、禹，岂惟自视欿然哉？道固无尽藏，人固无尽益也。是以《鹿鸣》得食而相呼，《伐木》同声而求友。

（清）魏源《默觚下·治篇一》，《魏源集》上册，中华书局本

虞永兴书出于智永，故不外耀锋芒而内涵筋骨。徐季海谓欧、虞为鹰隼。欧之为鹰隼易知，虞之为鹰隼难知也。

学永兴书，第一要识其筋骨胜肉。综昔人所以称《庙堂碑》者，是何精神！而展转翻刻，往往入于肤烂，在今日则转不如学《昭仁寺碑》矣。

（清）刘熙载《艺概·书概》，上海古籍出版社本

诗文书画之病凡二，曰薄曰俗。去薄在培养本根，去俗在打磨习气。
（清）刘熙载《游艺约言》，《古桐书屋续刻三种》，清光绪刻本

诗文书画，皆要去熟气，然人乃气之先见者也。
（清）刘熙载《游艺约言》，《古桐书屋续刻三种》，清光绪刻本

《选》体可学乎？学之者如优孟学叔敖衣冠，笑貌俨然似也，然不可谓真叔敖也。善学者须变一格，如昌黎、义山、东坡、山谷、剑南之学杜，则湘灵之于帝妃，洛神之于甄后，形体不具，神理无二矣。不然，《选》体何易学也。

（清）田雯《古欢堂集杂著》卷一，《清诗话续编》本

用修曰："晚唐之诗，分为二派，一派学张籍，一派学贾岛。其诗不过五言律，起结皆平平。前联俗语，十字一串带过。后联谓之颈联，极其用工。又忌用事，谓之点鬼簿。惟搜眼前景而深刻思之，所谓'吟成五个字，捻断数茎须'也。余尝笑之，彼视诗道也狭矣。《三百篇》皆民间士女所作，何尝捻须，今不读古而徒事苦吟，捻断筋骨亦何益哉！真处裈之虱也。"余意用修以此矫空疏之弊，诚为石论，但两家诗派自分，其弟子得失亦自有别。张主言情，语多平易。贾专写景，意务雕搜。且张佳处本在乐府歌行，舍其委婉讽谕之章，而模其浅近，此诚庸劣。阆仙古诗虽气格不靡，时多酸陋，短律推敲良其苦心，学之者专务于此，故时有出蓝之美。两派中有善学不善学之分，概谓之"虱"，恐非平允。

（清）贺裳《载酒园诗话》卷一，《清诗话续编》本

人握夜光，途遵上乘，是已，然须深造之，自得之。深造之力微，则

不免邯郸之步；自得之趣寡，又安望合浦之还！

（清）田同之《西圃诗话》，《清诗话续编》本

  子才笔巧，故描写得出。苕生气杰，故撑架得住。云松典赡，故铺张得工。然描写而少浑涵，撑架而少磨礲，铺张而少熔裁，故皆未为极诣也。
  读三家之诗，巧丽者爱子才，朴健者爱苕生，宏博者爱云松，取其长而弃其短，是在善读者。

（清）尚镕《三家诗话》，《清诗话续编》本

  禅者云："凡人胸中恶知恶见，如臭糟瓶，若不倾去，清水洗净，百物入中，皆成秽恶。"二李习气亦然。人若存彼丝忽于胸中，任学古诗、唐诗，只成二李之诗。

（清）吴乔《围炉诗话》卷一，《清诗话续编》本

  李长吉不屑作一常语，奇处直欲突过昌黎，不善学之得其晦昧格塞，则堕入恶道矣。

（清）管世铭《读雪山房唐诗序例》，《清诗话续编》本

  读书是彻上彻下工夫，如人之全身然。今之作时文者，读经书后即读墨卷，博取科名，往往得之。经书，如人之首也。先秦、两汉至于本朝诸书籍，如人之项以下也。作时文者绝不沿流而下，其浅者亦不信归震川以至王耘渠、方百川辈，皆千古上下，洞悉古今成败，人物理数，而后能卓卓自立也。若以时文为时文，如芥舟而坳水也，不一刻水尽舟胶矣。作诗者又多习于唐以后故实、诗话等书，绝不沿流而上，其浅者亦不信汉、魏以至本朝诸家，皆千古上下，领会山川、草木、风云变态，而后能卓卓自立也。人生作事不作则已，作则如斫坚阵，不破不休。常徙业与徒慕虚名者，终其身不济事。

（清）延君寿《老生常谈》，《清诗话续编》本

  谢康乐诗，如《登江中孤屿》句云："怀新道转迥，寻异景不延。乱流趋正绝，孤屿媚中川。"其深细处，非钩意摄魄以领会之，不能探索其

妙。"乱流"二句，落题有景有势。《斋中读书》后半首云："怀抱观古今，寝食展戏谑。既笑沮溺苦，又哂子云阁。执戟亦以疲，耕稼岂云乐？万事难并欢，达生幸可托。"全以笔力驱驾，气味亦极浓厚。工部行文至兴会处，往往宗之。《从斤竹涧越岭溪行》云："猿鸣诚知曙，谷幽光未显。岩下云方合，花上露犹泫。"东坡殊有此笔意。其他率沁心藻缋，浓深缜密，学之者使不得一些浮躁。学陶不成流于率，学谢不成流于涩，谨防其渐而已。

（清）延君寿《老生常谈》，《清诗话续编》本

学问一道，最怕自家不认得自家。李赤公然以为是太白，宜其死于厕。昌黎云："世无孔子，仆不当在弟子之列。"亦是自家能认得自家处。世之昌黎少，李赤则不少。

（清）延君寿《老生常谈》，《清诗话续编》本

才不足以雄一代者，不能代兴。太白之"《大雅》久不作"一首，是以一代作者自期也。人生读书，一面要埋头苦攻，一面要放开眼孔，方有出息。

（清）延君寿《老生常谈》，《清诗话续编》本

大家之诗，每细读一过，手自丹黄，以为遗漏颇少矣；隔数月读之，又有前此看不到处。此等缘故，才隔数月，不是关学力有浅深，是一时心有勤怠，事有触发之故。又如看这一部头太熟了，须另换一部来看，字之大小行数不一，顿觉眉目一清。此种道理，全要自家留心精细。

（清）延君寿《老生常谈》，《清诗话续编》本

生腻则当洗，有物方可炼。凡所读之书，其菁华香泽，久而滑滋，洗之勿令迷性。前民雅字，再加熔铸，用之自然如意。然不得过火无节，致生别症。

（清）张谦宜《絸斋诗谈》卷一，《清诗话续编》本

诗学《三百篇》，凡有数难：性情不调适，一也；气骨不坚定，二也；吐词欠蕴藉，三也；斫炼欠精密，四也；体制难恰好，五也。幸而得

句，未必通章似之；幸而成章，未必连篇匀称。设色则浮艳，用意则浅薄。艰深必捃意，平易必庸肤。故问津者千百中无一二焉。

（清）张谦宜《絸斋诗谈》卷二，《清诗话续编》本

诗有因病而得贵者，是犀之通天是也。然病处究不可学。

（清）张谦宜《絸斋诗谈》卷一，《清诗话续编》本

楠瘿如绣，犀角通天，人之所宝，正在病处。犀刳为带，瘿琢为杯，曷尝不获重价，而天生美玉明珠，又不如是。人若学其病处不得，反另成呰窳，则误之误矣。

（清）张谦宜《絸斋诗谈》卷一，《清诗话续编》本

凡物之精者必变，如磁窑之化为观音，犀带之纹如寿星。此皆天地英华，鬼神秘妙，不可思议。即如诗家临摹老杜，岂少名手，然食生不化，反受其累。惟炼我气力，熟彼法度，久久皮毛落尽，髓液独存，可以独成面目。究意不改本原，任搓丸化汁，总是一般。

三春花柳，岁岁更新，却不是另有一般颜色，此处须参。

（清）张谦宜《絸斋诗谈》卷一，《清诗话续编》本

有笔力人，用事亦不为所累。

凡读书，都要烂成浆，化成汁，顺手点染，全非陈物，乃是高手。

（清）张谦宜《絸斋诗谈》卷一，《清诗话续编》本

古乐府无传久矣，其音亡也，后人乐府皆古诗。

乐府古辞不可不读，亦正不易读。其中无句读文义者，或声词相杂，与夫夏五、郭公之讹落，自魏氏来已难辨证。

（清）乔亿《剑溪说诗》卷上，《清诗话续编》本

萧千岩谓："诗不读书不可为，然以书为诗则不可。"所以沧浪贵妙悟。

（清）乔亿《剑溪说诗》卷上，《清诗话续编》本

杜子美"读书破万卷，下笔如有神"。何谓"破"？涣然冰释也。如此则陈言之务去，精气入而粗秽除，是以"有神"。

（清）乔亿《剑溪说诗》卷上，《清诗话续编》本

作诗当取诗于我，不当求诗于题。诗趣、诗机、诗境、诗料四者，作诗之具，非仓猝所可求，必其平素涵养得足，使满腔诗趣活泼泼地，诗机在在跃然欲出，眼前诗境，到处皆春，腕底诗料，俯拾即是，虽终岁不作诗，而盈天地间皆吾诗也。题来就我，非我就题，安得不到妙处？此之谓乐趣。

（清）陈仅《竹林答问》，《清诗话续编》本

学周、柳不得见其用情处，学苏、辛不得见其用气处，当以离处为合。

（清）沈谦《填词杂说》，《词话丛编》本

梦窗足医滑易之病，不善学之便流于晦。余谓词中之有梦窗，如诗中之有长吉。篇篇长吉，阅者易厌，篇篇梦窗，亦难悦目。

（清）孙麟趾《词径》，《词话丛编》本

北宋间有俚词，南宋则多游词，而伉词则两宋皆不免，选择不可不慎。学者贵求其本原所在，门户之见自消；否则各执一是，互相攻诋，溯厥本原，卒无托足处，宜乎不得其通也。

（清）陈廷焯《白雨斋词话》卷八，人民文学出版社本

学古人词，贵得其本原，舍本求末，终无是处。其年学稼轩，非稼轩也；竹垞学玉田，非玉田也；樊榭取经于《楚骚》，非《楚骚》也；均不容不辨。

（清）陈廷焯《白雨斋词话》卷一，人民文学出版社本

读古人词，贵取其精华，遗其糟粕。且如少游之词，几夺温、韦之席，而亦未尝无纤俚之语。读《淮海集》，取其大者高者可矣。若徒赏其"怎得香香深处，作个蜂儿抱"等句，（此语彭羡门亦赏之，以为近似柳

七语。尊柳抑秦,匪独不知秦,并不知柳,可发大噱。)则与山谷之"女边著子;门里安心",其鄙俚纤俗,相去亦不远矣。少游真面目何由见乎?

(清)陈廷焯《白雨斋词话》卷八,人民文学出版社本

学周、秦、姜、史不成,尚无害为雅正;学苏、辛不成,则入于魔道矣。发轫之始,不可不慎。

(清)陈廷焯《白雨斋词话》卷六,人民文学出版社本

作词贵求其本原,而文藻亦不可不讲。求之《词选》,以探其本,博之《词综》,以广其才,按之《词律》,以合其法,词之道几尽于是。惟本之所在,未易骤探,第求诸《词选》,尚不足臻无上妙谛。此余不得已撰述此编,推诸《风骚》,以尽精义。知我罪我,一任天下也。

(清)陈廷焯《白雨斋词话》卷六,人民文学出版社本

读词之法,取前人名句意境绝佳者,将此意境缔构于吾想望中。然后澄思渺虑,以吾身入乎其中而涵咏玩索之。吾性灵与相浃而俱化,乃真实为吾有而外物不能夺。三十年前,以此法为日课,养成不入时之性情,不遑恤也。

(清)况周颐《蕙风词话》卷一,人民文学出版社本

(5) 师其意不师其辞

或曰:有人焉,自云姓孔而字仲尼,入其门,升其堂,伏其几,袭其裳,则可谓仲尼乎?曰:其文是也,其质非也。敢问质?曰:羊质而虎皮,见草而说,见豺而战,忘其皮之虎矣。圣人虎别,其文炳也;君子豹别,其文蔚也;辨人狸别,其文萃也。狸变则豹,豹变则虎。好书而不要诸仲尼,书肆也;好说而不要诸仲尼,说铃也。君子言也无择,听也无淫。择则乱,淫则辟。述正道而稍邪哆者有矣,未有述邪哆而稍正也。孔子之道,其较且易也。

(汉)扬雄《法言·吾子》,《诸子集成》本

尔雅注虫鱼,定非磊落人。湜也困公安,不自闲其闲。穷年枉自思,

掎摭粪壤间。粪壤多污秽，岂有臧不臧！诚不如两忘，但以一概量。

（唐）韩愈《读皇甫湜公安园池诗书其后二首之一》，《韩昌黎诗系年集释》卷十，上海古籍出版社本

学者当师经。师经必先求其意。意得则心定，心定则道纯，道纯则充于中者实，中充实则发为文者辉光。

（宋）欧阳修《答祖择之书》，《欧阳文忠集》卷六十八，《四部备要》本

苏诗始学刘禹锡，故多怨刺，学不可不慎也。晚学太白，至其得意，则似之矣。然失于粗，以其得之易也。

（宋）陈师道《后山诗话》，《历代诗话》本

学文须熟看韩、柳、欧、苏，先见文字体式，然后更考古人用意下句处。
学诗须熟看老杜、苏、黄，亦先见体式，然后遍考他诗，自然工夫度越过人。

（宋）吕本中《童蒙诗训》，《宋诗话辑佚》本

大抵吾友诚悫之心似有未至，而华藻之饰常过其哀，故所为文亦皆辞胜理，文胜质，有轻扬诡异之态，而无沉潜温厚之风。不可不深自警省，讷言敏行，以改故习之谬也。

（宋）朱熹《答王近思》，《朱子大全》卷三十九，《四部备要》本

陈无己先生语余曰："今人爱杜甫诗，一句之内，至窃取数字以仿像之，非善学者。学诗之要，在乎立格命意用字而已。"余曰："如何等是？"曰："《冬日谒玄元皇帝庙诗》，叙述功德，反复外意，事核而理长，《阆中歌》，辞致峭丽，语脉新奇，句清而体好，兹非立格之妙乎？《江汉诗》，言乾坤之大，腐儒无所寄其身，《缚鸡行》，言鸡虫得失，不如两忘而寓于道，兹非命意之深乎？《赠蔡希鲁诗》云'身轻一鸟过'，力在一'过'字，《徐步》诗云'蕊粉上蜂须'，功在一'上'字，兹非用字之精乎？学者体其格，高其意，炼其字，则自然有合矣。何必规规然仿像之乎！"

（宋）张表臣《珊瑚钩诗话》卷二，《历代诗话》本

然此诗人造语之工，古人谓之一艺可也。至于诗文之意，当以明王道、辅教化为主。六经吾师也，可以一艺名之哉！贾谊、董仲舒、司马迁、扬子云、韩愈、欧阳、司马温公，大儒之文也，仆未之能学焉。梁肃、裴休、晁迥、张无尽，名理之文也，吾师之。太白、杜陵、东坡，词人之文也，吾师其辞，不师其意。渊明、乐天，高士之诗也，吾师其意，不师其辞。然吾老矣，眼昏力茶，虽欲力学古人，力不足也。

　　　　　　（金）赵秉文《答李天英书》，《闲闲老人滏水文集》卷十九，
　　　　　　《丛书集成》本

　　寄来诗如："长河老秋冻，马怯冰未牢。河山冷鞭底，日暮风更号。""晨井冻不爨，谁料寒士饥。天厩玉山禾，不救我马瞶。""尘埃汨没伺候工，《离骚》不振于鱼虫。风云谁复话蓍蔡，不□履豨哀屠龙。挟戕搦筦坐书空，伊优堂上醉歌钟。乃知造化戏儿童，不妨远目逐孤鸿。莫怪魏瓠无所容，此志未许江船东。五经不扫途辙穷，门庭日日生皇风。太阿剖室砥以石，坐扫鹅鹳摇天雄。""岩椒郁云，日夕尘阴。雨雪缟夜，秋黄老林。人烟墨突，樵径云深。""造物开岩地，石帐开剑壁。苔花张古锦，霜苦老秋碧。日夕云窦阴，风鼓泉涌石。马蹄忌硗确，樵道生枳棘。盘盘出井底，回首帐如失。长老不耐役，底事挂尘迹。披云出山椒，白鸟表林隙。"其余老昏殊不可晓，然此迄今大成，不过长吉、卢仝合二为一，未能以故为新，以俗为雅，非所望于吾友也。

　　昔人有吹箫学凤鸣者，凤鸣不可得闻，时有枭音耳。君诗无乃间有枭音乎？向者屏山尝语足下云："自李贺死二百年无此作矣。"理诚有之，仆亦云然。李公爱才，然爱足下之深者，宜莫如老夫。愿足下以古人之心为心，不愿足下受之天而不受之人，如世轻薄子也。与足下心知，故道此意，幸少安毋躁。

　　　　　　（金）赵秉文《答李天英书》，《闲闲老人滏水文集》卷十九，
　　　　　　《丛书集成》本

　　山谷谓王立之，若欲作楚词，追配古人，直须熟读楚词，观古人用意曲折处，讲学之，然后下笔，譬如巧女文绣妙一世，若欲作锦，必得锦机乃成锦尔。

　　　　　　（元）王构《修辞鉴衡》卷二，《丛书集成》本

……由此观之，诗之格力崇卑，固若随世而变迁，然谓其皆不相师，可乎？第所谓相师者，或有异焉。其上焉者，师其意，辞固不似，而气象无不同；其下焉者，师其辞，辞则似矣，求其精神之所寓，固未尝近也。然唯深于比兴者，乃能察知之尔。虽然，为诗当自名家，然后可传于不朽。若体规画圆，准方作矩，终为人之臣仆，尚乌得谓之诗哉？是何者？诗乃吟咏性情之具，而所谓风、雅、颂者，皆出于吾之一心，特因事感触而成，非智力之所能增损也。古之人其初虽有所沿袭，未复自成一家言，又岂规规然必于相师者哉？

（明）宋濂《答章秀才论诗书》，《宋学士全集》卷二十八，《丛书集成》本

业擅专门，伐异党同，以言求句，以句求章，以章求意，无高而弗穷，无远而弗即，无微而弗探，无滞而弗宣，无幽而弗烛，夫是之谓章句之儒。

（明）宋濂《七儒解》，《宋学士全集》卷二十八，《丛书集成》本

古今千载，天下万理，曷由知之？存乎经乎。道散文繁，岁益月增。欲穷其全，厥惟难能。在昔先觉，示我要旨。挈其宏纲，众目咸举。苟弃其本，而披其枝，力瘁心劳，弥久卒迷……

（明）宋濂《陈思礼以其读书像求题作读书箴以告之》，《宋学士全集》卷十五，《丛书集成》本

古之书也，古之道也，古之心也。道存诸心，心之言形诸书。日诵之，日履之，与之俱化，无间古今也。若曰专溺辞章之间，上法周汉，下蹴唐宋，美则美矣，岂师古者乎？

（明）宋濂《师古斋箴并序》，《宋学士全集》卷十五，《丛书集成》本

夫《五经》、孔、孟之言，唐虞三代治天下之成效存焉。其君：尧、舜、禹、汤、文、武，其臣：皋、夔、益、契、伊傅、周公，其具：道德、仁义、礼乐、封建、井田，小用之则小治，大施之则大治，岂止浮辞而已乎！世儒不之察，顾切切然剽攘摹拟其辞为文章，以取名誉于世。虽

韩退之之贤，诲勉其子其亦有经训菑畬之说，其意以为经训足为文章之本而已。不亦陋于学经矣乎！学经而止为文章之美，亦何用于经乎！以文章视诸经，宜乎陷溺于彼者之众也。吾所谓学经者，上可以为圣，次可以为贤，以临大政则断，以处富贵则固，以行贫贱则乐，以居患难则安，穷足以为来世法，达足以为生民准，岂特学其文章而已乎！

（明）宋濂《经畬堂记》，《宋学士全集》卷二，《丛书集成》本

庄周殁殆二千年，得其意以为文者，宋之苏子而已。苏子之于文，犹李白之于诗也，皆至于神者也。某少好苏子之文，而恨不得其意。以为苟得其意，则文可勉而学。年二十余，游金华，见太史苏公之文，知公为苏子诸孙叹曰："得苏子之意者，其在是矣。"后三年，公尽以其文见示，益叹以惊。然后知公果得苏子之意也。顿挫阖辟而不至于肆，驰骤反复而不至于繁，崇之于天，深之于渊，无不采也；奥之于道德，著之于政教，无不究也。而未尝用其智巧以为之也。

（明）方孝孺《苏太史文集序》，《逊志斋集》卷十二，《四部丛刊》本

林子羽《鸣感集》专学唐，袁凯《在野集》专学杜，盖皆极力摹拟，不但字面句法，并其题目亦效之。开卷骤视，宛若旧本。然细味之，求其流出肺腑卓有自立者，指不能一再屈也。宣德间，有晏铎者，选本朝诗，亦名《鸣盛诗集》。其第一首林子羽《应制》曰："堤柳欲眠莺唤起，宫花乍落鸟衔来。"盖非林最得意者，则其他所选可知。其选袁凯《白燕》诗曰："月明汉水初无影，雪满梁园尚未归。"曰："赵家姊妹多相忌，莫向昭阳殿里飞。"亦佳；若《苏李泣别图》曰："犹有交情两行泪，西风吹上汉臣衣。"而选不及，何也？

（明）李东阳《怀麓堂诗话》，《李东阳集》，岳麓书社本

子昂临右军十七帖，非此老不能为此书。然观者掩卷，知为吴兴笔也。大抵效古人书，在意不在形，优孟效孙叔敖法耳。献之尝窃效右军醉笔，右军观之，叹其过醉，献之始愧服，以为不可及，此其形体当极肖似，而中不可乱者如此。能书者当自知之。

（明）李东阳《跋马抑之丽藏二帖》，《李东阳集》，岳麓书社本

……今之学杜者，不惊人泣鬼，而木僵肤立。学李者，不含霞吸月，而空疏无当，是安得为李、杜？为李、杜罪人矣！

（明）王稚登《合刻李杜诗集序》，引自《李太白全集》卷三十三，中华书局本

则夫作诗者，既有胸襟，必取材于古人，原本于三百篇、楚骚，浸淫于汉、魏、六朝、唐、宋诸大家，皆能会其指归，得其神理。以是为诗，正不伤庸，奇不伤怪，丽不伤浮，博不伤僻，决无剽窃吞剥之病。

（清）叶燮《原诗·内篇上》，人民文学出版社本

"生香真色人难学"，为"丹青女易描，真色人难学"所从出。千古诗文之诀，尽此七字。

（清）王士祯《花草蒙拾》，《词话丛编》本

弘、嘉人惟见古人皮毛，元美仿史、汉字句以为古文，于鳞仿十九首字句以为诗，皆全体陈言而不自知觉，故仲默敢曰"古文亡于昌黎"，于鳞敢曰"唐无古诗"也。此与七律之瞎盛唐而讥大历以下者一辙。去有偶句者，以其为唐体之履霜也。去晚唐者，晚唐已绝也。

（清）吴乔《围炉诗话》卷之二，《清诗话续编》本

今人作诗，须于唐人之命意布局求入处，不可专重好句。若专重好句，必踏弘、嘉人之覆辙。无好句不成诗，所以《河岳英灵》等集往往举之；而在今日，则为弊端。

（清）吴乔《围炉诗话》卷之一，《清诗话续编》本

古文气体，所贵澄清无滓。澄清之极，自然而发其光精，则《左传》、《史记》之瑰丽浓郁是也。始学而求古求典，必流为明七子之伪体，故于《客难》、《解嘲》、《答宾戏》、《典引》之类皆不录，虽相如《封禅书》亦拈置焉。盖相如天骨超俊，不从人间来，恐学者无从窥寻，而妄摹其字句，则徒敝精神于塞浅耳。

（清）方苞《古文约选序例》，《方苞集》集外文卷四，上海古籍出版社本

今夫人意之所不能遏者发而为文，文之所不尽宣者，溢而为诗，则道集中之所欲言，宜性情深者人人能言之矣。然而波澜顿挫，阖阖变化，有天然之意度以行乎其间，学以殖之，意以运之，词以达之，节奏以动荡之，风神气韵以流行之，令读者得之于意言之中，并遇之于意言之外，此其所以为难而卤莽从事者不能喻其中之所以然也，宜其无难也。虽然人苦不知其难耳。

　　　　　　（清）沈德潜《杨双山诗集序》，《归愚文钞》卷八，《沈归愚诗文全集》，愚斋丛书本

乐府最得风、骚神理。学者于古今乐府，不可不澄心静虑，玩索穷研，以求必得。

　　　　　　　　　　（清）薛雪《一瓢诗话》，人民文学出版社本

郑所南、陈古白两先生善画兰竹，燮未尝学之；徐文长、高且园两先生不甚画兰竹，而燮时时学之弗辍，盖师其意不在迹象间也。

　　　　　　（清）郑燮《靳秋田索画》，《郑板桥集·题画》，上海古籍出版社本

余尝谓鱼门云："世人所以不如古人者，为其胸中书太少；我辈所以不如古人者，为其胸中书太多。昌黎云：'非三代两汉之书不敢观。'亦即此意。东坡云：'孟襄阳诗非不佳，可惜作料少。'施愚山驳之云：'东坡诗非不佳，可惜作料多。诗如人之眸子，一道灵光，此中着不得金屑。作料岂可在诗中求乎？'予颇是其言。或问'诗不贵典，何以少陵有读破万卷之说？'不知'破'字与'有神'三字，全是教人读书作文之法。盖破其卷，取其神，非囫囵用其糟粕也。蚕食桑而所吐者丝，非桑也；蜂采花而所酿者蜜，非花也。读书如吃饭，善吃者长精神，不善吃者生痰瘤。"

　　　　　　（清）袁枚《随园诗话》卷十三，人民文学出版社本

无为者性也，天也；有为者学也，人也。学以复性，人以复天，是有为仍薪至于无为也。画家逸品出能品之上，意之所通者，广矣。

　　　　　　（清）刘熙载《游艺约言》，《古桐书屋续刻三种》，清光绪刻本

《老子》有"为道日损,损之又损"之言,禅家有剥蕉心之喻,书得此意,尘俗何从犯其笔端。

(清)刘熙载《游艺约言》,《古桐书屋续刻三种》,清光绪刻本

学太白诗当学其体气高妙,不当袭其陈意。若言仙、言酒、言侠、言女,亦要学之,此僧皎然所谓"钝贼"者也。

(清)刘熙载《艺概·诗概》,上海古籍出版社本

庄子文看似胡说乱说,骨里却尽有分数。彼固自谓猖狂妄行而蹈乎大方也,学者何不从蹈大方处求之。

(清)刘熙载《艺概·文概》,上海古籍出版社本

太史公文,精神气血,无所不具。学者不得其真际而袭其形似,此庄子所谓"非生人之行而至死人之理,适得怪焉"者也。

(清)刘熙载《艺概·文概》,上海古籍出版社本

扬子云之言,其病正坐近似圣人。《朱子语类》云:"若能得圣人之心,则虽气语各别,不害其词为同",此可知学贵实有诸己也。

(清)刘熙载《艺概·文概》,上海古籍出版社本

陶渊明为文不多,且若未尝经意,然其文不可以学而能,非文之难,有其胸次为难也。

(清)刘熙载《艺概·文概》,上海古籍出版社本

学《离骚》得其情者为太史公,得其词者为司马长卿。长卿虽非无得于情,要是辞一边居多。离形得似,当以史公为尚。

(清)刘熙载《艺概·文概》,上海古籍出版社本

《古诗十九首》及苏武、李陵五言诗,皆和平温厚,高浑自然,始终一气相生,化尽笔墨痕迹。此诗家元音,五古正宗也。学者宜沈潜反覆,息心静气,探讨于神味意境之间,以求换骨,不可以字句声调,袭其面目也,酝酿既深,涵养既熟,得其气息,自然高妙浑厚矣。无缝天衣,断非

凡手针线。学陶诗、《选》体及古乐府者,皆当如此用力。若不求酝酿涵养,自培根本,以期遗貌取神,而但摹仿其句调,夸面目之相肖,是蹈伪体,甘步前明李于鳞辈后尘矣,何益之有!

(清)朱庭珍《筱园诗话》卷二,《清诗话续编》本

人须是未结想未落笔时有个意思了,才讲风雅。若止向册子上取脂粉,胎骨不佳,终要坏落。凡摹古人,当似其神,去其秕。

(清)张谦宜《𫖯斋诗谈》卷一,《清诗话续编》本

蔡君谟本学西昆,后溺于欧、梅,始变其体,然五言古外,即洗涤不尽,如《至和杂书》、《八月一日二日》两篇,全是中郎之虎贲矣。但西昆亦自不同,昌谷意奇,玉溪思奥,然细细解之,无不首尾贯彻。中枯外腴,以瑰奇掩其错杂,仅温氏长篇耳。宋人学昆,惟袭其貌,虽学昆实不知昆也。(黄白山评:"宋初杨、刘诗学温、李,一时竞相仿效,以二公并居翰苑,故目为'西昆体',非温、李当时本有此号。此似以西昆目温、李,能免吠声之诮耶!")

(清)贺裳《载酒园诗话》,《清诗话续编》本

唐之诗人盈千累百,而其有真气,有灵气者,亦不过数十人。其余特铺排妥适而已。有明诸公皆力摹唐贤,但苦其概而学之,未能择其有真气、有灵气者耳。盖所谓真气灵气,以意见不以词见,能师法古人用意之妙,何至有"优孟衣冠"之诮耶!

(清)厉志《白华山人诗说》卷二,《清诗话续编》本

窃见数十年来之言诗者,同异相轧,去之愈远,宗钟、谭者破碎,宗七子者囫囵,有衣冠而无运动,争体面而乏神明。若求真诗,别有本末,似且宜堆壁覆瓿,以俟凿轮于甘苦之外者知之。

(清)田同之《西圃诗说》,《清诗话续编》本

今人所指为盛唐者,俱是袭取皮毛,所以愈似愈远,学成也是付面具。须得其精神之淳漓,心思力量之厚薄大小,手段本领之高卑浅深,知其所以然而舍肉取髓,庶几得之。若只是牵文拘义,畏首畏尾,一题到

手，不入分毫，以为留无尽味，企最上乘，真埋没生机，死于句下，虽博学多闻，转增魔障耳。

（清）张谦宜《䌷斋诗谈》卷一，《清诗话续编》本

《白黑二鹰》，略点"白"、"黑"字，只详其材力之异，此所以为大家。低手做来，只似白鸭黑鸡耳。

学其下笔宽，用意切，若斤斤渲染白黑，不谓之大家。

（清）张谦宜《䌷斋诗谈》卷四，《清诗话续编》本

千古得《骚》之妙者，惟陈王之诗，飞卿之词，为能得其神，不袭其貌。近世则蒿庵词，可与《风骚》相表里，此外鲜有合者。

（清）陈廷焯《白雨斋词话》卷七，人民文学出版社本

《风骚》为诗词之原，然学《骚》易，学《诗》难，《风》诗只可取其意，《楚词》则并可撷其华。

（清）陈廷焯《白雨斋词话》卷七，人民文学出版社本

常州词派，不善学文，入于平钝廓落；当求其用意深隽处。

（清）谭献《复堂词话》，人民文学出版社本

大作才气雄浑，词藻奇崛，欲溶金入冶，抟土成人，但格律虽纯，位置无定。又七言长篇一韵到底者，可以纵横。转韵成章者，必须回婉，一阴一阳，忽离忽合之境，可以神会，难以迹求。集中时有驳杂之处，亦为大家二字所误。观其下笔前无古人，逮其落纸，颇惊俗目，故取径高奥，实不离乎本朝。由其遗貌取神，不知神必附貌。自明以来，优孟衣冠之消流谬三百年，下至袁、蒋、黄、赵而极矣。究之诸家亦自成一色，非浪得名者。彼诗不可学，则非叔敖，彼诗若成家，仍招优孟，立说自穷，欺人自欺，达者宜早鉴之。特彼以畏难而苟安此以求高而更失，所谓过犹不及也。

（清）王闿运《湘绮楼说诗》卷四，民国二十三年刊本

词中求词，不如词外求词。词外求词之道，一曰多读书，二曰谨避俗。俗者，词之贼也。

（清）况周颐《蕙风词话》卷一，人民文学出版社本

（6）取法乎上

或问：《五经》有辩乎？曰：惟《五经》为辩：说天者莫辩乎《易》，说事者莫辩乎《书》，说体者莫辩乎《礼》，说志者莫辩乎《诗》，说理者莫辩乎《春秋》。舍斯，辩亦小矣。

（汉）扬雄《法言·寡见》，《诸子集成》本

其诸贤所著文章，想还所治复申咏之也。可令熹事小吏讽而诵之。

（魏）曹植《与吴季重书》，《曹植集校注》卷一，人民文学出版社本

仆有识以来，寡于嗜好。经术之外，略不婴心。幼年方小学时，受《论语》、《尚书》，虽未能究解精微，而依说与今不异。由是心开意适，日诵千有余言。榎楚之威，不曾及体。有时疲顿，即聊自止息，不过临池水边视游鱼耳。顷来，志若转不耐烦，观围棋，读八分书，亦愦闷，除经、史、老、庄之玩，所未忘者，有碧天秋霁，风琴夜弹，良朋合座，茶茗间进，评古贤，论释典。

（唐）萧颖士《赠韦司业书》，《全唐文》卷三百二十三，中华书局本

抑又有难者，愈之所为不自知其至犹未也？虽然，学之二十余年矣：始者非三代、两汉之书不敢观，非圣人之志不敢存，处若忘，行若遗。俨乎其若思，茫乎其若迷，当其取于心而注于手也，惟陈言之务去，戛戛乎其难哉！其观于人，不知其非笑之为非笑也。如是者亦有年，犹不改，然后识古书之正伪，与虽正而不至焉者，昭昭然白黑分矣，而务去之，乃徐有得也，当其取于心而注于手也，汩汩然来矣，其观于人也，笑之则以为喜，誉之则以为忧，以其犹有人之说者存也。如是者亦有年，然后浩乎其沛然矣，吾又惧其杂也，迎而距之，平心而察之，其皆醇也，然后肆焉。虽然，不可以不养也，行之乎仁义之途，游之乎诗、书之源，无迷其途，无绝其源，终吾身而已矣。

（唐）韩愈《答李翊书》，《韩昌黎文集校注》，中华书局本

（琵琶）始自乌孙公主造，马上弹之……贞元中有康昆仑，第一手。始遇长安大旱，诏移两市祈雨。及至天门街，市人广较胜负，及斗声乐。即街东有康昆仑琵琶最上，必谓街西无以敌也，遂请昆仑登彩楼，弹一曲新翻羽调《录要》。其街西亦建一楼，东市大诮之。及昆仑度曲，西市楼上出一女郎，抱乐器，先云："我亦弹此曲，兼移在枫香调中。"及下拨，声如雷，其妙入神。昆仑即惊骇，乃拜请为师。女郎遂更衣出见，乃僧也。盖西市豪族，厚赂庄严寺僧善本，以定东廛之胜。翊日，德宗召入，令陈本艺，异常嘉奖，乃令教授昆仑。段奏曰："且请昆仑弹一调。"及弹，师曰："本领何杂，兼带邪声。"昆仑惊曰："段师神人也！臣少年初学艺时，偶于邻舍女巫授一品丝调，后乃易数师。段师精鉴如此玄妙也！"段奏曰："且遣昆仑不近乐器十余年，使忘其本领，然后可教。"诏许之。后果尽段之艺。

（唐）段安节《乐府杂录·琵琶》，《中国古典戏曲论著集成》（一），中国戏剧出版社本

圣人之道，犹大江也，犹泰山也。今之为榛塞者，其害何啻鼋、鼍、蛟、螭、虎、豹、豺、狼。夫欲圣人之道，大通四海上下，流行而无阻碍，必也先辟去其榛塞者。距退扬、墨，然后孟子之功胜也。排去佛、老，然后吏部之道行也。

（宋）石介《与范思远书》，《石徂徕集》卷上，《丛书集成》本

古之教童子者，立必正，听不倾，常视之毋诳，勤谨乎其始，惟恐其见异而惑也。今足下端然居乎学舍，以教人为归，而反率然以自弃，顾学者何所法哉！不幸学者皆从而效之，足下又果为独异乎？今不急止，则惧他日有责后生之好怪者，推其事，罪以奉归，此修所以为忧而敢告也。惟幸察之。

（宋）欧阳修《与石推官第一书》，《欧阳文忠集·居士外集》卷十六，《四部备要》本

修闻君子之于学，是而已，不闻为异也。好学莫如扬雄，亦曰如此。然古之人或有称独行而高世者，考其行，亦不过乎君子。但与世之庸人不合尔！行非异世，盖人不及而反弃之，举世斥以为异者欤？及其过，圣人犹欲就之于中庸。况今书前不师乎古，后不足以为来者法，虽天下皆好

之,犹不可为。况天下皆非之,乃独为之,何也?是果好异以取高欤?

  (宋)欧阳修《与石推官第一书》,《欧阳文忠集·居士外集》卷十六,《四部备要》本

  洵有二子轼、辙,龆龀授经,不知他习,进趋拜跪,仪状甚野,而独于文字中有可观者,始学声律,既成以为不足尽力于其间,读孟韩文,一见以为可作,引笔书纸,日数千言,坌然溢出,若有所相,年少狂勇,未尝更变,以为天子之爵禄可以攫取,闻京师多贤大夫,欲往从之游,因以举进士。

  (宋)苏洵《上张侍郎第一书》,《嘉祐集》卷十一,《四部备要》本

  昔者辙之始学也,得一书伏而读之,不求其博而惟其书之知求之而莫得,则反复而思之,至于终日而莫见,而后退而求其得,何者?惧其入于心之易而守之不坚也。及既长,乃观百家之书,纵横颠倒,可喜可愕,无所不读,泛然无所适从。盖晚而读《孟子》,而后遍观乎百家而不乱也。而世之言者曰:学者不可以读天下之杂说,不幸而见之,则小道异术将乘闲而入于其中,虽扬雄尚然曰:吾不观非圣之书,以为世之贤人所以自养其心者,如人之弱子幼弟不当出而置之于纷华杂扰之地,此何其不思之甚也。

  古之所谓知道者,邪词入之而不能荡;诡词犯之而不能诈;爵禄不能使之骄;贫贱不能使之辱。如使深居自闭于闺闱之中,兀然颓然而曰知道,知道云者,此乃所谓腐儒也……故士之言学者皆曰孔孟,何者?以其知道而已。今辙山林之匹夫,其才术技艺无以大过于中人,而何敢自附于孟子,然其所以泛观天下之异说,三代以来,兴亡治乱之际,而皎然其有以折之者,盖其学出于孟子而不可诬也。

  (宋)苏辙《上两制诸公书》,《栾城集》卷二十二,《丛书集成》本

  天下之学,要之有宗师,然后可臻微入妙。虽不见明先王之意,惟其有本源,故去经不远也。今夫六经之旨深矣,而有孟轲、荀况、两汉诸儒及近世刘敞、王安石之书,读之亦思过半矣。至于文章之功难矣,

而有左氏、庄周、董仲舒、司马迁、相如、刘向、扬雄、韩愈、柳宗元及今世欧阳修、曾巩、苏轼、秦观之作，篇籍具在，法度粲然，可讲而学也。

　　　　　　（宋）黄庭坚《杨子建通神论序》，《山谷集·别集》卷三，《文渊阁四库全书》本

　　仆于诗初无师法，然少好之，老而不厌，数以千计。及一见黄豫章，尽焚其稿而学焉。豫章以谓，譬之奕焉，弟子高师一着，仅能及之，争先则后矣。仆之诗，豫章之诗也。豫章之学博矣，而得法于杜少陵，其学少陵而不为者也，故其诗近之，而其进则未已也。故仆常谓豫章之诗如其人，近不可亲，远不可疏，非其好莫闻其声。

　　　　　　（宋）陈师道《答秦觏书》，《后山居士文集》卷十，上海古籍出版社本

　　黄诗韩文，有意故有工，左、杜则无工矣。然学者先黄后韩，不由黄、韩而为左、杜，则失之拙易矣。

　　　　　　（宋）陈师道《后山诗话》，《历代诗话》本

　　学诗当以子美为师，有规矩故可学。退之于诗，本无解处，以才高而好尔。渊明不为诗，写其胸中之妙尔。学杜不成，不失为工。无韩之才与陶之妙，而学其诗，终为乐天尔。

　　　　　　（宋）陈师道《后山诗话》，《历代诗话》本

　　六经，先圣所以明天道，正人伦，致治之成法也。其文自尧舜历夏周之季，兴衰治乱成败之迹，救弊通变，因时损益之理，皆焕然可考。网罗天地之大，文理象器幽明之故，死生终始之变，莫不详谕曲譬，较然如数一二。宜乎后世高明超卓之士，一抚卷而尽得之也。

　　　　　　（宋）杨时《送吴子正序》，《杨龟山集》卷四，《丛书集成》本

　　《国风》、《离骚》固不论，自汉、魏以来，诗妙于子建，成于李、杜，而坏于苏、黄。余之此论，固未易为俗人言也。子瞻以议论作诗，鲁直又专以补缀奇字，学者未得其所长，而先得其所短，诗人之意扫地矣。

段师教康昆仑琵琶，且遣不近乐器十余年，忘其故态。学诗亦然。苏、黄习气净尽，始可以论唐人诗，唐人声律习气净尽，始可以论六朝诗，镌刻之习气净尽，始可以论曹、刘、李、杜诗。

（宋）张戒《岁寒堂诗话》卷上，《历代诗话续编》本

　　六经已后，便有司马迁，三百五篇之后，便有杜子美。六经不可学，亦不须学，故作文当学司马迁，作诗当学杜子美，二书亦须常读，所谓"何可一日无此君"也。

（宋）强幼安《唐子西文录》，《历代诗话》本

　　予少不知学古难，学古直欲学到韩。奈何韩实不易学，但觉昼夜心力殚。茫然故步亦已失，有类寿陵学邯郸。虽然予心未肯已，尚欲免强求其端。跬步不休效驽马，千里未至空长叹。羡君兄弟俱早慧，家学岂止传柔温。圣经贤传饫已久，百家诸子皆蠹残。学文要学须韩子，此外众说徒曼曼。韩子皇皇慕仁义，力排佛老回狂澜。三百年来道益贵，太山北斗世仰观。我生于今望之远，时时开卷相欣欢。岂惟庐陵惜旧本，我亦惜此只自看。子今欲假敢命愿，愿子宝之同琅玕。

（宋）王十朋《答毛唐卿虞卿借昌黎集》，《梅溪王先生文集》前集卷一，《四部丛刊》本

　　古诗三千篇，删取才十一。每读先再拜，若听清庙瑟。《诗》降为《楚骚》，犹足中六律。天未丧斯文，杜老乃独出。陵迟至元、白，固已可愤疾。及观晚唐作，令人欲焚笔。此风近复炽，隙穴始难窒。淫哇解移人，往往丧妙质。若言告学者，切勿为所怵。杭川必至海，为道当择术。

（宋）陆游《宋都曹屡寄诗且督和答作此示之》，《剑南诗稿校注》卷七十九，上海古籍出版社本

　　此病翁先生少时所作闻筝诗也，规模意态，全是学《文选》、乐府诸篇，不杂近世俗体。故其气韵高古而音节华畅，一时辈流少能及之。逮其晚岁，笔力老健，出入众作，自成一家，则已稍变此体矣。然余尝以为天下万事皆有一定之法，学之者须循序而渐进，如学诗则且当以此等为法，庶几不失古人本分体制。向后若能成就变化，固未易量。然变亦大是难

事，果然变而不失其正，则纵横妙用何所不可；不幸一失其正，却似反不若守古本旧法，以终其身之为稳也。李、杜、韩、柳亦皆学《选》诗者，然杜、韩变多，而柳、李变少，变不可学，而不变可学，故自其变者而学之，不若自其不变者而学之，乃鲁男子学柳下惠之意也。呜呼！学者毋惑于不烦绳削之说而轻为放肆以自欺也哉！

（宋）朱熹《跋病翁先生诗》，《朱子大全》卷八十四，《四部备要》本

或曰：永嘉诸公，多喜文中子。

曰：然。只是小。它自知定学做孔子不得了，才见个小家活子，便悦而趋之。譬如泰山之高，它不敢登，见个小土堆子便上去，只是小。

（宋）朱熹《朱子语类辑略》卷七，《丛书集成》本

《雪浪斋日记》云："昔人有言：'《文选》烂，秀才半。'正为《文选》中事多，可作本领尔。余谓欲知文章之要，当熟看《文选》。盖《选》中自三代涉战国、秦、汉、晋、魏、六朝以来文字皆有，在古则浑厚，在近则华丽也。"苕溪渔隐曰："少陵《宗武生日诗》：'熟精《文选》理。'盖为是也。"

（宋）胡仔《苕溪渔隐丛话》后集卷二，人民文学出版社本

季父仲山在扬州时，事东坡先生。闻其教人作诗曰："熟读《毛诗》、《国风》与《离骚》，曲折尽在是矣。"仆尝以谓此语太高，后年齿益长，乃知东坡先生之善诱也。

（宋）许𫖮《彦周诗话》，《历代诗话》本

凡作词，当以清真为主。盖清真最为知音，且无一点市井气，下字运意，皆有法度，往往自唐、宋诸贤诗句中来，而不用经史中生硬字面，此所以为冠绝也。学者看词，当以《周词集解》为冠。

（宋）沈义父《乐府指迷》，人民文学出版社本

工夫须从上做下，不可从下做上。先须熟读《楚词》，朝夕讽咏以为之本；及读《古诗十九首》，乐府四篇，李陵、苏武、汉、魏五言皆须熟

读,即以李、杜二集枕藉观之,如今人之治经,然后博取盛唐名家,酝酿胸中,久之自然悟入。虽学之不至,亦不失正路。此乃从顶𩕳上做来,谓之向上一路,谓之直截根源,谓之顿门,谓之单刀直入也。

(宋)严羽《沧浪诗话·诗辨》,人民文学出版社本

李太白、杜子美诗皆掣鲸手也。余观太白《古风》、子美《偶题》之篇,然后知二子之源流远矣。李云:"大雅久不作,吾衰竟谁陈。王风委蔓草,战国多荆榛。"则知李之所得在雅。杜云:"文章千古事,得失寸心知。骚人嗟不见,汉道盛于斯。"则知杜之所得在骚。然李不取建安七子,而杜独取垂拱四杰,何耶?南皮之韵,固不足取,而王、杨、卢、骆,亦诗人之小巧者尔。至有"不废江河万古流"之句,褒之岂不太甚乎?

(宋)阮阅《增修诗话总龟》后集卷十二,《四部丛刊》本

世之学者必有师,虽百工伎艺之微,亦必有以相授,然后能造其阃奥。况为文者,发造化之秘,贯今古之统,苟无以管摄而阖辟之,则何以尽其变化不测之妙?其不传之于师奚何哉?吾乡修道先生胡公以光,明正大之学,发于精深严简之文,训迪学子。篇章字句皆有法,往往从之者多得文之旨趣。其所造固有浅深高下之殊,而体裁终不失于古。四明梦堂噩师,虽居浮屠中,能久与先生游,先生为文之法,实与闻之。乌君继善自幼学文于梦堂,凡先生所指授者,悉以语乌君。故乌君之为文,峻洁如明月珠,起伏如春江涛。因语二三子曰:"必如乌君,然后可以言文也。"若无师授,其可易致是哉?予尝譬之。有美锦焉,使朝市缝人制之,则能中度可适体。委于岩穴之粗工,则左低而右昂,上侈而下敛。锦固锦矣,其如不合何!文之无师授者,亦若斯而已。

(明)宋濂《题永新县令乌继善文集后》,《宋学士全集》卷十二,《丛书集成》本

唐子西云:"六经之后便有司马迁、班固。六经不可学,学文者,舍迁、固将奚取法?"呜呼!斯言至矣。

(明)宋濂《吴潍州文集序》,《宋学士全集》卷七,《丛书集成》本

李献吉劝人勿读唐以后文，吾始甚狭之，今乃信其然耳。记问既杂，下笔之际，自然与笔端搅扰，驱斥为难。若模拟一篇，则易于驱斥，又觉局促，痕迹宛露，非斲轮手。自今而后，拟以纯灰三斤，细涤其肠，日取《六经》、《周礼》、《孟子》、《老》、《庄》、《列》、《荀》、《国语》、《左传》、《战国策》、《韩非子》、《离骚》、《吕氏春秋》、《淮南子》、《史记》、班氏《汉书》，西京以还至六朝及韩、柳，便须铨择佳者，熟读涵咏之，令其渐渍汪洋。遇有操觚，一师心匠。气从意畅，神与境合，分途策驭，默受指挥，台阁山林，绝迹大漠，岂不快哉！世亦有知是古非今者，然使招之而后来，麾之而后却，已落第二义矣。

（明）王世贞《艺苑卮言》卷一，《历代诗话续编》本

才生思，思生调，调生格。思即才之用，调即思之境，格即调之界。

（明）王世贞《艺苑卮言》卷一，《历代诗话续编》本

行远自迩，登高自卑，造道之等也。立志欲高，取法欲远，精艺之衡也。世之日降而下也，学汉、魏，犹惧晋、宋也；学晋、宋，靡弗齐、梁矣。

（明）胡应麟《诗薮·外篇》卷二，中华书局本

伯甘曰："书无不阅者，惟不爱阅近代文集耳。"呜呼，得之矣！诗之衰也，衰于读近代之集苦多，而作古体之诗苦少也。近代之集，势处于必降，而吾以心目受其沐浴，宁有升者？

（明）谭元春《序操缦卓》，《谭友夏合集》，《中国文学珍本丛书》本

夫文之通经学古者，必以秦汉之气，行六经语孟之理，即问降而出入于韩、欧、苏、曾，非出入数子也。曰是数子者，固秦汉之嫡子嫡孙也。

（明）艾南英《与周介生论文书》，《天佣子集》卷五，清道光十六年艾氏家塾重刊本

今按诗人之文，至屈、宋变为词赋，《汉书·艺文志》不载五言。五言正盛于建安，陈思为文士之冠冕。潘、陆已降，迨于唐之中叶，无有逾

之者。至杜子美始自言"诗看子建亲"。苏子瞻云:"诗至子美,一变也。"自元和、长庆以后,元、白、韩、孟并出,杜诗始大行。自后文亦无能出杜之范围矣。今之论文者,但可祖述子建,宪章少陵,古今之变,于斯尽矣。《诗》、《骚》已前,不论可也。

(清)冯班《正俗》,《钝吟杂录》卷三,《丛书集成》本

　　既至大同,闭户两月,深原古作者所由得,与今之所由失,嘿然以疑,憬然以悔,然后知进学之必有本,而文章不离乎经术也。西京之文惟董仲舒、刘向经术最纯,故其文最尔雅,彼扬雄之徒品行自诡于圣人,务掇奇字以自矜。尚,安知所谓文哉!魏晋以降,学者不本经术,惟浮夸是务,文运之厄数百年,赖昌黎韩氏始倡圣贤之学,而欧阳氏、王氏、曾氏继之,二刘氏、三苏氏羽翼之,莫不原本经术,故能横绝一世。盖文章之坏至唐始反其正,至宋而始醇。宋人之文,亦犹唐人之诗,学者舍是不能得师也。北宋之文,惟苏明允杂出乎纵横之说,故其文在诸家中为最下,南宋之文惟朱元晦以穷理尽性之学出之,故其文在诸家中最醇,学者于此可以得其概矣。

(清)朱彝尊《与李武曾论文书》,《曝书亭集》卷三十一,《四部备要》本

　　唐德宗使段善本授康昆仑琵琶。奏曰:"且遣昆仑不近乐器十年,忘其本领,然后可教。"后乃尽段之艺。知此者可与言诗矣。

(清)王士禛《带经堂诗话》卷三,人民文学出版社本

　　青楼狭邪,良家子一入其门,身心俱变,纵欲从良,无由自脱,甚至甘为倡鸨,续置假女者。二李诗绝无意义,惟事声色,看之见好,为之易成,又冒盛唐之名,易于眩人,浅夫不察,一饮狂泉,终身苦海。及乎伎俩已成,纵识得唐人门径,而下笔终不能脱旧调。始进之路。可不慎哉!友人犯此者不少,故谨记之。

(清)吴乔《围炉诗话》卷之一,《清诗话续编》本

　　严沧浪云:"诗禁五俗:俗体、俗意、俗句、俗字、俗韵,皆不可犯。"此言最善。学问安可无师?无师则杜撰。而书家贵学师,舍短取

长。学诗李、杜，正道也。李之"座中若有一点红，斗筲之量成千钟"，杜之"袖中有旧笔，兴至时复援"，其可学乎？学字先得败笔，学诗先得累句，莫若之何！

（清）吴乔《围炉诗话》卷之一，《清诗话续编》本

中唐七律，清刻秀挺，学者当于此入门，上不落于晚唐之雕琢，中不落于宋人之率直，下不落于明人之假冒。盖中唐如士大夫之家，犹可几及；盛唐如王侯之家，不易樊跻，而又被假冒，坏为恶道。识力未到者，负高志而轻易学之，不似盛唐，先似假冒恶道。此余身受之害，非遥度也。

（清）吴乔《围炉诗话》卷之二，《清诗话续编》本

方虚谷《瀛奎律髓》，去取评点，多近凡庸，特便于时下捉刀人耳。《鼓吹》一书，尤为下劣。学者以此等为始基，汩没灵台，后难洗涤。昔康昆仑学琵琶，段师令其十年不近乐器，洗尽邪杂，方许受教。作诗家毋误入路头，为康昆仑之续也。

（清）沈德潜《说诗晬语》，人民文学出版社本

……欲救七言浮滥之弊，则惟劝高才善学者先以治经为本，穷理养气为之根柢。而既言学诗，则必上由《三百篇》，积基汉魏，精熟盛唐诸大家，尤以杜诗为古今上下万法一源之处。

（清）翁方纲《书李石桐重订主客图后二首之二》，《复初斋文集》卷十八，清光绪丁丑重校本

程村曰：词品云：填词于文为末，而非自选诗乐府来，不能入妙。李易安词"清露晨流，新桐初引"，乃全用世说语。愚按：词至稼轩，经子百家，行间笔下，驱斥如意。近则娄东善用南北史，江左风流，惟有安石，词家妙境，重见桃源矣。

（清）徐釚《词苑丛谈》卷四，上海古籍出版社本

作文立志要高。北宋大家，虽不可以不学；然志仅及此，则成就必小矣。《史》、《汉》及唐人，须常在意中也。

（清）吴德旋《初月楼古文绪论》，人民文学出版社本

昔人言六经之外无文章，谓其理其辞其法皆备，但人不肯用心求之耳。苟用力于六经，兼取秦、汉人之文，求通其辞，何患不独有千古。

（清）方东树《昭昧詹言》卷一，人民文学出版社本

诗不尽于句法，初学好于此求诗，因即拈此示之。偶与儿辈谈及元僧园至诗云："'春路晴犹滑，山亭晚更凉。'欲求句法，先准诸此，便无直率杂凑病。"儿辈常忆此语。予笑曰："此清矣，未厚也。如岑嘉州'舟移城入树'，钱仲文'烟火隔云深'，一句凡几转折，此乃句法之正传耳。然此厚矣，未化也。子建'明月照高楼'，陶公'依依墟里烟'，斯入于化，以此求三百篇风旨不远矣。虽然，化境非初学所知，正传犹非初学所能，仍于清者效之，庶几不致躐等，不误歧途，而可以驯致也。"

（清）潘德舆《养一斋诗话》卷四，《清诗话续编》本

余最笑何大复《明月篇》，舍李、杜而师卢、骆，以为"劣于汉魏"而"近《风》《骚》"欤？不知"劣于汉魏近《风》《骚》"句，乃言"劣于汉魏"之"近《风》《骚》"耳。不解句义，既堪哈噱，况当时之体，老杜已明断之，于鳞欲为后来杰魁，仍拾信阳余唾，徒以初唐一体，绳太白、子美歌行之优劣，所以终身宗法唐人而不免为优孟欤？

（清）潘德舆《养一斋李杜诗话》卷一，《清诗话续编》本

陈勾山先生云："学诗宜先学七古。"仆云："七古之后，即当继学五律。"盖七古词澜笔阵，排岩纵横，枵腹短才，万难施手，故宜从事于此，以觇学力。五律章法变化，对仗精工，结构之严，一字不苟，复宜从事于此，以定准绳。此即"可与适道"、"可与立"之义例也。二体既工，诗思过半。至七律尤健于五律，五古尤高于七古，非具真气大力者，往往难之。精义行权，深造之士，勉焉可也。

（清）潘德舆《养一斋诗话》卷二，《清诗话续编》本

山歌樵唱，里谚童谣，非无可采，但总不免俚俗二字，难登大雅之堂。好奇之士，每偏爱此种，以为转近于古，此亦魔道矣。（钟谭《古诗归》之选，多犯此病。）《风》《骚》自有门户，任人取法不尽，何必转

求于村夫牧竖中哉?

（清）陈廷焯《白雨斋词话》卷六，人民文学出版社本

词法莫密于清真，词理莫深于少游，词笔莫超于白石，词品莫高于碧山，皆圣于词者。而少游时有俚语，清真、白石间亦不免，至碧山乃一归雅正。后之为词者，首当服膺勿失；一切游词滥语，自无从犯其笔端。

（清）陈廷焯《白雨斋词话》卷二，人民文学出版社本

读前人雅词数百阕，令充积吾胸臆，先入而为主，吾性情为词所陶冶，与无情世事，日背道而驰。其蔽也，不能谐俗，与物忤。自知受病之源，不能改也。

（清）况周颐《蕙风词话》卷一，人民文学出版社本

所读古人诗，要词雅而意正，气厚而力大，使肠胃先无尘滓，然后造语工妙。

（清）张谦宜《絸斋诗谈》卷三，《清诗话续编》本

读古人书如吃物，必择最佳品味中和者，用以自辅。若单啖鲥鱼燕窝，也能生病；偏食橄榄槟榔，不可养生。为我不为古人，自当别出一手眼。

（清）张谦宜《絸斋诗谈》卷三，《清诗话续编》本

学诗无进步，当以《十九首》为主，以嘉州古诗辅之，能令人精力凝结，筋骨舒泰。以此为律诗，自然品高。

（清）张谦宜《絸斋诗谈》卷三，《清诗话续编》本

大历诸公，善于言情，工于选料。学为七律者，从此进步，可以涤去尘俗；自此而之乎开、宝，则沿河入海矣。故甄录不厌详焉。

（清）管世铭《读雪山房唐诗序例》，《清诗话续编》本

阆仙五古《精舍》云："耳目乃鄘井，肺肝乃岩峰。"《赠友》云："一日不作诗，心源如废井。"《寓兴》云："今时出古言，在众翻为讹。"

语语有真气，有真性灵。人于读王、孟、韦、柳后，不读郊、岛两家，犹是缺典。五律尤极瘦峭之能事。然五律终当以杜为宗，大则"奇兵不在众，万马救中原"，小则"行蚁上枯梨"，"细麦落轻花"之类，无所不有也。近日高密李十桐增选《唐人主客图》，亦五律入门正法。但山东学者多为此本所囿，洋洋大国之风，几乎息响，非十桐之过，学之者之过也。

（清）延君寿《老生常谈》，《清诗话续编》本

师云："学诗须有根柢。如《三百篇》、楚词、汉、魏，细细熟玩，方可入古。"

（清）何世璂《然镫记闻》，《清诗话》本

（7）转益多师

予少学卫夫人书，将谓大能，及渡江北游名山，见李斯、曹喜等书，又之许下，见钟繇、梁皓书，又之洛下，见蔡邕《石经》三体书，又于从兄洽处，见张昶《华岳碑》，始知学卫夫人书，徒费年月耳。遂改本师，仍于众碑学习焉。

（晋）王羲之《题卫夫人〈笔阵图〉后》，引自《历代书法论文选》，上海书画出版社本

不薄今人爱古人，清词丽句必为邻。窃攀屈、宋宜方驾，恐与齐、梁作后尘。

（唐）杜甫《戏为六绝句》其五，《杜诗详注》，中华书局本

未及前贤更勿疑，递相祖述复先谁？别裁伪体亲风雅，转益多师是汝师。

（唐）杜甫《戏为六绝句》其六，《杜诗详注》，中华书局本

余尝苦《仪礼》难读，又其行于今者盖寡。沿袭不同，复之无由。考于今，诚无所用之。然文王周公之法制粗在于是。孔子曰："吾从周。"谓其文章之盛也。

古书之存者希矣。百氏杂家尚有可取，况圣人之制度邪？于是掇其大要，奇辞奥旨著于篇，学者可观焉。

惜乎！吾不及其时进退揖让于其间，呜呼，盛哉！

（唐）韩愈《读仪礼》，《韩昌黎文集校注》，中华书局本

圣人无常师：孔子师郯子、苌弘、师襄、老聃；郯子之徒，其贤不及孔子。孔子曰三人行则必有我师。是故弟子不必不如师，师不必贤于弟子，闻道有先后，术业有专攻，如是而已。

（唐）韩愈《师说》，《韩昌黎文集校注》，中华书局本

古之学者必有师，师者所以传道授业解惑也。人非生而知之者，孰能无惑？惑而不从师，其为惑也，终不解矣。生乎吾前，其闻道也，固先乎吾，吾从而师之。生乎吾后，其闻道也，亦先乎吾，吾从而师之。吾师道也，夫庸知其年之先后生于吾乎！是故无贵无贱，无长无少，道之所存，师之所存也。

（唐）韩愈《师说》，《韩昌黎文集校注》，中华书局本

杜子美诗喜用《文选》语，故宗武亦习之不置，所谓"精熟《文选》理，休觅彩衣轻。"又云"呼婢取酒壶，续儿诵《文选》"是也。唐朝有《文选》学，而时君尤重，分别本以赐金城，书绢素以属裴行俭是也。外史《梼杌》载，郑奕尝以《文选》教其子。其兄曰："何不教读《论语》，免学沈、谢嘲风弄月，污人行止。"郑兄之言，盖欲先德行而后文艺，亦不为无理也。

（宋）葛立方《韵语阳秋》卷三，《历代诗话》本

今人古人皆可师可友。能自得之者，天下之士也。精求经术，又能博极群书，此刘向、扬雄之学也。如足下所已得者，殊自不凡。要得登龟蒙而小鲁、上日观而眺天下耳。其余流俗之所趋期，不复为。

（宋）黄庭坚《答何静翁》，《山谷集·外集》卷十，《文渊阁四库全书》本

人之学画，无异学书。今取钟、王、虞、柳，久必入其仿佛。至于大人达士，不局于一家，必兼收并览，广议博考，以使我自成一家，然后为得。今齐鲁之士，惟摹营丘；关陕之士，惟摹范宽。一己之学，犹为蹈

袭，况齐鲁关陕，幅员数千里，州州县县，人人作之哉？

（宋）郭熙　郭思《林泉高致·山水训》，《画论丛刊》，人民美术出版社本

看诗且以数家为率，以杜为正经，余为兼经也。如小杜、韦苏州、王维、太白、退之、子厚、坡、谷"四学士"之类也。如贯穿出入诸家之诗，与诸体俱化，便自成一家，而诸体俱备。若只守一家，则无变态，虽千百首，皆只一体耳。

（宋）吴可《藏海诗话》，《历代诗话续编》本

初，余由放翁入，后喜诚斋，又兼取东都南渡江西诸老，上及于唐人大小家数，手抄口诵。

（宋）刘克庄《序刻楮集》，《石村先生大全集》卷九十六，《四部丛刊》本

或曰：东坡诗始学刘梦得，不识此论诚然乎哉？予应之曰：予建中靖国闲在参寥座，见宗子士暕以此间参寥。参寥曰："此陈无己之论也。东坡天才，无施不可以。少也实嗜梦得诗，故造词遣言，峻峭渊深，时有梦得诐峭，然无己此论，施于黄州以前可也。坡自元丰末还朝后，出入李杜，则梦得已有奔逸绝尘之叹矣。无己近来得渡岭越海篇章，行吟坐咏，不绝舌吻，常云：'此老深入少陵堂奥，他人何可及！'其心悦诚服如此，则岂复守昔日之说乎？"予闻参寥此说三十余年矣，不因吾子无由发也。

（宋）朱弁《曲洧旧闻》卷九，《丛书集成》本

李方叔云："东坡教人读《战国策》，学说利害；读贾谊、晁错、赵充国章疏，学论事；读《庄子》，学论理性。又须熟读《论语》《孟子》《檀弓》，要志趣正当；读韩、柳文记得数百篇，要知作文体面。"

（宋）王正德《余师录》卷四，《丛书集成》本

前辈谈诗与作诗既多，则遣词措意，皆相缘以起，有不自知其然者。荆公晚年《闲居》诗云："细数落花因坐久，缓寻芳草得归迟"，盖本于王摩诘"兴阑啼鸟换，坐久落花多"，而其辞意益工也。徐师川自谓：荆

公暮年，金陵绝句之妙传天下，其前两句与渠所作云"细落李花那可数，偶行芳草步因迟"，偶似之邪？窃取之邪？喜作诗者，不可不辨。予尝以为王因于唐人，而徐又因于荆公，无可疑者。但荆公之诗，熟味之，可以见其闲适优游之意。至于师川，则反是矣。

（宋）吴幵《优古堂诗话》，《历代诗话续编》本

夫自汉、魏、晋、唐而降，杜甫氏之外，诸作者各以所长名家，而不能相兼也。学者誉此诋彼，各师所嗜，譬犹行者埋轮一乡，而欲观九州之大，必无至矣。盖尝论之：渊明之善旷，而不可以颂朝廷之光；长吉之工奇，而不足以咏丘园之致，皆未得为全也。故必兼师众长，随事摹拟，待其时至心融，浑然自成，始可以名大方，而免夫偏执之弊矣。

（明）高启《独庵集序》，《高太史凫藻集》卷二，《四部丛刊》本

夫所谓善学者，学诸《易》以通阴阳之故，性命之理；学之《诗》，以求事物之情，伦理之懿；学之《礼》以识中和之极，节文之变；学之《书》以达治乱之由，政事之序；学之《春秋》以参天人之际，君臣华夷之分，而学之大统得矣！然不可骤而进也，盖百渐焉。先之《大学》，以正其本；次之孟轲之书，以振其气；则之《论语》以观其中；约之《中庸》，以逢其原，然后六经有所措矣！博之诸子，以睹其辨；索之《史记》，以质其效；归之伊汝、关闽之说，以定其是非，既不谬矣！

（明）方孝孺《学辨》，《逊志斋集》卷六，《四部备要》本

自古诗人养气，各有主焉。蕴乎内，著乎外，其隐见异同，人莫之辨也。熟读初唐、盛唐诸家所作，有雄浑如大海奔涛，秀拔如孤峰峭壁，壮丽如层楼叠阁，古雅如瑶瑟朱弦，老健如朔漠横雕，清逸如九皋鸣鹤，明净如乱山积雪，高远如长空片云，芳润如露蕙春兰，奇绝如鲸波蜃气，此见诸家所养之不同也。学者能集众长合而为一，若易牙以五味调和，则为全味矣。

（明）谢榛《四溟诗话》卷三，人民文学出版社本

仆少读西山《正宗》，因好为古文诗，未知其法。弱冠，始读《文

选》,辄以六朝情寄声色为好,亦无从受其法也。规模步趋,久而思路若有通焉,年已三十四十矣。前以数不第,展转顿挫。气力已减,乃求为南署郎,得稍读二氏之书,从方外游。因取六大家文更读之,宋文则汉文也。气骨代降,而精气满劲。行其法而通其机,一也。则益好而规模步趋之,思路益若有通焉,亦已五十矣。学道无成,而学为文。学文无成,而学诗赋。学诗赋无成,而学小词。学小词无成,且转而学道。犹未能忘情于所习也。思顾彦升托契之咏,子美同游之思,谓四方之大,必有旷然之路,精其法而深其机者。庶几及老而得窥其制作,发鄙质所未逮,则亦足以满志而无恨矣。

　　　　　(明)汤显祖《与陆敬业》,《汤显祖诗文集》卷四十七,上海古籍出版社本

　　或问:"老杜学何人?"答之曰"风雅之道,未坠于地。贤者得其大者,不贤者得其小者。夫子焉不学,而亦何常师之有?"

　　　　　(明)冯班《读古浅说》,《钝吟杂录》卷四,《丛书集成》本

　　苕文汪子刻集,有《与人论师道书》,谓:"当世未尝无可师之人,其经学修明者,吾得二人焉,曰:顾子宁人,李子天生。其内行淳备者,吾得二人焉,曰:魏子环极,梁子日缉。"炎武自揣鄙劣,不足以当过情之誉,而同学之士,有苕文所未知者,不可以遗也,辄就所见评之。夫学究天人,确乎不拔,吾不如王寅旭;读书为己,探赜洞微,吾不如扬雪臣;独精三《礼》,卓然经师,吾不如张稷若;萧然物外,自得天机,吾不如傅青主;坚苦力学,无师而成,吾不如李中孚;险阻备尝,与时屈伸,吾不如路安卿;博闻强记,群书之府,吾不如吴任臣;文章尔雅,宅心和厚,吾不如朱锡鬯;好学不倦,笃于朋友,吾不如王山史;精心六书,信而好古,吾不如张力臣。至于达而在位,其可称述者,亦多有之,然非布衣之所得议也。

　　　　　(清)顾炎武《广师》,《顾亭林诗文集·文集》卷六,中华书局本

　　余敢以善学之一言进焉:杜有所以为杜者矣,所谓上薄《风》《雅》,下该沈、宋者是也。学杜有所以学者矣,所谓别裁伪体,转益多师者是

也。舍近世之学杜者，又舍近世之訾謷学杜者，进而求之，无不学，无不舍焉，于斯道也，其有不造其极矣乎？

（清）钱谦益《曾房仲诗序》，《牧斋初学集》卷三十二，上海古籍出版社本

诗非一途得入，景龙、开、宝之诗端重，能养人器度，而不能发人心光；大历、开成之诗深锐，能发人心光，而亦伤人器度。所以学景龙、开、宝者，心光难发，大都滞于皮毛；学大历、开成者，器度易伤，不免流于险琢。人能以大历、开成发其心光，而后以景龙、开、宝养其器度，斯为得之。人谁有此工力？所以开、宝而后更无其诗也。问曰："若然，则开、宝人于何处发其心光耶？"余愧谢曰："此就后世人之病察脉拟方也。君问太高，须起李、杜、高、岑以答之。"

（清）吴乔《围炉诗话》卷之一，《清诗话续编》本

又曰："或问：'老杜学何人而致此？'"答之曰："《风》、《雅》之道，未坠于地，识大识小，各有其人，子美焉不学而未有常师也。"

（清）吴乔《围炉诗话》卷之四，《清诗话续编》本

诗不可以无体而不当有派。诗之有体，成于时代，关乎性情，真气之所存，非可以剽拟，似可以陶冶得也。是故去卑而就高，避缛而趋洁；远流俗而向雅正。少陵所云多师为师；荆公所谓博观约取，皆于体是辨。众制既明，铲鞴自成，吸揽前修，独造意匠。又辅以积卷之富而清能灵解即具其中，盖合群作者之体而自有其体。然后诗之体可得而言也。有吕紫微作江西诗派，谢皋羽序睦州诗派，于是乎有派，然犹后人瓣香所在，强为胪列耳，在诸公当日未尝断断然以派自居也。

（清）厉鹗《查莲坡蔗塘未定稿序》，《樊榭山房文集》卷三，《四部丛刊》本

今之士大夫，已竭精神于时文八股矣；宦成后，慕诗名而强为之，又慕大家之名而狭取之。于是所读者，在宋非苏即黄，在唐非韩则杜，此外付之不观。亦知此四家者，岂浅学之人所能袭取哉？于是专得皮毛，自夸高格，终身由之而不知其道。《书》曰："德无常师，主善为师。"子贡

曰："夫子焉不学？而亦何常师之有？"此作诗之要也。

(清)袁枚《随园诗话》卷四，人民文学出版社本

然余生平志趣学问，皆由诗入，则天性所近，工夫自然，初亦不料其通于大道有如是效验也……学诗当遍观古人之诗，唯今人诗可不观。今人诗莫工于余，余诗尤不可观。以不观古人诗，但观余诗，徒得其杂凑模仿，中愈无主也。总之，非积三四十年，不能尽知古人之工拙。以三四十年之工力治经学，道必有成，因道通诗，诗自工矣。若性好文采，乐于吟咏，则由诗悟入，亦自捷径，而非可强求也。

(清)王闿运《论诗法·答唐凤廷问》，《王志》卷二，成都昌福公司印行

要学某一家，此即我之家常饭，每日要吃。然亦须佐以五味菜肴茶汤之类，如参看他家诗是也。看一册子，须求有几处可记，几处可疑，订一纸册子札记，有相知者时一商之。

莫吃一家饭，久之便被豢养得惯了。只看蜂之酿蜜，岂止一花。

(清)张谦宜《𦈡斋诗谈》卷三，《清诗话续编》本

谓汉、魏、晋、盛唐诗不能仿效者，自画之词也；谓宋、金、元诗不可寓目者，拘墟之见也。大率五言在六朝不可居鲍、谢后，在唐不可居韦、柳后，七言则坡、谷已下，如放翁、遗山，余均有取焉。

(清)乔亿《剑溪说诗》卷上，《清诗话续编》本

学明远诗，惟涧落已为后人所模范者，则不当再仿。其英俊之气，精悍之笔，与夫种种抑郁之思，最能发人哀感，长人才思。读陈思、陶、谢、明远毕，然后再泛览诸家，以收其美，未为晚也。

(清)延君寿《老生常谈》，《清诗话续编》本

周止庵立周、辛、吴、王四家，善矣，惟师说虽具，而统系未明，疑于传授家法，或未洽也。吾意则以周、吴为师，余子为友，使周、吴有定奠，然后余子可取益。于师有未达，则博求之友；于友有未安，则还质之师；如此则系统明，而源流分合之故，亦从可识矣。

(清)陈洵《海绡说词》，《词话丛编》本

张玉田论词以清空不质实为主,又以骚雅为高。周止庵则曰:初学词求空,空则灵气往来,既成格调;求实,实则精力弥满。蒋剑人论词曰:词以有厚入无间。谭复堂揭柔厚之旨。陈亦峰持沉著之论。凡此诸说,犹之书家观剑器,见争道,睹蛇斗,皆神悟妙境也。学者试于诸说参之。

(清)蒋兆兰《词说》,《词话丛编》本

(8) 功夫自熟中出

孟子曰:无或乎王之不智也。虽有天下易生之物也,一日暴之,十日寒之,未有能生者也。吾见亦罕矣,吾退而寒之者至矣,吾如有萌焉何哉?今夫奕之为数,小数也,不专心致志,则不得也。弈秋,通国之善弈者也。使弈秋诲二人弈,其一人专心致志,惟弈秋之为听,一人虽听之,一心以为有鸿鹄将至,思援弓缴而射之,虽与之俱学,弗若之矣。为是其智弗若与?曰:非然也。

(先秦)《孟子·告子上》,《十三经注疏》本

梓匠轮舆,能与人规矩,不能使人巧。

(先秦)《孟子·尽心下》,《十三经注疏》本

孔子观于吕梁,县水三十仞,流沫四十里,鼋鼍鱼鳖之所不能游也。见一丈夫游之,以为有苦而欲死也,使弟子并流而拯之。数百步而出,被发行歌而游于塘下。

孔子从而问焉曰:"吾以子为鬼,察子则人也。请问,蹈水有道乎?"

曰:"亡,吾无道。吾始乎故,长乎性,成乎命。与齐俱入,与汨偕出,从水之道而不为私焉。此吾所以蹈之也。"

孔子曰:"何谓始乎故,长乎性,成乎命?"

曰:"吾生于陵而安于陵,故也;长于水而安于水,性也;不知吾所以然而然,命也。"

(先秦)《庄子·达生》,《诸子集成》本

世之所贵道者,书也。书不过语,语有贵也;语之所贵者,意也。意有所随,意之所随者,不可以言传也。而世因贵言传书,世虽贵之,我犹

不足贵也，为其贵非其贵也。故视而可见者，形与色也；听而可闻者，名与声也。悲夫！世人以形色名声，为足以得彼之情。夫形色名声，果不足以得彼之情，则知者不言，言者不知，而世岂识之哉？

桓公读书于堂上。轮扁斲轮于堂下，释椎凿而上。问桓公曰：敢问公之所读为何言邪？公曰：圣人之言也。曰：圣人在乎？公曰：已死矣。曰：然则君之所读者，古人之糟魄已夫！桓公曰：寡人读书，轮人安得议乎？有说则可，无说则死。轮扁曰：臣也，以臣之事观之：斲轮，徐则甘而不固。疾则苦而不入；不徐不疾，得之于手而应于心，口不能言，有数存焉于其间；臣不能以喻臣之子，臣之子亦不能受之于臣，是以行年七十而老斲轮。古之人与其不可传也死矣，然则君之所读者，古人之糟魄已夫！

（先秦）《庄子·天道》，《诸子集成》本

庖丁为文惠君解牛，手之所触，肩之所倚，足之所履，膝之所踦，砉然响然，奏刀騞然，莫不中音。合于"桑林"之舞，乃中《经首》之会。文惠君曰："嘻，善哉！技盖至此乎？"庖丁释刀对曰："臣之所好者道也，进乎技矣。始臣之解牛之时，所见无非全牛者。三年之后，未尝见全牛也。方今之时，臣以神遇而不以目视，官知止而神欲行。依乎天理，批大郤，导大窾，因其固然。技经肯綮之未尝，而况大軱乎！良庖岁更刀，割也；族庖月更刀，折也。今臣之刀十九年矣，所解数千牛矣，而刀刃若新发于硎。彼节者有间，而刀刃者无厚；以无厚入有间，恢恢乎其于游刃必有余地矣，是以十九年而刀刃若新发于硎。虽然，每至于族，吾见其难为，怵然为戒，视为止，行为迟。动刀甚微，謋然已解，如土委地。提刀而立，为之四顾，为之踌躇满志，善刀而藏之。"文惠君曰："善哉！吾闻庖丁之言，得养生焉。"

（先秦）《庄子·养生主》，《诸子集成》本

百发失一，不足为善射；千里蹞步不至，不足谓善御；伦类不通，仁义不一，不足为善学。学也者，固学一之也。一出焉，一入焉，涂巷之人也；其善者少，不善者多，桀、纣、盗跖也；全之尽之，然后学者也。君子知夫不全不粹之不足以为美也，故诵数以贯之，思索以通之，为其人以处之，除其害者以持养之。使目非是无欲见也，使耳非是无欲闻也，使口

非是无欲言也，使心非是无欲虑也。及至其致好之也，目好之五色，耳好之五声，口好之五味，心利之有天下。是故权利不能倾也，群众不能移也，天下不能荡也。生乎由是，死乎由是，夫是之谓德操。德操然后能定，能定然后能应。能定能应，夫是之谓成人。天见其明，地见其光，君子贵其全也。

（先秦）《荀子·劝学》，《诸子集成》本

今夫盲者目不能别昼夜，分白黑，然而搏琴抚弦，参弹复徽，攫援摽拂，手若蔑蒙，不失一弦。使未尝鼓瑟者，虽有离朱之明，攫掇之捷，犹不能屈伸其指。何则？服习积贯之所致。

（汉）刘安《淮南鸿烈·修务训》，《丛书集成》本

今鼓舞者，绕身若环，曾挠摩地，扶旋猗那，动容转曲，便媚拟神，身若秋药被风，发若结旌，骋驰若鹜。木熙者，举梧檟，据句柱，蝯自纵，好茂叶，龙夭矫，燕枝拘，援丰条，舞扶疏，龙从鸟集，搏援攫肆，蔑蒙踊跃。且夫观者莫不为之损心酸足，彼乃始徐行微笑，被衣修擢。夫鼓舞者非柔纵，而木熙者非眇劲，淹浸渍渐靡使然也。

（汉）刘安《淮南鸿烈·修务训》，《丛书集成》本

知者之所短，不若愚者之所修，贤者之所不足，不若众人之有余。何以知其然？夫宋画吴冶，刻刑镂法，乱修曲出，其为微妙，尧舜之圣不能及。蔡之幼女，卫之稚质，捆纂组，杂奇彩，抑墨质，扬赤文，禹汤之智不能逮。

（汉）刘安《淮南鸿烈·修务训》，《丛书集成》本

……瓠巴鼓琴而鸟飞鱼跃。郑师文闻之，弃家从师襄游。柱指钧弦，三年不成章。师襄曰："子可以归矣。"师文舍其琴叹曰："文非弦之不能钧，非章之不能成。文所存者不在弦，所志者不在声。内不得于心，外不应于器，故不敢发手而动弦。且小假之，以观其后。"无几何，复见师襄。师襄曰："子之琴何如？"师文曰："得之矣，请尝试之。"于是当春而叩商弦，以召南吕，凉风忽至，草木成实。及秋而叩角弦，以激夹钟，温风徐回，草木发荣。当夏而叩羽弦，以召黄钟，霜雪交下，川池暴沍。

及冬而叩徵弦，以激蕤宾，阳光炽烈，坚冰立散。将终命宫而揔四弦，则景风翔，庆云浮，甘露降，澧泉涌。师襄乃抚心高蹈曰："微矣子之弹也，虽师旷之清角，邹衍之吹律，亡以加之；彼将挟琴执管而从子之后耳。"

（汉）张湛《列子·汤问篇》，《诸子集成》本

甘蝇，古之善射者，彀弓而兽伏鸟下，弟子名飞卫，学射于甘蝇，而巧过其师。纪昌者，又学射于飞卫，飞卫曰："尔先学不瞬，而后可以言射矣。"纪昌归，偃卧其妻之机下，以目承牵挺。二年之后，虽锥末倒眦而不瞬也。以告飞卫。飞卫曰：未也；必学视而后可。视小如大，视微如著，而后告我。"昌以氂悬虱于牖，南面而望之。旬日之间，浸大也；三年之后，如车轮焉。以睹余物，皆丘山也。乃以燕角之弧、朔蓬之簳射之，贯虱之心，而悬不绝。以告飞卫。飞卫高蹈拊膺曰："汝得之矣！"

（汉）张湛《列子·汤问篇》，《诸子集成》本

列子曰："曩吾以汝为达，今汝之鄙至此乎？姬！将告汝所学于夫子者矣。自吾之事夫子友若人也，三年之后，心不敢念是非，口不敢言利害，始得夫子一眄而已。五年之后，心更念是非，口更言利害，夫子始一解颜而笑。七年之后，从心之所念，更无是非；从口之所言，更无利害，夫子始一引吾并席坐。九年之后，横心之所念，横口之所言，亦不知我之是非利害欤，亦不知彼之是非利害欤；亦不知夫子之为我师，若人之为我友；内外进矣。而后眼如耳，耳如鼻，鼻如口，无不同也。心凝形释，骨肉都融；不觉形之所倚，足之所履，随风东西，犹木叶于壳，竟不知风乘我邪？我乘风乎……"

（汉）张湛《列子·黄帝篇》，《诸子集成》本

上雅好诗书文籍，虽在军旅，手不释卷。每定省从容，常言人少好学则思专，长则善忘。长大而能勤学者，惟吾与袁伯业尔。余是以少诵诗论，及长而备历五经四部史汉诸子百家之言，靡不毕览。所著书论诗赋凡六十篇。至若智而能愚，勇而知怯、仁以接物，恕以及人，以传后之良史。

（魏）曹丕《典论》，《丛书集成》本

至如研精玄理，考核儒宗，尽日清谈，终夜讲习。始学则负墟尚谀，

积功则为师乃著。日就月将方称硕学。专经之后，犹须剧谈。网罗愈广，钩深理见，厌饫不寤，惟日不足。

又若为诗，则多许见意。或古或今，或雅或俗，皆须寓目。详其去取，然后丽辞方吐，逸韵乃生。岂有秉笔不讯，而能著诗；塞兑不谈，而能善义。扬子云言：读赋千首，则能为赋。

（南朝·梁）萧纲《劝医论》，《全梁文》卷十一，《全上古三代秦汉三国六朝文》本

然文之所起，情发于中。人有六情，禀五常之秀；情感六气，顺四时之序。其有帝资悬解，天纵多能，摘黼黻于生知，问珪璋于先觉，譬雕云之自成五色，犹仪凤之冥会八音，斯固感英灵以特达，非劳心所能致也。纵其情思底滞，关键不通。但伏膺无怠，钻仰斯切，驰骛胜流，周旋益友，强学广其闻见，专心屏于涉求，画缋饰以丹青，雕琢成其器用，是以学而知之，犹足贤乎已也。谓石为兽，射之洞开，精之至也；积岁解牛，恚然游刃，习之久也，自非浑沌无可凿之姿，穷奇怀不移之情，安有至精久习而不成功者焉！

善乎！魏文之著论也："人多不强力，贫贱则慑于饥寒，富贵则流于逸乐，遂营目前之务，而遗千载之功，日月逝于上，体貌衰于下，忽然与万物迁化，斯志士大痛也。"

（唐）李百药《北齐书·文苑传序》，中华书局本

心不厌精，手不厌熟。若运用尽于精熟，规矩谙于胸襟，自然容与徘徊，意先笔后，潇洒流落，翰逸神飞。亦犹弘羊之心，豫乎无际；庖丁之目，不见全牛。尝有好事，就吾求习，吾乃粗举纲要，随而授之，无不心悟手从，言忘意得；纵未窥于众术，断可极于所诣矣。

（唐）孙过庭《书谱》，《孙过庭书谱笺证》，中华书局本

白本家金陵，世为右姓。遭沮渠蒙逊难，奔流咸秦。因官寓家，少长江汉，五岁诵六甲，十岁观百家。轩辕以来，颇得闻矣。常横经籍书，制作不倦，迄于今三十春矣。

（唐）李白《上安州裴长史书》，《李太白全集》卷二十六，中华书局本

……他乡阅迟暮,不敢废诗篇。

(唐)杜甫《归》,《杜诗详注》卷十九,中华书局本

……法自儒家有,心从弱岁疲。永怀江左逸,多病邺中奇。骤骥皆良马,骐骥带好儿。车轮徒已斲,堂构惜仍亏。漫作《潜夫论》,虚传幼妇碑……

(唐)杜甫《偶题》,《杜诗详注》卷十八,中华书局本

生所谓立言者是也,生所为者与所期者,甚似而几矣。抑不知生之志,蕲胜于人而取于人邪?将蕲至于古之立言者耶?蕲胜于人而取于人,则固胜于人而可取于人矣;将蕲至于古之立言者,则无望其速成,无诱于势利,养其根而俟其实,加其膏而希其光,根之茂者其实遂,膏之沃者其光晔,仁义之人,其言蔼如也。

(唐)韩愈《答李翊书》,《韩昌黎文集校注》,中华书局本

王充者何?会稽上虞,本自元城,爰来徙居。师事班彪,家贫无书,阅书于肆,市肆是游,一见诵忆,遂通众流,闭门潜思,《论衡》以修。为州治中,自免归欤,同郡友人,谢姓夷吾,上书荐之,待诏公车,以病不行,年七十余。乃作《养性》,一十六篇。肃宗之时,终于永元。

(唐)韩愈《后汉三贤赞》,《昌黎先生集》卷十二,《四部备要》本

千字文,梁周兴嗣编次,而有王右军书者,人皆不晓其始。梁武教诸王书,令殷铁石于大王书中,撮一千字不重者,每字一片纸,杂碎无叙,武帝召兴嗣谓曰:卿有才思,为我韵之,兴嗣一夕编次进上,鬓发皆白。而赏锡甚厚。右军孙智永禅师自临八百本散与人。外江南诸寺各留一本,永公住永欣寺,积年学书,后有笔头十瓮,每瓮皆数万,人来觅书兼请题头者如市,所居户限为之穿穴,乃用铁叶裹之,人谓之铁门限,后取笔头瘗之,号退笔冢,自制铭志。

(唐)韦绚《刘宾客嘉话录》,《丛书集成》本

仆始生六七月时,乳母抱弄于书屏下,有指无字之字示仆者,仆虽口

未能言，心已默识。后有问此二字者，虽百十其试，而指之不差，则仆宿昔之缘，已在文字中矣。及五六岁，便学为诗，九岁谙识声韵，十五六始知有进士，苦节读书。二十已来，昼课赋，夜课书，间有课诗，不遑寝息矣。以至于口舌成疮，手肘成胝，既壮而肤革不丰盈，未老而齿发早衰白，瞥瞥然如飞蝇垂珠在眸子中也，动以万数。盖以苦学力文所致，又自悲矣。

（唐）白居易《与元九书》，《白居易集》卷四十五，中华书局本

甫里先生者，不知何许人也，人见于耕于甫里，故云。先生性野逸，无羁检，好读古圣人书，探六籍，识大义……先生平居以文章自怡，虽幽忧疾痛中，落然无旬日生计，未尝暂辍，点窜涂抹者。

（唐）陆龟蒙《甫里先生传》，《全唐文》卷八百零一，中华书局本

春雨懒从年少狂，一生憔悴为诗忙。不能屑屑随时辈，亦耻区区忆故乡。白玉笛声亲府席，《六幺》花拍动衣香。龙咽嘹亮留行月，凤翼趋跄巧定场。粉色酒客欢四座，花光烛影照西墙。虚荣浪费知多少，安得如君展肺肠。

（宋）梅尧臣《依韵和春日见示》，《梅尧臣集编年校注》卷二十六，上海古籍出版社本

苏子美喜论用笔，而书字不逮其所论，岂其力不副其心邪？然"万事以心为本，未有心至而力不能者。"余独以为不然。此所谓非知之难，而行之难者也。古之人不虚劳其心力，故其学精而无不至。盖方其幼也，未有所为时，专其力于学书。及其渐长，则其所学渐近于用。今人不然，多学书于晚年，所以与古不同也。

（宋）欧阳修《苏子美论书》，引自《历代书法论文选》，上海书画出版社本

正途趋简易，慎勿事岖崎。著述须待老，积勤宜少时。

（宋）欧阳修《获麟赠姚辟先辈》，《欧阳文忠集·居士集》卷四，《四部备要》本

藏精于晦，则明；养神以静，则安。晦所以畜用，静所以应动。善畜者不竭，善应者无穷。此君子修身治人之术。然性近者，得之易也。

  （宋）欧阳修《晦明说》，《欧阳文忠集·试笔》，《四部备要》本

昨日王靖言转笔，诚是难事，其如对以熟，岂不为名理之言哉！往时陈尧咨以射艺自高，尝射于家圃。有一卖油里翁，释担而看。射多中，陈问："尔知射乎？吾射精乎？"翁对曰："无他能，但手熟耳！"陈忿然曰："汝何敢轻吾射！"翁曰："不然。以吾酌油，可知也。"乃取一葫芦，设于地上，置一钱，以杓酌油，沥钱眼入胡芦，钱不湿。曰："此无他，亦熟耳！"陈笑而释之。

  （宋）欧阳修《笔说·转笔在熟说》，《欧阳文忠集》卷一百二十九，《四部备要》本

孔子曰："有颜回者，好学，不迁怒，不贰过。"又曰："吾见其进，未见其止也。"夫颜子之所学者，非世人之所学，不迁怒者，求诸己，不贰过者，见不善之端而止之也。世人所谓退，颜子之所谓进也；人之所谓益，颜子之所谓损也。《易》曰："损，先难而后获。"颜子之谓也。耳损于声，目损于色，口损于言，身损于动，非先难欤？及其至也，耳无不闻，目无不见，言无不信，动无不服，非后得欤？是故君子之学，始如愚人焉，如童蒙焉；及其至也，天地不足大，人物不足多，鬼神不足为隐，诸子之支离不足惑也。

  （宋）王安石《礼乐论》，《临川先生文集》卷六十六，《四部丛刊》本

管子曰："事无终始，无务多业。"此言学者贵能成就也。唐人为诗，量力致功，精思数十年，然后名家。杜工部云："更觉良工用心苦。"然岂独画事心苦耶！

  （宋）刘攽《中山诗话》，《历代诗话》本

由是尽烧曩时所为文数百篇，取《论语》、《孟子》、《韩子》及其圣人贤人之文，而兀然端坐终日以读之者七八年。方其始也，入其中而惶然，博观

于其外而骇然以惊。及其久也，读之益精，而其胸中豁然以明，若人之言固当然者，然犹未敢自出其言也。时既久，胸中之言日益多，不能自制，试出而书之，已而再三读之，浑浑乎觉其来之易矣，然犹未敢以为是也。

（宋）苏洵《上欧阳内翰第一书》，《嘉祐集》卷十一，《四部丛刊》本

……流转海外，如逃深谷，既无与晤语者，又书籍举无有，惟陶渊明一集，柳子厚诗文数册，常置左右，目为二友。今又辱来贶清深温丽与陶柳真为三矣。

（宋）苏轼《与程全父》，《东坡七集·续集》卷七，《四部备要》本

顷岁孙莘老识欧阳文忠公尝乘间以文字问之，云无它术，唯勤读书而多为之自工。世人患作文字，少又懒读书，每一篇出即求过人，如此少有至者，疵病不必待人指摘，多作自能见之，此公以其尝试者告人，故尤有味。

（宋）苏轼《记欧阳公论文》，《东坡题跋》卷一，《丛书集成》本

诗句极有风裁，可喜合处便似吾少游语。然恨工在遣辞，病在骨气耳……文章虽末学，要须茂其根本，深其渊源，以身为度，以声为律，不加开凿之功而自闳深矣。公诚以此言为可，则犹有一物为公道之，二十年来学士大夫有功于翰墨者为不少，求其卓然名家者则未多；盖尝深求其故，病在欲速成耳。

（宋）黄庭坚《答秦少章帖之五》，《山谷集·别集》卷十六，《文渊阁四库全书》本

惠示《四颂》，词意高胜，钦叹不已。然似插无根花，满园非不照曜风日，但不耐久耳。要须且下十年工夫，识取自己，则有根本。凡有言句，皆从自根本中来。殊不与认奴作郎、认贼作子时文章同味也。

（宋）黄庭坚《答郭英发》，《山谷老人刀笔》卷十三，清嘉庆刊本

余观《学记》，论君子之学有本末等第。人虽不能自期寿百岁，然不必躐等。如水行川，盈科而后进耳，小学之事，虽若糜费日月，要须躬行必晓，所以致大学之精微耳。吾惇夫才性高妙，超出后生千百辈，然好大略小，初日便为涂远之计，则似可恨。后生可畏，当欣慕其才而鉴其失也。

（宋）黄庭坚《书邢居实文卷》，《山谷集·内集》卷二十六，《文渊阁四库全书》本

诗政欲如此作。其未至者探经术未深，读老杜、李白、韩退之诗不熟耳。

（宋）黄庭坚《与徐师川书》，《豫章黄先生文集》卷十九，《四部丛刊》本

一日不书便觉思涩，想古人未尝片时废书也。因思苏之才，《恒公至洛帖》字明意殊有工，为天下法书第一。

（宋）米芾《海岳名言》，《历代书法论文选》本

贤愚譬观形，美丑不自见。医肱待三折，剑铁要百炼。磨君古青铜，汰拣寄明辨。一智出千愚，食芹敢忘献。

（宋）张耒《赠无咎以"既见君子，云胡不茗"为韵八首》（录一），《柯山集》卷七，《丛书集成》本

夫学之于人，非性之所素能也，而性不得学则不明，故夫子曰：我非生而知之，好古敏以求之，夫人之于天者，其道素具矣，四端之于我，非外铄我者也，尧舜之于涂人，其本则一而已，彼为是尧舜涂人之别者，学不学异也，性在己，学在物，自外而视之，相去亦远矣，而尧、跖由之，物固不能无所待而独成哉。

夫学有道，道有序，循其序而积之者，行而能远，涉而能高，下则鸟兽虫鱼，器械服物之理无不通，中则修身正家治天下之业无不立，上则达性命，通死生，官天地，府万物，独立于万物之上而无与为侣，而学庶乎至矣。虽然，有患忽小而务大，躐等而求至者，吾恶之久矣……夫无见乎小而明大，与不涉乎等而能速至者，其可信也哉，故保信以为车，力学以

为辅，而载尔德焉，则能周流天下，徜徉海外，以求子所欲。

（宋）张耒《李德载字序》，《柯山集》卷四十，《丛书集成》本

学诗如学仙，时至骨自换，缥缈鸿鹄上，众目焉能玩。子从维海来，一喙当百难，师儒有韩孟，拭目互惊惋。老生时在旁，缩手愧颜汗，黄公金华伯，莞尔回一昒。彼方试子难，疾前不应懦，要当攻石坚，勿作抟沙散。柏璧虽具美，砮错加璀璨，我老不足畏，后生何可慢。

（宋）陈师道《次韵答秦少章》，《后山居士文集》卷一，上海古籍出版社本

有明上人者，作诗甚艰，求捷法于东坡，作两颂以与之。其一云："字字觅奇险，节节累枝叶。咬嚼三十年，转更无交涉。"其一云："衡口出常言，法度法前轨。人言非妙处，妙处在于是。"乃知作诗到平淡处，要似非力所能，东坡尝有书与其侄云："大凡为文，当使气象峥嵘，五色绚烂，渐老渐熟，乃造平淡。"余以不但为文，作诗者尤当取法于此。

（宋）周紫芝《竹坡诗话》，《历代诗话》本

叔用尝戏谓余云："我诗非不如子，我作得子诗，只是子差熟耳。"余戏答云："只熟便是精妙处。"叔用大笑，以为然。

（宋）吕本中《紫薇诗话》，《历代诗话》本

鲍慎由答潘见素诸诗云："学诗比登仙，金膏换凡骨。"盖用陈无己答秦少章"学诗如学仙，时至骨自换"之句。

（宋）吴曾《能改斋漫录》卷八《沿袭》，《丛书集成》本

众人方学山谷诗，晁叔用独学老杜诗；众人求生西方，特高秀实独求生兜率。叔用尝戏谓吕："我诗非不如子，只是子差熟耳。"吕戏答云："只熟便是精妙处。"叔用大笑，以为然也。

（宋）吴曾《能改斋漫录》卷十一《记诗》，《丛书集成》本

灯下书成铁砚穿。

（宋）陆游《夙兴弄笔偶书》，《剑南诗稿校注》卷二十六，上海古籍出版社本

六艺江河万古流，吾徒钻仰死方休。沛然要似禹行水，卓尔孰为丁解牛。老矣简编犹自力，夜凉膏火渐当谋。大门旧业微如线，赖有吾儿共此忧。

（宋）陆游《六艺示子聿》，《剑南诗稿校注》卷五十四，上海古籍出版社本

六十余年妄学诗，工夫深处独心知。夜来一笑寒灯下，始是金丹换骨时。

（宋）陆游《夜吟》，《剑南诗稿校注》卷五十一，上海古籍出版社本

赐休暂解簿书围，醉草今年颇入微。手挹冻醪秋露重，卷翻狂墨瘦蛟飞。临池勤苦今安有，漏壁功夫古亦稀。稚子问翁新悟处，欲言直恐泄天机。

（宋）陆游《醉中草书因戏作此诗》，《剑南诗稿校注》卷十九，上海古籍出版社本

冷落何人肯见寻，断弦尘匣愧知音。倾家酿酒犹嫌少，入海求诗未厌深。薄宦簿书常衮衮，中年光景易骎骎。香奁赠别非无意，共约跏趺看此心。

（宋）陆游《别王伯高》，《剑南诗稿校注》卷二，上海古籍出版社本

楚人杨梦锡才高而深于诗，尤积勤杜诗，平日涵养不离胸中，故其句法森然可喜。因以暇戏集杜句。梦锡之意，非为集句设也，本以成其诗耳，不然，火龙黼黻手，岂补缀百家衣者耶？予故为表出之，以告未深知梦锡者。

（宋）陆游《杨梦锡集句杜诗序》，《陆游集·渭南文集》卷十五，中华书局本

名者士所愿也，而或惧太早。何哉？吾测之审矣，少而得名，我不能不矜，人不能不忌，以满假之心，来谗慝之口，几何其不踬也。吾元归年

甫二十，笔力扛鼎，不患无名，患太早耳。虽然，洪道方力张其名，而吾独欲其退避掩覆，元归未必乐也。异时出入朝廷，更历世故，今当思吾言也夫！

（宋）陆游《跋晁百谷写叙》，《陆游集·渭南文集》卷二十七，中华书局本

故自科举取士以来，如唐韩氏、柳氏，吾宋欧氏、王氏、苏氏，以文章擅天下者，莫非科举之士也。此无他，徒以在场屋时，苦心耗力，凡陈言浅说之可病者，已知厌弃，如都市之玉工，珉玉杂治，积日既久，望而识之矣，一旦取荆山之璞，以为黄琮苍璧万乘之宝，珉其可复欺耶？凡今不利场屋而名古之文者，往往多未尝识珉者也，又安知玉哉！乃如足下识之可谓精矣，当弃珉剖玉而已。至于圣人之道，足下往昔朝夕所讲习者，岂外于是。言之而必践焉，心之而不徒口耳焉，无余道矣。

（宋）陆游《答邢司户书》，《陆游集·渭南文集》卷十三，中华书局本

七言长韵古诗，如杜少陵《丹青引曹将军画马》、《奉先县刘少府山水障歌》等篇，皆雄伟宏放，不可捕捉。学诗者于李、杜、苏、黄诗中求此等类，诵读沈酣，深得其意味，则落笔自绝矣。

（宋）杨万里《诗话》，《诚斋集》卷一百十四，《四部丛刊》本

学者理会道理，当深沉潜思。又曰：读书如炼丹，初时烈火锻煞，然后渐渐慢火养。又如煮物，初时烈火煮了，却须慢火养。读书初勤敏，著力子细穷究，后来却须缓缓温寻，反复玩味，道理自出。又不得贪多欲速，直须要熟，工夫自熟中出。

（宋）朱熹《朱子语类辑略》卷五，《丛书集成》本

学道做功夫，须是奋厉警发，怅然如有所失，不寻得则不休。如自家有一大光明宝藏，被人偷将去，此心还肯放舍否？定是去追捕寻讨得了方休。做功夫亦须如此。

（宋）朱熹《朱子语类辑略》卷七，《丛书集成》本

今之学者，全不曾发愤。

（宋）朱熹《朱子语类辑略》卷二，《丛书集成》本

不要等待。

今人做功夫，不肯便下手，皆是要等待。如今日早间有事，午间无事，则午间便可下手。午间有事，晚间便可下手，却须要待明日。今月若尚有数日，必直待后月，今年尚有数月，不做功夫，必曰："今年岁月无几，直须来年。"如此何缘长进。

（宋）朱熹《朱子语类辑略》卷二，《丛书集成》本

为学，极要求把篙处着力，到功夫要断绝处，又更增功夫，着力不放令倒，方是向进处。为学，正如撑上水船，方平稳处，尽行不妨，及到滩脊急流之中，舟人来这上，一篙不可放缓，直须着力撑上，不得一步不紧，放退一步，则此船不得上矣。

（宋）朱熹《朱子语类辑略》卷二，《丛书集成》本

若不见得入头处，紧也不可，慢也不可，若识得些路头。须是莫断了，若断了便不成，待得再新整顿起来，费多少力。如鸡抱卵，看来抱得有甚暖气，只被他常常恁地抱得成。若把汤去烫，便死了。若抱才住，便冷了。然而实是见得入头处，也自不解住了，自要做去，他自得些滋味了。如吃果子相似，未识滋味时，吃也得，不吃也得，到识滋味了，要住，自住，不得。

（宋）朱熹《朱子语类辑略》卷二，《丛书集成》本

成己方能成物，成物在成己之中。须是如此推去，方能合义理。圣贤千言万语，教人且从近处做去。如洒扫大厅大廊，亦只是如洒扫小室模样，扫得小处净洁，大处亦然。若有大处开拓不去，即是于小处便不曾尽心。学者贪高慕远，不肯从近处做去，如何理会得大头项底。

（宋）朱熹《朱子语类辑略》卷二，《丛书集成》本

学者初看文字，只见得个浑沦物事，久久看作三两片，以至于十数片，方是长进，如庖丁解牛，目视无全牛，是也。

（宋）朱熹《朱子语类辑略》卷二，《丛书集成》本

学者须是熟。熟时,一唤便在目前。不熟时,须著旋思索,到思索得来,意思已不如初了。

         (宋)朱熹《朱子语类辑略》卷二《丛书集成》本

困学二首
旧喜安心苦觅心,捐书绝学费追寻。困衡此日安无地,始觉从前枉寸阴。
困学工夫岂易成,斯名独恐是虚称。旁人莫笑标题误,庸行庸言实未能。

         (宋)朱熹《朱子文集》卷二,《丛书集成》本

来书云:特圣人以中道自任,不欲学者躐等。熹谓此正是王氏高明处己、中庸处人之说。龟山尝力诋之矣。须知所谓不欲学者躐等者,乃是天理本然,非是圣人安排教如此。譬诸草木,区以别矣。且如一茎小树,不道他无草木之性,然其长须有渐,是亦性也。所谓便欲当人立地成佛者,正如将小树来喷一口水,便要他立地干云蔽日,岂有是理?(便欲当人立地成佛,亦是来书中语。)设使有此幻术,亦不可谓之循理,此亦见自私自利之规模处。

      (宋)朱熹《答李伯谏》,《朱子文集》卷三,《丛书集成》本

夫人无英气,固安于卑陋,而不足以语上。其或有之,而无以制之,则又反为所使,而不肯逊志于学,此学者之通患也……惟有读书一事,尚可以为摄伏身心之助,然不循序而致谨焉,则亦未有益也。故今为贤者计,且当就日用间,致其下学之功,读书穷理,则细立课程,耐烦著实,而勿求速解;操存持守,则随时随处,省觉收敛,而毋计近功。如此积累做得三五年功夫,庶几心意渐驯,根本粗立,而有可据之地。不然,终恐徒为此气所使,而不得有所就也。

      (宋)朱熹《答孙仁甫》,《朱子文集》卷六,《丛书集成》本

然观书亦须从头循序而进,不以浅深难易,有所取舍,自然意味详密,至于浃洽贯通,则无紧要处所下功夫,亦不落空矣。今人多是拣难底

好底看，非惟圣贤之言，不可如此间别，且是只此心意，便不定叠，纵然用心探索得到，亦与自家这里不相干，突兀聱牙，无田地可安顿，此病不可不知也。

     （宋）朱熹《答廖子晦》，《朱子文集》卷二，《丛书集成》本

  穷理亦无他法，只日间读书应事处，每事理会便是，虽若无大头段增益，然亦只是积累久后，不觉自浃洽贯通，正欲速不得也。

     （宋）朱熹《答林德久》，《朱子文集》卷六，《丛书集成》本

  大抵人情苦于犹豫，多致因循，一向懒废。今但心所欲为，向前便做，不要迟疑等待，即只此目下顷刻之间，亦须渐见功效矣。

     （宋）朱熹《答黄嵩老》，《朱子文集》卷五，《丛书集成》本

  知之必好之，好之必求之，求之必得之。古人此个学是终身事。果能颠沛造次必于是，岂有不得道理？

     （宋）程颐　程颢《二程语录》卷十，《丛书集成》本

  读汉史、韩、柳、欧、苏、尹师鲁、李淇水文。不误后生，惟读书一路，所谓读书当明物理，揣事情，论事势。且如读史，须看他所以成，所以败，所以是，所以非处，优游涵泳，久自得力。若如此读得三五卷，胜看三万卷。

     （宋）陆九渊《语录》，《象山先生全集》卷三十五，《四部丛刊》本

  初赋词，且先将熟腔易唱者填了，却逐一点勘，替去生硬及平侧不顺之字。久久自熟，便觉拗者少。全在推敲吟嚼之功也。

     （宋）沈义父《乐府指迷》，人民文学出版社本

  学诗有三节：其初不识好恶，连篇累牍，肆笔而成；既识羞愧，始生畏缩，成之极难；及其透彻，则七纵八横，信手拈来，头头是道矣。

     （宋）严羽《沧浪诗话·诗法》，人民文学出版社本

  古之圣贤，或相祖述，或相师友，生乎同时，则见而师之；生乎异

世，则闻而师之。仲尼祖述尧、舜，宪章文、武，颜回学孔子，孟轲师子思之类是也。羲《易》成于四圣，《诗》《书》历乎帝王，晋之《乘》，楚之《梼杌》，鲁之《春秋》，其义一也。孔子曰："其事则齐桓晋文，其文则史，其义则丘窃取之矣。"扬雄作《太玄》以准《易》，《法言》以准《论语》，作《州箴》以准《虞箴》；班孟坚作《二京赋》拟《上林》《子虚》；左太冲作《三都赋》拟《二京》；屈原作《九章》，而宋玉述《九辩》；枚乘作《七发》，而曹子建述《七启》；张衡作《四愁》，而仲宣述《七哀》，陆士衡作《拟古》，而江文通述《杂体》。虽华藻随时，而体律相仿。李唐群英，惟韩文公之文、李太白之诗，务去陈言，多出新意。至于卢仝、贯休辈效其颦，张籍、皇甫湜辈学其步，则怪且丑，僵且仆矣。然退之《南山诗》，乃类杜甫之《北征》，《进学解》乃同于子云之《解嘲》，《郓州溪堂》之什依于《国风》，《平淮西碑》之文近于《小雅》，则知其所本矣。近代欧公《醉翁亭记》步骤类《阿房宫赋》，《画锦堂记》议论似《盘谷序》。东坡《黄楼赋》气力同乎《晋问》，《赤壁赋》卓绝近于雄风，则知有自来矣。而《韩文公庙记钟子翼哀词》，时出险怪，盖游戏三昧，间一作之也。善学者当先量力，然后措词。未能祖述宪章，便欲超腾飞骞，多见其嚘唔而狼狈矣。

（宋）张表臣《珊瑚钩诗话》卷一，《历代诗话》本

唐人为诗，常积思数十年，然后各自名家。杜少陵云："更觉良工用心苦。"岂特我哉？

（宋）李颀《古今诗话》，《宋诗话辑佚》本

东坡《与子由论书》云："吾虽不善书，晓书莫如我。苟能通其意，常谓不学可。"故其子叔党跋公书云："吾先君子岂以书自名哉？特以其至大至刚之气，发于胸中而应之以手，故不见其有刻画妩媚之态，而端乎章甫，若有不可犯之色。少年喜二王书，晚乃喜颜平原，故时有二家风气。俗手不知，妄谓学徐浩，陋矣。"观此则知初未尝规规然出于翰墨积习也。

（宋）葛立方《韵语阳秋》卷五，《历代诗话》本

鲁直谓陈后山学诗如学道，此岂寻常雕章绘句者之可拟哉，客有为余言后山诗，其要在于点化杜甫语尔。杜云："昨夜月同行"，后山则云：

"勤勤有月与同归"。杜云:"林昏罢幽磬",后山则云:"林昏出幽磬"……如此类甚多,岂非点化老杜之语而成者?余谓不然,后山诗格律高古,真所谓"碌碌盆盎中,见此古罍洗"者,用语相同,乃是读少陵诗熟,不觉在其笔下,又何足以病公。

(宋)葛立方《韵语阳秋》卷二,《历代诗话》本

逸事云,陈后山初携文卷,见南丰先生,先生览之,问曰:"曾读《史记》否?"后山对曰:"自幼即读之矣!"南丰曰:"不然,要当且置它书,熟读《史记》三两年尔。"后山如南丰之言读之。后再以文卷见南丰,南丰曰:"如是足矣!"

(宋)王正德《余师录》卷一,《丛书集成》本

由一艺以往,甚至有合于道者,此古之所谓进乎技也。观咸熙画者,执于形相,忽若忘之,世人方且惊疑以为神矣,其有寓而见耶?咸熙盖稷下诸生,其于山林泉石,岩栖而谷隐。层峦叠嶂,嵌欹崒嵂,盖其生而好也。积好在心,久则化之,凝念不释,殆与物忘。则磊落奇特,蟠于胸中,不得遁而藏也。他日忽见群山横于前者,垒垒相负而出矣。岚光霁烟,与一一而下上,漫然放乎外而不可收也。盖心术之变化,有时出则托于画以寄其放,故云烟风雨,雷霆变怪,亦随以至。方其时忽乎忘四肢形体,则举天机而见者,皆山也,故能尽其道。后世按图求之,不知其画忘也。谓其笔墨有蹊辙,可随其位置求之。彼其胸中自无一丘一壑,且望洋响若,其谓得之,此复有正画者耶?

(宋)董逌《广川画跋》卷六,《画品丛书》本

文章出苦心,谁以苦心为。正有苦心人,举世几人知。工文与工诗,大似国手棋。国手虽漫应,一著存一机。不从著著看,何异管中窥。文须字字作,亦要字字读。咀嚼有余味,百过良未足。功夫到方圆,言语通眷属。只许旷与夔,闻弦知雅曲。今人诵文字,十行夸一目。阒颤失香臭,瞥视纷红绿。毫厘不相照,觌面楚与蜀。莫讶荆山前,时闻刖人哭。

(金)元好问《与张仲杰郎中论文》,《遗山先生文集》卷二,《四部丛刊》本

窃尝谓子美之妙，释氏所谓学至于无学者耳。今观其诗，如元气淋漓，随物赋形；如三江五湖，合而为海，浩浩瀚瀚，无有涯涘；如祥光庆云，千变万化，不可名状；固学者之所以动心而骇目。及读之熟，求之深，含咀之久，则九经百氏古人之精华，所以膏润其笔端者，犹可仿佛其余韵也。夫金屑丹砂、芝术参桂，识者例能指名之；至于合而为剂，其君臣佐使之互用，甘苦酸咸之相入，有不可复以金屑丹砂、芝术参桂而名之者矣。故谓杜诗为无一字无来处，亦可也，谓不从古人中来，亦可也。前人论子美用故事，有著盐水中之喻，固善矣，但未知九方皋之相马，得天机于灭没存亡之间，物色牝牡，人所共知者为可略耳。

（金）元好问《杜诗学引》，《遗山先生文集》卷三十六，《四部丛刊》本

古人下笔不轻易，一世功夫成几字。由来绝艺属高人，卤莽焉能作能事。

（元）郝经《索靖月仪帖》，《郝文忠公陵川文集》卷九，清乾隆刻本

右军学书世界黑，扶桑蚕尽西海竭；竹溪学书无片纸，写遍千山万山叶。

（元）郝经《跋党丞旨笺字太白琴赞》，《郝文忠公陵川文集》卷九，清乾隆刻本

余自五岁受诗家庭，于是四十有三年矣。于诗之时事忧乐险易老稚疾徐之变，不可谓不知其概，然而不能言也。夫不能言而何以为知诗？然惟知诗者为不能言也，今夫人食之于可口，居之于佚，服之于燠，而游之于适，谁不知美之？问其美之所以然，则不得而言之。昔尝有二人射，其一百发百中，若矢生于手，而侯生于目，其一时而中焉。时而中者每中辄言，百发百中者未尝言也。揖百发百中者问之，其人哑然而笑曰：吾初不知吾射之至此也。问：可学乎？曰：可学，而不可言学之法。固问之，曰：日射而已矣。夫学诗亦犹是也。故余平生作诗最多，而未尝言于人，亦不求人之言。

（元）戴表元《李时可诗序》，《剡源戴先生文集》卷八，《丛书集成》本

古之通史者百家，皆出于父、兄。先世闻见积累以得之，若司马、班、范、刘、李以降可睹已。其有草野后流，庠序遗哲，辛苦采拾而后喻者，则不在此限。

　　　　（元）戴表元《汴略序》，《剡源戴先生文集》卷七，《丛书集成》本

　　人之能以翰墨辞艺行名于当时者，未尝不成于艰穷，而败于逸乐。何者？材，动物也。诗人之材，其于翰墨辞艺，动之尤近而切者也。彼其营度于心思，绵历于耳目，讽咏于口吻，辛苦锻炼，百折而后以其成言，裁决而出之，而诗传焉。其得之也勤，其发之也精。使用一毫昏怠、眩惑之气干之，则百骸九窍将皆不为吾用，而何清言之有乎？今夫世俗膏粱声色，富贵豪华豢养之物，固昏怠、眩惑之所由出也。

　　　　（元）戴表元《吴僧崇古师诗序》，《剡源戴先生文集》卷九，《丛书集成》本

　　余少读书，有五失焉：雅观而无择，滥阅而少思，其失也博而寡要；考古人之言行，意常退缩不敢望，其失也懦而无立；纂录史籍之故实，一未终而屡更端，其失也劳而无成；闻人之长，唯恐不及，将疾趋从之，而辄出其后，其失也欲速而过高；好学为文，未能蓄其本。经术隐奥，茫乎其无所适从，泛然而无所关决，是又失之甚者也。夫为学之道，用志不能不一，用力不能不专。农夫莽而广种，不如狭垦之为实也；工人泛而杂学，不如一艺之为精也。往者书未模印时，争传写授读，较余所藏之书不能十一，而士以三年通一经，其自得之实，皆足以传世垂后。其视余之书多而无成者，岂古人所谓沃土无善民之说与。往年春，书毁于火，偃仰草芟，所失物不复追忆，而于书独不能忘怀，己乃思前之五失，一旦而悟，将从事于内以求自得之实。其年夏，大人过故都，复购遗阙，箧载以归，意者斯文之富，将过乎昔，而余又思旁搜远录，俾夫昔日之藏矣。噫！年未至于壮，其五失可以亟改也。而古人之志，余亦窃有慕焉。用识吾过，以为袁氏新书目序首。

　　　　（元）袁桷《袁氏新书目序》，《清容居士集》卷二十二，《丛书集成》本

君见巷列列之树乎？其初也宜既其地而封植之矣，又灌以液之，援以周之，剔其蠹蚀，而时视之，靡不曰吾将忧息其阴，冬取其材以成室屋矣。而往往不相待焉。幸而后之人爱而有之，否则撤其藩垣，肆其狂驰，牛马触劚，樵牧扳援，先披其枝，后拔其根，见者伤嗟，闻者愤惋，不亦悲夫！

（元）揭傒斯《送程叔永南归序》，《揭文安公全集》卷八，《四部丛刊》本

圣人，学者之的；诗、书、礼、乐，学者之弓矢也。由诗、书、礼、乐以求至乎圣人，犹操弓矢以求至乎的也。其鹜高而失中，过而忽之者也；自画而日退，不及而沮焉者也。不忽不沮，循循然以求之，欲不至于圣人不能矣。

（明）高启《觳喻》，《高太史凫藻集》卷五，《四部丛刊》本

仆尝窃谓今世人才未便不如古人。惟古人为学坚苦磨炼，忍嗜欲以培天根。久之，则此心凝静，万物皆通。而今人则未免粘滞，未免牵引。粘滞之根固于中，而牵引之势摇于外，所以精神、力量、趣见不如古人。

（明）唐顺之《与应警庵郡守》，《荆川先生文集》卷五，《四部丛刊》本

生告我曰："某稚也颖而横。家君教以自成其文，无所取故常。为作必奋切鼓荡，绝人而后措一语。友生讥之曰：此岂以传者耶？冠而病，殆死。起而曰：吾知之矣，自有此技以来，精奇恢诡之作，宜与古风雅并传。何得恛心自智，而不一纵观旁薄今昔乎。乃誓以十年之力，收拾导择，证据批摘，汇之如品唐诗者。凡得文万篇。当其时，兄弟三四人，坐一小园中，分梡而阅之。凿垣而馈。凡再月一朝严君。更番者数焉，而乃得其所以为文。试一题，至累日不能下。汪然若有遭，隙然若有忘。若此者之于本业也，亦可谓穷岁年，谢欢昵，疲形焦思以为之者矣。而近得文若干首，此若干首者，知其于世所为复何如也。"

（明）汤显祖《义墨斋近稿序》，《汤显祖诗文集》卷三十一，上海古籍出版社本

"池塘生春草"，不必苦谓佳，亦不必谓不佳。灵运诸佳句，多出深

思苦索，如"清晖能娱人"之类，虽非锻炼而成，要皆真积所致。此却率然信口，故自谓奇。至"明月照积雪"风神颇乏，音调未谐。钟氏云云，本以破除事障，世便喧传以为惊绝，吾不敢知。

(明）胡应麟《诗薮·外篇》卷二，中华书局本

凡作意用工夫时，真妄交争，理欲相乘，有照管，有克治，有打点，有考究等俱费力，生硬不相谙，习厌苦不暇，何悦之有？时习者十二时中，语默动静，相安相忘，不知不觉，妥妥贴贴，即此是悦，此个境界，非实用功力，那得到此，到此则无功力矣。故老子曰：绝学无忧。

(明）袁宗道《读论语》，《白苏斋类集》卷十七，《中国文学珍本丛书》本

《诗合》一篇，读之句句妙矣，总看有一段说不出病痛。须细看古人之作，《诗归》一书，便是师友也。慧处勿纤，幻处勿离，清处勿薄，可惜此种才情骨韵，当炼之成家。功名富贵，皆有尽时，此物总是路远味长，晚年骨肉，便用此为安乐窝也。

(明）钟惺《与弟恮》，《钟伯敬合集》，《中国文学珍本丛书》本

又苦心读书，摹古涤今，不知攒眉捻髭者几何年岁矣，于是博收研入，因趣流声，大小疾徐，高下不觉其钟之应叩，而响之答桴也。所为诗，如沈雄老将，探讨问题刳柳屯田，不惊不躁；又为邓林深郁，括苍寒杳，不可一望而尽韵，则大历之前，格取夔州以后，而所谓乐府，古质玄眇，语不多而意厚，顿使献吉、于鳞有尹邢瑜亮之感。至其小说婉妙，置之稼轩、少游辈，谁复分睨睆喉舌。恒山以南，卢次楩骑，霆叱斗然，其所传止《幽鞫赋》，虽旨闯骚坛，而花笔尽亦在是，则何如吏部之武库东序，富美百射淫神而炙胃也。

(明）王思任《孙念雒吏部文集序》，《王季重十种》，《中国文学珍本丛书》本

徐伟长云：六籍者，群圣相因之书也。今之学者，勤心以取之，亦足以到昭明而成博达，斯言诚是矣。

(明）谭友夏《古文澜编序》，《谭友夏合集》卷八，《中国文学珍本丛书》本

吾友万贞一，牢骚历落之士，其学主于经术，博闻强记，未尝刻意缋性，字栉句比，以诗人自命。召入翰林，荏苒十年，史馆之所自出也，庶几可以专心致志矣，顾一时召者，皆借途以去，而贞一独任其劳，成崇祯长编百余卷，列传若干卷，短檠木榻，笔退成家，岂暇为诗？既而晨炊欲绝，自请外补，斗大一域，鹄面苍生，旱蝗孑遗，抚循委曲，继之涕泣，又不忍为诗。嗟乎！贞一风尘困顿，锻炼既久，触景观物，无一而非诗，则以其不暇为，不忍为者溢而成之，此性情之昭著，天地之元声也，岂世人心量手追，如何而汉魏，如何而三唐，所可比拟者哉？虽然贞一亦忆当年访我黄竹，徒步往来，野桥村店，高歌泥饮时乎？今俯仰垂三十载，市朝兴味，既不能或过，幸天假吾年，以待子归来，寻此旧游，一唱一和，所得必有异于是者矣。

（清）黄宗羲《万贞一诗序》，《黄梨州文集》，中华书局本

历观古人为文字，有十年一赋者，子云草《玄》，亦经年闭户始成，是其得之静密者深也。司马子长涉江、淮，历会稽，乃能成一家言；颖滨言与当世名公卿游，听其议论宏辩，观其容貌秀伟，而知天下文章莫过乎此，是其取之历览者宏也。以此言之，世未有无所得力而光气能卓烁古今者。

（清）周亮工《托素斋文集序》，《赖古堂集》卷十四，上海古籍出版社影印本

书至成时，神奇变化，出没不穷。若工夫浅，得少为足，便退落。如严天池二三十岁时好，后来便可厌，只为从前功夫不多也。大略初学时多可观，后来不学，便不成书耳。

（清）冯班《诫子帖》，《钝吟杂录》卷七，《丛书集成》本

宋人作书，多取新意。然意须从本领中来，米老少时如集字，晚年行法亦不离杨少师、颜鲁公也。本领精熟，则心意自能变化。

（清）冯班《诫子帖》，《钝吟杂录》卷七，《丛书集成》本

杜诗无可学之理，诗人久道化成，则出语有近之者。如韦左司之

"身多疾病思田里,邑有流亡愧俸钱",义山之"雪岭未归天外使,松州犹驻殿前军",王介甫之"未受京师传谷口,但知乡里胜壶头"是也。亦有天降名世,匠心出语近之者,如范文正公之"雷霆日有犯,始可报吾亲","寸心如春草,思与天下共",王伯安之"客来湖上逢云起,僧住峰头话月明"是也。诗人字句步趋,全不相干。李诗亦然。

(清)吴乔《围炉诗话》卷四,《清诗话续编》本

窃观古之作者,类皆蓄学沈思,远者数十年,近亦十余年,以蕲所为卓然自立之处,得之矣,务滋其源,务沃其根,富有而日新,然后可以成一家言,名当时而信后世。譬之江河然,源出昆仑,发岷峨,浑浑沧沧,挹之不竭,于是乎经九州,络九土,放之为广川洪流,束之为崩泷急峡,石漱之为洞汨,堤韩御之为池潊,安流漾洄,则千里一碧,而舳舻帆樯之容与也。怒涛奔折,则百怪滉漾,而鱼龙蛟螭之啸吟也,惟其蓄也深,故出也不匮,而变化也不穷。

(清)邵长蘅《重刻欧阳文忠公集序》,《青门簏稿》卷七,《邵子湘全集》,愚斋丛书刻青门草堂藏本

夫六经,道之渊薮也,故读书先于治经。愚意欲划以岁月,《易》象、《诗》、《书》、《春秋》、《三礼》诸书,以渐而及,不必屑屑拘牵注疏,务融液其大指所在。然后综贯诸史,以验其废兴治忽之由,旁及子集,以参其邪正得失之故。又恐力不能兼营,史自左氏、司马、班、范、三国、南、北、五代而外,子自庄、列、荀、扬、韩非、吕氏、贾、董而外,集自韩、柳、欧、苏、曾、王而外,或略加节抄,可备采择,此读书之渐。

(清)邵长蘅《与魏叔子论文书》,《青门簏稿》卷十一,《邵子湘全集》,愚斋丛书刻青门草堂藏本

养由基射杨叶于百步之外,不失一焉,张七属之甲,一发而洞胸贯札,此其于艺至精也,而支离疏攘臂其旁,谈纵送之法,刺刺不休,试令之操弓挟矢,则扪指退矣。仆论文大类是,惟先生进而教之。

(清)邵长蘅《与魏叔子论文书》,《青门簏稿》卷十一,《邵子湘全集》,愚斋丛书刻青门草堂藏本

诗不学古，谓之野体，然泥古而不能通变，犹学书者但讲临摹，分寸不失，而己之神理不存也。作者积久用力，不求助长，充养既久，变化自生，可以换却凡骨也。

（清）沈德潜《说诗晬语》卷上，人民文学出版社本

有志学诗，不必定取某人终日刻画，只将古人诗游咏久之，动笔便合。书画亦然，但将法书名画，终岁把玩，久之下笔自然超脱。若印定钟、张，板摹董、巨，以期名世，愚哉！

（清）薛雪《一瓢诗话》，人民文学出版社本

精神专一，奋苦数十年，神将相之，鬼将告之，人将启之，物将发之。不奋苦而求速效，只落得少日浮夸，老来窘隘而已。

（清）郑燮《题画·蕲秋田索画》，《郑板桥集》，上海古籍出版社本

倚马休夸速藻佳，相如终竟压邹、枚。物须见少方为贵，诗到能迟转是才。清角声高非易奏，优昙花好不轻开。须知极乐神仙境，修炼多从苦处来。

（清）袁枚《箴作诗者》，《小仓山房诗集》卷二十三，《四部备要》本

或谓：古来作诗之多，莫有如香山、放翁者。初白诗之多，亦略相等。君得毋徒震于其多，而遂欲跻之二公之列乎。是不然也。诗之工拙，全在才气、心思、工夫上见，岂徒以多为贵？且诗之工，亦何尝不自多中得来？正惟作诗之多，则其中甘苦曲折，无不经历，所谓深入无浅语也……

（清）赵翼《瓯北诗话》卷十，人民文学出版社本

读斯集者，第知其纪荣遇，而其实即文章政事合一之义也。凡临事若具文者，用心必不诚，故其毅力不克勤以副之，是即为诗文徒袭格调而不得其真际者也。学者涵养深醇之候，与岁俱进，与日偕长，然后仰见延晖之义，无微弗彻，诚以贯之，勤以永之，备诸体以综百家，是有准乎绳墨

之上，而立乎格韵之先者，将由经训以衷道，要岂独诗文已哉！

（清）翁方纲《延晖阁集序》，《复初斋文集》卷四，清刊本

凡能与古为化者，必先于古人绳度尺寸不敢逾越者也，盖非信之专而守之笃，则入古不深，不深则不能化。譬如人于朋友能全管鲍通财之义，非严一介取与之节者必不能也。故服古而不敢曲泥乎古，乃服古而谨严之至，非轻古也。

（清）章学诚《文史通义·答问》，《丛书集成》本

夫人亦敦不各有其胸臆，而不学则率皆凡鄙浅俗。或尝学矣，而不深究古人文法之妙，则其成词又率皆凡近浅劣。有其胸臆，又稍知文法，而立志不纯，用功不深，终不能求合古人，而泯然离其迹也。

（清）方东树《昭昧詹言》卷一，人民文学出版社本

学词先以用心为主，遇一事，见一物，即能沉思独往，冥然终日，出乎自然不平。次则讲片段，次则讲离合；成片段而无离合，一览索然矣。次则讲色泽、音节。

（清）周济《介存斋论词杂著》，人民文学出版社本

陆生仲雪喜为诗，弱冠得四五卷，皆清光满纸。予走笔为诗话十则以遗之，曰：诗有三境，学诗亦有三境。先取清通，次宜警炼，终尚自然，诗之三境也。先爱敏捷，次必艰苦，终归大适，学诗之三境也。夫炼意、炼气、炼格、炼词，皆炼也，近人专以炼字为诗，既求小巧，必入魔障。而一味高言者，未讲磨炼，遽希自然，彼诩神来，吾嫌手滑耳。

诗第一法，不苟作而已。名家集中，无题、遣兴诸作，不可枚举。然明珰玉佩，实托喻夫君臣；燕雀桑麻，仍自抒其蕴蓄。盖脂粉蝶亵，究非正始之音；乡里琐言，何与风人之诣？此而不辨，触处迷途。

（清）潘德舆《养一斋诗话》卷二，《清诗话续编》本

学古文章，由欧、苏而柳而韩则几矣，由韩而《左》、《国》、《史》、《汉》成矣。此由浅入深，由疏畅而结辖之渐也。学诗亦然。初学由七古入，七古由苏、韩入，发轫之地，取其充畅阔远，不局才气。既至是则必以陶、

韦、王、孟约之,一切俗想俗格,扫除殆尽,乃入门庭。而终以子美为堂奥归宿,方与《风》、《骚》、汉、魏有息息相通处。虽予一家私言,然较之小巧旁门与持高论而躐等者,似不可同日语,择言之君子,或有取焉。

(清)潘德舆《养一斋诗话》卷三,《清诗话续编》本

台山氏与人论文而自述其读物之勤与读书之法。此世俗以为迂且陋者也。然世俗之文,扬之而其气不昌,诵之而其声不文,循之而词之丰杀厚薄缓急与情事不向称。若是者皆不能善读文者也。文言之则,昌黎所谓养气,质言之则端坐而读之七八年,明允之言即昌黎之言也。文人矜夸或自讳其所得而示人以微妙难知之词,明允可谓不自讳者矣。而知而信之者或鲜。台山氏能信而从之,而所以告人者,亦如老泉之不自讳,吾虽不获见其人,其文固可以端坐而得之矣。

(清)梅曾亮《台山论文书后》,《柏枧山房文集》卷六,清咸丰六年刻本

人能翕其数十年之精力于技艺,则技艺且必通神,而况翕聚之于道德者乎,天地鬼神且莫违,而况于人乎？不厚其本而求其末,是土偶作威福以求食也,徒劳日拙矣。《诗》曰:"鼓钟于宫,声闻于外。"

(清)魏源《默觚上·学篇十一》,《魏源集》上册,中华书局本

自古诗人误,多由名早传。众皆夸绣悦,君合守冰弦。杜老穷愁日,陶公气复年。知希良可贵,肯被世情牵。

(清)刘熙载《赠符南樵》,《昨非集》卷三,清刊本

常语易,奇语难,此诗之初关也;奇语易,常语难,此诗之重关也。香山用常得奇,此境良非易到。

(清)刘熙载《艺概·诗概》,上海古籍出版社本

西江名家好处,在锻炼而归于自然,放翁本学西江者,其云:"文章本天成,妙手偶得之。"平素锻炼之功,可以言处想见。

(清)刘熙载《艺概·诗概》,上海古籍出版社本

诗主性情，必有格律，不容驰骋放肆，雕饰更无论矣。情动于中而形于言，无所感则无诗，有所感而不能微妙则不成诗。生今之世，习今之俗，自非学道有得，超然尘埃，焉能发而中、感而神哉！就其近似求之，观古人所以入微，吾心之所契合，优游涵咏，积久有会，则诗乃可言也。其功似苦，其效至乐，究而论之，如屠龙刻棘，无所用之。人生百年，幸有可乐，殊不劳心于至苦，运神于无用。故余之论，未尝劝人学诗，诚见其难也。

（清）王闿运《论诗法·答唐凤廷问》，《王志》卷二，成都昌福公司印

熟读温、韦词，则意境自厚；熟读周、秦词，则韵味自深；熟读苏、辛词，则才气自旺；熟读姜、张词，则格调自高；熟读碧山词，则本原自正、规模自远。本是以求风雅，何必遽让古人。

（清）陈廷焯《白雨斋词话》卷七，人民文学出版社本

词中本原，初学难于骤得。宜先多读唐宋之词，以植其基，然后上溯《风》《骚》，下逮国初，以竟其原委，穷其变态，本原所在，可不言而喻矣。

（清）陈廷焯《白雨斋词话》卷七，人民文学出版社本

作词至于成就，良非易言。即成就之中，亦犹有辨。其或绝少襟抱，无当高格，而又自满足，不善变，不知门径之非，何论堂奥？然而从事于斯，历年多，功候到，成就其所成就，不得谓非专家。凡成就者，非必较优于未成就者。若纳兰容若，未成就者也。年龄限之矣。若厉太鸿，何止成就而已，且浙派之先河矣。

（清）况周颐《蕙风词话》卷一，人民文学出版社本

词无不谐适之调，作词者未能熟精斯调耳。昔人自度一腔，必有会心之处。或专家能知之，而俗耳不能悦之。不拘何调，但能填至二三次，愈填愈佳。则我之心与昔人会。简淡生涩之中，至佳之音节出焉。难以言语形容者也。唯所作未佳，则领会不到。此诣力，不可强也。

（清）况周颐《蕙风词话》卷五，人民文学出版社本

学填词，先学读词。抑扬顿挫，心领神会。日久，胸次郁勃，信手拈来，自然丰神谐鬯矣。

（清）况周颐《蕙风词话》卷一，人民文学出版社本

初学作词，只能道第一义。后渐深入，意不晦，语不琢，始称合作。至不求深而自深，信手拈来，令人神味俱厚。规柢两宋，庶乎近焉。

（清）况周颐《蕙风词话》卷一，人民文学出版社本

词学程序，先求妥帖、停匀，再求和雅、深（此"深"字只是"不浅"之谓）秀，乃至精稳、沈著。精稳则能品矣。沈著更进于能品矣。精稳之"稳"与妥帖迥乎不同。沈著尤难于精稳。平昔求词词外，于性情得所养，于书卷观其通。优而游之，餍而饫之，积而流焉。所谓满心而发，肆口而成，掷地作金石声矣。情真理足，笔力能包举之。纯任自然，不假锤炼，则"沈著"二字之诠释也。

（清）况周颐《蕙风词话》卷一，人民文学出版社本

盖议论生于有所见，有所见生于有所疑，而有所疑在于能求古人之间。学者之于经传，终其身而无所得者，不能求其间以生其疑者也。闻前辈善读书者，始熟读而明其章句，继融会而究其义蕴，积之又久，则其可疑者不觉破空而出，然后加以深湛之思；使无所见则已，有所见则虽与昔人相龃龉，而适协于人心之同然，其于著述也庶几矣。不由是道而有作者，则剿说雷同之类也；不然，则强探力索之为也。

（清）程廷祚《与家鱼门》，《青溪文集》卷十二，清道光刻东山草堂藏本

又尝伏读御选《文醇》一书，而知我皇上法天敬祖之家法也，证千圣之心源，成一朝之丽制。淳经孕史，磨砻学士之进修，据德依仁发挥天下之事业。深思熟复，寻绎指归，如躬聆大圣之讲授，增长智识，又得其什一。而古文之途径，大概尽于是矣。

（清）杭世骏《古文百篇序》，《道古堂文集》卷八，上海扫叶山房石印本

（王渔洋师云：）"七律宜读王右丞、李东川。尤其熟玩刘文房诸作。宋人则陆务观。若欧、苏、黄三大家，只当读其古诗歌行绝句；至于七律必不可学。学前诸家七律，久而有所得，然后取杜诗读之，譬如百川学海而至于海也。此是究竟归宿处。"

（清）何世璂《然镫记闻》，《清诗话》本

錖公主法庆寺十五年，锻炼钳锤，刮骨见髓，如狮子搏象兔，必用全力；如醍醐甘露，灌顶沁心；如铁壁银山，不可梯傍。学诗者宜悟此境界，宜有此坚贞。

（清）田同之《西圃诗说》，《清诗话续编》本

宋荔裳云："取古人之诗，研极于《风》、《雅》之变，别其体制，究其指归，孰简而该，孰丽而则，孰婉而多风，孰华而不靡，孰闳深而浩瀚，孰要渺而超忽。泳之游之，饮食而痦寐之，不越期年，必大有异。"此作家体验之言也。

（清）叶矫然《龙性堂诗话初集》，《清诗话续编》本

作诗先自家拟题目，或偶有得句足成，再加以题；或是先生所命，或同道中共拟。能做自家题目，不能做人家出的，与能小题，不能大题，皆是工夫不到。于可以动得手时候，渐渐炼至酒酣斗捷，优伎当前，总可还他一首妥当诗出来，方能出门依人生活。如今日之隽三是也。若不用出门谋生，即为陈无己之静卧吟榻，未尝不可。

（清）延君寿《老生常谈》，《清诗话续编》本

初下手，不要心高，只要去讲布置章句，使意思透，规矩熟。千奇百怪，俱自此做去。

（清）张谦宜《𬘡斋诗谈》卷三，《清诗话续编》本

后生立志学诗，须将精神命脉全使上，久而有得才是真会。未有绰略一见，便能神解者。

初学作诗，当刻苦小心，竦起脊梁，浑身使力到正面上，勿放松。必呕心锻炼，归于平淡，而后有光芒。

（清）张谦宜《𬘡斋诗谈》卷三，《清诗话续编》本

凡诗文身后之名，不可以口舌争，势力取，用功深者，默以自验。毁来而怒心不生，则几于成矣。

（清）乔亿《剑溪说诗》卷下，《清诗话续编》本

凡诗文至浩乎其沛然，犹圣学之充实光辉，谈何容易。是必待戛戛其难之后，又加以岁月功深，或渐臻此境也。今未历其难而遽曰沛然者，特未中规矩钩绳之埴木耳。（归愚先生曰："剑溪自写所得，故亲切有味如此。"）

（清）乔亿《剑溪说诗又编》，《清诗话续编》本

凡作诗本领在平日，临搦翰惟落想、取境、谋篇、炼气，将脱稿逐字逐句细加敲炼，层层都到，能事毕矣。如落想凡近，取境平熟，纵谋篇炼气，不为好诗。未尝谋篇炼气，遽欲逐字逐句细加敲炼，亦枉费工夫，盖全体未安，如何遽商量字句也？此数层工夫缺一不得，次第亦颠倒不得。

（清）乔亿《剑溪说诗》卷下，《清诗话续编》本

作诗之道，非难非易。易故，三百篇多出于野夫游女；难故，成一家言者代不数人。若仆之懒慢废学，非曰能之。间尝从事于斯，而得其仿佛焉，譬诸组织，一经一纬、一玄一素，虽由女工之手，而必成于杼轴。衡缩、疏密、轻重，各有其度，不可违也。能取古人之言，而吟讽之，嗟叹之，久之知其言之所以然，又知其言之不得不然，由是而得之杳冥之中，出之恍惚之际，不规规于古人，而自与之合。如是知不为作者笑矣，乃其神而化之，则存乎其人耳！至于是而又不能无得失，则如回驭之挞，赏音者知之；劳薪之炊，知味者辨之。若夫轻心掉之，怠心易之，昏气出之，矜气作之，此皆词人所当反复也。今兄将有黼黻一世之用，虽所为诗字字珠玑，亦何裨益，然借以发舒其意气，陶熔其性情，则养任重道远之望者。乌知不在此乎！

（清）唐时升《与曾长石编修书》，《明文在》卷四十一，清光绪刻本

画虽艺事，亦有下学上达之工夫。下学者，山石水木有当然之法。始则求其山石水木之当然，不敢率意妄作，不敢私心立异，循循乎古人规矩之中，不失毫茫，久之而得其当然之故矣。又久之而得其所以然之故矣。得其所以然而化可几焉，至于能化，则虽犹是山石水木，而识者视之，必曰：艺也，进乎道矣。此上达也。今之学者，甫执笔而即讲超脱。我不知其何说也。

（清）张庚《浦山论画》，《历代论画名著汇编》本

三日不搦管，则鄙吝复萌。正庾开府所谓昏昏索索时矣。

（清）恽正叔《南田论画》，《历代论画名著汇编》本

古今之成大事业、大学问者，必经过三种之境界："昨夜西风凋碧树。独上高楼，望尽天涯路。"此第一境也。"衣带渐宽终不悔，为伊消得人憔悴。"此第二境也。"众里寻他千百度，回头蓦见（当作"蓦然回首"），那人正（当作"却"）在，灯火阑珊处。"此第三境也。此等语皆非大词人不能道。然遽以此意解释诸词，恐为晏、欧诸公所不许也。

（清）王国维《人间词话》，人民文学出版社本

5. 身之所历　目之所见

外师造化，中得心源。

（唐）张彦远《历代名画记》引张璪语，上海人民美术出版社本

……今人读书取官者，皆屈折拳曲，以合规绳，曾不得自伸其喙，仙夫耻不得为，将历琅玡，之会稽，浮沅湘，溯瞿塘，登高以远望，摇桨以咏深，以自适其适也。过予而语行，予谓古之君子，有绝俗而高，有择地而泰者，顾其心常足而已，坐于庙堂，君臣赓歌，与夫据槁梧击朽枝而声籁犁然，不知其心之乐，奚以异也。其在穷也，能知舍，其在通也，能知用。予以是卜仙夫之还也，仙夫勉矣哉……

（宋）苏轼《送水丘秀才序》，《东坡七集》续集卷八，《四部备要》本

竹之始生，一寸之萌耳，而节叶具焉。自蜩腹蛇蚹以至于剑拔十寻者，生而有之也。今画者乃节节而为之，叶叶而累之，岂复有竹乎？故画竹必先得成竹于胸中，执笔熟视，乃见其所欲画者，急起从之，振笔直遂，以追其所见，如兔起鹘落，少纵则逝矣。与可之教予如此，予不能然也，而心识其所以然。夫既心识其所以然而不能然者，内外不一，心手不相应，不学之过也。故凡有见于中，而操之不熟者，平居自视了然，而临事忽焉丧之，岂独竹乎？子由为《墨竹赋》，以遗与可曰：庖丁解牛者也，而养生者取之；轮扁斲轮者也，而读书者与之。今夫夫子之托于斯竹也，而予以为有道者则非耶。子由未尝画也，故得其意而已。若予者，岂独得其意，并得其法。与可画竹，初不自贵重，四方之人，持缣素而请者，足相蹑于其门。与可厌之，投诸地而骂曰："吾将以为袜。"士大夫传之以为口实，及与可自洋州还，而余为徐州，与可以书遗余曰："近语士大夫，吾墨竹一派，近在彭城，可往求之，袜材当萃于子矣。"书尾复写一诗，其略曰："拟将一段鹅溪绢，扫取寒梢万尺长。"予谓与可："竹长万尺，当用绢二百五十匹，知公倦于笔砚，愿得此绢而已。"与可无以答，则曰："吾言妄矣，世岂有万尺竹哉。"余因实之，答其诗曰："世间亦有千寻竹，月落庭空影许长。"与可笑曰："苏子辩则辩矣，然二百五十匹，吾将买田而归老焉。"因以所画筼筜谷偃竹遗予曰："此竹数尺耳，而有万尺之势。"

（宋）苏轼《文与可画筼筜谷偃竹记》，《东坡七集》前集卷三十二，《四部备要》本

太尉执事，辙生好为文，思之至深。以为文者，气之所形。然文不可以学而能，气可以养而致。孟子曰："我善养吾浩然之气。"今观其文章，宽厚宏博，充乎天地之间，称其气之小大。太史公行天下，周览四海名山大川，与燕、赵间豪俊交游，故其文疏荡，颇有奇气。此二子者，岂尝执笔学为如此之文哉？其气充乎其中，而溢乎其貌，动乎其言，而见乎其文，而不自知也。

辙生十有九年矣。其居家所与游者，不过其邻里乡党之人，所见不过数百里之间，无高山大野，可登览以自广；百氏之书，虽无所不读，然皆古人之陈迹，不足以激发其志气。恐遂汩没，故决然舍去，求天下奇闻壮观，以知天地之广大。过秦、汉之故都，恣观终南、嵩、华之高，北顾黄

河之奔流，慨然想见古之豪杰。至京师，仰观天子宫阙之壮，与仓廪府库、城池苑囿之富且大也，而后知天下之巨丽。见翰林欧阳公，听其议论之宏辨，观其容貌之秀伟，与其门人贤士大夫游，而后知天下之文章聚乎此也。

太尉以才略冠天下，天下之所恃以无忧，四夷之所惮以不敢发，入则周公、召公，出则方叔、召虎，而辙也未之见焉。且夫人之学也，不志其大，虽多而何为？辙之来也，于山见终南、嵩、华之高，于水见黄河之大且深，于人见欧阳公，而犹以为未见太尉也。故愿得观贤人之先耀，闻一言以自壮，然后可以尽天下之大观，而无憾者矣。

辙年少，未能通习吏事。向之来，非有取于斗升之禄，偶然得之，非其所示。然幸得赐归待选，使得优游数年之间，将归益治其文，且学为政。太尉苟以为可教而辱教之，又幸矣。

（宋）苏辙《上枢密韩太尉书》，《栾城集》卷第二十二，《四部丛刊》本

江东诗老有徐郎，语带江西句子香。秋月春花入牙颊，松风涧水出肝肠。居仁衣钵新分似，吉甫波澜并取将。岭表旧游君记否，荔枝林里折桃榔。

（宋）杨万里《题徐衡仲西窗诗编》，《诚斋集》卷二十三，《四部丛刊》本

"敬"之一字，万善根本，涵养省察，格物致知。种种功夫皆从此出，方有据依。

（宋）朱熹《答潘恭叔》，《朱子文集》卷一，《丛书集成》本

唐人作富贵诗，多纪其奉养器服之盛，乃贫眼所惊耳。如贯休《富贵诗》云："刻成筝柱雁相挨。"此下里鼟弹者皆有之，何足道哉！又韦楚老《蚊诗》云："十幅红绡围夜玉。"十幅红绡为帐，方不及四五尺，不知如何伸脚？此所谓"不曾近富儿家"。

（宋）沈括《梦溪笔谈》卷十四《艺文》一，《梦溪笔谈校证》，中华书局本

岑参诗亦自成一家。盖尝从封常清军，其记西域异事甚多，如《优

钵罗花歌》、《热海行》，古今传记所不载者也。

（宋）许颉《彦周诗话》，《历代诗话》本

《西清诗话》云："退之《宿龙宫滩》诗云：'浩浩复汤汤，滩声抑更扬。'黄鲁直曰：'退之裁听水句尤见工，所谓浩浩汤汤抑更扬者，非谙客里夜卧，饱闻此声，安能周旋妙处如此邪？'"

（宋）胡仔《苕溪渔隐丛话》前集卷十六，人民文学出版社本

人言居富贵之中者，则能道富贵语，亦犹居贫贱者工于说饥寒也。王岐公被遇四朝，目濡耳染，莫非富贵，则其诗章虽欲不富贵得乎？故岐公之诗，当时有至宝丹之喻。如"宝藏发函金作界，仙醪传羽玉为台"，"梦回金殿风光别，吟到银河月影低"等句甚多。李庆孙《富贵曲》云："轴装曲谱金书字，树记花名玉篆牌。"晏元献云："太乞儿相。若谙富贵者，不尔道也。"元献诗云："梨花院落溶溶月，柳絮池塘淡淡风。"此自然有富贵气。吾曾伯祖侍郎讳宫，虽起于寒微，而论富贵若固有之。尝有诗云："翩翩燕子朱门静，狼藉梨花小院闲。"又云："西楼月上帘帘静，后苑花开院院香。"其视晏公真不愧矣。若孟郊"借车载家具，家具少于车"。陶潜"敝襟不掩肘，藜羹常乏斟"。杜甫"天吴与紫凤，颠倒在短褐"。皆巧于说贫者也。

（宋）葛立方《韵语阳秋》卷一，《历代诗话》本

唐僧诗，除皎然、灵彻三两辈外，余者率皆衰败不可救。盖气宇不宏，而见闻不广也。

（宋）范晞文《对床夜语》卷五，《历代诗话续编》本

书史蓄胸中，而气味入于冠裾；山川历目前，而英灵助于文字。太史公南游北涉，信非徒然。观杜老《壮游》云："东下姑苏台，已具浮海航。到今有遗恨，不得穷扶桑。剑池石壁仄，长洲荷芰香。嵯峨阊门北，清庙映回塘。越女天下白，鉴湖五月凉。剡溪蕴秀异，欲罢不能忘。归帆拂天姥，中岁贡旧乡。放荡齐赵间，西归到咸阳。"其豪气逸韵，可以想见。序太白集者，称其隐岷山，居襄汉、南游江淮，观云梦，去之齐鲁，之吴，之梁，北抵赵魏燕晋，西涉岐邠，徙金陵，止浔阳，流夜郎，泛洞

庭，上巫峡。白自序亦曰："偶乘扁舟，一日千里。或遇胜景，终年不移。"其恣横采览，非其狂也。使二公稳坐中书，何以垂不朽如此哉！燕公得助于江山，郑綮谓"相府非灞桥，那得诗思"。非虚语也。

（宋）黄彻《䂬溪诗话》卷八，《历代诗话续编》本

画花竹者须访问于老圃，朝暮观之，然后见其含苞养秀，荣枯凋落之态无缺矣。画山水者，须要遍历广观，然后方知著笔去处。何以知之？澄叟自幼而观湘中山水，长游三峡夔门，或水或陆，尽得其态，久久然后自觉有力水墨，学者不可不知也。

（宋）李澄叟《画苑补益》，《佩文斋书画谱》卷十四，清静水堂刻本

眼处心生句自神，暗中摸索总非真。画图临出秦川景，亲到长安有几人？

（金）元好问《论诗绝句》，《遗山先生文集》卷十一，《四部丛刊》本

天地之气，发于山川风土，其雄深、浑厚、平原、巨野、洪河、乔岳之类，往往皆在西北。而枝条、余委散之为清纤、峭丽、奇伟、瑰秀，若康庐、九华、桂林、天姥、潇湘、彭蠡、若耶、采石之胜，皆在东南。岂惟山川风土为然。世之君子，诠量人之才性气质，亦或以相拟。是故有适然而然者矣。惟夫通人、硕儒、强志力学之士，则不系于是。故太史公生龙门，耕牧河山之阳，稍长大，即南游江淮，上会稽，探禹穴，窥九嶷，以广其记览。吴公子季扎虽早习文学，而不惮北游齐、晋、鲁、卫诸国，日与贤士大夫讲论，以求去其陋固。盖不以生而受焉为足，而他复有以成之耶！

（元）戴表元《赠曹子贞编修序》，《剡源集》卷第十四，《丛书集成》本

余少时喜学诗，每见山林江湖中有能者，则以问之。其法人人不同。有一老生云："子欲学诗乎？则先学游。游成，诗当自异于时。方在父兄旁，游何可得？"但时时取陆放翁《入蜀记》，范至能《吴船录》之类，

张诸坐间，想象上下，计其往来，何止日行数千里之为快！已而得应科目出，交接天下士大夫，请其乡土风俗；已而得宦学江淮间，航浮洪流，车走巍坂，风驰雨奔，往往经见古今战争兴废处所，虽未能尽平生之大观，要自胸中潇潇然无复前时意态矣！身又展转，更涉世故，一时同学诗人，眼前略无在者。后生辈因复推余能诗，余故不自知其何如也。然有来从余问诗，余因不敢劝之以游。及徐而考其诗，大抵其人之未游者，不如已游者之畅；游之狭者，不如游之广者之肆也。

（元）戴表元《刘仲宽诗序》，《剡源集》卷九，《丛书集成》本

……既游矣，既得矣，而后洗心斋戒，退藏于密，视当其可者，时时而出之；可以动则动，可以止则止，可以久则久，可以速则速。蕴而为德行，行而为事业，固不以文辞而已也。如是则吾之卓尔之道，浩然之气，巍乎与天地一，固不待于山川之助也。彼堕山乔岳，高则高矣，于吾道何有？长江大河，盛则盛矣，于吾气何有？故曰，欲游乎外者，必游乎内。噫！以史迁之才，果未游于内耶？盖亦称之者过矣。

（元）郝经《内游》，《郝文忠公陵川文集》卷二十，清乾隆刻本

云间吴生照将游闽，以四明臧彦诚之书来乞序，其行其言：生年少负迈往之气，加以博学好古，慕先生（杨维桢）之奇文章如慕太史公，盖将历览形胜，结交豪杰，于以开豁其心胸，发舒其意气，或者有所资以成其才也。

（元）杨维桢《送吴子照游闽序》，《东维子文集》卷八，《四部丛刊》本

孔子辙环天下，太史公历览天下之名山大川。孔子不游无以成《春秋》，太史公不游无以成《史记》。

（元）杨维桢《道用上人西游序》，《东维子文集》卷八，《四部丛刊》本

天地间清气，为六月风，为腊前雪，于植物为梅，于人为仙，于千载为文章，于文章为诗……清以气，气岂可揠而学，揽而蓄哉？目之于视，

口之于言，耳之于听，类不知其所以然而然，有得于情性者，亦如是而已。夫言亦孰非浮辞哉？惟发之真者不泯，惟遇之神者必传，惟悠然得于人心者必传而不朽。彼求之物而不求之意，炼于辞而不炼于气，何如其远也。

（元）刘将孙《彭宏济诗序》，《养吾斋集》卷十一，《四库全书珍本初集》本

吾师心，心师目，目师华山。

（明）王履《华山图序》，《中国画论类编》本

身与事接而境生，境与身接而情生。

（明）祝允明《送蔡子华还关中序》，《枝山文集》卷二，清同治祝氏刊本

古之人有违其家而游四方者，何哉？孔、孟志于道，仪、秦志于利，司马子长志于文，其所志不同而欲行其志也，则同。

（明）刘基《送柯上人远游诗序》，《诚意伯文集》卷五，《四部丛刊》本

论文者，有山林、馆阁之目。文岂有二哉？盖居异，则言异，其理或然也。今观宗人士敏辛丑集，有春容温厚之辞，无枯槁险薄之态，岂山林、馆阁者乎？昔尝有观人之文而知其必贵者，吾于士敏亦然。嗟夫，吾宗之衰久矣，振而大之者其在斯人欤！

（明）高启《题高士敏辛丑集后》，《高太史凫藻集》卷四，《四部丛刊》本

画家以古人为师，已自上乘，进此当以天地为师。每朝起看云气变幻，绝近画中山。山行时见奇树，须四面取之。树有左看不入画，而右看入画者，前后亦尔。看得熟，自然传神。传神者必以形。形与心手相凑而相忘，神之所托也，树岂有不入画者，特当收之生绡中，茂密而不繁，峭秀而不寒，即是一家眷属耳。

（明）董其昌《画诀》，《画禅室随笔》卷二，清康熙裕文堂版

画家初以古人为师，后以造物为师。吾见黄子久《天池图》，皆赝本。昨年游吴中山，策筇石壁下，快心洞目。狂叫曰："黄石公"，同游者不测，余曰："今日遇吾师耳"。

（明）董其昌《评旧画·题天池石壁图》，《画禅室随笔》卷二，清康熙裕文堂版

画家六法，一曰气韵生动。气韵不可学，此生而知之，自然天授。然亦有学得处。读万卷书，行万里路，胸中脱去尘浊，自然丘壑内营，成立鄞鄂。随手写出，皆为山水传神。

（明）董其昌《画诀》，《画禅室随笔》卷二，清康熙裕文堂版

义仍气节孤峻，由祠部郎抗疏谪南海尉。间关炎徼，涉瘴江，触蛮雾。访子瞻遗迹惠州，寻葛仙翁丹砂朱明洞馆。洒焉自谪，忘其谪居。久之转平昌邑令。邑在万山中，人境僻绝，土风淳美。君乐而安之。为治简易，大得民和。惟日进邑中青衿孝秀、程艺谭道，下上千古，假以练养神明，湛寂灵府。令德日新，而诗道亦且日进。登峰诣极，是天之所以陶冶义仍斯完矣。义仍不可一世，而胸中犹似着么么屠生。每谓诸生言，吾此编非长卿莫可序我。嗟夫，岂谓长卿真足序义仍哉！世无大如来，则向辟支独觉参印义谛耳。余以小乘为大乘说法，即今天雨花，石点头，何能觑如来一毛孔！

（明）屠隆《玉茗堂文集序》，引自《汤显祖诗文集》附录，上海古籍出版社本

余曰："子亦遍观三衢九陌乎？秽尘张天，腥风逆鼻，行者溺于道，居者粪于市；椎埋屠狗之辈，敝衣百结之子，高鬟衩裆枣面历齿之妇，肩骈踵接，此亦天下之至恶也。而顾瞻云中，则凤阙铜龙在焉，百官宗庙萃焉。引而之贯城之市，则夏之璜，周之天球，若日之璧，若月之珠，东夷北狄之珍异陈焉。已而入虞韶之院，过鸣珂之里，则南之威，西之施，越之狡童，吴之弄儿，公孙大娘之剑，僚之丸，贺怀智之琵琶，念奴之歌喉，《霓裳羽衣》之舞，呼卢博簺之戏，种种聚焉。今夫山郡水郭，巷陌未始不清楚，衣冠未始不都雅，然一人衣茜而过，则已丛观骇指；出汉唐之旧物一二，则张目不能指名。夫然后知京师之大，慎勿以秽尘腥风，遂

谓都市之观止此也。夫古之圣贤豪杰，巨公哲匠，其亦犹京都之三衢九陌耳。文耶，道耶，至此乃极。子归而求之，有余师。"

（明）袁宏道《送黄竹石还江陵序》，《袁宏道集笺校》卷五十四，上海古籍出版社本

公穆才秀郎百予，少年勃勃，以古今自命，久之，而落落瑟瑟，然如有所失焉。如有所失者，其新之候也。予所谓荒寒独处，稀闻渺见，孳孳栗栗中，所得落落瑟瑟之物也。古之人即在通都大邑，高官重任，清庙明堂，而常有一寂寞之滨，宽闲之野，存乎胸中，而为之地，夫是以绪清而变呈。公穆之候，其至矣。

（明）谭元春《渚宫卓序》，《潭友夏合集》，《中国文学珍本丛书》本

仆学诗垂三十年，汉、魏、三唐至宋、元、明人诗，勘所不观，亦勘所不好，独不喜多看晚唐诗。自昌黎外，惟许浑、杜牧、李商隐三数家差铮铮耳。余子专攻近体，就近体又仅仅求工句字间，尺幅窘苦不堪，世界尽空阔，何苦从鼠穴蜗角中，作生活计耶！

（清）邵长蘅《与金生四首》其四，《青门簏稿》卷十一，《邵子湘全集》，愚斋丛书刻青门草堂藏本

身之所历，目之所见，是铁门限。即极写大景，如"阴晴众壑殊"、"乾坤日夜浮"，亦必不逾此限。非按舆地图便可云"平野入青徐"也，抑登楼所得见者耳。隔垣听演杂剧，可闻其歌，不见其舞；更远则但闻鼓声，而可云所演何出乎？前有齐、梁，后有晚唐及宋人，皆欺心以炫巧。

（清）王夫之《薑斋诗话》卷二，人民文学出版社本

科场文字之蹇劣，无足深责者。名利热中，神不清，气不昌，莫能引心气以入理而快出之，固也。况法制严酷，几如罪人之待鞫乎？汉、晋以上，惟不以文字为仕进之羔雉，故各随所至，而卓然为一家言。隋、唐以诗赋取士，文场之赋无一传者，诗唯"曲终人不见，江上数峰青"一律而已。燕、许、高、岑、李、杜、储、王所传诗，皆仕宦后所作，阅物多，得景大，取精宏，寄意远，自非局促名场者所及。经义本儒者分内

事，而一行作吏，则置之如隔年历；间有作者，只为子弟作嫁衣裳：陈启新诮为《敲门砖子》，非诬也。唯杨贞复《宦稿》借经义讲学，其意良善。乃又为姚江之学所赚，非徒见地波淫，文气亦迫促衰弱，深可惜也。

（清）王夫之《薑斋诗话》卷二，人民文学出版社本

"天月广夜辉"独择亦不稚。齐梁之独撰者十九作稚子语。当时文士皆无年，后来庾信、江总差无此病，亦由其视息之久延。

（清）王夫之《古诗评选》卷五，萧子范《夜听雁》评语，《船山古近体诗评选三种》，船山学社本

只于心目相取处得景得句，乃为朝气，乃为神笔。景尽意止，意尽言息，必不强括狂搜，舍有而寻无，在章成章，在句成句，文章之道，音乐之理，尽于斯矣。

（清）王夫之《唐诗评选》卷三，评张子容《泛永嘉江日暮回舟》，《船山古近体诗评选三种》，船山学社本

寓目吟成，不知悲凉之何以生。诗歌之妙，原在取景遣韵，不在刻意也。

（清）王夫之《古诗评选》卷一，斛金《敕勒歌》评语，《船山古近体诗评选三种》，船山学社本

首句一"望"字统下三句，结"更闻"二字，引上边音朔吹，是此诗针线。作者非有意必然，而气脉相比，自有如此者。唯然，故八句无一语入情，及莫非情者，更不可作景语会。诗之为道，必当立主御宾，顺写现景，若一情一景，彼疆此界，则宾主杂遝，皆不知作者为谁，意外设景，景外起意，抑如赘疣上生眼鼻，怪而不恒矣。

（清）王夫之《唐诗评选》卷三，丁仙芝《渡扬子江》评语，《船山古近体诗评选三种》，船山学社本

古之人寄兴于笔墨，假道于山川，不化而应化，无为而有为，身不炫而名立，因有蒙养之功，生活之操，载之寰宇，已受山川之质也。以墨运观之，则受蒙养之任；以笔操观之，则受生活之任；以山川观之，则受胎骨之任；以鞹皴观之，则受画变之任；以沧海观之，则受天地之任；以坳

堂观之，则受须臾之任；以无为观之，则受有为之任；以一画观之，则受万画之任；以虚腕观之，则受颖脱之任。有是任者，必先资其任之所任，然后可以施之于笔。如不资之，则局隘浅陋，有不任其任之所为。且天之任于山无穷。山之得体也以位，山之荐灵也以神，山之变幻也以化，山之蒙养也以仁，山之纵横也以动，山之潜伏也以静，山之拱揖也以礼，山之纡徐也以和，山之环聚也以谨，山之虚灵也以智，山之纯秀也以文，山之蹲跳也以武，山之峻厉也以险，山之逼汉也以高，山之浑厚也以洪，山之浅近也以小。此山受天之任而任，非山受任以任天也。人能受天之任而任，非山之任而任人也。由此推之，此山自任而任也，不能迁山之任而任也。是以仁者不迁于仁而乐山也。山有是任，水岂无任耶？水非无为而无任也。夫水：汪洋广泽也以德，卑下循礼也以义，潮汐不息也以道，决行激跃也以勇，潆洄平一也以法，盈远通达也以察，沁泓鲜洁也以善，折旋朝东也以志。其水见任于瀛海溟渤之间者，非此素行其任，则又何能周天下之山川，通天下之血脉乎？人之所任于山而不任于水者，是犹沉于沧海而不知其岸也，亦犹岸之不知有沧海也。是故知者，知其畔岸，逝于川上，听于源泉而乐水也。非山之任，不足以见天下之广；非水之任，不足以见天下之大。非山之任水，不足以见乎周流；非水之任山，不足以见乎环抱。山水之任不著，则周流环抱无由；周流环抱不著，则蒙养生活无方。蒙养生活有操，则周流环抱有由；周流环抱有由，则山水之任息矣。吾人之任山水也，任不在广，则任其可制；任不在多，则任其可易。非易不能任多，非制不能任广。任不在笔，则任其可传；任不在墨，则任其可受；任不在山，则任其可静；任不在水，则任其可动；任不在古，则任其无荒；任不在今，则任其无障。是以古今不乱，笔墨常存，因其浃洽斯任而已矣，然则此任者，诚蒙养生活之理，以一治万，以万治一。不任于山，不任于水，不任于笔墨，不任于古今，不任于圣人。是任也，是有其资也。

（清）石涛《石涛画语录·资任章》第十八，人民美术出版社本

搜尽奇峰打草稿也。

（清）石涛《石涛画语录·山川章》第八，人民美术出版社本

虽然，燕昔者亦尝有学矣，于古人书无所不读，然皆古人之糟粕，无所从入。退而反之于心，而有疑焉。意者其别有学乎？然后取无字书而读

之。无字书者，天地万物是也。古人尝取之不尽，而尚留于天地间，日在目前，而人不知读。燕独知之读知，终身不厌。其后穷困益甚，涉世愈深，所读愈多，虽仇家怨友，皆为吾师，而靡不取益焉，然后知学之在是也。此其学文而然欤？抑学道也。庖丁解牛曰："臣之所好者道也，进乎技矣。"解牛何与于道，而乃云然，而况文乎？

（清）廖燕《答谢小谢书》，《二十七松堂集》，廖景黎家藏版

放翁诗凡三变。宗派本出于杜，中年以后，则益自出机杼，尽其才而后止。观其《答宋都曹》诗云："古诗三千篇，删去才十一。《诗》降为《楚骚》，犹足中六律。天未丧斯文，杜老乃独出。陵迟至元白，固已可愤嫉。"《示子遹》诗云："我初学诗日，但欲工藻缋；中年始稍悟，渐欲窥宏大……数仞李杜墙，常恨欠领会。元白才倚门，温李真自郐。"此可见其宗尚之正。故虽挫笼万有，穷极工巧，而仍归雅正，不落纤佻。此初境也。后又有自述一首云："我昔学诗未有得，残余未免从人乞。力孱气馁心自知，妄取虚名有惭色。四十从戎驻南郑，酣宴军中夜连日。打毬筑场一千步，阅马列厩三万匹。华灯纵博声满楼，宝钗艳舞光照席。琵琶弦急冰雹乱，羯鼓手匀风雨疾。诗家三昧忽见前，屈宋在眼元历历。天机云锦用在我，剪裁妙处非刀尺。世间才杰固不乏，秋毫未合天地隔。放翁老死何足论，《广陵散》绝还堪惜。"是放翁诗之宏肆，自从戎巴、蜀而境界又一变。及乎晚年，则又造平淡，并从前求工见好之意亦尽消除，所谓"诗到无人爱处工"者，刘后村谓其"皮毛落尽"矣。此又诗之一变也。

（清）赵翼《瓯北诗话》卷六，人民文学出版社本

初白近体诗最擅长，放翁以后，未有能继之者。当其年少气锐，从军黔、楚，有江山戎马之助，故出手即沉雄踔厉，有幽、并之气。中年游中州，地多胜迹，益足以发抒其才思，登临怀古，慷慨悲歌，集中此数卷为最胜。内召以后，更细意熨贴，因物赋形，无一字不稳惬。

（清）赵翼《瓯北诗话》卷十，人民文学出版社本

惟查初白才气开展，工力纯熟，鄙意欲以继诸贤之后，而闻者已掩口胡卢。不知诗有真本领，未可以荣古虐今之见，轻为訾议也。今试平心阅初白诗：当其少年，随黔抚扬雍建南行，其时吴逆方死，余孽尚存，官军

恢复黔、滇，兵戈杀戮之惨，民苗流离之状，皆所目击；故出手即带慷慨沉雄之气，不落小家。入京以后，角逐名场，奔走衣食，阅历益久，锻炼益深，气足则调自振，意深则味有余，得心应手，几于无一字不稳惬。其他摹写景物，脱口浑成，犹其余技也。惟书卷较少，故稍觉单薄；且少年急于求知，投赠公卿，动千百言，殊嫌繁冗，兼自减身分，此则其诗之可议者。要其功力之深，则香山、放翁后一人而已。

（清）赵翼《瓯北诗话》卷十，人民文学出版社本

自是书生太作痴，爱寻旧事发新思。可怜足不曾经处，又和他人吊古诗。

（清）赵翼《戏书》，《瓯北集》卷三十一，《瓯北全集》，愚斋丛书刻寿考堂藏版

……稚存先生今李苏，狂言应受樱鳞诛。热铁在颈赦不杀，广柳车送充囚徒。天公见之拍手笑，待子久矣子才到。钟仪故是操南音，斛律何妨歌北调。从此天山雪岭间，神马尻舆恣吟眺。国家开疆万余里，竟似为君拓诗料。即今一卷荷戈诗，已知禹鼎铸魅魍。狂风卷石落半岭，坚冰凿梯通九逵……随手拈来锦囊句，诸皋狭陋宁须支……倘更留君一二年，北荒经定增搜考。忆君惟恐君归迟，爱君转恨君归早。

（清）赵翼《题稚存万里荷戈集》，《瓯北集》卷四十二，《瓯北全集》，愚斋丛书刻寿考堂藏版

生平游迹遍天涯，塞北交南万里赊。人羡见闻增宦辙，天如成就作诗家。翻来笳拍传红粉，绣入弓衣抵碧纱。一卷风烟纪行什，颇同海客泛星槎。

（清）赵翼《六十自述》之三，《瓯北集》卷三十，《瓯北全集》，愚斋丛书刻寿考堂藏版

先生读书五车，行脚万里，豪歌出塞，黄飞大漠之沙，险极悬车，青染太行之黛，往往停桡问水，驻马看山，从名人魁士而游，得大泽深山之气。所著《印雪轩诗文全集》外有随笔四卷，所见所闻，小史抄而不给；可惊可愕，大材迕而犹飞。然意在劝惩，词无粉饰。孝悌之语，如听乎君

平；诙谐之谈，不参乎臣朔。微言指示，即佛家度世之车；妙义敷陈，亦儒者牖民之铎，盖先生于近世小说家，独推纪晓岚宗伯《阅微草堂》五种，以为曰析义则穷其疑似，胸必有珠；说理则抉乎微茫，头能点石。今观此制，何愧斯言。

（清）俞樾《先君子印雪轩随笔序》（代汪莲府作），《春在堂全书·宾萌集》外集卷三，清光绪十一年重定本

文要养气，诗要洗心。子由司马子长之文有奇气，而归功于游览，是亦气之一助也。

（清）吴雷发《说诗菅蒯》，《清诗话》本

学古诗以酝酿涵养为上乘功夫，然不但求诗于诗也。求诗于诗，必不能超凡入圣，直逼古人。积理于经，养气于史，炼识储材于诸子百家，阅历体验于人情世故，格物壮观于花鸟山水，勿论读书涉世，接物纵游，皆于诗有益。诗人触处会心，贯通融悟，蓄积深厚，酝养粹精，一于诗发之，大小浅深，引之即出，其言有物，自然胜人。释氏所谓大地山河，无非妙谛，即诗家工候纯熟之界也。此乃化境神工，决不易到，亦决不可不到者。

（清）朱庭珍《筱园诗话》卷二，《清诗话续编》本

云松宦游南北数千里之外，所表见固皆不虚，而极险之境地，极怪之人物，皆收入诗料，遂觉少陵、放翁之入蜀，昌黎、东坡之浮海，犹逊其所得所发之奇，可谓极诗中之伟观也。

（清）尚镕《三家诗话》，《清诗话续编》本

先生为文章，务取畅达，不苟为夸饰。至其为诗，则精思渺虑，盘礴而莫测其际。平生所作逾千首，自哀集得六百余首，曰《人境庐诗草》。自其少年稽古学道，以及中年阅历世事，暨国内外名山水，与其风俗政治形势土物，至于放废而后，忧时感事，悲愤伊郁之情，悉托之于诗。故先生之诗，阳开阴阖，千变万化，不可端倪，于古人诗中，独具境界。

（清）梁启超《嘉应黄先生墓志铭》，《人境庐诗草笺注》卷首，古典文学出版社本

客观之诗人，不可不多阅世。阅世愈深，则材料愈丰富，愈变化，《水浒传》、《红楼梦》之作者是也。

（清）王国维《人间词话》，人民文学出版社本